PANINI BOOKS

BEREITS ERSCHIENEN

WORLD OF WARCRAFT Band 3:
Im Strom der Dunkelheit
Aaron Rosenberg – ISBN 978-3-8332-1640-4

WORLD OF WARCRAFT Band 2:
Aufstieg der Horde
Christie Golden – ISBN 978-3-8332-1574-2

WORLD OF WARCRAFT Band 1:
Teufelskreis
Keith R. A. DeCandido –
ISBN 978-3-8332-1465-3

WARCRAFT Band 1: Der Tag des Drachen
Richard A. Knaak – ISBN 978-3-8332-1266-6

WARCRAFT Band 2: Der Lord der Clans
Christie Golden – ISBN 978-3-8332-1337-3

WARCRAFT Band 3: Der letzte Wächter
Jeff Grubb – ISBN 978-3-8332-1338-0

WARCRAFT: Krieg der Ahnen,
Buch 1: Die Quelle der Ewigkeit
Richard A. Knaak – ISBN 978-3-8332-1092-1

WARCRAFT: Krieg der Ahnen,
Buch 2: Die Dämonenseele
Richard A. Knaak – ISBN 978-3-8332-1205-5

WARCRAFT: Krieg der Ahnen,
Buch 3: Das Erwachen
Richard A. Knaak – ISBN 978-3-8332-1202-4

WARCRAFT Premium: Band 1–3
als limitiertes Hardcover
ISBN 978-3-8332-1397-7

WARCRAFT Premium II:
Krieg der Ahnen als limitiertes Hardcover
ISBN 978-3-8332-1462-2

DIABLO Band 1: Das Vermächtnis des Blutes
Richard A. Knaak – ISBN 978-3-8332-1267-3

DIABLO Band 2: Der Dunkle Pfad
Mel Odom – ISBN 978-3-8332-1268-0

DIABLO Band 3: Das Königreich der Schatten
Richard A. Knaak – ISBN 978-3-8332-1042-6

DIABLO Premium: Band 1–3
als limitiertes Hardcover
ISBN 978-3-8332-1395-3

DIABLO Band 4: Der Mond der Spinne
Richard A. Knaak – ISBN 978-3-8332-1091-4

DIABLO: Der Sündenkrieg,
Buch 1: Geburtsrecht
Richard A. Knaak – ISBN 978-3-8332-1553-7

DIABLO: Der Sündenkrieg,
Buch 2: Die Schuppen der Schlange
Richard A. Knaak - ISBN 978-3-8332-1564-3

DIABLO: Der Sündenkrieg,
Buch 3: Der verhüllte Prophet
Richard A. Knaak - ISBN 978-3-8332-1713-5

STARCRAFT Band 1: Libertys Kreuzzug
Jeff Grubb – ISBN 978-3-8332-1043-3

STARCRAFT Band 2: Schatten der Xel'Naga
Gabriel Mesta – ISBN 978-3-8332-1090-7

STARCRAFT Band 3: Im Sog der Dunkelheit
Tracy Hickman – ISBN 978-3-8332-1148-5

STARCRAFT Band 4:
Die Königin der Klingen
Aaron Rosenberg – ISBN 978-3-8332-1460-8

STARCRAFT Ghost: Nova
Keith R. A. DeCandido –
ISBN 978-3-8332-1461-5

STARCRAFT: Dunkle Templer,
Buch 1: Erstgeboren
Christie Golden – ISBN 978-3-8332-1650-3

STARCRAFT: Dunkle Templer,
Buch 2: Schattenjäger
Christie Golden – ISBN 978-3-8332-1744-9

WORLD OF WARCRAFT™

PANINI BOOKS

Bibliografische Information der Deutschen Nationalbibliothek
Die Deutsche Nationalbibliothek verzeichnet diese Publikation in der Deutschen Nationalbibliografie; detaillierte bibliografische Daten sind im Internet über http://dnb.d-nb.de abrufbar.

Dieses Buch wurde auf chlorfreiem, umweltfreundlich hergestelltem Papier gedruckt. In neuer Rechtschreibung.

Amerikanische Originalausgaben:
„WORLD OF WARCRAFT: Cycle of Hatred“ by Keith R.A. DeCandido,
„WORLD OF WARCRAFT: Rise of the Horde“ by Christie Golden,
„WORLD OF WARCRAFT: Tides of Darkness“ by Aaron Rosenberg,
published in the US by Simon and Schuster, Inc.

Übersetzung: Mick Schnelle
Lektorat: Manfred Weinland, Peter Thannisch, Dr. Sabine Jansen
Redaktion: Mathias Ulinski, Holger Wiest
Chefredaktion: Jo Löffler
Umschlaggestaltung: tab indivisuell, Stuttgart
Cover art by Glenn Rane
Satz: Greiner & Reichel, Köln
Druck: CPI Books, Ulm
Printed in Germany

ISBN 978-3-8332-1738-8
1. Auflage, Mai 2008

www.paninicomics.de/videogame
www.blizzard.de

Teufelskreis

Keith R. A. DeCandido

Für GraceAnne Andreassi De Candido, Helga Borck, Ursula K. Le Guin, Constance Hassett, Joanne Dobson und all die anderen Frauen, die mir so vieles beigebracht haben.

Danksagung

An erster Stelle muss ich mich beim Blizzard-Games-Guru Chris Metzen bedanken, dessen Beiträge zu *Warcraft* unentbehrlich waren. Unsere Telefongespräche und Emails waren wirklich sehr fruchtbar und voller kreativer Energie.

Außerdem danke ich Marco Palmieri, meinem Lektor bei Pocket Books, und seinem Chef Scott Shannon, die beide fanden, dieses Buch sei eine gute Idee, und Lucienne Diver, meiner wundervollen Agentin.

Dank auch an die anderen *Warcraft*-Autoren, Richard Knaak, Jeff Grubb und Christie Golden. Besonders Jeffs *Der letzte Wächter* und Christies *Der Lord der Clans* waren hilfreich für mich bei der Charakterisierung von Aegwynn und Thrall.

Weiterer Dank gilt der Malibu-Gang, den Elitist Bastards, Novelscribes, Inkwell und all den anderen Mailinglisten, die mich bei bester Gesundheit erhalten, indem sie mich schier wahnsinnig machen, CITH und CGAG, den Leuten bei Palombo, die mich unterstützt haben, *Kyoshi* Paul und dem Rest der netten Leute im Dojo.

Last but not least danke ich für die Nachsicht all derer, die mit mir zusammenleben, egal ob Mensch oder Katze, und für ihre fortwährende Unterstützung.

Anmerkung des Historikers

Diese Geschichte spielt ein Jahr vor *World of Warcraft*. Drei Jahre sind seit der Invasion der Brennenden Legion und deren Niederschlagung durch die vereinten Streitkräfte von Orks, Menschen und Nachtelfen vergangen.

(*Warcraft 3: Reign of Chaos* und *Warcraft 3*-Addon: *The Frozen Throne*)

Eins

Erik hatte gerade Bier von dem Dämonenschädel gewischt, der hinter dem Tresen hing, als der Fremde eintrat. In das Demonsbane Inn verirrten sich normalerweise kaum Reisende. Nur äußerst selten war das Gesicht eines Gastes Erik unbekannt. Weniger selten war, dass ihm der Name nicht geläufig war. Er merkte sich Gesichter nur durch regelmäßige Begegnungen. Erik kümmerte es nicht, *wer* in seine Kneipe kam, so lange dieser jemand nur genügend Durst und Bares mitbrachte.

Der Fremde, der an einem der Tische saß, schien entweder auf etwas zu warten oder nach etwas zu suchen. Er beachtete weder die kleinen runden Holztische und Stühle noch die dunklen Holzwände, die ohnedies nur schwer zu erkennen waren. Das Demonsbane hatte keinerlei Fenster, lediglich ein paar Fackeln spendeten leidlich Helligkeit. Erik machte sich nie die Mühe, die Tische geordnet aufzustellen, weil die Leute sie ohnehin so platzierten, wie es ihnen am besten in den Kram passte. Nach einer Weile stand der Fremde auf und trat vor die Holztheke. „Gibt es hier keine Bedienung?“, wandte er sich an den Wirt.

„Scharf beobachtet“, entgegnete Erik und betrachtete angelegentlich den Lappen, mit dem er sich um das Wahrzeichen seines Hauses gekümmert hatte. Er sah nicht ein, gutes Geld für einen Kellner auszugeben. Wenn die Leute etwas zu trinken haben wollten, fanden sie ganz von allein zur Theke. Und wenn sie dafür schon zu betrunken waren, kam ihm das auch entgegen. Das hielt sie davon ab, sich um den letzten Rest Verstand zu saufen, zu randalieren und am Ende noch die Einrichtung zu demolieren. Nein, auf Prügeleien konnte Erik getrost verzichten, er betrieb eine ruhige Taverne.

Der Fremde warf ein Silberstück auf den Tresen und fragte: „Was ist Euer teuerstes Getränk?“

„Eberschnaps aus dem Norden“, erwiderte Erik, ohne auch nur einen Moment nachdenken zu müssen. „Die Orks stellen ihn her. Machen das fabelhaft, die grünen Jungs, wie mir aus dem berufenen Mund meiner Stammgäste immer wieder versichert wird ...“

Der Fremde rümpfte abfällig die Nase. „Nein, nichts, was von Orks kommt!“

Erik zuckte die Achseln. Die Leute hatten oft merkwürdige Ansichten, wenn es um Alkohol ging. Er kannte Gäste, die sich über die fragwürdigen Vorzüge von Bier oder Brandy heftiger stritten als über Politik oder Religion. Und wenn dieser Gentleman Ork-Getränke nicht ausstehen konnte, sollte das nicht Eriks Problem sein.

„Ich hätte auch ganz banalen frisch gebrannten Korn.“

„Her damit!“ Der Fremde hieb mit der Faust auf den hölzernen Tresen, und die Erschütterung wirbelte Nussschalen, Beerenkörner und Staub auf, die sich dort angehäuft hatten. Erik säuberte den Tresen höchstens einmal im Jahr. Außer ihm und dem Dämonenschädel konnte niemand hinter die Theke blicken, folglich gab es keinen Grund, dort zu putzen.

Einer der von Erik erwähnten Stammgäste, ein Soldat, der am liebsten Eberschnaps trank, wandte sich zu dem Fremden um. „Macht es Euch etwas aus, mir zu verraten, was Ihr gegen das Ork-Gesöff einzuwenden habt? Ich habe nie etwas Besseres die Kehle runterrinnen lassen!“

Der Fremde blickte fast mitleidig, während Erik eine Glasflasche aus dem Regal angelte und etwas von ihrem Inhalt in einen leidlich sauberen Becher füllte.

„Ich habe gar nichts gegen das *Gesöff* von Orks, guter Mann – nur die Orks selbst, die mag ich nicht.“ Der Fremde streckte seine Hand aus. „Ich heiße übrigens Margoz. Ich bin Fischer und alles andere als glücklich darüber, wie leer meine Netze in letzter Zeit bleiben.“

Der Soldat ignorierte die ihm dargebotene Hand und erwiderte, ohne sich selbst vorzustellen: „Das sagt für mich nur, dass Ihr kein wirklich guter Fischer seid.“

Margoz senkte die Hand wieder, als ihm klar wurde, dass der Soldat ihn nicht sonderlich mochte. Stattdessen nahm er seinen Becher auf und brummte: „Ich *bin* ein guter Fischer, Sir. Ich stamme ursprünglich aus Kul Tiras – doch die Umstände zwangen mich, von dort fortzugehen."

Neben Margoz saß ein Händler, der an seinem Bier nippte. „Die Umstände, hm. Richtig, wurdest sicher eingezogen, um deinen hübschen Kopf gegen die Brennende Legion hinzuhalten, was?"

Margoz nickte düster und fuhr sich mit der Hand über den Nacken „Wie so viele andere auch, ja. Ich habe versucht, mir hier in Theramore ein neues Leben aufzubauen. Aber wie könnte ich das wohl bei all den verdammten Grünhäuten, die die guten Fischgründe ganz für sich allein beanspruchen?"

Erik ertappte sich dabei, wie er zustimmend nickte. Zumindest einem Teil von Margoz' Argumentation konnte er nur beipflichten. Er selbst war erst nach Theramore gekommen, als die Brennende Legion bereits geschlagen war. Nicht, um zu kämpfen – die Kämpfe waren bereits vorbei gewesen –, sondern um sein Erbe anzutreten. Eriks Bruder Olaf war gegen die Legion marschiert und gefallen. Er hatte Erik genug Geld hinterlassen, um diese Taverne zu eröffnen – was eigentlich Olafs eigener Traum für die Zeit nach dem Militärdienst gewesen war. Außer einem hübschen Sümmchen hatte Olaf ihm auch noch die hässliche knöcherne Fratze eines Dämons vererbt, den der Bruder eigenhändig im Kampf besiegt hatte.

Erik hatte eigentlich keine besondere Lust gehabt, eine Taverne zu betreiben. Aber eigentlich hatte er auch nie zu etwas anderem besondere Lust gehabt. Deshalb eröffnete er das Demonsbane in Gedenken an seinen Bruder. Er setzte völlig zu Recht darauf, dass die Bürger von Theramore einen Ort mit einem Namen schätzen würden, der die Vertreibung der Dämonen symbolisierte. Letztlich hatte das ja zur Gründung ihres Stadtstaates geführt.

„Das sehe ich anders", brummte der Soldat und spielte mit seinem Becher. „Ihr habt selbst im Krieg gekämpft, Fischer. Ihr wisst also, was die Orks für uns getan haben."

„Was sie für uns getan *haben*, bereitet mir auch keinerlei Bauchgrimmen, guter Mann", sagte Margoz, „aber es stinkt mir ganz gewaltig, was sie uns *derzeit* zumuten."

„Sie kriegen von allem nur das Beste", bestätigte ein Schiffskapitän an einem der Tische hinter dem Soldaten. „Oben bei Ratchet bevorzugen die Gnome die Orks immer bei Reparaturen oder der Vergabe von Landeplätzen. Letzten Monat musste ich einen halben Tag warten, bevor sie mich mit meinem Kahn andocken ließen. Aber so ein Ork-Boot kam zwei Stunden nach mir an und durfte sofort anlegen."

Der Soldat drehte sich um, fixierte den Kapitän scharf und schnarrte: „Dann fahrt doch woanders hin als nach Ratchet."

„Man hat nicht immer die Wahl", sagte der Kapitän störrisch. Sein narbiges Gesicht war gerötet und aufgedunsen. In seinen Augen schien es zu flackern.

„S' ist ja auch nicht so, dass sie Reparaturen überhaupt *nötig* hätten", meinte der Mann neben dem Kapitän. Von einer Schläfe zur anderen verlief eine Narbe, die den Anschein erweckte, als hätte vor langer Zeit jemand versucht, ihn seines Skalps zu berauben. Was der Unbekannte nicht geschafft hatte, war der seither verstrichenen Zeit mit sichtbar mehr Erfolg gelungen: Bis auf einen schütteren Haarkranz, der noch dazu höchst ungepflegt wirkte, verbarg nichts mehr die altersfleckige Haut, die sich über der Halbkugel seines Schädels spannte.

Erik überlegte, dass das trotz des fortgeschrittenen Alters wohl der Erste Maat des Kapitäns sein musste, weil beide die gleiche Kleidung trugen. „Sie haben Eichen oben in den Bergen über Ogrimmar, machen ihre Schiffe daraus. Und was haben wir? Schwache Fichten, das ist alles. Sie horten es, jawohl, behalten all das gute Holz. Unsere Boote lecken überall. Und das nur wegen dem Ausschuss, mit dem wir arbeiten müssen."

Mehrere Stimmen murmelten Zustimmung.

„So, Ihr fandet es also alle besser, als die Orks noch nicht da waren?" Der Soldat ließ seine Faust auf die Theke krachen. „Und vergesst dabei: Ohne sie wären wir längst alle Dämonenfutter, das ist doch wohl klar!"

„Ich glaube nicht, dass das jemand bestreitet." Margoz nippte an seinem Becher. Der Blick war auf die Tischplatte gerichtet, schien aber sehr viel weiter zu gehen. „Trotzdem, die Verteilung der Ressourcen scheint ein wenig ungleich vonstatten gegangen zu sein.“

„Orks waren mal Sklaven, müsst Ihr wissen.“ Das sagte jemand anderes, den Erik nicht sehen konnte und auch nicht an der Stimme erkannte. „Bei den Menschen und der Brennenden Legion gleichermaßen, wenn man es recht bedenkt. Kann es ihnen nicht verdenken, wenn sie sich jetzt alles nehmen, was sie kriegen können.“

„Ich schon, jedenfalls wenn sie es *uns* wegnehmen.“, sagte der Kapitän zerknirscht.

Der Händler nickte. „Ihr wisst ja, die sind nicht von hier. Die kamen aus einer anderen Welt. Die Brennende Legion brachte sie hierher.“

Der Erste Maat schnappte: „Vielleicht sollten sie einfach dahin zurück, wo sie hergekommen sind.“

„Man fragt sich, was Lady Proudmoore sich dabei gedacht haben mag“, sagte Margoz. Es klang wie beiläufig eingeworfen, aber die Wirkung, die seine Worte erzielten, machten unverzüglich klar, dass die Bemerkung ein Missgriff gewesen war.

Erik runzelte die Stirn. Plötzlich wurde es totenstill in der Taverne.

Viele Leute hatten sich bislang rege an der Diskussion beteiligt. Aber kaum, dass Margoz Jaina Proudmoore erwähnte – schlimmer noch, sie in herabsetzender Weise erwähnte –, verstummten alle Gespräche.

In den drei Jahren, seit Erik die Taverne besaß, hatte er zwei Grundsituationen erlebt, in denen er davon ausgehen konnte, dass eine Prügelei unmittelbar bevorstand. Ein verlässlicher Hinweis war, wenn es zu laut war – der andere, wenn es *zu leise* wurde. Wie jetzt. Und immer wenn Letzteres eintrat, brachen die wirklich wüsten Schlägereien aus …

Ein anderer Soldat baute sich neben dem ersten auf. Er hatte breitere Schultern und redete meist nicht viel. Aber wenn er es tat, geschah es mit einer dröhnenden Stimme, die den Dämonenschädel hinter dem Tresen zum Wackeln brachte. „Niemand redet schlecht von Lady Proudmoore, wenn er seine Zähne behalten will."

Margoz schluckte hörbar, duckte sich leicht und versicherte schnell: „Ich würde es mir nie erlauben, von unserer Herrin jemals anders als mit höchster Ehrfurcht zu sprechen, guter Herr. Das schwöre ich." Er kippte mehr von seinem Hochprozentigen die Kehle hinunter, als auf einen Zug ratsam war, und schon quollen ihm die Augen aus den Höhlen. Er schüttelte mehrmals den Kopf.

„Lady Proudmoore war sehr gut zu uns", sagte der Händler mit mühsam unterdrücktem Zorn. „Nachdem wir die Brennende Legion geschlagen hatten, machte sie uns zu einer Gemeinschaft. Eure Klagen, Margoz, sind berechtigt. Aber für keine davon ist die Lady verantwortlich. Ich habe in meinem Leben schon so einige Zauberer getroffen, und die meisten davon taugten nicht den Dreck unter meinen Fingernägeln. Aber die Lady gehört zu den Guten. Und Ihr werdet hier niemanden finden, der etwas Schlechtes auf sie kommen lässt ..."

„Es war nie meine Absicht, jemanden herabzusetzen, guter Mann", sagte Margoz, der nicht nur von dem etwas zu großen Schluck Brandy zittrig in den Gliedern geworden war. „Aber man muss sich schon fragen, warum keine Handelsverträge geschlossen worden sind, um an das vorzügliche Holz zu kommen, das diese feinen Herren hier erwähnt haben." Er schaute für einen Moment gedankenverloren. „Vielleicht hat sie es ja versucht, aber die Orks haben es nicht zugelassen."

Der Kapitän nahm etwas von seinem Bier, leckte sich den Schaum von der Oberlippe und sagte: „Vielleicht haben ihr die Orks befohlen, Northwatch zu verlassen."

„Wir *sollten* Northwatch verlassen", erklärte der Händler leidenschaftlich. „Das Brachland ist neutrales Gebiet, das wurde von vornherein so festgelegt."

Der Soldat versteifte sich. „Ihr müsst verrückt sein, wenn Ihr glaubt, wir würden ausgerechnet Northwatch aufgeben."

Margoz warf vorsichtig ein: „Das ist dort, wo die Orks Admiral Proudmoore bekämpft haben."

„Ja, eine Schande. So gut wie Lady Proudmoore als unser

Oberhaupt ist, so ein Narr war ihr Vater.“ Der Händler schüttelte den Kopf. „Diese erbärmliche Geschichte sollte endlich aus unseren Köpfen verschwinden. Aber das geschieht nicht, bevor …“

Der Kapitän unterbrach ihn. „Wenn Ihr mich fragt, müssen wir über Northwatch hinaus expandieren.“

Verärgert – Erik wusste nicht, ob wegen der Unterbrechung oder wegen des Arguments, es interessierte ihn auch nicht – fauchte der Händler: „Seid Ihr vollkommen übergeschnappt?“

„*Ihr* seid übergeschnappt. Die Orks quetschen uns aus. Sie sind überall auf diesem gesegneten Kontinent, und wir haben nur Theramore. Es ist jetzt drei Jahre her, seit die Brennende Legion vertrieben wurde. Verdienen wir nicht etwas Besseres, als die unterste Klasse in unserem eigenen Land zu sein, begrenzt auf diese Kloake von einem Stadtstaat?“

„Theramore ist eine genauso gute Stadt wie jede andere auch in den Ländern der Menschen.“ Der Soldat sprach die Worte mit verteidigendem Stolz, nur um in resignierterem Tonfall fortzufahren: „Aber es ist wahr, die Orks besitzen das größere Territorium. Deshalb ist Northwatch so wichtig. Es erlaubt uns, die Verteidigung jenseits der Mauern von Theramore aufrecht zu erhalten.“

„Außerdem“, sagte der Erste Maat und lachte verhalten in seinen Bierkrug, „mögen uns die Orks dort nicht sonderlich. Wenn Ihr mich fragt, ist das Grund genug, es zu behalten.“

„Niemand hat Euch gefragt“, versetzte der Händler abfällig.

Der andere Mann am Tresen – Erik hatte sich ans untere Ende der Theke bewegt und erkannte, dass es der Buchhalter war, der in den Docks arbeitete – mischte sich ein. „Vielleicht sollte das aber jemand tun. Die Orks führen sich auf, als ob Ihnen Kalimdor gehörte und wir die Besucher wären. Aber dies ist auch unsere Heimat, und es wird Zeit, dass wir danach handeln. Orks sind keine Menschen, stammen nicht mal von dieser Welt. Mit welchem Recht schreiben sie uns vor, wie wir leben sollen?“

„Sie haben das Recht, *ihr* Leben zu leben, oder nicht?“, fragte der Händler.

Der Soldat nickte. „Sie haben es sich verdient, als sie gegen die Brennende Legion gekämpft haben. Waren gegen sie ..." Er kippte den Rest seines Schnapses hinunter, dann schubste er den Becher zu Erik. „Gib mir Bier."

Erik zögerte. Er hatte schon nach der Flasche mit Eberschnaps gegriffen. Dieser Soldat kam ins Demonsbane, seit Erik es eröffnet hatte, und er hatte selten etwas anderes bestellt.

Aber die dreijährige Stammkundschaft verschaffte ihm das Privileg, sich für einen Geschmackswechsel nicht rechtfertigen zu müssen. Außerdem, so lange er bezahlte, hätte er auch Seifenlauge trinken können, so weit es Erik betraf.

„Fakt ist nun mal", sagte der Kapitän, „dies ist unsere Welt, durch unser Geburtsrecht. Die Orks sind nur Gäste in unserer Heimat, und es wird höchste Zeit, dass sie sich auch so *benehmen*."

Von da an kam die Unterhaltung wieder in Fahrt. Erik servierte ein paar weitere Drinks, warf ein paar Becher ins Spülbecken, die später gereinigt werden sollten, und erst als er dem Händler ein weiteres Bier gab, bemerkte er, dass Margoz, der die ganze Unterhaltung begonnen hatte, gegangen war.

Er hatte nicht mal Trinkgeld dagelassen. Erik schüttelte empört den Kopf. Den Namen des Fischers hatte er längst wieder vergessen. Aber er würde sich an sein Gesicht erinnern. Und vielleicht in den nächsten Drink spucken, sollte der Bastard noch einmal vorbeikommen. Nur einen Drink nehmen und Stunk machen ... Erik hasste Unruhestifter in seiner Taverne. Hasste sie einfach.

Mehrere Leute begannen, sich über die Orks zu beschweren. Einer, der kräftige Kerl neben dem Soldaten, knallte seinen Bierkrug so fest auf die Theke, dass etwas Flüssigkeit auf den Dämonenschädel spritzte. Seufzend nahm Erik ein Tuch und brachte die Sache wieder in Ordnung.

Früher wäre Margoz zu ängstlich gewesen, allein im Dunkeln durch die Straßen von Theramore zu gehen. Und das, obwohl es kein echtes Verbrechertum in einer so kleinen Gemeinde gab, jeder kannte jeden, und wenn nicht, kannte man jemanden, der den Fraglichen kannte. Deshalb war Kriminalität eher selten.

Die wenigen Verbrechen wurden generell schnell und rigoros von Lady Proudmoores Soldaten bestraft.

Trotzdem, Margoz war immer klein und schwach gewesen, und die Großen und Starken neigten dazu, die Kleinen und Schwachen zu quälen. Deshalb vermied es Margoz normalerweise, nachts allein herumzulaufen. Man wusste nie, welcher große und starke Kerl nur darauf lauerte zu zeigen, wie groß und stark er war, indem er einen Kleineren verprügelte. Oft schon war Margoz der Leidtragende gewesen. Er hatte schnell gelernt, dass es das Beste war zu tun, was man ihm sagte und diese Leute zufrieden zu stellen, wollte man Gewalt vermeiden.

Aber heute Margoz spürte diese Angst nicht mehr. Oder jede andere Form von Angst. Denn jetzt hatte er einen Beschützer.

Zugegeben, auch diesmal musste er nach der Pfeife eines anderen tanzen. Aber dieses Mal waren der Lohn dafür Macht und Reichtum. Früher war die Belohnung gewesen, nicht verprügelt zu werden. Vielleicht tauschte er nur eine Angst gegen eine andere ein. Aber Margoz fand, dass sich die neue deutlich mehr auszahlte.

Vom Hafen wehte eine salzige Brise heran. Margoz atmete tief ein, der Geruch erfrischte ihn. Er hatte zumindest teilweise die Wahrheit im Demonsbane gesagt; er war Fischer, auch wenn er niemals ein wirklich guter gewesen war. Aber anders als behauptet hatte er nicht gegen die Brennende Legion gekämpft. Er kam hier erst an, nachdem diese schon geschlagen war. In dieser Stadt erhoffte er sich mehr Möglichkeiten als in Kul Tiras.

Es war nicht *sein* Fehler, dass seine Netze minderwertig gewesen waren. Bessere konnte er sich nicht leisten. Aber das musste man mal den Aufsehern bei den Docks erzählen und zusehen, was einem das einbrachte.

Er hatte sich meist Prügel eingehandelt.

Deshalb war er nach Kalimdor gegangen und dem Strom von Menschen gefolgt, die darauf hofften, den Leuten von Lady Proudmoore ihre Dienste anbieten zu können. Aber Margoz war nicht der einzige Fischer gewesen, der seine Dienste offeriert hatte, noch war er auch nur annähernd einer der fähigsten. Bevor er seinen Beschützer traf, war Margoz praktisch pleite gewesen.

Sein Fang reichte nicht mal aus, um sich selbst zu ernähren, ganz zu schweigen davon, dass er etwas hätte verkaufen können. Und er überlegte ernsthaft, sich einfach den Anker seines Bootes zu schnappen und mit ihm über Bord zu springen. Um sich von allem Elend zu befreien.

Aber dann war der Beschützer aufgetaucht, und alles wurde besser.

Margoz bekam bald eine bescheidene Wohnung. Sein Beschützer hatte ihm verboten, in etwas Besseres umzuziehen. Obwohl er ihn darum gebeten hatte – der Beschützer nannte es *Betteln* und *ungehörig* – wegen der schlechten Durchlüftung, dem ärmlichen Mobiliar und den Ratten. Aber der Beschützer hatte ihm versichert, dass ein plötzlicher Wohlstand zu große Aufmerksamkeit auf ihn gelenkt hätte. Denn bislang war er unbeachtet geblieben.

Bis heute Abend, als er den Befehl erhalten hatte, ins Demonsbane zu gehen und gegen die Orks Stimmung zu machen. Früher hätte er es niemals gewagt, auch nur einen Fuß an solch einen Ort zu setzen. Der Typ Mensch, der ihn gern verprügelte, pflegte sich in solchen Tavernen in großer Zahl zu versammeln, weshalb Margoz es vorzog, diese Lokale zu meiden.

Oder besser: Er *hatte* es vorgezogen, sie zu meiden.

Er betrat seine Kammer. Ein Bett, dessen Matratze dünner war als eine Scheibe Brot; eine Decke aus Sackleinen, die so stark kratzte, dass man sie nur benutzte, wenn der Winter besonders hart war und es sich nicht vermeiden ließ; eine Lampe und sonst herzlich wenig mehr. Eine Ratte huschte durch den Raum und verschwand in einem der zahlreichen Risse in der Wand.

Er seufzte, weil er wusste, was als Nächstes getan werden musste. Abgesehen davon, dass er nicht in ein besseres Quartier umziehen durfte, hasste Margoz am Abkommen mit dem Beschützer am meisten den Geruch, den der verströmte. Es war irgendein Nebeneffekt der Magie, die er verwendete. Aber was auch der Grund sein mochte, es störte Margoz. Trotzdem war es die Sache wert, schon wegen der Macht. Und der Freiheit durch die Straßen zu gehen und im Demonsbane zu trinken, ohne Angst vor körperlicher Gewalt haben zu müssen.

Er schob seine Hand unter den Kragen und griff unter sein Hemd. Margoz zog eine Kette hervor, an der ein Silberanhänger hing, die Darstellung eines in Flammen stehenden Schwertes. Er umklammert ihn so fest, dass er spürte, wie sich die Kanten des Talismans in seine Handballen bohrten. Dabei sagte er die Worte, deren Sinn er nie verstanden hatte, die ihn aber jedes Mal, wenn er sie aussprach, mit einer unaussprechlichen Ehrfurcht erfüllten: *„Galtak Ered'nash. Ered'nash ban galar. Ered'nash havik yrthog. Galtak Ered'nash."*

Der Gestank von Schwefel erfüllte den kleinen Raum. Das war der Teil des Paktes, an den sich Margoz nie gewöhnen würde.

Galtak Ered'nash. Hast Du getan, was ich Dir befohlen habe?

„Ja, Herr, das habe ich." Margoz war verlegen, als er erkannte, dass seine Stimme viel zu hoch klang, fast piepsig. Er räusperte sich und bemühte sich um eine tiefere Tonlage. „Ich habe getan, was Ihr verlangt habt. Sobald ich die Schwierigkeiten mit den Orks erwähnte, hat mir fast jeder in der Taverne zugestimmt."

Fast?

Margoz gefiel die Drohung nicht, die in der einsilbigen Erwiderung schwang.

„Ein Mann war nicht so leicht zu überzeugen, aber die anderen haben sich alle gegen ihn gestellt. Diente als Blitzableiter für ihre Wut. Wirklich."

Vielleicht. Du hast gute Arbeit geleistet.

Margoz seufzte erleichtert. Sein Herz hörte auf wie rasend zu schlagen. „Danke, Herr, danke. Ich bin froh, Euch zu Diensten sein zu dürfen." Er zögerte. „Wenn Ihr erlaubt, Herr, wäre jetzt nicht ein guter Zeitpunkt, um über bessere Wohnverhältnisse nachzudenken? Ihr habt vielleicht die Ratte gesehen, die …"

Du hast uns gedient. Du wirst belohnt werden.

„So wie ihr befohlen habt, Herr, aber … nun, ich hatte zu hoffen gewagt, dass die Belohnung *bald* kommen würde." Er entschloss sich, seine Ängste, die ihn ein Leben lang verfolgt und gequält hatten, als Argument anzuführen. „Ich war heute Abend in großer Gefahr, wisst Ihr? Ganz allein bei den Docks rumzulaufen, kann …"

Dir wird nichts geschehen, so lange du mir dienst. Du musst niemals mehr Angst haben, Margoz.

„Na-natürlich nicht, ich weiß. Ich dachte nur …"

Du willst einfach nur das Leben leben, das dir nie gestattet war. Das ist ein verständlicher Wunsch. Sei geduldig, Margoz. Deine Belohnung kommt zu gegebener Zeit.

Der Schwefelgestank begann zu schwinden. Und von Margoz' Brust löste sich ein unsichtbarer eiserner Ring, der ihm vorübergehend das Atmen erschwert hatte. „Danke, Herr. *Galtak Ered'nash.*"

Schwach erklang die Stimme des Beschützers: *Galrak Ered'nash.* Dann wurde es wieder still in Margoz' Wohnung.

Ein Pochen ertönte an der Wand, gefolgt von der dumpfen Stimme seines Nachbarn: „Hört mit dem Krach auf. Wir wollen hier schlafen!"

Früher hätten solche Vorkommnisse Margoz vor Furcht zittern lassen. Doch heute ignorierte er sie einfach, legte sich auf sein Bett und hoffte nur, dass ihn der immer noch in der Luft hängenden Gestank nicht vom Schlafen abhalten würde.

Zwei

„Ich verstehe nicht, was für einen Sinn Nebel hat. Wem nützt er? Wem?“

Kapitän Bolik, Herr des Ork-Handelsschiffs Orgath'ar wusste, dass er seine Worte bereuen würde. Aber er fühlte sich verpflichtet, auf die Bemerkung seines Offiziersbürschchens einzugehen. „Muss er denn zu etwas nütze sein?“

Rabin schüttelte den Kopf und machte sich wieder daran, die Hauer seines Herrn zu reinigen. So etwas machte nicht jeder Ork, aber Bolik hielt es als Kapitän der Orgath'ar für seine Pflicht, sich in bestmöglicher Art und Weise zu präsentieren. Die Orks waren ein stolzes Volk, das seiner Heimat entrissen und versklavt worden war, sowohl von Dämonen als auch Menschen. Versklavte Orks waren immer schmutzig und ungekämmt. Doch um als freier Ork in Durotar zu leben, unter der gütigen Regentschaft des großen Kriegers Thrall, wollte Bolik so wenig wie möglich wie ein Sklave aus alten Tagen auszusehen. Das bedeutete, dass man sich pflegen musste, so fremdartig dieses Konzept den meisten Orks auch erscheinen mochte. Und das Gleiche erwartete er von seiner Mannschaft.

Am eifrigsten von allen befolgte Rabin die Anordnungen seines Kapitäns. Er hielt dessen Augenbrauen gestutzt, seine Hauer und Zähne sauber sowie die Fingernägel poliert und scharf. Wobei er Verzierungen auf ein gerade noch erträgliches Maß beschränkte – in Boliks Fall waren dies ein Nasenring und eine Tätowierung.

Als Antwort auf die Frage seines Kapitäns sagte Rabin: „Nun, alles auf der Welt dient doch *irgendeinem* Zweck, oder etwa nicht, Sir? Das Wasser zum Beispiel gibt es, um uns Fische zum

Essen zu schenken und die Möglichkeit, mit dem Boot zu reisen. Die Luft ist dafür da, dass wir atmen können. Der Boden gibt uns ebenfalls Nahrung, nicht zu vergessen, dass wir darauf unsere Häuser errichten können. Aus Bäumen bauen wir Boote. Selbst Regen und Schnee sind nützlich. Sie spenden uns Wasser, das wir zum Leben benötigen, und es ist von anderer Art als jenes, das uns die See anbietet … All das hat also eine weitreichende Bedeutung."

Rabin widmete sich konzentriert Boliks Fingernägeln, an denen er feilte. Indes lehnte sich der Kapitän entspannt auf dem Schemel gegen die Bordwand.

„Und Nebel", fuhr Rabin nach kurzem Schweigen fort, „sollte da gar keinen tieferen Sinn haben?"

„Alles, was er tut, ist, uns im Weg zu sein – einen Nutzen kann ich daran nicht erkennen!" Bolik grinste, und seine frisch polierten Zähne glänzten im schwachen Schein der Laterne, die die Kajüte erhellte. Durch das Bullauge drang wegen des dichten Nebels, über den sich Rabin gerade ausließ, kein Licht. „Aber Schnee und Regen sind uns schließlich auch nicht selten im Weg."

„Wohl wahr, Kapitän, wohl wahr." Rabin beendete die Schärfung des Daumennagels und wandte sich den anderen Fingern zu. „Aber wie ich bereits sagte: Schnee und Regen erfüllen einen höheren Zweck. Selbst wenn sie uns mitunter hinderlich sind, hat man doch wenigstens etwas davon, wenn man sich nur entsprechend darauf vorzubereiten weiß … Doch sagt mir, Sir, wie bereitet man sich auf Nebel vor? Er verstellt uns dem Anschein nach tatsächlich nur die Sicht, ohne dafür etwas Sinnvolles zurückzugeben."

„Vielleicht." Bolik betrachtete seinen Burschen. „Oder vielleicht haben wir beide seinen geheimen Zweck nur noch nicht erkannt. Immerhin gab es einmal Zeiten, in denen wir nicht mal wussten, dass Schnee einfach nur gefrorener Regen ist. Die Orks von damals sahen Schnee genauso als Problem an wie wir heute zum Beispiel den Nebel. Doch schließlich wurde, wie du bereits bemerkt hast, sein wahrer Nutzen erkannt, nämlich, uns mit Trinkwasser in den kälteren Jahreszeiten zu versorgen. Deshalb ist es nicht der Fehler des Nebels, sondern unserer, wenn wir die

Wahrheit noch nicht begreifen. Und so soll es wohl auch sein. Die Welt sagt uns, was wir wissen müssen, sobald wir dafür bereit sind – keinen Moment vorher. Das ist der Lauf der Dinge."

Rabin dachte über die Worte des Kapitäns nach, während er das Schärfen beendete und mit dem Polieren begann. „Ich vermute, das mag so sein, Sir. Aber das hilft uns heute nicht weiter, oder?"

„Nein, da hast du Recht. Wie geht die Mannschaft damit um?"

„So gut sie kann, denke ich", erwiderte Rabin achselzuckend. „Der Ausguck sagt, er kann von da oben nicht die Hauer in seinem eigenen Gesicht sehen."

Bolik runzelte die Stirn. Das Boot schaukelte die meiste Zeit relativ gleichmäßig, doch jetzt hüpfte es ein wenig stärker. Das bedeutete normalerweise, dass sie in das Kielwasser eines anderen Schiffes geraten waren.

Bolik stand von seinem Schemel auf, obwohl Rabin noch nicht fertig war und sagte: „Wir beenden das später, Rabin."

Rabin erhob sich von seinen Knien und nickte. „Aye, Kapitän."

Bolik nahm den Stab seines Vaters und verließ die Kajüte durch den schmalen Gang dahinter. Die Orgath'ar, die Bolik nach Orgath – seinem stolzen Vater und dem ursprünglichen Besitzer des Stabes, der im Kampf gegen die Brennende Legion gefallen war –, benannt hatte, war von Gnomen gebaut worden, weil er nur das Beste wollte.

Der Schiffsbauer, ein schlauer alter Gnom namens Leyds, hatte Bolik versichert, dass er die Gänge extra breit anlegen würde, um der Leibesfülle von Orks gerecht zu werden. Unglücklicherweise waren die Auffassungen der Gnome von „extra breit" ein klein wenig anders als die von Bolik. Deshalb musste sich der Kapitän doch ziemlich anstrengen, um es zu schaffen, seinen massigen Körper durch den Treppenaufgang zu zwängen, der zum Deck führte.

Als er die Treppe hinaufstieg, sah er seinen Ersten Maat Kag heruntersteigen, der sofort stehen blieb, als er den Kapitän gewahrte. „Ich wollte gerade zu Euch, Sir." Kag lächelte, und seine langen Hauer trafen fast seine Augen. „Ich hätte wissen müssen, dass Ihr die Veränderung spürt."

Bolik lachte, aber als er wenig später in Begleitung des Maats auf das Deck trat, bereute er es, Kag nicht zu sich nach unten gerufen zu haben. Der Nebel war so dicht, dass er mit dem Schwert hätte geschnitten werden können.

Bolik kannte die Orgath'ar jedoch gut genug, um selbst vollkommen blind zur Reling zu finden – was momentan auch die einzige Möglichkeit der Fortbewegung in der dicken Nebelsuppe war. Kag folgte ihm und stand dem Kapitän praktisch Auge in Auge gegenüber, um ihn überhaupt sehen zu können.

Bolik begriff, dass er nicht in der Lage sein würde, irgendein anderes Fahrzeug jenseits der eigenen Schiffsbretter auszumachen. Es war sogar so schlimm, dass es keinen einzigen *sichtbaren* Beweis gab, überhaupt selbst auf dem Wasser zu schwimmen, weil auch das im Grau verschwand. Er drehte sich um. „Wie ist die Lage?"

Kag schüttelte seinen Kopf. „Schwer zu sagen. Der Ausguck kann wenig erkennen, behauptet aber steif und fest, Schiffsumrisse bemerkt zu haben. Dabei meint er einmal, eins von Theramores Kriegsschiffen erkannt zu haben, dann wieder, es sähe aus wie ein ganz normales Menschen- oder Ork-Boot."

„Und was glaubst du?"

Ohne zu zögern sagte Kag: „Auf den Mann im Ausguck ist normalerweise Verlass, er würde nichts melden, wenn er nicht felsenfest davon überzeugt wäre. Wenn er also sagt, er habe Theramores Kriegsschiff gesehen und dann wieder etwas anderes, bedeutet das für mein Dafürhalten, dass er jedes Mal verschiedene Dinge gesehen hat. Mit anderen Worten, ich glaube, es sind *zwei* Schiffe. Außerdem ist das Kielwasser stark genug für zwei – oder für eins, das im Kreis fährt. In diesem Nebel ist aber die eine Erklärung so wahrscheinlich wie die andere."

Bolik nickte. Vielleicht konnte ihr Ausguck, Vak, bei etwas aufklarender Sicht sogar sagen, ob das mutmaßliche Fischerboot von Gnomen oder Menschen gebaut worden war – und ob der Marinetransporter aus der Zeit vor oder nach der Invasion der Brennenden Legion stammte.

„Drei Schiffe auf so engem Raum“, brummte er, „bedeuten Ärger. Wir sollten das Horn blasen. Holt …“

„Schiff voraus!“

Bolik konzentrierte seinen Blick auf den Mast und versuchte, Vak zu erkennen. Aber alles über seinem Kopf wurde vom Nebel verschluckt.

Vaks Stimme klang vom „Krähennest“ herunter – wie Menschen den Ausguck nannten. Die Erklärung dafür hatte Bolik nie verstanden. Er wusste, dass Krähen eine Vogelart waren, aber er war sich nicht sicher, was deren Nest mit einem Ausguck zu tun haben sollte. Wie dem auch sei, der Kapitän konnte Vak jedenfalls nicht erkennen.

Kag rief nach oben: „Was kannst du sehen?“

„Schiff nähert sich. Menschen! Haben keine Flagge gehisst, so weit ich das feststellen kann.“

„Was ist mit dem Kriegsschiff?“

„Kann ich im Moment nicht ausmachen. Aber vor einem Augenblick war es noch da. Laufen parallel zu uns.“

Bolik gefiel das nicht. Ein Menschenschiff ohne Flagge bedeutete normalerweise Piraten, was aber in dieser besonderen Situation nicht unbedingt sein musste. Flaggen waren in so starkem Nebel bedeutungslos. Und vielleicht waren die Menschen nicht in der Lage, das Ork-Schiff zu erkennen und sich veranlasst zu fühlen, eine eindeutige Identifizierung zu ermöglichen.

Darauf wollte Bolik es aber nicht ankommen lassen oder gar seine Ladung riskieren. Wenn er die Kisten nicht sicher nach Razor Hill brachte, wurde er auch nicht bezahlt – was bedeutete, dass die Mannschaft nicht entlohnt werden könnte. Tage, an denen eine Crew ihre Heuer verlor, waren niemals gute Tage für einen Schiffseigner.

„Blas das Horn! Und stell Wachen in den Frachtraum!“

Kag nickte. „Aye, Sir.“

„Harpunen!“

Auf Vaks Ruf fluchte Bolik verdrossen. Harpunen konnten zweierlei bedeuteten: zum einen, dass das andere Schiff die Orgath’ar mit einer großen Meereskreatur wie einem Wal oder einer Seeschlange verwechselt hatte, zum anderen aber bedeuteten sie *Piraten* – die ihre Harpunen mit Enterseilen verknüpft hatten.

Weil Seeschlangen und Wale so weit im Norden eigentlich nicht anzutreffen waren, war sich Bolik sicher, dass Letzteres zutraf.

Die Harpunen krachten in das Deck, in die Seite des Abgangs, der zum Unterdeck führte, und bohrten sich auch in andere Stellen, die Bolik im Nebel nicht erkennen konnte. Dann strafften sich die Seile, die daran befestigt waren.

„Bereitet euch auf die Enterer vor!“, schrie Kag.

Bolik vernahm eine heisere Stimme, die rief: „Kappt die Seile!“

Er hörte etwas, das wie eine Faust klang, die auf Fleisch traf, dann folgte Kags Stimme: „Seid kein Narr! Schwerter können diese Seile nicht durchtrennen, und Ihr seid im Falle eines Angriffs ungedeckt.“

Jede weitere Unterhaltung verstummte, als die ersten Enterer wie durch Magie aus dem Nebel auftauchten. Es waren Menschen, sah Bolik, und sie trugen keinerlei militärische Uniform. Abgesehen davon war sich Bolik nicht sicher, was sie überhaupt trugen. Die menschliche Begeisterung für Oberbekleidung über das absolut Notwendige hinaus war etwas, das Bolik immer wieder verwirrt hatte. Er wusste, was Lady Proudmoores Soldaten zu tragen pflegten, aber das war es auch schon.

„Tötet die Piraten!“, schrie Bolik, aber seine Mannschaft hätte diese Aufforderung kaum gebraucht. Der Kampf entbrannte. Bolik nahm den Stab seines Vaters in die rechte Hand und schmetterte ihn gegen den am nächsten stehenden Menschen. Der duckte sich und machte einen Ausfallschritt mit seinem Schwert.

Bolik parierte die Klinge mit seiner Linken, aber als er seinen Stab über seinem Kopf für einen zweiten Schlag schwang, riss der Mensch sein Schwert nach oben und blockte ihn ab. Dabei lehnte er sich weit vor und brachte so seinen Bauch näher an Bolik heran, was es dem Ork-Kapitän leicht machte, den Gegner mit der Faust zu treffen. Vor Schmerz keuchend brach der Mensch auf dem Deck zusammen, und Bolik hieb ihm den Stab ins Genick. Das beendete die Sache.

Zwei weitere Piraten sprangen auf Bolik zu. Zweifellos erwarteten sie, dass er angesichts ihrer Überzahl zurückweichen würde. Doch Bolik war aus anderem Holz geschnitzt. Als Sklave in dieser Welt geboren, war er von Thrall befreit worden und hatte geschworen, niemals wieder vor einem Menschen zurückzuweichen. Zugegeben, er hatte mit ihnen zusammen gekämpft. Aber er würde sich niemals vor ihnen beugen. Und schon gar nicht vor diesen beiden, die mit ihren Schwertern gegen ihn anrannten.

Der Pirat zu seiner Linken attackierte ihn mit seiner Klinge, einer gebogenen, wie sie Bolik nur ein einziges Mal zuvor gesehen hatte, während der zu seiner Rechten zwei Kurzschwerter schwang. Bolik blockte die gebogene Klinge mit seinem linken Arm, und dieses Mal fraß sich die Schneide in seinen Unterarm, während er den Stab dazu benutzte, um eines der beiden Kurzschwerter abzuwehren. Das andere Kurzschwert verfehlte Boliks Brust nur um Haaresbreite.

Obwohl der Treffer einen sengenden Schmerz durch seinen linken Arm jagte, ließ ihn Bolik blitzschnell nach unten sinken – noch während die Klinge darin steckte. Seine größere Stärke und die Hebelwirkung sorgten dafür, dass der Feind zur Linken jetzt entwaffnet war. Seine Waffe blieb in Boliks Fleisch.

Während er nach dem Piraten zu seiner Rechten trat, griff sich Bolik den Kopf des Linken, drückte ihn nach unten und zwang den Piraten so in die Knie. Der Angreifer mit den Kurzschwertern schlug nach, stolperte auf dem Decksboden und schaffte es gerade noch, dem Tritt auszuweichen. Aber letztendlich verlor er doch die Balance.

Bolik, dessen massige linke Hand immer noch auf dem Kopf des Piraten mit der Krummklinge ruhte, schleuderte den Narren zur Seite. Der Kopf des Menschen machte unliebsame Bekanntschaft mit dem Mast, der sich als eindeutig härter erwies.

Das gab dem anderen jedoch die Möglichkeit, wieder auf die Beine zu kommen. Als er mit seinen beiden Schwertern vorstürzte, wich Bolik seitlich aus, richtete seinen rechten Arm nach hinten und schwang den Stab über seinem Kopf, ehe er ihn mit fürchterlicher Gewalt auf den Schädel des Menschen niederfahren ließ und ihn augenblicklich tötete.

„Vak!“, brüllte Bolik zum Mast empor, während er die gebogene Klinge aus seinem Arm entfernte und sie neben ihren reglosen Besitzer auf die Decksplanken warf. „Blas das Horn!“

Die Piraten konnten die Sprache der Orks nicht verstehen, deshalb würden sie nicht erwarten, dass ausgerechnet das Nebelhorn ertönte. Sekunden später erfüllte jedoch dessen ohrenbetäubender Lärm die Luft. Bolik war auf das Geräusch vorbereitet, das seine Knochen zum Vibrieren brachte.

Die Menschen, die Bolik sehen konnte, nicht. Sie waren für einen Moment völlig perplex. Darauf hatte Bolik gesetzt. Die Orks nutzten ihren Vorteil. Auch Bolik wirbelte seinen Stab über seinem Kopf, bis er ein gutes Ziel fand. Er rammte die Waffe seines Vaters in die Schulter eines nahe stehenden Piraten, der zu Boden ging und vor Schmerzen wimmerte.

Bolik hörte eine Stimme ein Wort in der Menschensprache rufen, das, wie er sicher wusste, „Rückzug“ bedeutete. Eine Einschätzung, die sich als richtig erwies, denn die Piraten begannen, über die Seile zurück zu ihrem Schiff zu klettern. Bolik sah, wie Kag das Bein eines Nachzüglers aufschlitzte, worauf dieser in die Große See stürzte und die rettenden Planken nie erreichte.

Kag schaute zu Bolik. „Sollen wir sie verfolgen?“

Bolik schüttelte den Kopf. „Nein. Lasst sie laufen.“ Es hatte keinen Zweck, dem anderen Schiff in diesem verdammten Nebel nachzustellen. „Überprüf lieber die Ladung.“

Er blickte nach oben. „Ausguck, was ist mit dem anderen Schiff, dem der Marine?“

„Die haben sich nicht bewegt“, sagte Vak, „bis wir das Nebelhorn geblasen haben. Dann haben sie abgedreht. Kann sie jetzt nicht mehr sehen.“

Bolik ballte seine Hände zu Fäusten, seine Rechte umklammerte dabei den Stab seines Vaters so fest, dass er dachte, er würde ihn zerbrechen. Die Menschen waren ihre Verbündeten. Und wenn schon Lady Proudmoores edle Soldaten in der Nähe kreuzten, warum hatten sie ihnen dann nicht geholfen, als die Piraten die Orgath'ar enterten?

„Sir“, sagte Kag. Forx, der Krieger der die Ladung bewachen sollte, begleitete ihn. „Eine der Kisten wurde zerstört, eine andere von einem Menschen über Bord geworfen, um seine Flucht zu decken."

Forx fügte hinzu: „Sie haben die meisten ihrer Männer zu uns runtergeschickt. Wir haben sie gut zurückgeschlagen. Die hätten sonst alles mitgehen lassen."

„Gut gemacht, Forx. Dafür wirst du belohnt werden." Bolik wusste aber auch, was die Bilanz bedeutete. Zwei verlorene Kisten, das hieß zwanzig Prozent verlorene Ladung und damit zwanzig Prozent weniger Einnahmen.

Bolik legte eine Hand auf Forx' Schulter. „Ihr sollt alle den Anteil erhalten, den ihr auch bekommen hättet, wenn die Ladung völlig intakt geblieben wäre. Die Differenz werde ich aus eigener Tasche decken."

Kags Augen weiteten sich. „Ihr ehrt uns, Kapitän."

„Nicht im geringsten. Ihr habt mein Schiff verteidigt und sollt dadurch keinen Nachteil haben."

Forx lächelte. „Ich informiere Eure Mannschaft, Sir."

Als Forx gegangen war, wandte sich Bolik an Kag. „Stell die Schäden fest, schmeiß alle menschlichen Körper ins Meer und bring uns zurück auf Kurs." Er atmete tief ein, dann blies er die Luft durch seine Hauer aus. „Und wenn wir ankommen, will ich einen Boten sehen. Thrall muss sofort informiert werden.

Kag nickte. „Aye, Kapitän."

Bolik starrte in den Nebel, der es den Piraten erlaubt hatte, so nah an sie heranzukommen, und entschied, dass Rabin offenbar doch Recht hatte. Zumindest den Freibeutern war der fahle Dunst von großem Nutzen gewesen.

Was ihn Bolik allerdings um kein Jota sympathischer machte.

Drei

Lady Jaina Proudmoore stand auf der Spitze eines der Hügel von Razor Hill und schaute über den Flecken Erde, auf dem die unwahrscheinlichste Allianz der Weltgeschichte geschmiedet worden war.

Razor Hill war selbstverständlich Ork-Territorium, aber Jaina und Thrall waren sich einig gewesen, dass es das Beste sei, ihr Treffen hier stattfinden zu lassen, in Thralls gewohnter Umgebung. Was Jaina betraf, so erlaubte die Magie ihr, ohne Zeitverlust dorthin zu reisen, wohin ihr gerade der Sinn stand.

Für sie war es eine regelrechte Erlösung gewesen, als Thralls Ruf sie erreicht hatte. Jainas ganzes Erwachsenenleben schien sich dadurch auszuzeichnen, dass stets eine Krise von der nächsten abgelöst wurde. Sie hatte Dämonen ebenso bekämpft wie Orks und Kriegsherren und das Schicksal der Welt mehr als einmal in ihren Händen gehalten.

Einst war sie Arthas' Geliebte gewesen – als er noch als edler Krieger galt. Aber dann war er korrumpiert worden und verkörperte nun den Lich-König, den grausamen Kriegsherr einer Welt, die wahrlich genug vom Krieg gesehen hatte. Eines Tages würde sie sich ihm im Kampf stellen müssen. Medivh, der von Sargeras verfluchte Zauberer, der nicht hatte verhindern können, dass Dämonen und Orks diese Welt überrannten, war mittlerweile zum treuen Verbündeten geworden. Er hatte Jaina und Thrall davon überzeugt, ihre beiden Völker eine Allianz mit den Nachtelfen bilden zu lassen, um gemeinsam gegen die Brennende Legion vorzugehen.

Nachdem die Menschen Theramore als ihre neue Heimat auf Kalimdor gegründet hatten, hatte Jaina gehofft, dass sich alles etwas beruhigen würde. Aber es wurde niemals wirklich ruhig, wenn man regierte. Selbst in Friedenszeiten nicht, und während sie die Tagesgeschäfte in Theramore führte, hatte sie festgestellt, dass sie sich nach den Zeiten, da sie um ihr Leben kämpfen musste, zurückzusehnen begann.

Zumindest war dies oberflächlich betrachtet so. Tatsächlich hatte sie nichts wirklich zu bedauern. Aber sie hatte die Gelegenheit für eine kurze Amtspause ergriffen, wie ein Dürstender in der Wüste einen Wasserschlauch.

Sie stand am Rand der Kuppe und blickte auf das kleine Ork-Dorf am Fuße der Hügel hinab. Gut befestigte Hütten bedeckten die harsche braune Landschaft. Selbst in Friedenszeiten sicherten die Orks ihre Heime. Ein paar Orks liefen zwischen den Bauten herum, grüßten einander, und einige blieben stehen, um sich zu unterhalten. Jaina musste lächeln angesichts solch alltäglicher Banalität.

Dann hörte sie das tiefe, gleichmäßige Dröhnen, das die Ankunft von Thralls Luftschiff ankündigte. Sie drehte sich um und sah, wie es eintraf. Als es sich näherte, bemerkte sie, dass Thrall allein auf der Transportplattform stand, unter der mit heißer Luft gefüllten Hülle, die die Maschine durch die Luft bewegte. Besagte Hülle war mit einer Vielzahl von Symbolen verziert. Einige erkannte Jaina als Piktogramme einer frühen Version der Ork-Sprache. Ein anderes war das Zeichen von Thralls Familie, dem Eiswolf-Clan. Darin bestand der Hauptunterschied der Ork-Luftschiffe zu denen der Menschen. Die Luftschiffe, die Theramore von den Gnomen gemietet hatte, waren unpersönlich. Jaina fragte sich, ob die Art der Orks nicht die bessere war, den toten Transportern etwas Persönlichkeit zu verleihen, wie man sie auch lebenden Lasttieren zugestand.

Wenn sie sich früher auf dem Hügel getroffen hatten, war Thrall immer von ein, zwei Wachen begleitet worden. Diesmal reiste er allein, was Jaina sehr besorgte.

Als sich das Luftschiff näherte, zog Thrall an einigen Hebeln, und es wurde langsamer, bis es schließlich über der Hügelkuppe schwebte. Thrall betätigte einen weiteren Mechanismus, senkte so eine Strickleiter ab und kletterte herunter.

Wie die meisten Orks hatte Thrall grüne Haut und schwarzes Haar, das er geflochten über der Schulter trug. Der schwarze Brustpanzer mit den bronzenen Dekorationen gehörte einst Orgrim Doomhammer, Thralls Mentor, der zugleich auch derjenige war, nach dem man Durotars Hauptstadt benannt hatte. Auf seinem Rücken trug der Kriegshäuptling Orgrimms legendäre Waffe, den Doomhammer, der beidhändig geführt wurde. Jaina hatte gesehen, wie Thrall ihn in der Schlacht benutzt hatte. Das Blut von zahllosen Dämonen war von diesem großartigen Gerät vergossen worden.

Am meisten fielen an Thrall seine blauen Augen auf. Eine Farbe, die es bei den Orks nur selten gab. Sie verrieten gleichermaßen Intelligenz und Freundlichkeit.

Vor drei Jahren, als Theramore und die Städte von Durotar aus dem Boden emporgewachsen waren, hatte Jaina Thrall einen magischen Talisman geschenkt: einen kleinen Stein in der Form einer der alten *Tirisfalen*-Runen. Jaina hatte das Gegenstück in ihrem Besitz. Thrall musste ihn nur festhalten und an sie denken, und Jainas Talisman begann zu glühen. Umgekehrt funktionierte es genauso.

Wenn sie ein geheimes Treffen wünschten, um Dinge zu besprechen, die einen von ihnen oder sie beide betrafen – oder wenn sie einfach nur wie zwei alte Freunde und Kampfgefährten miteinander reden wollten –, mussten sie nur den Talisman aktivieren. Jaina teleportierte dann zu der Hügelkuppe, und Thrall kam per Luftschiff dorthin, weil die Kuppe auf keinem anderen Weg zu erreichen war.

„Es tut gut, dich zu sehen, mein Freund", sagte Jaina mit einem warmen Lächeln. Und das meinte sie auch so. In ihrem ganzen Leben hatte sie keine ehrenhaftere und verlässlichere Person kennen gelernt als den Ork.

Einst hätte sie auch ihren Vater und Arthas dazu gezählt. Aber Admiral Proudmoore hatte darauf bestanden, die Orks auf Kalimdor anzugreifen und sich geweigert, seiner eigenen Tochter zu glauben, als sie ihm beteuerte, dass die Orks genauso Opfer der Brennenden Legion waren wie die Menschen und gewiss nicht *böse*. Wie so viele Leute, die Jaina kannte, war

Admiral Proudmoore nicht in der Lage gewesen zu akzeptieren, dass sich die Welt seit seiner Jugendzeit verändert hatte und dass er gegen nichts anderes als diese Veränderung ankämpfte. Sein Denken schloss die Anwesenheit von Orks ein. Jaina war in die schreckliche Lage geraten, ihren eigenen Vater an Thralls Volk verraten zu müssen, in der Hoffnung, dadurch das sinnlose Blutvergießen zu stoppen.

Ähnliches galt für Arthas. Aus ihm war eines der boshaftesten Wesen dieser Welt geworden. Und heute musste Jaina erkennen, dass sie dem Anführer der Orks mehr vertraute, als dem Mann, den sie einst geliebt hatte – oder selbst ihrem Vater.

Als ihr Vater angegriffen hatte, hatte Thrall Wort gehalten. Er hatte den Schmerz in Janias Augen gesehen, als sie ihm verriet, wie man den Admiral schlagen konnte. Und er war niemand, der die Welt so hinnahm, wie sie war. Er war als Kind in Gefangenschaft geraten und wurde von einem Menschen namens Aedelas Blackmore groß gezogen, um der perfekte Sklave zu werden. Was selbst durch den Namen dokumentiert wurde, den man ihm verliehen hatte. Aber Thrall sprengte seine Ketten und führte die Orks zuerst in die Freiheit und dann zu der alten Lebensweise seines Volkes zurück, die es durch die dämonischen Horden verloren hatte, als sie es auf diese Welt gebracht hatten.

Jetzt sah Jaina einen anderen Ausdruck in Thralls ungewöhnlich blauen Augen. Ihr lieber Freund war wütend.

„Wir haben nie ein Abkommen unterzeichnet, du und ich", begann Thrall sofort und ohne Gruß. „Wir haben keine Regeln für unser Bündnis festgelegt. Wir haben auf unser mit Blut geschmiedetes Band vertraut, dass wir einander nie betrügen würden."

„Ich habe dich nie betrogen, Thrall." Jaina verspannte sich kurz, schaffte es aber, ihre Gefühle unter Kontrolle zu halten. Die Andeutung des Verrats ohne den Austausch auch nur der geringsten Höflichkeiten verärgerte sie. Neben dieser völlig unbegründeten Anschuldigung wäre zumindest eine Anerkennung ihres Bundes angebracht gewesen. Aber das Erste, was eine angehende Magierin lernte, war, dass starke Gefühle und Zauberei sich nicht miteinander vertrugen. Sie verstärkte den Griff um den verzierten Holzstab, den sie bei sich führte, ein Vermächtnis ihres Mentors, des Erzmagiers Antonidas.

„Ich glaube auch nicht, dass *du* das getan hast." Thralls Tonfall war immer noch aggressiv. Anders als bei anderen Angehörigen seines Volks gehörte Schroffheit nicht zu Thralls normalem Naturell, was man zweifellos auf seine menschliche Erziehung zurückführen konnte. „Doch es scheint, dass deine Leute unseren Bund nicht so hoch schätzen wie du."

Mit gepresster Stimme fragte Jaina: „Thrall, wovon redest du?"

„Eins von unseren Handelsschiffen, die Orgath'ar, wurde von Piraten aufgebracht."

Jaina runzelte die Stirn. So sehr sie sich auch bemühten, es zu unterbinden, blieb Freibeuterei doch ein Problem auf See. „Wir haben die Zahl der Patrouillen so stark erhöht wie eben möglich, aber ..."

„Patrouillen sind nutzlos, wenn sie einfach nur *zusehen*! Der Ausguck der Orgath'ar *sah* eines von euren Patrouillenbooten in unmittelbarer Nähe des Geschehens. Es war nah genug, um selbst im herrschenden Nebel zu erkennen, was da vorging. Trotzdem taten sie nichts, um Kapitän Bolik und seiner Mannschaft zu helfen. Bolik ließ sogar das Nebelhorn blasen, doch deine Leute *rührten sich nicht*."

Im Kontrast zu Thralls Wut völlig ruhig sagte Jaina: „Du sagst, euer Ausguck konnte sie sehen. Das heißt nicht unbedingt, dass sie auch die Orgath'ar sehen konnten."

Thrall schnaubte.

Jaina fuhr fort: „Deine Männer können besser sehen als wir. Und als unsere Leute das Nebelhorn gehört haben, haben sie es vielleicht für eine Warnung gehalten, einer drohenden Kollision aus dem Weg zu gehen."

„Wenn sie in Sichtweite meiner Leute waren, dann waren sie auch nah genug, um die Enterer zu *hören*. Meine Leute können besser sehen, das stimmt, aber auch wir kämpfen nicht lautlos. Ich *glaube* einfach nicht, dass deine Patrouille nicht bemerkt hat, was passiert ist."

„Thrall ..."

Der Ork drehte sich um und warf die Hände in die Luft. „Ich habe gedacht, die Dinge wären hier anders! Ich habe geglaubt, dass dein Volk das meine endlich als gleichwertig betrachtet. Ich hätte erkennen müssen, dass uns die Menschen verraten, sobald es gegen die eigene Art geht."

Jetzt fiel es Jaina deutlich schwerer, ihr Temperament zu zügeln. „Wie kannst du so was nur sagen? Ich meinerseits habe geglaubt, dass du meinem Volk, nach allem, was wir gemeinsam durchmachten, wenigstens *etwas* vertrauen würdest."

„Die Beweise ..."

„Welche Beweise? Mit wem außer mit Kapitän Bolik und seiner Mannschaft hast du gesprochen?"

Thralls Schweigen beantwortete Jainas Frage.

„Ich werde herausfinden, welches Patrouillenboot es war. Wo genau wurde die Orgath'ar angegriffen?"

„Eine halbe Meile vor der Küste nahe Ratchet, eine Stunde vom Hafen entfernt."

Jaina nickte. „Ich lasse das untersuchen. Diese Patrouillen werden von Northwatch aus koordiniert."

Thrall spannte sich an.

„Was ist?"

Der Ork drehte wandte sich ihr zu, um ihr ins Gesicht zu sehen. „Ich werde von vielen Seiten dazu gedrängt, Northwatch mit Gewalt zurückzuerobern."

„Auch ich werde von vielen Seiten gedrängt, und zwar, es unter allen Umständen zu halten."

Thrall und Jaina schauten einander an. Jetzt, da er sie erneut ansah, bemerkte Jaina etwas anderes in den blauen Augen des Orks: nicht länger Wut, sondern Verwirrung.

„Wie konnte es so weit kommen?" Thrall stellte die Frage mit ruhigerer Stimme, alle Streitlust schien aus ihm verschwunden zu sein. „Wie konnte es so weit kommen, dass wir uns über so etwas Närrisches streiten?"

Jaina musste lachen. „Wir sind Anführer, Thrall. Wir haben große Verantwortung."

„Anführer führen ihre Krieger in die Schlacht."

„Im Krieg, ja", sagte Jaina. „In Friedenszeiten führen sie sie anders. Krieg ist eine große Mühsal, die das tägliche Dasein bestimmt. Aber wenn er vorbei ist, bleibt der Alltag übrig." Sie ging zu ihrem alten Kampfgefährten und legte ihre kleine Hand auf seinen massigen Arm. „Ich werde den Vorfall untersuchen, Thrall, und die Wahrheit herausfinden. Und wenn meine Soldaten ihre Pflicht verletzt haben, dann, das schwöre ich dir, werden sie bestraft."

Thrall nickte. „Danke, Jaina. Ich entschuldige mich für die Vorwürfe. Aber mein Volk hat so viel erduldet. Ich habe so viel erduldet, und ich will meinesgleichen nicht noch einmal schlecht behandelt sehen."

„Das will ich auch nicht", sagte Jaina sanft. „Und vielleicht …" Sie zögerte.

„Was?"

„Vielleicht *sollten* wir einen formellen Vertrag schließen. Weil du vorhin Recht hattest. Du und ich, wir trauen einander. Aber nicht alle Menschen und Orks sehen das genauso. Und so sehr wir es uns ja auch wünschen mögen, wir werden nicht ewig leben."

Thrall nickte. „Es ist oft so … schwierig, meine Leute daran zu erinnern, dass ihr nicht länger unsere Sklavenhalter seid. Sie wollen die Rebellion fortsetzen, obwohl die Zeit der Unterdrückung lange vorbei ist. Manchmal lasse ich mich auch mitreißen, besonders weil ich in Gefangenschaft von einer Kreatur aufgezogen wurde, die so bösartig wie irgendein Mitglied der Brennenden Legion war. Manchmal glaube ich das Schlechteste, und das wird auch mein Volk tun, wenn ich nicht mehr bin und sich niemand mehr an mich erinnert. Vielleicht hast du ja Recht."

„Lass uns erst diese Krise lösen", sagte Jaina und lächelte Thrall an. „Dann reden wir über Verträge."

„Danke." Plötzlich schüttelte Thrall den Kopf und lachte.

„Was ist los?"

„Du bist eigentlich gar nicht mit ihr vergleichbar, aber … als du gerade gelächelt hast, nur für einen kurzen Augenblick, hast du mich an Tari erinnert."

Jaina wusste, dass Taretha Foxton, die er meist Tari nannte, die Tochter eines Mitglieds von Aedelas Blackmoores Haushalt gewesen war. Sie war der Schlüssel zu Thralls Flucht aus Blackmoores Klauen und hatte dafür mit ihrem Leben bezahlen müssen.

Die Orks machten sie unsterblich, indem sie ein Lied über sie dichteten – ein *Lok'amon* chronologisierte die Gründung einer Familie, ein *Lok'tra* eine Schlacht, ein *Lok'vadnod* das Leben eines Helden. Seit Ork-Gedenken war der einzige Mensch, dem jemals ein *Lok'vadnod* gewidmet wurde, jene Tari.

Deshalb neigte Jaina ihr Haupt und sagte: „Ich fühle mich tief geehrt, mit ihr verglichen zu werden. Ich werde Oberst Lorena nach Northwatch entsenden, und sobald ich Antwort habe, werde ich dich informieren."

Thrall schüttelte den Kopf. „Noch so eine Frau in deinem Militär. Ihr Menschen erstaunt mich manchmal."

Jainas Tonfall wurde frostig, und sie umfasste ihren Stab wieder fester. „Was soll das heißen? Können Männer und Frauen nicht gleich sein in deiner Welt?"

„Natürlich nicht. Ich würde jedoch auch nicht sagen", ergänzte er schnell, bevor Jaina ihn unterbrechen konnte „dass sie *ungleich* sind. Genauso wenig, wie ich sagen würde, dass ein Insekt und eine Blume gleich sein könnten. Das sind zwei komplett verschiedene Dinge."

Dankbar für die Vorlage erzählte Jaina Thrall das selbe, was sie Antonidas gesagt hatte, damals, als sie als junge Frau frech darauf bestanden hatte, seine Schülerin zu werden. Der Zaubermeister hatte ihr zur Antwort gegeben: „Es liegt genauso wenig in der Natur der Frau, Magierin zu werden, wie es in der Natur des Hundes liegt, eine Arie zu komponieren."

Und wie sie damals ihm erwidert hatte, sagte sie jetzt zu Thrall: „Ist nicht der Hauptunterschied, der uns von den Tieren trennt, der, dass wir unsere Natur ändern können? Immerhin gibt es Leute, die darüber diskutieren, ob die Natur der Orks nicht das Sklavendasein ist …" Dann schüttelte Jaina den Kopf. „Wie auch immer, es gibt viele, die so denken wie du. Aber genau deshalb müssen Frauen auch immer doppelt so hart arbeiten wie Männer, um dieselbe Position zu erreichen. Und deshalb vertraue ich Lorena mehr als jedem anderen meiner Offiziere. Sie wird die Wahrheit herausfinden."

Darauf warf Thrall seinen massigen Kopf zurück und lachte herzhaft. „Du bist eine unglaubliche Frau, Jaina Proudmoore. Du erinnerst mich daran, wie viel ich immer noch über die Menschen lernen muss, obwohl ich von ihnen aufgezogen wurde."

„Wenn man bedenkt, wer dich aufgezogen hat, würde ich eher sagen, *trotzdem* du von ihnen aufgezogen wurdest."

Thrall nickte. „Gut gekontert. Lass deinen weiblichen Oberst die Sache untersuchen. Wir reden wieder, wenn sie Ergebnisse vorzuweisen hat." Er ging zur Strickleiter, die immer noch von dem schwebenden Luftschiff herabhing.

„Thrall."

Er blieb stehen und drehte sich zu ihr um. Sie warf ihm den aufmunterndsten Blick zu, den sie überhaupt zu Stande brachte. „Wir werden dieses Bündnis nicht scheitern lassen, nicht wahr?"

Er schüttelte den Kopf. „Nein, das werden wir nicht." Dann erklomm er die Strickleiter.

Jaina murmelte eine Beschwörung in einer Sprache, die nur Magiern bekannt war. Dann atmete sie tief ein und aus. Ihr Magen fühlte sich an, als würde er durch ihre Nase herausgesaugt, als die Hügelkuppe, das Luftschiff, Thrall und Razor Hill sich verschoben und die Landschaft um sie herum sich veränderte, alles undeutlich und diesig wurde. Einen Moment später verschmolz alles zur gewohnten Umgebung ihrer Räume im obersten Stockwerk der Burg von Theramore.

Meist bevorzugte sie es, die Regierungsarbeit in diesem kleinen Raum mit einem Tisch und Tausenden von Schriftrollen zu erledigen, der Thronsaal war ihr dafür nicht halb so lieb. Jaina saß ungern auf dem Symbol ihrer Herrschaft. Selbst während der wöchentlichen Termine, wenn sie Bittsteller empfing, ging sie normalerweise vor dem peinlich großen Ding auf und ab, anstatt sich darauf zu setzen; sie benutzte den Raum insgesamt sehr selten. Diese Kammer hingegen war mehr wie Antonidas Studierzimmer, wo sie ihre besondere Kunst perfektioniert hatte, geprägt von einem unaufgeräumten Schreibtisch und schlecht sortierten Schriftrollen. Die Ähnlichkeit zu jener Stube von einst machte es zu einem Zuhause.

Etwas anderes, was es in der Kammer nicht gab, dafür aber im Thronsaal, war ein Fenster mit Aussicht. Jaina wusste, dass sie niemals ihre Arbeit mit Blick auf Theramore hätte erledigen können. Sie würde abwechselnd von den Wundern, die dort entstanden und der Furcht, für all das verantwortlich zu sein, abgelenkt werden.

Teleportieren war immer ein sehr intensiver, kräftezehrender Prozess. Und obwohl Jainas Training ihr inzwischen ermöglichte, unmittelbar nach Beendigung eines Sprungs kampfbereit zu sein, bevorzugte sie es doch, ein wenig Zeit zu haben, um sich zu erholen. Einen dieser Momente gönnte sie sich jetzt, Sekunden bevor sie nach ihrer Zofe rief.

„Duree!“

Die alte Witwe kam durch den Haupteingang. Die Kammer hatte drei Zugänge. Zwei kannte ein jeder, den, den Duree gerade benutzt hatte und den, der zu Gang und Treppe und Jainas Privaträumen führte. Der dritte war ein Geheimnis, gedacht als Fluchtweg. Nur sechs Personen wussten davon, und fünf davon waren jene Arbeiter, die ihn gebaut hatten.

Duree schaute wütend durch die Gläser ihrer Brille auf Jaina. „Kein Grund, so zu brüllen. Ich sitze direkt vor der Tür – wie immer. Wie ist Euer Treffen mit dem Ork verlaufen?“

Seufzend erinnerte Jaina sie nicht zum ersten Mal: „Sein Name ist Thrall.“

Duree fuchtelte so wild mit den Armen, dass die zierliche Frau fast das Gleichgewicht verloren hätte. Ihre Brille rutschte von ihrer Nase und baumelte an einem Band um ihren Hals. „Ich weiß, aber es ist ein so dummer Name. Ich meine, Orks haben Namen wie Hellscream und Doomhammer und Drek'Than und Burx oder so was. Und er nennt sich Thrall? Welcher Ork mit etwas Selbstachtung würde sich denn so rufen lassen?“

Jaina erklärte nicht, dass Thrall mehr Selbstachtung hatte als jeder andere Ork, den sie kannte, weil dieser Hinweis die vorherigen hundert Male auch nicht in Durees Gedächtnis haften geblieben war. Stattdessen verbesserte sie: „Es heißt Drek'Thar, nicht Drek'Than."

„Wie auch immer." Duree pflanzte ihre Brille wieder auf die Nase. „Das sind gute Ork-Namen. Nicht Thrall. Doch egal, wie ist es gelaufen?"

„Wir haben ein Problem. Hol Kristoff. Und schick jemanden, der Oberst Lorena sucht und ihr sagt, dass sie einen Trupp zusammenstellen soll, der nach Northwatch reist und mir von dort berichtet. Sobald sie mit den Vorbereitungen fertig ist, will ich sie sehen." Jaina saß an ihrem Tisch und begann die Schriftrollen zu sortieren. Auf diese Weise versuchte sie, die Schiffsberichte zu finden.

„Warum Lorena? Sollten nicht besser Lothar oder Pierce gehen? Jemand, der etwas weniger … ich weiß nicht … *weiblich* ist? Die in Northwatch sind ein rauer Haufen."

Jaina fragte sich, ob sie diese Unterhaltung jedes Mal führen musste, wenn Lorenas Name fiel. „Lorena hat mehr Durchsetzungsvermögen als Lothar und Pierce zusammen. Sie wird das gut machen."

Duree schmollte, ein jämmerlicher Anblick bei einer so alten Frau. „Es ist nicht richtig. Das Militär ist keine Frauenarbeit."

Jaina gab es auf, nach den Schiffsberichten zu suchen und funkelte ihre Zofe an. „Das gilt auch für das Regieren einer Stadt."

„Nun, das ist etwas anderes", beteuerte Duree schwach.

„Warum?"

„Weil es eben so ist."

Jaina schüttelte den Kopf. Drei Jahre, und Duree hatte immer noch keine bessere Antwort parat. „Hol einfach Kristoff und schicke nach Lorena, bevor ich dich in einen Molch verwandele."

„Wenn Ihr mich in einen Molch verwandelt, werdet Ihr nie wieder etwas in diesem Durcheinander finden."

Jaina warf frustriert ihre Hände hoch und sagte: „Ich kann schon *jetzt* nichts finden. Wo sind diese verdammten Schiffsberichte?"

Lachend antwortete Duree: „Kristoff hat sie. Ich sage ihm, er soll sie mitbringen, wenn er vorbeikommt. Soll ich?"

„Bitte."

Duree verbeugte sich, was ihre Brille dazu brachte, wieder abzurutschen. Dann verließ sie die Kammer. Jaina überlegte kurz, ob sie ihr einen Feuerball hinterherwerfen sollte. Dann entschied sie sich dagegen. Duree hatte Recht. Ohne sie hätte Jaina wirklich rein gar nichts gefunden.

Augenblicke später trat Kristoff ein, mehrere Schriftrollen in den Händen. „Duree hat gesagt, Ihr wolltet mich sprechen, Mylady. Oder wolltet Ihr nur das hier?" Er zeigte auf die Dokumente.

„Eigentlich beides. Danke", fügte sie hinzu, als sie ihm die Rollen abnahm.

Kristoff war Jainas Kämmerer. Während sie Theramore regierte, war Kristoff derjenige, der es *verwaltete*. Sein Talent für interne Details prädestinierte ihn für den Job und war eines der ersten Dinge gewesen, die Jaina davon abgehalten hatten, Amok zu laufen, als das Anführersein zum ersten Mal zu viel für ihre nicht sehr breiten Schultern geworden war. Er war vor dem Krieg Hochlord Garithos Verwalter gewesen und hatte da sein legendäres Organisationstalent unter Beweis gestellt.

Selbstverständlich hatte er keine Karriere innerhalb des Militärs gemacht. Dazu war er zu schwach. Kristoff war zwar groß, aber spindeldürr. Er wirkte fast so zerbrechlich wie Duree, die aber immerhin ihr hohes Alter als Entschuldigung hatte. Sein dunkles, etwas mehr als schulterlanges und glatt fallendes Haar umrahmte ein hageres Gesicht mit Adlernase. Ein Gesicht, das immer finster dreinzuschauen schien.

Jaina erzählte Thralls Geschichte vom Angriff auf die Orgath'ar und dem Menschenschiff in der Nähe, das nichts getan hatte, um zu helfen.

Kristoff hob seine dünne Augenbraue und sagte: „Die Geschichte klingt nicht glaubwürdig. Eine halbe Meile vor Ratchet, sagtet Ihr?"

Jaina nickte.

„In diese Region wurden gar keine Boote geschickt, Mylady."

„Der Nebel war dicht. Ist es möglich, dass das Boot, das Kapitän Bolik gesehen hat, vom Kurs abgekommen ist?"

Kristoff nickte und überdachte den Punkt. „Wie auch immer, Mylady, es ist genauso gut möglich, dass dieser Kapitän Bolik falsch liegt."

„Das halte ich für unwahrscheinlich." Jaina ging auf die andere Seite ihres Tisches, setzte sich und legte die Schiffsberichte auf den einzigen freien Platz. „Orks können besser sehen als wir, denkt daran, und sie neigen dazu, diejenigen mit den *besten* Augen in den Ausguck zu setzen."

„Wir müssen aber auch die Möglichkeit in Betracht ziehen, dass die Orks lügen." Bevor Jaina widersprechen konnte – und sie wollte widersprechen –, hielt Kristoff seine langgliedrige Hand hoch: „Ich rede jetzt nicht von Thrall, Mylady. Der Kriegshäuptling der Orks ist ein ehrenhafter Mann, das stimmt. Ihr tut recht daran, Euer Vertrauen in ihn zu setzen. Ich glaube nur, dass er sich einfach darauf verlässt, was ihm seine Leute sagen."

„Und was könnte dahinterstecken?" Jaina kannte die Antwort, aber sie wollte sie von Kristoff bestätigt hören.

„Ich bleibe bei dem, was ich Euch die ganze Zeit schon erzähle, Mylady. Wir können es uns nicht leisten, den Orks blind zu vertrauen. Einzelne Orks haben sich als ehrenhaft erwiesen, ja, aber die ganze Rasse? Wir wären Dummköpfe, wenn wir annehmen würden, dass sie uns alle wohl gesonnen und so erleuchtet sind wie Thrall. Er war ein starker Verbündeter gegen die Brennende Legion. Und ich bewundere alles, was er leistete. Aber das war doch nur zeitlich begrenzt." Kristoff legte seine schmalen Hände auf den Tisch und beugte sich zu Jaina vor. „Das Einzige, was die Orks auf Linie hält, ist Thrall. Und in der Minute, in der er weg ist, das versichere ich Euch, Mylady, werden sich die Orks wieder zurückverwandeln und alles tun, um uns zu vernichten."

Jaina lachte unfreiwillig auf. Kristoffs Worte spiegelten exakt Jainas und Thralls Gespräch wider. Allerdings hörte es sich aus dem Mund des Kämmerers weit weniger vernünftig und nachvollziehbar an.

Kristoff straffte sich. „Etwas amüsiert Euch, Mylady?"

„Nein. Ich glaube nur, Ihr bewertet die Lage falsch."

„Und ich glaube, Ihr unterschätzt sie. Dieser Stadtstaat ist alles, was Kalimdor davor bewahrt, komplett von den Orks überrannt zu werden.“ Kristoff zögerte, was ungewöhnlich war. Der Kämmerer hatte Karriere gemacht, weil er geradeheraus war, was eine seiner nützlicheren Charaktereigenschaften war.

„Was meint Ihr, Kristoff?“

„Unsere Verbündeten sind besorgt. Der Gedanke eines ganzen Kontinents unter Ork-Herrschaft ist … für viele verstörend. Derzeit passiert in dieser Hinsicht wenig, teilweise weil es andere Angelegenheiten gibt, aber …“

„Aber gerade jetzt bin ich alles, was eine Invasion verhindert.“

„So lange wie Lady Proudmoore, die große Magierin und Siegerin über die Brennende Legion, über die Menschen auf Kalimdor herrscht, wird der Rest der Welt ruhig schlafen. Das wird sich ändern, sobald man glaubt, dass Lady Proudmoore die Orks nicht mehr auf Linie halten kann. Und die dann drohende Invasionsflotte wird die Flotte Eures verstorbenen Vaters wie ein paar verirrte Ruderboote erscheinen lassen.“

Jaina lehnte sich auf ihrem Stuhl zurück. Die Wahrheit war, dass sie nur wenige Gedanken an die Welt jenseits von Kalimdor verschwendet hatte, weil sie zu beschäftigt damit gewesen war, Dämonen zu bekämpfen und dann Theramore aufzubauen. Und der Angriff ihres eigenen Vaters hatte deutlich gemacht, dass diejenigen, die nicht gemeinsam mit den Orks gekämpft hatten, sie immer noch für wenig mehr als Tiere hielten.

Aber Kristoff hätte es besser wissen müssen. „Was schlagt Ihr vor, Kämmerer?“

„Dass dieser Kapitän Bolik nur ein Aufwiegler ist, der versucht, Thrall gegen Euch aufzubringen, gegen *uns*. Selbst mit Northwatch stehen wir sehr allein. Wir könnten leicht von den Orks eingeschlossen werden. Vor allem, wenn man bedenkt, dass die Trolle schon auf ihrer Seite sind und die Gnome wohl für niemanden Partei ergreifen werden.“

Jaina schüttelte den Kopf. Kristoffs Vorhersage war der schlimmste Alptraum für jeden Menschen, der auf Kalimdor lebte. Es schien erst gestern gewesen zu sein, dass sie auf dem besten Weg gewesen waren, solche katastrophalen Entwicklungen unmöglich zu machen. Der Handel mit den Orks lief reibungsfrei, im Brachland, neutrales Gebiet zwischen Durotar und Theramore, war alles ruhig, und die beiden Rassen, die einander einst verachtet hatten, lebten seit drei Jahren miteinander in Frieden.

Jaina wünschte sich, das alles wäre ein Symbol dafür gewesen, wie die Dinge sein sollten – oder war alles doch nur eine Atempause, in der sie sich von der Brennenden Legion erholen konnten, der nächste Sturm aber unmittelbar bevorstand?

Bevor Jaina sich weiter damit beschäftigen konnte, trat eine hochgewachsene, dunkelhaarige Frau ein. Sie hatte ein eckiges Gesicht, eine spitze Nase und breite Schultern. Sie trug die Standard-Uniform, bestehend aus einem Brustpanzer mit grünem Waffenrock, auf dem das ankerförmige Symbol von Kul Tiras prangte, der früheren Heimat der Familie Proudmoore.

Die rechte Hand zum Gruß an der Stirn sagte sie: „Oberst Lorena meldet sich wie befohlen, Mylady"

Jaina erhob sich und erwiderte: „Danke, Oberst. Steht bequem. Hat Duree Euch gesagt, was benötigt wird?" Jaina fühlte sich auf sonderbare Weise immer *klein* neben Lorena. Deshalb zog sie es vor, in ihrer Gegenwart wenigstens zu stehen, wodurch sie glaubte, sich wenigstens das geringe Maß an eigener Stattlichkeit bewahren zu können, das sie sich selbst zugestand.

Lorena senkte ihre Hand und verschränkte beide Arme hinter dem Rücken. Aber sonst blieb sie aufrecht stehen wie ein Ladestock, mit perfekter Haltung. „Ja, Ma'am, das hat sie. Wir brechen innerhalb einer Stunde nach Northwatch auf. Ich habe einen Läufer vorgeschickt, der Major Davin von unserer Ankunft informiert."

„Gut, das ist alles." Sie blickte vom Oberst zu ihrem Kämmerer. „Das gilt auch für Euch."

Lorena salutierte, machte auf dem Absatz kehrt und ging. Kristoff hingegen zögerte.

Weil er nichts sagte, fragte Jaina: „Was ist denn noch, Kristoff?"

„Es wäre eine gute Idee, wenn der Trupp, der Lorena nach Northwatch begleitet, dort bliebe, um die Festung zu verstärken."

Ohne Zögern sagte Jaina: „Nein."

„Mylady …"

„Die Orks wollen uns komplett aus Northwatch heraushaben, Kristoff. Und da klar ist, warum wir diesem Wunsch nicht nachgeben können, werde ich mich nicht zu einer Provokation hinreißen lassen, wie sie die Verstärkung der Festung eindeutig darstellte. Ganz besonders nicht jetzt, da die Orks glauben, dass wir ihnen unsere Hilfe gegen die Piraten versagt haben."

„Ich denke immer noch …"

„Ihr seid entlassen, Kämmerer", fiel ihm Jaina eisig ins Wort.

Kristoff blickte sie kurz finster an, dann verbeugte er sich knapp, breitete seine Arme aus und rang sich ein „Mylady" ab, bevor er ging.

Vier

„Ich bin mir nicht sicher, ob ich verstehe, wo das Problem liegt, Oberst …“

Lorena blickte aus dem Fenster des kleinen Wachraums in der Feste Northwatch. Die Antwort kam von Major Davin, dem Festungskommandanten, der Lorena frustrierte, seit sie und ihr Sechs-Mann-Trupp vor einer Stunde eingetroffen waren.

Von seinem Platz an dem kleinen Tisch in der Mitte des Wachbüros hatte Davin, ein stämmiger Mann mit einem dichten Vollbart, Lorena eröffnet, dass sich ein Patrouillenschiff im Nebel verfahren hatte. Möglicherweise war es dieses Schiff gewesen, das die Orks behaupteten gesehen zu haben.

Lorena drehte sich um. Sie schaute auf ihn herab – was leicht war, weil er saß. Aber auch stehend wäre Lorena größer als der Major gewesen. „Das Problem, Major, ist, dass die Orks von uns Hilfe erwarten. Und dass sie die auch hätten kriegen müssen.“

„Wieso?“ Davin klang ehrlich überrascht.

„Sie sind unsere *Verbündeten.*“ Lorena konnte nicht glauben, dass sie das erklären musste. Davin war ein Held im Krieg, der einzige Überlebende eines brutalen Massakers an der Eskorte eines Zauberers. Die Informationen, die er mitgebracht hatte, waren unbezahlbar gewesen.

Aber jetzt zuckte der Kriegsheld nur die Achseln. „Sie haben mit uns zusammen gekämpft, sicher, aber das geschah aus purem Selbstzweck, Oberst. Diese Wesen sind nicht mal *zivilisiert.* Der einzige Grund, weshalb wir uns mit denen zusammentaten, war Thrall. Und der ist es auch nur deshalb wert, weil er von Menschen aufgezogen wurde … Was mit denen passiert, soll nicht unsere Sache sein.“

„Lady Proudmoore ist nicht dieser Ansicht", sagte Lorena mit gepresster Stimme, „und genauso sehe ich das auch." Sie drehte sich wieder um. Der Anblick der Großen See hier oben vom Fenster aus war spektakulär, und Lorena hätte diesen Anblick jederzeit Davins verdrießlichem Gesicht vorgezogen. „Ich habe meine Leute losgeschickt, um Kapitän Avinal und seine Mannschaft zu finden, damit ich ihre Version der Geschichte erfahre."

Jetzt stand Davin auf. „Bei allem gebührenden Respekt, Oberst, es gibt keine *Version*. Avinals Boot hat sich verfahren. Sie haben zurück auf Kurs gefunden. Sie kamen heim. Wenn ein Ork-Boot von Piraten angegriffen wurde, dann gut, aber es ist nicht unser Problem."

„Doch, genau das ist es." Sie dachte nicht daran, sich ihm zuzuwenden. „Piraten sind generell nicht gerade wählerisch darin, wen sie attackieren. Sie greifen Gnome, Orks, Trolle, Oger, Elfen, Zwerge oder Menschen an. Und *wenn* es Piraten gibt, die so nah bei Ratchet operieren, dann *geht* es uns sehr wohl etwas an."

„Ich bin bereits seit drei Jahren auf diesem Posten." Davin klang nun gereizt. „Ich brauche Euch nicht, um etwas über die Mentalität oder die Vorgehensweise von Piraten zu lernen."

„Wenn das der Fall ist, solltet Ihr mich auch nicht dafür nötig haben, Euch erst daran erinnern zu müssen, warum ein angegriffenes Ork-Schiff Euch – und uns alle – etwas angeht."

Ein kleiner Gefreiter, dessen Uniform aussah, als wäre sie für jemanden gemacht worden, der einen ganzen Kopf größer war, klopfte schüchtern an die Tür der Wachstube. „Ähm, Sir, da sind Leute, die Euch sehen möchten – und Oberst Lorena ebenfalls, Sir, wenn das in Ordnung geht, Sir."

„Wer?", fragte Davin.

„Ähm, Kapitän Avinal, Sir, und ein Soldat, den ich nicht kenne."

„Das muss Strov sein", sagte Lorena. „Er ist derjenige, dem ich befohlen hatte, den Kapitän herzuschaffen."

Davin warf Lorena einen wütenden Blick zu. „Und wozu soll es gut sein, einen Mann zu beschämen, indem man ihn hier auf die Wache bringt wie einen gewöhnlichen Gauner?"

Lorena begann in Gedanken einen Brief an Lady Proudmoore und General Norris zu schreiben, in dem sie empfahl, Davin zum Küchendienst zu versetzen. „Erstens, Major, hatte ich angenommen, Ihr würdet es begrüßen, wenn ich Euren Kapitän in Eurer Gegenwart vernehme. Zweitens, verfrachtet Ihr gewöhnliche Gauner etwa hierher statt in eine Zelle?"

Davin begnügte sich damit, weiterhin finster dreinzublicken. Eine Antwort auf die gestellte Frage gab er nicht. Deshalb wandte sich Lorena an den jungen Offizier. „Schickt sie beide herein, *bitte*, Gefreiter."

Irritiert sah der Gefreite zuerst zu Davin. Der Major nickte widerwillig, und da erst gehorchte er.

Zwei Männer betraten das kleine Büro. Strov war die durchschnittlichste Person, die Lorena kannte. Allerweltsgröße, Allerweltsgewicht und Allerweltskörperbau, braunes Haar, braune Augen, schmaler Schnurrbart. Er sah aus wie viele männliche Erwachsene, was einer der Gründe dafür war, warum er ein so exzellenter Spürhund war. Er war ein so unscheinbarer Mensch, dass selten jemand seine Anwesenheit überhaupt bemerkte.

Der Mann, der Strov folgte, hatte das wettergegerbte Aussehen eines erfahrenen Seemanns. Sein Gang wirkte unbeholfen, als erwarte er, dass ein Schiffsdeck unter ihm schwankte. Sein Gesicht war von Falten durchzogen und gerötet, was von langen Aufenthalten an der frischen Luft zeugte.

„Kapitän Avinal", sagte Davin und kehrte zu seinem Stuhl zurück, „das ist Oberst Lorena. Lady Proudmoore hat sie von Theramore hierher geschickt, um herauszufinden, warum das Piratenschiff das Ork-Schiff angriff."

Avinal zuckte mit den Achseln. „Ich denke, das ist offensichtlich, Oberst."

Einen Moment lang zögerte Lorena. Sie nutzte die kurze Spanne, um Davin einen finsteren Blick zuzuwerfen. Dann widmete sie sich Avinal. „Der Grund, den der Major für mein Hiersein angegeben hat, ist nicht ganz korrekt. Ich weiß, warum ein Piratenschiff einen Ork-Händler angreift. Was ich nicht weiß, ist, warum Ihr ihm nicht beigestanden habt."

Avinal zeigte auf Strov und fragte: „Ist es das, warum dieser

Mann und seine Leute mich und meine Mannschaft belästigt haben?“

„Stov und seine Kameraden haben nur die Befehle der Lady befolgt – genau wie ich.“

„Ich habe eine Patrouille zu führen, Ma’am. Das kann dann ja wohl noch warten, bis …“

„Nein, Kapitän, das kann es nicht.“

Avinal blickte zu Davin. Davins Schulterzucken schien sagen zu wollen, dass er es nicht mehr in der Hand hatte. Dann sah der Kapitän wieder zu Lorena. „Na gut. Wann soll dieser Angriff stattgefunden haben?“

„Vor fünf Tagen. Wie wir von Major Davin erfahren haben, stecktet Ihr an diesem Morgen im Nebel fest.“

„Ja, Ma’am, genau so war es.“

„Habt Ihr irgendwelche anderen Schiffe an dem Morgen gesehen?“

„Schon möglich. Ein paar Umrisse, die ein Boot gewesen sein könnten. Ich bin mir nicht sicher. An einer Stelle waren wir aber auf jeden Fall nah an einem Boot. Es ließ sein Nebelhorn erklingen.“

Lorena nickte. Das deckte sich mit dem, was die Orks Lady Proudmoore berichtet hatten.

„Aber wir haben nichts Eindeutiges gesehen. Man konnte die eigene Hand nicht vor Augen ausmachen. Ich segle schon fünfzig Jahre, Oberst, aber ich habe nie einen derartigen Nebel gesehen. Sargeras persönlich hätte übers Deck wandeln können, und ich hätte es nicht bemerkt. Das Letzte, was uns interessiert hat, war ein Haufen Grünhäute.“

Mehrere Sekunden lang starrte Lorena dem Kapitän tief in die Augen. Dann seufzte sie. „Sehr gut, Kapitän, danke. Das ist alles.“

„Verdammte Zeitverschwendung“, murmelte Avinal und verließ den Wachraum.

Nachdem der Kapitän gegangen war, sagte Strov: „Der größte Teil der Mannschaft lässt genau das Gleiche verlauten, Ma’am.“

„Natürlich tun sie das“, knurrte Davin. „Und zwar weil es

die Wahrheit ist, so wie es für jeden, der auch nur kurz darüber nachdenkt, auf der Hand liegt."

Lorena wirbelte herum. „Sagt mir, Major, warum habt Ihr nicht erwähnt, dass Kapitän Avinal einem anderen Boot nahe kam oder dass es sein Nebelhorn blies?"

„Ich dachte nicht, dass es wichtig wäre."

Lorena änderte ihren Brief im Geiste, sodass Davin nun doch eher zum Latrinendienst verdonnert wurde. „Es ist nicht Euer Job, Wichtigkeit zu werten. Es ist Euer Job, Eure Pflicht, den Befehlen Eurer Vorgesetzten zu folgen."

Davin atmete tief aus. „Oberst, Ihr wurdet hierher geschickt, um herauszufinden, ob Kapitän Avinal irgendetwas falsch gemacht hat. Das hat er nicht. Und was zählt es, ob eine Horde Grünhäute ihre Ladung verloren hat?"

„Das haben sie gar nicht. Denn sie haben die Piraten selbst und sehr erfolgreich bekämpft."

Jetzt stand Davin ruckartig wieder auf. Er musterte Lorena, als zweifele er an ihrem Verstand. „Bei allem gebotenen Respekt, Ma'am, warum dann diese Befragung? Es ist ja nicht so, dass die Grünhäute unsere Hilfe *nötig* gehabt hätten. Weshalb werden wir also wie Verbrecher behandelt? Wie ich schon sagte, wir haben nichts Falsches getan und uns auch sonst nichts zuschulden kommen lassen!"

Lorena schüttelte den Kopf. Sie konnte dieser Sicht der Dinge absolut nicht zustimmen.

Fünf

Byrok hätte sich nie vorstellen können, dass er einmal die glücklichste Zeit seines Lebens beim Fischen verbringen würde.

Auf den ersten Blick schien das nichts für einen Ork zu sein. Fischen hatte nichts mit Kämpfen zu tun, es gab keinen Ruhm zu ernten, keinen echten Kampf als Herausforderung, kein Ringen gegen einen gleichwertigen Feind. Es wurden keine Waffen benutzt, und Blut floss auch nicht.

Aber es war weniger, was er tat, als vielmehr das, *warum* er es tat. Tun konnte. Byrok ging fischen, weil er frei war.

In seiner Jugend war er auf die falschen Versprechungen von Gul'dan und dem Schattenrat hereingefallen, die eine neue Welt prophezeit hatten, wo der Himmel blau und die Bewohner leichte Beute für die hoch überlegenen Orks sein würden. Byrok war zusammen mit anderen seines Clans Gul'dans Befehlen gefolgt, niemals ahnend, dass Gul'dan und der Rat Sargeras' Wünschen und denen seiner widerlichen Dämonen folgte. Und er hatte auch nicht erkannt, dass der Preis für diese neue Welt ihre Seelen sein sollten.

Es dauerte ein volles Jahrzehnt, bis die Orks geschlagen waren. Entweder wurden sie von den Dämonen versklavt, die sie für ihre Wohltäter gehalten hatten, oder von Menschen unterworfen, die bewiesen, dass sie mehr Kampfgeist in sich trugen, als die Dämonen sich offenbar vorstellen konnten.

Dämonische Magie hatte Byroks Erinnerungen an sein Leben in der alten Ork-Heimat gelöscht. Und der Wunsch nach Verdrängung hatte seine Erinnerungen an die Zeit in menschlicher Gefangenschaft getilgt. Er erinnerte sich höchstens noch daran, dass die Arbeit hart und erniedrigend gewesen war und dass sie auch noch das bisschen Geist erstickt hatte, das ihnen die Dämonen am Ende ließen.

Dann aber war Thrall gekommen.

Alles hatte sich von da ab geändert. Der Sohn des großen Durotan, dessen Tod auf viele Arten das Ende der alten Lebensweise der Orks bedeutet hatte, war ihrer aller Rettung aus dem Jammertal gewesen. Ihre Erlösung. Und Zukunft.

Thrall war seinen Peinigern entkommen und wandte die Taktiken der Menschen in der Folge gegen sie an. Er erinnerte die Orks an ihre lange vergessene Vergangenheit, weckte längst Verschüttetes.

An dem Tag, an dem Thrall und seine wachsende Armee Byrok befreit hatten, hatte er geschworen, dass er dem jungen Ork dienen würde, bis einer von ihnen beiden starb.

Bislang war der Tod noch nicht gekommen, trotz größter Bemühungen von Menschensoldaten und Dämonenhorden. Ein niederes Mitglied der Brennenden Legion konnte immerhin für sich beanspruchen, Byroks rechtes Auge gestohlen zu haben. Im Gegenzug jedoch hatte Byrok den *Kopf* des Dämons für *sich* beansprucht.

Als der Krieg endete, als die Orks sich in Durotar ansiedelten, erbat sich Byrok, aus dem Dienst entlassen zu werden. Sollte der Kriegsruf wieder erschallen, versprach Byrok, würde er jedoch zu den Ersten gehören, die den Umhang des Kriegers wieder anlegten, selbst mit nur einem Auge.

Vorerst aber wollte er nur seine Freiheit genießen, für die er so hart gekämpft hatte.

Thrall hatte sie ihm gewährt, ebenso wie allen anderen, die sie sich erbaten.

Byrok war natürlich nicht gezwungen, sich als Fischer zu verdingen. In Durotar gab es ausgezeichnetes Farmland. Weil die Südlande auf sumpfigem Gebiet lagen, bauten die dort lebenden Menschen kein Getreide an, sondern steckten ihre meiste Energie ins Fischen. Ihren Überschuss tauschten sie mit den Orks gegen Getreide.

Aber Byrok wollte keinen Fisch, den Menschen gefangen hatten. Er wollte nichts mit Menschen zu tun haben, wenn es sich irgendwie vermeiden ließ. Ja, die Menschen hatten auf Seiten der Orks gegen die Brennende Legion gekämpft. Aber das war ein Zweckbündnis gewesen. Menschen waren Monster, und Byrok wollte mit diesen unzivilisierten Kreaturen möglichst nichts zu schaffen haben.

Deshalb war es ein regelrechter Schock, als der einäugige Ork an seinem üblichen Angelplatz am Deadeye Shore sechs Menschen entdeckte.

Das Gelände, das Byroks Angelplatz umgab, war hohes Grasland. Byroks Gespür war – auch mangels heilem rechtem Auge – ein wenig eingerostet. Davon abgesehen fand sich aber tatsächlich keinerlei Hinweis darauf, dass irgendjemand außer ihm selbst kürzlich durch das Gras gelaufen war. Schon gar keine Menschen, die für solch kleine, leichtgewichtige Kreaturen traurig tiefe Abdrücke in der Natur hinterließen. Sie waren eben eher tumb in ihren Bewegungen.

Byrok sah auch keine Luftschiffe in der Nähe oder Boote auf dem Wasser innerhalb der Sichtweite der Fischgründe.

Wie sie eigentlich genau hierher gekommen waren, bereitete Byrok allerdings auch deutlich weniger Sorgen als die Tatsache, *dass* sie da waren. Er legte sein Angelzeug ab und löste den Morgenstern von seinem Rücken. Die Waffe war ein Geschenk von Thrall, nachdem der Kriegshäuptling ihn aus der Gefangenschaft befreit hatte. Byrok ging nirgendwo ohne ihn hin.

Wären die Leute bei Byroks Fischgründen Orks gewesen, hätte er den Grund ihrer Anwesenheit erfragt. Aber Menschen, vor allem menschliche *Ruhestörer*, verdienten eine solche Behandlung nicht. Er würde ihre Absichten herausfinden. Im besten Fall waren es Narren, die sich zu weit nach Norden gewagt und nicht mitbekommen hatten, dass sie auf fremdes Gebiet vorgedrungen waren. Byrok lebte schon lange und hatte herausgefunden, dass Dummheit durchaus häufiger vorkam als echte Boshaftigkeit.

Aber im schlimmsten Fall konnte es sich auch um echte Eindringlinge handeln, und wenn das zutraf, würde Byrok sie nicht lebend aus seinen Fischgründen entkommen lassen.

Byrok hatte die Sprache der Menschen während seiner Gefangenschaft erlernt, deshalb verstand er auch die Unterhaltung der sechs. Zumindest die Worte, die er aufschnappte. Von da, wo er im hohen Gras kauerte, konnte er beileibe nicht alles verstehen.

Was er aber hörte, klang nicht gut. „Umsturz“ war eines der Wörter, „Thrall“ ein anderes. Genauso wie „Grünhaut“, eine abwertende Bezeichnung der Menschen für Orks.

Dann verstand er den Satz: „Wir töten sie alle und nehmen uns den Kontinent.“

Ein anderer stellte eine Frage. Das einzige Wort, das Byrok davon verstand, war „Trolle“.

Derjenige, der den Kontinent erobern wollte, sagte darauf: „Die töten wir auch.“

Byrok schob das Gras beiseite und sah sich die Menschen genauer an. Ihm fiel nichts Besonderes auf. Alle Menschen sahen für Byrok gleich aus. Aber was der alte Ork bemerkte, war, dass die beiden, die ihm am nächsten standen, das Zeichen eines brennenden Schwerts am Körper trugen, einer als Tätowierung auf dem Arm, der andere als Schmuckstück, das an seinem Ohr baumelte.

Das Blut schien ihm in den Adern gefrieren zu wollen. Byrok erinnerte sich, wo er dieses Symbol schon einmal gesehen hatte. Es war lange her, damals, als die Orks das erste Mal auf Gul'dans Geheiß in diese Welt gekommen waren. Jene Orks damals nannten sich selbst *das Flammende Schwert*, und ihre Rüstungen und ihr Banner trugen dasselbe Symbol, wie es diese beiden Menschen zur Schau stellten. Das Flammende Schwert, das waren die verschworensten Anhänger des Schattenrats gewesen. Sie wurden später vernichtet, und keiner aus diesem dämonenverliebten Clan überlebte.

Aber das hier waren *Menschen*, die das Symbol trugen. Und sie sprachen davon, Thrall zu töten!

Sein Blut kochte. Byrok stand auf und begann auf das Sextett zuzulaufen. Seinen Morgenstern schwang er über dem Kopf. Selbst bei seiner Masse war das einzige Geräusch, das er dabei verursachte, das Zischen, das seine kreisende Waffe hervorrief. Die Dornen gespickte Kugel rotierte um den Kopf des Orks.

Aber das war unglücklicherweise offenbar Lärm genug. Zwei der Menschen, die beiden mit dem Schwert-Symbol, wirbelten herum. Deshalb zielte Byrok auf den Nächststehenden der beiden, lenkte den Morgenstern direkt gegen den rasierten Schädel und ließ den Griff los. Er machte sich keine Sorgen darum, seine Waffe zu verlieren. Kein Mensch konnte das Ding aufheben, deshalb lag es sicher, bis er es sich holen würde.

„Ein Ork!"

„Wurde auch Zeit, dass mal einer auftaucht!"

„Tötet ihn!"

Weil das Überraschungsmoment weg war, brüllte er so laut er nur konnte. Das schüchterte die Menschen immer ein. Dann sprang er auf einen zu, der einen Vollbart trug. Byroks gewaltige Faust kollidierte mit dem Kopf des Bärtigen.

Der mit dem rasierten Schädel umklammerte seine Schultern. Sehr zu Byroks Enttäuschung hatte er es geschafft, auszuweichen und so vermieden, am Kopf getroffen zu werden. Nun versuchte er, den Morgenstern mit seiner unverletzten Hand hochzuheben.

Wenn er Zeit gehabt hätte, hätte Byrok schallend gelacht. Aber er war zu beschäftigt damit, den Schädel eines anderen Menschen in seine rechte Hand zu nehmen und den Gegner gegen einen seiner Kameraden zu werfen.

Doch ein anderer Mensch attackierte ihn von rechts und verhinderte die Ausführung der geplanten Aktion. Byrok verfluchte sich selbst, weil er vergessen hatte, dass er auf dieser Seite blind war. Er drosch mit seinem rechten Arm zu, obwohl in diesem Moment Schmerz in seine Seite schnitt.

Zwei weitere Menschen stürzten sich auf ihn, einer schlug ihn, der andere attackierte ihn mit seiner Klinge. Byrok schaffte es, auf das Bein eines der Angreifer zu treten und es augenblicklich zu brechen. Die Schreie seines Opfers stachelten den Ork an, und er verdoppelte die Wucht seiner Attacke.

Aber es waren einfach zu viele Gegner. Obwohl zwei von ihnen schlimm verletzt waren, drangen sie doch vereint auf ihn ein. Und selbst Byrok konnte nicht sechs Menschen besiegen, wenn er unbewaffnet war.

Er erkannte, dass er seine Waffe brauchte, atmete tief ein, brüllte und stieß im selben Moment seine beiden Fäuste mit aller Kraft nach vorn. Dadurch setzte er seine Feinde nur für einen Moment außer Gefecht, aber ein Moment war alles, was er brauchte. Er langte nach seiner Waffe, seine Finger schlossen sich um den Griff …

Bevor er sie heben konnte, hieben zwei der Menschen gegen seinen Kopf. Und ein weiterer trieb einen Dolch durch seinen linken Oberschenkel. Byrok schlug mit beiden Armen um sich, die Kugel des Morgensterns flog durch die Luft und verfehlte knapp einen der Menschen.

Dann, so ungern er das auch tat, sah er sich gezwungen, sein Heil in der Flucht zu suchen.

Es war eine harte Entscheidung für ihn, nicht nur wegen des Dolches, der immer noch aus seinem Oberschenkel ragte und ihn behinderte. Vor einem Kampf davonzulaufen, war schändlich. Aber Byrok wusste, dass er eine höhere Aufgabe zu erfüllen hatte. Das Flammende Schwert war zurück, nur dass es sich diesmal aus *Menschen* zusammensetzte. Und sämtliche Angreifer, nicht nur die beiden, bei denen es ihm vorher aufgefallen war, hatten das Zeichen des Flammenden Schwerts getragen, als Kette, als Tätowierung oder irgendetwas anderes.

Das war eine Information, die Thrall erreichen musste.

Deshalb rannte Byrok davon.

Oder besser gesagt, er humpelte. Seine Wunden forderten ihren Tribut. Selbst das Atmen wurde zum Kampf.

Aber er lief weiter.

Schwach erkannte er, dass ihn die sechs verfolgten, aber er konnte sich nicht darum kümmern. Er musste zurück nach Orgrimmar und Thrall berichten, was passiert war. Selbst verwundet waren seine Schritte raumgreifender als die der Menschen. Er konnte sie abschütteln. Wenn er erst weit genug vor ihnen war, würde er sie im Unterholz, das er besser kannte als jeder andere, abhängen. Außerdem erweckten sie den Eindruck, als wollten sie den Ork nur schlimm verprügeln, nicht töten. Sie wussten wahrscheinlich nicht, dass Byrok ihre plumpe Sprache verstand. Und ahnten so auch nicht, dass Byrok wusste, wer sie waren. Sie würden ihn nicht weiter verfolgen als bis zu dem Punkt, den sie für sich als Genugtuung verbuchen konnten.

Zumindest hoffte er das.

Es gab keine Gedanken mehr in Byroks Geist. Er befreite seinen Kopf von allem, was hinderlich war, um die vordringliche Aufgabe zu erfüllen. Er war nur noch darauf bedacht, einen Fuß sicher vor den anderen zu setzen. Der Boden schien unter seinen Sohlen zu pochen. Er ignorierte die Schmerzen in seinem Bein und an all den anderen Stellen, wo sie ihn geschlagen, getreten oder mit ihren Waffen verletzt hatten, ignorierte sogar, dass sein vor dieser Begegnung noch heiles Auge immer trüber wurde, ignorierte die Müdigkeit, die alle Stärke aus seinen Gliedern sog.

Er lief und lief.

Dann aber stolperte er. Sein linkes Bein blieb stehen, aber sein rechtes wollte weiterrennen, tat es, und deshalb stürzte er zu Boden, das Gesicht voran ins hohe Gras. Schmutz drang ihm in Mund und Nase und Augen.

„Ich … muss … aufstehen …“

„Du gehst nirgendwohin, *Monster*.“

Byrok konnte die Stimme hören, die Schritte der Menschen und den Druck fühlen, als sich zwei von ihnen auf ihn setzten und ihn so jeder Möglichkeit beraubten, sich zu bewegen. „Weil deine Zeit abgelaufen ist. Verstehst du mich?“

Byrok schaffte es, seinen Kopf zu heben, damit er die beiden Menschen ansehen konnte. Was aber nicht alles war, was er wollte.

Er spuckte sie an.

Die Menschen lachten. „Los, fangen wir an, Jungs. *Galtak Ered'nash!*“

Die anderen fünf antworteten im Chor: *„Galtak Ered'nash!“*

Dann begannen sie, wie von Sinnen auf den hilflosen Ork einzudreschen.

Sechs

Eine Stunde nach der Befragung von Davin und Avinal sammelte Oberst Lorena ihre Abteilung auf einer Lichtung außerhalb von Northwatch. Felsen und mächtige Bäume sprenkelten die Landschaft. Wilder Wüstenbeifuss spross überall aus dem unebenen Boden hervor. Die Sonne knallte auf Boden und Pflanzen, ließ alles scheinbar glühen und sorgte für reichlich Wärme unter der Panzerung der Rüstungen.

Die meisten Männer, die Lorena mitgenommen hatte, waren dabei, weil ihre Namen oben auf dem Dienstplan gestanden hatten. Zwei jedoch hatte sie handverlesen.

Einer davon war Strov. Obwohl er noch jung war, vertraute sie ihm am meisten. Er versah seinen Dienst, ohne Fragen zu stellen und konnte, wenn nötig, auch improvisieren. Aber ansonsten befolgte er seine Anweisungen buchstabengetreu. Außerdem besaß er die Fähigkeit, jemanden verfolgen zu können, ohne ihn aus den Augen zu verlieren oder seine Zielpersonen überhaupt wissen zu lassen, dass er ihr auf den Fersen war.

Der andere war das genaue Gegenteil von Strov. Jalod war ein altgedienter Soldat, der schon gegen Orks gekämpft hatte, als noch niemand wirklich wusste, was ein Ork war. Gerüchte besagten, dass er Admiral Proudmoore ausgebildet hatte, obwohl Lorena das nicht glaubte. Er hatte schon alles gesehen, alles getan … und alles überlebt. Nun konnte er ausschweifende Geschichten darüber erzählen, was er auch ausgiebig zu tun pflegte.

Strov sagte: „Wie ich schon im Wachbüro verlauten ließ, Ma'am, die andere Mannschaft hat bestätigt, was Kapitän Avinal meinte. Sie konnten da draußen nichts sehen. Ich bezweifle, dass sie etwas von der Orgath'ar und den Piraten mitbekommen haben."

„Und wenn sie dort waren", fügte ein anderer Soldat, ein Veteran namens Paolo, hinzu, „waren sie nicht in der Lage zu helfen. Die Seeleute, mit denen ich gesprochen habe, hatten alle Angst vor dem Nebel."

Mal, der Jahre zuvor in der Marine von Azeroth gedient hatte, nickte. „Man kann's ihnen nicht verübeln. Nebel ist das Schlimmste. Keine Möglichkeit, den Kurs zu bestimmen. Normalerweise ist es das Beste, man setzt Anker, bis es vorbei ist. Bin überrascht, dass sie es nicht getan haben, um ehrlich zu sein."

„Was macht das schon?" sagte Jalod.

Lorena runzelte die Stirn. „Was soll das jetzt …?"

„Diese Orks haben Admiral Proudmoores Flotte vernichtet! Töteten einen der besten Männer. Hätte ich Avinals Boot unter meinem Kommando gehabt, ich hätte den *Piraten* geholfen. Es ist eine Schande, dass Lady Proudmoore die eigene Familie an diese Wilden verraten hat. Ihren eigenen *Vater* betrogen hat für solche …" Er suchte nach einem passenden Ausdruck, was ihm aber offenbar nicht rasch genug gelang, deshalb fuhr er fort: „Es ist beschämend, dass sie uns befohlen hat, diese Befragung durchzuführen. Wir sollten besser diese Monster jagen."

Alle traten bei seinen Worten verlegen von einem Fuß auf den anderen.

Zumindest alle außer Lorena, die ihr Schwert zog und die Spitze direkt auf Jalods Kehle setzte. Der alte Mann schien überrascht zu sein, und mehr als das. Seine blauen Augen weiteten sich vor Angst, was man selbst unter den Falten sehen konnte, die sein Gesicht durchzogen.

Lorena sagte leise und gerade deshalb so bedrohlich: „Sprecht niemals wieder in meiner Gegenwart schlecht von Lady Proudmoore, Sergeant. Mich interessiert es nicht, mit wem Ihr zusammen gedient oder wie viele Trolle und Dämonen Ihr getötet habt. Wenn Ihr jemals so etwas auch nur wieder denkt, werde ich Euer Innerstes nach außen kehren und die Einzelteile an die Hunde verfüttern. Habe ich mich klar ausgedrückt?"

Strov trat vor. „Ich bin mir sicher, der Sergeant wollte Lady Proudmoore nicht beleidigen, Ma'am."

„Natürlich nicht." Jalods Stimme klang jetzt brüchig. „Ich zolle ihr höchsten Respekt, Ma'am, Ihr wisst das. Es ist nur …"

„Was?"

Jalod schluckte, sein Adamsapfel stieß gegen Lorenas Schwertspitze. „Diesen Orks kann man nicht trauen. Das ist alles, was ich sage."

Das war *nicht* alles gewesen, aber Lorena senkte ihr Schwert dennoch. Jarods jahrzehntelanger Dienst verschaffte ihm das Recht auf ein paar Zweifel, und seine Worte waren letztlich nur allzu verständlich für einen Mann, der wacker unter Lady Proudmoore gedient hatte. Dessen Dienst zurückreichte bis in die Zeit, bevor Arthas dem Bösen verfallen war. Wäre es irgendjemand anderes gewesen, hätte sie es nicht bei einer Verwarnung belassen, sondern ihn tatsächlich an Ort und Stelle ausgeweidet.

Lorena steckte ihr Schwert zurück. „Lasst uns zu den Docks zurückkehren. Es ist eine lange Reise bis nach Hause."

Als sie zu der Stelle marschierten, wo ihr Schiff vertäut lag, fragte sich Lorena, was eigentlich los war. Sie war ihr ganzes Erwachsenenleben lang Soldat gewesen. Als jüngstes von zehn Kindern, das einzige Mädchen, hatte sie Soldat werden wollen, genau wie ihre Brüder und ihr Vater. Sie hatte sich dafür sogar selbst davon überzeugt, ein Junge zu sein – bis ihr Körper sie in ihrem dreizehnten Sommer mit der Realität konfrontierte, dass sie genau das eben nicht war. Sie war so geschickt mit Schwert und Schild, dass ihr Vater seinen Widerstand schließlich aufgab und ihren Wunsch unterstützte, der Stadtwache von Kul Tiras beizutreten. Über die Jahre arbeitete sie sich in den Rängen nach oben, um schließlich im Krieg gegen die Brennende Legion Oberst unter Lady Proudmoore zu werden.

Im Laufe der Zeit hatte sie ihren Instinkt geschärft. Den Instinkt eines Soldaten, der einer Familie von Soldaten entstammte. Und dieser Instinkt sagte ihr jetzt, dass hinter der Sache mit dem Patrouillenboot, das weder das Handelsschiff noch die angreifenden Piraten im Nebel gesehen hatte, mehr steckte. Der Verdacht war schon von dem Moment an in ihrem Hinterkopf herumgegeistert, da sie in Northwatch angekommen war. Aber Jalods Worte hatten ihn noch bestätigt.

Sie war sich nicht sicher, was genau nicht stimmte. Aber sie hatte vor, genau das herauszufinden.

Als sie zum Rand der Lichtung marschierten, war Strov darauf bedacht, Sergeant Jalod die ganze Zeit im Auge zu behalten. Er wusste nicht, was in den alten Bussard gefahren war, aber Strov gefiel es nicht, kein bisschen.

Es war eine Sache, sich über die Orks zu beschweren. Das war angesichts der Ereignisse vielleicht zu erwarten und verständlich. Wenngleich Strov selbst die Orks eher für Opfer des dämonischen Einflusses hielt. Es war genauso sinnvoll, sie zu hassen wie Medivh, und der wurde als Held verehrt, trotz allem, was die Dämonen ihm angetan hatten.

Dennoch konnte Strov verstehen, warum einige Menschen die Orks nicht ausstehen konnten.

Aber Lady Proudmoore? Die Einzigen, die berechtigten Grund hatten, schlecht von ihr zu denken, waren die Brennende Legion und deren Sympathisanten.

Jalod hatte solche Ansichten in der Vergangenheit nie geäußert. Was Strov auf den Gedanken brachte, dass der Sergeant vielleicht allmählich verrückt wurde.

Das war nichts Ungewöhnliches. So etwas passierte den besten Leuten. Aber es konnte alle anderen in Gefahr bringen. Was man in der Ausbildung beigebracht bekam, war, dass man sich auf die Leute in seiner Einheit verlassen können musste. Strov war sich nicht sicher, ob er sich auf Jalod noch verlassen konnte.

Strov war so damit beschäftigt, den Sergeanten im Blick zu halten, dass ihm nur langsam etwas auffiel, das er eigentlich schon früher hätten bemerken müssen. Die Bäume und Felsen bildeten zusammen mit ein paar Lagerhütten eine fast kreisförmige Grenze. Als sie sich dem Rand des Kreises näherten, sah Strov vier Gestalten in Kutten, die sich hinter den Lagerhütten, den Bäumen und Steinen versteckt hielten. Sie waren gut verborgen, aber Strov hatte schärfere Augen als die meisten.

„Hinterhalt!“

Auf Strovs Ruf hin gingen alle sieben Soldaten in Kampfposition und zogen ihre Schwerter. Gleichzeitig sprangen sieben Gestalten – Strov waren also drei entgangen – aus der Deckung.

Die Gestalten waren massig, ihre Kutten konnten kaum verbergen, dass es sich um Orks handelte. Aber der Stoff verhinderte, dass man erkennen konnte, um wen es sich genau handelte.

Strov fiel noch etwas auf, während er den Knüppel abwehrte, der gegen seinen Kopf schwang: Die Kutten hatten ein Emblem auf der Brust, ein brennendes Schwert. Strov kam es bekannt vor, aber er hatte keine Zeit, den Gedanken zu Ende zu führen, weil der vermummte Ork sein Bestes gab, um Strovs Leben auszulöschen.

Der Ork schlug weitere drei Mal mit seinem Knüppel zu, und alle drei Hiebe parierte Strov. Nach dem dritten griff er selbst an und trat den Ork in den Bauch. Mit einer solchen Attacke hatte sein Gegner nicht gerechnet. Er strauchelte, und Strov stieß mit dem Schwert nach. Doch selbst im Stolpern konnte der Ork den Vorstoß mit seinem Knüppel abblocken.

Zum Unglück des Orks gewann Strov durch diese Aktion aber immer mehr Oberwasser. Er attackierte nun ohne Unterlass mit verschiedenen Stößen und Schlägen und hoffte darauf, den Ork unvorbereitet zu treffen. Aber sein Gegner war gewieft. Er hatte erstaunliche Reflexe und war nun auf weitere Tritte und Schläge von Strov vorbereitet.

Strov wusste, dass sich viele Menschen voll auf ihre Waffe verließen. Aber er selbst zog es vor, seinen ganzen Körper einzusetzen.

Er stieß nach unten und hoffte, dass der Ork tief genug kontern würde. Dadurch würde sich seine Abwehr öffnen, und Strov könnte einen hohen Schlag auf den Schädel anbringen. Doch der Ork sah das voraus und hielt den Knüppel nur mit einer Hand, die andere hatte er erhoben, um sein Gesicht zu schützen.

Deshalb trat Strov dem Ork gegen das Bein. Der Tritt war nicht fest genug, um den Knochen zu brechen, aber der Ork stolperte und fuchtelte mit beiden Armen, um die Balance zu halten. Das gab Strov die Lücke, die er suchte, um dem Ork in die Brust zu stechen.

Zumindest dachte er das. Das Schwert durchdrang die Kutte mit Leichtigkeit, bis die Klinge halb eingedrungen war. Aber es fühlte sich nicht an, als ob sie in Fleisch schneiden würde. Und als er sie herauszerrte, was ihm mehr Mühe bereitete als erwartet, war auch tatsächlich kein Blut darauf zu sehen.

Strov biss die Zähne zusammen und konzentrierte sich, damit ihn die Überraschung darüber, kein Blut vergossen zu haben, nicht von seinem Gegner ablenkte, der jetzt wieder sicher auf den Beinen stand.

Strov atmete tief ein, griff erneut an und verbot sich jede Schwäche. Er schlug auf den Hals des Orks ein, wurde abgewehrt, hieb dann sofort auf den Bauch, dann wieder gegen den Hals und noch einmal auf die Beine. Seine Arme schienen aufgrund ihrer Geschwindigkeit zu verschwimmen, als er den Ork weiter und weiter bedrängte und keinen Zoll Boden wieder preisgab. Er ließ seinem Gegner kaum Zeit zu parieren und hoffte, dass die Gegenwehr früher oder später erlahmen würde.

Plötzlich erschien wie aus dem Nichts eine Klinge und traf den Kopf des Orks. Die Kutte wurde vom Stahl durchtrennt; eine Hälfte fiel herab und enthüllte das wütende grüne Gesicht eines männlichen Orks. In seinen linken Hauer war ein brennendes Schwert eingraviert.

Die zu Hilfe geeilte Klinge gehörte Oberst Lorena. Strov nahm an, dass sie ihren eigenen Gegner bereits erledigt hatte.

Dann brüllte der Ork den Befehl zum Rückzug und alle riefen im Chor: „*Galtak Ered'nash!*"

Strov kannte viele Sprachen, darunter die der Orks, Trolle, Gnome und Zwerge und ebenso alle vier Dialekte der Elfen. Doch diesen Ausruf hatte er noch nie zuvor gehört.

Als sein Gegner flüchtete, blickte sich Strov um und bemerkte, dass Ian und Mal am Boden lagen, der eine tot, mit aufgeschlitzter Kehle, der andere lebend, aber am Bein verletzt. Ansonsten waren Lorena, Jalod, Paolo und Clai unverwundet. Auch einer der Orks lag am Boden, die anderen sechs suchten das Weite, zwei bluteten.

„Strov, Clai, verfolgt sie!", rief Lorena, während sie zu Mal rannte.

Clai war der beste Kämpfer des Trupps. Strov sah, dass sein Mitstreiter jede Menge Ork-Blut an seinem Schwert hatte. „Konntest du das Fleisch treffen?“, fragte Strov und lief in dieselbe Richtung wie die sechs Orks.

Clai nickte. „Aber nur, wenn ich den Kopf oder den Hals erwischt habe. Es war, als ob ihre Körper aus Rauch oder so was bestünden.“

Die Gestalten waren zwischen überhängenden Weidenästen verschwunden, die fast wie eine Wand wirkten. Nur ein paar Schritte dahinter rannten Clai und Strov ebenfalls hindurch und … fanden niemanden mehr vor.

Kein Lebenszeichen von den Orks. Selbst die Blutspur der beiden Verletzten war verschwunden. Man konnte gut eine halbe Meile in jede Richtung blicken. Es wäre den Orks unmöglich gewesen, in der kurzen Zeit außer Sichtweite zu gelangen.

Strov blieb stehen und atmete tief durch. „Riechst du das?“

Clai schüttelte seinen Kopf.

„Schwefel. Und Kräuter, Thymian denke ich.“

Verwirrt fragte Clai, „Was bedeutet das?“

„Magie. Und es erklärt auch, warum wir sie nicht verletzen konnten.“

Mit einem fast schon wahnsinnigen Ausdruck in den Augen fragte Clai: „Dämonen?“

„Bete drum, dass es keine sind.“ Strov schauderte. Clai war neu, ein Rekrut, der zu jung war, um bereits gegen die Brennende Legion gekämpft zu haben. Den Wunsch, die Dämonen zu bekämpfen, hatte ohnehin nur jemand, der noch niemals gegen diese Wesen antreten musste.

Strov rannte durch das Geäst zurück zu Lorena. Clai folgte ihm.

Der Oberst kniete bei Mal. Paolo versorgte seine Wunden. Als sie Strov und Clai sah, stand sie auf und fragte wütend: „Was ist passiert?“

„Sie sind verschwunden, Ma’am. Vollständig, selbst ihre Blutspur. Außerdem stinkt es dort, wo wir sie verloren, nach Magie.“

Lorena spie aus. „Verdammt!“ Sie pfiff durch die Zähne und

zeigte dann auf die Kutte am Boden „Aber das passt. Den hier können wir wohl auch nicht mehr befragen."

Als er genau hinschaute, erkannte Strov, dass die Kutte leer war. Er stocherte mit seinem Schwert in der Kleidung herum, wodurch er etwas Asche aufwirbelte. Dann sah er den Oberst an.

„*Definitiv* Magie", sagte sie mit einem Nicken.

„Ma'am, da fällt mir etwas ein …" Als er sich an eine Unterhaltung mit seinem Bruder erinnerte, dämmerte es Strov endlich, was ihm so vertraut vorgekommen war. „Das ist es!"

„Was, Gefreiter?"

„Als ich das letzte Mal zu Hause war, hat mir mein Bruder Manuel von einer Gruppierung erzählt, die sich *Flammendes Schwert* nennt. Jemand versuchte, ihn im Demonsbane dafür anzuwerben. Man hat ihm erzählt, dass sie Leute suchen, die damit unzufrieden sind, wie sich die Dinge derzeit entwickeln. Aber mehr wusste er auch nicht."

Jalod schnaubte. „Niemand ist damit zufrieden, wie sich die Dinge derzeit entwickeln. Aber das ist doch kein Grund für eine Verschwörung."

Strov fand Jalods Antwort merkwürdig, wenn man bedachte, was er zuvor geäußert hatte. Aber er ging nicht darauf ein, sondern setzte seinen Bericht an den Oberst fort. „Ma'am, der Ork, den ich bekämpft habe, hatte ein brennendes Schwert in seine Hauer eingraviert."

„Ein brennendes Schwert." Lorena schüttelte den Kopf. „Der, den ich bekämpft habe, der sich danach in Asche verwandelte, hatte auch eine solche Verzierung – an seinem Nasenring."

Clai hob seine Hand. „Darf ich, Ma'am?"

Lorena nickte.

„Meiner hatte auch eine. Es war wie bei dem vom Gefreiten Strov, Ma'am, auf seinem Hauer."

„Verdammt." Sie sah zu Paolo, der nun über Mal stand. „Wie geht es ihm?"

„Braucht einen richtigen Heiler, aber ich kümmere mich darum, bis wir zurück nach Theramore kommen." Er schaute an Lorena vorbei in Richtung Northwatch. „Ich würde keinem Lazarett vor Ort trauen, Ma'am."

Durch seine zusammengepressten Zähne sagte Mal: „Das finde ich auch, Ma'am."

„Gut." Sie steckte ihr Schwert zurück, ohne es abzuwischen. Strov nahm an, dass sie es auf dem Boot nachholen würde. Er folgte Lorena in Richtung der Docks.

„Lasst uns zum Schiff gehen und gebt ihm etwas von meinem Brandy, um seine Schmerzen zu lindern, wenn wir an Bord sind", ordnete sie an.

Grinsend kommentierte Mal: „Der Oberst ist eine großzügige Frau."

Lorena schenkte dem Korporal ein schiefes Lächeln und erwiderte: „Nicht *so* großzügig. Nur zwei Fingerbreit hoch und nicht mehr. Das Zeug ist teuer."

Paolo gab Clai ein Zeichen, und die beiden hoben Mal an. Sie hielten sein verwundetes Bein ruhig, während sie ihn Seite an Seite zu den Docks trugen. Strov schleppte indes Ians blutüberströmten Körper.

Lorena sagte: „Gefreiter, sobald wir zurück in Theramore sind, will ich, dass Ihr mit Eurem Bruder sprecht. Ich möchte so viel wie nur irgend möglich über dieses Flammende Schwert erfahren."

„Alles klar, Ma'am, kein Problem. Ich kümmere mich darum."

Sieben

Das steinerne Gewölbe, in dem sich Thralls Sitz der Macht und sein Empfangsraum als Kriegshäuptling der Horde befand, war kühl. Thrall mochte es so. Orks waren keine Kreaturen der Kälte, deshalb fühlten sie sich hier leicht unwohl. Da er glaubte, dass es das Beste für die Besucher war, sich nicht *zu* gut in der Gegenwart ihres Anführers zu fühlen, akzeptierte er das eigene Unbehagen. Beim Bau hatte er darauf geachtet, dass die Mauern dick waren und keine Fenster hatten. Licht gab es nur von ein paar Laternen, keinen Fackeln, weil diese weniger Wärme spendeten.

Nicht, dass es jemals wirklich unangenehm kalt gewesen wäre. Er wollte schließlich nicht, dass seine Leute leiden mussten, wenn sie ihn um etwas baten. Aber er wollte es ihnen auch nicht zu leicht machen. Es war ein schwieriger Weg gewesen, den Thrall eingeschlagen hatte, und er wusste wie wertvoll, aber auch gefährdet seine aktuelle Position war. Er nahm deshalb jede Möglichkeit wahr, sich einen Vorteil zu verschaffen, selbst wenn es etwas so Unbedeutendes war, wie den Thronsaal kühl zu halten.

Er traf sich mit Kalthar, seinem Schamanen, und Burx, seinem stärksten Krieger. Beide standen vor Thrall, der auf seinem Thron aus Fellen von eigenhändig erlegten Tieren saß.

„Die Menschen sind immer noch in der Feste Northwatch. Das Letzte, was wir gehört haben, war, dass ein Schiff mit neuen Truppen ankam. Das klingt, als wollten sie den Stützpunkt verstärken."

„Wohl kaum." Thrall lehnte sich auf dem Thron zurück. „Lady Proudmoore hat mich darüber informiert, dass sie einen ihrer Krieger dorthin entsendet, um Kapitän Boliks Bericht zu untersuchen."

Burx richtete sich auf. „Misstrauen sie etwa dem Wort eines Kriegers?"

Kalthar, dessen grüne Haut mit dem Alter bleich und faltig geworden war, lachte kehlig. „Ich bin mir sicher, Burx, dass sie dem Wort eines Orks genauso trauen wie du dem eines Menschen."

„Menschen sind feige und verachtungswürdig", sagte Burx geringschätzig.

„Die Menschen von Theramore sind nicht so." Thrall beugte sich vor. „Und ich will nicht, dass in meiner Gegenwart noch einmal schlecht von ihnen gesprochen wird."

Burx stampfte mit dem Fuß auf. Thrall musste sich beherrschen, um den Krieger nicht auszulachen. Die Geste erinnerte ihn an ein Menschenkind, das einen Wutanfall hatte. Unter Orks war dieses Gebaren allerdings ein völlig legitimes Zeichen von Verstimmung. Obwohl er der Lord der Clans war, gab es Zeiten, in denen Thrall sich zwingen musste, sich zu erinnern, dass er nicht von seiner eigenen Art aufgezogen worden war.

„Dies ist *unser* Land, Thrall. Die Menschen haben kein Recht, es zu beanspruchen. Lass sie zurück über die Große See gehen, wo sie hingehören. Und lass uns zu dem Leben zurückkehren, das wir geliebt haben, bevor uns die Dämonen verhext haben. Weit weg von *allen* bösen Einflüssen, egal ob sterblicher oder anderer Natur."

Thrall schüttelte den Kopf. Er hatte geglaubt, diese Diskussion bereits vor zwei Jahren beendet zu haben. „Die Menschen haben das unwirtlichste Land auf Kalimdor bekommen und sogar ausgesprochen wenig davon. Wir haben die Marschen von Dustwallow nie gewollt. Jainas Leute hingegen …"

„Jaina?" spöttelte Burx.

Jetzt stand Thrall auf. „Sei vorsichtig, Burx. Lady Proudmoore, *Jaina*, hat sich meinen Respekt verdient. Du verlierst ihn gerade."

Burx duckte sich leicht. „Es tut mit Leid, Kriegshäuptling, aber du musst verstehen, du wurdest von ihnen aufgezogen. Es macht dich manchmal … blind für Dinge, die für den Rest von uns offensichtlich sind."

„Ich bin für gar nichts blind, Burx. Du erinnerst dich vielleicht, dass ich es war, der den Orks auf dieser Welt die Augen geöffnet hat, als sie dem dämonischen Fluch zum Opfer gefallen waren. Ich war es, der sie daran erinnert hat, *wer wir sind*. Glaube ja nicht, dass du mich belehren könntest wie …"

Ein atemloser junger Ork stürzte herein und unterbrach sie. „Donnerechsen!"

Thrall blinzelte. Thunder Ridge, die Heimat dieser Kreaturen, war weit weg von hier. Wenn einige dieser Tiere in Orgrimmar selbst aufgetaucht wären, wäre der Alarm jedoch gewiss anders ausgefallen.

„Wo?" fragte Burx.

„Weit weg von hier jedenfalls", sagte Kalthar, der eine ähnliche Einschätzung zu haben schien wie Thrall, „andernfalls hätte man sicher nicht nur einen Boten geschickt, noch dazu einen solchen Jüngling."

Der Jüngling, wie ihn Kalthar nannte, trug in der Tat den blitzförmigen Nasenring eines Boten. Es bestand kein Zweifel, er war von Thunder Ridge hierher gelaufen, um Thrall Bericht zu erstatten.

„Sprich", forderte Thrall ihn auf.

„Ich komme von der Drygulch Klamm, Kriegshäuptling. Die Donnerechsen sind aus Thunder Ridge entkommen."

„Wie konnte das passieren?" fragte Burx.

Thrall funkelte seinen Krieger an. „Lass ihn sprechen – vielleicht erfahren wir es dann." Zu dem Jungen sagte er: „Weiter."

„Ein Farmer namens Tulk hörte sie heranstürmen. Er rief seine Söhne, und sie verjagten die Echsen, bevor sie seine Ernte zerstören konnten. Aber niemand hat je davon gehört, dass Donnerechsen Thunder Ridge verlassen hätten. Deshalb haben er und seine Söhne sich mit dem Nachbarfarmer und *dessen* Söhnen zusammengetan und sind nach Thunder Ridge gezogen."

Thrall nickte. Thunder Ridge wurde von einem dichten Wald begrenzt – mit dicken, tief verwurzelten Bäumen –, den die

Echsen nicht durchqueren konnten. Wer beweglich und biegsam war, konnte den Wald überwinden. Aber Donnerechsen gewiss nicht.

„Als sie dort ankamen, sahen sie, dass der Wald abgeholzt war. Die Echsen haben sich selbst einen Weg geschaffen. Die Farmer fürchten um ihre Ernte.“

Thrall war gedanklich noch beim ersten Teil der Meldung. „Abgeholzt? Wie genau?“

„Die Bäume waren allesamt *abgeschnitten*. Die Stümpfe, die übrig waren, reichten nur eine Handbreit über den Boden.“

Burx fragte: „Wo wurde das viele Holz hingebracht?“

Der Junge zuckte mit den Schultern. „Keine Ahnung. Sie haben keine Äste gesehen, nichts, nur die Stümpfe.“

Thrall schüttelte den Kopf. „Wie ist das möglich?“

„Ich weiß nicht, wie das *möglich* ist, Kriegshäuptling“, sagte der Junge. „Aber genauso ist es passiert, das ist so sicher, wie ich hier stehe.“

„Das hast du gut gemacht.“ Thrall entließ den Boten mit einem militärischen Gruß. „Lass dir etwas zu essen und zu trinken geben. Vielleicht habe ich noch ein paar Fragen, nachdem du dich gestärkt hast.“

Der Junge nickte. „Danke, Kriegshäuptling.“ Damit eilte er hinaus.

„Das waren die Menschen“, sagte Burx, kaum dass der Bote den Thronsaal verlassen hatte. „So muss es sein. Sie haben schon so oft nach Holz aus den Wäldern von Thunder Ridge gefragt. Ein Ork würde das Land sicher nicht so schänden.“

Obwohl Thrall nicht schlecht von den Menschen denken wollte, musste er Burx insgeheim Recht geben. Kein Ork aus Durotar würde so etwas tun.

„Sie können unmöglich so viel Holz von Thunder Ridge zur Küste transportiert haben, ohne dabei beobachtet worden zu sein. Wären sie über Land gezogen, hätte man sie auch sehen müssen, dasselbe gilt für den Fall, dass sie Luftschiffe einsetzten.“

„Es gäbe eine dritte Möglichkeit“, sagte Kalthar.

Wieder schüttelte Thrall seufzend den Kopf, denn er ahnte, worauf Kalthar hinaus wollte. „Magie?“

„Ja, Magie", sagte Burx. „Und die mächtigste Zauberin in Theramore ist deine hübsche Lady Proudmoore, Jaina."

„Lady Proudmoore kann nicht dahinterstecken", sagte Kalthar. „Diese Schändung des Landes ist verwerflich. Die Menschen sind dafür verantwortlich … und doch nicht."

„Was willst du uns denn jetzt damit wieder sagen?", fragte Burx ärgerlich.

„Du sprichst in Rätseln", sagte auch Thrall. Dann lachte er. „Wie immer."

„Hier sind höhere Kräfte am Werk, Thrall", sagte Kalthar. „Machtvolle Kräfte."

Burx stampfte mit seinem Fuß auf. „Lady Proudmoore *verfügt* über machtvolle Zauberei. Die Menschen haben viele Gründe, warum sie diese Bäume in ihren Besitz bringen könnten. Dadurch erhalten sie stärkeres Holz für ihre Boote. Was es ihnen wiederum erleichtern würde, unsere Handelsschiffe zu belästigen. Außerdem setzt es die Donnerechsen frei, wodurch unsere Farmen verwüstet werden …" Burx stellte sich vor Thralls Thron. Sein Gesicht war dem des Kriegshäuptlings so nah, dass seine Hauer die von Thrall fast berührten. „Es passt, Kriegshäuptling, es passt *alles*. Und du weißt es."

In leisem Ton sagte Thrall: „Was ich sicher weiß, Burx, ist, dass Lady Proudmoore sich gegen ihren eigenen Vater gestellt hat, statt das Bündnis zwischen Durotar und Theramore zu zerstören. Glaubst du wirklich, sie würde die Allianz wegen ein paar *Bäumen* opfern?"

Burx trat zurück und warf die Arme in die Luft. „Wer kann schon sagen, was Menschen denken?"

„Ich kann es. Wie du eben ausgeführt hast, wurde ich von Menschen erzogen. Ich habe beides gesehen, die beste und die übelste Seite der Menschen. Und ich kann, wie du weißt, erkennen, dass Jaina Proudmoore nicht zu den Menschen gehört, die so etwas tun *würden*."

Burx verschränkte verteidigend seine Arme vor der Brust und sagte: „Es gibt keine Menschenmagier auf Kalimdor, von denen wir wüssten. Was lässt das für andere Möglichkeiten zu, Kriegshäuptling?"

„Das weiß ich nicht." Thrall lächelte. „Als Leutnant Blackmoore mich wie einen Mensch erziehen ließ, musste ich viele philosophische und naturwissenschaftliche Abhandlungen lesen. Bemerkenswert unter all dem war ein Vermerk, der mir im Gedächtnis haften blieb. Und zwar, dass am Anfang aller Weisheit die Aussage ‚Ich weiß es nicht' steht. Wer zu diesem Eingeständnis nicht fähig ist, wird niemals etwas lernen. Und ich rühme mich der Fähigkeit, lernen zu *können*, Burx." Er stand wieder auf. „Schick Krieger nach Drygulch. Sie sollen versuchen, die Donnerechsen einzufangen. Gib ihnen alle Unterstützung, die sie brauchen, um das Problem unter Kontrolle zu bringen." Dann sah er Kalthar an. „Hol den Talisman. Ich werde mit Lady Proudmoore reden."

„Wir sollten etwas *tun*." Burx stampfte wieder mit dem Fuß auf, selbst als Kalthar langsam aus dem Raum ging, um zu erledigen, was Thrall ihm aufgetragen hatte. „Wir sollten nicht nur *reden*."

„Reden ist der zweite Schritt, wenn man Dinge lernen will, Burx. Ich habe vor, herauszufinden, wer dafür verantwortlich ist. Jetzt geh und befolge meine Anweisungen."

Burx wollte etwas erwidern, aber Thrall unterband es.

„Schweig, Burx! Du hast deine Position mehr als klar gemacht. Selbst du wirst mir zustimmen, dass die Probleme von Drygulch im Moment dringlicher sind. Jetzt geh und tu, was ich dir aufgetragen habe, bevor unsere Farmen noch *tatsächlich* verwüstet werden."

„Selbstverständlich, Kriegshäuptling", murrte Burx. Er grüßte, wie es der Bote getan hatte, und ging.

Thrall hoffte, dass Jaina seine Verteidigung verdiente, und tief in seinem Herzen wusste er, dass es so war.

Aber wenn nicht Jaina Proudmoore die Bäume gestohlen und die Donnerechsen freigelassen hatte … wer dann?

Acht

Lorena wurde von Duree, der verrückten alten Zofe, die die Angelegenheiten von Lady Proudmoore regelte, in deren Gemach geführt. Doch der Raum war leer.

Lorena wirbelte zu Duree herum, die sie um einen ganzen Kopf überragte und fragte: „Wo ist sie?“

„Sie wird bald zurück sein, grämt Euch nicht. Sie ist vor einer Stunde gegangen, um sich mit diesem Ork-Kriegshäuptling zu treffen. Sie sollte jeden Moment wieder zurück sein.“

Verärgert fragte Lorena: „Sie trifft sich mit Thrall?“

Duree legte ihre Hand auf den Mund. „Oh, meine Liebe, ich durfte das gar nicht erzählen. Vergesst einfach, dass ich irgendetwas gesagt habe. Würdet Ihr das bitte tun, meine Teure?“

Der Oberst blieb ihr die Antwort schuldig. Stattdessen verzog sie ihr kantiges Gesicht und gab ein Knurren von sich, weil sie wollte, dass die alte Frau endlich das Zimmer verließ. Sie hatte Erfolg mit ihrer Drohgebärde, denn Duree preschte förmlich aus der Kammer, so überhastet, dass ihr fast die Brille von der Nase rutschte.

Einen Moment später erschien Kristoff. „Oberst. Duree sagte, Ihr wolltet Meldung machen.“

Lorena schaute auf den Kämmerer. Wie die Zofe war auch Kristoff ein notwendiges Übel. Immerhin funktionierte eine Nation nicht nur allein durch das Militär. Eine der ersten Lektionen, die ihr Vater und ihre Brüder ihr erteilt hatten, war gewesen, nett zu Verwaltern und ihresgleichen zu sein. Denn sie waren es, die noch viel entscheidender als ein hochdekorierter Offizier dafür sorgten, dass eine Einheit funktionierte.

Duree war ihr jedoch so lästig, dass sie bei ihr diesen guten

Rat fast immer vergaß. Kristoff hingegen war die rechte Hand der Lady. Deshalb schob Lorena ihre intensive Abneigung gegen diesen Mann beiseite und zwang sich ein Lächeln ins Gesicht.

„Ja, Kämmerer, ich habe einen Bericht für die Lady, sobald sie eintrifft."

Kristoff lächelte. Es war das falscheste Lächeln, das Lorena jemals gesehen hatte und das, obwohl sie Jahre damit verbracht hatte, die Burg von Kul Tiras zu bewachen, wo es große Rivalitäten gab. „Ihr könnt Euren Rapport auch bei mir ablegen, und ich versichere Euch, dass ich seinen Inhalt an Lady Proudmoore weiterleiten werde."

„Ich ziehe es vor, auf die Lady zu warten, Sir, wenn Ihr erlaubt."

„Sie ist in offiziellen Angelegenheiten unterwegs." Kristoff zog die Luft scharf ein. „Es könnte länger dauern."

Der Oberst schenkte dem Kämmerer nun ihrerseits ein falsches Lächeln und meinte: „Die Lady ist eine Magierin. Wenn die Angelegenheit erledigt ist, wird sie innerhalb kürzester Zeit zurückkehren. Und sie wünschte, meine Meldung persönlich von mir zu erhalten."

„Oberst …"

Was immer Kristoff sagen wollte, wurde von einem Geräusch übertönt, das die Ankunft von Lady Proudmoore ankündigte und von der Luft erzeugt wurde, die ihr materialisierender Körper verdrängte.

Besonders beeindruckend sieht sie nicht aus, dachte der Oberst wie stets, wenn es zu einer Begegnung kam. Aber Lorena hatte früh gelernt, dass man Magier nicht nach ihrem äußeren Erscheinungsbild beurteilen durfte. Sie selbst hatte sich ihr ganzes Leben lang darum bemüht, so männlich wie möglich auszusehen. Sie hielt ihr Haar kurz geschnitten, ließ die Beine unrasiert und trug Unterkleider, die ihre Brüste verbargen. Und trotzdem war sie mehr als einmal ob ihres Frauseins herabgewürdigt worden. Deshalb erstaunte es Lorena umso mehr, wie diese kleine dünne Frau mit dem goldenen Haar und den tiefblauen Augen es geschafft hatte, den Respekt so vieler zu erringen.

Teilweise, so nahm sie an, lag es an der Art, wie sie sich bewegte. Sie wirkte immer wie die größte Person, wo und neben wem sie auch gerade stehen mochte. Und das, obwohl sie objektiv und nüchtern betrachtet oft die Kleinste war. Ihre Kleidung war fast immer komplett weiß gehalten: Schuhe, Blusen, Hose, Umhang. Noch erstaunlicher aber war, dass diese Sachen weiß *blieben*.

Es nahm eine Woche jedes Jahres im Leben eines Soldaten in Anspruch, die weißen Verzierungen auf dem Brustpanzer davon abzuhalten, braun oder grau zu werden. Und die meisten hatten keinen Erfolg damit. Aber Lady Proudmoores Kleidung strahlte immer wie neu.

Lorena vermutete, dass das einer der positiveren Nebeneffekte eines Lebens als mächtige Magierin war.

„Oberst, Ihr seid zurück.“ Lady Proudmoore redete, als wäre sie die ganze Zeit im Raum gewesen. „Bitte berichtet.“

Kurz und prägnant schilderte Lorena ihr und dem Kämmerer, was sie und ihre Leute in Northwatch erfahren hatten.

Kristoff schürzte die Lippen. „Ich habe noch niemals von diesem Flammenden Schwert gehört.“

„Ich schon.“ Die Lady hatte ihre Kapuze zurückgeworfen, sodass ihr goldenes Haar offen herabfallen konnte. Sie saß an ihrem Tisch, während Lorena Bericht erstattete, und legte einen Finger an ihr Kinn. „Es gab einen Ork-Clan dieses Namens, aber er wurde vernichtet. Und einige Leute meiner Leibwache haben eine solche Gruppierung erwähnt.“

Lorena gefiel nicht, was sie hörte: Es war eine Sache, dass Strov davon gehört hatte. Aber wenn Gerüchte über diese Organisation die Leibwache der Lady erreichten, dann stimmte etwas nicht. „Das waren Orks, Ma'am, davon bin ich überzeugt.“

„Oder sie sollten wie Orks aussehen“, sagte Lady Proudmoore. „Sie benutzten offensichtlich Magie, was irritierend genug ist. Und deshalb könnten sie sich auch verkleidet haben. Immerhin, ein unprovozierter Angriff auf Menschensoldaten durch Orks würde viel dazu beitragen, unser Bündnis zu destabilisieren.“

„Es ist genauso möglich“, warf Kristoff ein, „dass es Ork-Aufrührer sind, die den Namen dieses ausgestorbenen Clans für ihre eigenen Zwecke missbrauchen.“

Lorena schüttelte ihren Kopf. „Das erklärt nicht, warum Strovs Bruder davon in einer Taverne in Theramore hörte."

Die Lady nickte so tief in Gedanken versunken, als hätte sie vergessen, dass sich auch noch andere im Raum aufhielten. Lorena kannte nicht viele Zauberer, aber sie alle hatten die Tendenz, hin und wieder in tranceartige Zustände zu verfallen.

Doch anders als andere Magier, die oft einen Schlag auf den Kopf benötigten, um die Welt um sich her wieder wahrzunehmen, war Lady Proudmoore meist in der Lage, sich selbst zurück in die Realität zu holen.

Das tat sie gerade und stand dabei auf. „Oberst, ich möchte, dass Ihr diese Vereinigung namens Flammendes Schwert auskundschaftet. Wir müssen wissen, wer dahintersteckt, wie sie operiert und ganz besonders, ob sie Magie einsetzt. Wenn Orks dafür rekrutiert wurden, warum sollten sie sich dann noch mit Menschen abgeben? Geht dem auf den Grund, Lorena. Setzt ein, was immer Ihr für nötig erachtet."

Lorena richtete sich auf und salutierte zackig. „Jawohl, Ma'am."

„Kristoff, ich fürchte, ich muss sofort abreisen. Donnerechsen sind aus Thunder Ridge entkommen und bedrohen die Drygulch Klamm."

Ärgerlich sagte der Kämmerer. „Ich verstehe nicht, inwieweit das uns kümmern müsste – oder Euch."

„Ein Teil des Waldes, der die Echsen auf Thunder Ridge hält, wurde bis zum Stumpf abgeholzt. Orks *tun* so etwas nicht."

„Wie könnt Ihr da so sicher sein?" Kristoff klang ungläubig.

Das gleiche Gefühl überkam Lorena angesichts der törichten Frage des Kämmerers. „Es können unmöglich Orks gewesen sein!", platzte es aus ihr heraus.

Ihr wurde bewusst, dass es ihr nicht zugestanden hatte, etwas zu äußern, deshalb suchte sie den Blickkontakt zu Lady Proudmoore. „Es tut mir Leid, Ma'am."

Lächelnd sagte die Lady: „Ist schon in Ordnung. Bitte, fahrt fort."

Lorena sah wieder Kristoff an und erklärte: „Selbst unter dem Bann der Brennenden Legion hätten Orks so etwas *nie-*

mals getan. Orks haben eine tiefe Ehrfurcht vor dem Land, so tief, dass sie manchmal, mit Verlaub, schon ans Psychotische grenzt."

Lady Proudmoore schmunzelte. „Eigentlich würde ich eher sagen, die menschliche Neigung, die Natur zu missbrauchen, grenzt ans Psychotische. Aber der Oberst hat einen guten Punkt angesprochen. Orks sind einfach nicht in der Lage, so etwas zu machen. Besonders, wenn man überlegt, was die Donnerechsen anrichten könnten. Also bleiben nur die Trolle, die sich jedoch selbst Thralls Herrschaft unterworfen haben, die Gnome, die aber neutral sind – und wir, die Verbündeten von Durotar." Sie seufzte. „Dazu kommt, dass es keine Spur von dem Holz gibt. Es müsste irgendwie transportiert worden sein. Aber es gibt keinerlei Berichte über Transporte zu Wasser, zu Lande oder durch die Lüfte. Was auf Magie hindeutet."

„Nachdem ich Euren Bericht gehört habe, Oberst, tendiere ich sehr in diese Richtung, und darüber möchte ich mehr von Euch erfahren."

Kristoff verschränkte seine spindeldürren Arme vor der schmalen Brust. „Ich verstehe nicht, warum Ihr deshalb Theramore verlassen müsst."

„Ich habe Thrall versprochen, dass ich das persönlich untersuche." Sie lächelte schief. „Im Moment bin ich eine der Hauptverdächtigen, weil ich sehr wohl dazu in der Lage wäre, die Bäume abzuholzen und nach sonst wohin zu teleportieren. Welchen besseren Weg, meine Unschuld zu beweisen, gäbe es, als selbst die Wahrheit herauszufinden?"

„Mir fielen mehrere Wege ein", meinte Kristoff säuerlich.

Lady Proudmoore ging zur anderen Seite des Tisches und stand ihrem Kämmerer gegenüber. „Es gibt noch einen anderen Grund. Es kann gut sein, dass fremde Magie dahintersteckt. Machtvolle Magie. Wenn es Magie von dieser Stärke auf Kalimdor gibt, dann muss ich wissen, wer sie ausübt. Und herausfinden, warum sich der betreffende Zauberer versteckt hält."

„*Wenn* Magie dahintersteckt." Kristoff klang gereizt, weshalb Lorena ihn leidenschaftlich gern verprügelt hätte. Doch dann atmete er tief aus und senkte seine Arme. „Dennoch *ist* es ein legitimer Einwand. Und der muss untersucht werden. Ich ziehe meine Einsprüche zurück."

„Ich bin froh, dass Ihr zustimmt, Kristoff", sagte die Lady spröde. Sie ging zu ihrem Tisch und durchsuchte den Stapel Schriftrollen. „Ich werde am Morgen abreisen. Kristoff, Ihr werdet Euch um alles kümmern, so lange ich weg bin, weil ich nicht weiß, wie lange ich fort bleiben werde. Ihr seid ermächtigt, in meinem Namen zu handeln, bis ich wieder da bin." An Lorena gewandt ergänzte sie: „Viel Glück, Oberst. Ihr seid entlassen."

Lorena salutierte, drehte sich um und ging. Als sie hinaustrat, hörte sie Kristoff etwas sagen, aber die Lady unterbrach ihn. „Ich habe gesagt, Ihr seid entlassen, Kämmerer."

„Selbstverständlich, Ma'am."

Der Oberst musste angesichts des verärgerten Tons des Kämmerers lächeln.

Es gab Zeiten, in denen es Jaina Proudmoore hasste, Recht zu behalten. Falsch zu liegen war nie etwas, das sie gestört hatte. Dafür machte sie vor allem Antonidas verantwortlich. Ihr Mentor hatte ihr vom ersten Moment ihrer Lehrzeit an eingebläut, dass Arroganz die größte Sünde des Magiers und die am leichtesten zu begehende war.

„Mit so viel Macht unter den Fingerspitzen wie du sie besitzt, ist man leicht versucht, sich für allmächtig zu halten", hatte der alte Magier gesagt. „Die meisten Zauberer erliegen dieser Versuchung irgendwann. Das ist einer der Gründe, warum ich nicht müde werde, dich zu warnen. Ich spreche aus leidvoller eigener Erfahrung." Letzteres hatte er mit einem leichten Lächeln gesagt.

„Ihr seid nicht gefährdet", hatte Jaina bemerkt.

„Doch, doch", war die Antwort des Magiers gewesen. „Niemand bleibt davon unbeeindruckt. Der Trick dabei, um dem zu widerstehen, ist, den Makel in dir selbst zu erkennen und daran zu arbeiten."

Später hatte ihr Mentor von Magiern aus alten Tagen erzählt. Solchen wie Aegwynn und Medivh, den letzten beiden Wächtern von Tirisfal. In beiden Fällen hatte Arroganz ihren Untergang besiegelt. Jahre später sollte Jaina mit Medivh zusammenarbeiten und erkennen, dass zumindest er sich davon losgesagt hatte. Seine Mutter, Aegwynn, hatte weniger Glück. Sie war die erste weibliche Wächterin, eine Frau, die Jaina über weite Strecken ihres Lebens bewundert hatte. Ihr einziger Fehler in all den Jahrhunderten als Wächterin war es gewesen zu glauben, Sargeras allein besiegt zu haben. Tatsächlich zerstörte sie nur seinen Avatar und erlaubte es dem Dämon, sich in ihrer Seele zu verstecken. Der blieb dort jahrhundertelang, bis Aegwynn Medivh gebahr. Dann wechselte Sargeras in diesen über.

Medivh war das Medium für Sageras Invasion gewesen und verantwortlich für die Anwesenheit der Orks in dieser Welt. Und das alles nur, weil Aegwynn arrogant genug gewesen war zu glauben, dass sie Sargeras allein besiegen könnte …

Jaina hatte sich diese Worte zu Herzen genommen und immer ihre eigene Selbstsicherheit angezweifelt. Sie bewunderte Aegwynn immer noch. Ohne sie als Wegbereiterin wäre die einzige Antwort auf Jainas Versuch, Magie zu studieren, Gelächter gewesen, statt der Skepsis, die sie vorfand.

Und sie hatte Antonidas beeinflusst.

Manchmal hatten die Selbstzweifel gegen sie gearbeitet. Sie hatte länger, als es gut gewesen war, nicht ihrem Instinkt vertraut, dass Arthas dem Bösen verfallen war. Wenn sie Arthas' Niedergang bedachte, fragte sie sich immer noch, ob alles anders gekommen wäre, hätte sie nur früher gehandelt. Aber meistens hatten sie ihr gut geholfen. Sie machten sie auch, das hoffte sie zumindest, zu einer weisen Herrscherin von Theramore.

Als Thrall ihr von der Zerstörung des Waldes von Thunder Ridge berichtet hatte, hatte sie sofort gewusst, dass Magie im Spiel war – und zwar mächtige Magie. Aber sie hatte auch gehofft, dass sie falsch mit ihrer Annahme lag.

Was sich als trügerische Hoffnung erwiesen hatte.

Sie war geradewegs von ihrer Kammer in Theramore zu dem betreffenden Wald *gegangen*. Sobald sie materialisierte, konnte sie die Magie förmlich riechen. Und selbst ohne ihre besonderen Fähigkeiten hätte sie wissen müssen, dass hier Zauberei wirkte.

Vor ihr befand sich ein Feld von Baumstümpfen, das sich so weit erstreckte, wie ein Mensch sehen konnte, bevor es sich über dem Hügel verlor, der hinunter zum Gebirgskamm führte. Jeder Stumpf zeigte eine perfekte Schnittfläche.

Es war, als wäre eine riesige Sense durch alle Bäume auf einmal gefahren. Mehr noch, die Schnitte waren allesamt gleich – ohne Risse oder Brüche. Solch einen Grad an Perfektion konnte man nur mit Magie erreichen.

Jaina kannte die meisten Magier, die noch lebten. Und die wenigen, die außer ihr zu so etwas in der Lage waren, befanden sich nicht auf Kalimdor. Außerdem fühlte sich diese Magie *anders* als jede an, die sie kannte.

Jeder Magier verwendete seine Kräfte auf ureigene Art und Weise. Wenn man sensibel genug war, konnte man die Unterschiede zwischen den Zaubern erkennen. Und diese Magieform hier rief leichten Ekel in Jaina hervor, was sie vermuten ließ, dass es sich um *Dämonen*magie handelte. Das Ekelgefühl war zwar kein eindeutiges Indiz dafür, aber auch die Zauberei der Brennenden Legion hatte Jaina immer krank gemacht. Doch das hatte auch die Magie von Kel'Thuzads, als Antonidas sie in Jainas drittem Lehrjahr einführte. Und das war zu einer Zeit gewesen, als der Erzmagier einer der besten Zauberer von Kirin Tor war (lange bevor er zur Nekromantie wechselte und ein Vasall des Lich-Königs wurde).

Allerdings war die Quelle der Zerstörung weniger wichtig als deren Auswirkungen. Donnerechsen streiften nun durch Drygulch – und möglicherweise noch viel weiter. Jaina musste einen entlegenen Ort finden, wohin sie sie bringen konnte, damit sie nicht über die Farmen und Städte der Orks herfielen.

Sie griff unter ihren Umhang und zog eine Karte hervor – eine der beiden Sachen, die sie aus der Unordnung auf ihrem Schreibtisch gefischt hatte. Sie hatte sich für das Hochland von Bladescar als idealem Exil entschieden, um die Echsen umzusiedeln. Im südlichen Bereich von Durotar gelegen, östlich von Ratchet, war das Hochland weit genug entfernt und vom restlichen Land durch Berge getrennt, die den Donnerechsen das Entkommen schwer machen würden. Außerdem gab es genügend Gras zum

Weiden, Platz, um nach Herzenslust herumzulaufen und einen Gebirgsfluss, der fast so groß war wie der Fluss, an den sie in Thunder Ridge gewöhnt waren. Die Echsen würden sicher sein und ebenso die Bevölkerung von Durotar.

Zuerst hatte sie sie noch weiter fortschaffen wollen. Zum Beispiel nach Feralas auf die andere Seite des Kontinents. Aber selbst Jainas Fähigkeiten waren Grenzen gesetzt. Sie selbst konnte sich mit Leichtigkeit dorthin teleportieren. Aber zusammen mit Hunderten von Echsen war das mehr, als selbst sie über eine solche Distanz zu schaffen vermochte.

Dann zog sie den anderen Gegenstand aus ihrem Umhang: eine Schriftrolle, die einen Spruch enthielt, der es ihr ermöglichen würde, die Gedanken von jeder Donnerechse auf dem Kontinent zu erspüren.

Sie murmelte die Beschwörung, und ließ dann ihre Sinne wandern. Anders als die meisten Reptilien besaßen Donnerechsen einen Herdentrieb wie Rinder. Deshalb blieben sie meist zusammen, selbst wenn sie ihre Heimat verließen.

Schnell fand sie eine Herde grasend an dem Fluss, der die Drygulch-Klamm mit Wasser versorgte. Sie waren gerade in einer friedlichen Stimmung, was Jaina das Leben merklich erleichterte. Sie war auch darauf vorbereitet, sie magisch in diesen Zustand zu versetzen, falls es nötig werden sollte. Donnerechsen waren entweder absolut friedfertig oder sie randalierten. Zwischen diesen beiden Extremen gab es nichts. Und es wäre sehr viel problematischer geworden, sie zu teleportieren, während sie gerade außer Rand und Band waren.

Generell zog sie es vor, die Tiere nicht mehr als nötig in ihrer Routine zu stören, aber das schloss nicht aus, dass sie heilfroh war, sie gerade im kooperativeren Zustand anzutreffen.

Im Allgemeinen hieß es, ein Zauberer benötige Blickkontakt mit dem „Passagier", wenn er ihn bei der Teleportation mitnehmen wollte. So stand es in den Schriftrollen, die es zum Thema gab. Aber Antonidas hatte Jaina beigebracht, dass es auch funktionierte, wenn man einen *Gedanken*kontakt herstellte. Dazu musste die Magierin den Geist derer berühren, die sie auf ihrem Sprung begleiten sollten. Was bedeutend riskanter war, da es etliche Geschöpfe gab, deren Geist zu berühren schwierig oder gar gefährlich war. Andere Magier oder Dämonen hatten sich dagegen geschützt, und selbst einige besonders willensstarke Menschen wären in der Lage, Widerstand zu leisten.

Im Fall der Donnerechsen bestand diese Gefahr jedoch nicht. Momentan waren ihre Gedanken auf drei existenzielle Dinge beschränkt: essen, trinken oder schlafen. Abgesehen von der Paarungszeit waren dies zugleich die Aktivitäten, die das Denken der Donnerechsen die meiste Zeit ihres Lebens ausfüllten.

Trotzdem benötigte Jaina mehrere Stunden, um mit ihrem Geist über den vernichteten Wald zu tasten auf der Suche nach jeder Donnerechse, die sich in Drygulch herumtrieb, und ebenso jedem Nachzügler, der sich auf Razor Hill zu bewegte.

Gras. Wasser. Augen schließen. Ausruhen. Kauen. Schlucken. Schlürfen. Schlafen. Atmen.

Für einen Moment verlor sie sich fast im Wust der Impressionen. Die Gedanken der Echsen waren nicht sonderlich komplex, aber es gab *Hunderte,* und Jaina bemerkte, dass sie von deren instinktiven Bedürfnissen – essen, trinken, schlafen – förmlich überrollt wurde.

Sie biss die Zähne zusammen und behauptete ihr eigenes Ich gegen das von Hunderten von Donnerechsen. Dann begann sie, die Beschwörung für den Teleportspruch zu murmeln.

Qual!

Sengender, glühend heißer Schmerz durchtobte Jainas Schädel, als sie die letzte Silbe des Spruchs über ihre Lippen brachte. Der zerstörte Wald schmolz vor ihr wie in einer Implosion zusammen … und eruptierte im nächsten Moment wieder zu seiner alten Form zurück.

Ein milderer Schmerz pflanzte sich durch Jainas linkes Knie, und erst da erkannte sie, dass sie zu Boden gestürzt war. Ihr Knie war auf einen Baumstumpf geprallt.

Schmerz. Verletzt. Verletzt. Verletzt. Laufen. Laufen. Laufen. Laufen. Kein Schmerz mehr. Laufen, kein Schmerz.

Schweiß perlte von ihrer Stirn. Jaina widerstand dem Drang, durch den Wald zu rennen. Irgendetwas war mit dem Teleportspruch schief gegangen, aber Jaina hatte nicht die Zeit, herauszufinden, was passiert war. Denn die Schmerzen, die der fehlgeschlagene Spruch auslöste, wurden über die mentale Verbindung auf die Donnerechsen übertragen.

Ein Reiz, stark genug, um sie aus ihrer Friedfertigkeit zu reißen und in Berserker zu verwandeln!

Jaina musste die Tiere stoppen, bevor sie neuerlich Amok durch Drygulch liefen.

Jeder Instinkt in ihr forderte, dass sie die Verbindung augenblicklich abbrach. Die Aussicht, die wie tollwütig gewordenen Echsen aufzuhalten und wieder zu besänftigen, lagen fast bei Null. Aber die einzige Chance, sie zu beruhigen, bestand darin, die Verbindung aufrecht zu halten.

Sie schloss die Augen und zwang sich zur Konzentration. Dann sagte sie einen Spruch auf, von dem Antonidas behauptet hatte, er sei speziell für bockende Reittiere geschrieben worden. Sie ballte die Hände zu Fäusten, so fest, dass sie fürchtete, ihre Fingernägel würden in die Handballen eindringen. Gleichzeitig brachte sie so viel wie möglich von sich selbst in den Spruch ein, um sicherzustellen, dass *alle* Echsen erreicht wurden.

Augenblicke später schliefen sie ein. Jaina schaffte es kaum, die geistige Verbindung zu lösen und drohte selbst einzunicken. Dazu hätte fast schon ihre eigene Erschöpfung ausgereicht, der magischen Rückkopplung hätte es gar nicht bedurft …

Ihre Glieder und ihre Augen wurden schwer. Teleportsprüche waren selbst unter günstigsten Voraussetzungen kräftezehrend. Und sowohl die schiere Menge dessen, was sie bewegen wollte, als auch die Störung des Spruchs verschlechterten die Bedingungen zusätzlich. Jaina wollte nichts anderes mehr als sich hinlegen und wie die Echsen einschlafen. Aber das konnte sie sich nicht leisten. Der Spruch würde die Echsen lediglich für sechs Stunden beruhigen. Vielleicht sogar weniger, da der Zauber so breit gefächert worden war. Sie musste herausfinden, was in Bladescar verhindert hatte, dass sie den Spruch ordentlich hatte beenden können.

Sie setzte sich und überkreuzte die Beine. Ihre Arme hingen an der Seite herab, und sie kontrollierte ihren Atem. Dann sandte sie wieder ihre Sinne aus, diesmal Richtung Bladescar, zu dem kleinen Gebiet im Herzen der bergigen Region.

Es dauerte nicht lange, bis sie fand, wonach sie suchte.

Jemand hatte magische Barrieren im gesamten Hochland errichtet. Jaina konnte die Art der hier angewandten Magie nicht exakt bestimmen, aber die Hindernisse eigneten sich perfekt, um Teleportsprüche zu stören und um das, was auch immer jenseits von ihnen liegen mochte, zu schützen.

Jaina stand auf und sammelte sich. Sie setzte zum Teleportzauber an, der sie nach Bladescar bringen würde, doch dann hielt sie inne. Sie griff in den kleinen Beutel, der an ihrem Gürtel befestigt war, und holte etwas zu essen heraus. Eine weitere von Antonidas frühesten Lektionen war die Ermahnung gewesen, dass Magie den Körper verzehrte, und der einzige Weg, um ihn wieder zu regenerieren, der war, gehaltvolle Nahrung zu sich zu nehmen. „Viele Zauberer," hatte er gesagt, „sind gestorben, weil sie so beschäftigt mit der Erforschung der Wunder der Magie waren, dass sie schlicht vergaßen, sich zu *ernähren*."

Ihr Gebiss schmerzte vom Kauen auf dem harten getrockneten Fleisch. Dann wirkte die erfrischte, ausgeruhte Jaina einen Spruch, der sie knapp vor einer der Barrieren absetzte, die über das Hochland verteilt waren.

Der einzige Nachteil ihres Plans, etwas zu essen, bevor sie teleportierte, war das Grummeln im Magen. Ein Nebeneffekt, der sich mit *unverdauter* Nahrung in ihrem Bauch noch viel stärker bemerkbar machte als mit gar keiner. Aber sie schob die Gedanken daran beiseite, während sie sich an der Grenze zum Hochland umsah. Hinter ihr ragte eine scharfe Klippe auf, vor ihr lag ein Steilhang. Es gab kaum genug Platz zum Stehen.

Natürlich waren die magischen Barrieren für das normale Auge unsichtbar. Aber Jaina konnte sie fühlen. Sie waren nicht besonders stark, aber das mussten sie auch nicht sein. Wenn ihre Aufgabe tatsächlich darin bestand, etwas oder jemanden zu verbergen – wovon Jaina inzwischen überzeugt war –, war es das Beste, die Barrieren auf einem niedrigen Niveau zu halten. Wären sie zu stark gewesen, hätten sie auf andere Magier wie ein Leuchtfeuer gewirkt.

Aus der Nähe erkannte Jaina auch die Charakteristik der Magie, die diese Barrieren erzeugt hatte. Das letzte Mal hatte sie dergleichen in der Begleitung von Medivh gespürt, während des Krieges. Das war die Magie der *Tirisfalen.* Aber alle Wächter waren tot, Medivh eingeschlossen, der der letzte gewesen war.

Nun, da sie wusste, wo sie sich befanden, bedurfte es nur einer Geste, um die Barrieren zu entfernen. Danach schritt sie weiter und begann, das Hochland zu erforschen. Dann machte sie eine kurze Pause, um einen Unsichtbarkeitszauber für sich selbst zu wirken und sich unerkannt bewegen zu können.

Anfangs war es genauso, wie sie es erwartet hatte: Grasland, gesprenkelt mit Früchte tragenden Büschen und dem üblichen Baumbestand. Wind wehte von der Großen See her, kanalisiert von den Bergen. Jainas weißer Umhang bauschte sich auf. In Thunder Ridge war es wolkig gewesen, aber das Hochland lag über den Wolken. Deshalb war es hier hell und sonnig. Jaina schlug die Kapuze ihres Umhangs zurück, damit sie die Sonne genießen konnte, die ihr ins Gesicht schien.

Schnell entdeckte sie ersten Spuren desjenigen, der sich hier versteckt hielt: Von mehreren Büschen waren erst kürzlich Früchte gepflückt worden.

Als sie weiter bergauf ging, fand sie einen Brunnen und etwas Feuerholz gestapelt daneben. Auf der anderen Seite eines großen Baumes sah sie eine Hütte. Ordentliche Reihen von Nutzpflanzen, meist Gemüse und einige Kräuter, wuchsen hinter der Hütte.

Einen Augenblick später kam ein Frau in Sicht. Sie trug nur ein abgetragenes hellblaues Leinenkleid und lief barfuss. Ihr Gang war fest. Als sie den Brunnen erreichte, sah Jaina, dass sie ungewöhnlich groß für eine Frau war. Auf jeden Fall größer als Jaina. Außerdem war sie unzweifelhaft alt. Falten und tiefe Furchen verunstalteten ihr Gesicht, das, wie Jaina bemerkte, einst schön gewesen sein musste. Die Frau hatte weißes Haar, das von einem silbernen Diadem gehalten wurde, und die grünsten Augen, die Jaina jemals gesehen hatte. Sie passten zu dem beschädigten Jade-Anhänger, der um ihren Hals hing.

Plötzlich stellten sich Jainas Nackenhaare auf, weil sie die Frau zu erkennen glaubte. Sie hatten sich nie getroffen, aber während ihrer Lehrzeit hatte Jaina Beschreibungen über sie gelesen. Und alle Quellen erwähnten ihre Größe, ihr blondes Haar, das von einem einfachen Silberdiadem gehalten wurde, ihre Augen. *Jeder* erwähnte diese Augen. Wenn sie es wirklich war, erklärte das die Barrieren. Obwohl man doch davon ausging, dass sie schon vor langer Zeit gestorben war …

Die Frau stemmte ihre Fäuste in die Hüften. „Ich weiß, dass Ihr hier seid, deshalb braucht Ihr auch nicht weiter den Unsichtbarkeitszauber zu verschwenden." Sie schüttelte den Kopf, als sie zum Brunnen ging und einen Eimer hinabließ, indem sie ein Seil Hand über Hand abwickelte. „Gütiger, sie bringen Euch jungen Magiern heute *gar nichts* mehr bei. Die Violette Zitadelle ist vor die Hunde gegangen, so viel steht fest."

Jaina beendete den Zauber. Die Frau reagierte kaum, außer das sie ein *Tsss* von sich gab, während sie das Seil abließ.

„Mein Name ist Lady Jaina Proudmoore. Ich regiere Theramore, die Menschenstadt auf diesem Kontinent."

„Schön für Euch. Wenn Ihr zurück zu diesem Theramore kommt, übt den Unsichtbarkeitszauber. Ihr könntet Euch, so wie Ihr ihn momentan beherrscht, nicht mal vor einem erkälteten Bluthund verstecken."

Jaina schwindelte, als ihr klar wurde, dass diese Frau unmöglich eine andere sein konnte als diejenige, für die sie sie hielt. So unmöglich das auch immer sein mochte. „Magna, es ist mir eine Ehre, Euch zu treffen. Ich habe gedacht, Ihr wärt …"

„Tot?" Die Frau schnaufte, als sie das Seil zurückzog. Ihr verkniffener Mund verriet die Anstrengung, die es kostete, einen mit Wasser gefüllten Eimer emporzuhieven. „Ich *bin* tot, Lady Jaina Proudmoore von Theramore. Oder doch wenigstens so nah dran, dass es keinen Unterschied mehr macht. Und nennt mich nicht mehr ‚Magna'. Das war eine andere Zeit und ein anderer Ort, und ich bin nicht mehr diese Frau."

„Diesen Titel kann man nicht verlieren, Magna. Und ich kann Euch nicht anders nennen."

„Papperlapapp. Wenn Ihr mich schon irgendwie *nennen* müsst, tut es bei meinem Namen. Ich bin Aegwynn."

Neun

Viele Jahre lang war Rexxar, der letzte des Mok'Nathal-Clans, allein durch Kalimdors Weiten gezogen. Immer in Begleitung seiner großen Braunbärin Misha. Als Mischling, in dem Ork- und Oger-Blut flossen, wie bei den meisten seines nun ausgestorbenen Clans, war er des Streits, der Rücksichtslosigkeit und des endlosen Krieges müde geworden – womit zugleich all das umschrieben war, was lächerlicherweise als Zivilisation gerühmt wurde. Er fand mehr Zivilisation bei Mishas Bärenfreunden oder den Wölfen von Winterspring, als in einer der Städte, die Menschen, Zwerge, Elfe oder Trolle errichtet hatten und die die Landschaft verschandelten. Nein, Rexxar zog es vor umherzuziehen, vom Land zu leben und niemandem Rechenschaft ablegen zu müssen. Wenn er je das Bedürfnis verspürte, einen Ort *Heim* zu nennen, wusste er, dass er ein solches in Durotar hatte. Als die Nation der Orks gegründet wurde, war Rexxar einer sterbenden Grünhaut zu Hilfe geeilt, die eine Nachricht an Thrall überbringen sollte. Dem Krieger seinen letzten Wunsch erfüllend hatte Rexxar Thrall die Meldung zukommen lassen und festgestellt, dass jene Orks zurück zur alten Lebensart gefunden hatten, welche noch aus der Zeit stammte, bevor Gul'dan und sein Schattenrat ihr einst so stolzes Volk missbraucht hatten.

Aber obwohl Rexxar die Ehre hatte, Thrall einen Freund nennen zu dürfen und ihm Treue geschworen hatte – und dieser Pflicht gern nachkam, indem er den Orks gegen Admiral Proudmoores Verrat half –, drängte es Rexxar schließlich doch wieder, seine Wanderschaft fortzusetzen. Selbst eine so großartige Nation wie Durotar hatte Städte, Siedlungen und *Regeln*. Rexxar jedoch war für die Freiheit der Wildnis geschaffen.

Ohne Vorwarnung begann Misha loszurennen.

Rexxar zögerte eine Sekunde, dann folgte er seiner Begleiterin. Er durfte nicht darauf hoffen, mit dem galoppierenden Gang des vierbeinigen Tiers Schritt halten zu können. Aber die Beine des Halbbluts waren stark genug, um ihn in Sichtweite der Bärin zu halten. Misha würde sich nicht ohne guten Grund von seiner Seite entfernen.

Sie befanden sich in der Nähe der Küste, in einem Gebiet, das mit hohem Gras bewachsen war. Obwohl niedere Kreaturen es vermutlich als anstrengend empfunden hätten, das Terrain zu durchqueren, schafften Rexxar und Misha dies mühelos.

Eine Minute später blieb Misha stehen, ihre Schnauze vom schulterhohen Gras verborgen. Rexxar wurde langsamer und legte seine Hand um den Griff einer seiner Äxte, die auf seinem Rücken befestigt waren.

Was Misha gewittert hatte, war der Körper eines Vollblut-Orks. Rexxar wusste das, weil ein beachtlicher Teil eben dieses Blutes vergossen worden war.

Rexxar schüttelte seinen Kopf.

„Ein gefallener Krieger. Es ist nur bedauerlich, dass er allein gestorben ist, ohne Kameraden, die ihm im Kampf hätten beistehen können …"

Noch bevor der Halbblut-Wanderer in Betracht ziehen konnte, den tapferen Ork zu begraben, hörte er ein Flüstern.

„Bin … noch nicht … tot …"

Misha gab ein Jaulen von sich, als wäre sie davon, dass der Ork sprechen konnte, überrascht worden. Rexxar schaute sich genauer an, was er für einen Leichnam gehalten hatte. Er bemerkte, dass dem Ork ein Auge fehlte, diese Wunde aber längst verheilt war, weshalb sie nicht von derselben Hand verursacht worden sein konnte, die den Ork so übel zugerichtet hatte.

„Flammendes … Schwert. – Müssen nach … Orgrimmar. Thrall … warnen … Flammendes … Schwert …"

Rexxar wusste nicht, was an einem Schwert, das in Flammen stand, so wichtig sein sollte. Aber dieser Krieger hatte sich offensichtlich ans Leben geklammert, um genau diese Botschaft an Thrall zu übermitteln.

Er erinnerte sich an den Treueschwur, den er dem Kriegshäuptling geleistet hatte, und fragte: „Wie heißt du?“

„By … Byrok.“

„Fürchte dich nicht, Byrok. Ich bin Rexxar von den Mok'Nathal, und ich schwöre dir, dass Misha und ich dafür sorgen werden, dass du nach Orgrimmar gebracht wirst, damit du deine Warnung an den Kriegshäuptling überbringen kannst!“

„Rexxar … ich … kenne dich … Wir … müssen … beeilen.“

Das Halbblut kannte den Ork nicht – aber das war ohne Bedeutung. Mit einer Sanftheit, die er nur selten zum Vorschein kommen ließ, hob er Byroks blutenden Körper an und legte ihn über Mishas breiten Rücken. Die Bärin trug die Last ohne Murren. Obwohl sie sich keine besondere Treue geschworen hatten, war das Band zwischen Rexxar und Misha unzertrennlich. Was immer Rexxar von ihm forderte oder erbat, Misha hätte es getan.

Ohne ein weiteres Wort wandten sie sich westwärts und schritten auf Orgrimmar zu.

Als Rexxar das erste Mal nach Orgrimmar gekommen war, wurde noch daran gebaut. Ringsum waren Heerscharen von Orks damit beschäftigt, Häuser zu errichten, Wege anzulegen und die raue Wildnis Kalimdors in eine neue Heimat zu verwandeln.

Bei seiner Rückkehr stellte er fest, dass diese Arbeiten inzwischen erledigt waren. Aber es waren immer noch viele Dutzend Orks durch die Tore sichtbar, die sich mit den Alltäglichkeiten des Lebens beschäftigten.

Obwohl er wenig für die Zivilisation übrig hatte, erfüllte Rexxar das, was er sah, mit Stolz und Freude. Seit er in diese Welt gekommen war, war das Volk seiner Mutter entweder besessenes Werkzeug von Gul'dans dämonischen Meistern gewesen oder gebrochene Sklaven der menschlichen Feinde. Wenn Orks auf dieser Welt leben sollten, dann besser zu ihren eigenen Bedingungen.

Auf drei Seiten war die Stadt von Hügeln umgeben, auf der vierten hatte man eine massive Steinmauer errichtet. Von riesigen Holzstämmen verstärkt, wurde die Wand nur von einem großen Holztor unterbrochen, das derzeit offen stand. Und von zwei

Wachtürmen. Auf der Mauer befanden sich Stangen mit spitzen Enden und noch mehr Stämme, allesamt zugespitzt, um Feinde davon abzuhalten, die Tore zu erstürmen. Das purpurne Banner der Horde wehte von beiden Türmen und an einigen der Stangen.

Es war, befand Rexxar, ein furchterregender Anblick, passend zur Heimstatt der mächtigsten Krieger der Welt.

Eine Wache, die einen Speer trug, kam ihm vom Tor entgegen. „Wer bist du?“

„Ich bin Rexxar, der letzte Sohn der Mok’Nathal. Ich trage Byrok, der verletzt wurde und eine Botschaft für Kriegshäuptling Thrall hat.“

Die Wache schaute finster drein und spähte zu einem der Wachtürme hoch. Der dort postierte Krieger rief nach unten: „Ist schon in Ordnung. An den kann ich mich erinnern und ebenso an seine Bärin. Kenne auch die Wolfsmaske. Er ist ein Freund des Kriegshäuptlings. Lass ihn ein.“

Rexxar trug den ausgebleichten Schädel eines Wolfs, den er selbst erlegt hatte, wie einen Kriegshelm. Er diente ebenso als Kopfschutz wie als Schreckenssymbol für seine Feinde.

Die Wache gab sich damit zufrieden, trat zur Seite und erlaubte Rexxar, Misha und der Last auf dem Rücken der Bärin den Zutritt nach Orgrimmar.

Die Ork-Stadt war wie eine große Schlucht gebaut, mit traditionellen Sechseck-Gebäuden zu den Seiten. Als er durch das Tal der Ehre schritt, wo das Tor zum Tal der Weisheit stand, in dem sich Thralls Thronsaal befand, war Rexxar gleichermaßen fasziniert wie betroffen. Ersteres, weil die Orks es in gerade mal drei Sommern so weit gebracht hatten. Letzteres, weil es noch eine weitere Stadt war in einer Welt, in der es schon viel zu viele davon gab.

Als er das Tal der Weisheit zur Hälfte durchquert hatte, wurde er von einem mittelgroßen Ork empfangen. Nazgrel war der Anführer von Thralls Leibwache und erwartete ihn zusammen mit vier anderen Kriegern. „Sei gegrüßt, letzter Sohn der Mok’Nathal. Es ist viel zu lange her.“

Aus Respekt nahm Rexxar seinen Helm ab. „Seit ich dich gesehen habe, Nazgrel, ja. Seit ich die Stadt gesehen habe, nein.

Ich habe Thrall die Treue geschworen, und ich würde diesen edlen Krieger hier nie im Gras sterben lassen."

Nazgrel nickte. „Wir sind gekommen, um dich zu ihm zu geleiten. Der Schamane wurde ebenfalls gerufen, damit er sich um Byrok kümmert. Wir sind auch gekommen, um Misha von ihrer Bürde zu befreien."

Auf ein Zeichen von Nazgrel hin hoben zwei seiner Wachen Byroks blutenden Körper von Mishas Rücken. Zuerst brüllte die Bärin, aber nach einem Wink von Rexxar hörte sie auf.

Sie setzten den Weg durch die langen und gewundenen Straßen von Orgrimmar fort, bis sie zu einem großen sechseckigen Gebäude an der entfernten Seite des Tals der Weisheit gelangten. Thrall empfing sie im Thronsaal, der Rexxar so kalt vorkam wie der Frostsaber Rock.

Thrall saß auf seinem Thron. Auf der einen Seite stand sein verschrumpelter Schamane Kalthar und auf der anderen ein Ork, den Rexxar nicht kannte. Als die Wachen Byrok auf den Boden gelegt hatten, beugte sich Kalthar zu dem Krieger hinab.

Leicht fröstelnd salutierte Rexxar vor dem Kriegshäuptling. „Ich entsende dir Grüße, Kriegshäuptling der Horde."

Thrall lächelte. „Es tut gut, dich wieder zu sehen, mein Freund. Ich wünschte nur, es hätte nicht erst einer meiner Leute fast tot geprügelt werden müssen, damit du nach Orgrimmar zurückfindest."

„Es ist nicht meine Art, unter Städtern zu leben, Kriegshäuptling, wie du gut weißt."

„In der Tat, das tue ich. Wieder hast du uns einen großen Dienst erwiesen." Er drehte sich zu dem Schamanen um. „Wie geht es ihm?"

„Er wird es überleben. Er ist stark. Und er wünscht, mit dir zu sprechen."

„Kann er das denn?", fragte Thrall.

Kalthar schnaufte „Nicht gut, aber ich bezweifle, dass er mir erlaubt, ihn richtig zu behandeln, bevor er das getan hat."

„Ich muss … mich aufsetzen … Hilf mir, Schamane," sagte Byrok. Er klang stärker, als er es im Gras getan hatte, wenn auch nur geringfügig.

Mit einem langen Seufzer gab der verrunzelte Ork Nazgrels Wachen ein Zeichen, damit sie Byrok in eine sitzende Position halfen.

Zögerlich, immer wieder unterbrochen von Atempausen, erzählte Byrok, was ihm widerfahren war. Rexxar wusste nichts vom Flammenden Schwert, aber die anderen offensichtlich durchaus.

„Das kann nicht dasselbe sein", meinte der Ork, den Rexxar nicht kannte, irgendwann. „Nicht das, was wir kennen."

„Es scheint unwahrscheinlich, das ist wahr, Burx", sagte Thrall, „aber wenn ihr Symbol exakt so aussieht …"

Burx schüttelte seinen Kopf. „Es könnte Zufall sein, aber das glaube ich nicht. Ich habe Gerüchte über einen Menschenkult gehört, der in Theramore entsteht. Er wird das Flammende Schwert genannt. Es könnte sein, dass einer von denen ein paar unserer Leute als Sklaven hielt, davon gehört hat und es für seine Zwecke missbrauchte."

Nazgrel nickte. „Ich habe auch derartige Gerüchte gehört, Kriegshäuptling."

„Bei allem Respekt", sagte Kalthar, „ich muss diesen Mann behandeln. Er hat seine Pflicht erfüllt. Jetzt werde ich ihn aus diesem unerträglich kalten Thronsaal fortbringen und heilen."

„Natürlich." Thrall nickte, und auf Anweisung des alten Schamanen trugen die Wachen Byrok aus dem Saal.

Thrall stand von seinem Thron aus Fellen auf und begann auf und ab zu gehen. „Was weißt du von diesem Flammenden Schwert, Nazgrel?"

Nazgrel zuckte mit den Achseln. „Sehr wenig. Menschen, die sich in ihren Häusern versammeln, um Dinge zu besprechen."

Burx lachte höhnisch. „Sitzen und reden können die Menschen *wirklich* gut."

„Aber wenn sie frech genug werden, einen Ork innerhalb der Grenzen von Durotar anzugreifen", fügte Nazgrel hinzu, „dann sind sie ein gutes Stück mächtiger geworden, als wir dachten."

„Wir müssen darauf reagieren", sagte Burx. „Es ist nur eine Frage der Zeit, bis uns die Menschen sonst ihrerseits angreifen."

Rexxar hielt das für eine übertriebene Einschätzung. „Du würdest eine ganze Spezies nach den Taten von sechs Einzelnen beurteilen und strafen?“

„Sie würden dasselbe mit uns tun, ohne mit der Wimper zu zucken“, schnaubte Burx. „Und wenn wir es dabei nicht mit denselben sechs zu tun haben, die schon unsere Bäume stahlen und die nur herumstanden und nicht einschritten, als Ork-Händler attackiert wurden, dann sprechen wir von wesentlich mehr als nur *sechs*.“

Thrall drehte sich und sah Burx an. „Theramore ist unser Verbündeter, Burx. Jaina würde nicht erlauben, dass solche Sachen eine derartige Reaktion entfachen.“

„Sie hat vielleicht keine Kontrolle mehr darüber“, sagte Nazgrel. „Trotz all ihrer Macht, trotz allem, was ihr unseren Respekt eingebracht hat, ist und bleibt sie doch stets nur eine Menschenfrau.“

Rexxar erinnerte sich an Jaina Proudmoore als den einzigen ehrenhaften Menschen, den er je kennen gelernt hatte. Als sie sich entscheiden musste, sich auf die Seite ihres Vaters zu stellen, ihrem eigenen Fleisch und Blut, oder ein Versprechen mit den Orks zu einzuhalten, hatte sie das Letztere getan.

Ihre Wahl bewahrte Durotar davor, zerstört zu werden, noch bevor es überhaupt richtig erbaut worden war.

„Lady Proudmoore“, sagte er, „wird das Richtige tun.“

Burx schüttelte den Kopf und entgegnete: „Dein Vertrauen ist rührend, Mok'Nathal, aber unangebracht. Glaubst du wirklich, dass eine *Frau* menschliches Verhalten ändern kann, das über Jahrzehnte gewachsen ist? Sie bekämpften uns und töteten uns und *versklavten* uns. Glaubst du, das ändert sich, nur weil eine einzige Person es sagt?“

„Die Orks haben sich geändert, weil *eine* Person es gesagt hat“, erwiderte Rexxar leise. „Diese Person steht jetzt vor dir als Kriegshäuptling. Misstraust du ihm?“

Darauf lenkte Burx ein. „Natürlich nicht. Aber …“

Thrall hatte seine Entscheidung schon getroffen. Er setzte sich zurück auf seinen Thron und verbot Burx, weiterzusprechen. „Ich weiß, wozu Jaina in der Lage ist, und ich kenne ihr Herz.

Sie wird uns nicht verraten, und falls Vipern in ihrer Mitte sind, werden die Horde und die mächtigste Zauberin des Kontinents sich *gemeinsam* darum kümmern. Wenn sie mit den Donnerechsen fertig ist, werde ich mit ihr über das Flammende Schwert sprechen.“ Er drehte sich um und musterte Burx eindringlich. „Was wir aber nicht machen werden, ist unser Wort brechen und die Menschen angreifen – haben wir uns verstanden?“

„Das haben wir, Kriegshäuptling.“

Zehn

Strov hatte bereits eine Stunde in einer dunklen Ecke des Demonsbane Inn gesessen, als sein Bruder Manuel endlich mit vier Arbeitskollegen hereinschneite.

Auf Oberst Lorenas Anweisung hin hatte Strov mit seinem Bruder über das Flammende Schwert gesprochen. Manuel hatte gesagt, dass er die Person, die ihn zu rekrutieren versucht hatte, seitdem nicht mehr gesehen hatte. Aber die letzten Male im Demonsbane hatte er gehört, wie ein wieseliger kleiner Fischer namens Margoz nach einigen Bechern Brandy etwas über das Flammende Schwert gebrabbelt hatte. Strov hatte gehofft, den eigentlichen Anwerber aufspüren zu können, von dem ihm Manuel eine Woche zuvor erzählte. Aber laut Manuel war der Mann seitdem nicht mehr im Demonsbane gesichtet worden.

Manuel konnte noch nie gut Menschen beschreiben. Murgoz bezeichnete er als „wieselig“, was etwa auf die Hälfte der Gäste im Demonsbane zutraf. Aber Manuel war sich sicher, dass er den Mann wiedererkennen würde, sobald er ihm gegenüberstand. Deshalb versprach er, nach seiner Schicht in den Docks zum Demonsbane zu kommen.

Strov traf bereits früh ein und nahm in der Ecke Platz. Er wollte mit dem Hintergrund der Taverne verschmelzen und die Leute beobachten. Nach ein paar Stunden war ihm klar, dass er niemals wieder hierher kommen würde. Der Tisch war schmutzig, der Stuhl, auf dem er saß, schief, und er wackelte auf dem ungewischten Boden. Er hatte sich sein erstes Getränk, ein wässriges Bier, selbst an der Theke geholt. Seitdem hatte niemand versucht, ihm nachzufüllen. Strov war erstaunt, dass sich der Besitzer mit dieser Einstellung halten konnte.

Außerdem fand Strov den Dämonenschädel hinter dem Tresen unglaublich störend. Es war, als würde ihn das Ding die ganze Zeit anstarren. Obwohl, wenn man es recht bedachte, konnte er sich gut vorstellen, wie die Anwesenheit dieses Schädels die Leute dazu anspornte, mehr zu trinken – schon um ihn irgendwann *nicht* mehr zu sehen, zumindest nicht klar. So gesehen war es letztlich wohl doch eine dem Umsatz förderliche Entscheidung, das hässliche Ding hier aufzuhängen.

Manuel trat mit einer Gruppe von Leuten ein, die wie er selbst stämmig und laut waren und ärmellose Hemden über weiten Baumwollhosen trugen. Strovs Bruder bestritt seinen Lebensinhalt mit dem Be- und Entladen von Schiffen, die in Theramore anlegten, und verbrachte die meiste freie Zeit beim Würfeln oder in dieser Taverne. Es war ein Job, der den Körper forderte, nicht den Geist, weshalb er für Strov uninteressant war, aber dem deutlich fantasieloseren Manuel genügte. Strovs älterer Bruder strengte nicht allzu gern seinen Grips an. Selbst die eher rustikale Soldatenausbildung, die Strov genossen hatte, wäre zu anspruchsvoll für ihn gewesen. Er bevorzugte es schlicht. Ihm genügte es, dass man ihm auftrug, eine Kiste von einem Ort zu einem anderen zu befördern. Alles, was darüber hinausging – wie etwa die Feinheiten eines Schwertkampfes –, bereitete ihm Kopfschmerzen.

Als die Dockarbeiter zur Theke gingen, sagte Manuel: „Sucht einen Tisch, Jungs. Ich ordere die Getränke."

„Die erste Runde geht auf dich?", fragte einer mit breitem Grinsen.

„Klar, wir verrechnen es später." Manuel lachte und ging zur Bar. Strov bemerkte, dass sein Bruder nicht den direkten Weg dorthin einschlug. Stattdessen bewegte er sich in einem merkwürdigen Winkel, sodass er sich zwischen zwei Leuten hindurchzwängen musste, um sein Ziel zu erreichen.

„N'abend, Erik", begrüßte er den Wirt.

Der nickte nur und wartete auf die Bestellung.

„Zwei Bier, einen Brandy, einen Wein und einen Eberschnaps!"

Strov grinste. Manuel hatte schon immer eine Schwäche für

Eberschnaps gehabt, der selbstverständlich das teuerste Getränk in der Taverne war. Das war einer der Gründe, warum er immer noch bei ihren Eltern lebte, während Strov längst seine eigene Behausung hatte.

„Verstehe, das Übliche", sagte Erik. „Kommt sofort."

Als Erik sich abwandte, um die Bestellung zusammenzustellen, drehte sich Manuel um und blickte den Mann, der ihm am nächsten saß, unverwandt an. Der war nach Strov gekommen, trank aber bereits seinen dritten Brandy.

„Hey", sagte Manuel, „du bist Margoz, richtig?"

Der Mann schaute wortlos und mit leerem Blick zu Manuel auf.

„Du bist doch mit diesen Flammendes-Schwert-Leuten zusammen, oder? Da war doch dieser Kerl hier drin, schon 'ne Weile her, und der hat nach neuen Rekruten gesucht. Zu dem gehörst du, oder?"

„Keine Ahnung, wovon du sprichs'", nuschelte Margoz und verschluckte dabei den einen oder anderen Buchstaben. „'Schulligung."

Margoz stand auf, stürzte ungelenk zu Boden, stand wieder auf, lehnte jede Hilfe von Manuel ab und bewegte sich dann ebenso langsam wie unsicher auf die Tür zu.

Einen Augenblick, nachdem Manuel genickt hatte, verabschiedete sich Strov von seinem längst geleerten Krug und trat ebenfalls auf die Straße hinaus.

Das Kopfsteinpflaster war wie ein Gitternetz angeordnet, um Passanten, Reittieren und Wagen einen festen Untergrund zu bieten und zu verhindern, das sie in dem sumpfigen Boden, auf dem die Stadt errichtet worden war, stecken blieben. Die meisten Leute bevorzugten es, darauf zu gehen, statt auf dem Schlamm und Gras an den Seiten. Deshalb waren die Durchgänge so stark frequentiert, dass Strov Margoz folgen konnte, ohne befürchten zu müssen, von ihm entdeckt zu werden.

Nachdem Margoz mit vier verschiedenen Leute zusammengestoßen war, von denen zwei auch noch angestrengt versucht hatten, genau das zu vermeiden, wurde Strov klar, dass sie auch weit und breit die Einzigen auf der Straße hätten sein können, ohne dass Margoz ihn entdeckt hätte. Der Kerl war so betrunken, dass er sogar einen Drachen übersehen hätte, wenn der ihm feuerspeiend gefolgt wäre.

Trotzdem blieb Strov vorsichtig. Er hielt sicheren Abstand, starrte seine Zielperson nur selten direkt an und behielt sie stattdessen lieber aus den Augenwinkeln im Blick.

Nach kurzer Zeit erreichten sie ein kleines Haus aus gebrannten Lehmziegeln nahe den Docks. Dieses Haus war aus noch billigeren Materialien als Holz oder Stein, was darauf hindeutete, dass wirklich arme Leute darin lebten. Wenn dieser Margoz tatsächlich Fischer war, musste er ein ziemlich schlechter sein. Man musste schon reichlich unbegabt sein, um als Fischer an der Küste der Großen See ein so spartanisches Leben zu führen.

Die nahe gelegene Jauchegrube war offenbar nur unzulänglich abgedeckt, und Strov würgte, als er den Geruch der Fäkalien einatmete.

Margoz betrat das Gebäude, das vermutlich ursprünglich als Behausung mit vier Räumen errichtet worden war, bewohnt von *einer* Familie. Jetzt aber hatte jeder Raum einen anderen Mieter.

Strov bezog hinter einem der gegenüberliegenden Bäume Position.

In dreien der Räume brannten bereits Laternen. Die vierte ging rund eine halbe Minute an, nachdem Margoz das Haus betreten hatte. Strov verließ seinen Platz, schlenderte hinüber und blieb nahe bei Margoz' Fenster stehen. Dabei tat er so, als müsse er urinieren. Er stolperte mit Absicht, damit Passanten ihn für einen Betrunkenen hielten, der seine Erleichterung suchte. In dieser Gegend waren Trunkenbolde nichts Ungewöhnliches und erst recht nicht, dass sie dort, wo sie gerade standen, die übervolle Blase leerten.

Aus Margoz' Quartier hörte Strov dumpfe Worte. „*Galtak Ered'nash. Ered'nash ban galar. Ered'nash havik yrthog. Galtak Ered'nash.*"

Den Rest verstand Strov nicht. Aber der erste und der letzte Teil waren zweifelsfrei dem Idiom entliehen, das die Orks verwendeten, die sie in Northwatch angegriffen hatten.

Zufrieden, die richtigen Schlüsse gezogen zu haben, hörte Strov weiter zu.

Sein Gesicht verzog sich vor Ekel, als er plötzlich auftretenden Schwefelgestank bemerkte. Eigentlich hätte der Schwefel wenigstens etwas angenehmer riechen müssen – oder zumindest weniger widerwärtig – als der überwältigende Geruch aus der Jauchegrube. Aber etwas stimmte daran nicht. Etwas *Böses* lag darin. Margoz Worte hatten wie eine Beschwörung geklungen, und jetzt das. Magie schien im Spiel zu sein. Und Strov hätte sein Schwert darauf verwettet, dass es sich um *dämonische* Zauberkunst handelte.

„Tut mir Leid, Herr, ich wollte nicht …“ Margoz schwieg. „Ja, ich verstehe, Ihr wollt nicht gestört werden, wenn es nicht wichtig ist, aber es dauert jetzt schon *Monate*, Herr, und ich hause immer noch in demselben Loch. Ich will ja nur wissen …“ Wieder eine Pause. „Aber es ist wichtig für mich. Und was noch wichtiger ist: Die Leute reden mit mir, als ob ich ihnen helfen könnte.“

Strov konnte die andere Hälfte der Unterhaltung nicht hören, woraus er schloss, dass Margoz entweder verrückt war und mit sich selbst sprach (was, wie Strov einräumen musste, nicht völlig unwahrscheinlich war), oder der Dialogpartner artikulierte sich auf eine Art, die nur Margoz hören konnte.

„Ich weiß nicht, wovon Ihr redet. Keiner ist …“ Wieder eine Pause. „Nun, woher sollte ich denn das wiss … Hä? Ich hab doch hinten keine Augen.“

Was Strov über Dämonen wusste, drehte sich weitgehend darum, wie man sie tötete. Aber diese einseitige Unterhaltung trug definitiv die Handschrift von Dämonen. Und das nicht nur wegen des Schwefels.

Er zog seine Hose hoch. Er hatte genug gehört, was er Oberst Lorena berichten konnte. Außerdem mochte er die Vorstellung nicht, sich so nah bei einem Dämon aufzuhalten.

Als er sich umdrehte, starrte er in absolute Dunkelheit.

„Was zum Teuf …?“ Er wirbelte herum. Aber auch dort gab es nur tintige Schwärze. Theramore war vollständig verschwunden.

Ich mag keine Spione.

Strov hörte die Stimme weniger, als dass er sie bis tief ins Mark seiner Knochen *spürte*. Es war, als hätte ihm jemand die Augen zugenäht – nur dass sie weit offen standen und er dennoch *absolut nichts* sehen konnte.

Aber war nicht nur die Sicht, die ihm abhanden gekommen war. Die Dunkelheit legte sich auch auf seine übrigen Sinne. Er konnte weder den Straßenlärm von Theramore hören noch die von der See hergetragene Salzluft schmecken, noch die Brise spüren, die von der Großen See herüberwehte.

Das Einzige, was er nach wie vor roch, war Schwefel.

Warum spionierst du meinem Untertan hinterher?

Strov schwieg. Er war sich nicht mehr sicher, ob er überhaupt der Sprache mächtig war, und selbst wenn, wollte er solchen Kreaturen niemals irgendwelche Informationen zukommen lassen.

Ich habe für solche Spielchen keine Zeit. Mir scheint, du solltest einfach sterben.

Die Dunkelheit brandete auf Strov herab. Sein Körper wurde kalt, das Blut gefror ihm in den Adern, sein Geist schrie in unendlicher Qual.

Der letzte Gedanke, den Strov zu formen im Stande war, galt Manuel. Er hoffte inständig, dass sein Bruder nicht Strovs gesamte Hinterlassenschaft in Eberschnaps umsetzen würde …

ELF

Muzzlecrank liebte es, ein Gnomenbüttel zu sein. Und als er damit angefangen hatte, war es ein leichter Job gewesen. Büttel sicherten den Frieden in Ratchet, und die Bezahlung war gut. Muzzlecrank verbrachte seine Schicht damit, in seinem Bereich am Pier von Ratchet auf und ab zu gehen, die üblichen Betrunkenen und Landstreicher zu verprügeln, Bestechungen von Schiffsmeistern, die Schmuggelware beförderten, entgegenzunehmen, diejenigen einzusperren, die zu dumm oder zu geizig waren, Bestechungen zu zahlen, und generell alle möglichen Arten von Leuten zu treffen.

Muzzlecrank hielt sich seit jeher für den geselligen Typ. Ratchet war ein neutraler Hafen. Gnome hatten es sich zur Regel gemacht, in den zahlreichen Konflikten, die das Land verwüsteten, keine Partei zu ergreifen. Als Resultat davon kam so ziemlich jede Spezies, die man auf der Welt finden konnte, früher oder später hier durch. Elfen, Zwerge, Menschen, Orks, Trolle, Oger, ja sogar gewöhnliche Gnome. Hier war der Knotenpunkt von Kalimdor.

Muzzlecrank liebte es, die wechselseitigen Beziehungen zu beobachten, ob es nun Zwerge waren, die Baumaterial an die Elfen verschifften, Elfen, die Edelsteine zu den Menschen schafften, Orks, die den Elfen Getreide lieferten, Menschen, die Fisch zu den Oger brachten oder Trolle, die Waffen an so ziemlich jeden verhökerten.

Aber dann waren die Beziehungen schlagartig abgekühlt. Besonders zwischen Menschen und Orks. Was problematisch war, weil die meisten Besucher in Ratchet zu einer dieser beiden Rassen gehörten. Ratchet lag an Durotars südlichster Küste und war auch der Theramore am nächsten gelegene Hafen.

Erst letzte Woche hatte Muzzlecrank einen Streit zwischen einem Ork-Seemann und einem Menschen-Händler beenden müssen. Der eine war auf den Zeh des anderen getreten, und der Mensch hatte sich darüber ziemlich aufgeregt. Muzzlecrank war gezwungen gewesen, sie auseinander zu bringen, bevor der Ork den Menschen zu Brei schlagen konnte, was alles andere als ein Spaß gewesen wäre.

Muzzlecrank bevorzugte Kämpfe gegen Betrunkene oder Landstreicher, weil die so freundlich waren, nicht zurückzuschlagen. Wildgewordene Orks hingegen waren ein ganz anderes Kaliber, und Muzzlecrank wollte damit lieber nichts zu tun haben.

Kämpfe bedeuteten normalerweise, dass er sein Netzgewehr in Anschlag bringen musste, und jedes Mal, wenn er das tat, riskierte er, dass jemand herausfand, wie schlecht er wirklich mit dem dummen Ding umzugehen verstand.

Ja klar, er konnte es sehr leicht abfeuern. Jeder Idiot konnte das – nur Zielen und den Abzug drücken, und ein Schwall komprimierter Luft jagte ein Netz raus, um das einzufangen, worauf man eben gerade schoss.

Aber Muzzlecrank zielte im Regelfall sehr schlecht, das Netz verpasste fast immer das Ziel und veranstaltete dann eine ziemliche Sauerei. Glücklicherweise reichte es normalerweise völlig aus, wenn ein Büttel mit der riesigen Mündung des Gewehrs auf jemanden *zielte*, um die meisten Konflikte zu beenden. Oder die Kontrahenten wenigstens so lange hinzuhalten, bis Verstärkung eintraf.

Seitdem waren keine neuen Kämpfe mehr entbrannt. Aber eine Flut von Schimpfworten wurde ausgetauscht, und hitzige Diskussionen folgten. Es war so weit gekommen, dass viele der Handelsschiffe neuerdings nur noch mit einer bewaffneten Eskorte nach Ratchet kamen – die Ork-Boote mit Kriegern aus Orgrimmar, die Menschen-Schiffe mit Soldaten aus Northwatch.

Muzzlecranks Bereich war die nördlichste Sektion des Piers, ein Gebiet mit zwanzig Ankerplätzen, und als er dort entlang schlenderte, sah er, dass fünfzehn der zwanzig Docks belegt waren. Noch aber blieb zu seiner Erleichterung alles ruhig. Die Sonne schien ihm ins Gesicht und wärmte ihn in seinem Brustpanzer. Vielleicht würde es heute ein guter Tag werden.

Nach ein paar Minuten verschwand die Sonne. Ein paar Wolken waren aufgezogen. Bald würde es zu regnen anfangen. Muzzlecrank seufzte. Er verabscheute Regen.

Am kurzen Ende des Docks sah er einen Menschen und einen Ork, die eine lebhafte Unterhaltung miteinander führten. Muzzlecrank gefiel nicht, was er sah. Lebhafte Unterhaltungen zwischen Menschen und Orks neigten in diesen Zeiten dazu, in Gewalt auszuarten.

Er ging näher heran. Das Boot des Menschen war direkt neben dem des Orks vertäut, an den nördlichsten Anlegeplätzen. Muzzlecrank erkannte den Ork. Es war Kapitän Klatt von der *Raknor*, einem Handelsschoner, der Getreide von den Bauern in der Razor-Hill-Region transportierte.

Obwohl er sich nicht an den Namen des Menschen erinnerte, wusste Muzzlecrank, dass dessen Schiff ein Fischtrawler namens *Lohn der Leidenschaft* war. Muzzlecrank hatte wenig Verständnis für die Namenskonventionen der Menschen. Klatt hatte die *Raknor* nach seinem Bruder benannt, der im Kampf gegen die Brennende Legion gefallen war, aber der Gnom hatte nicht die geringste Ahnung, worauf sich der Name *Lohn der Leidenschaft* bezog. Bestimmt nicht aufs Fischen.

Der Handel mit Waren boomte. Getreideanbau war schwierig in den Marschen von Dustwallow, wo die Menschen auf Kalimdor lebten. Aber es gab ausreichend Fisch. Razor Hill dagegen lag zum Fischen viel zu tief landeinwärts. Deshalb tauschten die Menschen des öfteren ihren überschüssigen Fang gegen das überschüssige Getreide der Orks.

„Ich tausche doch nicht meinen besten Lachs gegen diese Abfälle!"

Muzzlecrank seufzte. Offensichtlich liefen die Geschäfte heute nicht sonderlich gut.

Klatt stampfte mit dem Fuß auf. „Abfälle? Du lügst, du kleine Made. Das ist mein bestes Getreide."

„Das spricht nicht für deine Farm", konterte der Mensch trocken. „Das Korn sieht aus, als sei ein Oger darauf herumgetrampelt. Und es riecht auch so."

„Ich stelle mich doch hier nicht hin und lasse mich von einem *Menschen* beleidigen!"

Der Mensch richtete sich zu seiner vollen Größe auf, wodurch er dem Ork gerade mal bis zur Schulter reichte. „Nicht du bist derjenige, der hier beleidigt wird. Ich habe meinen besten Fang, und du bietest mir den Bodensatz aus deinem Fass zum Tausch an!"

„Dein Lachs taugt nicht mal als Streu!"

Zu spät bemerkte Muzzlecrank, dass der Mensch mit etwas bewaffnet war, das wie ein Langschwert aussah, während Klatt unbewaffnet schien. Weil er annahm, dass der Mensch im Umgang mit der Klinge geübt war, relativierte das die Vorteile, die Klatt in einem Kampf aus seiner Größe ziehen konnte.

„Und dein Korn taugt nicht mal für die Hunde!"

„Feigling!"

Muzzlecrank zuckte bei Klatts Worten zusammen. „Feigling" war die größte Beleidigung, die ein Ork von sich geben konnte.

„Dreckige Grünhaut! Ich hätte große Lust …"

Wozu der Mensch große Lust hatte, ging unter, als Klatt ihn angriff. Der Mensch war nicht in der Lage, sein Langschwert rechtzeitig zu ziehen, und die beiden rollten miteinander ringend über das Dock. Klatt hieb immer wieder auf den Menschen ein.

Noch während er überlegte, wie genau er die Sache beenden sollte, wurde ihm die Entscheidung von der Menscheneskorte erleichtert. Drei Wachen, die Brustpanzer trugen, die sie als Lady Proudmoores Truppen auswiesen, sprangen von der *Lohn der Leidenschaft* und rissen Klatt von ihrem Kapitän fort.

Aber Klatt ließ sich von gerade mal drei Menschen nicht nachhaltig bremsen. Er boxte einem in den Bauch, griff sich den zweiten und schleuderte ihn gegen den dritten.

Nun begannen die Orks von der *Raknor* zu springen und in die Schlägerei einzugreifen. Muzzlecrank erkannte, dass er etwas tun musste, bevor *alles* aus dem Ruder lief.

Er legte sein Netzgewehr an, hoffte dabei von ganzem Herzen, dass er es nicht wirklich einsetzen musste und brüllte: „Okay, das war's! Aufhören, *sofort*, oder ihr habt alle ein Problem! Kapiert?"

Klatt, der gerade wieder auf den Menschenkapitän zuspringen wollte, stoppte. Sein Widersacher, der aus Nase und Mund blutete, schrie: „Er hat mich angegriffen!"

Die Stimme des Menschen hatte einen nasalen Beiklang, vermutlich das Resultat seiner lädierten Nase.

„Ja, das hast du auch verdient – wer sein Wort bricht …", schnaubte Klatt.

„Das ist doch kein Grund, einem Mann an die Gurgel zu gehen!"

„Ich sagte Ruhe!" Muzzlecrank ergriff das Wort, bevor Klatt antworten konnte. „Ihr steht beide unter Arrest. Ihr kommt entweder friedlich mit – oder in Einzelteilen. Für mich macht das keinen Unterschied." Er sah die Ork-Krieger und die Menschen-Soldaten an. „Hier ist Gnomengebiet, und das bedeutet, dass *ich* hier die Befehle gebe, kapiert? Deshalb habt ihr jetzt zwei Möglichkeiten: Helft mir, diese beiden einzusperren, bis ein Schiedsmann sich des Falls annimmt, oder schafft eure Ärsche raus aus Ratchet. Es bleibt ganz Euch überlassen."

Muzzlecrank hatte seine Stimme gesenkt in der Hoffnung, dass er so seinen Worten mehr Autorität verleihen konnte. Aber er wusste, dass er keine Möglichkeit hatte, diese Leute aufzuhalten, wenn sie sich seinen Worten zum Trotz doch entschossen, weiterzukämpfen. Falls er gezwungen wurde, das Netzgewehr abzufeuern, würde er bestenfalls einen der Landepfosten in Mitleidenschaft ziehen.

Zu seiner Erleichterung sagte einer der Menschen: „Wir wollen keinen Ärger. Wir ziehen ab."

Augenscheinlich wollten auch die Orks nicht die Souveränität der Gnome von Ratchet verletzen, wenn es schon die Menschen nicht taten. Deshalb rief einer der Orks schnell: „Wir auch!"

Als er Klatt und den blutenden Menschen zurückbrachte, versuchte Muzzlecrank, seinen Atem unter Kontrolle zu bekommen, um nicht zu hyperventilieren. Er war für diese Art Aufregung nicht geschaffen, aber ihm fiel auch auf Anhieb kein anderer Job ein, in dem er seinen Mann gestanden hätte.

Wie auch immer, Büttel zu sein hatte *definitiv* an Attraktivität eingebüßt.

Major Davin war so wütend, dass er an seinem Bart riss. Er zwang sich aufzuhören. Das letzte Mal, als er so wütend gewesen war, hatte er ganze Büschel ausgerupft, was nicht nur schmerzvoll war, sondern auch gegen die Kleiderordnung verstieß.

Der Grund seiner Wut war Korporal Rychs Bericht, den dieser nach seiner hastigen Rückkehr aus Ratchet verfasst hatte. „Sie haben tatsächlich Captain Joq eingesperrt?"

„Nun, das geschah nur der Fairness halber, Sir", sagte Rych, „sie haben den Ork ebenfalls eingesperrt. Kaum ging die Streiterei los, kam dieser Gnomenbüttel dazu."

„Und Ihr habt ihn Joq einsperren lassen?"

Rych blinzelte. „Mir blieb keine Wahl, Sir. Gnome sind für Ratchet zuständig. Wir haben keinerlei …"

Davin schüttelte den Kopf. „Keine Befehlsgewalt, ich weiß, ich weiß." Er stand von seinem Stuhl auf, und begann im Büro auf und ab zu gehen. „Es ist lächerlich. Wir sollten diesem Schwachsinn nicht ausgesetzt sein."

„Sir, ich verstehe nicht, worauf …"

„Die Orks haben wirklich Nerven, wenn sie versuchen, uns so zu hintergehen." Er drehte sich um und trat zum Fenster.

Rych nickte schnell und sagte: „Das ist sicherlich richtig, Sir. Das Korn, das sie uns angeboten haben, war wirklich widerlich, Sir. Eine Beleidigung war das. Und dann hat dieser Ork den Captain angegriffen. Völlig grundlos."

Der Major blieb stehen und öffnete das Fenster. Er sah hinaus auf die Große See. Kleine Wellen schwappten sanft gegen den sandigen Strand. Es war ein friedliches Bild. Ein Idyll, von dem Davin wusste, dass es trügerisch war. „Alles gerät außer Kontrolle. Wenn die Orks so weitermachen, ist es nur eine Frage der Zeit, bis wir wieder mit ihnen im Krieg liegen."

„Ich glaube nicht, dass das passieren wird, Sir." Rych klang zweifelnd, aber Davin wusste es besser.

„Oh, es wird, Korporal, da könnt Ihr Euch *absolut* sicher sein. Und mit den Tauren und den Trollen auf ihrer Seite werden sie uns überrennen. – Es sei denn, wir sind vorbereitet.“ Er wandte sich zur Tür. „Gefreiter!“

Der Gefreite Oreil kam herein. Wie immer, wenn er ihn sah, seufzte Davin. Ganz gleich, wie viele Male der junge Gefreite auch eingekleidet wurde, immer war ihm die Rüstung um einiges zu groß.

„Ja, Sir?“

„Nachricht nach Theramore, sofort. Wir brauchen Verstärkung, und zwar so schnell wie möglich!“

„Jawohl, Sir, wird erledigt, Sir.“ Oreil salutierte und verließ das Wachbüro, um den magischen Stein zu holen, den Lady Proudmoore ihnen gegeben hatte, um die Kommunikation zwischen Northwatch und Theramore zu verbessern. Längere Unterhaltungen konnte man damit zwar nicht führen, aber für kurze Botschaften reichte es.

Rych rieb sich gedankenverloren die Wangen. „Oh, Sir, bei allem gebotenen Respekt, aber ist das wirklich eine so gute Idee, Sir?“

„Sogar eine *sehr* gute.“ Davin setzte sich wieder an seinen Tisch und verspürte nicht länger den Drang, sich die Haare aus dem Bart zu rupfen. Endlich hatte er die Initiative ergriffen, und es wirkte befreiend auf ihn. „Ich lasse ganz bestimmt nicht zu, dass uns diese grünhäutigen Bastarde unvorbereitet treffen!“

Zwölf

Aegwynn wünschte sich sehnlichst, dass diese lästige junge Frau einfach verschwinden möge.

Doch das würde natürlich nicht passieren. Aegwynn war zu sehr Realistin, um etwas anderes zu erwarten. Aber das hielt sie nicht davon ab, es sich von ganzem Herzen zu wünschen. Sie war seit zwei Jahrzehnten allein und hatte es schätzen gelernt, sich selbst genug zu sein. In diesen zwanzig Jahren war sie glücklicher gewesen, als in den Hunderten davor.

Sie hatte gehofft, dass dieses Hochland mit seinen unpassierbaren Bergen abgelegen genug war und niemand in der Lage sein würde, sie zu finden. Aber diese Hoffnung hatte sich als trügerisch erwiesen.

„Ich kann nicht glauben, dass Ihr immer noch lebt."

Diese Proudmoore-Frau klang wie eine Halbwüchsige. Aegwynn wusste jedoch, dass das eigentlich nicht ihre Natur war, sondern sie sich erst in diese Rolle hineingesteigert hatte, als sie erfuhr, wer Aegwynn in Wahrheit war.

„Ihr wart immer einer meiner Helden. Als ich noch Schülerin war, habe ich die Aufzeichnungen Eurer Taten studiert. Ihr wart der bedeutendste Wächter", fuhr Proudmoore fort.

Aegwynn schauderte bei dem Gedanken, was diese schlotternden alten Dummköpfe in der Violetten Zitadelle über sie verbreitet und niedergeschrieben haben mochten, und sagte: „Wohl kaum."

Sie konnte dieses Geschwätz nicht länger ertragen, hob den Wassereimer an und ging zurück zur Hütte. Wenn sie Glück hatte, würde diese Proudmoore sie nicht weiter belästigen.

Aber Aegwynn hatte heute nicht sonderlich viel Glück.

Proudmoore folgte ihr. „Wegen Euch konnte ich überhaupt erst Magierin werden.“

„Grund genug für mich zu bereuen, dass *ich* eine wurde.“

„Ich verstehe nicht. Warum seid Ihr hier? Warum habt Ihr nicht allen erzählt, dass Ihr noch lebt? Ehrlich gesagt hätten wir Eure Hilfe im Kampf gegen die Brennende …“

Aegwynn schleuderte den Eimer zu Boden und wirbelte zu Proudmoore herum. „Warum ich hier bin, geht nur mich etwas an. Jetzt lasst mich in Frieden.“

Unglücklicherweise führte diese Aktion nur dazu, dass Proudmoore ihr bisheriges Gehabe aufgab und wieder zu jener starken Persönlichkeit wurde, die sie eigentlich war. „Es tut mir Leid, aber das kann ich nicht, Magna. Ihr seid zu wichtig für …“

„Ich bin für niemanden wichtig. Versteht Ihr das nicht? Ihr kleines dummes Kind! Ich bin nicht auf menschliche Gesellschaft vorbereitet – oder orkische, oder die von Trollen, Zwergen … wen immer Ihr wollt.“

Dieser Ausbruch brachte erneut das junge Ding in Proudmoore zum Vorschein. Aegwynn konnte die Magie in ihr sehen und erkannte – mochte sie auch im Vergleich zu ihr ein Kind sein –, dass sie sehr mächtig war. Sie war durch die Barrieren gelangt, ohne dass Aegwynn etwas davon mitbekommen hatte. Das zeugte von einem gewissen Können. „Ich bin kein kleines Mädchen. Ich bin eine Magierin aus Kirin Tor.“

„Und ich bin tausend Jahre alt, und so weit es mich betrifft, habt Ihr noch ein paar Jahrhunderte vor Euch, bevor ich eventuell in Erwägung ziehen könnte, Euch nicht mehr als kleines Mädchen zu bezeichnen, kleines Mädchen … Jetzt geht. Ich möchte allein sein.“

„Warum?“ Proudmoore klang ehrlich verwirrt, was Aegwynn zu der Erkenntnis brachte, dass die junge Zauberin ihren Werdegang nicht richtig studiert hatte. Oder ihr Lebenslauf war gründlich verändert – verfälscht! – worden, bis Proudmoore ihn in die Finger bekommen hatte.

Das Mädchen fuhr fort: „Ihr wart diejenige, die Frauen den Weg geebnet hat, überhaupt Zauberinnen werden zu können. Ihr seid einer der besungenen Helden von Azeroth. Wie konntet Ihr Euch nur abwenden …“

„Wie? Hm, ganz einfach – *so*.“ Aegwynn drehte sich um und ging ins Haus. Ihren Eimer ließ sie stehen. Sie würde ihn später holen.

Natürlich gab Proudmoore nicht auf, sondern folgte ihr durch die klapprige Holztür. „Magna, Ihr …“

Sie standen jetzt in dem Raum, den Aegwynn scherzhaft das Wohnzimmer nannte. Es war zugleich der einzige Raum in der Hütte und diente auch als Schlafstube, Küche und Esszimmer. Aegwynn rief erbost: „Hört auf, mich so zu *nennen*. Ich bin keine Magierin mehr. Ich bin auch kein Held, und ich will Euch nicht in meinem Haus haben. Ihr sagtet, dass ich Frauen den Weg zum Magiersein geebnet hätte. Wenn ich mir überhaupt etwas anrechnen darf, dann ist es, der beste Grund zu sein, warum Frauen *niemals* Magierinnen werden sollten.“

„Ihr liegt falsch“, sagte Proudmoore. „Es ist, weil Ihr …“

Aegwynn presste ihre Hände auf die Ohren und sagte: „Um Himmels willen, würdet Ihr bitte damit aufhören?“

Ruhig antwortete Proudmoore: „Ich sage nichts, was Ihr nicht schon wüsstet. Wenn Ihr nicht gewesen wärt, wären die Dämonen schon viel früher gekommen, und wir …“

„Und welchen Unterschied *genau* hätte das ausgemacht?“ Aegwynn lächelte das Mädchen hohntriefend an. „Die Dämonen kamen trotzdem, und Lordaeron wurde trotzdem zerstört, der Lich-König regiert immer noch, und Sargeras hat immer noch gewonnen.“

Proudmoore zuckte bei der Erwähnung des Lich-Königs aus irgendeinem Grund zusammen. Aber Aegwynn interessierte das Warum nicht. Das Mädchen antwortete: „Ihr könnt Eure Beteiligung leugnen, so lange Ihr wollt, aber das ändert gar nichts. Ihr wart eine Inspiration für alle …“ Sie lächelte. „Für alle ‚kleinen Mädchen‘, die Magierinnen werden wollten. In der Zitadelle war meine Lieblingsgeschichte immer die, wie Ihr von Scavell als erster weiblicher Wächter auserwählt wurdet. Dem ersten Magier, der den Wert weiblicher Schüler erkannt hat – und wie die Wächter von Tirisfal die Wahl begrüßt haben, und …“

Aegwynn musste lachen. Sie lachte lang und laut. Sie hatte sogar Schwierigkeiten, Luft zu bekommen vor lauter Prusten. Sie fing an zu husten, bekam sich aber wenig später wieder unter Kontrolle. Nach tausend Jahren begann ihr Körper jetzt zu altern, aber sie hatte immer noch genug Lebenskraft, um sich von ein bisschen Gelächter nicht umwerfen zu lassen.

Genau genommen war es der beste Lacher, der seit Jahrhunderten aus ihr herausgebrochen war.

Proudmoore schaute wie jemand, der in eine Zitrone gebissen hatte. Ihr Gesicht war wutverzerrt. „Ich verstehe nicht, was daran so komisch sein soll."

„Natürlich nicht." Aegwynn lachte und atmete ein paar Mal tief ein und aus. „Wenn Ihr all den Müll glaubt, der über mich kursiert, seid Ihr selber schuld." Sie tat einen weiteren Atemzug, der sich in ein Seufzen verwandelte. „Nun, wenn Ihr wahrhaftig darauf besteht, in meine Privatsphäre einzudringen, Lady Jaina Proudmoore aus der ach so noblen Stadt Theramore, dann setzt Euch." Sie wies auf den geflochtenen Stuhl, für dessen Herstellung sie das gesamte dritte Jahr ihres Exils geopfert hatte, sich aber nach seiner Fertigstellung weigerte, je darauf Platz zu nehmen. „Setzt Euch, und ich werde Euch die *wahre* Geschichte erzählen, wie ich zur Wächterin von Tirisfal wurde ... und warum ich die Letzte bin, die Ihr als irgendeine Art von Heldin feiern solltet ..."

Achthundertvierundsiebzig Jahre zuvor

Zum ersten Mal seit Jahren jagte Tirisfal Aegwynn Angst ein. Die Wälder nördlich der Hauptstadt von Lordaeron waren immer ein Ort der Schönheit und Ruhe gewesen, fern vom Alltag. Ihre Mutter hatte sie das erste Mal auf einem Ausflug hierher mitgenommen, als sie noch ein junges Mädchen gewesen war. Die kleine Aegwynn hatte die Landschaft gleichzeitig als erschreckend und faszinierend empfunden. Sie war überrascht, dass die Tiere frei herumliefen, war fasziniert von der unglaublichen Farbenpracht der Vegetation und begeistert, wie viele Sterne sie des Nachts sehen konnte, weit weg von den Lichtern der Stadt.

Im Laufe der Zeit war die Angst verschwunden. Sie wich Freude, Verwunderung und immer wieder Erleichterung.

Bis heute. Heute war die Angst mit aller Macht zurückgekehrt.

Seit ihrer Kindheit war sie eine Schülerin des Zauberers Scavell, zusammen mit vier anderen, die aber natürlich Jungen waren. Aegwynn wollte schon immer Magierin werden, aber ihre Eltern hatten ihr stets gesagt, dass sie irgendwann irgendjemands Frau werden würde. Und dass ihr Herumspielen mit Kräutern im Augenblick noch in Ordnung sei. Aber bald schon würde sie wichtigere Dinge lernen – wie Nähen und Kochen …

Diese Predigten ließ sie so lange über sich ergehen, bis sie Scavell traf und er sie bat, seine Schülerin zu werden. Dabei machte er deutlich, dass er ein Nein als Antwort nicht akzeptieren würde. Ihre Eltern jammerten, sie würden ihr kleines Mädchen verlieren. Aber Aegwynn war begeistert. Aus ihr würde eine Magierin werden!

Damals gab es nur drei andere Schüler: Falric, Jonas und Manfred. Sie waren genauso merkwürdig wie alle anderen Knaben, die Aegwynn kannte, aber immerhin ein wenig erträglicher. Der vierte, Natale, stieß erst ein Jahr später zu ihnen.

Heute Morgen hatte Scavell verkündet, dass er Mitglied eines geheimen Ordens wäre, den man die Wächter von Tirisfal nannte. Aegwynns erste Assoziation, die sie damit verknüpfte, war, dass der Wald, den sie so liebte, danach benannt worden war. Aber es stellte sich heraus, dass es genau umgekehrt war. Sie nannten sich so, weil sie sich schon seit vielen Jahrhunderten auf dieser Lichtung trafen. Das erstaunte Aegwynn, weil sie nie solche Treffen bemerkt hatte, obwohl sie seit Jahren regelmäßig Ausflüge in die Glades unternahm.

Dann hatte Scavell ihnen erklärt, dass sie nun in die Glades gehen würden, um die Tirisfalen zu *treffen*.

Die Knaben unterhielten sich über Geheimgesellschaften und wie aufregend das alles war. Als wenn es sich um eine Art Abenteuer gehandelt hätte. Aber Aegwynn blieb still. Sie wollte genau wissen, *was* diese Tirisfalen darstellten. Scavell blieb äußerst vage in diesem Punkt. Während die Knaben auf Scavells Wort vertrauten, wollte Aegwynn mehr wissen.

„Das wirst du schon noch früh genug herausbekommen, mein Mädchen," hatte Scavell auf ihre Frage geantwortet. Er nannte sie immer „mein Mädchen".

Als Scavell sie in die Glades brachte, war Aegwynn verwirrt, weil sich niemand auf der Lichtung befand. Doch nur Augenblicke später, gerade als sie Scavell fragen wollte, was denn nun sei, gab es einen Lichtblitz. Danach wurden sie, Scavell und ihre Mitschüler von sieben Gestalten umstanden – in einem perfekten Kreis. Drei waren Menschen, drei waren Elfen, und einer war ein Gnom. Alle waren Männer.

„Wir haben gewählt", sagte einer der Elfen.

Falric echote: „Gewählt?"

Der Gnom antwortete: „Schweig, Junge, das wirst du schon bald selbst herausfinden."

Der Elf wandte sich an Scavell. „Du hast alle fünf Schüler gut ausgebildet, Magna Scavell."

Aegwynn runzelte die Stirn, sie hatte diese Ehrenbezeichnung noch nie zuvor gehört.

„Trotz allem gibt es einen Schüler, der aus den anderen hervorsticht. Ein Schüler hat sich auf den wissbegierigen Wegen der Magie bewiesen – was über normale Neugierde weit hinausgeht. Einer hat eine Begabung beim Wirken von Zaubern gezeigt, die ohne Gleichen ist, und er hat sogar schon die Schriftrollen des Meitre gemeistert."

Jetzt raste Aegwynns Herz. Der Nachtelf Meitre war ein großer Zauberer gewesen, der vor vielen tausend Jahren gelebt hatte. Elfenmagier versuchten sich nicht vor dem letzten Jahr ihrer Ausbildung an Meitres Sprüchen. Und Menschenmagier versuchten es während ihrer Ausbildung oft überhaupt nicht. Aegwynn aber beherrschte Meitres Sprüche schon seit Ende ihres ersten Jahres.

Sie hatte es in aller Heimlichkeit getan. Scavell hatte darauf bestanden, weil es sonst „die Knaben ärgern würde".

Falric schaute seine Mitschüler der Reihe nach an. „Wer beherrscht Meitres Sprüche?"

Mit einem Grinsen sagte Aegwynn triumphierend: „Ich."

„Wer hat dir das erlaubt?", fragte Manfred ärgerlich.

Mit seiner brüchigen Stimme sagte Scavell: „Das war ich, junger Manfred. Und du und Falric wärt gut beraten, nicht noch einmal unaufgefordert zu sprechen."

Falric und Manfred neigten ihre Köpfe. „Ja, Meister."

Der Elf fuhr fort. „Was ich euch jetzt sagen muss, euch allen, ist, dass ein Krieg tobt. Er ist der Öffentlichkeit nicht bekannt, nur der Gemeinschaft der Magier, von der ihr alle eines Tages ein Teil sein werdet. Dämonen sind in unsere Welt eingedrungen, und sie werden mit jedem Jahr aggressiver, egal, was wir auch dagegen unternehmen."

„In der Tat", warf der Gnom ein, was ihm einen tadelnden Blick des Elfen einhandelte. „Eigentlich werden sie *wegen* unserer Erfolge immer aggressiver."

„Dämonen?" Natale klang entsetzt. Er hatte sich immer schon vor Dämonen gefürchtet.

„Ja", sagte einer der Menschen. „Bei jedem Umlauf versuchen sie, uns zu vernichten. Nur Zauberer können gegen sie ankämpfen."

„Den Tirisfalen wurde aufgetragen", ergänzte der Elf mit einem Blick auf den Menschen, der verriet, dass er die Unterbrechung nicht schätzte, „diese Welt zu beschützen, und wir haben einen Wächter dafür berufen. Die besten jungen Magier im Land werden vom aktuellen Wächter zusammengebracht, eurem Meister Scavell in diesem Fall, der sie ausbildet. Dann bestimmen wir, welcher der Begabteste ist und der neue Wächter werden soll."

„Die Wahl war nicht einfach", sagte der Gnom.

Jonas murmelte: „Es ist eine dumme Wahl."

„Was hast du gesagt, junger Mann?", fragte ein anderer Elf.

„Ich sagte, die Wahl ist dumm. Aegwynn ist ein *Mädchen.* Sie taugt als weise Frau, die Kräutertränke an die Dörfler verteilt, aber das ist schon alles. Wir anderen werden *Magier* sein."

Aegwynn sah Jonas empört an. Sie war ihm sehr nahe gekommen. Die beiden hatten ein paar Mal miteinander geschlafen, ihre Verbindung aber vor den anderen Schülern geheim gehalten, obwohl Scavell davon wusste. Es gab nichts, was dem alten Magier entging. Das Letzte, was sie erwartet hätte, waren diese

Worte aus seinem Mund. Von Falric vielleicht, er war oft unausstehlich, aber doch nicht Jonas. Aegwynn schwor sich, dass er sie niemals wieder in sein Bett bekommen würde …

„Es ist wahr“, sagte ein alter Mensch mit einem Seufzen, „dass Frauen emotional reagieren und zu unkontrollierten Ausbrüchen neigen, die einem Magier nicht zustehen. Aber es ist auch wahr, dass Aegwynn das größte Potenzial von allen hat, und wir können es uns nicht leisten, dass nicht der Beste Wächter wird. Selbst wenn das bedeutet, die Position einer Frau zu geben.“

Daraufhin entgegnete Aegwynn zornig: „Bei allem Respekt, gute Meister. Ich werde ein genauso guter Magier sein wie diese heranwachsenden *Männer* da. Ich glaube sogar, dass ich besser sein werde. Weil ich viel mehr Hindernisse zu überwinden hatte, um hierher zu kommen.“

Der Elf lachte. „Sie trägt ein gutes Argument vor.“

„Wartet mal“, sagte Natale, „ihr meint, dass sie dieses Wächter-Dings wird und wir anderen gar nichts kriegen?“

„Nicht doch“, sagte der Elf. „Ihr werdet alle wichtige Rollen bekleiden. Alle Zauberer in unserem Orden kämpfen in dieser Schlacht. Es ist nur so, dass die Rolle des Wächters *noch* wichtiger ist.“

Aegwynn sah ihren Mentor an und fragte: „Scavell, was wird mit Euch? Warum müsst Ihr das Amt des Wächters aufgeben?“

Scavell lächelte. „Ich bin alt, mein Mädchen, und sehr müde. Horden von Dämonen zu bekämpfen ist etwas für Junge. Ich wünsche die mir verbleibenden Jahre damit zu verbringen, die nächste Generation vorzubereiten.“ Er betrachtete seine Schützlinge. „Seid beruhigt, ich werde euer Mentor bleiben.“

„Na großartig“, murmelte Falric. Alle vier Knaben schmollten.

„Die Tatsache“ sagte der Gnom gereizt, „dass ihr euch so unreif benehmt, ist exakt der Grund, warum wir Aegwynn vorziehen.“

„Außerdem“, ergänzte der ältere Mensch, „ist der Wächter das Werkzeug des Rats. Ich vermute, dass ein Mädchen weniger willensstark ist und die Befehlskette besser achtet.“

„Das ist keine militärische Operation“, sagte einer der anderen Menschen.

Aegwynn konnte nicht anders als anzumerken: „Ihr habt es selbst als einen Krieg beschrieben."

„Ganz richtig", sagte der Elf mit einem verhaltenen Lachen. Dann schaute er Aegwynn aus Augen an, die sich direkt in ihre Seele zu brennen schienen. „Du hast noch Vorbereitungen zu treffen, *Mädchen*, bevor du dich der Übertragung der Kraft unterziehen musst. Die Magie aller Tirisfalen wird dir gewährt. Begreife Folgendes, Aegwynn: Du übernimmst die größte Verantwortung, die ein Magier nur tragen kann."

„Ich verstehe", sagte Aegwynn, obwohl sie sich nicht sicher war, ob das stimmte. Aber sie wollte mehr als alles andere ein Magier sein, und sie wusste, die oberste Pflicht eines Zauberers war, die Welt zu schützen. Im Idealfall wurde Magie von Zauberern nur dafür eingesetzt, um Ordnung in die chaotische Welt zu bringen, und Aegwynn ahnte schon jetzt, dass eine Menge Arbeit auf sie zukam.

Sie hatte nur nicht geahnt, wie viel Arbeit es wirklich werden würde. Oder was Scavells wahre Gründe waren, als er ihr Meitres Schriftrollen gezeigt hatte …

Falric trat vor. „Verdammt, ich bin so gut wie jedes Mädchen. Besser noch. Ich kann auch einen von Meitres Sprüchen wirken. Seht!" Falric schloss seine Augen, öffnete sie dann wieder und starrte auf einen Felsen, der aus dem Boden ragte, genau neben der Stelle, wo der Elf stand. Er murmelte eine Beschwörung, dann wiederholte er sie. Meitres Sprüche bedurften immer der doppelten Beschwörung, was, wie Scavell gesagt hatte, eine Sicherheitsvorkehrung war.

Licht blitzte, und der Fels glühte schwach in einem leichten Gelb. Falric grinste Aegwynn höhnisch an und lächelte dann in Richtung der Magier.

„Stein zu Gold", sagte der Gnom. „Wie wenig originell."

„Eigentlich," sagte der Elf mit einem Lächeln, „ist es Falschgold."

Falrics Grinsen verschwand. „Wie kann das sein?" Er wirkte einen schnellen Identifizierungsspruch, und dann wurde sein Gesicht noch länger. „Verdammt!"

„Du hast eine große Gabe zu lernen", sagte der Elf, „aber du hast noch viel mehr Potenzial. Ihr alle, Falric, Manfred, Jonas, Natale, ihr werdet als Scavells Schüler euer Potenzial zur Entfaltung bringen." Wieder sah er sie mit dem seelendurchdringenden Blick an. „Aegwynn, deine Bestimmung wird ein wenig eher kommen. Wir werden uns auf dieser Lichtung in einem Monat wieder treffen, um die Kraft zu übertragen. Es gibt noch viel, worauf du dich vorbereiten musst."

Damit verschwanden sämtliche Mitglieder des Bundes in einem Lichtblitz.

Einen Monat später übergab Scavell die Macht des Wächters an Aegwynn. Vorher hatte er ihr alles über die Dämonen und ihre schrecklichen Diener beigebracht, die stetig versuchten, in die Welt einzudringen. Einzig Wächter wie Scavell hatten das erfolgreich verhindert. Es war mit nichts vergleichbar, was sie je zuvor erlebt hatte. An Zauber, die einst ihre volle Konzentration erfordert hatten, verschwendete sie inzwischen kaum mehr als einen flüchtigen Gedanken. Auch ihre Auffassungsgabe verbesserte sich sprunghaft, weil sie nun den Kern der Dinge sehen konnte. War es einst mit großem Aufwand verbunden gewesen oder benötigte gar einen komplexen Spruch, die Natur einer Pflanze oder den emotionalen Zustand eines Tieres zu erfassen, schaffte sie das nun mit einem einzigen Blick.

Ein Jahr später starb Scavell friedlich im Schlaf. Als er erkannte, dass er sterben würde, arrangierte er es, dass neue Lehrer für Jonas, Natale und Manfred gefunden wurden. Falric konnte zu der Zeit schon auf eigenen Beinen stehen. Scavell vermachte Aegwynn all seine Besitztümer.

Weniger als einen Monat nach Scavells Tod kam Aegwynn gerade aus dem kleinen Dorf Jortas zurück, als der Rat sie auf magischem Weg rief.

Kaum war sie in Tirisfal Glade eingetroffen, sagte der Gnom, dessen Name, wie sie erfahren hatte, Erbag lautete: „Was hast du eigentlich in Jortas getrieben?"

„Die Menschen vor Zmoldor retten." Aegwynn dachte, dass die Antwort auf der Hand läge.

„Und glaubst du, du hast von Zmoldor noch etwas erfahren,

bevor du ihn vernichtet hast? Hattest du eine Strategie, wie man ihn loswerden konnte, ohne dass die Bevölkerung von Jortas die Wahrheit erfahren würde? Oder bist du blind losgerannt in der Hoffnung, du würdest schon gewinnen?"

Müde und verärgert verhielt sich Aegwynn etwas freimütiger, als es ihr vor dem Rat zugestanden hätte. „Weder noch, Erbag, wie du sehr wohl weißt. Ich hatte keine Zeit, um eine Strategie auszuarbeiten oder mehr herauszufinden. Sonst hätte ich die Kinder in der Schule, die Zmoldor besetzt hatte, in Gefahr gebracht. Es waren *Kinder*. Sollte ich abwarten und …"

„Wir haben von dir erwartet", sagte Ergab, „dass du *tust*, was man dir befielt. Hat Scavell dich nicht die Prinzipien der Tirisfalen gelehrt? Wir gehen mit Vorsicht zu Werke und mit …"

Aegwynn unterbrach den Gnom. „Ihr reagiert nur, Erbag. Das ist *alles*. Deshalb habt ihr auch kaum Fortschritte gemacht, während der letzten Jahrhunderte. Zmoldor war in der Lage, eine ganze Schule zu übernehmen und wollte die Kinder von Jortas für ein Ritual missbrauchen, das ihre Seelen vergiftet hätte. Es war purer Zufall, dass ich den üblen Geruch der Dämonenmagie bemerkte und deshalb rechtzeitig eingreifen konnte. Eure Methoden sind nicht mehr zeitgemäß und nicht der Bedrohung angepasst. Wenn es nach euch ginge, würden wir stets nur *reagieren* und nicht selbst das Heft des Handelns in die Hand nehmen."

„Selbstverständlich ist das so!" Erbag warf seine Arme vor und zurück. „Der Rat wurde geschaffen, um genau das zu tun: zu reagieren auf die Bedrohung der …"

„Und es hat nicht funktioniert. Wenn wir wirklich gegen diese Monster erfolgreich sein wollen, die in unsere Heimat eindringen und sie zu zerstören trachten, können wir ihnen nicht erlauben, sich hier so leicht einzuschleichen und *Kinder* gefangen zu nehmen, bevor wir überhaupt davon erfahren. Wir müssen bei der Suche nach ihnen *aktiv* werden und sie eliminieren, bevor ihr Tun Wirkung zeigt – oder wir werden überrannt."

Erbag war nicht überzeugt. „Und wenn die Leute erkennen, dass ihre Leben in Gefahr sind und dann in Panik verfallen?"

Statt auf die Frage zu antworten, blickte Aegwynn zu den anderen Ratsmitgliedern. „Spricht Erbag für euch alle, oder ist er nur der lauteste?“

Der älteste der Elfen im Rat, Relfthra, bedachte Aegwynn mit einem Lächeln. „Beides, Magna.“ Das Lächeln verschwand. „Erbag hat Recht, dass du zu rücksichtslos bist. Zmoldor war ein niederer Dämon im Dienste von Sargeras, er hätte uns mit nützlichen Informationen über seinen Meister versorgen können.“

„Ja, und er *könnte* auch all die Kinder getötet haben, bevor er uns die Informationen gegeben hätte.“

„Vielleicht. Aber dieses Risiko müssen wir manchmal eingehen, um diesen Krieg zu gewinnen.“

Aegwynn war entsetzt. „Wir reden über das Leben von *Kindern.* Außerdem ist das gar kein Krieg, es ist nur eine Verschleppungsschlacht, im besten Fall. Und wenn wir nicht aufpassen, wird sie uns alle umbringen, egal ob Kinder oder Erwachsene.“ Bevor einer der anderen Magier etwas erwidern konnte, sagte sie: „Erhabene Magier des Rates, bei allem Respekt, ich bitte euch. Ich bin erschöpft und brauche Schlaf. Gibt es sonst noch etwas?“

Relfthras Miene verfinsterte sich. „Bedenke deine Stellung, Magna Aegwynn. Du bist der Wächter, aber du dienst diesem Amt als der Arm des Rates der Tirisfalen. Vergiss das nie.“

„Ich bezweifle, dass ihr mir das jemals gestatten würdet“, murmelte Aegwynn. „Wenn das jetzt alles war …?“

„Für diesmal“, sagte Relfthra.

Die Worte hatten kaum seinen Mund verlassen, als Aegwynn auch schon todmüde zurück zur Violetten Zitadelle teleportierte.

Dreizehn

Lorena war enttäuscht, aber nicht wirklich überrascht, als sie Kristoff auf Lady Proudmoores Thron sah. Die Lady selbst vermied es, auf diesem Ding zu sitzen. Ganz anders ihr Kämmerer, wenn er sie vertrat.

Kristoff hockte auch weniger auf dem Thron, als dass er sich darauf *drapierte*. Seine schmalen Schultern hingen herab, und er saß schräg, sodass ein Bein über die Seite baumelte. Er las in einer Schriftrolle, als Lorena von Duree hereingeführt wurde.

„Oberst Lorena möchte Euch sehen, Sir“, sagte die alte Zofe kleinlaut.

„Was ist los, Oberst?“, fragte Kristoff, ohne von seinem Dokument aufzuschauen.

„Strov ist verschwunden“, sagte sie ohne Einleitung.

Jetzt blickte er doch von dem Papier auf und hob eine Augebraue „Sollte mir dieser Name irgendetwas sagen?“

„Er würde es, wenn Ihr den Treffen in den Gemächern der Lady etwas mehr Aufmerksamkeit zollen würdet.“

Kristoff legte die Schriftrolle zur Seite und richtete sich auf. „Mäßigt Euren Ton, wenn Ihr mit mir in diesem Raum sprecht.“

Lorena starrte den Kämmerer verblüfft an. „Ich rede mit Euch, wie es mir gefällt, *egal*, in welchem Raum wir uns befinden. Lady Proudmoore hat Euch beauftragt, Theramore *in ihrer Abwesenheit* zu regieren. Das heißt aber nicht, dass Ihr dadurch die Lady werdet.“ Sie lächelte selbstgefällig. „Dafür mangelt es Euch an Grundlegendem.“

Kristoff runzelte die Stirn. „Bis Lady Proudmoore zurückkommt, bin ich ermächtigt, in ihrem Auftrag zu handeln. Und Ihr werdet dem mit Respekt begegnen.“

„Ihr seid der Kämmerer, Kristoff, was Euch dazu ermächtigt, der Berater von Lady Proudmoore zu sein, genau wie ich. Verfallt deshalb nicht in Größenwahn.“

Kristoff lehnte sich auf dem Thron zurück, nahm die Schriftrolle auf und fragte gelangweilt: „Seid Ihr aus einem bestimmten Grund gekommen? Ich meine, außer mich in Frage stellen zu wollen?“

„Wie ich schon sagte, Strov ist verschwunden. Ich hatte ihn losgeschickt, um nach den Mitgliedern des Flammenden Schwerts zu fahnden. Ich habe mit seinem Bruder Manuel gesprochen, der mir bestätigt hat, dass im Demonsbane alles wie geplant verlaufen ist. Strov saß in einer Ecke, Manuel redete mit dem Kerl, von dem er annahm, dass er zum Flammenden Schwert gehört, und Strov folgte ihm. Das war vorgestern. Seitdem habe ich nichts mehr von ihm gehört.“

„Und was geht mich das an?“ Kristoff klang immer noch völlig desinteressiert.

„Weil er, Ihr schwafelnder Narr, nach dem Flammenden Schwert gesucht hat. Demselben Flammenden Schwert, das mich und meine Leute in Northwatch angegriffen hat. Ich denke, das ist verdächtig genug, oder nicht?“

„Nicht unbedingt.“ Er legte die Schriftrolle erneut nieder. „Leute desertieren immer wieder vom Militär. Eine traurige Tatsache, von der ich annahm, dass sie Euch geläufig ist, Oberst.“

Lorena antwortete knapp: „Sie *ist* mir geläufig, Kämmerer. Aber ich kenne auch Strov. Er würde sich lieber ein Körperteil abhacken als zu desertieren. Er ist der beste Soldat, den ich habe. Ich will die Insel auseinander nehmen und ihn *finden*. Ich werde nicht hinnehmen, dass er einfach verschwindet!“

„Nein.“

Lorenas Hand ging instinktiv zum Schwert, aber sie wusste, dass es dumm gewesen wäre, den Mann auf Theramores Thron niederzustrecken – ganz gleich wie wenig er seine momentanen Privilegien auch verdienen mochte. „Was meint Ihr mit ‚nein‘?“

„Ich hatte angenommen, Ihr wärt mit der Definition des Wortes vertraut …“

„Sehr spaßig.“ Sie nahm ihre Hand vom Schwertgriff und ging

zu dem großen Fenster, damit sie Kristoff nicht ansehen musste. Der Himmel war so klar, dass sie Alcaz Island im Nordosten sehen konnte. „Dieses Flammende Schwert macht mir Sorgen, Kämmerer. Sie benutzen Magie und sie …“

„Im Moment ist das Flammende Schwert wenig mehr als ein Gerücht. Und noch dazu eines, möchte ich hinzufügen, das Ihr nicht beweisen könnt, weil Euer Gefreiter vermisst wird. Es tut mir Leid, ich kann Theramores Ressourcen nicht vergeuden, um einen Deserteur zu finden. Nicht, wenn ich diese Ressourcen anderswo dringend benötige.“

Lorena wirbelte herum. „Wovon redet Ihr?“

„Euer Kommen hat mir die Mühe erspart, Euch rufen zu lassen“, sagte Kristoff.

Lorena wunderte sich, warum er das nicht gleich gesagt hatte und sprach ihn darauf an.

Spöttisch antwortete Kristoff: „Es steht Euch nicht zu, die Person in Frage zu stellen, die auf dem Thron sitzt, Oberst. Stattdessen steht es Euch zu, den Befehlen dieser Person zu gehorchen. Und gerade jetzt sagt Euch diese Person, dass sich Ork-Truppen bei Kolkar Crag sammeln. Das ist der Grenzbereich zwischen Durotar und Northwatch.“

Sie verzichtete darauf, ihm zu erklären, dass sie verdammt genau wusste, wo Kolkar Crag lag. Stattdessen fragte sie mit einem finsteren Blick: „Wann ist das passiert?“

„Gerade erst heute Morgen. Major Davin braucht zusätzliche Verstärkung. Ich will, dass Ihr sie anführt.“

Es gehörte nicht zu Lorenas Job, alle Truppenbewegungen innerhalb von Theramore und Northwatch zu überwachen. Aber sie hätte sehr wohl *darüber* informiert werden müssen. „Zusätzliche Verstärkungen? Wurde Northwatch denn vorher schon verstärkt?“

„Ja, gestern. Es gab mehrere Zwischenfälle entlang der Handelsküste mit Orks, die Menschen provoziert haben. Es hat sogar Verhaftungen gegeben. Und gerade in diesem Moment wird ein Menschen-Kapitän in Ratchet gefangen gehalten, weil ein Ork ihn angegriffen hat.“

Lorena nickte, weil sie den betreffenden Bericht gelesen hatte. „Und was ist daran schlimm? Die Gnome haben das Recht, Prügeleien zu beenden."

„Das war keine Prügelei!" Kristoff brüllte – ein Gefühlsausbruch, der Lorena überraschte. Der Kämmerer war oft hochmütig, arrogant, und – das räumte sie gern ein – auch brillant in seinem Job. Aber sie hatte noch nie erlebt, dass der dürre Mann seine Stimme erhoben hätte.

„Ob es eine Schlägerei war oder nicht", sagte sie in ruhigem Ton, den sie absichtlich als Kontrast zu Kristoffs anschwellender Lautstärke wählte, „ist nicht unsere Angelegenheit. Warum wurde Northwatch verstärkt?"

„Ich sagte Euch bereits, Ork-Truppen ..."

„Ich meine die eigentliche Verstärkung."

Kristoff zuckte mit den Achseln. „Major Davin hielt es für notwendig, und ich stimmte zu."

Lorena schüttelte ihren Kopf und drehte sich zum Fenster um. „Major Davin glaubt nicht, dass die Orks irgendetwas wert sind, Kämmerer. Ich würde seiner Aussage in dieser Sache nicht trauen. Er übertreibt möglicherweise."

„Ich glaube nicht, dass er das tut. Schon gar nicht jetzt, wo sich gerade die Truppen sammeln." Kristoff stand auf, verließ den Thron und blieb neben Lorena stehen. „Oberst, wenn Northwatch zur Front eines neuen Krieges zwischen Menschen und Orks wird, sind wir vorbereitet. Deshalb entsende ich zwei Garnisonen und ebenso die Leibwache."

Als er das gesagt hatte, starrte Lorena ihn mit offenem Mund an. Sie wechselte rasch die Position, damit sie Kristoff ansehen konnte und sich gleichzeitig von ihm entfernte. „Die Leibwache? Deren Aufgabe ist der Schutz von Lady Proudmoore."

Ruhig antwortete Kristoff: „Die gerade nicht mit uns in Kontakt steht und außerdem auf sich selbst aufpassen kann. Besser ich setze sie in Northwatch ein, als dass ich sie hier nutzlos herumsitzen lasse."

Wieder schüttelte Lorena den Kopf. „Ihr macht einen riesigen Fehler, Kristoff. Im Moment haben wir nur eine angespannte Situation. Das bedeutet nicht gleich einen neuen Krieg."

„Vielleicht nicht. Aber besser, man ist auf einen Krieg vorbereitet, den man nicht austragen muss, als unvorbereitet auf einen zu sein, den man führen muss."

Die Logik war bestechend, gefiel Lorena aber trotzdem nicht. „Und was, wenn die Orks das als kriegerischen Akt betrachten?"

„So beurteile ich deren Aktionen, Oberst. Wir brauchen dort unseren besten Truppenkommandeur. Deshalb will ich, dass Ihr die Verstärkung für Northwatch anführt. Schnelligkeit zählt. Nehmt Eure höheren Offiziere per Luftschiff mit, um alles vorzubereiten. Der Rest der Truppe wird im Boot reisen und rechtzeitig eintreffen, um Eure Anweisungen auszuführen, wenn er mit Euch zusammentrifft."

Lorena seufzte. Wenn das Luftschiff bereits vorbereitet war, hatte Kristoff seine Entscheidung getroffen, bevor sie diesen Raum betreten hatte. Trotzdem konnte sie noch einen letzten Trumpf ausspielen. „Ich glaube, wir sollten warten, bis Lady Proudmoore zurückkommt."

„Das zu glauben ist Euer gutes Recht." Kristoff ging zurück zum Thron und setzte sich darauf. Dabei legte er seine Arme theatralisch auf die breiten Lehnen.

„Lady Proudmoore ist damit beschäftigt, ihrem netten Ork-Freund zu helfen, während die Orks ihre Verteidigungsanlagen bemannen und sich darauf vorbereiten, uns zu vernichten. Ich werde nicht zulassen, dass alles, was sie aufgebaut hat, zerstört wird, weil sie in Bezug auf Thrall blind ist. Nun denn, Oberst, Ihr habt Eure Befehle. Führt sie aus."

„Kristoff, es ist ein Fehler. Lasst mich Strov suchen. Dann kann ich herausfinden …"

„Nein." Kristoff entspannte sich. „Nun gut, Oberst. Ich will Euch ein Zugeständnis machen: Ihr dürft zwei Soldaten für die Suche nach Strov abstellen. Mehr kann ich nicht entbehren."

Sie nahm an, dass sie von dem Kämmerer nicht mehr bekommen würde. „Danke. Wenn Ihr mich jetzt entschuldigen würdet. Es scheint, ich muss meine Offiziere zusammenrufen."

Kristoff nahm die Schriftrolle mit seiner rechten Hand wieder auf und entließ Lorena mit einem Wink seiner Linken. „Ihr dürft gehen."

Sie drehte sich um und verließ den Thronsaal bebend vor Zorn.

Vierzehn

Als Aegwynn ihre Erzählung, wie sie eine Wächterin wurde, beendet hatte, stellte Jaina fest, dass sie eher überrascht als schockiert war. Die Geschichten, die sie gelesen hatte, hatten immer die Berufung von Aegwynn in einem vollständig positiven Licht gezeigt.

Dass der Rat es zunächst eher fragwürdig fand, sie zu berufen und entgegen der Bedenken wegen ihres Geschlechts hatte, oder dass man ihre Methoden so vehement ablehnte … das alles war ihr völlig neu.

Allerdings waren Aegwynns Erinnerungen an jene Tage mehrere Jahrhunderte alt, weshalb Jaina nicht umhin konnte einzuwerfen: „Eure Darstellung der Dinge deckt sich nicht mit den historischen Schriften, Magna."

„Nein", bestätigte Aegwynn seufzend. „So ist es wohl. Sie wollten euch junge Magier glauben lassen, dass alle Zauberer stets in perfekter Eintracht zusammenarbeiten." Sie schüttelte den Kopf und rutschte etwas tiefer in ihren Sitz. „Aber es ist wahr, sie wollten kein Mädchen und akzeptierten mich nur, weil ihnen keine andere Wahl blieb. Ich war die Bestqualifizierte. Sicherlich besser als die anderen vier. Und sie bereuten es jede Minute." Sie richtete sich wieder auf. „Am Ende taten wir das alle. Denn wenn ich nicht gewesen wäre …"

Jaina schüttelte ihren Kopf. „Das ist lächerlich. Ihr habt so viel Gutes getan."

„Was habe ich denn gemacht? Ich bestand darauf, dass die Tirisfalen im Umgang mit den Dämonen aktiver wurden. Doch was wurde dadurch erreicht? Acht Jahrhunderte lang versuchte ich, die Flut einzudämmen – genützt hat es nichts. Zmoldor war nur der Erste. So viele Dämonen, so viele Schlachten … und am Ende wurde ich von Sargeras einfach ausgetrickst. Ich …“

Dieses Mal brauchte Jaina die Geschichte nicht zu hören, um zu wissen, worauf Aegwynn anspielte. „Ich weiß, was passiert ist, als Ihr auf Sargeras getroffen seid. Ihr zerstörtet seine physische Gestalt, aber seine Seele blieb in Euch. Und wurde an Medivh weitergegeben.“

Aegwynns Lachen war voller Bitterkeit. „Und Ihr glaubt immer noch, dass ich eine große Magierin bin? Ich ließ zu, dass Arroganz mein Urteilsvermögen trübte. Ich nahm an, dass die Tirisfalen eine Gruppe von engstirnigen alten Narren seien, anstatt zu erkennen, was sie wirklich waren: erfahrene Magier, die es besser wussten als ich. Und nachdem ich Sargeras besiegt hatte, wurde ich *noch* selbstgefälliger – falls das überhaupt möglich ist. Ich ignorierte sogar die Rufe, die der Rat mir sandte, missachtete ihre Verfahren, missachtete ihre Anweisungen. Immerhin, ich hatte Sargeras besiegt, und er war ein *Gott*, was wussten *die* denn also schon?“ Sie knurrte: „Ich war solch eine Närrin!“

„Macht Euch doch nicht selbst so nieder.“ Jaina konnte es nicht fassen. Schlimm genug, dass die größte Zauberin der Welt, die Frau, die sie Zeit ihres Lebens verehrt hatte, sich als eine dermaßen unfreundliche Person entpuppte. Aber jetzt benahm sie sich auch noch einfach völlig … verblendet. „Wir sprechen hier von Sargeras. Jeder Magier hätte den Fehler gemacht, den Ihr begangen habt. Wie Ihr schon sagtet, er war ein *Gott*. Er wusste, dass er Euch in Anbetracht Eurer Macht und der ihm drohenden Gefahr austricksen musste. Und er wusste, wie man Euch mani pulieren konnte. Was Ihr getan habt, war nur natürlich.“

Aegwynn starrte in eine der Ecken der baufälligen Hütte, die sie offenbar ihr Heim nannte.

„Ich habe viel, viel mehr als das getan. Da war auch noch Medivh.“

Jetzt war Jaina noch verwirrter. „Ich kannte Medivh, Magna. Er war …“

Aegwynn wirbelte herum, sah Jaina an und fauchte: „Ich spreche nicht davon, *was* mein Sohn war. Ich spreche davon, *wie* er war.“

„Was meint Ihr damit?“ Jaina Verwirrung stieg. „Medivh wurde von Nielas Aran gezeugt, und …“

„Gezeugt?“ Aegwynn machte ein Geräusch, das wie berstender Fels klang. „Das ist ein vielleicht doch etwas zu weit hergeholter Begriff *dafür* …“

Vor neunundsechzig Jahren

Der Ruf war dieses Mal drängend, was der einzige Grund war, weshalb Aegwynn darauf reagierte. Die Wächter von Tirisfal hatten sich mit der Zeit verändert. Die drei Elfen waren dieselben geblieben, aber die Menschen und der Gnom waren allesamt gestorben und ersetzt worden – und auch deren Nachfolger starben und hatten ihrerseits Nachfolger. In mancherlei Hinsicht aber hatten sie sich rein gar nicht verändert. Doch anstatt sich mit ihnen oder mit einem Schüler abzugeben, hatte Aegwynn ihre Magie dafür benutzt, um ihr Leben zu verlängern. So konnte sie ihr Wächter-Amt immer noch versehen.

Einmal wäre sie beinahe gestorben, als sie gerade auf einer Balkonbrüstung in Lordaeron gestanden hatte und einen Zauber wirkte. Damit hatte sie einen von Sargeras früheren Sklaven ausfindig machen wollen, der sich irgendwo in der Nähe aufhalten sollte. Mitten in der Beschwörung hatte der Rat sie mit einem so drängenden Ruf zu sich zitiert, dass sie fast die Balance verloren hätte. Es war der dritte Ruf in ebenso vielen Tagen gewesen, aber der erste, der zu einer solchen Beeinträchtigung ihrer Fähigkeiten geführt hatte.

Sie erkannte, dass es nicht aufhören würde, wenn sie nicht endlich darauf reagierte. Deshalb teleportierte sie sich nach Tirisfal Glade. Sie stand auf dem Felsen, den Falric, der schon vor langer Zeit gestorben war – genauso wie die drei anderen Schüler und alle im Kampf gegen Dämonen – in Falschgold verwandelt hatte. Die Zeit hatte ihn verwittern lassen. Ein dumpfes Braun ersetzte den hellen Goldton, den der Stein achthundert Jahre zuvor noch hatte.

„Was ist so wichtig, um mich in meiner Arbeit zu unterbrechen?“

„Die dauert jetzt schon acht Jahrhunderte, Aegwynn“, sagte

einer der nachgerückten Menschen. Aegwynn hatte sich nie die Mühe gemacht, sich seinen Namen zu merken. „Es ist höchste Zeit, dass Ihr Eure Aufgaben abgebt."

Aegwynn richtete sich zu ihrer vollen Größe auf, was sie größer als jeden Mann auf der Lichtung machte, und erwiderte: „Korrekterweise werde ich mit ‚Magna' angeredet. Das ist nur eine dieser lächerlichen Fromalitäten, auf die Ihr besteht und der magischen Welt aufzwingt."

Das Wort war zwergischen Ursprungs, bedeutete „Beschützer" und stellte die Ehrenbezeichnung für jeden Wächter dar. Aegwynn kümmerte sich nicht um Titel, aber weil der Rat auch sonst auf allen Regeln und Regularien bestand, fand sie es nur recht und billig, solche Dinge anzumahnen – zumindest in der gereizten Verfassung, in der sie gerade war.

Relfthra rief: „Ach, auf einmal klebt Ihr an Bestimmungen, wie?"

Der Mensch warf Relfthra einen Blick zu und sagte dann: „Der Punkt, Magna, ist, dass Ihr Euch der Risiken Eurer Arbeit ebenso bewusst seid wie wir. Je öfter Ihr Euer Leben verlängert, desto größer wird das Risiko, dass es schief geht. Die Verjüngungsmagie ist keine exakte Wissenschaft und noch weniger ist sie verlässlich. Es kann jederzeit mitten in einem Kampf oder beim Wirken eines Zaubers passieren, dass man plötzlich auf sein tatsächliches Alter zurückgeworfen wird. Wenn das passiert, ohne dass ein Nachfolger bestimmt wurde …"

Aegwynn hob die Hand. Das Letzte, was sie brauchen konnte, war eine Lektion in Sachen Magie. Sie war eine stärkere Zauberin als alle anderen zusammen. Hatten *sie* Sargeras persönlich gegenübergestanden?

„Sehr gut. Ich werde also einen Nachfolger finden und die Macht des Wächters an diese Person übertragen."

Der Mensch widersprach mit drohendem Unterton: „*Wir* werden Euren Nachfolger aussuchen, so wie wir es auch bei Scavell taten. Und bei jedem Wächter davor."

„Falsch. *Ich* werde die Wahl treffen. Ich glaube, ich weiß besser als irgendein anderer, worauf es ankommt, um ein Wächter zu sein. Auf jeden Fall weiß ich es besser als ihr alle, die ihr hier auf dieser Lichtung steht und nur Reden schwingt, während andere die Drecksarbeit erledigen."

„Magna …", begann der Mensch, aber Aegwynn wollte nichts mehr hören.

„Ich habe Euren Rat gehört, und zum ersten Mal ist er es wert, ihm Beachtung zu schenken." Sie lächelte. „Ich nehme an, es musste ja mal passieren. Selbst ein Dorftrottel mag ab und zu über wertvolle Ideen stolpern. Wenn mein Nachfolger gefunden ist, werdet ihr von mir informiert. Das ist alles."

Ohne darauf zu warten, entlassen zu werden, teleportierte sie zurück auf die Balkonbrüstung, wo der Ruf sie ereilt hatte. Auch wenn der Hinweis des Rates tatsächlich vernünftig war, musste sie doch immer noch in erster Linie ihre Pflicht erfüllen.

Sie sprach noch einmal den Suchzauber, um zu überprüfen, ob wirklich ein Dämon Lordaeron unsicher machte. Aber es stellte sich heraus, dass kein solcher hinter den aktuellen Geschehnissen steckte, nur ein paar Halbwüchsige, die mit Magie herumspielten. Hätten sie weitergemacht, wäre der Dämon vielleicht gerufen worden, aber Aegwynn kam den Bemühungen der Unwissenden zuvor.

Danach reiste sie nach Stormwind ins Haus von Nielas Aran.

Aran war schon seit vielen Jahren einer ihrer Verehrer. Aegwynn schenkte ihm kaum Aufmerksamkeit, obwohl er über mehr Talent verfügte als die meisten anderen Magier, die zu den Tirisfalen gehörten. Glücklicherweise teilte er die Vorurteile des Rates nicht und beherrschte – als Hofmagier von König Landan Wrynn – sein Handwerk hervorragend. Wäre sie mehrere Jahrhunderte jünger gewesen, hätte sie vielleicht die stahlblauen Augen, seine breiten Schultern und sein angenehmes Lachen mehr geschätzt.

Aber sie war nicht mehrere Jahrhunderte jünger und hatte deshalb weder Lust noch Verlangen, auch nur sein Interesse an ihr anzuerkennen. Sie hatte zahlreiche Liebschaften in ihren jüngeren Tagen gehabt, angefangen bei Jonas, aber sie hatte schon lange die Geduld dafür verloren. Nach achthundert Jahren war für sie Romantik nur eine Anhäufung von Täuschungen und Tricks, auf die sie mittlerweile keine Zeit mehr verwenden wollte.

Aber immer noch konnte sie ihren Charme einsetzen, den sie als Halbwüchsige zuerst an Jonas erprobt hatte, und so begann sie, mit Aran zu flirten. Urplötzlich war sie von seinen Hobbys fasziniert und teilte sein Interesse für zwergische Musik. All das diente nur einem einzigen Zweck – und lief darauf hinaus, dass er das Bett mit ihr teilte.

Am nächsten Morgen wusste sie, das sie schwanger geworden war. Sie war ein wenig niedergeschlagen, als sie erkannte, dass die Frucht in ihrem Leib zu einem *männlichen* Kind heranwachsen würde, denn insgeheim hatte sie auf eine Tochter gehofft – als weiteren Dorn im Auge des Rates. Aber nichtsdestotrotz würde dieser Junge den Zweck erfüllen, für den er gedacht war.

Sie trennte sich von dem mehr als enttäuschten Aran, der sich sehr viel mehr erwartet hatte, und verließ Stormwind. Neun Monate lang erledigte sie ihre Aufgabe als Wächterin so gut sie es vermochte und gebar schließlich Medivh.

Erst dann kehrte sie zu Aran zurück, übergab ihm das Kind und erklärte es zu ihrem Nachfolger.

„Ich kann von Eurem Gesicht ablesen, dass Ihr entsetzt seid." sagte Aegwynn mit einem boshaften Grinsen.

„Allerdings." Jaina hatte zusammen mit Medivh gekämpft. Er war es gewesen, der sie ermutigt hatte, sich mit Thrall gegen die Brennende Legion zu verbünden. Aber sie hatte nicht geahnt, dass die Herkunft des Propheten derart … geschmacklos war. Eigentlich wusste sie sehr wenig über ihn. Nur dass er von den Toten zurückgekehrt war und versuchte, für seine Sünden zu büßen, indem er alles in seiner Macht Stehende tat, um die Legion zu stoppen.

„Deshalb habe ich Euch diese Geschichte erzählt", sagte Aegwynn. „Ich bin keine Heldin, ich bin kein Vorbild, ich bin keine Lichtgestalt, die Zauberer gleich welchen Geschlechts inspiriert. – Ich bin ein arrogantes Arschloch, das zugelassen hat, dass die eigene Macht und die List eines cleveren Dämons sie zerstörten … und mit ihr den Rest der Welt."

Jaina schüttelte den Kopf. Sie erinnerte sich an viele Gespräche mit Kristoff, in denen klar geworden war, dass man die Lehren der Geschichte selten aus den niedergeschriebenen Worten zu ziehen vermochte. Weil solche Darstellungen immer von den Meinungen des Verfassers beeinflusst wurden. Und jetzt sah sie sich darin bestätigt, dass dies tatsächlich so war – dass dies auf die Geschichten, die sie in Antonidas Bibliothek über die Wächter von Tirisfal gelesen hatte, ebenso zutraf wie auf die historischen Schriften, von denen Kristoff gesprochen hatte.

Dann, plötzlich, spürte sie ein Prickeln in ihrem Nacken. Jaina stand auf.

Aegwynn tat es ihr gleich. Zweifellos spürte die alte Frau dasselbe. Was sich bestätigte, als sie sagte: „Die Barrieren sind wieder aktiv."

Jaina fand es interessant, dass Aegwynn dies bemerkte. Insbesondere, wenn sie bedachte, dass Aegwynn es bei ihr, als sie sie überlistete und aufhob, *nicht* bemerkt hatte. Das nährte einen ganz bestimmten Verdacht.

Viel besorgniserregender war allerdings, dass diese Barrieren stärker waren als zuvor. Und sich völlig *falsch* anfühlten.

„Etwas stimmt hier nicht", murmelte sie.

„Ja, ich kenne diese Magie. Hätte nie gedacht, dass ich ihr noch einmal begegnen würde, um ehrlich zu sein." Aegwynn schüttelte den Kopf. „Ich bin mir nicht sicher, wie das überhaupt möglich ist."

Bevor sie Aegwynn um eine Erklärung bitten konnte, musste Jaina sicherstellen, dass sie diese Barrieren ebenfalls durchdringen konnte. Sie versuchte einen Teleport-Spruch und fügte dieses Mal eine Beschwörung zur Barrierendurchdringung bei. Dann bereitete sie sich auf den Schmerz vor, sollte der Spruch seine Zweck nicht wie erhofft erfüllen.

Natürlich scheiterte sie. Beim ersten Mal hätte es vielleicht funktioniert, aber da hatte sie darauf verzichtet. Sie hatte den Durchdringungsspruch beim Teleportieren der Donnerechsen nur deshalb nicht benutzt, weil sie das Hochland erst untersuchen wollte, bevor sie Hunderte gereizte Tiere herbrachte.

Sie schloss kurz ihre Augen, um den Schmerz zu blockieren, und schaute dann Aegwynn an. „Ich komme nicht durch."

„Das hatte ich befürchtet." Aegwynn seufzte. Offensichtlich

wenig begeistert davon, mit dem „kleinen Mädchen" festzusitzen.

Jaina war von dieser Aussicht auch nicht sonderlich angetan. Hauptsächlich, weil sie ihr Versprechen, das sie Thrall gegeben hatte, nicht erfüllen konnte, so lange sie im Hochland gefangen war.

„Ihr sagtet, Ihr kennt die Magie?"

Aegwynn nickte. „Erinnert Ihr Euch an Zmoldor, den ersten Dämon, dem ich begegnet bin und der die Schulkinder einsperrte?"

Jaina nickte.

„Nun, diese neuen Barrieren stammen von ihm."

Fünfzehn

Kristoff hasste es, auf dem Thron zu sitzen, wenngleich er natürlich um die Notwendigkeit wusste, es zu tun. Von Führern wurde erwartet, dass sie ihre Autorität demonstrierten. Und die einschüchternde Präsenz des riesigen Thrones, der alles andere im Raum überragte, erfüllte diesen Zweck eindrucksvoll.

Dennoch hasste er es, darauf zu sitzen. Gleichzeitig war er davon überzeugt, dass es seiner Autorität Schaden zufügen würde, sollte er einen Fehler begehen.

Kristoff kannte seine Grenzen. Er war eben kein geborener Führer. Er hatte Jahre damit verbracht, wirkliche Führer aus erster Hand zu studieren und solche, an die er nicht herankam, aus Büchern. Inzwischen wusste er, was gute Führer auszeichnete, was sie richtig und was schlechte falsch machten. Etwas, was er früh gelernt hatte, war, dass sich arrogante Herrscher selten lange hielten. Herrscher machten Fehler. Die Arroganten gestanden sich das jedoch nicht ein. Das führte oft zur Selbstzerstörung oder zur Zerstörung durch Kräfte von außen.

Mit Sicherheit traf das auf Kristoffs vorherigen Arbeitgeber, Garithos, zu. Wenn der Hochlord auf Kristoff gehört hätte, oder einen der anderen sechs Ratgeber, hätte er sich nicht mit den Verdammten eingelassen. Kristoff hatte vorhergesagt, dass die untoten Kreaturen Garithos verraten und seine Krieger in den Untergang führen würden.

Unglücklicherweise waren die Arroganten normalerweise auch diejenigen, die sich vor allen anderen in Führungspositionen drängten. Kristoff hatte sich schon als junger Student damit auseinander gesetzt, denn es erklärte, warum es so wenige wirklich große Führungspersönlichkeiten gab.

Kristoff kannte sich gut genug, um zu wissen, dass er selbst unglaublich *arrogant* war. Das überlegene Vertrauen in seine eigenen Fähigkeiten war der Grund, warum er ein so guter Ratgeber für Lady Proudmoore war. Gleichzeitig verhinderte es aber auch, dass er ihren Platz einnehmen konnte.

Nichtsdestotrotz würde er tun, was ihm aufgetragen worden war und die Stelle der Lady vertreten, bis sie von ihrem Abstecher, den er keinesfalls befürwortete, zurückkehrte.

Mehr als alles andere aber hasste Kristoff den Thron als solchen, auch wegen seiner Unbequemlichkeit. Um den richtigen Effekt zu erzielen, musste man gerade sitzen, die Arme auf den Lehnen abgelegt, und auf den Bittsteller mit einem allwissenden Blick herabschauen. Allerdings war das aufrechte Sitzen für Kristoffs Rücken die Hölle. Die Wirbelsäulen malträtierende Position ließ sich nur vermeiden, wenn er mit dem Gesäß nach vorn rutschte und sich zu einer Seite neigte. Nur sah das dann aus, als würde er den Thron wie ein Sofa benutzen, was nicht ganz der Eindruck war, den er vermitteln wollte.

Es war eine schwierige Situation. Kristoff wünschte sich inbrünstig, dass die Lady nicht ins Ork-Land verschwunden wäre, um irgendeiner aberwitzigen Sache nachzugehen. Schließlich waren die Bedürfnisse von Theramore deutlich wichtiger als die Umsiedlung irgendwelcher randalierenden Reptilien auf Durotar.

Lady Proudmoore hatte erstaunliche Dinge vollbracht. Nur wenige Personen ihres Geschlechts wären in der Lage gewesen zu erreichen, was sie geschafft hatte. Dabei spielte es keine Rolle, ob als Magier oder Herrscher. Natürlich, es gab viele weibliche Monarchen, aber sie erlangten ihr Amt durch Erbfolge oder Heirat, nicht durch bloße Willensstärke, wie es im Fall der Lady geschehen war. Medivh hatte die Absicht formuliert, aber Jaina Proudmoore hatte die unvorstellbare Aufgabe *bewältigt*, Menschen und Orks zu einen. Nach seiner Meinung als Experte war sie die größte Anführerin, die die Welt je erblickt hatte, und Kristoff betrachtete es als Ehre, einer ihrer vertrautesten Ratgeber zu sein.

Deshalb trieb ihn ihre Blindheit in Bezug auf die Orks auch in den Wahnsinn. Kristoff konnte sie ja verstehen. Von allen

Anführern, die er getroffen und studiert hatte, war Thrall Lady Proudmoore am ähnlichsten. Wie er die Orks geeint und vom Joch des Dämonenfluchs, das sie so erniedrigte, befreit hatte, war noch beeindruckender gewesen.

Aber Thrall war einzigartig unter den Orks. In ihrer Seele waren die Orks unzivilisierte Bestien, kaum in der Lage, sich zu artikulieren. Ihre Sitten und Gebräuche waren barbarisch, ihr Verhalten inakzeptabel. Ja, Thrall hatte sie auf Linie gehalten und dabei das genutzt, was er in seiner Zeit gelernt hatte, als er unter Menschen aufgewachsen war. Dadurch hatte er ihnen etwas Zivilisation beigebracht.

Doch Thrall würde nicht ewig leben. Wenn er starb, würde mit ihm auch der Flirt der Orks mit den Menschen enden. Sie würden wieder zu den bösartigen Tieren degenerieren, die sie waren, als Sargeras sie erstmals hierher brachte.

Doch Lady Proudmoore würde diese Worte nicht hören wollen. Kristoff hatte es versucht, aber auch die größten Anführer konnten blind für gewisse Dinge sein, und dies war eben *ihre* Schwäche. Sie glaubte so fest daran, dass die Orks in Frieden mit den Menschen leben konnten, dass sie ihren eigenen Vater verraten hatte.

An diesem Punkt hatte Kristoff erkannt, dass er zu außergewöhnlichen Maßnahmen greifen musste. Die Lady ließ eher ihren eigenen Vater töten, als das Vertrauen der Kreaturen zu enttäuschen, die, mit Ausnahme von Thrall, ihr diesen Gefallen niemals vergelten würden.

Unter anderen Umständen hätte Kristoff niemals getan, was er jetzt tat. Jeden Tag wachte er auf und fragte sich, ob er den richtigen Weg verfolgte. Aber jeden Tag wachte er auch in Furcht auf. Vom ersten Moment an, da er nach Kalimdor gekommen war, vom Ende des Krieges bis hin zur Gründung von Theramore, lebte Kristoff in der fürchterlichen Panik, dass alles, was sie aufgebaut hatten, zerstört werden könnte. Mit Ausnahme des kleinen Forts an der Handelsküste reduzierte sich die menschliche Präsenz in Kalimdor auf eine kleine Insel vor der östlichen Küste, auf drei Seiten von Kreaturen umgeben, die ihnen im besten Fall gleichgültig gesinnt waren – und im schlimmsten feindlich. Auf der vierten Seite begrenzte die Große See ihr Hoheitsgebiet.

Trotz seiner Ängste und trotz seines lautstarken Rates, bevorteilte die Lady die Orks ständig – zum Schaden der Menschen. Sie bezeichnete es als Glücksfall für die Allianz, und dass sie verbündet stärker seien als getrennt. Das wahrhaft Tragische daran war, dass sie dies auch glaubte.

Aber Kristoff wusste es besser. Und als sich Lady Proudmoore als unfähig erwies, die Gesamtsituation zu erfassen, das große Bild, das Kristoff sein ganzes Leben lang bemüht war zu erkennen, holte er sich Hilfe von außen.

Duree streckte ihre verschrumpelte Hand in die Kammer.

„Sir, der magische Stein von Northwatch glüht. Ich glaube, er hat eine Botschaft."

Trocken versetzte Kristoff: „Das bedeutet es für gewöhnlich, ja." Er stand vom Tisch der Lady auf und ging hinaus in den Thronsaal, wo der Stein aufbewahrt wurde. Vermutlich war das entweder Lorena oder Davin, die ihn darüber unterrichten wollten, dass der Oberst endlich eingetroffen war. Ihre Truppen waren an diesem Morgen angekommen.

Kristoffs Plan, Lorena bereits dort zu haben, wenn der Truppentransport eintraf, war von mechanischen Problemen am Luftschiff vereitelt worden. Der Start hatte sich verzögert. Außerdem war der Truppentransporter durch starke Winde früher als erwartet eingetroffen.

Als er zu dem Stein ging, der auf einem Podest in der südwestlichen Ecke des Thronsaals ruhte, sah Kristoff, dass er tatsächlich rot leuchtete. Was darauf hinwies, dass sein Gegenpart in Northwatch aktiviert worden war. Einen Moment zögerte er, dann ergriff er den Stein. Wie erwartet schoss ein schmerzhafter Schock durch seinen Arm, der ihn fast zwang, den Stein wieder fallen zu lassen. Das Leuchten verschwand jedoch ebenso wie der Schmerz, und dann folgte Major Davins Stimme. Es klang, als würde Davin aus einer Höhle heraus brüllen.

„Lord Kämmerer, es ist meine traurige Pflicht, Euch davon in Kenntnis zu setzen, dass sich Oberst Lorenas Luftschiff noch nicht gemeldet hat. Beobachter sahen das Luftschiff, doch es

fuhr Richtung Nordosten. Die Truppen sind angekommen, aber ich weiß nicht, was der Oberst mit ihnen vorhatte. Bitte gebt mir Anweisungen.“

Kristoff seufzte, als er den Stein zurück auf das Podest legte. „Verdammt sei diese Frau!“

„Welche Frau?“, fragte Duree.

„Oberst Lorena. Wen hat sie im Luftschiff mitgenommen?“

Ohne zu zögern kramte die alte Frau die Antwort aus ihrem Gedächtnis. So sonderbar ihre Manieren auch sein mochten, so unglaublich effizient war sie. „Major Bek, Captain Harcort, Captain Mirra und Leutnant Norjo. Oh, und Korporal Booraven.“

Kristoff runzelte die Stirn, „Warum hat sie einen Korporal mitgenommen?“ Er hatte klar angeordnet, dass nur die ranghöheren Offiziere auf dem Luftschiff mitfahren und die gemeinen Truppen im Boot nachkommen sollten. Langsam bahnte sich die Erinnerung den Weg in sein Hirn. „Ich kenne den Namen von irgendwoher.“

Duree, Gott schütze sie, eilte ihm zu Hilfe. „Das ist die, die man damals im Krieg den Glücksbringer nannte. Eine Sensitive, wenn ich mich recht erinnere, kann Magie auf hundert Schritte *riechen*.“

„Richtig, genau.“ Kristoff erinnerte sich, dass die Booraven, die während des Krieges Gefreiter gewesen war, nicht nur in der Lage war, Dämonen aufzuspüren, die mit bloßem Auge nicht gesehen wurden, sondern auch herauszufinden im Stande war, ob jemand von einem Mitglied der Brennenden Legion besessen war. Sie besaß außerdem die Fähigkeit, auch Lady Proudmoore oder jeden anderen Zauberer ausfindig zu machen. Davon hatten mehrere Generäle Gebrauch gemacht, wenn die Lady schwierig aufzuspüren gewesen war.

Sofort erkannte Kristoff, was Lorena vorhatte. „Verdammt sei sie!“ Er seufzte und murmelte: „Und verdammt sei auch ich!“

„Was ist los, Sir?“, fragte Duree.

„Nichts“, sagte Kristoff schnell. Er konnte es sich nicht leisten, die Zofe ins Vertrauen zu ziehen. „Das wäre dann alles.“

Verwirrt erwiderte Duree: „In … Ordnung, Sir.“ Mit einem merkwürdigen Blick verließ sie den Thronsaal.

Kristoff starrte aus dem großen Fenster. Es war heute diesig, und er konnte nicht mehr als eine Meile oder zwei auf die Große See hinausschauen.

Nachträglich erkannte Kristoff, dass der Fehler wirklich bei ihm lag. Er hatte es zugelassen, dass die Feindseligkeit des Oberst – die immer da gewesen war und noch in Kriegstage zurückreichte – seine Reaktionen ihr gegenüber beeinflusste.

Er behandelte sie mit der gleichen Geringschätzung, mit der sie ihn behandelte. Eine Schwäche, die akzeptabel war, wenngleich manchmal auch kontraproduktiv, wenn sie beide die Lady berieten. Selbstmörderisch wurde es jedoch, wenn er, wie gegenwärtig, auf ihrem Thron saß. Teil des Symbolismus des erhabenen Thrones war, dass der Anführer über allem anderen zu stehen hatte. Einschließlich der kleinen Rivalitäten bei Hofe.

Dieselbe Arroganz, die in Garithos und so vielen vor ihm gewirkt hatte, steckte auch in Kristoff. Hätte der Kämmerer Lorena mit Respekt behandelt, hätte sie vielleicht das getan, was er befohlen hatte. Aber weil er es versäumt hatte, nahm sie Booraven mit, um wieder einmal Lady Proudmoore zu suchen. Das erklärte auch, warum sie nordöstlich flog, nach Durotar, wo die Lady sich um die Donnerechsen kümmerte.

So sehr es ihn auch ärgerte, blieb ihm doch nur eine Möglichkeit. Der Plan musste fortgesetzt werden, wenn auch mit kleinen Änderungen. Die würden später Probleme verursachen, aber bis dahin würden die Würfel gefallen sein. Es war der einzige Weg, damit Jaina Proudmoore erkannte, dass man den Orks nicht trauen konnte. Der ohnehin unausweichliche Krieg mit ihnen musste beschleunigt herbeigeführt werden!

Am Ende nahm er den Stein wieder auf, diesmal mit beiden Händen, was der Stein als Verlangen verstand, eine Botschaft zu senden. Diesmal glühte er blau. „Hier ist Kämmerer Kristoff. Ich fürchte, unsere schlimmsten Befürchtungen haben sich bestätigt. Lady Proudmoore und Oberst Lorena wurden von einem Ork-Kult namens Flammendes Schwert gefangen genommen. Die Orks müssen dafür bezahlen. Major Davin, Ihr übernehmt das Kommando über alle Truppen in Northwatch und bereitet Euch auf die Schlacht vor.“

Als er den Stein zurücklegte, verschwand das Glühen. Seine Botschaft wurde durch den Äther zu seinem Gegenstück auf der Feste geschickt.

Danach ging Kristoff zurück in seine Kammer, um die unterbrochene Arbeit zu beenden. Doch als er eintraf, durchdrang der Geruch von Schwefel den Raum, was bedeutete, dass Zmoldor angekommen war.

Galtak Ered'nash. Berichte, Kämmerer.

Kristoff kräuselte seine Nase wegen des Gestanks. Er hasste es, mit Dämonen zu paktieren, und wenn die Ziele nicht so wichtig gewesen wären, hätte er sich nie mit dieser Kreatur eingelassen. Aber eine andere Lektion, die Kristoff gelernt hatte, war jene, dass man manchmal merkwürdige Verbündete akzeptieren musste, um dem höheren Wohl des eigenen Volkes zu dienen. Das war der Grund gewesen, warum Lady Proudmoore den ungewöhnlichen Schritt unternommen hatte, Menschen und Orks zusammenzubringen und warum Kristoff denselben Schritt jetzt mit Zmoldor wagte. Es war eine zeitlich begrenzte Allianz mit einem niederen Dämon, was im Gesamtbild kaum etwas bedeutete. In Wahrheit *benutzte* Kristoff Zmoldor. Er spielte mit der Eitelkeit der Kreatur und kroch nur vor ihr, um sie dazu zu bringen, ihm zu Diensten zu sein.

„Alles verläuft genau nach Plan. Die Menschen von Theramore sind auf einen Angriff gegen die Orks vorbereitet und werden sie vernichten."

Gut. Ich ziehe große Befriedigung daraus, wenn diese üblen Verräter von der Welt gefegt werden.

„So wie ich." Kristoff meinte diese Worte ernst. Zmoldor war ein nützlicher Verbündeter für Kristoff, weil beide dasselbe Verlangen teilten, die Welt von den Orks zu befreien. Und wenn alles vorbei war und die Orks keine Bedrohung mehr darstellten, plante Kristoff, die Welt von Zmoldor zu befreien ...

Möge unser Herzenswunsch bald erfüllt werden, Kämmerer. Leb wohl. Galtak Ered'nash.

Während er nickte, wiederholte Kristoff die beiden letzten Worte in Zmoldors eigener Sprache, was übersetzt so viel bedeutete wie: „Heil dir, Flammendes Schwert!"

Sechzehn

Aegwynn beobachtete mit einem wehmütigen Lächeln, wie ihre Besucherin sich bemühte, die dämonische Barriere außer Kraft zu setzen. Die Frau hatte Aegwynns Hütte verlassen, um an den Rand des Barrierenfeldes zu treten, das sich an gleicher Stelle befand wie das alte, und versuchte, es aus der Nähe zu durchbrechen. Aegwynn glaubte nicht, dass sie dabei erfolgreicher sein würde.

Zmoldor hatte offenkundig kein Interesse mehr, Aegwynn wiederzubegegnen. Schließlich hatte er sich die Mühe gemacht, sie hier festzuzusetzen, nachdem Proudmoore die alten Barrieren deaktiviert hatte. So lange Aegwynns Barrieren aktiv gewesen waren, hatte sich Zmoldor keine Gedanken machen müssen. Aber die Deaktivierung der Barrieren bereitete ihm Sorgen, und deshalb errichtete er neue.

Nicht, dass es wirklich etwas ausgemacht hätte. Aegwynn war lange über den Punkt hinaus, dass sie Dämonen magisch bekämpfen konnte.

Nach ihrem neuerlichen fehlgeschlagenen Versuch griff Proudmoore in ihren Umhang und holte etwas Nahrung heraus. Fast ohnmächtig gab Aegwynn nickend ihre Zustimmung. Wer auch immer dieses *Mädchen* ausgebildet hatte, war schlau genug gewesen, ihr die praktischen Dinge des Lebens beizubringen. Das war etwas, was Scavell bei all seiner Brillanz versäumt hatte. Sie selbst hatte erst daran gedacht, etwas Proviant mit auf eine Mission zu nehmen, nachdem sie bereits das dritte Mal auf der Jagd nach einem Dämon vor Hunger zusammengebrochen war.

Kurz darauf drehte sich das Mädchen zu Aegwynn um. „Vielleicht können wir es schaffen, wenn wir unsere Kräfte bündeln."

„Nicht sehr wahrscheinlich.“ Aegwynn lachte bitter. „Meine Kräfte mit Euren zu vereinen, würde keinen großen Unterschied machen. Meine magischen Fähigkeiten sind schon lange … verkümmert.“ Das Wort war unpräzise, aber ausreichend für den Zweck, Proudmoores Fragen zu beantworten. „Schade, dass niemand da ist, der als Leiter dienen könnte.“

„Als Leiter?“

Aegwynn revidierte ihre Einschätzung vom Lehrer der Proudmoore. „Kennt Ihr nicht Meitres Durchdringungsspruch?“

Proudmoore schüttelte den Kopf. „Die meisten von Meitres Schriftrollen wurden vor zehn Jahren zerstört. Ich studierte die, die gerettet wurden. Aber der kommt mir nicht bekannt vor.“

„Traurig“, war alles, was Aegwynn dazu sagte. Es hatte sie nicht interessiert, wessen Barrieren aktiv gewesen waren, so lange sie sie hier sicher hielten. Sie hatte nichts anderes gewollt, als den Rest ihrer Tage weit weg von der Welt zu verbringen, der sie schon so viel Schaden zugefügt hatte.

„Warum seid Ihr so geschwächt?“

Aegwynn seufzte. Sie hätte damit rechnen müssen. Andererseits, Proudmoore musste wohl die *ganze* Geschichte erfahren. Oder jedenfalls Aegwynns ureigene Version davon …

Vor fünfundzwanzig Jahren

Medivh war in den Turm von Kharazan im Redridge-Gebirge eingezogen, der in Hügel eingebettet lag, nur umgeben von Reben und Unkraut. Die alten Bäume des Waldes von Elwynn schafften es nicht mehr so weit. Sie waren gestorben, nachdem Medivh hier eingezogen war. Der kahle Hügel, auf dem Medivh seine Burg errichtet hatte, war genau wie ein menschlicher Schädel geformt.

Aegwynn fand die Form traurig angemessen. Sie näherte sich dem Ort zu Fuß, sie wollte vermeiden, dass ihr Sohn vorzeitig von ihrem Besuch erfahren könnte.

Die Wächter von Tirisfal waren tot. Orks zogen brandschatzend durch Azeroth. Krieg war überall auf der Welt ausgebrochen. Und die Quelle all dessen?

Ihr eigen Fleisch und Blut.

Sie wusste nicht, wie das hatte geschehen können. Sie hatte Medivh geboren, damit er ihre Arbeit fortsetzen würde, nicht, um sie zu zerstören.

Erst als sie am Tor eintraf, fühlte sie es. Ihr Sohn war da, das wusste sie, genauso wie Moroes, der Hausdiener, und der Koch. Beide schliefen in ihren Kammern. Aber sie fühlte noch eine andere Präsenz, eine, deren Essenz mit der ihres Sohnes verflochten war. Eine, die sie Jahrhunderte zuvor besiegt hatte.

Sie kümmerte sich nicht weiter darum, sondern wirkte einen Windzauber, der gegen das Tor hieb und orkanartige Kräfte entfesselte, die das Holz in tausend Teile zerschmetterten.

Ihr Sohn stand auf der anderen Seite. Er hatte Aegwynns Größe und ihre grünen Augen geerbt, von Nielas Aran stammten die breiten Schultern und die elegante Nase. Sein graugeflecktes Haar war zurückgebunden zu einem bemerkenswerten Pferdeschwanz, und er hielt seinen Bart sauber gestutzt. Sein kastanienbrauner Umhang wehte hinter ihm in einer Brise. Das Wesen, das vor ihr stand, war unverkennbar ihr Sohn. Doch obwohl ihre Augen Medivh sahen, spürte ihre ganze Magie nur Sargeras.

„Wie ist das möglich? Ich habe Euch *getötet*."

Medivh lachte dämonisch. „Mutter, bist du wirklich so eine Närrin? Glaubst du ernsthaft, dass ein einfaches Mädchen eine Macht wie Sargeras vernichten kann? Er benutzte dich. Benutzte dich, um mich zu erschaffen. Er versteckte sich in dir, als du so hingebungsvoll meinen Vater verführt hast, übertrug sein Wesen in meinen Fötus. Er war mein ständiger Begleiter, mein Mentor, der Elternteil, den du mich niemals haben ließest."

Aegwynn konnte es nicht glauben. Warum war sie nur so blind gewesen? „Du hast den Rat getötet."

„Hast du nicht immer gesagt, dass sie nur Narren seien?"

„Das ist nicht der Punkt! Sie verdienten es nicht zu sterben!"

„Natürlich taten sie es. Du hast mir nicht sehr viel beigebracht, Mutter. Du warst immer viel zu beschäftigt mit deinen Aufgaben als Wächterin, um tatsächlich den Sohn aufzuziehen, den du in die Welt gesetzt hattest, damit er dein Nachfolger wird. Aber eine Lektion hast du mich gelehrt bei den seltenen Gelegenheiten, zu denen du so gütig warst, dich zu bequemen, meine Existenz zur Kenntnis zu nehmen. Und zwar, dass der Rat aus Narren besteht. Sargeras hat mir schließlich gezeigt, was das endgültige Schicksal aller Narren sein muss. Du siehst, Mutter, ich habe all meine Lektionen gut gelernt."

„Hör auf, dich zu verstellen, Sargeras", sagte sie. „Hör auf, mit der Stimme meines Sohnes zu sprechen."

Medivh warf seinen Kopf zurück und lachte. „Verstehst du nicht, kleines Mädchen? Ich *bin* dein Sohn!" Er hob seine Hand. „Und ich bin dein Ende."

Was als Nächstes folgte, passierte viel schneller, als Aegwynn es erwartet hatte. Sie erinnerte sich kaum an die Details, was vielleicht eine Gnade war. Alles, was sie sicher wusste, war, dass sie es schwerer und schwerer hatte, Medivhs – oder besser Sargeras – Sprüche zu kontern, und dass es ihm leichter und leichter bei den ihren fiel.

Geschwächt, zerschunden, blutend brach Aegwynn auf dem Boden zusammen, kaum mehr fähig, den Kopf zu heben. Ihr Sohn stand über ihr und lachte. „Warum schaust du so traurig, Mutter? Ich bin genauso, wie du mich gemacht hast. Immerhin hast du mich geboren, um den Rat zu überlisten und dein Erbe fortzuführen. Das hast du getan. Von dem Augenblick an, da du Sargeras physische Form zerstört und ihn so befreit hattest, dass er in dir leben konnte, war es dein Schicksal, Sargeras Willen zu erfüllen. Nun hast du deinen Zweck erfüllt." Er grinste. „Ein letzter Dolchstoß in das Auge des Rates, eh?"

Aegwynns Blut gefror zu Eis. Das waren ihre eigenen Gedanken bei Medivhs Empfängnis gewesen. Sie hatte diesen Satz nie laut ausgesprochen und ganz sicherlich niemals gegenüber Medivh. Sie war tatsächlich nur wenig präsent in seinem Leben gewesen. Am Anfang vielleicht und da hauptsächlich zu seinem eigenen Schutz. Sie hatte es sich nicht leisten können, dass bekannt wurde, dass ihr Sohn in Stormwind lebte. Ihre Feinde hätten das gegen sie eingesetzt. Sie offenbarte ihm erst, dass sie seine Mutter war, als er die Pubertät beendet hatte.

In diesem Moment ließ sie jeden Widerstand fallen. Sie wollte nicht länger in einer Welt leben, die sie so nachhaltig betrogen hatte. In ihrem Eifer, ihre Bestimmung zu erfüllen, dem Rat zu beweisen, dass er einen Fehler beging, wenn er sie absetzte, hatte sie den Dämonen zum Sieg verholfen.

Seit dem Ende ihrer Ausbildung hatte Aegwynn nicht mehr geweint. Die Geburt ihres Kindes, der Tod der Eltern, die Niederlagen gegen Dämonen … nichts davon hatte sie zum Weinen gebracht. Sie war immer stärker als das alles gewesen. Doch jetzt rannen Tränen über ihre Wangen, als sie ihren Sohn ansah, der angesichts ihrer Qual lachte.

„Töte mich."

„Und dich so vom Haken lassen? Sei keine Närrin, Mutter. Ich sagte, das ist dein Ende, nicht dein Tod. Dir das Sterben zu erlauben, wäre keine Buße für das, was du mir alles angetan hast." Dann murmelte er eine Beschwörung.

Vor acht Jahrhunderten hatte ihr der Rat die Macht der Wächter verliehen. Das war die wunderbarste Erfahrung in ihrem Leben gewesen. Es war so, wie es für einen Blinden sein musste, das erste Mal zu sehen. Als sie die Macht an Medivh übergab, war es weniger wundervoll, aber es gab immer noch das Gefühl der Befriedigung. Das Schwinden ihrer Kräfte war leicht und angenehm gewesen, wie das allmähliche Hinübergleiten in den Schlaf.

Doch jetzt wurde ihr die Macht von Medivh *herausgerissen*. Es fühlte sich an, wie blind, taub und stumm geschlagen zu werden. Ihr gesamter Körper wurde abgetötet. Es war weniger wie einschlafen, mehr wie ein ins Koma fallen.

Aber sie blieb wach und bekam mit, was passierte. Dann erkannte sie, dass, wenn sie bleiben würde, Medivh, oder eher Sargeras, sie hier behalten würde. Sie müsste in den Gewölben der Burg hausen, ohne Zweifel, um alles, was geschehen würde, sehen und hören zu können. Aufmerksam gemacht auf jede böse Tat, die ihr Sohn in Sargeras Namen beging.

Sie erkannte noch etwas anderes. Sie war immer noch jung. Das bedeutete, dass Medivh ihr nicht die Verjüngungsmagie genommen hatte.

Das war ihre Rettung. Sie sammelte die verbliebenen Reste ihrer Konzentration und entfesselte die Magie der Verjüngungsmagie. Sie griff danach, formte und erschuf daraus einen Teleportspruch, der sie von hier fortbringen würde.

Augenblicke später, ihr Haar war weiß geworden, ihre Haut runzelig und ihre Knochen brüchig, fand sie sich auf Kalimdor wieder, an der Ostküste des Kontinents, in einer grasreichen Region in den Bergen.

Proudmoores Stimme war gefasst, als sie sagte: „Das muss schrecklich für Euch gewesen sein."

„Das war es." Aegwynn schauderte. In Wahrheit war es noch schlimmer gewesen. Aber sie hatte nur die Höhepunkte erzählt, um Proudmoore zu schonen. Sie hatte ursprünglich versucht, mit Medivh zu reden, um eine Erklärung von ihm zu erhalten, warum er tat, was er tat. Als ob Sargeras tatsächlich einen Grund gebraucht hätte. Aber sie sah keine Veranlassung, Proudmoore mit so etwas zu belasten.

Die vorrangigste Absicht der Geschichte war, ihr den ganzen Umfang ihrer Dummheit zu offenbaren. Sie fuhr fort: „Als ich herkam, nutzte ich das bisschen Magie, das ich noch besaß, um festzustellen, dass niemand außer mir in der Gegend war. Ich baute meine Hütte, bepflanzte meinen Garten, grub meinen Brunnen. Die Barrieren stellte ich nicht auf, bevor Thrall und seine Leute hier in der Nähe siedelten."

„Ich bin nicht überrascht." Da war ein merkwürdiger Tonfall in Proudmoores Stimme. Als ob sie etwas wusste, wovon Aegwynn nichts ahnte.

„Was soll das heißen?"

Bevor Proudmoore antworten konnte, hörte Aegwynn etwas. Proudmoore vernahm es auch, und beide drehten sich um, blickten nach Süden. Es klang vertraut, aber Aegwynn hatte das Geräusch seit Jahren nicht mehr gehört.

Augenblicke später wurde ihr Verdacht bestätigt: Das Geräusch wurde von einem gewaltigen Luftschiff verursacht, das nun um die Bladescar-Spitze herumkam. Es stoppte direkt vor den Barrieren und schwebte auf der Stelle. Aegwynn vermutete, dass sich ein Magier oder zumindest jemand an Bord befand, der Zauberei erkennen konnte.

Eine Strickleiter fiel vom Unterbau, und eine Gestalt im Brustpanzer begann hinabzuklettern. Als sie näher kam, erkannte Aegwynn die Abzeichen eines Oberst.

Zu ihrem Schrecken war die Gestalt eine Menschenfrau. Sie drehte sich um und schaute Proudmoore fragend an.

Das Mädchen lächelte. „Wenn eine Frau Wächter von Tirisfal werden kann, warum dann nicht auch Oberst?“

Darauf konnte Aegwynn nichts erwidern.

„Mylady“, sagte die Frau, nachdem sie von der unteren Sprosse der Leiter gesprungen war. „Ich fürchte, ich bringe schlechte Neuigkeiten.“ Dann sah sie fragend zu Aegwynn.

„Oberst Lorena, dies ist Magna Aegwynn. Ihr dürft mit ihr so offen sprechen, wie mit mir.“

Der Oberst nickte und begann mit ihrem Rapport. Augenscheinlich reichte diesem Oberst das Wort von Jaina Proudmoore. Aegwynn erkannte widerwillig an, dass sie beeindruckt war. Eine Frau stieg nicht in solche Positionen auf, ohne große Leistungen. Sie vermutete, dass Lorena doppelt so gut war wie jeder männliche Oberst, einfach, weil sie es sein musste, um sich durchzusetzen. Wenn jemand dermaßen Talentiertes Proudmoore so bedingungslos vertraute, dann war sie ein noch bemerkenswerterer Mensch, als Aegwynn es sich zunächst hatte eingestehen wollen.

Vielleicht gab es ja doch noch etwas Verehrungswürdiges an dem Helden des Mädchens.

Lorena sagte: „Ma’am, ich bin mir sicher, dass Kämmerer Kristoff ein Anhänger des Flammenden Schwerts ist. Er hat unsere Truppen in der Feste Northwatch verstärkt, um die Orks zu provozieren.“

Die Züge Proudmoores entgleisten. „Kristoff? Das glaube ich nicht.“

Aber der Oberst verbrachte die nächste Minuten damit zu erklären, was in Proudmoores Abwesenheit in Theramore passiert war.

Als sie geendet hatte, fragte Aegwynn: „Wann hat das mit dem Flammenden Schwert angefangen?“

„Wir sind uns nicht sicher“, sagte Proudmoore. „Wir denken,

dass es mit einem ehemaligen Ork-Clan zusammenhängt. Warum?“

„Weil Zmoldor einen Kult gegründet hat, der *das Flammende Schwert* genannt wurde. Das Schwert, das er benutzte, um die Kinder zu opfern, war mit Öl überzogen und wurde angezündet, sobald die Opferung begann. Da Zmoldor in der Gegend ist, ist es möglich, dass er auch etwas mit diesen Orks zu tun hat.“

Lorena entgegnete etwas, bevor Proudmoore antworten konnte. „Mylady, warum seid Ihr hinter den Barrieren? Ich habe Booraven mitgebracht, um Euch zu finden und sie sagte, dass diese Barrieren aktiv sind und wir sie nicht passieren können. Ihr hingegen … warum kommt Ihr nicht dahinter hervor?“

„Ich fürchte, ich kann es nicht. Als ich hier ankam, war ich in der Lage, sie zu durchdringen, aber dieser Zmoldor hat sie inzwischen durch dämonische ersetzt. Ich fürchte, mir fehlt das Hintergrundwissen, um sie außer Kraft zu setzen.“

„Eine Schande“, spöttelte Aegwynn. „Wenn das noch meine Barrieren wären, ich würde Euch sofort durchlassen.“

Schnaubend sagte Proudmoore: „Macht Euch nicht lächerlich. Es waren niemals Eure Barrieren. Es waren die von Medivh.“

Aegwynn starrte Proudmoore mit offenem Mund an. „Woher wusstet Ihr …“

„Als ich hier ankam, erkannte ich die Magie, die für die Barrieren benutzt wurde, als die eines Tirisfalen. Und nachdem ich sie durchdrungen hatte, bemerkte ich, dass ich wusste, von *welchem* Tirisfalen sie stammte, weil ich ihn schon mal getroffen hatte. Wie ich Euch bereits versucht habe zu erzählen, kannte ich Medivh. Er war es, der Menschen und Orks in dieses Land gebracht hat, und er überzeugte uns davon, uns gegen die Brennende Legion zu verbünden. Ich kenne seine Magie recht gut.“

Lorena sprach, bevor Aegwynn antworten konnte. „Mylady, bei allem Respekt, die Zeit wird knapp. Wir müssen Euch da rausholen. Es *muss* einen Weg geben.“

Proudmoore schaute zu Aegwynn. „Es gibt einen. Lehrt mich den Spruch von Meitre.“ Sie zeigte auf den Oberst und fügte hinzu: „Wir haben jetzt einen *Leiter*.“

„Sehr gut", sagte Aegwynn, „und einverstanden – wenn das bedeutet, dass Ihr mich in Frieden lasst."

„Es tut mir Leid, das ist nicht möglich."

Aegwynn blinzelte. „Wie bitte?"

„Ihr kommt mit uns."

Aegwynn schnaubte: „Tue ich das?"

„Ja. Ihr seid die Magna, der Wächter, der alles ist, was zwischen uns und den dämonischen Horden steht. Es obliegt Eurer Verantwortung, mit uns zu kommen."

„Wie kommt Ihr darauf?"

„Ihr sagtet, dass Zmoldor diese Barrieren errichtet hat. Das bedeutet, er lebt. Nach allem, was wir wissen, ist er verantwortlich für das Flammende Schwert, das gerade eben durch die Allianz schneidet, die Thrall und ich auf Anweisung Eures Sohnes geschmiedet haben. Aber Ihr habt geglaubt, Ihr hättet ihn vor achthundert Jahren besiegt. Offensichtlich habt Ihr Eure Arbeit nicht richtig beendet, und es ist Eure Pflicht …"

„Was wisst Ihr schon von Pflicht?", schrie Aegwynn. „Seit acht …"

„Ja, ich weiß, was Ihr getan habt, Magna, Ihr habt mir ein wenig von Euren Fehlern erzählt, Euren Täuschungen, Euren Lügen, Eurer Arroganz. Aber woran Ihr mich noch erinnert habt, ist, dass Ihr Euch niemals vor den Pflichten eines Wächters gedrückt habt. Alles, was Ihr gemacht habt, von der Konfrontation mit Zmoldor bis zur Vernichtung des Rates durch Medivhs Zeugung, tatet Ihr, weil Ihr an das geglaubt habt, was Ihr initiiert habt. Ungeachtet Eurer Fehler, der Niederlagen, Ihr habt nie die Aufgaben eines Wächters vernachlässigt. Bis jetzt." Proudmoore schüttelte den Kopf. „Ihr habt mich gefragt, was ich von Verantwortung weiß, und jetzt behaupte ich: Mehr als Ihr. Weil Ihr nie für etwas anderes verantwortlich wart als für Euch selbst. Ich habe Menschen in die Schlacht geführt, ich habe sie regiert, als die Schlacht vorbei war. Und gerade jetzt brauchen mich die Leute, die mir vertraut haben. Und das kann gut wegen eines Dämons sein, den *Ihr* hättet töten sollen. Ich werde nicht alles, was wir aufgebaut haben, wegen Eures Selbstmitleids zerstören lassen, Magna."

„Ich glaube, ich habe mir das Recht verdient, mein eigenes Schicksal zu bestimmen.“

„Weil Ihr Medivh zurückgebracht habt?“

Wieder hatte es Proudmoore geschafft, Aegwynn mit ihrem Scharfsinn zu beeindrucken. Sie brachte keinen Ton heraus.

„Wir alle haben uns gefragt, wie Medivh von den Toten zurückkommen konnte, nachdem Khadgar und Lothar ihn besiegt hatten. Man brauchte schon machtvolle Magie dafür. Ich wäre dazu fähig gewesen, und auch noch ein oder zwei andere. Aber wenn sie es getan hätten, hätten sie es eingestanden. Ihr habt gesagt, Ihr wärt bei dem Kampf mit Medivh ausgezehrt worden. Aber es gibt etwas, das als Ersatz für die notwendige Kraft dienen konnte und das ist das Band zwischen Mutter und Sohn.“

Aegwynn nickte und starrte auf einen unbestimmten Punkt über einer der Bladescar-Spitzen. „Mit dem, was von der Verjüngungsmagie noch übrig blieb, war ich in der Lage, in den Brunnenwassern die Zukunft zu sehen. Ich sah meinen Sohn, getötet von seinem Schüler und seinem besten Freund. Und ich sah Sargeras, der aus ihm vertrieben wurde. Deshalb habe ich Jahre damit verbracht, meine Kraft aufzubauen, um ihn zurückzubringen. Als ich es tat, brachte es mich fast um. Deshalb waren die Barrieren von Medivh. Ich hatte nicht mehr die Kraft, sie zu setzen. Oder irgendetwas anderes zu tun. Bis heute nicht.“ Sie drehte sich um und sah Proudmoore an. „Das war mein Schwanengesang, Lady Proudmoore. Es kann nicht mal ansatzweise wiedergutmachen, was ich falsch gemacht habe.“

„Ich widerspreche. Was Ihr getan habt, ist, einen Sohn zu gebären, der die Welt gerettet hat. Es mag eine Weile gedauert haben, aber was er tat, war genau das, was *Ihr* getan hättet. Was Ihr für ihn geplant hattet. Er ging gegen das konventionelle Wissen an und wurde aktiv im Bekämpfen der Brennenden Legion, indem er Thrall und mich überzeugte, unsere Kräfte zu vereinen. Das hat er nicht von Sargeras gelernt, und er hat das nicht im Jenseits gelernt, aus dem Ihr ihn zurückholtet. Das hat er von *Euch* gelernt.“

Lorena folgte unruhig der Unterhaltung. Ihr offensichtlicher

Respekt vor Lady Proudmoore rang mit ihrem soldatischen Wunsch zu handeln. „Mylady …“

„Ja, selbstverständlich“, sagte Aegwynn, „Euer Oberst hat Recht. Zmoldor muss besiegt werden. Dauerhaft dieses Mal.“ Sie seufzte. „Bereitet Euch vor, Oberst Lorena. Was jetzt folgt, mag ein bisschen wehtun. Lady Proudmoore, sprecht mir nach.“

Und dann lehrte Aegwynn Jaina Proudmoore den Durchdringungsspruch des Meitre.

Siebzehn

Thrall hatte den Tag damit verbracht, Bittsteller anzuhören. Meist ging es um banale Dinge, mit denen sich auch seine Untergebenen hätten auseinander setzen können. Es gab ein paar Streitigkeiten, die geschlichtet werden mussten, solche, bei denen beide Seiten einfach nicht von sich aus in der Lage waren, sich zu einigen und deshalb eine neutrale Seite hinzuzogen. Tatsächlich hätte jeder die Sache regeln können, aber als Kriegshäuptling war es nun mal seine Pflicht, sich auch um Lappalien zu kümmern.

Als der letzte der Bittsteller den Saal verlassen hatte, erhob sich Thrall von seinem Thron aus Tierfellen und ging im Raum auf und ab. Er war dankbar, sich wieder strecken zu können.

Noch immer hatte er von Jaina nichts über die Sache mit den Donnerechsen gehört, aber es gab auch keine weiteren Berichte über randalierende Echsen. Deshalb nahm er an, dass die Situation unter Kontrolle war. Er hoffte, dass sie das Problem schnell löste, damit er sie wegen des Flammenden Schwerts konsultieren konnte.

Dann waren Kalthar und Burx eingetreten. Der Krieger sprach im drängenden Ton: „Häuptling, es ist jemand da, der mit dir reden muss. Sofort."

Thrall hasste es, wenn Burx ihm Befehle erteilte. Aber bevor er etwas erwidern konnte, warf ihm Kalthar einen vielsagenden Blick zu.

„Meinst du, ich sollte mit dieser Person sprechen, Schamane?", fragte Thrall.

„Ja, das meine ich", sagte der Schamane ruhig.

„Nun gut." Thrall blieb stehen, des Thrones überdrüssig geworden.

Burx ging hinaus und führte einen Kundschafter herein, einen Dschungel-Troll. Er trug eine Schmuckrüstung, die traditionell bei Angehörigen des Darkspear-Stammes anzutreffen war: Federn, Holz, und Farbe kombiniert mit einem dreieckigen Helm, um einen möglichst Furcht erregenden Eindruck zu erzeugen.

Nachdem er seinen Helm abgenommen hatte, offenbarte sich ein freundliches, offenes Gesicht, das weit angenehmer war, als man es von den Darkspears gemeinhin erwartete. Dschungel-Trolle setzten uralte Magie ein, die keine andere Rasse jemals gemeistert hatte. Das wusste Thrall von einigen Menschen, die es probiert hatten und daran gescheitert waren – und mit ihrem Seelenheil dafür bezahlen mussten. Die Darkspears hatten Thrall die Treue geschworen.

„Das hier", sagte Burx, „ist Rokhan."

Die Vorstellung war unnötig. Der Ruf des Trolls eilte ihm voraus. Er war einer der besten Kundschafter auf Kalimdor.

Mit seinem Helm unter dem Arm trat Rokhan vor. „Es tut mir Leid, dass ich schlechte Neuigkeiten zu überbringen habe. Die Menschen entsenden mehr und mehr Truppen nach Northwatch."

Thrall konnte nicht glauben, was er hörte. „Sie *verstärken* die Feste?"

„Danach sieht es aus. Ich habe viele Boote voll mit Soldaten gesehen. Und sie sandten eines ihrer Luftschiffe nach Norden, nach Bladescar."

Thrall runzelte die Stirn. „Wie viele Truppen?"

Rokhan zuckte mit den Schultern. „Es waren mindestens zwanzig Boote, und auf jedem fuhren zwanzig Soldaten."

„Vierhundert Mann also", sagte Burx. „Und das passierte, kurz nachdem deine Freundin Jaina loszog, um das Donnerechsenproblem zu lösen. Das die *Menschen* verursacht haben. – Wir können nicht darauf warten, bis sie es erledigt hat, Kriegshäuptling. Ich bin mir sicher, dass Jaina lautere Absichten hat. Aber ihre Leute offenbar weniger. Und das *können* wir nicht ignorieren."

„Burx hat Recht." Kalthar sprach mit müder Stimme. Thrall

rief sich in Erinnerung, wie alt der Schamane war. „Die Instandsetzung der Feste von Northwatch war eine vorsätzliche Machtdemonstration der Menschen. Diese Verstärkungen im Licht anderer aktueller Ereignisse betrachtet kann nur als Akt der Aggression gewertet werden, und zwar als einer, auf den wir *unbedingt* reagieren müssen."

„Die Feste von Northwatch war Admiral Proudmoores Festung." Burx musste Thrall kaum daran erinnern, dass ihn das nicht aufhalten würde. „Und nun versuchen die Untergebenen von Admiral Proudmoores Tochter, sein kriegstreiberisches Werk zu vollenden – hinter ihrem Rücken."

Burx' Worte beeindruckten Thrall nicht sonderlich, Kalthars Argumente hingegen sehr wohl. Außerdem war Rokhan sein bester Kundschafter. Seinen Beobachtungen konnte man vertrauen.

„Nun gut, Burx, lass Nazgrel eine Armee zusammenstellen und sie ins Ödland entsenden. Lasst die Krieger außerhalb von Northwatch Position beziehen. Außerdem will ich, dass du eine Flotte von Booten nimmst und ebenfalls flussabwärts fährst. Ruf die Trolle, damit sie das Gleiche tun."

Er seufzte. Er hatte gehofft, dass die Tage, da er Menschen bekämpfen musste, endgültig der Vergangenheit angehörten. Aber es schien, als sei der alte, tiefverwurzelte Hass einfach nicht auszurotten. „Wenn die Menschen den Kampf unbedingt herausfordern wollen, werden sie uns dazu bereit finden."

Nachdem Burx Nazgrel und dem Hafenmeister letzte Anweisungen erteilt hatte, ging er nach Hause. Er musste noch Vorbereitungen treffen, bevor er sich über die Große See begab, um der Menschenplage ein für allemal ein Ende zu bereiten.

Als er seine Axt schärfte, durchzog plötzlich Schwefelgestank seine Hütte. Er spürte einen warmen Hauch in den Falten seiner Hose, in der kleinen Innentasche, wo er den Talisman verborgen hielt, den ihm Zmoldor als Symbol seiner Treue gegeben hatte.

Galtak Ered'nash. Verläuft alles nach Plan?

Burx hasste die Vorstellung, irgendjemand anderem als seinem eigenen Kriegshäuptling die Treue zu schwören. Aber er spielte mit und antwortete: „*Galtak Ered'nash*. Ja, das tut es. Thrall schickt Truppen zu Land und zur See. Innerhalb von zwei Tagen liegen unsere Männer mit den Menschen im Krieg. Innerhalb einer Woche sind die Menschen Geschichte."

Exzellent. Das hast du sehr gut gemacht, Burx.

So weit es Burx betraf, war Zmoldor das kleinere Übel. Die Dämonen waren Bastarde, aber sie hatten auch immer die Interessen der Orks berücksichtigt. Sie hatten die Orks auf diese Welt gebracht, damit sie darüber herrschen konnten. Es war nicht der Fehler der Dämonen, dass die Menschen so widerspenstig und stark waren, dass es ihnen sogar gelang, sie einzusperren und sie vergessen zu lassen, wer sie einmal waren. Sicher, die Dämonen benutzten die Orks, aber immerhin demütigten sie sie nicht.

Burx war als Sklave aufgewachsen. Menschen verprügelten ihn regelmäßig, verspotteten ihn, bewarfen ihn mit Dreck und zwangen ihn dann, alles wieder aufzuräumen – während sie ihn auslachten. Sie belegten ihn mit allen erdenklichen Spitznamen, von denen „du grünhäutiger Schwachkopf" noch einer der nettesten war, und sie achteten stets darauf, ihm auch ja nur die entwürdigendsten Aufgaben zu geben. Burx wusste nie, warum er aus all den Orks herausgepickt worden war, um all das über sich ergehen lassen zu müssen. Niemand hatte es je für nötig gehalten, es ihm zu sagen.

Vielleicht war es ja nur ein unglücklicher Zufall gewesen …

Verglichen mit dem, was er als Menschensklave durchmachen musste, war das, was die Dämonen ihm angetan hatten, gar nichts. Und wenn er mit einem von ihnen zusammenarbeiten musste, um sicherzustellen, dass die Plage Mensch ausgelöscht wurde, dann war das für Burx akzeptabel.

Er verdankte Thrall alles – und noch mehr als das –, aber Thrall hatte lange über den Punkt hinweggesehen, der ihn, was die Menschen betraf, blind machte. Thrall war ja auch von seinem Herrn respektiert worden, auch wenn Aedelas Blackmoore üble Pläne mit ihm gehabt hatte. Aber er hatte ihn weit besser behandelt, als es Burx' Herrn je in den Sinn gekommen wäre.

Wahrscheinlich sogar besser als die meisten Orks.

Langsam, aber sicher sah Thrall seine Fehler ein. Die Truppenverstärkung in Northwatch hatte offenbar dazu beigetragen, ihm endlich die Augen zu öffnen. Von nun an war es nur noch eine Frage der Zeit. Ork- und Trollkrieger so nah bei den Menschen – das war ein Pulverfass.

Burx hörte auf, seine Axt zu schärfen und freute sich bereits auf den Moment, da ihre Klinge sich rot färben würde von Menschenblut.

Achtzehn

Lorenas Brust schmerzte. Sie hatte Mühe zu atmen, denn ihr Rüstungspanzer schien sie zerquetschen zu wollen.

Aber Lady Proudmoore und ihre Freundin Aegwynn vermochten die dämonischen Barrieren zu durchbrechen, die sie gefangen gehalten hatten. Wer auch immer diese Frau war, die Lady begegnete ihr mit mehr Respekt und Ehrfurcht, als Lorena es jemals zuvor beobachtet hatte. Offenbar hatten sie Lorenas Körper dazu benutzt, um die Barrieren von der anderen Seite her aufzuheben. Der Oberst verstand von all dem nicht das Geringste. Gerede über Magie verursachte ihr für gewöhnlich Kopfschmerzen; alles, was sie daran interessierte, war, ob sie funktionierte.

Lady Proudmoore wandte sich an die ältere Frau. „Magna, ich habe eine Bitte."

„Ja?"

„Hättet Ihr etwas dagegen, den Platz mit ein paar Donnerechsen zu teilen? Ich kann Barrieren herbeizaubern, die Euer Haus, Euren Garten und Euren Brunnen schützen. Und das Hochland wird sie zusammenhalten." Sie erklärte schnell das Problem mit den Donnerechsen.

Als sie es hörte, lachte die alte Frau. „Ich habe keine Einwände. Ich hielt mir einst eine Donnerechse als Haustier."

Lorenas Mund öffnete sich vor Überraschung. „Bitte sagt mir, dass Ihr scherzt."

„Nicht im geringsten. Es war kurz nach meinem vierhundertsten Geburtstag. Nach so langer Zeit wurde die Einsamkeit überwältigend, deshalb entschloss ich mich, ein Haustier zu halten. Ich betrachtete einen domestizierten Kodo als Herausforderung. Ich nannte ihn Scavell – nach meinem Mentor."

„Kodo?", fragte Lorena mit einem Stirnrunzeln.

Aegwynn zuckte mit den Achseln. „So nannten wir sie damals. Ich hatte schon immer eine Schwäche für die Biester und teile mein Zuhause gern mit ihnen."

„Danke, Magna." Lady Proudmoore wandte sich an Lorena. „Gebt mir fünf Minuten, um zu erledigen, was mich nach Durotar geführt hat. Dann werde ich nach Theramore zurückkehren. Ich versetze uns alle drei hin. Befehlt Euren Soldaten, sofort per Luftschiff nach Theramore zurückzukehren." Sie lächelte ironisch. „Ich fürchte, ein ganzes Luftschiff zu teleportieren, nachdem ich die Donnerechsen hergebracht habe, überstiege meine Kräfte."

„Sehr gut, Mylady", sagte Lorena mit einem Nicken.

„Danke, Oberst." Die Lady sprach mit einem warmen Lächeln, und Lorena fühlte einen Anflug von Stolz. Der Oberst hatte ein großes Risiko auf sich genommen, hierher zu kommen. Sie hatte auf Booravens Fähigkeiten gebaut, um Lady Proudmoore im Ork-Land aufzuspüren und darauf gehofft, dass die Lady angesichts dieser Anmaßung nicht verärgert sein würde. Aber es schien, dass es richtig gewesen war, ihren Instinkten zu vertrauen. Und außerdem hatte sie aktiv dabei mitgewirkt, die Lady und ihre Freundin aus der Gefangenschaft zu befreien.

Während Lady Proudmoore ihre Augen schloss und sich auf das Zaubern konzentrierte, schaute Lorena zu der alten Frau. „Ihr seid wirklich *vierhundert* Jahre alt?"

„Nein. Mehr achthundert."

Lorena nickte. „Ah." Sie blinzelte erneut. „Dann habt Ihr Euch gut gehalten."

Aegwynn grinste. „Ihr hättet mich vor dreißig Jahren sehen sollen."

Lorena entschied, dass ihr diese Unterhaltung viel zu bizarr wurde und ging zur Strickleiter, um Major Bek und den anderen die neuen Anweisungen zu erteilen. Bek nahm den Befehl entgegen, wünschte ihr Glück und bereitete das Luftschiff auf die Rückreise vor.

Indem sie die Leiter hinuntergekletterte, signalisierte Lady Proudmoore ihre Bereitschaft zum Aufbruch. Sobald Lorena von der untersten Sprosse getreten war, ordnete Bek an, die Leiter einzuziehen, und das Luftschiff trat seine Reise zurück nach Süden an.

„Der Kämmerer hat die meiste Zeit im Thronsaal verbracht." Lorena schaffte es nicht, ihre Abneigung aus der Stimme herauszuhalten. Dann fragte sie sich, warum sie es überhaupt versuchte. „Meist saß er auf Eurem Thron."

Lady Proudmoore nickte. „Kristoff war der Thron immer wichtig."

„Ein wenig *zu* wichtig, wenn Ihr mich fragt", bestätigte Lorena.

„Allerdings. Ich bin so weit."

Lorena versteifte sich. Sie war nur einmal teleportiert worden, damals im Krieg, und sie hatte Magenschmerzen davon bekommen.

Dann stand die Welt Kopf, das Innerste wurde nach außen gestülpt. Lorena fühlte sich, als wäre ihr der Kopf entfernt und zwischen den Kniescheiben platziert worden, während die Füße plötzlich aus dem Hals ragten.

Eine Sekunde später normalisierte sich alles wieder, und Lorena erhob sich vom Steinboden. Sie registrierte beiläufig, dass dies Lady Proudmoores Thronsaal war und Duree sie anschrie, weil sie nicht an sich halten konnte und sich übergab.

„Mylady!", erklang Kristoffs Stimme. „Ihr seid zurück! Und Oberst Lorena auch. Wir hatten schon befürchtet, Ihr wärt vom Flammenden Schwert gefangen genommen worden. Ihr werdet erfreut sein zu hören, dass wir Northwatch mit Truppen verstärkt haben. Was sich gut trifft, da Ork- und Troll-Armeen dorthin unterwegs sind … Und wer ist das?"

Lorena würgte schon wieder. Ihr Magen krampfte sich zusammen, aber diesmal beherrschte sie sich.

„Mein Name ist Aegwynn."

„Wirklich?" Kristoff klang so überrascht, als wüsste er, um wen es sich bei Aegwynn handelte. Lorena selbst hatte nicht den Hauch einer Ahnung, abgesehen davon, dass es sich offenkundig um eine sehr alte Frau handelte.

„Ja. Und obwohl ich eigentlich nicht länger wirklich eine

Tirisfalin bin, erkenne ich doch den Gestank von Dämonen, wenn ich ihn rieche – und hier ist er allgegenwärtig."

Obwohl ihr Bauch wahrscheinlich längst leer war, würgte Lorena neuerlich und fragte sich, was eine Tirisfalin sein mochte.

„Wovon redet Ihr da?", raunzte Kristoff ärgerlich.

„Bitte, Kristoff, sagt mir, dass Aegwynn sich irrt", forderte die Lady ihn auf. „Sagt mir, dass Ihr Euch nicht mit Zmoldor und dem Flammenden Schwert verbündet habt!"

„Mylady, es ist nicht so, wie Ihr offenbar glaubt …"

Nachdem ihr Magen aufgehört hatte, sie zu quälen, konnte Lorena endlich wieder aufrecht stehen. Sie sah sich mit einem interessanten Szenario konfrontiert: Kristoff stand direkt vor dem Thron und schaute höchst erschrocken drein; Aegwynn blickte verärgert – was sich kaum von ihrem üblichen Gesichtsausdruck unterschied; aber in Lady Proudmoores Zügen entdeckte sie etwas Neues, kalte Wut. Ein Sturm schien hinter ihren Augen aufzuziehen, und Lorena war dankbar, dass die Lady auf ihrer Seite stand.

„Nicht, wie ich *glaube*? Was sollte ich denn glauben, Kristoff?"

„Die Orks müssen eliminiert werden, Mylady. Zmoldor hat dasselbe Ziel, und er ist ein niederer Dämon. Ich habe bereits einen Plan, wie wir ihn, wenn wir fertig sind, von dieser Welt verschwinden lassen …"

„Fertig? Fertig womit? Sagt mir, was Ihr da in Bewegung gesetzt habt, Kristoff."

„Eine Kette von Ereignissen, die die Orks von unserer Welt vertreiben werden. Es ist alles nur zum Besten, Mylady. Sie gehören nicht hierher und …"

„Armseliger Narr!"

Kristoff reagierte, als wäre er geschlagen worden. Lorena war nicht weniger überrascht als der Kämmerer. In all der Zeit, die sie unter ihr gedient hatte, hatte sie Lady Proudmoore nie so sprechen gehört.

„Zmoldor ist ein *Dämon*. Glaubt Ihr wirklich, Ihr könntet ihn stoppen?" Sie wies auf die alte Frau. „Das ist Aegwynn, die Mächtigste der Wächterinnen."

Aegwynn schnaufte zu den Worten, aber die Lady und Kristoff ignorierten es.

„Nicht einmal sie war imstande, Zmoldor vollständig zu schlagen – obwohl sie auf dem Höhepunkt ihrer Macht stand. Was lässt Euch also glauben, dass *Ihr* erfolgreicher sein könntet? Und selbst wenn Ihr es wärt … kein Ziel ist es wert, sich mit einem Dämon zu verbünden. Deren *einziges* Ziel es ist, Chaos zu säen. – Oder hat Euch die Zerstörung von Lordaeron noch nicht gereicht? Muss Kalimdor ihm in den Sog folgen, wenn erst der Krieg, auf den Ihr so begierig seid, nach Northwatch schwappt?“

„Außerdem“, fügte Aegwynn hinzu, „selbst wenn Ihr die Absicht hattet, Zmoldor zu vernichten oder zu verbannen, so hättet Ihr es nicht vermocht. Niemals. Ihr seid sein Sklave.“

„Das ist absurd!“ Kristoff klang jetzt noch nervöser als zuvor. „Das ist nur ein Zweckbündnis, und wenn erst die Orks weg sind …“

„Die Orks sind unsere *Verbündeten*, Kristoff.“ Blitze schienen um ihr goldenes Haar zu knistern, und ein schwacher Wind materialisierte an ihren Knöcheln und ließ den weißen Umhang der Lady aufwallen. „Diese Allianz wurde mit Blut geschmiedet. Und die Dämonen sind der Feind allen Lebens. Wie konntet Ihr uns nur verraten? *Mich* verraten?“

Kristoff geriet jetzt über die Maßen ins Schwitzen. „Ich schwöre Euch, Mylady, es ist kein Verrat. Ich habe einfach getan, was ich für das Beste für Theramore hielt. Das Flammende Schwert ist nicht mehr als eine von Zmoldor angeführte Gruppe aus Zauberern, welche die natürliche Feindseligkeit gegen die Orks für ihre Zwecke ausnutzt. Sie schüren nichts, was nicht schon da wäre.“

„Was ist mit den Orks, die bei alldem mitmachen?“, fragte Lorena.

„Wie?“ Kristoff klang verwirrt.

„Die Orks, die mich und meine Truppen in Northwatch angegriffen haben, gehörten dem Flammenden Schwert an. Wie passt das zusammen?“

„Ich …“ Kristoff wirkte ratlos.

Lady Proudmoore schüttelte ärgerlich den Kopf. „Wie viele, Kristoff? Wie viele müssen sterben, um Eure perfekte, von Orks befreite Welt zu erschaffen?“

Jetzt wähnte sich der Kämmerer auf sichererem Terrain. „Weit weniger, als wenn wir darauf warten, dass Thrall stirbt oder die Orks sich wieder zurückverwandeln. Er war der Einzige …“

„Genug!“ Jetzt verstärkte sich die Brise, Blitze schossen aus den Fingerspitzen der Lady.

Kristoff schrie eine Sekunde später auf und fasste sich an seine linke Schulter. Rauch kräuselte zwischen seinen Fingern.

Instinktiv rannte Lorena zu ihm und zerrte ihm den brennenden Stoff vom Leib.

Auf seiner nackten Schulter prangte eine Tätowierung, die identisch mit jener war, welche Lorena, Strov, Clai, Jalod und die anderen an den Orks von Northwatch gesehen hatten – die lodernde Klinge eines Schwertes.

Auch die Tätowierung fing nun Feuer.

Eine Sekunde später war sie verschwunden und hinterließ nur verkohltes Fleisch. Kristoff brach kraftlos zusammen, seine Augenlider flatterten.

In gefasstem Ton sagte Aegwynn: „Zmoldor ist weg.“

„Ja.“ Auch Lady Proudmoore klang jetzt wieder ruhiger. „Und mein Bannspruch hat ihm verraten, dass wir ihm auf der Spur sind.“

„… so Leid …“

Lorena kniete neben Kristoff, der zu flüstern begonnen hatte. Die Worte, die über seine Lippen kamen, waren kaum mehr als ein Hauch.

„Dachte … was ich tat … geschehe aus freiem … Willen … aber Zmoldor … kontrollierte … *alles*. Tut … so Leid … so Leid …“

Das Licht schwand aus seinen Augen.

Alle drei Frauen schwiegen für eine Weile. Für Lorena war es das Schlimmste, dass Kristoff im Grunde wahrscheinlich gar kein übler Mensch gewesen war. Er hatte lediglich das getan, was *er* für das Beste für Theramore hielt. Er hatte gemeint, seine

Pflicht zu erfüllen. Natürlich hatte er dies denkbar falsch angestellt, aber er hatte das Herz am rechten Fleck getragen.

Sie fühlte sich schuldig. Es hatte Zeiten gegeben, in denen sie Kristoff nichts mehr als den Tod gewünscht hatte. Aber nun, da er tot *war*, fühlte sie nur eine große Traurigkeit.

Sie blickte zu Lady Proudmoore. „Wir müssen nach Northwatch. Wenn wir Glück haben, hat der Krieg noch nicht begonnen, und vielleicht können wir die Truppen noch aufhalten. Ihr müsst das persönlich erledigen, Mylady. Major Davin wird von niemand anderem Befehle entgegennehmen."

Lady Proudmoore nickte. „Ihr habt Recht. Ich werde …"

„Nein", warf Aegwynn ein.

Die Lady musterte sie kühl. „Wie bitte?"

„Es ist Magie im Spiel, Lady Proudmoore, und Ihr seid die einzige Person in Kalimdor, die sie stoppen kann. Euer ehemaliger Kämmerer hatte mit einem Recht: Zmoldor ist ein niederer Dämon. Er war einer von Sargeras' Handlangern. Er selbst hat nicht die Macht, so viele Leute zu beeinflussen – oder einen Wald abzuholzen und die Bäume zu teleportieren. Diese Zauberer, die Kristoff erwähnte, sind die Wurzel allen Übels. Sie handeln in Zmoldors Namen, vielleicht als Gegenleistung für seltene Schriftrollen." Sie schüttelte den Kopf. „Zauberer sind hinter Sprüchen her wie ein Süchtiger hinter einer Schlafmohnpflanze. Es ist abscheulich …"

„Wir haben nicht die Zeit, auf die Jagd nach einer Gruppe von Zauberern zu gehen", sagte Lorena.

„Diese Zauberer sind das Zünglein an der Waage, Oberst", beteuerte Aegwynn.

Lorena schaute zu Lady Proudmoore. „Nach allem, was wir wissen, Mylady, haben die Kämpfe bereits begonnen. Und wenn es noch nicht passiert ist, kann es jederzeit losgehen, falls Kristoff in Bezug auf die Orks Recht hat und diese Truppen hierher ziehen. Wenn erst die Kämpfe beginnen, zählt es nicht mehr, wer oder was sie ausgelöst hat. Es *wird* ein Blutvergießen geben, und wenn diese Grenze erst überschritten ist, wird die kostbare Allianz für immer zerschlagen sein."

Aegwynn sah die Lady an. „Die Zeit drängt. Ihr habt selbst

gesagt, Zmoldor weiß, dass wir ihm auf der Spur sind. Wir müssen *jetzt* zuschlagen, bevor er die Möglichkeit hat, sich eine Strategie gegen Euch einfallen zu lassen. Und Ihr könnt nicht an zwei Orten zugleich sein."

Da lächelte die Lady. Es war ein strahlendes Lachen, das Lorena als Ausdruck von Erleichterung auffasste, nach all dem Zorn, den Kristoff in ihr entfacht hatte.

„Ich *muss* nicht an zwei Orten gleichzeitig sein." Sie ging zum Eingang ihrer Kammer und trat hinein.

Lorena und Aegwynn tauschten erstaunte Blicke miteinander. Dann folgten sie ihr. Als sie drinnen ankamen, sahen sie, wie Lady Proudmoore in ihren Schriftrollen wühlte. Plötzlich hielt sie inne und rief: „Ah! Da ist er ja!"

Sie drehte sich um und hielt einen Stein, den ein verschlungenes Symbol zierte, in der Hand. Einen Stein, der plötzlich und warnungslos zu glühen begann …

Neunzehn

„Sir, die Orks haben ihr Lager aufgeschlagen.“

Major Davin begann Haarbüschel aus seinem Bart zu reißen – zum Teufel mit der Kleiderordnung. „Wie viele?“

Korporal Rych zuckte mit den Achseln „Unmöglich, mit Gewissheit zu sagen, Sir.“

Davin schloss resigniert die Augen und zählte insgeheim bis fünf. „Dann *ratet*“, quetschte er schließlich hervor.

Noch ein Achselzucken. „Der Späher behauptet, dass es mindestens sechshundert sind. Es ist schwer abzuschätzen, Sir. Sie halten weit genug Abstand, um keine Grenze zu verletzen, aber …“

Als Rych zögerte, seufzte Davin. „Aber was?“

„Nun, Sir, im Moment sitzen sie da nur rum. Aber ich glaube nicht, dass das so bleiben wird. Besonders nicht, wenn die Boote eintreffen.“

Wieder seufzte Davin. Es schien, als wäre dieses Seufzen alles, was er in diesen Tagen wirklich in Perfektion beherrschte. Dutzende Boote, die Orks und Trolle transportierten, waren tags zuvor gesichtet worden, wie sie auf der Großen See nach Süden fuhren – Richtung Northwatch. In wenigen Stunden würden sie ihr Ziel erreichen. Und spätestens dann würde Davin eine Entscheidung treffen *müssen.*

Die Anweisungen von Kämmerer Kristoff, der den Oberbefehl innehatte, während Lady Proudmoore von diesen Flammendes-Schwert-Leuten gefangen gehalten wurde, lauteten, Northwatch um jeden Preis zu halten.

Davin wusste nicht, wie er das schaffen sollte.

Eigentlich hatte er nie Soldat werden wollen. Zugegebenermaßen hatte er jedoch einen Hang zur Gewalt, der dem Anwerber aufgefallen war, als er in seinem Dorf nach Nachwuchs gesucht hatte. Dazu war er allerdings auch ein entsetzlicher Feigling, der es aber schaffte, diesen Umstand während der Ausbildung zu verbergen. Hauptsächlich deshalb, weil er niemals in wirklich ernsthafte Gefahr geriet. Er musste nur etwas schauspielern, und das fiel Davin leicht. Sein Schwert an einer Strohpuppe einsetzen? Kein Problem. Aber ein echter Kampf gegen einen Feind aus Fleisch und Blut? Darin war er hoffnungslos schlecht.

Deshalb hatte er beim ersten Mal, als er einem echten Gegner gegenüberstand, auch gedacht, er sei verloren. Aber er hatte Glück gehabt, weil er einer wirklich fähigen Truppe angehörte. Davin hatte sehr wenig für den Sieg getan, als es gegen die aufständischen Zwergen gegangen war. Diese waren auf der Flucht vor der Justiz in sein Dorf gekommen, nachdem ein Putsch gegen die Regierung der Zwerge gescheitert war. Aber der Rest seines Trupps hatte exzellente Arbeit geleistet und die Zwerge gefangen genommen oder getötet.

Davin konnte sich im Ruhm seiner Kameraden sonnen.

Dann war die Brennende Legion auf den Plan getreten. Es war schrecklich gewesen. Leute um ihn her waren gestorben. Lordaeron war zerstört worden. Menschen und Orks hatte Seite an Seite gekämpft. Die ganze Welt war in Chaos versunken. Davin hatte nie verstanden, warum Lady Proudmoore das Bündnis mit den Orks eingegangen war. Das waren Teufel, nicht viel besser als die Dämonen selbst.

Aber niemand hatte Davin nach seiner Meinung gefragt.

Sein schlimmster Tag war in einem Wald im Nirgendwo gewesen. Davin hatte nicht gewusst, wo er sich befand, nur dass er sich dort mit den angeschlagenen Resten seines Trupps aufgehalten hatte. Sie waren unterwegs, um eine Dämonenburg zu finden, damit ein Zauberer oder jemand anderes dort nach Geheimnissen suchen konnte. Davins Job war simpel gewesen, er lautete: Beschütze den Zauberer!

Alle anderen suchten nach der Festung.

Unglücklicherweise hatten sie sie auch gefunden. Und die Dämonen reagierten nicht gerade nett darauf.

Kaum dass sie mit ihren glosenden Augen angriffen, war Davin von Panik gepackt worden. Er versteckte sich hinter ein paar Eichen, ließ den Zauberer unbeschützt zurück. Und während der Magier sein Bestes gab, um sich zu verteidigen, setzte ihn schließlich einer der Dämonen in Brand.

Davin sah aus der Sicherheit seines Baumverstecks zu, wie der Zauberer, den er hatte schützen sollen, vor Schmerzen brüllte und sehr, sehr langsam starb.

Irgendwie – Davin hatte nie begriffen, warum – übersahen ihn die Dämonen. Vielleicht betrachteten sie Davin nicht als Bedrohung, was sicherlich auch stimmte. Als sein Trupp ausgelöscht war und die Dämonen davonzogen – wohin auch immer Dämonen ziehen mochten –, lief Davin zum Basislager zurück und erwartete, scharf für seine Feigheit gerügt zu werden. Er war bereit, die Konsequenzen zu tragen, wenn er nur nicht wieder hinaus musste, um so etwas noch einmal durchzumachen.

Stattdessen feierten sie ihn als Helden, weil er das Gemetzel überlebt hatte und zurückgekommen war, um darüber zu berichten.

Und dann beförderten sie ihn.

Davin stand alldem fassungslos gegenüber. Er war kein Held, ganz gewiss nicht, eher das genaue Gegenteil. Aber jeder Versuch dies klarzustellen, brachte ihm nichts anderes ein, als dass er für übermäßig bescheiden gehalten wurde.

Es war verrückt. Statt vom Kampf befreit zu werden, erhielt er das Kommando über Truppen.

Bald darauf jedoch war der Krieg so freundlich, vorbei zu sein. Was Davin die Peinlichkeit ersparte, tatsächlich eine Armee in eine Schlacht führen zu müssen, die er unmöglich siegreich hätte beenden können.

Die Brennende Legion wurde zurückgeschlagen nach Woher-auch-immer-sie-gekommen-war, und Davin erhielt noch eine weitere Beförderung. Dieses Mal zum Major. Nach Admiral Proudmoores Ankunft und anschließendem Tod wurde Davin schließlich das Kommando über die Feste Northwatch übertragen.

Bis vor kurzem hatte er dieses Leben gemocht. Northwatch

war ein friedlicher Flecken, und auch wenn Davins Feigheit ihm das Kämpfen unmöglich machte, war er in Verwaltungsdingen durchaus talentiert.

Jedenfalls so lange nichts passierte, was das geregelte Tagwerk ins Chaos stürzte.

Davin mochte Oberst Lorena nicht sonderlich. Dennoch wünschte er, sie wäre jetzt hier gewesen. Sie konnte eine Garnison im Ernstfall bei weitem besser befehligen als er, denn im Gegensatz zu Davins Karriere basierten Lorenas Beförderungen auf echten Verdiensten.

Und wenn die Streiter des Flammenden Schwerts schon sie erwischt hatte, ganz zu schweigen von Lady Proudmoore, welche Hoffnung blieb dann ihm noch, Davin?

Oreil kam hereingestürmt, seine zu große Rüstung schepperte bei jedem Schritt. „Major Davin! Major Davin! Die Orks rücken an. Ihre Boote haben bereits angelegt."

Davin seufzte ein weiteres Mal. „Die Boote haben bereits angelegt?"

„Hat Euch niemand informiert?" Oreil blinzelte unruhig. „Oh, wartet, *ich* sollte das ja tun. Es tut mir Leid, Sir, aber ich war so aufgeregt. Bitte bestraft mich dafür nicht."

Davon stand hinter seinem Tisch auf und ging zur Tür. „Gefreiter, im Moment sollte ein Militärgericht die geringste Eurer Sorgen sein!"

Langsam stieg Davin die enge Treppe hinunter, die zum Boden des im Zentrum der Festung gelegenen Turms führte. Northwatch war auf einem welligen Hügel, der zur Großen See hinlief errichtet worden. Die östliche Begrenzung der Feste bildete eine Steinwand, die zwischen zwei Hügeln lag. Die Gebäude, aus denen sich Northwatch zusammensetzte, wiesen zur Westseite der Mauer hin, die Ostseite war ein mit Palmen bewachsener Strand.

Als er den Bogengang erreichte, der durch die Steinmauer zum Strand hinausführte, sah Davin Orks und Trolle.

Viele Orks und Trolle.

Ihre Boote waren alle an Pfählen vertäut, die jemand in den Sand gerammt hatte. Es gab Dutzende, jedes vollbesetzt mit einem Dutzend Trollen und Orks. Einige trugen Tierhäute, andere die Schädel gefährlicher Bestien als Helme. Alle waren mit Äxten, Breitschwertern, Morgensternen, Knüppeln und anderen Waffen ausgerüstet, die auf den ersten Blick größer zu sein schienen als Davin.

„Das ist es also", murmelte er selbstvergessen. „Wir werden alle sterben …"

„Was sagtet Ihr, Major?", fragte einer der Soldaten, der den Bogengang bewachte.

Davin schüttelte rasch den Kopf. „Nichts."

Irgendwie schaffte er es, sich dazu zu zwingen, einen Fuß vor den anderen zu setzen. Nachdem er den Bogengang passiert hatte, versanken seine Stiefel mit jedem Schritt tiefer im Sand.

Beiläufig registrierte er, dass Dutzende Truppen mit ihm auf einer Linie liefen. Er warf einen Blick über die Schulter und stellte fest, dass weitere von ihnen vor der Mauer eine Schlachtreihe bildeten, andere bezogen ihre Positionen auf den Zinnen. Davin war dankbar, dass offenbar irgendjemand den Befehl dazu gegeben hatte, und er fragte sich flüchtig, wer es gewesen sein mochte.

Er wandte sich den Neuankömmlingen zu. „Ich bin Major …" Er räusperte sich und setzte erneut an. Seine Stimme war immer noch brüchig, aber jetzt weithin vernehmlich. „Ich bin Major Davin. Ich habe das Kommando über die Feste Northwatch. Was treibt Euch hierher?"

Für einen kurzen Moment gab sich Davin der Hoffnung hin, dass die Orks antworten würden, sie wären nur auf der Durchreise und innerhalb einer Stunde wieder abzugsbereit. Er hoffte es genauso inständig, wie er damals nach seiner Rückkehr vom Massaker an seinem Trupp gehofft hatte, aus der Armee entlassen zu werden. Und damit hatte diese Hoffnung wohl die gleiche bescheidene Aussicht, sich zu erfüllen …

Der größte und schrecklichste Ork trat vor. (Davin war schon allein deshalb gewillt, ihn als den Größten und Schrecklichsten anzusehen, *weil* er vortrat.)

„Ich bin Burx. Ich spreche für Thrall, den Kriegshäuptling der Horde und Lord der Clans. Diese Eure Feste verletzt das

Bündnis zwischen unseren Völkern. Ihr habt eine Stunde, um sie zu räumen und alle Spuren Eurer Anwesenheit zu tilgen."

Davin stammelte: „Ihr … das kann nicht Euer Ernst sein. Es ist unmöglich, die Feste binnen nur einer Stunde zu räumen!"

Burx grinste. Es war die Art von Lächeln, die ein Raubtier zeigte, wenn es lediglich die Zähne fletschte und kurz davor stand, sich auf seine hoffnungslos unterlegene Beute zu stürzen. „Wenn Ihr dieser Anordnung nicht folgt, lasst Ihr uns keine andere Wahl als anzugreifen. Und Euch alle zu töten."

Davin hegte nun keinerlei Zweifel mehr, dass ihm und den anderen Bewohnern genau das bevorstand.

Zwanzig

Jaina hatte Aegwynn und Lorena zu dem kleinen Speiseraum geschickt, der sonst hochrangigen Offizieren und Vertretern des Staates vorbehalten war. Letztere Titulierung war für den kürzlich verstorbenen Kristoff und Jaina selbst reserviert gewesen, hatte ihnen Duree, die kleine Frau, die Jaina zur Seite stand, erklärt. Die junge Magierin hatte Aegwynn ebenfalls den Zutritt gestattet. Als Duree Einspruch erhob, erklärte Jaina, dass ein Wächter einen *höheren* Rang hatte als ein Staatsoberhaupt.

Jaina hatte sich in ihre Kammer zurückgezogen. Auch sie musste etwas zu sich nehmen, aber gleichzeitig auch herausfinden, wo sich die Zauberer aufhielten. Lorena wollte eigentlich schnellstmöglich zu ihren Truppen nach Northwatch – für den Fall, dass Thrall es nicht schaffte, die Kampfhandlungen zu stoppen. Aber Jaina hatte das abgelehnt. Sie vertraute Thrall offenbar voll und ganz. Außerdem brauchte sie Lorena als Schutz, wenn sie auf Zmoldor und seine Diener traf. Vor allem, weil Kristoff ihre Leibwache nach Northwatch geschickt hatte.

Aber Jaina musste in Ruhe arbeiten, deshalb schickte sie die alte Wächterin und den jungen Oberst zum Essen. Aegwynn bestellte nur einen Salat und etwas Fruchtsaft, Lorena hingegen orderte einen Teller voller Fleisch und einen Eberschnaps. Ein Getränk, von dem Aegwynn noch nie etwas gehört hatte. Lorena erklärte ihr jedoch bereitwillig, dass die Orks es herstellten.

Aegwynn lachte auf, als sie das hörte. „Wie die Zeiten sich doch geändert haben …“

„Was meint Ihr damit?“

„Es ist noch nicht lange her, dass die Orks die Schergen der Dämonen waren, deren Vernichtung ich mein Leben geweiht hatte. Sie waren Monster, Berserker die das Land im Namen von Gul'dan verwüsteten, der Sargeras diente. Die Vorstellung, dass Menschen ein Ork-Getränk genießen, ist im besten Fall … bizarr."

Lorena lächelte. „Ja, aber ist ‚nicht lange her' nicht ein relativer Begriff, wenn man mit jemanden redet, der so alt ist wie Ihr?"

Aegwynn gluckste. „Ein guter Einwand."

„Ihr seid wirklich tausend Jahre alt?"

Ironisch lächelnd und mit einer wegwerfenden Handbewegung erwiderte Aegwynn: „Ein Jahrhundert mehr oder weniger – was macht das schon aus?"

Lorena schüttelte den Kopf. „Magie … Ich habe sie niemals verstanden, habe sie immer gehasst, selbst wenn sie auf mein Geheiß zum Einsatz kam."

Aegwynn zuckte die Achseln. „Ich wollte niemals etwas anderes als ein Zauberer sein. Seit ich ein kleines Mädchen war, war das die Antwort auf all meine Sehnsüchte und Fragen. Die Erwachsenen sahen mich immer merkwürdig an, wenn ich laut davon träumte. Zauberer waren immer nur *Männer* gewesen." Letzteres sagte sie voller Bitterkeit.

„Das gilt auch für das Soldatentum. Ich wuchs unter neun Brüdern auf, und sie waren alle Soldaten, so wie unser Vater. Ich wollte nicht einsehen, warum ich dafür nicht auch geeignet sein sollte." Lorena schmunzelte. „Auch ich erntete ein paar *höchst* merkwürdige Blicke, das dürft Ihr mir getrost glauben."

Kurze Zeit später kamen die Getränke, ebenso wie Aegwynns Salat. Lorena hob ihren Krug. „Möchtet Ihr einen Schluck nehmen und kosten?"

Eberschnaps stank fast genauso erbärmlich wie das Tier, nach dem man ihn benannt hatte. Ihre Nase kräuselnd lehnte Aegwynn höflich ab. „Seid mir nicht böse, aber ich hatte keinen Alkohol mehr seit … nun ja, Jahrhunderten. Magier können es sich nicht leisten, die geistige Klarheit zu verlieren. Deshalb habe ich den Gefallen daran schon vor einer Weile verloren." Sie hielt ihren eigenen Krug hoch, dessen Inhalt ein Saft aus drei verschiedenen Früchten war. „Das ist das Stärkste, was ich mir gönne."

„Verstehe." Lorena nahm einen großen Schluck von ihrem Getränk. „Ich kann *vier* hiervon trinken, bevor man mir etwas anmerkt. War schon immer hart im Nehmen." Sie grinste. „Selbst als Neuling bei der Stadtwache von Kul Tiras trank ich die Männer meiner Wachstube stets unter den Tisch. Wir begannen Wettbewerbe mit den anderen Stuben auszutragen, und ich war immer die Geheimwaffe – der Trumpf im Ärmel." Sie lachte. „Auf diese Weise vervierfachte ich mein Einkommen allein im ersten Jahr. Wetten können sehr lukrativ sein – wenn man auf der Gewinnerseite steht."

Aegwynn lächelte, während sie an ihrem Salat zu knabbern begann. Sie stellte fest, dass sie das Gespräch mit dieser Frau genoss. Ein Gefühl, das sie noch vor einem Tag nicht für möglich gehalten hätte. Sie war fest davon überzeugt gewesen, keinen Bedarf mehr an der Gesellschaft anderer Menschen zu haben.

Der Diener brachte eine Auswahl von Fleischsorten, allesamt knusprig gegart. Aegwynn erkannte nur ein paar davon, aber sie nahm an, dass der Viehbestand auf Kalimdor sich von dem gewohnten genügend unterschied, um das zu erklären. Es war schon Jahre her, seit sie zuletzt Fleisch gegessen hatte, und im Gegensatz zum Aroma, das das Getränk des Oberst verströmte, war der Geruch des Fleisches fast überwältigend. In ihrer Zeit als Magierin war Fleisch ihr ständiger Begleiter gewesen. Die erschöpfenden Anstrengungen beim Zaubern verlangten nach regelmäßiger Proteinzufuhr. Aber seit ihrem selbst gewählten Exil in Kalimdor benötigte sie die Jagd nicht mehr, noch spürte sie das Bedürfnis, Fleisch zu essen. Deshalb war sie Vegetarierin geworden.

„Darf ich einen Bissen haben?" Zu Aegwynns eigener Überraschung klang ihre Stimme schüchtern – noch so ein Gefühl, dessen sie sich nicht für fähig erachtet hatte.

Lorena schob ihr den Teller zur Mitte hin entgegen. „Bedient Euch ohne Scheu."

Als Aegwynn hungrig ein Stück, das wie ein Schweinswürstchen ausgesehen hatte, kaute, fragte Lorena: „Ich muss es wissen, Magna, wie ist das?"

„Nennt mich Aegwynn", warf sie ein, während sie die Wurst

verspeiste. „Ich habe aufgehört, Wächter zu sein, als ich die Kraft auf meinen Sohn übertrug. Ich wäre gewiss nicht mehr in der Lage, die Verantwortung zu rechtfertigen, die der Titel erfordert.“ Sie schluckte, dann fragte sie: „Wie ist *was?*“

„So lange zu leben. Ich bin als Soldat geboren und erzogen worden, und ich wusste von Anfang an, dass ich mein vierzigstes Lebensjahr vermutlich nicht erreiche. Ihr hingegen habt Euer vierzigstes *Jahrzehnt* erlebt. Sogar das Doppelte davon – ich vermag mir das kaum vorzustellen.“

Aegwynn gab einen langen Seufzer von sich, und ihr Atem roch jetzt nach Schweinswurst – was immer noch angenehmer war als die Fahne, die der Schnaps erzeugte. „Da gibt es wirklich nicht viel zu erzählen. Wächter ist man rund um die Uhr, es gibt keinen Müßiggang, keine Freizeit – traurigerweise. Dämonische Angriffe waren eine allgegenwärtige Bedrohung, seit ich geboren wurde. Die Attacken wurden zunehmend öffentlicher ausgetragen, was die Dinge ein wenig vereinfachte. Aber als ich darin versagte, die Dämonen aufzuhalten, verbarg ich mein Scheitern so gut es ging vor denen, die meiner Hilfe bedurft hätten. Die meisten Leute wissen nichts davon, wissen wenig oder nichts über mich, auch heute noch, und der Rat wollte es schon damals dabei belassen.“ Sie schüttelte den Kopf. „Es ist merkwürdig, ich verachtete ihn aus vielerlei Gründen, doch diese Entscheidung trug ich mit. Aus Scham? Ich weiß es nicht. Ich weiß auch nicht, ob es ein Fehler war, mein Versagen nicht vor der Öffentlichkeit einzugestehen. Fakt ist, die Leute *fühlten* sich vermutlich sicherer, weil sie die Wahrheit nicht kannten. Viele sind in den vergangenen Schlachten gestorben, aber die Dämonen wurden ebenfalls empfindlich getroffen und am Ende zurückgeworfen. Nehmt nur Eure Lady Proudmoore und ihren Ork-Freund. Die beiden haben der gesamten Dämonenschaft mehr geschadet, als ich es in tausend Jahren davor vermochte.“

„Wir sind eben streitsüchtige Kreaturen, Sterbliche, die man besser nicht reizt.“ Lorena grinste. „Gebt uns einen Feind, den wir bekämpfen können, und wir tun es bis zum letzten Atemzug. Und noch darüber hinaus, falls nötig.“

„In der Tat, Oberst. Dürfte ich noch etwas haben?“

Lorena lachte. „Bedient Euch."

Als sie ein weiteres Bratenstück nahm, wiederum eines, das sie nicht kannte, fragte sich Aegwynn, was geschehen würde, wenn auch noch die letzte Bedrohung verschwunden war. Sie fand die Aussicht, in ihre kleine Hütte im Hochland von Bladescar zurückzukehren, weniger verlockend, als sie es noch vor kurzem gedacht hätte. Jaina hatte Recht gehabt: Menschen und Orks hatten sich hier ein Leben aufgebaut, und das war mit Medivhs Verdienst.

Was bedeutete, dass es auch ihr Verdienst war. Vielleicht war es das Beste, was man sich wünschen konnte, die Früchte all ihrer Mühen …

Bevor sie weiter grübeln konnte, betrat Jaina den Raum und sagte: „Ich habe sie gefunden. Wir müssen uns beeilen."

Die junge Magierin sah erschöpft aus. Aegwynn stand auf. „Geht es Euch gut?"

„Ich bin ein wenig müde, aber mir geht es gut, ja", versicherte Jaina.

Aegwynn deutete auf den Teller mit den Bratenstücken. „Esst etwas. Es nützt niemandem, wenn Ihr zusammenbrecht. Ich weiß besser als jeder andere, was mit einem Zauber passiert, der nicht mit voller Konzentration gewirkt wird."

Jaina öffnete ihren Mund, schluckte aber den Widerspruch hinunter, der ihr auf der Zunge lag. „Ihr habt sicherlich Recht, Magna."

Lorena beugte sich zu Jaina hinüber. „Sie mag es nicht, so genannt zu werden."

Als sie das hörte, gab Aegwynn ein bellendes Lachen von sich. Sie begann diesen Oberst wirklich zu mögen.

Nachdem Jaina etwas hinuntergeschlungen hatte – Aegwynn bemerkte amüsiert, dass Lorena wohl den kleinsten Anteil an der ursprünglich für sie bestimmten Mahlzeit erhalten hatte –, sagte die Lady: „Das Flammende Schwert operiert von einer Höhle auf dem Gipfel des Dreadmist aus."

Lorena zuckte zusammen. „Na großartig."

Aegwynn sah Lorena fragend an. „Wo liegt das Problem?"

„Auf dem Dreadmist sind die Gipfelregionen von einem orangefarbenen Nebel bedeckt."

Jaina sagte: „Es liegt der Rest eines alten dämonischen Fluchs auf diesem Ort. Deshalb hat ihn Zmoldor wahrscheinlich gewählt. Deshalb und seiner günstigen Lage wegen, gleichweit entfernt von Orgrimmar und Theramore. Auf jeden Fall wird uns meine Magie alle drei vor den Effekten des Nebels beschützen."

„Gut", sagte Lorena mit Nachdruck.

„Außerdem hat Duree das hier gefunden." Jaina zog eine vertraut wirkende, entsiegelte Schriftrolle aus ihrem Umhang und reichte sie an Aegwynn weiter.

Aegwynn nahm sie entgegen und erkannte, dass das erbrochene Siegel von Tirisfalen stammte. Dann öffnete sie das Dokument – und lachte. Der Text war in ihrer eigenen Handschrift verfasst.

Sie gab die Schriftrolle an Jaina zurück. „Das ist meine Verbesserung des Dämonenbannspruchs. Ich habe die Formel vor dreihundert Jahren aufgeschrieben, nachdem Erthalif gestorben war und ich Zugang zu seiner Schanze erhielt." Sie schüttelte sich bei dem Gedanken an die Bibliothek des alten Elfs, die um einiges hätte reinlicher sein müssen, um wenigstens als Schweinestall durchzugehen. Sie benötigte zehn Wochen, um mit Erthalifs Bediensteten sämtliche Schriftrollen auch nur zu *sortieren* sowie die angetrockneten Speisereste abzukratzen und das Ungeziefer zu bekämpfen. Als sie die Aufzeichnungen des legendären Elfenzauberers Kithros über das Bewegen von Objekten von einem Reich in ein anderes fand, war es Aegwynn gelungen, sie zu einem wirkungsvollen Bannspruch gegen Dämonen zu modifizieren.

„Ich wage zu behaupten, dass wir, hätte ich diesen Spruch schon vor achthundert Jahren besessen, heute keinerlei Probleme mehr mit Zmoldor hätten …"

Jaina verstaute die Schriftrolle wieder unter ihrem Umhang. „Das ist eine Fehleinschätzung. Ich habe es überprüft, und es stellte sich heraus, dass Ihr Zmoldor schon beim ersten Mal erfolgreich außer Gefecht gesetzt habt. Aber als die Brennende Legion angriff, rekrutierte sie viele Dämonen, einschließlich derer, die von den Tirisfalen gebannt worden waren. Als der Krieg endete, gelang es einigen Nachzüglern, in dieser Welt zu bleiben, auch als die Legion zurückgeworfen wurde."

„Und Zmoldor war einer von ihnen?“, fragte Aegwynn.

Jaina nickte.

Lorena zückte ihr Schwert – was auf Aegwynn übereifrig wirkte, insbesondere für jemanden, der so viel Angst davor hatte, sich zu diesem Dreadmist-Ort zu begeben – und sagte: „Mylady, wenn Ihr mir die Frage gestattet – *worauf warten wir eigentlich noch?“*

„Nur noch eine Warnung“, antwortete Jaina. „Ich war nicht in der Lage, allzu viel vorauszusehen, da ich fürchten musste, entdeckt zu werden. So bin ich mir auch nicht sicher, welcher Natur der Schutz ist, mit dem sich Zmoldor und seine Zauberer umgeben. Wir müssen auf alles vorbereitet sein.“ Sie drehte sich zu Aegwynn um. „Magna Aegwynn. Ihr müsst uns nicht begleiten. Es wird vielleicht gefährlich.“

Aegwynn schnaubte, denn es war mit Sicherheit der falsche Moment, um so etwas zu sagen, vor allem, wenn man ihre frühere Stellung als Wächterin bedachte.

Noch vor kurzem hatte sie geglaubt, in ihrem Amt versagt zu haben. Nun wusste sie es besser. Und nach wie vor trug sie ein gerütteltes Maß an Verantwortung.

„Ich sah mich schon, als Eure Ur-Ur-Großeltern noch Kinder waren, mit sehr viel ärgeren Gefahren konfrontiert als dieser Wicht von einem Dämon sie darstellt … Wir vergeuden bloß Zeit.“

Jaina lächelte zufrieden. „Dann los!“

Einundzwanzig

Korporal Rych wusste nicht, wer die Schlacht eigentlich begonnen hatte. Als es losging, stand er in der Schlachtenreihe vor der Mauer von Northwatch, den Gefreiten Hoban zu seiner Linken, den Gefreiten Allyn zu seiner Rechten. Sie befanden sich rund zwanzig Schritte hinter Major Davin.

Der Major war schlicht beeindruckend, wie er dem Ork gegenüberstand, ganz der Kriegsheld, der er auch tatsächlich war. Zeigte nicht das geringste Anzeichen von Angst. Er machte sie alle stolz, der Major.

Im nächsten Augenblick dann wurde die Schlachtenreihe erschüttert, und Orks, Trolle und Menschen fielen übereinander her. Von überall her hörte der Korporal das Geräusch von Metall, das auf Metall traf und die Anfeuerungsrufe beider Seiten, den Feind ohne Zögern – und auch ohne Gnade – zu töten.

Nicht, dass Rych sich darum geschert hätte. Er wusste auch ohne Aufforderung, worauf es hier und jetzt ankam.

Die Orks waren wirklich dreist. Offenbar reichte es ihnen nicht, dass sie ihre Ränke in Ratchet schmiedeten, die dazu geführt hatten, dass ein guter Mann wie Captain Joq festgenommen worden war. Nein, jetzt versuchten sie auch noch, die Menschen von ihrem rechtmäßigen Platz in Northwatch zu vertreiben!

Rych würde das auf keinen Fall zulassen, auf gar keinen Fall.

Er zog das Familienschwert. Sein Vater hatte in der Armee von Kul Tiras gedient, wo ihm die Klinge gute Dienste geleistet hatte. Nachdem er an einer Lungenentzündung gestorben war, trat Rychs Mutter in die Armee ein – und tötete ebenfalls viele Gegner. Sie starb im Kampf gegen die Brennende Legion, und so wechselte das Schwert in Rychs Besitz. Ein Glücksfall, denn sein altes Langschwert hatte nichts getaugt.

Obwohl er nicht so gut wie seine Mutter kämpfte – die überragend gewesen war –, schlug er sich immerhin besser als sein Vater. Und heute wollte er reichlich Ork- und Trollblut vergießen.

Einer der Trolle stürmte mit seinem riesigen, über den Kopf erhobenen Beil direkt auf ihn zu. Rych parierte die Waffe, dann trat er dem Troll in den Bauch. Der Trick hatte bei den Betrunkenen, die er daheim aus Mowbrys Taverne geworfen hatte, stets zur vollsten Zufriedenheit funktioniert.

Unglücklicherweise besaßen Trolle jedoch härtere und muskulösere Bäuche, und dieser hier lachte nur schadenfroh auf, bevor er sein Beil völlig unbeeindruckt erneut schwang.

Blut tropfte in den Sand, aber Rych konnte sich nicht erlauben, sich zu vergewissern, von wem es stammte.

„Darauf wartest du schon verdammt lange, was?“, zischte der Troll, als er mit dem Beil ausholte.

Noch während die groteske Gestalt mit ihrer Ansprache wertvolle Zeit verschwendete, stach Rych ihr beherzt in die Brust.

Als sein Gegner in den Sand fiel, zog Rych sein Schwert zurück, drehte sich um und sah, dass das zuvor bemerkte Blut von Hoban und Allyn stammte, die tot am Boden lagen. Sie waren mit zahlreichen Wunden übersät.

Ein Ork, der auf die Burgtore zustürmte, hielt eine Axt, von der frisches Blut tropfte. Rych sah rot, schrie, rannte der Grünhaut hinterher und hieb ihr in den Rücken.

Sie brach ohne Gegenwehr zusammen.

„Hey, Mensch!“

Rych wirbelte herum und sah sich einem weiteren Ork gegenüber.

„Du hast Gorx getötet!“

„Gorx hat meine Freunde getötet“, knurrte Rych.

„Ja, aber er hat ehrenvoll gegen sie gekämpft. Du jedoch hast ihm dein Schwert in den Rücken gestoßen!“

Rych wusste nicht, was daran so erwähnenswert sein sollte. „Er hat *meine Freunde* getötet“, wiederholte er dumpf.

Der Ork erhob sein riesiges Schwert. „Nun, und jetzt töte ich dich!“

Die Klinge des anderen war um einiges größer als Rychs Waffe. Doch bedeutete das auch, dass es den Ork mehr Zeit kostete, damit auszuholen. Dadurch erhielt Rych Gelegenheit, entweder auszuweichen oder zu parieren. Der Versuch, Letzteres zu tun, endete im Funken sprühenden Zusammenprall beider Klingen. Die Erschütterung ließ Rychs Körper vibrieren, und er wünschte sich inständig, lieber ausgewichen zu sein.

Als er dem Riesenschwert gerade zum vierten Mal auswich, rannte er in den Gefreiten Nash. Nash fuhr erschrocken herum und lief dem wie tollwütig kämpfenden Ork genau in die Klinge.

Rych kochte vor Wut. Offenbar reichte es nicht, dass diese Orks eine Schlacht vom Zaum brechen mussten, jetzt töteten sie auch noch einen nach dem anderen seiner Kameraden!

Unter wildem Gebrüll stürmte er dem Ork mit seinem Schwert entgegen.

Der trat nach links, und brauchte sein Riesenschwert nur noch von sich zu strecken. Es schnitt mühelos durch Rychs Brustpanzer und Oberkörper. Wogen von Schmerz brandeten durch seinen Körper, und sein Schrei wurde noch gellender. Mit der Rechten führte er das Schwert, während die Linke versuchte, die barbarische Wunde zu bedecken.

Plötzlich saß das Schwert fest und ließ sich nicht mehr bewegen. Wie benebelt drehte sich Rych um. Er sah, dass seine Waffe den Kopf des Orks gespalten und sich im Knochen verkeilt hatte.

„Geschieht dir recht“, schaffte er noch durch zusammengebissene Zähne zu keuchen.

Irgendwie gelang es ihm, das Schwert doch wieder frei zu bekommen. Aber die Anstrengung trieb ihm erneut qualvolle Schmerzen durch seine Brust.

Aus irgendeinem Grund waren die Kampfgeräusche verstummt. Alles, was Rych noch hörte, war ein monotones Brummen. Er benutzte seine Familienwaffe als Krücke, stolperte vorwärts und hielt Ausschau nach weiteren Orks, die er zur Strecke bringen konnte.

Zweiundzwanzig

Vor einem Lidschlag hatte sich Aegwynn noch in Theramore befunden. Vor einem Lidschlag hatte Lorena einen tiefen Atemzug genommen, während sie besorgt in die Runde blickte. (Aegwynn erinnerte sich an die Worte des Oberst, wie sehr sie die Magie und den Brechreiz, den Teleportationen hervorriefen, hasste. Umso fragwürdiger schien, ob es wirklich empfehlenswert gewesen war, dass Lorena vor dem Sprung noch etwas gegessen hatte.) Vor einem Lidschlag war Jaina Proudmoores Miene voller Entschlossenheit gewesen. Und jetzt …

… standen sie am Eingang zu einer Höhle und waren umgeben von giftig orangefarbenem Nebel!

Aegwynn verstand sehr gut, warum die Idee, sich hierher zu begeben, so wenig Begeisterung in Lorena geweckt hatte. Der orangene Dunst hing wie Pestatem in der Luft. Aegwynn fühlte sich davon regelrecht erdrückt.

Gegen die Nebenwirkungen des Teleportierens war sie hingegen seit langem immun. Das Gefühl von Orientierungslosigkeit, das ihr zusetzte, musste also von dem Nebel verursacht werden.

Sie warf Lorena einen Blick zu. Obwohl sie bleich aussah, hielt sie immer noch ihr Schwert verteidigungsbereit ausgestreckt. Offensichtlich war sie auf alle Eventualitäten vorbereitet.

Jaina war ebenso blass wie Lorena, was kein gutes Zeichen war.

Doch Aegwynn schwieg. Jetzt gab es kein Zurück mehr, und das Letzte, was Jaina gebrauchen konnte, war jemand, der sich wie eine Glucke benahm.

Aegwynn hatte es immer gehasst, wenn jemand – im Regelfall

Scavell, oder, wenn sie miteinander geschlafen hatten, Jonas – nervös reagierte, wenn sie, obwohl längst erschöpft, noch einen Kampf vor sich hatte. Deshalb sah sie keinen Grund, Jaina mit unnötigen Bemerkungen noch mehr zu verunsichern.

Trotzdem gab es Anlass zur Sorge. So weit Aegwynn wusste, hatte Jaina vier Teleportsprüche gewirkt. Sich selbst hatte sie nach Bladescar versetzt, die Donnerechsen ebenfalls dorthin, sie drei zurück nach Theramore und anschließend noch zu dieser Höhle. Dann hatte sie Zmoldors Aufenthaltsort herausgefunden und irgendetwas getan, damit die Donnerechsen unter Kontrolle blieben. Und schließlich musste Jaina sie alle drei gegen das schützen, was dieser Nebel sonst mit ihnen angestellt hätte. So viel Zauberei an einem Tag forderte ihren Tribut.

Und nach allem, was Aegwynn wusste, blühte ihnen noch wesentlich mehr.

Als Jaina den Weg durch die Höhle beschritt, fragte sich Aegwynn, wann sie aufgehört hatte, das goldhaarige Mädchen „Lady Proudmoore“ zu nennen oder „das nervige kleine Mädchen“ und stattdessen begonnen hatte, von ihr als „Jaina“ zu denken.

Laut sagte sie: „Zmoldor ist bereits hier.“ Sie erschauderte. „Er ist überall.“

Der Dämon hatte sich offensichtlich in der Höhle eingenistet. Seine Präsenz steckte in jedem Stein. Eine derartige Bosheit hatte sie nicht mehr überwältigt, seit sie bei Kharazan ihrem Sohn gegenübergestanden hatte.

Obwohl – etwas von diesem Gefühl mochte auch vom Nebel auf sie einströmen.

Jaina sprach einen Lichtzauber, der ihnen bessere Sicht ermöglichen sollte. Aber eigentlich hellte er nur den Nebel auf. Davon abgesehen *wollte* Aegwynn gar keinen besseren Blick auf die feuchten Wände oder die Stalaktiten, deren Spitzen ihren Kopf bedrohten – oder den tückischen Boden.

Nachdem sie zwanzig Schritte weit in die Höhle vorgedrungen waren, versteifte sich Aegwynn plötzlich. „Da ist …“

„Ich habe es“, fiel ihr Jaina ins Wort. Dann murmelte sie eine schnelle Beschwörung.

Aegwynn nickte. Beide hatten den Fallenzauber gespürt. Ein einfacher Spruch, den jeder Schüler bereits im ersten Jahr erfolgreich zu wirken lernte. Man hatte ihn wohl hauptsächlich eingesetzt, um streunende Tiere oder Wanderer fernzuhalten.

Dabei war es unwahrscheinlich, dass sich irgendjemand in diesen Alptraum von Höhle verirren würde. Aber Aegwynn hatte schon Merkwürdigeres erlebt. Es musste nur ein Wolf oder einer dieser verrückten kletternden Zwerge hierher gelangen und sich genau dann in die Höhle quetschen, wenn Zmoldor und seine Diener mitten in einer komplizierten Beschwörung steckten.

Am besten überließ man nichts dem Zufall.

Außerdem diente das Entschärfen des Spruchs auch als Alarm. Aegwynn achtete darauf, dass sich Lorena mit ihrem Schwert und Jaina mit ihrer Magie zwischen ihr und der Höhle befanden.

Augenblicke später rief Lorena scharf: „Runter!"

Da sie keine Närrin war, ließ sich Aegwynn sofort auf den kalten Boden fallen. Lorena tat es ihr gleich.

Jaina hingegen blieb stehen und hielt ihre Fackel hoch. Der Feuerball, der auf sie zutoste, sah aus, als wolle er sie verschlingen …

… aber er stoppte eine Armlänge vor ihr – und verschwand dann.

Aegwynn richtete sich wieder auf. „Ich glaube, die wissen, dass wir da sind."

„Ach?" Jainas Stimme war nur ein Flüstern.

O ja.

Aegwynn stöhnte. Die Stimme schien von überall her zu kommen. Ein uralter Dämonentrick. „Verkneif dir diese billigen Mätzchen, Zmoldor. Wir sind nicht deine hirnlosen Schergen und lassen uns davon nicht beeindrucken!"

Aegwynn! Was für eine angenehme Überraschung. Ich habe gedacht, du seiest schon lange durch die Hand deines Sohnes gestorben. Wie schön für mich, dass ich das nun selbst erledigen darf. Dafür schulde ich dir etwas.

Selbst über den Wortschwall des Dämons hinweg hörte Aegwynn merkwürdige knackende Geräusche, eine Art Keckern.

„Ich kenne diese Lache.“ Lorena klang angeekelt. „Grellkins.“

Plötzlich stürmte eine Horde kleiner Dämonen, deren Fell die Farbe des Nebels hatte, auf sie zu.

Lorena eilte nach vorn, um Aegwynn und Jaina zu schützen. „Ich hasse diese kleinen Kerle!“ Noch während sie sprach leitete sie die Gegenattacke ein.

Es waren zu viele Biester für eine einzelne Frau. Aber glücklicherweise gab es ja auch *zwei*, die sich ihrer annahmen. Jaina wirkte mehrere Zauber, die unterschiedliche Auswirkungen auf die Grellkins hatten. Einige setzten den Pelz in Brand. Andere blockierten die Atmung. Wieder andere Grellkins wurden von orkanartigen Winden gegen die Höhlenwände geschmettert und zerquetscht. Keiner der Zauber war etwas Besonderes, sie waren allesamt simpel genug, um Jainas Kräfte zu schonen. Aber das war nur der Auftakt. Nachdem die ersten zwanzig getötet waren, tauchten zwanzig neue auf.

„Das ist ein Ablenkungsmanöver“, knurrte Aegwynn.

„Ja“, bestätigte Jaina. Sie setzte einen weiteren Zauber ein, der die zwanzig Grellkins verschwinden ließ.

„Oberst“, sagte Jaina schnell, „könnt Ihr Euch darum kümmern?“

Lorena grinste. „Passt auf!“

„Gut.“

Als der Oberst in die dämonischen Angreifer hineinwatete, schloss Jaina die Augen und stolperte dabei fast. Aegwynn fing sie auf. „Ist alles in Ordnung?“

Mit erfrischender Ehrlichkeit sagte Jaina: „Nein. Ich kann den Bannzauber nur wirken, wenn ich mich um nichts sonst kümmern muss. Lorena soll …“

Ein ohrenbetäubender Schrei dröhnte durch die Höhle, als Lorena die letzten drei Grellkins mit einem einzigen Streich ihres Schwertes tötete. Danach seufzte sie hörbar, als sie auf die wie mit Eiter verkrustete Klinge starrte. „Ich werde diesen Dreck niemals wieder abkriegen …“

Ich schätze, das sollte das geringste Eurer Probleme sein.

Diesmal kam die Stimme nicht von überall her zugleich, sondern aus einer einzigen Richtung: von unmittelbar voraus. Der orangene Nebel löste sich auf. Doch das war, ahnte Aegwynn, gewiss kein *gutes* Zeichen.

Sie sollte Recht behalten, denn der weichende Dunst enthüllte den grotesken Körper von Zmoldor.

Dreiundzwanzig

Die Panik ließ Davin bis in die Zehenspitzen erzittern. Um ihn herum starben Soldaten, seine Soldaten. Ihre Körper wurden verheert und verstümmelt, die Gliedmaßen und Köpfe abgetrennt. Klingen schnitten tief in Fleisch und Knochen. Der Lärm und das Geschrei schwollen zu einem infernalischen Konzert an.

Und Davin stand einfach da und wartete darauf zu sterben. Er war davon ausgegangen, dass Burx ihn mit seiner Axt augenblicklich zweiteilen würde. Aber ein paar Soldaten eilten ihrem Kommandeur zu Hilfe und attackierten den Ork. Davin war sich nicht sicher, womit er sich eine solche Loyalität verdient hatte. Aber er war dankbar dafür. Er wollte nicht sterben.

Danach griff ihn niemand mehr an. Orks und Trolle suchten sich Menschen, gegen die sie ihren Kampf fortsetzten, und irgendwie wurde Davin, der dem Wasser näher stand als irgendein anderer, völlig ignoriert.

Der Körper eines Trolls fiel ihm vor die Füße, und Korporal Barnes flog hinter ihm in hohem Bogen vorbei, landete klatschend im Wasser. Davin fragte sich unwillkürlich, warum derjenige, der Barnes niedergestreckt hatte, dessen Körper so weit von sich schleuderte. Dann aber entschied er, dass er das gar nicht wissen wollte.

Plötzlich explodierte die Welt. Zumindest hatte es fast den Anschein. Ein Erdstoß erschütterte den Boden so heftig, dass etwas geschah, was die Panik bislang verhindert hatte: In Davin kam wieder Bewegung – auch wenn er nur zu Boden stürzte.

Obwohl sich bislang keine Wolke am Himmel gezeigt hatte – der Tag war klar und sonnig gewesen – wurde es mit einem Mal finster. Blitze zuckten mit Donnergrollen und ohrenbetäubendem Getöse zum Boden hinab und schlugen dort ein.

Davin vernahm ein Rumpeln und sah kurz darauf, wie sich eine riesige Wasserwand aufbaute. Während all der Zeit in Northwatch hatte er nie eine auch nur annähernd so hohe Welle gesehen. Diese war so hoch wie die Mauern der Festung – und rollte geradewegs auf Davin zu.

Schnell versuchte er auf seine Beine zu kommen, aber seine Stiefel fanden keinen ausreichenden Halt im Sand. Er fiel auf das Gesicht. Während er noch den Sand ausspuckte und sich gleichzeitig bemühte, keinen neuen zwischen die Zähne zu bekommen, ergab sich Davin dem Unausweichlichen, versteifte sich und rammte seine Hände wie Anker in den Sand.

Das Wasser schlug über ihm zusammen und riss ihn fast von dem Stück Boden, wo er sich mit allen verfügbaren Mitteln zu halten versuchte. Dank seiner Rüstung und der tief eingegrabenen Arme trotzte er den Gewalten, die an ihm zerrten. Er fragte sich, wie es wohl den anderen Soldaten, die weniger gut gewappnet waren, ergehen mochte – die Orks und Trolle kümmerten ihn nicht –, aber am meisten interessierte ihn, ob er jemals wieder würde Luft holen können.

Dann endlich ebbte das Wasser in entgegengesetzter Richtung ab. Die Welle hatte den Sand von Davins Gesicht gewaschen. Er war völlig durchnässt. Das Wasser hatte seine Haare in etwas verwandelt, das wie eine triefende Kappe an seiner Kopfhaut anlag, und sein Bart klebte fühlbar durchweicht an seinem Gesicht.

„Ihr habt mich heute beschämt, Krieger!"

Davin rollte sich auf den Rücken und blickte empor. Der Himmel war immer noch finster, abgesehen von einer Stelle, wo ein Luftschiff schwebte.

Davin erlaubte sich ein flüchtiges Gefühl von Hoffnung. Vielleicht gehörte das Luftschiff Oberst Lorena, die sich und Lady Proudmoore aus der Gewalt des Flammenden Schwerts hatte befreien können. Dieser Alptraum von einer Naturkatastrophe, der gerade über ihn hinweggerollt war, konnte durchaus die Tat der Lady gewesen sein. Sie war zurückgekommen, um die Truppen zu verstärken, die Orks zurückzuschlagen und so letztlich die Rettung zu bringen.

Als er sich das Luftschiff jedoch genauer betrachtete, rutschte ihm das Herz in die Hose. Die Hülle war mit bizarren Symbolen bedeckt, die der Major ausnahmslos als orkischer Herkunft identifizierte. Zumindest zwei der Symbole hatte er auf Waffen und Rüstungen gesehen, die Orks in Schlachten getragen hatten. Krieger, die seine Soldaten getötet hatten. Davins Kommandeur hatte damals gemeint, dass diese Symbole das Äquivalent zu den unter Menschen gebräuchlichen Wappen seien.

Davin war nie ein sonderlich religiöser Mensch gewesen. Das einzige Mal, dass er gebetet hatte, war, als er sich hinter jenem Baum versteckte und flehte, die Dämonen mögen ihn nicht entdecken. Dieses Gebet war scheinbar erhört worden, aber Davin wollte das Glück nicht herausfordern, hatte es nie überstrapaziert.

Bis heute. Denn hier und jetzt machte er eine Ausnahme – um den Tag zu überleben.

Irgendwie fand er die Kraft auf die Beine zu kommen. Die Worte, die er gehört hatte, waren aus dem Luftschiff erklungen, und nun fiel eine Strickleiter herab. Sie straffte sich, als der Ork, der die Worte gesprochen hatte, daran zu Boden kletterte.

Als die massige Gestalt den Strand erreichte, hoben die anderen Orks – zumindest diejenigen, die Davin aus den Augenwinkeln erkennen konnte – die Waffen zum Gruß. Der Major stellte fest, dass der Neuankömmling blaue Augen hatte, und auf einmal wurde ihm klar, wen er vor sich hatte – auch wenn er dem Kriegshäuptling der Orks noch nie zuvor persönlich begegnet war.

Gleichzeitig fiel ihm ein, dass Thrall ein mächtiger Schamane war. Wie Lady Proudmoore konnte auch er hinter der gerade erlebten Überschwemmung stecken.

Seinen Kriegshammer hielt der Ork mit einer Hand zum Himmel gereckt, und Davin wusste, das es sich dabei um den legendären Doomhammer handelte, der einst Orgrimm, Thralls Lehrmeister, gehört hatte.

Der Ork brüllte: „Ich bin Thrall, Kriegshäuptling von Durotar, Lord der Clans, Anführer der Horde! Ich bin gekommen um klarzustellen, dass …" Er zeigte auf Burx. „… dieser Ork *nicht* für mich spricht!"

In den letzten sechs Jahren hatte Davin vielen Treffen mit Orks beigewohnt. Zuerst im Krieg, aber auch aufgrund Northwatchs exponierter Küstenlage war es immer wieder zu Zusammenkünften gekommen. Zahlreiche Orks zogen durch diese Gegend.

In all der Zeit jedoch hatte Davin nicht einmal annähernd eine solche Regung im Gesicht eines Orks bemerkt, wie er sie jetzt bei Burx sah.

„Krieger von Durotar, legt die Waffen nieder!" Wieder wies Thrall auf Burx, doch dieses Mal tat er es mit seinem Hammer. Mit dieser fürchterlichen Waffe, die Legende war.

„Diese schlechte Kreatur hat sich mit einem Dämonen verbündet, damit zwischen unseren Völkern Krieg herrscht. Ich aber werde unser Abkommen nicht brechen und damit jenen Kreaturen zuarbeiten, die versucht haben, uns zu vernichten – niemals!"

Burx fauchte: „Ich war immer ein treuer Diener …"

Thrall schüttelte den Kopf. „Mehrere Krieger berichteten von einem Talisman in Form eines in Flammen stehenden Schwertes, den du bei dir trägst. Dabei handelt es sich um das Symbol der Vereinigung Flammendes Schwert. Wie mir Jaina und eine alte Zauberin, die sich mit den Menschen verbündet hat, erklärten, sind alle, die dieses Zeichen tragen, Leibeigene eines Dämons namens Zmoldor. Dieser versucht, Unfrieden auf Kalimdor zu schüren und unser Bündnis zu unterhöhlen. Und wie seit Ork-Gedenken üblich, benutzen uns die Dämonen auch diesmal wieder, um uns zu schwächen. Vielleicht wollen sich uns danach auch endgültig den Garaus machen!"

Burx zeigte mit seiner Waffe auf Davin. „*Das da* sind die Bastarde, die versucht haben, uns in den Untergang zu treiben! Sie haben uns versklavt *und uns unser rechtmäßiges Erbe verweigert!*"

Im Gegensatz zu Burx' hysterischer Stimme antwortete Thrall ruhig und gefasst. „Richtig, einige von ihnen haben das getan. Sie taten es wegen der Dämonen, die uns unsere Seele raubten und uns zwangen, ihren Krieg gegen die Völker dieser Welt auszutragen. Einen Krieg, den wir schließlich verloren haben. – Aber wir haben diese Fesseln abgeworfen. Wir sind wiedererstarkt und beinahe so wie wir früher einmal waren. Und *warum*, Burx, ist uns das gelungen? Ich will es dir sagen: weil wir *Krieger* sind. Weil wir reinen Geistes sind. Oder zumindest die meisten von uns. Denn ich kann nicht diejenigen rein nennen, die mit Höllenkreaturen paktieren, um Orks zu verleiten, ihr Wort zu brechen."

Die Orks und Trolle starrten Burx mit einer Mischung aus Überraschung und Ekel an. Ein paar, erkannte Davin, blickten völlig verwirrt, und einer von ihnen fragte schließlich: „Ist das wahr, Burx? Du hast dich mit einem *Dämon* eingelassen?"

„Um die Menschen zu vernichten, würde ich mich mit *tausend* Dämonen einlassen! Sie müssen vernichtet werden, koste es, was es wolle!"

Wie um die gerade geäußerte Überzeugung zu unterstreichen, griff Burx Davin an.

Jede Faser seines Körpers drängte den Major dazu, wegzulaufen. Aber seine Beine gehorchten ihm ebenso wenig wie kurz zuvor, als die Welle auf ihn zugerollt war.

Er sah, wie Burx mit seiner Streitaxt ausholte, um ihm den Schädel zu spalten.

Aber bevor der den Schwung vollenden konnte, verfiel sein ganzer Körper in heftige Zuckungen. Er stoppte inmitten der Vorwärtsbewegung und fiel in den Sand. Davin sah, wie Thrall Burx mit seinem Doomhammer traf.

„Du hast Schande über Durotar gebracht, Burx. Du trägst Schuld am ehrlosen Tod von Orks, Trollen und Menschen. Diese Schmach kann nur durch deinen Tod getilgt werden. Und als Kriegshäuptling ist es meine heilige Pflicht, dieses Urteil zu vollstrecken!"

Thrall hob seinen Hammer und ließ ihn mit fürchterlicher Gewalt auf Burx' Haupt krachen.

Davin fuhr unwillkürlich zusammen, als Blut über den sandigen Boden spritzte und sowohl Thrall als auch ihn traf. Er war jedoch zu geschockt, um zu versuchen, den Lebenssaft des Ork abzuwischen. Nicht einmal das Blut, das sich mit der Nässe auf seiner linken Wange mischte, beachtete er. Oder die Schädelsplitter, die sich in seinem Bart verfangen hatten.

Auch Thrall machte keinerlei Anstalten, die Spuren von Burx' zertrümmertem Haupt von sich zu wischen, obwohl ihn noch wesentlich mehr davon getroffen hatte. Davin schloss nicht aus, dass das Blut eines Unterlegenen bei Orks als Ruhmeszeichen galt.

Der Kriegshäuptling trat vor und sagte an Davin gewandt: „Ich entschuldige mich im Namen von Durotar für diesen Verräter, Major, und für diese schreckliche Schlacht. Ich werde es zu verhindern wissen, dass das Flammende Schwert meine Leute noch einmal beeinflusst. Und ich hoffe, dasselbe könnt auch Ihr mir für Eure Seite versichern."

Davin traute seiner Stimme nicht, deshalb nickte er nur.

„Dann werden wir nun abziehen", versprach Thrall mit Genugtuung. „Ich bin untröstlich, dass wir nicht rechtzeitig hier waren, um dieses Blutvergießen zu verhindern. Aber zuerst musste ich die Truppen, die auf dem Landweg vorrückten, aufhalten. Wir werden alle nach Durotar zurückkehren und euch nicht mehr angreifen …" Der Kriegshäuptling trat vor. „Jedenfalls nicht, so lange ihr uns keinen Anlass dazu gebt."

Wieder nickte Davin, diesmal deutlich eifriger und mit allem Nachdruck, zu dem er fähig war. Er verließ seinen Platz auch nicht, als Thrall seinen Truppen den Befehl gab, die Toten und Verwundeten einzusammeln und zu den Booten zurückzukehren, um heim nach Kolkar Crag zu segeln. Davin stand lange nur da, seine Stiefel im Sand eingesunken.

Die Überreste von Burx' Blut, seinem Schädel und Gehirn bedeckten noch immer den Körper und die Rüstung Thralls, als der Ork die Leiter seines Luftschiffs erklomm. Kurz darauf trat die Flotte ihre Reise nach Norden an.

Davin wunderte sich, dass seine Gebete erneut erhört worden waren. Vielleicht, dachte er, war ja an dieser ganzen Beterei doch etwas dran.

Auch darüber, wie rasch sich die Gesamtsituation zum Guten hin verändert hatte, konnte er nur staunen. Ganz allein Thralls

Ansprache hatte all dies bewirkt. Natürlich hatte ihm die spektakuläre Hinrichtung die nötige Aufmerksamkeit gesichert. Aber ohne seine Überzeugungskraft hätte dieser Effekt nur für kurze Zeit angehalten. Nein, Thralls Worte hatten die Orks und Trolle *überzeugt*, die Kämpfe einzustellen und sich zurückzuziehen.

Es fiel Davin schwer, es sich einzugestehen, dass er vom Auftritt des Kriegshäuptlings beeindruckt war.

Schließlich fragte ein Captain: „Eure Befehle, Major?"

„Äh … Abmarsch, Captain." Er stieß den Atem aus, von dem ihm nicht bewusst gewesen war, dass er ihn überhaupt angehalten hatte, und fühlte sich plötzlich sehr müde. „Wir marschieren nach Hause."

Vierundzwanzig

Vor nicht einmal fünf Minuten hatte Aegwynn Zmoldor gezwungen, Schluss zu machen mit seinen billigen Tricks. Der Körperlose-Stimme-Zauber mochte vielleicht Durchschnittsmenschen beeindrucken. Aber es war ein simpler Spruch, den jeder Lehrling im ersten Jahr zu wirken lernte. Deshalb beeindruckte er Aegwynn nicht im Geringsten.

Doch als sie jetzt Zmoldor sah, groß, mit ledriger Haut, Fledermausflügeln und flammenden Augen, gelangte sie zu der Überzeugung, dass sie besser ihren vorlauten Mund gehalten hätte.

Dämonen waren generell keine schönen Geschöpfe – aber Zmoldor war selbst nach diesen Maßstäben hässlich. Acht mit Kapuzen verhüllte Gestalten umstanden den Dämon. Vermutlich die Zauberer, die ihre rhythmischen Gesänge erschallen ließen.

Jaina griff unter ihren Umhang und zog die Schriftrolle hervor. Aegwynn war froh, denn es bedeutete, dass es bald vorbei sein würde. Jetzt, da Zmoldor sich gezeigt hatte, konnte Jaina den Bannzauber sprechen.

Plötzlich aber brüllte Jaina auf und stürzte wie ein Stein zu Boden.

„Jaina!" Aegwynn eilte an die Seite der jungen Magierin. Lorena, treue Streiterin, die sie war, positionierte sich zwischen Jaina und dem Dämon.

Schweiß perlte von Jainas Stirn, als sie sich aufrichtete. Gepresst brachte sie hervor: „Zauberer … blockieren den Spruch!"

Aus dieser Nähe konnte Aegwynn die Stärke der Zauberer spüren. Die des Einzelnen mutete eher schwach an, doch weil es Dutzende waren, gelang es ihnen, ihrem Spruch die nötige Durchschlagskraft zu verleihen. Dennoch hätte eine Magierin von Jainas Format sie besiegen müssen.

Wenn sie sich nicht zuvor schon verausgabt hätte …

Jaina bemühte sich, Aegwynn konnte es fühlen. Aber sie verlor gegen Zmoldors Diener zusehends an Boden.

Das läuft ja besser, als ich gedacht habe. Ich werde dafür sorgen, dass man die Orks für Lady Proudmoores Tod verantwortlich macht. Es wird die Menschen in Rage versetzen. Nichts wird sie davon abhalten können, in den Krieg zu ziehen, und ohne sie als Anführerin werden sie verlieren. – Aber nicht, bevor sie so viele Orks wie möglich getötet haben. Es wird wunderbar!

„Wie die Hölle", murmelte Aegwynn. Es gab für sie nur noch eines zu tun.

Fast vier Jahre war es her, dass sie Medivh zurückgebracht hatte. Dabei hatte sie alle zauberischen Kräfte eingebüßt. Aber Magie verschwand niemals für immer. Zwei Jahrzehnte, nachdem sie nach Bladescar geflohen war, hatte sie genügend magische Kraft gehortet, um ihren Sohn zurückzuholen.

Obwohl sie in den letzten vier Jahren nicht annähernd so viel zurückerhalten hatte, konnte sie vielleicht doch schaffen, was notwendig war. Und wenn es *nicht* funktionierte, nun gut, sie hatte fast tausend Jahre gelebt, und wie Lorena es so klug ausgeführt hatte, war das deutlich länger, als die meisten Menschen auf Erden wandelten.

Schweiß rann über Jainas Gesicht. Sie kniete immer noch da, die Fäuste geballt und auf ihren Fersen sitzend. Aegwynn konnte den Spruch spüren, den sie selbst erdacht hatte, und kämpfte gleichzeitig darum, den Block zu überwinden, den die Zauberer errichtet hatten.

An Jainas Seite ergriff Aegwynn die linke Faust der jungen Frau mit ihren beiden Händen. Sie schloss die Augen, sammelte ihre Gedanken, ihre Kraft, ihre ganze Lebensessenz. Sie fokussierte und kanalisierte die Energie in ihre Arme … dann in ihre Unterarme … ihre Hände …

Und schließlich in Jaina.

Urplötzlich überkam sie eine tiefe Müdigkeit. Ihre Knochen fühlten sich schwer an, ihre Muskeln schmerzten, als wären sie ein langes Rennen gelaufen, und ihr Atem kam in kurzen Stößen. Aegwynn ignorierte das alles und bündelte weiter jede verfügbare Energie. Ihr Leben, ihre Magie, selbst ihre Seele leitete sie in Jaina Proudmoore.

Jaina öffnete ihre Augen. Normalerweise von eisigem Blau, leuchteten sie nun feurig rot.

Nein!

Fast gleichzeitig mit diesem gedanklichen Schrei antworteten Jaina und Aegwynn lapidar: „O doch!"

Ihr könnte das Flammende Schwert nicht aufhalten. Wir werden siegen, alles zerstören, was sich uns in den Weg stellt, und dann werden wir – aaarrrrgghhhhhhhh ...!

Zmoldors Brüllen hallte nicht nur von den Wänden wider, sondern strömte auch aus den Mündern der Zauberer, die den Schmerz durch das Band, das sie mit dem Dämon einte, ebenfalls spürten. Obwohl Aegwynn ihn aus dem Blickfeld verlor, sah sie in ihren Gedanken, wie sich Zmoldors hässlicher Körper wand und drehte und aufbäumte. Gelber Eiter spritzte aus schwärenden Wunden, die wenig später vollends aufbrachen.

Wind kam auf – S T U R M ! –, als der Zauber, den Aegwynn ersonnen und gewirkt hatte, die Luftmassen auseinander riss und ein Tor zum Wirbelnden Nichts öffnete, das augenblicklich an Zmoldors Körper zerrte.

Neeeeiiiin! Ich lasse mich nicht wieder einsperr...

Die Schreie des Dämons endeten wie abgeschnitten, als sein Kopf eingesogen wurde. Die Rufe der Zauberer aber erklangen weiter, selbst als der Boden unter Aegwynns Füßen anfing zu beben.

Schließlich erstarben auch sie, nachdem die Handlanger des Dämons ins Wirbelnde Nichts gezogen worden waren, wo sie Qualen würden erleiden müssen, die um ein Vielfaches schlimmer waren als alles, was sie den Bewohnern Kalimdors hatten antun wollen.

Der Riss schloss sich, aber die Höhle erzitterte noch immer unter den freigesetzten Kräften.

Lorena erkannte das Offensichtliche mit soldatischem Pragmatismus und rief: „Wir müssen hier raus! Sofort!“

Aber Aegwynn war nicht in der Lage, sich von der Stelle zu bewegen. Ihre Arme und Beine wogen schwer wie Blei, und es kostete sie schon all ihre Kraft, wenigstens die Augen offen zu halten.

Einer der Stalaktiten löste sich mit einem Geräusch wie Donnergrollen von der Höhlendecke und schlug unmittelbar neben der Stelle zu Boden, wo Aegwynn und Jaina knieten.

Aegwynn hörte noch, wie Jaina einen Fluchtzauber wob.

Dann wurde sie ohnmächtig.

Epilog

Wieder einmal stand Jaina Proudmoore auf dem Hügel nahe Razor Hill und blickte nach Durotar. Es dauerte nicht lange, bis sie das tiefe, gleichmäßige Rumpeln vernahm, das die Ankunft von Thralls Luftschiff ankündigte. Diesmal kam der Kriegshäuptling in der Begleitung von Wachen, die größtenteils auf der Transportplattform blieben, während er die Strickleiter hinunterkletterte, um Jaina zu begrüßen. Ein Krieger, den Jaina nicht erkannte, wich nicht von seiner Seite und blieb mit bereit gehaltener Axt hinter Thrall stehen.

Ironisch lächelnd sagte Jaina: „Vertraust du mir nicht, Thrall?"

Thrall erwiderte das Lächeln warm. „Mein engster Berater hat mich verraten, Jaina. Ich denke, es ist das Beste, wenn ich allzeit bin, einen zweiten Vertrauensbruch zu verhindern. Es ist immer gut, jemanden zu haben, der einem den Rücken frei hält."

„Das klingt weise und vorausschauend." Sie nickte.

„Ist die Bedrohung wirklich vorbei?"

Jaina hob die Hände. „Es scheint so. Zmoldor und die Zauberer sind ins Wirbelnde Nichts verbannt worden. Selbst die Brennende Legion hätte ihre Mühe, sie zu befreien. Und ein so niederer Dämon wäre der Mühe sicher nicht wert."

„Gut gemacht. Ich wünschte nur, es wäre gelungen, bevor Blut vergossen wurde." Thralls fasste an seinen Gürtel, an dem ein Talisman hing, der ein von Flammen umlodertes Schwert darstellte. Jaina nahm an, dass er Burx gehört hatte, dem Berater, der mit Zmoldor verbündet gewesen war. Genau wie Kristoff.

Laut Major Davins Rapport, der zusammen mit dessen Rücktrittsgesuch eingetroffen war, hatte Thrall Burx vor einer großen

Menge von Ork- und Trollkriegern getötet, weil der mit dem Flammenden Schwert paktiert hatte.

Jaina seufzte. „Wir hatten sehr viel Glück, Thrall. Zmoldor mag dafür verantwortlich gewesen sein, aber er hat nur Hass benutzt, der schon vorhanden war. Schau, wie wenig dein Volk und das meine gebraucht haben, um sich gegenseitig bei Northwatch die Schädel einzuschlagen.“

„Das stimmt. Es war für unsere Völker um einiges einfacher zusammenzuarbeiten, als wir noch einen gemeinsamen Gegner hatten – die Brennende Legion. Jetzt hingegen …“ Seine Stimme erstarb.

Eine Weile senkte sich Stille über sie, dann fuhr Jaina fort zu sprechen. „Wie ich schon sagte, wenn die Krise vorbei ist, sollten wir über ein Bündnis zwischen unseren Völkern verhandeln.“

Thrall machte eine Geste uneingeschränkter Zustimmung. „Du hast Recht. Die Allianz muss uns beide überleben. Es gibt keine Alternative, wenn Menschen und Orks überleben wollen. Deshalb müssen wir unseren Pakt besiegeln.“

„Ich schlage vor, wir treffen uns in einer Woche in Ratchet. Es ist ein neutraler Hafen, dort können wir die Details ausarbeiten.“ Sie blickte ihn an, erwartete seine Antwort.

„Akzeptiert. Ich werde Kalthar mitbringen. Er ist der Weiseste von uns.“

Jaina konnte sich nicht verkneifen zu fragen: „Auch weiser als der Kriegshäuptling?“

Thrall lachte. „Um einiges weiser als der. So machen wir es, Jaina.“

„Ausgezeichnet. Leb wohl, Thrall. Ich sehe dich in einer Woche.“

„Leb wohl, Jaina. Mögen wir gestärkt aus dieser Krise hervorgehen.“

Jaina nickte und wirkte den Zauber, der sie zurück in ihre Kammer brachte. Dort wartete Aegwynn auf sie. Es hatte die alte Frau Zeit gekostet, wieder zu sich zu kommen, nachdem sie in der Höhle ohnmächtig geworden war, und Jaina hatte eine Weile sogar gefürchtet, dass sich die Wächterin gar nicht mehr erholen würde.

Jaina hatte selbst kaum noch über genügend Kraft verfügt, um sie zu dritt vom Deadmist-Gipfel weg zu befördern, fort von dem verfluchten Nebel. Weit hatte sie es nicht geschafft, aber irgendwie war es ihr gelungen, Theramore zu kontaktieren und ein Luftschiff anzufordern. Während sich Jaina lediglich erschöpft gefühlt hatte, als das Luftschiff sie schließlich auflas, war Aegwynn schwach wie ein neugeborenes Kätzchen gewesen. Eine warme Mahlzeit, etwas Schlaf, mehr war nicht erforderlich gewesen, damit es Jaina wieder gut gegangen war. Aegwynn hingegen brauchte länger und sehr viel Zuwendung. Aber auch wenn die erste Prognose des Heilers noch schlecht ausgefallen war, attestierte er ihr schon nach wenigen Tagen die Zähigkeit eines Elfs. Was durchaus als Kompliment zu verstehen war.

Sie würde sich vollständig erholen. Und jetzt saß sie auf dem Besucherstuhl von Jainas Unterkunft. „Wurde auch Zeit, dass Ihr zurückkommt."

„Ich bin froh, Euch wieder vollständig erholt zu sehen, Magna. Eure spitze Zunge eingeschlossen." In ihren Augen blitzte es vergnügt.

Auch Aegwynn lachte. „Ja, es scheint aufwärts zu gehen."

Jaina sank mehr auf einen der freien Stühle, als dass sie sich setzte. Sie war nicht einfach nur müde, es war eine tiefgründende Erschöpfung, die nach dem Sprung an ihr nagte, und sie hätte nichts gegen ein paar Tage der wirklichen Erholung einzuwenden gehabt.

Doch eine so lange Auszeit konnte sie sich nicht gönnen. Es gab keinen Kämmerer mehr, der sie entlastet hätte.

Duree hatte ihr abgenommen, was sie konnte. Aber so nützlich und wertvoll die Zofe auch war, vermochte sie doch nicht die wirklich komplexen Dinge zu bewältigen, die nötig waren, um das Leben in Theramore am Laufen zu halten.

Lorena war, zumindest in militärischen Angelegenheiten, etwas hilfreicher gewesen. Aber auch sie hatte keine Erfahrung mit Regierungsgeschäften. Deshalb konnte sich Jaina keine Ruhepause gönnen, sehr zum Unwillen des Heilers.

Sie betrachtete Aegwynn, die sie aus ihren tiefgrünen Augen ansah. Es erschreckte Jaina, dass ihr ganzer Sieg über Zmoldor letztlich nur gelungen war, weil sie das Bladescar-Hochland ausgewählt hatte, um dort die Donnerechsen anzusiedeln. Selbst wenn sie gewusst hätte, dass Zmoldor hinter allem steckte, hätte sie den Dämon ohne die ehemalige Wächterin niemals bezwingen können.

„Ich wollte Euch danken, Mag … Aegwynn", verbesserte sich Jaina rasch. „Ohne Euch wäre alles verloren gewesen."

Aegwynn neigte ihr Haupt als Antwort.

„Ich nehme an, Ihr wollt zurück nach Bladescar."

„Eigentlich", erwiderte Aegwynn mit einen schwachen Lächeln, „nein."

Jaina blinzelte überrascht. „Nein?"

„Ich möchte lediglich für eine gewisse Zeit zurückkehren, um dort noch ein paar Dinge zu regeln, meinen Garten ein letztes Mal sehen, beispielsweise, bevor die Donnerechsen alles zertrampelt haben. Aber ich war viel zu lange fern *dieser* Welt. Ich denke, es ist an der Zeit, wieder darin heimisch zu werden. Und ich hoffe, dass die Welt mich … nun, dass sie mich auch annimmt, nicht verstößt."

„Ganz gewiss wird sie das tun. Die Welt braucht Geschöpfe wie Euch. Das weiß ich." Jaina richtete sich auf ihrem Stuhl auf. Sie hatte sich diese Antwort von Aegwynn gewünscht, aber nicht in ihren kühnsten Träumen erwartet, dass sich ihre Hoffnung erfüllen würde. „Wie es sich gerade trifft, habe ich die Stelle eines Kämmerers zu vergeben. Es ist eine Position, die spezielle Kenntnisse erfordert – Weitblick und die Bereitschaft, mich zurechtzuweisen und mir die Meinung zu sagen, wenn es vonnöten ist. Ich behaupte, Ihr seid dafür in jeder Hinsicht qualifiziert, insbesondere was das Zurechtstutzen angeht …"

Aegwynn lachte. „Sicherlich – obwohl man über den anderen Punkt streiten könnte. Doch vielleicht habe ich wirklich genügend Weitblick in den vergangenen tausend Jahren erlangt …" Sie stand auf. Jaina tat es ihr gleich. Aegwynn reichte ihr die Hand. „Ich nehme das Angebot mit Freuden an."

Jaina erwiderte den Handschlag mit allem Nachdruck, zu dem sie fähig war. „Ausgezeichnet. Ich danke Euch, Aegwynn. Ihr werdet es nicht bereuen."

„Nein – aber Ihr vielleicht.“ Aegwynn löste den Händedruck und nahm wieder Platz. „Und hier mein erster Ratschlag als Euer Kämmerer: Kristoff hatte Recht, Zmoldor war ein niederer Dämon. Er hatte nicht den Verstand, den es braucht, einen solchen Plan selbst zu entwickeln.“

Jaina runzelte die Stirn. „Ich dachte, Ihr hättet gesagt, dass er das Flammende Schwert gegründet hat …“

„Ja, aber nur, um Seelen zu sammeln. Ein Plan wie dieser aber ist viel zu komplex für ihn. Ihr sagtet selbst, dass Zmoldor nicht der einzige Dämon war, der zurückgelassen wurde, als es gelang, die Brennende Legion zurückzuschlagen. War es nicht so? Und – was glaubt ihr, bedeutet das für uns …?“

Obwohl Jaina die Antwort kannte, wollte sie sie aus dem Mund der Wächterin hören und fragte deshalb: „Sagt Ihr es mir, Aegwynn.“

„Nun, ganz einfach, Jaina, ich fürchte, dass es nicht das Letzte war, was wir vom Flammenden Schwert gehört oder gesehen haben.“

Über den Autor

Aus der Feder von Keith R.A. DeCandido flossen über zwei Dutzend Romane sowie etliche Novellen, Kurzgeschichten, eBooks, Comics und Sachbücher. Neben *Warcraft* fühlt er sich auch in den Welten von *Star Trek, StarCraft, Spider-Man, X-Men, Buffy, im Bann der Dämonen, Serenity, Farscape, Andromeda, Resident Evil* oder *Xena* zuhause. Darüber hinaus erwarb er sich einen Namen als Herausgeber zahlreicher Anthologien, etwa der *Star-Trek*-Sammlungen *Tales of the Dominion War* und *Tales from the Captain's Table*. Seine Werke standen auf mehreren Bestsellerlisten. Kritikerlob erntete er unter anderem von *Entertainment Weekly, TV Zone, Starburst, Dreamwatch, Library Journal* und *Cinescape*. R.A. DeCandido lebt mit seiner Freundin und zwei verrückten Katzen in New York. Seine offizielle Internetseite ist unter www.DeCandido.net zu finden.

Aufstieg der Horde

Christie Golden

Dieses Buch widme ich mit großem Dank Chris Metzen, für seine fortdauernde Unterstützung und die Begeisterung für dieses Projekt.

Dank auch an all die fantastischen Rollenspieler in World of WarCraft, mit denen ich die Ehre hatte, spielen zu dürfen, wie Aron und Erica Jolly-Meers, Lacey Coleman und viele andere. Ganz besonderer Dank gebührt Sean Rich, der mich überhaupt erst zum Rollenspiel gebracht hat.

Es lebe der Schattenrat!

Prolog

Die Macht, die der Fremde ausstrahlte, umkreiste ihn in Wellen aus herrlichen Farben, umgab ihn wie einen Umhang und bildete auf seinem mächtigen Schädel eine Krone aus Licht. Seine Stimme erschallte gleichzeitig in Ohren und Geist und raste durch das Blut wie eine süße, lang vergessene Melodie, an die man sich plötzlich erinnerte.

Was er anbot, war verführerisch, erregend und ließ das Herz vor Verlangen pochen. Aber dennoch, dennoch war da etwas, dass …

Als er fort war, wandten sich die Anführer der Eredar einander zu und unterhielten sich leise.

„Er verlangt wenig für das, was er uns anbietet“, sagte der Erste. Er streckte sich, und zwar sowohl in der physischen als auch der metaphysischen Welt, und sandte so Echos seiner Stärke aus.

„Eine solche Macht“, murmelte gedankenverloren der Zweite. Er war der Elegante, der Schöne, und sein Wesen war herrlich und strahlend. „Und er sagt die Wahrheit. Was er uns gezeigt hat, wird geschehen. Niemand kann bei so einer Weissagung lügen.“

Der Dritte war still. Es stimmte, was der Zweite gesagt hatte: Das machtvolle Geschöpf hatte ihnen sein Angebot auf eine Art und Weise unterbreitet, die keine Täuschung ermöglichte. Aber dennoch hatte dieses Wesen, dieser … *Sargeras* etwas an sich, das Velen missfiel.

Die anderen beiden Anführer waren gleichzeitig auch Velens Freunde. Er stand Kil'jaeden, dem Mächtigsten und Entscheidungsfreudigsten der drei, sehr nah. Schon seit Jahren waren sie befreundet. Jahre, die verstrichen waren, ohne dass die Wesen, für die Zeit bedeutungslos war, es bemerkt hätten. Dass Kil'jaeden das Angebot in Betracht zog, erschien Velen bedeutsamer als Archimondes Meinung. Denn obwohl der normalerweise gründlich nachdachte, ließ er sich durch seine Eitelkeit leicht beeinflussen.

Velen dachte wieder an das Bild, das ihnen Sargeras gezeigt hatte. Welten, die sie erobern konnten. Und was weitaus wichtiger war: die sie erforschen und untersuchen konnten. Die Eredar waren vor allen Dingen neugierig. Derart mächtigen Wesen war Wissen so wichtig wie niederen Geschöpfen Fleisch und Trank. Sargeras bot ihnen einen verlockenden Blick auf Dinge, die ihnen gehören konnten, wenn sie nur …

… ihm Treue schworen.

… und dies auch für ihr Volk taten.

„Wie immer ist unser Velen vorsichtig", sagte Archimonde. Die Worte hätten ein Kompliment sein können, stattdessen erschienen sie Velen herablassend. Er wusste, was Archimonde wollte. Dabei war Velen klar, dass der andere seine Unschlüssigkeit nur als ein kleines Hindernis auf dem Weg ansah, den er beschreiten wollte.

Velen lächelte. „Ja, ich bin vorsichtig, und manchmal hat uns genau diese Vorsicht ebenso gerettet wie deine Entscheidungsfreudigkeit, Kil'jaeden, und dein Ungestüm, Archimonde."

Beide lachten. Einen Moment lang spürte Velen die Wärme ihrer Zuneigung. Dann verstummten sie, und er begriff, dass sie sich bereits entschieden hatten. Als sie gingen, sank Velens Herz. Dabei hoffte er, dass er trotzdem die richtige Entscheidung gefällt hatte.

Die drei hatten immer gut zusammengearbeitet. Ihre unterschiedlichen Persönlichkeiten ermöglichten es stets, ein Gleichgewicht zu finden. Das Ergebnis waren Harmonie und Friede für ihr Volk. Er wusste, dass Kil'jaeden und Archimonde nur das Beste für ihre Schützlinge wollten. Das galt auch für Velen, und bislang hatten sie sich stets geeinigt.

Velen fröstelte. Warum verunsicherte ihn dieser so selbstsichere, einnehmende Sargeras derart? Die anderen waren offenbar geneigt, sein Angebot anzunehmen. Sargeras hatte ihnen gesagt, dass die Eredar genau das waren, wonach er gesucht hatte: ein starkes, leidenschaftliches und stolzes Volk, das ihm dienen konnte und dazu beitragen würde, alle Welten zu vereinen. Er hatte ihnen versprochen, dass er sie verändern, sie verbessern, stärker machen würde. Er wollte ihnen ein Geschenk machen, wie es im Universum einmalig war. Und tatsächlich nie zuvor war solche Macht, wie Sargeras sie repräsentierte, mit der Einzigartigkeit der Eredar zusammengebracht worden. Geschah dies, konnte das, was Sargeras ihnen verheißen hatte, tatsächlich wahr werden.

Aber dennoch, dennoch …

Velen ging zum Tempel. Das machte er immer, wenn er Sorgen hatte. An diesem Abend waren auch ein paar andere dort. Sie saßen im Kreis um eine Säule, in jenem Raum, der auch den wertvollen Ata'mal-Kristall beherbergte. Das Artefakt war alt, so alt, dass sich keiner der Eredar an seine Herkunft erinnern konnte. Die Legende besagte, dass er ein Geschenk war, das sie vor langer Zeit erhalten hatten. Der Kristall hatte es ihnen ermöglicht, ihre geistigen Fähigkeiten zu verstärken und gleichzeitig ihr Wissen um die Geheimnisse des Universums zu erweitern. In der Vergangenheit hatte man ihn benutzt, um Kranke zu heilen und um Visionen zu empfangen.

Letzteres wollte Velen an diesem Abend tun. Respektvoll ging er nach vorn und berührte den dreieckigen Kristall. Die von ihm ausgehende Wärme, die sich wie ein kleines Tier in seine Handfläche schmiegte, beruhigte ihn. Er atmete tief ein, ließ die vertraute Kraft in sich hineinströmen, senkte dann die Hand und verließ den Kreis.

Velen schloss die Augen. Er öffnete jeden Teil von sich, der empfangen konnte: Körper, Geist und magisches Gespür. Alles, was er anfangs sah, schien nur Sargeras' Versprechungen zu bestätigen. Er sah sich selbst, gemeinsam mit Kil'jaeden und Archimonde, als Herren über ihr eigenes ehrbares und stolzes Volk und über zahllose andere Welten. Macht umgab sie, eine Macht, so berauschend wie eine Droge. Strahlende Städte gehörten ihnen samt deren Bewohner. Mit Jubel und Anbetungsrufen wurden sie gehuldigt. Technologie, von der Velen noch nicht einmal geträumt hatte, harrte der Erforschung. Folianten in fremden Sprachen wurden für ihn übersetzt und enthüllten eine Magie, die er sich bis dahin nicht hatte vorstellen können.

Es war herrlich, und sein Herz schwoll vor Freude.

Er sah Kil'jaeden an. Sein alter Freund lächelte. Archimonde legte ihm die Hand kameradschaftlich auf die Schulter.

Dann schaute Velen an sich herab.

Und schrie vor Entsetzen auf.

Sein Körper war plötzlich riesig, aber verzogen und deformiert. Seine vormals glatte blaue Haut war schwarz, braun und rau, wie ein einst stolzer Baum, der krank geworden war. Licht strahlte von ihm aus. Aber es war nicht das reine Licht machtvoller positiver Energie, sondern von kränklichem Grün. Verzweifelt drehte er sich zu seinen Freunden um. Sie hatten sich ebenfalls verwandelt. Auch von ihnen war nichts geblieben von dem, was sie einst gewesen waren. Stattdessen waren sie jetzt …

Man'ari.

In der Sprache der Eredar stand es für etwas fürchterlich *Falsches*, etwas Unnatürliches und Besudeltes, und es schien mit der Kraft eines schimmernden Schwertes in seinen Geist gerammt zu werden. Er schrie wieder, und seine Knie zitterten. Velen wandte seinen Blick von dem verunstalteten Körper ab und suchte nach dem Frieden, dem Wohlstand und dem Wissen, die Sargeras ihm versprochen hatte. Er sah nur Gräueltaten. Wo vorher eine jubelnde Menge gestanden hatte, gab es nur noch verstümmelte Leichen und solche, die wie er selbst, wie Kil'jaeden, wie Archimonde, in Monster verwandelt worden waren. Zwischen den Toten bewegten sich Wesen, wie Velen sie noch nie gesehen hatte. Merkwürdige Hunde, aus deren Rücken Tentakel wuchsen. Kleine pervertierte Gestalten, die tanzten, herumtollten und über das Gemetzel lachten. Vermeintlich schöne Kreaturen, die ihre Flügel ausbreiteten und sich mit Freude und Stolz das anschauten, was sie angerichtet hatten. Wo ihre Hufe den Boden berührten, starb die Erde. Nicht einfach nur das Gras, sondern der Boden selbst. Alles, was Leben spendete, wurde ausgelöscht.

Das also plante Sargeras für die Eredar. Das war die „Verbesserung“, die er ihnen in so leuchtenden Farben ausgemalt hatte. Wenn sich Velens Volk mit Sargeras verbündete, verwandelten sie sich in diese Monstrositäten, diese Man'ari. Und irgendwie begriff Velen, dass er nicht nur einen Einzelfall gesehen hatte. Es würde nicht nur diese eine Welt fallen. Es wären Dutzende oder Hunderte oder gar Tausende.

Wenn er Sargeras beistand, würde *alles* zerstört werden. Diese Legion der Man'ari würde sich weiterwälzen, unterstützt von Kil'jaeden und Archimonde und … möge alles, was gut und rein war, ihm beistehen … und unterstützt von Velen selbst. Sie würden nicht aufhören, bevor alles derart verändert und verderbt war wie dieses Land, das Velen in seiner verstörenden Vision gesehen hatte. War Sargeras wahnsinnig? Oder, schlimmer noch, durchschaute er all das und wollte er es so?

Blut und flüssiges Feuer strömten, regneten auf ihn herab, verbrannten ihn, bespritzten ihn, bis er zu Boden fiel und weinte.

Gnädigerweise verschwand die Vision. Velen blinzelte, stolperte. Mittlerweile war er allein im Tempel, und der Kristall glühte tröstend. Er war dankbar für diese Linderung seiner Qualen.

Es war noch nicht geschehen. Noch nicht.

Was Sargeras ihnen versprochen hatte, stimmte tatsächlich: Die Eredar würden verändert werden, und ihre drei Anführer würden Macht erhalten, Wissen und Herrschaft bis sie nahezu Göttern gleich wären.

Aber sie würden alles verlieren, was ihnen teuer war, würden die verraten, die sie eigentlich beschützen sollten.

Velen fuhr sich mit der Hand übers Gesicht. Er war erleichtert, dass sie nur mit Schweiß und Tränen bedeckt war und nicht mit dem Feuer und Blut aus seiner Vision. Noch nicht. Sollte es möglich sein, alles aufzuhalten oder zumindest die Verwüstungen, welche die Legion anrichten würde, zu begrenzen?

Die Antwort, die er erhielt, belebte ihn und war süß wie ein Schluck klaren Wassers in der Wüste: *Ja*.

Sie kamen sofort, antworteten auf seine mentale Bitte. Es dauerte nur ein paar Augenblicke, bis ihre Geister gereinigt waren und sie sahen, was er gesehen hatte, und sie fühlten, was er gefühlt hatte. Für einen kurzen Moment wusste er, dass sie seine Empfindungen teilten, und Hoffnung stieg in ihm auf. Es bestand noch eine Chance …

Archimonde fröstelte. „Das ist kein Blick in die Zukunft. Es ist nur eine Ahnung."

Velen starrte auf seinen alten Freund, dann schaute er Kil'jaeden an. Kil'jaeden war nicht so von Eitelkeit geblendet wie Archimonde. Er war entscheidungsfreudig und weise und …

„Archimonde hat recht", sagte Kil'jaeden leise. „Das hier ist nicht echt, nur ein Bild in unserem Geist."

Velen starrte ihn an, und Schmerz wallte in ihm auf. Betrübt löste er ihre Gedanken von seinen. Von nun an würde, was in seinem Kopf und Herzen war, dort bleiben. Er würde seine Gedanken niemals wieder mit den beiden teilen, die einst die Erweiterung seiner Seele gewesen waren.

Kil'jaeden dachte, er würde aufgeben. So hatte Velen es beabsichtigt, und er lächelte, als Kil'jaeden ihm die Hand auf die Schulter legte.

„Ich möchte nichts von dem aufgeben, das ich für gut und richtig halte, nur weil ich mich vor dem Unangenehmen fürchte", sagte Kil'jaeden. „Und das willst du sicher auch nicht."

Velen konnte keine Lüge riskieren. Er schaute deshalb nur zu Boden und seufzte. Einst hätte Kil'jaeden und selbst Archimonde eine solch schwache Fassade durchschaut. Aber in diesem Moment waren ihre Gedanken von ihm abgelenkt; sie dachten an die scheinbar grenzenlose Macht, die ihnen verliehen werden würde. Es war zu spät, um sie zu beeinflussen. Diese beiden einst großartigen Wesen waren zu Sargeras' Spielzeugen geworden, und sie waren auf dem besten Weg, Man'ari zu werden. Velen wusste mit erschreckender Sicherheit: Wenn die beiden ahnten, dass er sich gegen sie stellte, würde die Konfrontation tödlich enden. Er musste überleben, und wenn auch nur, um sein Volk vor Verdammnis und Zerstörung zu bewahren.

Deshalb nickte er, sagte aber nichts, und es wurde beschlossen, dass die drei Anführer der Eredar sich mit Sargeras verbündeten.

Archimonde und Kil'jaeden verschwanden schnell; sie wollten die notwendigen Vorkehrungen treffen, um ihren neuen Herrn willkommen zu heißen.

Velen war tief betrübt über ihre Unfähigkeit. Er wollte gern sein ganzes Volk retten, wie er es einst geschworen hatte. Aber er wusste, dass das unmöglich war. Die meisten würden Kil'jaeden und Archimonde vertrauen und ihnen in den Untergang folgen. Aber es gab ein paar, die so denken würden wir er. Die auf sein Wort hin alles aufgeben würden. Das war unbedingt notwendig, denn ihre Heimatwelt Argus würde in Kürze zerstört werden, verschlungen vom Wahnsinn der dämonischen Legion. Wer das überlebte, musste fliehen.

Aber *wohin*?

Velen schaute auf den Ata'mal-Kristall, während ihn Verzweiflung durchströmte. Sargeras würde kommen. Es gab keinen Ort auf dieser Welt, wo man sich vor ihm verstecken konnte. Doch wie war es dann möglich, ihm zu entwischen?

Tränen trübten seinen Blick, als er den Kristall anschaute. Sicherlich waren es die Tränen, die den Kristall schimmern und pulsieren ließen. Velen blinzelte. Nein, es war kein Lichteffekt. Der Kristall glühte, und vor Velens erschrecktem Blick erhob er sich von seinem Podest und schwebte heran, bis er sich direkt vor ihm befand.

Berühre ihn, ertönte eine Stimme sanft in Velens Kopf. Zitternd vor Ehrfurcht streckte er seine starke blaue Hand aus und erwartete, die vertraute Wärme des ruhigen Prismas zu fühlen.

Energie durchströmte ihn, und er schnappte nach Luft. Es war genauso intensiv wie die schwarze Energie, die ihn während seiner Vision durchströmt hatte. Aber diese war so rein, wie die andere verderbt gewesen war. Velen spürte plötzlich Hoffnung und Stärke in sich aufsteigen.

Das seltsame glühende Feld um den Ata'mal-Kristall wuchs, breitete sich aus und nahm Gestalt an. Velen blinzelte, fast geblendet von der Strahlung, aber er wollte nicht weggucken.

Du bist nicht allein, Velen von den Eredar, flüsterte ihm die Stimme zu. Sie war beruhigend, süß, wie der Klang von fließendem Wasser und das Rauschen des Sommerwinds. Die

Strahlung schwand leicht, und vor Velen schwebte ein Wesen, wie er es noch nie gesehen hatte. Es schien aus lebendem Licht zu bestehen. Sein Zentrum war ein sanfter goldener Schimmer, der äußere Radius ein glühendes, beruhigend wirkendes Violett. Merkwürdige, metallisch aussehende Hieroglyphen wirbelten durch das Zentrum in einem wirbelnden Tanz von Farben und Licht, verzaubernd und mit hypnotischer Kraft. Es sprach weiter zu ihm, und für Velen klang es, als hätte man dem Licht selbst eine Stimme gegeben.

Wir haben die drohende Gefahr auch gespürt, die diese und andere Welten befallen wird. Wir kämpfen darum, das Gleichgewicht zu halten, denn was Sargeras plant, wird alles auseinanderreißen. Chaos und Zerstörung werden die Folgen sein, und die Dinge, die gut, rein und heilig sind, werden für immer verloren gehen.

Wer … was … Velen konnte nicht einmal eine Frage in seinem Geist formulieren, so überwältigt war er von der Herrlichkeit des Wesens.

Wir sind die Naaru, sagte das strahlende Wesen. *Nenne mich* K'ure!

Velens Lippen versuchten die Wörter zu bilden, und als er sie laut aussprach „Naaru … K'ure …", schmeckte er ihre Süße, als ob das Aussprechen der Namen ihm einen Teil ihres Wesens verliehen hätten.

Hier beginnt alles, fuhr K'ure fort. *Wir können es nicht aufhalten, weil deine Freunde einen freien Willen haben. Aber du hast mit einem schmerzenden Herzen darum gebetet, jene zu retten, die noch zu retten sind. Und deshalb werden wir tun, was in unserer Macht steht. Wir werden die von euch retten, deren Herzen dem Schrecken Sargeras' widerstehen.*

Was muss ich tun? Wieder füllten sich Velens Augen mit Tränen, diesmal Tränen der Erleichterung, Tränen der Freude.

Versammle all die, die deiner Weisheit lauschen. Geh auf den höchsten Berg am längsten Tag des Jahres. Nimm den Ata'mal-Kristall mit, den wir euch vor langer, langer Zeit gegeben haben. So werden wir dich erneut finden. Wir kommen und nehmen euch mit.

Einen Moment flackerte Zweifel wie eine Schattenflamme in Velens Herz auf. Er hatte noch nie von Lichtwesen wie den Naaru gehört. Und auf einmal forderte ihn eines dieser Wesen auf, dieser K'ure, dass er das heiligste Objekt seines Volkes stehlen solle. Er behauptete sogar, dass sie es gewesen waren, die Naaru, die es den Eredar überhaupt gegeben hatten.

Vielleicht hatten Kil'jaeden und Archimonde ja recht.

Vielleicht war Velens Vision nicht mehr als ein Produkt seiner Angst.

Aber selbst als diese wirren Gedanken durch seinen Geist rauschten, wusste er, dass es nur die letzten Reste seines Wunsches waren, dass alles beim Alten blieb. So wie es gewesen war, bevor sich alles so schrecklich verändert hatte. Vor Sargeras.

Er wusste, was er zu tun hatte, und er neigte den Kopf vor dem herrlichen tanzenden Wesen aus Licht.

Der Erste, den Velen rief und dem er am meisten vertraute, war Talgath, ein alter Freund, der ihm bereits in der Vergangenheit geholfen hatte. Alle Hoffnung ruhte auf diesem Freund, denn er konnte unbeobachtet dahin gehen, wohin Velen nicht konnte. Talgath war zu Beginn skeptisch, aber nachdem Velen ihre Geister verschmolzen und ihm die dunklen Visionen gezeigt hatte, stimmte Talgath schnell zu. Velen erzählte ihm nichts von den Naaru und ihrem Hilfsangebot, weil er selbst nicht wusste, wie die Hilfe genau aussehen würde. Er versicherte Talgath nur, dass es einen Fluchtweg gab, um dem Schicksal, das er dem Freund gezeigt hatte, zu entgehen.

Der längste Tag des Jahres rückte näher. Während Archimonde und Kil'jaeden von Sargeras aufgesucht wurden, sandte Velen unter strengster Geheimhaltung an all jene seine Gedanken aus, denen er vollkommen vertraute. Andere wurden von Talgath rekrutiert. Danach sponn Velen ein feines magisches Netz über die beiden Verräter, die er einst für treue Freunde gehalten hatte. Es sollte verhindern, dass sie etwas von den hektischen Aktivitäten, die heimlich stattfanden, mitbekamen.

Mit verblüffender Geschwindigkeit und doch qualvoller Langsamkeit wurde das Netz vollendet. Als der Tag schließlich kam und sich die Eredar, die Velen ausgesucht hatte, auf der Spitze des höchsten Berges ihrer alten Welt versammelten, erkannte Velen, dass deren Zahl erschreckend gering war. Es waren gerade mal ein paar Hundert. Es waren diejenigen, denen Velen wahrlich traute. Er hatte nicht gewagt, mehr zu kontaktieren.

Erst vor Kurzem hatte Velen den Ata'mal-Kristall von seinem Platz entfernt. Er hatte die letzten Tage damit verbracht, eine Fälschung herzustellen, damit sein Fehlen nicht bemerkt wurde und kein Alarm ausgelöst wurde. Er hatte ihn mit äußerster Sorgfalt aus einem einfachen Stein geschnitzt und einen Schimmer darauf beschworen, damit er leuchtete. Aber er blieb tot, wenn man ihn berührte. Sobald jemand die Finger auf den Stein legte, würde der Diebstahl auffallen.

Den echten Ata'mal-Kristall hielt er nun nah an seinem Herzen, als er seine Leute beobachtete, wie sie den Berg hinaufstiegen, mit ihren starken Beinen und den festen Hufen. Viele waren schon da und schauten erwartungsvoll zu ihm auf. Die Frage lag in ihren Augen, wenn nicht auf ihren Lippen: Wie, so fragten sie sich, würden sie fliehen?

Das fragte sich auch Velen. Für einen Moment verzweifelte er, aber dann erinnerte er sich an das strahlende Wesen, das seine Gedanken mit den seinen verschmolzen hatte. Sie würden kommen. Er wusste es.

Aber jeder Moment, der ungenutzt verstrich, erhöhte die Gefahr der Entdeckung. Und viele waren noch nicht da, nicht einmal Talgath.

Restalaan, ein anderer alter und vertrauenswürdiger Freund, lächelte Velen an. „Sie werden bald hier sein", sagte er beruhigend.

Velen nickte. Wahrscheinlich hatte Restalaan recht. Es gab keinerlei Anzeichen dafür, dass Kil'jaeden und Archimonde von seinem unglaublich gewagten Plan Wind bekommen hatten. Sie waren viel zu beschäftigt gewesen mit dem Gedanken an ihre zukünftige Macht.

Und trotzdem, trotzdem …

Derselbe Instinkt, der ihn davor gewarnt hatte, Sargeras zu

trauen, meldete sich wieder. Irgendetwas stimmte nicht. Er bemerkte, wie er auf und ab lief.

Und plötzlich waren sie da.

Talgath und einige andere bewältigten den kleinen Anstieg, lachten und winkten. Velen entspannte sich. Er wollte ihnen gerade entgegengehen, als der Kristall, den er trug, einen machtvollen Stoß durch seinen Körper schickte. Seine blauen Finger umklammerten den Edelstein, und sein Geist öffnete sich der Warnung. Velens Knie zitterten, als die mentale Aura ihn schier überwältigte.

Sargeras hatte schon mit der Umsetzung seines Plans begonnen. Er hatte bereits angefangen, seine abscheuliche Legion zu erschaffen. Er hatte Eredars genommen, die dumm oder vertrauensselig genug gewesen waren, um Kil'jaeden und Archimonde zu glauben, und hatte sie in Man'ari verwandelt, wie Velen sie in seiner Vision gesehen hatte. Es waren bereits Tausende, von unterschiedlichster Art und mit unterschiedlichsten Fähigkeiten, die sich gerade außerhalb seiner Sichtweite befanden. Sie waren irgendwie getarnt. Wenn er nicht den Ata'mal-Kristall gehalten hätte, er hätte nichts bemerkt, bevor es zu spät gewesen wäre.

Und es konnte bereits zu spät sein.

Er schaute Talgath an und erkannte, dass die Verderbtheit von seinem alten Freund ebenso ausging wie von der Legion aus Monstern, die sich noch außerhalb seiner Sichtweite befand. Ein Gebet, das aus den Tiefen seiner verzweifelten Seele kam, durchfuhr seinen Geist:

K'ure! Hilf uns!

Da erschienen die Man'ari, kletterten den Berg hinauf. Sie spürten, dass sie entdeckt worden waren, und bewegten sich wie hungrige Jäger. Velen wusste, dass der Tod dem vorzuziehen war, was diese entstellten Eredar ihm antun würden. Velen ergriff den Ata'mal-Kristall und stieß ihn empor.

Als hätte sich der Himmel selbst geöffnet, erschien ein reiner Strahl hellen weißen Lichts. Seine Herrlichkeit schien direkt auf das kristallene Prisma, und vor Velens Augen spaltete sich das weiße Licht in sieben einzelne Strahlen von verschiedener Farbe. Schmerz durchzuckte Velen, als der Kristall zersplitterte.

Die scharfen Kanten schnitten in seine Finger. Er schnappte nach Luft und ließ instinktiv den zersprungenen Kristall los. Dann jedoch beobachtete er verzückt, wie die Teile in der Luft schwebten. Jedes verwandelte sich in eine perfekte Kugel und nahm die sieben Farbschattierungen aus dem Licht an, das einst ein einziger Strahl rein weißen Lichts gewesen war. Die sieben Kristalle – rot, orange, gelb, grün, blau, indigo und violett – schossen nach oben und bildeten eine schützende Kuppel um die verängstigten Gestalten der versammelten Eredar.

In diesem Augenblick rannte Talgath mit hassverzerrtem Gesicht auf Velen zu. Doch er prallte gegen die Kuppel aus mehrfarbigem Licht wie gegen eine Wand aus Stein und stolperte zurück. Velen wirbelte herum und sah die Man'ari herankommen, knurrend und geifernd. Ihre Klauen tasteten über die Wand aus Licht, die Velen und seine Leute beschützte.

Ein tiefes Brummen durchdrang Velens Sinne, das er mehr fühlte als hörte. Er schaute nach oben, und an diesem Tag der Wunder sah er etwas, das selbst das Mysterium der sieben Steine des Lichts übertraf. Zunächst sah es aus wie ein herabsteigender Stern, so hell, dass Velen ihn nicht lange ansehen konnte. Als es näher kam, erkannte er eine feste Struktur, das Zentrum weich und rund wie die Kugeln, geschmückt mit herausragenden kristallenen Dreiecken. Velen weinte, als eine mentale Berührung seinen Geist erreichte:

Ich bin hier, wie versprochen. Bereite dich darauf vor, diese Welt zu verlassen, Prophet Velen.

Velen streckte die Arme nach oben, fast wie ein Kind, das von seinen liebenden Eltern in einer herzlichen Umarmung aufgenommen werden will. Die Kugel über ihm pulsierte, und dann fühlte Velen, wie er sanft in die Luft gehoben wurde. Er schwebte hoch und sah, dass die anderen ebenfalls zu diesem … *Schiff* schwebten. Zumindest hielt es Velen für ein Schiff, aber es vibrierte gleichzeitig auch wie eine lebende Substanz.

Mitten in seiner stillen Freude hörte Velen die Schreie der Man'ari, als ihre Beute zu entkommen drohte. Die Unterseite des Schiffs öffnete sich, und ein paar Sekunden später stand Velen auf festem Boden, wenn man ihn denn so nennen konnte. Er hockte sich hin und sah zu, wie der Rest seiner Leute in Sicherheit schwebte.

Als der Letzte angekommen war, erwartete Velen, dass sich die Bodenluke wieder schließen und das Schiff starten würde, dieses Schiff, das aus Metall bestand, das kein Metall war, Fleisch, das kein Fleisch war, und das Velen für die Essenz von K'ure hielt.

Stattdessen hörte er ein Flüstern in seinem Geist: *Die Kristalle, wo einst einer war, sind nun sieben. Hol sie, denn du wirst sie brauchen.*

Velen beugte sich über die Kante der Bodenöffnung und streckte die Hände aus. Mit erschreckendem Tempo schossen die sieben Kristalle auf ihn zu und schlugen so heftig in seine Handflächen, dass er nach Luft schnappte. Er sammelte sie ein, die unglaubliche Hitze, die sie ausstrahlten, ignorierend, und zog sich von der Bodenluke zurück. Sofort verschwand die Öffnung, als hätte sie nie existiert. Als er die sieben Kristalle umfasste, erstreckte sich sein Geist so weit, dass er befürchtete, ins Reich des Wahnsinns abzudriften. Scheinbar endlos schwankte er zwischen Hoffnung und Verzweiflung.

Hatten sie es geschafft? Waren sie entkommen?

Von seiner Position aus hatte Kil'jaeden einen unverdeckten Blick, als der Berg von seinen Sklaven gestürmt wurde. Für einen glorreichen Moment schmeckte er den Sieg, fast so süß wie der Hunger, den Sargeras in seinen Geist gepflanzt hatte. Talgath hatte seine Aufgabe bestens erledigt. Es war pures Glück gewesen, dass Velen im Augenblick des Angriffs den Kristall berührt hatte. Hätte er das nicht getan, sein Körper läge inzwischen am Boden, zu einer Handvoll Fleischstücke zerrissen.

Aber Velen *hatte* den Ata'mal-Kristall berührt, und er *war* gewarnt worden. Etwas war passiert – ein paar merkwürdige Lichter waren aufgetaucht und hatten den Verräter geschützt, irgendetwas hatte ihnen geholfen. Als Kil'jaeden aufsah, schimmerte das Schiff kurz und verschwand.

Er war entkommen! Verflucht sei er, verdammt! Velen war entkommen!

Die Man'ari waren nun voller Bestürzung und Enttäuschung. Er berührte all ihre Geister, doch sie wussten nichts. Was war das für ein Ding, das Velen unmittelbar vor Kil'jaedens Zugriff weggeschnappt hatte? Kil'jaeden schauderte. Sein Meister würde mit der Entwicklung nicht zufrieden sein.

„Was jetzt?", fragte Archimonde.

Kil'jaeden drehte sich zu seinem Verbündeten um. „Wir werden sie finden", knurrte er. „Wir finden sie und vernichten sie. Und wenn es tausend Jahre dauert."

Eins

Mein Name ist Thrall.

Das Wort bedeutet in der menschlichen Sprache „Sklave", und die Geschichte hinter dem Namen ist lang und soll ein anderes Mal erzählt werden. Durch die Gnade der Geister und das Blut der Helden, das durch meine Venen strömt, wurde ich Kriegshäuptling meines Volkes, den Orcs, und der Anführer einer Gruppe von Völkern, bekannt als die Horde. Wie es dazu kam, das ist ebenfalls eine andere Geschichte. Die Geschichte, die ich erzählen möchte, bevor die, die sie miterlebt haben, zu den ehrenwerten Ahnen entschwinden, ist die Geschichte meines Vaters und derer, die an ihn geglaubt haben, und derjenigen, die ihn und unser ganzes Volk verraten haben.

Was aus uns geworden wäre, hätten diese Ereignisse nicht stattgefunden, kann nicht einmal der weise Schamane Drek'Thar sagen. Die Wege des Schicksals sind oft merkwürdig, und kein gesundes Wesen sollte es je wagen, den vermeintlich angenehmeren Weg des „wenn nur" einzuschlagen. Was passiert ist, ist passiert; mein Volk muss sowohl die Schmach als auch den Ruhm seiner Taten schultern.

Diese Geschichte handelt nicht von der Horde, wie wir sie heutzutage kennen, ein lockerer Verbund von Orcs, Tauren, Verlassenen, Trollen und Blutelfen, sondern vom Aufstieg der allerersten Horde. Ihre Geburt wurde wie bei jedem Kind durch Blut und Schmerz geprägt, und ihr rauer Ruf nach Leben bedeutete den Tod für ihre Feinde …

Für solch eine finstere und blutrünstige Geschichte beginnt sie sehr friedlich, mitten in den geschwungenen Hügeln und Tälern eines grünen Landes mit dem Namen Draenor …

Der Herzschlagrhythmus der Trommeln wiegte die jüngeren Orcs in den Schlaf, aber Durotan vom Frostwolf-Clan war hellwach. Er lag mit den anderen auf dem harten Waldboden im Schlafzelt, doch die großzügige Polsterung aus Stroh und einem dicken Spalthufpelz schützten ihn vor der Kälte der gefrorenen Erde. Trotzdem spürte er die Schwingungen der Trommeln durch den Boden. Seine Ohren wurden von ihrem Klang umschmeichelt. Wie gern wäre er dabei!

Durotan musste noch einen Sommer warten, bevor er am *Om'riggor* teilnehmen durfte, dem Ritus der Volljährigkeit. Bis zu diesem herbeigesehnten Fest musste er damit leben, mit den Kindern in das große Zelt abgeschoben zu werden, während die Erwachsenen um das Feuer saßen und über die Dinge sprachen, die zweifelsfrei geheimnisvoll und wichtig waren.

Er seufzte und wälzte sich auf dem Pelz. Es war nicht fair.

Die Orcs bekämpften sich nicht untereinander. Andererseits waren sie aber auch nicht sonderlich sozial eingestellt. Jeder Clan blieb unter sich, mit seinen Traditionen, Bräuchen, Eigenarten der Kleidung, Geschichten und Schamanen. Es gab sogar verschiedene Dialekte, die sich derart unterschieden, dass sich einige Orcs nicht miteinander unterhalten konnten, wenn sie sich nicht der Gemeinsamen Sprache bedienten. Sie wirkten fast so unterschiedlich wie die andere vernunftbegabte Rasse, die mit ihnen die Früchte von Wald, Feld und Flüssen teilte: die geheimnisvollen blauhäutigen Draenei. Nur zweimal im Jahr, im Frühjahr und Herbst, kamen die Clans zusammen, so wie sie es gerade taten, um die Zeit der Tag- und Nachtgleiche zu feiern.

Das Fest hatte am letzten Abend bei Mondaufgang begonnen. Allerdings hielten sich die Orcs bereits seit einigen Tagen an diesem Ort auf. Das Kosh'harg-Fest wurde seit Ewigkeiten auf dem heiligen Boden im Land, das die Orcs Nagrand nannten – „Land der Winde" gefeiert, das im schützenden Schatten des „Geisterbergs", des Oshu'gun lag. Obwohl rituelle Kämpfe nicht unüblich waren während des Festes, hatte es sonst nie Ärger oder Gewalttätigkeiten gegeben. Wenn sich die Gemüter erhitzten, wie es manchmal geschah, hielten die Schamanen die beteiligten Parteien dazu an, ihre Konflikte friedlich zu lösen, oder sie hatten den heiligen Bereich zu verlassen.

Das Land der Gegend war saftig, fruchtbar und wirkte auf die Orcs beruhigend. Durotan fragte sich manchmal, ob das so war, weil die Orcs hier Frieden hielten, oder ob die Orcs friedlich waren, weil das Land sie dazu brachte. Er fragte sich oft solche Dinge und behielt sie stets für sich, weil nie jemand anderes solche Ideen äußerte.

Durotan seufzte still, seine Gedanken rasten, sein Herz schlug im antwortenden Rhythmus zu den Trommeln draußen. Die letzte Nacht war wundervoll gewesen, hatte Durotans Seele aufgewühlt. Als die Bleiche Dame in ihrer abnehmenden Phase hinter den Bäumen erschien, dabei immer noch hell genug, dass ihr mächtiges Licht auf dem weißen Schnee reflektiert wurde, erhob sich ein Gesang, in den jeder der tausend Orcs, die sich hier aufhielten, einstimmte: Großeltern, Krieger auf dem Höhepunkt ihrer Kraft, selbst Kinder, die auf dem starken Arm ihrer Mutter lagen. Die Wölfe, die sowohl Gefährten als auch Reittiere waren, beteiligten sich mit freudigem Geheul daran. Der Klang war durch Durotans Adern pulsiert, wie es das Trommeln an diesem Abend tat. Ein tiefer ursprünglicher Ruf des Grußes an das weiße Rund, das den Nachthimmel beherrschte. Durotan hatte sich umgeschaut und ein Meer machtvoller Wesen entdeckt, die ihre braunen Hände dem silbrigen Lichtglanz der Bleichen Dame entgegenstreckten. Wenn ein Oger dumm genug gewesen wäre anzugreifen, er wäre in wenigen Herzschlägen unter den Waffen der im Geiste vereinten Krieger gefallen.

Dann hatte das Fest begonnen. Dutzende Tiere waren vorher geschlachtet worden, bevor der Winter gekommen war. Man hatte sie getrocknet und in Vorbereitung auf das Fest geräuchert. Freudenfeuer wurden entfacht, deren warmes Licht sich mit dem entrückten weißen Glühen der Dame mischte. Dann hatte das Trommeln begonnen und seitdem nicht mehr aufgehört.

Auch Durotan durfte aufbleiben, bis alle gegessen hatten, wie alle anderen *Kinder* auch. Auf seinem Fell liegend schnaubte er herablassend über diesen Begriff. Dann waren die Schamanen losgezogen. Sobald die Eröffnungsfeier vorbei war, begab sich der Schamane jedes Clans auf den Oshu'gun, der über das Fest wachte. Dort betrat er die Höhlen, geleitet von den Geistern und den Ahnen.

Der Oshu'gun war selbst aus der Entfernung beeindruckend. Anders als andere Berge, die unregelmäßig und rau in ihrer Gestalt waren, erhob sich der Oshu'gun glatt und wohlgeformt wie eine Speerspitze. Er sah aus wie ein riesiger Kristall, der in die Erde gerammt worden war, so klar waren seine Linien und so hell glitzerte er im Sonnen- und Mondlicht. Einige Legenden erzählten, dass er vor hunderten von Jahren vom Himmel gefallen wäre. So etwas war so ungewöhnlich, überlegte Durotan, dass die Geschichten vielleicht stimmen konnten.

Obwohl der Oshu'gun sicherlich interessant war, hatte Durotan es immer für ein wenig ungerecht gehalten, dass die Schamanen dort die ganze Zeit des Kosh'harg-Festes verbringen mussten. So verpassten sie doch den ganzen Spaß. Aber das, so dachte er wiederum, galt ebenfalls für die Kinder.

Am Tag fanden die Jagden und Spiele statt, und es wurden Geschichten von den Heldentaten der Ahnen erzählt. Jeder Clan hatte eigene Sagen, und so bekam Durotan neben den Geschichten, die er bereits kannte, neue und aufregende Abenteuer zu hören.

So unterhaltsam das auch war und so sehr Durotan es auch mochte, er brannte doch darauf zu wissen, was die Erwachsenen beredeten, wenn die Kinder in ihrem Zelt schlummerten. Wenn sie ihre Körper streckten, voll gutem Essen und nachdem sie eine Pfeife geraucht und mehrere Bier getrunken hatten.

Er konnte es nicht länger aushalten. Leise stand Durotan auf, seine Ohren achteten auf jeden Laut, der anzeigte, ob noch jemand wach war. Er hörte nichts, und nach einer langen Minute bewegte er sich vorsichtig in Richtung Ausgang.

Es war ein langer Weg, und er kam in dem dunklen Zelt nur langsam voran. Schlafende Kinder aller Altersgruppen und Größen waren im ganzen Zelt verteilt. Sein Herz raste. Durotan stieg achtsam zwischen die kaum sichtbaren Körper und bewegte seine großen Füße mit der Eleganz des langbeinigen Sumpfvogels.

Es schien eine Ewigkeit zu dauern, bis Durotan schließlich den Ausgang erreichte. Er blieb stehen, versuchte seinen Atem zu beruhigen, streckte seine Arme aus und …

Er berührte einen großen, weichen Körper, der direkt neben ihm stand. Er riss seine Hand mit einem überraschten Zischen zurück.

„Was machst du hier?“, flüstere Durotan.

„Was machst *du* hier?“, fragte der andere Orc zurück.

Auf einmal musste Durotan grinsen, weil sie sich so dumm benahmen.

„Dasselbe wie du auch“, antwortete er, seine Stimme immer noch dämpfend. Die anderen waren offenbar noch nicht aufgewacht. „Wir können hier bleiben und weiter darüber reden oder es einfach tun.“

Durotan konnte anhand des Körpers, der vor ihm stand, erkennen, dass der Orc groß und männlich war, vielleicht in seinem Alter. Weder Geruch noch Stimme ließen sich einordnen, also war es niemand vom Frostwolf-Clan. Es war ein gewagter Gedanke. Nicht nur, dass er etwas so Verbotenes tat, wie das Schlafzelt ohne Erlaubnis zu verlassen, sondern das auch noch in Begleitung eines Orcs, der nicht von seinem Clan war.

Der andere Orc zögerte; ohne Zweifel gingen ihm dieselben Gedanken durch den Kopf. „Gut“, sagte er schließlich. „Machen wir’s.“

Durotan streckte die Hände wieder aus, und er schob den Zeltvorhang beiseite. Dann kletterten die beiden jungen Orcs hinaus in die frostige Nacht.

Durotan drehte sich um, um seinen Begleiter anzusehen. Der andere Orc war muskulöser und ein wenig größer als er. Durotan war der Größte seines Alters in seinem Clan und nicht gewohnt, dass ihn andere überragten. Es war ein wenig beunruhigend. Als sein Gegenüber auch ihn anschaute, fühlte sich Durotan gemustert. Der andere nickte, offensichtlich zufrieden mit dem, was er sah.

Sie wagten nicht zu sprechen. Durotan zeigte auf einen nahe stehenden großen Baum, und leise liefen beide hinüber. Einen Moment, der sich für die beiden viel länger hinzog, waren beide ohne Deckung. Jeder Erwachsene, der seinen Kopf gedreht hätte, hätte sie gesehen. Aber es geschah nichts. Durotan war dennoch überzeugt davon, dass er so deutlich zu sehen war, als wäre helllichter Tag, so hell war das Mondlicht, das auf die weiße Fläche schien. Und sicher war das Knarzen des Schnees unter ihren Füßen so laut wie das Gebrüll eines wütenden Ogers.

Trotzdem erreichten sie schließlich den Baum und sanken dahinter zu Boden. Durotan stieß eine kleine Wolke aus, als er schließlich ausatmete. Der andere Orc drehte sich zu ihm um und grinste.

„Ich bin Orgrim aus der Familie von Telkar Schicksalshammer, vom Schwarzfels-Clan", flüsterte der Junge stolz.

Durotan war beeindruckt. Obwohl die Schicksalshammer-Familie nicht die des Häuptlings war, war sie bekannt und geachtet.

„Ich bin Durotan, aus der Familie von Garad vom Frostwolf-Clan", antwortete Durotan. Daraufhin war es an Orgrim, darauf zu reagieren, dass er neben dem Erben eines anderen Clans saß. Und er tat es auch, indem er zufrieden nickte.

Einen Moment lang saßen sie einfach nur da und genossen den Ruhm ihrer Tat. Dann spürte Durotan, wie Kälte und Nässe durch seinen dicken Umhang drangen, und stand auf. Wieder zeigte er auf die Lichtung, und Orgrim nickte erneut. Sie linsten vorsichtig um den Baum und lauschten angespannt. Endlich würden sie von den Geheimnissen hören, die sie so interessierten. Über das Prasseln des Feuers und das tiefe, kontinuierliche Schlagen der Trommeln drangen Stimmen zu ihnen herüber.

„Die Schamanen haben diesen Winter schwer mit dem Fieber zu schaffen", sagte Garad, Durotans Vater. Er griff nach unten und streichelte einen großen weißen Wolf, der am Feuer schlief. Das Tier, dessen weißer Pelz es als Frostwolf kennzeichnete, machte ein sanftes Geräusch des Wohlbehagens. „Sobald eins der Kinder gesund wird, wird das nächste krank."

„Ich wünsche mir auch den Frühling herbei", sagte ein anderer, stand auf und warf Holz aufs Feuer. „Mit den Tieren ist es auch nicht leicht. Als wir uns auf das Fest vorbereitet haben, hatten wir Schwierigkeiten, Spalthufe zu finden."

„Klaga macht eine leckere Suppe aus den Knochen, aber sie weigert sich, uns zu verraten, welche Kräuter sie hineingibt“, sagte ein dritter und schaute eine Frau an, die ein Baby säugte.

Die Frau, offensichtlich Klaga, lachte. „Die Einzige, die dieses Rezept bekommt, ist die Kleine hier, wenn sie das richtige Alter hat.“

Durotans Mund stand offen. Er drehte den Kopf und schaute Orgrim an, der einen ähnlichen Ausdruck der Bestürzung zeigte. *Das* war also so wichtig, so geheim, dass den Kindern verboten wurde, das Zelt zu verlassen, um zuzuhören? Gerede über Fieber und Suppen?

Im hellen Mondlicht konnte Durotan Orgrims Gesicht gut erkennen. Die Augenbrauen des anderen waren zu einem Runzeln zusammengezogen.

„Du und ich können etwas Interessanteres machen als das, Durotan“, sagte er mit ruhiger, rauer Stimme,

Durotan grinste und nickte. Davon war er überzeugt.

Das Fest dauerte zwei weitere Tage. Während der Tage und der Nächte, wenn sich die beiden jungen Orcs gemeinsam davonschlichen, forderten sie sich gegenseitig zu immer neuen Wettbewerben heraus. Laufen, Klettern, Kraft, Gleichgewicht, alles, was ihnen einfiel. Und jeder schlug abwechselnd den anderen, als hätten sie es so geplant.

Als Orgrim am letzten Tag laut den Ausgang des letzten Wettbewerbs verkündete, der in einem Unentschieden geendet hatte, drängte etwas Durotan dazu, das Wort zu ergreifen.

„Lass uns als Nächstes mal keinen normalen Wettbewerb bestreiten“, sagte er und fragte sich gleichzeitig, wie er auf diese Idee kam. „Wir sollten mal etwas tun, das einzigartig in der Geschichte unseres Volkes ist.“

Orgrims helle graue Augen leuchteten, als er sich zu dem anderen Orc vorbeugte. „Was schlägst du vor?“

„Lass uns beide Freunde werden.“

Vor Verblüffung stand Orgrim der Mund offen. „Aber … wir sind nicht vom selben Clan!“, sagte er in einem Tonfall, als hätte

Durotan von einer Freundschaft zwischen dem großen schwarzen Wolf und einem Talbuk gesprochen.

Durotan winkte ab. „Wir sind keine Feinde“, sagte er. „Schau dich um. Die Clans treffen sich zweimal im Jahr, und es gibt keinen Streit.“

„Aber … mein Vater sagt, es ist so, *weil* wir nur so selten zusammenkommen“, entgegnete Orgrim und zog misstrauisch die Augenbrauen zusammen.

Enttäuschung schwang in Durotans Worten mit, als er antwortete: „Nun gut, ich habe gedacht, du wärst tapferer als die anderen, Orgrim aus der Schicksalshammer-Familie. Aber du bist auch nicht besser. Ängstlich, schüchtern und unwillig, über das hinauszublicken, was schon immer getan wurde, anstatt das zu machen, was möglich ist.

Die Worte kamen direkt aus seinem Herzen, aber hätte Durotan sie einstudiert, hätte er sie nicht überzeugender vorbringen können.

Orgrims braunes Gesicht lief dunkel an, und er riss die Augen weit auf. „Ich bin kein Feigling!“, stieß er wütend hervor. „Ich kneife vor keinem Wettbewerb, du Möchtegern-Frostwolf.“

Dann warf er sich auf Durotan, schlug den kleineren Orc nieder, und sie balgten sich, sodass die Schamanen kommen mussten, um ihre Wunden zu versorgen und den beiden einen Vortrag über unangebrachtes Verhalten auf heiligem Boden zu halten.

„Ungestümer Junge!“, schimpfte der Hauptschamane der Frostwölfe, ein alter weiblicher Orc, den sie Mutter Kashur nannten. „Du bist noch nicht zu alt, um wie ein ungehorsames Kind geschlagen zu werden, Durotan!“

Der Schamane, der Orgrim behandelte, sprach ähnliche Worte. Aber selbst während ihm das Blut aus der Nase lief und er dem Schamanen zusah, wie er eine klaffende Wunde an Orgrims Oberkörper versorgte, grinste Durotan. Und Orgrim fing seinen Blick auf und grinste zurück.

Der Wettbewerb hatte begonnen, der finale Test, so viel wichtiger als Rennen oder Steinewerfen, und keiner war gewillt, seine Niederlage einzugestehen, indem er zugab, dass die Freundschaft zwischen zwei Jungen aus unterschiedlichen Clans falsch war. Durotan hatte den Eindruck, dass dieser spezielle Wettbewerb erst enden würde, wenn einer von beiden tot war und vielleicht nicht einmal dann.

Zwei

Ich erinnere mich daran, wie wir das erste Mal auf die Tauren trafen. Ich erinnere mich an Cairne Bluthufs dunkle Stimme und sein ruhiges Gesicht. Ich erinnere mich, auf dem Boden gesessen zu haben, in einem Zelt, das in Windeseile abgerissen und wieder aufgebaut werden konnte, und dass ich mich dort seltsamerweise zu Hause fühlte. Wir rauchten Pfeife, teilten Essen und Trinken und redeten. Anfangs wirkten die Tauren wie Tiere auf mich. Aber sie waren voller Weisheit und Humor. Und als die erste Runde der Verhandlungen vorbei war, wusste ich, dass die Orcs in diesen Halbrindern einen ihrer wenigen Verbündeten gefunden hatten.

Es war Nacht geworden, während wir sprachen, eine sanfte Nacht, die zu diesem schönen Land passte. Wir verließen das Zelt und schauten empor zu den Sternen, die zu zahlreich waren, um sie zu zählen. Der Wind strich sanft über unsere Gesichter. Ich wandte mich Drek'Thar zu, um ihn um Rat zu fragen. Zu meinem Erstaunen sah ich Tränen in seinem Gesicht, die im Mondlicht glitzerten.

„So waren auch wir einst, mein Häuptling", sagte er mit gebrochener Stimme. Er hob die Arme, warf den Kopf in den Nacken und rief, während ihn der Wind umarmte und die Tränen auf seinem grünen Gesicht trocknete: „Verbunden mit der Erde, verbunden mit den Geistern. Stark auf der Jagd, gut zu unseren Kindern. Wir kannten unseren Platz in der Welt und achteten das Gleichgewicht von Geben und Nehmen. Die einzige Magie, die die Tauren praktizieren, ist die gute, die saubere Magie der Erde, und das sieht man dem Land an, so wie man Draenor einst ansah, wie sehr wir mit unserem Land verbunden waren."

Ich dachte an die Bitte der Tauren, sie im Kampf gegen die bösen Zentauren zu unterstützen.

„Ja, ich fühle mit ihnen", sagte ich. „Und es ist gut, wenn wir ihnen helfen können."

Drek'Thar lachte, richtete seine blinden Augen auf mich und sah dabei mehr als jemand mit gesunden Augen. „Oh mein junger Thrall", sagte er und lachte erneut, „du verstehst es noch nicht: Sie *helfen uns."*

Durotan rannte so schnell er konnte mit seinen kraftvollen jungen Beinen. Er atmete hastig, Schweiß lief über seine rötlich-braune Haut, aber er zwang sich selbst, immer weiter zu rennen. Es war Sommer, und seine großen, breiten Füße waren nackt. Das Gras darunter war weich, und gelegentlich zertrat er eine grellpurpurne Blüte der Dassanblume. Der Geruch der zertretenen Pflanze, die als altes Heilmittel galt, stieg auf wie ein Segen und spornte ihn noch an, immer weiter und schneller zu laufen.

Er erreichte den Wald von Terokkar und drang in seine kühle graugrüne Tiefe ein. Er musste auf die Schlingwurzeln der edlen Bäume achten, um nicht darüber zu stolpern, und verlangsamte deshalb sein Tempo. Sanfte Lichter glühten im grünen Herzen dieses Forsts, und die Ruhe, die er ausstrahlte, stand im scharfen Kontrast zu Durotans Siegeswillen. Er lief wieder schneller, sprang über umgefallene Baumstämme, die mit Moos bedeckt waren, duckte sich unter Ästen mit der Eleganz eines Talbuks. Sein schwarzes Haar, lang und dick, flatterte hinter ihm her. Seine Lungen brannten, und seine Beine flehten ihn an aufzuhören, aber er biss die Zähne zusammen und ignorierte die Bitten seines Körpers. Er war ein Frostwolf, der Erbe des Clanhäuptlings, und kein Schwarzfels würde ihn …

Durotan hörte den Kriegsruf hinter sich, und sein Herz sank. Orgrims Stimme wurde so wie die von Durotan derzeit immer noch tiefer, bis sie irgendwann zu dem dunklen Grollen eines Erwachsenen werden würde, und Durotan musste zugeben, dass sie bereits recht beeindruckend klang. Er wollte seine Beine zwingen, sich noch schneller zu bewegen, aber sie waren so steif und schwer, als wären sie aus Stein. Bestürzt sah er aus dem

Augenwinkel heraus, wie Orgrim in Sichtweite kam und dann, mit einem restlichen Energieschub, an ihm vorbeirannte.

Der Schwarzfels-Orc streckte seinen Arm aus, sprang nach vorn und berührte den vereinbarten Baumstumpf knapp vor Durotan. Orgrim lief noch ein Stück weiter, weil seine kraftvollen Beine, einmal in Bewegung, nicht so schnell stoppen konnten. Durotans Füße kannten diese Probleme nicht, der Erbe des Frostwolf-Clans fiel vornüber und konnte sich nicht mehr abfangen. Dann lag er mit dem Gesicht in der kühlen moosigen Erde und schnappte nach Luft. Er wusste, dass er hätte aufstehen müssen, um Orgrim erneut herauszufordern. Aber er war zu erschöpft, um irgendetwas anderes zu tun, als auf dem Waldboden zu liegen und sich zu erholen.

Neben sich hörte er, wie Orgrim dasselbe tat, und dann rollte der junge Orc auf seinen Rücken und begann zu lachen. Durotan fiel mit ein. Die Vögel und kleinen Tiere, die den Wald von Terokkar bewohnten, verhielten sich ganz still, während zwei Orcs fröhlich und laut herumalberten. Durotan dachte, während sich seine Lippen hinter den sich noch ausbildenden Hauern verzogen, dass das Gebrüll wahrscheinlich mehr wie der grimmige Kriegsschrei klang, mit dem eine Jagd angekündigt wurde.

„Ha!“, grunzte Orgrim, setzte sich auf und knuffte Durotan spielerisch. „Es ist zu einfach, ein Bürschchen wie dich zu schlagen.“

„Du hast so viele Muskeln, dass dein Hirn völlig verkümmert sein muss“, antwortete Durotan. „Können ist wichtiger als Kraft. Aber der Schwarzfels-Clan hat davon natürlich keine Ahnung.“

In ihren Sticheleien lag keine Bosheit. Die Clans waren zuerst besorgt gewesen über die Freundschaft der beiden Jungen. Aber Durotans trotziges Argument, dass nur, weil etwas noch nie getan worden war, es nicht doch trotzdem getan werden konnte, hatte die Anführer beider Clans tief beeindruckt. Dabei half, dass die Frostwölfe und die Schwarzfelsen traditionell vom selben Temperament waren. Hätte Durotan eine solche Freundschaft mit einem Mitglied des Kriegshymnen-Clans oder den Knochenmalmern angestrebt, die für ihren enormen Stolz und das Misstrauen anderen gegenüber bekannt waren, wäre die kleine Flamme der Freundschaft sicherlich früh erloschen. So aber schauten die Älteren zu und warteten darauf, dass der Reiz des Neuen abstarb und jeder der Jungen wieder an seinen alten Platz zurückkehrte. Womit die Familienordnung wieder hergestellt wäre, die es gab, solange sich irgendjemand erinnern konnte.

Doch sie wurden enttäuscht.

Der Frost des letzten Winters war dem Frühling gewichen, mittlerweile herrschte die Wärme des Sommers, und ihre Freundschaft bestand noch immer. Durotan wusste, dass sie beobachtet wurden, aber solange sich niemand einmischte, störte er sich nicht daran.

Durotan schloss die Augen und ließ seine Finger über das Moos streifen. Der Schamane sagte, dass alle Dinge Leben enthielten, Kraft und einen Geist. Sie waren tief durchdrungen von den Geistern der Elemente Erde, Luft, Feuer und Wasser und dem Geist der Wildnis. Angeblich konnten die Schamanen die Lebenskraft in der Erde und auch in totem Stein erkennen. Alles, was Durotan fühlte, war die leicht feuchte Kühle des Mooses und der Erde unter seinen Händen.

Doch die Erde zitterte!

Er riss die Augen auf, sprang auf, und seine Hände griffen instinktiv zu dem gespickten Stock, den er immer mit sich herumtrug. Orgrim bevorzugte einen schweren Hammer aus Holz und Metall, die traditionelle Waffe der Schwarzfelskrieger und eine vereinfachte Version des legendären Hammers, den er eines Tages erhalten sollte.

Die beiden Jungen tauschten einen Blick. Sie mussten nicht miteinander reden, um sich zu verständigen. War das, was die Erde zum Zittern brachte, vielleicht ein großer Spalthuf? Einer mit einem struppigen Pelz, aus dem man wundervolle Decken machen konnte, und aus herrlichem roten Fleisch, mit dem man fast den ganzen Clan ernähren konnte? Oder war es etwas Gefährlicheres?

Was lebte überhaupt im Wald von Terokkar? Sie waren hier erst einmal gewesen …

Gleichzeitig sprangen sie auf, und ihre kleinen dunklen Augen starrten in die auf einmal bedrohlich wirkende Düsternis zwischen den dicht beieinanderstehenden Bäumen, nach dem Tier Ausschau haltend, das dieses Geräusch verursacht haben könnte.

Bumm. Die Erde wurde wieder erschüttert. Durotans Herz schlug schneller. Wenn es ein kleiner Spalthuf war, konnten sie ihn vielleicht gemeinsam erlegen und die Beute mit ihren beiden Clans teilen. Er schaute zu Orgrim und sah die Augen des anderen vor Erregung leuchten.

Bumm.

Bumm.

Krach.

Beide Jungen schnappten nach Luft und zogen sich zurück, während sich das Geräusch näherte. Ein Baum, der nur wenige Yards von ihnen entfernt stand, zersplitterte direkt vor ihren Augen, und dann sahen sie das Ding, das die Geräusche verursachte und den uralten Baum ganz beiläufig zerschmettert hatte.

Es war gigantisch, hielt einen Knüppel, der so groß war wie die beiden Orcs, und es war definitiv kein Spalthuf.

Und es hatte sie gesehen.

Es öffnete das Maul und brüllte etwas, das kaum verständlich war, aber Durotan wollte auch keine Zeit darauf verschwenden herauszufinden, was das Ding wohl meinte.

Gleichzeitig wirbelten die beiden Jungen herum und flohen. Durotan wünschte sich sehnlichst, das Rennen nicht gelaufen zu sein, weil sich seine Beine noch nicht vollständig wieder erholt hatten. Doch sie bewegten sich, und der Drang zu überleben verlieh ihm zusätzliche Energie.

Wie konnten sie nur so tief in das Territorium der Oger geraten sein? Und wo war der Gronn? Durotan stellte sich vor, wie sich der Herr des Ogers seinen Weg durch die Bäume erzwang, so wie es vorhin der Oger getan hatte. Ein Gronn überragte einen normalen Oger, wie der wiederum einen Orc überragte. Er sah noch scheußlicher als ein Oger aus, als würde er aus Erde und nicht aus Fleisch bestehen.

Der Gronn war da, und er sah Durotan und Orgrim mit seinem blutunterlaufenen Auge. Dann schickte er ihnen den Oger hinterher.

Durotan und Orgrim waren noch nicht in dem Alter, in dem es ihnen erlaubt war, mit den Kriegern ihrer Clans auf Ogerjagd zu gehen, von der Jagd auf Gronns ganz zu schweigen. Sie waren nur dabei, wenn es sich um eine weniger gefährliche Beute handelte, zum Beispiel um einen Talbuk. Aber Durotan hatte sich immer nach dem Tag gesehnt, wenn er endlich eine dieser schrecklichen Kreaturen jagen durfte und diese Ehre für sich und seinen Clan erringen konnte.

In diesem Fall aber empfand er anders. Die Erde vibrierte weiterhin, und die Schreie des Ogers erklangen dicht hinter ihnen.

„Kleine Orcs zerschmettern! Ich zerschmettern!" Das Brüllen, das folgte, ließ Durotans Ohren fast bluten.

Das Ding holte auf. Entgegen der panischen Anweisung seines Hirns, das seinem Körper befahl, schneller zu laufen – *schneller, verdammt noch mal!* –, konnte Durotan den Abstand nicht vergrößern. Das Wesen war schon so nahe, dass sein riesiger Schatten in dem letzten Rest Licht, das durch die Bäume drang, auf die beiden Orcs fiel.

Die Bäume standen an dieser Stelle weiter auseinander. Sie näherten sich dem Waldrand. Durotan lief weiter, erreichte eine Wiese und hatten wieder weiches Gras unter den Füßen. Orgrim war ein kleines Stück vor ihm. Verzweiflung durchfuhr Durotan, gefolgt von einer dunklen Welle der Wut.

Sie waren noch keine Erwachsenen! Sie waren noch nicht auf ihrer ersten richtigen Jagd gewesen, sie hatten noch nicht am Feuer mit den Mädchen getanzt, hatten ihre Gesichter noch nicht im Blut ihrer ersten selbst erlegten Beute gebadet. Es gab so vieles, was sie noch nicht gemacht hatten. In einem glorreichen Kampf zu sterben war eine Sache. Aber sie waren der schrecklichen Kreatur derart unterlegen, dass ihr Tod eher mitleideregend statt glorreich sein würde.

Er wusste, es würde ihn wertvolle Sekunden kosten, aber er konnte dem Drang nicht widerstehen, und so wandte Durotan den Kopf und schrie dem Oger einen Fluch zu, bevor der ihn mit seinem Knüppel platt schlug.

Was er sah, ließ ihm den Mund offen stehen.

Ihre Retter verursachten nicht mal ein Geräusch. Sie bewegten sich absolut leise, eine ruhige Flut von Blau, Weiß und Silber, die scheinbar aus der Luft kam. Durotan hörte das vertraute Geräusch von Pfeilen, die durch die Luft sirrten, und einen Herzschlag später klangen die Schreie des Ogers nicht mehr wütend, sondern gequält. Dutzende Pfeile, die auf seinem massigen bleichen Körper klein und unbedeutend wirkten, schienen ihm aus dem Leib zu sprießen und stoppten seinen tödlichen Vormarsch. Er brüllte und versuchte, die Pfeile abzuwischen.

Eine klare Stimme erklang. Obwohl er die Sprache nicht verstand, erkannte Durotan Worte der Macht, wenn er sie hörte, und seine Haut prickelte. Plötzlich war die Luft voller Blitze. Aber die waren anders als alle Blitze, die Durotan zuvor gesehen hatte, wenn ein Schamane sie erzeugte. Blaue, weiße und silberne Energie zuckte um den Oger, umwirbelte ihn und zog sich wie ein Netz zusammen. Das Monster brüllte wieder und fiel dann um, dass die Erde bebte.

Dann sah Durotan die Draenei. Ihre Körper wurden von einer Art Metallrüstung bedeckt, die die kühlen Farbtöne der magischen Energie widerspiegelte. Durotans Blick wurde davon verwirrt. Sie stürzten sich auf den Oger, Klingen blitzten, mehr Worte der Macht wurden gerufen, und Kommandos wurden erteilt. Durotan war gezwungen, die Augen zu schließen, um bei dem Anblick nicht den Verstand zu verlieren.

Schließlich wurde alles still, und Durotan öffnete wieder die Augen. Der Oger war tot. Seine Augen starrten ins Leere, seine Zunge quoll aus einem Maul hervor, dessen Lippen man abgeschnitten hatte, und sein Körper war mit rotem Blut und schwarzen Verbrennungen bedeckt.

Die Stille war so intensiv, dass Durotan seinen eigenen Atem und den von Orgrim hörte. Die beiden schauten sich an, erstarrt von dem, was sie gerade miterlebt hatten.

Beide hatten schon vorher Draenei gesehen, aber nur aus der Ferne. Sie kamen hin und wieder zu jedem Clan, um ihre sorgfältig gefertigten Werkzeuge, Waffen und Dekorationsgegenstände gegen die dicken Pelze von Waldtieren, grell gewobene Tücher und Rohmaterialien, die die Orcs herstellten, zu tauschen. So ein Treffen war immer interessant für die Clans, aber der Handel dauerte nie länger als ein paar Stunden. Die Draenei, blauhäutig, mit sanfter Stimme und zurückgezogen lebend, ließen niemanden an sich heran, und kein Clanführer hatte sie je in sein Zelt eingeladen. Die Beziehungen waren freundlich, aber distanziert, und jeder schien es dabei belassen zu wollen.

Der Anführer der Gruppe, die so unerwartet aufgetaucht war, kam auf Durotan zu. Vom Boden aus sah er, was ihm nie aufgefallen war, wenn er die Draenei aus der Ferne beobachtet hatte.

Ihre Beine verliefen nicht direkt senkrecht von ihrem Körper bis zum Boden, sondern bogen sich nach hinten, und sie endeten in gespaltenen Hufen, die in Metall eingeschlossen waren. Und sie hatten einen haarlosen dicken Schweif, der hin- und herfegte.

Der Anführer beugte sich über ihn und bot Durotan die starke blaue Hand an. Der blinzelte, blickte noch einen Moment auf die behuften Füße und den Reptilienschwanz und stand dann ohne Hilfe auf.

Er schaute in ein Gesicht, das mit merkwürdigen Plättchen belegt war, wie eine Rüstung. Schwarzes Haar und ein schwarzer Bart flossen über einen Waffenrock, und die stechenden, glühenden Augen hatten die Farbe eines Wintersees.

„Bist du verletzt?“, fragte der Draenei in gebrochenem Dialekt der Gemeinsamen Sprache der Orcs. Seine Zunge hatte offenbar Probleme, sich so zu schlängeln, dass sie die gutturalen Silben der Sprache erzeugte.

„Nur in meinem Stolz“, hörte Durotan Orgrim in seinem Clandialekt murmeln. Er wusste, dass sie sich blamiert hatten. Die Draenei hatten ihnen das Leben gerettet, und er war natürlich dankbar. Aber sie waren zwei stolze Jugendliche, die vor der Gefahr weggelaufen waren. Zugegeben, die Gefahr war äußerst ernst gewesen. Ein Treffer von dem riesigen Knüppel hätte ihn und Orgrim glatt zermatscht. Aber dennoch …

Durotan war nicht klar, ob der Draenei seinen Gefährten verstanden hatte. Aber er glaubte, ein Lächeln auf seinen Lippen zu erkennen. Der Draenei schaute zum Himmel, und zu seiner Bestürzung erkannte Durotan, dass sich die Sonne dem Horizont näherte.

„Ihr beiden seid weit weg von zu Hause, und die Sonne geht unter“, sagte der Draenei. „Zu welchem Clan gehört ihr?“

„Ich bin Durotan vom Frostwolf-Clan und das ist Orgrim vom Schwarzfels-Clan.“

Der Draenei schaute verwundert. „Zwei verschiedene Clans? Habt ihr einander herausgefordert, dass ihr so weit weg von zu Hause seid?“

Durotan und Orgrim tauschten einen Blick. „Ja und nein“, sagte Durotan. „Wir sind Freunde.“

Die Augen des Draenei weiteten sich. „Freunde? Von zwei verschiedenen Clans?“

Orgrim nickte. „Ja“, bestätigte er und ergänzte verteidigend: „Es entspricht nicht der Tradition, ist aber auch nicht verboten.“

Der Draenei nickte, aber er schaute immer noch überrascht. Er musterte die beiden einen Moment lang, dann wandte er sich an zwei seiner Gefolgsleute und flüsterte etwas in seiner eigenen Sprache. Durotan empfand die Laute als sehr musikalisch, wie Wasser, das über Steine plätschert, oder wie den Ruf eines Vogels. Die anderen beiden Draenei hörten zu, dann nickten sie. Einer nahm einen Wasserbeutel von seinem Gürtel, trank einen tiefen Schluck und lief so geschmeidig und schnell wie ein Talbuk in Richtung Südwesten, wo das Land des Frostwolf-Clans lag. Der andere rannte nach Osten zum Schwarzfels-Clan.

Der Draenei, der gesprochen hatte, drehte sich wieder um. „Sie werden euren Familien sagen, dass ihr wohlauf und in Sicherheit seid. Ihr werdet morgen nach Hause zurückkehren. In der Zwischenzeit würde ich euch gern die Gastfreundschaft der Draenei anbieten. Mein Name ist Restalaan. Ich bin der Anführer der Wachen von Telmor, jener Stadt, mit der eure beiden Clans regelmäßig Handel treiben. Zu meinem Bedauern muss ich sagen, dass ich keinen von euch beiden kenne, aber die jungen Orcs scheinen uns gegenüber auch ein wenig ängstlich zu sein.“

Orgrim brüstete sich. „Ich fürchte mich vor nichts und niemandem.“

Restalaan lächelte ein wenig. „Du bist vor dem Oger davongelaufen.“

Orgrims braunes Gesicht lief dunkel an, und in seinen Augen funkelte es ärgerlich. Durotan hingegen senkte leicht den Kopf. Wie er es befürchtet hatte, hatten Restalaan und seine Leute ihre Schmach mitbekommen und würden sie wohl damit aufziehen.

„Das", fuhr Restalaan so ruhig fort, als hätte er nicht bemerkt, welche Reaktion seine Worte ausgelöst hatte, „war sehr weise von euch. Wärt ihr nicht geflohen, würden wir zwei Leichen heim zu ihren Familien schicken statt zweier gesunder, kräftiger Jungen. Furcht ist keine Schande, Orgrim und Durotan. Nur wenn Angst euch davon abhält, das Richtige zu tun, müsst ihr euch schämen. In eurem Fall war Wegrennen eindeutig das Richtige."

Durotan streckte sein Kinn vor. „Eines Tages werden wir ausgewachsen und stark sein. Dann werden die Oger uns fürchten."

Restalaan bedachte sie mit einem nachsichtigen Ausdruck im Gesicht, und zu Durotans Überraschung nickte er. „Dem kann ich nur zustimmen", sagte er. „Orcs sind hervorragende Jäger."

Orgrim runzelte die Stirn und suchte in diesen Worten nach einer Beleidigung, fand aber keine.

„Kommt", sagte Restalaan. „Im Wald von Terokkar gibt es bei Nacht Gefahren, denen sich auch die Wache von Telmor nicht unbedingt stellen möchte. Lasst uns gehen."

Obwohl sie erschöpft waren, schaffte es Durotan, das Lauftempo mitzuhalten. Er wollte sich nicht zweimal an einem Tag blamieren. Sie liefen einige Zeit, und die Sonne versank hinter dem Horizont in einem herrlichen Schein von Rot, Gold und schließlich Violett. Er sah hin und wieder auf; er wollte nicht unhöflich wirken, war aber erpicht darauf, diese Fremden aus der Nähe zu betrachten statt wie sonst aus der Ferne. Er wartete darauf, die Anzeichen einer Stadt zu erblicken, Straßen, die von zahlreichen Füßen geschaffen waren, Feuer, die den Pfad beleuchteten, die Silhouetten von Gebäuden gegen den dunklen Himmel – doch da war nichts. Und als sie weiterliefen, spürte er Angst in sich aufsteigen.

Was, wenn die Draenei gar nicht vorhatten, ihm und Orgrim

zu helfen? Was, wenn sie sie gefangen nehmen wollten, um sie gegen ein Lösegeld eintauschen? Was, wenn sie sogar noch Schlimmeres vorhatten, sie einem dunklen Gott opfern oder …

„Da sind wir!“, sagte Restalaan und kniete sich nieder, wobei er ein paar Blätter und Tannennadeln beiseite schob. Orgrim und Durotan tauschten verwirrte Blicke. Sie waren immer noch mitten im Wald. Keine Stadt, keine Straßen, gar nichts. Die Orcs stellten sich dichter zusammen. Sicherlich waren sie unterlegen, aber sie würden nicht kampflos sterben.

Immer noch auf dem Nadelteppich kniend, legte Restalaan einen schönen grünen Kristall frei, der sorgfältig unter gewöhnlichem Geröll verborgen gewesen war. Durotan schaute fasziniert zu. Die Schönheit des Steins nahm ihn völlig gefangen. Er passte genau in seine Handflächen, und er brannte darauf, ihn zu berühren, die Glätte zu spüren, das seltsame Pulsieren auf seiner Haut. Irgendwie wusste er, dass der Stein eine Ruhe verströmte, wie er sie noch nie zuvor erlebt hatte.

Restalaan sprach eine Reihe von Lauten, die sich in Durotans Hirn einbrannten. *„Kehla men samir, solay lamaa kahl.“*

Der Wald begann zu schimmern, als wäre er nur eine Spiegelung auf der Oberfläche eines Sees, in den ein Stein geworfen worden war. Unvermittelt schnappte der junge Orc nach Luft. Das Leuchten wurde intensiver, und auf einmal gab es keinen Wald, keine Bäume mehr, dafür aber eine große gepflasterte Straße, die an einer Seite des Berges hinaufführte.

„Wir sind hier im Herzen des Ogerlandes, obwohl es das noch nicht war, als die Stadt vor langer Zeit erbaut wurde“, sagte Restalaan. „Wenn uns die Oger nicht sehen können, können sie uns auch nicht angreifen.“

Durotan fand endlich seine Sprache wieder. „Aber … wie?“

„Eine einfache Illusion, mehr nicht. Eine Lichtspiegelung.“

Irgendetwas an der Art, wie er das sagte, ließ Durotans Haut prickeln.

Als er den verwirrten Gesichtsausdruck des Orcs sah, ergänzte Restalaan: „Dem Auge kann man nicht immer trauen. Wer kann schon davon ausgehen, dass alles, was er sieht, auch so ist? Dass ihm das Licht alles offenbart, zu jeder Zeit? Denn Licht und

Schatten können manipuliert werden, verändert, von denen, die wissen, wie es geht. Durch die magischen Worte und das Berühren des Kristalls habe ich den Lichtfall auf die Steine, die Bäume und die Landschaft geändert. Und so entdeckt das Auge plötzlich etwas völlig anderes, als es zuvor zu sehen meinte."

Durotan wusste, dass er immer noch dümmlich starrte. Restalaan lachte leicht. „Kommt, meine neuen Freunde. Kommt dorthin, wo noch niemand eures Volkes zuvor war. Begeht die Straßen meiner Heimat."

Drei

Drek'Thar hatte in Zeiten des Friedens die Städte der Draenei nie gesehen. Er sah sie erst, als … nun, ich greife mir selbst vor. Aber er erzählte mir, dass mein Vater über ihre erleuchteten Straßen gegangen war, ihr Essen gegessen, in ihren Gebäuden geschlafen und mit ihnen gesprochen hatte. Er hatte einen Blick in eine Welt geworfen, die so anders war als unsere eigene, dass es noch immer schwerfällt, sie sich vorzustellen. Sogar die Länder der Kaldorei sind mir nicht so fremd wie all das, was ich von den Draenei gehört habe. Drek'Thar sagte, dass Durotan nicht die passenden Worte kannte, um zu beschreiben, was er sah. Vielleicht könnte er es heute, würde er in dem Land leben, das seinen Namen trägt.

Aber das tut er nicht, und das hinterlässt einen bitteren Nachgeschmack bei der Geschichte.

Durotan konnte sich nicht rühren. Es war, als hätte sich ein rätselhaftes Netz aus strahlender Energie um ihn gezogen, und er konnte sich nicht dagegen wehren. Er beobachtete, während sein Mund leicht offen stand, und versuchte zu verstehen, was seine Augen ihm offenbarten.

Die Stadt der Draenei war herrlich. Sie lag an der Flanke des Berges, als wäre sie daraus entsprungen. Für Durotans Augen war es die perfekte Verbindung von Stein und Metall, von Natur und Künstlichem. Er wusste nicht genau, was er sah, aber er erkannte es als harmonisch. Nachdem der Tarnzauber aufgehoben war, zeigte sich die Stadt in ihrer ruhigen Großartigkeit. Alles, was er sah, zog das Auge an. Massive Steinstufen, weit und stumpf an der Basis und sich nach oben hin verjüngend, führten zu kugelförmigen Bauten. Einer dieser Bauten erinnerte Durotan an ein Schneckenhaus, ein anderer an einen Pilz. Die Kombination war umwerfend. Gebadet in den Farbtönen der untergehenden Sonne, wirkten die harten Linien der Stufen sanfter, und die Rundungen der Kuppeln erschienen einladend.

Er drehte sich um und sah einen Ausdruck auf Orgrims Gesicht, der dem seinen sicherlich ähnelte. Und dann sah er ein leichtes Lächeln auf Restalaans Lippen.

„Ihr seid uns willkommen, Durotan und Orgrim", sagte Restalaan. Die Worte schienen den Bann zu brechen, und Durotan trat linkisch vor. Die Steine auf der Straße waren gerundet, ob von der Zeit oder der Hand der Draenei, konnte er nicht sagen. Als sie näher kamen, erkannte Durotan, dass sich die Stadt in die Berge hinein fortsetzte. Das architektonische Muster der großen Stufen, die zu sanft geschwungenen Gebäuden führten, setzte sich dort fort. Es gab lange Straßen, die aus demselben weißen Stein bestanden, der irgendwie nie schmutzig wurde, obwohl mindestens zehn Generationen in dieser Stadt gelebt und gestorben waren, seit die Draenei in diese Gegend gekommen waren. Statt der Häute und Hörner von erlegten Tieren benutzten die Draenei die Geschenke der Erde. Überall sah er glühende Edelsteine, und es gab eine merkwürdige Fülle von hellbraunem Metall, wie Durotan es noch nie gesehen hatte. Die Orcs kannten Metall und verarbeiteten es auch. Durotan selbst hatte auf der Jagd Axt und Schwert getragen. Aber dieses hier …

„Woraus ist eure Stadt erbaut?", fragte Orgrim. Es war das Erste, das er sagte, seit die beiden ihre merkwürdige Reise in der Gesellschaft der Draenei angetreten hatten.

„Aus vielen Dingen", sagte Restalaan freundlich. Sie gingen durch die Tore und wurden von den Bewohnern neugierig, aber keineswegs feindselig beäugt. „Wir sind Reisende, die in eurer Welt noch relativ neu sind."

„Neu?", sagte Durotan. „Es ist über zweihundert Sommer her, dass euer Volk hierherkam. Wir waren damals anders, als wir jetzt sind."

„Nein, wart ihr nicht", widersprach Restalaan. „Wir haben die

Orcs beobachtet, wie sie an Stärke, Können und Talent gewannen. Ihr habt uns beeindruckt."

Durotan wusste, dass es als Kompliment gemeint war, aber irgendwie klang es in seinen Ohren abfällig. Als wenn … als wenn die Draenei dachten, sie wären irgendwie besser als die Orcs. Der Gedanke kam und ging, flüchtig wie der Schlag eines Schmetterlingsflügels. Er sah sich um und fragte sich, ob es nicht auch tatsächlich stimmte. Keine orcische Behausung war so prächtig, so erhaben. Aber … die Orcs waren ja schließlich auch keine Draenei. Sie mussten nicht wie die Draenei leben.

„Die Antwort auf deine Frage, Orgrim, lautet: Als wir hier ankamen, benutzten wir alles, was wir mitgebracht hatten. Ich weiß, dass dein Volk Boote baut, um auf Flüssen und Seen zu reisen. Nun, wir kamen in einem Boot, dass durch den Himmel reisen kann, und das brachte uns hierher. Es bestand aus Metall und … anderen Dingen. Nachdem wir erkannt hatten, dass dieser Platz hier unsere Heimat werden würde, nahmen wir Teile von dem Boot und benutzten sie als Baumaterial."

Daher kam also das viele matte, geschwungene Metall, das aussah wie eine Mischung aus Kupfer und Haut. Durotans Atem stockte.

Neben ihm schnaufte Orgrim. „Du lügst! Metall kann nicht schwimmen!"

Ein Orc hätte geknurrt und Orgrim auf die Ohren geschlagen, und zwar ziemlich hart für solch eine Frechheit. Der Draenei lächelte nur sanft. „Das möchte man meinen. Genauso wie man meinen möchte, dass es nicht möglich ist, die Elemente zu beschwören, um einen Oger zu bekämpfen."

„Das ist etwas anderes", schnaubte Orgrim. „Das ist Magie."

„Genau wie dies hier, auf seine eigene Art", sagte Restalaan. Er winkte einen seiner Leute heran und sagte etwas in seiner eigenen Sprache. Der andere Draenei nickte und entfernte sich.

„Da ist jemand, den ich euch gern vorstellen möchte, wenn er nicht zu beschäftigt ist", sagte Restalaan, dann wurde er still.

Durotan hatte tausend Fragen, traute sich aber nicht, sie zu stellen, denn er fürchtete, sich damit zu blamieren. Orgrim schien Restalaans Antwort die Magie betreffend akzeptiert zu haben. Dennoch schauten sich beide Jungen immer noch interessiert um.

Sie kamen an vielen Draenei vorbei, und einmal sah Durotan ein Mädchen, das wohl in seinem Alter war. Sie war fein gebaut, aber groß, und als Durotan ihren Blick auffing, schien sie erschreckt. Dann zog ein sanftes Lächeln über ihre Lippen, und sie senkte schüchtern den Kopf.

Durotan bemerkte, wie er zurücklächelte. Ohne nachzudenken sagte er: „In unserem Lager gibt es viele Kinder. Wo sind eure?“

„Wir haben nicht viele“, sagte Restalaan. „Unser Volk ist sehr langlebig, deshalb haben wir nicht so viele Kinder.“

„Wie langlebig?“, fragte Orgrim.

„Sehr langlebig“, antwortete Restalaan ausweichend. „Es genügt zu sagen, dass ich mich noch an unsere Ankunft hier erinnern kann.“

Orgrim starrte seinen Begleiter ungeniert an. Durotan wollte ihn mit dem Ellbogen anstoßen, aber er war zu weit weg. Ihm wurde auf einmal bewusst, dass das Mädchen, das sie gerade gesehen hatten und das so jung gewirkt hatte, vielleicht gar nicht in seinem Alter war.

In diesem Moment kam der Kundschafter, den Restalaan ausgeschickt hatte, zurück. Er sprach ein paar hastige Worte, und Restalaan schaute zufrieden und wandte sich dann lächelnd den beiden Orcs zu.

„Derjenige, der uns auf diese Welt gebracht hat, unser Prophet Velen, befindet sich für einige Tage hier. Ich habe mir gedacht, er würde euch gern treffen. Wir bekommen nicht oft Besuch.“ Restalaans Lächeln wurde noch eine Spur breiter. „Ich bin sehr stolz darauf, euch verkünden zu können, dass Velen einem Treffen mit euch zugestimmt hat. Er hat euch eingeladen, den Abend mit ihm zu verbringen. Ihr werdet mit ihm essen und im Haus des Meisters schlafen. Das ist eine sehr große Ehre.“

Beide Jungen waren wie vor den Kopf geschlagen. Essen mit dem Propheten, dem Anführer aller Draenei?

Durotan kam es allmählich so vor, als wäre es doch besser gewesen, hätte sie der Knüppel des Ogers erschlagen.

Sie folgten Restalaan, der sie gewundene Treppen hinabführte, dann über Straßen durch die Berge und schließlich zu einem großen Gebäude auf einem Bergrücken. Die Stufen dorthin bestanden aus perfekten Quadraten und schienen sich endlos hinzuziehen. Durotan atmete hastig, während sie die steile Treppe emporstapften. Oben angekommen besah er sich mit großem Interesse die Schneckenhausstruktur, bis Restalaan von ihnen forderte: „Dreht euch um!“

Durotan und Orgrim gehorchten, und Durotan verschlug es die Sprache. Unter ihnen erstrecke sich die Stadt der Draenei und wirkte dabei wie verstreut liegende Juwelen auf einer Wiese. Der Rest des Sonnenlichts tauchte sie in flammende Farben. Dann versank die Sonne hinter dem Horizont, und alles war in Purpur und Grau gebadet. In den Häusern wurden Lichter entzündet und erinnerten Durotan an Sterne, die auf die Erde schienen.

„Ich will nicht angeben, aber ich bin stolz auf mein Volk und unsere Stadt“, sagte Restalaan. „Wir haben hier hart gearbeitet. Wir lieben Draenor. Nun, ich habe nie geglaubt, dass ich diesen erhabenen Anblick einmal mit einem Orc teilen kann. Die Wege des Schicksals sind oft merkwürdig.“

Als er das sagte, schien sich ein alter Schmerz auf seinen starken blauen Gesichtszügen abzuzeichnen. Er schüttelte die Bedrückung ab und lächelte wieder. „Tretet ein, und man wird sich um euch kümmern.“

So still, als wären sie unfähig zu sprechen und ihre jungen Geister allem gegenüber geöffnet, betraten Durotan und Orgrim den Sitz des Magistrats. Man zeigte ihnen prachtvoll eingerichtete Räume, in denen sie jedoch trotzdem das Gefühl hatten, eingesperrt zu sein. Die gebogenen Wände, so einladend sie von innen und außen auch wirken mochten, schienen sie einzuengen. In einem Zimmer standen Schüsseln mit Früchten zum Verzehr, merkwürdige Kleidung lag bereit, die sie tragen sollten, und eine Wanne mit Wasser, so heiß, dass es dampfte, stand in der Mitte des Raums.

„Das Wasser ist zu heiß zum Trinken und zu viel, um Blätter darin ziehen zu lassen“, sagte Durotan.

„Es ist zum Baden“, erklärte der Draenei.

„Baden?“

„Um sich den Schmutz vom Körper zu waschen“, sagte Restalaan.

Orgrim schaute ihn misstrauisch an, aber Restalaan schien es ernst gemeint zu haben.

„Wir baden nicht“, grummelte Orgrim.

„Wir schwimmen im Sommer in den Flüssen“, sagte Durotan. „Das ist vielleicht ähnlich.“

„Ihr müsst nichts tun, was euch unangenehm ist“, entgegnete Restalaan. „Das Bad, das Essen und die Kleidung sind dazu da, damit ihr euch wohl fühlt. Prophet Velen erwartet euch in einer Stunde. Ich werde euch dann holen. Braucht ihr noch etwas?“

Sie schüttelten die Köpfe. Restalaan nickte und schloss die Tür.

Durotan wandte sich Orgrim zu. „Glaubst du, wir sind in Gefahr?“

Orgrim beäugte die merkwürdigen Dinge und das heiße Wasser. „Nein“, meinte er. „Aber … ich fühle mich wie in einer Höhle. Ich wäre lieber in einem Zelt.“

„Ich auch.“ Durotan ging zur Wand und berührte versuchsweise die gekrümmte Oberfläche. Sie fühlte sich kühl und weich an unter seinen Fingern. Eigentlich hatte er erwartet, dass sie warm und … irgendwie *lebendig* wäre.

Er drehte sich um und zeigte auf das Wasser. „Willst du es versuchen?“

„Nein“, antwortete Orgrim, und beide Orcs lachten, bespritzten sich dann gegenseitig die Gesichter und empfanden das warme Wasser angenehmer als erwartet. Sie aßen die Früchte, tranken das Wasser und entschieden, dass die bereitliegende Kleidung angemessener war als ihre verschmutzten, verschwitzten Hemden; ihre Hosen aus Leder behielten sie aber an.

Die Zeit verging schneller, als sie gedacht hatten, und sie waren gerade dabei, aus Jux eines der metallenen Beine des Stuhls zu verbiegen, als es leise an der Tür klopfte. Sie sprangen schuldbewusst auf; Orgrim war es gelungen, das Bein ein wenig zu biegen, und es stand daraufhin ein wenig schief.

„Der Prophet ist nun bereit, euch zu empfangen", sagte Restalaan.

Er ist einer der Ältesten!

Das war das Erste, was Durotan durch den Kopf ging, als er den Prophet Velen sah.

Den anderen Draenei so nah zu sein, war verwirrend genug gewesen, doch Velen zu sehen war noch etwas ganz anderes.

Der Prophet der Draenei war einen halben Kopf größer als der Größte der Stadtwache, aber er wirkte nicht so kräftig. Sein Körper, in weiche, leichte Gewänder gehüllt, war weniger muskulös als ihrer. Und erst seine Haut – sie war von einem warmen alabasternen Farbton.

Seine Augen lagen tief, glühten in einem strahlenden Blau und waren umgeben von scharfen Falten, was auf jemanden hindeutete, der uralt war. Das silberne Haar floss ihm nicht über den Rücken, sondern war schmuckvoll geflochten und ließ seine Haut noch bleicher erscheinen, während sein Bart, der wie eine silberne Welle wirkte, ihm fast bis zur Hüfte reichte.

Kein Ältester, nicht mal ein Ahne … Durotan betrachtete diese intensiven blauen glühenden Augen, deren Blick sich in die Tiefe seiner Seele zu bohren schien. *Nein, kein Ältester, sondern fast außerhalb der Zeiten.*

Er dachte über Restalaans Bemerkung nach, dass er selbst über zweihundert Sommer alt war. Velen war ein ganzes Stück älter.

„Willkommen", sagte der Prophet mit sanfter Stimme, während er aufstand und seinen Kopf neigte. Das geflochtene Haar tanzte in der Bewegung. „Ich bin Velen. Und ich bin froh, dass meine Leute heute auf euch trafen. Obwohl ich nicht bezweifle, dass ihr in ein paar Jahren durchaus in der Lage seid, einen Oger oder gar einen Gronn allein zu erlegen."

Wieder wusste Durotan nicht, ob es sich bei den Worten um ein Kompliment handelte oder nicht. Orgrim erging es wohl nicht anders, denn seine Haltung straffte sich, und er erwiderte den Blick des Draenei.

Velen bedeutete ihnen, sich zu setzen, und sie folgten der

Einladung. Durotan fühlte sich linkisch und unbeholfen in den mit Verzierungen versehenen Stühlen, doch als das Essen kam, entspannte er sich. Talbuk-Lende, geröstete Weißfeder, große runde Brote und Teller voller Gemüse – das war Nahrung, die er kannte. Irgendwie hatte er etwas völlig anderes erwartet. Aber warum? Ihre Gebäude und ihre Lebensart mochten unterschiedlich sein, aber wie die Orcs lebten die Draenei von dem, was das Land ihnen gab. Die Zubereitung war ein wenig ungewöhnlich – die Orcs kochten ihr Essen entweder oder brieten es über einer offenen Flamme, wenn sie überhaupt kochten. Hin und wieder aßen sie das Fleisch auch roh, aber im Prinzip war Essen eben Essen, und dieses hier war lecker.

Velen war ein exzellenter Gastgeber. Er stellte Fragen und schien an den Antworten interessiert. Wie alt die Jungen sein mussten, damit sie Oger jagen durften. Wann sie sich ein Weib aussuchten. Was ihr Lieblingsessen war, ihre bevorzugte Waffe. Orgrim taute bei dem Gespräch noch mehr auf als Durotan und erzählte, wie tapfer er wäre. Zu seiner Verteidigung sei gesagt, dass er seine Geschichten nicht groß ausschmücken musste.

„Wenn mein Vater stirbt, werde ich den Schicksalshammer erben“, sagte Orgrim stolz. „Es ist eine alte, ehrenvolle Waffe, die seit Generationen vom Vater an sein ältestes Kind gegeben wird.“

„Du wirst ihn gut handhaben, Orgrim“, gab sich Velen überzeugt. „Aber ich vertraue darauf, dass noch viele Jahre vergehen werden, bevor du den Namen Schicksalshammer übernehmen wirst.“

Die Tatsache, dass sein Vater erst sterben musste, bevor der Schicksalshammer Orgrim gehören würde, schien dem jungen Orc für einen Moment entfallen zu sein, und er verstummte augenblicklich.

Velen lächelte, mit einer Spur von Bedauern, wie Durotan glaubte. Dabei erschienen feine Risse auf Velens Gesicht, wie ein feines Spinnennetz auf der weißen Oberfläche. „Aber beschreib mir diesen Hammer. Er muss eine mächtige Waffe sein.“

Orgrim bekam wieder Farbe im Gesicht. „Er ist gigantisch. Der Stein ist schwarz und stumpf und mächtig. Und der Schaft ist aus sorgsam bearbeitetem Holz gefertigt. Über die Jahre musste der Schaft ausgetauscht werden, aber der Stein hat nicht einen einzigen Kratzer. Er wird Schicksalshammer genannt, weil jeder Gegner seinem Schicksal begegnet, wenn sein Besitzer ihn mit in die Schlacht nimmt."

„Ich verstehe", sagte Velen und lächelte immer noch.

Orgrim erwärmte sich für das Thema. „Und es gibt da noch eine Prophezeiung", fuhr er fort. „Man sagt, dass der Letzte aus der Familie des Schicksalshammers ihn dazu benutzen wird, um zuerst Erlösung und dann Vernichtung über das Volk der Orcs zu bringen. Dann wird er in die Hände eines anderen übergehen, in die Hände von jemanden, der nicht vom Schwarzfels-Clan ist, und erneut wird sich alles ändern, und man wird ihn wieder einsetzen für die gerechte Sache."

„Das ist eine machtvolle Prophezeiung", sagte Velen. Er sagte nichts mehr, aber Durotan spürte einen Schauder. Dieser Mann wurde von seinem Volk „Prophet" genannt. Wusste er, dass die Schicksalshammer-Prophezeiung die Wahrheit verkündete? Durotan traute sich nicht, eine entsprechende Frage zu stellen.

Orgrim fuhr fort und beschrieb den Schicksalshammer in liebevollen Details. Durotan, der die Waffe gesehen hatte, hörte nicht mehr auf Orgrims Geschwafel und konzentrierte sich auf Velen. Warum war der an dem Thema so interessiert?

Durotan war ein sensibler Junge. Er hatte ein paar Gesprächsfetzen seiner Eltern aufgeschnappt, die wegen dieser Sensibilität sehr besorgt waren. Sie hatten mit Mutter Kashur darüber gesprochen, die sich darüber lustig gemacht und ihnen gesagt hatte, sie sollten sich über wichtigere Dinge Gedanken machen und den Jungen „seinen Weg gehen lassen".

Durotan jedenfalls erkannte vorgeheucheltes Interesse und war überzeugt, es selbst bei einem Draenei ausmachen zu können. Aber Velens helle blaue Augen strahlten, sein freundliches, wenngleich hässliches Gesicht war offen, seine Fragen aufrichtig. Er wollte etwas von den Orcs erfahren. Und je mehr er zuhörte, desto trauriger wurde er.

Ich wünschte, Mutter Kashur wäre an meiner Stelle hier,

dachte Durotan auf einmal. *Sie würde dies hier eher zu schätzen wissen als Orgrim oder ich.*

Als Orgrim die Beschreibung des Schicksalshammer beendet hatte, fragte Durotan: „Kannst du uns von deinem Volk erzählen, Prophet? Wir wissen so wenig darüber. In den letzten Stunden habe ich mehr erfahren als alle Orcs in den letzten hundert Jahren, schätze ich."

Velen richtete seine glühenden blauen Augen auf Durotan. Der junge Orc wollte dem Blick ausweichen. Nicht, weil er sich fürchtete, sondern weil er sich noch nie so … beobachtet gefühlt hatte.

„Die Draenei haben niemals etwas über sich verheimlicht, junger Durotan. Aber … ich glaube, du bist der Erste, der fragt. Was möchtest du wissen?"

Alles, wollte Durotan sagen. Stattdessen antwortete er: „Die Orcs haben die Draenei niemals vor den zweihundert Sommern gesehen. Restalaan sagte, ihr seid hier mit einem großen Schiff angekommen, das den Himmel bereisen konnte. Erzähl mir mehr davon."

Velen trank einen Schluck von dem Getränk, das für Durotan nach Sommer schmeckte, und lächelte. „Ich beginne damit: Draenei ist nicht unser richtiger Name. Es ist ein Begriff unserer Sprache und bedeutet: *Verbannte.*"

Durotan schnappte nach Luft.

„Wir hatten eine Auseinandersetzung mit anderen in unserer Welt. Wir entschieden uns gegen die Sklaverei und wurden dafür verbannt. Wir haben lange nach einem Platz zum Leben gesucht, einem Ort, der zu unserer neuen Heimat werden sollte. Wir verliebten uns in dieses Land, und wir nannten es Draenor."

Durotan nickte. Er hatte den Begriff schon zuvor gehört. Er mochte dieses Wort, wie es auf seiner Zunge klang, wenn er es aussprach. Die Orcs hatten keinen anderen Begriff für diesen Ort. Sie nannnten ihn *Welt*.

„Es ist ein Begriff aus unserer Sprache, daher sind wir nicht so eingebildet zu glauben, die Orcs benützten ihn auch. Doch so haben wir das Land genannt, und wir lieben Draenor innig. Es ist eine schöne Welt, und wir haben schon viele Welten gesehen."

Orgrim schnappte nach Luft. „Ihr habt andere Welten gesehen?"

„In der Tat, das haben wir. Und wir haben viele Völker getroffen."

„Völker wie die Orcs?"

Velen lächelte sanft. „Es gibt nichts, das mit den Orcs vergleichbar wäre", sagte er, und Respekt klang in seiner Stimme. „Ihr seid einzigartig auf unseren Reisen."

Durotan und Orgrim schauten einander an und richteten sich in den Stühlen ein wenig auf.

„Aber ja, wir reisten eine ganze Weile lang, bevor wir dieses Land fanden. Hier sind wir nun, und hier werden wir sterben."

Durotan brannte darauf, mehr zu erfahren. Er wollte fragen, wie lange sie gereist waren, wie ihre Heimatwelt gewesen war, warum sie sie verlassen hatten. Aber da war etwas in Velens zeitlosem Gesicht, das ihm sagte, dass der Anführer der Draenei ihm diese speziellen Fragen nicht beantworten würde, auch wenn er ihm zu fragen erlaubt hatte.

Stattdessen fragte er, wie ihre Waffen und ihre Magie funktionierten.

„Unsere Magie entspringt der Erde", erklärte Durotan. „Die Schamanen und die Ahnen entlocken sie ihr."

„Unsere Magie entspringt einer anderen Quelle", entgegnete Velen. „Ich glaube aber nicht, dass ihr sie verstehen würdet, würde ich sie erklären."

„Wir sind nicht dumm!", sagte Orgrim entrüstet.

„Vergebt mir, wenn ich den Eindruck erweckte, dies zu glauben", sagte Velen sofort, und er sagte es so offen und ehrlich, dass Durotan erneut beeindruckt war. „Euer Volk ist weise, und ihr beiden seid intelligent. Aber … ich glaube nicht, dass ich die passenden Worte in eurer Sprache kenne. Ich bezweifle nicht, dass ihr es verstehen würdet, hätte ich genügend Zeit und wüsste das entsprechende Vokabular, aber …"

Selbst in der Erklärung schien er nach Worten zu suchen. Durotan dachte an diese Magie, die ganze Städte verbergen konnte, dachte an das unheimliche weiche Metall, das irgendwie mit Edelsteinen und Stein verschmolzen war, und erkannte, dass

Velen recht hatte: Es gab keinen Orc, der das alles innerhalb eines einzigen Abends begriffen hätte. Obwohl er vermutete, dass Mutter Kashur mehr Verständnis würde aufbringen können als jeder andere Orc, und er fragte sich, warum die beiden Völker nicht miteinander redeten.

Die Unterhaltung wandte sich gewöhnlicheren Dingen zu. Die beiden Jungen erfuhren, dass tief im Wald von Terokkar ein Ort lag, der den Draenei heilig war und den sie Auchindoun nannten. Dort wurden die Toten bestattet, im Boden vergraben, anstatt sie auf Scheiterhaufen zu verbrennen. Durotan hielt das für merkwürdig, doch er hielt seine Zunge im Zaum. Telmor lag dieser „Stadt der Toten" am nächsten, und Velen war gekommen, um jemanden zu beerdigen, der im Kampf gegen jenen Oger gefallen war, der Orgrim und Durotan fast getötet hatte.

Normalerweise, so erklärte Velen, lebte er an einem schönen Ort, genannt „Tempel von Karabor". Es gab noch andere Draenei-Städte; die größte davon lag im Norden und hieß Shattrath.

Schließlich war das Mahl beendet. Velen seufzte. Sein Blick ruhte auf den leeren Tellern. Aber Durotan war sicher, dass der Prophet sie nicht sah.

„Ihr müsst mich entschuldigen", sagte Velen und stand auf. „Es war ein langer Tag; ich muss meditieren, bevor ich schlafen gehe. Es war mir eine Ehre, euch kennengelernt zu haben, Durotan vom Frostwolf-Clan und Orgrim vom Schwarzfels-Clan. Ich hoffe, ihr schlaft gut und tief. Ihr seid sicher innerhalb dieser Mauern, wo niemand von eurem Volk je zuvor war."

Durotan und Orgrim standen ebenfalls auf und verneigten sich. Velen lächelte mit dem seltsamen Anflug von Leid, das Durotan vorher schon bei dem Anführer der Draenei gesehen hatte.

„Wir werden uns wiedersehen, junge Freunde. Gute Nacht."

Die beiden Orcs verließen kurz nach ihm den Raum. Sie wurden zu ihren Zimmern gebracht und schliefen tatsächlich tief und fest. Durotan hatte einen Traum von einem alten Orc, der still neben ihm saß, und fragte sich, was das wohl bedeuten konnte.

„Bring ihn her!“, sagte der alte Orc zu Mutter Kashur.

Mutter Kashur war die älteste Schamanin des Frostwolf-Clans. Sie schlief fest. Wegen ihres hohen Rangs war ihr Zelt das Zweitbeste in Sachen Ausstattung, nur knapp hinter dem von Garad, dem Anführer des Clans. Dicke Decken aus Spalthufpelz schützten ihre alten Knochen vor der Kälte des Bodens. Und eine liebende und sorgende Enkeltochter kümmerte sich um ihre Bedürfnisse. Sie kochte und putzte und sorgte dafür, dass an kalten Tagen das Feuer für die Mutter des Clans nicht ausging.

Mutter Kashurs Aufgabe war es, dem Wind, dem Wasser, dem Feuer und dem Gras zuzuhören, und jeden Abend trank sie den bitteren Kräutersaft, der ihren Geist für Besuche der Ahnen offen hielt. Sie sammelte Informationen für ihren Clan, so wie andere Früchte oder Feuerholz sammelten, und diese Gabe nährte sie genauso.

Der alte Orc war nicht anwesend, und doch wusste sie, dass er real war. Er war in ihrem Traum, und das reichte ihr. In ihrem Traumzustand war sie jung und lebendig, ihre rote Haut strahlte vor Gesundheit, und sie wusste, dass ihr Körper geschmeidig war, mit starken Muskeln.

Der alte Orc behielt stets das Alter, in dem er gestorben war. Das Alter, in dem seine Weisheit ihren Höhepunkt erreicht hatte. Im Leben war sein Name Tal'kraa gewesen. Aber sie, obwohl er viele Generationen von ihr entfernt war, nannte ihn nur Großvater.

„Du hast die Nachricht erhalten“, sagte Großvater zu der jungen, blühenden Traum-Kashur.

„Ja, er und der Schwarzfelsjunge sind bei den Draenei“, antwortete sie. „Sie sind in Sicherheit. Das kann ich spüren.“

Großvater Tal'kraa nickte, und seine dicken Hängebacken wippten dabei. Seine Hauer waren gelb vom Alter, und einer war in einem lange vergangenen und vergessenen Kampf abgebrochen. „Ja, sie sind in Sicherheit. Bring ihn her.“

Es war schon das zweite Mal, dass er das forderte, und Kashur war sich nicht sicher, was das bedeutete.

„Er wird in ein paar Monaten in die Berge kommen, wenn die Bäume die Blätter abwerfen, um zu schlafen“, sagte sie. „Dann werde ich ihn zu dir bringen.“

Tal'kraa schüttelte vehement den Kopf, und seine braunen Augen zogen sich ärgerlich zusammen. Kashur unterdrückte ein Grinsen. Von all den Geistern, die sie mit ihrer Gegenwart ehrten, war Großvater der Ungeduldigste.

„Nein, nein", knurrte Tel'kraa. „Bring ihn zu uns. Bring ihn in die Höhlen von Oshu'gun. Ich werde dort auf ihn warten."

Kashur atmete tief ein. „Du … willst, dass ich ihn zu den Ahnen bringe?"

„Habe ich das nicht gerade gesagt? Törichtes Mädchen! Was ist aus den Schamanen nur geworden?"

Das sagte er regelmäßig, deshalb machte sich Kashur keinerlei Gedanken mehr darum. Dennoch war sie von seinen Worten, seiner Forderung wie gebannt. Manchmal wollten die Ahnen ein Kind sehen. Das geschah unregelmäßig, aber es kam vor. Normalerweise bedeutete es, dass das fragliche Kind für den Weg des Schamanen vorgesehen war. Sie hatte nicht geglaubt, dass das Durotans Weg war. Es geschah nur selten, dass ein Schamane einen Stamm anführte, denn es gab zu vieles, womit er sich beschäftigen musste, um ein guter Anführer zu sein. Gleichzeitig den Geistern lauschen und seinen Clan leiten war mehr, als die meisten Orcs bewältigen konnten. Einer, der beides konnte, war in der Tat sehr selten.

Als Kashur nicht antwortete, knurrte Großvater und schlug mit seinem Stab auf den Boden.

Kashur zuckte zusammen. „Ich bringe ihn an seinem Inititationstag", versprach sie ihrem Ahnen.

„Du hast es also endlich begriffen!", grollte Tal'kraa und gestikulierte mit seinem Stab. „Wenn du versagst, werde ich dir meinen Stab auf den Kopf hauen anstatt auf die unschuldige Erde." Er konnte ein Lächeln nicht vollständig unterdrücken, als er das sagte.

Kashur lächelte zurück, während ihre Traumgestalt die Augen schloss. Trotz all seines Wütens und der Ungeduld war Tal'kraa weise und gutmütig, und er liebte sie inniglich. Sie wünschte sich, sie hätte ihn zu seinen Lebzeiten kennengelernt. Aber er war schon vor hundert Jahren gestorben.

Kashur schlug die Augen auf, und sie seufzte, als ihr Geist

wieder vollständig in ihren richtigen Körper zurückgekehrt war. Sie war so alt wie Tal'kraa, als er gestorben war. Hände und Füße schmerzten vor Rheuma. Der Körper war schwach, das Haar schneeweiß. Sie wusste in ihrem Herzen, dass bald die Zeit kommen würde, da sie diesen Körper, diese Hülle das letzte Mal verlassen würde, um danach mit den Ahnen in dem heiligen Bergen zusammen zu sein. Drek'Thar, ihr Lehrling, würde dann der Ratgeber für Garad und den Rest des Frostwolf-Clans werden. Sie hatte Vertrauen in ihn, und sie freute sich eigentlich auf den Tag, an dem sie sich in pure Energie verwandeln würde.

Allerdings, grübelte sie, als das Sonnenlicht durch die Ritzen des Zelts drang und das Lied der Vögel ihre Ohren liebkoste, ein paar Dinge würde sie schon vermissen, die das Leben ihr schenkte. Einfache Dinge wie Vogelgesang, warmes Essen und die liebevolle Berührung ihrer Enkeltochter.

Bring ihn her!, hatte Großvater gesagt.

Und das würde sie tun.

Vier

Letzte Nacht, als der Mond voll am Himmel stand und die Sterne leuchteten, wurde ein junger Mann initiiert, in die Erwachsenenwelt aufgenommen. Es war das erste Mal, dass ich bei diesem Ritual dabei war, dem Om'riggor. In meinen früheren Jahren war ich von den Riten und Gebräuchen meines Volkes abgeschnitten. Um die Wahrheit zu sagen: Alle Orcs waren davon für lange Zeit abgeschnitten. Und als ich meinen Fuß auf den Pfad meiner Bestimmung setzte, war ich in Kämpfe verwickelt. Der Krieg vereinnahmte mich völlig. Ironischerweise entfernte mich die Notwendigkeit, mein Volk vor der Brennenden Legion zu retten und ihnen einen Ort zu geben, wo unsere Traditionen wieder blühen konnten, von genau diesen Dingen.

Aber jetzt sind Durotar und Orgrimmar gegründet. Jetzt herrscht Friede, so brüchig er auch sein mag. Jetzt wandeln die Schamanen wieder auf den alten Pfaden. Die jungen Männer und Frauen werden, so die Ahnen es wollen, niemals die Schrecken des Krieges kennenlernen.

Letzte Nacht nahm ich an einem zeitlosen Ritual teil, das einer ganzen Generation verwehrt war.

Letzte Nacht war mein Herz voll Freude und erfüllt vom Sinn für die Gemeinschaft, nach der ich immer gestrebt habe.

Durotans Herz hämmerte in seiner Brust, während er den Talbuk anstarrte. Es war ein riesiges Biest, eine würdige Beute. Seine Hörner dienten nicht zur Zier, sondern waren scharf und gefährlich. Durotan hatte mindestens einen Krieger verbluten sehen, aufgespießt von den zwölf Zinken, als wäre er von mehreren Speeren getroffen worden.

Er musste das Tier erlegen, allein mit einer einzigen Waffe und ohne Rüstung.

Es gab natürlich Gerüchte: *Jeder durchschnittliche Talbuk reicht, um die Forderungen des Rituals zu erfüllen.* Das hatte er jemanden sagen hören, als er mit verbundenen Augen im Wartezelt gesessen hatte. *Sie sind alle wilde Kämpfer, aber zu dieser Jahreszeit haben alle Männchen ihre Geweihe abgeworfen.*

Auch anderes Geflüster hatte er gehört: *Du darfst nur eine Waffe mitnehmen, Durotan, Sohn von Garad, aber du könntest eine Rüstung in der Wildnis verstecken, niemand würde es merken.*

Und der schandhafteste Rat: *Der Schamane wird deinen Erfolg testen, indem er das Blut auf deinem Gesicht probiert. Das Blut von einem lang toten Talbuk schmeckt genauso wie das eines frisch erlegten.*

Er widerstand all den Versuchungen. Vielleicht gab es andere Orcs, die ihnen nachgegeben hatten. Aber er würde nicht dazu gehören. Durotan würde ein Weibchen suchen, die zu dieser Jahreszeit prächtig mit Hörnern bestückt waren. Er würde die eine Waffe mitnehmen, die ihm gestattet war, und das Blut, mit dem er sich das Gesicht einschmieren würde, würde das Blut des Tieres sein, das er erlegt hatte.

Mittlerweile stand er im unerwartet frühen Schneefall, und die Axt in seiner Hand wurde immer schwerer. Durotan fror, aber er zögerte nicht.

Er war der Talbuk-Herde schon seit zwei Tagen gefolgt, und er hatte sich nur von dem ernährt, was er fand, machte kleine Feuer in der Dämmerung, die den Schnee in ein lanvendelfarbenes Licht tauchte, und schlief, wo immer es sich gerade anbot. Orgrim hatte seinen Ritus bereits erfolgreich hinter sich gebracht. Durotan beneidete seinen Freund darum, dass er im Sommer geboren war. Er hatte gedacht, dass es in diesem Herbst auch noch nicht zu schwer werden würde, aber der Winter war dieses Mal vor der Zeit gekommen, und es war bitterkalt.

Es schien, als ob ihn die Herde verspotten wollte. Er fand ihre Spuren und Hinterlassenschaften sehr leicht, er konnte sehen, wo sie nach trockenem Gras im Schnee gegraben oder Borke von den Bäumen gefressen hatten, aber die Tiere entkamen ihm jedes Mal. Es war am späten Nachmittag des dritten Tages, als die Ahnen wohl beschlossen hatten, ihn für seine Hartnäckigkeit zu belohnen. Die Dämmerung kam, und Durotan hatte mit sinkendem Herzen daran gedacht, dass er wieder Schutz suchen musste, um einen fruchtlosen Tag zu beenden. Dann fiel ihm auf, dass die kleinen Kügelchen Kot nicht hart gefroren waren, sondern frisch.

Sie waren in der Nähe.

Er begann zu laufen, der Schnee knirschte zwischen seinen Fellschuhen, und eine neue Wärme durchflutete ihn. Er folgte den Spuren, wie er es gelernt hatte, erklomm eine Anhöhe …

Und sah eine ganze Herde herrlicher Tiere.

Sofort ließ er sich hinter einen großen Felsen fallen und lugte herum, um die Tiere zu beobachten. Sie waren immer noch dunkelbraun, gut zu erkennen gegen den weißen Schnee; das Winterfell trugen sie noch nicht. Es waren mindestens zwei Dutzend, vielleicht mehr, größtenteils Weibchen. Er hatte die Herde gefunden, doch nun hatte er ein anderes Problem. Er wollte nur ein Tier erledigen. Anders als anderes Wild, beschützten Talbuks sich gegenseitig. Wenn er eins attackierte, würde es der Rest der Herde verteidigen.

Schamanen begleiteten die Jäger, um die Tiere abzulenken. Durotan jedoch war allein, und plötzlich fühlte er sich sehr verwundbar.

Er fröstelte und beruhigte sich selbst. Er hatte die Tiere seit drei Tagen gesucht, und er hatte sie endlich gefunden. An diesem Abend würde er eine frische Fleischlende essen oder sein steif gefrorener Orckörper würde im Schnee verenden.

Er beobachtete sie eine Weile, während die Schatten immer länger wurden, aber er wollte nichts überstürzen, um dann einen Fehler zu begehen. Talbuk waren tagaktive Tiere, deshalb gruben sie Löcher für die Nacht in den Schnee. Er hatte gewusst, dass sie so etwas taten, und dennoch beobachtete er mit Bestürzung, wie sie sich eng aneinanderschmiegten. Wie sollte er ein Tier davon abtrennen?

Eine Bewegung fiel ihm auf. Eins der Weibchen, jung und gesund von einem milden Sommer, gab sich einem Festmahl von süßem Gras und Beeren hin. Sie schien in angriffslustiger Stimmung zu sein, stampfte und warf ihren Kopf herum, der gekrönt war von einem herrlichen Satz Hörnern. Sie tanzte förmlich um die anderen herum, schien nicht geneigt, ihnen zu folgen, und wie ein, zwei andere entschied sie sich außerhalb der Herde zu schlafen.

Durotan grinste. Die Ahnen sandten ihm ein Zeichen – die lebhafteste, gesündeste Kuh der ganzen Herde, die es nicht nötig hatte, geistlos den anderen zu folgen, sondern ihren eigenen Weg wählte. Obwohl diese Wahl wohl ihren Tod bedeutete, gab es Durotan die Möglichkeit, Ehre zu gewinnen, sodass man ihn fortan als Erwachsenen behandeln würde.

Durotan wartete. Die Dämmerung kam und ging, und die Sonne versank hinter den Bergen. Mit der Sonne schwand auch die schwache Wärme, und Durotan wartete mit der Geduld des Jägers. Schließlich legten sich auch die letzten Tiere nieder.

Endlich bewegte sich Durotan. Seine Glieder waren steif, und beinahe wäre er gestolpert. Er kroch langsam von seinem Versteck hinter dem Felsen hervor und arbeitete sich den Abhang hinunter. Seine Blicke waren auf das schlummernde Weibchen gerichtet. Ihr Kopf hing auf dem langen Hals, ihr Atem ging gleichmäßig; er konnte kleine weiße Wölkchen vor ihrer Schnauze ausmachen.

Langsam und vorsichtig einen Fuß vor den anderen setzend schlich er auf seine Beute zu. Er spürte die Kälte nicht; die Hitze der Erwartung, der kraftvolle Fokus auf den Angriff vertrieb alle unangenehmen Gefühle. Er kam immer näher, und immer noch träumte der Talbuk.

Er hob die Axt. Er schlug zu.

Ihre Augen öffneten sich. Sie versuchte auf die Beine zu kommen, aber der Todesstoß war bereits unterwegs. Durotan wollte den Kriegsschrei brüllen, den er von seinem Vater so oft gehört hatte. Aber er hielt sich zurück. Es würde nichts nützen, den Talbuk zu töten, nur um dann selbst von einem Dutzend der

Herde aus Rache getötet zu werden. Er hatte das Axtblatt frisch geschärft, deshalb fuhr es durch den dicken Nacken, als wenn es durch Käse schneiden würde. Blut schoss hervor, die warme, klebrige Flüssigkeit bespritzte Durotan, und er lächelte grimmig. Sich mit dem Blut des ersten selbst getöteten Tiers einzureiben war Teil des Rituals; das hatte bereits die Talbukkuh für ihn getan. Auch ein Zeichen der Ahnen.

Da hörte er die Geräusche der erwachenden Herde. Er wirbelte herum, atmete schwer und brüllte den Kriegsschrei, hob die Axt. Das Blatt aus Metall war mit rotem Blut beschmiert. Er brüllte erneut.

Die Talbuks zögerten. Man hatte ihm erzählt, dass die Tiere eher flohen als angriffen, wenn sie erkannten, dass sie ihrer Schwester nicht mehr helfen konnten. Er hoffte, dass dies den Tatsachen entsprach. Einen oder zwei würde er besiegen können, aber wenn sie sich tatsächlich zum Angriff entschieden, würde er ihren Hufen nicht entkommen.

Langsam begannen sie sich zurückzuziehen, wirbelten dann herum und liefen davon. Er beobachtete, wie sie über die Anhöhe galoppierten, bis sie entschwanden. Ihre Hufabdrücke auf dem makellosen Schnee waren der einzige Beweis, dass sie überhaupt da gewesen waren.

Durotan senkte die Axt und keuchte vor Anstrengung. Er stand wieder auf und brüllte einen Siegesschrei. Sein leerer Magen würde an diesem Abend voll werden, der Geist des Talbuks würde in seinen Träumen erscheinen. Und am Morgen würde er als erwachsener Mann zu seinem Volk zurückkehren, bereit, seinen Platz im Clan einzunehmen.

Bereit, eines Tages sein Anführer zu werden.

„Warum reiten wir nicht?“, fragte Durotan gereizt und schmollte wie ein Kind.

„Weil es gegen die Regeln verstößt“, sagte Mutter Kashur knapp. Verärgert knuffte sie den Jungen. Durotan war jung und fit. Der lange Aufstieg zum heiligen Berg der Ahnen fiel ihm nicht schwer. Sie dagegen wäre sehr gern auf dem Rücken ihres großen Wolfes Dreamwalker geritten. Aber die Tradition schrieb es anders vor. Und solange sie laufen konnte, würde sie laufen. Durotan neigte den Kopf, während sie weitergingen.

Jede Reise erschöpfte sie mehr als die vorhergehende, andererseits aber spürte Mutter Kashur auch eine Erregung, die ihr half, die Qual und die Müdigkeit zurückzudrängen. Sie hatte bereits viele Kinder, Mädchen wie Jungen, auf diesem abschließenden Teil des Ritus begleitet, aber niemals zuvor war sie gebeten worden, eines zu den Ahnen zu bringen. Sie war nicht zu alt, um neugierig zu sein.

Es waren nur ein paar Stunden für die jungen, aber eine gute Tagesreise für ihre älteren Knochen. Der Abend brach an, und sie waren fast am Ziel. Mutter Kashur schaute auf die vertraute Form des Berges und lächelte. Anders als andere Berge, deren Gestalt vom Zufall geprägt war, bildete die Spitze des Oshu'gun ein perfektes Dreieck. Glitzernd wie Kristall fingen seine Facetten die Sonne ein. Nichts in der Umgebung sah vergleichbar aus. Er war vor langer Zeit vom Himmel gefallen, und die Geister waren davon angezogen worden. Das war der Grund, warum die Orcs in seinem heiligen Schatten siedelten. Welche Zankereien und kleine Differenzen sie im Leben auch gehabt hatten, im Berg waren sie vereint. Sie würde bald dorthin gehen, das wusste sie, aber nicht als humpelnde alte Frau. Dies war ihr letzter Besuch, den sie dem Berg in diesem gealterten Körper abstattete. Beim nächsten Mal würde sie den Oshu'gun als Geist aufsuchen, durch die Luft fliegend wie ein Vogel, ihr Herz leicht und rein und neu.

„Stimmt etwas nicht, Mutter?“, fragte Durotan, und Besorgnis zeichnete sich auf seinem jungen Gesicht ab.

Sie blinzelte, als sie aus ihrer Träumerei zurück in die Wirklichkeit kam, und lächelte ihn an.

„Nein, es ist nichts“, versicherte sie ihm aufrichtig.

Die Schatten hatten bereits das Sonnenlicht verjagt, als sie den Fuß der Berge erreichten. Sie würden in der folgenden Nacht hier schlafen und ihren Aufstieg bei Sonnenaufgang beginnen. Durotan schlief als Erster ein, eingewickelt in das Fell des Talbuks, das er vor nicht allzu langer Zeit selbst erlegt hatte. Mutter Kashur wachte liebevoll über ihn, während er den tiefen Schlaf des Gerechten schlief. Sie selbst würde keine Träume haben, ihr Geist musste klar sein, wenn sie für die Visionen am Morgen bereit sein wollte.

Der Aufstieg war lang, ermüdend und härter als die gesamte Wanderung zum Berg. Kashur war für beides dankbar – für ihren harten Stab und für Durotans helfende Hand. Zudem schienen sich ihre Füße an diesem Tag sicherer zu bewegen, und ihre Lungen atmeten besser als sonst, während sie und ihr junger Begleiter den Berg emporstiegen. Es war, als ob die Ahnen ihr Kraft gaben, indem sie ihren Körper mit zusätzlicher Energie versorgten.

Sie rasteten am Eingang zur heiligen Höhle, der ein perfektes Oval in der weichen Oberfläche des Berges darstellte. Durotan versuchte tapfer zu wirken, aber tatsächlich war er sehr nervös. Mutter Kashur schenkte ihm nicht mal ein Lächeln. Er *sollte* nervös sein. Er stand dicht davor, heiligen Boden zu betreten, auf Geheiß von einem seiner längst verstorbenen Ahnen hin. Auch sie ließ das nicht völlig unberührt.

Sie entzündete ein Grasbündel, das einen süßen, stechenden Geruch von sich gab, und wedelte den Rauch über ihn, um ihn zu reinigen. Dann markierte sie ihn mit dem Blut, das sein Vater extra für diesen Moment hergegeben hatte. Sie hatte es in einem kleinen, sorgsam verschlossenen Lederbeutel aufbewahrt. Dann legte sie ihm die verwitterte Hand auf die Stirn, murmelte ihren Segen und nickte dann.

„Du weißt genau, dass nur wenige, die nicht auf dem Pfad des Schamanen wandeln, vor die Ahnen gerufen werden", sagte sie feierlich, und Durotan nickte, mit großen braunen Augen. „Ich weiß nicht, was passieren wird. Vielleicht gar nichts. Aber wenn etwas passiert, musst du wissen, dass du dich den Toten gegenüber mit Ehre und Respekt zu verhalten hast."

Durotan schluckte und nickte erneut. Dann machte er einen tiefen Atemzug und richtete sich auf. In dem noch unfertigen Körper des Jungen erkannte Kashur bereits Hinweise auf den Häuptling, der er einst werden würde.

Sie gingen zusammen hinein. Mutter Kashur schritt voraus,

um die Fackeln anzuzünden, die an den Wänden angebracht waren. Das orange Licht zeigte ihnen den nach unten führenden, sich windenden Pfad, der über die Jahre von Orcfüßen ausgetreten war. Hier und dort waren Stufen in den Fels geschlagen, um den Weg sicherer zu machen. Es war immer kühl in dem Tunnel, aber wärmer als draußen, wo der Winter herrschte. Kashur ließ ihre Hände über die Wand streichen, und sie erinnerte sich an das erste Mal, als sie vor langer Zeit an diesem Ort gewesen war, das Blut ihrer Mutter feucht auf ihrer Stirn, ihre Augen weit, ihr Herz rasend.

Schließlich endete der Pfad. Es gab keine Fackeln mehr an der Wand, und Durotan sah sie verwirrt an.

„Wir brauchen kein Feuer, um vor die Ahnen zu treten", sagte Kashur. Sie ging weiter und bewegte sich durch die Dunkelheit. Durotan war nicht ängstlich, aber er war schon verwirrt, als sie den Fackelschein hinter sich zurückließen.

Dann war es vollständig dunkel. Kashur griff nach seiner Hand, um ihn zu führen. Seine starken Finger schlangen sich sanft um ihre. *Selbst in dieser Situation gibt er acht, sie nicht zu stark zu drücken, wenn er meine Hand berührt*, ging es ihr durch den Kopf. Der nächste Frostwolf-Häuptling würde ein mitfühlendes Herz haben.

Sie gingen weiter ohne zu sprechen. Und dann, fast unbemerkt wie die Ankunft des Sonnenaufgangs nach einer langen, dunklen Nacht, entstand langsam Licht um sie herum, in dem Kashur schwach die Umrisse des Jungen neben ihr sehen konnte. Er war so viel jünger als sie und hatte trotzdem schon fast den Körper eines Erwachsenen. Sie beobachtete ihn, als er voranging. Das Wunder der Höhle der Ahnen war ihr vertraut, aber sie war neugierig auf Durotans Reaktion darauf.

Seine Augen weiteten sich, und er sog laut die Luft ein, während er sich umschaute. Das Glühen kam aus einem Becken im Zentrum der Höhle und hüllte alles in weiches weißes Licht. Alles schien sanft zu leuchten, es gab keine scharfen Kanten oder raue Stellen, und Kashur spürte, wie sie das vertraute Gefühl von tiefem Frieden überkam.

Sie ließ Durotan sich still umsehen. Die Höhle war groß, größer als der Tanzbereich beim Kosh'arg-Fest mit der Haupttrommel. Abzweigende Tunnel führten zu Bereichen, die Kashur niemals zu erforschen gewagt hatte. Es musste einfach so groß sein, um die Geister jedes Orcs, der je gelebt hatte, aufnehmen zu können.

Sie ging zum Wasser. Durotan folgte ihr und beobachtete sie genau. Sie schnürte den Packen auf, den sie bei sich getragen hatte, und bedeutete ihm, es ihr gleichzutun. Sorgfältig öffnete Kashur mehrere Wasserschläuche. Mit einem Gebet goss sie das Wasser in die leuchtende Flüssigkeit.

„Du hast mich nach den Wasserschläuchen gefragt, als wir losgegangen sind“, sagte sie mit ruhiger Stimme zu Durotan. „Das Wasser hier drin entstammt nicht diesem Ort. Vor langer Zeit haben wir begonnen, den Geistern gesegnetes Wasser mitzubringen. Jedes Mal, wenn wir kommen, füllen wir das heilige Becken etwas auf. Doch das Wasser verdunstet nicht, wie es in einer normalen Höhle der Fall wäre. Dies ist die Macht des Berges der Geister.“

Nachdem sie die Wasserschläuche geleert hatte, setzte sie sich mit einem leisen Grunzen hin und starrte in die glühende Tiefe. Durotan machte es ihr nach. Sie wusste, wie sie sitzen musste, um ihr Spiegelbild sehen zu können, und stellte sicher, dass sie beide entsprechend ihren Platz einnahmen. Am Anfang konnte Kashur nur ihr eigenes Gesicht erkennen und das von Durotan. Die Gesichtszüge wirkten geisterhaft, reflektiert in einem weißen Becken statt in einem dunklen.

Dann gesellte sich eine dritte Gestalt hinzu, als wenn sich Großvater Tal'kraa direkt neben ihr befinden würde, sein Spiegelbild so deutlich wie ihres. Ihre Blicke trafen sich, und Kashur lächelte.

Sie wandte den Kopf und bog den Nacken, um zu ihm aufzusehen, während Durotan weiterhin auf das Wasser starrte, als läge dort die Antwort auf all seine Fragen. Kashurs Herz sank ein wenig, aber sofort maßregelte sie sich selbst. Wenn Durotan Tal'kraa nicht sah und nichts von einem Schamanen in ihm schlummerte, dann war es eben so. Sicherlich würde er dennoch ein guter Anführer seines Stammes werden.

„Ich grüße dich, Enkelin“, sagte Tal’kraa, und er sagte es freundlicher als jemals zuvor. „Du hast ihn hergebracht, wie ich es wünschte.“

Während der Großvater schwer auf einen Stab gestützt stand, der so substanzlos war wie er selbst, bewegte sich sein Geist in einem langsamen Kreis um Durotan, während der junge Orc immer noch auf das Wasser starrte. Kashur betrachtete die beiden Frostwolfmänner genau. Durotan fröstelte und schaute sich um; zweifelsfrei wunderte er sich, woher das Frösteln kam. Kashur lächelte innerlich. Er konnte den Geist des Ahnen nicht sehen, aber er spürte Tal’kraas Anwesenheit irgendwie.

„Du kannst ihn nicht sehen“, sagte sie traurig.

Durotan hob den Kopf, und seine Nasenlöcher zitterten. Geschmeidig stand er auf. In dem unheimlichen Licht sahen seine Hauer blau aus, und seine Haut wirkte grünlich. „Nein, Mutter. Das kann ich nicht. Aber … ist ein Ahne anwesend?“

„Ja, ist er“, sagte Kashur. Sie wandte sich an den Geist. „Ich habe ihn zu dir gebracht, wie du wolltest. Was hältst du von ihm?“

Durotan schluckte schwer, blieb aber hoch aufgerichtet stehen, als der Geist ihn gedankenvoll umlief.

„Ich spürte … etwas“, sagte Tal’kraa. „Ich hatte gedacht, er könne ein Schamane werden, aber wenn er mich nicht sehen kann, wird dies niemals der Fall sein. Doch obwohl er keine Geister sehen kann oder die Elemente beschwören, ist er für eine große Bestimmung geboren. Er wird ein bedeutender Gewinn für den Frostwolf-Clan sein, sogar für sein ganzes Volk.“

„Wird er ein … ein Held sein?“, fragte Kashur und schnappte nach Luft. Alle Orcs lebten nach ihrem Kodex von Tapferkeit und Ehre, aber nur wenige waren mächtig genug, dass sich ihr Name ins Gedächtnis der Nachfahren eingrub. Als er ihre Worte vernahm, atmete Durotan heftiger, und sie konnte den Wunsch auf seinem Gesicht erkennen.

„Das kann ich nicht sagen“, antwortete Tal’kraa. „Erziehe ihn gut, Kashur, denn eins ist sicher: Von seiner Familie wird die Erlösung kommen.“

In einer Geste der Zärtlichkeit, die Kashur nie bei ihm erlebt hatte, fuhr Tal'kraa mit seinen nichtstofflichen Fingern über Durotans Gesicht. Durotans Augen weiteten sich, und Kashur konnte sehen, dass er gegen den natürlichen Instinkt zurückzuzucken kämpfte. Aber Durotan behielt sich unter Kontrolle und wich nicht unter der Liebkosung des Geistes zurück.

Dann, wie der Nebel an einem heißen Tag, war Tal'kraa verschwunden. Kashur war ein wenig irritiert; stets vergaß sie, wie sich die Energien der Geister näherten und wieder entschwanden.

„Mutter, bist du in Ordnung?" fragte Durotan.

Sie nickte. Seine größte Sorge galt ihr, nicht dem, was sein Ahne vielleicht gesagt haben mochte. Sie entschied sich, Durotan nichts davon zu erzählen. Zwar war er besonnen und großherzig, aber eine solche Prophezeiung konnte selbst das treueste orcische Herz korrumpieren.

Von seiner Familie wird die Erlösung kommen.

„Mir geht es gut", versicherte sie ihm. „Aber ich bin nicht mehr jung, und die Energie der Geister ist stark."

„Ich wünschte, ich hätte ihn sehen können", sagte Durotan ein wenig wehmütig. „Aber … aber ich weiß, dass ich ihn gefühlt habe."

„Das hast du, und das ist mehr, als wozu die meisten fähig sind", sagte Kashur.

„Mutter … verrätst du mir, was er gesagt hat? Ob ich … ob ich ein Held werde oder nicht?"

Er versuchte ruhig zu bleiben und reif zu wirken. Aber ein wenig Verlangen schwang schon in seinen Worten mit. Sie zürnte ihm deswegen nicht. Jeder wollte in glorreicher Erinnerung weiterleben, wollte, dass Sagen seine Geschichte erzählten. Er wäre kein Orc gewesen, wenn er nicht dieses Verlangen geteilt hätte.

„Großvater Tal'kraa sagte, dass er unsicher ist", sagte sie schroff. Er nickte und verbarg seine Enttäuschung. Eigentlich wollte sie mehr nicht sagen, aber etwas trieb sie dazu, hinzuzufügen: „Du hast eine Bestimmung zu erfüllen, Durotan, Sohn des Garad. Also verhalte dich im Kampf nicht wie ein Narr, damit du nicht stirbst, bevor du diese Bestimmung erfüllen kannst."

Er lachte. „Ein Narr dient seinem Clan nicht gut, und das Gegenteil will ich tun."

„Dann, zukünftiger Häuptling", sagte Kashur amüsiert, „ist das Beste, was du tun kannst, eine Gefährtin zu finden."

Und sie lachte zum ersten Mal laut während ihrer gemeinsamen Reise. Durotan wirkte völlig erschüttert darüber.

Fünf

Im Nachhinein, wie mir Drek'Thar erzählte, war diese Zeit in der Geschichte unseres Volkes wie ein perfekter Tag im Frühsommer. Wir Orcs hatten alles, was wir brauchten: eine herrliche Welt, die Ahnen, die uns leiteten, und die Elemente, die uns halfen. Es gab genug zu Essen, unsere Feinde waren grimmig, aber nicht unbesiegbar, und wir waren alle gesegnet. Die Draenei waren zwar keine direkten Verbündeten, aber auch nicht unsere Feinde. Sie teilten ihr Wissen und ihre Beute, wann immer sie danach gefragt wurden. Wir, die Orcs, waren es, die zurückhaltend waren. Und wir, die Orcs, waren es, die unwissentlich verderbt wurden, um jemand anderem zu dienen.

Hass ist machtvoll. Hass kann ewig sein. Hass kann ein Wesen von Grund auf verändern.

Und Hass kann willentlich erzeugt werden.

Kil'jaeden lebte in der Dunkelheit, alterslos, zeitlos. Die Macht brandete und pulsierte durch ihn, nährte ihn besser als Blut, war gehaltvoller als Fleisch oder Trank, erhitzte und beruhigte ihn gleichermaßen. Er war nicht allmächtig, noch nicht, sonst wären ganze Welten kraft eines Gedankes von ihm gefallen statt durch aufwendigen Kampf und Zerstörung. Aber alles in allem war er zufrieden.

Und dennoch lebten sie noch, die Exilanten. Kil'jaeden konnte sie durch die Jahrhunderte spüren, doch Velen und der Rest der Narren blieben versteckt. Zu feige, sich ihm und Archimonde entgegenzustellen, der als sein Freund und Verbündeter auch nach dieser … *Veränderung* mit ihm zusammengearbeitet hatte, so wie zu der Zeit, als sie noch einfache Wesen waren.

Er, Archimonde und die anderen dachten von sich selbst nicht mehr als „Eredar“. Velen nante sie „Man'ari“, aber sie selbst nannten sich die Brennende Legion. Sargeras' Armee. Die Auserwählten.

Er streckte seine rote Hand mit den langen biegsamen Fingern und den Krallen in das Nichts aus, das alles war, und fühlte, wie sich etwas darin tat. Kundschafter waren in der Sekunde losgeschickt worden, als der Feind entkommen war. Kundschafter, die nichts als Versagen meldeten. Archimonde wollte sie wegen dieses Versagens töten, aber Kil'jaeden entschied sich anders. Die, die sich fürchteten, würden fliehen, so nahm er an. Die, die eine Belohnung erwarteten und die Anerkennung ihres Herrn, gierten regelrecht danach. Deshalb gab Kil'jaeden denen, die versagt hatten, ein zweite Chance. Oder eine dritte, wenn er ihnen glaubte, dass sie ihr Bestes gaben und nicht einfach auf seinen guten Willen hofften.

Archimonde war anderer Meinung.

„Es gibt ein Menge Welten, die wir für unseren Herrn Sargeras erobern und unterwerfen können“, sagte er. Die Schwärze glühte um sie herum, als seine Stimme sie durchdrang. „Lass den Narren gehen. Wir würden es spüren, wenn er seine Talente irgendwo eingesetzt hätte, dass eine Bedrohung für uns entstünde. Lass ihn auf irgendeiner Welt verrotten, allem beraubt, was ihm wichtig war.“

Kil'jaeden wandte langsam seinen massigen Kopf und sah den anderen Dämonenlord an.

„Es geht nicht darum, ob er machtlos ist oder nicht“, zischte Kil'jaeden. „Ich will ihn vernichten und alle die, die ihm gefolgt sind. Ihn vernichten wegen seiner mangelnden Loyalität. Für seine Sturköpfigkeit. Für seine Weigerung, das zu akzeptieren, was für uns alle das Beste wäre.“

Die große Klauenhand ballte sich zur Faust, und die scharfen Krallen drangen in die Handfläche. Flüssiges Feuer drang daraus hervor, erkaltete in der kühlen Luft und formte einen dicken Wulst, der wie eine Narbe aussah. Kil'jaedens Körper war mit vielen solcher Beulen übersäht, auf die er stolz war.

Archimonde war machtvoll, elegant, glatt, intelligent. Aber

ihm fehlte die brennende Begierde zu vernichten, die Kil'jaeden antrieb. Kil'jaeden hatte es ihm häufig genug erklärt, doch nun seufzte er einfach nur und entschied sich, das Thema nicht weiter zu erörtern. Seit Jahrhunderten stritten sie sich schon darüber; wahrscheinlich würden sie es auch weitere Jahrhunderte lang tun. Oder bis Kil'jaeden es schaffte, das Wesen zu vernichten, das einst sein bester Freund gewesen war.

Vielleicht lag es daran, dachte Kil'jaeden in einer plötzlichen Eingebung. Archimonde hatte niemals etwas an Velen gelegen. Kil'jaeden hingegen hatte ihn geliebt wie einen Bruder, sogar noch mehr, fast wie einen Teil seiner selbst.

Und dann …

Wieder verkrampften sich die großen Hände, und wieder strömte Feuer daraus hervor.

Nein.

Es war nicht genug, wenn er sich vorstellte, wie Velen auf einer Hinterwäldlerwelt hockte, in einer Höhle, seinen verletzten Stolz pflegend und davon lebend, was das Land ihm bot. Kil'jaeden sagte oft, dass es ihm nach seinem Blut gelüstete. Aber Blut, so machtvoll das seiner eigenen Art auch war, würde ihn nicht mehr befriedigen. Er wollte den ehemaligen Bruder vollständig demütigen und brechen, bevor er ihn auslöschte. Das wäre süßer als der kupferne Geschmack des Lebens, wenn es aus Velen und seinen dummen Gefolgsleuten strömte.

Archimonde schüttelte seine Hand, eine Geste, die Kil'jaeden kannte: Einer seiner eigenen Diener sprach zu ihm. Archimonde hatte seine eigenen Möglichkeiten, die so wie die Kil'jaedens einzig und allein dazu dienten, ihren dunklen Herrn bei seinem ultimativen Feldzug zu unterstützen. Ohne ein Wort zu sagen richtete sich Archimonde auf und ging. Trotz seiner Größe waren seine Bewegungen weich und geschmeidig. Im selben Moment fühlte Kil'jaeden ein leichtes Kratzen in seinem Kopf. Er erkannte es sofort. Es war Talgath, immer noch seine rechte Hand, der um Kontakt ersuchte. Und das Gefühl, das von seinen Gedanken aufstieg, war das der vorsichtigen Hoffnung.

Was gibt es, mein Freund? Sprich!, forderte Kil'jaeden in seinem Geist.

Mein großer Herr, ich möchte Euch keine falschen Versprechungen machen, aber ... ich habe sie vielleicht gefunden.

Milde Freude stieg in Kil'jaeden auf. Talgath war der Vorsichtigste seiner Untergebenen. Nur ein wenig niedriger im Rang als Kil'jaeden selbst hatte er seine Loyalität über die Jahrhunderte bewiesen. Er würde so etwas nicht ohne guten Grund behaupten.

Wo? Und wie hast du sie aufgestöbert?

Es ist eine kleine Welt, primitiv und unwichtig. Und ich habe die spezielle Aura ihrer Magie gespürt, die ihre Umgebung durchzieht. Es ist möglich, dass sie da waren und schon wieder weg sind. Das ist vorher schon passiert.

Kil'jaeden nickte, obwohl Talgath die Geste nicht sehen konnte. Ein paar Eigenheiten aus der Vergangenheit hatte er behalten, dachte er, und lächelte ein wenig über die alte Geste, die Zustimmung bei so ziemlich jeder Spezies, der er begegnet war, ausdrückte.

Du sprichst wahr, stimmte er zu. Viele Male zuvor waren Kil'jaedens Streitkräfte auf eine Welt gestoßen, angezogen durch die süße Essenz der Magie, nur um festzustellen, dass Velen und seine erbärmlichen Gefolgsleute ihre Annäherung gespürt hatten und auf und davon waren. *Aber ich bleibe hoffnungsvoll. Ich werde sie finden und sie für meine Zwecke benutzen, und ich habe eine Ewigkeit Zeit dafür.*

Ein Gedanke kam ihm. So oft schon war Kil'jaeden auf eine Welt gekommen, auf der Velen hatte sein sollen, nur um festzustellen, dass er bereits geflohen war. Kil'jaeden hatte seinen verletzten Stolz dadurch kompensiert, dass er diese Welten zerstörte. Aber das Abschlachten der primitiven Rassen, obwohl angenehm, stillte nicht seinen dämonischen Durst nach der vollständigen und kompletten Rache.

Diesmal würde er etwas anderes machen. Er würde nicht Talgath an der Spitze der Brennenden Legion dorthin schicken. Velen war der Stärkste von ihnen gewesen, der Weiseste und in Magie und Wissenschaften am versiertesten. Kil'jaeden konnte nicht glauben, dass sein alter Freund in seiner Wachsamkeit nachgelassen hatte. Nicht nach einer solch kurzen Zeit. Velen würde permanent in einer Art Alarmzustand sein, bereit zur Flucht, sobald eine Gefahr zu erkennen war.

Aber … was, wenn sich diese Gefahr nicht so leicht erkennen ließ?

Talgath … Ich möchte, dass du diese Welt für mich erforschst.

Mein Herr? Talgaths mentale Stimme war weich und klang ausgeglichen, aber zugleich auch verwirrt.

Wir haben schon so viele Welten heimgesucht – ohne Erfolg. Dieses Mal werde ich nur einen schicken. Aber einen, dem man vertrauen kann.

Kil'jaeden spürte, wie Unbehagen und Stolz in Talgaths Gedanken gegeneinander rangen.

Es gibt andere Möglichkeiten, einen Feind zu bezwingen, als ihn mit einer Armee anzugreifen. Manchmal sind diese Wege besser.

Ihr … ihr wünscht, dass ich einen besseren Weg finde?

Genau. Suche diesen Ort allein auf. Bringe alles über ihn in Erfahrung. Sag mir, ob die Exilanten dort sind, und wenn es so ist, wie sie sich eingerichtet haben, wie sie leben, ob sie inzwischen fett und gesetzt wie gezähmte Rinder sind oder schlank und agil wie Beutetiere. Erzähl mir, wie ihre Welt ist, welche anderen Völker dort leben, welche Tiere, welche Jahreszeiten es gibt. Erforsche, Talgath. Tu nichts ohne ausdrückliche Anweisung von mir.

Jawohl, mein Herr, ich werde sofort entsprechende Vorbereitungen treffen. Er war immer noch verwirrt, aber loyal und klug hatte Talgath dem Man'ari-Meister in der Vergangenheit gut gedient, und das würde er auch diesmal tun.

Kil'jaedens Gesicht, von dem wenig übrig geblieben war, seit er seinen Handel mit dem großen Lord Sargeras eingegangen war, war immer noch in der Lage, so etwas wie ein Lächeln zu imitieren.

Wie alle Orcs begann Durotan im Alter von sechs Jahren mit dem Waffentraining. Sein Körper war bereits groß, und der Gebrauch von Waffen fiel seinem Volk leicht. Mit zwölf ging er mit auf die

Jagd. Und nachdem er den Erwachsenenritus bestanden hatte, nahm er auch an der Jagd nach Ogern und ihren ekelerregenden verrückten Meistern, den Gronn, teil.

In diesem Jahr, als das Herbst-Kosh'harg kam, begleitete er die Erwachsenen in den Kreis, nachdem die Kinder zum Schlafen geschickt worden waren. Und wie er und Orgrim schon Jahre zuvor erfahren hatten, war das Erwachsenensein und die Teilnahme am Lagerfeuerkreis nicht sehr interessant.

Obwohl er es schon recht spannend fand, mit denjenigen zu reden, deren Namen er zwar seit Jahren kannte, die aber wegen seiner Jugend nie mit ihm gesprochen hatten. Mutter Kashur war von seinem eigenen Clan. Er wusste, dass sie ein hohes Ansehen unter den Schamanen der anderen Clans genoss, und er war stolz auf sie. Am ersten Abend sah er sie zusammengekauert am Feuer und in ein gewobenes Tuch gewickelt. Sie war wenig mehr als Haut und Knochen. Er wusste, ohne zu ahnen woher, dass dieses ihre letzte Kosh'harg-Feier sein würde. Und dieser Gedanke machte ihn trauriger, als er gedacht hätte.

Neben ihr, jünger als sie, aber noch älter als Durotans Eltern, saß Kashurs Lehrling Drek'Thar. Durotan hatte bisher nicht viel mit Drek'Thar gesprochen, aber des älteren Orcs scharfe Zunge und sein scharfer Blick verdienten Respekt. Durotans braune Augen suchten weiter die Versammlung ab. Morgen würden die Schamanen weg sein, zu ihrem Treffen mit den Ahnen in der Höhle im heiligen Berg. Durotan fröstelte, als er an seinen Besuch dort dachte und an den kalten Lufzug, den er verspürt hatte und der weitaus mehr gewesen war.

Gegenüber saß Grom Hellschrei, der junge und leicht verrückte Häuptling des Kriegshymnen-Clans. Nur ein paar Jahre älter als Durotan und Orgrim, war er neu in seiner Position. Es gab Gerede über die merkwürdigen Umstände, unter denen der vorherige Häuptling gestorben war. Aber der Kriegshymnen-Clan bestritt Groms Führungsanspruch nicht. Durotan wunderte es nicht. Obwohl noch jung, war Grom bereits ein einschüchternder Bursche. Der tanzende, flackernde Feuerschein ließ ihn nur noch verrückter erscheinen. Dickes schwarzes Haar floss über seinen Rücken. Nach seinem Aufstieg zum Häuptling war

Groms Gebiss schwarz tätowiert worden. Um seinen Hals hing eine Kette aus Knochen. Durotan wusste, was das bedeutete: Unter den Mitgliedern des Kriegshymnen-Clans war es Tradition, dass ein junger Krieger die Knochen seines ersten selbst erlegten Wilds trug, verziert mit seinen eigenen Runen.

Neben Grom saß gewaltig und imposant Schwarzfaust vom Schwarzfels-Clan. Neben Schwarzfaust, still kauend, hockte der Häuptling vom Clan der Zerschmetterten Hand, Kargath Messerfaust. An Stelle der Hand hatte er ein Sensenblatt im Handgelenk, und selbst als Erwachsenem war es Durotan unangenehm zu sehen, wie die Klinge im Feuerschein glänzte. Daneben hockte Kilrogg Totauge, Häuptling des Clans des Blutenden Auges. Ein Auge glitt über die versammelte Gesellschaft, das andere saß verschrumpelt und tot in seiner Höhle. Während Grom recht jung war für einen Häuptling, war Kilrogg fast zu alt. Aber – das war Durotan klar – trotz seines Alters und seines zottigen Aussehens hatte Kilrogg sein Ende seiner Stammesherrschaft noch lange nicht erreicht, und das traf sowohl für sein Leben als auch für die Führerschaft seines Clans zu.

Unbehaglich richtete Durotan seine Aufmerksamkeit auf etwas anderes.

Zu Drek'Thars Linken lehnte der berühmte Ner'zhul vom Schattenmond-Clan. Solange Durotan sich erinnern konnte, hatte Ner'zhul die Schamanen angeführt. Einmal, als Durotan an einer Jagd hatte teilnehmen dürfen, war Ner'zhul dabei gewesen, und Durotan hatte dabei die Meisterschaft des Schamanen in seiner Kunst erlebt. Während andere sich grunzend abmühten, die Elemente zu beschwören und sie kraftvoll, aber ohne Eleganz leiteten, war Ner'zhul ganz ruhig geblieben, doch die Erde bebte, wenn er es ihr gebot, Blitze stießen aus dem Himmel, um dort einzuschlagen, wo er es befahl. Feuer, Luft, Wasser, Erde und der Geist der Wildnis nannten ihn alle Begleiter und Freunde. Durotan hatte nicht erlebt, wie Ner'zhul mit den Ahnen sprach, natürlich sah das nie jemand anderes als nur ein Schamane selbst, aber es war Durotan klar, dass, wenn die Ahnen ihn nicht begünstigt hätten, er niemals mit derartiger Leichtigkeit seine Macht hätte ausüben können.

Ner'zhuls Schüler dagegen mochte Durotan nicht.

Orgrim saß neben seinem Freund, und als er sah, wohin Durotans Blick führte, beugte er sich herüber und flüsterte: „Ich glaube, Gul'dan würde seinem Volk besser dienen, würde man ihn als Köder aussetzen."

Durotan schaute weg, damit niemand sein Grinsen sah. Er wusste nicht, wie erfahren Gul'dan bereits als Schamane war, doch sicherlich musste er einige Fähigkeiten haben, sonst hätte Ner'zhul ihn sicher nicht als Schüler akzeptiert. Aber er war kein sonderlich einnehmender Orc. Kleiner als viele, weicher als die meisten, mit einem kurzen buschigen Bart, stellte er nicht gerade das Sinnbild für einen Orc-Krieger dar. Aber Durotan vermutete, dass man nicht unbedingt ein Held sein musste, um seinen Teil beizutragen.

„Sieh dir die an, das ist die geborene Kriegerin!"

Durotan schaute in die Richtung, in die Orgrim wies, und seine Augen weiteten sich. Orgrim hatte die Wahrheit gesagt. Groß und hoch aufgerichtet saß sie da, und ihre Muskeln wogten unter der weichen braunen Haut im Feuerschein, als sie nach vorn griff und ein Stück Fleisch aus dem gebratenen Talbuk riss. Das Mädchen erschien Durotan wie die Idealisierung aller orcischen Werte. Sie bewegte sich mit der wilden Anmut eines schwarzen Wolfs, und ihre Hauer waren klein, aber ungemein scharf. Ihr Haar hatte sie zurückgekämmt und zu einem praktischen, aber attraktiven Zopf geflochten.

„Wer … wer ist sie?", murmelte Durotan. Sicherlich war diese tolle Frau das Mitglied eines anderen Clans. Er hätte sie wiedererkannt, hätte solch eine Schönheit, stark, geschmeidig, anmutsvoll, zu seinem eigenen Clan gehört.

Orgrim lachte laut und schlug Durotan auf die Schulter. Das Geräusch und die Geste brachten viele dazu, sich zu ihnen umzudrehen, einschließlich – wie Durotan bemerkte – des lieblichen Mädchens. Orgrim beugte sich vor, um Durotan zuzuflüstern: „Du unachtsamer Hund. Sie ist eine Frostwölfin. Ich hätte sie für mich selbst beansprucht, wäre sie von meinem Clan."

Eine Frostwölfin? Wie, in aller Welt, hatte Durotan solch einen Schatz in seinem eigenen Clan übersehen können? Er wandte seinen Blick von Orgrims grinsendem Gesicht und schaute sie wieder an. Und sie schaute zurück. Ihre Blicke trafen sich.

„Draka!“

Das Mädchen stand auf und ging davon. Durotan blinzelte, als müsste er zu sich selbst finden.

„Draka“, sagte er ruhig. Kein Wunder, dass er sie nicht erkannt hatte. „Nein, Orgrim. Sie wurde nicht als Kriegerin geboren. Sie wurde zur Kriegerin gemacht.“

Draka war krank, als sie geboren wurde. Ihre Haut war von blassem Beige statt von dem gesunden Borkenbraun, das die meisten Orcs kennzeichnete. Die meiste Zeit ihrer Kindheit, daran erinnerte sich Durotan, sprachen die Erwachsenen von ihr in leisem Flüsterton, als wenn jemand bereits auf dem Weg zu den Ahnen war. Ihre Eltern fragten sich, was die Familie nur getan hatte, dass die Geister sie mit diesem gebrechlichen Kind straften.

Kurz danach war Drakas Familie in die Außenbereiche des Lagers gezogen. Er hatte sie nicht mehr oft gesehen, beschäftigt wie er mit seinen eigenen Aufgaben gewesen war.

Draka hatte mehrere Stücke Fleisch aufgespießt und brachte sie zu ihrer Familie. Durotan bemerkte zwei Kinder, die mit jenen Orcs zusammen saßen, die vermutlich ihre Eltern waren. Beide sahen kräftig und gesund aus. Seinen Blick auf sich spürend, drehte Draka den Kopf und schaute ihn direkt an. Ihre Nüstern bebten, und sie setzte sich gerader hin, damit Durotan sie nicht mit Mitleid und Mitgefühl ansah, sondern mit Bewunderung und Respekt.

Nein, sie brauchte kein Mitleid. Durch die Gnade der Geister, die Heilkraft der Schamanen und die Macht des Willens, den er in ihren braunen Augen brennen sah, hatte sie die Zerbrechlichkeit ihrer Kindheit abgelegt, um sich in diese … Vision weiblicher orcischer Perfektion zu verwandeln.

Sein Atem entfuhr ihm schnaubend, als Orgrim ihm seinen Ellenbogen in die Seite stieß. Durotan sah seinen Freund an.

„Mach den Mund zu, oder ich stopf dir was rein“, grummelte Orgrim.

Durotan begriff, dass er tatsächlich mit offenem Mund gestarrt hatte. Er konzentrierte sich wieder auf das Fest. Und schaute für den Rest der Nacht nicht mehr zu Draka.

Aber er träumte von ihr. Und als er erwachte, wusste er, dass sie es sein sollte. Er war der Erbe des Häuptlings von einem der stolzesten Clans.

Welche Frau konnte ihm da widerstehen?

„Nein", sagte Draka.

Durotan stand da wie erstarrt. Er war am nächsten Morgen zu ihr gegangen und hatte sie zur Jagd für den nächsten Tag eingeladen. Allein. Beide wussten, was das bedeutete: Mann und Frau, die als Paar jagten – das war ein Werberitual. Und sie hatte ihn zurückgewiesen.

Es kam so unerwartet, dass er nicht wusste, wie er reagieren sollte. Sie sah ihn fast geringschätzig an, und die Lippen um ihre perfekten Hauer verzogen sich zu einem selbstgefälligen Grinsen.

„Warum nicht?", fragte Durotan.

„Ich bin noch nicht im richtigen Alter", antwortete sie. So wie sie das sagte, klang es eher nach einer Ausrede als einem echten Grund.

Aber Durotan würde nicht so leicht aufgeben. „Es war als Werbung gedacht, das ist klar", sagte er schroff. „Aber wenn du noch nicht im richtigen Alter bist, werde ich das respektieren. Dennoch würde ich deine Gesellschaft schätzen. Also lass uns auf die Jagd gehen, begleitet von zwei stolzen Kriegern."

Daraufhin war sie erschrocken. Offenbar hatte sie erwartet, dass er seinen Standpunkt durchzusetzen versuchen oder in Wut geraten würde.

„Ich …"

Sie unterbrach sich, ihre Augen weit aufgerissen. Dann grinste sie. „Gut, auf so eine Jagd werde ich mitgehen, Durotan, Sohn von Garad, Anführer des Frostwolf-Clans."

Durotan hatte sich nie glücklicher gefühlt. Das war etwas völlig anderes als eine gewöhnliche Jagd. Er und Draka hatten ein schnelles Tempo vorgelegt und die beiden Krieger, die sie eigentlich hätten begleiten sollen, abgehängt. All die Wettbewerbe mit Orgrim hatten Durotan zu einem ausdauernden Läufer gemacht, und einen Moment lang befürchtete er, sein Tempo wäre zu hoch. Aber Draka, die so zerbrechlich geboren und so stark geworden war, hielt mit.

Sie redeten nicht viel, es gab nichts zu sagen. Sie waren auf der Jagd, und es gab Beute zu machen, um diese zurück zu ihrem Clan zu bringen. Die Stille war sogar angenehm.

Er wurde langsamer, als sie in offenes Gelände kamen, und begann, den Boden abzusuchen. Es lag kein Schnee, deshalb war das Spurenlesen nicht so leicht wie in den Wintermonaten. Aber Durotan wusste, worauf er achten musste. Zertretenes Gras, abgebrochene Zweige, ein Abdruck, wenn auch schwach, auf der Erde.

„Spalthufe", sagte er. Er stand auf und suchte den Horizont ab, in jener Richtung, in die sie sich bewegten. Draka kroch immer noch auf dem Boden, ihre Finger bewegten sich fein über die Blätter.

„Eins ist verletzt", verkündete sie.

Durotan sah sie an. „Ich habe kein Blut gesehen."

Sie schüttelte den Kopf. „Kein Blut, aber das Muster der Spur sagt mir, dass es so ist." Sie zeigte dorthin, wo er zuvor den Boden untersucht hatte. Er sah nichts, das auf ein verletztes Tier hingewiesen hätte.

„Nein, nicht dieser Abdruck der andere und der daneben."

Sie erhob sich und ging vor, achtsam darauf bedacht, wo sie hintrat, und plötzlich erkannte Durotan, was sie meinte. Der Abdruck eines Hufs war leicht weniger tief als die anderen drei.

Das Tier lahmte.

Er bedachte sie mit einem bewundernden Blick, und sie errötete leicht. „Es war leicht zu sehen", sagte sie. „Du hättest es auch entdeckt."

„Nein", gab er ehrlich zu, „hätte ich nicht. Ich habe die Abdrücke gesehen, aber ich habe mir nicht die Zeit genommen, sie mir genauer anzuschauen. Du hast es getan. Du wirst eines Tages eine ausgezeichnete Jägerin."

Sie straffte sich und sah ihn stolz an. Etwas Warmes, das ihn gleichzeitig stärkte und schwächte, durchlief ihn. Er war nicht besonders fleißig, wenn es darum ging, die Ahnen anzurufen, aber als er Draka vor sich stehen sah, sandte er ihnen ein schnelles Gebet. *Lasst diese Frau mich mögen.*

Sie folgten der Fährte wie Wölfe einem Geruch. Durotan führte nicht mehr, diese Frau war ihm beim Spurensuchen ebenbürtig. Sie ergänzten einander gut. Er hatte die schärferen Augen, aber sie sah genauer auf das, was sie fanden. Er fragte sich, wie es sein würde, neben ihr zu kämpfen. Die Augen auf den Boden vor sich gerichtet, liefen sie um eine scharfe Biegung. Er fragte sich, wie es sein würde …

Der große Schwarzwolf kauerte über dem Tier, das sie verfolgt hatten, und wirbelte knurrend herum. Eine endlos lange Zeit belauerten sich die drei Jäger. Aber noch bevor das mächtige Biest zum Sprung ansetzte, griff Durotan an.

Die Axt wog nichts in seinen Händen, als er sie hob und zuschlug. Sie sank tief in den Körper des Tiers, aber Durotan spürte den vergeltenden Biss der gelben Zähne, die sich knirschend um seinen Arm schlossen. Stechender Schmerz brandete durch ihn. Mühsam befreite er seinen Arm. Diesmal war es schwerer, die Axt zu heben, während sein Arm Blut verlor, aber er tat es. Der Wolf hatte sich voll auf Durotan konzentriert, seine gelben Augen bohrten sich in seine, sein Mund stand offen, und sein heißer Atem stank nach verwestem Fleisch.

In der Sekunde, bevor die großen Zähne in sein Gesicht hacken konnten, hörte Durotan einen Kriegsschrei. Da war eine unscharfe Bewegung am Rande seines Blickfelds. Draka sprang die Bestie an, ihren langen verzierten Speer nach vorn gerichtet. Der Kopf des Wolfs zuckte zurück, als der Speer seinen Leib durchbohrte. In einem Augenblick der Unachtsamkeit hob Durotan erneut die Axt und schlug so fest zu, wie er konnte. Er fühlte, wie sie den Körper des Tiers durchschnitt und sich sogar in die Erde unter ihm bohrte, so tief, dass er sie nicht sofort herausziehen konnte.

Er trat zurück, keuchte. Draka stand neben ihm.

Er fühlte ihre Wärme, ihre Kraft, ihre Leidenschaft für die Jagd, die so stark wie seine war. Gemeinsam starrten sie auf die mächtige Bestie, die sie beide erlegt hatten. Sie waren von einem Tier überrascht worden, das normalerweise nur mehrere erfahrene Orcs erledigen konnten. Und sie lebten noch. Ihr Feind lag tot am Boden, in zwei Teile gehauen von Durotans Axt, während Drakas Speer aus seinem Herzen ragte. Durotan begriff, dass er niemals würde sagen können, wer von ihnen beiden tatsächlich den Wolf getötet hatte. Und das machte ihn seltsamerweise glücklich.

Er brach zusammen und schlug auf den Boden.

Draka war zur Stelle und wischte das Blut von seinem verletzten Arm, nur um aufzustöhnen, als noch mehr kam. Sie behandelte ihn mit Heilsalben und eng gebundenen Bandagen. Dann rieb sie einige bitter schmeckende Kräuter in Wasser und befahl ihm zu trinken. Nach ein paar Augenblicken schwand der Schwindel.

„Danke“, sagte er ruhig.

Sie nickte und schaute ihn nicht an. Doch ein Lächeln verzog ihre Mundwinkel.

„Was ist so komisch? Dass ich hingefallen bin?“ Seine Stimme klang härter, als er beabsichtigt hatte, und sie sah schnell auf, von seinem Tonfall überrascht.

„Absolut nicht. Du hast gut gekämpft, Durotan. Viele hätten die Axt nach so einem Biss fallen lassen.“

Er fühlte sich seltsam befriedigt von dem Kompliment, das wie eine bloße Feststellung klang und nicht nach einer Schmeichelei. „Was belustigt dich dann so?“

Sie grinste und sah ihn direkt an. „Ich weiß etwas, was du nicht weißt. Aber … ich denke, nach dieser Sache kann ich es dir sagen.“

Er fühlte, wie er selber lächelte. „Ich fühle mich geehrt.“

„Ich habe dir gestern gesagt, dass ich noch nicht das richtige Alter für das Werberitual habe.“

„Das stimmt.“

„Nun … als ich das sagte, wusste ich, dass ich es bald erreichen würde.“

„Ich verstehe“, sagte er, obwohl er keine Ahnung hatte, wovon sie sprach. „Nun … wann wirst du denn alt genug?“

Ihr Lächeln wurde breiter. „Heute“, sagte sie einfach.

Er sah sie einen Moment lang an, dann, ohne ein weiteres Wort, zog er sie zu sich und küsste sie.

Nachdem Talgath die Orcs eine Zeitlang beobachtet hatte, zog er sich zurück; ihre tierische Natur beleidigte ihn. Ein Man'ari war etwas Besseres. Abgesehen von den weiblichen Wesen mit den Lederflügeln und dem Schwanz stillten die Man'ari ihre Begierde mit Gewalt, nicht mit Paarung. Am liebsten hätte er die beiden auf der Stelle getötet, aber sein Meister duldete keine Einmischung. Wenn die beiden nicht zu ihrem Clan zurückkehrten, würde dies das Misstrauen der anderen wecken. Und obwohl sie unwichtig wie Insekten waren, konnten sie zur Plage werden. Kil'jaeden wollte, dass er nur beobachtete und Bericht erstattete, nicht mehr.

Und das würde Talgath tun

Rache, so dachte Kil'jaeden, war am süßesten, wenn man ihr zu reifen erlaubte. Es hatte in den langen Jahren Momente gegeben, in denen er daran gezweifelt hatte, den Fluchtort der Eredar zu finden. Aber je mehr Talgath ihm berichtete, desto zuversichtlicher und freudiger wurde Kil'jaeden.

Talgath hatte ihm gut gedient. Er hatte die so genannten „Städte“ des einst mächtigen Velen und seiner kleinen Schar beobachtet. Er hatte gesehen, wie sie lebten, jagten, wie sie diese Kreaturen, die sich selbst „Orcs“ nannten, mit Wohlwollen behandelten. Es war einfach lachhaft. Talgath hatte einige Reste alten Ruhmes in ihren Gebäuden und in ihrer simplen Technologie wiedergefunden. Aber Talgath war sicher, dass Kil'jaeden erfreut sein würde, wie tief sein ehemaliger Freund gefallen war.

„Draenei“ nannten sie sich nun, die Verbannten. Und ihre Welt hatten sie Draenor genannt.

Talgath wunderte sich darüber, warum sich Kil'jaeden nicht auf Velen konzentrierte, sondern stattdessen mehr über die Orcs wissen wollte. Wie waren sie organisiert? Was für Sitten und Gebräuche hatten sie? Wer waren ihre Anführer und wie wurden die ausgewählt? Was war ihnen als Gemeinschaft wichtig, was als Einzelwesen?

Aber Talgaths Aufgabe bestand darin zu berichten, nicht zu bewerten. Und er berichtete seinem Meister, so gut er konnte. Als Kil'jaeden schließlich über alles informiert war, was Talgath herausgefunden hatte, bis hin zu den Namen der beiden Kreaturen, die sich nach ihrem gemeinsamen Töten gepaart hatten, war er zufrieden. Zumindest für den Moment.

Auf lange Sicht würde er seine Rache bekommen. Velen und seine Emporkömmlinge würden bestraft werden. Aber nicht schnell, nicht mit einer Armee von überlegenen Eredar, die sie in Stücke reißen würde. Das wäre zu gnadenvoll. Kil'jaeden wollte sie brechen. Demütigen. Sie zerstören. Und zwar so absolut und vollständig, wie ein Insekt unter einem Stiefel zerquetscht wurde.

Und er wusste genau, was er dazu tun musste.

SECHS

Die Lektionen aus dieser Zeit waren bitter und wurden allesamt mit Blut und Tränen erkauft. Aber ironischerweise sollte uns das, was uns beinahe zerstörte, später erlösen: das Gefühl der Zusammengehörigkeit. Jeder Clan war nur sich selbst verpflichtet, kümmerte sich allein um seine Mitglieder, nicht um die aus anderen Gruppen. Warum wir uns später vereinigen sollten und wogegen, war völlig falsch. Dafür büßen wir heute noch. Selbst Generationen nach mir werden für diese Fehler zahlen. Aber die Einigkeit selbst war herrlich. Und diese Lektion will ich aus der Asche gewinnen. Diese Lektion brachte mich auf die Idee, mich mit den Anführern so scheinbar unterschiedlicher Völker zu treffen, mich mit ihnen zusammenzutun, um so Ziele zu verfolgen, auf deren Erreichen wir letzendlich stolz sein können.

Einheit. Harmonie. Das ist die gute Lektion aus der Vergangenheit. Ich habe sie gelernt.

Ner'zhul schaute zufrieden in den dämmrigen Himmel. Der Sonnenuntergang dieses Tages war wundervoll. Die Ahnen müssen zufrieden sein, dachte er und war ein kleines bisschen stolz darauf.

Ein weiteres Kosh'harg-Fest war gekommen und gegangen. Jedes Mal, wenn das Fest stattfand, passierte etwas Erfreuliches und etwas, das betrauert werden musste.

Seine alte Freundin Kashur, die, wie er wusste, von ihrem Clan liebevoll „Mutter" genannt worden war, war zu den Ahnen gegangen. Wie er gehört hatte, war sie tapfer gestorben. Sie hatte darauf bestanden, an einer Jagd teilzunehmen, was sie schon seit Jahren nicht mehr gemacht hatte. Die Frostwölfe hatten Spalthufe gejagt, und die alte Mutter war bei der Vorhut der angreifenden Krieger gewesen. Sie war zu Tode getrampelt worden, bevor irgendjemand sie hatte retten können. Obwohl ihr Clan um sie trauerte, feierten sie ihr Leben und ihre Wahl, sich davon zu verabschieden. Er fragte sich, ob er sie in seinen Träumen sehen würde, und schalt sich dann für diesen Gedanken. Er würde sie erst dann sehen, wenn sie es für richtig hielt. Für die Schamanen war der Tod keine Wüste des Leids wie für normale Orcs. Sie genossen das Privileg, in der Gegenwart der geliebten Toten weiterzuleben, von ihrer Weisheit zu lernen und ihre Wärme zu spüren.

Die Frostwölfe hatten eine weitere Tragödie zu betrauern. Denn ihr Anführer Garad war ebenfalls gestorben. Seine Jagdgruppe hatte das große Pech gehabt, an einem schönen sonnigen Tag auf gleich drei Oger und einen ihrer monströsen Meister zu stoßen. Diese scheußlichen Kreaturen waren zwar dumm, aber wild, und zumindest war der Gronn ein gerissener Gegner. Die Orcs hatten sie schließlich besiegt, aber es hatte Tote gegeben. Garad und einige andere erlagen ihren Wunden an diesem schwarzen Tag. Die Heiler konnten ihnen nicht mehr helfen.

Aber in der Trauer einen Anführer zu verlieren, einen, den Ner'zhul gekannt und respektiert hatte, lag gleichzeitig die Freude, frisches Blut kommen zu sehen. Kashur wusste nur Gutes über den jungen Durotan zu berichten. So wie Ner'zhul es sah, würde er einen guten Anführer abgeben. Bei Durotans Ernennung zum Häuptling war ihm eine attraktive und sehr tapfer wirkende junge Frau aufgefallen, die der Feier mit Interesse zugeschaut hatte. Ner'zhul war sich sicher, dass die liebliche Draka bereits beim nächsten Kosh'harg-Fest die Frau des neuen Häuptlings des Frostwolf-Clans sein würde.

Er seufzte, ordnete die Bilder in seinem Kopf, während sich seine Augen an dem herrlichen Sonnenuntergang erfreuten. Die Jahre kamen und gingen, spendeten Segen und nahmen Opfer.

Er ging zu seiner kleinen Hütte, die er einst mit seiner Frau geteilt hatte. Rulkan war bereits vor einigen Jahren gestorben. Von Zeit zu Zeit besuchte sie ihn, verkündete zwar keine Weisheiten der Ahnen, aber erfüllte sein Herz mit Zärtlichkeit. Und jedes Mal, wenn ihr Geist den seinen berührte, wurden ihm die Bedürfnisse seines Volkes wieder bewusst. Er vermisste ihr raues Lachen und ihre Wärme, aber er war trotzdem zufrieden. Vielleicht, überlegte er, würde Rulkan ihm in der kommenden Nacht im Traum erscheinen.

Er bereitete einen Trank vor, sang leise, dann trank er ihn langsam. Das Gebräu würde keine Vision hervorrufen. Nichts vermochte das, solange die Ahnen es nicht wollten. Manchmal hatte er Visionen, wenn er sie am wenigsten erwartete. Aber über lange Jahre hatte der Schamane gelernt, dass einige Kräuter den Geist öffneten, während er schlief. Und sie halfen dabei, sich am nächsten Tag umso klarer daran zu erinnern.

Ner'zhul schloss die Augen und öffnete sie sofort wieder, obwohl er wusste, dass er eingeschlafen war.

Sie standen auf einer Bergspitze, er und seine geliebte Rulkan. Zuerst dachte er, dass sie gemeinsam den Sonnenuntergang beobachten würden. Dann erkannte er, dass die Sonne auf-, nicht unterging. Der Himmel war herrlich, aber in einer Art, die ihn aufwühlte, statt zu beruhigen oder Trost zu spenden. Alles war rot, lila und orange, fast schon violett, und Ner'zhuls Herz pochte.

Rulkan schaute ihn an, lächelte. Und zum ersten Mal, seit sie den letzten Atem ausgehaucht hatte, sprach sie zu ihm.

„Ner'zhul, mein Mann, dies ist ein neuer Anfang."

Er schnappte nach Luft, überwältigt von der Liebe zu ihr. Die Farben des Sonnenaufgangs wühlten ihn auf. Ein neuer Anfang?

„Du hast unser Volk gut geführt", sagte sie. „Aber es ist die Zeit gekommen, um die alten Wege zu verändern und unser Volk weiterzubringen. Und das zum Besten aller."

Ein Gedanken blitzte in ihm auf. Rulkan war weder Schamanin noch Häuptling gewesen. Sie war immer sie selbst. Ner'zhul hatte das stets gereicht, aber sie hatte keine wichtige Position innegehabt, die sie zu einer solchen Aussage legitimiert hätte. Verärgert über sein fehlendes Vertrauen in die Mächte des Schicksals schob Ner'zhul diesen Gedanken beiseite. Er war kein Geist. Er bestand nur aus Fleisch und Blut, obwohl er die

Wege der Ahnen besser verstand als die meisten. Aber er wusste auch, dass es vieles gab, das er niemals verstehen würde. Warum sollte Rulkan *nicht* für die Ahnen sprechen?

„Ich höre", sagte er.

Sie lächelte. „Den Orcs stehen dunkle und gefährliche Zeiten bevor. Bislang sind wir immer nur zu den Kosh'harg-Festen zusammengekommen. Diese Isolation muss aufhören, wenn wir als Volk überleben wollen."

Rulkan schaute in den Sonnenaufgang, und sie wirkte dabei gedankenverloren. Ner'zhul brannte darauf, sie zu halten, ihre Sorgen als seine anzunehmen, so, wie er es früher immer getan hatte. Aber er wusste, dass er sie weder berühren, noch sie zum Sprechen zwingen konnte. Deshalb blieb er still, trank ihre Schönheit, während er ihr lauschte.

„Auf dieser Welt lastet etwas Böses", sagte Rulkan. „Es muss vernichtet werden."

„Sag es, und es wird getan", schwor Ner'zhul eifrig. „Ich ehre immer den Rat der Ahnen."

Sie sah ihn an, ihr Blick suchte den seinen. „Wenn es vernichtet ist, wird unser Volk stolz und fest zueinanderstehen, noch mehr, als es bereits der Fall ist. Wir werden mächtig und stark sein. Diese Welt wird uns gehören. Und du, du, Ner'zhul, wirst sie führen."

Etwas an der Art, wie sie es sagte, ließ Ner'zhuls Herz springen. Er war bereits sehr machtvoll. Er wurde von seinen eigenen Leuten, dem Schattenmond-Clan, geehrt, vielleicht sogar verehrt. Dennoch rührte Furcht an ihm, dunkel und ungemütlich, doch er musste sich ihr stellen.

„Was ist das für eine Bedrohung, die beseitigt werden muss?"

Sie sagte es ihm.

„Was soll das bedeuten?", fragte Durotan.

Er war mit den beiden Orcs zusammen, denen er in seinem Clan am meisten traute: Draka, seine Zukünftige, die er in einer feierlichen Zeremonie beim nächsten Vollmond heiraten würde, und Drek'Thar, der neue Oberschamane des Clans.

Durotan betrauerte wie jeder andere den Tod von Mutter

Kashur. Tief in seinem Herzen wusste er, dass sie an dem Tag freiwillig den Tod gesucht hatte, damit es ein ehrenvoller Tod war. Sie wurde vermisst, aber Drek'Thar hatte sich als würdiger Nachfolger erwiesen. Er stellte seinen persönlichen Kummer zurück und hatte seinen Platz als erster Heiler auf der Jagd eingenommen. Kashur wäre stolz gewesen. An diesem Abend aßen die drei im Zelt des Häuptlings, wo Durotan, der seit dem Tod seines Vaters der neue Anführer war, lebte.

Durotan las einen Brief, den er gerade erhalten hatte. Ein großer dürrer Kurier auf einem großen dürren Schwarzwolf hatte ihn überbracht. Er ging den Inhalt noch mal durch, während er den aus Getreide und Blut gekochten Brei aß.

An Durotan, Häuptling des Frostwolf-Clans!

Der Schamane Ner'zhul sendet dir Grüße. Ich hatte Visionen von den Ahnen, die uns alle betreffen. Ich möchte am zwölften Tage dieses Mondes zu allen Anführern der Clans sprechen wie auch zu jedem Schamanen jedes Clans. Kommt zum Fuß des heiligen Berges. Für Fleisch und Getränke wird gesorgt. Wenn ihr nicht teilnehmt an dem Treffen, werte ich das als Zeichen dafür, dass ihr euch nicht für die Zukunft eures Volkes interessiert, und werde entsprechend handeln. Vergebt meinen harschen Ton, aber diese Angelegenheit ist äußerst wichtig. Bitte antwortet über meinen Kurier.

Durotan hatte den Kurier warten lassen, während er die Angelegenheit mit seinen Vertrauten besprach. Der Kurier schien es eilig zu haben, war aber einverstanden gewesen, noch ein wenig zu bleiben. Der aromatische Geruch des Breis, der aus einem großen Kessel drang, hatte sicherlich geholfen, ihn zu überzeugen.

„Ich weiß nicht", sagte Drek'Thar. „So etwas hat noch nie außerhalb des Kosh'harg-Festes stattgefunden. Die Schamanen halten dort immer in der Gegenwart der Ahnen ein Treffen ab, aber niemals zu anderen Zeiten. Und ich habe nie davon gehört, dass jemand die Häuptlinge zusammengerufen hätte. Doch ich kenne Ner'zhul schon mein ganzes Leben. Er ist ein weiser und großer Schamane. Wenn die Geister uns vor einer großen Bedrohung warnen wollen, würden sie sicher über ihn zu uns sprechen."

Draka knurrte. „Er kommandiert euch herum, als wärt ihr Haustiere, die seinem Ruf folgen müssen", murrte sie. „Mir gefällt das nicht, Durotan. Es riecht nach Arroganz."

„Ich widerspreche dir nicht", sagte Durotan. Seine Nackenhaare hatten sich aufgerichtet, als er den Brief gelesen hatte. Auch ihm gefiel dieser Tonfall nicht. Zuerst hatte er ablehnen wollen, aber als er die Nachricht noch einmal las, ignorierte er die unfreundlichen Worte und konzentrierte sich auf den Inhalt des Briefs. Etwas beunruhigte diesen Orc, den jeder respektierte. Und sicherlich war es eine Reise wert, auch wenn die ein paar Tage dauern würde.

Draka beobachtete ihn mit gerunzelter Stirn. Er sah sie an und lächelte. „Ich werde gehen. Und mit mir all meine Schamanen."

Draka fröstelte. „Ich begleite dich."

„Ich denke, es wäre das Beste, wenn …"

Draka schnaubte. „Ich bin Draka, Tochter von Kelkar, Sohn des Rhakish. Ich bin deine Zukünftige und bald deine Lebenspartnerin. Du verbietest mir nicht, dich zu begleiten."

Durotan warf den Kopf zurück und lachte. Er hatte gut gewählt. Aus einer Schwachgeborenen war Stärke erwachsen. Der Frostwolf-Clan würde mit ihr an der Seite erblühen.

„Ruf den Kurier rein, wenn er sein Mahl beendet hat", sagte Durotan und lachte immer noch. „Sag ihm, dass wir zu Ner'zhuls merkwürdigem Treffen kommen werden. Aber er sollte uns von seiner Notwendigkeit überzeugen, wenn wir erst da sind."

Der Anführer der Frostwölfe und sein Schamane gehörten zu den Ersten, die eintrafen. Ner'zhul selbst begrüßte sie. In dem Augenblick, in dem Durotan den Schamanen sah, wusste er, dass es richtig gewesen war, zu kommen. Obwohl Ner'zhul kein junger Orc mehr war, schien er in den wenigen Monaten seit dem letzten Kosh'harg-Fest um Jahre gealtert. Er wirkte dünner, fast schon verhungert, als wenn er schon eine ganze Weile nichts mehr gegessen hätte. Seine Blicke wirkten gehetzt. Er griff mit zittrigen Händen Durotans breite Schultern, und der Häuptling der Frostwölfe spürte, dass sein Dank ehrlich gemeint war. Er spürte kein arrogantes Spiel um die Macht, sondern ein aufrichtiges Gefühl der Bedrohung.

Durotan neigte den Kopf, dann verließ er ihn, um zu sehen, wie seine Leute untergebracht waren.

Während der nächsten paar Stunden, als sich die Sonne dem Horizont näherte, beobachtete Durotan den steten Strom von Orcs, der sich durch das flache Wiesenland zog und zum Fuß des heiligen Bergs wanderte. Es wirkte fast schon, als würden sie sich für das Kosh'harg-Fest versammeln. Er sah die leuchtenden Banner in der Brise flattern, die jeden Clan ankündigten, und ein Lächeln legte sich auf sein Gesicht, als er das Symbol des Schwarzfels-Clans erblickte, Orgrims Clan. Seit sie erwachsen waren, hatten die beiden Jugendfreunde nicht mehr so viel Zeit füreinander. Orgrim war bei Durotans Ernennung zum Häuptling dabei gewesen, seitdem hatten sie sich nicht mehr gesehen. Durotan sah mit Freude und keineswegs überrascht, dass Orgrim nur einen Schritt hinter Schwarzfaust schritt, dem klotzigen und einschüchternden Häuptling des Schwarzfels-Clans. Durotans alter Freund war nun dessen Stellvertreter.

Draka folgte dem Blick ihres zukünftigen Gatten und grunzte ebenfalls zufrieden. Sie verstand sich sehr gut mit Orgrim, wofür Durotan dankbar war. Es war ein Glück, dass die beiden, die ihm die wichtigsten waren, ebenfalls miteinander gut auskamen.

Während Schwarzfaust mit Ner'zhul redete, warf Orgrim Durotan einen Blick zu und zwinkerte. Durotan grinste ihm zu. Ner'zhuls Vision beunruhigte ihn, aber immerhin gab ihm dieses Treffen die Möglichkeit, Orgrim wiederzusehen.

In diesem Moment drehte sich Schwarzfaust mit einem Schnauben um und bedeutete Orgrim, ihm zu folgen. Das Lächeln verschwand aus Durotans Gesicht. Wenn Schwarzfaust seinen Stellvertreter Orgrim das gesamte Treffen lang brauchte, dann würde ihm sogar das Vergnügen, ein paar Worte mit dem Freund zu sprechen, verwehrt werden.

Draka, die ihn gut kannte, griff nach seiner Hand und drückte sie. Sie sagte nichts, sie musste es nicht. Durotan sah sie an und lächelte.

Derselbe lange dünne Kurier, der Durotan die Nachricht von dem Treffen überbracht hatte, verkündete, dass Ner'zhul die Versammlung nicht vor dem nächsten Morgen halten würde. Einige Clans würden erst in der Nacht eintreffen. Das Lager der Frostwölfe war kleiner als das der anderen, aber gemütlich. Sie hatten Reisezelte und Felle mitgebracht, und der Kurier hatte dafür gesorgt, dass sie ausreichend Fleisch, Fisch und Früchte bekamen. Eine Talbuk-Lende drehte sich langsam über dem Feuer, ihr verlockender Geruch hielt den Appetit wach, während sich die Orcs über den Fisch hermachten. Es waren insgesamt elf: Durotan, Draka, Drek'Thar und acht Schamanen. Einige wirkten sehr jung auf Durotan. Aber obwohl ein paar von ihnen noch nicht ihre vollen Fertigkeiten ausgebildet hatten, wurde ihnen, sobald sie von den Ahnen auserwählt worden waren, derselbe Respekt entgegengebracht wie allen anderen auch.

Ein dunkler Schatten erschien außerhalb des Feuerkreises. Durotan stand auf und erhob sich zu seiner vollen imposanten Größe. Nur für den Fall, dass der Besucher zu viel getrunken hatte und streitlustig war. Der Wind drehte, und er lachte, als er Orgrims Geruch wahrnahm.

„Willkommen, mein alter Freund", rief er und umarmte den anderen Orc herzlich. Obwohl Durotan groß war, überragte ihn Orgrim wie schon in der Jugend. Als er den Stellvertreter des Schwarzfelshäuptlings sah, fragte sich Durotan, wie er Orgrim überhaupt in irgendetwas hatte schlagen können.

Orgrim grunzte und klatschte Durotan auf die Schulter. „Dein Lager ist klein, aber es riecht am besten", sagte er, während er einen Blick zu dem Fleisch warf, das über dem Feuer briet, und dann schnüffelte.

„Dann reiß dir ein dickes Stück vom Talbuk heraus und lass deine Aufgaben für eine Weile ruhen", sagte Draka.

„Würde ich gern, wenn ich könnte", erwiderte Orgrim und seufzte. „Aber ich habe nicht viel Zeit. Wenn der Häuptling des

Frostwolf-Clans so nett wäre, mich ein Stück zu begleiten, würde ich mich sehr geehrt fühlen."

„Dann lass uns gehen", antwortete Durotan.

Sie verließen das Lager und gingen eine Weile wortlos, bis die Lagerfeuer kleine blinkende Lichter in der Ferne waren und sie sicher sein konnten, dass niemand sie sehen oder hören konnte. Beide Orcs schnüffelten im Wind. Orgrim schwieg eine Weile, und Durotan wartete mit der Geduld des wahren Jägers.

Schließlich ergriff Orgrim das Wort. „Schwarzfaust wollte nicht, dass wir kommen", sagte er. „Er fand es erniedrigend, dass Ner'zhul uns rief, als wären wir Haustiere."

„Draka und ich haben zunächst genauso gedacht, aber ich bin froh, dass wir dann doch gekommen sind. Du hast Ner'zhuls Gesicht gesehen. Ein Blick genügte, und ich wusste, dass es richtig war herzukommen."

Orgrim schnaubte. „Ich sehe das genauso, aber als ich das Lager verlassen habe, hat Schwarzfaust immer noch gegen den Schamanen gewettert. Er sieht nicht das, was du und ich sehen."

Es stand Durotan nicht zu, schlecht über einen anderen Clanführer zu sprechen. Aber es war kein Geheimnis, was die meisten Orcs über Schwarzfaust dachten. Er war sicherlich ein machtvoller Orc in seinen besten Jahren, größer und stärker als jeder andere Orc, den Durotan kannte. Und er war auch nicht dumm. Aber etwas war an ihm, das dafür sorgte, dass sich Durotans Nackenhaare sträubten. Dennoch entschied er sich, den Mund zu halten.

„Ich sehe selbst im Dunkeln, dass du mit dir kämpfst, alter Freund", sagte Orgrim leise. „Du musst nichts sagen, ich weiß es auch so. Er ist mein Häuptling. Ich habe ihm die Treue geschworen, und ich werde diesen Schwur nicht brechen. Aber auch ich habe meine Bedenken."

Dieses Eingeständnis erschreckte Durotan. „Hast du?"

Orgrim nickte. „Ich bin hin- und hergerissen, Durotan. Auf der einen Seite meine Treue, auf der anderen das, was Herz und Verstand mir sagen. Mögest du niemals in so eine Lage geraten. Als Stellvertreter kann ich vermitteln, aber nur ein wenig. Er ist der Anführer des Clans, und er hat das Sagen. Ich kann nur hoffen, dass er den anderen morgen zuhört und nicht stur auf seinem verletzten Stolz beharrt."

Durotan teilte diese Hoffnung. Wenn die Dinge tatsächlich so schlimm waren, wie Ner'zhuls Gesichtsausdruck erahnen ließ, dann war ein Anführer eines der mächtigsten Clans, der sich wie ein trotziges Kind benahm, das Letzte, was sie brauchen konnten.

Sein Blick fiel auf einen dunklen Umriss auf Orgrims Rücken. Stolz und Trauer durchfluteten ihn, als er sagte: „Du trägst jetzt den Schicksalshammer. Ich wusste nicht, dass dein Vater gestorben ist."

„Er starb tapfer und ehrenvoll", sagte Orgrim. Er zögerte, dann ergänzte er: „Erinnerst du dich an den Tag vor langer Zeit, als wir vor dem Oger flohen und die Draenei uns gerettet haben?"

„Wie könnte ich das jemals vergessen?", antwortete Durotan.

„Ihr Prophet sprach von einer Zeit, in der ich den Schicksalshammer erhalten würde", sagte Orgrim. „Ich war so aufgeregt bei dem Gedanken, ihn auf der Jagd zu führen. Damals habe ich zum ersten Mal verstanden, richtig verstanden, dass der Tag, an dem ich die Waffe erhalten würde, derselbe Tag wäre, an dem ich meinen Vater verlieren würde."

Er löste die Waffe von seinem Rücken und hob sie. Es war, als beobachte man einen Tänzer, denn seine Bewegung war voller Macht und Anmut. Der Mond beschien Orgrims starken Körper, als er den Hammer führte. Schwer atmend und schwitzend steckte er die Waffe schließlich zurück.

„Es ist ein herrliches Ding", sagte Orgrim leise. „Eine Waffe der Macht. Eine Waffe der Prophezeiung. Der Stolz meiner Familie. Und dennoch würde ich sie eigenhändig in tausend Teile schlagen, würde das mir meinen Vater zurückbringen."

Ohne ein weiteres Wort ging Orgrim zu der kleinen Ansammlung von Feuern zurück. Durotan jedoch folgte ihm nicht. Er blieb noch eine Weile, schaute zu den Sternen, und tief in seiner Seele spürte er, dass die Welt, die er beim Aufwachen sehen würde, sich radikal von der unterscheiden würde, die er bisher sein ganzes Leben lang gekannt hatte.

Sieben

Ich weiß genau, dass wir Orcs mehr verloren als gewonnen haben. Zu diesem Zeitpunkt war unsere Kultur unverdorben, unschuldig, rein. Wir waren wie Kinder, die immer sicher, geliebt und beschützt gelebt hatten. Aber Kinder müssen erwachsen werden, und wir waren als Volk zu leicht manipulierbar.

Niemand kann mir vorwerfen, dass ich übermäßig misstrauisch wäre. Aber wir müssen vorsichtiger sein. Hinter edlen Gesichtern verbirgt sich allzu oft Verrat und Täuschung, und selbst die, an die wir mit ganzem Herzen glauben, können korrumpiert werden.

Es ist dieser Verlust unserer Unschuld, den ich bedaure, wenn ich an diese Tage denke. Und es war unsere Unschuld, die zu unserem Niedergang führte.

Es war eine lange Reihe feierlicher Gesichter, die auf die versammelten Anführer der Orc-Clans gerichtet waren. Durotan stand neben Draka, sein Arm lag beschützend um ihre Hüfte, obwohl er nicht wusste, wovor er sie an diesem Ort beschützen sollte. Seine Augen weiteten sich, als er Drek'Thar sah und er im Gesicht seines Freundes und Beraters etwas erkannte, das ihn bis ins Mark erschütterte.

Er wünschte, er hätte neben Orgrim stehen können. Sie waren von verschiedenen Clans und unterschiedlichen Traditionen, aber es gab niemanden, dem er mehr vertraute. Doch Orgrim stand natürlich bei Schwarzfaust, seinem Häuptling, der die versammelten Schamanen mit kaum verhohlener Verärgerung anschaute.

„Der war schon zu lange nicht mehr auf der Jagd", murmelte Draka und nickte in Schwarzfausts Richtung. „Er sucht Streit."

Durotan seufzte. „Er könnte ihn sogar bekommen. Schau in ihre Gesichter."

„Ich habe Drek'Thar noch nie so gesehen. Selbst als er vor Mutter Kashurs zerschundenem und zertrampeltem Körper stand nicht", sagte Draka.

Durotan entgegnete nichts, nickte nur und beobachtete weiter.

Ner'zhul ging in die Mitte der versammelten Menge. Jeder trat zurück, um ihm Platz zu machen. Er begann im Kreis zu gehen und murmelte, dann blieb er stehen und hob die Arme. Feuer stieg himmelwärts vor ihm auf. Viele der Versammelten zeigten sich beeindruckt, auch jene, die solche Dinge schon oft zuvor gesehen hatten. Die Flammen richteten sich hoch auf, dann fielen sie in sich zusammen und wurden wieder zu einem normalen Lagerfeuer.

„Wenn die Dunkelheit hereinbricht, auf welche Art auch immer, dann setzt euch ans Feuer", befahl Ner'zhul. „Lasst jeden Clan mit ihren eigenen Schamanen beisammen sitzen. Ich werde euch rufen, wenn die Zeit dazu gekommen ist."

„Vielleicht willst du noch verlangen, dass wir dir frisches Wild erlegen", erklang eine grimmige, wütende Stimme, „und es dir gehorsam abends vor die Füßen legen."

Durotan kannte die Stimme. Er hatte sie oft genug gehört, oft genug bei Kosh'harg-Feiern in seiner Jugend, und hatte ihren Besitzer Schreie ausstoßen hören, die einem das Blut gefrieren ließen. Er drehte sich und sah Grom Höllschrei, den jugendlichen Führer des Kriegshymnen-Clans.

Höllschrei stand vor seinem Clan, kleiner als die meisten Orcs, aber immer noch groß und beeindruckend. Die Farben der Kriegshymnen waren rot, schwarz und weiß. Höllschrei trug zwar keine Rüstung, doch das einfache Leder in diesen starken Farbtönen wirkte kriegerisch genug. Er verschränkte die Arme vor der Brust und starrte Ner'zhul herausfordernd an.

Ner'zhul nahm die Herausforderung nicht an, sondern seufzte tief. „Viele von euch fühlen sich in ihrer Ehre gekränkt, das weiß ich. Lasst mich mit euch reden, und ihr werdet froh sein, dass ihr hier wart. Die Kinder eurer Kinder werden froh sein."

Höllschrei grummelte, und seine Augen blitzten, aber er sagte nichts mehr. Er blieb noch einen Moment stehen, dann setzte er sich, nicht ohne mit einem Achselzucken anzudeuten, dass er aus freien Stücken gekommen war, nicht weil er sich gezwungen gefühlt hatte. Sein Clan tat es ihm gleich.

Ner'zhul wartete, bis es wieder ruhig war. Dann begann er zu sprechen.

„Ich hatte eine Vision", sagte er. „Von einem der Ahnen, mit dem ich mich am engsten verbunden fühle. Sie hat mir eine Bedrohung offenbart, die wie ein giftiger Skorpion unter einem blühenden Busch lauert. Alle anderen Schamanen können die Vision bestätigen. Es betrübt mich und macht mich wütend, dass wir so hinters Licht geführt wurden."

Durotan hing an den Worten des Schamanen, und sein Herz trommelte wild vor Erregung. Wer war dieser geheimnisvolle Feind? Wie war diese dunkle Bedrohung ihrer Aufmerksamkeit entgangen?

Ner'zhul seufzte abermals, schaute auf den Boden, dann schüttelte er sich. Seine Stimme klang tief, durchsetzt mit Trauer.

„Der Feind, von dem ich spreche", sagte er schwer, „sind die Draenei."

Unruhe brach aus.

Durotan schaute ungläubig. Er sah sich um, suchte Orgrims Blick und sah in die aufgerissenen grauen Augen seines Freundes. Er sah darin das gleiche Erschrecken, das auch ihn erfüllte. Die Draenei? Da konnte etwas nicht stimmen. Die Gronn, ja, vielleicht waren sie über irgendwelches Geheimwissen gestolpert, mit dem sie ihre alten Feinde, die Orcs, vernichten wollten. Aber nicht die Draenei!

Sie waren nicht einmal ähnlich gute Kämpfer wie die Orcs. Sie jagten, ja, das stimmte. Schließlich brauchten auch sie Fleisch zum Überleben, genauso wie jeder Orc. Sie konnten es mit den Gronns aufnehmen, und manchmal halfen sie einer Jagdgruppe. Durotans Gedanken gingen zurück zu dem Tag, an dem zwei junge Orcs vor einem Oger geflohen waren und die großen blauen Gestalten aus dem Nichts erschienen, um sie zu retten.

Warum hätten sie ihr Leben riskieren sollen, um zwei Jungen zu retten, wenn sie in Wahrheit so böse waren, wie Ner'zhul glaubte? Es ergab einfach keinen Sinn. Gar nichts davon ergab Sinn.

Ner'zhul bat um Ruhe und bekam sie nicht. Schwarzfaust war aufgesprungen, die Adern auf seinem dicken Nacken waren geschwollen. Orgrim tat, was er konnte, um seinen Häuptling zu beruhigen. Dann durchschnitt ein fürchterliches Geräusch die Luft, schmetterte in den Ohren und ließ ihre Herzen fast aussetzen. Grom Höllschrei war ebenfalls aufgesprungen, hatte den Kopf in den Nacken geworfen und den Mund mit dem schwarzen Gebiss weit aufgerissen. Nichts konnte es mit Höllschreis Kriegsruf aufnehmen, dem lastende Stille folgte.

Grom öffnete wieder die Augen und grinste Ner'zhul an, der völlig verwundert darüber war, dass sein bisheriger Widerpart auf einmal zu seinem Verbündeten geworden war.

„Lasst den Schamanen weiterreden", sagte Höllschrei. Die Stille war so vollständig nach seinem Ausbruch, dass jeder seine Worte hörte, obwohl er sie in ganz normaler Lautstärke gesprochen hatte. „Ich möchte mehr über diesen neuen alten Feind hören."

Ner'zhul lächelte dankbar. „Ich weiß, das erschreckt euch. Es schockierte mich genauso. Aber die Ahnen lügen nicht. Dieses angeblich wohlwollende Volk hat seit Jahren nur darauf gewartet, dass die Zeit reif ist, uns anzugreifen. Sie lauern in der Sicherheit ihrer merkwürdigen Gebäude aus Materialien. Und sie verbergen vor uns Geheimnisse, die uns nützen könnten."

„Aber warum?" Durotan ergriff das Wort, ohne darüber nachzudenken. Viele Gesichter wandten sich ihm zu, aber er trat nicht zurück. „Warum sollten sie uns angreifen? Wenn sie so große Geheimnisse hüten, wozu sind wir ihnen dann so wichtig? Und wie sollten wir sie schlagen, wenn es denn so wäre?"

Er schien Ner'zhul aus dem Konzept gebracht zu haben. „Das weiß ich nicht, aber ich weiß, dass die Ahnen besorgt sind."

„Wir sind ihnen zahlenmäßig überlegen", knurrte Schwarzfaust.

„Das sind wir nicht", gab Durotan zurück. „Nicht gegen ihr überlegenes Wissen. Sie kamen hierher auf einem Schiff, das zwischen den Welten segelt, Schwarzfaust. Glaubst du, mit Pfeilen und Äxten können wir sie besiegen?"

Schwarzfausts schwere Brauen zogen sich zusammen. Er öffnete den Mund zu einer Erwiderung.

„Der durchtriebene Plan der Draenei hat wie ein Eintopf auf dem Feuer bereits seit mehreren Jahrzehnten geköchelt", kam ihm Ner'zhul zuvor. „Und wir werden sie nicht über Nacht besiegen. Ich verlange nicht von euch, dass ihr sofort in den Krieg zieht, sondern nur, dass ihr vorbereitet seit. Besprecht mit eurem Schamanen die richtige Vorgehensweise. Und öffnet eure Geister und Herzen für eine Vereinigung aller Clans, sodass wir alle zusammen den Sieg erringen können."

Er breitete seine Arme aus. „Wir sind unterschiedliche Clans, ja, jeder mit eigenen Traditionen und Bräuchen. Ich verlange nicht, dass ihr eure Traditionen aufgebt. Aber bedenkt, dass die Clans, wenn sie vereinigt sind, eine nahezu unbesiegbare Streitmacht bilden. Wir alle sind Orcs, Schwarzfels, Kriegshymnen, Drachenmal … Seht ihr nicht, wie gering die Unterschiede zwischen uns sind? Wir sind dasselbe Volk, und letztendlich wollen wir nur sichere Heime für unsere Kinder, Erfolg auf der Jagd, Partner, die uns lieben, Ehre unter den Ahnen. Wir haben mehr Gemeinsamkeiten als Dinge, die uns trennen."

Durotan wusste, dass dies wahr war, und schaute zu seinem Freund hinüber. Orgrim stand hinter seinem Häuptling, groß und beeindruckend. Als er Durotans Blick spürte, sah er ihn an und nickte.

Es hatte Stimmen gegeben, die gegen diese unübliche Freundschaft zwischen zwei Jungen gewesen waren, die das Abenteuer liebten und – das musste Durotan zugeben – Ärger suchten. Aber Durotan wäre nicht der, zu dem er geworden war, hätte er nicht von Orgrims Stärke profitiert, und er wusste, dass Orgrim so auch über ihn dachte.

Aber die Draenei …

„Darf ich sprechen?“

Drek'Thar hatte das Wort ergriffen, und Durotan drehte sich überrascht nach ihm um. Die Frage schien nicht nur an den Häuptling gerichtet, sondern auch an den Schamanen, der sie zu dieser Versammlung gerufen hatte. Ner'zhul schaute Durotan an, und der nickte.

„Mein Häuptling“, sagte Drek'Thar, und zu Durotans Schrecken schwankte seine Stimme. „Mein Häuptling, was Ner'zhul sagte, ist wahr. Mutter Kashur hat es bestätigt.“

Die anderen Frostwolfschamanen nickten. Durotan schaute sie an. Mutter Kashur? Wenn es jemanden gab, dem Durotan vertraute, dann war sie es. Seine Gedanken gingen zurück zu der Zeit, als er in der Höhle gestanden hatte, den kalten Luftzug, der keiner war, auf seinem Gesicht gespürt und mit jeder Faser seines Daseins miterlebt hatte, wie Mutter Kashur zu jemandem gesprochen hatte, den er nicht sehen konnte, von dem er aber gewusst hatte, dass er da war.

„Mutter Kashur hat gesagt, die Draenei sind unsere Feinde?“, fragte er und wollte seinen Ohren nicht trauen.

Drek'Thar nickte.

„Es ist an der Zeit für die Clanhäuptlinge, ihren eigenen Schamanen zuzuhören, wie Durotan es getan hat“, sagte Ner'zhul. „Wir werden uns in der Dämmerung wieder versammeln, und die Häuptlinge werden mir ihre Gedanken mitteilen. Es sind die Leute, die ihr kennt und denen ihr vertraut. Fragt sie, was sie gesehen haben.“

Die versammelte Menge begann sich aufzulösen. Der Frostwolf-Clan ging zu seinem eigenen Lager zurück. Zusammen saßen sie im Kreis und richteten ihre Aufmerksamkeit auf Drek'Thar, der langsam und bedacht zu reden begann.

„Die Draenei sind nicht unsere Freunde“, sagte er. „Mein Häuptling, ich weiß, dass du und der Schicksalshammer-Schwarzfels bei ihnen eine Nacht verbracht habt. Ich weiß, dass ihr gut von ihnen gesprochen habt. Ich weiß, dass es den Anschein hatte, als hätten sie euch das Leben gerettet. Aber lass mich dich fragen: Kam euch nichts seltsam vor?“

Durotan erinnerte sich an den Oger, der vor Wut gebrüllt und mit seinem Knüppel um sich gedroschen hatte. Und mit einem unangenehmen Gefühl erinnerte er sich daran, wie unglaublich schnell die Draenei zu ihrer Rettung aufgetaucht waren. Wie sie nicht nach Hause hatten gehen können, weil die Dämmerung hereingebrochen war.

Er fröstelte. Es war ein düsterer Gedanke, und trotzdem …

„Deine Stirn legt sich in Falten, mein Häuptling. Mir scheint, dass dein jugendliches Vertrauen in sie zu schwinden beginnt."

Durotan antwortete nicht, noch schaute er den Oberschamanen seines Clans an. Er starrte auf den Boden und konnte nicht vermeiden, dass Zweifel in sein Herz krochen, kalt wie Finger an einem frostigen Morgen.

Im Geiste sprach er wieder mit Restalaan, und er hörte, wie er zu dem blauen Draenei sagte: „Wir waren damals anders, als wir jetzt sind."

„Nein, wart ihr nicht", hatte Restalaan geantwortet. „Wir haben die Orcs beobachtet, wie sie an Stärke, Können und Talent gewannen. Ihr habt uns beeindruckt."

Er fühlte wieder einen scharfen Stich, als wenn das angebliche Kompliment eine sorgfältig verhüllte Beleidigung gewesen wäre. Als wenn die Draenei glaubten, sie wären den Orcs weit überlegen, selbst mit ihrer seltsamen unnatürlich blauen Haut, mit den langen Reptilienschwänzen, ihren Beinen, die wie die von gewöhnlichen Talbuks aussahen, und den blauen Hufen statt Füßen, wie die Orcs sie hatten.

„Sag, mein Häuptling, woran erinnerst du dich?"

Durotan erzählte ihm in seiner rauen und schweren Stimme von dem zufälligen Auftauchen der Draenei, von Restalaans beinahe arrogantem Verhalten. „Und … und Velen, ihr Prophet, stellte uns viele Fragen über uns Orcs, und das war nicht nur ein einfaches Gespräch, Er wollte wirklich etwas über die Orcs erfahren."

„Natürlich wollte er das", sagte Drek'Thar. „Was für eine Gelegenheit! Sie haben sich schon seit ihrer Ankunft gegen uns verschworen, und dann trafen sie auf zwei, vergib mir, Durotan, zwei junge und naive Kinder, die ihnen alles erzählten, was sie wissen wollten. Es muss für sie ein Fest gewesen sein."

Die Ahnen logen nicht, ganz bestimmt nicht bei so etwas Wichtigem. Durotan wusste das. Und er sah die Ereignisse auf einmal in einem neuen Licht. Es stand ihm auf einmal deutlich vor Augen, wie verdächtig Velens Aktionen gewesen waren. Aber trotzdem, war Velen tatsächlich so ein Meister der Täuschung, dass alles nur eine Lüge gewesen war, obwohl er auf Orgrim und Durotan derart ehrlich und aufrichtig gewirkt hatte?

Durotan neigte den Kopf. „Ein Teil von mir hat immer noch Zweifel, meine Freunde“, sagte er ruhig. „Und dennoch kann ich nicht die Zukunft unseres Volkes riskieren. Ner'zhul will ja nicht schon morgen in den Krieg ziehen. Er sagte uns, dass wir üben sollten, uns vorbereiten, auf dass wir als ein Volk enger zusammenwachsen. So werden wir es tun – für den Clan der Frostwölfe und für alle Orcs.“

Er sah jedes der besorgten Gesichter der Reihe nach an, von denen einige lediglich Bekannten gehörten, andere, wie Draka und Drek'Thar, Freunden und Geliebten.

„Der Frostwolf-Clan wird sich auf den Krieg vorbereiten.“

Acht

Wie leicht doch der Geist zum Hass verführt werden kann aus einem Gefühl der Angst heraus. Ein instinktiver, natürlicher, beschützender Impuls.

Statt sich auf die Dinge zu konzentrieren, die uns verbinden, konzentrieren wir uns auf das, was uns trennt. Meine Haut ist grün, deine ist rosa. Ich habe Hauer, du hast lange Ohren. Meine Haut ist nackt, deine ist mit Fell bedeckt. Ich atme Luft, du nicht. Wenn wir immer so gedacht hätten, wir hätten die Brennende Legion niemals besiegt, weil ich mich niemals mit Jaina Prachtmeer verbündet hätte oder gemeinsam mit Elfen in die Schlacht gezogen wäre. Mein Volk hätte dann nicht überlebt, um sich mit den Tauren anzufreunden oder mit den Verlorenen.

So war es auch mit den Draenei. Unsere Haut war damals rötlich-braun, ihre war blau. Wir hatten Füße, sie hatten Hufe und einen Schweif. Wir lebten meist im Freien, sie lebten in geschlossenen Bereichen. Wir hatten eine relativ kurze Lebenserwartung, und niemand wusste, wie langlebig sie waren.

Ungeachtet dessen, dass sie uns nur Wohlwollen und Offenheit entgegengebracht hatten, dass sie mit uns Handel getrieben hatten, uns vieles gelehrt und mit uns geteilt hatten, worum wir sie baten, mochte niemand mehr Partei für sie ergreifen. Unseren Ahnen hatten es uns gesagt, und wir sahen mit unseren eigenen Augen, wie verschieden sie waren.

Ich bete jeden Tag um Weisheit für mein Volk. Und in diesen Gebeten enthalten ist eine Bitte: dass wir niemals wieder von solch unwichtigen Unterschieden geblendet werden.

Die Ausbildung begann. Es war immer unter fast jedem Clan üblich gewesen, dass man mit der Ausbildung der Kinder anfing, sobald sie ihren sechsten Geburtstag gefeiert hatten. Das Training war zwar ernsthaft, aber locker gewesen. Waffen dienten dazu, Tiere zu jagen, nicht um gegen vernunftbegabte Wesen zu kämpfen, die selbst bewaffnet waren und über technologische Fertigkeiten verfügten, und es gab genügend Jäger, die leicht Beute erlegen konnten. Ein junger Orc lernte in seinem oder ihrem eigenen Tempo, und es blieb viel Zeit übrig, um zu spielen und Spaß zu haben und einfach jung zu sein.

Das galt nicht mehr.

Die Bitte um Einigkeit unter den Orcs wurde beantwortet. Die Kuriere ritten ihre Tiere zu Schanden, während sie zwischen den Clans hin- und herpreschten, um Botschaften auszutauschen. An einem Punkt kam jemand Schlaues auf die Idee, Blutfalken abzurichten, um Nachrichten zu übermitteln. Es dauerte etwas und geschah nicht über Nacht, aber allmählich hatte man Erfolg. Durotan gewöhnte sich daran, die roten Vögel zu Drek'Thar und anderen seines Clans flattern zu sehen. Er billigte die Idee, jedes Wesen wurde gebraucht, wenn die Kriegspläne erfolgreich umgesetzt werden sollten.

Speere, Äxte, Pfeile und andere Waffen hatten sich gut gegen die Tiere des Feldes und des Waldes geeignet – doch sie brauchten andere Waffen, wenn sie gegen die Draenei antreten wollten. Schutz war entscheidend, und während die Schmiede und Lederarbeiter zuvor Rüstungen hergestellt hatten, die vor Klauen und Zähnen schützten, mussten sie nun Rüstungen entwerfen, die einen Speer oder ein Schwert abwehrten. Nur wenige beherrschten die Kunst des Schmiedens, und so mussten die Schmiedemeister gleich Dutzende Schüler unterrichten. Die Schmieden klangen Tag und Nacht vom Schlagen der Hämmer und dem Zischen von heißem Metall, das in Fässer mit Wasser getaucht wurde. Viele verbrachten lange Tage damit, mit ihren Picken der Erde das Metall abzuringen, damit man Waffen und Rüstungen daraus machen konnte.

Jagden, die stattgefunden hatten, wenn gerade Bedarf bestand, gab es nun täglich, weil Nahrung getrocknet und konserviert werden musste und die Häute für die Rüstungen benötigt wurden.

Die Kinder, die sich zum Training aufstellten, wirkten sehr jung auf Durotan, der einer von vielen Lehrern war. Er erinnerte sich daran, wie sein Vater ihm den Umgang mit Axt und Speer beigebracht hatte. Was hätte der zu diesen Kindern gesagt, die unter den schimmernden Metallrüstungen steckten und Waffen trugen, die noch kein Orc zuvor getragen hatte?

Draka, die er in einer schnellen, stillen Zeremonie geheiratet hatte, weil er die Zeit für die Kriegsübungen brauchte, berührte sanft seinen Rücken. Sie wusste wie immer, was er dachte.

„Es wäre besser, in Zeiten des Friedens zu leben", sagte sie. „Selbst der Blutdurstigste weiß, wie wahr das ist. Aber wir sind, was wir sind, mein Gefährte. Und ich weiß, du wirst bei dieser Aufgabe nicht versagen."

Er lächelte sie traurig an. „Nein, das werde ich wohl nicht. Wir sind Krieger. Wir wachsen durch die Jagd, durch die Herausforderung, selbst durch das Blutvergießen und durch die Siegesschreie. Sie sind klein, aber nicht schwach. Sie werden lernen. Sie sind Frostwölfe." Er machte eine Pause und fügte dann stolz hinzu: „Sie sind Orcs."

„Die Zeit vergeht", sagte Rulkan.

„Ich weiß, aber du willst unser Volk doch nicht unvorbereitet in den Krieg ziehen lassen", antwortete Ner'zhul. „Die Draenei sind uns momentan weit überlegen."

Rulkan grunzte unzufrieden, lächelte dann jedoch. Ner'zhul sah sie an. War es nur seine Einbildung, oder schien ihr Lächeln gezwungen?

„Wir trainieren so schnell und gut wir können", setzte Ner'zhul schnell nach. Er wollte nicht den Geist beleidigen, der einst seine Frau gewesen war.

Rulkan sagte nichts mehr, doch es war klar, dass es ihr nicht schnell genug ging.

„Vielleicht kannst du uns helfen", sagte er. „Vielleicht könnte uns dein Wissen … nun …"

Rulkan durchlief ein Zittern, dann legte sie den Kopf schief.

„Ich habe dir alles gesagt, was ich weiß“, sagte sie, „aber es gibt andere Mächte, andere Wesen, von denen die Lebenden nichts wissen.“

Ner’zhul horchte auf. „Es gibt die Elemente und die Geister der Ahnen“, sagte er. „Welche anderen Wesen sollte es sonst noch geben?“

Sie lächelte ihn wieder an. „Du atmest noch, mein Ehemann. Du bist noch nicht bereit für sie. Sie sind diejenigen, die uns helfen, damit wir euch helfen können.“

„Nein!“ Ner’zhul merkte, dass er bettelte, aber er konnte nicht anders. „Bitte … wir brauchen Hilfe, wenn wir die zukünftigen Generationen vor den heimtückischen Plänen der Draenei schützen wollen.“

Er sagte nicht, dass er die Aufmerksamkeit genoss, die ihm jeder einzelne Orc jedes einzelnen Clans entgegenbrachte. Er sagte nicht, dass ihn ihr früheres Versprechen von Macht erregte und er sich nach dieser Macht zu sehnen begann. Aber mehr noch als das hatte sie ihm so viel Angst vor den monströsen Draenei gemacht, dass ihn ihr Rückzug völlig verwirrte.

Rulkan sah ihn abwägend an. „Vielleicht hast du recht“, sagte sie. „Ich werde fragen, ob sie mit dir reden wollen. Einem fühle ich mich besonders verbunden. Seine Besorgnis für unser Volk ist tief und echt. Ihn werde ich fragen.“

Er nickte, zufrieden mit ihrer Antwort, dann blinzelte er sich wach. Ein Lächeln lag um seinen Mund.

Bald würde er mit dem geheimnisvollen Geist Kontakt aufnehmen, dem Wohltäter. Sehr bald.

Gul’dan lächelte ihn an, als er ihm Früchte und Fisch zum Frühstück brachte. „Wieder eine Vision, mein Meister?“

Er beugte sich tief hinab, als er ihm das Essen und eine Tasse Kräutertee reichte. Auf Rulkans Rat hin hatte Ner’zhul begonnen, ein Gebräu aus bestimmten Kräutern einer bestimmten Stärke zu trinken. Rulkan hatte ihm versichert, das es seinen Geist und Verstand offen hielt für die Visionen. Ner’zhul hatte das Gebräu zuerst als unangenehm gefunden, hatte es aber trotzdem getrunken. Nun stellte er fest, dass er das Getränk genoss, als erstes am Morgen und drei weitere Male verteilt über den

Tag. Er nahm die Tasse und nippte daran, bevor er auf Gul'dans Frage antwortete.

„Ja, die hatte ich in der Tat, und ich habe etwas Wichtiges erfahren. Gul'dan, solange es Orcs gibt, gibt es Schamanen. Und die Schamanen arbeiten mit den Elementen und den Ahnen zusammen."

Gul'dans Gesicht zeigte einen Ausdruck der Verwirrung. „Ja, sicher ..."

Ner'zhul konnte ein Grinsen nicht unterdrücken, das weit über seine Hauer reichte. „Und das stimmt immer noch. Aber es gibt mehr, als wir wissen. Mehr, das die Ahnen sehen können, aber wir Lebenden nicht. Rulkan hat mir erzählt, dass sie Kontakt mit mächtigen Wesen hat. Sie verfügen über Weisheit und Wissen, das selbst das der Ahnen übertrifft. Und sie werden kommen, um uns zu helfen. Rulkan sagt, es gibt ein besonderes Wesen, das beschlossen hat, die Orcs zu unterstützen. Und bald wird er sich mir zeigen."

In Gul'dans Augen blitzte es. „Und ... mir auch, Meister?"

Ner'zhul lächelte. „Du bist stark, Gul'dan", sagte er. „Ich hätte dich nicht als meinen Schüler gewählt, wenn dem nicht so wäre. Ja, ich denke schon. Wenn er dich für würdig befindet so wie mich."

Gul'dan senkte den Kopf. „Möge es so sein", sagte er schnell. „Es ehrt mich, dass ich dienen kann. Dies ist eine Zeit großen Ruhmes für die Orcs. Wir sind gesegnet, dass wir diese Zeit erleben dürfen."

Der Schwarzfels-Clan, mit Schwarzfaust selbst in der Vorhut, hatte um die Ehre gebeten, die Ersten zu sein, die zuschlagen würden. Es hatte ein paar Vorbehalte und Grummeleien gegeben, aber das Jagdgeschick der Schwarzfelsen war legendär, und hinzu kam, dass sie auch recht nah bei Telmor lebten, einer der kleineren isolierteren Städte. Sie hatten die ersten Exemplare von Rüstungen, Schwertern, metallverstärkten Pfeilen und anderen Waffen erhalten, die gegen die Draenei zum Einsatz kommen sollten.

Orgrim, der den Schicksalshammer über seinem Rücken trug,

war von Kopf bis Fuß in Metall gehüllt. Er ritt an der Seite seines Häuptlings. Der Wolf unter ihm schien das gleiche Unbehagen gegen die schwere Rüstung zu empfinden wie Orgrim selbst und warf hin und wieder seinen massigen Schädel an Orgrims Bein, als wenn ein Insekt ihn geärgert hätte. Er schien sich auch ein wenig mehr anzustrengen, als er seinen Reiter über die sanfte Wiese trug; dabei keuchte er mehr als üblich, und die rosa Zunge hing ihm aus dem Hals.

Orgrim murmelte. Es hatte leicht geklungen: Zieht in den Krieg gegen diesen neuen heimtückischen Feind! Aber als sie alle, einschließlich Orgrim, ihre Entscheidung bejubelt hatten, hatte niemand daran gedacht, wie schwierig es war, so etwas vorzubereiten. Sie mussten größere Wölfe züchten, weil die Tiere genauso wie die Orcs Rüstungen tragen würden; dafür brauchten sie feste Knochen und mächtige Muskeln.

Die Waffen hatten sich bereits bewehrt. Mehrere Male hatten sie bereits Oger angegriffen. Die waren zwar plump und dumm, während die Draenei schnell und intelligent waren, trotzdem gaben sie immer noch bessere Übungsziele ab, als es Talbuks getan hätten. Am Anfang hatte man ein paar Stammesbrüder dabei verloren, die auf einem Scheiterhaufen in einer feierlichen Zeremonie für ihr ehrenhaftes Opfer beigesetzt worden waren. Die Waffen fühlten sich fremd in der Hand an, die Rüstung verlangsamte den Träger, aber jedes Mal wurden die Angriffe geschmeidiger und eleganter. Beim letzten Mal hatten sie nicht nur gegen ein paar Oger, sondern auch gegen ihren Meister, einen Gronn, gekämpft, der die Boshaftigkeit der Oger besaß und eine gemeine Schläue, die ihn zu einer echten Herausforderung machte. Zwei tapfere Schwarzfels-Orcs waren gefallen, bevor Orgrim den Feind mit einem letzten Schlag seines prophetischen Hammers seinem Schicksal zuführte.

Schwarzfaust hatte dann neben ihm gestanden. Er keuchte und schwitzte. Sein Gesicht war mit Blut besprenkelt, sein eigenes und das der Kreatur, die sie gerade erschlagen hatten. Er wischte es mit seiner gepanzerten Hand weg, leckte das Blut und grunzte.

„Zwei Oger und ihr Meister“, murmelte er und schlug Orgrim

auf die Schulter. „Die bedauernswerten Draenei haben keine Chance gegen unsere Kraft."

Orgrim stand schwitzend in der Sonne, das grelle Licht spiegelte sich auf seiner Rüstung und blendete ihn fast. Blutrausch stieg in ihm auf. Er vertraute Ner'zhul und dem Schamanen ihres Stammes. Außerdem hatte er mit Durotan gesprochen, und sie waren darin übereingekommen, dass, obwohl sie an diesem Tag vor langer Zeit von den Draenei zuvorkommend behandelt worden waren, es schon etwas merkwürdig gewesen war, als sie von den Blauhäuten gerettet worden waren. Die Ahnen hatten sie noch nie belogen. Warum sollten sie es also auf einmal tun?

Aber als er neben seinem Häuptling ritt, unterwegs zu dem Ort, wo eine kleine Jagdgruppe gesichtet worden war, kamen Orgrim Zweifel. Was, wenn die Draenei gar nicht merkwürdig gewesen waren? Sicherlich waren denen die Orcs auch seltsam vorgekommen, als sie diese das erste Mal getroffen hatten. War der Tod tatsächlich eine gerechte Strafe für das Anderssein? Wann hatte je ein Draenei einen Orc angegriffen? Eine einzige Beleidigung oder Anschuldigung ausgesprochen? Achtzehn Schwarzfelskrieger, bis an die Zähne bewaffnet, ihre Körper in schützendes Metall gehüllt, ritten aus, um eine Gruppe von Blauhäuten zu töten, die nichts Bedrohlicheres taten, nichts anderes machten, als Nahrung für ihr Volk zu sammeln. Unerwartet und ungewollt stieg das Bild des jungen Draenei-Mädchens vor seinem Auge auf, das ihm schüchtern zugelächelt hatte. Würde ihr Vater oder ihre Mutter an diesem herrlichen Tag sterben?

„Du siehst schwermütig aus, Orgrim", sagte Schwarzfaust mit seiner rauen Stimme, und Orgrim schreckte augenblicklich auf. „Was beschäftigt meinen Stellvertreter?"

Das Gesicht einer Waise, dachte Orgrim, aber stattdessen sagte er fest: „Ich frage mich, welche Farbe das Blut der Draenei hat."

Schwarzfaust warf seinen übergroßen Kopf zurück und lachte herzhaft. Orgrim hörte das harte Krächzen und den Klang wild schlagender Flügel, als die Krähen aufflogen, aufgescheucht vom Gelächter des Häuptlings.

„Ich werde dafür sorgen, dass dein Gesicht damit bemalt wird", sagte Schwarzfaust lachend.

Orgrim biss die Zähne zusammen und erwiderte darauf nichts. *Die Ahnen lügen nicht*, dachte er grimmig. *Ein Kind ist immer unschuldig, aber seine Eltern haben den Tod verdient, wenn sie gegen uns Pläne schmieden, wie es uns die Ahnen erzählten.*

Sie kamen leicht voran und verbargen ihre Ankunft nicht. Der Kundschafter hatte gesagt, dass die Jagdgruppe aus elf Draenei bestand, sechs Männern und fünf Frauen, und sie jagten eine Herde Spalthufe. Obwohl die großen zottigen Tiere stark und schwierig zu jagen waren, waren sie anders als eine Herde Talbuks lammfromm. Die Draenei hatten schon einen jungen Bullen von der Herde getrennt. Er brüllte, scharrte auf der Erde und senkte seinen Kopf, zielte mit seinem einen Horn auf seine Angreifer, aber der Ausgang stand fest.

Oder hätte er, hätten die Orcs nicht eingegriffen.

Schwarzfaust ließ seinen Trupp auf einem Berggrat halten. Orgrim konnte die Erregung seiner Leute riechen. Ihre Körper zitterten vor Erwartung in ihren neuen Rüstungen, ihre Hände verkrampften und entkrampften sich, wollten sich um die Waffen legen, an die sie sich allmählich gewöhnten. Schwarzfaust reckte seine gepanzerte Faust empor, seine kleinen Augen konzentrierten sich auf die Ereignisse im Tal, und er wartete auf den richtigen Moment, sich auf die Draenei zu stürzen wie der Falke auf eine Ratte.

Der Häuptling der Schwarzfelsen schaute seine Schamanen weiter hinten an. Auch sie trugen Rüstungen, aber keine Waffen, weil sie keine brauchten. Sie würden ihre Brüder heilen, wenn sie verwundet wurden. Und die unglaubliche Macht der Elemente den Feinden entgegenwerfen.

„Seid ihr bereit?“, fragte er.

Der Älteste von ihnen nickte. Seine Augen glühten heftig, und ein Grinsen lag auf seinen Lippen. Auch er wollte, dass Draeneiblut vergossen wurde.

Schwarzfaust grunzte und riss die Faust nieder. Die Schwarzfelskrieger griffen an.

Sie riefen ihren Kriegsschrei, und die Blauhäute wirbelten herum. Zu Beginn war nur Überraschung in ihren Gesichtern zu sehen. Kein Wunder, sie fragten sich, warum so viele gerüstete

Krieger sie bei ihrer Jagd unterstützten. Erst als Schwarzfaust auf seinem riesigen Wolf sein zweihändiges Schwert zog und den Führer der Draenei mit einem eleganten Hieb in zwei Hälften schlug, wurde ihnen klar, dass die Orcs nicht wegen der Spalthufe gekommen waren, sondern ihretwegen.

Zu ihrer Verteidigung sei gesagt, dass sie nicht vor Panik gebannt stehen blieben, sondern sich unverzüglich zur Wehr setzten. Stimmen, in denen kaum Angst mitschwang, formten Worte in einer fremden weichen Sprache. Obwohl Orgrim die Worte nicht erkannte – Durotan hatte die Gabe, sich an so etwas zu erinnern, er nicht – klangen sie vertraut. Er wusste, was sie erwartete, und hatte seine Gefolgsleute entsprechend instruiert. Als sich der Himmel in unnatürlichem Blau sprenkelte und silbrige Blitze daraus zuckten, waren die Schamanen vorbereitet. Sie vernichteten die merkwürdigen Lichtspeere mit ihren eigenen Blitzen. Das grelle Licht blendete Orgrim, und er senkte schnell den Blick und konzentrierte sich auf einen Draenei-Krieger, der vor ihm einen glühenden Stab schwang, der Funken sprühte. Orgrim brüllte, hob den Schicksalshammer über seinen Kopf und ließ ihn auf den Feind niedergehen. Die Rüstung, die der Draenei-Krieger trug, konnte dem Schlag nicht widerstehen und gab wie ein dünner Zinnbecher nach. Blut und Hirn spritzten hervor.

Orgrim schaute auf und suchte sein nächstes Ziel. Einige der Schwarzfelsen waren in einem magischen Netz gefangen, das von dem unnatürlichen Licht der Draenei erzeugt wurde. Sie waren stolze und starke Krieger, aber sie schrien vor Schmerz, als sich das Netz durch ihre Haut brannte. Der beißende Geruch von verkohltem Fleisch, gemischt mit dem Gestank von Blut und Angst, drang in Orgrims Nase. Es war ein berauschendes Aroma.

Er spürte Wind über sein Gesicht wehen, der die Gerüche des Kampfes vertrieb und seine Lungen mit frischer Luft versorgte. Orgrim suchte sich jemanden aus, den er als Nächstes töten würde, und lief zu dem Krieger, einer Frau, die keine Waffe hatte, aber in pulsierendes blaues Licht eingehüllt war.

Orgrim grunzte vor Überraschung, als der Schicksalshammer das Feld traf und abgeblockt wurde. Der Rückschlag zitterte durch die Waffe in seine Arme und schüttelte ihn bis ins Mark.

Einer der Schamanen trat vor, und mit knackenden Lauten kämpfte sein aus der Natur geborener Blitz gegen die merkwürdige Energie der Draenei, und Orgrim jubelte, als der Blitz des Schamanen das blaue Feld zurückdrängte.

Er schlug noch mal zu, und dieses Mal krachte der Schicksalshammer befriedigenderweise auf den Schädel der Blauhaut.

Der Kampf war fast vorbei. Nur zwei Gegner standen noch, und innerhalb eines Herzschlags fielen auch sie unter einer Masse gepanzerter brauner Körper. Noch ein paar Schreie und Grunzer und das unverwechselbare Geräusch, mit dem scharfe Klingen in Fleisch eindrangen, dann wurde es still.

Der von seiner Herde getrennte Spalthuf war entkommen.

Orgrim stockte der Atem, sein Blut sang in seinen Ohren, entflammt von der Erregung des Tötens. Er hatte die Jagd immer gemocht, aber dies hier … er hatte nie etwas wie dies hier erwartet. Manchmal wehrten sich die Tiere, die er angriff. Aber Beute wie die Draenei, intelligent, kraftvoll, die genauso kämpften wie er, nicht mit Klauen und Zähnen, war etwas Neues für ihn. Er warf den Kopf zurück und lachte und fragte sich, ob er durch diese Erfahrung trunken geworden war.

Der Jubel und das raue Gelächter der siegreichen Orcs waren die einzigen Laute auf der Lichtung. Schwarzfaust ging zu Orgrim und umarmte ihn, so gut er das in der Rüstung konnte.

„Ich habe den Schicksalshammer gesehen, aber er war so schnell, dass er meinem Auge nur verschwommen erschien“, rumpelte der Häuptling des Schwarzfels-Clans und grinste. „Du hast heute gut gekämpft, Orgrim. Ich war schlau, als ich dich zu meinem Stellvertreter machte.“

Er stieg über den Körper der Magierin hinweg, die Orgrims letztes Opfer gewesen war, und zog seine gepanzerten Handschuhe aus. Der Schädel der Frau war vollständig zerschmettert, und überall war blaues Blut. Schwarzfaust tauchte seine Finger in den Lebenssaft der Erschlagenen und bemalte damit sorgfältig Orgrims Gesicht. Tief im Innern änderte sich etwas in dem Orc. Er erinnerte sich daran, wie er sich das Blut seines ersten selbst erlegten Tiers ins Gesicht geschmiert hatte, und auch daran, wie er zum heiligen Berg gegangen war während des Om'riggor-Rituals, mit dem Blut seines Vaters im Gesicht. Sein Häuptling hatte ihn nun mit dem Blut eines Wesens, das sein Feind war, benetzt.

Ein wenig von der dunklen blauen Flüssigkeit tropfte in seinen Mundwinkel. Orgrim leckte mit der Zunge, schmeckte die Flüssigkeit und fand sie süß.

Der Blutfalke setzte sich auf den Arm seines Herrn, seine Krallen griffen tief in das schützende Leder. Ner'zhul ging weiter, während der Falkenmeister die Botschaft entrollte und sie ihm gab. Schnell überflog er das kleine Pergament.

So einfach. Es war so einfach gewesen. Nicht ein einziger Verlust, obwohl einige natürlich verletzt waren. Ihr erster Überfall, und die Orcs waren siegreich auf ganzer Linie gewesen. Schwarzfaust schrieb verächtlich davon, wie schnell sie die Gruppe niedergemacht und ihnen die Schädel zerschmettert hatten. Es geschah alles so, wie Rulkan es ihm versprochen hatte. Ganz sicher würde das Wesen, mit dem Rulkan Kontakt hatte, auch ihm erscheinen. Die Orcs, geführt von Ner'zhul, hatten mit diesem großen Sieg bewiesen, dass sie etwas wert waren.

Er las die Nachricht noch einmal. Schwarzfaust und die Schwarzfels-Orcs waren tatsächlich die richtige Wahl gewesen, um sie gegen die Draenei zu schicken. Sie waren machtvoll und gewalttätig, aber anders als der Kriegshymnen- oder einer der anderen Clans standen sie vollständig unter der Kontrolle ihres Häuptlings.

In dieser Nacht hatte er für sie ein Siegesfest vorbereitet, und sie aßen, tranken, lachten und sangen, bis Ner'zhul ins Bett taumelte und in einen tiefen Schlaf fiel.

Und das Wesen kam.

Es war herrlich, leuchtend, so hell, dass Ner'zhul geblendet war. Er fiel auf die Knie, bebte vor Freude, und Ehrfurcht durchfuhr ihn.

„Du bist gekommen", flüsterte er. Tränen quollen aus seinen

Augen und liefen ihm übers Gesicht. „Ich wusste, wenn ich dir diene, würdest du erscheinen."

„Das hast du tatsächlich, Ner'zhul, Schamane, Seelenwahrer der Orcs." Die Stimme durchdrang seine Knochen, und Ner'zhul schloss seine Augen, denn ihm schwindelte. „Ich habe gesehen, wie meisterlich du dein Volk geführt hast, wie du die Clans vereint hast, mit einem gemeinsamen Ziel, einem herrlichen Ziel."

„Einem, das durch dich aufgezeigt wurde, Großes Wesen", entgegente Ner'zhul. Er dachte an Rulkan und fragte sich kurz, warum sie ihm nicht länger erschien. Dann schob er den Gedanken an sie beiseite. Dieses große Wesen stand viel höher als selbst der Schatten seiner geliebten Frau. Ner'zhul sehnte sich nach mehr Worten von dem Großartigen.

„Du kamst zu uns und hast uns die Wahrheit enthüllt", fuhr Ner'zhul fort. „Wir haben getan, was nötig war."

„Das habt ihr in der Tat, und ich bin sehr zufrieden mit dir. Ruhm und Ehre und süßer Sieg werden weiterhin dein sein, wenn du tust, was ich sage."

„Natürlich werde ich das, Großes Wesen. Aber dieser unwürdige Bittsteller fragt nach einem Gefallen."

Ner'zhul riskierte einen Blick auf das Wesen. Es war riesig, strahlend und rot, mit einem kraftvollen Körper und Beinen, die in Hufen endeten und nach hinten gebogen waren wie bei einem Talbuk …

… oder wie bei einem Draenei!

Ner'zhul blinzelte. Es war still, nachdem er seinen Wunsch geäußert hatte, und er meinte, ein plötzliches Frösteln zu spüren. Dann sprach die Stimme wieder in seinem Geist und in seinen Ohren, und sie war immer noch weich und süß wie Honig.

„Frag, und ich entscheide, ob du würdig bist."

Plötzlich fühlte sich Ner'zhuls Mund trocken an, und die Worte wollten sich nicht formen. Mit Anstrengung sagte er: „Großes Wesen hast du einen Namen, bei dem ich dich rufen kann?"

Ein Lachen rumpelte durch Ner'zhuls Blut. „Ein simpler Wunsch, leicht gewährt. Ja, ich habe einen Namen. Nenne mich Kil'jaeden!"

Neun

Es ist leicht zu verstehen, warum so viele meiner Zeitgenossen es vorziehen, diese Geschichte ruhen zu lassen. Lasst sie langsam und still in Vergessenheit geraten, durch die Strudel der Zeit rauschen, bis die Oberfläche wieder glatt ist und niemand sich mehr an die Schmach in der Tiefe erinnert. Auch ich fühle diese Schmach, obwohl ich noch gar nicht lebte, als es passierte. Ich sehe sie in Drek'Thars Gesicht, wenn er Teile dieser Geschichte mit brechender Stimme erzählt. Ich sah ihre Last auf Orgrim Schicksalshammer lasten. Grom Höllschrei, Freund und Verräter und dann wieder Freund, hat diese Geschichte völlig erschüttert.

Aber die Geschichte zu leugnen würde bedeuten, dass wir uns selbst zu Opfern machen, statt zuzugeben, dass wir mitschuldig waren an unserem eigenen Untergang. Wir haben so entschieden, wir haben diesen Weg gewählt und sind ihn gegangen, bis es zur Umkehr zu spät war. Wenn wir uns das bewusst machen, werden wir demnächst, in einer ähnlichen Situation, vielleicht anders entscheiden.

Deshalb möchte ich das Zeugnis all derer hören, die diesen Weg beschritten, der beinahe zur Vernichtung unserer Art führte. Ich will verstehen, warum sie jeden einzelnen Schritt gegangen sind, was geschehen ist, dass ihnen auch der nächste Schritt als richtig erschien.

Ich will es wissen, damit ich, sollte so etwas noch einmal passieren, es rechtzeitig erkennen kann.

Die Menschen haben zwei sehr schlaue Redensarten.

Die erste lautet: „Die, die nicht aus der Geschichte lernen, sind verdammt, sie zu wiederholen."

Und die zweite lautet: „Kenne deinen Feind."

Velen war tief in seiner Meditation versunken, als Restalaan ihn vorsichtig unterbrach. Er saß im zentralen Innenhof des Tempels von Karabor, aber nicht auf einer der bequemen Bänke, die das rechteckige Becken begrenzten, sondern auf dem harten Stein. Die Luft war erfüllt mit dem Geruch blühender Büsche aus dem wundervollen Garten, und das Wasser plätscherte sanft. In den Blättern der Bäume raschelte der Wind. Ansonsten war alles still und friedlich, aber Velen bekam das nicht mit, denn sein ganzes Sein war nach innen gerichtet.

Schon sehr lange vertrauten die Draenei und die Naaru einander. Die leuchtenden Wesen, die sich so selten entschlossen, eine feste Form anzunehmen, hatten sich zuerst um die vertriebenen Eredar gekümmert, sie dann unterrichtet und waren schließlich zu ihren Freunden geworden. Sie waren gemeinsam gereist und hatten viele Welten gesehen. Jedes Mal hatten die Naaru, besonders das Wesen, das sich selbst K'ure nannte, den Draenei zu fliehen geholfen, wenn die Man'ari sie entdeckt hatten. Und jedes Mal waren Kil'jaeden und die monströsen Kreaturen, die einst Eredar gewesen waren, ihnen ein Stückchen näher gekommen. Velen war immer betrübt, wenn er und sein Volk eine Welt verlassen mussten, um sich selbst zu retten. Er wusste, dass alle Wesen, die sie zurückließen, wie die Eredar verändert werden würden. Kil'jaeden war immer darauf bedacht, die Legion seines dunklen Herrn Sargeras zu vergrößern.

K'ure war darüber ebenso bekümmert wie Velen. Aber er argumentierte in Velens Geist mit der unwiderlegbaren Logik, dass Kil'jaeden, Archimonde und Sargeras ansonsten eine andere Welt in derselben Zeit zerstört hätten. Alle Welten, alle Wesen, alle Völker waren in Sargeras' Augen erschreckend gleich. Sie alle mussten mit Feuer ausgelöscht werden. Wäre Velen durch die Hände seiner ehemals besten Freunde getötet worden, hätte das keinen der glücklosen Unschuldigen gerettet. Überlebte er aber, so konnte er eines Tages vielleicht die Rettung bringen.

„Wie denn?", hatte Velen sich einst erregt. „Wie kann mein Leben denn wichtiger und wertvoller sein als das anderer?"

Unsere Vereinigung arbeitet langsam, hatte K'ure geantwortet, *aber wir geben niemals auf. Es gibt andere Naaru wie mich, die die jüngeren Völker bereisen. Wenn sie alle bereit sind, werden sie vereint, und vielleicht wird Sargeras dann von denen zu Fall gebracht, die immer noch an das Gute und Wahre glauben. Das ist das zeitlose Gleichgewicht im Universum.*

Velen hatte keine Wahl. Er konnte nur diesem Wesen, das sein Freund war, glauben oder die verraten, die ihm vertraut hatten. Er wählte den Glauben.

Momentan aber war er verwirrt. Die Orcs hatten begonnen, Jägergruppen anzugreifen. Es schien keinen Grund für diese Angriffe zu geben. Keine der Wachen, die Velen befragt hatte, konnten irgendetwas Ungewöhnliches berichten. Und trotzdem: drei Jägergruppen waren bis auf den letzten Draenei ausgelöscht worden. Restalaan, der die Metzeleien untersucht hatte, hatte berichtet, dass die Draenei nicht einfach getötet, sondern vielmehr … abgeschlachtet worden waren.

Deshalb war Velen zum Tempel gegangen, der noch aus den frühesten Tagen stammte, als die Draenei auf diese Welt gekommen waren. Umgeben von vier der sieben Ata'mal-Kristalle, die vor so langer Zeit entstanden waren, konnte er die schwache Stimme seines Freundes in seinem Kopf hören. Aber K'ure hatte diesmal keine Antworten für ihn.

Diesmal würde es keine Flucht geben, wenn etwas schiefging. K'ure lag im Sterben, gefangen in dem Schiff, das vor zweihundert Jahren auf diese Welt gestürzt war.

„Großer Prophet", sagte Restalaan mit sanfter Stimme, „es hat einen neuen Angriff gegeben."

Langsam öffnete Velen seine alten Augen und betrachtete seinen Freund sorgenvoll. „Ich weiß", sagte er. „Ich habe es gefühlt."

Restalaan strich sich mit der dickfingerigen Hand durch sein schwarzes Haar. „Was sollen wir tun? Jeder neue Angriff erscheint brutaler als der vorhergehende. Untersuchungen an den Wunden scheinen zu bestätigen, dass sie ihre Waffen verbessert haben."

Velen seufzte tief und schüttelte den Kopf. Die weißen Zöpfe schwangen leicht bei der Bewegung. „Ich kann K'ure nicht hören“, sagte er leise. „Zumindest nicht so deutlich wie normalerweise. Ich fürchte, ihm bleibt nicht mehr viel Zeit.“

Restalaan senkte den Blick, und Schmerz zeichnete sein Gesicht. Der Naaru hatte sich tatsächlich für sie geopfert. Alle Draenei wussten und verstanden es. Er war gefangen gewesen und langsam über zwei Jahrhunderte gestorben. Irgendwie hatte Velen geglaubt, dass es länger dauern würde wenn er tatsächlich starb, so wie er als Draenei den Tod verstand.

Entschlossen stand Velen auf, und seine leichte Robe flatterte hinter ihm. „Er kann mir noch Weisheit vermitteln, aber ich kann ihn nicht mehr hören. Ich muss zu ihm gehen. Vielleicht verstehe ich ihn besser, wenn ich in seiner Nähe bin.“

„Du … du meinst, du willst zum Schiff gehen?“, fragte Restalaan.

Velen nickte. „Ich muss.“

„Großer Prophet, ich will deine Weisheit nicht in Frage stellen, aber …“

„Aber du tust es trotzdem.“ Velen schmunzelte, und um seine bemerkenswert blauen Augen bildeten sich Lachfältchen. „Fahr fort, mein alter Freund. Deine Fragen waren immer hilfreich für mich.“

Restalaan seufzte. „Die Orcs haben das Schiff übernommen und bezeichnen es als ihren heiligen Berg“, sagte er.

„Das weiß ich“, antwortete Velen.

„Warum verärgerst du sie dann, indem du dort hingehst?“, fragte Restalaan. „Sie werden das ganz sicher als einen Akt der Aggression werten, gerade jetzt. Du würdest ihnen einen Grund geben, ihre Angriffe auf uns fortzusetzen.“

Velen nickte. „Daran habe ich auch schon gedacht. Aber vielleicht ist es an der Zeit, dass wir offenlegen, wer wir sind und was ihr heiliger Berg in Wirklichkeit ist. Sie glauben, dass ihre Ahnen dort zu Hause sind, und damit könnten sie sogar Recht haben. Wenn K’ure nicht mehr lange lebt, sollten wir dann nicht seine Weisheit und seine Kräfte nutzen, solange wir es noch können? Wenn überhaupt jemand einen Frieden zwischen den Orcs und uns aushandeln kann, dann dieses Wesen, das größer ist als wir alle. Das könnte unsere einzige Hoffnung sein. K’ure hat davon gesprochen, dass andere Wesen andere Völker suchen, die uns in der Aufgabe, das Gleichgewicht und die Harmonie zu retten, unterstützen. Die sich gemeinsam mit uns gegen Sargeras und seine riesige unheilige Macht stemmen, die er geschaffen hat."

Velen legte seine weiße Hand auf die gepanzerte Schulter seines Freundes. „Eine Sache wurde in meinen Meditationen ganz deutlich. Es kann so nicht weitergehen wie bisher. Orcs und Draenei können nicht länger nebeneinanderher leben. Es gibt keinen Weg zurück, mein alter Freund. Es gibt entweder Krieg oder Frieden. Sie werden entweder unsere Verbündeten oder Feinde sein. Und ich würde es mir nie vergeben, ginge ich nicht den Weg zum Frieden. Verstehst du mich?"

Restalaan schaute in Velens unglückliches Gesicht, dann nickte er. „Ja. Ja, ich glaube schon. Aber es gefällt mir nicht. Lass mich dir wenigstens eine bewaffnete Garde mitgeben. Die Orcs werden garantiert erst kämpfen, bevor sie zuhören."

Velen schüttelte den Kopf. „Nein, keine Waffen. Nichts, dass sie provozieren könnte. In ihren Herzen sind es ehrenhafte Wesen. Ich konnte einen flüchtigen Blick in die Seelen der beiden jungen Orcs werfen, die uns vor einigen Jahren besuchten. Es ist nichts Arglistiges oder Böses in ihnen, nur Vorsicht und jetzt, aus irgendwelchen Gründen, Angst. Sie haben Jägergruppen angegriffen, keine Zivilisten."

„Ja", entgegnete Restalaan. „Gruppen, die zahlenmäßig weit unterlegen waren."

„Wir haben auch vergossenes Blut gefunden, das nicht unser eigenes war", erinnerte ihn Velen. „Sie nahmen ihre Toten mit, um sie rituell zu verbrennen. Es wurde auch viel orcisches Blut vergossen. Und durch unsere Überlegenheit kann eine Handvoll Draenei leicht gegen viele Orcs bestehen. Nein, ich werde nicht alles riskieren. Sie werden mich nicht einfach erschlagen, wenn ich meine Absichten ehrenhaft vortrage und ich unbewaffnet komme."

„Ich wünschte, ich hätte deine Zuversicht, mein Prophet", entgegnete Restalaan resigniert und verneigte sich tief. „Ich werde eine kleine Gruppe als Begleitung mitschicken. Und sie wird unbewaffnet sein."

Das Große Wesen, Kil'jaeden, besuchte Ner'zhul häufiger. Am Anfang nur im Traum, wie seine Ahnen. Er kam in der Nacht, wenn Ner'zhul tief schlief. Die Droge machte seinen Körper schwer, öffnete aber Ner'zhuls Geist für Kil'jaedens Einflüsterungen. Er sparte nicht mit Lob und verriet ihm Pläne für zukünftige Siege der Orcs.

Ner'zhul war glücklich. Jeden Brief, den die Blutfalken von den Clans brachten, las er eifrig.

Wir sind auf zwei Kundschafter gestoßen, weit weg von jeder Hilfe, schrieb der Häuptling vom Clan der Zerschmetterten Hand. *Es war leicht, sie zu töten, sie waren uns unterlegen.*

Der Clan des Blutenden Auges berichtet dem großen Ner'zhul stolz, dass wir ihm in allen Belangen gehorcht haben, stand in einem anderen Brief. *Wir haben uns mit dem Clan des Lachenden Schädels verbündet und so die Zahl der bewaffneten Krieger mehr als verdoppelt, die wir gegen den verschlagenen Feind schicken. Unserer Auffassung nach sucht der Thunderlord-Clan Verbündete. Wir werden ihnen morgen einen Kurier schicken.*

„Ja", sagte Kil'jaeden und lächelte. „Siehst du, wie sie alle zusammenkommen, wenn sie einen triftigen Grund haben? Vorher hätten sich die Clans gegenseitig herausgefordert, wenn sich ihre Wege gekreuzt hätten. Nun teilen sie ihr Wissen, teilen Vorräte und Waffen, arbeiten zusammen, um einem Feind entgegenzutreten, der euch alle zerstören will."

Ner'zhul nickte, aber er fühlte einen plötzlichen Stich. Es war herrlich gewesen, endlich dieses schöne, machtvolle Wesen zu treffen, obwohl es so sehr wie die verhassten Draenei aussah, aber er hatte seitdem Rulkan nicht mehr gesehen. Er vermisste sie. Er fragte sich, warum sie ihn nicht mehr besuchte.

Zögerlich sagte er: „Rulkan ..."

„Rulkan hat ihren Teil erfüllt, indem sie mich mit dir zusammenbrachte, Ner'zhul", beruhigte ihn Kil'jaeden. „Du weißt, ihr geht es gut, und sie ist glücklich, du hast sie gesehen. Wir brauchen sie nicht mehr als Medium. Nicht jetzt, da ich von deinem Wert überzeugt bin."

Und wie zuvor füllte sich Ner'zhuls Herz mit Freude. Und dennoch, trotz des Trostes und der freundlichen Worte Kil' jaedens, blieb diesmal etwas zurück, und er wünschte sich, mit seiner Frau sprechen zu können.

Ner'zhul war tief in Gedanken, als Gul'dan ihm das Schreiben brachte. Der Schüler verneigte sich und überreichte seinem Meister das Stück Pergament, das steif von einer blauen Flüssigkeit war.

„Was ist das?", fragte Ner'zhul, als er das Pergament entgegennahm.

„Das wurde einem Draenei weggenommen, der vom Süden kam", antwortete Gul'dan.

„Einer Gruppe?"

„Ein einzelner Kurier. Keine Waffen, nicht mal ein Reittier. Der Dummkopf *lief*." Gul'dans Lippen verzogen sich zu einem Lächeln, und er gluckste.

Ner'zhul schaute auf das Pergament und erkannte, dass die blauen Flecken das Blut des Kuriers waren. Warum nur hatte sich dieser Idiot allein und unbewaffnet ins Herz des Schattenmond-Clans gewagt?

Er faltete das Pergament vorsichtig auseinander, um es nicht zu zerreißen, und begann zu lesen. Als die Blicke seiner braunen Augen über die Worte flogen, war der Raum plötzlich von einem hellen Leuchten erfüllt, und beide Schamanen hoben schützend die Arme vor die Augen.

„Lies es laut, großer Ner'zhul!", sagte Kil'jaeden schmeichelnd. „Teile dein Wissen mit mir und deinem treuen Schüler."

„Ja, bitte, Meister", sagte Gul'dan begierig.

Als Ner'zhul das Schreiben las, überkamen ihn das erste Mal, seit er mit seiner geliebten Rulkan gesprochen hatte, Zweifel.

An Ner'zhul, Schamane des Schattenmond-Clans,

der Prophet Velen von den Draenei sendet dir Grüße.

In jüngster Zeit wurden viele meines Volks von den Orcs angegriffen. Ich verstehe nicht, warum. Seit Generationen haben Dein und mein Volk friedlich und in Toleranz miteinander gelebt. Ein Zustand, der uns beiden genutzt hat. Wir haben niemals die

Waffen gegen einen Orc gehoben. Stattdessen haben wir einst die Leben von zwei jungen Orcs gerettet, die sich unwissentlich in Gefahr begeben hatten …

„Ah“, unterbrach Gul’dan den Schamanen, „daran erinnere ich mich. Durotan, der jetzt der Häuptling des Frostwolf-Clans ist, und Orgrim Schicksalshammer.“

Ner’zhul nickte abwesend, seine Gedanken waren für einen Moment abgelenkt, dann las er weiter:

Wir können nur annehmen, dass es sich um ein schreckliches Missverständnis handelt, und wir wollen mit Euch reden, damit keine weiteren Leben von Orcs oder Draenei verloren gehen.

Ich glaube, dass der Berg, den ihr Oshu’gun nennt, Euch heilig ist, dass dort die weisen Geister eurer Ahnen zu Hause sind. Obwohl dieser Ort auch für uns Draenei schon lange eine tiefe Bedeutung hat, haben wir immer respektiert, dass ihr ihn als Eure heilige Stätte beansprucht. Jetzt ist die Zeit gekommen, um zu erkennen, dass wir mehr gemeinsam haben, als uns trennt. Ich werde von meinem Volk Prophet genannt, weil mir von Zeit zu Zeit Weisheit und Erkenntnis gewährt wird. Ich versuche mein Volk mit Güte in Frieden zu führen, wie ich es auch von den Führern Eures Volkes annehme.

Treffen wir uns in Frieden an dem Ort, der für unsere beiden Völker so bedeutsam ist. Am dritten Tag des fünften Monats werde ich mit einer kleinen Gruppe auf eine Pilgerfahrt in das Herz des Berges gehen. Keiner von uns wird bewaffnet sein. Ich lade Dich und jeden anderen ein, mich dort zu treffen an diesem Ort der Macht und Magie, an dem ein Wesen existiert, dessen Weisheit so viel größer ist als unsere und die wir gemeinsam nutzen können, um die Kluft zwischen unseren Völkern zu überwinden.

Licht und Segen, ich biete euch Frieden an.

Gul’dan war der Erste, der sprach. Oder – genauer – der lachte.

„So eine maßlose Arroganz! Mein Herr, großer Kil’jaeden, diese Gelegenheit dürfen wir uns nicht entgehen lassen. Ihr Führer kommt wie ein Spalthuf zum Schlachter, und das völlig unbewaffnet. Dumm, wie er ist, denkt er, dass wir nichts von seinen bösen Absichten ahnen. Er will den Oshu'gun besudeln! Er wird sterben, bevor er einen verdammten Huf auf unseren heiligen Berg setzen kann!"

„Deine Worte gefallen mir, Gul'dan", sagte Kil'jaeden mit seiner sanften Stimme. „Ner'zhul, dein Schüler spricht weise."

Ner'zhul wollte antworten, doch ihm blieben die Worte im Halse stecken. Er öffnete zweimal den Mund und setzte zu einer Erwiderung an, und schließlich, beim dritten Mal, kratzten die Worte aus seiner Kehle:

„Ich will nicht bestreiten, dass die Draenei gefährlich sind", sagte er stockend. „Aber … wir sind keine Gronn, die Unbewaffnete töten …"

„Der Kurier wurde erschlagen", entgegente Gul'dan. „Er *war* unbewaffnet."

„Und ich bedauere das!", schnappte Ner'zhul. „Er hätte in Gewahrsam genommen und sofort zu mir gebracht werden müssen, nicht getötet!"

Kil'jaeden sagte nichts dazu, doch sein roter Schein überzog Ner'zhul, als er nach einer Lösung suchte.

„Ihm wird nicht erlaubt, unsere heilige Stätte zu besudeln", entschied der Schamane schließlich, „darum brauchst du dich nicht zu sorgen, Gul'dan. Aber ich will nicht, dass er getötet wird, ohne dass ich die Möglichkeit hatte, mit ihm zu sprechen. Vielleicht können wir etwas von ihm erfahren."

„Ja", sagte Kil'jaeden, und seine Stimme war weich und voll. „Wenn jemand leidet, verrät er jedes Geheimnis."

Die Worte erschreckten Ner'zhul, aber er verbarg sein Entsetzen. Dieses großartige Wesen wollte, dass er Velen folterte? Etwas daran erregte ihn, aber etwas anderes fühlte sich abgestoßen. Er würde so etwas nicht machen.

„Wir werden ihn erwarten", versicherte er sowohl Kil'jaeden wie auch seinem Schüler. „Er wird nicht entkommen."

„Mein Herr", sagte Gul'dan zögerlich, „darf ich einen Vorschlag unterbreiten?"

„Was denn?"

„Der Clan, der am nächsten am Berg lebt, ist der Frostwolf-

Clan", führte Gul'dan aus. „Lassen wir sie Velen und seine Begleiter gefangen nehmen und zu uns bringen. Ihr Häuptling erfuhr einst die Gastfreundschaft der Draenei. Und obwohl er sich uns nicht entgegengestellt hat, habe ich auch nicht gehört, dass er viele Angriffe auf die Draenei durchgeführt hätte. Wir schlagen zwei Fliegen mit einer Klappe, indem wir den Anführer der Draenei gefangen nehmen und Durotan von den Frostwölfen dazu bringen, dass er uns gegenüber seine Loyalität beweist."

Ner'zhul fühlte zwei Augenpaare auf sich gerichtet – die kleinen, dunklen seines Schülers und die glühenden Kugeln seines Meisters Kil'jaeden. Was Gul'dan vorgeschlagen hatte, klang weise. Warum dann aber widerstrebte es Ner'zhul so, dem zuzustimmen?

Mehrere Herzschläge lang herrschte Schweigen, und Schweiß bildete sich über Ner'zuhls Augenbraue. Schließlich ergriff er wieder das Wort und war erleichtert darüber, dass seine Stimme sicher und gefestigt klang: „Abgemacht, das ist ein guter Plan. Holt mir Feder und Pergament, ich werde Durotan über seine Aufgabe in Kenntnis setzen."

Zehn

Als Drek'Thar mir erzählte, wie sich mein Vater in dieser Situation verhalten hatte, war ich so stolz wie noch nie. Ich weiß sehr gut, wie schwer es ist, die richtigen Entscheidungen zu fällen. Als er seine Entscheidung traf, hatte er viel zu verlieren und nichts zu gewinnen.

Nein, das ist nicht richtig.

Er bewahrte seine Ehre. Nichts ist es wert, sie zu opfern.

Der Brief duldete keinen Aufschub. Durotan überflog ihn und reichte ihn mit einem tiefen Seufzen seiner Gefährtin. Draka las ihn schnell, ihre Blicke spießten die Worte förmlich auf. Ein leises Knurren kam tief aus ihrer Kehle.

„Ner'zhul ist ein Feigling, wenn er das auf dich abwälzen will", sagte sie leise, damit es der Kurier, der draußen wartete, nicht hörte.

„Ich habe geschworen zu gehorchen", sagte Durotan mit genauso leiser Stimme. „Ner'zhul spricht für die Ahnen."

Draka neigte den Kopf gedankenvoll zur Seite. Ein Sonnenstrahl, der durch ein Loch in der Naht des Zeltes drang, erfasste ihr Gesicht und zeichnete ihr starkes Gebiss und die hohen Wangenknochen scharf nach. Durotans Atem stockte, als er seine geliebte Frau ansah. Bei all dem Chaos, wenn nicht Wahnsinn, schien er durch sie zu sich selbst zu finden und zu seinen Leuten, und dafür empfand er ihr gegenüber Dankbarkeit. Sanft berührte er ihr braunes Gesicht mit seinen scharfen Klauen, und sie schenkte ihm ein flüchtiges Lächeln.

„Mein Gefährte, ich weiß nicht, ob man Ner'zhul trauen kann", sagte sie, ihre Stimme kaum mehr als ein Flüstern.

Er nickte. „Aber wir beide trauen Drek'Thar, und er bestätigte Ner'zhuls Worte. Die Draenei haben sich gegen uns verschworen. Ner'zhul sagt sogar, dass sie darauf bestehen, den Oshu'gun zu betreten."

Wieder betrachtete der Häuptling des Frostwolf-Clans den Brief. „Ich bin froh, dass Ner'zhul mich nicht gebeten hat, Velen zu töten. Vielleicht können wir ihn, wenn wir ihn erst in unserer Gewalt haben, davon überzeugen, seine Pläne zu ändern. Er wird uns sagen können, warum sie unsere Vernichtung planen. Vielleicht können wir einen Frieden aushandeln."

Der Gedanke wuchs und beschäftigte ihn. So herrlich sein Leben mit Draka war, so stolz er auf seinen Clan war, wie viel glücklicher wäre er gewesen, wenn er einfach das hätte tun können, was sein Vater getan hatte: die Tiere des Waldes jagen, im Mondlicht tanzen, beim Kosh'harg-Fest den alten Sagen zuhören und sich an der Liebe der Ahnen wärmen. Er hätte es Draka niemals gesagt, aber er war im Stillen froh, dass sie noch kein Kind hatten. Diese Zeit war nicht leicht für Kinder. Die Kindheit wurde ihnen gestohlen, Erwachsenenaufgaben hatte man auf ihre Schultern geladen, die noch nicht breit genug waren, sie auch zu tragen. Wenn Draka ein Kind bekommen hätte, Durotan hätte nicht gezögert, seinen Sohn oder seine Tochter genauso wie die anderen Kinder im Kampf zu trainieren. Er verlangte von anderen Eltern nichts, das er nicht selbst auch zu geben bereit wäre. Aber er war froh, dass er diese Entscheidung nicht fällen musste.

Draka betrachtete ihn mit gerunzelten Augenbrauen. Es war, als könnte sie seine Gedanken lesen.

„Du bist Velen schon begegnet", sagte sie. „Ich habe dich beobachtet. Du hast versucht, deine Erinnerungen an die Begegnung mit Velen in Einklang zu bringen mit der Nachricht, dass die Draenei unsere Vernichtung planen. Es ist dir nicht leicht gefallen."

„Und das tut es immer noch nicht", antwortete er. „Vielleicht ist es ja gut, dass mir diese Aufgabe zugeteilt wurde. Velen wird sich an mich erinnern, da bin ich mir sicher. Er wird mit mir reden, wie er es mit Ner'zhul vielleicht nicht tun würde. Ich wünschte, ich hätte den Brief gesehen, den er geschickt hat."

Draka seufzte und stand auf. „Ich glaube, das wäre sehr aufschlussreich gewesen", sagte sie.

Durotan tat es ihr gleich. „Ich werde dem Kurier sagen, dass sein Herr in Ruhe schlafen kann. Ich werde mich nicht vor meiner Pflicht drücken."

Er spürte ihren besorgten Blick, der sich an seinen Rücken heftete, als er ging.

Velen hielt den violetten Kristall ganz nah an seinem Herzen. Der rote und der gelbe lagen neben ihm, während er meditierte. Der violette warf seinen Schimmer auf seine alabasterfarbene Haut. Die vier anderen befanden sich anderswo auf dem Gebiet der Draenei. Ihre große Macht diente seinem Volk, wenn sie gebraucht wurde. Aber den violetten Stein hatte er immer bei sich.

Seine Kraft öffnete seinen Geist, und so war es, als würde er mit dem Naaru von Angesicht zu Angesicht sprechen. Velen fühlte sich jedes Mal stärker, reiner, sein Geist geschärft, wenn er mit dem violetten Kristall meditierte. Obwohl jeder der sieben Kristalle schön und mächtig war, war dieser der Wertvollste.

Er strengte sich an, um K'ures leises Flüstern zu hören, aber er konnte es nicht verstehen. Velens Herz pochte. Er neigte den Kopf.

Er hörte Stimmen und öffnete die Augen. Restalaan sprach mit einem der Akolythen, dann kam er zu Velen.

„Irgendwelche Neuigkeiten, alter Freund?", fragte dieser und zeigte auf einen Topf mit heißem Kräutertee.

Restalaan winkte ab. „Gutes und Schlechtes, mein Prophet. Ich bedauere es zutiefst, aber ich muss dich darüber informieren, dass der Kurier, den du zum Schamanenanführer Ner'zhul geschickt hast, von einer Gruppe Orcs getötet wurde."

Velen schloss die Augen. Der violette Kristall wurde für einen Moment wärmer, als wollte er ihn trösten.

„Ich habe seinen Tod gespürt", sagte Velen schwer. „Aber ich hatte gehofft, dass es nur ein Unfall war. Bist du dir sicher, dass er ermordet wurde?"

„Ner'zhul behauptet es zumindest, und er äußert keinerlei Bedauern darüber." In Restalaans Stimme schwang Wut über diesen Vorfall. Er kniete vor Velen, neben seinem Kristall. Velens dunkle blaue Augen richteten sich auf den Kristall, als dieser einmal kurz pulsierte und so auf Restalaans Gefühle reagierte.

„So viel zu deiner Theorie, dass sie einen unbewaffneten Mann nicht angreifen", fuhr Restalaan bitter fort.

„Ich hatte auf Besseres gehofft", entgegnete Velen leise. „Aber du hast auch von guten Neuigkeiten gesprochen?"

Restalaan verzog das Gesicht. „Wenn man es so nennen will. Ner'zhul sagt zu, dass sich eine Orc-Abteilung am Fuße des Bergs mit dir treffen will."

„Er selbst … kommt nicht?"

Restalaan senkte den Blick und schüttelte den Kopf. „Nein, mein Prophet."

„Wen schickt er denn?"

„Davon steht in dem Brief nichts."

„Gib ihn mir." Velen streckte die weiße Hand aus, und Restalaan übergab ihm das Pergament. Velen entrollte es und überflog den Brief.

Euer Kurier ist tot. Es war ein Glück, dass die, die ihn getötet haben, ihn durchsuchten und die Botschaft fanden. Ich habe sie gelesen. Ich werde eine Abteilung meiner Orcs zum heiligen Berg schicken, die mit dir reden wird. Ich garantiere für nichts, nicht für deine Sicherheit, nicht für einen Waffenstillstand, für nichts! Aber wir werden dich anhören.

Velen seufzte tief. Das war nicht die Antwort, nach der seine Seele verlangt hatte. Was war los mit den Orcs? Warum, in aller Welt und einiger anderer mehr, waren sie plötzlich so versessen darauf, die Draenei zu vernichten, die sie niemals angegriffen hatten?

Ich garantiere für nichts, hatte Ner'zhul geschrieben.

„Nun gut", sagte Velen leise. „Dann haben wir eben keine Garantien." Er lächelte Restalaan an. „So ist das Leben eben."

Der Tag war unpassend schön und freundlich, und Durotan blinzelte gegen das grelle frühe Sommerlicht. An einem Tag, an dem er sich so düster und traurig fühlte, hatte das Wetter gefälligst dementsprechend zu sein. Zumindest ein paar Wolken wären schön gewesen. Oder noch passender ein kalter Nieselregen. Aber die Sonne kümmerte das schwere Herz eines Orcs nicht oder gar das Schicksal eines ganzen Volkes. Sie schien so fröhlich, als wäre alles in Ordnung, wo immer auch die Strahlen den Boden berührten. Der Oshu'gun schien fast zu brennen, so grell war das Licht, das von seiner facettenreichen kristallinen Oberfläche reflektiert wurde.

Durotan hatte eine Position der Stärke gewählt. Dort, wo seine Krieger standen, würden sie Velens Reisegruppe viel eher sehen als diese die Orcs. Er hatte sich dazu entschlossen zu warten und den Propheten der Draenei zu ihm kommen zu lassen. Trotzdem hatte er an strategischen Punkten Krieger postiert, sodass sie den Draenei jeden Fluchtweg versperren konnten. Und all diese Orcs waren an diesem herrlichen Tag bis an die Zähne bewaffnet, und die Schamanen waren ebenfalls bereit, mit ihren Kräften ins Geschehen einzugreifen, falls dies nötig wurde.

Wegen ihrer scharfen Augen und ihrer erstklassigen Kampfkünste war Draka ein äußerst guter Kundschafter. Er hatte sie der ersten Gruppe zugeteilt. Sobald Velen auftauchte, würde sie mit Hilfe eines von Drek'Thars Sprüchen ihren Gefährten benachrichtigen.

Drek'Thar selbst stand neben Durotan. Als mächtigster Schamane seines Clans musste er den Häuptling beschützen. Die beiden befanden sich auf einem Felsen, der direkt über dem Eingang zum heiligen Berg aufragte. Dutzende Krieger warteten, bewaffnet mit Äxten, Pfeilen und Speeren. Andere hatten Tage damit zugebracht, große Felsen in Position zu bringen. Auf den Befehl von Durotan hin würde eine einfache Bewegung den Tod in Form von großen Steinen, die nach unten krachten, über die Draenei bringen.

Die Bedrohung des Todes lag überall auf diesem schönen Berg an diesem schönen sonnigen Tag.

Eine Brise wehte durch Durotans schwarzes Haar, und ein Vogel sang laut.

Drek'Thar schaute ihn besorgt an. „Mein Häuptling, du tust, was dir aufgetragen wurde", sagte er ernst. „Diese Wesen sind unsere Feinde."

Durotan nickte und wünschte, dass so leicht glauben zu können wie offensichtlich jeder andere Orc.

Die Brise strich wieder über seine Wange, doch diesmal eindringlicher, und dieses Mal hörte er Worte im Wind. Es war Drakas Botschaft, überbracht durch Drek'Thars Bund mit den Elementen. *Sie kommen. Es sind fünf. Keiner trägt eine Waffe. Sie bewegen sich sorglos.*

Der Wind wehte ihre Worte davon, und er wusste, dass er sie an die Ohren der anderen Orcs trug. Wenn es an der Zeit war, würde Drek'Thar den Wind nutzen, um Befehle an Durotans Truppen zu senden. Durotan straffte sich, und sein Herz schlug heftiger. Seine Hand umfasste den Stiel seiner Kampfaxt.

„Da sind sie", sagte Drek'Thar grimmig. Durotan folgte seinem Blick.

Drakas Bericht war präzise gewesen bis hin zu ihrer Erkenntnis, in welcher Stimmung sich die Draenei befanden. Die fünf Draenei trugen nicht ihre merkwürdigen silbernen und blauen Rüstungen, an die sich Durotan von seinem einzigen Treffen noch erinnerte. Stattdessen hatten sie ähnliche Kleidung an wie damals bei dem Essen mit dem Propheten; Gewänder in schönen Farben, die den Wind einfingen und sanft wehten. Ganz vorn ging Velen, der Prophet persönlich. Er war unverwechselbar; seine einfache braune Robe stand im Kontrast zu den Gewändern seiner Begleiter, und natürlich war da auch noch seine seltsame weiße Haut. Durotan grinste boshaft angesichts der wenig bedrohlichen Situation. Die Draenei waren so leuchtend gekleidet, dass nur ein blinder Orc sie aus großer Distanz hätte verfehlen können.

Das Lächeln verschwand allerdings, als er darüber nachdachte, warum sie diese Gewänder trugen. Sie wollten sofort gesehen werden. Sie wollten, dass die Orcs erkannten, dass sie keine Waffen trugen und auf einer Pilgerreise waren.

Oder war das nur eine ausgeklügelte List? Schamanen brauchten keine Speere, um zu töten, und die Draenei genauso wenig. Durotan erinnerte sich an die magischen Netze, welche sich durch die Haut brannten. Netze aus einer fremden Energie, die aus dem Nichts entstanden.

Nein, selbst unbewaffnet waren die Draenei alles andere als harmlos.

Er hatte seine Krieger gut instruiert und wusste, dass sie gehorchen würden. Sie würden ohne seinen Befehl nicht mal einen Warnschuss abgeben. Aber sie wussten, wie die Draenei kämpften, und waren darauf vorbereitet. Durotan konnte die Spannung, die von diesen Kriegern ausging, förmlich riechen. Er fragte sich, ob die Draenei das auch konnten.

Durotan beobachtete, wie die letzte Gruppe den Draenei den Rückweg versperrte. Sie waren weit genug entfernt, sodass Durotan hoffen konnte, dass die Draenei sie nicht bemerkten. Falls sie es doch taten, ließen sie es zumindest nicht erkennen, sondern setzten den Weg in demselben gleichmäßigen und unbekümmerten Tempo fort.

Durotan und Drek'Thar verstecken sich nicht. Nach ein paar langen Minuten hob Velen den Kopf und schaute Durotan direkt an. Durotan hielt dem Blick stand, wartete aber ab. Die Draenei erreichten den Fuß des Berges. Doch bevor sie weitergehen konnten, verließen Dutzende Orcs ihr Versteck, um sie zu umzingeln.

Velen zeigte sich nicht im Geringsten überrascht. Er schaute sich um, lächelte ein wenig und kam dann auf Durotan zu. Langsam stieg Durotan hinab, bis er dem Propheten der Draenei Auge in Auge gegenüberstand, allerdings noch in einiger Entfernung.

„Es ist lange her, seit wir uns sahen, Velen", sagte Durotan mit ruhiger Stimme. Er benutzte bewusst nicht den Titel des Draeneis.

„Fürwahr, eine lange Zeit, Durotan, Sohn des Garad, Häuptling des Frostwolf-Clans", antwortete Velen mit der vollen, sanften Stimme, an die sich Durotan erinnerte. „Bist du immer noch mit Orgrim befreundet?"

„Das bin ich in der Tat“, antwortete Durotan. „Er trägt jetzt den Schicksalshammer und ist der Stellvertreter des Häuptlings.“

Trauer zog über das bleiche Gesicht, eine Trauer, die tief und fraglos echt war. Wieder erinnerte sich Durotan an den Abend vor so langer Zeit, als dieses Wesen bei ihnen gesessen hatte und sie die Lebensweise der Orcs beschrieben, vom Schicksalshammer erzählten und von dem Preis, den Orgrim dafür würde zahlen müssen.

„Ich hoffe, sein Vater und auch deiner sind mit großer Ehre gegangen“, sagte Velen.

„Wir sind nicht hier, um über die Vergangenheit zu reden“, sagte Durotan, und er sagte es heftiger, als er es beabsichtigt hatte. Er erinnerte sich nicht gern an den Abend. „Wir sind hier, weil du es wagen willst, unseren heiligsten Ort zu betreten.“

Velen hielt Durotans Blick stand und nickte. „Ich hatte die Nachricht an Ner'zhul geschickt, nicht an dich, Durotan. Er hat es abgelehnt, sich mit mir zu treffen. Ich frage mich … hat er dir diese Nachricht gezeigt?“

„Es gab keinen Grund für mich, sie zu lesen“, antwortete Durotan. „Ich wurde gebeten, an seiner Stelle zu kommen.“

Durotan sah, wie sich die breiten Schultern etwas senkten. Velen seufzte tief. „Ich verstehe“, sagte er. „Er hat dir vielleicht nicht erzählt, warum ich kommen wollte.“

„Ich muss den Grund nicht kennen, Draenei“, sagte Durotan.

„Doch, das musst du. Ansonsten ist dieses Gespräch umsonst.“ Velens Stimme klang trotz seines hohen Alters klar und deutlich.

Durotan hob eine Augenbraue. Dass Velen ein weiser Mann war, stand außer Frage. Aber zum allerersten Mal erkannte Durotan eine Spur der schieren Stärke, die Velen zahllose Jahre angetrieben hatte.

„Dieser … dieser Berg ist deinem Volk heilig. Das wissen wir, und wir haben es immer respektiert. Aber er ist auch uns heilig.“ Velen trat einen Schritt vor. Sein Blick fixierte Durotan. Die Orc-Krieger um ihn herum bewegten sich, grummelten, taten sonst aber nichts.

„Tief in diesem Berg befindet sich ein Wesen, das sich seit

langem um die Draenei kümmert“, fuhr Velen fort. „Es ist älter, als wir uns vorstellen können. Und machtvoller. Aber selbst alte und machtvolle Wesen können sterben, und dieses stirbt gerade. Doch wir alle können Weisheit und Versöhnung von ihm erfahren, dein Volk genauso wie meins. Wir …“

„Blasphemie!“

Durotan schaute sich um. Den verbitterten Schrei hatte keiner seiner hitzköpfigen Krieger ausgestoßen, sondern der Orc, der neben ihm stand. Drek'Thars Augen waren weit aufgerissen, und sein Körper zitterte vor Empörung. Seine Nackenhaare sträubten sich, und er drohte mit der Faust. „Der Oshu'gun gehört uns. Er ist das Heim unserer geliebten Toten, Wiege für ihre Geister, und ihr verderbten Paarhufer habt nicht das Recht, auch nur einen Schritt auf diesen geheiligten Boden zu setzen!“

Velen schien ebenso wie Durotan von dem Ausbruch überrascht zu sein. Er wandte seine Aufmerksamkeit dem Schamanen zu und streckte seine Hände flehentlich aus. „Eure Geister leben in diesen Wänden, das stimmt. Ich würde nie etwas anderes behaupten. Aber sie werden von diesem Wesen angelockt. Es versucht …“

Das war so ziemlich das Falscheste, was er hätte sagen können. Drek'Thar brüllte vor Wut. Andere fielen mit ein, und bevor Durotan begriff, was geschah, sah er, wie seine Krieger nach vorn drängten. Draka ging auf sie zu, versuchte den Angriff zu stoppen. Aber genauso gut hätte sie versuchen können, die Flut aufzuhalten.

Durotan drehte sich und schlug Drek'Thar übers Gesicht. Der Schamane wirbelte herum und knurrte.

„Ihr werdet meine Befehle achten!“, brüllte Durotan. „Wir brauchen sie lebend, verdammt noch mal!“

Drek'Thars Augen blitzten einen Herzschlag lang vor Wut. Er hob die Hände und schloss die Augen. Plötzlich entstand ein großer Flammenkreis um die fünf Draenei. Wind kam auf, der die Flammen anfachte und die Orcs umwarf. Die Krieger traten zurück, und zu Durotans Entsetzen begannen einige Bogenschützen ihre Pfeile aufzulegen.

„Halt!“, brüllte Durotan. Der Wind nahm seine Befehle ent-

gegen und trug ihn ans Ohr der Krieger. „Ich töte jeden, der schießt!“

Dank seines Befehls und Drek'Thars mächtigen, wenngleich zögerlichen Eingreifens wurden die Draenei nicht verletzt. Dann sagte Durotan zu Drek'Thar: „Lösch das Feuer!“

Sofort verschwanden die Flammen, die beinahe Durotans Augenbrauen verbrannt hätten. Dann stand er Velen direkt gegenüber. Eine Woge von Gefühlen, die er nicht genau benennen konnte, überkam ihn, als er erkannte, dass der Draenei immer noch so ruhig war wie zuvor.

„Velen, du und deine Leute seid nun Gefangene des Frostwolf-Clans“, sagte Durotan mit gefährlichem Unterton.

Velen lächelte traurig. „Ich habe nichts anderes erwartet.“

Er und die anderen vier Draenei bewahrten irgendwie die Fassung, als Durotan befahl, sie zu entkleiden und sie zu durchsuchen. Ihre herrlichen Gewänder wurden ihnen weggenommen und an Durotans beste Krieger gegeben. Die Draenei mussten verschwitzte, dreckige Tuniken anziehen. Durotans Magen rebellierte angesichts des Spottes und des Hohns, der Schmähungen und des Spuckens, mit denen die Draenei erniedrigt wurden, aber er unterband es nicht. Solange keine körperliche Gewalt ausgeübt wurde, würde er seinen Kriegern ihren Spott lassen. Allerdings achtete er genau darauf, dass es zu keinen Übergriffen kam.

Draka beobachtete wütend das Verhalten ihrer Frostwölfe und flüsterte: „Mein Gefährte, kannst du sie nicht mäßigen?“

Er schüttelte den Kopf. „Ich will sehen, wie die Draenei darauf reagieren.“

Draka sah ihn an, dann nickte sie und ging. Er wusste, dass sie anderer Meinung war. Auch er mochte nicht, was er sah. Aber er bewegte sich auf einem schmalen Grat, und er wusste das.

„Mein Häuptling!“, rief Rokkar, Durotans Stellvertreter. „Komm und schau, was sie uns mitgebracht haben!“

Durotan ging zu Rokkar und öffnete den Beutel, den dieser ihm reichte. Seine Augen weiteten sich. Darin lagen, eingewickelt in weichen Stoff, zwei wunderschöne Steine. Einer war rot, der andere gelb. Durotan brannte darauf, sie zu berühren, aber er tat es nicht. Er hob den Blick und schaute Velen in die Augen.

„Vor langer Zeit zeigte uns Restalaan einen ganz ähnlichen Kristall", sagte er. „Der, der die Stadt beschützte. Was können diese hier?"

„Jeder hat seine eigenen Stärken. Sie sind Teil unseres Vermächtnisses. Sie wurden uns von dem Wesen geschenkt, das in dem Berg lebt, um …"

Durotan unterbrach ihn. „Es wäre gut, wenn du das nicht noch einmal erwähnst." An Rokkar gewand sagte er: „Gib ihnen zu essen, binde ihre Hände und setze sie auf die Wölfe, mit einem Schamanen, der sie bewacht. Gib die Steine Drek'Thar. Wir werden die Draenei mit zurücknehmen und sie Ner'zhul ausliefern. Er hätte an meiner statt heute hier sein sollen."

Er drehte sich um. Dabei vermied er es, in Velens merkwürdig strahlende blaue Augen zu schauen. Und genauso wenig wollte er die Missbilligung in Drakas Augen sehen, deshalb ging er davon.

Während des langen Rittes zurück kämpfte Durotan mit seinen Gefühlen. Auf der einen Seite teilte er Drek'Thars Ansicht. Der Oshu'gun war den Orcs heilig. Die Behauptung, dass etwas anderes als ihre Vorfahren dort wohnen konnte, so wie Velen es sagte, etwas, das so machtvoll war, dass es die Ahnen anzog, hatte auch ihn bis ins Mark erschüttert – da konnte er sich kaum vorstellen, wie sich der Schamane fühlen musste. Alles schien darauf hinzudeuten, dass Ner'zhul recht gehabt hatte: dass die Draenei eine Seuche waren, die ausgerottet werden musste.

Was an ihm nagte, war das Warum. Er würde in dieser Nacht eine Antwort darauf bekommen.

Da allesamt der fünf Gefangenen ritten, brauchten sie nicht lange bis zum Lager. Die Sonne ging gerade erst unter, als sie es erreichten. Durotan hatte Boten mit den guten Neuigkeiten vorausgeschickt. Und der Clan wartete begierig auf ihre Ankunft. Zu seiner Rechten befanden sich Drek'Thar und Rokkar, die die Gefühle der Frostwölfe teilten. Zu seiner Linken war Draka, die für ihre Verhältnisse ungewöhnlich still war. Durotan wusste, dass er nicht hören wollte, was sie zu sagen hatte. Er wurde momentan schon in zu viele Richtungen gezerrt und gezogen.

Die Gefangenen wurden auf zwei Zelte verteilt, und Wachen wurde aufgestellt: vier erfahrene Krieger und Drek'Thars bester Schamane. Durotan hatte angeordnet, dass Velen allein blieb. Er wollte mit dem Propheten in Ruhe sprechen.

Nachdem sich die Aufregung gelegt hatte, nahm Durotan einen tiefen Atemzug. Er freute sich nicht auf dieses Gespräch, aber es ließ sich nicht vermeiden. Er nickte den Wachen zu, und er erwartete den Draenei mit gebundenen Händen vorzufinden. Stattdessen sah er, dass derjenige, der den Befehl, Velen zu fesseln, ausgeführt hatte, dies mit besonderem Eifer getan hatte.

Das Zelt war um einen kräftigen Baum herum errichtet. Velen hatte man an dessen Stamm gebunden. Seine Arme waren in einem bösen Winkel zurückgebogen, die Fesseln um sein weißes Fleisch waren an den Handgelenken so fest, dass Durotan sogar bei dem wenigen Licht erkennen konnte, dass die Haut darunter dunkler wurde. Ein Seil, dankenswerterweise nicht allzu fest um seinen Hals geschlungen, zwang ihn, den Kopf permanent aufzurichten oder zu ersticken. Man hatte ihm ein schmutziges Stück Stoff in den Mund geschoben. Er kniete, und seine Hufe waren ebenfalls gefesselt.

Durotan fluchte und zog seinen Dolch. Velen sah ihn ohne Zeichen von Furcht in den tiefen blauen Augen an, aber Durotan fiel auf, dass der Draenei überrascht wirkte, als der Orc die Waffe benutzte, um die Fesseln durchzuschneiden anstatt seine Kehle.

Velen gab keinen Laut von sich, aber ein Augenblick der Qual flackerte über sein geisterhaft weißes Gesicht, als das Blut in die Adern zurückströmte.

„Ich befahl ihnen, dich zu fesseln, aber nicht, dich wie einen Talbuk zu verschnüren", murmelte Durotan.

„Deine Leute sind sehr eifrig, wie es scheint."

Durotan gab dem Draenei einen Wasserschlauch und beobachtete ihn genau, während er trank. In dreckiger Kleidung und lauwarmes Wasser trinkend, das weiße Fleisch rau von den Fesseln, wirkte Velen nicht sehr gefährlich. Wie hätte sich Durotan gefühlt, wenn man ihm erzählt hätte, dass die Draenei Mutter Kashur so behandelt hätten? Alles in dieser Angelegenheit erschien völlig falsch. Trotzdem hatte Mutter Kashur höchstpersönlich Drek'Thar erklärt, dass die Draenei eine Gefahr waren.

Eine Schüssel mit Blutbrei stand auf dem Boden. Mit seinem rechten Fuß schob Durotan sie dem Gefangenen zu. Velen sah sie, aß aber nicht.

„Nicht ganz das Festmahl, das du Orgrim und mir geboten hast, als wir in Telmor gegessen haben", sagte Durotan. „Aber es macht satt."

Velen lächelte schwach. „Das war ein bemerkenswerter Abend."

„Hast du von uns an diesem Abend bekommen, was du wolltest?", verlangte Durotan zu wissen. Er war wütend, aber nicht auf Velen. Er war wütend, dass es so weit gekommen war, dass jemand, der ihm nichts als Zuneigung gezeigt hatte, nun sein Gefangener war. Und so ließ er es an dem Propheten aus.

„Ich verstehe nicht. Wir wollten nur gute Gastgeber sein für zwei abenteuerlustige Jungen."

Durotan stand auf und trat gegen die Schüssel. Der Brei schwappte auf den Boden. „Erwartest du, dass ich das glaube?"

Velen antwortete ruhig: „Es ist die Wahrheit. Es ist allein deine Entscheidung, ob du sie glaubst oder nicht."

Durotan fiel auf die Knie und schob sein Gesicht nah an Velens. „Warum wollt ihr uns vernichten? Was haben wir euch getan?"

„Ich könnte die gleiche Frage stellen", sagte Velen. Sein weißes Gesicht wurde dunkler. „Wir haben nie einen Finger gerührt, um euch zu schaden. Und jetzt sind mehr als zwei Dutzend Draenei tot, wegen eurer Angriffe!"

Die Wahrheit darin machte Durotan nur noch wütender. „Die Ahnen belügen uns nicht!", schnarrte er. „Wir wurden gewarnt, dass ihr nicht die seid, die ihr vorgebt zu sein. Dass ihr unsere Feinde seid. Warum sonst habt ihr diese Kristalle mitgebracht, wenn nicht, um uns anzugreifen?"

„Sie sollten uns helfen, besser mit dem Wesen im Berg zu

kommunizieren." Velen sprach schnell, als wollte er die Antwort herausbekommen, bevor Durotan ihm das Wort abschnitt. „Es ist kein Feind der Orcs, genauso wenig wie wir. Durotan, du bist klug und weise, das habe ich in der Nacht vor so langer Zeit erkannt. Du folgst Befehlen nicht blind wie ein Tier. Ich weiß nicht, warum euch eure Anführer anlügen. Aber sie tun es. Wir wollten immer friedvoll mit euch leben. Du bist nicht wie die anderen, Sohn des Garad!"

Durotan verkniff die dunklen braunen Augen zu schmalen Schlitzen. „Da liegst du falsch, Draenei", spie er. „Ich bin stolz darauf, ein Orc zu sein. Ich verleugne meine Herkunft nicht!"

Velen schien verwirrt. „Du missverstehst mich. Ich mache deine Leute nicht schlecht. Nur …"

„Nur was? Du erzählst uns nur, dass wir unsere geliebten Toten nur sehen können, weil euer … euer Gott in dem Berg gefangen ist?"

„Es ist kein Gott. Es ist ein Verbündeter und wäre es auch für dein Volk, wenn ihr es ihm erlauben würdet."

Durotan fluchte und stand auf. Er ging im Zelt auf und ab und ballte dabei immer wieder die Hände. Dann seufzte er lang und tief, und der Ärger verrauchte.

„Velen, deine Worte sind nichts anderes als Holz im Feuer unserer Wut", sagte er ruhig. „Euer Anspruch ist arrogant und anmaßend. Dadurch werden nur die bestätigt, die bereits jetzt schon euer Volk vernichten wollen, auf das Wort unserer Ahnen hin. Ich verstehe mich selbst nicht, aber du bittest mich, zwischen Leuten, denen ich vertraue, und Traditionen, mit denen ich aufgewachsen bin, und deinem Wort zu wählen."

Er drehte sich und sah den Draenei an. „Ich wähle mein Volk, das musst du wissen. Wenn du und ich uns von Angesicht zu Angesicht auf dem Schlachtfeld gegenüberstehen, werde ich mich nicht zurückhalten."

Velen blinzelte neugierig. „Du … wirst mich nicht zu Ner'zhul bringen?"

Durotan schüttelte den Kopf. „Nein. Wenn er dich haben will, hätte er selbst kommen müssen. Er hat mich beauftragt, mich deiner anzunehmen, und ich habe meine Pflicht, wie ich es sehe, erfüllt."

„Du wurdest beauftragt, einen Gefangenen zu ihm zu bringen", sagte Velen.

„Ich sollte mich mit dir treffen und dir zuhören", erwiderte Durotan. „Hätte ich dich im Kampf gefangen genommen, dir die Waffe aus der Hand geschlagen und dich zu Boden gekämpft, *dann* wärst du mein Gefangener. Aber es liegt keine Ehre darin, einen Feind zu fesseln, der seine Hände willig dem Strick entgegenstreckt. Wir kommen so nicht weiter, du und ich. Du bestehst darauf, dass du den Orcs nichts Böses willst. Meine Anführer und die Geister meiner Ahnen erzählen mir etwas anderes."

Wieder kniete sich Durotan vor den Draenei. „Sie nennen dich Prophet, kennst du denn die Zukunft? Wenn ja, dann sag mir, was wir tun können, um das Schlimmste zu verhindern. Ich möchte kein unschuldiges Leben opfern, Velen. Gib mir etwas, irgendwas, das ich zu Ner'zhul bringen kann und das beweist, dass du die Wahrheit sprichst!"

Er erkannte, dass er bettelte, aber das störte ihn nicht. Er liebte seine Gefährtin, seinen Clan, sein Volk. Er hasste, was er sah: eine ganze Generation, die sich kopfüber ins Erwachsensein stürzte, mit blindem Hass in ihren Herzen. Wenn es etwas daran ändern konnte, vor einem merkwürdigen Wesen zu betteln, dann bettelte er eben.

Die blauen Augen schauten unbeschreiblich mitfühlend. Velen streckte die bleiche Hand aus und legte sie auf Durotans Schulter. „Die Zukunft ist nicht wie ein Buch, das man lesen kann", sagte er ruhig. „Sie verändert sich ständig. Wie das Wasser oder der Wirbel im Sand. Mir werden verschiedene Einsichten gewährt, aber nicht mehr. Ich fühlte sehr stark, dass ich unbewaffnet kommen musste, und sieh, ich werde nicht vom größten Schamanen der Orcs empfangen, sondern von einem, der einst sicher unter meinem Dach schlief. Ich glaube nicht, dass dies ein Zufall ist, Durotan. Und wenn irgendetwas getan werden kann, um weiteres Töten zu verhindern, dann liegt das bei den Orcs, nicht bei den Draenei. Alles, was ich machen kann, ist dir zu sagen, was ich bereits gesagt habe. Der Lauf des Flusses kann verändert werden. Aber ihr seid diejenigen, die das tun müssen. Das ist alles, was ich weiß, und ich bete, dass es genug ist, um mein Volk zu retten."

Der Blick aus seinem alten, merkwürdig zerknitterten Gesicht und der Ton seiner Stimme sagten Durotan, was seine Worte nicht taten: dass Velen nicht glaubte, dass es genug sein würde, um sein Volk zu retten.

Durotan schloss die Augen für einen Moment, dann stand er auf und trat zurück. „Wir werden die Steine behalten", sagte er. „Welche Kräfte in ihnen schlummern werden unsere Schamanen herausfinden."

Velen nickte traurig. „Das habe ich erwartet. Aber ich musste sie mitbringen, ich musste darauf vertrauen, dass wir einen Weg hier herausfinden würden."

Wie konnte es sein, fragte sich Durotan, dass er sich im Moment einem vermeintlichen Feind näher fühlte als den geistigen Führern seines eigenen Volkes? Draka mochte es wissen. Sie wusste immer alles. Sie hatte nichts gesagt, weil sie wusste, dass er diese Wahrheit selbst herausfinden musste. Aber er würde in dieser Nacht mit ihr sprechen, allein in ihrem Zelt.

„Steh auf", sagte er, und dabei verbarg er kaum seine Gefühle. „Du und deine Begleiter könnt in Sicherheit ziehen." Er grinste plötzlich. „So sicher es in der Dunkelheit ohne Waffen sein mag. Wenn ihr außerhalb unseres Territoriums zu Tode kommt, ist es nicht unsere Schuld."

„Das wäre sehr angenehm für dich", entgegnete Velen und kam auf die Füße. „Aber irgendwie glaube ich nicht, dass es das ist, was du willst."

Durotan antwortete nicht. Er verließ das Zelt und sagte zu den wartenden Wachen: „Velen und seine vier Begleiter werden sicher bis zu den Grenzen unseres Landes eskortiert. Dann werden sie frei gelassen, um in ihre Stadt zurückzukehren. Es darf ihnen nichts geschehen, ist das klar?"

Einer der Wachposten wollte protestieren. Aber ein anderer, weiserer Krieger brachte ihn mit einem Blick zum Schweigen. „Völlig klar, mein Häuptling."

Als sie gingen, um die anderen Draenei zu holen, trat

Drek'Thar auf Durotan zu. „Durotan! Was machst du denn da? Ner'zhul erwartet die Gefangenen!"

„Ner'zhul kann seine Gefangenen selber machen", schnarrte Durotan. „Ich habe das Kommando, und das ist meine Entscheidung. Stellst du sie in Frage?"

Drek'Thar sah sich um und entfernte sich mit Durotan, bis sie außer Hörweite waren. „Ja, das tue ich", zischte er. „Du hast doch gehört, was er gesagt hat. Er behauptet, dass die Ahnen wie … wie Motten sind, die von ihrem Gott angezogen werden. Diese Arroganz! Ner'zhul hat recht, sie müssen vernichtet werden. Man hat es uns so gesagt."

„Wenn es so ist, dann wird es so sein", sagte Durotan. „Aber nicht heute Nacht, Drek'Thar. Nicht heute Nacht."

Als er und seine Gefährten langsam über das taufeuchte Gras der Wiese in Richtung der nächsten Stadt gingen, hinter ihnen die aufragende Silhouette der Wälder von Terokkar, war Velens Herz schwer.

Zwei der Ata'mal-Kristalle befanden sich in den Händen der Orcs. Er hatte keinen Zweifel daran, dass Durotan recht behielt und ihre Schamanen schnell ihre Geheimnisse entdecken würden. Aber einer war ihnen entgangen.

Er war ihnen entgangen, weil er nicht gefunden werden wollte. Als sie durchsucht wurden, hatte sich der violette Kristall derart verändert, dass er vor den suchenden Blicken der Orcs verborgen blieb. Velen hielt ihn nah an seinem Herzen und fühlte die Wärme in sein altes Fleisch sickern.

Er hatte gespielt und verloren. Nicht vollständig, dass er und die seinen noch am Leben waren, war der Beweis dafür. Doch er hatte gehofft, die Orcs würden zuhören. Dass sie ihn zumindest in das Herz ihres heiligen Berges begleiten würden. Dann hätten sie etwas zu sehen bekommen, etwas, das ihrem Glauben nicht entgegensprach, sondern ihn eigentlich erst geschaffen hatte.

Die Aussichten waren düster. Als er in das Lager gebracht worden war, hatte er gesehen, was dort vor sich ging. Bereits Kinder trainierten so hart, bis sie vor Erschöpfung umfielen. Die Schmieden arbeiteten sogar nachts. Obwohl er sich in Freiheit befand, wusste Velen, dass nichts, was er an diesem Tag getan hatte, die Ereignisse aufhalten würde. Die Orcs, selbst die Gemäßigteren, bereiteten sich nicht nur auf die Möglichkeit eines Krieges vor – sie waren davon überzeugt, dass er kommen würde. Wenn die Sonne dieser Welt ihr gelbes Haupt wieder zeigte, würde sie auf das Unausweichliche hinabsehen.

Der Kristall, den er so nah an sein Herz hielt, pulsierte. Er spürte seine Gedanken. Velen wandte sich seinen Begleitern zu und sah sie sorgenvoll an.

„Die Orcs werden sich nicht von ihrem Weg abbringen lassen“, sagte er. „Wenn wir selbst überleben wollen, müssen auch wir den Weg des Krieges gehen.“

Weit in der Ferne, tief unter den Wassern des heiligen Beckens, stieß ein gebrochenes, sterbendes Wesen namens K'ure einen tiefen gequälten Schrei aus.

Velen erkannte die Stimme und neigte das Haupt.

Die Frostwolf-Orcs schnappten bei dem Geräusch nach Luft und schauten zum Oshu'gun mit seiner perfekten dreieckigen Form.

„Die Ahnen zürnen uns!“, rief ein junger Schamane. „Sie sind wütend, weil wir Velen gehen ließen!“

Durotan schüttelte den Kopf. Er hätte den Neuling zurechtweisen müssen. Und er würde es auch tun, wenn der noch einmal so etwas verlauten ließ. Aber jetzt war sein Herz voller Trauer. Es war kein Schrei der Wut, der vom heiligen Berg gekommen war. Er war das berstende Geräusch des absoluten Kummers. Er schüttelte sich innerlich und fragte sich, warum seine Ahnen so sehr und so tief trauerten.

Elf

Ner'zhul … Gul'dan. Zwei der finstersten Namen, die jemals die Geschichte meines Volkes beschmutzten. Allerdings erzählte mir Drek'Thar, dass Ner'zhul einst hoch geschätzt war und geliebt wurde. Nach seinen Worten war er jemand, der sich wirklich um die Belange seines Volkes kümmerte, dessen geistiger Führer er war. Mir fällt es schwer, dies mit dem in Einklang zu bringen, was aus Ner'zhul wurde. Aber ich versuche es, versuche es immer wieder, weil ich es verstehen will.

Und doch, so sehr ich es auch versuche, es gelingt mir nicht.

„Was?"

Gul'dan zuckte unter Ner'zhuls Wutschrei zusammen, während Durotan nicht einmal blinzelte.

„Ich habe den Propheten Velen freigelassen", wiederholte der Häuptling des Frostwolf-Clans ruhig.

„Deine Befehle lauteten, ihn und die anderen gefangen zu nehmen!" Ner'zhul wurde mit jedem Wort lauter. Was hatte sich Durotan nur dabei gedacht! Wie viele Informationen hätten sie Velen entreißen können! Was für Vorteile den Draenei gegenüber hätten sie erlangen können!

Doch viel wichtiger war, wie Kil'jaeden reagieren würde, wenn er erfuhr, dass Velen nicht gefangen genommen worden war. Er war offensichtlich von der Aussicht, den Draenei in seine Gewalt zu bekommen, sehr angetan gewesen. Und Ner'zhul hatte auch felsenfest mit dem Erfolg gerechnet und dem hohen Wesen Velen als Geschenk angeboten. Der Schamane erkannte, dass er weniger Wut empfand als vielmehr Angst davor, Kil'jaeden die schlechte Nachricht zu überbringen.

„Du hast mir befohlen, ihn gefangen zu nehmen, und das habe ich getan“, antwortete Durotan. „Aber es ist keine Ehre, wenn sich derjenige freiwillig ergibt. Du willst, dass wir ein Volk sind statt einzelner Clans. Doch das erreichen wir nicht ohne einen Ehrenkodex, der unverletzlich ist …“

Durotan sprach mit seiner rauen, tiefen Stimme weiter, aber Ner'zhul hörte ihm nicht mehr zu. In diesem Moment, in diesem gefrorenen Raum in der Zeit, erkannte Ner'zhul plötzlich, dass Kil'jaeden vielleicht nicht der wohlwollende Geist war, als der er sich ihm präsentiert hatte.

Währenddessen legte Durotan die Gründe für seine Entscheidung dar; dass der Schamane sich geistig irgendwo anders befand, bemerkte er gar nicht. Aber Ner'zhul spürte Gul'dans Blick, und eine neue Furcht stieg in ihm auf. Was, wenn Gul'dan die Zweifel seines Meisters erkannt hatte?

Was ist das Richtige? Wie kann ich am besten dienen?

Warum kommt Rulkan nicht mehr zu mir?

Er blinzelte und erwachte aus seinen Gedanken. Durotan redete nicht mehr; der große Häuptling beobachtete ihn eindringlich und wartete darauf, dass der Schamane das Wort ergriff.

Was sollte er nur tun? Durotan genoss hohes Ansehen unter den Clans. Wenn Ner'zhul ihn für seine Entscheidung bestrafte, würde der Frostwolf-Clan ihm – Ner'zhul – die Gefolgschaft verweigern, und viele der anderen Clans würden sich den Frostwölfen anschließen. Es würde einen tiefen Riss unter den Orcs geben. Wenn er aber Durotan die Befehlsverweigerung durchgehen ließ, war das ein schwerer Schlag gegen seine Autorität.

Er konnte sich nicht entscheiden. Er schaute Durotan an, der seine Stirn runzelte.

„Mein Herr ist derart erzürnt, dass ihm die Worte fehlen“, erklang Gul'dans glatte Stimme. Durotan und Ner'zhul richteten ihre Blicke auf den jungen Schamanen. „Du hast einen direkten Befehl unseres geistigen Oberhaupts missachtet, Durotan. Geh zurück in dein Lager, Durotan, Sohn des Garad. Mein Herr wird dir in Kürze einen Mitteilung zukommen lassen und dir seine Entscheidung verkünden.“

Durotan schaute wieder Ner'zhul an; seine Abscheu Gul'dan

gegenüber stand deutlich in seinem Gesicht zu lesen. Ner'zhul riss sich zusammen, straffte sich, und als er dieses Mal das Wort ergriff, klang seine Stimme fest und entschieden. „Geh, Durotan. Du hast mich verärgert. Schlimmer noch, du hast das Wesen enttäuscht, dass uns seine Gunst erweist. Du wirst früh genug von mir hören."

Durotan verneigte sich, ging aber nicht sofort. „Ich habe hier etwas für dich", sagte er. Er überreichte Ner'zhul ein kleines Bündel.

Der Schamane nahm es mit zitternden Händen entgegen und hoffte verzweifelt, dass sowohl Durotan als auch Gul'dan das Zittern als Wut und nicht als Furcht auslegten.

„Die haben wir den Gefangenen abgenommen", erklärte Durotan. „Unser Schamane glaubt, dass sie Kräfte enthalten, die nützlich im Kampf gegen die Draenei sein könnten."

Er zögerte einen Moment, als wartete er darauf, dass Ner'zhul etwas darauf erwiderte. Als dieser nichts sagte und das Schweigen allmählich peinlich wurde, verneigte er sich erneut und ging. Für einen langen Moment sprachen weder Meister noch Schüler.

„Mein Herr, bitte vergib mir, dass ich das Wort für dich ergriff. Ich sah, dass du überwältigt warst und nicht sprechen konntest, und ich fürchtete, dass der Frostwolf-Junge deine Wut als Zögern missverstehen könnte."

Ner'zhul schaute ihn misstrauisch an, aber seine Worte klangen aufrichtig, und Gul'dans Gesicht wirkte ehrlich. Und dennoch …

Es gab eine Zeit, da hätte Ner'zhul seinem Schüler seine Zweifel anvertraut. Seit Jahren bildete er ihn aus. Aber in diesem Moment, von Unsicherheiten zerrissen, wollte Ner'zhul nicht, dass Gul'dan irgendeine Schwäche an ihm bemerkte.

„Ich war tatsächlich von Wut überwältigt", log er deshalb. „Ehre ist nichts wert, wenn sie sich gegen unser Volk stellt." Er bemerkte, dass er das Bündel tätschelte, das Durotan ihm gegeben hatte.

Gul'dan starrte es begierig an. „Was hat Durotan dir gegeben, um deine Wut aufzuwiegeln?"

Ner'zhul sah ihn überheblich an. „Ich werde es zuerst untersuchen und dann mit Kil'jaeden darüber sprechen, Schüler", sagte er kühl. Er wartete auf eine Reaktion und hatte zugleich Angst vor ihr.

Für einen sehr kurzen Moment war Ärger in Gul'dans Gesicht zu erkennen. Dann verbeugte sich der jüngere Orc und sagte zerknirscht: „Selbstverständlich, mein Herr. Es war anmaßend von mir zu erwarten … Ich bin nur neugierig, ob der Frostwolf-Häuptling irgendetwas von Wert überbracht hat."

Ner'zhul entspannte sich ein wenig. Gul'dan hatte ihm viele Jahre lang gut gedient und war in dieser Zeit immer loyal gewesen. Wenn die Zeit kam, würde er Ner'zhuls Nachfolger sein. Offenbar sah er – Ner'zhul – Gespenster.

„Natürlich", sagte er deshalb freundlicher. „Ich werde es dir berichten, wenn ich etwas herausfinde. Immerhin bist du mein Schüler."

Gul'dan strahlte. „Ich diene dir in allen Dingen, mein Herr." Er verneigte sich erneut und ließ Ner'zhul dann allein.

Der Schamane saß auf den Fellen, die ihm als Schlafstatt dienten, betrachtete das Bündel in seiner Hand und dankte seinen Ahnen, dass Durotan, obwohl er versagt hatte, dennoch etwas von Wert erbeutet hatte.

Er atmete tief durch, schlug das Bündel auseinander und sog dann scharf die Luft ein. In weiches Fell gehüllt waren zwei glühende Edelsteine. Behutsam berührte Ner'zhul den roten und schnappte erneut nach Luft.

Energie, Erregung und ein Gefühl der Macht durchflossen ihn. Auf einmal wollte er eine Waffe ergreifen, wollte ein Schwert oder eine Axt führen, obwohl er das als Schamane schon lange nicht mehr nötig hatte. Doch dieser Kristall erfüllte ihn mit bloßer Kampfeslaune. Was für ein Geschenk für die Orcs. Er musste erfahren, wie er diesen Kampfeswillen, der im Innern des Steins wohnte, für seine Zwecke nutzen konnte.

Es bedurfte einer großen Willensanstrengung, den roten Kristall wieder loszulassen. Er atmete tief, beruhigte sich selbst, bis sich sein Geist klärte.

Ner'zhul umfasste den gelben Kristall. Dieses Mal war er

vorbereitet, denn wieder fühlte er die Wärme und ein Gefühl der Macht. Aber diesmal war da keine Erregung, kein Drang. Als er den gelben Kristall hielt, klärte sich sein Geist, und er erkannte, dass er bislang die Dinge nur durch einen Nebel gesehen hatte. Er wäre nicht in der Lage gewesen, es mit Worten zu beschreiben, aber auf einmal sah er mit einer Reinheit, einer Klarheit, einer Präzision, so eindringlich, so klar, dass Ner'zhul diese Offenbarung beinahe als Qual empfand.

Er warf den Kristall zurück in den Beutel. Die strahlende Klarheit verschwand wieder.

Ner'zhul lächelte. Wenn er Kil'jaeden schon nicht Velen persönlich übergeben konnte, so doch wenigstens diese wertvollen Dinge.

Kil'jaeden war außer sich.

Ner'zhul zitterte, warf sich vor ihm zu Boden und murmelte: „Vergib mir …" Er schloss die Augen, erwartete, dass jeden Moment Schmerzen durch seinen Körper rasen würden, wie er sie noch nie verspürt hatte.

Doch plötzlich hörte Kil'jaeden auf zu wüten.

Ner'zhul wagte einen vorsichtigen Blick auf seinen Wohltäter. Kil'jaeden sah wieder ruhig aus und badete in dem strahlenden Licht.

„Ich bin … enttäuscht", sagte das schöne Wesen. Es verlagerte das Gewicht von einem Huf auf den anderen. „Aber ich weiß zwei Dinge. Der Anführer des Frostwolf-Clans ist für dieses Versagen verantwortlich. Und: Du wirst ihn niemals wieder mit einer wichtigen Aufgabe betrauen."

Ner'zhul war so erleichtert, dass er fast ohnmächtig wurde. „Natürlich nicht, mein Herr. Niemals wieder. Und … wir haben diese Kristalle für dich gefunden."

„Die sind mir nur von geringem Nutzen", entgegnete Kil'jaeden, und Ner'zhul zuckte erneut zusammen. „Aber ich glaube, dein Volk wird sie in seinem Kampf gegen die Draenei gut brauchen können. Es ist euer Kampf, nicht wahr?"

Die Angst sorgte dafür, dass sich Ner'zhuls Herz zusammenkrampfte. „Natürlich, mein Herr! Es ist der Wille der Ahnen."

Kil'jaeden schaute ihn einen Moment lang an, seine leuchtenden Augen versprühten Flammen. „Es ist *mein* Wille", sagte er nur, und Ner'zhul nickte eifrig.

„Natürlich, natürlich, es ist dein Wille, und ich werde ihm stets gehorchen."

Kil'jaeden schien zufrieden mit der Antwort und nickte. Dann war er verschwunden, und Ner'zhul sank zurück und wischte sich den Angstschweiß vom Gesicht.

Am Rande seines Blickfeldes sah er etwas Weißes blitzen. Gul'dan hatte alles beobachtet.

Wir hatten den Angriff schon seit einiger Zeit geplant, und letzte Nacht, als die bleiche Dame nicht schien, fielen wir über die schlafende kleine Stadt her. Niemanden ließen wir am Leben, nicht einmal die Kinder. Ihre Vorräte, Nahrung, Rüstungen, Waffen und einige merkwürdige Gegenstände, die wir nicht kennen, wurden als Beute zwischen den beiden verbündeten Clans aufgeteilt. Ihr Blut, blau und dick, trocknet auf unseren Gesichtern, und wir feiern den Sieg mit einem Tanz.

Es stand noch mehr in der Nachricht, aber Ner'zhul las es nicht. Obwohl sich die Details unterschieden, war der Inhalt der Briefe immer der gleiche. Ein erfolgreicher Angriff, Ehre beim Töten, die Ekstase beim Blutvergießen. Ner'zhul warf einen Blick auf einen Stapel Briefe, die er am Morgen erhalten hatte. Es waren insgesamt sieben.

Mit jedem Monat, der verging, selbst während des langen, harten Winters, wurden die Orcs immer geübter im Töten der Draenei. Mit jedem Sieg hatten sie mehr über ihren Feind erfahren. Die Steine, die Durotan dem Schamanen gegeben hatte, erwiesen sich als äußerst wertvoll. Ner'zhul arbeitete mit ihnen, zuerst alleine, dann zusammen mit anderen Schamanen. Den roten Stein nannten sie das *Herz der Wut*. Wenn der Anführer eines Überfalls ihn trug, kämpfte nicht nur er selbst besser und mit mehr Wut, sondern auch jeder einzelne Krieger, der unter seinem Befehl stand. Der Stein wurde bei jedem neuen Mond von Clan zu Clan weitergereicht und war sehr begehrt. Trotzdem wusste Ner'zhul, das niemand es wagen würde, ihn zu behalten.

Den zweiten Stein nannte er *Leuchtender Stern*. Trug ein Schamane den Kristall, erhöhten sich seine geistigen Fähigkeiten. Während das *Herz der Wut* Emotionen aufwallen ließ und sie noch erhöhte, hatte der *Leuchtende Stern* eine beruhigende Wirkung. Die Gedanken liefen schneller ab und waren präziser, und man konnte sich länger konzentrieren. Das Ergebnis war machtvolle Magie, vollkommen kontrolliert ein weiterer Schlüssel zum Sieg der Orcs. Die köstliche Ironie, dass sie die Magie der Draenei gegen sie selbst einsetzten, hob die Moral unter den Orcs zusätzlich an.

Aber all diese Dinge ermutigten Ner'zhul nicht. Die plötzlichen Zweifel, die ihm während des Gesprächs mit Durotan gekommen waren, fraßen sich bis in seine Knochen. Er versuchte sie niederzuzwingen. Gleichzeitig hatte er Angst, dass Kil'jaeden vielleicht seine Gedanken lesen konnte. Aber die Zweifel waren wie Maden, die sich von seinem Körper nährten und im Schlaf und wachen Zustand an ihm nagten. Kil'jaeden sah den Draenei sehr, sehr ähnlich. Konnte es sein, dass sie von derselben Art waren? Und wurde er, Ner'zhul, nur benutzt für etwas wie einen Bürgerkrieg?

In einer Nacht konnte er es nicht länger aushalten. Leise zog er sich an und kletterte auf seinen Wolf Skychaser, der sich streckte und ihn schläfrig anblinzelte.

„Komm, mein Freund", sagte Ner'zhul liebevoll, als er sich auf den Rücken des großen Tiers setzte. Er war vorher noch nie zum heiligen Berg geritten. Immer war er, wie es die Tradition gebot, gelaufen. Aber er musste zurück sein, bevor er vermisst wurde, und er war sicher, dass die Dringlichkeit seiner Mission diesen Verstoß rechtfertigte.

Es war beinahe schon Frühling, fast schon Zeit für das Kosh'harg-Fest. Aber der Frühling erschien ihm trotzdem weit weg, als der kalte Wind in Ner'zhuls Nase biss. Er hüllte sich in seinen Mantel, dankbar für die Wärme des massigen Wolfs, und schützte sich so gut es ging vor dem Wind und dem Schnee.

Der Wolf hastete durch das Gestöber und kam dennoch nur

langsam voran. Schließlich sah Ner'zhul auf und sah vor sich das perfekte Dreieck des heiligen Berges. Eine große Last fiel ihm vom Herzen. Zum ersten Mal seit Monaten hatte er das Gefühl, das Richtige zu tun.

Skychaser würde beim Klettern Schwierigkeiten haben, deshalb befahl er ihm stehen zu bleiben, sich in eine Wehe einzugraben und dort eng einzurollen. Ner'zhul glaubte nicht, dass er länger als ein paar Stunden weg sein würde, und er beeilte sich, den Berg zu erklimmen. Sein Rucksack wog durch die Wasserschläuche schwer, doch sein Herz war leicht vor Erwartung.

Er hätte es schon vor langer Zeit machen sollen. Er hätte direkt zur Quelle der Weisheit gehen sollen, wie es die Schamanen vor ihm getan hatten. Er wusste nicht, warum er nicht schon vorher daran gedacht hatte.

Schließlich gelangte er an den Eingang und machte vor dem perfekten Oval eine Pause. So begierig er auch war, die Ahnen zu kontaktieren, er wusste, dass das Ritual eingehalten werden musste. Er entzündete das Bündel getrockneten Grases, das er bei sich trug, und ließ sich von dem süßen Geruch beruhigen und seine Gedanken reinigen. Dann schritt er voran, murmelte einen Spruch, um die Fackeln zu entzünden, die den Weg säumten. Ner'zhul war den Weg öfter gegangen, als er sich erinnern konnte. Seine Füße bewegten sich gleichmäßig wie zu einem stillen Rhythmus. Sanft führte der Weg nach unten, und Ner'zhuls Herz raste vor Hoffnung, während er in die Dunkelheit ging.

Es erschien ihm, als dauerte es diesmal länger, bis er wahrnahm, wie das Licht heller wurde. Ner'zhul betrat die Höhle und meinte, dass das Licht aus dem Becken dennoch schwächer leuchtete als in der Vergangenheit. Der Gedanke beunruhigte ihn.

Er nahm einen tiefen Atemzug und schalt sich dafür, dass er seine eigenen Ängste zu diesem heiligen Ort brachte. Er ging zum Becken, holte die Wasserschläuche aus seinem Rucksack und goss ihren Inhalt hinein. Das sanfte Plätschern war das einzige Geräusch und hallte als Echo in der Höhle wieder.

Ner'zhul setzte sich ans Becken, wartete und schaute in die leuchtende Tiefe.

Nichts geschah.

Das beunruhigte ihn nicht. Manchmal nahmen sich die Ahnen Zeit für eine Antwort.

Aber als immer mehr Zeit verging, begann er sich zu sorgen. Bewegt sagte er laut: „Ahnen, geliebte Tote! Ich, Ner'zhul, Schamane des Schattenmond-Clans, Führer eurer Kinder, flehe um eure Weisheit. Ich … ich habe den Weg des Lichts verloren. Die Zeiten sind dunkel, obwohl wir jetzt als Volk vereint sind und immer mehr an Stärke gewinnen. Ich stelle den Pfad, auf dem ich wandle, in Frage und suche eure Führung. Bitte, wenn ihr uns jemals geliebt habt und euch um die kümmert, die euch folgten, kommt zu mir und erteilt mir einen Rat, damit ich sie gut führen kann."

Seine Stimme zitterte. Er wusste, wie pathetisch er klang, und einen Moment lang schämte er sich aus falschem Stolz. Aber dann wurde dieses Gefühl von dem Wissen weggefegt, dass er sich um sein Volk sorgte. Er wollte tun, was gut für seine Leute war. Nur wusste er nicht, was das sein sollte.

Das Becken begann zu leuchten. Ner'zhul beugte sich vor und schaute auf die Oberfläche, und im Wasser erkannte er ein Gesicht, das ihn ansah.

„Rulkan", hauchte er. Tränen der Dankbarkeit verwischten ihr Bild. Er blinzelte, und ein heftiger Schmerz durchfuhr sein Herz, als er den Blick in ihren geisterhaften Augen sah.

Sie waren voller Hass.

Ner'zhul zuckte zurück, als hätte man ihn geschlagen. Andere Gesichter erschienen im Wasser, Dutzende. Alle zeigten sie den gleichen Ausdruck. Ihm wurde übel, und er schrie: „Bitte helft mir! Gewährt mir eure Weisheit, damit ich in euren Augen wieder würdig bin!"

Rulkans ernste Miene wurde etwas sanfter, und eine Spur Mitleid klang in ihrer Stimme mit, als sie sagte: „Du kannst nichts tun, nicht jetzt, nicht in hundert Jahren, um in unseren Augen wieder würdig zu werden. Du bist nicht der Erretter der Orcs, sondern ein Verräter an unserem Volk."

„Nein!", kreischte er. „Nein, sagt mir, was ich tun muss, und ich werde es tun. Es ist noch nicht zu spät! Sicherlich ist es noch nicht zu spät …"

„Du bist nicht stark genug", sagte eine andere grollende Stimme. „Wenn du es wärst, du wärst nie so weit auf diesem Pfad gegangen. Du hättest dich nicht so leicht verleiten lassen, den Willen dessen zu erfüllen, der unserem Volk keine Liebe entgegenbringt."

„Aber … ich verstehe nicht", murmelte Ner'zhul. „Rulkan, du bist zu mir gekommen. Ich habe dich gehört. Du, Grekshar, hast mich unterwiesen. Ihr wart es, die wollten, dass ich Kil'jaeden diene."

Sie antworteten nicht, sie brauchten es nicht. Als die Worte über seine Lippen kamen, verstand er, wie grundlegend er in die Irre geführt worden war.

Die Ahnen waren ihm nie erschienen. Es war alles eine List von Kil'jaeden gewesen, wer immer oder *was* immer er auch war. Sie hatten recht, Ner'zhul zu misstrauen. Einem Schamanen, der sich so leicht hinters Licht führen ließ, konnte man kein Vertrauen schenken. Es war ein einziges Netz aus Lügen, Täuschung und Manipulation, in dem sich Ner'zhul wie ein Insekt verfangen hatte.

Fast hundert Draenei waren tot. Es gab kein Zurück mehr, und die Ahnen würden ihnen nicht mehr helfen. Er konnte den Visionen nicht mehr trauen, denn sehr wahrscheinlich war alles, was er in ihnen sah, Lüge. Das Schlimmste dabei war, dass er sein Volk demjenigen ausgeliefert hatte, der trotz seines schönen Äußeren und seiner süßen Worte nicht ihr Freund war.

Als er in die Geisteraugen seiner Geliebten starrte, wandte sie sich von ihm ab. Jedes Einzelne der unzähligen Gesichter, die sich im Wasser spiegelten, tat dies.

Ner'zhul schwindelte angesichts der Erkenntnis, was er angerichtet hatte. Es gab nichts, was er noch tun konnte. Nichts außer auf dem Weg weiterzugehen, den Kil'jaeden für ihn angelegt hatte. Und er konnte zu den Ahnen beten, auch wenn sie ihm nicht länger zuhörten, dass die Dinge irgendwie doch noch in Ordnung kamen. Er vergrub das Gesicht in den Händen und weinte.

Im Dunkeln hinter einer Biegung des Tunnels hörte Gul'dan, wie sein Herr schluchzte, und er lächelte.

Kil'jaeden würde dankbar für diese Nachricht sein.

Zwölf

Wir sind alle schwach auf die eine oder andere Weise. Dabei spielt die Rasse keine Rolle. Manchmal ist die Schwäche eine versteckte Stärke. Manchmal ist sie unser Untergang. Manchmal ist sie beides. Der Weise kennt seine Schwächen und versucht, daraus zu lernen. Der Narr lässt sich davon leiten und zerstören.

Und manchmal ist der Weise ein Narr.

Als er den Weg zurück auf Skychasers Rücken ritt, wünschte sich Ner'zhul, die Nacht würde ihn verschlingen. Wie konnte er zu seinem Volk zurückkehren, da er doch nun wusste, was er getan hatte? Wie konnte er andererseits weglaufen und, vor allem, wohin konnte er fliehen? Wo würde Kil'jaeden ihn nicht finden? Er hoffte inständig, den Mut aufbringen zu können, sich das Opfermesser, das er immer bei sich trug, tief ins Herz zu rammen. Aber er wusste, dass er das nicht konnte. Selbstmord war unehrenhaft. Es war die Antwort eines Feiglings. Man würde ihm nicht erlauben, als Geist zu den Ahnen zu gehen, wenn er diesen verführerischen Weg einschlug.

Er konnte Ahnungslosigkeit vortäuschen und vielleicht sogar Kil'jaeden hintergehen. Es gab keinen Hinweis darauf, dass das vordergründig so schöne Wesen über die Fähigkeit verfügte, Gedanken zu lesen. Die Erkenntnis beruhigte Ner'zhul ein wenig. Ja, er konnte den Schaden, den dieser Eindringling angerichtet hatte, ein wenig begrenzen. So konnte er seinem Volk weiterhin dienen.

Ner'zhul stolperte schließlich in sein Zelt. Bald würde die Sonne aufgehen, doch er wollte einfach auf seine Felle sinken und schlafen, um das alles zumindest für kurze Zeit zu vergessen.

Stattdessen blendete ihn ein grelles Licht, und er fiel auf die Knie.

„Du wolltest mich also verraten!“, sagte das schöne Wesen.

Ner’zhul riss die Hände hoch, um die Augen vor dem gleißenden Schein zu schützen. Sein Magen rebellierte, und er fürchtete, sich übergeben zu müssen. Das Licht wurde etwas schwächer, und Ner’zhul senkte die Hände. Neben Kil’jaeden stand Ner’zhuls Schüler und grinste düster.

„Gul’dan“, flüsterte Ner’zhul schwach. „Was hast du getan?“

„Ich habe Kil’jaeden vor einem Verräter gewarnt“, sagte Gul’dan ruhig. Das grausame Lächeln blieb auf seinem Gesicht. „Und er wird entscheiden, was er mit dem Abschaum macht, der sich gegen ihn stellt.“

Es lag immer noch Schnee auf Gul’dans Schultern. Benommen begriff Ner’zhul, was geschehen war. Sein machthungriger Schüler war ihm gefolgt. Wie hatte Ner’zhul seine Gier nur so lange übersehen können? Er hatte die Worte der Ahnen gehört. Und er stand immer noch zu Kil’jaeden, auch nachdem er alles gehört hatte. Für einen Moment verschwand Ner’zhuls Angst, und er fühlte, wie ihn eine Welle des Mitleids durchströmte. Wie konnte ein Orc soweit vom rechten Pfad abkommen?

„Es verletzt mich“, sagte Kil’jaeden. Ner’zhul schaute ihn erschreckt an. „Ich hatte dich erwählt, Ner’zhul. Ich gab dir meine Kräfte. Ich zeigte dir, was du tun musst, um dein Volk in die Zukunft zu führen. Dafür zu sorgen, dass es sich in dieser Welt niemandem beugen muss.“

Ner’zhul sprach, ohne nachzudenken. „Du hast mich getäuscht. Du hast mir falsche Visionen geschickt. Du hast die Ahnen missbraucht. Ich weiß nicht, warum du das machst, aber ich weiß, dass es nicht aus Liebe zu meinem Volk geschieht.“

„Und trotzdem erstarkt es. Es ist zum ersten Mal seit vielen Jahrhunderten vereint.“

„Vereint unter einer Lüge“, entgegnete Ner’zhul. Ihm schwindelte angesichts seiner Rebellion, doch es fühlte sich gut an. Vielleicht würde Kil’jaeden, wenn er so weitermachte, die

Geduld verlieren und ihn töten. Dann wären Ner'zhuls Probleme mit einem Schlag gelöst.

Aber anders als Ner'zhul gehofft hatte, wurde Kil'jaeden nicht wütend. Stattdessen seufzte das Wesen tief und schüttelte den Kopf, wie ein Vater, der von einem missratenen Kind enttäuscht ist.

„Du kannst meine Gunst zurückerlangen, Ner'zhul", sagte Kil'jaeden. „Ich habe eine Aufgabe für dich. Wenn du sie erfüllst, werde ich deinen Fehler übersehen."

Ner'zhuls Lippen bewegten sich. Er wollte erneut aufbegehren, widersprechen. Aber dieses Mal brachte er keine Worte heraus. Er erkannte, dass der Moment vorbei war. Er wollte nicht sterben, so wie jedes lebende Wesen, deshalb blieb er still.

„Was mit dem Häuptling des Frostwolf-Clans passiert ist, beunruhigt mich", fuhr Kil'jaeden fort. „Nicht nur, weil er nicht der Einzige ist, der uns kritisiert. Es gibt noch andere wie den, der den Schicksalshammer führt, einige von den Bladewinds und eine Handvoll aus dem Redwalker-Clan. Es wäre mir egal, wären sie unwichtig. Aber viele sind es nicht. Mein Plan darf nicht gefährdet werden. Deshalb will ich ihren Gehorsam garantiert haben. Es reicht nicht, dass sie dir Treue schwören." Er kratzte sich mit seinem langen roten Finger gedankenverloren über die Wange. „Zu viele fühlen sich immer noch ihrem Ehrenkodex verpflichtet. Wir müssen uns ihrer Loyalität versichern, jetzt und für immer."

Gul'dans kleine Augen glitzerten. „Was schlägst du vor, großes Wesen?"

Kil'jaeden lächelte ihn an. Ner'zhul konnte bereits das Band zwischen ihnen erkennen, begriff, dass Gul'dan diesem Wesen in einer Art glich, die Ner'zhul nie zuvor gekannt hatte. Kil'jaeden hatte verführerische Lügen benutzen müssen, um Ner'zhul für seine Zwecke einzuspannen. Mit Gul'dan konnte er offen sprechen.

„Es gibt einen Weg", sagte Kil'jaeden zu beiden Orc-Schamanen. „Einen Weg, sie für immer an uns zu binden. Danach werden sie uns treu dienen."

Ner'zhul hatte geglaubt, dass ihn, nachdem er von den Ahnen die Wahrheit erfahren hatte, nichts mehr entsetzen könnte. Aber während er den Ausführungen Kil'jaedens lauschte, erlebte er eine völlig neue Dimension des Schreckens ... *für immer an uns zu binden ... treu dienen ...*

Für immer versklavt.

Er sah in Kil'jaedens blitzende Augen, aber er konnte nicht sprechen. Ein Nicken würde reichen, das wusste er. Aber er konnte sich nicht dazu überwinden. Stattdessen kauerte er da wie versteinert, wie ein Vogel vor einer Schlange.

Kil'jaeden seufzte tief. „Du lehnst es ab, dass ich dir vergebe?"

Als er Kil'jaeden sprechen hörte, war es, als ob ein Bann von ihm genommen wurde, und die Worte, die ihm in der Kehle feststeckten, strömten auf einmal geradezu heraus. Und obwohl er wusste, dass sie seinen Untergang bedeuteten, bemühte sich der Schamane nicht, sie zu unterbinden.

„Ich werde mein Volk niemals zur ewigen Sklaverei verdammen!", rief er.

Kil'jaeden hörte es und nickte. „So lautet also deine Entscheidung. Nun gut. Doch wisse, Schamane, diese Entscheidung bedeutet nichts, denn so oder so geschieht, was ich bestimmte. Deine Leute werden meine Sklaven sein, aber statt sie anzuführen und in meiner Gunst aufzusteigen, verdamme ich dich dazu, ein hilfloser Beobachter zu sein. Das ist eine viel süßere Rache, als dich einfach zu töten."

Ner'zhul öffnete den Mund, wollte etwas entgegnen, aber er konnte es nicht. Kil'jaeden verengte die Augen zu schmalen Schlitzen, und Ner'zhul konnte sich nicht mehr bewegen. Selbst sein Herz, das wild in seiner Brust pochte, schlug nur, weil Kil'jaeden es so wollte, das wusste er.

Wie hatte er nur so ein Narr sein können? Wie hatte er sich nur so leicht verführen lassen können? Wieso hatte er die Lügen nicht durchschaut?

Tränen quollen aus seinen Augen und liefen ihm über die Wangen, und auch das nur, wie er wusste, weil Kil'jaeden es gestattete.

Kil'jaeden lächelte ihn an. Dann wandte er seine Aufmerksamkeit Gul'dan zu. Selbst in seinem erbärmlichen Zustand zog Ner'zhul Trost aus der Tatsache, dass er Kil'jaeden nie mit dem gleichen Gesichtsausdruck wie Gul'dan angeschaut hatte – dem eines hungrigen Welpen, der nach Belohnung lechzt.

„Ich muss dich nicht mit schönen Lügen einfangen, mein neues Werkzeug, nicht wahr?", sagte Kil'jaeden mit fast liebevoller Stimme.

„Ganz gewiss nicht, mein Herr. Ich lebe, um dir zu dienen."

Kil'jaeden lachte. „Wenn ich die Lügen weglasse, musst du das auch. Du lebst für die Macht. Du hungerst danach. Du dürstest danach. Und während der letzten Monate sind deine Fähigkeiten so stark angewachsen, dass du mir von großem Nutzen sein wirst. Unsere Partnerschaft basiert nicht auf Verehrung oder Respekt, sondern auf Annehmlichkeit und Selbstsucht, weshalb sie wahrscheinlich Bestand haben wird."

Verschiedene Gefühle huschten über Gul'dans Gesicht. Er schien nicht zu wissen, wie er auf die Worte reagieren sollte. Und Ner'zhul hatte Freude an dem Unbehagen, das sein früherer Schüler offensichtlich empfand.

„Wie … du willst", stammelte Gul'dan schließlich. Dann fügte er mit mehr Selbstsicherheit hinzu: „Sag mir, was ich tun soll, und ich schwöre, es wird getan."

„Du hast ohne Zweifel festgestellt, dass ich die Vernichtung der Draenei wünsche. Warum ich das will, geht dich nichts an. Du musst nur wissen, dass ich es will. Die Orcs machen das schon ganz gut, aber sie könnten besser sein. Sie *werden* besser sein. Ein Krieger ist immer nur so gut wie seine Waffe. Und, Gul'dan, ich beabsichtige, dir und deinem Volk Waffen zu geben, wie ihr sie noch nie gesehen habt. Es wird etwas Zeit dauern, ihr müsst zuerst ausgebildet werden, bevor ihr andere ausbilden könnt. Seid ihr willig und bereit?"

Gul'dans Augen leuchteten. „Beginne mit den Lektionen, herrliches Wesen, und du wirst sehen, wie geeignet ich als dein Schüler bin."

Kil'jaeden lachte.

Durotan war mit Blut besudelt, und das meiste davon war sein eigenes. Was war schiefgelaufen?

Am Anfang war es wie immer gewesen. Sie hatten die Jägergruppe aufgespürt, waren über sie hergefallen, hatten den Angriff begonnen und darauf gewartet, dass die Schamanen ihre Magie einsetzten, um die Draenei niederzumachen.

Doch sie taten es nicht. Stattdessen fiel ein Frostwolf nach dem anderen unter den schimmernden Klingen und der blauweißen Magie der Draenei. Als Durotan selbst um sein Leben kämpfte, sah er Drek'Thar, wie der sich verzweifelt wehrte, mit nichts anderem als seinem Stab.

Was war passiert? Warum waren ihnen die Schamanen nicht zu Hilfe gekommen? Was dachte sich Drek'Thar dabei? Er konnte mit dem Stab kaum besser kämpfen als ein Kind. Warum benutzte er nicht seine Magie?

Die Draenei kämpften wütend, zogen ihre Vorteile aus dem unerklärlichen Nichtstun der Schamanen. Sie verstärkten ihre Attacken. Ihre Augen blitzten, als sie den Sieg spürten, vielleicht zum ersten Mal. Das Gras war feucht vom Blut, und Durotan rutschte darauf aus. Er fiel, und sein Angreifer erhob das Schwert.

Das war es also. Er würde in einem glorreichen Kampf sterben. Allerdings empfand er diese Schlacht nicht als glorreich. Instinktiv hob er die Axt, um den Schlag abzuwehren. Sein Arm war bereits verletzt, und seine Muskeln verkrampften sich. Er sah in die Augen desjenigen, der ihn töten würde.

Und er erkannte Restalaan!

Die leuchtenden blauen Augen des Hauptmanns der Draenei-Wache waren auf ihn gerichtet, und Restalaan erkannte auch ihn wieder – und hielt inne.

Durotan schnappte nach Atem und versuchte, genug Energie zu sammeln, um aufzustehen und weiterzukämpfen. Restalaan rief etwas in seiner melodischen Sprache, und die Draenei unterbrachen den Angriff.

Als Durotan auf die Füße kam, erkannte er, dass nur noch eine Handvoll Orc-Krieger übrig war. Um ein Haar hätten die Draenei seine komplette Gruppe ausgelöscht, bei nur zwei oder drei Verlusten auf eigener Seite.

Restalaan wirbelte zu Durotan herum. Verschiedene Emotionen wanderten über sein hässliches Gesicht. Mitleid, Empörung, Bedauern, Entschlossenheit. „Für die Gnade und Ehre, die du unserem Propheten erwiesen hast, Durotan, Sohn von Garad, werden du und die deines Clans, die noch leben, verschont. Nehmt eure Verwundeten und kehrt nach Hause zurück. Aber erwartet diese Gnade nicht noch einmal von uns. Der Ehre wurde Genüge getan."

Durotan schwankte, als hätte er zu viel getrunken, während das Blut unablässig aus seinen Wunden floss. Er musste sich zwingen, auf den Füßen zu bleiben, während sich die Draenei umdrehten und verschwanden. Als sie außer Sichtweite waren, fiel er auf die Knie. Mehrere Rippen mussten geprellt oder gar gebrochen sein, denn das Atmen verursachte ihm fürchterliche Qualen.

„Durotan!"

Das war Draka. Auch sie war schwer verwundet, aber ihre Stimme klang stark. Durotan war erleichtert. Dank den Ahnen, sie lebte noch!

Drek'Thar lief zu ihm, legte seine Hände auf Durotans Herz und murmelte etwas. Wärme durchflutete den Orc-Häuptling, und die Schmerzen nahmen ab.

„Zumindest erlauben sie mir, meine heilenden Kräfte einzusetzen", sagte Drek'Thar, so leise, dass Durotan sich nicht sicher war, ob er die Worte richtig verstanden hatte.

„Kümmere dich um die anderen, und dann müssen wir reden", sagte Durotan.

Drek'Thar nickte, vermied aber jeden Blickkontakt. Er und die anderen Schamanen beeilten sich, so viele Wunden, wie sie nur konnten, magisch zu schließen und die mit Salben und Verbänden zu versorgen, bei denen das nicht ging. Durotan war immer noch verwundet, aber es war nichts Lebensbedrohendes, deshalb half er den Schamanen.

Als Durotan getan hatte, was er konnte, stand er auf und schaute sich um. Fünfzehn Orcs lagen steif im Gras, darunter auch Rokkar, sein Stellvertreter. Durotan schüttelte ungläubig seinen Kopf.

Sie würden mit Bahren zurückkommen müssen, um die Gefallenen in ihr Land zu bringen. Sie würden auf dem Scheiterhaufen brennen, ihre Körper würden dem Feuer übergeben, ihre Asche der Luft, um schließlich von Wasser und Erde aufgenommen zu werden. Ihre Geister würden zum Oshu'gun gehen, und die Schamanen würden mit ihnen reden.

Würden sie doch, oder? Etwas Schreckliches war passiert, und er musste endlich herausfinden was.

Wut durchströmte ihn plötzlich. Auch wenn die Ahnen es ihnen befohlen hatten, Durotan hatte das Gefühl, dass der Angriff auf die Draenei ein tödlicher Fehler war. Er wandte sich an Drek'Thar und griff sich den kleineren Orc mit einem tiefen Grollen.

„Das war ein Gemetzel“, schrie er und schüttelte den Schamanen wild. „Fünfzehn von uns liegen tot im Gras. Die Erde trinkt ihr Blut, und keiner von deinen Schamanen hat eingegriffen!“

Einen Moment lang konnte Drek'Thar nicht sprechen. Auf der Wiese war es tödlich still, während jeder Frostwolf die beiden beobachtete. Dann antwortete Drek'Thar mit schwacher Stimme: „Die Elemente … sie kamen dieses Mal nicht.“

Durotan verengte die Augen. Er hielt Drek'Thar immer noch an dessen Lederweste. „Stimmt das? Sie wollten uns ihre Hilfe im Kampf nicht leihen?“

Der Schamane nickte. Einer sagte mit zitternder Stimme: „Es ist wahr, großer Häuptling. Ich habe alle der Reihe nach befragt. Sie sagten … sie sagten, alles sei aus dem Gleichgewicht geraten und dass sie uns nicht länger gestatten, ihre Kräfte zu nutzen.“

Durotan war schockiert. Er hörte ein ärgerliches Schnaufen, drehte sich um und sah Drakas missmutiges Gesicht. „Das ist mehr als ein Zeichen, dass wir das Falsche tun!“

Langsam, während er versuchte, dies alles zu begreifen, nickte Durotan. Hätte Restalaan ihnen nicht Gnade gewährt, würden er und der gesamte Rest seines Clans nun tot sein. Die Elemente hatten ihre Hilfe verweigert. Sie hatten verurteilt, was die Schamanen von ihnen verlangten.

Durotan atmete tief durch und schüttelte den Kopf, als wolle er damit alle dunklen Gedanken vertreiben. „Lasst uns die Verwundeten so schnell wie möglich nach Hause bringen. Und dann … dann werde ich Botschaften aussenden. Wenn das, was ich fürchte, wahr ist, betrifft das nicht nur die Schamanen des Frostwolf-Clans. Wir müssen es Ner'zhul mitteilen."

Dreizehn

Wie konnte es geschehen, dass wir es nicht bemerkten? Es ist leicht, die Schuld für unseren Untergang auf den charismatischen Kil'jaeden zu schieben oder den schwachen Ner'zhul oder den machthungrigen Gul'dan. Aber sie verlangten von jedem einzelnen Orc so zu tun, als wenn heiß kalt wäre, als wenn süß sauer wäre, und selbst, als alles in uns gegen diese Forderungen aufbegehrte, folgten wir ihnen. Ich war nicht dabei, ich kann es nicht erklären. Vielleicht hätte auch ich wie ein braver Hund gehorcht. Vielleicht war aber auch die Furcht zu groß oder der Respekt vor unseren Anführern zu tief verwurzelt.

Vielleicht.

Aber vielleicht hätte ich so wie mein Vater und ein paar andere die Fehler erkannt. Ich möchte das gern glauben.

Schwarzfaust schaute finster unter seinen buschigen Augenbrauen hervor. Er wirkte oft deshalb so grimmig, weil er es meistens auch war.

Gul'dan hatte ihn vor zwei Wochen in aller Heimlichkeit um dieses Treffen gebeten, und der Häuptling des Schwarzfels-Clans hatte zugestimmt. Schwarzfaust war Gul'dan immer schon lieber gewesen als Ner'zhul, obwohl er sich nicht erklären konnte, warum. Als Gul'dan nun mit ihm zusammensaß, bei einem verschwenderischen Mahl, und mit ihm die gegenwärtige Lage erörterte, war Schwarzfaust froh, dass er gekommen war, und wusste, warum er Gul'dan lieber mochte: Der ehemalige Schüler und jetzige Meister war wie er selbst. Er pfiff auf Ideale, für ihn zählten Macht und gutes Essen. Nur diese Dinge waren diesen beiden Orcs wichtig.

Schwarzfaust war der Häuptling der Schwarzfels-Orcs. Er konnte nicht höher aufsteigen. Zumindest hatte er das bisher gedacht. Als die Clans noch nicht vereint gewesen waren, war der größte Ruhm, den man erlangen konnte, den eigenen Clan zu führen. Aber inzwischen waren sie alle vereint. Schwarzfaust sah die Gier in Gul'dans kleinen Augen, und er konnte den Hunger beinahe riechen, der von dem anderen Orc ausging, ein Hunger, den auch er verspürte.

„Ner'zhul war ein ehrenwerter Anführer", sagte Gul'dan, während er auf einer getrockneten Frucht kaute. Dabei popelte er mit einer Kralle ein Stück zwischen seinen Zähnen hervor, das sich dort festgesetzt hatte. „Aber … es wurde entschieden, dass von nun an ich die Orcs führe. Und ein weiser Anführer umgibt sich mit denen, denen er vertraut. Die stark sind und folgsam. Die ihre Verpflichtungen erfüllen. Und die für ihre Treue geehrt und reich belohnt werden."

Schwarzfaust hatte bei dem Begriff „folgsam" leise geknurrt. Aber als er die Worte „geehrt" und „reich belohnt" hörte, war er sofort wieder besänftigt. Er schaute zu den acht Schamanen, die er auf Gul'dans Geheiß mitgebracht hatte. Sie saßen an einem zweiten Feuer, etwas entfernt, und wurden von Gul'dans Dienern versorgt. Sie befanden sich außer Hörweite und wirkten unglücklich.

Schwarzfaust sagte: „Du wolltest, dass ich die Schamanen mitbringe. Ich nehme an, du weißt, was passiert ist."

Gul'dan seufzte und griff nach einem Talbukbein. Er biss tief hinein, dass ihm der Saft übers Gesicht lief. Er wischte ihn weg, kaute, schluckte und antwortete: „Ja, ich habe davon gehört. Die Elemente gehorchen ihnen nicht länger."

Schwarzfaust beobachtete ihn genau. „Einige sagen, es wäre eine Strafe, weil wir Falsches tun."

„Glaubst du das?"

Schwarzfaust zuckte mit den massigen Schultern. „Ich weiß nicht, was ich denken soll. Das ist alles völlig neu. Die Ahnen sagen das eine, aber die Elemente kommen nicht." Auch sein Vertrauen in die Ahnen schwand bereits. Aber er hielt seine Zunge im Zaum. Schwarzfaust wusste, dass viele ihn für einen

Narren hielten. Er liebte es, andere glauben zu lassen, er wäre nur ein Kraftprotz, nicht mehr. Dadurch verschaffte er sich klare Vorteile.

Offenbar wollte Gul'dan ihn prüfen, und Schwarzfaust fragte sich, ob der neue geistige Führer der Orcs gespürt hatte, dass in ihm, dem Häuptling der Schwarzfels-Orks, mehr steckte, als es den Anschein hatte.

„Wir sind eine stolze Rasse", sagte Gul'dan. „Es fällt uns manchmal schwer zuzugeben, dass wir nicht alles wissen. Kil'jaeden und die Wesen, die er führt, hüten Geheimnisse, die ihnen große Macht verleihen. Macht, die sie gewillt sind, mit *uns* zu teilen!"

Gul'dans Augen leuchteten vor Erregung, und Schwarzfausts Herz begann zu rasen.

Gul'dan beugte sich vor und flüsterte: „Im Vergleich zu ihnen sind wir so dumm wie Kinder, auch du oder ich. Aber sie sind bereit, uns zu lehren. Mit einigen von uns ihre Kräfte zu teilen. Kräfte, mit denen wir nicht mehr abhängig sind von den Launen der Geister von Luft, Erde, Feuer und Wasser." Gul'dan machte eine geringschätzige Geste. „Kräfte wie diese sind schwach. Sie sind nicht verlässlich. Sie können einen mitten in der Schlacht verlassen und hilflos zurücklassen."

Schwarzfausts Gesicht verhärtete sich. Genau das hatte er erlebt, und es hatte seine Krieger all ihre Kraft gekostet, dennoch den Sieg zu erringen. Die Schamanen hatten entsetzt aufgeschrien, als die Elemente ihnen nicht länger dienlich waren.

„Ich höre", knurrte er leise.

„Stell dir vor, du würdest eine Gruppe von Schamanen führen, die die Quelle ihrer Kräfte kontrollieren könnte, statt um sie zu betteln", sagte Gul'dan. „Stell dir vor, diese Schamanen hätten Diener, die auf deiner Seite kämpften. Diener, die sagen wir mal deine Feinde in Angst und Schrecken versetzen. Die ihnen die Magie aussaugen wie Insekten das Blut. Sie ablenken, sodass ihre Aufmerksamkeit nicht der Schlacht gilt."

Schwarzfaust hob eine buschige Augenbraue. „Ich kann mir vorstellen, dass ich dann einen Sieg nach dem anderen erringen würde, immer wieder."

Gul'dan nickte grinsend. „Genau."

„Aber woher weißt du, dass das alles wahr ist und nicht ein paar falsche Versprechungen, die dir eingeflüstert wurden?"

Gul'dans Lächeln wurde breiter. „Weil ich es bereits erlebt habe, mein Freund. Ich werde deinen Schamanen alles beibringen, was ich kann."

„Beeindruckend", brummte Schwarzfaust.

„Aber das ist noch nicht alles, was ich dir anbieten kann. Ich kenne einen Weg, wie ich dich und jeden, der an deiner Seite kämpft, kraftvoller und wilder machen kann. All das kann unser sein, wenn wir es uns nur nehmen."

„Unser?"

„Ich kann nicht meine Zeit damit verschwenden, mit jedem verdammten Clanführer unter vier Augen zu reden, sobald sie eine Beschwerde haben." Gul'dan wedelte herrisch mit der Hand. „Da gibt es die, die mit uns kooperieren, und die, die es nicht tun."

„Sprich weiter", sagte Schwarzfaust.

Aber Gul'dan schwieg und sammelte seine Gedanken. Schwarzfaust nahm einen Stock und warf ihn ins Feuer. Er wusste gut, dass ihn die meisten Orcs, sogar die aus seinem eigenen Clan, für hitzköpfig und ungestüm hielten. Aber er wusste auch, dass Geduld manchmal viel wert war.

„Ich stelle mir zwei Gruppen von Anführern für die Orcs vor", sprach Gul'dan endlich weiter. „Die eine ist ein ganz normal regierender Rat, der Entscheidungen fällt. Dessen Anführer wird gewählt, und was er tut, ist für jeden offensichtlich. Die zweite Gruppe wird … mh, ein Schatten davon sein. Geheim. Machtvoll. Dieser … *Schattenrat* wird sich aus Orcs zusammensetzen, die unsere Ansichten teilen und die willens sind, die notwendigen Opfer zu bringen."

Schwarzfaust nickte. „Ja … ja, ich verstehe. Eine offizielle Führung und eine geheime."

Gul'dan lächelte.

Schwarzfaust betrachtete ihn einen Moment lang, dann wollte er wissen: „Und zu welcher soll ich gehören?"

„Zu beiden, mein Freund", antwortete Gul'dan sanft. „Du bist der geborene Führer. Du hast Ausstrahlung, Stärke, und selbst deine Feinde wissen, dass du ein Meisterstratege bist. Es wird leicht sein, dafür zu sorgen, dass du zum Anführer der Orcs gewählt wirst."

Schwarzfausts Augen blitzten. „Ich bin keine Marionette", knurrte er.

„Natürlich nicht", entgegnete Gul'dan. „Deshalb sagte ich ja, du gehörst zu beiden Gruppen. Du wärst der Anführer der neuen Art von Orcs, dieser … *Horde*, wenn du willst. Und du wirst ebenso im Schattenrat sein. Wir können nicht zusammenarbeiten, solange wir uns nicht gegenseitig trauen, oder?"

Schwarzfaust schaute in Gul'dans funkelnde, schlaue Augen und lächelte. Er traute dem Schamanen nicht ein bisschen, und er vermutete, dass Gul'dan das umgekehrt auch nicht tat. Aber das zählte nicht. Sie wollten beide Macht. Schwarzfaust wusste, dass er nicht über die notwendigen Talente und Fähigkeiten verfügte, die vonnöten waren, um die Art von Macht zu bekommen, nach der Gul'dan lüstete. Und Gul'dan wollte nicht die Sorte Macht, nach der Schwarzfaust strebte. Sie waren keine Gegner, sondern Verbündete. Was dem einen nützte, würde auch dem anderen nützen und ihm nichts wegnehmen.

Schwarzfaust dachte an seine Familie: seine Frau Urukal, an seine beiden Söhne Rend und Maime und an seine Tochter Griselda. Er kümmerte sich nicht um sie, wie sich dieser schwache Durotan um seine Gefährtin Draka kümmerte, aber er sorgte für sie. Er wollte seine Gefährtin mit Juwelen behängt sehen, seine Söhne und seine Tochter geehrt, wie es sich für seine Kinder gehörte.

Aus dem Augenwinkel heraus sah er eine Bewegung. Er wandte sich um und erblickte Ner'zhul, einst ein mächtiger Schamane, jetzt nur noch ein Schatten seiner selbst, der das Zelt verließ.

„Was ist mit ihm?", fragte Schwarzfaust.

Gul'dan zuckte mit den Schultern. „Was soll mit ihm sein? Er hat nichts mehr zu sagen. Das schöne Wesen wünscht, dass er noch am Leben bleibt. Er scheint etwas Besonderes mit Ner'zhul vorzuhaben. Die Liebe zu Ner'zhul ist bei den Orcs noch zu tief verwurzelt, um ihn einfach beiseite zu schieben. Aber mach dir keine Sorgen. Er stellt für uns keine Bedrohung dar."

„Die Schwarzfels-Schamanen … du hast gesagt, du willst sie in dieser neuen Magie unterweisen."

Gul'dan nickte. „Ich werde sie selbst ausbilden, und wenn sie diese neuen Künste schnell beherrschen, werde ich sie als Erste zu den neuen Hexenmeistern ernennen."

*Hexenmeiste*r. Das war also der Name. Er klang interessant. *Hexenmeiste*r. Und die Schwarzfels-Hexenmeister würden die Ersten sein.

„Schwarzfaust, Häuptling des Schwarzfels-Clans, was sagst du zu meinem Angebot?"

Schwarzfaust wandte langsam seinen Kopf, um Gul'dan anzuschauen. „Ich sage, es lebe die Horde und es lebe der Schattenrat!"

Die Menge, die sich am Fuß des heiligen Berges versammelt hatte, war wütend. Durotan hatte denjenigen, denen er vertraute, Botschaften geschickt. Und alle bestätigten sie, dass sich die Elemente den Schamanen tatsächlich verweigerten. Besonders hart hatte es den Knochenmal-Clan getroffen: deren ganzer Kriegszug war gegen die Draenei gefallen. Ihr Tod war ein Rätsel geblieben, bis einige Tage später ein Schamane, der im Dorf zurückgeblieben war, versucht hatte, ein krankes Mädchen zu heilen, und erkannte, dass die Elemente ihm nicht mehr dienten.

Alle Clanführer waren mit ihren Schamanen gekommen, um von Ner'zhul eine Erklärung zu verlangen. Der trat aus seinem Zelt und grüßte sie, hob seine Hände und bat um Ruhe.

„Ich weiß, warum ihr hierher gekommen seid", sagte er.

Durotan fröstelte. Ner'zhul stand weit entfernt, dennoch konnte Durotan ihn deutlich verstehen. Er wusste, dass Ner'zhul diesen Effekt üblicherweise dadurch erreichte, dass er den Wind nutzte, die Worte zu allen Anwesenden zu tragen. Aber wie war das möglich, wenn sich die Elemente den Schamanen verweigerten? Er tauschte einen Blick mit Draka, aber beide sagten nichts.

„Es stimmt, die Elemente antworten nicht länger auf die Rufe der Schamanen“, fuhr Ner’zhul fort, aber seine Worte wurden von wütenden Zwischenrufen übertönt. Er senkte kurz den Blick, und Durotan sah ihn genau an. Der geistige Führer der Orcs wirkte angegriffener, als Durotan ihn je erlebt hatte. Aber das war in dieser Situation nur allzu verständlich, dachte Durotan.

Nach kurzer Zeit erstarben die Rufe. Die versammelten Orcs waren wütend, aber sie wollten vor allem Antworten, auch wenn sie nach einem Ventil für ihren Zorn suchten.

„Einige von euch glauben, dass sich uns die Elemente verweigern, weil wir etwas Falsches tun. Aber das stimmt nicht. Wir sind gerade dabei, eine Macht zu erlangen, wie wir sie noch nie besessen haben. Mein Schüler, der ehrenwerte Gul’dan, hat diese Macht studiert. Ich lasse ihn eure Fragen beantworten.“

Ner’zhul drehte sich um, dabei schwer auf seinen Stab gestützt, und trat beiseite. Gul’dan verneigte sich tief vor seinem Meister, doch Ner’zhul schien das nicht wahrzunehmen. Er wartete, die Augen geschlossen, und wirkte alt und gebrechlich.

Im Gegensatz zu ihm hatte Gul’dan nie besser ausgesehen. Er steckte voller neuer Energie und wirkte sicher und voller Selbstvertrauen, als er sprach.

„Was ich euch erzählen will, werdet ihr vielleicht nur schwer akzeptieren können. Aber ich habe volles Vertrauen, dass mein Volk nicht engstirnig ist, wenn es sich selbst verbessern kann.“ Seine Stimme klang klar und stark. „Gerade, als wir mit Schrecken erkennen mussten, dass es machtvolle Wesen gibt, die völlig anders als unsere Ahnen sind, fanden wir einen Weg, eine neue Magie zu nutzen, die uns von den Elementen unabhängig macht. Diese neue Macht müssen wir nicht um Unterstützung *bitten.* Sie kommt zu uns, weil wir stark genug sind, um ihre Hilfe zu *erzwingen.* Wir kontrollieren sie, sie muss uns gehorchen und ist an unseren Willen gebunden.“

Gul’dan machte eine Pause, um seine Worte wirken zu lassen, und schaute sich unter den versammelten Orcs um.

Durotan sah Drek’Thar an und fragte den Freund: „Ist das möglich?“

Drek'Thar zuckte hilflos mit den Schultern. Gul'dans Worte schienen ihn völlig zu erschrecken. „Ich habe keine Ahnung", murmelte er. „Aber ich sage dir, nach dem letzten Kampf … Durotan, die Schamanen taten ihre Pflicht mit dem Segen der Ahnen! Wie konnten die Elemente sich uns unter diesen Umständen verweigern? Und wie konnten die Ahnen das zulassen?"

Er klang verbittert, als er das sagte. Der Schock und die Scham steckten noch tief in ihm. Durotan konnte es nachvollziehen; der Schamane musste sich wie ein Krieger fühlen, dessen beste Axt sich unter seinen Händen in Rauch verwandelt hatte, eine Axt, die ein vertrauter Freund ihm gegeben hatte, damit er sie für eine gute Sache einsetzte.

„Ja! Ja, ich sehe, ihr versteht den Wert dessen, was ich … was das schöne Wesen, das sich uns angenommen hat, unserem Volk anbietet", fuhr Gul'dan fort. „Ich habe von diesem großen Wesen gelernt, wie auch ein paar der ehrenwerten anderen Schamanen."

Er trat zurück, und einige Schamanen traten vor, in die schönsten Lederrüstungen gekleidet, die Durotan je gesehen hatte.

„Das sind alles Schwarzfels-Orcs", murmelte Draka. Sie verengte die Augen zu Schlitzen. Durotan war es auch aufgefallen.

„Was sie gelernt haben", sprach Gul'dan weiter, „wird jedem Schamanen beigebracht, der es lernen möchte. Das schwöre ich euch. Folgt mir jetzt aufs offene Gelände, wo seit ewiger Zeit unsere Kosh'harg-Feste gefeiert wurden. Sie werden euch ihre neuen Fähigkeiten demonstrieren."

Durotan fühlte sich plötzlich ohne Grund krank. Draka ergriff vorsorglich seinen Arm, als sie sah, wie bleich er war.

„Mein Gefährte, was ist los?", fragte sie, während sie gemeinsam mit allen anderen zum Platz des Kosh'harg-Festes gingen.

Er schüttelte den Kopf. „Ich weiß nicht", sagte er mit leiser Stimme. „Ich fühle mich bloß … als würde gleich etwas Schreckliches geschehen."

Draka grunzte. „Ich habe dieses Gefühl schon eine sehr lange Zeit."

Durotan verzog keine Miene. Er war für das Wohl seines Volkes verantwortlich, und sein Verhältnis zu Ner'zhul und wahrscheinlich auch zu Gul'dan war bereits gestört. Durotan war sich wohl bewusst, dass, wenn einer der beiden Schamanen ihn oder seinen Clan in Misskredit bringen wollte, ihm das leicher fallen würde als je zuvor. Die Clans waren jetzt vereint, und würde der Frostwolf-Clan verstoßen werden, bedeutete das sein Ende. Durotan mochte es nicht, wie sich die Dinge entwickelten, aber er konnte nicht ständig dagegen protestieren. Um sich selbst machte er sich keine Sorgen. Aber er wollte nicht zulassen, dass sein Clan litt.

Und trotzdem, sein Blut raste, sein Herz schlug heftig, und sein Körper bebte vor böser Vorahnung. Er sprach ein schnelles Gebet zu den Ahnen, damit sie sein Volk weise leiteten.

Sie erreichten das flache Flusstal, wo seit Generationen das Kosh'harg-Fest stattfand. Als seine Füße den heiligen Boden berührten, fühlte Durotan, wie er sich entspannte. Erinnerungen kamen, und er lächelte, als sie seinen Geist erfüllten. Er erinnerte sich an die schicksalhafte Nacht, als er und Orgrim es gewagt hatten, die Erwachsenen zu belauschen, und wie enttäuscht sie von den langweiligen Unterhaltungen gewesen waren. Inzwischen war er schlauer und sich sicher, dass er und Orgrim, verwegen, wie sie sich damals auch gefühlt haben mochten, wahrscheinlich nicht die Ersten gewesen waren, die dies getan hatten, und bestimmt auch nicht die Letzten.

Er erinnerte sich auch daran, als er zum ersten Mal die Frau gesehen hatte, die später seine Lebensgefährtin geworden war. Er erinnerte sich, wie sie gemeinsam auf die Jagd gegangen waren, wie er um das Feuer zum Klang der Trommeln getanzt hatte, wie das Blut in seinen Adern pulsiert war und wie er den Mond angesungen hatte. Solange sein Volk all dies hatte, dachte er, würde alles gut werden.

Irgendwie ermutigt schaute er dorthin, wo normalerweise die Tänze stattfanden. Ein kleines Zelt stand dort, und er fragte sich, wozu es wohl diente.

Er und Draka blieben ein paar Meter entfernt vom Zelt stehen, weil sie annahmen, dass es Teil der Vorführung war. Die anderen taten es ihnen gleich. Die Sonne schien hell, während sich mehr und mehr Orcs versammelten. Durotan stellte fest, dass die meisten, die an diesem Tag gekommen waren, Clan-Häuptlinge und ihre Schamanen waren.

Gul'dan wartete, bis jeder seinen Platz eingenommen hatte, bevor er auf das Zelt zuging. Die Schamanen, die in dieser geheimnisvollen neuen Magie unterwiesen worden waren, folgten ihm. Sie alle bewegten sich mit Zuversicht und Stolz. Vor dem Zelt blieben sie stehen, und Gul'dan winkte ein paar der Schwarzfelskrieger heran, die vortraten.

In diesem Moment drehte der Wind. Durotans Augen weiteten sich, als er einen vertrauten Geruch wahrnahm.

Draenei …

Leises Gemurmel um ihn herum sagte ihm, dass er nicht der Einzige war, der es roch. In diesem Moment nickte Gul'dan den Kriegern zu. Sie verschwanden kurz im Zelt.

Acht Draenei mit gefesselten Hände wurden aus dem Zelt geführt. Ihre Gesichter waren geschwollen von Schlägen, Lumpen steckten ihnen im Mund, und Blut klebte auf ihrer blauen Haut und auf den Überresten ihrer Kleidung.

„Als die Schamanen des Schwarzfels-Clans jene Magie einsetzten, die ich mit euch teilen will, konnten sie sogar ein paar Gefangene machen", sagte Gul'dan voller Stolz. „Diese Gefangenen werden mir helfen, euch zu zeigen, was wir mit diesen neuen magischen Fähigkeiten alles machen können."

Empörung flutete durch Durotan. Einen Feind im bewaffneten Kampf zu schlagen war eine Sache, hilflose Gefangene abzuschlachten eine andere. Er öffnete den Mund, aber eine Hand auf seinem Arm stoppte ihn. Er sah ärgerlich auf und blickte direkt in Orgrim Schicksalshammers kühle graue Augen.

„Du hast davon gewusst", zischte Durotan.

„Nicht so laut", raunte Orgrim zurück, und er sah sich um, ob irgendjemand sie beobachtete. Aber das tat keiner, jedermanns Aufmerksamkeit galt Gul'dan und den gefangenen Draenei. „Ja, ich wusste es. Ich war dabei, als sie gefangen genommen wurden. So läuft das nun mal, Durotan."

„Das war nie die Art der Orcs gewesen", entgegnete Durotan.

„Sie ist es jetzt“, sagte Orgrim. „Diese Vorführung ist eine traurige Notwendigkeit. Sie mag uns jetzt nutzen, doch ich glaube nicht, dass wir so etwas öfter machen müssen. Wir wollen die Draenei töten, nicht quälen.“

Durotan starrte seinen jahrelangen Freund an. Orgrim hielt seinem Blick einen Moment stand, dann schaute weg. Durotan spürte, wie seine Empörung ein wenig abflaute. Immerhin hatte Orgrim begriffen, dass diese Veranstaltung gegen ihren Ehrenkodex verstieß, auch wenn er sie unterstützte. Aber was sonst hätte Orgrim auch tun können? Er war der Stellvertreter Schwarzfausts. Er war durch einen Eid an seinen Häuptling gebunden. Wie Durotan war er für andere verantwortlich, und vor dieser Verantwortung konnte er nicht davonlaufen. Zum ersten Mal in seinem Leben wünschte sich Durotan, ein einfaches Clanmitglied zu sein.

Er sah seine Gefährtin an. Sie schaute entsetzt, zuerst zu ihm, dann zu Orgrim. Und dann sah er, wie sich Trauer und Resignation auf ihre Züge legten, und sie senkte den Kopf.

„Diese Wesen sind momentan von Wert für uns“, sagte Gul’dan. Durotan, dessen Körper schwer wie Blei war, wandte seinen Blick dem Schamanen zu. „Wir werden sie benutzen, um unsere neuen Kräfte zu demonstrieren.“

Gul’dan nickte der ersten Schwarzfels-Schamanin in der Reihe zu, die sich verneigte. Leicht nervös schloss die Frau die Augen und konzentrierte sich. Ein Geräusch wie rauschender Wind erfüllte Durotans Ohren. Ein merkwürdiges Muster in violettem Licht erschien zu ihren Füßen und umgab sie schließlich, und über ihrem Kopf begann sich ein violetter Würfel langsam und träge zu drehen. Plötzlich erschien ein kreischendes Wesen zu ihren Füßen. Es hüpfte herum, seine Augen blitzten rot, seine kleinen, aber scharfen Zähne waren gebleckt, was fast wie ein Lächeln wirkte. Durotan hörte Murmeln und dann einige Schreckensschreie.

Andere Schamanen begannen ebenfalls, jene unheimlichen violetten Kreise und Würfel zu beschwören. Die Kreaturen erschienen aus dem Nichts. Einige waren große, formlose Wesen, blau und violett, die merkwürdig schwebten. Andere sahen weniger merkwürdig aus, abgesehen von ihren behuften Füßen und den fledermausähnlichen Flügeln. Einige waren groß, andere klein, und alle standen oder saßen still neben den Schamanen, die sie herbeigerufen hatten.

„Nette kleine Haustiere", erklang die markante Stimme von Grom Höllschrei, die vor Sarkasmus triefte. „Aber was können sie?"

Gul'dan lächelte nachsichtig und sagte herablassend: „Geduld, werter Höllschrei, ist eine Stärke, keine Schwäche."

Höllschrei verkniff die Augen zu schmalen Schlitzen, aber er blieb ruhig. Durotan nahm an, dass er so neugierig war wie alle anderen auch. Schwarzfaust lächelte ein wenig, schaute wie ein stolzer Vater. Er allein schien wenig überrascht von dem, was geschah, und Durotan begriff, das er bereits die Kräfte der neu ausgebildeten Schamanen erlebt hatte.

Einer der Draenei wurde nach vorn geschoben. Seine Hände waren noch gefesselt, deshalb stolperte er ein paar Schritte auf seinen Hufen, dann stand er still. Sein Gesicht wirkte unbeteiligt. Nur sein sich langsam bewegender Schweif zeigte Anzeichen von Anspannung.

Eine Schamanin trat vor, bewegte die Hände und murmelte etwas. Die kleine Kreatur an ihrer Seite hüpfte und sprang, dann floss plötzlich Feuer aus ihren Klauenhänden, das den unglücklichen Draenei einhüllte. Im selben Moment zuckte ein Blitz aus Dunkelheit aus den Fingerspitzen der Schamanin und raste auf den Gefangenen zu. Der brüllte vor Schmerz, während sein blaues Fleisch durch den Angriff der kleinen Kreatur verbrannte. Aber er fiel erst auf die Knie, als der Schattenblitz ihn traf.

Wieder murmelte die Schamanin etwas, und Flammen züngelten direkt aus dem Fleisch des gefolterten Gefangenen. Er schrie vor Qual; seine Schreie wurden durch den Knebel in seinem Mund gedämpft. Er warf sich herum und zappelte wie ein Fisch auf dem Trockenen. Dann war er ruhig. Der Gestank von verbranntem Fleisch füllte die Luft.

Einen Moment lang herrschte Stille. Dann trafen Laute Durotans Ohren, mit denen er niemals gerechnet hätte: Rufe der Zustimmung und des Entzückens im Angesicht eines gefesselten Feindes, der hilflos zu Tode gefoltert worden war.

Durotan war vor Schreck wie erstarrt. Ein weiterer Gefangener wurde zur „Demonstration" getötet. Dieser wurde mit einer Peitsche geschlagen, von einem der schöneren Diener der Schamanen, während gleichzeitig Feuer auf ihn herabregnete und die Dunkelheit ihn erdrückte. Ein dritter wurde nach vorn gebracht, dessen magische Essenz von einem Wesen ausgesaugt wurde, das aussah wie ein deformierter Wolf mit Tentakeln auf dem Rücken.

Durotan stieg die Galle hoch, als blaues Blut und Asche das bedeckten, was einst heiliges Land gewesen war. Land, das einst fruchtbar gewesen war, dessen innewohnende Ruhe brutal vernichtet worden war. Auf diesem Boden hatte er getanzt, hatte den Mond angesungen, hatte sich mit seinem Jugendfreund verschworen, hatte seine Geliebte geheiratet.

Auf diesem Boden hatten Generationen von Orcs ihre Einheit gefeiert, an einem Ort, so heilig, dass man jeden aufkommenden Zwist sofort unterbrach. Der Gestank des verkohlten Fleisches griff seine Nüstern an. Schlimmer noch war der Anblick seiner Brüder, davon einige sogar aus seinem eigenen Clan. Sie feierten ekstatisch die Qualen der hilflosen Wesen, die unfähig waren, auch nur auf ihre Gegner zu spucken.

Er erkannte, dass seine Hand schmerzte. Irgendwie betäubt sah er an sich herunter und bemerkte, dass Draka sie so fest drückte, dass sie seine Knochen zu brechen drohte.

„Auf die Schamanen!", schrie jemand.

„Nein!" Gul'dans Stimme klang über den Lärm der jubelnden Menge. „Sie sind nicht mehr länger Schamanen. Sie wurden von den Elementen verlassen, und sie werden sie nicht mehr anrufen und um ihre Hilfe betteln. Seht die, die Macht haben und keine Angst, sie zu benutzen. Seht die *Hexenmeister*!"

Durotan löste seinen Blick von den Fingern, die sich mit denen seiner Gefährtin verknotet hatten, und sah zum heiligen Berg. Seine Flanken reflektierten den Schein der Sonne, und für einen langen Moment fragte sich Durotan, warum er nicht zerbarst wie das verschreckte Herz eines vernunftbegabten Wesens angesichts dessen, was in seinem einst tröstenden Schatten geschehen war.

In der Nacht fanden ausgelassene Feiern statt. Durotan nahm an keiner teil und verbot es auch den Mitgliedern seines Clans. Als die Schamanen des Frostwolf-Clans beisammen saßen und in Stille aßen, wagte Drek'Thar die Frage zu stellen, von der Durotan wusste, dass sie ihrer aller Herzen bewegte.

„Mein Häuptling", sagte Drek'Thar, „wirst du uns verbieten, die Kenntnisse der Hexenmeister zu erlernen?"

Es folgte langes Schweigen, unterbrochen nur vom Knacken des Feuers. Schließlich ergriff Durotan das Wort: „Ich muss euch erst eine Frage stellen. Gefiel euch, was den Gefangenen heute angetan wurde?"

Drek'Thar war offenkundig unbehaglich. „Es … wäre besser gewesen, wir hätten sie in ehrenhaftem Kampf getötet", gab er zu. „Aber sie sind unsere Feinde. Das ist doch bewiesen."

„Bewiesen an dem Tag, an dem sie sich zur Wehr setzten", erwiderte Durotan scharf. „Das ist alles, was bewiesen ist."

Drek'Thar wollte protestieren, aber Durotan gebot ihm zu schweigen. „Ich weiß, es ist der Wille unserer Ahnen, aber heute habe ich etwas gesehen, von dem ich geglaubt hatte, es nie miterleben zu müssen. Ich sah den heiligen Boden, auf dem sich seit zahllosen Jahren unser Volk in Frieden traf, besudelt mit dem Blut derjenigen, die nicht mal eine Hand heben konnten, um sich zu wehren."

Er sah aus dem Augenwinkel eine Bewegung und roch Orgrims Geruch. Dennoch fuhr er fort: „Im Schatten des Oshu'gun selbst wurden die Draenei getötet, nicht, um die Bedrohung unseres Landes abzuwehren. Die Gefangenen wurden gemeuchelt, um unsere neuen … *Talente* zu demonstrieren."

Orgrim räusperte sich, und Durotan winkte ihn zu sich. Orgrim war allen Anwesenden wohl bekannt, und er setzte sich an das Feuer mit der Vertrautheit eines willkommenen Gastes.

„Orgrim", sagte Draka und berührte den Arm ihres Freundes sanft. „Die ersten … Hexenmeister sind von deinem Clan. Was denkst du darüber?"

Orgrim starrte in das Feuer, und seine schweren Augenbrauen zogen sich zusammen, als er seine Gedanken ordnete. „Wenn wir die Draenei bekämpfen wollen, dann sollten wir kämpfen, um zu siegen. Die Elemente haben die Schamanen verlassen. Sie waren nie wirklich verlässliche Verbündete, keine Freunde.“ Er sah Durotan an und lächelte, und trotz der Schwere in seiner Brust lächelte Durotan zurück. „Diese seltsamen Wesen und ihre seltsamen Kräfte … sie scheinen verlässlicher. Und zerstörerischer.“

„Irgendetwas stimmte mit ihnen nicht …“, murmelte Draka.

Drek'Thar sagte mit ruhiger Stimme: „Draka, ich kenne deine Bedenken. Es sind bestimmt keine Naturkräfte, zumindest nicht so, wie wir Schamanen die Natur empfinden. Aber wer sagt, dass das schlimm ist? Sie existieren, also müssen sie auch ihren Platz in der Ordnung haben. Feuer ist Feuer. Ob es aus den Fingern eines kleinen tanzenden Wesens kommt oder vom Geist des Feuersegens, es verbrennt Fleisch auf die gleiche Art. Ich stimme unserem Gast zu: Wenn wir in den Kampf ziehen, wollen wir auch siegen!“

Draka schüttelte den Kopf, und ihre schönen Augen blickten unglücklich. Ihre Hände bewegten sich, als würde sie auf diese Weise versuchen, nach den richtigen Worten zu greifen.

„Es geht um mehr als darum, Feuer zu beschwören oder die seltsamen Blitze aus Dunkelheit“, sagte sie. „Ich habe gegen die Draenei gekämpft, und nie sah ich sie sich in solcher Pein winden. Doch die Wesen, die den Hexenmeistern dienten, schienen das zu *genießen*.“

„Wir genießen die Jagd“, hielt Durotan dagegen. Er stritt sich nicht gern mit seiner Gefährtin, aber wie immer musste er erst alle Seiten einer Sache sehen, um zu entscheiden, was das Beste für seinen Clan war.

„Ist es falsch, den Sieg zu wollen?“, fragte Orgrim. „Ist es falsch, Triumph zu empfinden?“

„Auf der Jagd nicht. Ich aber spreche davon, anderen Qualen zuzufügen.“

Drek'Thar zuckte mit den Schultern. „Vielleicht leben die Wesen, die die Hexenmeister beschwören, von dieser Qual. Vielleicht erhält das ihre Existenz.“

„Aber erhält es auch unsere Existenz?" Drakas Augen blitzten im Feuerschein, und Durotan erkannte sofort, dass ihre Tränen nicht von Wut, sondern von Frustration herrührten.

„Die Draenei hatten uns immer ihre überlegene Magie voraus, selbst als wir noch auf die Hilfe der Elemente zählen konnten", sagte Drek'Thar. „Ich bin immer ein Schamane gewesen. Ich wurde so geboren. Und jetzt sage ich euch, ich heiße den Pfad des Hexenmeisters willkommen, wenn mein Clanführer mich ihn gehen lässt. Weil ich begreife, dass uns diese Kräfte nützen, nachdem ich mit den Elementen so lange zu tun hatte. Draka, ich würde sagen: Ja, ja, es erhält auch unsere Existenz. Denn die Kräfte der Elemente stehen uns nicht mehr zur Verfügung, und wir müssen die Draenei vom Antlitz dieser Welt vertreiben."

Draka seufzte und vergrub das Gesicht in den Händen. Schweigen legte sich über die kleine Gruppe, das einzige Geräusch war das Knacken des Feuers. Durotan wusste die ganze Zeit, dass etwas fehlte. Aber erst jetzt erkannte er, was es war. Er vermisste die Laute der nachtaktiven Tiere, der Vögel, Insekten und anderer Lebewesen. Sie waren durch die jüngsten Ereignisse an diesem Ort vertrieben worden. Er versuchte es nicht als Omen zu sehen.

„Ich werde dem Frostwolf-Clan erlauben, die neuen Künste zu erlernen", sagte er schließlich resigniert.

Drek'Thar neigte den Kopf. „Ich danke dir, Durotan. Du wirst es nicht bereuen."

Durotan antwortete nicht.

Vierzehn

Drek'Thar weint, während er mir von diesen Dingen erzählt. Tränen fließen aus seinen Augen, die die Gegenwart nicht mehr sehen können, aber mit voller Schärfe die Vergangenheit erkennen. Ich kann ihm keinen Trost bieten. Dass die Elemente wieder seinem Ruf folgen, meinem und dem jedes Schamanen, ist ein Zeichen ihres Mitgefühls und ihrer Vergebung, ihrem Bestreben, das Gleichgewicht wiederherzustellen.

Der Berg, der immer noch die Dunkelheit beherbergt, befindet sich nicht auf diesem Kontinent. Wir sind weit weg von seiner Bösartigkeit, aber seinen Schatten haben wir noch nicht verlassen. Der Schatten, der vor so langer Zeit beschworen wurde, an dem Tag nach der Besudelung des Ortes, der einst unsere heiligste Stätte war.

Der Schatten der schwarzen Hand.

Es fiel Durotan schwer einschlafen. Ähnlich erging es Draka, wie er feststellte, da sie sich immer wieder herumwarf, drehte und seufzte. Schließlich gab er auf, lag wach und dachte über die Ereignisse des Tages nach. Alles in ihm schrie, dass es falsch war, diese Magie zu benutzen, die so offensichtlich vom Leiden anderer Wesen lebte. Aber was konnte er tun? Die Elemente hatten die Schamanen verlassen, obwohl die Ahnen selbst es gewesen waren, die den Orcs diesen Auftrag gegeben hatten. Ohne Magie als zusätzliche Waffe würde die überlegene Technologie der Draenei die Orcs auslöschen.

Er stand auf und verließ das Schlafzelt. Er machte ein Feuer, um die Kälte am frühen Morgen zu vertreiben, und aß kaltes rohes Fleisch. Als er fertig war und der Himmel allmählich heller wurde, sah er einen Kurier eintreffen. Ohne anzuhalten warf er Durotan eine Schriftrolle zu und ritt weiter. Durotan entrollte das Pergament und schloss die Augen angesichts ihres Inhalts.

In zwei Tagen würde ein neues Treffen stattfinden, und die Häuptlinge würden einen Anführer wählen, der für sie alle sprechen sollte und der in ihrem Namen Entscheidungen traf. Sie würden jemanden wählen, der fortan den Titel „Kriegshäuptling" trug.

Eine weiche Hand strich ihm durchs Haar. Er schaute auf und sah Draka.

„Du könntest genauso gut zu Hause bleiben", sagte sie rau. „Der Ausgang ist schon längst entschieden."

Sie hatte ihm über die Schulter geschaut und den Inhalt der Botschaft gelesen.

Er lächelte sie traurig an. „Du warst früher doch nicht so zynisch, Geliebte."

„Da lebte ich auch noch nicht in solchen Zeiten." Das war alles, was sie sagte. In seinem Herzen wusste er, dass sie recht hatte. Es gab nur einen Orc, der bekannt und charismatisch genug war, um diese Wahl zu gewinnen. Grom Höllschrei mochte Schwarzfaust ein wenig Paroli bieten, aber Höllschrei war zu impulsiv, als dass man ihn zum Kriegshäuptling wählen konnte. Schwarzfaust hatte von Anfang an im Zentrum der Geschehnisse gestanden, zuerst als Gegner und dann als Ner'zhuls Unterstützer. Seine Schamanen waren es gewesen, die zuerst Hexenmeister wurden, und er hatte mehr Siege gegen die Draenei errungen als jeder andere.

Draka hatte wie so oft recht. Und zwei Tage später beobachtete Durotan gelangweilt, wie die Stimmen der Häuptlinge ausgezählt wurden und wie Schwarzfaust vom Schwarzfels-Clan zum Kriegshäuptling ernannt wurde. Er spürte mehrere Blicke auf sich gerichtet, als Gul'dan Schwarzfausts Namen verkündete. Er sah, wie der große Orc aufstand und mit falscher Bescheidenheit die Wahl annahm. Durotan dachte gar nicht daran, seinen Protest kundzutun. Was hätte er auch vorbringen können? Er stand bereits unter Beobachtung, weil man ihn verdächtigte, seinem Volk gegenüber nicht ausreichend loyal zu sein. Sein Wort würde kaum etwas ändern.

Er schaute zu Orgrim hinüber. Auf alle anderen musste es so wirken, als würde der Stellvertreter des Schwarzfels-Clans Schwarzfaust unterstützen. Aber Durotan kannte Orgrim besser. Seine aufeinandergepressten Lippen zeugten davon, dass Orgrim genauso wie Durotan nicht mit der Entscheidung einverstanden war. Aber auch er konnte nichts gegen Schwarzfaust vorbringen. Durotan hoffte, dass vielleicht Orgrims Nähe zu Schwarzfaust helfen würde, den Schaden, den der Häuptling der Schwarzfels-Orcs anrichten konnte, zu begrenzen.

Schwarzfaust stand vor der Versammlung und lächelte der jubelnden Menge zu. Durotan konnte nichts gegen ihn unternehmen, aber genauso wenig konnte er sich überwinden, einem Orc zuzujubeln, der all das darstellte, was er verachtete.

Orgrim stand links hinter seinem Anführer. Gul'dan, der, da war sich Durotan sicher, die Dinge irgendwie manipulierte, trat zurück und blickte Schwarzfaust respektvoll an.

„Meine orcischen Brüder und Schwestern!“, rief Schwarzfaust. „Ihr ehrt mich mit eurer Wahl. Ich werde mich als würdiger Kriegshäuptling erweisen. Tag für Tag verbessern wir unsere Waffen und unsere Rüstungen. Und jetzt weisen wir die unverlässlichen Elemente zurück und heißen die wahre Macht willkommen Macht, die unsere Hexenmeister kontrollieren und ohne Bitten oder Betteln einsetzen können. Das ist wahre Befreiung! Das ist Stärke! Wir haben ein klares Ziel. Wir werden die Draenei vernichten. Sie werden sich den Kriegern und Hexenmeistern nicht widersetzen können, der alles mit sich reißenden Horde. Wir sind ihr schlimmster Albtraum. Auf in den Kampf!“ Er hob die Arme und brüllte: „Für die Horde!“

Und tausende Stimmen riefen: „Für die Horde! Für die Horde! *Für die Horde!*“

Durotan und Draka kehrten kurz nach Schwarzfausts Wahl nach Hause zurück. Die Schamanen blieben, um die Ausbildung zu absolvieren. Als sie einige Tage später nachkamen, sah Durotan ihren Stolz; diese neue Magie hatte ihnen ihr Selbstvertrauen zurückgegeben. Dafür war Durotan dankbar. Er liebte seinen Clan und wusste, dass es alles gute Orcs waren. Er wollte nicht, dass sie verzweifelten.

Sie übten ihr Können zuerst an Tieren, begleiteten die Jagdgruppen und hetzten ihre merkwürdigen Kreaturen auf Spalthufe und Talbuks. Durotan war immer noch betrübt wegen der Qualen, welche die angegriffenen Tiere erlitten. Mit der Zeit litten die Tiere weniger, nicht weil die Qualen erträglicher wurden, sondern weil die Hexenmeister lernten, schneller und effektiver zu töten. Die seltsamen „Helfer" oder „Haustiere", wie einige Hexenmeister ihre Wesen liebevoll nannten, schienen sich zu bewähren.

Schwarzfaust genoss seine neue Position. Beinahe täglich brachten Kuriere neue Schriftrollen ins Lager. Als sich erneut ein Reiter auf einem Wolf näherte, erkannte ihn Durotan schon von Weitem an der Kleidung: Der strahlende schwarze Umhang war so etwas wie ein Kennzeichen von Kur'kul, einem von Schwarzfausts persönlichen Hexenmeistern. Er hielt seinen Wolf an, stieg ab und verneigte sich vor Durotan.

„Häuptling, eine Nachricht für dich vom Kriegshäuptling", sagte er mit überraschend angenehmer Stimme.

Durotan nickte und bedeutete dem Hexer, ihm zu folgen. Sie gingen ein Stück, bis er sicher war, dass niemand sie hören konnte.

„Was ist passiert, dass Schwarzfaust mir einen seiner wichtigsten Hexenmeister schickt?", fragte er.

Kur'kul lächelte eisig. „Ich reite zu allen Clans." Sein Tonfall ließ keinen Zweifel daran, dass er Durotan auf seinen Platz verweisen wollte, denn was er sagte, war keine besondere Ehre für die Frostwölfe.

Durotan grunzte und verschränkte die Arme vor seiner Brust.

„Am wichtigsten für einen Sieg über die Draenei ist unsere Anzahl", fuhr Kur'kul fort. „Sie sind wenige, wir sind viele. Aber wir müssen noch mehr werden."

„Was wünscht Schwarzfaust denn?", knurrte Durotan. „Sollen wir das Kämpfen zugunsten der Paarung aufgeben?"

Kur'kul lächelte nicht. „Nicht weniger kämpfen, aber … ja,

ermutige deine Krieger, sich fortzupflanzen. Für jedes Kind, das in deinem Clan geboren wird, erhältst du eine Belobigung. Aber unglücklicherweise brauchen wir *jetzt* mehr Krieger und nicht in sechs Jahren."

Durotans Blick gefror. Er hatte seine Bemerkung als Witz gemeint. Was geschah hier?

„Die Kinder beginnen ihr Training mit sechs Jahren", sagte Kur'kul. „Sie sind mit zwölf stark genug zum Kämpfen. Ruf all deine Jünglinge zusammen."

„Ich verstehe nicht", sagte Durotan. „Für was soll ich sie zusammenrufen?"

Kur'kul seufzte. „Ich habe die Fähigkeit, ihr Wachstum zu fördern", erklärte er dann. „Wir werden … sie ein wenig entwickeln. Wenn wir das mit allen Kinder zwischen sechs und zwölf Jahren so machen, werden wir die Zahl der Krieger im Feld um fast fünfzig Prozent erhöhen."

Durotan konnte nicht glauben, was er hörte. „Ganz sicher werdet ihr das nicht!"

„Es tut mir leid, aber das ist nicht deine Entscheidung. Es ist ein Befehl. Jeder Clan, der sich dem widersetzt, begeht Verrat an der Horde und wird ins Exil geschickt, und der Anführer und seine Gefährtin werden exekutiert."

Durotan war fassungslos.

Kur'kul übergab ihm ein Schreiben. Durotan las es und schüttelte sich vor Wut, als er bestätigt bekam, dass der Hexer die Wahrheit sagte. Er und Draka würden getötet und der Frostwolf-Clan ins Exil geschickt werden, wenn er sich weigerte.

„Du stiehlst ihnen die Kindheit!", warf er dem Hexer vor.

„Im Austausch für ihre Zukunft, ja. Ich ziehe etwas Leben aus ihnen heraus, nur sechs Jahre. Ihnen wird nichts geschehen. Den Schwarzfelskindern ist auch nichts geschehen. Schwarzfaust hat darauf bestanden, dass seine eigenen drei die Ersten sind, die derart geehrt werden. Und im Gegenzug können sie jetzt für den Ruhm der Horde kämpfen."

Durotan war nicht im Mindesten überrascht darüber, dass Schwarzfaust seinen Kindern das angetan hatte. Zum ersten Mal war Durotan dankbar, dass es nur so wenige Kinder in seinem

Clan gab. Es waren nur fünf, die älter als sechs Jahre waren und jünger als zwölf. Er las die Nachricht erneut, war zugleich wütend und angewidert. Diese Kinder sollten die Möglichkeit haben, einfach Kinder zu sein.

Der Hexenmeister wartete ruhig. Schließlich sagte Durotan mit einer Stimme, die absichtlich schroff klang, um seine Qual zu verbergen: „Tu, was du tun musst!"

„Für die Horde!", sagte Kur'kul.

Durotan antwortete nicht.

Was als Nächstes geschah, war barbarisch.

Durotan zwang sich, ruhig zu bleiben, während Kur'kul den magischen Spruch über die fünf Frostwolfkinder sprach. Sie wanden sich vor Qual, schrien und wälzten sich auf dem Boden, während ihre Knochen gestreckt wurden, als Haut und Muskeln in unnatürlichem Wachstum gezerrt wurden. Ein schimmernder grüner Strahl verband den Hexer mit den Kindern, als würde er ihnen ihr Leben aussaugen. Der Ausdruck auf Kur'kuls Gesicht war ekstatisch. Die Kinder litten, doch er auf jeden Fall nicht. Einen schrecklichen Moment lang dachte Durotan, dass der Hexenmeister nicht beim Alter von zwölf aufhören würde, sondern weitermachte, bis sie alt und völlig ausgelaugt waren.

Aber dann hörte Kur'kul doch rechtzeitig auf. Die jungen Orcs, nun keine Kinder mehr, lagen am Boden. Eine Weile lang wollten sie nicht erwachen, und als sie dann endlich wieder zu sich kamen, weinten sie leise und schnauften, als würde keine Kraft mehr in ihnen stecken.

Durotan wandte sich an den Hexenmeister. „Du hast getan, weswegen du gekommen bist. Und jetzt geh!"

„Häuptling Durotan", wollte Kur'kul widersprechen, „du …"

Durotan fasste ihn vorn an seinem roten Gewand. Angst flackerte in den Augen Kur'kuls.

„Weg mit dir! Sofort!"

Durotan ließ ihn los, und Kur'kul stolperte rückwärts, fiel fast hin. Er schaute Durotan finster an.

„Schwarzfaust wird nicht erfreut sein, das zu hören", knurrte er.

Durotan sagte nichts. Jedes weitere Wort hätte seinen Clan verdammen können, das wusste er. Stattdessen drehte er sich um, schüttelte sich vor Wut und ging zu den Kindern, die keine mehr waren.

Einige Zeit lang danach wurde nichts mehr vom Frostwolf-Clan verlangt, außer intensiver Ausbildung und regelmäßiger Berichte darüber. Durotan war darüber genauso erleichtert wie besorgt. Er wusste, dass Schwarzfaust und Gul'dan es auf ihn abgesehen hatten, und sie würden ihm dann das Leben schwer machen, in dem sie ihm einen entsprechenden Auftrag erteilten.

Er wurde nicht enttäuscht.

Durotan begutachtete gerade neue Rüstungen, die der Schmied hergestellt hatte, als der Wolfsreiter ins Lager der Frostwölfe kam. Ohne anzuhalten warf er Durotan ein Pergament zu, riss sein Reittier herum, und weg war er. Durotan entrollte das Schreiben, und während er las, weiteten sich seine Augen. Er sah den sich entfernenden Boten nach, der kein offizieller Kurier war.

Alter Freund,

ich bin mir sicher, es wird Dich nicht überraschen zu erfahren, dass man dich beobachtet. Sie werden Dir eine Aufgabe geben, eine, von der sie wissen, dass Du sie schaffen wirst. Und Du musst den Auftrag ausführen! Ich weiß nicht, was sie machen, wenn Du ablehnst, aber ich befürchte das Schlimmste!

Es gab keine Unterschrift, und die Botschaft brauchte auch keine. Durotan kannte Orgrims klobige Schrift. Er zerknüllte das Pergament, warf es ins Feuer und sah zu, wie es sich rollte und drehte wie ein lebendes Ding, während das Feuer es fraß.

Orgrim hatte die Warnung noch gerade rechtzeitig geschickt. Am selben Nachmittag erschien eine Reiterin, die den offiziellen Waffenrock der Kuriere trug, und übergab dem Häuptling der Frostwölfe ein weiteres Pergament. Durotan nickte, als er es entgegennahm, und legte es beiseite. Er wollte es nicht sofort lesen.

Doch die Kurierin schaute unbehaglich. Sie stieg nicht ab, aber sie riss ihren Wolf auch nicht herum und verließ das Frostwolf-Lager.

„Mir wurde aufgetragen, auf eine Antwort zu warten“, sagte sie nach einer Weile peinlichen Schweigens.

Durotan nickte erneut, dann entrollte er das Pergament. Die Schrift war exzellent, und er wusste, dass Schwarzfaust die Botschaft diktiert hatte. Der Kriegshäuptling, so intelligent und schlau er auch war, war alles andere als ein Literat.

Es war schlimmer, als er befürchtet hatte. Durotan versuchte sich nichts anmerken zu lassen, obwohl er aus dem Augenwinkel heraus sah, dass Draka ihn aufmerksam betrachtete.

An Durotan, Sohn des Garad, Häuptling des Frostwolf-Clans, Schwarzfaust, Kriegshäuptling der Horde, entsendet Dir seine Grüße. Du hattest Gelegenheit, Dich von den Fähigkeiten meiner neu ausgebildeten Hexenmeister zu überzeugen. Es ist an der Zeit, unsere Feinde anzugreifen. Telmor, die Stadt der Draenei, liegt nahe an Eurem Gebiet. Du wirst angewiesen, eine Kriegsgruppe zu bilden und die Stadt anzugreifen. Orgrim hat mir erzählt, dass Ihr beiden als Jungen in der Stadt wart. Und dass Du das Geheimnis kennst, wie die Draenei ihre Stadt unsichtbar machen. Orgrim sagte mir auch, dass Du ein exzellentes Gedächtnis hättest und dass Du dich daran erinnern würdest, wie man die Stadt unseren Kriegern für einen Angriff sichtbar macht.

Ich bin mir sicher, dass ich Dir nicht zu sagen brauche, was die Zerstörung dieser Stadt für die Horde bedeutet. Und auch für den Frostwolf-Clan. Antworte unverzüglich auf diesen Brief, und wir werden mit den Vorbereitungen für den Angriff beginnen.

Für die Horde!

Die Unterschrift war ein Abdruck von Schwarzfausts rechter Hand, die mit Tinte überzogen war.

Durotan war außer sich. Wie hatte Orgrim dem Kriegshäuptling das alles nur verraten können? Folgte er Schwarzfaust wirklich so bedingungslos, dass er ihm von der Sache erzählt hatte?

Der Ärger ebbte ab, als er erkannte, dass die Informationen, auf die sich Schwarzfaust bezog, im Laufe der letzten Jahre leicht in ganz normalen Unterhaltungen gefallen sein konnten. Schwarzfaust war intelligent genug, er sammelte solches Wissen und benutzte es dann, wenn er es brauchte.

Durotan überlegte, ob er einfach lügen sollte und behaupten, dass er sich nicht an die Worte erinnern konnte, mit denen Restalaan die Illusion aufgelöst hatte, die die Stadt sicher und verborgen vor den Augen der Oger hielt und inzwischen auch vor denen der Orcs. Es war lange her, und er hatte sie nur einmal gehört. Jeder andere hätte sie längst vergessen.

Aber die Drohung in dem Brief war offensichtlich. Wenn Durotan den Angriff ermöglichte, würde er seine Loyalität der Horde gegenüber unter Beweis stellen. Wenn er ablehnte, selbst wenn er behauptete, sich nicht mehr an die Worte zu erinnern, so musste er, so wie Orgrim es ausgedrückt hatte, das Schlimmste fürchten.

Die Kurierin wartete.

Durotan traf die einzige mögliche Entscheidung.

Er schaute in das unbeteiligt wirkende Gesicht der Reiterin. „Ich werde tun, was der Kriegshäuptling verlangt. Für die Horde."

Die Kurierin schaute sowohl erleichtert als auch überrascht. „Der Kriegshäuptling wird zufrieden sein, das zu hören. Ich wurde angewiesen, dir auch dies hier zu geben." Sie griff in ihren ledernen Rucksack und holte einen kleinen Beutel heraus, den sie Durotan reichte. „Deine Krieger und deine Hexenmeister werden damit üben müssen."

Durotan nickte. Er wusste, was sich in dem Beutel befand: das *Herz der Wut* und der *Leuchtende Stern*, die er Velen abgenommen hatte. Diese Steine waren vielleicht das Einzige, das ihn gerettet hatte, als er Ner'zhuls Wut heraufbeschwor. Er würde sie gegen ebenjene Leute einsetzen, denen er sie weggenommen hatte.

„Der Kriegshäuptling wird dich bald kontaktieren", sagte die Kurierin, hob die Hand und trieb dann ihren Wolf an. Durotan sah ihr nach, während sie aus dem Lager ritt. Draka trat neben ihn. Er gab ihr den Brief und ging ins Zelt.

Kurz darauf kam sie zu ihm, schlang die Arme um ihn, während er das Gesicht in die Hände legte. Die Entscheidung, die er hatte treffen müssen, war fürchterlich.

Ein paar Tage später sammelte sich die Kriegsgruppe im Lager der Frostwölfe. Die meisten Krieger und Hexenmeister waren vom Schwarzfels-Clan, aber es fand sich mehr als ein Kriegshymnen-Gesicht in der Menge und mehrere vom Clan der Zerschmetterten Hand. Selbst der Begriffsstutzigste der Frostwölfe konnte das Mistrauen und die Verachtung der anderen spüren. Durotan wusste, dass es kein Zufall war, dass die anderen Orcs von den kriegerischsten Clans stammten. Sie sollten sicherstellen, dass die Frostwölfe in ihrer Kriegswut nicht wankten. Durotan fragte sich, wer wohl den Befehl hatte, ihm die Kehle beim geringsten Zweifel an seiner Loyalität aufzuschlitzen. Er hoffte, dass es nicht Orgrim war. Die beiden alten Freunde tauschten nur ein paar Worte, und Durotan erkannte, dass Orgrim litt. Dafür war er dankbar.

Ein Kurier war vorausgeschickt worden, deshalb brannten ausreichend Lagerfeuer, und es gab Essen und Trinken für die hungrigen „Gäste". Viele der Frostwölfe gaben ihr eigenes Lager für die Besucher her, damit die, die am nächsten Morgen in den Kampf zogen, gut schliefen. Durotan traf sich mit Orgrim und den anderen, die den Angriff leiten sollten, und sie zeichneten die Umrisse der Stadt auf, so gut sie sich daran erinnern konnten.

Bei Tagesanbruch war der Kriegstrupp, eine kleine Armee von Orcs, unterwegs. Er zog über die Wiesen, die den Wald von Terokkar umgaben, wo vor so langer Zeit Orgrim und Durotan als Jugendliche von den Ogern überrascht worden waren.

Keiner der schwerfälligen Riesen ließ sich blicken, während sich die Orcs zügig ihrem Ziel näherten. Durotan war ganz vorn und ritt neben Orgrim auf Nightstalker. Sie waren still, aber Durotan entging nicht, dass der Blick von Orgrims grauen Augen für eine Weile an der Stelle verweilte, wo zwei Jungen dereinst von Draenei Kriegern gerettet worden waren.

„Es sind viele Jahre vergangen, seit wir diesen Weg gegangen sind", sagte Durotan.

Orgrim nickte. „Ich bin mir nicht mal sicher, ob wir in die richtige Richtung reiten. Der Wald und die Felder haben sich verändert, und es gibt herzlich wenige Landschaftsmerkmale."

Durotan sagte schwer: „Ich erinnere mich an den Weg." Er wünschte, es nicht zu tun. Ein Haufen Steine hier, ein merkwürdig gewachsenes Gewächs dort – es reichte ihm aus, um den Weg zu finden. Für die anderen sah es nach nichts aus. Schwarzfaust hatte seinen Truppen gesagt, dass die Draenei ihre Städte perfekt verbargen. Trotzdem hörten Durotans scharfe Ohren leicht besorgtes Murmeln. Er fröstelte.

„Wir nähern uns", sagte er. „Wir müssen leise sein. Es ist gut möglich, dass wir bereits gesehen wurden."

Die Orcs des Kriegstrupps verstummten. Orgrim schickte einige Leute als Kundschafter aus. Durotan dachte an jenen fernen Tag; da war er ebenfalls besorgt gewesen, wohin sie gingen und was die Draenei mit ihnen tun würden.

Er hielt seinen Wolf an und stieg ab. Nightstalker schüttelte den Kopf und strich sich über die Ohren. Es war hier oder ganz nah hier. Durotan spürte eine verzweifelte Hoffnung, dass sich auch die Draenei daran erinnerten, dass sie ihm ihr Geheimnis offenbart hatten, und dass sie deshalb den magischen Stein anderswo versteckt hatten.

Durotan konzentrierte sich, bewegte sich langsam, hörte das Klirren des Zaumzeugs und das sanfte Klapppern der Rüstungen, während die anderen ihn beobachteten und warteten. Er schloss die Augen, um sich zu konzentrieren, sah wieder Restalaan, der auf dem Boden kniete, Blätter beiseite schob und Tannennadeln …

Durotan öffnete die Augen, bewegte sich ein paar Schritte nach links. Er sandte ein schnelles Gebet an die Ahnen. Ob er dabei um Hilfe beim Finden bat oder um genau das Gegenteil, wusste er nicht. Gepanzerte Hände griffen nach unten, schoben Geröllschichten weg und berührten dann etwas Kühles und Hartes.

Jetzt gibt es kein Zurück mehr.

Durotan schloss die Finger um den Edelstein und nahm ihn auf.

Selbst in seinem geistesabwesenden Zustand konnte er die tröstende Energie spüren, die der Stein ausstrahlte. Er schmiegte sich in seine Hand, als gehörte er dorthin. Durotan strich mit seinem rechten Zeigefinger darüber, zögerte den Moment hinaus, bevor sich alles unwiderrufbar ändern würde.

„Du hast ihn gefunden", hauchte Orgrim, der leise neben seinen Freund getreten war. Durotan war von seinen Gefühlen überwältigt und konnte einen Moment lang nicht sprechen. Er nickte nur, nahm dann seinen Blick von dem schönen pulsierenden Stein und sah in die ehrfürchtigen Gesichter derer, die ihn anstarrten, während er den Schatz hielt.

Orgrim nickte knapp. „Geht auf eure Position."

Es war beruhigend, den Stein zu halten. Durotan wollte nichts anderes, als einfach stehen zu bleiben und in die Tiefen des Steins zu schauen. Aber er hatte seine Entscheidung längst gefällt. Er atmete tief ein und sprach die Worte, die Restalaan vor so langer Zeit an diesem Ort gesprochen hatte.

„Kehla men samir, solay lamaa kahl."

Er hoffte, dass sein starker orcischer Akzent den Stein nicht aktivieren würde. Dass er dadurch seiner Verpflichtung seinem Volk gegenüber gerecht wurde, ohne dafür eine kleine Stadt voller Zivilisten stürmen zu müssen. Aber offensichtlich wurden die Worte von der Macht verstanden, die den grünen Edelstein kontrollierte. Die Illusion verschwand bereits, die Bäume und Felsen wurden feinstofflich, und vor den Orcs erstreckte sich auf einmal einladend eine breite befestigte Straße.

Die herrliche Stadt der Draenei lag vor ihnen, und mit dem Kriegsgebrüll aus über hundert Kehlen fielen die Orcs über sie her.

Fünfzehn

Drek'Thar erzählt mit gebrochener Stimme von herrlichen und schönen Dingen, die zerstört wurden, davon, wie man Kinder brutal tötete. Und obwohl seine Geschichte, wie er sie erzählt, eine unausgesprochene Entschuldigung ist, erschien alles zu jener Zeit richtig. Ja, ich kann mir vorstellen, wie richtig es erschien. Es war gerecht. Ich kann nur zu den Ahnen beten, dass ich niemals in die Situation meines Vaters komme, zerrissen zwischen dem, was mein Herz mir sagt und der Verpflichtung gegenüber meinem Volk. Deshalb will ich unbedingt den zerbrechlichen Frieden zwischen der Allianz und uns erhalten.

Weil kaum ein Angriff oder eine Beleidigung in dieser oder jeder anderen Welt ein legitimer Grund sein darf, Kinder zu töten.

Später würde sich Durotan fragen, warum die Stadt Telmor nicht vor den bewaffneten Orcs gewarnt worden war. Mit einem Draenei konnte er nicht mehr darüber zu sprechen. Er konnte nur annehmen, dass die Draenei sich der Illusionstarnung so sicher gewesen waren, dass sie sich einfach nicht hatten vorstellen können, dass jemand sie durchbrechen würde.

Die Luft war erfüllt von Kriegsgeschrei und Wolfsgeheul, als die Reiter die Straßen der Stadt stürmten. Mehrere unbewaffnete Draenei wurden sofort niedergestreckt, und der weiße Gehweg war schnell blau von vergossenem Blut. Aber es dauerte nicht lange, dann schlug die Stadtwache zurück.

Durotan hatte den Stein in seinen Rucksack gesteckt, nachdem er ihn benutzt hatte. Er würde ihn zu dem roten und gelben Stein tun, die er Velen weggenommen hatte. Er saß auf und ritt mit grimmiger Entschlossenheit. Obwohl er entschieden hatte, dass er keinen unbewaffneten Feind attackieren würde oder gar ein Kind, war er aufs Töten vorbereitet und darauf, getötet zu werden.

Die erste Welle wogte durch die Stadt. Eine wahre Flut von Orcs gabelte sich in Ströme, die in die großen runden Gebäude eindrangen. Die Hexenmeister gaben ihnen Rückendeckung. Die Kreaturen waren still und gehorsam, selbst die kleinen, die ansonsten permanent murmelten. Ihre Herren warteten auf den richtigen Moment, um den Feuerregen, die Schattenblitze und die verschiedenen Folterflüche einzusetzen. Die Krieger, die wieder aus den Gebäuden kamen, waren mit Blut besudelt. Ihre Stiefel hinterließen eine blaue Spur zum nächsten Gebäude und dann zum übernächsten.

Die Wachen der Draenei waren auf die Straßen gelaufen und benutzten ihre eigene Magie. Durotan drehte sich in seinem Sattel um und konnte gerade noch einen Schlag von einem Schwert abblocken, dass in blauer Energie blitzte. Das Schwert schlug gegen seine Axt und erschütterte seinen Arm bis in die Schulter. Aber das war nichts verglichen mit dem Schock, als er den Angreifer erkannte.

Zum zweiten Mal trafen er und Restalaan sich im Kampf. Durotan hatte Velen verschont, und zum Ausgleich hatte Restalaan ihm Gnade gewährt, als er hilflos vor den Draenei-Kriegern gestanden hatte. Durotan sah, dass auch der andere ihn erkannte. Seine blauen Augen blitzten vor Zorn, dann verengten sie sich zu Schlitzen.

Jede Schuld zwischen ihnen war beglichen. Es wurde keine Gnade mehr gewährt.

Restalaan schrie etwas in seiner musikalischen Sprache. Statt wieder anzugreifen, zog er Durotan aus dem Sattel. Durotan wurde davon überrascht. Bevor er kapierte, was geschah, lag er vor seinem Feind auf dem Boden. Er griff nach seiner Axt, als Restalaan mit dem Schwert ausholte. Selbst als seine Finger den Stiel fassten, glaubte er nicht, dass er schnell genug sein würde.

Nightstalker war fast so gut ausgebildet wie der Orc, der ihn ritt. Als er spürte, dass sein Reiter von seinen Rücken gezerrt worden war, wirbelte er zu Restalaan herum. Große Zähne bissen in den Arm des Draenei. Hätte Restalaan nicht die schützende Rüstung getragen, der Arm wäre ihm abgetrennt worden. Trotzdem reichte der gewaltige Druck, um den Arm arg in Mitleidenschaft zu ziehen.

Restalaan ließ das Schwert fallen. Mit einem Knurren schlug Durotan mit der Axt so fest zu, wie er konnte. Er traf Restalaan, das scharfe Blatt der Axt schnitt glatt durch die Rüstung und drang tief in sein Fleisch ein.

Restalaan fiel auf die Knie, sein nutzloser Arm immer noch zwischen Nightstalkers Zähnen. Der weiße Wolf biss härter zu. In wenigen Herzschlägen würde der Wolf den Arm abgerissen haben. Blut spritzte, doch Restalaan gab keinen Laut von sich, trotz der Qualen, die er erleiden musste.

Durotan kam auf die Beine und schlug wieder zu, und diesmal war der Schlag tödlich – ein Gnadenstoß. Restalaan sackte zusammen, und Nightstalker ließ sofort seinen Arm los. Der Hauptmann der Wache von Telmor war tot.

Durotan kämpfte die Trauer nieder, die in ihm aufsteigen wollte. Er kletterte auf Nightstalker und suchte sich ein neues Ziel. Daran gab es keinen Mangel. Die Stadt war sicherlich nicht so groß wie Shattrath, die Hauptstadt des Feindes, aber sie war auch nicht klein. Es gab genug Draenei zu töten. Die Luft war erfüllt von Schreien, ausgestoßen im Blutrausch, vor Qual und Angst, erfüllt vom Scheppern der Schwerter auf Schilde und dem Krachen der magischen Zauber. Ein ekelerregender Gestank stieg in Draenei Nüstern: Blut, Fäkalien, Urin und der einzigartige Geruch des Schreckens lagen darin.

Die Wut, die in ihm raste, fühlte sich gut an. Seine Sinne waren nie schärfer gewesen, und er schien sich ohne nachzudenken bewegen zu können. Dort drüben war noch eine der Wachen – und sie kämpfte gegen Orgrim. Durotan spannte sich, wollte seinem Freund zu Hilfe eilen, aber der Schicksalshammer schwang bereits durch die Luft und zertrümmerte den Schädel des Angreifers trotz des Helms. Durotan grinste grimmig, Orgrim brauchte keine Hilfe.

Er spürte die Gegenwart eines Wesens neben sich, bevor er es hörte oder auch nur roch. Er drehte sich und stieß den Kriegsschrei seines Clans aus und hob die blutbefleckte Axt, um zuzuschlagen.

Das Kind war kaum der Pubertät entwachsen, aber es schrie vor Wut, während es mit leeren Händen nach seinem gepanzerten Bein schlug. Tränen liefen über das bleiche blaue Gesicht, und es bleckte seine Zähne. Blaues Blut, zu viel, als das es von ihm allein stammen konnte, durchnässte sein Kleid so stark, dass es ihm am Körper klebte. Das Mädchen schlug erfolglos auf ihn ein, ihre tränengefüllten Augen brannten vor Qual und gerechtem Zorn.

Eine schreckliche Sekunde lang war sie für ihn dasselbe Mädchen, das Durotan und Orgrim Jahre zuvor in dieser Stadt gesehen hatten. Das konnte nicht sein, sicherlich war das Mädchen von damals inzwischen eine Frau. Oder war sie es doch? Aber es zählte nicht. Es war ein Mädchen, tapfer und dumm genug, gegen einen gerüsteten Orc mit nackten Händen kämpfen zu wollen.

Es war eine riesige Anstrengung, die Axt mitten im Schwung abzufangen. Er würde kein Kind verletzen, das war nicht der Kodex, nicht der Weg der Orcs.

Plötzlich erstarrte sie. Ihre Augen weiteten sich, sie öffnete den Mund, und Blut strömte daraus hervor. Durotans Blick richtete sich von ihrem Gesicht auf ihre Brust. Und er sah einen Speer, der aus dem blutgetränkten Stoff hervorstach. Bevor Durotan reagieren konnte, hatte der Orc vom Clan der Zerschmetterten Hand den Speer zur Seite geschoben und den Körper damit zu Boden gezwungen. Er stellte einen Fuß auf ihre Schulter, und grunzend zog er seinen Speer heraus und grinste Durotan an.

„Du schuldest mir was, Frostwolf“, sagte der Orc. Dann verschwand er im Getümmel von Tätern und Opfern.

Durotan warf den Kopf zurück und schrie vor Qual zu seinen Ahnen.

Die Orcs drängten weiter und hinterließen Berge von Leichen. Die große Mehrheit der Toten waren Draenei, aber hier und dort sah man auch den braunen Körper eines gefallenen Orcs. Einige der Orcs, die dort lagen, lebten noch, riefen nach Hilfe. Aber ihre Bitten stießen auf taube Ohren. Schamanen hätten sie mit Sprüchen heilen können, aber die Magie der Hexenmeister verfügte nicht über diese Eigenschaft. Deshalb lagen sie dort, wo sie gefallen waren. Einige hauchten direkt neben den Draenei, die sie selbst getötet hatten, ihr Leben aus. Währenddessen strömte die Flut unaufhaltsam weiter.

Sie folgten der Straße bis zum Fuß der Berge, betraten die Gebäude und töteten jeden, den sie fanden. Ohne Zweifel hatten sich einige Draenei versteckt, überlegte Durotan und betete, dass sie nicht gefunden wurden. Doch er glaubte nicht, dass seine Gebete erhört wurden. Nachdem die erste Runde des Gemetzels beendet war, begann das Plündern und die Suche nach denen, die dem ersten Angriff entkommen waren. Er wusste es. So war es geplant.

Sie hatten das größte Gebäude erreicht, das auf dem höchsten Berg stand. Durotan erkannte es augenblicklich. Es war der Sitz des Magistrats, wo er und Orgrim mit dem Propheten gegessen hatten. Ihm kam der bittere Gedanke, dass Velen nicht viel als Prophet taugte, wenn er diesen schwarzen Tag nicht vorhergesehen hatte. Nightstalker lief die Treppen hinauf. Durotan konnte nicht widerstehen; er musste sich umdrehen und schaute über die Schulter zurück auf die Stadt, so wie er es beim ersten Mal getan hatte, als er diese Stufen auf seinen eigenen Füßen erklommen hatte.

Damals hatte die Stadt der Draenei wie auf einer Wiese verstreute Juwelen gewirkt. Nun sah sie nach dem aus, was sie auch war – eine zerstörte, eroberte Stadt, gefüllt mit Blut und ihren toten Bürgern. Das Ende aller Hoffnung auf Frieden, Waffenruhe und Verhandlungen. Durotan schloss kurz die Augen vor Qual.

„Ich will nicht angeben, aber ich bin stolz auf mein Volk und unsere Stadt“, hatte Restalaan zu Durotan gesagt, Restalaan, der steif und tot auf der weißen Straße mit zahllosen anderen Draenei lag. *„Wir haben hier hart gearbeitet. Wir lieben Draenor. Nun, ich habe nie geglaubt, dass ich diesen erhabenen Anblick einmal mit einem Orc teilen kann. Die Wege des Schicksals sind oft merkwürdig.“*

Die Räume, in denen sich zwei junge Orcs ziemlich eingepfercht vorgekommen waren, wirkten nun, überfüllt mit erwachsenen Orcs, klaustrophobisch. In den meisten Zimmern waren keine Draenei mehr anzutreffen gewesen. Offenbar waren die meisten geflohen, außer denen, die geschworen hatten, für ihre Stadt zu sterben. Die schönen Möbel wurden als Waffen eingesetzt, als sie auf Draenei-Schädel geschmettert wurden. Als das Mobiliar in Trümmer ging, verstärkte dies noch die Erregung der Orcs. Sie schlugen Löcher zum reinen Vergnügen in die leicht gebogenen Wände, Betten wurden mit Schwertern zerhackt, Schüsseln mit Früchten und kunstvolle Figürchen wurden zu Boden geworfen und dort von Äxten und Hämmern zerschmettert.

Durotan hatte genug. „Aufhören!", schrie er, aber niemand hörte ihn. Die Kreaturen, die von den Hexenmeistern befehligt wurden, schien dieses Verhalten zu befriedigen. Aber die Zerstörungswut der Orcs war völlig sinnlos, da alle Bewohner Telmors entweder tot oder geflohen waren.

„Aufhören!", schrie Durotan wieder. Diesmal vernahm Orgrim den Ruf. Der Kriegshymnen-Krieger schüttelte den Kopf, als müsste er ihn von etwas befreien. Dann versuchte auch er, seine Krieger zu beruhigen. Doch Drek'Thar war es schließlich, der der Zerstörungswut Einhalt gebot.

„Hört mir zu!", rief Durotan. Sie befanden sich in jenem Raum, in dem Velen sie an seinem Tisch bewirtet hatte. Stühle und Tische waren umgeworfen und die Wandbehänge heruntergerissen. „Wir haben die Stadt erobert! Der Kampf ist vorbei! Doch es gibt Wichtiges zu tun!"

Sie hörten ihm zu. Ihre Atemzüge erfüllten rasselnd den Raum.

„Zuerst behandeln wir die Verwundeten", befahl Durotan. „Wir lassen unsere Brüder nicht einfach auf den Straßen liegen und sterben."

Einige schauten schuldbewusst zu Boden, als sie diese Worte vernahmen. Sie hatten völlig vergessen, dass einige von ihnen draußen lagen, sich unter Schmerzen windend, während sie selbst sich an dieser Zerstörungsorgie ergötzten.

Durotan schob seine Gefühle beiseite und nickte Drek'Thar

zu. Die Hexenmeister mochten vielleicht nicht mehr über Heilzauber verfügen, aber sie waren einst Schamanen gewesen und wussten, wie man Wunden auch auf normale Art behandelte. Drek'Thar bedeutete einigen Hexenmeistern, sich um die Verwundeten zu kümmern.

„Diese Stadt hat riesige Vorratskammern. Es gibt jede Menge Nahrung, Waffen, Rüstungen und andere Dinge, auch solche, die wir nicht kennen. Dinge, die der Horde bei ihrer Aufgabe …"

Er konnte die Worte, die er hatte sagen wollen, nicht aussprechen. *… bei ihrer Aufgabe, die Draenei auszulöschen, nützlich sind.* Stattdessen vollendete er den Satz leiser: „… bei ihrer Aufgabe nützlich sind. Wir sind eine Armee. Eine Armee marschiert mit ihrem Bauch. Ein Krieger muss gut essen, ausreichend mit Wasser versorgt sein und ausgeruht für den Kampf. Orgrim, du nimmst dir eine Gruppe, und ihr fangt an diesem Ende der Stadt an. Guthor, du nimmst dir eine andere Gruppe und gehst zurück zum Tor. Jeder, der Heilkenntnisse hat, meldet sich bei Drek'Thar und macht genau das, was er euch sagt."

„Was ist mit den Draenei, wenn wir welche finden?", fragte jemand.

Ja, was war mit ihnen? Sie hatten nicht die Möglichkeiten, sich um Gefangene zu kümmern. Und eigentlich dienten Gefangene bei den Orcs auch lediglich als Tauschobjekte, als Geiseln. Aber der einzige Grund, weshalb die Horde existierte, war die totale Vernichtung der Draenei, und so gab es keinen Grund, Gefangene zu machen.

„Tötet sie", sagte Durotan. Er hoffte, dass die anderen seine heisere Stimme auf kriegerischen Zorn zurückführten und nicht auf jene Qual, unter der er litt. „Tötet sie alle."

Während die Orcs unter seinem Kommando schließlich seine Befehle ausführten, wünschte sich Durotan, Nightstalker wäre nicht so schnell gewesen, als er seinen Herrn beschützt hatte. Es wäre ihm leichter gefallen, durch Restalaans Hand zu sterben, als die Worte zu sprechen, die er gerade gesagt hatte.

Mit etwas Glück würde der Tod Durotan eher früher als später ereilen auf diesem Feldzug gegen eine Rasse, die nie die Hand gegen sie erhoben hatte.

Sechzehn

Der Schattenrat.

Selbst jetzt, so viele Jahre später, wissen wir wenig darüber, wer dazu gehörte und was sie getan haben. Gul'dan nahm sehr viele Geheimnisse mit ins Grab. Möge er dort unter Qualen verrotten. Es fällt mir schwer genug zu verstehen, warum einer oder zwei von uns sich derart korrumpieren ließen, dass sie ihre eigenen Nachfahren im Tausch gegen Macht zu Lebzeiten in die Verdammnis schickten. Aber dass es dermaßen viele waren, die exakten Zahlen sind nicht mal bekannt, begreife ich überhaupt nicht.

Selbst das wäre nicht so schlimm gewesen, hätten die Dämonen sie nicht fest im Griff gehabt. Sie werden nun dafür Qualen leiden, und das freut mich. Denn für das, was sie anderen angetan haben, die ihnen folgten, weil sie ihnen vertrauten, verdamme ich sie mit jeder Faser meines Seins.

„Das war ein exzellenter Test." Kil'jaeden lächelte, während sich Gul'dan vor ihm verneigte. Seine Augen leuchteten angesichts des Lobs seines Meisters. Ner'zhul kauerte sich hin, den Blick auf den Boden gerichtet. Aber er hörte trotzdem zu.

„Ich gebe zu, ich war überrascht, dass Durotan meinen Befehl tatsächlich ausgeführt hat", sagte Gul'dan. „Ich habe mit Widerstand gerechnet, zumindest ein wenig. Aber die Stadt wurde erobert und zerstört, mein Herr. Alle Draenei, die dort einst lebten, sind fort, die meisten tot."

„Die *meisten* ist nicht genug, Gul'dan, das weißt du."

Gul'dan zuckte bei der Kritik zusammen. Nicht zum ersten Mal fragte er sich, worin die Verbindung zwischen Kil'jaeden

und den Draenei bestand und warum das schöne Wesen sie derart hasste. „Es war das erste Mal, dass wir eine ihrer Städte angriffen statt nur vereinzelte Jagdgruppen", antwortete der Hexenmeister, ein wenig überrascht von seinem eigenen Wagemut.

Kil'jaeden neigte den gehörnten roten Kopf, dachte nach und nickte dann. „Richtig. Und es ist noch Zeit."

Mehrere Tage waren seit dem Fall von Telmor vergangen. Beeindruckt von Durotans Werk hatte Kil'jaeden dem Frostwolf die Stadt als ein Geschenk überlassen wollen. Aber Durotan hatte abgelehnt. Die Frostwölfe, so sagte er, würden im Land ihrer Vorfahren weiterleben.

Die Schwarzfelsen hingegen waren nicht so dumm gewesen. Schwarzfaust und seine Familie lagen nun in den Betten, in denen einst der Magistrat der Stadt geschlafen hatte. Zuerst hatten die Orcs nicht gewusst, was sie mit den unbekannten Gegenständen der Draenei anfangen sollten. Aber inzwischen begannen sie sich an die Lebensart ihrer Opfer zu gewöhnen. Sie saßen auf Stühlen, aßen an Tischen, übten mit Draeneiwaffen, passten deren Rüstungen ihren massigeren Orc-Körpern an. Einige der Frauen und nicht wenige der Männer des Schwarzfels-Clans begannen die Kleidung der Draenei zu tragen; sie kombinierten sie mit traditionellen orcischen Tuniken und Schnallen.

Gul'dan wusste, dass viele sich fragten, warum er oder Ner'zhul die Stadt nicht für sich selbst beansprucht hatten. Es war ein verführerischer Gedanke gewesen, aber Gul'dan war von seinem Herrn wohl instruiert worden. Weltlicher Komfort war angenehm, aber Macht war süßer, und je weniger Gul'dan für sich selber öffentlich beanspruchte, desto größer wuchs seine Macht. Kil'jaeden würde ihn nicht im Stich lassen, solange Gul'dan die von seinem Herrn aufgetragenen Aufgaben zu desen Zufriedenheit erledigte. Ein paar Dinge waren zu jenem Ort gebracht worden, den er seit neuestem sein Heim nannte: ein riesiger runder Tisch mit Einlegearbeiten aus weich leuchtenden Schalen und Steinen und ein paar schöne Stühle.

Gul'dan trat vor den Tisch und ließ seine Hände über die polierte Platte gleiten. Er lächelte. Er musste nur noch die zusammenrufen, von denen er annahm, dass sie vertrauenswürdig waren. Einige Namen standen sofort fest. Andere kamen erst nach längerem Nachdenken dazu. Dann war die Liste vollständig, und sie war lang genug, um alle wichtigen Orcs zu berücksichtigen, und kurz genug, um dennoch übersichtlich zu sein …

Schneller, als er selbst bisher gehofft hatte, würde sich der Schattenrat bilden. Während nach außen hin Schwarzfaust die Orcs als Volk regierte und die „Feinde“, die Draenei, eliminierte, würde eine Handvoll Orcs, so korrupt und machthungrig wie Gul’dan selbst, die Fäden im Hintergrund ziehen.

Es ging nicht um die Orcs als Rasse.

Es war *nie* um die Orcs als Rasse gegangen.

Es ging um Macht, sie zu bekommen, sie auszuüben und sie zu behalten. Ner’zhul hatte das nie verstanden. Er mochte die Macht, aber er war nicht willens gewesen, ihr das Fleisch zu geben, nach dem sie verlangte. Das Ende, nach dem Kil’jaeden verlangte.

Täuschung, Lüge, Manipulation, selbst Schwarzfaust, der dachte, er wäre in Gul’dans ultimative Pläne eingeweiht, begriff dessen wahre Ambitionen nicht. Sie waren so groß wie Kil’jaedens Streben, die Draenei auszulöschen – so groß wie der Himmel, so tief wie die Ozeane und so beißend wie der Hunger.

Gul’dan schaute Ner’zhul geringschätzig an, während der ältere Orc, der einst sein Lehrer gewesen war, in der Ecke kauerte. Dann richtete er den Blick auf die blitzenden Augen Kil’jaedens, und das große Wesen nickte.

„Ruf sie!“, sagte Kil’jaeden. Seine Lippen teilten sich zu einem Lächeln und zeigten seine scharfen weißen Zähne. „Sie werden kommen, wenn du rufst. Und sie werden nach deiner Pfeife tanzen. Dafür werde ich sorgen.“

Verbündete.

Sie brauchten Verbündete.

Gul’dan fragte sich, wie Kil’jaeden das übersehen konnte. Die Orcs waren tatsächlich mächtig, speziell, wenn sie kontrolliert und richtig geführt wurden. Die langen Monate, über ein Jahr bereits, die sich dieser Krieg schon hinzog, hatten das gezeigt. Ihre besten Denker verstanden inzwischen einen Teil der Draenei-

Technologie, soweit das eben möglich war. Eine zentrale Festung wurde gebaut, die Gul'dan Zitadelle nannte. Dort konnte bequem ein stehendes Heer untergebracht und ausgebildet werden. Die Orcs hatten so etwas noch nie zuvor versucht, und Gul'dan war stolz darauf, dass er die Idee dazu gehabt hatte.

Auf der einen Seite gab es Krieger, auf der anderen Schamanen – die natürlich Hexenmeister hießen –, hier waren Heiler, dort Handwerker.

Die ersten drei Gruppen hatten klare Vorgaben und keinen Mangel an Gelegenheiten, ihre Aufgaben auszuführen. Die Handwerker arbeiteten auf einer anderen Ebene, schufen Rüstungen und Waffen und errichteten Gebäude, um diejenigen zu unterstützen, die die Ehre hatten, die Draenei zu töten, bis ihre Körper klebrig vom vergossenen Blut waren.

Manch einer würde diese Arbeiter eine niedrigere Klasse von Orcs nennen. Im Stillen dachte Gul'dan auch so. Aber er wusste, dass ihre Arbeit, obwohl wenig glamourös, so notwendig war wie eines Kriegers Wille zu Töten oder die magischen Fähigkeiten eines Hexenmeisters. Ohne diejenigen, die für Nahrung, Unterkunft und Waffen sorgten, würden die Krieger und Hexenmeister nicht weit kommen. Deshalb hatte Gul'dan eine Leistungsschau der Handwerker aus der Taufe gehoben, mit dem schönen Ergebnis, dass sie dadurch noch härter arbeiteten und sich stetig verbesserten.

Aber obwohl jedes Mitglied von jedem Clan so hart arbeitete, wie es konnte Gul'dan hatte in jedem Clan Spione, um auch in dieser Hinsicht sicher zu sein –, war es nicht genug. Die Eroberung von Telmor war ihnen überraschend leicht gefallen, und der Moralschub war enorm gewesen. Aber Gul'dan wusste, dass der Sieg der Horde größtenteils auf Glück basierte. Niemand in der geschützten Stadt hatte einen Moment lang geglaubt, dass sie entdeckt und binnen weniger Stunden überrannt werden könnten. Sie hatten sich völlig sicher gefühlt, beschützt von der Magie des grünen Steins, den Gul'dan *Laubschatten* nannte. Der hatte die Draenei zuerst vor den Augen der Oger und dann vor denen der Orcs geschützt. So leicht würde der nächste Sieg nicht werden. Wie sollte …

„Oger“, sagte er laut. Er tippte sich mit einem krallenbewehrten Finger gegen das hervorstehende Kinn. „Oger …“

„Niemals!“ schrie Schwarzfaust. Er überwand den Abstand zwischen sich und Gul’dan mit zwei Schritten und ragte bedrohlich vor dem kleineren Orc auf. Gul’dan musste seine ganze Tapferkeit aufbringen, um nicht vor dem furchteinflößenden Gesicht zurückzuweichen, das nur einen Zentimeter von dem seinen verharrte, als der Kriegshäuptling ihm den Kopf entgegensenkte.

„Immer mit der Ruhe, Schwarzfaust“, versuchte ihn Gul’dan zu beschwichtigen. „Höre erst, was ich zu sagen habe. Du bist derjenige, der davon am meisten profitieren wird.“

Damit hatte er ihn. Schwarzfaust grunzte. „Sie sind seit langem Feinde der Orcs. Länger als die Draenei. Wie soll ich einen Vorteil aus diesem Bündnis ziehen?“

Er kommt direkt zum Punkt, dachte Gul’dan mit Befriedigung. Er hatte Schwarzfaust richtig eingeschätzt.

„Es gibt immer noch einige, die erzählen, bei deiner Wahl wäre es nicht mit rechten Dingen zugegangen“, sagte er. „Wenn du mit diesem Bündnis Erfolg hast, wird es deinem Namen zu ewigem Ruhm verhelfen.“

Schwarzfausts Augen schmälerten sich. „Vielleicht“, murmelte er. „Aber werden die Oger da auch mitmachen?“

Gul’dan erlaubte sich ein Lächeln. „Sie werden, wenn wir es von ihnen verlangen“, antwortete er.

Schwarzfaust warf den Kopf in den Nacken und brüllte vor Lachen.

Orgrim rutschte unbehaglich in seinem Sattel hin und her, während er seinen Anführer ansah. Schwarzfaust hatte ihm erklärt, was er beabsichtigte, und Orgrim hatte protestiert. Er war über die Jahre an zahllosen Jagdgruppen beteiligt gewesen, um der Bedrohung durch die Oger entgegenzutreten. Mehr als allen anderen Orcs war es ihm ein persönliches Anliegen. Er hasste sich immer noch dafür, dass er vor Jahren vor einer der riesigen plumpen, dickschädeligen Kreaturen davongelaufen war.

Und plötzlich schlug Schwarzfaust *so etwas* vor!

Aber Orgrim wusste, dass, wenngleich sein Anführer einige Fehler hatte, er doch ein guter Stratege war. Der Plan war schlüssig, man musste ihn nur frei von Emotionen betrachten. Deshalb hatte er seine Unterstützung angeboten.

Trickreich hatten sie sich die notwendigen Informationen beschafft. Die Schwarzfels-Orcs hatten drei Oger gefangen genommen und eine lange Nacht damit verbracht, mit ihnen in einfachen Worten zu reden, bis diese trügerisch plumpen Dinger verstanden, was sie wollten und sie zu kooperieren begannen. Jetzt stand jeder Krieger, Hexenmeister und Heiler des Clans bereit zum Kampf.

Die Oger hatten ihnen erzählt, wo sich ihre Meister versteckt hielten, und hatten sie zu diesem Ort geführt, eine Lichtung am Fuße der Bergkette namens Blake's Edge. Die Gronn gaben sich nicht die Mühe, ihre Anwesenheit zu verbergen. Abfall lag überall in der Gegend herum, und zahlreiche Abdrücke von Ogerfüßen waren am Boden zu erkennen. Orgrim beobachtete, wie eine kleine Gruppe Oger von den Bergen ins Land zog. Kein Zweifel, sie fühlten sich in Sicherheit, so wie die Draenei sich in Telmor sicher gefühlt hatten, und vor einem Jahr hätte das auch gestimmt. Aber vieles hatte sich seitdem geändert. Die Orcs waren nicht länger kleine Gruppen, sondern eine geschlossene Macht und gewillt, einen alten Groll gegen neuen Hass zu tauschen.

Schwarzfaust ritt voran, begleitet von drei Ogern. Hinter ihm kamen seine Söhne Rend und Maim, die sich miteinander leise unterhielten und ab und an rau glucksten. Orgrim war zuerst dagegen gewesen, den Jungen das Kämpfen zu erlauben. Aber sie hatten bewiesen, dass sie stärker waren, als man hätte annehmen können. Ihnen fehlte zwar die Durchtriebenheit ihres Vaters, aber sie hatten seine Brutalität geerbt. Griselda war ebenfalls zum Kämpfen ausgebildet worden, aber sie war nicht so begabt wie die beiden Jungen. Ihr Vater warf ihnen einen zornigen Blick zu, und sie verstummten sofort.

Orgrim fragte sich, ob Schwarzfaust eine Rede halten würde. Er hoffte nicht. Mit Worten hatte Schwarzfaust es nicht so, und sein Clan war ohnehin schon bereit, ihm zu folgen. Zu Orgrims

Erleichterung sah Schwarzfaust über das Meer der Krieger, nickte einmal und gab dann den Befehl zum Angriff.

Die erste Welle brüllte wild und rannte die Hügel hinab. Der Anblick von drei der ihren, die gemeinsam mit den Orcs kämpften, verwirrte die Oger zunächst derart, dass sie einfach stehen blieben, um sich töten zu lassen. Dann, als ihre langsam arbeitenden Gehirne begriffen, dass sie angegriffen wurden, zogen sie sich zurück. Und sie attackierten noch immer nicht ihre Artgenossen, die durch ihre Reihen stapften, um mit dem Anführer zu sprechen, der irgendwo in den Höhlen zu finden war.

Orgrim war derjenige, der den letzten Oger zu Fall brachte. Er wirbelte seinen Schicksalshammer und empfand dabei so etwas wie Freude. Sein Wolf war schnell und schoss leichtfüßig zwischen den baumdicken Beinen des Ogers hindurch, der tobte und mit seinem Knüppel verbissen zuschlug. Orgrim erinnerte sich daran, wie groß ihm diese Kreaturen als Kind vorgekommen waren. Sie waren immer noch groß, doch das war er inzwischen auch, und er beherrschte seine legendäre Waffe vorzüglich. Er zertrümmerte das Schienbein des Ogers, der vor Schmerz brüllte. Orgrims Wolf tanzte zur Seite, als das große Ding fiel und die Erde bebte, als es aufschlug. Es versuchte aufzustehen, versuchte seinen Körper mit seinen großen fetten Händen hochzudrücken. Aber da waren schon andere Schwarzfels-Orcs heran. Schneller als selbst Orgrim schauen konnte, war der Oger tot und blutete aus über einem Dutzend Wunden.

Orgrim drehte sich gerade rechtzeitig um, um mitzubekommen, wie ein orcischer Krieger durch die Luft wirbelte. Er wurde von einem einzigen Treffer des massiven Knüppels eines Ogers getötet. Knurrend wollte sich Orgrim auf die mörderische Bestie stürzen, als ein Ruf erschallte: „Aufhören, aufhören!“

Es zeugte von Schwarzfausts Macht, dass seine Orcs, völlig im Blutrausch, den Kampf tatsächlich abbrachen. Die Oger taten es nicht, zumindest nicht sofort, und Orgrim stellte fest, dass er Abstand von ihnen suchte, bis die langsamen Ogergehirne verstanden, was los war. *Es ist zu unser aller Nutzen,* sagte er zu sich selbst. Er sah, wie jene Oger, welche die Schwarzfels-Orcs gezähmt hatten, mit ihren Artgenossen sprachen. Oder besser:

wie sie diese anbrüllten und – wie es unter ihnen üblich war – sie schlugen. Und die Oger stoppten tatsächlich ihre Angriffe und schienen zuzuhören.

Einer von ihnen, ein Größerer, der so etwas wie eine offizielle Schärpe trug, musste über ein gewisses Maß an Intelligenz verfügen. Orgrim konnte ihre Sprache nicht verstehen und nutzte die Pause, um zu Atem zu kommen und etwas Wasser zu trinken.

„Ich kann's kaum erwarten, dass wir sie wieder töten können", sagte Rend.

Orgrim sah den ältesten Sohn seines Häuptlings an. „Wenn wir erfolgreich sind, werden sie gemeinsam mit uns kämpfen. Dir wird es nicht erlaubt sein, sie zu töten."

Maim spuckte aus. „Dann töten wir sie eben ohne Erlaubnis!"

Orgrim musste grinsen. Er selbst hätte nichts lieber getan, aber … „Einige sind tot, das muss reichen. Euer Vater würde es nicht mögen, würdet ihr seinen Plan gefährden."

Rend feixte. „Wer würde uns verraten?"

„Ich. Wenn das hier klappt und sie uns zuhören und dann doch noch irgendeiner von ihnen tot aufgefunden wird, nenne ich eure Namen."

Rend schaute ihn finster an. Im Moment sah es aus, als ob es jugendliche Launenhaftigkeit wäre, die in ihm tobten, aber Orgrim hatte eine böse Vorahnung. Er hatte Schwarzfaust nie gemocht und mochte seine Kinder, mit Ausnahme von Griselda, noch weniger. Er wusste nicht, ob dafür ihre Abstammung oder ihr unnatürliches Wachstum verantwortlich war. Aber in ihnen lauerte eine Dunkelheit, der Orgrim misstraute. Eines Tages, wenn sie nicht nur ihre mächtigen Muskeln, sondern auch ihren Verstand gebrauchten, würden sie gefährlicher sein als ihr Vater.

„Ich hab dir doch gesagt, dass er nicht zuhört, Rend", sagte Maim launenhaft. „Der alte Orc hat vergessen, wie es ist, wenn der Blutrausch dich durchströmt. Komm, gehen wir."

Mit einem letzten Feixen folgte Rend seinem Bruder. Orgrim seufzte. Doch er hatte größere Probleme als zwei schnöselige Burschen und wandte seine Aufmerksamkeit wieder den Verhandlungen zu, obwohl er als Orc nicht ein Wort davon verstand. Es wurde nicht mehr gekämpft. Schwarzfaust, der das Schlachtfeld verlassen hatte, wie er es auch jedem anderen aus seinem Clan befohlen hatte, führte seinen Wolf dorthin, wo sich die Oger versammelt hatten. Orgrim ritt an die Seite seines Häuptlings und hörte, wie der Anführer der Oger verkündete: „Wir nicht mögen Gronn. Gronn tun uns weh."

Er winkte einen der anderen Oger heran, der sich umdrehte, um Orgrim und Schwarzfaust seinen Rücken zu zeigen. Orgrim sah, dass Narben im Zickzack den Rücken des Ogers überzogen. Er fühlte kein Mitleid mit der Kreatur; sie hatten den Orcs in den letzten Jahrzehnten Schlimmeres angetan. Trotzdem war es gut, dies zu wissen. Die gefangen genommenen Oger hatten ebenfalls davon gesprochen, und nun nickten sie, als wären sie fürchterlich weise.

„Was ihr uns geben, wenn verbünden uns?", verlangte der Anführer zu wissen.

Schwarzfaust grinste. „Nun, zum einen schlagen wir euch nicht." Orgrim dachte an Schwarzfausts Söhne, sagte aber nichts. „Wir kümmern uns darum, dass ihr Essen bekommt und die geeigneten Waffen." Daraufhin war Orgrim erleichtert, dass Schwarzfaust ihnen keine Rüstungen versprochen hatte. Mit dem Material, das nötig war, um einen Oger zu schützen, konnten drei Orcs gerüstet werden. Und glücklicherweise war der Anführer, obwohl offensichtlich einer der intelligenteren Oger, trotzdem noch nicht helle genug, selber an Rüstungen zu denken. „Ihr werdet Essen haben, Unterkünfte – und die Freude, Draenei erschlagen zu können."

Die anderen Oger hatten genau zugehört, und einer von ihnen sprang tatsächlich vor Entzücken auf und ab. „Ich schlagen!", brüllte er fröhlich, und einige andere nahmen den einfachen, offensichtlich amüsanten Satz auf.

Schwarzfaust wartete, bis sie sich beruhigten, bevor er wieder das Wort ergriff. „Dann sind wir uns einig?"

Der Anführer der Oger nickte. „Keine Jagd mehr auf Oger", knurrte er. Seine kleinen Augen waren voller Tränen, und als er noch mal den Oger mit dem vernarbten Rücken anschaute, empfand Orgrim auf einmal doch ein wenig Mitleid mit ihm. Aber nur ein kleines bisschen.

„Wie heißt du?“, fragte er den Anführer des Oger-Trupps und sah ihn an.

„Krol“, lautete die Antwort.

„Also dann, Krol“, rief Schwarzfaust schnell, bevor sein Stellvertreter mehr sagen konnte. „Wann, glaubst du, sollten wir unseren gemeinsamen Angriff beginnen?“

„Jetzt!“, sagte Krol, und bevor Orgrim oder Schwarzfaust widersprechen konnten, brüllte er etwas in seiner eigenen Sprache.

Die Oger sprangen auf und ab, und die Erde bebte. Dann drehten sich alle um und strebten jener Höhle zu, aus der sie gekommen waren.

Schwarzfaust warf Orgrim einen Blick zu, der mit den Schultern zuckte. Seiner Meinung nach war es leichter, die Flut aufzuhalten als diese dummen, einfältigen Riesen.

„Ruf sie!“, sagte Schwarzfaust.

Orgrim holte ein Spalthufhorn aus der Tasche und bließ hinein. Die Orcs schrien vor Freude und eilten herbei.

Es war nicht genug Zeit, um den Schwarzfels-Clan noch mal an den Plan zu erinnern. Orgrim hoffte, dass sie sich daran halten würden, speziell die übereifrigen Maim und Rend. Gut, sie sollten Oger töten, aber verdammt noch mal die richtigen.

Denn wenn sie den Ogern auch nur den geringsten Grund gaben, diese plötzliche und eigenartige Allianz zu hinterfragen, dann würden die Babys, die alten Männer und Frauen, die auf Nachricht im Lager warteten, die einzigen des Schwarzfels-Clans sein, die diesen Tag überlebten.

Orgrim war nicht optimistisch. Der Schwarzfels-Clan war schon immer sehr kämpferisch gewesen. Schwarzfaust war wenig mehr als ein durchtriebener Primitiver, und Orgrim hatte schon mehrmals erkennen müssen, dass sich eine nahezu manische Wut durch alle Clans zog. Als er seinen Wolf herumriss, um mit seinen Clan-Mitgliedern zur Höhle zu reiten, fragte er sich, ob ihn seine Augen täuschten.

Sicherlich war der grünliche Farbton auf der Haut des Orcs neben ihm nichts anderes als ein Lichteffekt.

Siebzehn

Heimat.

Welchem Volk du auch angehörst, es ist ein Wort, ein Konzept, welches das Herz mit Sehnsucht erfüllt. Heimat kann das alte Land der Vorfahren sein oder ein neuer Ort, den man dazu gemacht hat. Heimat kann selbst in den Augen eines geliebten Wesens gefunden werden. Aber wir alle brauchen sie, verlangen danach, wissen, dass wir ohne ein Heim auf irgendeine Art unvollständig sind.

Viele Jahre lang hatte jeder Clan seine eigene Heimat, ein eigenes heiliges Land, seine eigenen Geister der Erde, der Luft, des Wassers, des Feuers und die Geister der Wildnis. Doch wir wurden entwurzelt, waren heimatlos, bis wir schließlich nach Kalimdor kamen. Hier fand ich eine neue Heimat für unser umherziehendes Volk. Einen Ort des Friedens und eine heilige Stätte, wo wir wieder zu uns finden und uns erholen können.

Meine Heimat ist jetzt nach meinem Vater benannt: das Land Durotar.

Durotan hob den Kopf und schnupperte in den Wind. Der Geruch, der seine Nüstern füllte, schmeckte nach Staub und Trockenheit, aber da war auch ein beißender Gestank – nicht der Geruch von etwas Verbranntem, aber es war nahe dran. Drek'Thar hätte diesen Geruch damals erkennen können, aber diese Tage waren vorbei. Er war kein Schamane mehr, sondern ein Hexenmeister. Die Luft würde ihn nicht kühlen, wenn er sie darum bat, oder Botschaften übermitteln, als wären sie auf Pergament geschrieben. Noch schlimmer aber war, dass Drek'Thar und die anderen

Hexenmeister des Frostwolf-Clans dies nicht im Geringsten zu kümmern schien.

Es hatte seit einiger Zeit nicht mehr geregnet, und der Sommer schien heißer als sonst. Es war schon der zweite Sommer in Folge, in dem der Regen knapp gewesen war, und aus einer Laune heraus kniete sich Durotan nieder und grub seine Finger in den Boden. Einst war es fruchtbarer Lehm gewesen, dunkelbraun und von einem vollen erdigen Geruch. Nun aber gruben sich seine Finger mit Leichtigkeit durch den Staub, der weder Gras noch Getreide noch irgendetwas anderes nährte. Er rieselte wie Wasser durch Durotans Finger.

Er spürte, dass Draka kam, drehte sich aber nicht zu ihr herum. Ihre Arme griffen von hinten um seine Taille, und sie presste sich an ihn. Für einen langen Moment blieben sie einfach so stehen, dann, mit einem letzten Seufzen, ließ sie ihn los und ging um ihn herum. Durotan klatschte sich den Staub von den Händen.

„Wir haben uns ohnehin nie wirklich auf den Ackerbau verlassen“, sagte er leise.

Draka sah ihn mit ihren wissenden dunklen Augen an. Ihm schmerzte das Herz, wenn er sie ansah. Sie war so viel besser als er. Aber sie war die Gefährtin des Häuptlings, nicht der Häuptling selbst, und sie musste nicht die Entscheidungen treffen, die er zu fällen hatte.

„Wir haben uns stattdessen auf die Jagd verlassen“, antwortete sie. „Aber die Tiere, die wir jagen, leben von dem, was die Erde gibt. Alles ist miteinander verbunden. Die Schamanen wussten das.“

Sie verstummte, als einer der jüngeren Hexenmeister vorbeischritt, ein kleines hüpfendes Wesen an seiner Seite. Als sie an ihnen vorbeikamen, drehte sich das kleine Ding um, sah Draka an, lächelte und zeigte dabei einen Mund voll spitzer Zähne. Draka konnte einen Schauder nicht unterdrücken.

Durotan seufzte und gab ihr eine Schriftrolle. „Ich habe gerade dies hier erhalten. Wir müssen uns auf einen langen Marsch vorbereiten. Wir müssen unser Land verlassen.“

„Was?“

„Befehl von Schwarzfaust. Er lebt jetzt in dieser neuen

Zitadelle, die extra für ihn gebaut wurde, und er will seine Armee dort haben. Es reicht nicht mehr, dass wir uns immer nur für einen Angriff zusammenschließen. Wir müssen zusammenleben und allzeit bereit sein, Schwarzfaust sofort zu folgen."

Draka schaute ihn ungläubig an, dann richtete sie den Blick auf die Rolle, die er ihr hinhielt. Sie überflog die Botschaft, rollte das Pergament dann zusammen und gab es ihm zurück.

„Wir bereiten uns besser vor", sagte sie leise, drehte sich um und ging zurück zu ihrem Zelt. Er sah ihr nach und fragte sich, was genau bei diesem Anblick sein Herz brechen ließ.

Die Zitadelle war noch nicht fertig. Aber als sie in Durotans Blickfeld geriet, blieb er beeindruckt stehen. Neben ihm erklang Gemurmel.

„So mächtig!"

„So groß!"

„Eines Kriegshäuptlings würdig!"

Durotan sagte nichts, aber er dachte: *Blasphemisch! Eine Verschandelung der Landschaft. Ohne jede Harmonie!*

Der reisende Frostwolf-Clan war immer noch mehrere Meilen weit entfernt, aber die Zitadelle am Horizont erschien ihnen wie ein lauernder Bussard. Nichts wies auf orcische Bauart hin. Diese Struktur, dieser architektonische Albtraum, diese Beleidigung von Auge und Geist wich noch mehr von jeder orcischen Baukunst ab als jedes Draenei-Gebäude. Durotan wusste natürlich, warum das so war. Die Zitadelle musste derart gigantisch sein, wenn dort auf Dauer eine Elitetruppe orcischer Krieger untergebracht werden sollte. Trotzdem hatte er etwas anderes erwartet.

Statt der sanften, glatten Linien, die die Gebäude der Draenei auszeichneten, wirkten die Mauern der Festung scharf und gezackt. Anstatt sich in die Landschaft einzufügen, dominierte die Zitadelle sie. Aus schwarzem Stein, kantigem Holz und Metall gefertigt, erhob sie sich trotzig zum Himmel. Durotan wusste, dass er von seiner Position nur den Hauptturm sehen konnte. Aber das reichte; er stand da wie angewurzelt, nicht gewillt, sich dieser Monstrosität auch nur noch einen Schritt zu nähern.

Er wechselte einen Blick mit Draka. Waren sie die Einzigen, die das bemerkten?

Der Rest des Frostwolf-Clans ging weiter, überholte seinen Häuptling. Widerwillig trieb Durotan sein Reittier an und folgte ihnen.

Dass sie sich der Festung näherten, machte sie nicht attraktiver, aber Durotan konnte andere Gebäude erkennen: Unterkünfte, Vorratsspeicher. Überall standen große Kriegsmaschinen, wie er sie noch nie gesehen hatte. Sie wirkten ebenfalls düster, gefährlich und tödlich.

Mitglieder des Schwarzfels-Clans und andere grüßten eifrig. Durotan grüßte oberflächlich zurück und schickte die Frostwölfe zu einem flachen Platz im Westen, wo sie ihre Zelte errichteten. Es ging auf den Abend zu, als Durotan den Befehl erhielt, sich im Hauptgebäude der Zitadelle mit einigen anderen seines Clans einzufinden. Die zwanzigköpfige Gruppe gehorchte der Anweisung und wartete.

Durotan hörte die Trommeln zuerst aus der Ferne. Er straffte sich. Man hatte ihnen befohlen, keinerlei Waffen mitzubringen, sie sollten nur einfach kommen und warten; ihnen war nicht mal gesagt worden, worauf. Draka sah ihn besorgt an, aber Durotan wusste auch nichts Genaueres. Er tappte genauso im Dunkeln wie sie alle.

Der Trommelschlag näherte sich, und die Erde begann unter Durotans Füßen zu vibrieren. Das war nichts Ungewöhnliches. Er kannte es, wenn die Trommeln an ihrer heiligen Stätte geschlagen worden waren. Aber aus dieser Entfernung? Er hörte andere besorgt flüstern und wusste, dass er nicht der Einzige war, den eine düstere Vorahnung plagte. Der Boden zitterte weiter, die Schwingungen wurden stärker.

Zwei Schwarzfelsreiter erschienen und wirkten erfreut. „Fürchtet euch nicht, stolze Mitglieder der Horde!“, rief einer. „Unsere neuen Verbündeten, die der mächtige Schwarzfaust mitgebracht hat, kommen. Heißt sie willkommen.“

Etwas war vertraut an der Art, wie der Boden bebte. Das einzige andere Mal, da Durotan jemals so etwas erlebt hatte, war gewesen, als er …

„Oger!“, schrie jemand. Und tatsächlich, auch Durotan konnte sie sehen. Dutzende, riesig und grimmig, stapften heran, auf die Gruppe der wartenden Orcs zu. Mehr Wolfsreiter des Schwarzfels-Clans kamen hinzu, riefen und bliesen ihre Hörner.

Das waren die neuen Verbündeten? Durotan konnte es nicht fassen. Während er unbewegt dastand, unfähig, Worte zu finden, erschien der größte Oger, den er je gesehen hatte. Schwarzfaust persönlich schritt neben ihm her, die Bewegungen so geschmeidig und stolz, als würde er neben dem Koloss nicht wie ein Spielzeug wirken.

„Wir werden die Draenei vernichten!“, rief Schwarzfaust, und als ob sie darauf gewartet hatten, fielen die Oger ein: „Vernichten! Vernichten! Vernichten!“

Einen kranken, verwirrenden Moment lang floh Durotan, wieder ein Kind, vor solch einem Monster. Er blinzelte, und vor seinem inneren Auge sah er den Körper seines erschlagenen Vaters. Garads Schädel war wie eine Nussschale zerbrochen durch den einzigen Treffer eines Oger-Knüppels.

Orcs sollten Seite an Seite kämpfen mit dummen, hirnlosen Kreaturen, um ein intelligentes und friedfertiges Volk auszulöschen!

Die Welt war verrückt geworden.

Velen erschauderte. Sein Assistent berührte seinen Ellbogen, bot ihm ein warmes, beruhigend wirkendes Getränk an. Aber der Prophet lehnte ab. Kein Trost konnte von einem Getränk kommen. Es würde überhaupt keinen Trost mehr geben.

Er hatte sich gegrämt, als ihn die Nachricht erreichte, dass Telmor gefallen war. Und mit der Stadt sein lieber Freund Restalaan. Noch qualvoller war es gewesen, als er erfuhr, wie der Angriff stattgefunden hatte. Velen hatte in dem jungen Durotan etwas Besonderes gesehen, und was dieser für ihn getan hatte, als sich Velen in der Gewalt der Orcs befand, hatte das Vertrauen in den Häuptling der Frostwölfe noch bestärkt. Und nun dies! Durotan und Orgrim waren die einzigen Orcs, die jemals erfahren hatten, dass der grüne Stein die Stadt schützte. Einer von ihnen musste sich den Spruch gemerkt haben, der die Tarnfunktion des

Steins aufhob. Einer Handvoll war die Flucht in den Tempel von Karabor gelungen. Ihre Wunden waren behandelt worden, doch es gab nichts, dass Velen oder irgendjemand sonst tun konnten, um ihre geschundenen Seelen zu heilen.

Aber es wurde noch schlimmer. Die Flüchtlinge erzählten nicht von simplen Bögen und Pfeilen, Speeren, Äxten und Hämmern, die die Orcs eingesetzt hatten. Sie sprachen mit leisen, gehauchten Stimmen von grünlich-schwarzen Blitzen, von schrecklicher Qual und Folter, jenseits von allem, was die Schamanen bislang ihren Feinden angetan hatten. Sie sprachen von schnatternden, hüpfenden Kreaturen, die eine Magie des Leids und der Qual anwendeten. Sie sprachen von den Man'ari.

Plötzlich fügte sich alles mit furchtbarer Logik zusammen. Die plötzlichen unverständlichen Angriffe der Orcs. Ihre unglaublichen Fortschritte in der Technologie. Die Tatsache, dass sie sich vom Schamanentum abgekehrt hatten, einer Religion, die, wie Velen es verstand, eine Geben-und-Nehmen-Beziehung zwischen den Elementarkräften und denen, die sie nutzten, voraussetzte. Wer die Man'ari befehligte, suchte weder Gleichgewicht noch Harmonie, er wollte herrschen!

So wie Kil'jaeden und Archimonde!

Die Orcs waren nichts anderes als bloße Werkzeuge in den Händen der Eredar; Velen und der Rest der Draenei waren ihre wahren Ziele. Die orcische Horde war vergrößert worden um Kreaturen, die extrem mächtig waren – so also wollte Kil'jaeden sie, die Draenei, vernichten. Für einen kurzen Moment fragte er sich, ob der Anführer der Horde vielleicht für vernünftige Argumente zugänglich war, ob man ihm erklären konnte, was wirklich geschah, und ob er dann vielleicht Kil'jaeden bekämpfen würde, gemeinsam mit den Draenei, wenn er erfahren hatte, wie der ihn benutzt hatte. Er verwarf den Gedanken gleich wieder. Es war durchaus möglich, dass diejenigen, die Kil'jaeden als seine Werkzeuge gebrauchte, die wahre Natur und die Absichten des Eredars längst kannten. Er versprach ihnen Macht, und Velen wusste, wie glaubhaft dieses Angebot erscheinen konnte und wie verführerisch es war. Durch diese Versprechungen waren Archimonde und Kil'jaeden auch Sargeras erlegen, und sie waren weit älter, standhafter und weiser gewesen als jeder Orc. Hinzu kam diese Vision, die ihn nicht nur zutiefst schmerzte, sondern auch demütigte. Eine Vision von schwerfälligen Ogern, die sich mit den Orcs verbündeten. Etwas, das er einst als Traum abgetan hätte, der verursacht worden war durch ein allzu reichhaltiges Mahl. Jetzt wusste er, dass es die Wahrheit war. Etwas hatte die Natur der Orcs so nachhaltig geändert, so unwiderruflich, dass sie sich mit Kreaturen verbündeten, die sie seit Generationen hassten. Und zwar gegen die Draenei, ein Volk, mit dem sie ebenso lange befreundet gewesen waren.

Wäre dies anderswo geschehen wäre, wäre die Folgerung einfach gewesen: Velen hätte sein Volk versammelt, und sie wären geflohen, beschützt von den Naaru. Aber das Schiff war abgestürzt, K'ure lag im Sterben, und es gab keinen anderen Weg, als gegen die Horde zu kämpfen und zu beten, dass sie irgendwie, auf irgendeine Art überleben würden.

Ah, K'ure, alter Freund. Wie ich deine Weisheit vermisse, und wie bitter es ist, dass du dich direkt beim Feind befindest, der nicht mal begreifen will, dass du überhaupt existierst.

Er drückte den Stein, den er *Geisterlied* nannte, fest an sein Herz. Er fühlte das leise Flackern des sterbenden Naaru. Velen schloss die Augen und neigte den Kopf.

Gul'dan schaute sich im Raum um und war sehr zufrieden. Alles lief wie geplant. Der Schattenrat traf sich nun seit einiger Zeit, und Gul'dan war der Meinung, die Mitglieder gut ausgewählt zu haben. Sie waren alle bereit … nein, *begierig* darauf, ihrem Volk den Rücken zu kehren, um der Macht näher zu kommen. Sie hatten schon so viel erreicht durch ihr Werkzeug, das glaubte, der wahre Herr des Rats zu sein und nicht sein Sprachrohr, wie es in Wirklichkeit der Fall war. Es war leicht gewesen, ihn zum Kriegshäuptling zu machen. Und solange der Rat lächelte und nickte, wenn er an den Treffen teilnahm – was selten genug vorkam –, hinterfragte er seine Position nicht. Von den eigentlich wichtigen Zusammenkünften bekam er nichts mit, denn sie schickten ihn auf eine Mission nach der anderen, wodurch seine Brust vor Stolz noch mehr anschwoll.

„Grüße", sagte Gul'dan, als er sich auf den Stuhl am Kopf des Tisches niederließ. Wie immer hockte Ner'zhul in einer Ecke; niemals wurde er aufgefordert, sich zu den anderen zu setzen. Es war ihm aber erlaubt, ihrer Sitzung beizuwohnen. Kil'jaeden hatte es so angeordnet, und obwohl Gul'dan nicht klar war, was sein Wohltäter damit bezweckte, wollte er Kil'jaedens Wohlwollen unbedingt behalten und widersprach deshalb nicht.

Der Rat erwiderte seinen Gruß nur beiläufig, und Gul'dan begann mit der Tagesordnung. „Wie reagieren die einzelnen Clans auf das Bündnis mit den Ogern? Kargath, beginnen wir mit dir."

Der Häuptling des Clans der Zerschmetterten Hand grinste und grunzte: „Sie sind bereit, möglichst viel Blut zu vergießen, und es ist ihnen egal, wer ihnen dabei hilft, die Kehlen der Draenei aufzuschlitzen."

Raues Gelächter füllte den Raum. Im schwachen Licht der Fackeln kam es Gul'dan so vor, als würden die Augen der Anwesenden orange leuchten. Ein paar aber schauten finster und wirkten alles andere als belustigt.

„Ein paar vom Whiteclaw-Clan haben protestiert", sagte einer. „Und Durotan steht immer noch unter Beobachtung, obwohl er den Angriff auf Telmor erfolgreich durchgeführt hat."

Gul'dan hob die Hand. „Sorge dich nicht. Mit Durotan habe ich noch etwas vor."

„Warum wird er nicht einfach beseitigt?", knurrte Kargath wütend. „Es wäre leicht, ihn durch jemanden zu ersetzen, der besser in unsere Pläne passt. Es ist bekannt, dass er Schwarzfausts Entscheidungen in Frage stellt, und deine auch."

„Genau deshalb brauche ich ihn lebend", sagte Gul'dan und sah, dass einige ihn sehr wohl verstanden, während andere verwirrt und wütend schauten. „Gerade weil er für seinen moderateren Standpunkt bekannt ist", fügte er eine Erklärung hinzu. „Denn da er uns trotz seiner Zweifel folgt, folgen uns auch die anderen Zweifler. Er spricht für viele, die sich nicht trauen, selbst die Stimme zu erheben. Aber solange Durotan dennoch tut, was wir sagen, erscheint alles in Ordnung. Wie Kargath erwähnte, ist der Frostwolf-Clan nicht der Einzige, der uns gegenüber Vorbehalte hat."

„Aber … was ist, wenn er uns auf einmal den Gehorsam verweigert? Wenn er an eine Grenze stößt, die er nicht überschreiten kann?“

Gul’dan lächelte frostig. „Dann werden wir mit ihm auf eine Weise verfahren, die unsere Macht noch steigern wird. So wie wir das immer machen.“ Gul’dan beschloss, das Thema zu wechseln. Er beugte sich vor und legte die Hände auf den Tisch. „Reden wir von den anderen, die uns gegenüber Vorbehalte haben. Ich hörte, es gibt Orcs, die weiterhin versuchen, wieder mit den Elementen und den Ahnen in Kontakt zu treten.“

Eines der Mitglieder zeigte einen missmutigen Ausdruck. „Ich habe versucht, sie davon abzubringen, aber ich habe keine Ahnung, wie ich sie dafür bestrafen soll. Immerhin glauben noch immer alle, dass es die Ahnen waren, die uns auftrugen, die Draenei anzugreifen, dass sie uns vor der Bedrohung durch die Draenei warnten.“ Seine Worte klangen nach einer Verteidigung.

Gul’dan lächelte. „Ja, stimmt. Damit haben wir sie alle eingefangen und auf unsere Seite gebracht.“ Er schaute zu Ner’zhul herüber. Der alte Schamane bemerkte seinen Blick und schlug die Augen nieder.

„Aber das ist nicht länger nötig“, sagte Gul’dan. „Wir müssen sicherstellen, dass es kein Zurück mehr zu den alten Traditionen gibt. Bisher war uns das Kriegsglück hold, und mit den Ogern wird es weiterhin auf unserer Seite sein. Aber wenn es Rückschläge gibt, wenn eine Schlacht mal nicht zu unseren Gunsten ausgeht, dann wird man denen, die immer noch dem Schamanentum anhängen, ein offenes Ohr schenken. Das darf auf keinen Fall passieren.“ Er rieb sich gedankenvoll das Kinn. „Wir müssen mehr tun, als die Hexenmeister zu ermutigen. Wir müssen das Schamanentum unterbinden. Es wäre von Vorteil, würden die Ahnen tatsächlich mit ihren Nachfahren reden.“

Wieder schaute er Ner’zhul an. Erst als er zum heiligen Berg gereist war, hatte er mit den Ahnen sprechen können und entdeckt, was wirklich geschah. Bis dahin war Ner’zhul, so machtvoll er auch gewesen war, auch nur ein Werkzeug Kil’jaedens gewesen.

Tief in körperlosen Träumen schwammen die Wesen, die aus

Licht bestanden. Sie hatten Erinnerungen an das, was gewesen war, und sie hatten Einblicke in die Zukunft. Lange hatten sie an diesem Ort verweilt, genährt von dem Anderen, der wie sie war und doch nicht war wie sie. Und der, wie sie spürten, langsam schwand. Bisher hatten sie Friede und Ruhe gehabt. Aber Schändung, Hass und Gefahr hatten diesen Frieden zunichte gemacht. Sie konnten die geliebten Lebenden, wenn diese schliefen, nicht mehr erreichen. Und die geliebten Lebenden kamen nicht mehr, um das heilige Becken aufzufüllen, womit sie, ohne es zu wissen, den Anderen am Leben hielten. Nur der Betrogene war gekommen, hatte geweint und gebettelt, aber er war zu tief in den Betrug verwickelt gewesen, um ihnen zu helfen.

Plötzlich wurde ihr tiefer Traum unterbrochen. Eine Erschütterung durchlief sie, Schmerz quälte sie, und sie riefen den Anderen um Hilfe an. Aber er konnte ihnen nicht helfen, er konnte sich nicht einmal selbst helfen. Die dunklen unheiligen Kreaturen, die einst Geschöpfe der Schönheit gewesen waren, kamen. Die Ahnen spürten ihre Nähe. Sie kamen, unaufhaltsam, vereinten ihre Kräfte und schufen einen Ring aus Dunkelheit um den Fuß des Berges. Sichtbare Dunkelheit ging von den verderbten Kreaturen aus, die Sargeras verfallen waren, angezogen von dem Versprechen der Macht, genährt von dem Versprechen ewiger Vernichtung. Die Ahnen spürten das Aufschäumen konzentrierten Hasses, der sich in eine Erscheinung aus grünlich-schwarzer Energie bündelte. Sie peitschte um sich wie ein abgeschlagener Tentakel und suchte eine grauenhafte Vereinigung. Langsam, aber unaufhaltsam wuchs ihr Würgegriff, bis ein Band aus dunkler Energie den Berg versiegelte und jeden Orc daran hinderte, hineinzukommen, und jede Seele, den Berg zu verlassen.

Da schrie der Andere auf. Ohne die Schamanen, die ihm das Wasser brachten, war er nicht in der Lage, sich selbst zu heilen. Und ohne den Anderen würde es wahrscheinlich keine Ahnen mehr geben.

Weit entfernt zuckten einige Orcs, die sich selbst als Schamanen sahen, im Schlaf und begannen zu weinen. Ihre Träume wurden zu Albträumen von endloser Qual und unentrinnbarem Untergang.

Achtzehn

Ich bin einer aus der zweiten Generation. Der zweiten Generation von Schamanen, so wie ich der Anführer der zweiten und – wie ich hoffe – besseren und weiseren Generation der Horde bin. Ich habe mit den Elementen und Geistern gesprochen, und ich habe gespürt, wie sie viele Male harmonisch mit mir zusammengearbeitet haben. Genauso oft haben sie aber auch ihre Hilfe verweigert.

Aber ich habe nie die Geister der Ahnen gesehen, nicht mal in meinen Träumen. Meine Seele verlangt nach solch einer Verbindung. Bis vor Kurzem wagten die, die bereits den Pfad des Schamanen gegangen waren, nicht einmal davon zu träumen, ihn wieder beschreiten zu können. Und dennoch tun sie es jetzt.

Vielleicht wird eines Tages die Barriere zwischen uns und den geliebten Toten auch wieder aufgehoben.

Vielleicht.

Aber ich frage mich, ob sie wirklich wussten, wie weit wir uns von ihrer liebenden Lehre entfernt hatten. Ob sie gesehen haben, was wir in Draenor getan haben, was wir Draenor angetan *haben … Vielleicht würden sie sich selbst jetzt von uns abwenden und uns unserem Schicksal überlassen. Wenn sie das tatsächlich tun, kann ich es ihnen nicht verübeln.*

„Ich verstehe das nicht“, sagte Ghun. Er war der jüngste Hexenmeister des Clans und immer noch, so erkannte Durotan bitter, ein Idealist. Er hatte miterlebt, wie Ghun die Nase über die merkwürdigen Kreaturen gerümpft hatte, die er im Kampf gezwungenermaßen einsetzen musste. Er hatte bemerkt, wie sehr der Junge es bedauerte, wenn ein Feind vor Qual litt. Drek’Thar hatte Durotan auf den Jungen aufmerksam gemacht. „Warum soll man nicht hoffen, dass die Elemente eines Tages wieder mit uns zusammenarbeiten? Und warum darf ich nicht zum Oshu'gun gehen?“

Durotan hatte keine richtige Antwort für ihn. Das Gebot, dass niemand jemals wieder die schamanischen Künste ausüben durfte, war praktisch aus dem Nichts gekommen. Wer es missachtete, musste mit einer Strafe rechnen, Verbannung oder, beim wiederholten Mal, gar mit dem Tod. Es stimmte schon, die meisten der Schamanen hatten sich inzwischen von der alten Lehre entfernt, nachdem die Elemente sie verlassen hatten. Aber was war mit den Ahnen? Warum, in aller Welt, verbot Gul'dan in dieser Zeit von Krise und Not den Orcs ihren heiligsten Ort zu betreten?

Weil er keine Antwort für den Jungen hatte, der aber eine verdiente, wurde Durotan wütend. Seine Stimme klang schroff. „Damit wir die Draenei besiegen, hat unser Kriegshäuptling bestimmte Verbündete für uns gewonnen. Diese Verbündeten gaben uns die Kräfte der Hexenmeister, die du kontrollierst. Lüg mich nicht an, ich weiß, dass du sehr zufrieden damit bist!“

Ghuns klauenbewehrte Finger hatten in der Erde gegraben und einen Stein hervorgebracht. Er warf ihn auf und ab. Durotan runzelte die Stirn, als er die Haut des Jungen ansah. Die Trockenheit dieses Ortes und die harschen Bedingungen, unter denen sie schon seit zwei Jahren arbeiteten, hatten ihren Tribut gefordert. Die normalerweise weiche braune Haut, die sich über die Muskeln straffte, war trocken und fleckig geworden. Gedankenverloren rieb sich Ghun ein Stück raue Haut ab, und Durotan sah die neue Haut darunter.

Sie hatte eine grünliche Färbung.

Für einen Moment drohte ihn die Panik zu überwältigen, doch Durotan zwang sich, ruhig zu bleiben. Er hatte sich nicht geirrt: Die Haut war tatsächlich grünlich. Er wusste nicht, was das bedeutete, aber es war merkwürdig. Instinktiv lehnte er es ab. Ghun schien das aufzufallen. Er warf den Stein mit einem Grunzen davon und sah ihm nach.

Wäre Ghun älter gewesen, hätte er die Warnung im Tonfall

seines Häuptlings erkannt. Aber er war jung und mit seinen eigenen Sorgen beschäftigt. Deshalb beachtete er die Warnung nicht.

„Die Zauber ... die Kreaturen, die mir gehorchen ... Ich bin mit ihrer Wirkung sehr zufrieden. Aber nicht damit, *wie* sie wirken. Es fühlt sich ... es fühlt sich *falsch* an, mein Häuptling. Töten ist töten, und die Elemente gaben mir die Macht, meinen Feind zu töten, ebenso wie die neuen Kräfte es tun. Wir befinden uns in diesem Krieg, weil uns die Ahnen befohlen haben, die Draenei zu vernichten. Wieso sagt Gul'dan dann, dass wir nicht mit ihnen reden dürfen?"

Etwas in Durotan drehte durch. Er stieß einen wilden Schrei aus und schlug den Jungen zu Boden. Dann packte er Ghuns Hemd und brachte sein Gesicht ganz nah an das Gesicht des erschreckten jungen Hexenmeisters.

„Das ist uninteressant!", schrie er. „Ich werde tun, was für die Frostwölfe das Beste ist. Und derzeit ist es das, was Gul'dan und Schwarzfaust uns sagen. Gehorche diesem neuen Gebot!"

Ghun starrte ihn an. So schnell sie gekommen war, verschwand die Wut auch wieder und hinterließ Bedauern. Durotan ergänzte in einem harschen Flüstern, das für den Jungen allein bestimmt war: „Ich kann dich nicht schützen, wenn du es trotzdem tust."

Ghun schaute ihn an, seine Augen glühten orange, dann schaute er zu Boden und seufzte. „Ich verstehe, mein Häuptling. Ich werde dem Frostwolf-Clan keine Schande machen."

Durotan ließ ihn los. Ghun trat zurück, verneigte sich und ging. Durotan haderte mit sich. Ghun spürte, dass sich die Dinge in die falsche Richtung entwickelten. Aber ein einziger Junge, der versuchte, die Elemente zu kontaktieren, konnte nichts dagegen tun.

Genauso wenig wie ein einzelner Häuptling, dachte Durotan bitter.

Eine heilige Stätte war das Nächste, was die Horde eroberte.

Nur kurz nach dem Verbot des Schamanentums kam der Befehl, zu einem Ort zu gehen, den die Draenei „Tempel von Karabor" nannten. Obwohl er nah am Schattenmondtal lag, der

Heimat von Ner'zhuls eigenem Clan, hatte kein Orc den Tempel zuvor gesehen. Es war ein heiliger Ort, und als solcher war er von den Orcs respektiert worden. Zumindest bis Schwarzfaust vor der versammelten Armee stand und über die sogenannte „Spiritualität" der Draenei sprach.

„Die Städte, die wir bislang eingenommen haben, dienten nur der Übung", verkündete Schwarzfaust. „Schon bald werden wir ihre Hauptstadt zerstören. Aber bevor wir ihre wichtigste Stadt zerschmettern, werden wir sie als Volk vernichten. Wir werden diesen verdammten Tempel stürmen! Ihre Statuen zerstören! Alles, was ihnen etwas bedeutet, vernichten! Ihre geistigen Führer töten! Sie werden ihr Herz verlieren, und dann … dann wird die Einnahme ihrer Hauptstadt so leicht sein wie einen blinden Wolfwelpe zu töten."

Durotan, der bei den anderen bewaffneten Kriegern stand, schaute Orgrim an. Wie es fast immer der Fall war, stand sein alter Freund an Schwarzfausts Seite. Orgrim war ein Meister darin geworden, seine Gefühle zu verbergen. Aber er konnte sie vor Durotan nicht vollständig verstecken. Der Tempel war Velens Zuhause. Der Prophet hatte an dem Tag, als Orgrim und Durotan ihn getroffen hatten, Telmor nur besucht, sein Heim war der Tempel, wo er betete, meditierte und als Prophet und Führer seinem Volk diente. Sie würden ihn an diesem Tag töten, wenn er da war.

Durotan war es schwer genug gefallen, Restalaan umzubringen. Er hätte gern gebetet, dass er nicht gezwungen war, Velen ein Leid anzutun, aber da war niemand mehr, zu dem er hätte beten können.

Sechs Stunden später, als er auf der Obersten der Stufen zum großen Sitz des Tempels der Draenei stand, würgte er fast bei dem Gestank, der seine Nüstern erfüllte. Der inzwischen vertraute Geruch von Draenei-Blut, der Gestank nach Urin und Fäkalien und der schwere Geruch der Angst erfüllten die Luft. Hinzu kam der widerlich süßliche Geruch des Weihrauchs.

Durotan beugte sich vor und erbrach sich. Ein saurer Geschmack blieb im Mund zurück. Er schnaufte und würgte, bis sein Magen völlig leer war. Dann spülte er mit zitternden Händen seinen Mund mit Wasser aus und spuckte.

Harsches Gelächter erreichte seine Ohren, und er lief rot an. Er drehte sich um und sah Schwarzfausts Brut Rend und Maim, die ihn auslachten.

„So ist es richtig!“, rief Rend. „Das ist alles, was sie verdienen unsere Kotze und unsere Spucke!“

„Ja“, wiederholte Maim lahm. „Unsere Kotze und unsere Spucke.“ Dann trat er gegen den Körper eines nahe liegenden Priesters, der hellviolette Kleidung trug, und spuckte auf ihn.

Durotan wandte sich vor Ekel und Schrecken ab, aber wohin er auch schaute sah er Orcs, die das gleiche taten wie die Söhne Schwarzfausts: Sie schändeten die Toten. Sie zerhackten sie, plünderten sie aus, zogen ihre blutigen Roben an und trieben ihren Spott damit. Andere stopften schön geschnitzte Schüsseln, Teller und Kerzenhalter in Säcke, während sie die süßen Früchte aßen, die für Gottheiten gedacht waren, die die Orcs nicht verstanden und auch nicht verstehen wollten. Schwarzfaust, der einen weiteren Sieg errungen hatte, hatte eine Art alkoholisches Getränk gefunden und kippte es so schnell in sich hinein, dass ein Teil der grünen Flüssigkeit verschüttet wurde und über seine Rüstung lief.

Was ist aus uns geworden? Mörder von unbewaffneten Priestern, Diebe von Dingen, die ihnen heilig sind, und Leichenschänder! Mutter Kashur, ich bin froh, dass du uns verboten bist. Ich würde nicht wollen, dass du das hier siehst.

„Sie haben den Tempel genommen“, sagte Kil'jaeden. „Aber sie haben meinen Preis noch nicht gefunden.“

Kil'jaedens Stimme klang so honigsüß wie immer, aber sein Schweif schlug erregt.

Gul'dans Magen zog sich vor Furcht zusammen. „Velen, der Verräter, muss es irgendwie gewusst haben“, sagte er. „Er wird immerhin *Prophet* genannt.“

Kil'jaedens massiger Schädel wippte, und Gul'dan war nahe dran zu verzagen. Dann nickt Kil'jaeden langsam.

„Du hast recht“, sagte er. „Wenn er ein leichter und dummer Feind wäre, hätte ich ihn hier gefunden.“

Gul'dan wagte es aufzuatmen. Ein Teil von ihm brannte darauf zu fragen, was Velen einem seiner eigenen Rasse angetan hatte, davon war er nämlich mittlerweile überzeugt, um solchen Hass zu verdienen. Aber Gul'dan war schlau genug, den Mund zu halten. Er konnte mit der unbefriedigten Neugierde leben.

„Nachdem wir den Tempel besetzt haben, großes Wesen, sind alle Überlebenden garantiert in die Stadt geflüchtet. Dort werden sie sich sicher fühlen, ohne zu ahnen, dass sie in der Falle sitzen."

Kil'jaeden spreizte seine Finger und lächelte. „Ja", sagte er. „Ja, der Tempel soll dir gehören. Schwarzfaust ist recht gut in der Zitadelle untergekommen. Aber bevor du deine kleine Marionette die Draenei-Festung angreifen lässt, habe ich für sie ein kleines ... *Geschenk*."

Ner'zhul wartete darauf, dass Gul'dan fertig war. Er beobachtete durch halb geschlossene Augen, wie Gul'dan Brief um Brief schrieb. Er bekam Tintenflecken an seinen dicken Fingern, was ihn aber nicht davon abhielt, dieselben Finger zu benutzen, um ein Fruchtstück aufzunehmen oder sich ein Stück Fleisch in den Mund zu stecken. Offenbar waren das wichtige Briefe, denn sonst hätte Gul'dan einen seiner Schreiber damit beauftragt.

Der Tempel war *gesäubert* worden, wie Gul'dan es genannt hatte. Die Priester hatten sich tapfer und dumm der Flut von Orcs entgegengestellt, die sie schnell und grausam getötet hatten. Ner'zhul hatte gehört, dass ihre Körper geschändet worden waren, und stellte fest, dass ein Teil von ihm noch zu so viel Mitleid fähig war, dass ihn der Gedanke krank machte. Diese geschändeten Körper waren längst entfernt worden, so wie die heiligen Gegenstände geraubt worden waren. Große Bereiche des Tempels waren verschlossen worden, denn der Rat und seine Diener brauchten nicht allen Platz. Einige der Möbel wurden von den Mitgliedern des Rats benutzt, den Rest hatte man zerstört oder entfernt und sie durch die finsteren, mit Stacheln versehenen merkwürdigen Dekorationen ersetzt, die mittlerweile die Horde kennzeichneten. Das Gebäude hieß nun der Schwarze Tempel, und statt Priestern und Propheten war er das Heim von Lügnern und Verrätern. Und er, das gestand sich Ner'zhul ein, gehörte dazu.

Endlich war Gul'dan fertig. Er trocknete die Tinte mit Sand, lehnte sich zurück und sah seinen früheren Meister mit kaum verhohlener Abscheu an. „Adressiere sie und bring sie zu den Kurieren. Und beeil dich."

Ner'zhul neigte den Kopf. Er konnte es immer noch nicht über sich bringen, sich vor seinem ehemaligen Schüler zu verbeugen. Und Gul'dan, der genau wusste, dass Ner'zhul keine Bedrohung mehr darstellte, bestand nicht darauf. Ner'zhul setzte sich in den Stuhl, den Gul'dan verlassen hatte, und als dessen schwere Schritte verklangen, begann er sofort zu lesen.

Gul'dan hatte gewusst, dass er die Briefe lesen würde. Und tatsächlich enthielten sie nichts, was Ner'zhul nicht ohnehin schon wusste. Er war eingeweiht in alle Treffen des Schattenrats, obwohl er gezwungen wurde, auf dem kalten Steinfußboden zu sitzen. Er war sich nicht sicher, warum ihm das erlaubt wurde, nur, dass Kil'jaeden es aus irgendeinem Grund so wollte. Wäre das nicht so, da war er sich sicher, hätte Gul'dan ihn sofort beseitigt.

Er überflog die Worte, und sie machten ihn krank. Er fühlte sich so hilflos wie eine Fliege, die in den dicken Saft, der aus den Olembabäumen lief, eingeschlossen wurde. Allerdings waren die Bäume, die den süßen Nektar absonderten, entweder gefällt worden, weil ihr Holz für die Produktion von Waffen benutzt wurde, oder sie starben einfach. Ner'zhul schüttelte den Gedanken ab und rollte die Botschaften zusammen. Seine Augen fielen auf den Stapel unbenutzten Pergaments und auf das Tintenfass samt Federkiel.

Der Gedanke war so dreist, dass sein Herz für eine Sekunde aussetzte.

Schnell schaute er sich um. Er war völlig allein, und es gab auch keinen Grund für Gul'dan, noch einmal zurückzukommen. Gul'dan, Kil'jaeden, der Rat, sie alle dachten, er – Ner'zhul – wäre endgültig gebrochen, so harmlos wie ein zahnloser Wolf, der seine alten Knochen am Feuer wärmte, bis er in den Schlaf des Todes glitt. Und sie hatten größtenteils Recht.

Größtenteils.

Ner'zhul hatte sich damit abgefunden, dass man ihm seine

Kräfte genommen hatte. Seine Kräfte, aber nicht seinen Willen. Wenn ihm auch der genommen worden wäre, er wäre unfähig gewesen, Kil'jaeden zu widerstehen.

Ner'zhul konnte nicht direkt handeln. Aber es war vielleicht möglich, jemanden zu kontaktieren, der das konnte.

Seine Finger zitterten, als er ein Stück Pergament nahm. Er war für einen langen Moment gezwungen, sich selbst zu beruhigen, bevor er irgendetwas Lesbares schreiben konnte. Schließlich kritzelte er eine kurze Nachricht, trocknete die Tinte und rollte das Pergament zusammen.

Der Wolf war zahnlos. Aber der Wolf hatte nicht vergessen, wie man kämpfte.

Mehr Marschbefehle. Durotan hatte sie reichlich satt. Es gab keine Pausen mehr. Nur noch Kampf, Rüstung reparieren, hartes und sehniges Fleisch essen, auf dem Boden schlafen und dann wieder in eine neue Schlacht ziehen. Vorbei waren die Zeiten des Trommelns, Lachens, Feierns und der Rituale. Das perfekte Dreieck des Geisterbergs am Horizont wurde von dem dunklen, bedrohlichen Bild einer Bergspitze ersetzt, die immer wieder schwarzen Rauch ausstieß. Einige erzählten sich, eine Kreatur schliefe tief im Berg und dass sie eines Tages erwachen würde. Durotan wusste nicht mehr, was er glauben sollte.

Als der Kurier eintraf, nahm Durotan die Nachricht entgegen und begann gelangweilt zu lesen. Seine Augen weiteten sich jedoch mit jeder Zeile. Und als er am Ende angelangt war, schwitzte und zitterte er. Er schaute auf und fragte sich besorgt, ob jemand vom Inhalt des Briefes erfahren haben konnte, indem er ihn beim Lesen beobachtet hatte. Orcs liefen an ihm vorbei, Staub auf ihrer rauen, fleckigen Haut und den zerdellten Rüstungen, doch niemand schien ihn zu beachten.

Er lief zu Draka, der einzigen Person auf der Welt, der er diese Neuigkeit anvertrauen durfte. Ihre Augen weiteten sich, als sie las.

„Wer weiß sonst noch davon?“, fragte sie, darum bemüht, möglichst neutral zu schauen.

„Nur du“, sagte er leise.

„Wirst du Orgrim davon erzählen?“

Durotan schüttelte den Kopf. Sein Herz schmerzte. „Das traue ich mich nicht. Er ist Schwarzfaust eidverpflichtet.“

„Glaubst du, Schwarzfaust weiß davon?“

Durotan zuckte mit den Schultern. „Ich habe keine Ahnung, wer was weiß. Ich weiß nur, dass ich meine Leute schützen muss. Und das werde ich.“

Draka schaute ihn lange an. „Wenn wir uns dem als geschlossener Clan verweigern, wird es Aufmerksamkeit auf uns ziehen. Vielleicht bedeutet es sogar Exil oder Tod.“

Durotan deutete auf den Brief. „Alles das ist besser als das, was passiert, wenn wir gehorchen. Ich habe geschworen, meinen Clan zu schützen. Ich werde meine Leute nicht übergeben an …“

Er erkannte zu spät, dass er lauter sprach und sich bereits einige Köpfe zu ihm umdrehten. „Ich werde sie nicht in die Sklaverei schicken.“

Drakas Augen füllten sich mit Tränen, und sie ergriff seinen Arm. Ihre Krallen gruben sich in sein Fleisch. „Das“, sagte sie heftig, „ist der Grund, warum ich deine Gefährtin bin. Weil ich so stolz bin auf dich.“

Neunzehn

Ich bin stolz auf mein Erbe. Ich bin stolz, dass Durotan und Draka meine Eltern sind. Ich bin stolz, dass mich Orgrim Schicksalshammer Freund nennt und mir bei der Führung des Volkes, das er liebt, vertraut.

Ich bin stolz auf den Mut meiner Eltern, und gleichzeitig wünschte ich, sie hätten mehr tun können. Aber ich war nicht an ihrer Stelle. Es ist leicht, sich Jahrzehnte später aus einer sicheren Position heraus zurückzulehnen und Kritik zu üben: „Du hättest das anders machen müssen“ oder „Du hättest besser jenes gesagt.“

Ich verurteile niemanden. Mit Ausnahme der Handvoll Orcs, die genau wussten, was sie taten. Die wussten, dass sie das Leben und die Bestimmung unseres Volkes eintauschten gegen eine kurzfristige Erfüllung ihrer Wünsche. Und sie taten es auch noch mit Freude.

Über die anderen kann ich nur den Kopf schütteln und dankbar sein, dass ich nicht die Entscheidungen fällen musste, die sie zu treffen hatten.

Gul'dan war so aufgeregt, dass er sich kaum zurückhalten konnte. Er hatte auf diesen Augenblick gewartet, seit Kil'jaeden zum ersten Mal davon gesprochen hatte. Er wollte noch schneller vorankommen als selbst sein Meister, aber Kil'jaeden hatte gelacht und ihn zur Geduld gemahnt.

„Ich habe sie gesehen, sie sind noch nicht bereit. Der Zeitplan ist wichtig, Gul'dan. Ein Schlag, der zu früh kommt oder zu spät, tötet nicht, sondern verwundet nur.“

Gul'dan hielt es für eine merkwürdige Metapher, verstand

aber, was Kil'jaeden ihm sagen wollte. Endlich jedoch glaubte auch Kil'jaeden, dass die Orcs für den abschließenden Schritt bereit waren.

Der Schwarze Tempel hatte einen Innenhof, der offen zum Nachthimmel war. Als der Tempel noch den Draenei gehört hatte, war der Bereich ein fruchtbarer Garten gewesen, mit einem rechteckigen Becken in der Mitte. Die Eroberer hatten das süße, reine Wasser während der letzten Wochen ausgetrunken und sich nicht darum gekümmert, es wieder aufzufüllen. So war das Becken nicht mehr als Stein und Fliesen. Die Bäume und die blühenden Pflanzen, die darum gestanden hatten, waren längst eingegangen. Auf Kil'jaedens Anweisung hin standen Ner'zhul und Gul'dan neben dem leeren Becken. Keiner wusste, was ihn erwartete.

Einige lange Stunden standen sie in völliger Stille da. Gul'dan fragte sich, ob er den Herrn vielleicht irgendwie verärgert hatte. Der Gedanke trieb ihm den kalten Schweiß auf die Stirn. Er sah nervös hinüber zu Ner'zhul. Er fragte sich, ob man den aufsässigen Schamanen für seine Befehlsverweigerung hinrichten würde, und er freute sich ein wenig bei diesem Gedanken.

Sein Geist wanderte, zog verschiedene Foltermethoden in Betracht, die man Ner'zhul antun konnte, als ein plötzliches lautes Donnern erklang. Gul'dan sah zum Himmel. Wo vorher noch Sterne gewesen waren, befand sich auf einmal nur völlige Schwärze. Er schluckte schwer, sein Blick war von der Leere gefesselt.

Plötzlich begann die Dunkelheit zu pulsieren. Es sah aus wie eine Gewitterwolke, schwarz und brodelnd. Dann begann sie sich in Wirbeln zu drehen, erst langsam, dann immer schneller. Wind fuhr durch Gul'dans Haar und wehte durch seine Robe, bis der Wind seine Haut scheuerte. Die Erde unter seinen Füßen bebte. Aus den Augenwinkel heraus sah er, wie sich Ner'zhuls Lippen bewegten, aber er konnte nicht hören, was er sagte. Der Wind war zu laut, das Beben des Bodens unter seinen stetig unsichereren Füßen zu heftig.

Der Himmel riss auf.

Etwas Grelles und Strahlendes donnerte direkt vor Gul'dan

und Ner'zhul in die Erde. Es schlug so hart auf, dass Gul'dan stürzte. Eine lange schreckliche Minute lang konnte er nicht atmen, er lag nur auf dem Boden und schnappte wie ein Fisch auf dem Trocknen nach Luft, bis sich schließlich seine Lungen wieder daran erinnerten, wie sie funktionierten, und er sog laut die Luft ein.

Er stand auf, sein Körper zitterte unkontrolliert, und schon wieder verschlug es ihm den Atem angesichts dessen, was er sah.

Es türmte sich über ihm auf. Erdstücke flogen umher, als es die vier Beine schüttelte, die in Hufen endeten und verärgert die riesigen ledrigen Flügel entfaltete. Das Haar war mehr eine Mähne und floss in grünen Ranken über seinen Rücken. Grüne Augen glitzerten wie feurige Sterne, und seine schnappenden Hauer fingen das schwache Licht ein, als es sein Maul öffnete. Es hatte schier endlos viele Reihen scharfer Zähne, und sein Gebrüll wollte Gul'dan dazu zwingen, sich auf dem Boden zu wälzen und in äußerster Panik zu schreien, doch irgendwie blieb er stehen. Das Monster hob die verkrampften Fäuste und schüttelte sie heftig. Dann senkte es den Kopf und schaute sich um.

Was ist das für ein Ding?, schrie Gul'dan lautlos.

Plötzlich erschien Kil'jaeden, schaute auf Gul'dan herab und grinste. „Seht meinen Leutnant Mannoroth. Gut hat er mir gedient, und gut wird er mir dienen. Auf anderen Welten nennt man ihn den Zerstörer. Aber hier ist er der Retter, Gul'dan", sagte Kil'jaeden, und plötzlich fühlte sich Gul'dan wieder schwach und krank. „Du weißt, welches Angebot ich für dein Volk habe."

Gul'dan schluckte schwer. Er traute sich nicht, Ner'zhul anzuschauen, dessen Blick er auf seinem Rücken spürte.

Ja, er wusste genau, wie Kil'jaedens Angebot aussah: Macht – Macht jenseits aller Vorstellungskraft. Und ewige Sklaverei. Kil'jaeden hatte es bereits Ner'zhul angeboten, aber der Feigling hatte abgelehnt. Er wollte sein Volk nicht verdammen.

Gul'dan kannte solche Skrupel nicht. Seine Gedanken waren ausschließlich auf die Belohnung konzentriert, die Kil'jaeden ihm versprochen hatte.

„Ja, das weiß ich, großes Wesen“, sagte Gul’dan, überrascht von der Stärke und Gleichmäßigkeit seiner Stimme. „Ich weiß es, und ich nehme das großzügige Angebot an.“

Kil’jaeden lächelte. „Gut. Du bist weiser als dein Vorgänger.“

Zufrieden wandte sich Gul’dan an Ner’zhul und grinste ihn hämisch an. Der ältere Schamane starrte flehentlich auf seinen ehemaligen Schüler. Er wagte nicht zu sprechen, aber das musste er auch nicht. Selbst im schwachen Sternenglanz war der Ausdruck in seinem Gesicht deutlich zu erkennen.

Gul’dan lachte und wandte sich wieder Mannoroth zu. Er war immer noch schrecklich beeindruckend, aber Gul’dans Angst war im Angesicht seines überwältigenden Strebens nach Macht verschwunden. Er sah das Wesen an und wusste, dass es so wie er selbst hoch angesehen war bei demjenigen, dem sie beide dienten. Sie waren Waffenbrüder.

„Nur eine spezielle Klinge kann tun, was ich von dir verlange, Gul’dan“, rumpelte Kil’jaeden. Er streckte die Hand aus. Der Dolch wirkte klein im Vergleich zu der großen Hand, in der er lag. Aber er war recht groß, als Gul’dan seine Finger darum schloss.

„Er wurde in den Feuern des Berges in der Ferne geschmiedet“, sagte Kil’jaeden und zeigte auf den rauchenden Berg. „Meine Diener haben lange hart daran gearbeitet. Du weißt, was zu tun ist, Mannoroth.“

Die Kreatur nickte mit ihrem großen Kopf. Ihr Schweif bewegte sich, um seinen Körper im Gleichgewicht zu halten. Sie kniete auf ihren beiden Vorderfüßen nieder und streckte einen Arm aus. Dabei winkelte sie ihre Hand so an, dass das vergleichsweise weiche Fleisch ihres Handgelenks freilag.

Einen Herzschlag lang zögerte Gul’dan. Was, wenn das ein Trick oder Test war? Was, wenn Kil’jaeden *nicht* wollte, dass er das tat? Was, wenn er versagte? Was, wenn Ner’zhul recht hatte?

„Gul’dan“, sagte Kil’jaeden, „Mannoroth ist für viele seiner Eigenschaften bekannt. Geduld gehört nicht dazu.“

Mannoroth knurrte leise, und seine grünen Augen glitzerten. „Ich bin begierig darauf zu sehen, was passiert. Tu es!“

Gul'dan schluckte schwer, hob die Klinge, zielte auf das Fleisch von Mannoroths freigelegten Handgelenken und schnitt so kräftig zu, wie er konnte.

Er flog rückwärts davon, als ihn der Machtstoß der Kreatur traf, die vor Schmerz brüllte. Benommen hob er den Kopf, blinzelte und versuchte, seinen Blick zu klären.

Flüssiges Feuer sprudelte aus der Wunde, kränklich-grünlich-gelb leuchtete es, als es in das Becken der Draenei-Priester lief. Die Wunde war klein verglichen mit Mannoroths Körper, aber das Blut strömte daraus hervor wie aus einem kleinen Wasserfall. Am Rande bekam Gul'dan mit, dass Ner'zhul, der Schwächling, schrie. Gul'dan konnte seinen Blick nicht von dem Blutstrom losreißen, der floss, ohne zu versiegen, während die Kreatur brüllte und vor Schmerz um sich schlug. Gul'dan stand auf, ging zum Rand des Beckens und war dabei sehr vorsichtig, um nicht mit der Flüssigkeit in Kontakt zu kommen, die aus der Wunde strömte.

„Seht das Blut des Zerstörers!", rief Kil'jaeden. „Es brennt alle hinweg, die dir nicht dienen wollen, Gul'dan. Es reinigt alle Gedanken von Zögerlichkeit, Verwirrung und Unsicherheit. Es generiert einen Hunger, den du in jede beliebige Richtung lenken kannst. Deine kleine Marionette glaubt, sie regiert die Horde, aber sie liegt falsch. Der Schattenrat denkt, er regiert die Horde, aber auch sie liegen falsch."

Gul'dan hob den Blick vom Becken mit der glühenden grünen Flüssigkeit, die weiterhin aus Mannoroths verwundetem Arm strömte.

„Gul'dan", sagte Kil'jaeden, „bald schon wirst du die Horde anführen. Sie sind bereit. Sie dürsten nach dem, was du ihnen geben wirst."

Gul'dan senkte erneut den Blick und richtete ihn auf die glühende Flüssigkeit.

„Ruf sie zu dir. Lösche ihren Durst und wecke ihren Hunger!"

Der mittlerweile vertraute Klang des Horns weckte die Horde und rief sie bereits vor Sonnenaufgang auf dem Innenhof zusammen. Durotan hatte nicht geschlafen; er schlief nicht mehr viel. Er und Draka standen schweigend auf und begannen sich anzuziehen.

Plötzlich hörte er, wie sie scharf einatmete. Er drehte sich um und sah, dass sie ihn anstarrte. Ihre Augen waren weit aufgerissen.

„Was ist los?", fragte er.

„Deine … Haut", sagte sie mit hastiger Stimme.

Er sah auf seine nackte Brust. Seine Haut war trocken und fleckig, und als er sich kratzte, sah die Haut darunter *grün* aus.

Er erinnerte sich, dies vor nicht allzu langer Zeit auf dem jungen Ghun gesehen zu haben.

„Das ist nur das Licht", sagte er und versuchte, sowohl seine Gefährtin als auch sich selbst zu beruhigen. Sie ließ sich aber nicht so leicht davon abbringen.

Draka hob den eigenen Arm und kratzte sich. Auch ihre Haut war grün. Sie schaute ihn aus ihren dunklen Augen an. Sie sahen es beide. Es war keine Täuschung.

„Was geschieht mit uns?", fragte Draka.

Durotan hatte keine Antwort.

Sie zogen sich weiter an, und als er hinausging, schaute Durotan auf seinen Arm, wo der merkwürdige grüne Farbton unter der verbeulten Rüstung verborgen war.

Die Bekanntgabe der Versammlung war gestern Nachmittag während des Trainings mit einigen der jüngeren Orcs eingetroffen. Durotan konnte sich immer noch nicht daran gewöhnen, dass er Kinder sah, die vor einigen Monaten noch kaum laufen konnten, nun aber Schwerter und Äxte mit unglaublicher Kraft führten. Sie schienen zufrieden mit ihrer neuen Situation zu sein, aber Durotan musste jedes Mal gegen den Drang ankämpfen, den Kopf zu schütteln, sobald er sie sah.

Er empfand nicht einmal Neugierde wegen ihres nächsten Ziels. Es würde so wie immer sein: Kämpfen, Raserei, Schänden der Leichen. Neuerdings wurden sogar die Körper der gefallenen Mitglieder der Horde auf dem Schlachtfeld zurückgelassen, dort, wo sie gefallen waren. Ihre Waffen und Rüstungen nahm man, um sie wiederzuverwenden. Manchmal verneigte sich ein Freund oder Familienangehöriger kurz vor einem Leichnam, aber selbst das geschah immer seltener. Vorbei waren die Tage, als man die geehrten Toten nach Hause brachte, wo sie in einer feierlichen Zeremonie verbrannt wurden, damit ihre Geister mit allen Ehren zu den Ahnen gingen. Man nahm sich keine Zeit mehr für solche Rituale. Man nahm sich nicht mal Zeit für die Toten. Man nahm sich überhaupt keine Zeit mehr für irgendetwas, außer Draenei zu töten und Waffen und Rüstungen herzustellen, damit die Horde wieder ausziehen und ihre Aufgabe fortsetzen konnte.

Er stand mit gelangweiltem Blick im Innenhof und wartete auf seine Befehle. Schwarzfaust ritt zu den Toren der Zitadelle, wo sie ihn gut sehen konnten. Es war windig, die Banner der verschiedenen Clans flattern.

„Wir haben einen langen Marsch vor uns!", rief Schwarzfaust. „Euch wurde gesagt, Verpflegung einzupacken, ich hoffe, ihr habt das auch gemacht. Krieger, eure Waffen müssen bereit sein und eure Rüstung einwandfrei. Heiler, haltet eure Salben, Tränke und Verbände bereit. Aber bevor wir in den Krieg ziehen, ziehen wir in den Ruhm."

Er hob eine Hand und zeigte in die Ferne, wo der düstere Berg, der sich in den Himmel erhob, schwarzen Rauch ausstieß.

„Das ist unser erstes Ziel. Wir werden den Berg hochwandern – und was dort geschieht, wird für tausend Jahre in Erinnerung bleiben. Ein neues Zeitalter beginnt, und die Orcs werden eine Kraft kennenlernen, wie sie sie nie zuvor erlebt haben."

Er machte eine Pause, um seine Worte wirken zu lassen. Dann nickte er, sichtbar zufrieden mit dem Gemurmel, das durch die Menge lief.

Durotan spannte sich. So, heute also …

Wie es seine Art war als jemand, der nicht mehr sagte, als er musste, beendete Schwarzfaust seine aufpeitschende Rede mit einem gebrüllten „Vorwärts!"

Die Horde drängte vor, neugierig und erregt durch Schwarzfausts Worte. Durotan sah schnell zu Draka, die bloß nickte, um noch einmal zu zeigen, dass sie seinen Plan unterstützte. Dann befahl er seinen schweren Füßen, sich in Bewegung zu setzen, und er folgte den anderen.

Es war ein schmaler, tiefer Pfad, der den rauchenden Berg hinauf zu einem großen Plateau führte. Auf Durotan wirkte es fast, als wäre ein Stück der Bergflanke mit einem sauberen Schwertstreich abgeschnitten worden, so unnatürlich eben war das Plateau. Seine Haut kribbelte bei diesem Gedanken. Nur sehr wenig, was in letzter Zeit in seinem Leben geschah, schien natürlich. Drei große Felsplatten aus poliertem Stein lagen in einer Reihe, teilweise in der Erde vergraben. Sie waren schön, aber zur selben Zeit düster. Die Orcs waren müde nach dem langen Aufstieg in der glühenden Sonne mit voller Rüstung, Waffen und Verpflegung. Durotan fragte sich, was die Absicht dahinter war. Es gab keinen Grund, die Krieger vor der Schlacht zu erschöpfen. Vielleicht würden sie ja später angreifen, vielleicht am Morgen, wenn alle wieder erholt waren.

Zu Durotans Überraschung sprach Gul'dan statt Schwarzfaust zu ihnen, nachdem sie sich versammelt hatten und Ruhe eingekehrt war.

„Es ist noch nicht so lange her", begann Gul'dan, „dass wir ein verstreut lebendes Volk waren. Wir kamen nur zwei Mal im Jahr zusammen, und dann auch nur, um zu singen, zu tanzen, zu trommeln und zu jagen."

Er sprach die Worte mit einer Stimme, die vor Geringschätzung triefte. Durotan senkte den Blick. Seit Jahrhunderten waren die Clans zum Kosh'harg-Fest zusammengekommen. Das war nichts Dummes, wie Gul'dans Tonfall unterstellte, sondern etwas Heiliges und Machtvolles. Es hatte verhindert, dass die Clans einander angriffen. Aber es schien, als wäre das schon ein ganzes Leben her, betrachtete man die Reaktionen der Orcs um ihn herum. Auch sie grunzten abfällig, schwangen ihre Waffen und schauten beschämt. Selbst die, die einst Schamanen gewesen waren.

„Seht uns jetzt an! Wir stehen Schulter an Schulter, Clan neben Clan – der Clan des Lachenden Schädels neben dem Drachenmal-Clan, Schattenhammer-Clan neben Kriegshymnen-Clan. Alle unter der starken, einfühlsamen Leitung von Schwarzfaust, den ihr erwählt habt, dass er euch vereint. Für Schwarzfaust!"

Jubel brandete auf. Durotan und Draka fielen nicht mit ein.

„Unter seiner weitsichtigen Führung und mit dem Segen der Wesen, die uns als ihre Verbündete auserkoren haben, sind wir stark geworden. Und wir sind stolz geworden. Wir haben in zwei Jahren mehr Fertigkeiten und Techniken erlernt als vorher in zwei Jahrhunderten. Die Bedrohung, die einst über uns schwebte, ist zerschlagen. Und wir brauchen nur noch einen kleinen Anstoß, um sie für immer zu beseitigen. Aber zuerst … zuerst, werden wir uns selbst der Sache verschreiben und dafür im Gegenzug einen Segen erhalten."

Er bückte sich und hob dann ein seltsames Gefäß hoch. Es sah aus, als wäre es aus dem Horn einer Kreatur geschnitzt. Aber Durotan hatte nie eine Spaltfußart mit so einem großen Horn gesehen. Es war gebogen und vergilbt. Merkwürdige Zeichen standen darauf geschrieben, und während die Nacht immer mehr hereinbrach, schienen sie leicht zu leuchten. Und was auch immer dieses Gefäß enthielt, es leuchtete ebenfalls. Als Gul'dan es vor sich hielt, strahlte ein fürchterlich gelb-grünes Licht sein Gesicht von unten an und warf wilde Schatten.

„Dies ist der Kelch der Einheit", rief Gul'dan mit ehrwürdiger Stimme. „Dies ist der Kelch der Wiedergeburt. Ich biete ihn jedem Anführer jedes Clans, und er kann ihn jedermann in seinem Clan anbieten. Wer will als Erster vortreten, um seine Loyalität zu beweisen und seinen Segen zu erhalten?"

Gul'dan drehte sich ein wenig nach rechts, um Schwarzfaust sehen zu können. Der grinste und öffnete den Mund, um zu antworten, als eine wilde, vertraute Stimme durch die Nacht drang.

Nein, dachte Durotan, *nein … nicht er …!*

Drakas Hand umklammerte fest seinen Arm. „Wirst du ihn warnen?"

Durotans Kehle war wie zugeschnürt. Er konnte nicht sprechen, schüttelte nur den Kopf. Nein, der schlanke, aber dennoch imposante Orc, der nach vorn trat, war zwar sein Freund, aber niemand durfte erkennen, dass er wusste, was vor sich ging.

Nicht einmal für Grom Höllschrei.

Der Häuptling des Kriegshymnen-Clans schritt durch die Menge, bis er vor Gul'dan stand. Schwarzfaust schaute ihn ein wenig verstimmt an. Sicher hatten Gul'dan und Schwarzfaust abgesprochen, dass der Kriegshäuptling zuerst trinken würde.

Gul'dans Mund verzog sich zu einem Lachen. „Immer bereit, den Augenblick zu nutzen, werter Grom", sagte er, verbeugte sich leicht und gab den Kelch mit der wirbelnden grünen Flüssigkeit an Grom. Wellen der Hitze und des Lichts stiegen daraus auf, und Groms Gesicht – bereits bemalt, um Angst bei seinen Gegnern und Respekt bei seinen Verbündeten hervorzurufen – sah noch furchteinflößender aus.

Er zögerte nicht, hob den Kelch an die Lippen und nahm einen tiefen Schluck. Durotan beobachtete ihn und wartete angespannt auf das, was geschehen würde. Vielleicht stammte der Brief ja nicht von jemand Wohlwollendem, sondern jemand mit üblen Absichten, und es würde nicht …

Gul'dan hatte kaum den Kelch von Grom zurückerhalten, als sich der andere Orc versteifte und sich dann schüttelte. Er taumelte einen Moment, und die Menge raunte vor Sorge. Durotan starrte mit Schrecken, als Groms Körper auf einmal pulsierte und zuckte. Vor seinen Augen verbreiterten sich Groms für einen Orc schmale Schultern. Seine Rüstung knackte, als sie sich über den neuen, kraftvolleren Körper spannte. Dann war es vorbei, und Grom straffte seine Haltung. So groß, wie er immer gewesen war, und doch neu gebildet von der grünen Flüssigkeit, die ihn noch kräftiger gemacht und ihm stärkere Muskeln gegeben hatte, ließ er den Blick über die Menge schweifen.

Was Durotan von seinem Gesicht sehen konnte, war glatt und wirkte gesund, war aber vollständig grün.

Grom warf den Kopf zurück und schrie. Der Schrei war lauter, als Durotan ihn jemals hatte schreien hören. Es war, als würde ihm ein Messer durch den Körper schneiden. Durotan hielt sich die Ohren zu, so wie fast jeder andere. Aber er konnte den Blick nicht von Groms Gesicht wenden.

Groms Augen glühten rot.

„Wie fühlst du dich, Grom Höllschrei vom Kriegshymnen-Clan?", fragte Gul'dan mit eigenartiger Milde.

In Groms Gesicht lag ein Ausdruck der Verzückung, und er schien nach Worten zu suchen. „Ich fühle mich … großartig.

Ich fühle mich …" Er brach ab und brüllte erneut, als wenn nur dieser urgewaltige Schrei ausdrücken könnte, wie er sich fühlte. „Gebt mir Draeneifleisch zum zerreißen! Gebt mir Draeneiblut – ich saufe es, bis ich nicht mehr kann. *Gebt mir ihr Blut!*"

Seine Brust bebte mit der Leidenschaft seiner Gefühle. Er wirkte, als könnte er eine komplette Stadt mit bloßen Händen auseinandernehmen. Und Durotan glaubte, dass er das tatsächlich vermochte.

Höllschrei deutete auf seinen Clan. „Krieger des Kriegshymnen-Clans – tretet vor! Nicht einem von euch wird diese Verzückung verwehrt werden!"

Die Kriegshymnen-Krieger liefen nach vorn, alle begierig darauf, das zu fühlen, was ihr Häuptling fühlte. Der Kelch wurde herumgereicht, und einer nach dem anderen trank. Jeder zuckte einen Moment in tiefer Qual, doch jedes Mal schien sich diese Qual in scheinbares Entzücken und offensichtliche Stärke zu verwandeln. Und die Augen von jedem, der trank, färbten sich rot.

Schwarzfaust schaute zu, und sein Blick wurde noch finsterer. Als der letzte Kriegshymnen-Krieger aus dem Kelch getrunken hatte, grunzte er: „Jetzt werde ich trinken!"

Er nahm den Kelch und nahm einen großen Schluck. Dann fasste er sich einen Moment an die Kehle, blieb aber völlig ruhig, während die schwarze Magie ihre höllische Aufgabe erfüllte. Er hatte seine Rüstung ausgezogen, und so war das Anwachsen seiner Muskeln unter der grünen Haut gut zu sehen.

Er winkte seinen Söhnen, und Maim und Rend schubsten andere Orcs aus dem Weg. Durotan sah wie Griselda, Schwarzfausts einzige Tochter, zögerte, bevor auch sie vortrat, um zu trinken.

Schwarzfaust lachte sie aus. „Du nicht!", schnarrte er.

Griselda zuckte zurück, als hätte er sie geschlagen. Doch Durotan, der das Mädchen immer gemocht hatte, stieß einen Seufzer der Erleichterung aus. Schwarzfaust wollte sie beschämen. Stattdessen hatte er ihr unwissentlich ein großes Geschenk gemacht.

Schwarzfaust winkte Orgrim zu sich. „Komm, Freund Orgrim! Trink mit mir!"

Selbst als sein bester und ältester Freund gerufen wurde, um die verderbliche Flüssigkeit zu trinken, konnte Durotan nicht sprechen. Aber dankbarerweise musste er das auch nicht.

Orgrim neigte den Kopf. „Mein Häuptling, ich werde diesen Ruhm nicht von dir nehmen. Ich bin dein Stellvertreter, nicht der Häuptling selbst. Mir verlangt auch nicht nach dieser Position."

Durotan sackte vor Erleichterung zusammen. Orgrim sah, was Durotan gesehen hatte. Auch wenn er nicht wusste, was Durotan wusste, so war er kein Narr. Er hatte seine eigene Seele, und er würde sie nicht aufgeben für diese Art Macht, die den Körper stärkte und die Augen im düsteren Rot glühen ließ.

Nun stellten sich die anderen Häuptlinge der Reihe nach auf. Sie waren begierig auf diesen Segen, der zwei ihrer berühmtesten und respektiertesten Häuptlinge so begeisterte. Nur Durotan rührte sich nicht.

Drek'Thar beugte sich zu ihm hin und flüsterte: „Mein Häuptling, trinkst du denn nicht?"

Durotan schüttelte den Kopf. „Nein. Und ich werde auch niemandem aus meinem Clan erlauben, davon zu trinken."

Drek'Thar blinzelte erschreckt. „Aber ... Durotan, es ist offensichtlich, dass dieser Trank große Kraft und Energie bringt. Du wärst ein Narr, nicht davon zu trinken."

Durotan schüttelte erneut den Kopf und erinnerte sich an den Inhalt der Botschaft. Zuerst war er skeptisch gewesen, aber inzwischen war er sicher. „Ich wäre ein Narr, würde ich es tun", sagte er ruhig. Als Drek'Thar protestieren wollte, ließ er seinen früheren Schamanen mit einem Blick verstummen.

Durotan erinnerte sich an die Worte des Draenei-Propheten Velen. *„Wir entschieden uns gegen die Sklaverei und wurden dafür verbannt"*. Durotan wusste, wenn die Orcs erst aus dem Kelch getrunken hatten, gehörte ihnen ihr Wille nicht mehr. Gul'dan tat das, was die Anführer der Eredar auf ihrer Heimatwelt getan hatten – er verkaufte sein Volk in die Sklaverei. Die Geschichte wiederholte sich. Vielleicht würden er und sein Clan so wie die Draenei bald die „Verbannten" genannt werden.

Doch was er tat, war richtig. Er erkannte, dass mittlerweile alle Häuptlinge außer ihm getrunken hatten, und der Moment, den er gefürchtet hatte, gekommen war.

Gul'dan winkte ihn nach vorn. „Mächtiger Durotan, Held von Telmor!" Durotan zwang sich dazu, sich nichts anmerken zu lassen. „Komm zu den anderen Häuptlingen. Trink deinen Teil aus dem Kelch."

„Nein, Gul'dan, das tue ich nicht!"

Im Licht der Fackeln konnte Durotan sehen, dass ein Muskel nahe Gul'dans rechtem Auge zuckte. „Du verweigerst dich? Glaubst du, du bist besser als die anderen? Glaubst du, du bräuchtest den Segen nicht?"

Die anderen Häuptlinge schauten ihn finster an, mit schnaufendem Atem, als würden sie laufen.

Durotan schüttelte den Kopf. „Es ist meine Entscheidung."

„Vielleicht denken andere aus deinem Clan anders", entgegnete Gul'dan und breitete die Arme aus. „Wirst du sie trinken lassen?"

„Nein. Ich bin der Häuptling des Frostwolf-Clans. Und dies ist *meine* Entscheidung!"

Gul'dan schritt herab von der Obsidianplatte und trat auf Durotan zu. Er beugte sich zu ihm und flüsterte ihm ins Ohr: „Was weißt du? Und wie hast du es erfahren?"

Zweifellos wollte er ihn einschüchtern, aber stattdessen wurde Durotan von neuer Hoffnung erfüllt. Gul'dan fühlte sich bedroht. Aber anstatt einen Mörder zu schicken, der Durotan in der Nacht meuchelte, wollte er ihn auf diese Weise bezwingen. Doch seine Worte hatten gerade die Wahrheit der Botschaft bestätigt, und er hatte zudem zugegeben, dass er nicht wusste, von wem diese Nachricht stammte. Durotan erkannte, dass er überleben und seinen Clan dennoch beschützen konnte.

Er entgegnete ebenso leise: „Ich weiß genug. Und du wirst nie erfahren, wie ich es erfahren habe."

Gul'dan trat zurück und lächelte. „Es ist tatsächlich deine Entscheidung, Durotan, Sohn des Garad. Aber wenn du dich solch einer Segnung verweigerst, musst du mit den Konsequenzen leben."

Die Worte waren doppeldeutig, aber Durotan kümmerte es nicht.

Gul'dan ging zu seinem Platz zurück und schrie der Menge zu: „Alle, die die Segnung des mächtigen Kil'jaeden, unseres Wohltäters, erhalten wollten, haben sie erhalten. Denkt an diesen Ort als heiligen Boden, weil hier die Orcs zu etwas Größerem wurden. Denkt von diesem mächtigen Berg als Kil'jaedens Thron, von wo aus er uns beobachtet und uns bei unserem Tun segnet, damit wir mehr erreichen, als es uns sonst möglich wäre."

Er trat zurück und nickte Schwarzfaust zu. Dessen Augen glühten rot. Er hob die Arme und schrie: „Heute schreiben wir Geschichte. Heute greifen wir die letzte Festung unserer Feinde an. Wir werden ihnen die Glieder abreißen. Wir werden in ihrem Blut baden. Wir werden durch die Straßen ihrer Hauptstadt stürmen wie ihr schlimmster Albtraum. Blut und Donner! Sieg der Horde!"

Durotan schauderte. An diesem Abend noch? Es war keine Strategie besprochen worden, und das Ziel ihres Angriffs war mehr als eine kleine Siedlung oder ein Dorf. Das war die Hauptstadt der Draenei. Das war ihre letzte Zuflucht, und Durotan war sicher, dass sie härter kämpfen würden als je zuvor, wie in die Enge getriebene Tiere. Er erinnerte sich an die großen Kriegsmaschinen, die gebaut worden waren. Schwarzfaust hatte sie vorgeschickt, wohin, wusste weder Durotan noch sonst ein Orc.

Wahnsinn. Das alles war Wahnsinn.

Und als die Masse, die ihn umgab, schreiend zu jubeln begann und er ihre Augen sah, die wirkten wie zwei Nadelköpfe aus rotem Licht, erkannte er, dass dieses Wort besser passte, als ihm lieb war. Diejenigen, die von dem verderbten Trunk genommen hatten, waren tatsächlich dem Wahnsinn anheimgefallen!

Grom Höllschrei tanzte nah am Feuer, wedelte mit den neuen, muskulösen Armen und warf den Kopf in den Nacken. Der Feuerschein tanzte auf der einst braunen Haut, die nun grün war. Durotan, krank und verwirrt vor Schreck, schaute in die glühenden roten Augen, die denen der versklavten Kreaturen so ähnlich waren, die die Hexenmeister kontrollierten. Die grüne

Haut war vom selben Farbton, wie er bereits die Haut der Hexenmeister befleckte und inzwischen auch die von Durotan und seiner Gefährtin.

Er dachte an den Inhalt der Botschaft, geschrieben in der archaischen Sprache, die einige wenige der gut ausgebildeten Schamanen und Clanführer kannten:

Du wirst aufgefordert zu trinken. Lehne ab. Es ist das Blut verderbter Seelen, und es wird dich verderben und all die, die davon trinken. Es wird dich für immer versklaven. Bei der Liebe all dessen, was uns früher teuer war – lehne ab!

Die alte Sprache hatte ein einziges Wort für „verderbte Seelen".

Das waren die Wesen, die durch den Willen der Hexenmeister kontrolliert wurden. Die Flüssigkeit, die jene getrunken hatten, die Durotan einst Freund und Feind nannte, war das Blut von so einer Kreatur gewesen. Nun beobachtete Durotan, wie die verderbten Seelen, zu denen auch die Orcs geworden waren, wie wahnsinnig im Schein des Feuers tanzten, bevor sie den Berg hinabstürmen würden, erfüllt von unnatürlicher Wut und Energie, um die am besten befestigte Stadt anzugreifen, die diese Welt je gesehen hatte.

Verderbte Seelen

Dae'mons.

Dämonen.

Zwanzig

Ich habe mit vielen gesprochen, die bei der Zerstörung der Stadt Shattrath dabei waren. Wenn ich sie danach frage, sind ihre Gedanken unklar, und ihre Erinnerung ist unpräzise. Selbst Drek'Thar, der sich an so vieles mit erstaunlicher Genauigkeit erinnert, stammelt und zögert, wenn ich ihn nach Details frage. Es ist, als ob die, die das Dämonenblut getrunken hatten, sich nur an ihre Wut erinnern können. Und selbst die wenigen, die wie Drek'Thar nichts davon tranken, bekommen alle Einzelheiten nicht mehr zusammen. Als ob diese schreckliche Gräueltat vergessen werden will.

Fest steht, dass einige Draenei den Angriff überlebten; ich habe die armen, mitleiderregenden Geschöpfe, die einst die herrlichen Draenei waren, mit eigenen Augen gesehen, wie sie einsam durch Azeroth zogen, als gebrochene Gestalten nach einer Heimat suchend. Diese „Verlorenen" verdienen unser Mitleid.

Deshalb sind diese Aufzeichnungen ein wenig ungenau, was ich bedauere. Diese Momente, so dunkel sie auch sein mögen, sollten nicht in Vergessenheit geraten. Aber das ist die Aufgabe der Chronisten.

Die Orcs rannten den Pfad hinab, erfüllt von dem wilden Drang, zu töten und alles zu zerstören. Einige waren derart voll Zorn und Hass, dass sie auf Steine eindroschen, als sie daran vorbeiliefen. Einige brüllten vor Wut. Andere schauten grimmig und strahlten eine tödliche Stille aus; sie sparten sich ihre Energie auf, um sie im richtigen Moment einzusetzen.

Während des langen Laufs hatte Durotan mehr Angst vor seinen eigenen Leuten, Wesen, die er einst Freunde genannt hatte, als vor den keulenbewehrten Ogern oder den Draenei. Kalter Schweiß lief ihm übers Gesicht, er zitterte, jedoch nicht aus Angst um sich selbst – er fürchtete sich vor dem, was als Nächstes passieren würde. Dabei sorgte er sich nicht um die Draenei, deren Schicksal bereits feststand, sondern um die Orcs. Auf dem Weg nach Shattrath konnte er sich nicht dazu überwinden, sie „Die Horde“ zu nennen.

Plötzlich holte sie ein fürchterliches Rumpeln von den Füßen. Sie standen wieder auf, schauten sich um und sahen, was die Erschütterung verursacht hatte.

Es wirkte so, als wäre der Berg explodiert. Flüssiges Feuer wurde in die Nacht geschleudert, dann stürzte es wieder hinab und spritzte in die zerklüftete Bergspitze. Es leuchtete und glühte wie das Dämonenblut, das die Orcs gerade erst getrunken hatten, obwohl seine Farbe orangegelb war und nicht von bedrohlichem Grün. Mehr und mehr geschmolzenes Gestein wurde aus dem Berg geschleudert. Es war ein herrlicher und zugleich auch erschreckender Anblick.

Die Orcs sahen es als ein Zeichen, und Jubel brandete auf. Kurz feierten sie den Berg, den Thron von Kil’jaeden, der ihr Unternehmen segnete. Dann drehten sie sich um und stürmten weiter die Bergflanke hinab.

Eine Meile vor der Stadt wurden sie langsamer. Ein Bereich war vor nicht allzu langer Zeit gerodet worden, und zunächst schauten sich die ersten eintreffenden Orcs verwirrt um. An diesem Ort hatten sie sich sammeln sollen. An diesem Ort hätten eigentlich die Kriegsmaschinen für sie bereitstehen sollen.

Plötzlich materialisierte etwas vor ihren Augen. Die Orcs zuckten zurück und zischten. Dann begannen sie, das große Ding anzuknurren. Es ragte hoch über sie auf, war dreimal größer als selbst der größte Oger. Das Rot seines Körpers reichte von seinen behuften Füßen bis zur Spitze seines zuckenden Schweifs, von seinen vorstechenden Hörnern bis zu seinen scharfen schwarzen Nägeln. So etwas Großes hatten sie noch nie gesehen, aber seine Gestalt … Durotan starrte das Wesen an und dachte, dass es exakt so aussah wie ein riesiger rothäutiger Draenei. Die plötzliche Erkenntnis, dass die Orcs in einen persönlichen Konflikt gezogen worden waren, der sie niemals etwas angegangen war, überkam ihn wie eine Flutwelle.

„Ihr habt nichts zu befürchten und alles zu feiern, ihr, die ihr mir Gefolgschaft geschworen habt!“, rief die Kreatur mit einer Stimme, die bis ins Mark ging. „Ich bin Kil'jaeden, das schöne Wesen, derjenige, der schon seit Anbeginn bei euch war. Ich bin erschienen, als Anführer der ruhmreichsten Schlacht aller Zeiten. Einst haben sich die Draenei gegen euch verschworen, verbargen eine ganze Stadt vor euren Augen. Aber ihr habt die Stadt zerstört und ihren Tempel erobert. Alles, was bleibt, ist diese letzte Schlacht, und dann ist die Bedrohung ausgelöscht. Der grüne Stein, der einst die Stadt Telmor verbarg, verbirgt vor ihnen nun ihren eigenen Untergang. *Kehla men samir, solay lamaa kahl!*“

Die Illusion verschwand, und auf einmal befanden sich vor ihnen Dutzende Katapulte, Rammböcke und andere Belagerungswaffen aller Art. Neben den Kriegsmaschinen standen ruhig die Oger, ihre dummen Gesichter von Hingabe erfüllt. Sie trugen Waffen, die extra für ihre Größe gemacht worden waren. Durotan schätzte, dass es mindestens drei Dutzend waren, jeder bereit zum Kampf. In ihren Fäusten sahen die riesigen Waffen wie Spielzeuge aus.

„Es gibt noch mehr“, sagte Kil'jaeden und winkte mit seinen Händen. Die Hexenmeister schrien alle und fassten sich an die Köpfe, dann blinzelten sie und lachten. „Neue Zauber sind in euren Geist eingedrungen. Nutzt sie gut. Vernichtet die Draenei – *jetzt!*“

Als hätte er ein Tor geöffnet, setzte sich die blutdurstige Schar in Bewegung. Einige Oger schoben die Belagerungsmaschinen, mit denen sie die Mauern der Stadt brechen würden, mit einer Kraft, die Durotan nie zuvor erlebt hatte. Die anderen stampften zu den Orcs und wirbelten dabei die immens schweren Waffen mit unglaublicher Leichtigkeit. Andere Orcs waren dem Blutrausch zu sehr verfallen und rannten einfach in Richtung Stadt. Was sie dort tun würden, wusste Durotan nicht, aber er und sein Clan folgten pflichtgemäß.

Die von den Ogern geschobenen Kriegsmaschinen und die Orcs bewegten sich vorwärts. Aber noch bevor sie in Position kamen, wurden die Stadtmauern attackiert. Riesige und grün leuchtende Steine fielen vom Himmel und schlugen in die Stadt ein. Türme und Zitadellen, die sich über den Mauerrand erhoben, zerbarsten und stürzten ein, und auch die Mauer selbst gab an einigen Stellen nach. Aber das Gefährliche war nicht, dass die Felsen vom Himmel fielen. Der eigentliche Schrecken zeigte sich erst, als sie am Boden aufschlugen.

Mit beängstigendem Tempo entstanden aus den Felsen Kreaturen, die scheinbar selbst aus grünem Stein bestanden. Sie hämmerten gegen die Mauern, unterstützt von normalen Steinbrocken, die von den Katapulten geschleudert wurden. Riesige Baumstümpfe donnerten gegen die Tore. Zwei Oger schlugen mit ihren Knüppeln gegen das Haupttor, und das Holz erzitterte. Von drinnen konnte Durotan gleichermaßen Wut- und Schreckensschreie hören, als die Draenei gegen die Kreaturen kämpften, die die Hexenmeister „Die Infernalischen" nannten. Die meisten der Hexer nutzten diese neuen Diener, aber ein paar hatten auch noch immer kleinere Kreaturen unter ihrem Befehl, weil sie ihnen vertraut waren.

Die Stadt konnte einem solchen Angriff nicht lange standhalten. Mit einem lauten Krachen stürzte ein weiterer Bereich der Mauer ein. Eine Flut aus zornigen Orcs und brüllenden Oger brach waffenschwingend durch die Bresche. Durotan blieb, wo er war, und beobachtete, wie die Orcs kämpften, töteten und starben.

Ihre vorherige Raserei und Wut war nichts verglichen mit dem, was er nun sah. Es gab keine Strategie, keinen Versuch zur Verteidigung, keine Rufe zum Rückzug, wenn sie notwendig gewesen wären. Dies war nichts anderes als ein blindwütiges Hauen und Stechen und Erschlagen, Tod austeilen und empfangen. Stumpfsinnig liefen sie in einige Fallen der Verteidiger. Von den Ogern konnte man nichts anderes erwarten, und Durotan betrauerte sie nicht, als sie fielen. Aber die Orcs … sie gaben sich ganz dem Blutrausch hin, der durch ihre Adern pulsierte, und stießen wilde Kriegsschreie aus.

Dutzende … nein, *Hunderte* würden in dieser Schlacht sterben. Bei Sonnenaufgang würden die Straßen der Schlacht überfüllt sein mit grünen und blauen Körper. Es war das reinste Massaker, Chaos regierte gemeinsam mit den Abgründen des Wahnsinns. Durotan führte seine Axt. Er hatte keine Wahl, denn es hieß: töten oder getötet werden. Und obwohl er wusste, dass sein Volk auf einem dunklen Pfad wandelte, wünschte er ihm nicht den Untergang.

Kil'jaeden und Mannoroth standen beisammen, beobachteten, wie die grünen Meteore, die die Infernalischen beherbergten, zu Boden krachten.

„Sie schwärmen aus wie Insekten", grunzte Mannoroth.

Kil'jaeden nickte zufrieden. „In der Tat. Es ist herrlich anzusehen. Ich bin sehr zufrieden."

„Was kommt als Nächstes?"

Kil'jaeden wandte sich leicht überrascht an seinen Leutnant. „Als Nächstes? Es gibt nichts Nächstes. Die Orcs haben ihre Aufgabe erfüllt. Sie verbrennen innerlich, mein Freund, und zwar durch dein Blut. Es wird sie verzehren, es sei denn, sie finden ein Ventil dafür, und dieses Ventil ist der Tod jeden Draeneis auf dieser Welt."

Das Feuer und das leuchtende grüne Licht erhellten die Ferne.

„Es ist gut, dass du hier fertig bist", sagte Mannoroth. „Archimonde sagt, dass du deine Zeit verschwendest. Unser Meister braucht uns anderswo."

Kil'jaeden seufzte. „Da hast du recht. Sargeras wartet. Er war sehr geduldig mit mir. Ich bereue zwar, dass ich es nicht miterlebe, wie sie Velen umbringen. Aber gut, es muss reichen zu wissen, dass es geschieht. Lass uns gehen."

Er machte eine Geste, und er und sein Leutnant verschwanden.

„Was meinst du damit, dass er nicht da war?", kreischte Gul'dan.

Das konnte nicht sein!

„Wie ich bereits sagte“, knurrte Schwarzfaust, „wir haben die ganze Stadt durchsucht, doch Velen haben wir nicht gefunden.“

„Vielleicht hat ihn ein übereifriger Orc zuerst gefunden und seinen Körper verstümmelt“, meinte Gul’dan nervös. Das waren keine guten Neuigkeiten. Er hatte Schwarzfaust angewiesen, den Körper des Propheten Velen zu suchen und ihm dessen Kopf zu bringen.

„Möglich. Sogar wahrscheinlich“, sagte Schwarzfaust. „Aber nach dem, was du mir erzähltest, könnte selbst sein in Stücke gehackter Körper nicht mit dem eines gewöhnlichen Draenei verwechselt werden.“

Gul’dan schüttelte den Kopf. Er war besorgt. Die Draenei hatten blaue Haut und schwarzes Haar Velen, ihr Prophet, hatte bleiche weiße Haut und weißes Haar. Solange nur ein Stück seiner Haut existierte, würde man ihn erkennen.

„Du hast die ganze Stadt durchsucht?“

Schwarzfausts Augenbrauen zogen sich zusammen. „Das sagte ich dir doch schon!“, grollte er. Sein Atem beschleunigte sich, und seine Augen leuchteten noch roter vor Wut.

Gul’dan nickte. Obwohl die Orcs im Blutrausch waren, hatten sie sicherlich gründlich nach dem Leichnam gesucht, den ihr Anführer so begehrte. Die Belohnung war zu hoch, die Strafe, wenn sie ihn übersahen und er später doch noch gefunden wurde, zu schlimm.

Irgendwie war Velen entkommen. Das bedeutete, dass noch andere Draenei dort draußen waren.

Eine plötzliche Panik befiel Gul’dan. Sein Herz raste, als er sich fragte, wie viele ihm wohl durch die Finger gerutscht waren und wohin auf dieser riesigen Welt sie sich gewandt haben könnten.

Einst besaß Velen einen eigenen Tempel, voll mit Priestern und Dienern, in dem er meditieren und beten konnte. Nun saß er in einem kleinen Raum. Er war einer von denen, die überhaupt noch einen Raum hatten. Er hielt den violetten Kristall in der Hand, und Tränen liefen ungehemmt über sein Gesicht.

Er sah den Untergang der Stadt. Er hatte bleiben wollen, hatte in der Schlacht seine mächtige Magie einsetzen wollen. Aber das hätte den Tod bedeutet, nicht nur seinen eigenen, sondern den seines ganzen Volkes. Sie brauchten einen Anführer. Die Orcs, die von dämonischem Blut getrunken hatten, brannten darauf zu töten. Ihre Mordgier würde nicht befriedigt sein, bevor nicht der letzte Draenei auf Draenor ausgelöscht worden war. Die Orcs gehörten jetzt zu Kil'jaedens und Sargeras' Brennender Legion. Sie waren zahlreich, und Velen blieb keine andere Wahl, als die Stadt aufzugeben, weil es nichts gab, dass er zu ihrer Rettung tun konnte.

Genauso wenig konnten die Orcs gerettet werden. Der einzige Hoffnungsschimmer war ein einzelner Clan, dessen Mitglieder nicht von dem Blut getrunken hatten, nicht den Bund eingegangen waren, deren Herzen und Verstand ihnen immer noch selbst gehörten. Rund achtzig Orcs zählte dieser Clan. Achtzig, um gegen ein Dutzend anderer Clans zu stehen, deren Kriegshäuptling der Schlimmste von allen war. Die Orcs würden von nun an von den Draenei wie verrückte Tiere behandelt werden, wann immer sie ihnen begegneten. Auch wenn die Orcs nicht wussten, was sie taten, mussten sie trotzdem sterben.

Velen hatte die Stadt evakuieren wollen, damit sie leer war, wenn die Orcs über sie herfielen. Er wollte so viele Leben der Draenei wie möglich retten. Aber Larohir, Restalaans Nachfolger, hatte ihn davon überzeugt, dass es nicht klappen konnte.

„Wenn sie nicht genügend Draenei töten können", hatte Larohir gesagt, seine Stimme leise und voll Mitgefühl, aber immer noch hart wie Stahl, „wird der Rausch, der sie verzehrt, nicht mal vorübergehend gestillt. Sie werden immer wieder unsere Spur aufnehmen und uns jagen, und dann werden auch die, denen die Flucht aus dieser Stadt gelungen ist, sterben. Die Orcs müssen glauben, dass sie die meisten von uns getötet haben. Und damit sie es glauben muss es wahr sein!"

Velen starrte ihn erschreckt an. „Ich soll mein Volk in den Tod schicken?"

„Alle außer einer Handvoll von uns wissen, wie wir von Argus geflohen sind", sagte Larohir. „Wir erinnern uns an das, was Kil'jaeden getan hat, was unserem Volk widerfahren ist. Wir würden … wir *werden* mit Freuden sterben, damit eine Handvoll von uns unverdorben bleibt."

Velen hatte zu Boden geschaut, ihm hatte das Herz geschmerzt. „Wenn die Orcs glauben, uns vernichtet zu haben, dann wird Kil'jaeden zufrieden sein. Dann wird er diese Welt verlassen."

„Die Orcs werden leiden", sagte Larohir, und er schien darüber nicht unzufrieden zu sein. Nach allem, was die Orcs den Draenei angetan hatten, konnte Velen es ihm nicht verübeln.

„Das werden sie. Und ich habe keinen Zweifel daran, dass sie uns weiterhin jagen werden."

„Aber die Methoden, mit denen sie ein paar Dutzend von uns suchen werden, sind andere, als würden sie ein paar Hundert von uns jagen", entgegnete Larohir. „Es ist nur zu unserem Besten, so hilflos wie möglich zu wirken."

Velen hatte zu Larohir aufgeschaut. „Es ist leicht für dich, so zu sprechen. Aber die Entscheidung muss *ich* treffen. Ich werde derjenige sein, der sagt: ‚Du … du und deine Familie, kommt mit mir und lebt. Aber du und du und du ihr werdet zurückbleiben, um von dämonenverwirrten Orcs in Stücke gerissen zu werden, die sich mit eurem Blut beschmieren.'"

Larohir hatte nichts mehr gesagt. Es hatte nichts mehr zu sagen gegeben.

Velen hatte mit jedem aus seinem Volk gesprochen, den er in den Tod schickte. Er hatte sie umarmt und sie gesegnet. Er hatte Gegenstände entgegengenommen, die ihnen etwas bedeuteten, und versprochen, dafür zu sorgen, dass diese Dinge die Flucht und den Krieg überstanden. Er hatte zugeschaut, wie stoisch diese lebenden Toten ihre Rüstungen ausgebessert und ihre Schwerter geschärft hatten, als wenn der Ausgang der Schlacht nicht schon längst festgestanden hätte. Und er hatte gesehen, wie sie losmarschiert waren, die alten Lieder singend, und sich dann hinter der Stadtmauer verschanzt hatten, den Knüppel, die Axt oder den Speer erwartend, der ihr Leben beenden würde.

Velen konnte nicht bei ihnen bleiben. Er hatte einmalige Eigenschaften, die gebraucht wurden, wenn die Draenei überleben wollten. Aber er hatte den Kristall benutzt, um jeden Moment der Schlacht zu beobachten, und der Schmerz, den er fühlte, war fast reinigend. Nicht einer seines Volkes würde umsonst gestorben sein.

Die Orcs wussten nichts von den Zangarmarschen. Sie hatten dieses Versteck noch nicht entdeckt, und wenn es nach Velen ging, würden sie das auch nicht. Die besten Denker der Draenei würden Methoden entwickeln, um Energien nutzbar zu machen, damit die Handvoll, die überlebt hatte, in Sicherheit war. Sie würden sich neu organisieren und erholen und warten und darum beten, dass sie Kil'jaeden, dem Täuscher, entkommen waren.

Die Orcs hatten drei der Steine erobert, aber Velen besaß immer noch vier. Das *Lächeln des Glücks*, das *Auge des Sturms*, den *Schild der Naaru* und natürlich das *Lied der Geister*. Und wenn auch das Band zu dem Naaru dünn war, lebte K'ure immer noch.

Selbst als Tränen über sein weißes Gesicht rannen, um auf den violetten Kristall zu tropfen, selbst während er den tragischen Verlust von so vielen Leben betrauerte, fühlte er Hoffnung in sich.

Einundzwanzig

Wir hatten an diesem Punkt alles verloren.

Wir hatten das Gleichgewicht verloren, die Harmonie in unserer Welt, und deshalb hatten uns die Elemente verlassen. Dämonen bewachten die Eingänge zum Oshu'gun und schnitten uns von den Ahnen ab. Unsere Körper und unsere Seelen waren von dem Blut verdorben worden, das die meisten Orcs in ihrer Gier nach Macht und Stärke bereitwillig getrunken hatten. Und dann, dann, nachdem wir uns alle unter der Führung von Gul'dan zusammengeschlossen hatten, verließ uns Kil'jaeden. Und was folgte, war das, was man die Zeit des Sterbens nannte.

Möge sie uns nie wieder heimsuchen.

„Was soll ich nur machen?" Gul'dan konnte nicht glauben, dass die Worte über seine eigenen Lippen kamen. Aber er war so besorgt, dass ihm irgendein Rat besser erschien als die kranke Furcht, mit der er lebte.

Ner'zhul schaute ihn geringschätzig an. „Du hast diese Wahl getroffen."

„Und du bist völlig schuldlos?", schnappte Gul'dan.

„Natürlich nicht. Aber die Entscheidungen, die ich traf, traf ich für mich selbst, für mein eigenes Vorwärtskommen. Ich habe nie die Zukunft meines Volkes verraten, die Zukunft meiner ganzen Welt. Wo ist die Macht, die dir versprochen wurde, Gul'dan? Die Macht, für die du unser Volk verschachert hast?"

Gul'dan drehte sich zitternd um. Es gab keine Macht, und Ner'zhul wusste es. Deshalb trafen ihn seine Worte so hart.

Anstatt seine treuen Diener mit der versprochenen Gottgleichheit zu belohnen, war Kil'jaeden einfach verschwunden. Alles, das von ihm auf dieser Welt geblieben war, waren die Hexer und ihre Dämonen, eine Horde wahnsinniger Orcs und ein verwüstetes Land.

Nein, dachte er. Nein, das war nicht alles, was übrig war.

Es gab immer noch den Schattenrat. Es gab immer noch Schwarzfaust, das ideale Werkzeug, weil er einfach nicht erkennen konnte, dass er genau dies war. Und obwohl die Horde mit dem Blut der Dämonen infiziert war und deshalb nach Gewalt und Zerstörung gierte, waren sie nicht außer Kontrolle. Zumindest bisher nicht.

Er würde den Rat seinem schönen Schwarzen Tempel zusammenrufen. Zweifellos würden sie mit ihm zusammen nach Wegen suchen, um von der Macht zu retten, was zu retten war.

Ja. Es gab immer noch den Schattenrat.

„Das Land ist tot", sagte Durotan, als er mit seinem alten Freund das inspizierte, was einst fruchtbare Wiesen und Berge gewesen waren.

Durotan stieß mit seinem Fuß in den Staub. Loser Sand und Steine wurden freigelegt, als er das tote gelbe Gras wegtrat. Wind, der nicht länger von Bäumen abgehalten wurde, wehte über die trostlose Fläche.

Orgrim sagte lange Zeit nichts. Doch der Blick seiner Augen sagte, dass er Durotan recht gab. Er schaute zum Flussbett, in dem er und Durotan ihre zahllosen Wettbewerbe ausgetragen hatten, und entdeckte keinen Hinweis darauf, dass je Wasser darin geflossen war. Die Pfützen, die zurückgeblieben waren, waren schlammig, verseucht mit Tierleibern und Ablagerungen. Wer dieses Wasser trank, riskierte es zu erkranken, wer es nicht trank, starb.

Kein Wasser, kein Gras. Hier und dort gab es Flecken, die immer noch fruchtbar waren, solche wie der Wald von Terokkar, die Ahnen wussten, warum. Die Orcs hungerten, denn wo es kein Gras gab, gab es auch keine Herdentiere. In den letzten drei Jahren waren mehr Orcs verhungert und an Krankheiten gestorben als in den Schlachten gegen die Draenei.

„Mehr als das Land ist tot", sagte Orgrim schließlich. Seine

Stimme war schwer. Er drehte sich um und sah Orgrim an. „Wie steht es mit der Getreideversorgung der Frostwölfe?"

Auf den ersten Blick wirkten seine und Durotans Haut grün, doch verglichen mit der Groms oder der von Schwarzfaust war sie aber immer noch eher braun. Durotan hatte angenommen, dass es die Kräfte der Hexenmeister waren, die ihnen und der ganzen Welt dies antaten. Allerdings war die Haut derer, die von Gul'dans Gebräu getrunken hatten – was immer das auch gewesen sein mochte –, von einem intensiveren Grün als die der anderen. Seltsam, dachte Orgrim. Es lag eine gewisse Ironie darin, dass sich das vormals grüne Land braun färbte und die Orcs, die vorher braun gewesen waren, grün.

Durotan verzog das Gesicht. „Mehrere Fässer wurden bei den Angriffen gestohlen."

„Welcher Clan?"

„Zerschmetterte Hand."

Orgrim nickte. Der Frostwolf-Clan war immer wieder das Ziel solcher Raubzüge. Seit die Stadt Shattrath von der Horde erobert worden war, bekam man die Draenei nur noch selten zu Gesicht. Ganze sechs Monate war es her, seit man eines dieser blauhäutigen Wesen gesehen hatte. Indem sich Durotan geweigert hatte, aus Gul'dans Kelch zu trinken, hatte er den Frostwolf-Clan außerhalb der Orc-Gemeinschaft gestellt. Schon vorher war seine Abneigung gegen den Krieg nicht unbemerkt geblieben. Viele der Orcs machten ihn nun dafür verantwortlich, dass sie ihren Blutdurst nicht mehr an den Draenei stillen konnten. Auf die Idee, dass diese eventuell vollständig ausgestorben waren, dass sie ihr Ziel längst erreicht hatten, kamen sie nicht.

„Ich werde beim nächsten Mal etwas zu essen mitbringen", bot Orgrim an.

„Ich nehme keine Almosen."

„Wäre mein Clan in eurer Lage, du würdest mich besinnungslos schlagen, mir die Nahrung in den Mund stopfen und sie mir die Kehle runterschieben", sagte Orgrim.

Durotan lachte, und auch Orgrim grinste. Hin und wieder, wenn Durotan das tote Land, das sie alle umgab, für einen kurzen Moment vergessen konnte und die unnatürliche Farbe ihrer

Haut, war es, als ob die Schrecken der letzten Jahre nie stattgefunden hätten.

Sofort aber verstummte Durotans Lachen wieder, und die Gegenwart kehrte zurück. „Zum Wohl meiner Kinder nehme ich dein Angebot an." Er wandte den Kopf und schaute wieder über dic Ödnis. Neue Namen entstanden, harschere Namen, dunklere Namen. Die Zitadelle wurde Höllenfeuerzitadelle genannt, die ganze Gegend Höllenfeuerhalbinsel.

„Die Ausrottung der Draenei wird zur Ausrottung der Orcs führen, wenn nicht etwas unternommen wird", sagte Durotan. „Wir wenden uns gegeneinander, erniedrigen uns, indem wir den Kindern Nahrung stehlen, weil uns das Land nicht mehr ernähren kann. Die Dämonen, die an den Schößen der Hexer hängen, können zerstören und foltern, aber sie können nicht heilen oder die Verhungernden füttern."

Orgrim fragte mit gedämpfter Stimme: „Hat jemand … versucht, die Elementen zu beschwören?" Solche Aktivitäten waren immer noch verboten, aber Orgrim wusste, dass die Verzweiflung einige die alten Wege überdenken ließ.

Durotan nickte. „Es war ein Fehlschlag. Da war nur eisige Stille. Dämonen bewachen den Oshu'gun. Er ist keine Hoffnung mehr für uns."

„Dann … sind wir am Ende", sagte Orgrim leise. Er schaute auf seinen Hammer, dessen Schaft an seinem Bein lehnte, und fragte sich, ob sich die Prophezeiung bezüglich des Schicksalshammers noch immer erfüllen konnte, wenn er der Letzte in seiner Familie war. Hatte diese Waffe bereits Erlösung gebracht und dann Verdammung, indem er sie benutzt hatte, um die Draenei auszulöschen? Doch wie konnte er ihn einsetzen, um Gerechtigkeit zu bringen?

Wenn alles starb, wie sollte sich dann alles verändern können?

Der Wille zu Überleben war stark, dachte Gul'dan, als er sich für die Nacht bereitmachte. Er war dazu übergegangen, im Schwarzen Tempel zu übernachten, in einem Raum, den er speziell für sich eingerichtet hatte. Darin hatte er auf rituelle Art all die

Schmuckstücke und Werkzeuge angeordnet, die er brauchte, um die Dämonen, die er rief, sicher zu kontrollieren: Splitter von Draeneiseelen, bestimmte Steine für die größeren Kreaturen, Tränke, die ihm halfen, seine Energie zu regenerieren, wenn er sich verausgabte … Es gab Schädel, Knochen und andere Symbole der Dominanz. In Schalen verbrannten bestimmte Kräuter, deren scharfes oder süßes Aroma Visionen verursachte.

Solch einer Schale wandte er sich gerade zu. Er hatte in einem Kessel ein kleines Feuer entzündet und das Holz bis zur Glut herunterbrennen lassen. Leise singend warf Gul'dan getrocknete Blätter in die Glut und unterdrückte den Husten, als Rauch die Luft erfüllte. Er ging zu seinem Bett, ihm gefiel der Gedanke, dass dies auch das Bett des verfluchten Velen gewesen war, wenn er sich im Tempel aufgehalten hatte und schlief schnell ein.

Gul'dan träumte, wie er seit Kil'jaedens Verschwinden nicht mehr geträumt hatte. Er befand sich im Traum an einem merkwürdigen dunklen Ort, doch er wusste, dass die Vision echt war.

Er sah ein leicht Orc-ähnliches Wesen, das in eine lange Robe gekleidet war, deren Kapuze sein Gesicht bedeckte. Es war schlank, schlanker noch als eine Orc-Frau, aber irgendwie wusste er sofort, dass das Wesen männlich war. Obwohl er Gul'dan zart gebaut erschien, spürte er die Macht, die von dem Fremden ausging. Ein Schauder durchrieselte ihn. Als der Fremde in seinem Geist sprach, klang seine Stimme nicht nur männlich, sondern auch angenehm und zwingend.

„Du fühlst dich ziellos und allein", sagte der Fremde.

Gul'dan nickte, zugleich vorsichtig und drängend.

„Kil'jaeden versprach dir Macht, Stärke, Göttlichkeit. Dinge, die deine Welt niemals gesehen hat", fuhr die sanfte Stimme fort. Der Mund blieb im Schatten der Kapuze verborgen.

Die Worte schmeichelten Gul'dan, lullten ihn ein und riefen zugleich Furcht in ihm hervor. Aber er fühlte sich eher verärgert als ängstlich.

„Er hat mich verlassen", entgegnete er. „Er brachte uns dazu, unsere Welt zu zerstören, und dann verließ er uns, damit wir mit ihr sterben. Wenn du von ihm kommst, dann …"

„Nein, nein“, beruhigte ihn der Fremde mit der merkwürdig zwingenden Stimme. „Ich komme von einem Größeren.“ Seine Augen glitzerten tief in den Schatten der Kapuze. „Ich komme von seinem Meister.“

Gul’dans Haut prickelte. „Seinem … Meister?“

Der Strom der Bilder, der in seinen Geist eindrang, überwältigte ihn fast. Bilder von Kil’jaeden und Velen und Archimonde, wie sie vor langer Zeit gewesen waren. Er sah die Verwandlung der ehemaligen Eredar in Monster und Halbgötter. Und er spürte eine große Präsenz dahinter, die er jedoch nicht zu sehen bekam.

„Sargeras!“

Er konnte immer noch nicht das Gesicht des Fremden sehen, aber Gul’dan wusste, dass er lächelte.

„Ja. Der eine, der über alles herrscht. Der eine, dem wir dienen. Du wirst es bald verstehen, Gul’dan, dass Zerstörung und Vergessen schön und rein sind. Dahin müssen sich alle Dinge entwickeln. Du kannst ihm widerstehen und wirst dann vernichtet. Oder du hilfst ihm und wirst belohnt.“

Vorsichtig und immer noch verwirrt von der vermummten Gestalt mit seiner honigsüßen Stimme fragte Gul’dan: „Was wird von mir verlangt?“

„Dein Volk stirbt“, sagte die Gestalt geradeheraus. „Es gibt nichts mehr auf dieser Welt, dass sie zerstören können. Es gibt nichts mehr auf dieser Welt, dass ihnen das Überleben ermöglichen könnte. Sie müssen woandershin gehen. Dorthin, wo es ausreichend Nahrung gibt und Gegner, die zu töten es sich lohnt. Die Orcs hungern genauso danach wie nach Nahrung. Gib ihnen das Blut, nach dem sie dürsten.“

Gul’dan verkniff die Augen zu Schlitzen. „Das klingt nach einer Belohnung, nicht nach einer Aufgabe, die ich zu erfüllen hätte.“

„Es ist beides und es ist nicht die einzige Belohnung, die euch mein Meister anbietet. Du regierst den Schattenrat, du hast seine Macht gekostet. Du bist der größte Hexenmeister, den dein Volk hat, und du weißt, wie sehr dich das erfüllt. Stell dir vor, du wärst ein Gott!“

Gul'dan zitterte. Das war ihm schon zuvor versprochen worden, aber irgendwie wusste er, dass dieser Sargeras viel eher in der Lage war, solche außergewöhnlichen Wünsche zu erfüllen. Wenn er die Hand ausstreckte, sollte die Erde erbeben. Die Blicke Tausender sollten auf ihn gerichtet sein und ihre rauen Stimmen seinen Namen rufen.

„Wir haben gemeinsame Feinde", fuhr der Fremde fort. „Ich will, dass ihr sie tötet. Es würde den Hunger deines Volkes stillen." Der Schatten unter der Kapuze lichtete sich ein wenig, und Gul'dan sah weiße Haut und einen dünnlippigen lächelnden Mund, der von einem schwarzen Bart eingerahmt war. „Es ist eine Partnerschaft, die uns beiden nützt."

„In der Tat", hauchte Gul'dan. Er bemerkte, dass er sich auf den Fremden zu bewegte, als würde er zu ihm gezogen. Er hielt an und fügte hinzu: „Aber ich kann nicht glauben, dass das alles ist, was du von mir willst."

Der Fremde seufzte. „Sargeras wird dir all das geben und mehr. Nur … er ist derzeit gefangen. Er braucht Hilfe, um zu entkommen. Sein Körper steckt in einer alten Gruft, vergessen unter einem trüben Ozean der Dunkelheit. Er will frei sein, giert nach der Macht, die er einst hatte, so wie ihr Orcs nach Tod und Blut giert. Bring deine Orcs in diese unverderbte grüne Welt. Gib ihnen weiches Fleisch, in das sie ihre Äxte schlagen können. Erschlagt die Bewohner dieser Welt, stärke deine Leute, und mit der großen grünen Flut deiner Krieger schließe dich mir an, um unseren Meister zu befreien. Seine Dankbarkeit …"

Wieder sah Gul'dan das verschlagene Lächeln, das Blitzen der weißen Zähne. Und wieder spürte er die machtvolle Ausstrahlung, die nur durch den Willen des Fremden gebändigt wurde.

„… nun, sie ist vielleicht jenseits deiner Vorstellungskraft, Gul'dan."

Gul'dan dachte nach. Das Bild des Fremden verblasste allmählich. Gul'dan schnappte nach Luft, als er plötzlich auf einer schönen Wiese stand und der Wind in sein geflochtenes Haar fuhr. Er sah Tiere, wie er sie noch nie erblickt hatte. Am Horizont standen gesunde Bäume. Seltsame Wesen, den Orcs ähnlich, mit rosafarbener Haut und so dünn wie der Fremde, kümmerten sich um Felder und Tiere.

Perfekt.

Das Bild veränderte sich wieder. Plötzlich war er unter Wasser und tauchte hinab in die Tiefe. Seine Lungen gierten dennoch nicht nach Luft. Seetang trieb im Wasser. Trotzdem erkannte er ein paar umgefallene Säulen und eine verwitterte Tafel mit einer merkwürdigen Inschrift. Ein Schauder durchfuhr ihn, als er erkannte, dass dies der Ort war, an dem Sargeras gefangen gehalten wurde. *Befreie ihn aus diesem Gefängnis und dann … dann …*

Es schien eine gute Partnerschaft zu sein. Alles war besser, als auf jener Welt zu bleiben, die nichts als einen langsamen Tod verhieß. Allein dieses schöne Land, reif dafür, dass man es ausplünderte, machte den Pakt lohnenswert. Aber für ihn gab es noch so viel mehr zu gewinnen.

Er schaute den Fremden verzückt an. „Sag mir, was wir tun sollen."

Gul'dan erwachte lang ausgestreckt auf dem Boden. Neben ihm auf dem kalten Stein lag ein Pergament mit Instruktionen, von seiner eigenen Hand geschrieben. Er las sie schnell: *Portal … Azeroth … Menschen …*

Medivh.

Gul'dan lächelte.

Zweiundzwanzig

Kann etwas Segen und Fluch zugleich sein? Erlösung und Verdammnis? Denn für beides halte ich das, was als Nächstes in der Geschichte meines Volkes geschah. Es ist bekannt, dass die entfesselten dämonischen Energien alles von Draenor fernhielten, was gut und lebensspendend war. Kil'jaeden hatte die Zahl der kampffähigen Orcs erhöht, um eine starke Armee zu haben, indem er die Kinder altern ließ und ihnen ihre Kindheit raubte. Jetzt war das Volk der Orcs größer als je zuvor, und es gab keinen Weg, die Hungernden zu ernähren. Wie denen, die in dieser schrecklichen Zeit gelebt haben, ist mir klar, dass unser Volk, wäre es auf Draenor geblieben, wahrscheinlich nicht überlebt hätte.

Aber wie wir unsere Welt verließen ... und der Grund dafür ... Diese Welt blutet noch immer aus jenen Wunden, die ihr damals geschlagen worden sind. Ich tue, was ich kann, um sie zu heilen, während ich noch immer die Interessen der neuen Horde schütze, die ich gegründet habe. Dennoch frage ich mich, ob diese Wunden je verheilen werden. Leben für mein Volk: Segen. Wie wir dieses Leben erhielten: Fluch.

Die Mitgleider des Schattenrats waren so nervös wie Gul'dan bei Kil'jaedens Verschwinden. Aber jetzt hatten sie eine Aufgabe. Er hatte den Rat einberufen und den Ratsmitgliedern von dem mysteriösen Fremden namens Medivh erzählt. Er hatte von fruchtbaren Feldern, sauberem Wasser, gesunden Beutetieren gesprochen. Und er sprach mit glühenden Worten von den Wesen, die sich Menschen nannten. Sie kämpften gut genug, um eine Herausforderung darzustellen, würden aber der Horde mit Sicherheit unterlegen sein.

„Wasser, Nahrung, Töten. Und Macht für diejenigen, die dazu beitragen, diesen Preis zu gewinnen“, hatte Gul’dan gesagt, und seine Stimme war betörend, fast schon zwingend gewesen. Er hatte sie richtig eingeschätzt. Die Blicke ihrer Augen, einige rot und glühend, andere immer noch braun und intensiv, waren auf ihn geheftet, und er sah Hoffnung in ihren Gesichtern und Gier.

Die Vorbereitungen begannen.

Zuerst mussten sie das Vertrauen der verhungernden Horde zurückgewinnen. Gul’dan wusste, dass die Orcs aufgrund der schwindenden Vorräte und angestachelt von der stetig anwachsenden Gier nach Gewalt damit begonnen hatten, sich gegenseitig anzugreifen. Er hatte Schwarzfaust Erlasse an alle Clans schicken lassen, in denen er ihre besten Krieger zu kontrollierten Schaukämpfen einlud. Die Gewinner würden Nahrung vom verlierenden Clan erhalten und sauberes Wassers sowie Ruhm und Ehre. Dankbar, weil sie damit gleich beide Begierden stillen konnten, nahmen die Orcs die Einladung an. Gul’dan war erleichtert. Medivh wollte eine Armee, die die Menschen angriff. Es durfte nicht sein, dass sich Orcs gegenseitig umbrachten, bevor die Invasion starten konnte.

Durotan machte ihm weiterhin Ärger. Der Häuptling des Frostwolf-Clans, leicht ermutigt dadurch, dass ihn Gul’dan in der Nacht des Angriffs auf Shattrath nicht getötet hatte, schwang nun häufiger in der Öffentlichkeit Reden. Er bezeichnete den Krieg als ehrlos. Er forderte, dass man einen Weg finden müsse, das Land zu heilen. Zwischen seinen Worten hörte man heraus, dass er die Hexer bezichtigte, Schuld an der Misere zu sein. Er bewegte sich hart am Rande des Tolerierbaren, manchmal auch bereits einen Schritt darüber hinaus.

Und, wie immer, hörten ihm Einige zu. Der Frostwolf-Clan hatte es als Einziger komplett abgelehnt, von Mannoroths Blut zu trinken. Aber es gab auch andere in niedrigeren Positionen, die sich dem ebenfalls verweigert hatten. Von denen beunruhigte Gul’dan am meisten Orgrim Schicksalshammer. Der konnte ernste Schwierigkeiten machen. Orgrim hatte Schwarzfaust nie sehr gemocht, und eines Tages würde er vielleicht mehr tun, als ihn nur nicht zu mögen. Aber im Moment schloss er sich nicht öffentlich den Frostwölfen an, sondern war sogar einer der regelmäßigen Sieger in den Wettkämpfen.

Gul'dan hatte weiterhin Visionen. Medivh hatte sehr konkrete Ideen von dem, was er wollte und was zu tun war: ein Portal zwischen den beiden Welten. Das konnte vom Schattenrat und den Hexern auf der einen Seite und Medivh und seinen Magiern auf der anderen Seite erschaffen werden.

Die Arbeiten ließen sich nicht heimlich durchführen, denn das Portal musste sehr groß sein, damit die Armeen, die Medivh forderte, auch hindurchpassten. Außerdem stand es nicht gut um die Moral der Horde. Die aufregenden Wettkämpfe in der Arena und der Bau des Portals mit all seinen Feierlichkeiten gaben ihnen Ziele, an denen sie festhalten konnten.

Medivh gefiel diese Idee. In einer Vision nahm er die Form eines großen schwarzen Vogels an, der sich auf Gul'dans Arm setzte. Klauen gruben sich in Gul'dans Fleisch, und rötlichschwarzes Blut lief über die grüne Haut, aber der Schmerz fühlte sich gut an. Ein kleines Stück Papier war um den Fuß des Vogels gebunden. In seiner Vision entrollte Gul'dan das Papier und sah eine Skizze, eine Art Bauplan, und der raubte ihm den Atem. Als er erwachte, zeichnete er ihn auf ein großes Pergament.

Er begutachtete den Plan, und seine Augen strahlten vor Vorfreude.

„Schön", sagte er.

„Ich verstehe deine Unzufriedenheit nicht", sagte Orgrim eines Tages, während er und Durotan auf ihren Reittieren saßen und das Gebäude inspizierten, das Gul'dan Portal nannte. Wohin Durotan auch schaute, überall arbeiteten Orcs. Die Männer waren bis zur Hüfte nackt, die Frauen fast auch, und ihre grüne Haut glitzerte vor Schweiß unter einer Sonne, die das Land verbrannte. Einige sangen Kriegslieder, während sie arbeiteten, andere waren konzentriert und still. Die Straße zum Plateau, die in fast gerader Linie zu der mittlerweile Höllenfeuerzitadelle genannten Festung verlief, war bereits gepflastert, weshalb das Baumaterial leicht herangeschaft werden konnte.

Die Formen der vier großen Plattformen basierten auf Entwürfen der Draenei. Durotan erkannte eine gewisse Ironie darin: Der Originalbauplan war verändert worden, gekrönt von den inzwischen vertrauten Spitzen und scharfen Kanten, die die Orc-Architektur mittlerweile auszeichneten. Aber Durotan konnte sich daran erinnern, auf ähnlichen Stufen als Junge gegangen zu sein. Später hatte er diese Stufen erneut erklommen, in der Absicht, alle, die er oben antraf, zu töten. Zwei Obelisken ragten wie scharfe Speere in den Himmel, eine Statue von Gul'dan stand auf einem weiteren.

Aber am bedrohlichsten wirkten die Steine, die ein wenig hinter den Obelisken standen. Sie bildeten den Rahmen für das eigentliche Portal, das Gul'dan ihnen versprochen hatte. Zwei große steinerne Säulen ragten empor, ein steinerner Balken lag quer über ihnen, um das Tor zu bilden. Figuren waren auf den Steinen zu erkennen, Umrisse von Wesen in Kapuzenmänteln auf beiden Säulen und darüber eine sich windende Schlange.

„Ist dies hier nicht besser, als wenn sie in dein Lager reiten und deine Clan-Leute töten?", fragte Orgrim.

Durotan nickte. „Ja, sicherlich. Aber wir wissen immer noch nicht, wohin das Portal eigentlich führt."

Orgrim deutete auf die verdorrte Landschaft. Die Höllenfeuerhalbinsel war eine der verwüstetsten Gegenden der Welt, aber bei Weitem nicht die einzige. „Ist das wichtig? Wir wissen, von wo das Portal *weg*führt."

Durotan grunzte amüsiert. „Ich glaube, damit hast du recht."

Er fühlte, dass der Blick von Orgrims grauen Augen auf ihm ruhte. „Durotan, ich habe dich das bislang bewusst nicht gefragt, aber … warum hast du den Trank, den Gul'dan dir bot, abgelehnt?"

Durotan sah seinen Freund an und antwortete mit einer Gegenfrage: „Warum hast du nicht getrunken?"

„Etwas war … nicht richtig", antwortete Orgrim nach kurzem Zögern. „Mir gefiel nicht, was es aus den anderen machte."

Durotan zuckte mit den Schultern. „Du hattest denselben Gedankengang wie ich."

„Da bin ich mir nicht so sicher“, gestand Orgrim, aber er fragte nicht weiter.

Durotan wollte nicht verraten, was er wusste. Er hatte es geschafft, seine Leute vor dem zu bewahren, was das Dämonenblut aus ihnen gemacht hätte. Er hatte sich gegen Gul’dan durchgesetzt, und bislang hatte das noch keine negativen Auswirkungen gehabt. Orgrim, den Ahnen sei Dank dafür, hatte genug Weisheit besessen, um zu erkennen, dass etwas nicht stimmte, und hatte den Kelch ebenfalls abgelehnt.

„Ich kämpfe heute“, sagte Orgrim und wechselte damit das Thema. „Kommst du?“

„Ich weiß, dass du das nicht für den Ruhm tust, sondern für deinen Clan“, erklärte Durotan. „Du kämpfst, um Nahrung für sie zu gewinnen und Wasser. Aber ich werde nicht zu diesen Schaukämpfen gehen. Orcs sollten nicht gegeneinander kämpfen. Nicht einmal zum Vergnügen.“

Orgrim seufzte. „Du hast dich nicht verändert, Durotan. Du hattest immer Angst davor, gegen mich zu verlieren.“ Seine Stimme klang vergnügt.

Durotan schaute ihn an, und zum ersten Mal seit ewig langer Zeit lachte er aus vollem Herzen.

Der Tag war gekommen.

Die ganze Nacht lang, während ein Ring aus Hexern Wache gestanden hatte, damit kein Neugieriger das finstere Ritual beobachtete, hatten mehrere Steinmetze hart daran gearbeitet, das letzte Siegel in die Basis des Portals zu schlagen. Nachdem sie fertig waren und einander angelacht hatten, waren sie getötet worden. Das Blut derjenigen, die das Siegel erschaffen hatten, würde es veredeln, hatte Medivh gesagt. Gul’dan hatte keinen Grund, an der Weisheit seines neuen Verbündeten zu zweifeln. Aber die glücklosen Steinmetze waren nicht die Letzten, die an diesem Ort sterben sollten.

Die Morgendämmerung war feurig rot und orange, die Luft dick und schal. Während das Portal in den letzten paar Tagen fertiggestellt worden war, mussten gleichzeitig auch noch andere Aufgaben erledigt werden. Die Kriegsmaschinen, die vor einigen

Monaten die Stadt Shattrath verwüstet hatten, wurden wieder in Dienst gestellt, repariert, geölt und überprüft. Rüstungen, die vernachlässigt worden waren, wurden poliert, Dellen aus Brustpanzern und Helmen gehämmert und Schwerter gewetzt.

Die große orcische Armee, die die Draenei vernichtet hatte, wurde neu aufgestellt.

Von einigen Clans wurde verlangt, dass sie zurückblieben. Gul'dan hatte sein Bestes gegeben, um den Häuptlingen der Clans der Zerschmetterten Hand, der Schattenmonde, des Donnerfürsten, der Blutenden Augen und des Lachenden Schädels einzureden, dass sie hier, auf dieser Welt, dringend gebraucht wurden. Grom und sein Kriegshymnen-Clan waren besonders schwer zu überzeugen gewesen. Als der Häuptling zu wüten begann, hatte sich Gul'dan für einen kurzen Moment gefragt, ob es wirklich eine gute Idee gewesen war, Höllschrei von dem Dämonenblut trinken zu lassen, denn weniger als alle anderen hatte er seine Gefühle unter Kontrolle. Vordergründig schmeichelte ihm Gul'dan, indem er behauptete, wie wertvoll Grom für ihn wäre und wie sehr er ihn hier bräuchte. Doch in Wirklichkeit wollte er ihn wegen seiner Wildheit und seiner Unberechenbarkeit auf keinen Fall dabei haben. Er konnte nicht riskieren, dass Grom wegen irgendeiner verrückten Idee Befehle verweigerte. Medivh hätte das sicherlich nicht akzeptiert. Natürlich nicht.

Schwarzfaust hatte der gesamten Horde befohlen, sich an der Höllenfeuerzitadelle zu versammeln. Während der letzten paar Tage waren einige, die in ihre angestammten Lager zurückgekehrt waren, darunter der Frostwolf-Clan, zurückgekehrt und kampierten nun vor der Zitadelle. Sie waren dem Befehl gefolgt, sich zu bewaffnen, als ginge es in die Schlacht, obwohl die wenigsten begriffen, was vor sich ging.

Sie kamen, Clan für Clan. Und jeder Clan trug seine traditionellen Farben in Form einer dekorativen Schärpe oder eines Gürtels über der Rüstung. Und an diesem heißen, windigen Tag flatterten ihre Banner stolz im Wind.

Gul'dan und Ner'zhul beobachteten den Aufmarsch, und Gul'dan wandte sich an seinen ehemaligen Lehrer. „Du und dein Clan seid unter denen, die zurückbleiben", sagte er knapp.

Ner'zhul nickte. „Das habe ich mir schon gedacht", sagte er fast kleinlaut. Er sagte dieser Tage nicht viel, genauso wie Gul'dan. Der hatte angenommen, dass der ältere Orc versuchen würde, ihm die Macht zu entreißen, nachdem Kil'jaeden ihn verlassen hatte. Aber augenscheinlich war Ner'zhul gebrochen und nicht mehr dazu fähig. Gul'dan dachte verächtlich an die Zeit zurück, als er Ner'zhul geschätzt und geliebt hatte. Wie dumm er damals gewesen war. Er war gewachsen und hatte gelernt, selbst aus der Bitterkeit der Niederlage. Obwohl er manchmal auch einen seltsamen Glanz in Ner'zhuls Augen entdeckte, wie jetzt gerade. Er betrachtete den anderen Orc genau. Wahrscheinlich war es nur eine Täuschung gewesen, ein Lichtreflex. Er konzentrierte sich wieder auf den Aufmarsch und lächelte.

Es war herrlich! Die brennende Sonne glitzerte auf ihren Rüstungen, ihre Banner wehten im Wind, ihre grünen Gesichter leuchteten in Vorfreude. Wenn alles so geschehen würde, wie Medivh es versprochen hatte, dann war dies der große Wendepunkt. Dann würde Gul'dan zur wahren Größe finden.

Die Trommeln begannen zu schlagen. Tief und ursprünglich wummerten sie, ließen die Erde vibrieren, den Stein, die Knochen der Hordenmitglieder. Viele warfen ihren Kopf zurück und heulten, als sie zu marschieren begannen. Sie gingen im Gleichschritt, waren wieder ein vereintes Volk.

Gul'dan hatte keine Eile. Sobald sie alle am Portal versammelt waren, würde er von einem Hexer magisch dorthin transportiert werden. Er konnte die Parade seiner Armee genießen, die die breite Straße zum Portal entlangmarschierte.

Vor dem Portal stand ein Kind der Draenei.

Wo hatten sie das her? Durotan hatte seit Monaten keine Draenei mehr gesehen und auch sonst niemand. Sie mussten sehr viel Glück gehabt haben, einen Draenei zu finden, auch wenn es sich nur um ein Kind handelte.

Sie standen vor der Menge, neben dem Donnerfürst-Clan und dem Drachenmal-Clan. Das Tor des Portals war fertiggestellt und wirkte gleichzeitig schön und erschreckend. Zwei steinerne Gestalten in Kutten, deren Augen entweder durch Magie oder einen raffinierten Trick rot leuchteten, flankierten die Öffnung. Eine in den Stein gemeißelte schlangenähnliche Kreatur ringelte sich auf der oberen, waagerecht liegenden Felsplatte, das Maul weit aufgerissen, sodass man die nadelspitzen Zähne sehen konnte. Sie hatte scharfe, echsenhafte Krallen und Zacken auf dem Rücken. Durotan hatte so etwas noch nie gesehen und fragte sich kurz, wie den Steinmetzen solch ein Bild hatte einfallen können. Ein Albtraum vielleicht? Er grinste. Alles in allem war es ein recht gelungenes Bauwerk.

Aber er würdigte diese Kunstfertigkeit nur am Rande. Seine Blicke waren auf den jungen Draenei gerichtet. Der sah so entsetzlich klein aus im Vergleich zu dem enormen Tor – klein, dünn und verletzlich. Er starrte mit leerem Blick auf das Meer der Orcs, die ihn anbrüllten. Er war bereits so weit jenseits des Schreckens, dass er offenbar nicht einmal mehr Angst enpfand.

„Was werden sie mit ihm machen?“, fragte sich Draka laut.

Durotan schüttelte den Kopf. „Ich fürchte das Schlimmste.“

Sie wandte ihm das Gesicht zu. „Ich sah, wie sie in der Schlacht Kinder erschlugen. Der Blutrausch hatte sie erfasst – ich werde es ihnen nie verzeihen, aber ich verstehe, wie es geschehen konnte. Aber sicherlich werden sie kein Kind für irgendein Ritual töten!“

„Ich hoffe, du hast recht“, sagte Durotan. Aber er konnte keinen anderen Grund erkennen, warum die kleine Gestalt dort vor ihnen stand. Wenn aber seine Befürchtungen zutrafen, würde er nicht einfach zuschauen können. Er wollte seinen Clan nicht noch mehr in Gefahr bringen, deshalb betete er, dass er falsch lag.

Die Hexenmeister sangen, und zu Durotans Erstaunen erschien Gul’dan direkt vor ihren Augen. In der Horde erhob sich ein Murmeln, während Gul’dan ihnen wohlwollend zulächelte.

„Heute ist ein glorreicher Tag für die Orcs!“, rief er. „Ihr alle wart Zeugen, wie das Portal gebaut wurde, das ein Monument für den Ruhm der Horde darstellt. Jetzt werde ich euch die Visionen zeigen, die ich habe.“

Er deutete auf das Tor. „Weit, weit weg liegt ein Land namens Azeroth. Ich habe dort einen Verbündeten. Er bietet uns sein

Land an. Es ist grün und fruchtbar, mit sauberem Wasser und fetten Kreaturen. Und das Beste daran: Wir werden weiterhin Blut vergießen können. Ein Volk, genannt Menschen, der Feind unseres Verbündeten, wird versuchen, uns davon abzuhalten, dieses Land in Anspruch zu nehmen. Wir werden sie vernichten. Ihr dunkles Blut wird unsere Schwerter benetzen. So wie wir die Draenei ausgelöscht haben, so werden wir jetzt die Menschen auslöschen!"

Jubel brandete auf. Draka schüttelte ungläubig den Kopf. „Wie können sie immer noch so fühlen? Begreifen sie denn nicht, dass dieses neue Land genauso leiden wird wie unser altes, wenn wir so weitermachen?"

Durotan nickte zustimmend. „Aber leider haben wir keine andere Wahl. Wir brauchen Nahrung und Wasser. Wir müssen durch das Portal gehen."

Draka seufzte, als sie die Logik erkannte, die sie dennoch nicht mochte.

„Unser Verbündeter wird das Portal von seiner Seite aus öffnen, sobald wir dies auf unserer Seite machen. Und das werden wir jetzt tun." Gul'dan wies auf den kleinen gefangenen Draenei. „Unser Geschenk an die, die uns diese großen Kräfte geben, ist reines, unverdorbenes Blut. Und das Blut eines Kindes ist noch reiner und unverdorbener. Mit dem Lebenssaft dieses Feindes öffnen wir das Portal und treten in eine herrliche neue Welt, und eine neue Epoche in der Geschichte der Horde beginnt!"

Er trat zu dem gefesselten Kind, das ihn mit leeren Augen anschaute. Gul'dan zog einen juwelenbesetzten Dolch. Er glitzerte im Sonnenlicht.

„Nein!"

Durotan hatte es gerufen. Jeder drehte sich um und starrte ihn an. Er drängte vorwärts. Wenn diese Unternehmung durch das Blut eines unschuldigen Kindes ermöglicht wurde, konnte nichts Gutes daraus erwachsen.

Er schaffte keine drei Schritte, bevor er zu Fall gebracht wurde und hart auf die sonnengebackene Erde aufschlug. In dem Moment, da es passierte, hörte er Drakas Kriegsruf und den Klang von Metall auf Metall. Chaos brach aus. Er kämpfte sich auf die

Füße und sah den Körper des Kindes. Blaues Blut sprudelte aus seiner aufgeschnittenen Kehle.

„Gul'dan! Was hast du uns angetan?", kreischte Durotan, aber sein Protest ging im Gebrüll des aufgehetzten Mobs unter. Die Frostwölfe drängten heran, um ihren Häuptling zu schützen. Die Kriegsrufe waren fast schon ohrenbetäubend. Durotan wurde der Atem aus der Lunge gepresst, als der Angreifer – er konnte nicht sagen, von welchem Clan er war – ihn erneut attackierte. Zur Verteidigung hob Durotan die Axt und schwang sie dann. Der andere wich aus, bewegte sich schneller, als Durotan es erwartet hatte, griff wieder an und …

Der Klang der Schreie änderte sich abrupt, als der Boden unter ihren Füßen rumpelte und ein tiefer, durchdringender Laut sie alle bis ins Mark erschütterte. Die Kämpfe brachen ab, und alle Orcs schauten zum Portal. Noch vor einem Augenblick hatte man zwischen den beiden steinernen Säulen hindurchschauen können und nur die Landschaft der Höllenfeuerhalbinsel gesehen. Auf einmal aber herrschten dort Schwärze und wirbelnde Sterne. Selbst Durotan war von dem Anblick gebannt. Als er genauer hinsah, schimmerte die Schwärze, und ein Bild formte sich, das ihn ebenso erschreckte wie verwirrte.

Gul'dan hatte von einem schönen Land gesprochen, reich an fetten Beutetieren, fruchtbaren Feldern und blauem Himmel. Durotan sah einen Ort, den er noch nie gesehen hatte. Doch was für ein Unterschied zu dem idyllischen Reich, das Gul'dan beschrieben hatte! Es war so feucht, wie Draenor trocken war. Träger Dunst floss über brackiges Wasser und bewegte Sumpflandgräser. Ein schrilles Zirpen erfüllte die Luft, Immerhin, dachte Durotan, gab es Leben an diesem seltsamen Ort.

Ein Murmeln lief durch die Menge. *Dahin* wollte Gul'dan sie schicken? Es war auf den ersten Blick nicht viel besser als ihr eigenes Land. Aber dann dachte Durotan daran, dass Wasser Leben bedeutete. Auch wenn der Himmel orange statt blau war und das Land schlammig statt mit Blumen und Wiesen bedeckt, war es doch in der Lage, Leben zu erhalten.

Er sah Gul'dan an, als das Gemurre anschwoll. Gul'dan musste offenbar noch seinen Schock überwinden. Er gestikulierte um Ruhe.

„Azeroth ist eine große Welt, so wie diese hier!“, rief er. „Ihr wisst, wie unterschiedlich eine Welt von Land zu Land sein kann. Ich bin mir sicher, genauso ist es hier. Dieser Ort sieht nicht so einladend aus, aber …“ Seine Stimme wurde leiser, und er schüttelte sich. „Aber seht, es ist echtes Land, es ist real! Ihr …“

Gul’dan brach wieder ab und wies auf zwei Dutzend voll gerüstete Orcs, die neben dem Portal standen. Sie sprangen in Habachtstellung. „Ihr wurdet ausgewählt, die Ersten zu sein, die dieses neue Land erkunden. Geht im Namen der Horde!“

Die Orcs zögerten nur einen Moment, dann rannten sie entschlossen auf das Portal zu und hinein – und hindurch!

Das Bild verschwand.

Durotan sah Gul’dan an. Der Hexer bemühte sich, gelassen zu wirken, doch es war offenkundig, dass er verunsichert war.

„Sie sind unsere Kundschafter“, rief er. „Sie werden mit Neuigkeiten von dieser Welt zurückkehren.“

Und bevor sich die versammelten Orcs wirklich sorgen konnten, erschien das Bild des Sumpfes wieder. Die Krieger grinsten breit. Mehr als die Hälfte trugen die Kadaver von großen Tieren. Eins war ein Reptil, schuppig, langschwänzig, mit Stummelbeinen und langen Zähnen. Das andere war ein Vierbeiner, pelzig, mit Klauen an allen vier Füßen, einem langen Schwanz, kleinen runden Ohren und Tupfer auf seinem gelben dichten Fell. Beides waren offensichtlich gesunde Spezies.

„Wir haben beide Arten von Kreaturen getötet und gegessen“, sagte der Anführer der Kundschafter. „Ihr Fleisch ist gut. Das Wasser dort ist rein. Wir brauchen kein schönes Land. Wir brauchen eins, das uns ernährt und uns erhält. Dieses Azeroth wird diesen Ansprüchen genügen, Gul’dan.“

Erneut ging ein Murmeln durch die Menge. Entgegen seinem eigenen Willen richtete sich Durotans Blick auf die Tiere, die die Kundschafter mitgebracht hatten, und sein Magen knurrte. Er hatte seit zwei Tagen nichts mehr gegessen.

Gul’dan entspannte sich sichtlich. Er sah zu Durotan hinüber, und seine Augen verengten sich. Durotan hatte eine dunkle Vorahnung, scharf und bitter stieg sie ihm in der Kehle auf.

Er und sein Clan wurden gebraucht, das wusste er. Er wusste aber auch, dass er dadurch, dass er das Kind hatte retten wollen, selbst bei einigen ehemaligen Unterstützern Sympathien eingebüßt hatte. Beinahe erwartete er schon, dass Gul'dan seine Exekutierung oder Verbannung anordnete, aber offenbar hatten Gul'dan und Schwarzfaust noch Verwendung für Durotan und die Frostwölfe.

So sollte es sein. Zunächst einmal würde er an der Seite seiner Brüder kämpfen. Morgen würde er sich dann um sich selbst Gedanken machen müssen. Was immer auch geschehen würde, eins stand für Durotan fest: Er würde sterben, ohne seine Ehre befleckt zu haben.

Gul'dan schaute wieder über die gebannte Menge von Orcs und atmete tief ein.

„Dies ist der Moment der Bestimmung", sagte er. „Auf der anderen Seite erwartet uns ein Neuanfang. Ein neuer Feind muss bekämpft werden. Ihr könnt es fühlen, nicht wahr? Der Blutrausch steigt. Folgt Schwarzfaust! Hört auf seine Befehle, und ihr werdet diese Welt beherrschen, wie es euer Recht ist. Diese Welt auf der anderen Seite des Portals ist eure Welt. *Nehmt sie euch!*"

Die Schreie waren ohrenbetäubend. Die Menge drängte vorwärts. Selbst Durotan wurde von der Erregung erfasst. Eine neue Welt wartete auf sie, fruchtbar und bereit, erobert zu werden. Vielleicht waren seine Sorgen unbegründet. Vielleicht war das tatsächlich ein guter Neuanfang. Durotan liebte seinen Clan, liebte sein Volk. Er wollte, dass beide stark waren. Und er genoss es, wie alle Orcs, Beute zu machen.

Vielleicht würde alles gut werden.

Die Axt in der Hand, Hoffnung in seinem Herzen, schloss sich Durotan den anderen an, lief auf das Portal zu, zu dem Ort namens Azeroth. Er reckte die Faust in den Himmel und brüllte den Ruf, der auf den Lippen jedes Orcs lag, während sie vorwärtsdrängten.

„Für die Horde!"

Epilog

Und so begann die Geschichte unseres Volks auf Azeroth. Wir stürmten aus dem Portal wie der personifizierte Tod, ein Strom von blutlüsternden Mördern, die auf Gemetzel aus waren. Es ist kein Wunder, dass die Menschen uns derart hassten. Viele von ihnen tun das sogar heute noch. Aber vielleicht wird die Geschichte, die ich aufgeschrieben habe, eines Tages von Menschen, Elfen, Gnomen und Zwergen gelesen. Vielleicht werden sie dann verstehen, dass wir auch Leid und Opfer kennen.

Der Verdacht meines Vaters, dass er und sein Clan fürs Exil vorgesehen waren, stimmte. Kurz nachdem der Frostwolf-Clan Azeroth betreten hatte, wurde er von Gul'dan verbannt. Sie wurden gezwungen, ihre Heime in der harschen Wildnis der Alterac-Berge aufzuschlagen. Die Weißen Wölfe, die immer noch dort jagen, sind Nachkommen der Frostwölfe, die meinem Clan durch das Portal folgten und deren Loyalität nicht beeinflusst wurde durch die Worte von jemandem, der Groll gegen sie hegte.

Als ich geboren wurde, erkannte mein Vater, dass er allen anderen Orcs erzählen musste, was ihnen angetan worden war. Er suchte seinen alten Freund Orgrim Schicksalshammer auf, der ihm zustimmte und ihn unterstützt hätte, wäre mein Vater nicht heimtückisch ermordet worden. Als ich erwachsen wurde, wurde ich Orgrims Freund, wie mein Vater es zuvor gewesen war, und ich war es, der die Prophezeiung des Schicksalshammers erfüllen sollte.

Zu ihrer beider Ehre heißt das Land Durotar, seine größte Stadt Orgrimmar. Es ist meine Hoffnung, dass …

„Mein Häuptling!" Die tiefe raue Stimme gehörte Eitrigg.

Thrall stoppte mitten im Satz und legte die Feder beiseite, damit keine Tinte auf das Pergament tropfte. „Was ist?", fragte er den ältlichen Orc, einen seiner vertrauenswürdigsten Berater.

„Es gibt Neuigkeiten. Von der Allianz. Einer unserer Informanten hat etwas Interessantes in Erfahrung gebracht, dass er dir persönlich anvertrauen möchte."

Thrall mochte den Ausdruck „Spion" nicht, aber er hatte dennoch welche, so wie er sicher war, dass Jaina Prachtmeer ihre Spione in seinem Land hatte. Das war oft nützlich. Selten hatte bisher einer der Informanten ihn persönlich sprechen wollen. Es musste tatsächlich etwas Wichtiges geschehen sein.

„Bring ihn hinein!", sagte er.

Eitrigg nickte, und einen Moment später wurde ein kleiner, dürrer unauffälliger Mensch hereingebracht. Er sah erschöpft aus, unterernährt und verschreckt.

Thrall erhob sich zu seiner vollen imposanten Größe, ohne darüber nachzudenken, dass er den Menschen damit einschüchtern könnte.

„Willst du etwas zu essen oder zu trinken?", fragte er freundlich.

Der Spion schüttelte den Kopf, dann aber sagte er mit trockener Stimme: „W-Wasser, wenn es geht."

Der Kriegshäuptling persönlich füllte einen Becher und gab ihn dem Mann, der durstig trank und sich dann den Mund mit dem Handrücken abwischte.

„Meinen Dank, Kriegshäuptling", sagte er und klang etwas ruhiger.

„Deine Neuigkeiten!", forderte Thrall.

Der Mann erbleichte. Thrall seufzte innerlich. Er wäre niemals so brutal oder so dumm, einen Boten für die Überbringung schlechter Nachrichten umzubringen. Das führte nur dazu, dass ihn niemand mehr mit Informationen versorgt hätte.

Er lächelte beruhigend – zumindest hoffte er das. „Fürchte dich nicht. Deine Nachrichten, egal, ob gut oder schlecht, sind nützlich, wenn sie dabei helfen, mein Volk zu schützen."

Der Mann beruhigte sich. Er atmete tief durch.

„Mein Lord“, sagte er. Er zögerte, fuhr dann entschlossen fort: „Die Draenei sind nach Azeroth gekommen.“

Thrall war verwirrt. Er tauschte einen Blick mit Eitrigg, der mit den Schultern zuckte.

„Einige Draenei sind seit Jahren in Azeroth“, sagte Thrall. „Sie werden die Verlorenen genannt. Wir wissen von ihnen. Das sind keine Neuigkeiten, Freund.“

Der Mensch schaute schuldbewusst. „Ihr versteht nicht“, sagte er drängend. „Ich meine nicht diese erbärmlichen Gestalten. Da … da war ein Schiff. Am Himmel. Es fiel wie ein riesiger Stein vor zwei Nächten zur Erde.“

Thrall atmete heftig ein. Jeder hatte das seltsame Objekt am Nachthimmel gesehen, das ausgesehen hatte wie ein Stern, der zur Erde fiel. So, es war also kein Stern gewesen. Es war ein Schiff …

Der Mensch redete weiter. „Prachtmeer hat sich einverstanden erklärt, ihnen zu helfen. Da ist einer unter ihnen – bleich, vornehm, befehlsgewohnt, obwohl er körperlich nicht stark wirkt. Sie nennen ihn Velen.“

Thrall starrte ihn an. Die Draenei? Der Prophet Velen? *Hier*?

Er sank langsam auf seinen Stuhl, als ihm die volle Bedeutung dessen klar wurde, was er gerade gehört hatte.

Der schlimmste Feind, den die Orcs jemals hatten, war nach Azeroth gekommen und von der Allianz willkommen geheißen worden.

Wie konnte da noch Frieden zwischen Horde und Allianz bestehen?

„Ihr Ahnen, schützt uns“, flüsterte Thrall.

ENDE

Über die Autorin

Die preisgekrönte Autorin Christie Golden hat inzwischen achtundzwanzig Romanen und über ein Dutzend Kurzgeschichten in den Genres Fantasy, Science-Fiction und Horror verfasst, darunter mit „Vampires of the Mists“ („Schloss der Vampire“; 1991) den Anfang der „Ravenloft“-Reihe, in dem den Lesern der Elfenvampir Jander Sonnenstern vorgestellt wurde. Sie schrieb über ein Dutzend „Star Trek“-Storys, darunter auch zur TV-Serie „Voyager“, und den „Warcraft“-Roman „Lord of the Clans“ („Lord der Clans“). Zudem verfasste sie die Romane „On Fire's Wings“ und „In Stone's Clasp“ der „Dancers“-Serie, erschienen bei LunaBooks. Alle Leser sind herzlich eingeladen, ihre Webseite www.christiegolden.com zu besuchen. Und natürlich spielt sie auch World of WarCraft.

Im Strom der Dunkelheit

Aaron Rosenberg

Für meine Familie und Freunde und ganz besonders für meine großartige Frau, die mir geholfen hat, den Strom aufzuhalten.

Für David Honigsberg (1958–2007), Musiker, Autor, Computerspieler, Rabbi und ganz besonderer Freund. Zeig dem Himmel, wie man rockt, Amigo.

Erster Prolog

Die Morgendämmerung kroch über das Land und nagte am dichten Nebel, der alles vereinnahmte. Im kleinen Dorf Southshore erwachten die Menschen und gingen ihren Beschäftigungen nach. Das Licht der aufgehenden Sonne wärmte sie noch nicht, aber die Nacht neigte sich unaufhaltsam ihrem Ende zu.

Noch aber lag der dichte Dunst über den schlichten Holzhütten und bedeckte das Meer jenseits des Dorfes. Obwohl nicht zu sehen, war die Brandung, die ans Ufer rollte und sich am Kai brach, deutlich zu hören.

Doch etwas anderes klang darin mit, langsam und gleichmäßig, als würde etwas durch den Nebel gleiten. Das Geräusch hallte von allen Seiten wider, bis die Menschen von Southshore nicht mehr sagen konnten, um was es sich dabei handelte und aus welcher Richtung es kam. Erklang es vom Land hinter ihnen – oder kam es von der See? Schlugen nur die Wellen etwas fester gegen die Gestade, oder war es der Regen, der den Nebel niederkämpfte?

Oder sollte es sich gar um den Wagen eines Händlers handeln, der einen der Feldwege hinunterfuhr?

Nachdem sie angespannt gelauscht hatten, erkannten sie, dass das merkwürdige neue Geräusch aus Richtung des Wassers kam. Sie liefen zum Strand und versuchten, in der Finsternis etwas zu erkennen.

Was war das für ein Geräusch, und wovon wurde es verursacht?

Langsam begann sich der Nebel zu verändern – als würde er von dem Geräusch vor sich her getrieben. Er wurde dichter und dunkler. Die Finsternis begann Form anzunehmen, bildete eine Art *Welle*, die auf die Dörfler zurollte.

Sie wichen zurück, einige schrien laut. Die Männer waren mit der See groß geworden, geborene Fischer, die schon alles gesehen zu haben meinten, was mit dem Wasser zu tun hatte.

Doch diese Welle bestand erkennbar nicht aus Wasser, sondern aus etwas gänzlich anderem. Und sie bewegte sich *falsch* …

Die Dunkelheit näherte sich immer mehr. Sie brachte den Nebel mit sich. Das begleitende Geräusch wurde lauter, dann durchbrach es den diesigen Schleier. Die riesige Welle teilte sich in viele kleinere und nahm dabei … Form an.

Es waren Boote. Die Dörfler entspannten sich, weil ihnen das zunächst einmal vertraut war. Dennoch blieben sie auf der Hut. Southshore war ein winziges Fischerdorf, und seine Bewohner nannten gerade mal ein Dutzend kleiner Kähne ihr eigen. Über die Jahre hatten sie kaum mehr als ein Dutzend fremder Fahrzeuge gesehen.

Und nun, plötzlich, näherten sich ihnen auf einen Schlag Hunderte!

Was bedeutete das? Die Männer umfassten ihre kurzen Holzknüppel, Messer, Hakenstangen, sogar mit Gewichten versehene Netze. Sie warteten gespannt. Immer mehr Schiffe kamen aus dem Nebel, eine endlose Armada.

Mit jeder neuen Reihe Schiffe wuchs die Bestürzung der Fischer. Das waren nicht Hunderte, sondern Tausende!

Mehr Boote, als sie jemals zuvor gesehen hatten. Wo kamen die her? Was konnte ihre Insassen aufs Wasser getrieben haben … und was führte sie nach Lordaeron?

Die Dörfler packten ihre Waffen fester, Kinder und Frauen verbargen sich in den Hütten. Und noch immer erhöhte sich die Zahl der Boote.

Längst war klar geworden, dass das Geräusch von den Rudern stammte, die ungleichmäßig durch das Wasser gezogen wurden.

Das erste Boot legte am Kai an. Jetzt konnten die Einheimischen das erste Mal die Gestalten darauf erkennen. Sie entspannten sich, obwohl ihre Verwunderung wuchs. Es handelte sich um

Menschen, darunter auch Frauen und Kinder. Hell- und dunkelhäutige, mit Haarfarben in sämtlichen Schattierungen.

Das waren keine Monster oder irgendeine andere Rasse, von denen die Dorfbewohner bisweilen zwar gehört, die sie aber nie mit eigenen Augen gesehen hatten. Diese Menschen wirkten auch nicht, als wären sie für den Krieg gerüstet. Denn offensichtlich waren die meisten der Ankömmlinge keine Krieger.

Nein, dies war keine Invasion. Es wirkte eher, als wären sie auf der Flucht vor einer schrecklichen Katastrophe. Die Fischer spürten, dass sich ihre Furcht in Sympathie verwandelte.

Was aber konnte eine solche Zahl von Flüchtlingen auf die See hinausgetrieben haben?

Weitere Boote erreichten die Küste, und ihre Besatzungen verließen wankend die unsicheren Planken. Einige brachen auf dem steinigen Strand zusammen und weinten. Andere beherrschten sich besser und atmeten tief durch, als wären sie einfach nur heilfroh, endlich der Wasserwüste entkommen zu sein.

Der Nebel lichtete sich allmählich. Die Morgensonne brach durch und löste die Schwaden mit ihren starken Strahlen mehr und mehr auf. Die Dorfbewohner konnten jetzt vieles klarer erkennen.

Diese Menschen gehörten zu keiner Invasionsarmee. Viele waren Frauen und Kinder, ärmlich gekleidet, die meisten abgemagert und schwach. Es handelte sich um einfache Leute, die eindeutig von großem Unglück betroffen waren. Manche waren so erschöpft, dass sie kaum noch stehen konnten oder wie trunken über den Strand stolperten.

Ein paar immerhin trugen auch Rüstungen. Einer, der sich auf dem vordersten Boot befunden hatte, kam auf die versammelten Dörfler zu. Er war von großer, kräftiger Statur, fast kahlköpfig, mit einem dichten Schnurrbart und einem harten, ernsten Gesicht. Seine Rüstung hatte sich erkennbar in mehreren Kämpfen bewährt, und der Griff seines großen Schwertes ragte über die Schulter hinaus. Seine Hände aber umfassten keine Waffen, sondern zwei kleine Kinder. Weitere liefen neben ihm her und klammerten sich an Rüstung, Gürtel oder Waffenscheide des Kriegers.

Neben ihm schritt ein merkwürdiger Mann daher. Er hatte breite Schultern, war ansonsten aber hager. Sein weißes Haar wehte in der leichten Brise. Er trug ein zerfleddertes violettes Gewand und einen abgewetzten Rucksack. Über einer Schulter lag ein Kind, ein weiteres, das noch aus eigener Kraft gehen konnte, hielt er an der Hand.

Und noch eine dritte erwachsene Gestalt gehörte zu dieser Vorhut: ein junger, braunhaariger Mann mit braunen Augen, der seine Umgebung kaum wahrzunehmen schien. Eine Hand hatte sich in den Umhang des großen Mannes gegraben, um Halt zu finden. Mehr noch als die tatsächlichen Kinder wirkte er wie ein kleiner Junge, der sich verzweifelt an ein Elternteil klammerte. Seine Kleidung war von edler Machart, aber von Wind und Wetter verblichen.

„Seid gegrüßt!", rief der Krieger und kam mit einem breiten Lachen auf die Dörfler zu. „Wir sind Flüchtlinge, die einer schrecklichen Schlacht entkommen sind. Ich bitte euch um Nahrung und etwas zu trinken, so ihr es entbehren könnt. Und um Unterkunft für die Kinder."

Die Einheimischen schauten einander an. Dann nickten sie und senkten ihre Waffen. Sie waren kein reiches Dorf, aber auch nicht verzweifelt arm. Und es hätte ihnen schon deutlich schlechter gehen müssen, um Kinder und deren Angehörige abzuweisen.

Ein paar Männer traten vor und nahmen dem Krieger die Kleinen ab, und der Mann mit der violetten Robe führte sie zur Kirche, dem größten und stabilsten Gebäude im Dorf. Die Frauen bereiteten derweil schon töpfeweise Haferbrei und Eintopf zu.

Schnell hatten die Flüchtlinge Unterkunft in der Kirche und unmittelbar davor bezogen. Sie aßen und tranken, teilten sich Stoffe und Mäntel. Es hätte fast ein Fest sein können, wäre da nicht der betrübliche Ausdruck auf den Gesichtern der Flüchtlinge gewesen.

„Unser Dank ist euch gewiss", wandte sich der Krieger an den Dorfvorsteher, der sich ihm als Marcus Redpath vorgestellt hatte. „Ich weiß, dass ihr eigentlich nicht viel entbehren könnt.

Deshalb wiegt das Wenige, das ihr mit uns teilt, umso schwerer."

„Wir lassen Frauen und Kinder nicht hungern", antwortete Marcus. Er schaute finster drein und musterte Schwert und Rüstung seines Gegenübers. „Aber erzählt mir doch, wer Ihr eigentlich seid – und warum Ihr hierher gekommen seid."

„Ich bin Anduin Lothar", erwiderte der Krieger mit Bedacht und strich sich über die Stirn. „Ich bin … ich *war* der Held von Stormwind."

„Stormwind?" Marcus hatte von dieser Nation gehört. „Aber das liegt jenseits des Meeres!"

„Ja", nickte Lothar traurig. „Wir sind tagelang gesegelt, um hierher zu kommen. Wir befinden uns in Lordaeron, nicht wahr?"

„Ganz gewiss sind wir das", sagte der violett gekleidete Mann, der damit zum ersten Mal das Wort ergriff. „Ich erkenne das Land wieder, obwohl mir das Dorf fremd ist." Seine Stimme war sehr fest für jemanden seines Alters. Obwohl nur seine Haarfarbe und die Falten in seinem Gesicht auf sein Alter hinwiesen, ansonsten wirkte er wie ein Jüngling.

„Ihr seid in Southshore", sagte Marcus. Er beäugte den weißbärtigen Mann misstrauisch und fragte schließlich: „Stammt Ihr aus Dalaran?" Er bemühte sich um einen neutralen Tonfall.

„Aye", gab der Fremde zu. „Und habt keine Furcht – ich werde dorthin zurückkehren, sobald meine Gefährten reisen können."

Marcus versuchte, sich seine Erleichterung nicht anmerken zu lassen. Die Zauberer von Dalaran waren überaus mächtig, und er hatte gehört, dass der König sie als Verbündete und Berater schätzte. Er selbst aber wollte mit Magie und Zaubererei nichts zu tun haben.

„Wir müssen uns beeilen", stimmte Lothar zu. „Ich muss so schnell wie möglich mit dem König sprechen. Wir dürfen der Horde keinen weiteren Vorsprung schenken."

Marcus verstand diese Anmerkung nicht, doch er erkannte die Dringlichkeit im Tonfall des stämmigen Kriegers. „Die Frauen und Kinder können eine Weile bei uns bleiben", versicherte er ihm. „Wir werden uns um sie kümmern."

„Danke", sagte Lothar aufrichtig. „Wir schicken Nahrung und Güter, sobald wir beim König waren."

„Es wird Zeit kosten, die Hauptstadt zu erreichen", erklärte Marcus. „Ich werde deshalb jemanden auf einem schnellen Pferd vorausschicken, damit man auf Eure Ankunft vorbereitet ist. Was soll er ausrichten?"

Lothar runzelte die Stirn. „Er soll dem König berichten, dass Stormwind gefallen ist", sagte er schließlich leise. „Der Prinz ist bei uns und mit ihm so viele Leute, wie ich retten konnte. Wir brauchen so rasch wie möglich Vorräte. Und wir bringen ihm schlechte Nachrichten von höchster Dringlichkeit."

Marcus' Augen waren angesichts des Gehörten immer größer geworden. Sein Blick war zu dem Jungen gewandert, der neben dem Krieger stand. Dann aber schaute er weg, bevor es unangenehm wurde. „Wird erledigt", versicherte er ihnen und sprach mit einem der Dörfler.

Der nickte und sprang auf eines der bereitstehenden Pferde. Er galoppierte schon los, bevor der Dorfvorsteher zwei Schritte zurück in die Kirche gemacht hatte.

„Willem ist unser bester Reiter, und sein Pferd ist das schnellste des Dorfes", versicherte Marcus den beiden Männern. „Er wird die Hauptstadt lange vor Euch erreichen und die Botschaft überbringen. Wir organisieren derweil Pferde und Nahrung für Euch und Eure Begleiter."

Lothar nickte und dankte. Dann wandte er sich an den Mann im violetten Gewand. „Sammelt alle, die mit uns kommen, Khadgar, und haltet Euch bereit. Wir brechen so bald wie möglich auf."

Der Zauberer nickte und begab sich zu den Flüchtlingen.

Ein paar Stunden später verließen Lothar und Khadgar Southshore. Prinz Varian Wrynn begleitete sie zusammen mit sechzig Mann. Die meisten aber wollten lieber zurückbleiben. Entweder um ihre Wunden auszukurieren oder um sich von der Erschöpfung zu erholen. Manche waren auch einfach noch zu verängstigt und schockiert und wollten mit den wenigen Überlebenden aus ihrer Heimat zusammenbleiben.

Lothar nahm es ihnen nicht übel. Ein Teil von ihm wäre auch gern in dem Fischerdorf geblieben. Doch er hatte eine Aufgabe zu erfüllen. Wie so oft.

„Wie weit ist es bis zur Hauptstadt?“, fragte er Khadgar, der neben ihm ritt. Die Dörfler hatten ihnen an Reittieren und Wagen überlassen, was sie entbehren konnten. Lothar wollte den großzügigen Menschen nicht zu viel wegnehmen, aber schließlich hatte er die Hilfe doch akzeptiert, weil er wusste, dass sie auf diese Weise deutlich an Zeit gewannen. Und die war wertvoll.

„Ein paar Tage noch, vielleicht eine Woche“, antwortete der Zauberer. „Ich kenne mich in diesem Teil des Landes nicht so gut aus. Doch ich erinnere mich daran, wie es auf den Karten ausgesehen hat. Wir sollten die Turmspitzen der Stadt in spätestens fünf Tagen sehen können. Dann müssen wir noch durch den Silberwald, der zu den großen Wundern Lordaerons gehört. Er liegt am Rande des Lordamere-Sees. Die Stadt erhebt sich am nördlichen Ufer.“

Khadgar verfiel wieder in Schweigen, und Lothar beobachtete seinen Begleiter verstohlen. Er sorgte sich um den jungen Mann. Als er ihn das erste Mal getroffen hatte, bewunderte er ihn für seine Gelassenheit und Selbstsicherheit. In so jugendlichem Alter war beides gepaart äußerst selten zu finden.

Khadgar war damals erst siebzehn Jahre alt gewesen und doch bereits ein vollwertiger Zauberer. Zudem war er der erste, den Medivh je als Lehrling akzeptiert hatte!

Spätere Treffen hatten Lothar gezeigt, dass Khadgar klug, strebsam und freundlich war. Er mochte den Jüngling. Es war das erste Mal, dass er wieder freundschaftlich mit einem Zauberer verkehrte, seit … nun, seit der Zeit von Medivh. Aber nach allem, was in Karazhan geschehen war …

Lothar erschauderte, als er sich den hässlichen, albtraumhaften Konflikt in Erinnerung rief. Er hatte gemeinsam mit Khadgar, der Halbork Garona und einer Handvoll Männer gegen Medivh antreten müssen. Khadgar hatte einen tödlichen Angriff gegen seinen Meister geführt. Doch war es Lothar gewesen, der seinem ehemaligen Freund den Kopf abschlug. Den Kopf, den er in ihrer Jugendzeit so oft verteidigt hatte, damals,

als er, Medivh und Llane noch Freunde und Gefährten gewesen waren.

Lothar schüttelte den Kopf, um die Tränen zurückzudrängen. Er hatte auf der langen Seereise oft getrauert. Aber immer noch schienen ihn die Qual, die Wut und das Bedauern zu überwältigen.

Llane! Sein bester Freund, sein Gefährte, sein König. Llane, mit dem breiten Grinsen, den lachenden Augen und der schnellen Auffassungsgabe. Llane, der Stormwind in ein goldenes Zeitalter geführt hatte – nur, um miterleben zu müssen, wie die Orks es zerstörten.

Die Horde fegte über das Land und verwüstete alles, was ihr dabei im Weg stand.

Und dann … hatten sie erkennen müssen, dass *Medivh* für all das verantwortlich war! Dass *seine* Magie den Orks dabei geholfen hatte, diese Welt zu erreichen – dass sie nur dadurch Stormwind überhaupt hatten erreichen können!

Und als Folge davon war nicht nur das Königreich vernichtet worden, sondern auch Llane gestorben …

Lothar schluckte beim Gedanken daran, was er alles verloren – was sein Volk verloren hatte. Doch dann riss er sich zusammen, wie schon so viele Male zuvor auf ihrer Reise. Er konnte sich diesen Gefühlen nicht ergeben. Sein Volk brauchte ihn, genauso wie die Bewohner dieses Landes, auch wenn sie es noch nicht ahnten.

Und Khadgar folgte seinem Beispiel. Lothar verstand immer noch nicht alles, was in Karazhan in jener Nacht passiert war. Doch irgendwie hatte sich Khadgar während des Kampfes mit Medivh verändert. Seine Jugend war verschwunden, sein Körper unnatürlich gealtert. Jetzt sah er wie ein uralter Mann aus, viel älter als Lothar, obwohl Khadgar fast vierzig Jahre weniger zählte.

Lothar fragte sich, was damals *noch* mit dem jungen Zauberer geschehen war. Khadgar wiederum war viel zu sehr in Gedanken versunken, um den besorgten Blick seines Gefährten zu bemerken. Der junge und doch so alt anmutende Zauberer war in sich gekehrt, obwohl er über dieselben Dinge nachgrübelte wie sein

Begleiter. Er durchlebte noch einmal den Kampf von Karazhan. Dabei spürte er sogar erneut das schreckliche Zerren, als Medivh ihm seine Magie und Jugend entzog.

Die Magie war zurückgekehrt – sie war sogar auf vielerlei Weise stärker geworden als zuvor –, doch seine Jugend war ihm genommen, lange vor der eigentlichen Zeit. Er war ein alter Mann geworden, zumindest dem Aussehen nach, auch wenn er sich immer noch gesund und munter fühlte wie eh und je. Und tatsächlich war er genauso ausdauernd, stark und beweglich wie einst. Nur sein Gesicht war voller Falten, seine Augen lagen tiefer in den Höhlen, und sein Haar und der frisch sprießende Bart schimmerten weiß.

Obwohl er erst neunzehn war, sah Khadgar gut dreimal so alt aus. Damit ähnelte er dem Mann in seinen Visionen, jener älteren Ausgabe seiner selbst, die er während des Kampfes aufgrund der in Medivhs Turm freigesetzten Magie gesehen hatte – der ältere Mann, der eines Tages unter einer merkwürdigen roten Sonne sterben würde, weit weg von zu Hause …

Khadgar analysierte die Gefühle, die ihn seit Medivhs Tod bewegten. Der Mann war das personifizierte Böse gewesen, ganz allein verantwortlich dafür, dass die Horde auf diese Welt hatte gelangen können. Auch wenn er nicht er selbst gewesen war, denn Medivh war von Sargeras beherrscht worden, dem Titan, den Medivhs Mutter ein Jahrtausend zuvor besiegen konnte. Doch jener Sargeras war seinerzeit nicht vollständig gestorben, nur sein Körper war vergangen. Er hatte sich in Aegwynns Mutterleib eingenistet und dort ihren noch ungeborenen Sohn beeinflusst.

Nein, Medivh war für seine Taten nicht verantwortlich. Im Sterben hatte er Khadgar verraten, dass er gegen das Böse in sich bereits seit Jahren ankämpfte, vielleicht schon sein ganzes Leben lang. Khadgar war sogar einem merkwürdigen Trugbild seines toten Meisters begegnet, kurz nachdem dessen Körper begraben worden war. Es stammte laut Medivh aus der Zukunft, endlich befreit von Sargeras Geist – dank Khadgar.

Wie sollte ich mich also fühlen?, überlegte Khadgar. Sollte er trauern, weil sein Meister tot war?

Zeitweilig hatte er Medivh sehr gemocht. Und ganz sicher hatte die Welt durch seinen Tod einen herben Verlust erlitten.

Sollte er also stolz darauf sein, dass er seinen Teil dazu beigetragen hatte, den Mann zu befreien und Sargeras erneut aus dieser Welt zu vertreiben? Sollte er wütend auf Medivhs Taten sein – oder beeindruckt, weil der Magier der Einflussnahme durch den Titanen so lange widerstanden hatte?

Er war sich nicht sicher. Khadgar war sowohl im Geiste als auch im Herzen verwirrt. Dazu kamen noch andere Dinge. Denn hier war er zu Hause. Immerhin war er zurück in seinem Heimatland Lordaeron. Wenn auch anders, als er es erwartet hatte.

Als er auf Geheiß seines vorherigen Meisters in Dalaran ausgezogen war, um Medivhs Schüler zu werden, hatte Khadgar nicht damit gerechnet, dass er zurückkehren würde, bevor er nicht selbst ein Meistermagier geworden war. Er hatte sich vorgestellt, wie er auf einem Greifen zurückgeflogen kam, so wie Medivh es ihn gelehrt hatte. Er wäre auf dem Dach der violetten Zitadelle gelandet, sodass alle seine ehemaligen Lehrer und Freunde sein Können hätten bestaunen können …

Stattdessen ritt er nun auf einem Ackergaul, Seite an Seite mit Stormwinds ehemaligem Helden, um mit einer heruntergekommenen Truppe von Kriegern den König dazu zu überreden, die Welt zu retten.

Immerhin bot man ihnen gewiss einen dramatischen Empfang, was seine alten Lehrer und Freunde zu schätzen wissen würden.

„Was machen wir, wenn wir die Stadt erreicht haben?“, fragte er Lothar und riss den alternden Krieger aus seiner Tagträumerei.

Sein Kamerad war schnell wieder bei der Sache und musterte ihn mit diesen entwaffnenden, sturmblauen Augen, die die Gefühle des Kriegers verrieten, ohne zugleich den scharfen Verstand durchblicken zu lassen.

„Wir werden mit dem König reden“, antwortete Lothar. Er schaute zu dem Jüngling, der still neben ihnen ritt. Dann strich er über den Schaft seines Schwertes. Die Edelsteine und das Gold darauf glitzerten in der Nachmittagssonne. „Auch wenn

Stormwind verloren ist, ist Varian immer noch der Prinz, und ich bin nach wie vor sein Berater. Ich habe König Terenas nur einmal kurz getroffen, das war vor vielen Jahren. Doch vielleicht erkennt er mich ja. Varian wird er jedenfalls sicherlich kennen, und durch den Boten ist er von unserem Eintreffen unterrichtet. Er wird uns eine Audienz gewähren. Und dann erklären wir ihm, was passiert ist – und was getan werden muss."

„Und was ist das?", fragte Khadgar, obwohl er es wusste.

„Wir rufen die Könige dieser Länder zusammen", antwortete Lothar, wie Khadgar es erwartet hatte. „Wir müssen sie dazu bringen, die Gefahr zu erkennen. Keine Nation kann der Horde allein widerstehen. Mein eigenes Land hat es versucht und ist deshalb vernichtet worden. Das darf hier nicht geschehen. Die Menschen müssen sich vereinen und als Verbündete kämpfen!" Seine Hände umklammerten die Zügel, und nun erkannte Khadgar wieder den mächtigen Krieger in ihm, der Stormwinds Armee angeführt und für so viele Jahre die Grenzen gesichert hatte.

„Dann sollten wir hoffen, dass sie uns zuhören", sagte Khadgar leise.

„Das werden sie", versicherte ihm Lothar. „Sie müssen einfach!"

Keiner von ihnen sprach aus, was beide dachten. Sie hatten die Macht der Horde erlebt. Und wenn die Nationen sich *nicht* vereinten, wenn ihre Könige die Gefahr *nicht* erkennen wollten, würden sie untergehen.

In diesem Falle würde die Horde dieses Land ebenso überrennen wie Stormwind. Und nichts würde von ihr verschont bleiben.

Zweiter Prolog

Eine dunkle Gestalt stand auf dem hohen Turm und blickte auf die Welt darunter. Von diesem Aussichtspunkt aus konnte sie die Stadt und das Umland sehen. Beides war von einer sich bewegenden Dunkelheit bedeckt. Einer Flut, die sich über Umgebung und Gebäude ergoss … und nichts als Ruinen hinterließ.

Die Gestalt schaute zu. Groß, mächtig und muskelbepackt stand sie bewegungslos auf der steinernen Spitze. Ihre scharfen Augen analysierten die Szenerie in der Tiefe. Langes dunkles Haar hing zu Zöpfen geflochten über ein kantiges Gesicht. Die mit Quasten versehenen Enden strichen über die langen Hauer, die aus der Unterlippe sprossen.

Die Sonne brannte auf sie herab, und die Haut leuchtete grünlich. Das Licht wurde von zahlreichen Trophäen und Medaillons, die um den Hals hingen, reflektiert. Schwere Plattenpanzer bedeckten Brust, Schultern und Beine. Die verkratzte Oberfläche glühte schwarz. Auffällige Bronzeschnallen prangten darauf. Gold leuchtete an den Rändern und unterstrich die Wichtigkeit des Wesens.

Schließlich hatte die Gestalt genug gesehen. Sie hob ihren riesigen schwarzen Kriegshammer, auf den sie sich gestützt hatte und dessen Steinkopf das Sonnenlicht zu absorbieren schien. Dann brüllte sie los. Es war ein Kriegsschrei, der zur Zusammenkunft rief. Er drang in die Gebäude und selbst die Hügel ringsum ein und wurde zurückgeworfen.

Die schwarze Flut wurde langsamer. Dann kräuselte sie sich, als sich die Gesichter nach oben wandten. Jeder Ork in der Horde blieb stehen und schaute zu der einsamen Gestalt empor, die nun erneut aufbrüllte und den Hammer hochhielt. Und dieses

Mal brach die Flut der Orks in ohrenbetäubenden Jubel aus. Die Horde huldigte ihrem Anführer.

Befriedigt ließ Orgrim Doomhammer seine markante Waffe sinken – und die dunkle Flut nahm ihre Verderben bringende Bewegung wieder auf.

Unten, jenseits der Stadttore, lag ein Ork auf einem Feldbett. Sein kurzer, magerer Körper war in dicke Felle gehüllt, und edle Kleidung lag bereit. Aber die Gewänder waren seit Wochen nicht mehr angerührt worden.

Der Ork bewegte sich nicht, und es schien, als sei er tot. Sein hässliches Gesicht war vor Schmerz oder Konzentration verzerrt. Ein dichter Bart verdeckte den knurrenden Mund.

Plötzlich änderte sich alles. Keuchend setzte sich der Ork auf. Die Felle fielen von seinem schweißgetränkten Körper. Seine Augen öffneten sich. Zuerst waren sie glasig und ohne echte Wahrnehmung. Dann blinzelte er den langen Schlaf weg und blickte sich um.

„Wo …?“, wollte er wissen.

Eine größere Gestalt war schon unterwegs zu ihm. Ihre beiden Köpfe waren angenehm überrascht, und als der Blick des Orks den Doppelhäuptigen traf, wurde die Welt wieder klar, enthüllte ihre Details.

Was auch immer ihn ausgeschaltet hatte, lag nun hinter ihm und war überwunden. Heimtücke und Wut erfüllten ihn. „Wo bin ich?“, wollte er wissen. „Was ist passiert?“

„Du bist eingeschlafen, Gul’dan“, antwortete die Kreatur, die neben dem Feldbett kniete und ihm einen Kelch anbot.

Der Ork nahm ihn, roch daran und trank den Inhalt grunzend. Dann wischte er sich mit der Hand über den Mund.

„Ein Schlaf wie ein Toter. Seit Wochen hast du dich nicht mehr bewegt, hast kaum geatmet. Wir dachten schon, dein Geist sei fort.“

„Tatsächlich?“ Gul’dan grinste. „Hattest du Angst, dass ich dich verlassen würde, Cho’gall, und dich damit Blackhands Gnade ausliefere?“

Der zweiköpfige Ogermagier schaute ihn an. „Blackhand

ist tot, Gul'dan!", sagte einer der Köpfe. Der andere nickte eifrig.

„Tot?" Zuerst glaubte Gul'dan, sich verhört zu haben. Aber Cho'galls finsteres Mienenspiel überzeugte ihn vom Gegenteil, noch bevor beide Köpfe nickten. „Was? Wie?" Er richtete sich auf und setzte sich hin. Die plötzliche Bewegung ließ ihn taumeln, und kalter Schweiß brach aus. „Was ist passiert, während ich schlief?"

Cho'gall begann zu antworten, aber seine Worte erstarben, als jemand die Eingangsflappe beiseite schob und in den engen Raum trat.

Zwei kräftige Orkkrieger schoben Cho'gall aus dem Weg, packten Gul'dan fest an den Armen und stellten ihn auf die Füße.

Der Oger begann zu protestieren. Seine beiden Köpfe liefen dunkel an vor Wut, aber zwei weitere Orks drängten in den Raum und verstellten ihm den Weg. Ihre Kriegsäxte waren bereit zuzuschlagen. Sie standen Wache, während die ersten beiden Gul'dan aus dem Zelt schleiften.

„Wohin bringt ihr mich?", verlangte er zu wissen. Dabei versuchte er, seine Arme frei zu bekommen. Aber er hatte keine Chance. Selbst bei völliger Gesundheit wäre er kein ernstzunehmender Gegner für einen dieser Krieger gewesen. Und jetzt konnte er sich gerade auf den Füßen halten.

Sie schubsten ihn mehr, als dass sie ihn führten. Er bemerkte, dass er zu einem großen Zelt gebracht wurde.

Blackhands Zelt.

„Doomhammer ist jetzt an der Macht, Gul'dan", sagte Cho'gall leise. Er ging neben ihm, hielt sich aber außer Reichweite der Krieger. „Als du ohnmächtig warst, hat er den Schattenrat angegriffen und die meisten seiner Mitglieder getötet! Nur du, ich und ein paar der niederen Hexenmeister sind übrig geblieben!"

Gul'dan schüttelte den Kopf und versuchte, einen klaren Gedanken zu fassen. Er fühlte sich immer noch benommen.

Nach allem, was Cho'gall erzählt hatte, war dies ein denkbar ungünstiger Zeitpunkt, um das Bewusstsein zu verlieren. Doch was der Oger ihm erzählt hatte, verwirrte ihn. Blackhand getötet? Der Schattenrat zerstört?

Das war Wahnsinn!

„Wer war das?“, wollte er erneut wissen. Dabei wandte er sein Gesicht Cho’gall hinter den breiten Schultern der Krieger zu. „Wer hat das getan?“

Aber Cho’gall war zurückgefallen. Auf seinen beiden Gesichtern spiegelten sich Furcht und Bestürzung.

Gul’dan sah wieder nach vorne. Eine kräftige Gestalt trat vor. Und als er den imposanten Krieger in seiner schwarzen Plattenrüstung sah, der den gigantischen Kriegshammer mit spielerischer Leichtigkeit in Händen hielt, verstand Gul’dan endlich.

Doomhammer.

„Ah, du bist wach.“ Doomhammer spie die Worte förmlich aus.

Die Krieger ließen Gul’dan sofort los. Doch der Ork-Hexenmeister konnte sich nicht auf den Beinen halten und fiel hin. Er lag auf den Knien, schaute auf und schluckte angesichts der nackten Wut und des Hasses im Gesicht seines Gegenübers.

„Ich …“, begann Gul’dan.

Doch Doomhammer unterbrach ihn. Mit der Rückhand schlug er so fest zu, dass Gul’dan einige Meter durch die Luft geschleudert wurde und in einem Müllhaufen landete.

„Ruhe!“, knurrte der neue Anführer der Horde. „Ich hatte dir noch nicht erlaubt zu sprechen!“ Er kam näher und hob Gul’dans Kinn mit der Spitze seiner fürchterlichen Waffe an. „Ich weiß, was du getan hast, Gul’dan. Ich weiß, wie du Blackhand kontrolliert hast. Du und dein Schattenrat.“ Er lachte heiser, erfüllt von Bitterkeit und Abscheu. „Oh ja, ich weiß davon. Aber deine Hexer werden dir jetzt nicht helfen. Die meisten sind tot. Und die wenigen, die es noch gibt, bleiben angekettet und unter Beobachtung.“ Er beugte sich vor. „*Ich* befehlige die Horde jetzt, Gul’dan. Nicht du, nicht deine Hexenmeister – sondern ich, Orgrim Doomhammer! Es wird keine Ehrlosigkeit mehr geben! Keinen Verrat mehr! Keine Hinterlist und keine Lügen!“ Doomhammer erhob sich zu seiner vollen beeindruckenden Größe und überragte Gul’dan. „Durotan ist wegen dir gestorben, aber er ist der Letzte, der deinen Intrigen zum Opfer fiel. Und er wird gerächt werden! Du wirst dein Volk nie wieder aus den Schatten heraus regieren! Du wirst unser Schicksal nie mehr lenken und uns zu deinem alleinigen Vorteil missbrauchen. Unser Volk wird frei von dir sein!"

Gul'dan zitterte und dachte nach. Er hatte gewusst, dass Doomhammer zu einem Problem werden konnte. Der selbstbewusste Orkkrieger war zu intelligent, zu ehrenhaft und nobel, um leicht beeinflusst oder gar kontrolliert zu werden. Er war Blackhands Stellvertreter gewesen, die rechte Hand des einstmals mächtigen Anführers des Blackrock-Clans, den Gul'dan zu seiner Marionette für die Herrschaft über die Horde auserkoren hatte.

Blackhand war ein starker Krieger gewesen, hielt sich jedoch für cleverer, als er war – und konnte deshalb leicht kontrolliert werden. Gul'dan und der Schattenrat hatten die wahre Macht in Händen gehalten. Und Gul'dan seinerseits kontrollierte den Rat ebenso leicht wie den Kriegshäuptling.

Aber über Doomhammer hatte er keine Gewalt gehabt. Dieser hatte ihm die Gefolgschaft verweigert und seinen eigenen Weg beschritten, Doomhammer war nur von der Loyalität zu seinem Volk getrieben. Er wusste natürlich, was hinter den Kulissen geschah. Kannte die Korruption. Und als er schließlich genug gesehen hatte … als er es nicht mehr ertragen konnte … hatte er handeln müssen.

Doomhammer hatte den Augenblick klug gewählt. Nachdem Gul'dan nicht mehr im Weg stand, war Blackhand verwundbar. Wie er dem Schattenrat auf die Schliche gekommen war, war unklar, aber offensichtlich war er erfolgreich gewesen und die meisten Mitglieder waren eliminiert worden. Es blieben nur Gul'dan, Cho'gall und ein paar andere übrig.

Und jetzt stand er mit erhobenem Hammer vor Gul'dan, bereit, ihn ebenfalls zu vernichten.

„Warte!", schrie Gul'dan. Er hatte beide Hände instinktiv erhoben, um sein Gesicht zu schützen. „Bitte, ich flehe dich an!"

Doomhammer wartete. „Du, der mächtige Gul'dan, bettelst? Sehr gut, Hündchen, winsle! Bettle um dein Leben!" Er hielt den Hammer immer noch erhoben.

„Ich …" Gul'dan hasste ihn, hasste ihn mit einer Leidenschaft, die er niemals für etwas anderes als die pure Macht aufgebracht hatte. Aber er wusste, was er zu tun hatte. Doomhammer hasste ihn ebenso, weil er Schuld am Tod seines alten Freundes Durotan trug. Und weil er ihr Volk von friedfertigen Jägern in rasende Monster verwandelt hatte.

Wenn er jetzt auch nur die kleinste Entschuldigung vorbrachte, würde der Hammer seinen Schädel zerschmettern und danach mit Blut, Haar und Hirn überzogen sein!

Soweit durfte er es nicht kommen lassen.

„Ich beuge mich deiner Macht, Orgrim Doomhammer“, rang er sich schließlich ab. Jedes Wort erklang klar und deutlich. Alle Umstehenden konnten es hören. „Ich erkenne dich als Kriegshäuptling der Horde an, und ich unterwerfe mich dir. Ich werde dir in allen Belangen gehorchen.“

Doomhammer grunzte. „Du hast niemals zuvor Loyalität bewiesen“, erwiderte er scharf. „Warum sollte ich dir glauben?“

„Weil du mich brauchst“, antwortete Gul'dan. Dabei hob er den Kopf und hielt dem Blick des Kriegshäuptlings stand. „Du hast meinen Schattenrat getötet und deine Macht über die Horde gestärkt. Und so soll es sein. Blackhand war nicht stark genug, um uns zu führen. Du bist es, und deshalb brauchst du den Rat nicht.“ Er schürzte die Lippen. „Aber du brauchst Hexenmeister. Du brauchst unsere Magie – weil die Menschen ihre eigenen Zauberer besitzen. Ohne uns hast du keine Chance gegen sie.“ Er schüttelte den Kopf „Und du hast nur noch wenige Hexenmeister übrig. Mich, Cho'gall und eine Handvoll Neophyten. Ich bin zu nützlich, um mich nur aus Rachegelüsten heraus zu töten.“

Doomhammer knurrte, aber er senkte den Hammer. Einen Moment lang sagte er gar nichts und blickte Gul'dan nur an. Seine grauen Augen füllten sich mit Hass.

Doch schließlich nickte er. „Du hast Recht“, räumte er ein, obwohl es ihn offensichtlich enorme Selbstüberwindung kostete. „Und ich werde die Bedürfnisse der Horde über meine eigenen stellen.“ Er entblößte seine Zähne. „Ich erlaube dir zu leben, Gul'dan. Dir und den übrigen Hexenmeistern. Doch nur solange ihr euch als nützlich erweist.“

„Oh, wir werden nützlich sein“, versicherte ihm Gul’dan und verbeugte sich tief. Sein Verstand lief bereits auf Hochtouren. „Ich werde dir Kreaturen erschaffen, die du niemals zuvor gesehen hast, mächtiger Doomhammer. Krieger, die nur dir allein gehören. Mit ihrer Macht und unserer Magie werden wir die Zauberer dieser Welt zermalmen, so wie die Horde die Krieger des Feindes zerstampfen wird.“

Doomhammer nickte. Seine gefletschten Zähne wichen einem nachdenklichen Stirnrunzeln. „Sehr gut“, sagte er schließlich. „Du hast mir Krieger versprochen, die den Magiern der Menschen Paroli bieten. An diesem Versprechen werde ich dich messen.“ Damit wandte er sich von ihm ab. Die Orkkrieger folgten ihm. Der Hexenmeister meinte, sie lachen zu hören, als sie gingen.

Gul’dan blieb zurück. Cho’gall befand sich in seiner Nähe.

Verdammt sei Doomhammer! dachte Gul’dan, als er sah, wie der Kriegshäuptling zurück in sein Zelt ging. *Und verdammt sei dieser menschliche Zauberer!*

Gul’dan schüttelte den Kopf. Vielleicht hätte er auch sich selbst verfluchen müssen – wegen seiner Ungeduld. Denn die hatte ihn in Medivhs Geist getrieben, wo er nach den Informationen suchte, die der Magier ihm versprochen, jedoch bislang vorenthalten hatte.

Gul’dans Pech war gewesen, dass er sich in Medivhs Geist befunden hatte, als der Mensch gestorben war. Sein eigener Verstand war von diesem Eindruck überwältigt und gefangen gewesen, unfähig, in seinen Körper zurückzukehren. Er hatte die Welt um sich herum nicht wahrnehmen können. Und so hatte Doomhammer die Gelegenheit beim Schopf gepackt, die Macht zu ergreifen.

Doch jetzt war er wieder wach und handlungsfähig, konnte seine Pläne ausführen.

Immerhin war dieser Akt der Verzweiflung, mit dem er sich das Leben gerettet hatte, nicht umsonst gewesen. Gul’dan hatte die Information, die er brauchte. Und schon bald würde er Doomhammer oder die Horde nicht mehr länger brauchen. Schon bald würde er auch ganz ohne sie an die Macht gelangen und sich dort behaupten!

„Ruf die anderen zusammen“, befahl er Cho’gall, während

er aufstand, sich streckte und in sich hineinlauschte. Er war schwach, aber er würde es schaffen. Er hatte keine Zeit zu verlieren. „Ich werde sie zu einem Clan zusammenschmieden, der mich vor Doomhammers Zorn beschützen wird. Sie werden Sturmrächer sein – und der Horde beweisen, was wir Hexenmeister zu erreichen imstande sind. Bis selbst Doomhammer unseren Wert nicht mehr bestreiten kann."

Cho'gall führte den Schattenhammer-Clan an, der besessen war vom drohenden Ende der Welt – aber furchtlose Kämpfer vorzuweisen hatte.

„Es gibt viel zu tun!"

Eins

Gegen seinen Willen war Lothar beeindruckt.

Stormwind war eine ebenso gewaltige wie beeindruckende Stadt gewesen, voller Türme und Terrassen, gebaut aus massivem Stein, der Wind und Wetter trotzte. Aber auf ihre ganz eigene Art war die Hauptstadt von Lordaeron vergleichbar schön.

Nicht, dass sie Stormwind sonderlich ähnlich gesehen hätte. Sie war zum Beispiel nicht so groß. Doch was ihr an Größe mangelte, glich sie mit Eleganz aus. Sie lag am nördlichen Ufer des Lordamere-Sees und leuchtete in Weiß und Silber. Sie funkelte nicht in der Art, wie Stormwind es tat, vielmehr schien sie zu leuchten, als würde die Sonne aus den anmutigen Gebäuden heraus scheinen und nicht etwa vom Himmel herab. Sie war ruhig und friedlich, strahlte fast etwas Heiliges aus.

„Ein machtvoller Ort", sagte Khadgar und bestärkte Lothar damit in seinem eigenen Empfinden. „Obwohl ich ein wenig Wärme bevorzuge." Er blickte hinter sich zum südlichen Rand des Sees, wo sich eine zweite Stadt erhob. Ihre Umrisse waren denen der Hauptstadt ähnlich, doch diese Spiegelstadt mutete um einiges exotischer an. Ihre Mauern und Türme leuchteten violett und in warmen Farben. „Das ist Dalaran", erklärte er. „Dort befindet sich der Kirin Tor und seine Zauberer – meine Heimat, bevor ich zu Medivh geschickt wurde."

„Vielleicht ist soviel Zeit, damit du nach Hause kannst, wenigstens kurz", schlug Lothar vor. „Aber jetzt müssen wir uns auf die Hauptstadt konzentrieren." Er betrachtete erneut die leuchtende Stadt. „Lasst uns hoffen, dass sie so ehrenhaft in ihren Ansichten sind, wie ihre Gebäude es vermuten lassen."

Er trieb sein Pferd in einen leichten Galopp und ritt aus dem majestätischen Silberwald. Varian und der Magier befanden sich direkt hinter ihm. Die anderen Männer folgten in den Wagen.

Zwei Stunden später erreichten sie das Haupttor. Wächter standen am Eingang, obwohl die Doppeltore offen waren. Genügend Platz für zwei oder gar drei Wagen nebeneinander.

Die Wachen hatten sie natürlich längst aus der Ferne bemerkt. Der Wächter, der vortrat, trug einen roten Umhang über seinem polierten Brustharnisch. Goldene Verzierungen befanden sich an Rüstung und Helm. Sein Benehmen war höflich, fast schon respektvoll. Aber Lothar fiel sofort auf, dass der Mann nur ein paar Schritte von ihnen entfernt stehen blieb, genau in Reichweite seines Schwertes.

Er zwang sich, entspannt zu bleiben. Hier war nicht Stormwind. Diese Leute waren keine erfahrenen Soldaten, gestählt durch ständige Gefechte. Sie hatten noch nie um ihr Leben kämpfen müssen.

Bis jetzt jedenfalls.

„Tretet ein und seid willkommen“, sagte der Hauptmann der Wache und verneigte sich. „Marcus Redpath hat uns Euer Kommen angekündigt und von Eurer Notlage berichtet. Der König befindet sich im Thronsaal.“

„Seid bedankt“, antwortete Khadgar nickend. „Kommt, Lothar“, ergänzte er und trieb sein Pferd an. „Ich kenne den Weg.“

Sie ritten durch die Stadt und kamen in den breiten Straßen gut zurecht. Khadgar schien sich tatsächlich auszukennen und wurde nie langsamer, um nach dem Weg zu fragen.

Schließlich erreichten sie den Palast. Dort stiegen sie ab und gaben die Pferde in die Obhut einiger ihrer Begleiter, die sich darum kümmern würden.

Lothar und Prinz Varian stiegen bereits die breite Palasttreppe hinauf, doch Khadgar war dicht dahinter und holte schnell auf.

Sie schritten durch die äußeren Palasttüren und erreichten einen breiten Hof. Logen standen an den Seiten. Momentan waren sie leer, aber Lothar vermutete, dass sie während der hier stattfindenden Feste wahrscheinlich aus allen Nähten platzten.

Auf der anderen Seite der Halle endete eine kleine Treppenflucht vor einer weiteren Reihe von Türen, die in den Thronsaal führten – ein beeindruckender Raum. Das Deckengewölbe war so hoch, dass es sich in den Schatten verlor. Der Raum selbst war rund und wurde getragen von Bögen und Säulen. Goldenes Sonnenlicht schien durch das Buntglasfenster, das in der Deckenmitte eingesetzt war. Dabei entstanden komplizierte Muster auf dem Boden, ineinander verschachtelte Kreise, jeder anders, wobei ein Dreieck in der Mitte den innersten Ring überlappte.

Und im Zentrum prangte das goldene Siegel von Lordaeron.

Es gab mehrere hohe Balkone, die, wie Lothar glaubte, den Adeligen vorbehalten waren. Aber sie hatten auch einen strategischen Wert. Ein paar Wachen reichten aus, um von dort mit Bögen jederzeit jeden Punkt unter Feuer nehmen zu können.

Unmittelbar darunter befand sich eine kreisrunde Empore, von der konzentrisch angeordnete Stufen bis zum Thron hinauf führten. Der Thron selbst war aus glitzernden Steinen erbaut. Darauf saß ein Mann, groß und kräftig, dessen blondes Haar von leichtem Grau durchwirkt war. Seine Rüstung strahlte, die Krone auf seinem Kopf hingegen wirkte mehr wie ein Stachelhelm.

Ein wahrer König, das wusste Lothar sofort. Jemand wie Llane, der nicht zögerte, für sein Volk zu kämpfen. Seine Hoffnung wuchs bei diesem Gedanken.

Es waren auch andere Leute anwesend, Stadtmenschen und Arbeiter, sogar Bauern. Alle hielten sich in gebührendem Abstand zur Empore. Viele hatten etwas dabei, Pergamente, sogar Nahrungsmittel, doch sie alle entfernten sich geräuschlos, als Lothar und Khadgar sich näherten.

„Ja?“, rief der Mann auf dem Thron. „Wer seid ihr und was wollt ihr von mir?“

Selbst von hier aus konnte Lothar die merkwürdig gefärbten Augen des Königs erkennen. In ihnen waren blau und grün vermischt. Sie blickten scharf, sodass Lothars Hoffnung weiter anstieg. Hier stand ein Mann, der klar sehen konnte.

„Euer Majestät“, antwortete Lothar, und seine tiefe Stimme war überall im Raum zu verstehen. Er blieb mehrere Schritte vor dem Podest stehen und verneigte sich. „Ich bin Anduin Lothar, ein Ritter aus Stormwind. Dies ist mein Begleiter Khadgar von

Dalaran.“ Er konnte Gemurmel aus der Menge hinter sich hören. „Und dies …“, dabei drehte er sich so, dass der König Varian sehen konnte, der hinter ihm gestanden hatte, entnervt von der Menschenmenge und den merkwürdigen Staatssymbolen, „ … ist Prinz Varian Wrynn, Erbe des Thrones von Stormwind.“

Das Murmeln schwoll an zu lautem Raunen, als die Leute begriffen, dass der Jüngling ein echter Monarch war. Aber Lothar ignorierte sie und konzentrierte sich nur auf den König. „Wir müssen mit Euch sprechen, Majestät. Es ist äußerst wichtig und von großer Bedeutung.“

„Selbstverständlich.“ Terenas erhob sich bereits von seinem Thron und kam auf sie zu. „Lasst uns allein“, bat er die Umstehenden.

Obwohl ein Befehl, war er höflich formuliert. Die Leute gehorchten, und bald blieben nur eine Handvoll Adliger und Wachen zurück. Die Männer, die Lothar begleitet hatten, traten ebenso zur Seite, sodass Lothar, Khadgar und Varian allein waren, als Terenas die Distanz zwischen ihnen vollends überwand.

„Euer Majestät“, grüßte Terenas Varian und verneigte sich wie vor einem Ebenbürtigen.

„Euer Majestät“, antwortete Varian, dem es gelang, den ersten Schreck zu überwinden.

„Wir waren sehr betrübt, vom Tod Eures Vaters zu hören“, fuhr Terenas freundlich fort. „König Llane war ein guter Mann, und wir durften ihn einen Freund und Verbündeten nennen. Wisset, dass wir alles in unserer Macht Stehende tun werden, um Euch Euren Thron zurückzuerobern.“

„Ich danke Euch“, sagte Varian, wobei seine Unterlippe ein wenig bebte.

„Nun kommt und setzt Euch und erzählt mir, was geschehen ist“, forderte Terenas ihn auf und wies auf die Stufen zur Empore. Er setzte sich auf die oberste und winkte Varian, neben ihm Platz zu nehmen. „Ich habe Stormwind selbst gesehen und bewundere die Stärke und Schönheit dieser Stadt. Was konnte solch eine Bastion zerstören?“

„Die Horde“, sagte Khadgar und sprach zum ersten Mal, seit sie den Thronsaal betreten hatten.

Terenas wandte sich ihm zu. Lothar sah, wie sich die Brauen des Königs zusammenzogen. „Die Horde hat das angerichtet."

„Und was ist diese Horde?", wollte Terenas wissen und wandte sich zuerst an Varian, dann an Lothar.

„Es ist eine Armee, aber eigentlich mehr als das", antwortete Lothar. „Es ist eine Vielzahl von Truppen, mehr, als man zählen kann. Genug, um das Land von Küste zu Küste zu überziehen."

„Und wer kommandiert diese unglaubliche Zahl von Männern?", fragte Terenas.

„Es handelt sich nicht um Männer oder überhaupt Menschen. Es sind Orks", korrigierte ihn Lothar.

Der König blickte verwirrt, deshalb erläuterte Lothar: „Es ist eine neue Rasse, eine, die nicht von dieser Welt stammt. Sie sind so groß wie wir, aber kräftiger gebaut. Sie haben grüne Haut, leuchtend rote Augen und riesige Hauer, die aus ihrer Unterlippe wachsen."

Ein Adeliger schnaubte im Hintergrund. Lothar drehte sich um. „Zweifelt Ihr an meinen Worten?", rief er. Er schaute jeden der Balkone an, um herauszufinden, wer gelacht hatte. „Ihr denkt, ich lüge?" Er schlug mit seiner Faust auf die Rüstung, dort, wo eine der größeren Beulen sie zierte. „Das stammt vom Kriegshammer eines Orks!" Er schlug auf eine andere Stelle. „Und das von einem Ork mit einer Kriegsaxt!" Er wies auf einen Einschnitt im Unterarm. „Hier hat ein Hauer gewütet, als mich eins der Monster ansprang und zu nahe kam, um es mit der Klinge zu bekämpfen! Diese üblen Kreaturen haben mein Land vernichtet, meine Heimat, mein Volk! Wenn Ihr an mir zweifelt, dann kommt herunter und sagt mir das ins Gesicht! Ich zeige Euch dann, was für eine Sorte Mann ich bin und was denen widerfährt, die mich der Lüge bezichtigen!"

„Genug!" Terenas' Ruf unterdrückte jede mögliche Antwort. Die Wut war aus seiner Stimme herauszuhören. Aber als er sich an Lothar wandte, erkannte der, dass die Wut des Königs sich nicht gegen ihn richtete. „Genug", wiederholte der König noch einmal und versicherte dann leiser: „Niemand hier zweifelt an Eurem Wort." Ein ernster Blick bedeutete seinen Adeligen, dass er keinen Widerspruch duldete. „Ich kenne Eure Ehre und Eure

Loyalität. Ich traue Eurem Wort, auch wenn diese Kreaturen uns merkwürdig erscheinen.“ Er drehte sich um und nickte Khadgar zu. „Mit einem Zauberer von Dalaran, der für Euch bürgt, können wir Eure Aussage gar nicht anzweifeln. Genauso wenig wie die Absichten einer Rasse, die uns bislang unbekannt war …“

„Ich danke Euch, König Terenas“, erwiderte Lothar förmlich und zügelte seinen Ärger. Er wusste nicht, was er als nächstes tun sollte.

Glücklicherweise wusste es Terenas. „Ich werde die Herrscher der Nachbarreiche zusammenrufen“, kündigte er an. „Diese Ereignisse gehen uns alle etwas an.“ Er wandte sich wieder an Varian. „Euer Majestät, ich biete Euch mein Heim und meinen Schutz an, solange Ihr beides benötigt“, sagte er so laut, dass jeder es hören konnte. „Wenn Ihr bereit seid, wisset, dass Lordaeron Euch dabei unterstützen wird, Euer Königreich zurückzufordern.“

Lothar nickte. „Euer Majestät, Ihr seid sehr großzügig“, sagte er im Namen Varians. „Und ich kann mir keinen sichereren oder besseren Ort vorstellen, an dem unser Prinz bis zu seiner Volljährigkeit leben kann, als hier, in Eurer Hauptstadt. Wir sind aber nicht nur gekommen, um Zuflucht zu finden. Wir wollen Euch auch warnen.“ Er stand hochaufgerichtet da, seine Stimme dröhnte durch den Raum und seine Augen fixierten den König von Lordaeron. „Denn die Horde wird sich nicht mit Stormwind begnügen. Sie wollen die ganze Welt erobern! Und sie haben die Macht und die Zahl an Kriegern, um ihren Traum Wirklichkeit werden zu lassen. Es fehlt ihnen auch nicht an magischer Unterstützung. Wenn sie erst mit meiner Heimat fertig sind …“ Seine Stimme klang jetzt noch tiefer und rauer, doch er zwang sich weiterzureden, „ … werden sie einen Weg finden, den Ozean zu überqueren. Und dann kommen sie hierher.“

„Ihr meint, wir sollen uns auf einen Krieg vorbereiten“, erwiderte Terenas ruhig.

Es war keine Frage, aber Lothar antwortete trotzdem. „Ja.“ Er sah sich unter den versammelten Männern um. „Ein Krieg, bei dem es um das nackte Überleben unserer gesamten Rasse geht.“

Zwei

Orgrim Doomhammer, Anführer des Blackrock-Clans und Kriegshäuptling der Horde, beobachtete die Geschehnisse um sich herum. Er stand fast in der Mitte von Stormwind, während seine Krieger die einst großartige Stadt in Schutt und Asche legten. Wohin er auch blickte, herrschten Tod und Zerstörung. Obwohl aus Stein gemauert, brannten die Gebäude. Leichen und Schutt verschandelten die Straßen. Blut floss über das Pflaster und sammelte sich hier und da. Ständige Schreie verrieten, dass es noch Überlebende unter den einstigen Bewohnern gab, die nun gefoltert wurden.

Das war auch gut so. Doomhammer nickte. Stormwind war eine imposante Stadt gewesen – und ein gewaltiges Hindernis. Eine Zeit lang war er nicht sicher gewesen, ob sie die mächtigen Mauern stürzen und ihre unerschütterlichen Verteidiger würden überwinden können. Obwohl ihnen die Horde zahlenmäßig weit überlegen war, hatten die Menschen mit unglaublicher Entschlossenheit und enormem Geschick gekämpft. Und dafür respektierte Doomhammer sie. Sie waren würdige Gegner gewesen.

Aber sie hatten verloren. Wie letztlich alle vor der Macht seines Volkes kapitulieren mussten.

Die Stadt war dem Erdboden gleich gemacht worden, ihre einstigen Verteidiger waren entweder tot oder geflohen. Das Land gehörte jetzt der Horde. Dieses reiche, fruchtbare Land, das so stark ihrer Heimat vor der Katastrophe glich.

Bevor Gul'dan sie zerstört hatte.

Doomhammer wurde zornig, und er umfasste seinen berühmten Hammer fester.

Gul'dan! Der verräterische Schamane, der zum Hexenmeister geworden war, hatte mehr Ärger verursacht, als er wert war. Und nur die Öffnung des Spalts in diese Welt hatte ihn davor bewahrt, von seinen zornigen Clanbrüdern zerrissen zu werden.

Aber irgendwie hatte es dieser Intrigant geschafft, selbst das zu seinem Vorteil zu nutzen. Blackhand war unter seiner Kontrolle gewesen.

Doomhammer hatte seinen ehemaligen Häuptling über Jahre beobachtet und wusste, dass er schlauer gewesen war, als viele es dachten. Aber er war nicht schlau *genug* gewesen. Indem er Blackhands Ego schmeichelte, hatte Gul'dan ihn beeinflusst und letztlich vollkommen kontrolliert. Von ihm stammte die Idee, die Clans zur Horde zu vereinen. Dessen war sich Doomhammer sicher.

Und Gul'dans Schattenrat hatte hinter den Kulissen die Fäden gezogen und Blackhand derart manipuliert, dass er nicht einmal begriffen hatte, dass er lediglich Befehlen folgte.

Doomhammer grinste. Das zumindest war jetzt vorbei, auch wenn er Blackhand nur ungern getötet hatte. Blackhand war der Stellvertreter des Kriegshäuptlings gewesen. Er hatte geschworen, *mit* Doomhammer zu kämpfen, nicht *gegen* ihn. Aber die Tradition erlaubte es einem Krieger, seinen Häuptling herauszufordern. Doomhammer hatte sich schließlich gezwungen gesehen, diesen Weg zu gehen.

Er hatte gewonnen, weil er es musste. Mit einem Hieb hatte er Blackhands Schädel zerschmettert und die Führung seines Clans und der Horde übernommen.

Danach hatte er sich noch um den Schattenrat kümmern müssen. Und das war ihm eine Freude gewesen.

Er grinste bei dem Gedanken daran. Wenige Orks hatten überhaupt Kenntnis von der Existenz des Schattenrats gehabt. Und noch weniger hätten zu sagen vermocht, wer ihm angehörte und wo seine Mitglieder tagten.

Aber Doomhammer wusste, wen er fragen musste. Die Halbork Garona war gefoltert worden, bis sie den Tagungsort des Schattenrats preisgab. Zweifellos machte sie der Anteil an fremdem Blut in ihren Adern zu schwach, um der Folter zu widerstehen.

Die Gesichter der Hexenmeister zu sehen, als er in ihre Versammlung platzte, wäre nicht mit Gold aufzuwiegen gewesen. Und erst das Gefühl, während er sie einen nach dem anderen erschlug … Doomhammer hatte die Macht des Schattenrats an jenem Tag gebrochen. Niemals würde er wic Blackhand kontrolliert werden. Er würde sich seine eigenen Kämpfe aussuchen und seine eigenen Pläne schmieden, die nicht dazu dienten, irgendjemandes Macht zu vergrößern … sondern das Überleben seines Volkes zu sichern.

Als hätte er sie per Gedankenbefehl herbeizitiert, erblickte Doomhammer in diesem Moment zwei Gestalten, die auf ihn zukamen. Die eine war kleiner als ein Durchschnittsork, die andere weitaus größer und hatte einen merkwürdigen Umriss.

Doomhammer erkannte die beiden sofort, und seine Lippen wölbten sich höhnisch um seine Hauer.

„Hast du deine Aufgabe erfüllt?“, fragte er, als Gul’dan und sein Lakai Cho’gall näher kamen. Er behielt den Hexenmeister im Auge, während er seinen massigen Untergebenen ignorierte.

Doomhammer hatte wie die meisten Orks sein Leben lang gegen Oger gekämpft. Er war angewidert gewesen, als Blackhand ein Bündnis mit diesen Monstern einging – obwohl er zugeben musste, dass sie sich im Kampf bewährt hatten. Aber er mochte sie immer noch nicht, geschweige denn, dass er ihnen traute.

Cho’gall war zudem noch übler als alle anderen. Er war einer der seltenen zweiköpfigen Oger und wesentlich intelligenter als seine brutalen Artgenossen.

Cho’gall war ein echter Magier. Der Gedanke an einen Oger mit derartiger Macht erfüllte Doomhammer mit Schrecken. Außerdem war Cho’gall auch noch der Anführer des Schattenhammer-Clans geworden und legte denselben Fanatismus an den Tag wie seine Gefolgsleute. Dadurch wurde der zweiköpfige Oger zur besonderen Gefahr.

Doomhammer ließ sich seine Vorbehalte nicht anmerken – außer vielleicht, dass er seinen Hammer fester umfasste, sobald der Ogermagier in der Nähe war.

„Nein, habe ich nicht, werter Doomhammer“, antwortete Gul’dan und blieb neben ihm stehen. Der Hexenmeister wirkte dürr, fast ausgezehrt, was angesichts seines monatelangen Schlafs jedoch kein Wunder war. „Aber ich habe die allerletzten Nachwirkungen meines langen Schlafs abgelegt. Und ich bringe dir wichtige Nachrichten, die ich aus dieser Ruhephase gezogen habe.“

„Oh? Der Schlaf hat dich weiser gemacht?“

„Er hat mir einen Weg zu großer Macht gewiesen“, erklärte Gul’dan mit gierigem Blick.

Doomhammer wusste, dass es keine normale Gier war, keine nach Frauen, gutem Essen oder Reichtum etwa. Nein, Gul’dan sann nur nach wahrer Macht und war bereit, alles zu tun, um sie zu erlangen. Seine Taten auf ihrer Heimatwelt hatten das allzu deutlich bewiesen.

„Macht für dich – oder für die Horde?“, fragte Doomhammer.

„Für beide“, antwortete der Hexenmeister. Seine Stimme wurde zu einem durchtriebenen Flüstern. „Ich habe einen Ort gesehen – alt, jenseits aller Vorstellungskraft. Älter selbst als der Heilige Berg auf unserer Welt. Er liegt tief im Ozean verborgen. Und in ihm wohnt eine Kraft, die diese Welt verändern kann. Wir sollten sie für uns gewinnen – und niemand wird sich uns je wieder entgegenstellen können!“

„Niemand kann sich uns derzeit entgegenstellen“, knurrte Doomhammer. „Und ich ziehe die ehrliche Macht eines Hammers und einer Axt der verderbten Zauberei vor, die du entdeckt hast. Schau doch nur, was deine Intrigen unserer Welt und unserem Volk angetan haben! Du wirst sie nicht wieder zerstören, kaum dass wir begonnen haben zu erobern!“

„Es geht um etwas viel Größeres als deine Wünsche“, blaffte der Hexenmeister. Sein Temperament ließ ihn jede Vortäuschung von Unterwerfung vergessen. „Mein Schicksal liegt unter dem Wasser, und du kannst nichts tun, um mich daran zu hindern! Diese Horde ist nur der erste Schritt auf dem Weg unseres Volks. Und ich werde es zum Ziel führen, nicht du!“

„Vorsicht, Hexenmeister“, antwortete Doomhammer. Er hob seine Waffe und stieß Gul’dan damit leicht gegen die Wange. „Denk daran, was dem letzten Schattenrat zugestoßen ist. Ich kann deinen Schädel wie eine überreife Frucht zerschmettern. Wo liegt deine Bestimmung dann?“ Er schaute den sich aufrichtenden Cho’gall finster an. „Und glaube ja nicht, dass dich diese Abnormität schützen wird“, zischte er, hob den Hammer noch höher und lachte, als der Ogermagier einen Schritt zurückwich. Angst zuckte über seine beiden Gesichter. „Ich habe schon Oger vor dir erschlagen, und auch ein paar Gronns. Ich kann und werde das wieder tun!“ Er beugte sich weit vor. „Deine Absichten sind nicht länger von Interesse. Nur die Horde zählt.“

Einen Moment lang sah er Wut in Gul’dans Blick aufflackern und hielt es für möglich, dass der Hexenmeister nicht nachgeben würde – und ein Teil von ihm freute sich darauf.

Doomhammer hatte stets die Schamanen seines Volkes geachtet. Aber diese Hexenmeister waren etwas ganz anderes. Ihre Kräfte stammten nicht von den Elementen oder den Geistern der Ahnen, sondern aus einer anderen, aus einer schrecklichen Quelle. Magie hatte sein Volk von braun nach grün gefärbt und seine Heimatwelt zerstört. Deshalb waren sie gezwungen gewesen, hierher zu kommen und ums Überleben zu kämpfen.

Und Gul’dan war ihr Anführer gewesen, ihr Anstifter – der mächtigste, durchtriebenste und selbstsüchtigste von allen.

Doomhammer kannte den Wert der Hexenmeister für die Horde. Dennoch war er sicher, dass sie *ohne* diese Kerle weit besser dran gewesen wären.

Vielleicht erahnte Gul’dan diese Gedankengänge nach einem Blick in Doomhammers Augen. Denn seine Wut schwand und wurde ersetzt von Vorsicht und widerwilligem Respekt.

„Natürlich, großer Doomhammer“, krächzte der Hexenmeister und neigte den Kopf. „Du hast Recht. An erster Stelle steht die Horde.“ Er grinste, und von seiner Furcht war bereits nichts mehr zu spüren. Die Wut war entweder verschwunden oder zumindest zurückgedrängt. „Ich habe ein paar neue Ideen, die unserem Feldzug dienen könnten. Doch zuerst einmal liefere ich dir die versprochenen Krieger. Sie sind unaufhaltsam, stehen aber völlig unter deiner Kontrolle.“

Doomhammer nickte langsam. „Sehr gut“, sagte er. „Ich werde

nichts außer Acht lassen, das unserem Sieg dient.“ Er wandte sich ab und entließ den Hexenmeister und seinen Anhänger.

Gul’dan verstand den Wink, verneigte sich und ging. Cho’gall stapfte neben ihm her.

Doomhammer wusste, dass er die beiden im Auge behalten musste. Gul’dan war niemand, der eine Schmach einfach wegsteckte, und er ließ sich gewiss auch nicht lange gängeln. Aber solange der Hexenmeister linientreu blieb, war seine Magie nützlich, und Doomhammer würde sie nutzen. Je eher sie die Gegner vernichteten, desto schneller konnte sein Volk die Waffen beiseite legen, um wieder Häuser zu bauen und Familien zu gründen.

Mit solchen Gedanken suchte Doomhammer nach einem seiner Offiziere. In der ehemaligen großen Halle, wo sich seine Krieger an Speis und Trank labten, die sie hier gefunden hatten, wurde er fündig.

„Zuluhed!“ Der Ork-Schamane schaute auf. Er schob sofort Kelch und Teller von sich weg, als Doomhammer seinen Namen rief. Schleunigst eilte er herbei. Zuluheds rotbraune Augen waren immer noch scharf, umrahmt von zerfransten grauen Zöpfen.

„Doomhammer.“ Anders als Gul’dan wimmerte oder verbeugte Zuluhed sich nicht. Doomhammer respektierte es. Zuluhed war selbst Häuptling, Oberhaupt des Dragonmaw-Clans. Er war zudem Schamane, sogar der einzige, der der Horde erhalten geblieben war. Aufgrund dieser Voraussetzungen war Doomhammer an ihm interessiert.

„Wie geht die Arbeit voran?“ Doomhammer hielt sich nicht mit Förmlichkeiten auf. Aber er nahm den Becher entgegen, den Zuluhed ihm anbot. Der Wein war exzellent, und die Reste menschlichen Blutes darin verbesserten das Bouquet spürbar.

„Wie immer“, antwortete der Anführer des Dragonmaw-Clans. Man konnte ihm die Empörung vom Gesicht ablesen.

Vor ein paar Monaten hatte Zuluhed Doomhammer von merkwürdigen Visionen erzählt, die ihn plagten. Visionen einer bestimmten Gebirgsregion, unter der ein mächtiger Schatz vergraben liegen sollte. Allerdings versprach der Schatz keinen Reichtum, sondern einzig und allein … *Macht.*

Doomhammer vertraute dem älteren Häuptling und erinnerte sich der Kraft einer Schamanenvision in ihrer ursprünglichen Welt. Er hatte Zuluhed erlaubt, mit seinem Clan nach dem Berg und der darin schlummernden Machtmittel zu suchen. Es hatte Wochen gedauert, aber schließlich hatte der Dragonmaw-Clan eine Höhle tief unter der Erde gefunden.

Darin lag ein merkwürdiges Objekt: eine goldene Scheibe, die sie *Dämonenseele* genannt hatten. Obwohl Doomhammer das Artefakt noch nicht selbst gesehen hatte, hatte Zuluhed ihm versichert, es strahle ein hohes Alter und unglaubliche Kräfte aus. Unglücklicherweise war diese Kraft jedoch nur schwer zu kontrollieren.

„Du hast mir versprochen, du könntest die Macht darin beherrschen", erinnerte Doomhammer ihn und warf den leeren Becher beiseite. Er traf die Wand mit einem dumpfen Krachen.

„Und das werde ich auch", versicherte Zuluhed. „Die Dämonenseele besitzt gewaltige Kräfte und genug Macht, um Berge zu zertrümmern und den Himmel aufzureißen!" Er runzelte die Stirn. „Aber bislang hat sie meiner Magie widerstanden." Er schüttelte den Kopf. „Doch ich werde den Schlüssel dazu finden! Dessen bin ich mir sicher. Ich habe vieles in meinen Träumen gesehen! Und wenn wir erst seine Kräfte beherrschen, werden wir sie nutzen, um unsere Gegner zu versklaven! Und wenn wir das geschafft haben, werden wir die Lüfte beherrschen, und Feuer wird auf all die hinabregnen, die sich uns entgegen stellen!"

„Ausgezeichnet." Doomhammer klopfte dem Ork auf die Schulter. Manchmal beunruhigte ihn der Fanatismus des Schamanen, besonders weil Zuluhed nicht zur Gänze in dieser Welt zu leben schien. Aber er zweifelte seine Loyalität nicht an. Deshalb hatte er die Suche des alten Orks unterstützt, während Gul'dans Wunsch, der auf einer ähnlichen Vision basierte, von ihm abgelehnt worden war.

Doomhammer wusste, dass Zuluhed sich niemals gegen ihn oder sein eigenes Volk wenden würde. Und wenn diese Dämonenseele auch nur halb so viel konnte, wie Zuluhed behauptete – wenn sie es dem Schamanen ermöglichte, seine Vision wahr werden zu lassen –, würde sie der Horde die Übermacht im Kampf sichern. „Sag Bescheid, wenn alles bereit ist."

„Selbstverständlich." Zuluhed prostete ihm mit seinem eigenen Trinkgefäß zu, das er aus einem blutverschmierten Krug nachfüllte.

Doomhammer überließ den Schamanen seiner Feier und wanderte durch die gefallene Stadt. Er sah gern mit eigenen Augen, was seine Krieger trieben. Und er wusste, dass, wenn die anderen ihn dabei sahen, es ihnen ein Gefühl vermittelte, als wäre er einer von ihnen.

Und das band sie nur noch stärker an ihn. Blackhand hatte das auch gewusst. Er sorgte dafür, dass seine Orks ihn ebenso als Krieger wie auch als Häuptling respektierten und später dann als Kriegshäuptling.

Das war eine der Lektionen, die Doomhammer von seinem Vorgänger gelernt hatte. Sein Gespräch mit Zuluhed hatte den fauligen Geschmack weggespült, den Gul'dan in ihm zurückgelassen hatte. Als er durch die Straßen wanderte, fühlte er sich gut. Seine Leute hatten hier einen großen Sieg errungen und verdienten es zu feiern. Er würde sie sich ein paar Tage vergnügen lassen. Erst dann würden sie sich dem nächsten Ziel zuwenden.

Gul'dan beobachtete Doomhammer aus der Entfernung, verborgen im Schatten einiger Gebäude.

„Was haben er und Zuluhed nur vor?", murmelte er. Dabei behielt er den Kriegshäuptling im Blick.

„Keine Ahnung", antwortete Cho'gall. „Sie sind darüber sehr verschwiegen. Ich weiß, dass es um etwas geht, das der Dragonmaw-Clan in den Bergen gefunden hat. Der halbe Clan ist jetzt dort. Aber ich weiß nicht, was sie dort tun."

„Das ist eigentlich auch gleichgültig." Gul'dan furchte die Stirn und rieb sich geistesabwesend über einen seiner Hauer, während er nachdachte. „Was immer es auch ist, so sorgt es jedenfalls dafür, dass Doomhammer abgelenkt ist. Und das ist sehr zu unserem Vorteil. Es wäre nicht gut, wenn er unsere Pläne aufdeckte, bevor wir sie umgesetzt haben." Er grinste. „Und wenn das erst einmal geschehen ist – ist es zu spät für ihn."

„Wirst du ihn als Kriegshäuptling absetzen?“, fragte Cho’galls anderer Kopf, während sie zu ihrem Quartier zurückgingen.

„Ich? Nein.“ Gul’dan lachte. „Ich habe keine Lust, mit Axt oder Hammer durch die Straßen zu ziehen, um meine Feinde zu erschlagen. Ich habe andere Vorstellungen: Ich treffe sie in ihrem Geist – und erschlage sie aus der Ferne. Hunderte oder Tausende auf einen Streich!“ Er lächelte bei dem Gedanken. „Schon bald wird alles, was mir versprochen wurde, auch mir gehören. Und dann ist Doomhammer nichts mehr gegen mich. Selbst die Macht der Horde wird gegen mich verblassen. Ich werde meine Hand ausstrecken und diese Welt säubern … um sie dann nach meinen Idealen neu zu errichten!“ Er lachte abermals, und das Gelächter hallte von den eingestürzten Wänden und Gebäuden wider, als würde die sterbende Stadt darin einstimmen.

Drei

Khadgar beobachtete die Ereignisse von der Seite des Thronsaals aus. Er war auf Lothars Wunsch anwesend. Sowohl als Zeuge der Ereignisse als auch, wie Khadgar vermutete, als vertrautes Gesicht in diesem merkwürdigen Land.

Khadgars Neugierde hatte dazu beigetragen, die Einladung anzunehmen. Aber er vermied es wohlweislich, sich diesen Männern als Gleichgestellter zu präsentieren. Trotz der Macht, die er verkörperte.

Jeder von ihnen war ein König und in der Lage, ihn mit einem Fingerschnippen töten zu lassen. Außerdem hatte Khadgar viel zu lange im Mittelpunkt der Ereignisse gestanden. Dabei war er seit frühester Jugend viel mehr daran gewöhnt zu beobachten, abzuwarten, zu analysieren und erst nach reiflichem Überlegen zu reagieren.

Es war schön, zu diesen alten Gewohnheiten zurückkehren zu können. Selbst, wenn es nur für kurze Zeit sein würde.

Er erkannte viele der anwesenden Männer, zumindest der Beschreibung nach. Der große, brummige Mann mit den markanten Gesichtszügen, dem dichten schwarzen Bart und der schwarz-grauen Rüstung war Genn Graymane. Er herrschte über die südlichen Ländereien von Gilneas. Khadgar hatte gehört, dass er viel schlauer war als es den Anschein erweckte.

Der große hagere Mann mit der verwitterten Haut und der grünen Marineuniform war natürlich Admiral Daelin Proudmoore. Er herrschte über Kul Tiras. Aber es war sein Amt als Kommandeur über die größte und effektivste Marine der Welt, weshalb ihn selbst Terenas wie einen Ebenbürtigen behandelte.

Der ruhige, kultiviert wirkende Mann mit dem ergrauenden

braunen Haar und den dunklen Augen war Lord Aiden Perenolde, der Herrscher über Alterac. Er blickte gerade zu Thoras Trollbane, dem König des Nachbarreichs Stromgarde.

Aber der große, raue Trollbane ignorierte ihn. Das Leder und die Felle schirmten ihn von Perenoldes Wut offensichtlich genauso ab wie sie ihn vor dem unberechenbaren Wetter seiner Heimatberge schützten.

Seine rauen Gesichtszüge waren einem kleinen, kräftigen Mann mit einem schneeweißen Bart und freundlichem Gesicht zugewandt. Er musste nirgends auf dem Kontinent extra vorgestellt werden, selbst wenn er seine Feiertagsgewänder und den Stab einmal nicht trug: Alonsus Faol war der Erzbischof der Kirche des Lichts und wurde allerorten von den Menschen geachtet.

Khadgar erkannte, warum das so war. Er hatte Faol niemals persönlich getroffen, aber selbst wenn man ihn nur beobachtete, verbreitete eine Aura von Frieden und Weisheit ihren Einfluss.

Ein violettes Flackern aus dem Augenwinkel lenkte Khadgar ab. Er drehte sich um – und kämpfte dagegen an, nicht dümmlich dreinzuschauen.

In den Thronsaal trat eine Legende. Groß und hager, mit langem, grau durchwirktem braunem Bart und dazu passenden Augenbrauen, die Glatze von einer goldumrandeten Kappe bedeckt, erschien nun Erzmagier Antonidas.

In all seinen Jahren in Dalaran hatte Khadgar den Anführer der Kirin Tor nur zweimal zu Gesicht bekommen. Einmal im Vorbeigehen … und dann, als Khadgar darüber informiert wurde, dass er zu Medivh gehen sollte.

Den Meistermagier, der mit jedem Zoll wie ein echter Monarch wirkte, hier neben den anderen Regenten zu sehen, erfüllte Khadgar mit blanker Ehrfurcht und dem überraschenden Gefühl von Heimweh. Er vermisste Dalaran und fragte sich, ob er die Stadt der Zauberer wohl jemals wieder betreten würde.

Vielleicht, wenn der Krieg vorbei war. Falls er ihn denn überlebte.

Antonidas war der letzte Ankömmling. Als er die Fläche vor

der Empore erreichte, erhob sich Terenas und klatschte in die Hände. Das Geräusch hallte nach, und die Gespräche erstarben. Alle Aufmerksamkeit richtete sich jetzt auf den königlichen Gastgeber.

„Danke, dass ihr alle hier erschienen seid“, begann Terenas. Seine Stimme durchdrang den Raum. „Ich weiß, dass die Einladung überraschend kam, aber ich habe wichtige Dinge mit euch zu besprechen, die keinen Aufschub dulden.“ Er machte eine Kunstpause, dann wandte er sich an den Mann, der auf der Empore neben ihm stand. „Ich präsentiere euch Anduin Lothar, Held von Stormwind. Er ist als Überbringer einer Nachricht gekommen – und vielleicht sogar als unser aller Retter. Ich glaube, am besten erzählt er euch selbst, was er erlebt hat und was uns vielleicht bald schon bedroht.“

Lothar trat vor. Terenas hatte ihn mit frischer Kleidung versorgen wollen, aber Lothar hatte darauf bestanden, seine Rüstung anzubehalten, anstatt sie gegen tadellose Gewänder aus Lordaeron einzutauschen. Sein Schwert ragte immer noch über seine Schulter, was, wie Khadgar vermutete, viele der Monarchen ebenfalls bemerkt hatten. Aber es waren das Gesicht des Helden und die Worte, die er sprach, wodurch er von Beginn an ihre ungeteilte Aufmerksamkeit hatte.

„Eure Majestäten“, begann Lothar. „Ich danke Euch dafür, dass Ihr zu diesem Treffen gekommen seid und mir zuhört. Ich bin kein Dichter und auch kein Diplomat, sondern ein Krieger. Deshalb werde ich meine Worte knapp und direkt wählen.“ Er atmete tief durch. „Meine Heimat Stormwind ist nicht mehr.“ Einige der Könige schnappten nach Luft. Andere wurden bleich. „Sie fiel einer Horde von Kreaturen zum Opfer, die sich Orks nennen“, erklärte Lothar. „Es sind schreckliche Feinde. So groß wie ein Mensch, aber sehr viel stärker. Mit bestialischen Gesichtszügen, grüner Haut und roten Augen. Diese Horde erschien vor Kurzem und begann damit, unsere Patrouillen zu attackieren“, fuhr Lothar fort. „Aber das waren nur ihre Voraustrupps. Als uns ihre volle Armee angriff, waren wir völlig überrascht. Es sind Zehntausende von Kriegern. Genug, um das Land wie ein böser Schatten zu überziehen. Und sie sind erbarmungslose Gegner. Stark, grausam und gnadenlos.“ Er seufzte. „Wir bekämpften sie, so gut wir konnten. Aber es reichte nicht aus. Sie belagerten unsere Stadt, nachdem sie das Land verwüstet hatten. Und obwohl wir sie eine Zeit lang zurückhalten konnten, durchbrachen sie schließlich doch unsere Verteidigungslinien. Sie haben König Llane getötet …“

Khadgar bemerkte, dass Lothar verschwieg, wie der König gestorben war. Vielleicht hätte das Erwähnen der Halbork-Mörderin, der sie als Kundschafterin vertraut hatten, den Bericht abgeschwächt. Khadgar hatte dafür vollstes Verständnis. Er wollte die Sache auch nicht weiter vertiefen, zumal er Garona ebenfalls für eine Freundin gehalten hatte und immer noch ob ihres Verrats bestürzt war.

„… und die meisten unserer Adeligen“, fuhr Lothar fort. „Ich bekam den Auftrag, Llanes Sohn und so viele Menschen wie möglich in Sicherheit zu bringen und den Rest der Welt davor zu warnen, was passiert war. Weil die Horde nicht aus unserem Land stammt, nicht einmal aus dieser Welt. Und sie sich nicht damit zufrieden geben wird, einen einzigen Kontinent zu beherrschen. Sie will auch alle anderen Gebiete vereinnahmen – die ganze Welt!“

„Ihr wollt damit sagen, dass sie auch hierher kommen“, sagte Proudmoore, als Lothar eine Pause einlegte, und es war mehr eine Feststellung als eine Frage.

„Ja.“ Lothars einfache Antwort versetzte die anderen in Erstaunen, und vielleicht ängstigte sie sie auch.

Aber Proudmoore nickte. „Haben sie Schiffe?“, fragte er.

„Das weiß ich nicht“, antwortete Lothar. „Wir haben keine Boote bei ihnen gesehen. Andererseits haben wir die Horde selbst auch erstmalig im letzten Jahr entdeckt.“ Er furchte die Stirn. „Doch selbst wenn sie bislang keine Schiffe hatten, so besitzen sie auf jeden Fall *jetzt* welche. Sie haben überall längs der Küste Überfälle begangen. Und auch wenn einige Schiffe sicherlich gesunken sind, so sind andere seither einfach verschwunden.“

„Dann können wir davon ausgehen, dass sie die Absicht haben, den Ozean zu überqueren.“ Proudmoore wirkte nicht sonderlich überrascht, fand Khadgar. Wahrscheinlich hatte er bereits das Schlimmste angenommen. „Sie könnten gerade jetzt schon unterwegs zu uns sein."

„Sie können auch auf dem Landweg kommen", knurrte Trollbane. „Vergesst das nicht."

„Aye, das ist wahr", stimmte Lothar zu. „Wir haben sie das erste Mal im Osten erwischt. In der Nähe der Sümpfe des Elends. Sie hatten ganz Azeroth durchquert, um Stormwind zu erreichen. Wenn sie sich nach Norden wenden, können sie die Brennenden Steppen und die Berge überqueren und sich Lordaeron von Süden her nähern."

„Von Süden?", fragte Genn Graymane. „An uns kommen sie nicht vorbei! Ich werde jeden, der versucht, meine Südküste einzunehmen, vernichten!"

„Ihr versteht nicht." Lothar sah müde aus und klang auch so. „Ihr seid ihnen noch nicht gegenüber getreten. Ihre Anzahl und ihre Stärke sind deshalb für Euch nur schwer einzuschätzen. Aber ich sage Euch, Ihr könnt nicht gegen sie bestehen." Er schaute die versammelten Monarchen voller Stolz und Kummer an. „Stormwinds Armee war erstklassig", versicherte er ihnen. „Meine Krieger waren gut ausgebildet und im Kampf geübt. Wir waren den Orks schon früher entgegengetreten und hatten sie auch geschlagen. Aber das war nur ihre Vorhut gewesen. Der Horde gegenüber fühlen wir uns wie verwirrte Kinder, wie alte Männer … wie reifes Gemüse." Seine Stimme war brüchig, seine Worte transportierten eine bittere Überzeugung. „Sie werden über die Berge hinwegströmen und dann über Euch und Eure Länder herfallen."

„Was sollten wir dann gegen sie tun können?", fragte Erzbischof Faol. Seine souveräne Stimme beruhigte die aufgeheizten Gemüter im Saal. Niemand wurde gern ein Narr geheißen, erst recht kein König. Und das vor allen Dingen nicht vor Gleichgestellten.

„Wir müssen uns *verbünden*", sagte Lothar. „Keiner von Euch kann es allein mit ihnen aufnehmen. Aber wir alle zusammen … könnten es schaffen."

„Ihr sagt, dass sich diese Bedrohung nähert, und das will

ich gar nicht bestreiten“, merkte Perenolde an. Seine glatte Stimme fiel zwischen den anderen Königen auf. „Und Ihr sagt, dass wir uns zusammenschließen müssen, um die Bedrohung zu beenden. – Doch ich frage mich, habt Ihr auch andere Mittel erprobt, um den Konflikt zu lösen? Sicherlich sind diese … Orks … der Vernunft zugängliche Kreaturen. Sicherlich verfolgen auch sie ein Ziel. Vielleicht können wir ja mit ihnen verhandeln?“

Lothar schüttelte den Kopf. Seine gequälten Gesichtszüge demonstrierten allzu deutlich, für wie töricht er diese Diskussion hielt. „Sie wollen die Welt, unsere Welt“, antwortete er langsam, als würde er mit einem naiven Kind sprechen. „Sie werden sich mit nichts Geringerem zufrieden geben. Wir haben Kundschafter ausgeschickt, Boten, Botschafter.“ Er verzog die Lippen zu einem düsteren, harten Lächeln. „Die meisten kamen in Einzelteilen zurück. Wenn sie denn zurückkehrten.“

Khadgar beobachtete, wie sich einige der Könige unterhielten. Aus dem Tonfall der Gespräche schloss er, dass sie das Ausmaß der Gefahr, in der sie alle schwebten, immer noch nicht begriffen hatten. Er seufzte und trat vor. Dabei fragte er sich, warum sie ihm wohl eher zuhören sollten als Lothar. Aber er musste es wenigstens versuchen.

Glücklicherweise trat noch jemand nach vorne. Und obwohl er eher ein Gewand als eine Rüstung trug, strahlte diese Person deutlich mehr Autorität aus.

„Hört mich an!“, rief Antonidas. Seine Stimme war dünn, vermochte aber immer noch in ihren Bann zu ziehen. Er hob seinen geschnitzten Stab, und die Spitze leuchtete, was die anwesenden Männer verwirrte. „Hört mich an!“, verlangte er erneut, und dieses Mal verstummten alle. „Ich habe schon vorher Berichte über diese Bedrohung erhalten“, erklärte der Erzmagier. „Die Zauberer von Azeroth waren zuerst fasziniert und dann entsetzt über das Aussehen der Orks. Sie sandten uns viele Briefe mit Informationen und der Bitte um Hilfe.“ Er runzelte die Stirn. „Ich befürchte, wir haben ihnen nicht gut genug zugehört. Wir erkannten ihre Gefahr, hielten die Orks jedoch für nur wenig mehr als eine lokale Plage, die sich auf den Kontinent beschränkte. – Offenbar haben wir uns getäuscht. Ich kann euch versichern, dass sie hoch gefährlich sind. Wir haben die Worte des Helden von Stormwind missachtet – und ich vermute, zu unserem eigenen Nachteil."

„Wenn sie so gefährlich sind, warum haben sich die Zauberer dort nicht um sie gekümmert?", wollte Graymane wissen. „Warum haben sie nicht ihre Magie benutzt, um dem ein Ende zu machen?"

„Weil auch die Orks über Magie verfügen", konterte Antonidas. „Wirksame Magie. Die meisten ihrer Hexenmeister sind zwar schwächer als unsere Magier. Zumindest den Berichten nach, die meine Kameraden übermittelt haben. Doch sie sind uns zahlenmäßig weit überlegen und können zusammenarbeiten. Das ist unseren Leuten leider nie leicht gefallen."

Khadgar war sicher, dass er einige Bitterkeit in der Stimme des alten Magiers mitschwingen hörte, und er verstand ihn gut. Wenn es etwas gab, was jedes Mitglied der Kirin Tor zu schätzen wussten, dann war es die eigene Unabhängigkeit. Auch nur zwei Zauberer dazu zu bringen, gemeinsam zu arbeiten, war bereits enorm schwierig. Und der bloße Gedanke, *mehr* als zwei gemeinsam wirken zu lassen, lag jenseits aller Vorstellungskraft.

„Unsere Zauberer haben zurückgeschlagen", erklärte Lothar. „Sie haben das Ruder in mehreren Schlachten herumgerissen. Aber der Erzmagier hat Recht. Es waren viel zu wenige, um effektiv sein zu können. Für jeden Hexenmeister, den wir töteten, kam einer, der seinen Platz einnahm – und noch zwei weitere mit ihm. Sie reisten mit den Vorhuttrupps und den kleineren Armeen, die sie vor Angriffen schützten. Dabei nutzten sie ihre Magie, um die Kraft der Krieger zu verstärken." Er runzelte die Stirn. „Unser größter Zauberer, Medivh, verfiel der Finsternis der Horde. Die meisten unserer Magier waren auch verloren. Ich bezweifle, ob Magie allein sie zur Umkehr bewegen kann."

Khadgar fiel auf, dass Lothar unerwähnt ließ, wie oder warum Medivh gestorben war und bewunderte das Taktgefühl des Kriegers. Ihm entging nicht der scharfe Blick, den Antonidas in seine Richtung warf und unterdrückte ein Seufzen. Irgendwann würde der Rat der Kirin Tor eine vollständige Erklärung der Sachlage verlangen. Khadgar wusste, dass sie sich dann mit nichts weniger als der Wahrheit zufrieden geben würden. Und er vermutete, dass es tödlich für sie alle enden konnte, wenn sie etwas zurückhielten – weil es eng mit der Anwesenheit der Horde und früheren Ereignissen verknüpft war.

„Ich finde es merkwürdig", säuselte Perenolde, „dass ein Fremder sich so um unser Überleben sorgt." Er grinste selbstgefällig, als er Lothar ansah.

Khadgar musste sich beherrschen, um den Bart des Königs nicht in Brand zu stecken. „Verzeiht, wenn ich den Daumen in offene Wunden lege. Aber Euer Königreich ist verschwunden, Euer König tot, Euer Prinz noch ein Knabe … und Euer Land wurde überrannt. Stimmt das nicht?"

Lothar nickte zähneknirschend. Es bedurfte einiger Selbstbeherrschung, dem arroganten König nicht den Kopf abzubeißen.

„Ihr habt uns von dieser Bedrohung berichtet, dafür sind wir dankbar. Aber dann sprecht Ihr immer wieder davon, was wir tun müssen und wie wir uns zu vereinigen haben …" Perenolde blickte sich übertrieben auffällig im Thronsaal um.

Varian war nicht anwesend. Terenas hatte ihn aufgenommen und behandelte den aus der Bahn geworfenen Prinzen wie ein Mitglied seiner eigenen Familie. Lothar und Terenas hatten gemeinsam beschlossen, dass der Junge von der weiteren Untersuchung verschont bleiben sollte.

„Ich sehe hier niemanden aus Eurem Königreich. Und Ihr selbst habt gesagt, dass der Prinz noch ein Knabe ist und das Land besetzt wurde. Wenn wir uns also tatsächlich dazu entschließen würden, uns zu vereinen, was könntet Ihr dazu beitragen? Abgesehen von Eurem eigenen Können, selbstverständlich."

Lothar öffnete den Mund, um voller Wut zu antworten. Aber er wurde erneut unterbrochen. Überraschenderweise von König Terenas.

„Ich toleriere es nicht, wenn meine Gäste derart beleidigt werden", verkündete Lordaerons Herrscher. Seine Stimme war schneidend wie Stahl. „Dieser Mann hat uns von großer persönlicher Gefahr berichtet und uns damit nichts anderes als Ehre und Hingabe ohne Rücksicht auf seinen persönlichen Kummer bewiesen!"

Perenolde nickte und deutete eine halbherzige Geste der Entschuldigung an.

„Außerdem irrt Ihr Euch, wenn Ihr ihn für allein oder wertlos erachtet", fuhr Terenas fort. „Prinz Varian Wrynn ist nun mein Ehrengast und wird das auch bleiben, bis er selbst beschließt wieder abzureisen. Ich habe mich persönlich verpflichtet, ihn bei der Rückgewinnung seines Königreichs zu unterstützen."

Einige der anderen Monarchen murmelten. Khadgar konnte sich denken, was in ihnen vorging. Terenas hatte gerade offiziell auf alle Ansprüche auf Stormwind verzichtet und die anderen Könige darüber in Kenntnis gesetzt, dass er Varian beistehen wollte – und das alles innerhalb einer einzigen Aussage.

Es war ein cleverer Schachzug, und sein Respekt vor dem König von Lordaeron wuchs noch mehr.

„Fürst Lothar hat ihn zusammen mit einigen anderen aus seinem Königreich hierher gebracht", fuhr Terenas fort. „Darunter auch Soldaten. Obwohl ihre Zahl nicht groß ist, verglichen mit der Gefahr, der wir uns gegenübersehen, ist ihre Erfahrung im Kampf gegen die Orks unbezahlbar. Einige von Stormwinds Truppen ziehen vielleicht noch herum, verwirrt und führungslos. Sie schließen sich sicher dem Aufruf ihres Helden an und verstärken unsere Truppen. Lothar ist ein erfahrener Kommandant und Taktiker. Und ich habe höchsten Respekt vor seinen Fähigkeiten."

Er machte eine Pause und blickte Lothar fragend an. Khadgar sah fasziniert zu, wie der Held nickte. Lothar und der König hatten sich mehrfach getroffen, während sie auf die Ankunft der anderen Monarchen warteten. Khadgar war nicht bei allen Gesprächen zugegen gewesen, und nun fragte er sich, was ihm dabei wohl entgangen sein mochte.

„Schließlich ist da noch die Behauptung, er sei ein Fremder ..." Terenas lächelte. „Obwohl Lothar diesen Kontinent noch nie zuvor mit seiner Gegenwart beehrt hat, ist er alles andere als ein Fremder. Weil er starke Bindungen zu dem Land und zu unserem Königreich hat. Er stammt von den Arathi ab. Er ist der letzte ihrer edlen Linie. Und deshalb hat er mehr Recht, in diesem Rat zu sprechen als jeder andere von uns!“

Diese Enthüllung sorgte für Unruhe unter den anderen Königen. Und auch Khadgar betrachtete seinen Begleiter plötzlich mit anderen Augen.

Ein Arathi! Er hatte natürlich von Arathar gehört, wie wohl jeder in Lordaeron. Vor langer Zeit war es das erste Volk auf dem Kontinent gewesen. Seine Angehörigen hatten starke Kontakte zu den Elfen gepflegt. Gemeinsam hatten die beiden Völker am Fuß des Alterac-Gebirges gegen eine riesige Armee von Trollen gekämpft. Und vereint war es ihnen gelungen, die Attacke abzuwehren und die Trollgemeinschaft für immer zu zerschlagen.

Das arathorianische Reich war erblüht und hatte sich ausgeweitet, bis es Jahre später in die kleineren Nationen zerfallen war, die heute den Kontinent prägten. Die Menschen verließen Strom, die Hauptstadt des arathorianischen Reiches, um in fruchtbarere Gegenden im Norden zu ziehen. Damals war auch der letzte Arathi verschwunden. Einigen Erzählungen zufolge waren sie nach Süden gewandert, noch über Khaz Modan hinaus, in die Wildnis von Azeroth. Und Strom wurde schnell zum Zentrum von Stromgarde, Trollbanes Reich.

„Es stimmt“, verkündete Lothar feierlich, seine Augen schienen jeden herauszufordern, der ihn der Lüge bezichtigen wollte. „Ich stamme von König Thoradin ab, dem Gründer von Arathor. Meine Familie zog nach Azeroth, nachdem das Reich zusammenbrach, und gründete dort eine neue Nation, die als Stormwind bekannt wurde.“

„Also seid Ihr gekommen, um Eure Herrschaft über uns zu verkünden?“, wollte Graymane wissen.

„Nein“, versicherte Lothar ihm. „Meine Ahnen gaben jeden Anspruch auf Lordaeron schon vor langer Zeit auf, als sie sich entschlossen, wegzuziehen. Aber ich habe immer noch Bande zu diesem Land, das mein Volk zu erobern und zu zivilisieren half.“

„Und er kann sich immer noch auf den alten Beistandspakt berufen“, fügte Terenas hinzu. „Die Elfen schworen, Thoradin und sein Haus zu unterstützen, wann immer sie Hilfe benötigten.

Sie werden diese Vereinbarung sicher auch heute noch einhalten."

Das erzeugte dankbare Blicke und Geflüster. Khadgar nickte. Plötzlich war Lothar in ihren Augen mehr als nur ein Krieger, mehr sogar als ein Anführer. Jetzt war er der potenzielle Botschafter zu den Elfen. Und wenn dieses alte, magiewirkende Volk sich tatsächlich mit ihnen verbündete, erschien die Horde plötzlich gar nicht mehr so unbezwingbar.

„Das ist ein großartiges Angebot", sagte Perenolde trocken. „Vielleicht sollten wir uns alle ein wenig Zeit gönnen, um all das zu berücksichtigen, was wir gehört haben. Das ist nötig, um unsere Länder vor dieser neuen Gefahr zu beschützen."

„Einverstanden", sagte Terenas und fragte die anderen erst gar nicht nach ihrer Zustimmung. „In der Tafelhalle habe ich ein Büffet vorbereiten lassen, und ich lade Euch alle ein, mich dahin zu begleiten. Nicht als Könige, sondern als Nachbarn und Freunde. Lasst uns diese Sache nicht beim Essen bereden, sondern für uns selbst entscheiden. Dann können wir leichter eine Entscheidung treffen, nachdem wir das Essen und die drohende Gefahr verdaut haben."

Khadgar schüttelte den Kopf, als die Monarchen nickten und sich auf die Tür zu bewegten. Perenolde war gerissen, das war klar. Er hatte bemerkt, dass die anderen Könige Lothar Unterstützung gewähren würden, und einen Weg gefunden, sich umzuentscheiden.

Khadgar vermutete, dass der König von Alterac nach dem Essen verkünden würde, dass er es sich überlegt habe und fortan Lothar unterstützen wolle. So vermied er es, das Gesicht zu verlieren oder in eine schwächere Position innerhalb der entstehenden Allianz gedrängt zu werden. Denn für eine solche würden die Könige sich wahrscheinlich in Kürze entscheiden.

Als er den Oberhäuptern der Länder aus dem Raum folgte, bemerkte Khadgar eine Bewegung über sich. Er drehte sich um und erhaschte einen Blick auf zwei Köpfe, die von einem der oberen Balkone heruntersahen.

Eines der Häupter war dunkelhaarig und ernst, er erkannte Prinz Varian. Natürlich wollte der Erbe von Stormwind wissen, was in der Besprechung beschlossen wurde. Der zweite Kopf war blond und jünger und gehörte zu einem Knaben, der weit genug im Hintergrund blieb, dass Varian seinen Schatten nicht bemerkte.

Der Jüngling bemerkte, dass Khadgar hinaufsah und grinste, bevor er hinter dem Vorhang des Balkons verschwand.

Khadgar verstand. Der junge Prinz Arthas wollte ebenfalls wissen, was sein Vater und die anderen planten. Und warum auch nicht? Lordaeron würde ihm eines Tages gehören – falls sie es schafften, die Horde daran zu hindern, alles zu überrennen.

Vier

Doomhammer sprach gerade mit einem seiner Offiziere, Rend Blackhand vom Black-Tooth-Grin-Clan, als ein Kundschafter hereinstürzte.

Obwohl der Ork eindeutig eine Nachricht zu überbringen hatte, blieb er einige Schritte von Doomhammer und Rerd entfernt stehen und wartete. Dabei versuchte er, wieder zu Atem zu kommen. Schließlich schaute Doomhammer in seine Richtung und nickte.

„Trolle!", keuchte der Ork-Kundschafter. „Waldtrolle, eine komplette Armee, wie es aussieht!"

„Trolle?" Rend lachte. „Was ist, greifen sie uns an? Ich dachte, sie wären etwas klüger als Oger, nicht dümmer!"

Doomhammer musste ihm zustimmen. Bei dem einen Mal, dass er auf Waldtrolle gestoßen war, hatten sie ihn beeindruckt und wegen ihrer Gerissenheit sogar ein wenig beunruhigt. Obwohl die Trolle größer als Orks waren, waren sie schlanker und beweglicher – besonders in den Wäldern, was sie dort zu einer echten Gefahr machte. Das Wasser zu überqueren, um zu dieser Insel zu gelangen, passte allerdings nicht zu ihrem üblichen Verhalten.

Aber der Kundschafter schüttelte den Kopf. „Sie greifen nicht an. Sie sind auf dem Festland und wurden gefangen genommen." Er grinste. „Von Menschen."

Doomhammer war interessiert. „Wo?", wollte er wissen.

„Unweit der Küste, entlang der Hügel, fast noch im Wald", antwortete der Kundschafter prompt. „Sie wollten nach Westen, obwohl sie sehr langsam waren."

„Wie viele sind es?"

„An die vierzig Menschen“, antwortete der Kundschafter. „Zehn Trolle.“

Doomhammer nickte und wandte sich an Rend: „Nimm dir deine stärksten Krieger. Und seid schnell. Ihr macht euch sofort auf den Weg.“ Er schaute den Anführer des Black-Tooth-Grin-Clans finster an. „Lasst euch in keine Gefechte verwickeln“, befahl er. „Das ist nur ein Überfallkommando. Ihr sollt die Trolle retten und hierherbringen. Vermeide, dass man dich sieht, und töte jeden, der dich bei der Aktion beobachtet. Ich will nicht, dass unsere Kriegspläne ruiniert werden, nur weil du achtlos warst.“

Der Häuptling nickte und verschwand ohne ein Wort. Er lief zu einem Untergebenen, der träge in der Nähe döste.

Rend bellte seine Befehle schon, bevor er den anderen Ork erreicht hatte. Der Krieger richtete sich schnell auf, nickte und rannte los, um seine Kameraden zu suchen.

Doomhammer wartete ungeduldig und signalisierte dem Kundschafter, ebenfalls zu warten. Nervös faltete er seine Hände in Erwartung der Rückkehr des Trupps. In seinen Gedanken war er währenddessen weit weg. Er erinnerte sich seines ersten Zusammentreffens mit den Trollen vor vielen Monaten …

Blackhand hatte die anderen Ork-Clans auf der Heimatwelt geschockt, als er ihnen mitteilte, dass er sich mir den Ogern verbünden wollte. Doch es hatte sich als eine nützliche Partnerschaft erwiesen. Die monströsen Kreaturen verschafften der Horde eine enorme zusätzliche Stärke. Dennoch ging es vielen immer noch gegen den Strich. Und so waren viele Orks auch skeptisch gewesen, als sie in Berichten von ähnlichen Kreaturen auf dieser neuen, fruchtbaren Welt erfahren hatten – und Blackhand ihnen verkündete, dass er auch diese Monster unter seinem Kriegsbanner vereinen wollte.

Er hatte Doomhammer mit einer Handvoll Blackrock-Kriegern ausgeschickt, um den Kontakt herzustellen. Ein Zeichen des großen Vertrauens, das er in seinen jungen Stellvertreter setzte.

Noch immer fühlte Doomhammer sich schuldig, weil er das

Vertrauen seines Kriegshäuptlings missbraucht und sich gegen ihn gewandt – ihn getötet! – und seinen Platz als Anführer eingenommen hatte.

Aber so war es eben bei den Clans, und Blackhand hätte sein Volk in Tod und Vernichtung geführt. Doomhammer war *gezwungen* gewesen so zu handeln – um sie alle zu retten.

Er griff hinter sich und ließ seine Finger über den glatten Hammerkopf aus Stein gleiten. Der Griff ragte weit über seine Schulter, und der tödliche Teil hing etwa auf Höhe des Oberschenkels.

Vor langer Zeit hatte ein Schamane prophezeit, dass diese mächtige Waffe sein Volk eines Tages erlösen würde. Gleichzeitig sollte derjenige, der den Hammer führte, es aber auch verdammen. Und außerdem war geweissagt worden, dass derjenige auch der *Letzte* der Doomhammer-Linie sein würde …

Doomhammer hatte sich viele Male gefragt, ob alles tatsächlich genauso kommen würde. Ganz besonders, da er nun zum Kriegshäuptling und Anführer der Horde geworden war.

War seine Machtübernahme die prophezeite Erlösung gewesen? Er selbst glaubte daran. Aber bedeutete das auch, dass er dazu auserwählt war, sein Volk später zu verdammen? Und dass seine Ahnenreihe mit ihm endete?

Er hoffte es nicht.

Seinerzeit, vor ein paar Monaten, hatte Doomhammer sich noch nicht so stark mit diesen Dingen auseinandergesetzt. Damals vertraute er Blackhand noch völlig, zumindest was dessen Loyalität zu seinem Volk anging, und wollte ihn als Herrn dieser Welt sehen. Gleichzeitig tat er sein Bestes, um Blackhand von unnötiger Gewalt abzuhalten.

Nicht dass Doomhammer den Kampf gescheut hätte. Wie die meisten Orkkrieger schätzte er die Herausforderung und den ganz eigenen Nervenkitzel eines Kampfes. Aber es gab auch Situationen, in denen *zu viel* Gewalt den Wert eines Sieges schmälern konnte.

Und bei diesem Vorstoß, davon war er felsenfest überzeugt, ging es weniger um Krieg als vielmehr um Kommunikation.

Doomhammer war fasziniert und geehrt gewesen. Und vielleicht, tief in seinem Innern, auch ein wenig verängstigt. Bislang hatten sie nur Menschen und ein paar kleine, aber mächtige Kreaturen, die Zwerge genannt wurden, auf dieser neuen Welt angetroffen. Wenn es hier aber Oger gab, dann konnte es passieren, dass die Horde auf mächtigere Gegner traf, als sie es bislang erlebt hatte.

Es dauerte zwei volle Wochen, bis Doomhammer endlich einem Troll begegnete. Er durchstreifte mit seinen Kriegern den Wald dort, wo ein Kundschafter sie gesehen hatte. Die Orks trafen keinerlei Vorkehrungen, ungesehen zu bleiben. Als immer mehr Zeit ereignislos verstrich, waren sie schon davon überzeugt, dass der Kundschafter entweder gelogen oder sich schlicht vor ein paar Schatten gefürchtet und später eine Geschichte zusammengereimt hatte, nur um von seiner Feigheit abzulenken.

Dann, eines Abends aber, als sich die Dämmerung gerade über das Land legte und lange Schatten unter die Bäume warf, schwang sich eine Gestalt aus den Ästen herab. Sie landete unhörbar auf dem Boden außerhalb des Scheins ihrer Lagerfeuer. Eine weitere Gestalt erschien eine Sekunde später, dann noch eine … bis die Orks schließlich von sechs lautlosen und schattenhaften Erscheinungen umzingelt waren.

Anfangs hatte Doomhammer geglaubt, der Kundschafter habe doch Recht gehabt und ihnen stünden Oger gegenüber. Auch wenn diese hier etwas kleiner waren und sich lautlos mit einer Anmut bewegten, die ihnen von Ogern eigentlich fremd war.

Doch dann traf der Schein eines Feuers eine der Gestalten, die sich vorwärts bewegte, und Doomhammer erkannte, dass ihre Haut grün war – so grün wie seine eigene, so grün wie die Blätter in den Bäumen.

Das erklärte, warum sie die Kreaturen nicht schon früher bemerkt hatten. Ihre Farbe erlaubte ihnen, mit dem Blattwerk zu verschmelzen, besonders, wenn sie sich durch die Äste bewegten, wie es diese hier offenbar getan hatten. Er bemerkte auch, dass die Kreaturen größer als er, aber schlanker als ein Oger waren. Außerdem wirkten die Proportionen harmonischer, denn sie hatten keine überlangen Arme, keine übergroßen Hände und keine allzu massigen Köpfe.

Und der Blick, den ihm die sich nähernde Gestalt zuwarf, das Licht des Feuers, das sich in ihren dunklen Augen spiegelte, als sie mit einem Speer nach Doomhammer stach, verriet eine gewisse Intelligenz.

„Wir sind keine Feinde!“, rief Doomhammer, und seine Stimme zerriss die stille Nacht. Er schlug den Speer mit der Hand beiseite. Dabei stellte er fest, dass die Spitze der Waffe aus behauenem, extrem geschliffenem Stein bestand. „Ich suche euren Anführer!“

Ein Grummeln klang von den Kreaturen herüber. Nach einer Weile erkannte Doomhammer, dass es Gelächter war.

„Was du von unserem Anführer wollen, Appetithappen, kleiner?“, antwortete die am nächsten stehende Kreatur. Ihr Mund verzog sich zu einem ebenso hämischen wie monströsen Grinsen.

Diese Geschöpfe hatten ebenfalls Hauer, wie Doomhammer sah, obwohl ihre länger und dicker als seine eigenen waren, dafür stumpfer, wie es den Anschein hatte. Er bemerkte auch das Haar der Kreatur, das in einer dunklen Krone über ihrem Kopf auslief.

Das war gewiss kein natürliches Aussehen und bedeutete somit, dass die Kreaturen sich pflegten.

Ganz offenkundig waren es keine wilden Bestien.

„Ich würde gern mit ihm im Auftrag meines eigenen Anführers sprechen“, antwortete Doomhammer. Er behielt seine Hände am Körper und zeigte sie offen, um zu demonstrieren, dass er keine Waffen darin hielt. Trotzdem blieb er wachsam, schließlich war er kein Narr.

Und das war sein Glück. Die Kreatur lachte erneut. „Wir nicht reden mit Beute“, antwortete sie. „Wir sie essen!“ Und dann stieß sie mit ihrem Speer zu – vergessen das testende Stochern. Der wuchtige Stoß erfolgte aus einer geschickten Bewegung heraus, und die Speerklinge hätte Doomhammer wie einen Fisch gnadenlos aufgeschlitzt, hätte er weiter reglos dagestanden.

Stattdessen aber drehte er sich weg, zog seinen Hammer und brüllte einen Schlachtruf. Das Gebrüll schien die Kreatur zu erschrecken, und sie zögerte, ihre Waffe zurückzuziehen. Doomhammer ließ ihr keine Zeit, um sich von dem Schreck zu erholen. Er sprang vor, schwang seinen Hammer … und traf eines der Beine voll am Knie. Die Kreatur humpelte, schrie vor Schmerz und umklammerte das zerschmetterte Körperteil.

Doomhammer schlug erneut zu. Ein mächtiger Überhandschlag, der den Schädel der Bestie zerschmetterte.

„Ich sage es noch einmal, ich will mit eurem Anführer sprechen!“, rief er und wandte sein Gesicht den anderen Wesen zu, die sich während des schnellen Gefechts nicht gerührt hatten. „Bringt mich zu ihm, oder ich töte den Rest von euch und suche mir andere, die hilfsbereiter sind!“

Er hob den Hammer mit Nachdruck, weil er aus Erfahrung wusste, dass der Anblick des schwarzen Steinkopfs, an dem frisches Blut, verfilztes Haar und Knochen klebten, die meisten Gegner beeindruckte.

Die Geste zeigte Wirkung. Die anderen Gestalten traten einen Schritt zurück und hoben ihre Waffen, um zu zeigen, dass sie nicht angreifen wollten. Dann ging einer um die anderen herum und kam auf Doomhammer zu. Sein Haar bestand aus Zöpfen, statt zu einer steifen Krone geformt zu sein. Er trug eine Knochenkette um seinen Hals.

„Du mit Zul'jin reden wollen?“, fragte die Kreatur. Doomhammer nickte und nahm an, dass der Anführer entweder so hieß oder es sich um seinen Titel handelte. „Ich bringen ihn her“, bot die Kreatur an. Sie drehte sich um, verschwand geräuschlos in den Schatten und ließ ihre vier Gefährten zurück. Sie tauschten Blicke, dann starrten sie auf die Orks. Offensichtlich wussten sie nicht, wie sie sich verhalten sollten.

„Wir warten“, verkündete Doomhammer ruhig sowohl den Trollen als auch seinen eigenen Kriegern. Er stellte den Kopf seines Hammers auf den Boden und stützte sich auf den langen Schaft. Dabei blieb er wachsam, aber unbekümmert.

Als sie sahen, dass er die Kreaturen nicht angriff, entspannten sie sich ein wenig und senkten ihre Waffen ebenfalls. Eine der

Gestalten setzte sich sogar auf den Boden. Seine Augen beobachteten aber weiter jede Bewegung der Orks.

„Wie heißt du?“, fragte Doomhammer ihn nach ein paar Minuten.

„Ich bin Krul’tan“, antwortete die Kreatur.

„Orgrim Doomhammer“, stellte Doomhammer sich vor, wobei er mit dem Daumen auf sich wies. „Wie sind die Orks vom Blackrock-Clan. Wer seid ihr?“

„Wir Waldtrolle“, kam es überrascht, als könnte Krul’tan nicht glauben, dass sie das nicht wussten. „Vom Amani-Stamm.“

Doomhammer nickte. Waldtrolle also. Und sie waren in Stämme aufgeteilt, was bedeutete, dass sie zivilisiert waren. Sehr viel mehr jedenfalls als Oger.

Zum ersten Mal zog er ernsthaft in Erwägung, dass Blackhands Idee weise sein könnte. Diese Kreaturen ähnelten mehr den Orks als den Ogern, abgesehen von ihrer Größe und Stärke natürlich.

Was für prächtige Verbündete sie abgegeben hätten! Und sie stammten von dieser Welt, was bedeutete, dass sie ihnen vertraut war und sie die hiesigen Lebensformen und Gefahren wohl bestens kannten.

Eine Stunde verging. Plötzlich lösten sich ohne Warnung Schatten von den Bäumen und bewegten sich auf großen, lautlosen Füßen.

Es waren Trolle, derjenige, der sie verlassen hatte, und drei weitere.

„Du wollen Zul’jin treffen?“, fragte einer. Er trat so nah genug heran, dass Doomhammer die Perlen und die Metallteile sehen konnte, die an seinen langen Zöpfen baumelten. „Hier ich bin!“

Zul’jin war etwas größer als die anderen Trolle und auch etwas schlanker. Er trug schwere Stoffe, die um seine Hüfte gewickelt waren, und eine offene Weste aus schwerem Leder. Ein dicker Schal war um seinen Hals geschlungen und bedeckte das Gesicht bis zur Nase. Das verlieh ihm ein düsteres Erscheinungsbild.

Aus dieser Nähe konnte Doomhammer auch erkennen, dass die Haut des Trolls mit Pelz überzogen war. Erst nach einer Weile fiel ihm auf, dass es wie Moos aussah …

Die Trolle wirkten so grün, weil sie sich mit Moos bedeckten! Was für merkwürdige Kreaturen sie doch waren …

„Ich bin Doomhammer – und ja, ich würde gern mit dir sprechen.“ Doomhammer schaute zu dem Waldtroll auf und zeigte dabei keinerlei Furcht. „Mein Anführer Blackhand herrscht über die Horde. Zweifellos habt ihr unsere Leute schon durch den Wald ziehen gesehen.“

Zul'jin nickte. „Wir euch gesehen, wir ihr durch Bäume gekracht. Ihr sein unbeholfener als Menschen“, sagte er. „Aber stärker, ja. Und für Krieg bereit. Was ihr wollt von uns?“

Selbst hinter dem Schal konnte Doomhammer das Grinsen des Trolls erahnen. Kein sehr angenehmer Gesichtsausdruck.

„Ihr wollt unsern Wald, ja? Ihr mit uns kämpfen müsst darum.“ Zul'jins Hände glitten zu den beiden Äxten, die er am Gürtel baumeln hatte. „Und ihr verlieren.“

Doomhammer befürchtete, dass der Trollhäuptling damit sogar Recht haben könnte. Die Horde war zwar deutlich zahlreicher, aber wenn alle Waldtrolle so stark und leise wie diese hier waren, konnten sie aus dem Nichts heraus zuschlagen … und dorthin auch wieder verschwinden. Sie konnten jeden Ork töten, der dieses Gebiet aufsuchte, während die Horde keine große Streitmacht durch die Bäume führen konnte, um den Angriffen erfolgreich zu begegnen.

Zum Glück hatte sie das auch gar nicht vor.

„Wir wollen euren Wald nicht“, versicherte Doomhammer dem Anführer der Trolle. „Wir wollen eure *Stärke*. Wir wollen die Welt erobern – und euch dabei als Verbündete haben.“

Zul'jin runzelte die Stirn. „Verbündete? Warum? Was wir hätten davon?“

„Was *wollt* ihr denn haben?“

Einer der anderen Trolle sagte etwas in einer merkwürdigen, zischenden Sprache. Doch Zul'jin schnitt ihm mit einer knappen Geste das Wort ab. „Wir nichts brauchen“, antwortete er schließlich. „Wir Wald haben. Niemand hinein sich wagt, nur verdammte Elfen. Doch um die wir uns selbst kümmern."

„Seid ihr sicher?", fragte Doomhammer, der einen möglichen Ansatzpunkt witterte. „Diese Elfen – sind sie ein eigenes Volk? Ein mächtiges Volk?"

„Mächtig, ja", stimmte der Troll ihm knurrend zu. „Aber wir sie töten seit alten Tagen, als sie kamen in unser Land. Wir Hilfe nicht brauchen."

„Warum knöpft ihr sie euch nur nach und nach vor?", fragte Doomhammer. „Warum geht ihr nicht in ihre Städte und vernichtet sie restlos – ein für alle Mal? Wir könnten euch dabei helfen! Mit der Horde auf eurer Seite könntet ihr die Elfen für immer vernichten, und der Wald würde künftig ganz allein euch gehören."

Zul'jin schien darüber nachzudenken. Und einen Moment lang wagte Doomhammer zu hoffen, dass der schlanke Waldtroll zustimmen würde. Aber schließlich schüttelte er den Kopf. „Wir selber bekämpfen Elfen", erklärte er. „Wir Hilfe nicht brauchen. Und wir nicht brauchen Rest der Welt, nicht mehr. Deshalb wir nichts davon haben, wenn ziehen aus, um bekämpfen andere."

Doomhammer seufzte. Er erkannte, dass er den Waldtroll nicht umstimmen konnte. Und er vermutete, dass zu starkes Drängen ihn nur verärgern würde. „Ich verstehe", sagte er schließlich. „Mein Häuptling wird sehr enttäuscht sein, so wie ich auch. Aber ich respektiere eure Entscheidung."

Zul'jin nickte. „Geh in Frieden, Ork", flüsterte er und trat bereits zurück in die Schatten. „Kein Troll wird euch belästigen." Dann war er fort und die anderen Trolle mit ihm …

Blackhand war tatsächlich enttäuscht gewesen. Der Kriegshäuptling hatte Doomhammer angebrüllt und ihm und den anderen Orks Versagen vorgeworfen. Aber nachdem er sich wieder beruhigt hatte, stimmte er Doomhammers Einschätzung zu, dass ein zu hartnäckiges Bedrängen die Trolle vielleicht zu Feinden statt zu einer neutralen Partei hätte machen können. Was sie auf gar keinen Fall riskieren durften.

Doomhammer bereute die Entscheidung des Trollhäuptlings

noch immer. Deshalb hatte er seinen Kundschaftern aufgetragen, nach Trollen Ausschau zu halten, wann immer sie dem Wald nahe kamen oder ihn durchquerten.

Und das hatte sich jetzt vielleicht ausgezahlt.

Doomhammer beobachtete, wie die beiden Boote an der nördlichen Küste der Insel anlegten. Rend sprang an Land, gefolgt von einem langsameren Troll, dessen Haar zu Zöpfen geflochten war. Ein langer Schal war um seinen Hals und die untere Gesichtshälfte geschlungen.

Doomhammer freute sich. Es war Zul'jin höchstpersönlich!

„Sie waren zusammengepfercht und angekettet", berichtete Rend. Er blieb wenige Schritte von Doomhammer entfernt stehen. „Die Menschen waren achtlos, weil sie annahmen, dass die einzige Bedrohung im Wald die gewesen sei, die sie selbst eingefangen hatten." Der Häuptling des Black-Tooth-Grin-Clans lachte. „Keiner, der uns gesehen hat, lebt noch."

„Gut."

Sie warteten, während der Häuptling der Trolle sich näherte. Er sah noch genauso aus wie bei der letzten Begegnung. Von seinem Gesicht konnte Doomhammer ablesen, dass er sich an diese Begegnung ebenfalls noch erinnerte.

„Deine Krieger uns gerettet haben", sagte der Waldtroll, trat zu Doomhammer und nickte ihm anerkennend zu. Eine Begrüßung unter Gleichrangigen. „Zu viele es waren, und hatten Fackeln, um zurückzuhalten uns."

Doomhammer nickte. „Ich freue mich, dass ich einem Krieger helfen konnte", sagte er. „Als ich hörte, dass du gefangen genommen wurdest, schickte ich meine Leute sofort los."

Zul'jin grinste. „Dein Häuptling dich geschickt?"

„Ich bin jetzt der Häuptling", antwortete Doomhammer und grinste nun selbst breit.

Der Troll blickte nachdenklich drein. „Deine Horde immer noch die Welt erobern will?", fragte er schließlich.

Doomhammer nickte stumm und voller Anspannung, wie Zul'jins nächste Reaktion aussehen würde.

„Wir euch dann helfen", verkündete dieser nach einem nicht

enden wollenden Moment. „So wie ihr uns geholfen – Verbündete!" Er streckte seine Hand aus.

„Verbündete!" Doomhammer ergriff sie. In seinem Kopf schwirrten bereits die Ideen, wie es weitergehen würde.

Mit den Trollen, der Horde und den neuen Streitkräften, die Zuluhed dem Oberbefehl der Horde unterwarf, konnte sich ihnen nichts mehr in den Weg stellen.

Fünf

Zwei Tage nach ihrem ersten Treffen befand sich Lothar zusammen mit den Herrschern des Kontinents im Thronsaal von Lordaeron. Khadgar begleitete ihn erneut, und Lothar war dankbar für die Anwesenheit seines Freundes. Terenas war ein freundlicher Gastgeber und ein guter Mann, genauso wie einige der anderen Monarchen. Aber der junge Zauberer war der Einzige, den Lothar noch von Azeroth her kannte. Selbst wenn dieser gar nicht in Stormwind geboren war, so erinnerte seine Gegenwart Lothar doch an sein Zuhause. An seine Heimat.

Heimat … ein Ort, den es nicht mehr gab. Lothar wusste, dass er sich damit abfinden musste. Dennoch erschien es ihm immer noch unwirklich. Er erwartete jederzeit, dass er Llane lachen hörte oder ein paar Greifen über seinen Kopf hinwegflogen. Oder dass seine Männer im Hof exerzierten.

Doch all das war nun vorbei. Ihre Freunde waren tot. Ihre Heimat war gefallen. Und er schwor sich, dass er dieses Land davor bewahren würde, in die Dunkelheit zu stürzen, selbst wenn er dafür sein Leben geben musste.

Gerade jetzt fühlte er sich eher so, als würde er seine geistige Gesundheit verlieren. Lothar hatte für Politik nie genug Geduld aufgebracht. Er hatte über die Jahre fasziniert dabei zugesehen, wie Llane erst diesen Adeligen beruhigte und dann jenen, Streitigkeiten schlichtete und dabei nie einen Einzelnen bevorzugte oder seine persönlichen Interessen die Staatsgeschäfte beeinflussen ließ.

Es war ein großes Spiel, hatte ihm Llane immer wieder erklärt. Ein Spiel, bei dem es um Positionierung, Einfluss und subtile Manöver ging. Niemand gewann jemals, zumindest nicht für lange. Das Ziel war es, die stärkste Position einfach so lange wie möglich zu halten.

Soweit Lothar es beurteilen konnte, waren die Herrscher dieses Kontinents Meister in diesem Spiel. Und weil er gezwungen war, sich mit ihnen auf gleicher Stufe zu messen, trieb ihn das an den Rand des Wahnsinns.

Nach dem Essen des ersten Tages waren sie in den Thronsaal zurückgekehrt, um weiter zu diskutieren. Jedermann schien inzwischen zu akzeptieren, dass die Horde angreifen würde. Selbst der aalglatte Perenolde.

Jetzt stellte sich die Frage, was dagegen getan werden sollte.

Es hatte den Rest des Tages gedauert, jedermann davon zu überzeugen, dass nur eine vereinigte Armee Sinn zur Lösung dieser Frage machte. Terenas hatte glücklicherweise sofort zugestimmt, ebenso Trollbane. Proudmoore musste erst ein wenig geschmeichelt werden.

Perenolde und Graymane waren um einiges schwieriger. Lothar war nicht überrascht gewesen, dass Perenolde Widerstand leistete. Er hatte ähnliche Männer in Stormwind erlebt, glatt und geschmeidig, gemein und immer auf ihren Vorteil aus. Häufig hatten sie sich als Feiglinge erwiesen.

Perenolde hatte vielleicht Angst, selbst in den Krieg ziehen zu müssen, und erweiterte diese Furcht auf seine Untergebenen … die jedoch ohne Zweifel tapferer als er waren.

Graymanes Zaudern hingegen war eine Überraschung, denn der Mann wirkte wie der personifizierte Krieger, er war kräftig gebaut und trug stets eine schwere Rüstung. Er hatte sich auch nicht direkt gegen das Kämpfen ausgesprochen. Aber er hatte stets auf andere Optionen gedrängt, wenn sich das Gespräch dem Thema Krieg näherte.

Perenolde hatte natürlich darauf bestanden, jeden der vorgebrachten Alternativvorschläge im Detail zu prüfen. Erst nachdem Proudmoore und Trollbane kurz davor standen, Graymane Feigheit vorzuwerfen, stimmte der stämmige Mann endlich darin überein, dass die Armee ihr einziger Rückhalt war.

Am zweiten Tag war es ähnlich weitergegangen. Sie hatten sich auf den Krieg verständigt, doch nun mussten sie die logistische

Zusammenarbeit koordinieren. Welche Armee würde welche Truppen bereitstellen? Wo wurden sie stationiert, wie wurden sie versorgt?

Alles Fragen, mit denen Lothar sich seit Jahren auseinandersetzte, allerdings nur auf eine Armee bezogen. Doch jetzt musste er *fünf* unter einen Hut bekommen. Und dabei waren die Überlebenden von Stormwind noch gar nicht berücksichtigt.

Jeder König hatte eigene Vorschläge und eigene Vorgehensweisen. Und natürlich war die wichtigste Frage, wer das Kommando übernehmen sollte.

Jeder König schien sich selbst für den besten Anführer einer vereinigten Armee zu halten. Terenas führte an, dass Lordaeron das größte Königreich mit den meisten Soldaten sei. Außerdem sei er es gewesen, der sie alle zusammengerufen habe.

Trollbane war der Meinung, dass er über die größte Kampferfahrung verfügte. Und wenn Lothar sich den rauen Bergkönig betrachtete, glaubte er ihm das sogar.

Proudmoore erwähnte die Macht seiner Marine und die Bedeutung von Schiffen als Truppen- und Nachschubtransporter.

Graymane gehörte das südlichste Königreich. Er war der Ansicht, dass er das Kommando führen sollte, weil sein Land das erste sein würde, das die Orks angriffen, wenn sie über Land kamen – auch wenn das nicht ganz stimmte, denn Stromgarde lag noch eher auf dem Weg der Horde, falls diese von Khaz Modan nach Dun Modr vorrückte.

Perenolde führte aus, dass reine Gewalt allein nicht ausreichen würde, sondern dass der Oberkommandierende auch über Klugheit, Weisheit und Weitsicht verfügen sollte – was er natürlich im Überfluss vorweisen konnte.

Und dann gab es da noch die beiden, die eigentlich keine Könige waren, aber echte Anführer: Erzbischof Faol, dessen Glaubensanhänger die meisten Menschen in allen Königreichen umfassten, und Erzmagier Antonidas, der zwar nur über eine Stadt herrschte, aber deren Bewohnern Kräfte innewohnten, die es an Stärke mit jeder Armee aufnehmen konnten.

Glücklicherweise waren die beiden Männer – der eine klein und freundlich, der andere groß und ernst – nicht am Oberkommando über die vereinigte Armee interessiert. Beide nutzten ihren Einfluss dankenswerterweise vielmehr, um mäßigend auf die anderen Parteien einzuwirken. Dabei machten sie klar, dass die Horde kommen würde, ganz egal, ob eine Armee bereitstand, gegen sie anzutreten oder nicht. Und sie erinnerten die Monarchen daran, dass eine Armee ohne Anführer völlig nutzlos war, ganz egal, wie groß sie war.

Lothar hatte die Diskussion mit einer Mischung aus Belustigung und Schrecken verfolgt. Seine Bestürzung schien die Oberhand zu erringen, als er immer öfter in die Gespräche miteinbezogen wurde. Zeitweilig diente er als Experte in Ork-Fragen. Dann wieder war man an seiner Meinung als Außenstehender interessiert. Sehr selten hatten sie ihm auch einmal die entscheidende Stimme zugestanden, wobei sie raffiniert darauf hinwiesen, dass seine Familie der eigentliche Herrscher dieses Landes gewesen war und er deshalb einige angestammte Rechte besaß.

Die Hälfte der Zeit konnte Lothar nicht sagen, ob sie ihn verspotteten oder anhimmelten. Er wusste, dass einige der Könige etwas von ihm erwarteten. Nur schien sich deren Erwartung ständig zu ändern.

Er würde auf jeden Fall erleichtert sein, wenn die Diskussionen vorbei waren und er zu den Flüchtlingen aus Stormwind zurückkehren konnte. Aus ihnen würde er versuchen, wenigstens eine kleine Streitmacht zu formen.

Als sie darauf warteten, dass König Terenas das Morgentreffen eröffnete, erkannte Lothar, dass die anderen Monarchen ihn beobachteten. Einige, wie Trollbane, taten das ganz offen. Andere, Perenolde und Graymane, verfuhren subtiler und warfen ihm nur ab und zu einen Blick zu. Lothar wusste nicht genau, was vor sich ging, aber es gefiel ihm nicht.

„Sind dann alle anwesend?“, fragte Terenas, obwohl er leicht selbst erkennen konnte, dass dem so war. Dem König von Lordaeron entging nicht sehr viel. „Gut. Wir wissen, dass Eile geboten ist, wenn wir unsere Streitkräfte bündeln wollen, um die Horde aufzuhalten. Und wir haben uns alle auf eine Vorgehensweise geeinigt.“

Die anderen Monarchen nickten, was Lothar überraschte und weiter verunsicherte. Sie hatten immer noch miteinander gestritten, als er in der Nacht schlafen gegangen war. Wann waren sie zu einer Übereinkunft gekommen? Und worum genau ging es hier eigentlich?

Die nächsten Worte des Königs verschafften ihm Klarheit, und Lothar lief es eiskalt über den Rücken, denn ihm war die Bedeutung dieses historischen Moments nur allzu bewusst.

„Dann erkläre ich hiermit die Gründung der Allianz von Lordaeron für beschlossen! Wir stehen vereint zusammen, wie es unsere Vorfahren vor langer Zeit im Reich der Arathi taten." Die anderen nickten, und Terenas fuhr fort. „Und es ist mehr als passend, dass der Oberkommandierende aus eben diesem Herrschaftshaus kommt. – Wir, die Könige der Allianz, ernennen hiermit Fürst Anduin Lothar, Held von Stormwind, zu unserem Oberkommandierenden!"

Lothar sah Terenas an, der ihn herbeiwinkte. „Das war wirklich die einzige Möglichkeit", erklärte ihm der König von Lordaeron so leise, dass nur er es verstehen konnte. „Jeder wollte das Kommando, und keiner hätte je einen anderen *König* auf dem Posten akzeptiert. Ihr seid keiner, und deshalb muss niemand fürchten, jemand hätte eine Sonderbehandlung erfahren. Gleichzeitig seid Ihr durch Eure Herkunft adelig genug, dass sie sich nicht übergangen fühlen." Der König beugte sich vor. „Ich weiß, es ist viel von Euch verlangt. Und ich entschuldige mich dafür. Ich hätte nicht gefragt, wenn es nicht um unser aller Überleben ginge – wie Ihr selbst uns ja gewarnt habt. Werdet Ihr dieses Amt annehmen?"

Die letzten Worte hatte er lauter ausgesprochen. Terenas' Stimme klang jetzt wieder formeller. Stille legte sich über den Raum, da jedermann auf Lothars Antwort wartete.

Es dauerte nicht lange. Er hatte eigentlich gar keine Wahl, und Terenas wusste das. Aus dieser Geschichte gab es kein Entrinnen mehr. Nicht jetzt, nicht nach all dem, was bereits geschehen war.

„Ich nehme das Amt an", antwortete er deshalb, und seine Stimme hallte schwer durch den Raum. „Ich werde die Armee der Allianz gegen die Horde führen."

„Sehr gut!" Terenas klatschte in die Hände. „Wir sollten jetzt alle unsere Truppen zusammenrufen und Vorräte und Ausrüstung ergänzen. Ich schlage vor, wir treffen uns in einer Woche wieder, um Fürst Lothar unsere Soldaten zu präsentieren. Damit er sieht, welche Streitkräfte ihm zur Verfügung stehen, und er mit der eigenen Planung beginnen kann."

Die anderen Könige murmelten oder nickten zustimmend. Jeder trat vor, um Lothar zu gratulieren und ihm seine vollständige Unterstützung zuzusagen – auch wenn die Zusicherungen von Perenolde und Graymane etwas weniger aufrichtig klangen.

Dann waren die Könige gegangen, und nur vier Männer blieben zurück. Lothar blickte Khadgar an, der ihn anlächelte.

„Wie die Jungfrau zum Kinde …", sagte der junge Magier und schüttelte den Kopf. „Und du hast dich da reinreden lassen. Diese cleveren Hurensöhne! Sie würden ihre eigenen Kinder verkaufen, wenn es ihnen einen einzigen Morgen Land mehr einbrächte. Ich fand es toll, wie sie einfach davon ausgingen, dass du akzeptieren würdest … Aber das passiert, wenn du Macht über andere ausübst. Es trübt deinen Blick für die Dinge, die wirklich zählen."

„Ähem!" Das Hüsteln schnitt dem jungen Zauberer das Wort ab. Er sah zu einem der anderen noch anwesenden Männer auf, dem die Empörung noch im Gesicht geschrieben stand. „Nicht alle Autoritäten sind korrupt und eigennützig, junger Mann", erklärte Erzbischof Faol. Sein normalerweise freundliches Gesicht wirkte bitterernst. „Es gibt auch solche, die dienen, indem sie führen – so wie Euer Freund."

„Natürlich, ehrwürdiger Vater. Bitte vergebt mir. Ich wollte Euch nichts unterstellen. Ich meinte nur die Leute, die *zeitweise* Macht ausüben … Ihr hingegen …"

Es war das erste Mal, dass Lothar erlebte, wie seinem normalerweise glattzüngigen Freund die Worte ausgingen. Und so musste er einfach über die Zwickmühle schmunzeln, in die sich sein Freund manövriert hatte. Und Faol lachte selbst derart gutmütig, dass schließlich auch Khadgar einfiel.

„Genug, Freund", sagte Faol schließlich und hob eine Hand.

„Ich trage Euch Euren Ausbruch nicht nach. Und Fürst Lothar wurde tatsächlich in diese Verantwortung hineinmanövriert. Ich muss sogar zugeben, dass ich daran nicht ganz unschuldig bin. Ihr seid ein guter Mann, und ich glaube, Ihr seid die beste Wahl als Oberkommandierender der Allianz. Jedenfalls bin ich mehr als beruhigt, dass *Ihr* die Schlachtpläne ausarbeitet und unsere Truppen anführt."

„Danke, Vater." Lothar war nie sonderlich religiös gewesen. Aber er hatte großen Respekt vor der Kirche des Lichts. Alles, was er bislang von Faol gehört hatte, erfüllte ihn mit großer Hochachtung. Dass der Erzbischof ihn derart lobte, machte ihn durchaus stolz.

„Ihr werdet Euch beide im Verlauf des Krieges beweisen müssen", warnte sie Faol. Seine Stimme klang jetzt tiefer und voller als zuvor. Als würde er eine Verkündigung aus sehr großer Höhe vortragen. „Ihr werdet an Eure Grenzen stoßen, nicht nur mit Euren Fähigkeiten, sondern auch mit Eurem Mut und Eurer Entschlossenheit. Doch ich bin mir sicher, dass Ihr diese Herausforderungen meistert und siegreich sein werdet. Ich bete darum, dass das Heilige Licht Euch mit Stärke und Reinheit erfüllt und Ihr die Leidenschaft und innere Balance findet, die Ihr braucht, um zu überleben und zu siegen." Seine Hand hob sich zum Segen. Lothar glaubte, einen schwachen Schein um die Hand herum zu sehen, ein Leuchten, das sich auf ihn und Khadgar ausdehnte. Danach fühlte er sich friedvoller und gelassener und von einer unerklärlichen Fröhlichkeit erfüllt.

„Da ist noch etwas." Plötzlich war Faol wieder ein normaler Mensch, wenn auch alt und weise. „Was könnt Ihr mir über Nordhain sagen? Besonders über die Abtei dort. Hat sie die Schlacht überstanden?"

„Leider nicht, ehrwürdiger Vater", antwortete Lothar. „Die Abtei ist zerstört, nur noch eine Ruine. Ein paar Kleriker haben überlebt und sind nun in Southshore mit dem Rest unserer Leute. Die anderen …" Er schüttelte den Kopf.

„Ich verstehe." Faol war bleich geworden, wahrte aber Haltung. „Ich werde für sie beten." Er schwieg, tief in Gedanken versunken, und Lothar und Khadgar warteten respektvoll ab, bis er sich wieder gesammelt hatte. Nach einer Weile schaute der Erzbischof zu ihnen auf, und in seinen Augen lag eine neue Entschlossenheit.

„Ihr werdet Offiziere für Eure Armee brauchen“, sagte er. „Ich denke, es ist das Beste, wenn einige nicht aus den Königreichen kommen, sondern von der Kirche abgestellt werden. Ich habe da schon eine Idee. Ein neuer Orden könnte sich nützlich für die Allianz erweisen. Ich brauche ein paar Tage, um die Details auszuarbeiten und die geeigneten Kandidaten dafür auszuwählen. Treffen wir uns in vier Tagen von heute an auf dem Burghof, nach dem Mittagsmahl? Ich bin mir sicher, Ihr werdet nicht enttäuscht sein.“ Er nickte freundlich und entfernte sich dann ohne Eile, aber festen Schrittes.

Einer blieb noch da. Antonidas hatte sie wortlos beobachtet. Jetzt näherte sich der alte Zauberer. „Macht und Weisheit der Kirin Tor stehen Euch zur Verfügung“, sagte er an Lothar gewandt. „Ich weiß, dass Ihr mit dem Tun unserer Brüder in Stormwind vertraut wart. Deshalb wisst Ihr, wozu wir in der Lage sind. Ich werde einen von uns benennen, der Euch assistieren soll und als Kontaktmann dient.“ Der mächtige Zauberer legte eine Pause ein. Seine Augen huschten so kurz zur Seite, dass Lothar es fast nicht mitbekommen hätte. Er musste lächeln.

„Ich würde Khadgar für diese Rolle vorschlagen“, sagte er – und freute sich über das Lächeln, das über das Gesicht des Erzmagiers flog. „Er ist bereits ein vertrauter Begleiter und hat den Orks mehr als einmal gegenüber gestanden.“

„Selbstverständlich.“ Antonidas wandte sich an den jungen Mann. Dann griff er plötzlich nach vorne, fasste Khadgar mit einer Hand am Kinn und hob seinen Kopf an, um sein Gesicht zu studieren. „Du hast viel erlitten“, sagte der Erzmagier leise. Lothar erkannte die Sorge und die Sympathie in den Augen des älteren Mannes. „Deine Erfahrung hat dich gezeichnet, und das nicht nur äußerlich.“

Khadgar zog sanft seinen Kopf zurück. „Ich tat, was getan werden musste“, antwortete er und rieb sich abwesend über das Kinn, wo Antonidas die weißen Barthaare berührt hatte, die dort zu sprießen begannen.

Antonidas furchte die Stirn. „Wie wir alle es müssen.“ Er seufzte, dann schien er die schwermütigen Gedanken abzuschütteln. „Du sollst uns über die Vorgänge in der Schlacht auf dem Laufenden halten, junger Khadgar, und uns Fürst Lothars Bedürfnisse und Anforderungen überbringen. Und das so schnell wie möglich. Du sollst außerdem die Aktionen der anderen Magier koordinieren. Ich vermute mal, dazu bist du in der Lage?“

Khadgar nickte.

„Gut. Ich erwarte dich dann in Dalaran, wo wir andere wichtige Dinge besprechen und entscheiden werden, wie wir der Allianz am besten dienen können.“ Der Edelstein auf seinem Stab glühte auf, und wie als Antwort geisterte ein Leuchten von dem Edelstein an der Spitze seines Knochenhelms abwärts, genau zwischen den Augen. Dann schien Antonidas zu verblassen, und schließlich war er tatsächlich weg.

„Er will wissen, was mit Medivh passiert ist“, sagte Khadgar, nachdem der Erzmagier verschwunden war.

„Natürlich.“ Lothar drehte sich und führte den jüngeren Mann aus dem Thronsaal, zurück in den Palast und in Richtung Speisesaal.

„Was soll ich ihnen sagen?“ Der junge Zauber ging neben ihm.

„Sagt ihm die Wahrheit“, antwortete Lothar, zuckte mit den Achseln und hoffte, dass die Geste beiläufig wirkte. In seinem Magen rumorte es. „Sie müssen wissen, was geschehen ist.“

Khadgar nickte, obwohl er unzufrieden wirkte. „Ich werde es ihnen erzählen“, sagte er schließlich „Aber das kann bis nach dem Mittagsmahl warten.“ Er grinste, was sein tatsächliches Alter verriet. „Nicht einmal die Horde selbst könnte mich jetzt vom Essen abhalten …“

Ein paar Tage später kehrten Lothar und Khadgar zum Hof zurück und warteten jetzt auf Erzbischof Faol. Er erschien wenige Minuten später und trat ruhig auf sie zu.

„Danke für Eure Nachsicht“, sagte der Erzbischof, als er sie erreichte. „Ich wollte Euch nicht länger als nötig warten lassen und ganz gewiss nicht Eure Zeit stehlen. Doch ich glaube, es hat sich gelohnt, und dies hier wird sich für Euch und die Allianz als große Hilfe erweisen. Aber zuerst sollt Ihr wissen, dass sich die Kirche verpflichtet hat, Stormwind zu helfen. Wir werden Geld sammeln, damit Euer Königreich wieder aufgebaut werden kann, sobald diese Krise erst einmal überwunden ist."

Lothar lächelte so offen und herzlich, wie Khadgar es bislang nur selten bei ihm gesehen hatte, seit Stormwind gefallen war. „Danke, Vater", sagte er mit bewegter Stimme. „Das bedeutet mir sehr viel – und natürlich auch Prinz Varian."

Faol nickte. „Das Heilige Licht wird Euer Heim neu erfüllen", versprach er freundlich. Dann machte er eine Pause und betrachtete sie beide. „Als wir uns das letzte Mal unterhielten", begann Faol und schritt vor ihnen auf und ab, „habt Ihr mir von der Zerstörung der Abtei von Nordhain erzählt. Ich war bestürzt und fragte mich, wie der Rest meiner Kleriker den Krieg überleben könnte, der sich so schnell nähert. Diese Orks sind schon eine Herausforderung für gestandene Krieger wie Euch selbst. Wie kann da ein einfacher Priester sich und seine Gemeinde verteidigen?" Er lächelte. „Als ich diese Bedenken hatte, kam mir zugleich eine Idee, als wäre sie mir vom Heiligen Licht selbst eingeflüstert worden: Es musste einen Weg geben, dass Krieger *für* das Licht und *mit* ihm kämpfen. Sie sollten die Gabe und ihr kriegerisches Können nutzen und sich trotzdem so benehmen, wie es die Kirche erwartet und gutheißen kann."

„Und Ihr habt diesen Weg gefunden?", fragte Lothar.

„Ja, davon bin ich fest überzeugt", stimmte Faol zu. „Ich werde einen neuen Zweig der Kirche gründen, die Paladine. Ich habe bereits die ersten Kandidaten für diesen Orden ausgewählt. Einige waren zuvor Ritter, andere Priester. Ich erwählte diese Männer wegen ihre Frömmigkeit und ihrer kämpferischen Fähigkeiten. Sie werden nicht nur in der Kriegskunst ausgebildet, sondern auch im Gebet und der Heilung. Und jeder dieser tapferen Kämpfer wird die militärischen und spirituellen Voraussetzungen besitzen, um sich selbst und andere mit der Kraft des Heiligen Lichts zu segnen."

Er drehte sich um und winkte. Vier Männer erschienen aus einem nahe gelegenen Gang und schritten schnell auf Faol zu.

Sie trugen glänzende Rüstungen mit dem Zeichen der Kirche auf Brust, Schild und Helm. Jeder besaß ein Schwert. An der Art, wie sie sich bewegten, konnte Lothar erkennen, dass diese Männer auch mit ihren Waffen umgehen konnten, obwohl ihre Ausrüstung noch neu und makellos war. Sie verfügten über das notwendige Wissen und die Ausbildung – doch Lothar fragte sich, ob einer dieser Männer sich je in einem echten Kampf hatte beweisen müssen.

Diejenigen, die zuvor Krieger gewesen waren, mussten das eigentlich. Obwohl sie vielleicht nicht gegen menschliche Feinde hatten bestehen müssen.

Die ehemaligen Priester hingegen waren wahrscheinlich nur in Übungskämpfen gegen ihre Kameraden erfahren. Und nun würden sie praktisch ohne Übergang gegen Orks antreten müssen.

„Darf ich Euch Uther, Saidan Dathroban, Tirion Fordring und Turalyon vorstellen?“ Faol strahlte wie ein stolzer Vater. „Das werden die Ritter der Silbernen Hand sein.“ Auch Lothar und Khadgar stellte er vor. „Das ist Fürst Anduin Lothar, Held von Stormwind und Oberkommandierender der Allianz. Und sein Begleiter ist der Zauberer Khadgar aus Dalaran.“ Faol lächelte. „Ich überlasse euch sechs jetzt euch selbst.“

Und so geschah es.

Er ließ Lothar und Khadgar, umringt von den Paladin-Anwärtern, zurück. Einige von ihnen, wie Turalyon, schienen regelrecht überwältigt zu sein. Andere, wie Uther und Tirion, sahen alles entspannter.

Uther erhob das Wort, während Lothar noch darüber nachdachte, was er ihnen sagen sollte. „Mein Fürst, der Erzbischof hat uns von der bevorstehenden Schlacht erzählt. Wir stehen zu Euren Diensten und denen des Volkes. Setzt uns dort ein, wo Ihr es für richtig erachtet. Wir schlagen unsere Feinde und vertreiben sie. Wir beschützen dieses Land mit dem Heiligen Licht.“ Er war ein großer, kräftig gebauter Mann, mit markanten, vage vertrauten Gesichtszügen und ernsten Augen, die die Farbe des Ozeans hatten. Lothar konnte die Frömmigkeit des Mannes spüren, als wäre sie greifbar. Sie glich der des Erzbischofs, ließ es aber an Wärme mangeln.

„Wart ihr zuvor Ritter?“

„Ja, mein Fürst.“, antwortete der Paladinanwärter. „Aber ich bin ein Anhänger der Kirche und glaube an das Heilige Licht seit meiner Jugend. Ich traf den Erzbischof das erste Mal, als er gerade Bischof geworden war. Er war so freundlich, mein geistiger Ratgeber und Mentor zu werden. Ich war geehrt, als er mir von seinen Plänen berichtete, einen neuen Orden zu gründen – und mir zugleich darin einen Platz anbot.“ Uther presste kurz die Zähne aufeinander. „Seit diese bösartigen Kreaturen hier eingedrungen sind, weiß ich, dass wir den Segen des Lichts brauchen, um sie zu schlagen. Um unser Land, unsere Heimat und unser Volk zu beschützen.“

Lothar nickte. Er konnte verstehen, warum der Mann sich den Glauben als Antwort – oder zumindest als Teil einer Antwort – gewählt hatte. Und er bezweifelte nicht, dass Uther ein mutiger Kämpfer auf dem Schlachtfeld sein würde.

Aber etwas am Eifer des Mannes störte ihn. Er vermutete, dass Uther zu sehr auf Ehre und Glauben eingeschworen war, um notfalls weniger noble Methoden einzusetzen.

Und das war gar nicht gut. Lothar hatte aus bitterer Erfahrung gelernt, dass, wenn man es mit Orks zu tun hatte, Ehre allein nicht genügte. Um gegen die Horde bestehen zu können, musste man *jedes* Mittel nutzen.

Er und Khadgar verbrachten die nächste Stunde damit, sich mit den vier potenziellen Paladinen zu unterhalten. Lothar war erfreut, dass sein junger Freund sie ebenfalls befragte.

Nachdem die heiligen Krieger gegangen waren, um sich zur Nachmittagsandacht zu begeben, schaute Lothar den alt wirkenden Zauberer an. „Nun“, fragte er. „Was hältst du von ihnen?“

Khadgar furchte die Stirn. „Ich bezweifle, dass sie uns viel nützen werden“, sagte er wenig später.

„Ach? Und warum?“

„Sie hatten keine Zeit, sich vorzubereiten“, erklärte der Zauberer. „Wir gehen davon aus, dass die Horde Lordaeron binnen weniger Wochen erreichen wird. Wenn nicht gar noch schneller. Keiner dieser Männer war je in einem richtigen Gefecht – zumindest nicht als Paladin. Ich behaupte nicht, dass sie nicht kämpfen können. Aber Krieger haben wir schon genug. Wenn der Erzbischof Wunder von ihnen erwartet, wird er wahrscheinlich schwer enttäuscht werden."

Lothar nickte. „Ich stimme dir zu", sagte er. „Doch Faol vertraut ihnen, und vielleicht müssen wir das auch tun." Er lächelte schwach. „Nehmen wir mal an, sie wären doch irgendwie bereit. Was würdest du dann von ihnen halten?"

„Uther wird der Horde gefährlich werden, das ist sicher", antwortete Khadgar. „Aber ich glaube, er kann keine anderen Männer als Paladine befehligen. Seine Frömmigkeit ist zu groß, zu vordergründig, als dass die meisten Soldaten sie ertragen könnten." Lothar ermunterte seinen Begleiter fortzufahren. „Saidan und Tirion sind fast genauso. Saidan war ein Ritter und Tirion Krieger. Aber seitdem haben sie zum Glauben gefunden. Deshalb könnten sie gehemmt sein, gewisse Taktiken zu nutzen, die sie als einfache Kämpfer noch ohne mit der Wimper zu zucken eingesetzt hätten."

Lothar nickte. „Und Turalyon?"

„Scheint mir der mit dem wenigsten Glauben zu sein, und deshalb schätze ich ihn am meisten", sagte Khadgar grinsend. „Er wurde auf die Priesterschaft vorbereitet und ist ein loyaler Gläubiger. Aber er hat nicht den blinden Eifer der anderen. Er blickt auch weiter als sie und ist cleverer."

„Das sehe ich auch so." Der junge Mann hatte Lothar ebenfalls beeindruckt. Turalyon hatte zunächst nur zögerlich gesprochen, doch nach einer Weile war klar geworden, wieso. Er hatte von Lothar und seinen Taten in Stormwind gehört und war beeindruckt gewesen. Das wiederum war Lothar unangenehm, obwohl es ihm nicht zum ersten Mal passierte. Viele in seiner Heimat hatten ihn verehrt und darum gebettelt, von ihm ausgebildet und in seine Wache aufgenommen zu werden.

Aber nach dieser leicht verschüchterten Phase war Turalyon aufgetaut und entpuppte sich als kluger junger Mann mit einer wesentlich besseren Ausfassungsgabe für Feinheiten als seine Kameraden.

Lothar mochte ihn von Anfang an, und dass Khadgar ähnlich dachte, bestärkte ihn in seiner Ansicht.

„Ich werde mit Faol sprechen", sagte Lothar schließlich. „Die Paladine sind ohne Zweifel eine wertvolle Unterstützung. Ich werde Uther zu unserem Verbindungsmann zu ihnen und allen anderen Truppen machen, die die Kirche ausrüsten kann." Dann fiel ihm noch etwas ein. „Außerdem werde ich einen weiteren Kandidaten erwählen", sagte er. „Gavinrad. Er war einer meiner Ritter in Azeroth. Der Treueste von uns, und ein guter Mann. Ich vermute, er würde einen guten Paladin abgeben." Er grinste. „Aber Turalyon will ich als einen meiner Offiziere."

Khadgar nickte. „Eine gute Wahl, wie ich finde." Er schüttelte den Kopf. „Dann lass uns darauf hoffen, dass uns die Horde genug Zeit lässt, sie und den Rest unserer Truppen darauf vorzubereiten…"

„Wir tun, was wir können", antwortete Lothar pragmatisch. Er dachte bereits darüber nach, wie er die Truppen aufstellen würde. „Wir werden ihnen entgegentreten, wenn wir es müssen. Sehr viel mehr können wir momentan nicht tun."

Sechs

Gul'dan war wütend. „Warum seid ihr noch nicht fertig?", wollte er wissen. Die anderen Orks zuckten zurück. Sie hatten den Ober-Hexenmeister schon früher manchmal aufgebracht erlebt und wussten, dass er seine furchtbaren Kräfte, wenn er unzufrieden war, auch gegen sie einsetzen konnte.

„Wir tun ja bereits, was wir können, Gul'dan", antwortete Rakmar beschwichtigend.

Der älteste der überlebenden Ork-Totenbeschwörer, Rakmar Sharpfang, war der inoffizielle Anführer der Nekromanten. Meistens war es an ihm, dem Hexenmeister ihre Fortschritte oder Rückschläge zu melden. „Wir haben die Toten reanimiert. Aber wir konnten ihnen kein Bewusstsein einhauchen. Sie sind nicht mehr als leere Hüllen. Wir können sie wie Puppen herumlaufen lassen, doch ihre Bewegungen sind plump und langsam. Sie stellen für niemanden eine Bedrohung dar."

Gul'dan starrte auf die Körper hinter Rakmar. Es waren menschliche Leichen, Krieger, die hier in Stormwind getötet worden waren. Sie würden die Horde nachhaltig verstärken, so wie er es Doomhammer versprochen hatte. Allerdings nur, wenn seine nichtsnutzigen Assistenten sie in etwas anderes als tapsige Kreaturen verwandeln konnten!

„Finde einen Weg!", brüllte Gul'dan. Speichel flog aus seinem Mund. Er ballte die Fäuste und war versucht, die Nekromanten allesamt auf der Stelle niederzustrecken. Aber was hätte ihm das für einen Nutzen gebracht? Tot konnten sie ihm schwerlich helfen.

Ihm kam ein Einfall, und Gul'dan wippte vor Begeisterung auf seinen Fersen. Seine eigene Brillanz verblüffte ihn immer wieder. Natürlich! Das war die Lösung!

„Du hast Recht, Rakmar“, sagte er leise, öffnete seine Hände und strich über seine Robe. „Ich weiß, du tust dein Möglichstes. Wir wollen etwas völlig Neues schaffen. Das wäre für jeden eine große Herausforderung. Ich hätte nicht wütend werden dürfen, weil du noch keinen Erfolg hattest. Bitte, geh zurück an die Arbeit. Ich verschwinde jetzt, damit du in Ruhe weitermachen kannst.“

„Oh … danke“, stammelte Rakmar. Seine Augen waren weit aufgerissen. Gul’dan merkte, dass sein Untergebener von seinem Sinneswandel überrascht war. Genauso wie die anderen Hexer. Er unterdrückte ein Lächeln, nickte ihnen stattdessen zu und ging davon. Sollten sie doch denken, er hätte es sich anders überlegt. Oder dass er sich anderen Dingen zuwenden wollte.

Sollten sie doch glauben, was sie wollten. Schon bald würde es völlig egal sein.

Auf seinem Spaziergang sah Gul’dan sich um. Cho’gall befand sich wie immer in der Nähe. Der Ogermagier lebte in einem zerstörten Gebäude. Es lag ganz in der Nähe, damit er schnell vor Ort sein konnte, wenn Gul’dan ihn brauchte. Aber das Haus befand sich zugleich auch etwas abseits der Nekromanten, die Cho’galls Gegenwart mieden.

Gul’dan winkte, und der zweiköpfige Oger erhob sich und kam auf ihn zu. Mit langen Schritten überwand er rasch die Distanz zwischen ihnen.

„Die Nekromanten haben ihren Zweck erfüllt“, stellte Gul’dan fest. „Jetzt sollen sie einem höheren Ziel dienen, einem sehr viel höheren.“ Er grinste und fuhr sich durch den Bart. „Bereite unsere Instrumente vor. Wir vollziehen eine Opferung.“

„Wir beschwören unsere gefallenen Brüder?“, fragte Rakmar leise. Er stand mit den restlichen Nekromanten wie befohlen um den Altar, den Gul’dan und Cho’gall aufgebaut hatten.

Gul’dan entging nicht, dass sie vehement herauszufinden versuchten, welchem Zweck er letztlich dienen sollte. Es beunruhigte ihn nicht. Wenn sie es endlich erfuhren, würde es längst zu spät für sie sein, noch etwas daran zu ändern.

„Ja“, antwortete Gul’dan. Er konzentrierte sich auf die Beschwörung. „Doomhammer hat die anderen Hexenmeister getötet. Doch ihre Seelen leben noch. Wir werden sie rufen und in die menschlichen Körper einfahren lassen.“ Er grinste. „Sie werden auf jeden Fall in diese Welt zurückkehren wollen, um der Horde erneut zu dienen.“

Rakmar nickte. „Das wird sie beleben“, stimmte er zu. „Aber wie erlangen sie die benötigte Kraft? Denn sonst sind sie ja nicht mehr als wandelnde Leichname.“

Gul’dan runzelte die Stirn. Er war überrascht und verärgert, dass der Nekromant so schnell den wesentlichen Punkt herausgefunden hatte. „Ruhe!“, befahl er, um weiteren Fragen zuvorzukommen. „Wir fangen an!“

Er begann das Ritual, beschwor seine Magie und spürte, wie sie ihn langsam mit Macht erfüllte. Noch war es nicht genug, aber das würde sich bald ändern. In der Zwischenzeit konzentrierte er sich auf seine Aufgabe, kanalisierte seine Energien in den Altar und bereitete die Ströme auf die Transformation vor, die er gerade beschwor.

Rakmar und die anderen Nekromanten fielen mit ein, spendeten ihre eigene nekromantische Energie für seine Beschwörung. So waren sie abgelenkt und bekamen nicht mit, wie Gul’dan sich bewegte – bis es zu spät war.

„Rrargh!“ Gul’dan konnte das Knurren nicht unterdrücken, das ihm über die Lippen kam. Doch es spielte auch keine Rolle mehr. Er stand bereits direkt hinter Rakmar, hielt den Krummdolch bereit, und als der größere Ork sich umdrehte, stieß Gul’dan zu und zog dem Nekromanten die Klinge quer über die Kehle.

Blut spritzte heraus und traf dabei alle beide. Rakmar stolperte, umfasste die Wunde und schnappte nach Luft. Er fiel auf den Altar und keuchte panisch, während er versuchte, sich davon wegzudrücken. Aber Gul’dan war bereits über ihm, kniete sich auf den sterbenden Nekromanten und schlug dessen Hand weg. Dann trieb er den Dolch in Rakmars Brust und zerrte daran, um die Wunde zu vergrößern. Schließlich griff er in den offenen Leib und holte mit einem harten Ruck Rakmars noch schlagendes Herz heraus.

Vor den Augen seines ehemaligen Assistenten sprach Gul'dan den vorbereiteten Zauber. Seine Magie umhüllte das blutige Organ und sperrte Rakmars Geist darin ein. Die Magie des Altars stieg auf, veränderte das Herz, verkleinerte und festigte es und versah es mit einem widernatürlichen Glanz.

Als der Nekromant, dessen Körper jetzt nur noch eine leere Hülle war, zusammenbrach, grinste Gul'dan ihn an und hielt den leuchtenden Edelstein hoch.

„Fürchte dich nicht, Rakmar", versicherte er dem toten Ork. „Dies ist nicht dein Ende. Ganz im Gegenteil. Du wirst mit meiner Hilfe erfolgreich sein. Du wirst wieder für die Horde kämpfen. Und Doomhammer wird seine untoten Krieger bekommen." Er lachte. „Das ist das Gute an uns Totenbeschwörern – wir lassen nichts verkommen."

Er schaute auf. Cho'gall hatte bereits mehrere andere Nekromanten getötet und ihre Herzen und Seelen auf dieselbe Weise verwandelt. Der Rest kauerte in der Nähe, ihre Magie war immer noch im Altar gefangen. Sie konnten nicht entfliehen und waren zu verschreckt, um körperlich zu kämpfen.

Gul'dan schnaubte. Wertloses Pack! *Er* hätte gekämpft. Aber das machte es ihm zumindest leichter. Er lachte, während er sich erhob und zu den verbliebenen Hexenmeistern hinüberging. Dabei leckte er sich das Blut von den Hauern.

Schon bald würden sie für den nach Blut dürstenden Kommandanten einsatzbereit sein.

„Nun?", fragte Doomhammer, als er kam. „Hattest du Erfolg?"

Es entging Gul'dans Aufmerksamkeit nicht, dass die Worte des Kriegshäuptlings exakt dieselben waren, die er selbst den Nekromanten vor wenigen Tagen entgegengerufen hatte.

Aber diesmal war die Antwort eine völlig andere.

„Ja, das hatte ich, verehrter Doomhammer", antwortete er und wies auf die Körper hinter ihm.

Doomhammer schaute hin. Die Leichen lagen ausgestreckt auf dem Boden.

„Das sind gefallene Krieger aus Stormwind", knurrte Doomhammer. „Was ist damit? Oder hast du mich nur hierher bestellt, um mir zu zeigen, dass du Leichen wunderschön arrangieren kannst?“, feixte er. „Ist das die Erweiterung deiner Fähigkeiten, Gul’dan – dass du Leichen für ihre Bestattung vorzubereiten vermagst?“

Gul’dan hätte dem Kriegshäuptling mit Freude das Lachen aus dem Gesicht gerissen, um dem arroganten Krieger die wahre Ausweitung seiner Fähigkeiten zu demonstrieren. Doch jetzt war dafür nicht der richtige Zeitpunkt.

„Natürlich nicht“, antwortete er, immer noch aggressiv genug, dass sich Doomhammers Blick verengte. „Schau!“ Er nickte Cho’gall zu, der neben der ersten Leiche kniete und einen edelsteinbesetzten Stab in ihre kalten, starren Hände legte.

Diese verzauberten Waffen waren der aufwändigste Teil des Prozesses gewesen. Aber Gul’dan wusste, dass seine neuen Kämpfer ohne sie weitaus schwächer gewesen wären, wie Rakmar richtig erkannt hatte. Glücklicherweise hatten er und Cho’gall bereits mit solchen Dingen experimentiert. Deshalb hatten sie den Zauber nur modifizieren und die Waffen den neuen Erfordernissen anpassen müssen.

Während er und Doomhammer hinsahen, begann der Leichnam sich zu bewegen. Seine Finger schlossen sich fest um den Stab, der sofort aufglühte. Das Licht floss zu den Händen der Leiche, dann die Arme entlang und umgab so langsam den gesamten Körper mit einer grünen Aura.

Und dann öffnete die Leiche die Augen.

Doomhammer erschrak leicht, auch wenn er keinen Ton von sich gab. Gul’dan grinste höhnisch. Allerdings konnte er dem Kriegshäuptling die Reaktion nicht verübeln. Er selbst fand den Anblick ebenfalls schrecklich, dabei hatte er diese Kreaturen erschaffen.

Die Leiche erhob sich langsam, ihre Bewegungen waren noch steif, wurden aber mit jeder Sekunde flüssiger. Sie wandte ihre leuchtend roten Augen Gul’dan zu. Offensichtlich erkannte sie ihn.

„Du hattest also Erfolg, Gul’dan“, sagte die Kreatur. Ihre Worte klangen undeutlich, weil sie ein unbekanntes Gebiss und merkwürdige, zu klein wirkende Zähne bewegen musste. Sie schaute an sich selbst herunter und musterte Glieder und Torso. Dann hob sie eine Hand und berührte ihr Gesicht. „Du hast meinen Geist auf diese Welt zurückgerufen!“ Sie lachte heiser, was deutlich mehr nach Ork als nach Mensch klang. „Ausgezeichnet!“

„Willkommen zurück, Teron Gorefiend“, antwortete Gul’dan und bemühte sich, nicht in Gelächter auszubrechen. „Ja, ich habe dich zurückgeholt, damit du weiter der Horde dienen kannst.“

Doomhammer trat vor und beobachtete die merkwürdige Kreatur vor sich. „Gorefiend? Einer der Hexenmeister aus dem Schattenrat? Ich habe dich höchstpersönlich getötet.“

„Wir alle tun unser Bestes für die Horde“, antwortete Gul’dan spöttisch. Dabei verneigte er sich so tief, dass Doomhammer seinen Gesichtsausdruck nicht erkennen konnte. „Gorefiends Seele war noch nicht von dieser Ebene verschwunden. Ich habe sie zurückgerufen und ihr ein neues Zuhause gesucht. Mit dem einzigen Unterschied, dass sein neuer Körper jetzt von Magie durchdrungen ist. Er ist mächtiger denn je, und die anderen Hexenmeister sind es auch.“ Cho’gall hatte seine Aufgabe fortgesetzt, und die anderen Leichen erhoben sich jetzt ebenfalls.

„Das also ist dein großartiges Geschenk?“, fragte Doomhammer. „Leichen aus Kriegern, die von deinen toten Acolyten beseelt sind?“ Sein Gesicht verzog sich vor Ekel.

„Du wolltest Krieger haben“, erinnerte ihn Gul’dan. „Ich habe sie dir geliefert. Sie sind perfekt geeignet für alles, was die Menschen ihnen entgegenstellen können – und noch viel mehr. Und wenn auch ihre Körper aus verwesendem Fleisch bestehen, so sind sie doch von Geist und Gesinnung her immer noch Orks. Überleg nur, wie sie sich im Kampf machen werden!“

Doomhammer nickte langsam, weil er die Vorteile erkannte. „Wirst du mir dienen?“, fragte er Gorefiend und offenbarte dabei etwas, das Gul’dan als verhängnisvolle Schwäche wertete.

Kriegshäuptlinge fragten nicht, sie befahlen. Obwohl man Kreaturen wie diese hier besser nicht verärgerte.

Gorefiend überlegte einen Moment lang, und seine glühenden Augen musterten den Kriegshäuptling. Schließlich nickte er. „Gul’dan hat Recht“, sagte er mit kratziger Stimme. „Ich bin immer noch ein Ork, trotz dieser Hülle. Und ich werde dir und unserem Volk dienen." Er grinste und schnitt dabei eine schreckliche Grimasse. „Du hast mich getötet, aber das nehme ich dir nicht übel. Weil es mich zu diesem neuen mächtigen Körper geführt hat. Ich bin mit dem Tausch zufrieden." Die anderen Leichen hinter ihm nickten beipflichtend.

„Gut!" Doomhammer trat vor und schlug dem überraschten Gorefiend auf die Schulter. Eine Geste, die sich eher für gleichrangige Personen geziemte, nicht für Höherstehende gegenüber Untergebenen. „Ihr sollt meine Todesritter sein. Die Spitze unserer großartigen Horde", erklärte er den wiederbelebten Kreaturen. „Zusammen werden wir die Menschen vernichten, ihr Land erobern und diese Welt für unser Volk sichern!" Damit wandte er sich Gul'dan zu. „Du hast dein Versprechen gehalten, Gul'dan", räumte Doomhammer ein. „Du hast mir eine mächtige Streitmacht gegen unsere Feinde verschafft. Ich danke dir dafür."

„Alles für unser Volk, geschätzter Doomhammer", antwortete Gul'dan und hoffte, dass er aufrichtiger klang, als er es meinte.

Dummkopf, dachte er für sich, während er Doomhammer nachschaute, der wegging. Die neu erweckten Ritter schritten neben ihm. *Nimm sie und geh, ja, geh zurück in deinen Krieg. Ich muss mich anderen Aufgaben widmen. Und nachdem ich dich jetzt zufrieden gestellt habe, verfüge ich endlich über die Freiheit, mich auf diese wesentlicheren Dinge zu konzentrieren. Ich werde den loyalen Hexenmeister noch ein Weilchen mimen, aber nicht für immer. Denn schon bald besitze ich, wonach ich gesucht habe, und dann können du und deine Horde meinetwegen zu Staub zerfallen. Ich werde eine neue Rasse erschaffen – um euch alle zu ersetzen. Eine Rasse, die nur mir allein treu ergeben ist. Und mit ihr werde ich die Welt aus den Angeln heben!*

Eine Woche später sprach Doomhammer zu der versammelten Horde. Sie hatten sich vor einer Festung versammelt, die, wie Zul'jin ihm verraten hatte, *Schwarzfelsspitze* genannt wurde. Ein mächtiges Bauwerk, aus demselben glatten schwarzen Stein errichtet, wie er die gesamte Landschaft dominierte.

Sie standen auf dem Blackrock, dem höchsten Berg der Brennenden Steppe, deren Ausläufer sich über den ganzen Kontinent erstreckten.

Zuluhed hatte sie hierher geführt. Er hatte die Macht, die diesen Bergen innewohnte, gespürt.

Nachdem er eine Handvoll Zwerge besiegt hatte, nahm Doomhammer die Festung ein. Er hielt es für ein gutes Omen, dass der Ort, den er als Basis für die Horde gewählt hatte, denselben Namen trug wie sein Clan.

Unterhalb von ihm hatten sich Orks jedes Clans versammelt und warteten ungeduldig darauf, was er zu sagen hatte. Sie hatten das Land für sich erobert. Doch obwohl es ihnen bessere Jagdgründe bot und fruchtbarer war als ihre Heimat, reichte seine Fläche immer noch nicht aus, um die Horde bequem unterzubringen.

Außerdem war Rache zu erwarten: Sie hatten zwar die Menschen von diesem Kontinent vertrieben, doch es gab keinerlei Garantie, dass sie nicht mit Verstärkung oder gar Verbündeten zurückkehren würden.

Doomhammer grinste. Jetzt hatte auch er starke Verbündete.

„Mein Volk!“, brüllte er und riss seinen Hammer hoch über sich. „Hört mich an!“

Die Menge wurde still, alle Blicke waren auf ihn gerichtet.

„Wir haben dieses Land erobert, und das ist gut!“

Jubel brandete auf, und Doomhammer wartete ab, bis er wieder erstarb, bevor er weiterredete.

„Diese Welt steckt voller Leben, und wir können hier mächtige Familien gründen!“ Wieder Jubel. „Trotzdem gibt es noch genügend einheimische Verteidiger! Die Menschen sind stark und wehrhaft. Und sie kämpfen hart um ihr Eigentum.“

Zustimmendes Raunen zog sich durch die Horde. Es war keine Schande, einen starken Feind anzuerkennen. Und das waren die Menschen ganz gewiss. Genügend Orks hatten inzwischen gegen sie gekämpft, um das bestätigen zu können.

„Wir müssen unseren Feldzug fortsetzen!“, teilte Doomhammer seinen Leuten mit und wies mit dem Hammer Richtung Norden. „Ein weiteres Land, Lordaeron, liegt jenseits von diesem hier. Und wenn wir das erst kontrollieren, können unsere Clans endlich ausreichend Gebiete beanspruchen, sich niederlassen, Häuser bauen und neue Familien gründen. Aber zuerst müssen wir uns dieses neue Land von den Menschen nehmen! Sie werden es nicht einfach hergeben."

Die Menge brummte wie ein einziger titanenhafter Ork und bekundete damit ihren unbedingten Willen, weiterzukämpfen. Doomhammer brachte sie mit seiner erhobenen Hand zum Verstummen.

„Ich weiß, dass ihr stark seid", versicherte er ihnen. „Ich weiß, dass ihr Krieger seid und keinem Kampf ausweicht. Doch die Menschen sind zahlreich, und dieses Mal ... sind sie auf uns vorbereitet." Er stützte sich auf seinen Hammer. „Aber auf unsere *Verbündeten* sind sie nicht vorbereitet!"

Er wies hinter sich, und Zul'jin trat vor. Der Waldtroll hatte hundert seiner Leute zu dem Treffen mitgebracht. Nun standen sie geordnet hinter ihm und Doomhammer, trugen dabei ihre Äxte, Kurzschwerter und Speere.

„Das sind die Waldtrolle", sagte Doomhammer. „Sie gehören ab sofort zur Horde und werden mit uns kämpfen! Sie sind so stark wie ein Oger, aber zugleich behände wie ein Ork. Und in Sachen Waidmannskunst sind sie unübertrefflich! Sie werden unsere Führer sein, unsere Kundschafter – und unsere Waldkrieger!"

Zul'jin trat vor. Sein langer Schal bewegte sich im Wind. „Wir der Horde verpflichtet", erklärte er, und seine Stimme war gut zu verstehen, obwohl ein Stück Stoff seinen Mund verhüllte. „Wir mit ihr kämpfen und gemeinsam wir schlagen Menschen, Elfen und alle anderen, die uns in Weg stehen!"

Die Orks jubelten auf diese Worte hin ebenso lautstark wie die Waldtrolle. Zul'jin nickte zufrieden, bevor er zurücktrat.

„Doch sie sind nicht unsere einzigen Verbündeten", verkündete Doomhammer. Er drehte sich leicht, und Gorefiend trat vor. Die restlichen Todesritter standen neben ihm. Sie hatten sich maskiert, um ihre abscheulichen Fratzen zu verbergen. Schwere Stoffe waren um Kopf und Gesichter gewickelt, man konnte nur ihre glühenden Augen sehen. Gorefiend hielt seinen

Stab hoch. Die Edelsteine in der Waffe leuchteten heller als die Sonne.

„Wir sind die Todesritter", sprach Gorefiend. Seine merkwürdige Stimme überzog die Menge wie Frost das Land. „Wir haben uns der Horde und Doomhammer verschrieben. Wir werden wie ihr kämpfen und die Feinde der Orks von dieser Welt tilgen!"

Er hatte Doomhammer gebeten, ihre wahre Natur nicht preiszugeben. Und Doomhammer hatte zugestimmt. Vielen hätte nicht gefallen, dass diese neuen Krieger eigentlich Orks waren, ehemalige Hexenmeister, die er getötet hatte und die Gul'dan nun für ihn in verwesende menschliche Körper gebannt hatte.

„Die Todesritter werden unsere Kavallerie und unsere Vorhut sein", verkündete Doomhammer. „Sie sind geborene Streiter und gebieten überdies über dunkle Magie, mit deren Hilfe sie die Verteidigung unserer Feinde umgehen können." Er machte eine Pause. „Vielleicht haben wir noch weitere Verbündete", sagte er dann. Er hatte gehofft, dass sie auch schon bereit wären. Aber Zuluhed hatte mehr Zeit gefordert, um die Vorbereitungen abzuschließen. „Doch dazu später mehr. Zunächst einmal wenden wir uns nach Norden, gehen über Land nach Khaz Modan, in die Heimat der Zwerge. Die dortigen Gebiete sind reich an Erz und Öl. Wir nehmen uns die Ressourcen und benutzen sie, um eine mächtige Flotte zu bauen. Mit diesen Schiffen werden unsere Streitkräfte nach Lordaeron übersetzen. Denn die Menschen werden nicht erwarten, dass wir über das Wasser kommen. Wir werden im Westen landen, dann zurückmarschieren und aus dem Hinterhalt angreifen. Wir werden sie vernichten. Dann beherrschen wir das Land, und die ganze Welt gehört uns!"

Die Horde jubelte wieder. Ihr Geschrei schwoll immer lauter an, bis es von den umgebenden Felsen zurückhallte.

Doomhammer spürte das Echo unter seinen Füßen. Die Bergspitze vibrierte. Er blickte auf Zuluhed, der hinter ihm stand. Das Gebrüll und die Kriegsrufe seiner Leute konnten doch wohl nicht den Berg selbst geweckt haben?

Aber der alte Schamane nickte. „Der Vulkan spricht", sagte Zuluhed leise. Er trat vor, damit Doomhammer ihn besser verstehen konnte. „Die Geister in diesem Berg sind zufrieden.“ Er lächelte. „Sie gewähren uns ihren Segen!“

Doomhammer nickte. Die Steine vibrierten immer noch, als er den Hammer hochriss und über seinem Kopf wirbeln ließ. Die Menge begann, seinen Namen zu skandieren.

„Doomhammer!“ Sie riefen nach ihm, immer wieder, und schließlich ertönte ein lauter Knall. Der Himmel wurde schwarz.

„Doomhammer!“, jubelten sie weiter, und die Luft schien zäher zu werden, war plötzlich voller Rauch.

„Doomhammer!!“

Und mit einem lauten Krachen explodierte der Berg hinter ihnen, spie Lava, Steine und Asche aus. Die Rufe der Horde wurden noch lauter. Aber nicht aus Furcht. Wie Zuluhed betrachteten sie das Geschehen als Segnung der Erde selbst, die ihr Vorhaben gut hieß.

Doomhammer ließ den Tumult eine Weile zu. Er akzeptierte die Begeisterungsstürme als Zeichen des Respekts und der Loyalität, die seinem Volk zu neuen Höhen verhelfen würde.

Dann aber zeigte er mit seiner Waffe in Richtung Norden. „Wir ziehen los!“ Er übertönte die Horde fast mühelos. „Lasst die Menschen bei unserer Ankunft erzittern!“

Sieben

„Erzählt uns alles!“

Khadgar nickte, schaute sich aber gar nicht erst um, da es ohnehin zwecklos gewesen wäre. Er war vor den Rat der Kirin Tor zitiert worden, und dessen Mitglieder waren nur dann sichtbar, wenn sie es wollten.

Er hatte schon früher einmal in der Ratskammer gestanden. Damals, als ihm mitgeteilt worden war, dass er der Schüler Medivhs werden sollte. Seinerzeit war er von dem Raum, der den Anschein erweckte, als würde er irgendwie in der Luft hängen, beeindruckt gewesen.

Nur der Boden war schwach sichtbar, während die Welt ringsum abwechselnd dunkel und wieder heller wurde und sich viel schneller bewegte, als es in der Wirklichkeit der Fall war.

Die Ratsmitglieder hatten ihn ebenso fasziniert. Sie waren verhüllte Gestalten, Aussehen und Geschlecht lagen verborgen hinter Kleidung und Magie. Das war sowohl effektvoll als auch von praktischem Nutzen. Die Anführer der Zauberergemeinschaft wurden in geheimer Abstimmung gewählt, um sie vor Bestechung, Entführung und anderen Versuchen der Einflussnahme zu schützen. Die Ratsmitglieder kannten sich untereinander, aber sonst wusste niemand um ihre Identität.

Viele Mitglieder amüsierten sich darüber, dass jeder, der eintrat oder ging, von dem Gesehenen in Verwirrung gestürzt wurde. Oftmals wusste der Betreffende nicht mehr, was er gehört und erlebt hatte.

So war es damals auch Khadgar ergangen. Er hatte die Kammer mit aufgewühltem Herzen verlassen, beeindruckt von der Macht, die die Meister beherrschten. Auch er hatte sich nicht mehr genau daran erinnern können, was während des Empfangs genau passiert war.

Vieles war seitdem anders geworden. Obwohl nur ein paar Jahre verstrichen waren, hatte Khadgar viel Wissen und Macht hinzugewonnen. Sein Aussehen hatte sich ebenfalls geändert. Er lächelte innerlich, als er sich vorstellte, dass diesmal einige Ratsmitglieder von ihrem Besucher verwirrt sein würden. Immerhin war er als junger Mann gegangen … und nun deutlich gealtert zurückgekehrt. Er war jetzt älter als viele von ihnen, obwohl er weniger lange *gelebt* hatte.

Khadgar hatte keine Lust mehr, Spielchen zu spielen. Er war müde, denn er war nach Dalaran teleportiert. Und wenn seine Magie es ihm auch ermöglichte, die Strecke zu überwinden, so blieb es doch eine gewaltige Entfernung. Außerdem hatte er gestern Abend noch spät mit Lothar diskutiert, in Vorbereitung auf ihre offizielle Strategiebesprechung in der nächsten Woche.

Khadgar schätzte das Interesse seiner ehemaligen Lehrer an den Ereignissen. Und ihm war klar, dass sie erfahren mussten, was in Azeroth geschehen war. Aber das konnte er ihnen besser ohne das ganze Brimborium drumherum erklären.

Deshalb hob er schließlich den Kopf und schaute zu der vermummten Gestalt zu seiner Linken. „Ich werde mich gern der Dinge erinnern, Prinz Kael'thas“, sagte er freundlich, „aber ich fände es weitaus leichter, wenn ich mein Publikum richtig sehen könnte.“

Er hörte, wie jemand nach Luft schnappte, doch die vermummte Gestalt, die er ansprach, lachte. „Du hast Recht, junger Khadgar“, antwortete der Magier. „Ich fände es auch anstrengend, zu solchen Schattengestalten zu sprechen.“ Mit einer schnellen Geste ließ der Elfenprinz seine Tarnung sinken. Jetzt konnte Khadgar ihn in seinen violetten und goldenen Gewändern erkennen. Sein langes goldenes Haar reichte über die Schultern. Die scharfen Gesichtszüge zeigten Anteilnahme. „Ist es so besser?“

„Erheblich“, sagte Khadgar. Er sah sich nach den anderen Ratsmitgliedern um. „Und was ist mit Euch? Darf ich Eure Gesichter nicht sehen? Lord Krasus? Lord Kel'Thuzad? Lord

Antonidas hat keine Verkleidung nötig. Und Prinz Kael'thas hat sich entschlossen, sie abzulegen. Wird der Rest dasselbe tun?"

Antonidas saß vor Khadgar auf einem unsichtbaren Stuhl und lachte. „In der Tat, junger Mann, in der Tat", stimmte er zu. „Diese Angelegenheit ist viel zu ernst für solche Tricks. Und Ihr seid nicht länger mehr ein Welpe, der sich solche Taschenspielereien bieten lässt. Legt eure Verkleidungen ab, meine Freunde, und lasst uns zum Thema kommen, bevor es noch später wird."

Die anderen Magier gehorchten, obwohl ein paar fluchten. Sekunden später sah sich Khadgar von sechs Gestalten umringt. Er erkannte Krasus an seinem Körperbau; grazile Gesichtszüge und das silberne Haar, das immer noch von rot durchzogen war. Kel'Thuzad war ihm ebenfalls vertraut; ein charismatischer Mann mit dunklem Haar, einem Vollbart und merkwürdig glasigen Augen, als würde er nicht wirklich in die Welt blicken, die ihn umgab. Die beiden anderen, ein dicklicher Mann und eine große Frau, kannte Khadgar nicht, obwohl ihm ihre Züge vage vertraut vorkamen. Wahrscheinlich hatte er sie schon einmal in der Violetten Zitadelle gesehen, als er dort studiert hatte. Er war damals einfach nicht wichtig genug gewesen, als dass man ihn direkt angesprochen hätte.

Das war heute anders. Sie alle musterten ihn aufmerksam.

„Wir haben getan, was Ihr verlangtet", sagte Kel'Thuzad. „Jetzt berichtet, was passiert ist!"

„Was wollt Ihr denn wissen?", fragte Khadgar den älteren Magier.

„Alles!" In seinen Augen konnte er lesen, dass er es auch so meinte. Er hatte immer als Träumer und Forscher gegolten. Jemand, der stets auf der Suche nach Informationen war, besonders, was die Magie betraf, ihre Quellen, ihre Möglichkeiten. Von allen Kirin Tor war er am meisten daran interessiert gewesen, Zugang zu Medivhs geheimnisvoller Bibliothek zu erhalten. Und, so vermutete Khadgar, er war einer derjenigen, der ihre Zerstörung am meisten bedauerte.

Er hatte niemandem gesagt, dass er die wertvollsten Bände an sich genommen hatte, bevor er den Turm verließ.

„Nun gut …“ Also erzählte er es ihnen. Dankbar nahm er den Platz an, den der beleibte Mann ihm auf einem Stuhl anbot. Khadgar schilderte haarklein, was geschehen war, seit er Dalaran vor zwei Jahren verlassen hatte. Er berichtete von der merkwürdigen Lehrlingszeit bei Medivh, über den Zauberer und seine launenhaften Stimmungen und dessen immer wieder merkwürdiges Verschwinden. Er erzählte vom ersten Gefecht mit den Orks, von den Morden des Zauberers, von Medivhs Verrat und wie er und Lothar das Leben des Magiers beendet hatten.

Dann erzählte er von der Horde und den Schlachten gegen sie, von der Belagerung Stormwinds, Llanes Tod, dem Fall der Stadt und ihre darauf folgende Flucht.

Die Meistermagier hörten aufmerksam zu. Nur gelegentlich stellte einer eine Frage. Dabei legten sie eine überraschende Zurückhaltung jemandem gegenüber an den Tag, der so viel jünger war. Ihre wenigen Fragen waren kurz und prägnant. Als er mit der Gründung der Allianz und den Paladinen geendet hatte, holte Khadgar Atem und wartete ab, was die Magier als nächstes von ihm wissen wollten.

„Ihr habt den Orden von Tirisfalen nicht erwähnt“, führte Kel’Thuzad aus, was Antonidas ein scharfes Husten entlockte. „Er ist wichtig, wenn wir über Medivh reden!“

„So ist es“, antwortete Khadgar. „Und ich entschuldige mich für den Fehler. Aber …“ Er schaute sich um, versuchte, das Wissen der Magier anhand ihrer Gesichter abzuschätzen … und entschied sich für Zurückhaltung. „Ich weiß nur wenig von den wahren Taten des Ordens. Medivh gehörte ihm an, und ein oder zweimal sprach er davon. Doch er nannte keine Mitglieder oder gab mir Einblick in ihre Aktivitäten.“

„Natürlich nicht“, stimmte ihm die Frau zu, und Khadgar bemerkte die Enttäuschung in ihrem Blick, als sie Kel’Thuzad ansah.

Er hatte richtig entschieden, erkannte er. Sie wussten nichts über den Orden und hatten nur versucht, ihm dessen Geheimnisse zu entlocken. Nun, sie hatten es nicht geschafft und würden die Sache nicht weiter verfolgen.

„Aber ich bin besorgter über Medivh selbst und was ihm passiert ist“, fuhr sie fort. „Seid Ihr Euch sicher, dass Ihr Sargeras in ihm gesehen habt?“

„Absolut.“ Khadgar beugte sich vor. „Ich hatte den Titan bereits in einer Vision erlebt und erkannte ihn sofort wieder.“

„Also war es Medivh, beziehungsweise Sargeras durch ihn, der den Weltenspalt für die Orks geöffnet hat“, vermutete der dickliche Mann. „Und wie, sagtet Ihr, nannten sie ihre Welt noch gleich?“

„Draenor“, antwortete Khadgar und schauderte. Denn er dachte an die andere Vision in Medivhs Turm, mit ihm selbst als altem Mann – oder zumindest alt *aussehendem* Mann – der eine kleine Gruppe Krieger gegen eine Übermacht der Orks anführte. Auf einer Welt mit einem blutroten Himmel … Garona hatte ihm gesagt, dass sich das nach Draenor anhörte, was bedeutete, dass ihm bestimmt war, dorthin zu gehen – und er es wahrscheinlich nicht überleben würde.

Er schüttelte die unguten Gedanken ab

„Was wissen wir darüber?“, fragte Krasus. „Von dieser Welt. Ihr habt uns den Himmel beschrieben, aber wisst Ihr noch mehr darüber?“

„Ich war noch nie dort“, antwortete Khadgar und dachte: *zumindest bis jetzt noch nicht*. „Aber eine Begleiterin, eine Halbork, verriet mir viel über diese Welt und über die Orks.“ Er konnte Garona fast vor sich sehen und wandte sich schnell von der schmerzhaften Erinnerung ab. „Die Orks waren auf ihrer Welt friedvoller. Sie stritten untereinander, doch bekämpften sich nicht. Ihre einzigen echten Feinde waren die Oger. Allerdings sind die Orks diesen zahlenmäßig hoch überlegen.“

„Was ist passiert?“, fragte Kel’Thuzad.

„Sie wurden korrumpiert“, erklärte Khadgar. „Sie kannte nicht alle Details, wusste nichts über das Warum und Wie, aber die Hautfarbe der Orks änderte sich allmählich von braun nach grün, und sie begannen Magie zu praktizieren, die sich von ihrer alten Schamanenkunst unterschied. Sie wurden wilder, brutaler. Es gab eine große Zeremonie und irgendeinen Kelch. Die Häuptlinge und die Krieger tranken daraus, zumindest die meisten. Ihre Haut wurde daraufhin hellgrün und ihre Augenfarbe rot. Sie wurden stärker, machtvoller und barbarischer. Und alle ergaben sich dem Blutrausch. Sie töteten jeden Feind, auf den sie trafen – und sie wandten sich plötzlich auch gegeneinander. Derweil hatte ihre Magie das Land unfruchtbar gemacht, das Getreide wuchs nicht mehr. Sie waren dabei, sich selbst auszurotten oder Hungers zu sterben. Doch dann wandte Medivh sich an Gul'dan, den obersten Hexenmeister der Horde. Er bot ihm Zugang zu dieser Welt an, unserer Welt. Gul'dan akzeptierte, und gemeinsam schufen sie ein Portal. Sie schickten ein paar Clans auf einmal hindurch und wurden allmählich immer mehr. Dann mussten sie eigentlich nur noch abwarten, ihre Streitkräfte aufbauen, unsere Verteidigung auskundschaften – und schließlich angreifen."

„Und jetzt kommen sie in voller Stärke?", fragte Kael'thas mit sorgenvollem Blick.

„Ja."

Khadgar wartete ab, aber niemand anders ergriff das Wort, und schließlich blickte er zu dem unsichtbaren Stuhl. „Wenn es nichts weiter gibt, ehrenwerte Meister, werde ich jetzt gehen", sagte er. „Es war ein langer Tag, und ich bin sehr müde."

„Was für Pläne habt Ihr nun?", fragte die Frau, als er sich vom Stuhl erhob.

Khadgar furchte die Stirn. Er hatte sich dasselbe gefragt, seit er in Lordaeron angekommen war. Ein Teil von ihm wollte die Kirin Tor um Schutz bitten – vielleicht konnte er ja in seinen alten Beruf als Bibliothekar zurück? Er würde keinen Ärger machen, und er wäre in Sicherheit hinter den stärksten magischen Schutzeinrichtungen dieser Welt. Ein anderer Teil von ihm hingegen sträubte sich, vor dem bevorstehenden Konflikt zu flüchten.

Er war immerhin einem Dämon gegenüber getreten – und hatte überlebt. Wenn er das schaffen konnte, brauchte er sich gewiss nicht vor einer Armee von Orks zu verstecken.

Außerdem galten ihm Freundschaft und Respekt noch etwas.

„Ich werde bei Fürst Lothar bleiben", sagte Khadgar schließlich betont gelassen. „Ich habe ihm meine Unterstützung zugesagt, und er verdient sie wirklich – nach dem Krieg, vorausgesetzt, ich überlebe ihn ..." Er zuckte die Achseln.

„Ihr seid immer noch mit Dalaran verbunden“, merkte die Frau an. „Wenn wir Euch zurückberiefen und Euch eine wichtige Aufgabe zuteilen würden, würdet Ihr dem Ruf folgen?“

Khadgar dachte kurz darüber nach. „Nein“, antwortete er langsam. „Ich könnte nicht zurückkehren. Wenn wir den Krieg überleben, werde ich mich weiter meinen Studien widmen. Ob ich das hier oder in Medivhs Turm mache oder sonst wo, steht noch nicht fest.“

Die Ratsmitglieder musterten ihn und er sie. Krasus brach schließlich die Stille. „Als Ihr gegangen seid, wart Ihr noch ein Jüngling, ein rechter Grünschnabel“, sagte er. „Aber Ihr seid als Meister und Mann zurückgekehrt.“

Khadgar nickte, um das Kompliment anzunehmen, erwiderte allerdings nichts.

„Euch wird nichts befohlen“, versicherte ihm Antonidas. „Wir respektieren Eure Wünsche und Eure Unabhängigkeit. Wir würden nur gern auf dem Laufenden gehalten werden, besonders über alles, was Medivh, die Totenbeschwörer, den Orden und das Portal betrifft.“

Khadgar nickte. „Darf ich dann gehen?“

Antonidas lächelte angespannt. „Ja, Ihr dürft gehen“, sagte der Erzmagier. „Möge das Licht Euch beschützen und Euch Stärke schenken.“

„Haltet uns auf dem Laufenden“, bekräftigte der dicke Mann noch einmal. „Je eher wir die Pläne der Orks kennen, desto schneller können wir Soldaten dorthin entsenden, wo sie auftrumpfen wollen – und natürlich auch magische Hilfe gewähren.“

Khadgar nickte. „Selbstverständlich.“ Schnell verließ er den Raum. Doch kaum hatte er die Türen hinter sich geschlossen, zauberte er eine Wahrsagekugel herbei. Die Kirin Tor trafen sich in einem stillen Raum, der, wie er annahm, magisch nicht nur gegen handfeste Attacken, sondern auch gegen Lauschangriffe gesichert war. Aber Khadgar hatte viel von Medivh gelernt und noch mehr aus den Büchern, die er nach dem Tod seines Meisters studierte. Zudem befand er sich noch nah an der Quelle.

Er konzentrierte sich, und die Farben wirbelten in der Kugel umher. Sie änderten sich von grün nach schwarz und wieder zurück. Gesichter erschienen, und ein schwaches Murmeln erklang. Dann sah er die Mitglieder des Rates in ihren violetten Roben. Selbst das sich bewegende Bild im Raum war zum Stillstand gekommen, sodass nur eine Kammer mit sechs Leuten übrig blieb.

„ … wir nicht, wie weit wir ihm trauen können“, sagte der dicke Mann gerade. „Er schien nicht sehr geneigt zu sein, unseren Wünschen zu entsprechen.“

„Natürlich nicht“, antwortete Kael'thas knapp. „Ich bezweifle, dass du zugänglicher gewesen wärst, wenn du das alles erlebt hättest. Wir müssen ihm auch gar nicht trauen. Wir brauchen ihn nur, damit er uns mit Lothar bekannt macht und zwischen uns und den anderen vermittelt. Ich bin mir sicher, dass er unsere Anliegen nicht sabotieren oder sich gegen uns wenden wird. Oder uns Informationen vorenthält, die wir benötigen. Ich wüsste nicht, was wir sonst noch erwarten könnten.“

„Diese andere Welt, Draenor, beunruhigt mich“, murmelte Krasus. „Wenn die Orks durch jenes Portal kommen konnten, könnten das auch andere tun. Von jeder Seite aus. Wir wissen, dass sie Oger mit sich brachten. Aber wir haben keine Ahnung, was von dort sonst noch kommen könnte. Sie könnten also noch viel üblere Kreaturen besitzen, die nur darauf warten, unsere Welt zu verwüsten. Außerdem haben wir keinerlei Möglichkeit, die Orks daran zu hindern, auf ihre Heimatwelt zurückzukehren, wann immer ihnen der Sinn danach steht. Einen Feind zu bekämpfen, der eine uneinnehmbare Heimatbasis besitzt, ist erheblich schwieriger. Weil er angreifen und dann sofort wieder verschwinden kann. Wir sollten die Suche nach diesem Portal zu unserem vorrangigsten Ziel erklären.“

„Das sehe ich auch so“, sagte Kael'thas. „Zerstören wir das Portal.“

Die anderen nickten.

„Gut, das ist also beschlossen. Was gibt es noch zu besprechen?“

In der Folge unterhielten sie sich über alltäglichere Dinge wie Reinigungspläne für die Laboratorien der Violetten Zitadelle.

Khadgar ließ die Kugel verschwinden. Es war besser gelaufen, als er erwartet hatte. Kael'thas hatte Recht. Er hatte viel in den letzten drei Jahren erreicht und eigentlich erwartet, dass die Kirin Tor sich über seinen Mangel an Respekt beschweren würden. Aber sie hatten gar nichts dazu gesagt und ihm seine Geschichte ohne weitere Fragen abgenommen.

Nun musste er in die Hauptstadt zurückteleportieren und schlafen, damit er morgen ausgeruht war.

Eine Woche später stand Lothar im Kommandozelt im Süden Lordaerons, unweit von Southshore, wo er mit Khadgar an Land gegangen war. Sie hatten diesen Bereich gewählt, weil er zentral genug lag, um jeden Teil des Kontinents schnell erreichen zu können, besonders mit dem Schiff.

Draußen wurden die Truppen auf Vordermann gebracht. Drinnen standen er, die Könige Lordaerons und die vier Männer, die er zu seinen Offizieren gemacht hatte, um einen Tisch herum und studierten die Karte, die darauf ausgebreitet lag.

Lothar hatte Uther zu seinem Verbindungsmann zur Silbernen Hand und zur Kirche bestimmt. Die Paladine hatten überraschende Fortschritte bei der Kampfeskunst und in der Beherrschung des Lichts gemacht. Khadgar stand im Kontakt mit den Magiern und seinem objektivsten Berater. Proudmoore befehligte natürlich die Marine, das hatte von vorneherein außer Frage gestanden.

Aber Turalyon, den guten Turalyon, hatte Lothar zu seinem Stellvertreter erwählt. Der junge Mann hatte ihn und Khadgar beeindruckt, indem er sich als schlau, konzentriert, loyal und fleißig erwies, auch wenn er Lothar immer noch wie eine Sagengestalt behandelte.

Lothar war sicher, dass der Jüngling dieses Verhalten schon bald ablegen würde, und konnte sich niemanden vorstellen, der besser als seine rechte Hand geeignet gewesen wäre.

Turalyon war natürlich immer noch hoch nervös in Anbetracht der großen Verantwortung, die ihm aufgebürdet worden war.

Sie besprachen dieselben Dinge wie schon seit einer Woche: welchen Weg die Horde wohl am wahrscheinlichsten wählen würde, wo sie angreifen würde und wie man die Truppen der

Allianz am schnellsten dorthin verlegen konnte, ohne dabei jene Felder und die Ernte zu zertrampeln, die sie eigentlich beschützen wollten.

Gerade warf Graymane zum zehnten Mal ein, dass die Streitkräfte der Allianz am effektivsten entlang der Grenzen von Gilneas postiert wären, für den Fall, dass die Orks dort zuerst erscheinen würden … da stürmte ein Kundschafter ins Zelt.

„Sire, das müsst Ihr Euch ansehen!“, rief er, während er seine Vorwärtsbewegung abbremste, sich verneigte und respektvoll grüßte. „Sie sind hier!“

„Wer ist hier, Soldat?“, fragte Lothar mit gefurchter Stirn. Er versuchte, aus dem Gesichtsausdruck des Kundschafters etwas herauszulesen, was angesichts der Nervosität des Mannes aber schwierig war. Er sah nicht völlig panisch aus, sodass Lothar erst einmal durchatmete und sein eigenes rasendes Herz wieder unter Kontrolle bringen konnte. Offenbar handelte es sich nicht um die Horde, auch wenn im Blick des Kundschafters Angst, gemischt mit Respekt, ja selbst Ehrfurcht flackerte.

„Die Elfen, Sire“, rief der Kundschafter. „Die Elfen sind hier!“

„Die Elfen?“ Lothar musterte den Kundschafter und versuchte, die erhaltene Information zu verdauen. Dann sah er zu den versammelten Königen. Wie er vermutet hatte, hüstelte einer von ihnen und schaute demonstrativ schuldbewusst drein.

„Wir brauchen Verbündete“, erklärte König Terenas. „Die Elfen sind ein mächtiges Volk. Ich hielt es für das Beste, sie so schnell wie möglich zu kontaktieren.“

„Ohne mit mir vorher darüber zu sprechen?“ Lothar war wütend. „Und was passiert, wenn sie eine ganze Armee geschickt haben und plötzlich verlauten lassen, dass sie die Führung übernehmen? Was passiert, wenn die Horde angreift, während wir noch versuchen, sie in unsere eigenen Streitkräfte zu integrieren? Man verbirgt solche elementaren Details nicht vor seinem militärischen Führer! Es könnte unseren Tod bedeuten. Oder zumindest den von vielen Eures Volkes!“

Terenas nickte nüchtern. „Ihr habt natürlich Recht“, antwortete er und erinnerte Lothar damit daran, warum er den König mochte: Die meisten Männer konnten keine Fehler eingestehen, am wenigsten diejenigen, die über viel Macht geboten. Aber Terenas übernahm die volle Verantwortung für seine Taten, für die guten ebenso wie für die schlechten. „Ich hätte zuerst mit Euch darüber sprechen sollen. Die Zeit drängte, doch das ist keine Entschuldigung. Es wird nicht noch einmal geschehen."

Lothar nickte knapp. „Gut. Nun lasst uns herausfinden, wie diese Elfen aussehen." Er verließ das Zelt, und die anderen folgten ihm.

Das erste, was Lothar sah, als er nach draußen trat, waren seine eigenen Soldaten. Die Armee füllte das Tal und die Gegend dahinter. Für einen Moment fühlte Lothar Stolz und Zuversicht. Wie sollte irgendjemand oder irgendetwas sich gegen eine derart mächtige Streitmacht stellen können? Aber dann sah er im Geiste noch einmal, wie die Horde über Stormwind gekommen war – eine unaufhaltsame grüne Flut. Seine Gedanken verloren ihren Optimismus. Dennoch war die Armee der Allianz um einiges größer als die Streitkräfte von Stormwind. Sie würden die Horde auf jeden Fall aufhalten.

Während er seine Truppen musterte, wanderte Lothars Blick auch zur Küste und dem anschließenden Meer. Proudmoores Schiffe lagen überall vor Anker. Es waren alle Größen und Bautypen vertreten, von kleinen, schnellen Aufklärern bis hin zu wuchtigen Zerstörern. Ein wahrer Wald aus Masten und Segeln breitete sich über den Wellen aus. Doch viele waren in die Docks gezogen worden, wodurch eine offene Fahrrinne entstanden war. Sie durchfuhr nun ein Verband von Schiffen, wie Lothar sie noch nie zuvor gesehen hatte.

„Elfische Zerstörer", flüsterte Proudmoore. „Schneller als unsere und leichter. Sie tragen weniger Waffen, aber gleichen das durch Geschwindigkeit wieder aus. Eine wahrhaft exzellente Ergänzung für unsere Streitkräfte." Der Admiral runzelte die Stirn. „Aber nur so wenige? Ich zähle nur vier große und acht kleinere Boote. Das ist ein einziges Geschwader …"

„Vielleicht kommt der Rest noch", vermutete Turalyon.

Proudmoore schüttelte den Kopf. „Das ist nicht ihre Art. Sie würden alle zugleich eintreffen."

„Ein Dutzend Schiffe sind immer noch ein Dutzend mehr, als wir vorher hatten“, merkte Khadgar an. „Außerdem befinden sich auch noch Kämpfer an Bord.“

Lothar nickte. „Wir sollten ihnen entgegengehen und sie begrüßen“, sagte er, und alle anderen stimmten zu.

Gemeinsam schritten sie durch das Tal. Perenolde und Graymane waren an solche Anstrengungen nicht gewöhnt und keuchten binnen weniger Minuten. Aber der Rest hatte eine gute Kondition, sodass sie rasch vorankamen. Sie erreichten die Docks mit dem Anlegen des ersten Schiffes.

Eine große, geschmeidige Gestalt ging von Bord und landete leichtfüßig auf der hölzernen Kaizunge. Das lange goldene Haar fing das Sonnenlicht ein, und Lothar hörte, wie jemand hinter ihm nach Luft schnappte. Als die Gestalt näher kam, erkannte Lothar, dass es eine Frau war, eine sehr schöne Frau. Ihre sanften Gesichtszüge waren fein geschnitten und ausdrucksstark. So wie ihr ganzer gertenschlanker Körper. Sie trug waldgrüne und eichenbraune Kleidung, einen auffällig leichten Brustpanzer, ein Überhemd und Stiefelhosen und einen langen Umhang mit zurückgeschlagener Kapuze. Lederhandschuhe bedeckten ihre Arme bis zu den Ellbogen, so wie ihre Stiefel ihre Beine bis zu den Knien schützten. Ein schlankes Schwert hing an einer Seite, ein Beutel und ein Horn an der anderen. Über ihrem Rücken trug sie einen Langbogen und einen Köcher für die Pfeile.

Lothar hatte über die Jahre viele Frauen kennengelernt, einige so schön wie die Elfe, die auf ihn zukam. Doch er hatte nie eine erlebt, die Stärke und Anmut so in sich vereinte wie sie. Er konnte verstehen, warum einigen seiner Begleiter das Herz schneller schlug.

„Mylady“, rief Lothar, als sie nur noch ein paar Schritte weit entfernt war. „Willkommen. Ich bin Anduin Lothar, Kommandeur der Streitkräfte von Lordaeron.“

Sie nickte und blieb nur eine Handbreit von ihm entfernt stehen. Er konnte ihre spitzen Ohren erkennen, die durch ihre Haare stachen. Und die großen, grünen Augen, die wie Edelsteine wirkten und nach oben hin schräg wurden. „Ich bin Alleria Windläufer, und ich überbringe Euch die Grüße von Anasterian

Sonnenläufer und dem Rat von Silbermond." Ihre Stimme war angenehm und volltönend. Lothar vermutete, dass sie selbst dann noch angenehm klang, wenn sie wütend war.

„Danke." Er drehte sich um und bedeutete den Männern, sich um ihn zu versammeln. „Erlaubt mir, Euch mit den Königen der Allianz und meinen Offizieren bekannt zu machen." Nachdem er alle vorgestellt hatte, wandte er sich ernsteren Belangen zu. „Vergebt meine Direktheit, Lady Alleria", sagte er, und bekam ein Lächeln von ihr geschenkt für den Titel. „Aber ich muss fragen … ist das die *ganze* Hilfe, die Euer Volk aufbieten kann?"

Sie furchte die Stirn. „Ich will Euch offen antworten, Fürst Lothar", sagte sie. Dabei achtete sie darauf, dass niemand zuhörte.

Einige andere Elfen, sowohl Männer als auch Frauen, hatten die Schiffe nun verlassen und sammelten sich am entfernten Ende des Piers. Sie warteten offensichtlich auf Allerias Erlaubnis, sich zu nähern.

„Anasterian und die anderen waren nicht sonderlich besorgt ob des Berichts, den Ihr uns sandtet. Diese Horde ist für uns sehr weit weg und scheint nur das Land der Menschen erobern zu wollen, nicht unsere Wälder. Die Ratsmitglieder hielten es für besser, diesen Kampf den jüngeren Völkern zu überlassen. Stattdessen verstärken wir unsere eigenen Grenzen, um einen feindlichen Einfall zu verhindern." Ihre Augenbrauen zogen sich zusammen, wodurch zu erahnen war, was sie persönlich von dieser Entscheidung hielt.

„Immerhin seid Ihr hier", sagte Khadgar. „Das hat doch sicherlich einen Grund?"

Sie bejahte. „Der Bote von König Terenas …" Sie nickte in dessen Richtung. „… informierte uns, dass Ihr, Fürst Lothar, der Letzte der Blutlinie der Arathi seid. Unsere Vorfahren schworen König Thoradin und all seinen Nachfahren ewigen Beistand. Anasterian konnte sich dem nicht verweigern. Er schickte deshalb diese Kampfgruppe, um unserer Verpflichtung nachzukommen."

„Und Ihr?", fragte Lothar, der bemerkt hatte, dass sie nur die Schiffe erwähnt hatte.

„Ich bin hier auf meinen eigenen Wunsch“, verkündete sie stolz. Dabei warf sie ihren Kopf zurück wie ein temperamentvolles Wildpferd, wenn es herausgefordert wurde. „Ich bin eine Waldläuferin. Ich entschloss mich, meine eigene Abteilung mitzubringen und Euch unsere Unterstützung anzubieten.“

Sie schaute an Lothar vorbei. Ihre Augen suchten die Gegend ab. Er wusste, dass sie die Armee inspizierte, die hinter ihm stand.

„Ich spürte, dass dieser Konflikt weit ernster ist, als meine Herrscher erkennen wollen. Solch ein Krieg könnte sich leicht auf uns alle ausweiten. Und wenn die Horde so bösartig ist, wie Ihr sagt, werden unsere Wälder nicht lange verschont bleiben.“ Sie sah Lothar an. Er erkannte, dass sie nicht nur eine schöne, sondern auch starke Frau war, geübt im Gefecht. „Wir müssen sie aufhalten.“

Lothar nickte. „Dem stimme ich zu.“ Er verbeugte sich. „Seid willkommen, Mylady. Ich bedanke mich bei Euren Regenten für ihre Unterstützung. Aber ich bin noch viel dankbarer für Eure Gegenwart und die Eurer Waldläufer.“ Er lachte. „Wir besprachen gerade unsere nächsten Schritte. Ich wäre erfreut, Eure Meinung dazu zu hören. Und wenn Eure Leute sich ausgeruht haben, möchte ich Euch bitten, sie auszuschicken, damit wir sicher sein können, dass der Feind nicht schon nahe ist.“

„Wir brauchen keine Pause“, versicherte ihm Alleria. „Ich werde sie sofort aussenden.“ Sie gab ein Zeichen, und die Elfen näherten sich. Jedes dieser Geschöpfe war wie sie gekleidet und bewegte sich ebenso lautlos – auch wenn Lothar der Meinung war, dass sie nicht über ihre einzigartige Anmut verfügten.

Alleria redete mit ihnen, ihre Worte klangen melodisch, wohltönend, aber auch völlig fremd in Lothars Ohren. Die anderen Elfen nickten, liefen mit einem kurzen Nicken an ihnen vorbei und verschwanden während des Laufs von den Docks durch das Tal.

„Sie werden kundschaften und berichten“, erklärte Alleria. „Wenn die Horde sich bis auf zwei Tage genähert hat, werden wir es erfahren.“

„Ausgezeichnet.“ Lothar fuhr sich abwesend mit der Hand

über die Stirn. „Wenn Ihr uns dann zurück zum Kommandozelt begleiten wollt, Mylady? Ich zeige Euch, was wir bislang wissen, und wir werden Eure Ansichten dazu hören."

Sie lachte. „Natürlich. Aber Ihr müsst aufhören, mich ‚Mylady' zu nennen. Sagt einfach Alleria."

Lothar nickte, wandte sich um und führte sie von den Docks weg. Dabei fiel ihm Turalyons Mienenspiel auf.

Lothar unterdrückte ein Schmunzeln. Jetzt wusste er auch, wer da eben nach Luft geschnappt hatte.

Zwei Tage später hatte Lothar nichts mehr zu lachen. Allerias Kundschafter waren zurückgekehrt, genauso wie die Schiffe, die Proudmoore ausgeschickt hatte. Beide hatten dasselbe zu berichten.

Die Horde hatte Khaz Modan eingenommen und das Erz der Zwergenminen dazu benutzt, selbst Schiffe zu bauen. Massige, plumpe Eisenschiffe, die sich nur ungelenk vorwärts bewegten. Aber sie konnten Tausende Orks in ihren tiefen Bäuchen befördern.

Diese Schiffe hatten die Horde schnell über das Wasser gebracht und waren unterwegs zur südlichen Küste Lordaerons, nicht in Graymanes Herrschaftsbereich. Es sah so aus, als wollte die Horde bei den Hügellanden von Bord gehen, auf halber Strecke zwischen hier und Gilneas. Wenn die Allianz nicht zögerte, konnte sie die Horde dort erwarten.

„Sammelt die Truppen!", brüllte Lothar. „Lasst alles zurück, was ihr nicht braucht. Wir kümmern uns später darum – falls wir überleben! Im Moment ist Schnelligkeit unser größter Verbündeter. Los! Los!" Er wandte sich an Khadgar, während seine anderen Offiziere vom Kommandozelt aus zusammen mit den Königen zu ihren jeweils eigenen Truppen liefen. „Und so fängt es an", sagte er zu dem jungen, jedoch alt wirkenden Zauberer.

Khadgar nickte. „Ich hätte gedacht, uns bliebe etwas mehr Zeit", sagte er.

„Das dachte ich auch", stimmte Lothar zu. „Aber diese Orks sind ungeduldig und brennen darauf, alles zu erobern. Das mag ihr Untergang sein." Er seufzte. „Zumindest hoffe ich das."

Er blickte auf die Karte des Hügellandes und versuchte sich die bevorstehende Schlacht vorzustellen. Dann schüttelte er den Kopf. Es gab noch so viel zu erledigen. Und das Gemetzel würde noch früh genug beginnen.

Acht

„Sind wir soweit?"

Turalyon schluckte und nickte. „Fertig, *Sire*."

Lothar nickte und wandte sich ab. Er runzelte die Stirn, und eine Sekunde lang glaubte Turalyon, dass dieser Ausdruck ihm galt. Hatte er die falsche Antwort gegeben? Wollte Fürst Lothar mehr Details hören? Hätte er irgendetwas anderes sagen sollen?

Hör auf, rief er sich zur Räson. *Du wirst schon wieder panisch. Beruhige dich. Du machst das prima. Er runzelt die Stirn, weil wir in die Schlacht ziehen, nicht, weil du ihn enttäuscht hast.*

Er zwang sich, nicht mehr darüber nachzudenken, und inspizierte erneut seine Ausrüstung. Die Gurte seiner Rüstung waren in Ordnung und saßen fest. Sein Schild hing sicher an seinem Arm, sein Kriegshammer war am Sattelhorn befestigt.

Er war bereit. So bereit, wie man nur sein konnte.

Er sah sich um und beobachtete die anderen. Lothar redete mit Uther. Turalyon beneidete die beiden Männer um ihre Haltung. Sie wirkten leicht ungeduldig, doch ansonsten völlig gelassen. War das etwas, was man mit mehr Erfahrung lernte?

Khadgar schaute über die Ebene und musste Turalyons Blick gespürt haben, weil er sich umdrehte und ihn anlächelte. „Nervös?", fragte der Zauberer.

Turalyon lachte über sich selbst. „Sehr", gab er zu.

Er war mit dem üblichen Respekt vor Magiern aufgewachsen – und mit Vorsicht ihnen gegenüber. Doch Khadgar war anders. Vielleicht weil sie ungefähr gleich alt waren – auch wenn der Magier um Jahrzehnte älter wirkte. Oder es lag einfach daran, dass Khadgar nicht so arrogant war wie manch anderer Zauberer.

Turalyon hatte sich an dem Tag, an dem Erzbischof Faol sie alle vorgestellt hatte, ein wenig mit Khadgar unterhalten. Dabei hatte er festgestellt, dass er ihn mochte. Lothar mochte er natürlich auch, dabei bewunderte er jedoch überwiegend die Erfahrung und das Können des Helden von Stormwind.

Khadgar war wahrscheinlich mächtiger, aber zugleich auch zugänglicher, und er und Turalyon waren schnell Freunde geworden. Er war der Einzige, dem Turalyon von seinen Ängsten erzählte.

„Mach dir nichts draus", empfahl ihm Khadgar. „Jeder hat Furcht. Der Trick besteht darin, sie zu überwinden."

„Bist du denn auch … nervös?"

Der Magier grinste. „Zu Tode erschreckt würde es besser treffen", eröffnete er ihm. „So geht es mir jedes Mal, wenn wir in den Kampf ziehen. Lothar hat mir einst nach einer Schlacht gesagt, dass man Angst haben *soll*. Weil derjenige, der keine hat, sorglos wird. Und dann wird es heikel."

Turalyon nickte. „Meine Ausbilder haben so ziemlich dasselbe gesagt." Er schüttelte den Kopf. „Aber es ist eine Sache, so etwas zu sagen, und eine ganz andere, es auch zu glauben."

Sein Freund schlug ihm wohlwollend auf die Schulter. „Du machst das schon", versicherte er ihm. „Wenn es erst losgeht, bist du viel zu beschäftigt, um noch drüber nachzudenken."

Sie drehten sich beide um und schauten nach vorne. Die Hügellande waren nach ihren sanften Erhebungen benannt. Die Armee der Allianz war über die gesamte Breite der Hügelketten aufgestellt. Ihre Soldaten blickten in Richtung Southshore und die Große See.

Die Schiffe der Horde trafen in diesem Moment ein. Schwerfällig wirkende Gefährte aus dunklem Metall und geschwärztem Holz. Segel gab es nicht, dafür mehrere Ruderreihen.

Lothar wollte die Horde kalt erwischen, wenn sie an Land kam – noch bevor die Orks die Chance bekamen, Stellung zu beziehen. Proudmoores Marine hatte die Schiffe bereits bei der Fahrt durch die Passage angegriffen und einige von ihnen – und sicherlich Tausende Orks – auf den Grund des Ozeans geschickt. Aber die Horde war immer noch sehr zahlreich.

Man hatte lediglich die äußersten Schiffe versenkt, der Rest fuhr unbeeindruckt weiter. Es würde immer noch genügend Kämpfe geben, sobald sie landeten.

„Sie sind fast an der Küste“, berichtete Alleria. Ihre scharfen Elfenaugen sahen weiter als die der Menschen. Sie wandte sich an Turalyon. „Bereitet Eure Männer auf den Einsatz vor.“

Turalyon nickte. Er wagte nicht zu sprechen. Er hatte die Frau natürlich schon früher einmal gesehen. Sein Orden verbot auch keine Beziehungen oder Hochzeiten. Aber die elfische Waldläuferin ließ jede andere Frau, die er jemals kennengelernt hatte, schwach und plump erscheinen. Sie war so zuversichtlich, so anmutig … und so schön, dass sein Mund jedes Mal trocken wurde, wenn er sie nur ansah.

Er merkte, dass er zitterte und wie ein Pferd, das gerade ein Rennen gelaufen war, zu schwitzen begonnen hatte. Und wenn man das Glitzern in ihren Augen bedachte oder ihr angedeutetes Grinsen, sobald sie etwas zu ihm sagte, vermutete Turalyon, dass sie das auch wusste – und sich über sein Unbehagen amüsierte.

Immerhin hatte er jetzt etwas, das ihn ablenkte. Turalyon signalisierte seinen Truppführern, anzugreifen. Sie gaben den Befehl an ihre Herolde weiter, die die Angriffshörner bliesen. Binnen Minuten befand sich die gesamte Streitmacht der Allianz in Bewegung. Marschierend oder langsam reitend bewegte sie sich die Hügel hinab auf den Strand zu.

Als sie sich näherten, konnte Turalyon Details erkennen. Er sah, wie das erste Schiff an der Küste anlegte. Dunkle Gestalten sprangen heraus und liefen über den steinigen Strand auf die Hügel zu. Selbst von hier aus konnte er sehen, wie breit sie gebaut waren. Große Brustkörbe, lange kräftige Arme, krumme Beine. Sie schwangen ihre Äxte, Hämmer, Schwerter und Speere. Jede Menge davon.

„Sie sind an Land gegangen“, brüllte Lothar, zog sein großes Schwert mit einer geschmeidigen Bewegung und hielt es hoch. Die goldenen Runen auf der Klinge reflektierten das Licht.

„Attacke! Für Lordaeron!“ Er trieb sein Pferd an, und es galoppierte vorwärts, an den Reihen der Allianz vorbei, und dazu fing der goldene Löwe auf seinem Schild das Sonnenlicht ein.

„Verdammt!“ Turalyon trieb sein eigenes Ross an und ritt hinter seinem Kommandeur her. Dabei hob er seinen Hammer und senkte das Visier seines Helms. Soldaten sprangen aus dem Weg, andere beeilten sich, mitzuhalten.

Dann war er an ihnen vorbei und in dem schmalen Korridor zwischen beiden Armeen. Diese Fläche hatte er rasch durchquert und kam wilder Entschlossenheit über die Orks … gerade als Lothars erster Schlag mehrere Gegner fällte. Doch sofort eilten andere zu dessen Pferd und versuchten, den Helden herunterziehen, um ihn zu zerreißen.

„Nein!“ Turalyon schwang seinen Hammer, sobald er in Reichweite war, und traf einen Ork vor den Kopf. Die Kreatur fiel um, ohne auch nur einen Laut von sich zu geben. Turalyon schleuderte einen zweiten Angreifer mit seinem Schild beiseite. Dadurch hatte er genug Zeit, den Hammer wieder zu heben und auch noch den dritten Gegner zu zerschmettern.

Beim Licht, waren diese Kreaturen hässlich!

Lothar und Khadgar hatten sie ihnen beschrieben. Aber es war etwas völlig anderes, sie selbst zu betrachten. Ihre hellgrüne Haut und diese glühenden roten Augen … und dann diese Hauer!

Er hatte so etwas vorher nur bei Ebern gesehen. Aber niemals bei etwas, das auf zwei Beinen ging und eine Waffe trug.

Sie waren stark. Er merkte es daran, dass der Kriegshammer eines Orks mit seinem eigenen zusammenprallte und die gegnerische Waffe dabei fast in seinen Helm eindrang.

Glücklicherweise schienen sie sich eher auf ihre Stärke und Aggressivität als auf ihr Können zu verlassen. Er bekam seine Waffe rechtzeitig wieder frei und hob sie an. Mit dem Stiel verpasste er dem Ork einen Schlag über die Wange und konnte ihn dadurch lange genug außer Gefecht setzen, dass er ihn mit dem anschließenden Hieb richtig erwischte.

Lothar hatte währenddessen die bei ihm befindlichen Orks mit tödlichen Schwertstreichen erledigt.

Turalyon brachte sein Pferd neben seinen Kommandeur, sodass sie Seite an Seite reiten konnten. Hammer und Schwert waren unablässig in Aktion.

Uther befand sich direkt hinter ihnen, sein mächtiger Hammer zerschmetterte Orks links und rechts. Ein sichtbarer Glanz umgab ihn und seine Waffe, so blendend, dass die Orks wegschauen mussten und ihre Augen bedeckten.

Jubel stieg bei den Streitkräften der Allianz auf, als sie des Könnens des Paladins ansichtig wurden. Turalyon war nicht überrascht. Er hatte zusammen mit Uther geübt und wusste, dass der Glauben des älteren Paladins unglaublich stark war. Stark genug, um ihn *sichtbar* werden zu lassen.

Er wünschte, sein eigener Glaube wäre ebenso fest.

Aber jetzt war nicht die Zeit, darüber nachzudenken. Weitere Kriegsschiffe der Horde landeten, und die Orks strömten zu Tausenden daraus hervor.

Turalyon erkannte sofort, dass sie überrannt werden würden, wenn sie hier blieben. „Sire!“, rief er Lothar zu. „Wir müssen weg zum Rest der Armee!“

Zuerst dachte er, der Held hätte ihn nicht gehört. Aber Lothar spießte einen weiteren Ork auf und nickte dann. „Uther!“, rief er und der Paladin wandte sich ihm zu. „Zurück zu den anderen!“

Uther hob seinen Hammer zur Bestätigung, riss sein Pferd herum und drosch eine Schneise in die Horde. Lothar war direkt hinter ihm, und Turalyon bildete die Nachhut. Er kämpfte mit Hammer und Schild, um die Orks von ihnen fernzuhalten.

Ein Ork griff nach ihm, in seiner anderen Hand führte er eine riesige Axt. Doch dann starb er mit einem Pfeil in seiner Kehle. Turalyon riskierte einen Blick zur Seite und sah eine schlanke Gestalt auf dem Hügel, die ihren Langbogen zum Gruß erhoben hielt. Er konnte gerade noch das Leuchten ihrer Haare erkennen.

Mehrere Male glaubte er fast, sie würden niedergemacht. Aber Uther, Lothar und er schafften es sicher zurück zur Front.

Die Horde war ihnen dicht auf den Fersen.

„Bildet Formation!“, rief Uther. „Hebt die Speere. Verbindet die Schilde! Werft sie zurück!“

Die Soldaten gehorchten eilig. Sie waren bereit gewesen, hatten aber nicht zusammengearbeitet. Einzelkämpfer, keine wirklich vereinte Streitmacht. Das konnte gegen die Überzahl der Horde nicht funktionieren.

Jetzt arbeiteten sie zusammen, bildeten eine solide Schildmauer, die vor Speeren nur so strotzte. Und die Horde krachte mitten hinein.

An einigen Stellen fiel die Mauer, wenn ein Verteidiger vom Angriff eines Orks ausgeschaltet wurde. Aber der größte Teil trotzte der Wucht, mit der die Orks vordrangen. Einige fielen und standen nicht wieder auf, allerdings liefen die ihnen Nachfolgenden schnell an ihnen vorbei.

Eine zweite Welle traf den Schildwall, und mehrere Sektionen brachen ein. Doch wieder erlitten die Orks herbe Verluste.

Turalyon gab dem nächststehenden Truppführer ein Zeichen und registrierte zufrieden, dass er schnell reagierte. Ein zweiter Schildwall entstand bereits hinter dem ersten. Sie konnten Wall auf Wall bauen, und jeder kostete die Orks enormen Blutzoll. So konnten sie die Horde nach und nach ausdünnen, bis die Gegner irgendwann so viele Verluste erlitten hatten, dass sie sich ihnen direkt entgegenwerfen konnten.

Nur waren die Orks natürlich keine kompletten Narren. Nach dem dritten Zusammenstoß hielten sie sich spürbar zurück, als würden sie auf etwas warten. Und Turalyon erfuhr auch schnell, worum es sich dabei handelte: Eine Handvoll vermummter Gestalten erschien. Jede trug eine Kapuze über dem Kopf, sodass nur die Augen tief darunter zu erkennen waren. Und jede Gestalt trug einen merkwürdigen glühenden Stab.

Diese Neuankömmlinge ritten auf Pferden mit glühenden Augen und bewegten sich schnurstracks auf den Schildwall zu. Dann hoben sie ihre Stäbe an.

Turalyon vernahm ein merkwürdiges Brummen, und dann fielen die Soldaten unmittelbar vor den Vermummten einfach um. Sie hielten ihre Häupter umklammert, und Blut quoll ihnen aus Mündern, Nasen und Ohren.

„Beim Licht!“ Uther stand dicht bei Turalyon und schauderte bei dem Anblick. „Diese Teufel! Sie bringen finstere Magie gegen uns zum Einsatz!“ Er hob seinen Hammer, dessen Kopf silbern wie der Mond leuchtete. „Gebt nicht auf, Soldaten!“, rief er. „Das Heilige Licht wird euch beschützen!“

Das Leuchten verteilte sich vom Hammer ausgehend, fiel auf die Krieger und tauchte sie in den hellen Schein.

Als die vermummten Gestalten ihre Hände hoben, zuckten die Soldaten zwar, gingen aber nicht wieder zu Boden.

Dann kam Uther über die Magier. Der Schildwall öffnete sich lange genug für ihn und die anderen Paladine, einschließlich Gavinrad, den Faol nur zu gern in den Orden aufgenommen hatte. Wieder jubelten die Soldaten der Allianz, ermutigt vom überraschenden Können und der Macht der Paladine.

Turalyon fühlte sich hin- und hergerissen. Als Paladin war sein Platz an ihrer Seite. Aber als Lothars Leutnant gehörte er hierher, um die Männer zu befehligen.

Die Paladine und die vermummten Gestalten kämpften gegeneinander, doch keiner schien die Überhand gewinnen zu können. Turalyon sah, wie einer der merkwürdigen Invasoren eine seiner gewaltigen Hände um Gavinrads Arm krallte und Dunkelheit von der Pranke ausströmte.

Doch Gavinrads heilige Aura leuchtete auf einmal heller und trieb die Finsternis zurück. Der Angreifer musste loslassen und zudem einem Hammerschlag des Paladins ausweichen.

Währenddessen droschen die Orks weiter auf den Schildwall ein. Sie hieben Löcher hinein, die sich aber sofort wieder durch nachrückende Soldaten schlossen.

Dann sah Turalyon Bewegung. Mehrere neue Gestalten trafen ein, größer als die Orks.

Oger!

Die tumben Kreaturen näherten sich und schlugen mit groben Knüppeln zu, die nichts anderes als entwurzelte und ihres Geästs beraubte Bäume waren.

Ganze Sektionen des Schildwalls fielen in sich zusammen. Die Soldaten wurden von den mörderischen Hieben durcheinandergewirbelt. Die Horde drängte durch die Lücken und warf sich den Soldaten der Allianz entgegen.

„Taktikwechsel!“, brüllte Turalyon dem nächststehenden Herold zu. Er wusste, dass der Mann die Befehle mit seinem Horn weitergeben würde. „Kleine Schildtrupps! Zieht euch auf die Hügel zurück und gruppiert euch neu!“

Der Soldat nickte und hob sein Horn. Er blies einmal kurz – und dann noch mal. Beim Klang des Horns begannen die

Truppführer ihrerseits Befehle zu brüllen, sammelten ihre Soldaten und zogen sich zurück, während sie die Orks auf Distanz hielten.

Die Horde versuchte, sie zu überrennen. Aber die Soldaten der Allianz waren zu dicht gruppiert und hielten ihre Waffen bereit. Sie stachen nach jedem Ork, der ihnen zu nahe kam. Jede Einheit hatte ihre Schilde miteinander verbunden. Sie bildeten einen kleinen Schildwall um sich herum.

Die Orks überwältigten mehrere Einheiten durch ihre bloße zahlenmäßige Überlegenheit, indem sie wieder und wieder gegen die Krieger krachten, bis deren Schutz nachgab. Doch die meisten Allianzsoldaten wehrten den Gegner erfolgreich ab.

Turalyon ritt die eigenen Reihen am Fuße des Hügels ab und organisierte sie neu, stellte auch hier eine Schildmauer auf. Als alle anderen Trupps sich zurückzogen, öffnete diese sich, um sie einzulassen. Die Ankömmlinge verstärkten dann ihrerseits die Mauer und halfen dabei, wiederum neu eintreffende Trupps sicher aufzunehmen.

Turalyon befahl den Bogenschützen, die Orks der Mauer so weit wie möglich fernzuhalten und jede Kreatur zu attackieren, die sich dem Wall näherte.

Die Orks mussten einen hohen Blutzoll entrichten, doch die Horde landete immer noch weitere Schiffe, wodurch mit jeder Minute mehr Krieger in das Schlachtengetümmel eingriffen.

„Wir können sie nicht mehr lange aufhalten!“, brüllte Turalyon Khadgar zu, der gerade einen merkwürdig aussehenden Ork in der Nähe der Boote hatte zusammenbrechen lassen. Der Ork trug eine Robe, statt einer Rüstung und einen Stab anstelle eines Schwertes. Deshalb glaubte Turalyon, dass es sich um einen Hexenmeister handeln musste, vergleichbar mit ihren eigenen Magiern. „Wir müssen sie daran hindern, die Hügel zu erreichen! Wenn sie uns umgehen, können sie direkt nach Norden auf die Hauptstadt zumarschieren!“

Khadgar nickte. „Ich tue, was ich kann“, versprach er. Der junge, alt wirkende Zauberer konzentrierte sich, dann verfinsterte sich der Himmel. Binnen Minuten zogen dunkle Wolken auf. Im Zentrum des plötzlichen Sturms stand Khadgar, sein weißes

Haar umtanzte ihn. Blitze zuckten über den Himmel, und Funken sprangen aus Khadgars gespreizten Fingern.

Dann gab es einen ohrenbetäubenden Knall, und ein Blitz bahnte sich einen Weg, der jedoch nicht vom Himmel, sondern aus Khadgars Händen kam. Sein Licht durchbrach die Finsternis, schlug aus dem Schildwall in eine Gruppe Orks, die sofort zurückgeschmettert und dabei verbrannt wurden. Ein zweiter Energiepfeil bohrte sich in die Reihen der Feinde, dann ein dritter.

Turalyon nutzte die magische Attacke zu seinem Vorteil. Er formierte seine Männer neu, verstärkte den Schildwall und schickte gleichzeitig Soldaten aus, die mit Reisig und Zunder ausgerüstet waren. Sie verstellten den Orks mit Bränden den Weg und entfachten eine Feuersbrunst, die verhinderte, dass die Horde nach Westen ausbrach. Das reduzierte das Risiko, dass sie die Streitkräfte der Allianz einfach umgingen.

Doch die Orks begriffen schnell. Einige Kreaturen traten vor und versuchten, die Feuer auszutreten. Doch die elfischen Bogenschützen erschossen sie, bevor sie die Flammen erreicht hatten. Einer fiel in das Feuer und brüllte entsetzlich, als er davon verzehrt wurde. Das ließ die anderen zurückschrecken.

Die Oger waren aber immer noch ein Problem. Einer trampelte durch die Flammen, verbrannte sich dabei seine Beine, wurde aber trotzdem nicht langsamer. Turalyon schickte ihm eine komplette Einheit entgegen. Gleichzeitig zielten Katapulte auf die Kreatur. Aber der Oger erschlug etliche Krieger, bevor er schließlich selbst fiel. Und die nächsten rückten schon hinter ihm nach.

„Visiert sie an!“, wandte sich Turalyon an Khadgar. „Schießt die Oger ab!“

Khadgar sah ihn an. Turalyon bemerkte, dass sein Freund erschöpft wirkte. „Ich versuche es“, antwortete der Magier. „Doch das Licht zu benutzen ist … ermüdend.“

Eine Sekunde später zischte ein Blitz aus seinen Fingern und traf den anführenden Oger. Er war sofort tot.

Aber als sein massiger, geschwärzter Leichnam fiel, schüttelte Khadgar den Kopf. „Mehr kann ich nicht tun“, erklärte er.

Turalyon hoffte, dass es reichen würde. Die anderen Oger zögerten. Selbst ihre verkümmerten Gehirne konnten die Gefahr erkennen.

Dadurch bekamen seine Männer Zeit, die Ziele mit Pfeilen und Katapulten anzuvisieren.

Der Schildwall hielt den Angriffen immer noch stand, doch die Horde rottete sich schon wieder zusammen. Über kurz oder lang würde sie die Verteidiger einfach überrennen. Die erlittenen Verluste reduzierten die Gesamtzahl kaum spürbar.

Uther und die anderen Paladine waren nicht zurückgekommen. Turalyon nahm an, dass sie immer noch diese vermummten Gestalten bekämpften.

Er fragte sich immer noch, wie er reagieren sollte, als Lothar an seiner Seite erschien. „Haltet die Kavallerie bereit!", rief der Held. „Und blast zum Angriff!"

Angriff? Dort hinein? Turalyon sah seinen Kommandanten an, dann zuckte er die Achseln. Gut, warum nicht? Ihre Verteidigung würde nicht ewig halten.

Er gab dem Herold einen Wink, der kräftig in sein Horn blies. Dann formierten sich die berittenen Soldaten, denen sich Turalyon anschloss. Er befand sich direkt hinter Lothar, der die Spitze übernommen hatte.

Der Schildwall teilte sich für sie, und sie preschten gegen die vorderen Reihen der Horde. Dadurch entstand hinter ihnen ein offener Keil, der mitten durch die Orks getrieben war.

Nach einer Minute gab Lothar das vereinbarte Zeichen. Sie rissen ihre Tiere herum. Die Bogenschützen gaben ihnen Deckung, während sie sich von ihren Gegnern zurückzogen.

Dann schlugen sie wieder zu.

Sie bereiteten sich gerade auf den dritten Angriff vor, als ein Trommelschlag von irgendwo aus Richtung Horde erklang und die Orks plötzlich den Rückzug antraten!

„Wir haben es geschafft!", rief Turalyon. „Sie ziehen sich zurück!"

Lothar nickte, wandte sich aber nicht ab, sondern beobachtete, wie die Orks ein kurzes Stück zurückliefen, um sich dann neu zu gruppieren. Anschließend machten die Kreaturen kehrt und bewegten sich wieder mit schnellem Schritt auf die rechte Flanke der Allianz zu.

„Sie wollen nach Osten“, sagte Lothar ruhig. Er unternahm keinen Versuch, ihnen nachzusetzen. „Ins Hinterland, ins Zwergenkönigreich.“

„Sollen wir sie verfolgen?“, fragte Turalyon. Sein Blut war noch aufgewühlt vom Kampf. Er wollte den Orks nachsetzen und sie alle töten. „Sie sind auf der Flucht!“

Aber der Held schüttelte den Kopf. „Nein“, antwortete er. „Wir haben sie aufgehalten. Doch sie flüchten nicht vor uns. Sie *umgehen* uns.“ Jetzt wandte er sich an Turalyon und lächelte – ein grimmiges, müdes Lächeln. „Immerhin“, sagte er, „ist das auch schon etwas.“

„Wenn wir sie nicht verfolgen, können sie sich anderswo neu sammeln“, drängte Turalyon. „Oder etwa nicht?“

„Doch, natürlich“, stimmte Lothar zu. „Aber schaut Euch nur um ...“

Turalyon tat, wie ihm geheißen, und verstand, was der alte Krieger meinte. Ihre Leute waren, nun, da der Kampf vorüber war, völlig erschöpft. Er sah, wie Männer auf der Stelle zusammenbrachen. Entweder aufgrund ihrer Wunden oder aus reiner Müdigkeit.

Die Schlacht hatte zwei Stunden gedauert, obwohl es sich nicht so lange angefühlt hatte. Turalyon stellte fest, dass auch er sich schmerzhafte Blessuren eingehandelt hatte. Außerdem waren viele der Waffen zerstört, die Katapulte leergeschossen und das meiste Brennholz samt Zunder aufgebraucht.

„Wir müssen uns neu ausrüsten“, erkannte Turalyon. „Wir sind nicht in der Verfassung, ihnen nachzujagen.“

„Richtig.“ Lothar wendete sein Pferd in Richtung ihrer eigenen Linien. „Aber wir haben ihre Stärke ausgetestet, und unsere Männer haben gesehen, dass sie gegen die Horde bestehen können. Das ist gut. Und wir haben sie von der Hauptstadt ferngehalten – auch gut.“ Er blickte Turalyon an und nickte schließlich. „Ihr habt Euch tapfer geschlagen“, sagte er leise, bevor er sein Pferd zurück zu den Truppen und zum Kommandozelt dahinter lenkte.

Turalyon sah zu, wie er sich entfernte. Das einfache Lob erfüllte ihn mit Stolz. Als er sich anschickte, seinem Kommandeur zu folgen, wurde ihm bewusst, dass Khadgar Recht behalten hatte. Er hatte gar keine Zeit gehabt, sich groß zu fürchten.

Neun

„Nekros!“ Zuluhed, Häuptling und Schamane des Dragonmaw-Clans schritt durch den langen Korridor. Er musterte jeden Ork, der ihm über den Weg lief. „Nekros!“, brüllte er erneut.

„Hier bin ich!“ Nekros Schädelspalter humpelte aus der nahe gelegenen Höhle. Sein Holzbein klopfte auf dem Steinboden. Er duckte sich, um mit seinem Kopf nicht gegen die niedrige Tür zu stoßen. „Was ist?“

Zuluhed blieb neben seinem Stellvertreter stehen und blickte ihn an. „Wie geht es der Waffe?“, wollte er wissen und beugte sich vor. „Ist sie bereit?“

Nekros grinste ihn an, wobei seine gelben Hauer sichtbar wurden. „Komm und sieh selbst.“ Er drehte sich um und humpelte den Weg zurück, den er gekommen war.

Zuluhed folgte ihm, während er irgendetwas in seinen Bart murmelte. Er hasste diesen Ort. Er hieß Grim Batol … oder zumindest hatten die Zwerge ihn so genannt. Er war eine ihrer Festungen gewesen.

Jetzt gehörte die Bastion dem Dragonmaw-Clan. Und obwohl die Kammern darin groß genug waren, verfluchte Zuluhed die niedrigen Durchgänge, die für Zwerge ausreichen mochten, für die meisten Orks aber kaum genügten. Sie hätten die Eingänge erweitern müssen, doch Stein war nur unter großen Mühen zu bearbeiten, und im Grunde hatten sie keine Zeit für solche Extratouren.

Doch die Festung war höchst solide. Sie war aus dem Fels des Berges geschnitten worden und konnte deshalb leicht verteidigt werden.

Das war das Wichtigste.

Nekros führte ihn tiefer in die Festung hinein. Schließlich erreichten sie eine unterirdische Kammer. Dort lag, an die Wand mit schwarzem Eisen gekettet, was Zuluhed immer noch den Atem raubte. Die Gestalt füllte den ganzen Raum aus, wand sich, um etwas bequemer zu liegen. Die Flügelspitzen erreichten die Decke und der Schwanz war am anderen Ende der Mauer befestigt. Fackeln flackerten entlang der Wände, ihr Licht reflektierte von Schuppe zu Schuppe, die rot wie Blut leuchteten, rot wie Feuer.

Ein Drache.

Aber nicht irgendein Drache, es war Alexstrasza, der größte der roten Drachen. Mutter ihres eigenen Schwarms, Königin ihres Volkes. Vielleicht das mächtigste Wesen auf dieser Welt. Stark genug, um ganze Clans mit einem einzigen Schlag ihrer majestätischen Klauen zu vernichten und Oger mit einem Zuschnappen ihrer mächtigen Zähne zu verschlingen.

Dennoch hatten sie sie gefangen.

Nun, eigentlich war es Nekros gewesen. Der ganze Clan hatte wochenlang nach Drachen gesucht, jede Art von Drachen, und hatte dann ein einsames rotes Männchen aufgetrieben, das mit einem verwundeten Flügel niedrig über dem Wald flog.

Zuluhed wollte sich nicht vorstellen, welches Wesen es vermochte, solch eine majestätische Kreatur zu verletzen. Aber es hatte ihm seine Aufgabe leichter gemacht. Sie waren dem Drachen in die Höhle seiner Familie gefolgt, einer hohen Bergspitze, um die die Drachen wie Vögel kreisten, als tanzten sie in der Luft.

Sie hatten diesen Gipfel tagelang beobachtet, unsicher, was sie als Nächstes tun sollten. Bis Nekros verkündete, dass er die Dämonenseele gezähmt habe. Dann waren sie vorsichtig bis zur Spitze gekrochen und hatten Alexstrasza und ihre drei Männchen entdeckt. Die Drachenkönigin hatte sie sofort bemerkt und vier Orks innerhalb eines Herzschlags getötet, indem sie das Maul öffnete und die Kämpfer in einer Flamme röstete.

Aber dann war Nekros vorgetreten und hatte sie gebändigt. Ganz allein. Er befahl Alexstrasza und den ihren, ihm zu folgen, und sie hatten gehorcht.

Die Reste des Dragonmaw-Clans hatte Nekros an diesem Tag gehuldigt – als dem Ork, der allein eine ganze Drachenschar eingeschüchtert hatte.

Allerdings konnte der verkrüppelte Krieger-Hexenmeister das alles nicht ohne Zuluhed erreichen – oder das Artefakt, das er gefunden hatte. Zuluhed wünschte sich, den Gegenstand selbst benutzen zu können. Doch die Dämonenseele antwortete ihm oder seiner Schamanenmagie nicht. Sie antwortete nur Nekros, deshalb war der Ork mit dem Holzbein der Einzige, der damit umgehen konnte.

Aber das war akzeptabel. Weil es bedeutete, dass Nekros hier in diesen Höhlen festsaß. Zuluhed konnte derweil mit dem Rest der Horde kämpfen, wozu Nekros kaum befähigt gewesen wäre. Er war in jenem Moment, da ihm ein Mensch das linke Bein unterhalb des Knies abgeschlagen hatte, für jeden ehrlichen Kampf nutzlos geworden.

Die meisten Orks hätten sich umgebracht oder sich zumindest auf den nächstbesten anderen Feind gestürzt und wären im Kampf gefallen.

Nekros aber hatte überlebt – ob durch Feigheit oder Pech, wusste niemand so genau.

Zuluhed war froh, dass er Nekros hatte. Weil er die Dämonenseele gefunden hatte und Zuluhed sie nicht benutzen konnte. Er hatte die Macht innerhalb der Scheibe spüren können, als er sie in einer kleinen Höhle tief unter den Bergen gefunden hatte. Doch diese Macht war in dem glänzenden goldenen Artefakt eingeschlossen gewesen. Ganz sicher wurde dafür etwas anderes als Schamanenmagie benötigt.

Er taufte das Objekt *Dämonenseele*, weil er die dämonenverseuchte Energie in der Scheibe spürte. Sie schlummerte dort zusammen mit einer anderen Kraft, die er nicht zuordnen konnte.

Er hatte überlegt, ob er das Artefakt Doomhammer übergeben sollte, sich aber dagegen entschieden. Der Kriegshäuptling war ein mächtiger Krieger und ein ehrenhafter Ork. Doch er besaß keinerlei Erfahrung im Umgang mit Magie. Gul'dan wäre ein weiterer Kandidat gewesen. Doch Zuluhed traute dem verschlagenen Hexenmeister nicht.

Er erinnerte sich an die Zeit, als Gul'dan jung und Ner'zhuls Schüler gewesen war. Der Schüler eines Schamanen, der weise und ehrenhaft war und von allen verehrt wurde. Ner'zhul hatte zum Wohle aller, nicht nur seines eigenen Clans gewirkt. Er war es auch gewesen, der das merkwürdige Geschenk des Wissens und der Macht von den Geistern der Ahnen mitgebracht hatte. Und er hatte die engen Bindungen zwischen den Clans angeregt und gefestigt.

Eine Zeit lang war alles gut gegangen. Doch dann hatten die Geister sich als falsch erwiesen. Und ihre eigenen Ahnen weigerten sich aus Wut, noch mit ihnen zu sprechen. Die Schamanen hatten ihre Kräfte verloren, wodurch ihre Clans die Verteidigung gegen magische Angriffe einbüßten.

Und dann trat Gul'dan auf den Plan. Der ehemalige Schüler verdrängte seinen Meister und behauptete, einen neuen Weg gefunden zu haben, eine neue Quelle der Magie. Er bot an, die anderen Schamanen zu unterrichten. Viele hatten das Angebot angenommen und waren zu Hexenmeistern geworden.

Aber Zuluhed nicht. Er hatte Gul'dan misstraut, der ihm immer selbstsüchtig erschienen war. Und diese merkwürdigen Kräfte rochen nach Dämonen.

Es war schon schrecklich genug, dass die Ahnen nicht mehr zu ihm sprachen und die Elemente nicht länger auf seinen Ruf zu antworten vermochten. Er würde sich nicht auch noch damit besudeln, mit solch unnatürlichen Kräften zu arbeiten, wie Gul'dan sie angeboten hatte.

Zuluhed war nicht der einzige Schamane, der das abgelehnt hatte. Doch die meisten waren auf Gul'dan eingegangen. Und dann hatten sie sich verändert, waren größer geworden und düsterer. Als reflektierten ihre Körper die Verderbnis.

Ihre Welt war verwüstet worden, das Land starb Stück für Stück, und der Himmel färbte sich rot. Die Horde war gezwungen gewesen, auf diese merkwürdige Welt zu wechseln, und sie musste sie erobern, wollten ihre Clans jemals wieder in Frieden leben.

Nekros hatte als Schamanenschüler Potenzial bewiesen. Und Zuluhed hatte auf ihn gehofft. Aber als Gul'dan ihm diese andere Magie angeboten hatte, war Nekros darauf eingegangen.

Der junge Ork hatte die Künste der Hexenmeister leicht erlernt, aber aus irgendeinem Grund war er wieder davon abgekommen. Er ließ alles hinter sich und wurde ein Krieger.

Dadurch war das Vertrauen in den jüngeren Ork zurückgekehrt. Er hatte ihn nie gefragt, was den Wandel verursacht hatte, aber er wusste, dass es etwas mit Loyalität zu tun hatte: mit Gul'dan und dem Schattenrat oder dem Dragonmaw-Clan.

Nekros hatte sich für den Clan entschieden. Danach begann Zuluhed, wieder an ihn zu glauben. Er hatte ihn auch um Rat gebeten, wann immer er mit dem Hexenmeister zu tun hatte. Deshalb hatte er die Scheibe zu Nekros gebracht, und bislang hatte ihn der verkrüppelte Krieger-Hexenmeister nicht enttäuscht. Nekros war es zu verdanken, dass sie heute soweit waren. Bereit, ihre Pläne umzusetzen.

„Nun", sagte Zuluhed und näherte sich der Bestie. „Haben wir …" Er unterbrach sich, als Nekros seinen muskulösen Arm ausstreckte und ihm den Weg verstellte.

„Warte", warnte ihn der grauhaarige Ork. Er holte die Dämonenseele aus einem Beutel an seinem Gürtel, hielt die große, glatte Goldscheibe hoch und rief: „Erscheine!"

Zuluhed beobachtete, wie winzige Flammen sichtbar wurden, durch die Kammer flogen und sich zu einer Gestalt vereinigten. Sie nahm mehr und mehr Form an, gewann an Größe und Tiefe, enthüllte Details und wurde zu einem großen, kräftig gebauten Humanoiden mit einem merkwürdigen Knochenpanzer. Dessen Kopf sah aus wie ein von Flammen umrahmter Schädel, die Augen Kugeln aus schwarzem Feuer. Das Wesen überragte sie und war so groß wie ein Oger, aber weniger plump. Es strahlte Stärke und Wachsamkeit aus.

„Wir treten ein", sagte Nekros und hielt die Dämonenseele vor sich.

Die merkwürdige Kreatur spie wieder einen Funkenschauer aus, der durch den Raum stob. Und der verkrüppelte Ork nickte seinem Häuptling zu, weiterzumachen.

Zuluhed schritt weiter, anfangs vorsichtig, für den Fall, dass das Monster doch nicht verschwunden war. Aber es war weg. Nekros Schutz schien zu funktionieren. Glücklicherweise, denn sie hatten beide erlebt, was sonst passieren konnte.

Eines ihrer Clanmitglieder war mit einer Botschaft von Doomhammer in die Halle gestürmt und hatte nicht auf Nekros gewartet, bis dieser den Wächter vertrieben hatte. Die Kreatur war wie aus dem Nichts erschienen, und ihre langen feurigen, skelettierten Klauen hatten den Kopf des unachtsamen Orks gepackt. Flammen waren entstanden und hatten den unglückseligen Boten verzehrt. Innerhalb weniger Sekunden erstarben die Schreie, sein Körper wurde schlaff, und der Kopf fiel in sich zusammen. Übrig blieb nur ein Häufchen Asche.

Jetzt dagegen konnte der Häuptling unbehelligt in die Höhle treten, und er näherte sich der Drachenkönigin. Außerhalb der Reichweite ihrer Ketten blieb er stehen. Ihr schwerer dreieckiger Kopf drehte sich. Ihre großen gelben Augen schauten ihn an, während er sie beobachtete.

„Bist du gekommen, um deine Häme auszuschütten, kleiner Ork? Hast du mich noch nicht genug gefoltert und meinen Kindern Schmerzen zugefügt?“, fragte Alexstrasza. Ihre Zähne schnappten wütend, aber die Kette hielt sie in Schach. Deren normale Festigkeit wurde durch das Artefakt noch erhöht.

„Nein, ich will dich nicht demütigen“, sagte Zuluhed, der immer noch von ihrer schieren Größe und Kraft beeindruckt war. „Ich wollte nur sicher gehen, dass alles vorbereitet ist. Du weißt, was passieren wird, wenn du dich uns verweigerst?“

„Das wurde mir sehr deutlich gemacht“, antwortete sie. Ihre Worte klangen gereizt vor Wut und Kummer. Sie blickte in die Ecke der Höhle. Ein paar bleiche Gegenstände lagen dort verstreut. Und obwohl er sie von hier aus nicht erkennen konnte, wusste Zuluhed, dass sie dünn wie Papier oder Blattgold waren. Es waren die Überreste eines riesigen Eis, das so groß wie der Kopf eines Orks gewesen sein musste.

Ein Drachenei.

Als sie Alexstrasza gefangen genommen hatten, hatte sie es abgelehnt, mit ihnen zu kooperieren. Nekros hatte das Problem gelöst, indem er eines ihrer noch nicht ausgebrüteten Eier nahm, es der gefangenen Königin vor das Gesicht hielt … und es mit seiner Faust zerstörte. Dabei spritzte Eidotter auf ihn und sie.

Ihre Schreie hatten ihn fast taub gemacht, und ihr Wüten hatte mehrere Orks zu Boden geworfen. Zwei hatten sich dabei etwas gebrochen. Aber die Ketten hatten gehalten, und danach hatte sie mit ihnen zusammengearbeitet, wenn auch nur widerstrebend. Sie tat alles, damit nicht noch weitere ihrer ungeborenen Kinder getötet wurden.

„Du wirst damit nicht durchkommen", prophezeite ihm Alexstrasza. „Du kannst mich anketten, aber meine Kinder werden dich vernichten und ihre Freiheit zurückerringen."

„Nicht, solange wir dies hier haben", antwortete Nekros und zeigte ihr die Scheibe. Er legte die Stirn in Falten, konzentrierte sich offensichtlich, und die Drachenkönigin wand sich vor Qual. Ein schwaches Fauchen drang durch ihre zusammengepressten Zähne.

„Ich … werde … dich … eines … Tages … töten", warnte sie ihn. Sie wand sich immer noch vor Pein, und ihre Augen verengten sich vor Schmerzen und Hass.

Nekros lachte. „Vielleicht", sagte er leichthin. „Aber bis dahin werden du und die Deinen der Horde dienen."

Zuluhed machte ein Zeichen, worauf Nekros nickte und ihm in die Höhle folgte. Die Zähne der Königin schnappten in die Luft. Ihr Ausdruck von Verachtung war unbedeutend, solange sie nur ihre Macht demonstrierte – in Zuluheds Sinne.

Er führte sie einen Gang hinunter in einen anderen Korridor und in eine zweite, noch größere Kammer. Diese war zu einer Seite des Berges hin offen. Draußen flogen leuchtende Gestalten – wie bunte Funken am sich verdunkelnden Himmel.

„Lasst sie frei!", verlangte eines dieser Wesen und rauschte mit ausgestreckten Krallen, die Zähne weit aufgerissen, nah heran. „Lasst unsere Mutter frei!"

„Niemals!" Nekros hielt die Dämonenseele hoch, und der sich nähernde Drache schrie vor Qual und geriet ins Trudeln, weil sein Körper zitterte und zuckte. Die anderen Drachen zogen sich erkennbar zurück, kreisten aber weiter über ihren Köpfen.

„Eure Mutter ist unsere Gefangene, so wie ihre Gefährten",

rief Zuluhed. Er wusste, dass die Drachen ihn selbst in großer Höhe verstehen konnten. „Das wird auch so bleiben. Du und all ihre Kinder werden uns dienen, werden *der Horde* dienen, oder eure Mutter wird brüllend an demselben Schmerz verenden, den du eben gespürt hast. Und damit wird ihre Linie aussterben, weil es ohne Alexstrasza keine weiteren roten Drachen geben wird. Ihr wärt dann die letzten eurer Art."

Die Drachen schrien vor Wut, doch Zuluhed wusste, dass sie gehorchen würden. Er hatte das Band zwischen der Mutter und ihren Kindern gesehen, es war stark, stark genug, um sie alle zum Gehorsam zu zwingen. Solange Alexstrasza glaubte, dass es noch Hoffnung für ihre Brut gab, würde sie weiter neue Dracheneier produzieren. Und solange sie und ihre drei Gefährten ihre Gefangenen waren, würden die Kinder ihnen dienen – in der Hoffnung, ihre Mutter eines Tages befreien zu können.

Zuluhed grinste, als er die jungen Leviathane über sich emporschnellen sah. Seine Orks schufteten hart daran, passendes Satzeug herzustellen.

Schon bald würden sie den ersten roten Drachen in die Höhle bringen und ihn mit Geschirr und Sattel ausstatten. Er würde es natürlich hassen. Drachen waren unglaublich freiheitsliebend, und niemand hatte es jemals zuvor gewagt, auf ihnen zu reiten.

Aber sein Clan würde es wagen. Das hatte er Doomhammer versprochen.

Der Kriegshäuptling war begeistert von dieser Idee gewesen. Die Drachen würden ihre Geheimwaffe sein. Die Menschen hatten Fußsoldaten, Kavallerie und Schiffe, aber nichts Schlagkräftiges für die Lüfte.

Mit den Leviathanen unter ihrer Kontrolle und loyalen Orks, die sie ritten, konnte Zuluhed die Menschen aus der Luft angreifen und sich ebenso rasch wieder aus ihrer Reichweite entfernen.

Die Drachen waren mit ihren Krallen, Zähnen und Schwänzen schon rein physisch imposante Kreaturen. Doch ihr feuriger Atem würde den eigentlichen Unterschied ausmachen, den größten Schaden anrichten. Sengendes Feuer würde auf die Menschen herabregnen, würde sie und all ihre Ausrüstung zerstören.

Und es gab nichts, was sie dagegen tun konnten. Mit den Drachen auf ihrer Seite war die Horde unbesiegbar.

Und er, Zuluhed vom Dragonmaw-Clan, hatte all dies vollbracht. Ohne die Visionen hätte er niemals die Dämonenseele gefunden. Und ohne deren und Nekros Kräfte, der sie entdeckt hatte, hätten sie Alexstrasza nicht versklaven können. Aber es war gelungen, und schon bald würden die ersten Drachenreiter die Lüfte durcheilen, sich mit dem Rest der Horde vereinen und auf Doomhammers Befehle warten.

Zuluhed grinste. Alles verlief genau nach Plan.

Zehn

„Dort, Thane! Schau, dort!"

Kurdran Wildhammer riss Sky'ree herum und blickte nach unten, in die Richtung, die Farand wies.

Ja, dort! Seine scharfen Augen machten eine Bewegung aus, und er trat Sky'ree leicht mit den Füßen. Sein Greif krächzte leise als Antwort, bevor er die Flügel anlegte und in den Sturzflug überging. Der Wind zerrte an ihnen beiden.

Ja, jetzt konnte er die Gestalten besser erkennen, die durch den Wald liefen. Waren es Trolle? Sie waren jedenfalls genauso grün wie die verhassten Waldtrolle. Aber sie gingen auf dem Boden, statt sich durch die Äste zu bewegen. Und ihre Schritte waren viel zu schwer, zu sorglos, um Trolle zu sein, die den Wald fast so gut wie die Elfen kannten.

Nein, diese Gestalten waren etwas anderes. Kurdran konnte eines der Wesen genau sehen, als er über eine kleine Lichtung flog.

Er runzelte die Stirn. Sie waren von massiger Statur und fast so groß wie Menschen, mit dicken Muskeln und langen Beinen. Und mit schweren Waffen: Äxten, Hämmern und Stäben. Was auch immer sie sein mochten, sie waren für den Kampf gerüstet.

Er zog an den Zügeln, und Sky'ree fächerte ihren Schwanz auf, breitete die Flügel aus und stieg wieder über die Baumhöhe hinaus, zurück in den Himmel.

Farand und die anderen kreisten weiter weg, die wettergegerbte Haut des Zwergs vermischte sich auf die Entfernung mit dem gelbbraunen Pelz ihrer Reittiere. Kurdran flog ebenfalls hoch. Sein geflochtener Bart und das Haar flatterten hinter ihm her. Er genoss das Gefühl des Fliegens, selbst unter diesen unfreundlichen Bedingungen.

In der Ferne sah er das riesige Steinbild eines Adlers, der wachsam und zuversichtlich in die Welt blickte. Dort lag seine Heimat – und das Herz seines Reiches: der Nistgipfel.

Aber diesmal erfüllte ihn der Anblick nicht mit Stolz und Freude, denn der Gipfel schien viel zu weit entfernt, um Trost zu spenden, vor allem, wenn man die Geschehnisse unter ihnen bedachte.

„Hast du's gesehen, Thane?", fragte Farand. „Ich hab's ja gesagt. Hässliche Strolche in unserem Wald!"

„Ja, du hattest Recht", sagte Kurdran dem Kundschafter. „Sie sind hässlich, und sie dringen hier einfach ein. Es sind eine ganze Menge. Es wird schwer sein, sie zu erwischen, solange sie sich unter den Bäumen befinden."

„Dann lassen wir sie einfach so durch unser Gebiet ziehen?", wollte einer der anderen Kundschafter wissen.

„Oh nein", antwortete Kurdran. Er grinste den anderen Wildhammerzwergen zu. „Wir müssen sie nur zuerst aufschrecken und ins Freie scheuchen. Los, Leute, ab nach Hause. Ich habe ein paar Ideen. Aber keine Angst, wir räumen schon bald mit den Grünhäuten auf und machen ihnen klar, dass sie auf unserem Territorium unwillkommen sind!"

„He, Ihr da, Paladin!"

Turalyon schaute auf, als der Elf neben ihm stehen blieb. Er hatte nicht bemerkt, wie der Waldläufer eingetroffen war, doch das überraschte ihn auch nicht. In den letzten paar Wochen hatte er vielfach erfahren, wie schnell Elfen kommen und gehen konnten – und wie leise sie dabei waren. Ganz besonders Alleria, der es Spaß bereitete, ihn zu erschrecken, indem sie ihm überraschend etwas ins Ohr flüsterte, obwohl er noch nicht einmal mitbekommen hatte, dass sie wieder im Lager war.

„Ja?" Er säuberte seine Ausrüstung, wartete aber respektvoll.

„Die Orks sind im zwergischen Hinterland", berichtete der Elf. „Und sie treffen sich dort mit den Trollen." Er sprach den Satz voller Ekel aus.

Turalyon hatte erfahren, dass die Elfen die Trolle hassten – und dass diese Gefühle auf Gegenseitigkeit beruhten. Beide waren Waldbewohner, doch die Wälder hier waren nicht groß genug für *zwei* Völker. Sie waren schon seit Jahrtausenden verfeindet, seit die Elfen die Trolle aus einem Teil des Waldes vertrieben und ihr Königreich auf dem eroberten Land errichtet hatten.

„Seid Ihr Euch sicher, dass sie wirklich Verbündete sind und sich ihre Pfade nicht durch Zufall kreuzten?", fragte Turalyon und legte seine Rüstung beiseite. Er rieb sich über das Kinn. Wenn Orks und Trolle sich wirklich zusammentaten, bedeutete das zusätzlichen Ärger.

Der Waldläufer schnaubte als Antwort. „Natürlich bin ich mir sicher! Ich habe sie belauscht. Sie haben eine Art Pakt geschlossen." Der Elf sah zum ersten Mal besorgt aus. „Sie planen einen Angriff auf den Nistgipfel – und dann wollen sie gegen Quel'Thalas marschieren."

Das erklärte seine Erregung. Quel'Thalas war die Heimat der Elfen, und die Trolle hassten sie. Wenn sie sich tatsächlich mit der Horde verbündet hatten, machte es also durchaus Sinn, sie genau dorthin zu führen.

„Ich sage Lothar Bescheid", versicherte ihm Turalyon und stand auf. „Wir halten sie auf, bevor sie sich Eurer Heimat nähern können."

Der Elf nickte, obwohl er nicht überzeugt wirkte, drehte sich um und lief zurück zu den Bäumen, zwischen denen er verschwand. Turalyon sah ihm nicht hinterher. Er war bereits auf dem Weg zum Kommandozelt.

Drinnen traf er Lothar und Khadgar, Terenas und ein paar andere.

„Die Orks greifen den Nistgipfel an", erklärte er im Eintreten. Jedermann wandte sich ihm zu, und Turalyon sah, dass sich einige Augenbrauen überrascht hochzogen. „Das hat mir gerade einer der Waldläufer berichtet", erklärte er. „Die Orks haben sich mit den Waldtrollen verbündet, und jetzt wollen sie den Nistgipfel angreifen."

Terenas nickte und wandte sich der obligatorischen Karte auf dem Tisch zu. „Das macht Sinn", gab er zu und tippte auf den Nistgipfel. „Die Wildhammerzwerge sind stark genug, um sich dem Kampf zu stellen, aber sie wollen einen Angriff aus dem Hinterhalt vermeiden. Und wenn die Orks mit den Trollen zusammenarbeiten, wollen sie gemeinsam die Zwerge aus dem Hinterland vertreiben."

Lothar betrachtete ebenfalls die Karte. „Es wird schwer werden, sie im Wald zu bekämpfen", merkte er an. „Wir können uns dort nicht richtig aufstellen, und wir wären gezwungen, unsere Katapulte zurückzulassen." Er strich sich nachdenklich mit der Hand über die Stirn. „Andererseits können sie ihre eigenen Truppen auch nicht optimal antreten lassen. Wir könnten vereinzelte kleinere Gruppen von Orks angreifen, ohne uns darum sorgen zu müssen, dass sie die ganze Armee gegen uns einsetzen."

„Außerdem wären die Zwerge starke Verbündete", meinte Khadgar. „Wenn wir ihnen helfen, helfen sie uns vielleicht auch. Sie sind exzellente Kundschafter."

„Wir könnten die Zwerge und ihre Greifen sicherlich gut gebrauchen", stimmte Lothar zu. Er schaute auf, blickte Turalyon an und nickte. „Sammelt die Truppen", befahl er. „Wir ziehen in den Wald, um die Zwerge zu retten."

„Bei den Ahnen, sind das viele! Wie die Fliegen – nur größer und besser bewaffnet!" Kurdran fluchte, als er die Lage unter sich betrachtete. Er und eine Jagdgruppe waren auf Patrouille und flogen hoch über den Orks, um eine bessere Übersicht über die Grünhäute zu bekommen. Was er sah, war gar nicht gut.

Die Kreaturen marschierten schnell und waren nur noch einen Tagesmarsch vom Nistgipfel entfernt. Zuerst hatte er lediglich ein paar von ihnen gesehen, aber dann war ihm eine weitere Gruppe nicht weit entfernt aufgefallen … und dann eine dritte. Die anderen hatten ähnliches berichtet. Obwohl die Grünhäute in Gruppen von jeweils zwanzig Kriegern aufgeteilt waren, gab es mehr dieser Einheiten, als man zählen konnte.

Die Wildhammerzwerge hatten vor nichts Angst, aber wenn diese Kreaturen auch nur halb so stark waren, wie sie aussahen, konnten sie den Gipfel allein schon durch die schiere Übermacht überrennen.

Nicht, dass sie das zulassen würden.

Kurdran sah sich um, und jeder der Zwerge nickte zurück. „Gut“, sagte er und hob sein Horn an die Lippen. „Wildhammerzwerge, zum Angriff!“ Er blies ins Horn und hängte es sich dann wieder um. Dabei brachte er Sky’ree bereits mit den Knien in Position. Sie reagierte mit einem wilden Schrei, breitete die Schwingen aus und stieg auf, bevor sie die Flügel anlegte und sich auf den Sturzflug vorbereitete. Während sie nach unten stürzten, löste Kurdran seinen Sturmhammer und hob die Waffe.

Aber vorerst waren die Grünhäute nicht seine Ziele. Stattdessen schlug er dem ihm am nächsten befindlichen Baum hart gegen den Stamm. Durch den Aufprall regnete es Blätter, Beeren und Nadeln, was die verwirrten Grünhäute ärgerte.

Kurdran schlug gegen zwei weitere Bäume, aus deren Wipfeln Tannenzapfen und Nüsse auf die Kreaturen hagelten, so heftig, dass sie Beulen verursachten. Die Grünhäute duckten sich und hoben abwehrend die Hände, um ihre Augen zu schützen. Doch die Aktion wurde fortgesetzt, als die Wildhammerzwerge weiter gegen die Bäume schlugen.

Die Grünhäute wussten nicht, wie sie damit umgehen sollten. Aber es gefiel ihnen ganz und gar nicht. Schließlich reagierten sie mit der einfachsten Lösung. Wenn der Baumbereich nicht sicher war, ließ man ihn besser hinter sich zurück, entfloh dem bedrohlichen Blätterdach und eilte der nächsten Lichtung entgegen.

Das war genau der Moment, auf den die Wildhammerzwerge gewartet hatten.

Mit einem lauten Kriegsschrei führte Kurdran den Angriff an, seinen Hammer hielt er bereit. Die erste Grünhaut hatte noch Zeit aufzuschauen und die große Kriegsaxt halb zu ziehen, bevor ihr Kurdran seinen blitzgestählten Sturmhammer entgegenschleuderte.

Er erwischte den Gegner am Kiefer, zerschmetterte ihn mit einem Donnerschlag und drosch die Kreatur durch die Luft. „Du bist zu hässlich für meinen Wald, du Bastard!“, brüllte er ihr hinterher.

Der Hammer landete in seiner Hand, und er warf ihn erneut. Der

Schlag zermalmte eine zweite Grünhaut. Dann spreizte Sky'ree ihre Flügel, um sie außer Reichweite der Gegner zu bringen, bevor sie einen Bogen flog und sich erneut näherte.

Der Rest von Kurdrans Gefährten schlug sich ebenfalls wacker, und der Wald war erfüllt von Heulen, Schreien, Flüchen und Beleidigungen, als die Greifen abdrehten.

Was auch immer das für Kreaturen waren, sie ließen sich jedenfalls nicht leicht ängstigen. Als er zu einem neuen Anflug ansetzte, bemerkte Kurdran, dass die übrig gebliebenen Grünhäute ihre Waffen gezogen hatten. Gleichzeitig formierten sie sich zu engeren Gruppen, weshalb die Zwerge sie nicht mehr so leicht treffen konnten.

Doch sie hatten sich nicht auf die Luftüberlegenheit verlassen. Kurdran schwang seinen Hammer über dem Kopf und ließ ihn fliegen. Der schwere Stein traf eine Grünhaut direkt an der Schläfe. Sie kippte mit einem Geräusch um, das wie eine kleine Explosion klang. Als die Kreatur fiel, stolperte sie gegen zwei andere, die vorwärts taumelten, um nicht mitgerissen zu werden.

„Ha! Das hat euch umgeworfen, wie!“, rief Kurdran den gefallenen Kreaturen zu. Er war über ihnen, noch bevor sie ihren Fehler erkannten. Doch obwohl er seinen Sturmhammer längst wieder in Händen hielt, ließ er die daliegenden Kreaturen von Sky'ree erledigen. Mit ihren machtvollen Klauen packte sie den einen, erwischte den zweiten mit ihrem scharfen Schnabel und schlug einen dritten mit dem Flügel bewusstlos.

Der Kampf war rasch vorbei. Woher auch immer diese Grünhäute kamen, sie waren langsam und nicht an Angreifer aus der Luft gewöhnt. Kurdran und seine Leute hingegen waren Meister in Sachen Luft-Bodenangriffe.

Den Kreaturen waren ein paar Treffer gelungen, und einige seiner Leute hatten Wunden abbekommen. Aber sie hatten niemanden verloren und auch niemanden zurückgelassen. Nur ein paar der Grünhäute in dieser Gruppe hatten überlebt, und das auch nur, weil sie unter die Bäume geflohen waren.

„Das sollte sie gelehrt haben, nach oben zu schauen“, lästerte Kurdran, und die Zwerge lachten. „Zurück zum Gipfel, Kameraden. Wir schicken eine weitere Mannschaft aus, die eine andere ihrer kleinen Gruppen ausschaltet. Vielleicht machen sie dann ja einen Bogen um den Nistgipfel …“

„Macht euch bereit“, flüsterte Lothar. Er hatte sein Pferd auf Schritttempo verlangsamt, weil ein schnelleres Laufen das Risiko erhöht hätte, dass sie gegen Bäume ritten oder jemand an den Ästen und Zweigen hängen blieb. Er zog sein Schwert und hielt es vor sich, sein Schild hing an seinem Arm. „Sie sollten ganz nah sein.“

Turalyon nickte und befestigte seinen Kriegshammer. Er ritt wie stets unmittelbar hinter seinem Kommandeur. Khadgar befand sich neben ihm, die drei bildeten das klassische Kavalleriedreieck. Und auch wenn die Hände des Magiers waffenlos waren, so hatte Turalyon doch die Magie zu schätzen gelernt, die sein Freund in der Schlacht beschwören konnte. Mit angespanntem Blick versuchte Turalyon, das Dickicht der Bäume zu durchdringen und ihre Beute zu erspähen. Irgendwo hier in der Nähe …

„Dort!“ Er zeigte nach rechts, hinter Khadgar. Seine beiden Begleiter folgten seiner Geste. Einen Moment später nickte Lothar. Der Zauberer brauchte eine Minute länger, bevor auch er Bewegungen vor dem Hintergrund der Bäume ausmachte. Bewegung, die zu niedrig erfolgte für einen Vogel und zu gleichmäßig für eine Schlange oder ein Insekt. Nein, die Bewegung konnte nur von etwas stammen, das so groß wie ein Mensch war und auf zwei Beinen durch den Wald ging. Und dass sie sich wiederholte, bedeutete, dass sich dieselbe Gestalt vor- und zurückbewegte oder es sich um eine größere Gruppe handelte.

Da die Bewegung kaum zu erkennen war, mussten die Gestalten dieselbe Farbe wie ihre Umgebung haben.

Das alles führte zu einem Schluss: Es waren Orks.

„Wir haben sie“, stimmte Lothar leise zu. Er schaute sich zu Khadgar um. „Informiert die anderen“, befahl er.

Der junge, aber alt aussehende Magier nickte.

„In der Zwischenzeit passen wir auf“, sagte Lothar zu Turalyon, der ihm mit einer Geste seine Zustimmung signalisierte.

„Und wenn es so aussieht, als würden sie davonkommen, stellen wir beide sicher, dass das nicht passiert."

„Ja, Sire!", grinste Turalyon und griff nach dem Stiel seines Kriegshammers. Er war bereit, wenn auch immer noch nervös. Immerhin sorgte er sich nicht mehr, dass er starr vor Angst werden oder gar weglaufen könnte. Er war den Orks schon einmal gegenübergetreten, und er wusste, dass er es wieder schaffen würde.

„Wir haben Tearlach verloren", berichtete Iomhar. Kurdran sah ihn überrascht an. „Oengus auch", fuhr der Kämpfer der Wildhammerzwerge fort. „Und zwei weitere sind zu erschöpft, um weiterzukämpfen."

„Was ist passiert?", wollte Kurdran wissen. Der andere Zwerg wirkte zunächst verlegen, dann wurde er streitlustig.

„Die Grünhäute, das ist passiert!", antwortete er. „Sie waren auf uns vorbereitet! Als wir auf sie hinabstießen, warfen sie Speere! Dann verteilten sie sich, weshalb wir sie unter den Bäumen nicht mehr so gut anvisieren konnten." Er schüttelte den Kopf. „Euer Angriff stand unter einem glücklichen Stern und hat sie überrascht. Aber jetzt haben sie dazugelernt, diese hässlichen Bastarde, und zwar verdammt schnell."

Kurdran nickte. „Nicht dumm, diese Grünhäute", stimmte er zu. „Und es waren mehr, als wir dachten."

Er blickte auf die vor ihm aufgeschlagene Karte des Zwergenkönigreichs. Markierungen zeigten an, wo die Grünhäute sich befanden. Die Karte war fast vollständig damit übersät.

„Nun gut, wir müssen sie treffen, bevor sie reagieren können. Sagt euren Streitern, dass sie schnell und hart angreifen und sich außerhalb der Wurfweite der Grünhäute halten müssen. Sie arbeiten gegen die Schwerkraft – und wir mit ihr. Also haben wir einen Vorteil."

Iomhar nickte, aber bevor er etwas sagen konnte, stürmte Beathan herein. „Trolle!", rief er und sank auf einem Hocker zusammen. Sein linker Arm hing nutzlos an seiner Seite und blutete aus einem tiefen Schnitt an seiner Schulter. „Wir stießen auf eine Kampfgruppe dieser Grünhäute hinab, als eine Gruppe

Waldtrolle uns angriff! Sie haben Moray und Seaghdh mit den ersten Schlägen erwischt und Alpin und Lachtin von ihren Greifen geschlagen." Er zeigte seine Wunden. „Das kam von einem hinterhältigen Schlag mit einer Axt. Aber ich habe den zweiten Schlag abgewehrt, sonst wäre mein Kopf futsch gewesen."

„Verdammt!", knurrte Kurdran. „Sie haben sich also mit den Trollen verbündet. Grünhaut und Grünhaut! Und diese Trolle hindern uns daran, die Bäume zu nutzen!" Er zupfte frustriert an seinem Schnurrbart. „Wir brauchen etwas, das die Chancen ausgleicht. Und zwar schnell, Kameraden. Oder sie überrennen uns wie Ameisen einen Käfer."

Wie auf Stichwort erschien ein dritter Zwerg und berichtete. Aber dieser, ein Kundschafter namens Dermid, war nicht verwundet. Und er sah auch eher zufrieden als besorgt aus.

„Menschen!", verkündete er glücklich. „Sehr viele! Sie sagen, dass sie uns gegen die Orks helfen wollen – so nennen sie die Grünhäute."

„Den Ahnen sei Dank", knurrte Kurdran. „Wenn sie diese Orks beschäftigen können, sodass deren neue Taktik nicht zum Tragen kommt, können wir sie wieder von oben angreifen." Er grinste und schulterte seinen Sturmhammer. „Gut, und wir werden uns auch um die Trolle kümmern, die uns zu nahe kommen. Sie mögen die Bäume kontrollieren, aber wir kontrollieren die Lüfte, und unsere Greifen werden sie zerreißen, sobald sie in Reichweite kommen." Er ging durch die Tür und pfiff bereits nach Sky'ree. „Wildhammerzwerge, lasst uns starten!", rief er.

Hinter ihm jubelten die anderen Zwerge und kamen eilends seinem Befehl nach.

„Jetzt!" Lothar trieb sein Pferd an und attackierte eine Gruppe Orks. Die Grünhäutigen wirbelten sichtlich überrascht herum. Sie waren damit beschäftigt gewesen, den Himmel zu beobachten. Viele von ihnen hielten Speere statt der sonst üblichen Äxte und Hämmer in Händen.

Einer wollte seinen Speer gegen Lothar schleudern, doch der war schon zu nah heran. Er schlug mit seinem Schwert zu, durchtrennte den Speer samt Arm, holte dann erneut aus und enthauptete den Ork, noch bevor der fallende Arm den Boden berührte.

Turalyon war unmittelbar neben ihm. Sein Hammer erwischte einen Ork und zerschmetterte seinen Brustkasten. Seine zweiter Schlag trennte einen Ork-Arm ab, und die grünhäutige Kreatur ließ ihre Axt fallen. Daraufhin schlug er ihr einfach auf den Kopf.

Aber Turalyon hörte ein merkwürdiges Geräusch – irgendetwas zwischen Husten und Lachen – und schaute auf. Eine große Gestalt, größer als ein Ork und schmaler gebaut, sprang aus den Bäumen direkt vor ihm. In ihren großen, langfingrigen Händen hielt sie einen Speer. Ihre Augen standen eng zusammen, und die Kreatur grinste ihn an. Dann stach sie mit dem Speer zu und bleckte ihre spitzen Zähne.

Ein Troll!

Turalyon hob seinen Schild und blockte den Speerstoß ab, sodass er gegen seinen Schild krachte. Er parierte mit einem wilden Hammerschlag. Der Troll taumelte, wollte aber nicht zu Boden gehen. Die Kreatur schritt weiter vorwärts, den Speer zur Attacke bereit.

Turalyon trieb sein Pferd an und schmetterte dem Geschöpf seinen Schild ins Gesicht. Mit einer solchen Attacke hatte es nicht gerechnet und bekam deshalb den Schlag mit voller Wucht zu spüren. Es stürzte rückwärts und schüttelte den Kopf, um wieder zu sich zu kommen.

Turalyon ließ ihm jedoch keine Zeit, sich wieder zu erholen. Sein Hammer traf die Zähne und schleuderte den Troll davon.

Turalyon schaute gerade noch rechtzeitig auf, um einen zweiten Troll zu sehen, der sich von einem nahen Ast herabschwang. Seine Augen waren vor Hass zu schmalen Schlitzen zusammengekniffen, und er hielt seinen Speer wurfbereit.

Turalyon wusste, dass die Waffe auf ihn zielte und er nicht stark oder schnell genug war, um sie abzuwehren. Er bereitete sich auf das Schlimmste vor, schloss seine Augen und lauschte nach dem Geräusch des heransausenden Speers.

Stattdessen hörte er einen merkwürdig schrillen Schrei,

gemischt mit einem tiefen Bellen, kurz darauf einen massiven Donnerschlag und schließlich einen Schmerzensschrei.

Er öffnete seine Augen und sah etwas Erstaunliches. Der Troll fiel von seinem Ast, seine Hände umfassten noch die Gesichtshälfte, die offensichtlich zerfetzt war. Darüber schwebte eine mächtige Kreatur, wie Turalyon sie noch nie gesehen hatte. Sie war wie ein Löwe gebaut, mit demselben braunen Fell, hatte aber den Kopf eines Raubvogels. Der Schnabel war gebogen und breit, und aus ihm drang ein Kreischen, das er schon früher einmal gehört hatte. Die Vorderfüße endeten in tödlichen Klauen, die Hinterbeine in dicken Tatzen. Seine großen Flügel waren ausgebreitet, Gefieder bedeckte den Kopf bis hinab zu den Schultern. Und ein Mann ritt das Tier wie ein Pferd.

Nein, es war kein Mann. Turalyon sah etwas anderes. Er hatte von den Wildhammerzwergen bereits gehört, allerdings noch nie einen von ihnen leibhaftig gesehen. Sie waren größer und schlanker als ihre Bronzebart-Vettern. Aber auch die Wildhammerzwerge waren kleiner und stämmiger als Menschen, mit einem mächtigen Brustkorb und dicken Armen. Sie benutzten Sturmhämmer, die der riesigen Waffe glichen, die der Zwerg gerade wieder in die Hand nahm.

Er war eindeutig für den Tod des Trolls verantwortlich.

Der Zwerg merkte, dass Turalyon ihn ansah und grinste. Er hob seinen Hammer zum Gruß. Turalyon grüßte mit seinem eigenen zurück, dann trieb er sein Pferd weiter und suchte sich den nächsten Ork.

Dank der Zwerge, die über ihnen kreisten, musste er sich nicht länger um Angriffe von oben kümmern. Er konnte sich jetzt voll auf die Horde konzentrieren. Die Orks wiederum mussten sich jetzt um Angriffe von allen Seiten sorgen, außer von unten. Dadurch wurden sie verwirrt und nervös. Und wie Lothar gehofft hatte, zwangen die Bäume die Orks dazu, sich in kleineren Gruppen zu bewegen, statt als eine einzige tobende Masse. Dadurch mussten sich die Soldaten der Allianz immer nur um einen Teil von ihnen zur selben Zeit kümmern. Es hätte nicht besser kommen können.

Stunden später begrüßte Kurdran die Anführer der Menschen in seinem Heim. Der Kommandeur war ein großer Mann, größer als die meisten anderen. Er trug einen Bart nach Zwergenmanier und einen langen Zopf, obwohl sein Kopf kahlköpfig war. Er bewegte sich wie der geborene Krieger, und Kurdran wusste, dass dieser Mann schon viele Kämpfe erlebt hatte. Seine blauen Augen blieben stets wachsam, und der goldene Löwenkopf auf Schild und Brustpanzer glänzte immer noch.

Der Jüngere war beklagenswerterweise bartlos und schien sich seiner selbst weniger sicher. Aber Zoradan hatte gesagt, dass er gesehen hatte, wie auch er seinen großen Hammer fast wie ein Zwerg geführt hatte. Es war noch etwas anderes Beachtliches an diesem Kerl, etwas Ruhiges, das Kurdran an einen Schamanen erinnerte. Vielleicht war er ja ein Schamane oder stand sonst wie mit den Elementen oder den Geistern in Verbindung.

Das traf auf den dritten Mann sicherlich zu. Der in eine violette Robe gekleidete Mann mit dem kurzen, ungepflegten weißen Bart, aber dem Gang eines jungen Mannes, war ein Zauberer, das schien offensichtlich.

Und dann war da dieses Elfenmädchen. Schön, stark und geschmeidig, wie sie alle waren, mit einem Bogen und lachenden Augen.

Kurdran hatte selten so interessante Leute getroffen, und unter anderen Umständen wäre er darüber glücklich gewesen. Doch auch jetzt war er froh, ihre Bekanntschaft zu machen.

„Seid gegrüßt, Kameraden und Kameradinnen!“, sagte er. Er wies auf die Stühle, Hocker und Kissen, die überall im Raum verteilt waren. „Ihr seid willkommen! Wir fürchteten, dass diese Grünhäute – die ihr Orks nennt – unser Heim überrennen würden, es waren so viele! Aber eure Ankunft hat ihnen einen Strich durch die Rechnung gemacht, und gemeinsam werden wir sie aus dem Hinterland vertreiben! Ich stehe tief in eurer Schuld.“

Der große Krieger saß auf einem Hocker nahe Kurdrans eigenem Stuhl. Sein Schwert hatte er auf den Rücken gebunden. „Führt Ihr die Wildhammerzwerge an?“, fragte er.

„Ich bin Kurdran Wildhammer“, antwortete Kurdran. „Ich bin der Chef-Thane – und damit ihr Anführer.“

„Gut.“ Der Krieger nickte. „Ich bin Anduin Lothar, ehemaliger Ritter von Stormwind und jetziger Oberkommandierender der Streitkräfte der Allianz.“ Er erzählte von der Horde und über Stormwinds Schicksal. „Wollt ihr Euch uns anschließen?“

Kurdran runzelte die Stirn und zupfte an seinem Schnurrbart. „Ihr sagt, die Orks wollen das ganze Land erobern?“

Lothar nickte.

„Und sie sind in großen schwarzen Eisenbooten gekommen?“

Noch ein Nicken.

„Dann müssen sie durch Khaz Modan gekommen sein“, sagte er und schüttelte den Kopf. „Wir haben von unseren Verwandten in Eisenschmiede schon seit vielen Wochen nichts mehr gehört. Ich hatte mich gefragt, warum. Das ist die Antwort.“

„Sie eroberten die Minen und verwendeten das erbeutete Eisenerz, um Schiffe zu bauen“, sagte der Zauberer.

„Ja.“ Kurdran fletschte die Zähne. „Wir Wildhammerzwerge hatten über die Jahre viele Zwistigkeiten mit dem Bronzebart-Clan. Deshalb verließen meine Leute schließlich Khaz Modan. Aber sie sind immer noch unsere Vettern, unsere Verwandten. Und diese verdammenswerten Kreaturen – diese Horde – haben sie angegriffen … und attackieren jetzt uns. Nur Eure rechtzeitige Hilfe hat uns davor bewahrt, das Schicksal unserer Vettern zu teilen.“ Er schlug mit der Faust auf die Lehne seines Stuhls. „Ja, wir werden uns Euch anschließen! Wir müssen diese Orks zurückdrängen, bis die Bedrohung durch die Horde nicht mehr existiert!“ Er erhob sich und streckte die Hand aus. „Ihr habt Wildhammers Hilfe.“

Lothar war ebenfalls aufgestanden und ergriff ernst die Hand an. „Danke“, sagte er nur, doch das reichte schon.

„Zumindest haben wir sie aus dem Hinterland vertrieben“, sagte der junge, bartlose Krieger. „Euer Heim ist sicher.“

„Das ist es“, stimmte Kurdran zu. „Wenigstens fürs Erste. Aber wohin gehen diese Orks als nächstes? Werden sie sich wieder gegen das Hügelland wenden? Oder gegen die Hauptstadt von Lordaeron? Oder marschieren sie nach Norden, um sich dem Rest ihrer bösen Brut anzuschließen?“

Vielleicht war es falsch gewesen, das zu erwähnen. Doch plötzlich erhoben sich all die neuen Verbündeten.

„Was habt Ihr gesagt?“, wollte die Elfe wissen.

„Dass sie sich mit dem Rest ihrer Leute vereinigen könnten?“, fragte Kurdran verwirrt. Sie nickte schnell, und er zuckte die Achseln. „Meine Kundschafter sagen, dass wir hier nur einen Teil der Horde erlebt haben. Der Rest sei nach Norden gezogen, habe unsere Wälder nur am Rand gestreift und sei weiter in die Berge.“ Er sah in ihre Gesichter. „Wusstet ihr das nicht?“

Der junge Kämpfer ohne Bart und der Magier schüttelten die Köpfe, der ältere Krieger fluchte bereits. „Das war eine Finte!“, sagte er, dabei spie er die Worte förmlich aus. „Und wir sind darauf reingefallen!“

„Eine Finte?“ Kurdran legte die Stirn in Falten. „Mein Heim war in Gefahr! Das war doch nicht nur eine Finte!“

Lothar schüttelte den Kopf. „Nein, die Bedrohung war echt“, stimmte er zu. „Aber wer auch immer die Horde anführt, ist schlau. Er wusste, dass wir Euch helfen würden. Er hat den Rest seiner Streitkraft nach Norden geschafft und einen kleinen Teil zurückgelassen, um uns aufzuhalten.“

„Und er marschiert auf Quel’Thalas zu!“, rief die Elfe. „Wir müssen sie warnen!“

Lothar nickte. „Wir sammeln sofort die Truppen und marschieren los. Wenn wir schnell genug sind …“

Aber die Elfe unterbrach ihn. „Wir haben keine Zeit!“, sagte sie. „Ihr habt selbst gesagt, dass die Horde einen Vorsprung hat. Wir haben bereits Tage verloren! Und die Truppen erst zu sammeln, wird uns noch weiter verlangsamen.“ Sie schüttelte den Kopf. „Ich gehe allein.“

„Nein.“ Die Stimme klang ruhig, doch der Tonfall duldete keinen Widerspruch. „Ihr geht nicht allein“, sagte Lothar und ignorierte ihren Blick. „Turalyon, nehmt den Rest der Kavallerie und die Hälfte der Soldaten. Ihr habt den Befehl. Khadgar, Ihr begleitet ihn. Ich will, dass die Allianz präsent ist bei der Verteidigung von Quel’Thalas.“

Er wandte sich wieder an Kurdran, der beeindruckt war. Dieser Mann wusste, wie man führte. „Es sind bestimmt noch

Orks in den Wäldern“, warnte er ihn. „Und wir können es uns nicht leisten, sie in unserem Rücken zu haben. Wir bleiben und sorgen dafür, dass der Wald völlig von ihnen befreit wird. Erst danach marschieren wir los und vereinigen uns wieder mit den anderen.“

Kurdran nickte. „Ich danke Euch für Eure Hilfe“, antwortete er förmlich. „Und wenn das Hinterland erst wieder sicher ist, werden meine Krieger und ich Euch nach Norden folgen und es mit dem Rest der Horde dort aufnehmen.“

„So sei es.“ Lothar verneigte sich. Dann wandte er sich an die Elfe, den jungen Mann ohne Bart und den Zauberer. „Seid Ihr immer noch hier? Ab mit euch, jeder Augenblick, den ihr vergeudet, bringt die Horde näher an Quel'Thalas heran.“

Die drei verneigten sich und verließen eilig den Raum. Kurdran beneidete sie nicht um ihre Aufgabe, eine Armee zu jagen, verzweifelt zu versuchen, sie zu überholen … und schließlich die Elfen zu warnen.

Er hoffte nur, dass sie all dies rechtzeitig schafften.

Elf

„Los, weiter, Bewegung!“, brüllte Doomhammer und sah, wie die Horde hinter ihm her marschierte. „Wir müssen diese Gipfel so schnell wie möglich hinter uns bringen!“

„Warum?“ Die Frage stellte Rend Blackhand. Er und sein Bruder Maim hassten Doomhammer, weil er ihren Vater getötet und dessen Platz als Kriegshäuptling eingenommen hatte. Sie gehörten zu den wenigen, die Doomhammers Befehle auch hinterfragten.

Doomhammer ließ es zu. Weil er wusste, dass jede seiner Erklärungen ihren Weg zurück zur Horde finden würde, und weil der Black-Tooth-Grin-Clan sehr mächtig und deshalb sehr nützlich war. Und mochten sich die Brüder auch kritisch mit seinen Befehle und Entscheidungen auseinandersetzen, verweigerten sie doch nie einen direkten Befehl, selbst wenn sie nicht damit einverstanden waren. Doomhammer schätzte das und war deshalb bereit, ihre Widerborstigkeit bis zu einem gewissen Punkt zu tolerieren.

„Wie, *warum*?“, fragte Doomhammer. Er arbeitete sich den steilen Pfad die Berge hinauf. Der größte Teil seiner Aufmerksamkeit galt den Steinen zwischen seinen Händen und Füßen. Die Waldtrolle waren bereits hier vorbeigekommen, sie überwanden die Klippen so schnell, wie sie auf Bäume kletterten.

Sie hatten für die Orks Seile heruntergelassen, die beim Aufstieg helfen sollten. Aber Doomhammer verbot sich, sie zu benutzen. Seine Truppen sollten sehen, dass er immer noch der Stärkste von ihnen war. Die Berge ohne Hilfe zu überwinden war eine Möglichkeit, das zu erreichen.

Rend hatte solche Bedenken nicht und überholte Doomhammer mit einem der Seile, das fest um seinen linken Arm geschlungen war.

„Warum sollen wir klettern?“, fragte Rend. „Wir hätten diese Berge auch umgehen können. Warum nehmen wir also ausgerechnet diesen Weg? Er ist sicherlich kürzer, aber auch härter. Diese Gipfel zu überwinden kostet uns wertvolle Zeit.“

Doomhammer erreichte die Spitze der Klippe und grunzte. Er wischte sich den Steinstaub von seinen Händen, indem er sie gegen die Oberarme rieb. Dann wandte er sich Rend zu, der ihn gerade einholte. Sein Bruder und die anderen Anführer der Horde waren unmittelbar dahinter. Sie waren klug genug, den Gipfel nicht vor Doomhammer zu erreichen.

„Die Menschen halten uns für dumm“, begann Doomhammer, dabei achtete er darauf, dass alle ihn verstehen konnten. Er mochte es nicht, sich zu wiederholen. „Sie halten uns für Dummköpfe, so wie wir die Oger einschätzen.“

Einige schauten nach unten, wo die Oger beim Klettern sogar hinter die Orks zurückfielen. Sie waren stark genug, um sich zu bewegen, aber zu plump, als dass es ihnen wirklich leichtgefallen wäre, hier heraufzusteigen. „Ich habe sie in diesem Bild von uns noch bestärkt.“ Er grinste und zeigte seine Hauer. „Sollen sie uns für hirnlos halten! Dadurch wird unser Feldzug nur um so leichter, weil sie uns unterschätzen.“

Er bückte sich, hob einen kleinen Stein auf und jonglierte damit herum. „Wir haben sie bereits einmal an der Nase herumgeführt, indem wir im Hinterland ein paar Clans abstellten. Die Menschen waren damit beschäftigt, diesen Teil der Horde zu bekämpfen, während wir den Weg in die Berge nahmen. Und sie sind immer noch damit beschäftigt, während wir sie hier überqueren.“

„Aber wir gehen nach Quel'Thalas, oder nicht?“, fragte Maim. Der fremde Name bereitete ihm einige Schwierigkeiten. „Warum segeln wir nicht einfach so weit wie möglich und sind schon lange da, bevor die Menschen aus dem Zwergenkönigreich anrücken?“

„Weil die Elfen unsere Schiffe niemals einfach so durchlassen werden“, führte Doomhammer aus. „Zul'jin sagt, dass sie exzellente Bogenschützen sind, und wir wären auf den Schiffen gefangen, während ihre Pfeile auf uns herabregnen. Wir würden Tausende Orks verlieren, ganze Clans, bevor wir auch nur in die Nähe der Küste kämen, um sie zu bekämpfen."

Einige der Häuptlinge murmelten. So hatten sie das noch gar nicht gesehen. Die Horde war, abgesehen von ein paar Ausnahmen wie den Sturmrächern, immer noch nicht daran gewöhnt, Schiffe zu benutzen.

„Wir hätten die Berge auch umgehen können", merkte Rend an. „Ein längerer Weg zwar, aber auch einfacher."

Doomhammer lachte auf. „Hast du Angst vor einer Herausforderung?" Mehrere der Häuptlinge lachten, und Rend sträubte sich.

„Natürlich nicht!", zischte er und ballte seine Hände zu Fäusten. Er war bereit, jeden, der etwas anderes behauptete, niederzuschlagen. „Ich schaffe das schon. Ich war die ganze Zeit direkt hinter dir!"

Niemand wagte es, ihn darauf hinzuweisen, dass er ein Seil benutzt hatte, während Doomhammer ohne diesen Vorteil ausgekommen war. Die Angehörigen des Blackhand-Clans waren grausame Kämpfer und wurden dafür respektiert. Ein weiterer Grund, warum Doomhammer ihnen so viele Fragen erlaubte.

„Dann willst du dich mit mir messen?", fragte er ruhig. Dabei senkte sich seine Stimme.

Rend wurde blass, als ihm dämmerte, was er beinahe gesagt hätte. Die Blackhands wollten die Horde anführen, doch dazu mussten sie Doomhammer herausfordern und ihn im ehrlichen Kampf besiegen.

Und sie alle wussten, dass er sie umbringen würde. Selbst wenn sie ihn beide gleichzeitig angegriffen hätten.

Ein Teil von ihm hoffte, dass sie es dennoch wagen würden. Dann konnte er sie durch einen vernünftigeren Black-Tooth-Grin-Häuptling ersetzen. Aber bislang hatten sie immer einen Rückzieher gemacht.

„Drumherumlaufen wäre vielleicht schneller gewesen", sagte Doomhammer schließlich, als er sah, dass Rend den Köder nicht schluckte. „Aber wir wären auch leichter zu entdecken gewesen.

So allerdings haben die Elfen keine Ahnung, dass wir uns ihnen nähern." Er grinste wieder. „Wenn die Menschen den Kampf im Hinterland überleben und um die Berge herum marschieren, erreichen sie Quel'Thalas vielleicht sogar noch vor uns. Und wenn die Elfen ihnen den Zutritt erlauben, sind sie alle miteinander versammelt, wenn wir angreifen." Er lachte und zerdrückte den Stein in seiner Hand. Staub wölkte zwischen seinen Fingern auf. „Sie können nirgendwo sonst hingehen. Wir werden sie vernichten und uns das Land aneignen. Und wenn sie doch hinter uns sein sollten, werden sie feststellen, dass wir bei ihrer Ankunft Quel'Thalas bereits eingenommen haben. Wir werden sie zurückschlagen und am Fuß der Hügel zerschmettern." Er machte eine übertriebene Geste, wie er sich danach die Hände reinigen würde. „Wir gewinnen auf jeden Fall."

Die anderen murmelten, einige von ihnen grinsten und lachten auch.

Rend konnte sich dem nicht entziehen. „Du bist schlau", gab er zu. „Das ist ein guter Plan."

Doomhammer nickte, um das Kompliment anzunehmen. „Jetzt müssen wir weitermachen", sagte er, an alle gewandt. „Es sind noch einige Gipfel zu überwinden." Er drehte sich zu Zuluhed um. „Wo sind sie?", fragte er.

„Unterwegs", antwortete der Häuptling des Dragonmaw-Clans. Er lachte über das Gemurmel, das hinter ihm aufkam. Keiner der anderen Orks wusste etwas Genaueres über das, worüber sie gerade sprachen. Ihnen war nur bekannt, dass der Dragonmaw-Clan etwas mit Doomhammers voller Unterstützung plante. „Sie müssen einen langen Weg zurücklegen, doch sie sind schnell. Sie werden bald hier sein, und die Welt wird bei ihrer Ankunft erzittern."

„Gut." Doomhammer blickte zu der großen Gestalt, die ein kleines Stück entfernt stand. Ihr langer Schal wehte im Wind. „Wie weit sind wir noch von Quel'Thalas entfernt?"

„Vier Tagesreisen bei diesem Tempo" antwortete Zul'jin. „Aber wir könnten eher da sein." Die Augen des Waldtrolls strahlten bei dieser Vorstellung, und seine Hand wanderte zur Axt an seinem Gürtel.

„Nein", befahl Doomhammer und ignorierte die offensichtliche Enttäuschung des Trolls. „Du bleibst bei uns und bringst weiter Seile für die Truppen an." Er lachte dem Anführer der Trolle zu. „Keine Angst, du bekommst deine Chance, die Heimat der Elfen anzugreifen. Doch nicht, bevor die Horde nicht vollständig hinter dir steht, bereit, sich in die Schlacht zu stürzen."

Zul'jin dachte einen Moment lang darüber nach. Dann nickte er. „Sie werden wütend sein", bemerkte er. „Sie werden wie Wespen ausschwärmen, bereit zum Stich. Und ihr werdet wie Ameisen, die alles verschlingen, in den Kampf ziehen."

„Ja." Doomhammer gefiel der Vergleich. Ameisen waren industrielle Arbeiter und zäh jenseits aller Vorstellung. Aber sie konnten auch hinterhältig sein und sich zusammenrotten, um weit größere Kreaturen zu überwältigen.

Ja, Ameisen würden sich gut behaupten.

Er gab das Signal zum Aufbruch. Die Horde, die den Berg hinter ihm heraufkletterte, wirkte wie eine Insektenarmee auf einem Eroberungsfeldzug.

Vier Tage später spähten Doomhammer und seine Häuptlinge von einem Hügel hinab, der zwischen dem letzten Gipfel und dem Beginn des großen Waldes lag. Der Rest der Horde rottete sich dahinter zusammen. Sie waren des Kletterns und Marschierens müde, aber mit dem Ziel vor Augen schüttelten sie die Erschöpfung ab.

Doch niemand war aufgeregter als die Waldtrolle.

„Geht es jetzt los?" Zul'jin schaute eifrig zu Doomhammer, der nickte.

„Ja, jetzt geht es los", stimmte der Kriegshäuptling zu. „Wir bringen den Krieg zu den Elfen. Verschont nichts und niemanden."

Der Anführer der Waldtrolle grinste und warf den Kopf in den Nacken, um einen trällernden Kriegsschrei auszustoßen.

Ein weiterer Troll erschien dort, wo die beiden Anführer standen. Er bewegte sich so leise und verstohlen wie ein Geist. Ein dritter fiel von den Steinen über ihnen herab, daneben noch einer. Es wurden immer mehr, bis das kleine Tal hinter dem Hügel voller großer, schlaksiger Waldkreaturen war.

Es waren viel mehr, als Doomhammer erwartete hatte. Seine Überraschung musste ihm anzusehen sein, denn der Waldtroll lachte unter seinem stets präsenten Schal hervor.

„Ich habe noch ein paar aufgetrieben“, erklärte er glucksend. „Vom Bleichborkenstamm. Sie sind mit uns verbündet.“

Doomhammer nickte. Er empfand keinerlei Furcht vor ihnen, obwohl ihn die Trolle überragten. Er war schon größeren und stärkeren Feinden ohne Scheu gegenübergetreten – und stets hatte er überlebt. Außerdem hatte ihn Zul'jin in den Monaten seit der Bildung des Bündnisses beeindruckt. Der Waldtroll war nicht nur schlau, sondern auch absolut ehrenhaft. Er hatte der Horde die Unterstützung seines Volks versprochen und würde dazu stehen. Doomhammer wäre bereit gewesen, selbst sein Leben darauf zu verwetten.

Natürlich half es, dass die Waldtrolle diese Hochelfen hassten. Die Trolle waren erpicht darauf gewesen, nach Norden, Richtung Quel'Thalas, zu ziehen, und nun waren sie ebenso versessen darauf, in den Wald einzudringen und die Elfen anzugreifen.

Doomhammer hatte jedoch darauf bestanden, dass sie warteten. Er wollte, dass der Rest der Horde erst richtig in Position gebracht war, bevor die Trolle zuschlugen.

Zul'jin hatte es geschafft, seine Artgenossen im Zaum zu halten. Und das, obwohl er selbst es kaum erwarten konnte, anzugreifen. Aber jetzt hatte alles Warten ein Ende. Mit Gebrüll sprang Zul'jin los und rannte den Hügel hinunter. Er wurde auch nicht langsamer, als er in den Wald eindrang. Er sprang zwischen die Bäume und dort weiter von Ast zu Ast. Der Rest seiner Leute folgte ihm und verschwand aus der Sicht. Nur das Rascheln des Laubs und ein gelegentliches Knurren zeugte noch von ihrer Gegenwart.

Doch Doomhammer wusste, dass sie sich tief in den Wald hineinarbeiten, Elfen suchen und sie töten würden, wann immer sie sie fanden. Bald schon würden die Verteidiger des Waldes Bescheid wissen, dass die Trolle angriffen, und sich ihnen entgegenstellen. Und das würde die Elfen beschäftigt halten – zu beschäftigt, um ihre Grenzen auf noch andere Bedrohungen hin zu überprüfen.

Auf ein Zeichen von Doomhammer strömte der Rest der Horde über den Hügel. Sie marschierten über den engen Streifen Grasland und erreichten bald die ersten Baumreihen.

„Nun, Kriegshäuptling?“, fragte ein in der Nähe stehender Orkkrieger, der die Axt bereithielt.

Doomhammer nickte, und der Krieger ging zu dem Baum neben sich. Der Stamm war altersdick und glatt wie Seide, die Blätter grün und saftig. Sie rochen nach Natur, Leben, Schönheit und Beute … Mit einem kräftigen Hieb schlug der Ork große Splitter Baumrinde und Holz aus dem Stamm. Dann schwang er die Axt erneut und vergrößerte damit die Kerbe.

„Nein! Stopp, nein!“ Doomhammer riss dem verblüfften Krieger die Axt aus der Hand und stieß ihn zurück. „Nicht in einem solchen Winkel zuschlagen, sondern *gerade*“, wies er ihn an. Er schwang die Axt über seinen Kopf, spannte seine Muskeln an, schlug mit aller Kraft zu und trieb die Klinge ein gutes Stück durch den Stamm. Mit einem kräftigen Ruck riss er sie sodann zurück und schlug wieder auf dieselbe Stelle ein. Dadurch vertiefte er die bestehende Wunde weiter. Ein dritter Schlag brachte das Beil fast bis auf die andere Seite, nur eine hauchdünne Trennschicht aus Holz und Rinde blieben noch übrig.

Doomhammer zog die Axt zurück, und als sie den Stamm abermals traf, kippte der Baum um. Der Boden bebte, als der Stamm aufschlug. Blätter und Beeren wirbelten durch die Luft.

„So geht das.“ Er gab dem Krieger die Axt zurück. Der nickte und marschierte zum nächsten Baum. Ein zweiter Krieger wandte sich derweil dem gefällten Baum zu und begann, ihn mit seiner Axt in kleinere Stücke zu hacken.

Hinter ihm machten sich mehrere Krieger an dieselbe Aufgabe. Vorräte für eine Armee von der Größe der Horde mitzunehmen, war ein hoffnungsloses Unterfangen. Stattdessen holten sie sich, was sie brauchten, aus dem eroberten Land. Das Holz dieser Bäume würde die Feuer der Horde wochenlang brennen lassen. Vielleicht sogar über Monate.

Dass jeder fallende Baum auch den Lebensraum den Elfen dezimierte, motivierte sie nur noch um so mehr.

Doomhammer stützte sich auf seinen Hammer und schaute den Arbeiten zu, als er aus dem Augenwinkel eine Bewegung wahrnahm. Ein kleiner, schwer gebauter Ork mit einem dichten Bart kam auf ihn zu. Sein erhitztes Gesicht zeigte einen Ausdruck, der Doomhammer gar nicht gefiel. Gul'dan wirkte einfach *zu* gut gelaunt.

„Was ist los?", wollte Doomhammer wissen, als der Hexenmeister ihn erreichte.

„Da ist etwas, das du dir ansehen solltest, mächtiger Doomhammer", antwortete Gul'dan und verneigte sich. Cho'gall lachte und äffte die Geste hinter Gul'dans Rücken nach. „Etwas, das der Horde sehr nützen könnte."

Doomhammer nickte und schwang seinen Hammer über die Schulter. Er bedeutete Gul'dan, ihm zu folgen. Der Hexenmeister wandte sich um und führte Doomhammer und Cho'gall etwas abseits. Vor einem Felsen, der eine Lücke in den Bäumen erzwang, kam er schließlich zum Stehen. Die raue Oberfläche des Steins war mit Runen überzogen, und selbst Doomhammer, der kein sonderlich ausgeprägtes Gespür für spirituelle Dinge hatte, konnte die Kraft fühlen, die von dem kruden Monolithen ausging.

„Was ist das?", wollte er wissen.

„Ich weiß es nicht genau", antwortete Gul'dan und strich sich über den Bart. „Aber es ist sehr mächtig. Ich glaube, es gibt hier noch einige weitere Runensteine. Sie dienen als magische Barriere."

„Uns haben sie nicht aufgehalten", gab Doomhammer zu bedenken.

„Nein, weil wir nichts anderes als unsere Hände, Füße und Klingen benutzt haben", antwortete Gul'dan. „Diese Runensteine verhindern wahrscheinlich den Einsatz von Magie. Wahrscheinlich erlauben sie nur den Elfen, Zauberei zu benutzen. Ich habe versucht, meine Magie hier zu wirken, konnte es aber nicht. Doch wenn ich zehn Schritte weg gehe, klappt es wieder."

Doomhammer betrachtete den Felsklotz mit mehr Respekt als zuvor. „Wenn wir die also nähmen und um unsere Feinde herum auslegten, könnten sie keine Magie mehr wirken", vermutete er.

Gleichzeitig überlegte er, wie viele Orks wohl nötig waren, um diese Monolithen zu bewegen.

„Das wäre ein Ansatzpunkt, ja“, stimmte ihm Gul’dan zu. Sein Tonfall verriet jedoch, was er von dem Vorschlag hielt. „Aber ich habe eine andere Idee, Kriegshäuptling. Wenn du mich für einen Moment entschuldigst.“

Doomhammer nickte. Er traute Gul’dan nicht, doch der Hexenmeister hatte sich als nützlich erwiesen, als er die Todesritter erschuf. Er war neugierig, was der untersetzte Ork vorhatte.

„Diese Steine enthalten immense Magie“, erklärte Gul’dan. „Ich glaube, dass ich diese Kraft für uns nutzbar machen kann.“

„Was meinst du?“, fragte Doomhammer. Er war nicht so naiv, dass er Gul’dan freie Hand ließ. Nein, er wollte stets im Bilde sein und alle Details eines Vorhabens kennen.

„Ich kann sie benutzen, um einen Altar zu errichten“, antwortete Gul’dan. „Einen *Altar der Stürme*. Indem ich die Energie aus diesen Steinen kanalisiere, vermag ich Kreaturen zu verändern. Ich kann sie mächtiger und gefährlicher machen, allerdings kann es dabei auch zu einigen … Entstellungen kommen.“

„Ich bezweifle, dass sich dir auch nur ein einziger Ork noch einmal freiwillig als Experimentieropfer zur Verfügung stellt“, merkte Doomhammer scharf an. Er erinnerte sich noch gut an den sogenannten Kelch der Wiedergeburt, aus dem jeder Häuptling der Horde und jeder für würdig erachtete Krieger getrunken hatten. Doomhammer hatte dem Hexenmeister schon damals misstraut, und als Blackhand ihn aufforderte, daraus zu trinken, hatte er abgelehnt. Er hatte behauptet, er wolle dem Häuptling nicht ebenbürtig werden, indem er dessen Macht teilte. Aber er hatte gesehen, was die Flüssigkeit Freunden und Clanbrüdern angetan hatte.

Sie hatte sie größer und stärker gemacht. Das stimmte. Doch sie hatte auch die Augen rot erglühen lassen und ihre bereits grünliche Haut in ein *helles, wässriges* Grün verwandelt – das Zeichen dämonischer Verseuchung. Und sie hatte sie alle verrückt vor Blutdurst gemacht, vor Wut, vor Hunger. Sie hatte die einst ehrenhaften Orks in Tiere verwandelt, in wahnsinnige Mörder. Ein paar hatten ihre Verwandlung später bereut. Aber da war es schon zu spät gewesen.

Gul'dan lächelte, als ahnte er, was der Kriegshäuptling dachte. Und vielleicht tat er das ja auch. Wer wusste schon, über welche merkwürdigen Kräfte der Hexenmeister verfügte. Doch er antwortete nur auf Doomhammers Worte, nicht auf seine Gedanken.

„Ich werde keine Orks verwenden, um diese Altäre zu testen", versicherte ihm Gul'dan. „Ich werde eine Kreatur aussuchen, die am meisten von größerer Stärke profitiert, dabei aber auch keinen sonderlichen Intelligenzverlust befürchten muss." Er grinste. „Ich werde es mit einem Oger versuchen."

Doomhammer dachte darüber nach. Sie hatten nicht viele Oger, aber die wenigen, die bei ihnen waren, wogen das Zehnfache normaler Krieger auf. Sie noch stärker zu machen, wäre sicherlich ein Risiko wert.

„Gut", sagte er schließlich. „Du darfst einen dieser Altäre bauen. Lass uns dann sehen, was passiert. Wenn es funktioniert, werde ich dir weitere Oger zur Verfügung stellen oder Angehörige jedes anderen Volkes, die du haben willst." Gul'dan verneigte sich tief, und Doomhammer nickte. Im Geiste beschäftigte er sich bereits mit logistischen Problemen.

Zwölf

„Schneller, verdammt! Bewegt euch schneller!“ Alleria schlug sich mit der Faust auf den Oberschenkel, als könnte sie mit dieser Bewegung die Truppen zu erhöhtem Tempo antreiben.

Sie lief etwas langsamer, wurde dann wieder schneller, unfähig, sich über einen längeren Zeitraum derart gemächlich zu bewegen. Binnen Minuten war sie an der langen Reihe von Männern vorbei und hatte wieder zur Kavallerie aufgeschlossen. Automatisch schaute sie sich um und suchte nach dem kurzgeschorenen blonden Haar ganz vorne.

Da!

„Ihr müsst mehr Tempo machen“, zischte sie Turalyon zu, als sie zwischen die anderen Pferde glitt. Der junge Paladin war verwirrt und errötete. Aber diesmal hatte sie keinerlei Spaß daran, ihn dazu gebracht zu haben. Jetzt war keine Zeit für solche Narreteien!

„Wir bewegen uns so schnell, wie wir können“, erklärte er ihr. Dann aber fiel ihr auf, dass er nach hinten blickte … und das Tempo etwas anzog. „Ihr wisst, dass unsere Männer nicht so schnell sind wie Ihr. Außerdem bewegen sich Armeen immer langsamer als Einzelne.“

„Dann gehe ich eben allein, wie ich es von Anfang an hätte tun sollen“, erwiderte sie. Sie machte sich bereit, um hinter dem Pferd hervorzupreschen und im Wald zu verschwinden.

„Nein!“ Etwas in seiner Stimme bremste sie, und sie fluchte. Warum verweigerte sie ihm nicht einfach den Gehorsam? Er hatte nicht dieselbe Ausstrahlung wie Lothar, und sie arbeitete freiwillig mit der Armee zusammen, nicht auf irgendeinen Befehl hin.

Aber wenn er ihr Anweisungen erteilte, konnte sie sich ihnen einfach nicht widersetzen.

„Lasst mich gehen!“, verlangte sie. „Ich muss meine Leute warnen!“ Ihr Herz schmerzte erneut, wenn sie an ihre Schwestern dachte, ihre Freunde, ihr Volk, die alle warnungslos auf die Horde treffen würden.

„Wir werden die Elfen verständigen“, versicherte ihr Turalyon mit fester Stimme. „Und wir helfen ihnen gegen die Horde. Aber wenn Ihr allein geht, werdet Ihr nur gefangen genommen und getötet. Das … würde niemandem nützen.“

Es klang, als hätte er etwas anderes sagen wollen. Sie spürte das plötzliche Aufwallen von … sie wusste nicht, was – Freude? … in ihrer Brust. Doch sie hatte keine Zeit, sich darüber zu wundern.

„Ich bin Elfe und eine Waldläuferin!“, erwiderte sie hitzig. „Ich kann inmitten dieser Bäume verschwinden! Niemand findet mich dann noch.“

„Auch kein Waldtroll?“

Sie sah den Zauberer an, der an Turalyons Seite ritt.

„Die Kerle arbeiten nachweislich mit der Horde zusammen“, fuhr er fort. „Und wir wissen, dass sie Euch im Wald ebenbürtig sind.“

„Fast, vielleicht“, gestand sie ein. „Aber ich bin trotzdem besser.“

„Niemand bestreitet das“, stimmte Khadgar diplomatisch zu, obwohl sie ein kurzes Schmunzeln hinter seiner ruhigen Miene aufblitzen sah. „Doch wir wissen nicht, wie viele Trolle da draußen sind. Und zehn würden Eure überlegenen Fähigkeiten sicherlich ausgleichen.“

Alleria fluchte erneut. Er hatte Recht. Sie wusste es. Aber das änderte nichts daran, dass sie schleunigst nach Hause wollte, ganz egal, welche Hindernisse ihr im Weg standen. Sie hatte die Horde erlebt, hatte gesehen, was sie anrichten konnte. Sie kannte die Gefahren, die davon ausgingen. Und jetzt waren Orks und Trolle unterwegs in ihre Heimat – und niemand dort hatte eine Ahnung, welche Gefahr ihm drohte!

„Seht einfach zu, dass Eure Leute sich *angemessen* bewegen!“, zischte sie Turalyon zu, sprintete voraus und erkundete den Weg.

Sie hoffte beinahe, dass sie auf ein paar Trolle oder Orks stieß. Aber sie wusste, dass sie dafür noch zu weit entfernt waren. Die Horde hatte einen deutlichen Vorsprung, und wenn diese menschlichen Soldaten nicht schneller als in ihrem Schneckentempo vorankamen, würde der Abstand noch sehr viel größer werden!

„Sie ist besorgt“, sagte Khadgar leise, während sie Alleria beobachteten, wie sie in der Ferne verschwand.

„Ich weiß“, antwortete Turalyon. „Ich kann es ihr nicht verdenken. Ich wäre auch besorgt, wenn sich die Horde meiner Heimat nähern würde. Ich war es jedenfalls, als wir geglaubt haben, dass sie auf die Hauptstadt zumarschieren. Und diese Stadt ist mir mehr Heimat als jeder andere Ort, wo ich in den letzten zehn Jahren gelebt habe.“ Er seufzte. „Außerdem hat sie nur die halbe Armee der Allianz als Schutz. Und nur mich als Kommandanten.“

„Stell dein Licht nicht so unter den Scheffel“, warnte ihn sein Freund. „Du bist ein guter Kommandeur und ein ehrenhafter Paladin. Du gehörst zur Silbernen Hand, den Besten. Sie hat Glück, dass sie dich hat.“

Turalyon lächelte, dankbar für den Rückhalt. Er wünschte sich nur, dass er alles hätte glauben können. Er wusste, dass er in der Schlacht gut war – er hatte ausreichend trainiert, und der erste Zusammenstoß mit der Horde hatte bewiesen, dass er sich auch in einem echten Gefecht behaupten konnte.

Aber war er auch ein Anführer? Vor diesem Krieg hatte er niemals irgendjemanden angeführt. Er war nicht einmal Vorbeter gewesen. Was wusste er also schon darüber?

Ja, als Junge war er immer ganz vorne mit dabei gewesen. Oftmals hatte er die Spiele erfunden, die er mit seinen Freunden spielte – oder hatte eine ihrer Fantasiearmeen kommandiert. Doch seit er in die Priesterschaft eingetreten war, hatte sich alles geändert. Er hatte Befehle von älteren Priestern entgegen genommen. Als er in Faols Dienste getreten war, führte er die

Anweisungen des Bischofs aus. Und nachdem er den Paladinen beigetreten war, hatte Uther sich um ihn gekümmert.

Uther war eine starke Persönlichkeit, die keinerlei Diskussion duldete. Er war zudem der Älteste und derjenige, der dem Erzbischof am nächsten stand.

Turalyon war überrascht gewesen, dass Lothar nicht Uther zu seinem Leutnant ernannt hatte. Vielleicht glaubte er, dass der Glaube des Paladins es ihm schwer gemacht hätte, mit weniger gläubigen Männern umzugehen.

Turalyon jedenfalls hatte sich durchaus geehrt gefühlt, auch wenn er sich fragte, was er denn Großartiges getan hatte, um sich diese Ehre zu verdienen.

Falls er sie denn überhaupt verdiente.

Lothar schien davon überzeugt zu sein. Der Held von Stormwind hatte genügend Erfahrung, um so etwas beurteilen zu können. Er war ein unglaublicher Krieger und ein beeindruckender Anführer dazu. Jemand, dem die Männer automatisch folgten. Die Sorte Mann, die jedem Respekt und Gehorsam abnötigte. Die Soldaten der Allianz nannten ihn „den Löwen von Azeroth", was vom Anblick des Symbols auf seinem Schild kam, das durch die Reihen der Orks im Hügelland schimmerte.

Turalyon fragte sich, ob er jemals selbst auch nur einen Hauch dieser Persönlichkeit besitzen würde.

Er fragte sich außerdem, ob er genauso fromm wie Uther werden konnte. Und ob aus seinem Glauben auch derartige Kräfte erwachsen würden.

Turalyon glaubte natürlich an das Heilige Licht. Das tat er seit seiner Kindheit. Der Dienst in der Priesterschaft hatte ihn dem herrlichen Licht näher gebracht. Aber er hatte es noch nie direkt gespürt, nicht mit voller Stärke, nur einen Schimmer seiner Gegenwart – oder wie es auf jemand anders wirkte. Nachdem er die Horde gesehen und sie im Kampf erlebt hatte, war sein Glaube schwächer denn je.

Das Heilige Licht befand sich in jedem lebenden Geschöpf, in jedem Herzen und jeder Seele. Es war überall, eine Energie, die alle fühlenden Wesen zu einem Ganzen verband.

Aber die Horde war fürchterlich, war monströs. Sie tat Dinge, die kein rationales Wesen tun würde, lasterhafte, schreckliche Dinge, jenseits aller Vergebung. Wie konnten solche Kreaturen Teil des Heiligen Lichts sein? Wie konnte sein heller Schein in solch völliger Dunkelheit wohnen?

Und wenn es doch da war, was sagte das über seine Stärke aus, wenn seine Reinheit und Liebe derart korrumpiert werden konnte? Und wenn die Horde *nicht* Teil des Heiligen Lichts war, dann war das Licht auch nicht überall, wie Turalyon es gelernt hatte.

Er war verwirrt. Und genau das war das Problem. Sein Glaube war nachhaltig erschüttert. Er hatte mehrmals zu beten versucht, seit sie auf die Horde getroffen waren. Aber es waren nur leere Worte gewesen. Er war nicht mit dem Herzen bei der Sache. Und ohne diese Hingabe bedeuteten diese Worte nichts, bewirkten nichts. Turalyon wusste, dass die anderen Paladine ein Segen für Soldaten sein konnten. Sie spürten das Böse. Sie heilten sogar schlimme Wunden durch eine einzige Berührung.

Aber er konnte das nicht. Turalyon war sich nicht sicher, ob er dieses Talent je besessen hatte. Auf jeden Fall besaß er es jetzt ganz gewiss nicht. Er fragte sich, ob er überhaupt jemals dazu fähig sein würde.

„Du bist still geworden.“ Khadgar beugte sich zu ihm und stupste ihn mit einer Hand an. „Denk nicht zu viel nach, oder du fällst noch aus dem Sattel.“

Sein Tonfall war freundlich und klang nur leicht besorgt. Turalyon gab sein Bestes, um über den schwachen Witz zu lachen.

„Mir geht es gut“, versicherte er dem alt wirkenden Magier. „Ich fragte mich nur, was wir als Nächstes tun sollen.“

„Was meinst du?“ Khadgar sah sich um und schaute zu den Truppen zurück, die hinter ihnen marschierten. „Du machst das doch schon alles prima. Halte die Männer in Bewegung und hoffe, dass wir die Horde erwischen, bevor sie zuviel Unheil anrichten kann.“

„Ich weiß“, antwortete Turalyon. „Ich wünschte nur, dass es einen Weg gäbe, wie wir die Horde *überholen* könnten – um Quel'Thalas vor ihnen zu erreichen. Vielleicht hat Alleria Recht, vielleicht sollte ich sie ziehen lassen. Aber wenn sie gefangen genommen wird, wenn ihr auch nur das Geringste zustoßen würde …“ Er brach ab und schaute Khadgar an, der jetzt breit grinste. „Was?“

„Oh, gar nichts“, sagte sein Freund lachend. „Nur, wenn du dich um jeden deiner Soldaten derart sorgen würdest, könnten wir gleich aufgeben, weil du sie aus Angst, sie könnten sich verletzen, nicht in die Schlacht schicken würdest.“

Turalyon schlug freundschaftlich nach dem Magier, der sich unter dem Schlag wegduckte und immer noch lachte. So ritten sie weiter, gefolgt von ihrer Armee.

„Wir sind fast da“, versicherte Turalyon Alleria, die um sein Pferd herumlief, als würde es stillstehen.

„Das weiß ich!“, fuhr sie ihn an, ohne aufzusehen. „Dies ist meine Heimat. Ich kenne mich hier besser aus als Ihr!“

Turalyon seufzte. Die zwei Wochen hatten sich lange hingezogen. Eine Armee zu führen war anstrengend, auch wenn er auf anderen Märschen schon etwas Erfahrung gesammelt hatte. Der Unterschied war, dass vorher Lothar für die letztendliche Entscheidung verantwortlich gewesen war. Dieses Mal blieb alles an ihm hängen – was ihn mehrfach um den Schlaf gebracht hatte.

Und dann war da noch Alleria gewesen. Alle Elfen waren die ganze Zeit über gereizt gewesen und sorgten sich um Quel'Thalas. Aber sie waren dennoch ruhig geblieben, um die Belastung nicht noch zu verstärken.

Nicht so Alleria. Sie hatte jede Entscheidung angezweifelt: – warum sie durch das eine Tal zogen und nicht das andere; warum sie Lagerfeuer entzündeten, statt in der Kälte zu schlafen und kalt zu essen; warum sie bereits in der Dämmerung Rast einlegten, statt bis tief in die Nacht hinein zu marschieren.

Turalyon war schon nervös genug, aber Allerias permanente Nörgeleien hatten es zehnmal schlimmer gemacht. Er fühlte sich unter ständiger Beobachtung, und für jede Entscheidung erhielt er neue Missbilligung.

„Wir erreichen bald den Fuß der Hügel“, erinnerte er sie.

„Dann sollten wir die Grenze nach Quel'Thalas sehen können und erkennen, wie weit uns die Horde voraus ist. Vielleicht sind sie aufgehalten worden, weil sie über die Berge kamen …" Lothar hatte die Wildhammerzwerge überredet, einen Kundschafter hinüber nach Alterac zu entsenden. Der Zwerg hatte Befehle für Admiral Proudmoore überbracht, der einige Schiffe nahe dem Darromersee stationiert hatte.

Proudmoore hatte die Schiffe den Fluss hinunter geschickt. Sie hatten sich bei Stromgarde mit Turalyon und der Armee getroffen und die Soldaten an Bord genommen. Dann waren sie den Fluss hinauf an den Bergen vorbeigesegelt. Dadurch ersparten sie es sich, die Berge wie die Horde zu Fuß zu überqueren und hatten deutlich Zeit gewonnen.

Turalyon hoffte, dass diese Ersparnis am Ende ausreichen würde. Er wäre lieber direkt bis nach Quel'Thalas gesegelt, aber Alleria hatte ihm versichert, dass das unmöglich war. Ihr Volk würde einem Menschenschiff niemals erlauben, auf seinem Teil des Flusses zu fahren. Deshalb waren die Menschen gezwungen gewesen, nahe Stratholme auszusteigen und den Weg zu Fuß fortzusetzen.

„Sobald ich den Wald sehe, gehe ich schnurstracks weiter", warnte ihn Alleria. „Versucht nicht, mich aufzuhalten."

„Ich will Euch gar nicht aufhalten", antwortete Turalyon, der froh war, ein kleines Lächeln über ihr Gesicht huschen zu sehen, dem Verblüffung folgte.

„Ich möchte, dass Ihr und Eure Waldläufer Eure Leute findet und sie warnt", erinnerte er sie. „Ich wollte nur verhindern, dass Ihr auf dem Weg dahin der Horde in die Hände fallt. Aber jetzt sind wir nah genug, sodass wir die Horde lange genug ablenken können. Das verschafft Euch die Zeit, an ihr vorbeizuschlüpfen und Euer Volk zu warnen. Danach könnt Ihr sie aus dem Hinterhalt angreifen, wir attackieren sie von vorne. So zerquetschen wir die Horde zwischen uns."

Alleria nickte. Sie blickte zu ihm auf, sagte kein Wort und legte dann ihre Hand auf sein Bein. Turalyon glaubte einen Moment, die Hitze einer kleinen Sonne würde sein Blut zum Kochen bringen. Seine Glieder prickelten.

„Danke“, sagte sie sanft.

Er nickte, unfähig zu sprechen.

Einer ihrer Waldläufer platzte dazwischen und beendete den Moment. „Die Grenze nach Quel'Thalas liegt direkt vor uns“, sagte er eilig. „Ich kann die Bäume dahinter sehen!“

Alleria sah Turalyon an. Er nickte, beruhigt, dass sie tatsächlich um Erlaubnis fragte. Sie wandte sich um und lief los, der andere Waldläufer folgte ihr. Doch sie kamen nicht weit. Die beiden Elfen waren beide noch in Sichtweite, als sie wie vom Blitz getroffen stehen blieben. Alleria begann zu weinen. Ihr Schluchzen war derart von Kummer erfüllt, wie Turalyon es noch nie gehört hatte.

„Beim Licht!“ Er trieb sein Pferd in vollen Galopp, bis er sie erreichte. Und dann sah auch er, warum sie so aufgelöst war.

Die Hügel endeten, und der majestätische Wald von Quel'Thalas erstreckte sich vor ihnen. Seine hohen Bäume schwankten leicht, als tanzten sie zu einer stillen Musik, und ihre mächtigen Kronen warfen tiefe Schatten über das Land. Schatten, die irgendwie friedvoll, nicht bedrohlich wirkten.

Es war ein schöner Anblick, voll erhabener Anmut … und wurde nur durch den grauen Rauch gestört, der von mehreren Stellen gleichzeitig aufstieg. Wie etwa am Waldrand leicht westlich von ihrer Position.

Wütend beobachtete Turalyon dunkle Gestalten, die zwischen den Bäumen herumliefen. Und jetzt entdeckte er auch große Lücken in der grünen Decke und hohe Feuerzungen, die über die Bäume strichen.

Als er den Geruch von brennendem grünem Holz auffing, musste er fast husten.

Die Horde war vor ihnen angekommen. Und sie brannte Quel'Thalas nieder.

„Wir müssen sie daran hindern!“, schrie Alleria. Sie dreht sich zu Turalyon um. „Wir müssen sie aufhalten!“

„Das werden wir“, versprach er und blickte ein zweites Mal hin, überprüfte was er sah. Dann erst wandte er sich an den Herold, der hinter ihm wartete. „Informiere die Truppführer“, befahl er. „Wir werden nördlich durch die Hügel reiten, bis wir mit den

Orks auf einer Höhe sind. Dann greifen wir an und erwischen sie unvorbereitet. Ein Teil der Truppen soll soviel Wasser wie nur möglich sammeln. Andere Einheiten müssen sofort damit beginnen, die Feuer löschen. Wir wollen nicht, dass der Wald um uns herum abbrennt."

Der Herold nickte, riss sein Pferd herum und ritt zurück, um die neuen Befehle zu überbringen.

Turalyon wandte sich bereits an Khadgar. „Kannst du etwas gegen die Feuer tun?", fragte er.

Sein Freund grinste. „Würde ein Gewitter ausreichen?"

„Solange die Blitze nicht weitere Bäume entzünden, ja." Turalyon wandte sich an Alleria. „Alleria."

Sie antwortete nicht, sondern starrte immer noch auf den Rauch. Ihr Gesicht war bleich.

„Alleria!"

Schließlich reagierte sie und sah ihn an.

„Nehmt Eure Waldläufer und geht. Geht! Eure Leute bekämpfen zweifelsfrei bereits die Horde irgendwo im Wald. Findet sie und lasst sie wissen, dass wir hier sind. Wir müssen unsere Angriffe koordinieren, oder die Horde wird Euer Volk unter den Bäumen vernichten und uns dann überrennen."

Sie sah ihn an, nickte, stand aber immer noch unter Schock.

„Sofort!", brüllte er. Er hasste es, derart schroff mit ihr umzugehen, doch er wusste, dass es der einzige Weg war. „Oder seid Ihr zu langsam, um es sicher unter die Bäume zu schaffen?"

Das handelte ihm einen zornigen Blick ein – ganz wie er es erhofft hatte. Sie knurrte ihn an, wandte sich aber ab. Mit ein paar Worten an die anderen Elfen und einem schnellen Ruck, um den Bogen zu richten, den sie über dem Rücken trug, lief sie los. Sie rannte schnell wie ein Pfeil den Hügel hinunter in den Schutz der Bäume und tauchte in die Schatten ein.

„Möge das Heilige Licht Euch beschützen", flüsterte Turalyon.

„Möge es uns alle beschützen", sagte Khadgar rau. „Wir können es sicher brauchen."

Dreizehn

„Ruhe jetzt. Kein Laut“, befahl Zul’jin seinen Leuten. Sie waren gut zwischen den Bäumen vorangekommen und tief ins Herz von Quel’Thalas vorgestoßen. Aber jetzt warnte ihn sein Näschen, dass irgendwo in der Nähe Elfen waren.

Er verlangsamte das Tempo, setzte einen Fuß vorsichtig vor den anderen und balancierte auf dem Ast. Die Äxte hielt er fest in seinen Händen, um zu verhindern, dass sie gegeneinanderschlugen. Er wollte nicht, dass die Elfen sie bemerkten. Noch nicht.

Um ihn herum bewegten sich die anderen Amani-Trolle ebenso leise und die Waffen bereit. Die meisten grinsten breit und zeigten ihre dreieckigen Zähne. Zul’jin konnte sie gut verstehen. Sie befanden sich in der Heimat der Elfen und bereiteten einen Angriff an dem Ort vor, an dem diese sich völlig sicher fühlten. Die Vorfreude auf das Bevorstehende ließ ihn innerlich jubilieren.

Die Elfen hatten sie viel zu lange heimgesucht. Seit die bleichhäutigen, spitzohrigen Eindringlinge zum ersten Mal vor Jahrtausenden erschienen waren und die Gebiete vom großem Amanireich gestohlen hatten, hatten sie die Herrschaft über die Wälder beansprucht.

Als wenn sie es mit einem Troll in Sachen Geschwindigkeit, Unsichtbarkeit und Geschicklichkeit hätten aufnehmen können!

Aber die Elfen besaßen durchaus eigene Vorzüge. Der größte war ihre verdammte Magie. Die Trolle hatten nie zuvor mit solchen Zaubern zu tun gehabt. Sie wussten deshalb nicht, was sie dieser Kunst entgegensetzen sollten.

Glücklicherweise waren die Trolle ihnen aber zahlenmäßig überlegen und hatten die verhassten Elfen zunächst einfach überrennen können.

Doch dann hatten sich die Elfen mit den Menschen verbündet.

Gemeinsam hatten die fahlen Völker das Amanireich zerstört. Sie hatten Trollfestungen geschleift und Tausende seiner Vorfahren getötet.

Zul'jin knurrte bei dem Gedanken daran. Der Laut wurde von seinem dicken Schal aufgesogen.

Vor dem Krieg waren seine Leute zahlreich und mächtig gewesen und hatten große Teile des Landes beherrscht. Danach waren sie über das ganze Land verstreut, ein Schatten ihrer selbst, und wurden auch nie wieder zahlreich genug, um ihr gestohlenes Erbe zurückfordern zu können.

Bis heute.

Die Horde hatte ihnen versprochen, dass sie ihre Rache bekommen würden. Und Zul'jin glaubte ihnen. Der Anführer der Orks, Doomhammer, besaß das Ehrgefühl eines großen Anführers, der sich seiner Macht bewusst war. Er würde kein falsches Spiel mit ihnen treiben. Er würde ihnen helfen, das versunkene Amanireich neu erstehen zu lassen.

Zul'jin hatte mit dieser Aufgabe bereits begonnen. Er war der erste Troll seit jenen fürchterlichen Kriegen, der die Stämme wieder vereinigen konnte. Einen nach dem anderen hatte er die anderen Stammesführer herausgefordert und sie geschlagen, entweder im Kampf, beim Wettkampf oder einer anderen Aufgabe. Und alle hatten sich vor ihm verneigt, hatten sich und ihre Stämme seiner Herrschaft unterworfen.

Die Waldtrolle waren wieder ein gemeinsames Volk. Und mit der Hilfe der Horde würden sie die Welt von Menschen und Elfen befreien und wieder die Wälder regieren.

Die Orks hatten keinerlei Interesse an Bäumen. Zul'jin vermutete, dass sie die Täler und die Ebenen der Welt besetzen würden. Sollten sie ruhig. Alles, was *er* wollte, waren die Wälder.

Aber die mussten sie erst den Elfen wegnehmen. Und das würde ihm das pure Vergnügen sein.

Seine Nase juckte und warnte ihn, dass sie ihrem Ziel nahe waren. Zul'jin blieb stehen und hob eine Hand, damit auch die anderen innehielten.

Er spürte seine Brüder mehr, als dass er sie hörte. Er spähte durch die Blätter nach unten, und seine scharfen Augen durchdrangen die Dunkelheit mit Leichtigkeit.

Er wartete.

Da! Ein Hauch von Bewegung unter ihm. Etwas auf dem Waldboden kam in Sichtweite. Was auch immer es war, es war in Braun und Grün gekleidet wie die Bäume, aber er erhaschte auch den Hauch einer helleren Farbe. Es verursachte kein Geräusch, als es sich über die Blätter bewegte, als bestünden sie aus festem Boden.

Ein Elf!

Ein weiterer erschien hinter dem ersten, dann ein dritter und vierter. Bald passierte sie eine komplette Jagdgruppe, alles in allem zehn Elfen. Sie sahen nicht hoch, fühlten sich sicher in ihrem eigenen Wald. Es kam den Elfen gar nicht in den Sinn, auf der Hut zu sein.

Zul'jin grinste. Das würde leichter werden, als er gedacht hatte.

Er gab seinen Leuten ein Zeichen und steckte die Äxte wieder in ihre Schlaufen. Dann sprang er lautlos auf einen tieferen Ast und schwang sich von dort aus weiter nach unten.

Jetzt war er weniger als drei, vier Elfenlängen über ihnen und konnte sie gut erkennen. Ihre Umhänge wehten hinter ihnen her. Sie trugen die verfluchten Bögen und Pfeile geschultert, ihre Hände waren leer. Sie hatten keine Ahnung, was über ihnen lauerte.

Zul'jin sprang vom Baum und zog noch im Fallen seine Äxte. Er landete direkt zwischen zwei Elfen und schlug zu, bevor sie überhaupt reagieren konnten.

Sein erster Schlag erwischte den Elfen, der ihn ansah, an der Kehle, während der zweite Schlag tief in den Schädel eines zweiten drang. Blut spritzte über die Blätter.

Die anderen Elfen drehten sich überrascht um und griffen nach ihren Waffen. Doch jetzt fielen Zul'jins Brüder über sie her, Äxte, Dolche oder Knüppel in den Händen.

Die Elfen fingen sich und schlugen zurück. Sie versuchten verzweifelt, genug Raum zu gewinnen, damit sie ihre Schwerter ziehen oder ihre Bögen in Position bringen konnten.

Aber die Trolle ließen ihnen keine Chance. Die Elfen mochten schnell sein, doch die Trolle waren größer und stärker und kamen wie das personifizierte Unheil über die Waldläufer, bevor sie fliehen konnte.

Ein Elf jedoch schaffte es, sich loszureißen. Er taumelte zwei Schritte nach hinten, dann drehte er sich um und nutzte einen Baum als Deckung. Zul'jin erwartete, dass der Elf seinen Bogen in Anschlag bringen würde – stattdessen griffen seine Hände nach einem Horn, das an seinem Gürtel hing. Der Waldläufer hob das Horn an seine Lippen und blies kräftig hinein.

Aber das Geräusch erstarb, als einer der anderen Trolle dem Elf in den Bauch schlug. Nur noch ein ersterbendes Keuchen war vernehmbar, während der Waldläufer zusammenbrach. Blut quoll aus seinem Mund und seinen Eingeweiden.

Das Gefecht war vorbei. Zul'jin griff nach unten und schnitt dem ersten Elf, den er erschlagen hatte, ein Ohr ab. Er steckte es in einen Beutel an seiner Hüfte. Später würde er das Ohr trocknen und zusammen mit den anderen Trophäen an einer Kette aufreihen, um seinen Mut zu demonstrieren.

Doch zuerst warteten andere Aufgaben auf ihn.

„Kommt", rief er seinen Brüdern zu, die lachten und sich damit vergnügten, selbst Ohren, Haare und andere Körperteile von den toten Elfen abzuschneiden. Einige hatten die langen Schwerter der Elfen als Trophäen aufgesammelt. Solche Waffen waren hübsch anzusehen, aber beileibe nicht robust genug für die kräftigen Schläge der Trolle.

„Wir werden noch mehr Elfen töten", versprach Zul'jin. „Doch jetzt zurück in die Bäume. Wir locken sie auf unsere Fährte. Wir müssen sie beschäftigt halten." Er grinste, und seine Leute antworteten mit wildem Grunzen. „Und dann töten wir sie alle."

Schnell sprangen die Waldtrolle hoch, packten niedrig hängende Äste mit ihren langfingrigen Händen und zogen sich in den Schutz der Blätter. Sie schwangen sich hoch und ließen die Leichen und das Blut hinter sich. Ihre Augen waren wachsam, und ihre Nasen versuchten, jeden Hinweis auf Elfen zu erschnuppern.

Zul'jin war unbesorgt. Er wusste, dass bald weitere Elfen kommen würden. Sie waren darauf vorbereitet.

Es war lange her, dass er Elfenblut vergossen hatte. Doch schon der kurze Kampf hatte seine Lust nach mehr gesteigert.

Seine Brüder fühlten dasselbe. Viele schnappten mit den Zähnen und waren voller Erwartung eines weiteren Kampfs mit den fahlhäutigen Elfen.

Zul'jin ließ keinen Zweifel daran, dass sie bald ihre Chance bekommen würden, so viele Elfen zu töten, wie sie nur wollten. Der Wald würde sich rot färben vor Blut, und die Elfen würden wissen, dass das Ende ihres Reiches gekommen war. So, wie die Trolle es vor Jahrtausenden hatten erleben müssen.

Und er, Zul'jin, würde dafür verantwortlich sein. Er würde den Kopf des Elfenkönigs im Triumph hoch über sich halten … kurz bevor er ihn in einem Stück verschlingen würde.

Er konnte es kaum noch erwarten.

„Ist alles bereit?“, fragte Gul'dan ungeduldig. Unweit von ihm schüttelte Cho'gall beide Köpfe. Der schwere Oger grunzte und schob. Seine massigen Schultern bewegten das letzte Stück des Runensteins über die grasbewachsene Lichtung.

„Jetzt ist es fertig“, rief er, richtete sich auf und rieb sich seine Schulter.

Gul'dan nickte. Es hatte mehrere Stunden gedauert, nur einen einzigen Runenstein auszugraben, den Monolithen in mehrere immer noch riesige Stücke zu zerschlagen und fünf davon auf diese Lichtung zu schaffen. Danach hatten sie weitere Stunden benötigt, um die Steine so anzuordnen, dass sie einen Kreis bildeten und sich gleichzeitig ein Pentagramm dazwischen bildete.

Glücklicherweise hatte Doomhammer ihnen die Hilfe mehrerer Oger zugestanden, und Cho'gall konnte mit seinen tumben Artgenossen leichter kommunizieren als jeder Ork es vermochte.

Die Runensteinstücke waren groß, aber zwei Oger konnten

sie anheben, wofür sonst ein Dutzend Orks nötig gewesen wäre. Gul'dan fragte sich ernsthaft, wie die Elfen die vollständigen Steine an den ihnen zugedachten Ort gebracht hatten. Wahrscheinlich mithilfe von Magie. Oder sie hatten auch mit Sklaven gearbeitet. Die Waldtrolle waren fast so stark wie die Oger und überdies schlauer. Sie hätten selbst detailliertere Anweisungen ausführen können.

Doch jetzt lagen die Steine an Ort und Stelle. Gul'dan gab ein Zeichen, und drei weitere Hexenmeister nahmen ihre Plätze neben drei Runensteinstücken ein. Es war gut, dass Doomhammer sie nicht getötet hatte, denn sonst hätte das Ritual niemals funktioniert.

Gul'dan vermutete, dass es wie geplant ablaufen würde, sicher war er sich aber nicht. Doch selbst wenn es misslingen sollte, würde er es unverletzt überstehen.

Er nickte Cho'gall zu, der die Oger rief, die an der Seite gewartet hatten. Nach einem Moment des Drängelns, Schiebens und Knurrens trat einer von ihnen vor. Cho'gall brüllte einen Befehl, und der Oger zuckte mit den Achseln und trottete zwischen die Steine. Er stand im Zentrum des Pentagramms und wartete bewegungslos. Eine der guten Seiten von Ogern war, dass sie, wenn nötig, völlig still verharren konnten. Wenn sie keinen anderslautenden Befehl erhielten oder hungrig wurden, konnten sie stundenlang warten, so bewegungslos wie eine Statue.

Gul'dan hatte sich schon oft gefragt, ob sie wohl von den Steinen abstammten. Das hätte zumindest ihr dickes Fell und ihre unglaubliche Dummheit erklärt.

Er konzentrierte sich wieder auf seine unmittelbare Aufgabe. Gul'dan hob die Arme und rief die dunklen Kräfte, die sein dämonischer Meister ihm noch auf Draenor verliehen hatte. Die Energieentladungen knisterten um ihn herum, und er leitete sie in das Runensteinstück, das direkt vor ihm lag. Cho'gall hatte den letzten Platz eingenommen, und er und die Hexenmeister steuerten ihre Kräfte bei, jeder in einen eigenen Stein. Als alle fünf Steine vor Energie summten, fast schon vibrierten, sprach Gul'dan eine kurze Formel und konzentrierte sich.

Noch mehr Strom floss von seinen Fingerspitzen in den

Runenstein, doch diesmal sprang die Energie auf den Stein zur Linken über. Dort endete sie aber nicht. Sie floss durch den nächsten Stein und von dort zum benachbarten … bis alle fünf Steine in einem Feld aus zuckender Magie eingehüllt waren.

Die Luft schien sich über dem Altar verdunkelt zu haben. Sie war angereichert mit Magie, so ähnlich wie der Himmel vor einem Gewitter. Der Oger bewegte sich immer noch nicht, obwohl Gul'dan einen Hauch von Angst in seinen Augen sah.

Sehr gut, Cho'gall hatte ein schlaues Exemplar ausgesucht.

Jetzt, nachdem die Steine unter Strom standen, lenkte Gul'dan die Energie ins Zentrum auf die hoch aufragende Gestalt zu. Blitze dunkler Energie zuckten vom Stein heran und schlugen dem Oger in die Brust, wodurch er von einer gespenstischen Aura umgeben wurde.

Die anderen Runensteinfragmente verliehen ihm Stärke, und der Oger verschwand fast in dem düsteren Glühen, das den Raum zwischen den Steinen erfüllte. Mehr und mehr Energie tanzte innerhalb dieser Sphäre, die sich irgendwie selbst nährte.

Jetzt konnten sie die Gestalt der Kreatur kaum noch erkennen. Gul'dan war sicher, dass er seine übermüdeten Arme spürte, aber die Erregung ließ ihn zittern.

Nach ein paar Minuten wurde das düstere Leuchten schwächer. Langsam verging es, und die Gestalt darin war besser zu erkennen.

Der Oger überragte sie immer noch alle, bis auf Cho'gall. Aber etwas an ihm hatte sich geändert. Gul'dan wartete ungeduldig, dass das Glühen verschwand, damit er hineinsehen konnte. Schließlich war es verebbt, und Gul'dan warf den ersten Blick auf die Kreatur, die seinem Altar der Stürme entsprungen war.

Es war immer noch eindeutig ein Oger, obwohl größer als zuvor, und irgendwie hatten sich die Proportionen verschoben. Seine Arme waren nicht mehr so lang, seine Beine nicht mehr so krumm, und er wirkte … aufmerksamer.

Und natürlich waren da die zwei Köpfe.

Auf Draenor waren zweiköpfige Oger sehr selten gewesen. Sie waren größer und stärker als andere und koordinierter. Sie wurden verehrt.

Cho'gall war der erste seit Generationen gewesen. Er war intelligent genug gewesen, um ein Magier zu werden. Gul'dan hatte den Oger getroffen, als er noch jung gewesen war und hatte ihn sorgfältig ausgebildet. Cho'gall hatte sich als wertvoller Assistent und mächtiger Hexenmeister erwiesen und war bis heute bei Gul'dan geblieben. Und jetzt, schien es, war Cho'gall nicht mehr allein.

Der neue zweiköpfige Oger schaute Gul'dan an. Er erkannte irgendwie, dass Gul'dan der Verantwortliche war.

„Was bin ich?", wollte er wissen. Ein Kopf sprach, während der andere sich umsah. Seine Sprachfähigkeit war viel besser als die eines normalen Ogers.

„Du bist ein Oger", antwortete Gul'dan. „Vielleicht ein Ogermagier."

„Ein Ogermagier", wiederholte der andere Kopf des neuen Ogers. „Was ist das?"

Gul'dan erklärte ihm, was Magier, Hexenmeister, Schamanen und andere Magiekundige waren.

„Und? Gehöre ich dazu?", fragte der neue Oger.

„Schon möglich." Gul'dans Augen zogen sich zusammen. „Es gibt einen einfachen Test." Er bückte sich und hob ein einzelnes Blatt vom Boden auf. Er reichte es dem Oger. „Nimm das."

Der Oger nahm das Blatt überraschend sicher entgegen und bewies, dass sich seine Fingerfertigkeit dramatisch verbessert hatte.

„Nun konzentriere dich auf den Gedanken an Feuer oder Hitze oder eine Flamme", sagte Gul'dan.

Der Oger runzelte die Stirn und beobachtete das Blatt. Dann nickte er leicht, zuerst mit dem einen Kopf, dann mit dem anderen.

„Gut." Gul'dan sprach leise, denn er wollte die Konzentration der Kreatur nicht stören. „Jetzt erwecke die Flamme zum Leben. Lass sie das Blatt beanspruchen, das Feuer darüber fließen, die Hitze deine Haut erwärmen, dir fast die Finger verbrennen."

Er beobachtete, wie ein Funke in der Mitte des Blattes erschien und schnell zu einer Flamme heranwuchs, die sich hungrig ausdehnte. Das Blatt zog sich zusammen, wurde dunkel und binnen

Augenblicken vom Feuer verschlungen. Der Wind trug es fort, und der Oger schaute auf. Der Blick seiner vier Augen traf die Augen von Gul'dan.

„Dann bin ich ein Ogermagier, ja?" Es klang befriedigt. Ein Kopf grinste, der andere lachte leicht, obwohl er verwirrt schien.

„Ja", stimmte Gul'dan zu, ebenfalls zufrieden. „Du bist einer von uns."

„Was bedeutet 'einer von uns'?", fragte die Kreatur als nächstes, ihr kleinerer Kopf furchte die Stirn. „Was fange ich mit diesem Geschenk an?"

Gul'dan erzählte dem Oger von der Horde. Er erzählte auch von der Notwendigkeit, diese Welt zu erobern – und alles über die anderen Völker, die ihnen bereits begegnet waren. Der Ogermagier hörte ruhig zu und nahm jedes Detail auf.

„Du hast mich erschaffen", sagte er schließlich. Es war keine Frage, aber Gul'dan nickte. „Dann bin ich deine Kreatur", bestätigte der Oger. „Ich werde dir dienen. Dein Weg ist meiner. Was soll ich tun?"

Innerlich war Gul'dan hoch erfreut und zufrieden. Es war genau so, wie er gehofft hatte. Indem er einen zweiköpfigen Oger durch seine Magie geschaffen hatte, hatte er ein Band zwischen ihnen gewoben.

Die Kreatur war völlig loyal! Nach außen hin zumindest ... Er bemühte sich, nicht zu viel Optimismus zu zeigen. Stattdessen winkte er Cho'gall zu sich heran.

„Das ist Cho'gall", erklärte Gul'dan an den Oger gewandt. „Er ist wie du mein vertrauter Assistent und ein Ogermagier. Er wird dir alles erklären. Und er wird dir einen eigenen Namen geben."

Der neue Oger senkte beide Köpfe. „Habt Dank, Meister", sagte der düstere Kopf, bevor die Kreatur mit Cho'gall fortging.

Gul'dan wusste, dass sein Assistent den neuen Ogermagier dazu benutzen würde, den Altar erneut aufzuladen. Und jedes Mal würde dabei ein neuer zweiköpfiger Oger entstehen. Er wusste, dass er nicht erwarten durfte, dass sie alle auch zauberkundig sein würden. Aber wenn auch nur einer von zehn die notwendige Intelligenz besaß, würde er einen zweiten Altar bauen und den ebenso mit Energie versorgen.

Gul'dan lachte. Er würde jeden Oger der Horde verwandeln, wenn Doomhammer ihn nicht stoppte. Und warum sollte er? Doomhammer wusste nur, dass er größere und stärkere Krieger bekam. Der Kriegshäuptling würde nie vermuten, dass diese neuen Kreaturen Gul'dan ergeben waren. Und Gul'dan würde dafür sorgen, dass sie ihre wahre Loyalität nicht zu früh offenbarten. Erst, wenn es an der Zeit war. Und dann würde Doomhammer erkennen, dass es eine neue Fraktion innerhalb der Horde gab. Eine, die er nicht so leicht zerschlagen oder beiseite schieben konnte.

Gul'dan lachte wieder und wandte sich ab. Cho'gall würde für den Rest des Prozesses Sorge tragen. Er selbst musste sich um andere Aufgaben kümmern. Sie würden später sicherstellen, dass er in nicht allzu ferner Zukunft die Macht beanspruchen konnte, die woanders bereits auf ihn wartete.

Vierzehn

„Beim Silbermond – wo sind sie?“ Alleria rannte durch den Wald, das Schwert in der Hand. Blätter und Zweige jagten verschwommen an ihr vorbei. Die anderen Waldläufer hatten sich verteilt, um einen größeren Bereich abzudecken. Alleria hoffte, dass sie nicht auf Trolle oder Orks gestoßen waren – diese bösartigen grünhäutigen Eindringlinge wollte sie für sich selbst.

Sie sah die Feuer und wünschte sich nicht zum ersten Mal, ihre Heimat nie verlassen zu haben. Wie hatte sie nur annehmen können, dass die Allianz ihre Hilfe brauchte? Waren Anasterian Sonnenwanderer und die anderen Ratsmitglieder nicht viel älter und weiser als sie und wussten daher besser, welche Art von Hilfe die jüngeren Völker brauchten?

Andererseits war Anasterian davon überzeugt gewesen, dass die Horde niemals eine Bedrohung für Quel'Thalas darstellen könnte. Und so hatte er entschieden, dass die Allianz sie nichts anging, denn die Elfen waren ja nicht bedroht.

Offensichtlich hatte er damit falsch gelegen.

Doch wenn Alleria auf ihn gehört und seine Entscheidung akzeptiert hätte, wäre sie im entscheidenden Moment hier gewesen. Sie wäre nicht den Fluss hinuntergefahren und über die Hügel marschiert. Als die Orks und Trolle kamen und die Horde die Grenze überschritt, hätte sie ihrer Familie, ihrem Volk beistehen können.

Aber hätte ihre Anwesenheit überhaupt einen Unterschied ausgemacht? Sie wusste es nicht. Was konnte ein einzelner Waldläufer schon ausrichten? Und wie konnte er einen Feind aufhalten, von dem er gar nicht wusste, dass er anrückte?

Doch immerhin würde sie sich nicht fühlen, als hätte sie ihr Volk in der Stunde der Not im Stich gelassen.

Der Gedankengang spornte sie an und verlieh ihr mehr Schnelligkeit. Auf einer kleinen Lichtung sprang sie über einen niedrigen Busch, landete zwischen zwei Bäumen …

… und sah plötzlich die Spitze eines Pfeils vor sich, der auf ihre Kehle gerichtet war.

Die Gestalt, die den Bogen hielt, war annähernd so groß wie sie und trug sogar ähnliche Kleidung. Allerdings war die ihres Gegenübers sauberer. Langes Haar fiel unter der Kapuze hervor und glänzte fast wie Elfenbein in der Sonne. Das leuchtende Silber kannte Alleria nur zu gut.

„Vereesa?“

Die Gestalt senkte den Bogen. Ihre blauen Augen weiteten sich vor Überraschung und Erleichterung. „Alleria?“ Ihre jüngere Schwester umarmte die Elfe herzlich. „Du bist wieder zuhause!“

„Natürlich.“ Alleria drückte Vereesa und strich ihr über den Kopf. Die Geste war so vertraut und kam ganz wie von selbst. „Wo ist Sylvanas? Sind Vater und Mutter in Sicherheit?“

„Sie sind wohlauf“, antwortete Vereesa, die Alleria losließ und ihre Waffen einsammelte. „Sylvanas ist mit einer Jagdgruppe am Flussufer. Vater und Mutter sollten in Silbermond sein. Sie wollten sich mit den Ältesten treffen.“ Sie machte eine Pause und steckte die Pfeile in den Köcher. „Alleria, wo warst du? Hier gibt es zahlreiche Brände. Überall in Quel’Thalas. Und einige der Waldläufer melden sich plötzlich nicht mehr.“

Alleria spürte, wie ihr Magen sich angesichts dieser Information verkrampfte. Wenn Waldläufer verschwunden waren, musste die Horde bereits tief in den Wald vorgestoßen sein. „Wir werden angegriffen, kleine Schwester“, antwortete sie – dann hob sie unvermittelt ihr Schwert und wirbelte herum. Dabei wandte sie ihrer Schwester den Rücken zu. Ihre Ohren zuckten. „Und jetzt, sei still.“

„Aber …“ Vereesa verstummte, als eine große Gestalt aus den Baumwipfeln herunterkrachte. Sie hielt eine kurzstielige Axt in der Hand.

Alleria ging zum Angriff über, noch bevor die Kreatur auf dem Boden gelandet war. Sie hob ihr Schwert, parierte den Schlag ihres Gegners, drehte sich seitwärts … und entging so geschickt dem zweiten, mit einem langen Krummdolch geführten Angriff.

Alleria schwang ihr Schwert und schlug der Bestie den Kopf ab. Der Troll stürzte, die Waffen fielen aus seinen leblosen Händen.

„Schnell!“, rief Alleria. „Wir müssen hier weg! Sofort!“

Vereesa hatte die Augen vor Schreck weit aufgerissen. Sie nickte, gehorchte dem Befehl ihrer Schwester und rannte los, um wahrscheinlichen weiteren Angreifern zu entkommen. Sie war noch jung, die jüngste von drei Schwestern, und war noch nie in einen echten Kampf verwickelt gewesen. Alleria hatte gehofft, dass das auch noch für einige Zeit so bleiben würde. Doch jetzt war es zu spät, sich darum zu sorgen.

Sie hetzten durch den Wald. Alleria war sicher, dass sie von irgendwoher Gelächter hörte.

Trolle! Die Kreaturen folgten den beiden Elfen und hielten hoch oben im Geäst mit ihnen Schritt. Zweifellos wollten die Bestien sich von dort auf sie herabstürzen und sie töten, bevor einer von ihnen Hilfe alarmieren konnte.

Aber die Trolle kannten diesen Wald nicht – im Gegensatz zu Alleria.

Vereesa und ihre unsichtbaren Verfolger im Schlepp, lief Alleria Haken schlagend durch das Unterholz, wechselte die Richtung und überquerte kleine Bäche und Lichtungen, warf sich durch Büsche oder duckte sich unter Bäumen und Lianen hindurch.

Vereesa hielt Schritt mit Alleria, ihren Bogen hatte sie fest in der Hand. Und von oben erklang nach wie vor Gelächter.

Dann sah Alleria ein silbernes Band vor sich. Der Fluss! Sie beschleunigte noch einmal, um ein noch höheres Tempo zu erreichen.

Vereesa holte sie ein, und gemeinsam brachen sie zwischen den Bäumen hervor, traten auf eine flussnahe Lichtung.

Alleria hörte, wie hinter ihr erst einer und dann mehrere Trolle aus den Baumkronen sprangen. Die Kerle wussten, dass sie sie erwischen mussten, bevor sie durch das tiefe Wasser in Sicherheit schwimmen konnten.

Trolle verabscheuten Wasser.

„Nette Jagd, Bleichgesicht“, knurrte eine der Kreaturen hinter ihnen. „Aber jetzt wirst du sterben!“

Hände griffen nach Alleria, lange Klauen kratzten über ihre Haut, fassten in ihr Haar … doch sie riss sich wieder los und entging dem Griff. Sie wirbelte herum und hob das Schwert, bereit so lange zu kämpfen, wie sie konnte …

… und sah, wie sich der Troll plötzlich versteifte und umfiel. Ein langer Schaft ragte aus seinem Hals.

Ähnliche Pfeile töteten die anderen Trolle, bevor sie die Sicherheit der Bäume erreichen konnten.

Als sie sich zum Fluss umwandte, entdeckte Alleria mehrere Waldläufer am anderen Ufer. Ihre Bögen zitterten noch. Einer von ihnen, eine junge Frau, trug einen langen grünen Umhang und eine geschmückte Tunika. Sie hatte langes blondes Haar, etwas dunkler als Allerias, ansonsten aber glichen sie einander.

Die Augen ihres Gegenübers waren eher grau als grün oder blau. Doch sie hatten dieselbe Form wie die von Alleria und Vereesa. Die Waldläufer bauten sich um sie herum auf, während die Elfe lachte und ihren Bogen zum Gruß erhob.

„Willkommen daheim, Alleria!“, rief Sylvanas. „Was für einen Ärger bringst du denn da mit?“

Selbst über den Fluss war ihre unglaubliche Ausstrahlung zu spüren.

Alleria lachte bei der Begrüßung durch ihre Schwester. Sylvanas, Waldläuferin und Oberkommandierende aller Streitkräfte von Quel’Thalas, trat so selbstbewusst auf wie immer.

Alleria schüttelte den Kopf. „Ich hatte gehofft, dass wir den Biestern entkommen“, antwortete sie ehrlich. „Aber ich komme nicht mit leeren Händen.“ Sie schaute sich die toten Trolle an. Dann blickte sie zu Vereesa, die leicht wankte. Ihr Gesicht war bleich, und sie mied den Anblick der Leichen. „Ich muss mit dem Rat sprechen. *Dringend*.“

„Ich weiß nicht, ob man dir zuhören wird“, warnte Sylvanas

sie. „Sie sind zu beschäftigt mit diesem Feuerproblem. So wie ich auch. Die Brände entstehen überall im Wald, ohne einem erkennbaren Muster zu folgen.“ Sie sah zu den toten Trollen hinüber. „Und jetzt muss ich mich auch noch darum kümmern.“

Alleria schnitt eine Grimasse und schaute nach unten. „Sie *werden* mir zuhören“, versprach sie. „Ich lasse ihnen gar keine andere Wahl.“

„Was soll das heißen?“, fragte Anasterian Sonnenreiter. Er und der Rat von Silbermond diskutierten die Ereignisse in ernstem, besonnenem Ton, als Alleria unangekündigt eintrat. Mehrere Herrscher der Hochelfen erhoben sich von ihren Sitzen, überrascht von ihrem Erscheinen, doch Alleria ignorierte sie. Sie konzentrierte sich allein auf Anasterian.

Der König der Hochelfen war selbst für einen Elfen *alt*. Sein Haar war schon vor langer Zeit weiß geworden, seine Haut dünn wie Pergament und faltig wie knorrige Rinde. Er war nicht mehr nur schlank, sondern wirkte gebrechlich, aber seine blauen Augen blitzten immer noch durchdringend, und seine Stimme, obwohl dünn geworden, unterstrich im Tonfall dennoch seine Autorität. Alleria schreckte angesichts seiner Wut instinktiv zurück, dann aber erinnerte sie sich daran, warum sie hier war und straffte sich.

„Ich bin Alleria Windläufer“, verkündete sie, obwohl sie wusste, dass die meisten Ratsmitglieder sie bereits kannten. „Ich war außerhalb unserer Grenzen und habe zusammen mit den Menschen in ihrem Krieg gekämpft. Ich bin zurückgekommen, um Euch schlimme Kunde zu überbringen. Nicht nur für die Menschen, sondern auch für uns.“ Sie furchte die Stirn und musterte jetzt doch die Männer und Frauen vor sich. „Die Horde, vor der uns die Menschen gewarnt haben, ist *real*, und sie ist gewaltig. Der Hauptteil ihrer Streitkräfte besteht aus Orks, aber es mischen sich auch andere Kreaturen darunter. Waldtrolle zum Beispiel.“

Diese Aussage löste aufgebrachtes Gemurmel aus. Keiner der anwesenden Hochelfen ahnte, was ein Ork war. Alleria hatte es auch nicht gewusst – bis sie die Monster in den Hügellanden bekämpft hatte. Aber sie alle kannten die Trolle. Einige, Anastarian eingeschlossen, hatten vor langer Zeit in den Trollkriegen gegen sie gekämpft. Viertausend Jahre bevor Quel'Thalas gegründet wurde.

„Du behauptest, der Horde gehören auch Trolle an", sagte einer der Fürsten. „Nun gut, aber was geht uns das an? Lass doch die Trolle diesen merkwürdigen Kreaturen folgen, von denen du sprichst, und hoffentlich gehen sie dann einfach mit ihnen weg von hier. Oder vielleicht tun uns die Menschen einen Gefallen und töten sie für uns!"

Mehrere Elfen lachten scheu und nickten.

„Ihr versteht nicht", antwortete Alleria wütend. „Die Horde ist nicht irgendein weit entferntes Problem, das wir ignorieren können! Sie will ganz Lordaeron erobern, von einer Küste zur anderen – und das schließt uns hier in Quel'Thalas mit ein!"

„Lasst sie doch kommen!", meinte ein Elfenmagier namens Dar'kahn, „Unser Land ist gut gesichert, keiner kommt an den Runensteinen vorbei und überlebt es."

„Ach, bist du dir da sicher?", zischte Alleria. „Bist du dir wirklich sicher? Denn die Trolle *sind* bereits in unseren Wald eingedrungen. Sie durchstreifen in diesem Moment unser Gebiet, töten unsere Leute. Und die Orks sind nicht weit dahinter. Sie sind etwas schwächer als die Trolle, aber sie sind so zahlreich wie Heuschrecken. Sie werden unser Land überrollen. Und sie sind bereits da."

„Wie?", rief Anasterian. „Unmöglich."

Als Antwort schleuderte Alleria ein Objekt von sich, das sie bei sich trug, seit sie und Vereesa geflohen waren. Der Kopf des Trolls flog durch die Luft, ein Windhauch strich durch sein kurzes dunkles Haar, die Sonne schien auf die Hauer … und er landete genau vor Anasterians Füßen.

„Der hier hat Vereesa und mich angegriffen", erklärte Alleria. „An einer Stelle, keine Stunde von der Flussmündung entfernt. Mehrere andere verfolgten uns dort. Ihre Leichen liegen immer noch am anderen Ufer, wenn Sylvanas und ihre Gruppe sie nicht schon weggeräumt haben." Sie bemerkte, dass keinem der Fürsten mehr zum Lachen zumute war. „Sie sind hier“, wiederholte sie. „Die Trolle sind in unserem Wald und töten unsere Leute. Und die Orks brennen die Grenzen zum Immersangwald nieder!“

„Unglaublich!“ Dieses Mal war Anasterians Zorn nicht gegen sie gerichtet. Der König der Elfen trat gegen den Kopf des Trolls, der unter den Stuhl eines anderen Fürsten rollte. Anasterians Augen blitzten zornig, er zog eine Augenbraue hoch. Als er sich wieder zu Alleria umdrehte, konnte sie die Kraft und Zielstrebigkeit erkennen, die ihn schon seit Jahren zu einem großartigen König machten. Alle Hinweise auf Schwäche waren verschwunden, beiseite geschoben worden von der aktuellen Krise.

„Diese Kreaturen wagen es, in unsere Heimat einzudringen?“, knurrte Anasterian. „Oh ja, sie wagen es offenbar tatsächlich!“ Er sah auf, und sein Gesicht wirkte, als braue sich darauf ein Unwetter zusammen. „Wir werden sie lehren, sich hierher zu trauen! Sammelt unsere Krieger! Ruft unsere Waldläufer! Wir greifen die Trolle an und vertreiben sie aus unserem Wald, auf dass sie niemals wiederkehren mögen!“

Alleria freute sich, ihren König derart resolut zu erleben. Sie stimmte ihm voll und ganz zu, schüttelte aber trotzdem den Kopf. „Die Trolle sind nur ein Teil der Gefahr“, erinnerte sie Anasterian. „Die Horde ist reich an Zahl, jenseits aller Vorstellungskraft reich. Und die Orks sind stark, hartgesotten und überaus zielstrebig in ihrem Vorgehen …“ Plötzlich umspielte ein Lächeln ihre Lippen. „Glücklicherweise bin ich nicht allein gekommen.“

Turalyon kämpfte gegen zwei Orks und hatte gerade erst einen von beiden mit seinem Hammer zu Boden geschmettert, als er einen heftigen Schlag auf seinen Schild abwehren musste.

Ein dritter Ork sprang ihn an und warf ihn fast von seinem Pferd. Weil die Kreatur zu nah war, um sie mit seiner Waffe zu erwischen, verpasste er ihr einen Kopfstoß. Sein schwerer Helm erwischte den Ork an Augenbraue und Nasenwurzel.

Der Ork war benommen. Turalyon schüttelte ihn ab und schleuderte ihn gegen seinen zweiten Feind. Dann nutzte er die Gelegenheit, beiden gut gezielte Hiebe zu verpassen.

Keiner von ihnen würde sich je wieder erheben.

Er wischte Wasser von der Vorderseite seines Helms und nahm sich einen Moment Zeit, um die dicken grauen Wolken am Himmel zu beobachten.

Der Regen schien nicht nachlassen zu wollen, und das war auch gut so. Zumindest erloschen die Brände dadurch und würden wohl auch nicht wieder ausbrechen.

Er wollte das Kämpfen in solch feuchtem, schlechtem Wetter gern ertragen, wenn es dazu beitrug, dass die Heimat der Elfen nicht völlig in Schutt und Asche gelegt wurde.

An seiner Seite konnte er Khadgar ausmachen, der mit Schwert und Stab kämpfte. Der Zauberer hatte sich bei der Beschwörung des Sturms, der sich entlang der gesamten Front zog, magisch ziemlich verausgabt. Aber er war auch im Umgang mit normalen Waffen sehr versiert, sodass Turalyon sich wohl keine ernsthaften Sorgen um ihn machen musste – zumal er gerade so viele Widersacher gegen sich hatte, dass er vollauf damit ausgelastet war, sich Sorgen um sich selbst zu machen.

Turalyon kämpfte gerade gegen zwei Orks zu seiner Linken, als sich einer der beiden versteifte, zuckte und dann umfiel. Ein Pfeil ragte aus seinem Hals.

Turalyon erkannte die Fiederung und lächelte. Eine geschmeidige junge Frau jagte einen Moment später auf ihn zu. Ihr Reiseumhang wirbelte trotz des Regens, und die Spitzen ihrer langen Ohren stießen durch die goldene Haarmähne, die ein wunderschönes Gesicht umrahmte.

Irgendwie ignorierte der Regen Alleria und fiel um sie herum, anstatt sie zu durchnässen. Turalyon wusste nicht genau, ob Elfenmagie dahintersteckte oder ob die reine Kraft ihrer natürlichen Schönheit dafür genügte …

„Ich sehe, ich bin gerade rechtzeitig gekommen“, meinte Alleria, als sie ihn erreichte und einem weiteren Ork einen Pfeil in den Hals rammte. „Was würdet Ihr nur machen, wenn ich Euch nicht immer wieder rettete?“

„Ich komme schon zurecht“, antwortete Turalyon, der zu sehr auf den Kampf konzentriert war, um in ihrer Gegenwart nervös zu sein. Er blockte einen Angriff ab, schlug den Ork nieder und wandte sich bereits dem nächsten Feind zu. „Habt Ihr Euren König gefunden?“

„Ja“, bestätigte sie. „Er wird uns helfen. Unsere Krieger und die Waldläufer sind mobilisiert. Sie können binnen Minuten hier sein, wenn Ihr das wollt.“

Turalyon nickte, benutzte den langen Schaft seines Hammers, um eine Axt abzuwehren, und verkürzte dann den Griff, sodass der Kopf des Hammers den angreifenden Ork mit dem Rückschwung erwischte.

„Natürlich will ich! Dieser Ort ist so gut wie jeder andere“, antwortete er. „Und solange wir sie hier bekämpfen, geht die Horde auch nirgendwo sonst hin.“

Alleria pflichtete ihm bei, dann sagte sie: „Ich werde zurücklaufen und meine Leute informieren. Ihr müsst nur aushalten, bis wir eintreffen.“ Ihre Stimme hatte einen merkwürdigen Klang.

Turalyon warf ihr einen Blick zu. Beim Licht! Weinte sie? Sie sah auf jeden Fall traurig aus. Aber das war auch kein Wunder, die Invasion ihrer Heimat hatte sie hart getroffen.

„Wir werden standhaft sein“, versicherte er ihr. „Wir müssen.“

Dann war Alleria auch schon wieder verschwunden. Turalyon hoffte nur, dass sie mit der versprochenen Unterstützung zurückkam, bevor der Rest der Horde seine schwachen Verteidigungslinien durchbrochen hatte. Schon jetzt strömten Wellen von Orks von allen Seiten heran. Turalyon wusste, dass seine Truppen der Orkarmee auf Dauer nicht gewachsen waren. Erst recht nicht hier auf dem offenen Feld, wo die Orks sie umzingeln und überrennen konnten.

Sie brauchten dringend Hilfe, und zwar schnell. Er betete, dass die Elfen so fähig waren, wie Alleria sie ihm beschrieben hatte.

Ter'lij, einer von Zul'jins Untergebenen, grinste. Er und seine Gruppe hatten etwas Unangenehmes in der Nähe gerochen und sich von ihren Nasen zu einem herrlichen Geräusch führen lassen. Schritte! Verursacht wurden sie von jemandem auf dem Waldboden – einem einzelnen Elf.

Ter'lijs Auftrag lautete, den Weg zu bewachen, der zur Stadt der Elfen führte. Er sollte die Spitzohren daran hindern, ihn zu benutzen. Nun, dieser Elf würde nicht weit kommen.

Er kletterte leise durch das Blattwerk nach unten. Dann sah Ter'lij seine Beute. Der Elf bewegte sich sehr schnell. Den meisten anderen Kreaturen wären seine Schritte leise vorgekommen. Aber Ter'lij fand sie laut wie Donnerhall. Der Elf trug einen langen braunen Umhang, die Kapuze hatte er übergezogen, und er stützte sich auf seinen langen Stab. Einer der Älteren also. Noch besser.

Ter'lij leckte sich aus Vorfreude die Lippen und bedeutete seiner Gruppe, ihm nach unten zu folgen. Dann ließ er sich aus dem Baum fallen, den Krummdolch in der Hand, und grinste sein Opfer an.

Er war überrascht, als der Elf seinen Umhang zurückwarf und sich lachend aufrichtete. Der Stab schnellte hoch und enthüllte eine lange Klinge an einem Ende. Die Rüstung des Elfs leuchtete selbst im Schatten der Bäume.

„Hast du wirklich geglaubt, wir könnten nicht hören, wie du über uns raschelst?", zischte der Elf. Seine Gesichtszüge verhärteten sich. „Hältst du uns für so taub, dass wir nicht mitbekommen, wie ihr unseren Wald verschandelt? Ihr seid hier nicht willkommen, Kreatur, und jetzt wirst du sterben."

Ter'lij erholte sich schnell von der Überraschung und lachte. „Sehr schlau, kleines Bleichgesicht", stimmte er zu. „Ein netter Trick, mit dem du Ter'lij da gekommen bist. Aber du bist allein mit deinem Stab, und wir sind viele."

Der Rest seiner Gruppe landete hinter ihm, bereit, sich über den arroganten Elf herzumachen.

Doch der Elf grinste noch breiter, seine Gesichtszüge wirkten jetzt regelrecht gehässig. „Glaubst du das, du Dummkopf?", spottete er. „Ihr bildet euch etwas auf eure Waldläuferfähigkeiten ein. Aber ihr seid *blind* im Wald verglichen mit uns. Blind und *taub*."

Plötzlich erschien ein zweiter Elf hinter einem Baum. Und dann ein dritter. Und ein vierter. Ter'lij runzelte die Stirn. Es wurden immer mehr, bis er und seine Gruppe umzingelt und zahlenmäßig unterlegen waren. Alle Elfen trugen die gleichen langen Speere und hohe, längliche Schilde.

Damit hatte Ter'lij nicht gerechnet. Nichtsdestotrotz war er ein erfahrener Jäger und Krieger und ließ sich nicht so leicht einschüchtern.

„Das ist ja noch besser!“, rief er schließlich und richtete sich zu seiner vollen Größe auf. „Was für eine Herausforderung, nicht nur einen unbewaffneten Elf abstechen … Das gefällt mir!“

Mit diesen Worten sprang er dem führenden Elf entgegen. Sein Schwert war hoch erhoben, und er …

… starb mitten im Sprung, als sich der Speer des Elfenanführers durch seine Brust bohrte und das Herz durchdrang, bevor die Spitze aus dem Rücken wieder heraustrat.

Der Elf trat zur Seite und ließ Ter'lijs Körper vom Speer rutschen. Er drehte sich und wirbelte mit dem Speer, um die Hand eines angreifenden Trolls abzutrennen.

Der Kampf war schnell entschieden. Der Elfenanführer trat vor einen der Toten und nickte. Er hatte schon früher gegen Waldtrolle gekämpft. Allerdings noch nie hier in Quel'Thalas. Und obwohl die Trolle an sich gute Jäger waren, konnten sie sich mit einem Elf nicht messen.

Sylvanas hatte die Patrouille als eine von vielen mit dem Befehl ausgeschickt, jeden Troll aufzuspüren und zu töten. Dies war die zweite Gruppe, die sie erwischt hatten. Und er fragte sich, wie viele mehr wohl noch im Wald herumliefen.

Er öffnete den Mund, um seine Männer zu rufen, als eine schlanke Gestalt auf die Lichtung stürmte. Ihr goldenes Haar flatterte im Wind.

Haldurons Ohren hatten sie erst Sekunden zuvor wahrgenommen. Und das auch nur, weil Alleria zugunsten von höherem Tempo bewusst auf Lautlosigkeit verzichtet hatte.

„Halduron!“, rief sie, und blieb wenige Schritte von ihm entfernt stehen. „Gut, dass ich dich finde! Ich habe mit dem Oberkommandierenden der Allianz gesprochen und auch mit Sylvanas. Sie braucht uns alle an der südwestlichen Ecke des Waldes. Dort hat sich die Horde versammelt, und die Menschen können sie nicht mehr lange aufhalten.“

Halduron Wolkenglanz nickte. „Ich werde Lor'themar informieren – seine Gruppe befindet sich ganz in der Nähe", sagte er. „Er wird unseren Freunden zu Hilfe eilen. Ihr Kampf ist jetzt auch der unsere. Wir werden nicht zulassen, dass die Menschen diesen üblen Kreaturen zum Opfer fallen." Er machte eine Pause und musterte sie genauer. „Geht es dir gut, Alleria? Du wirkst … verwirrt."

Alleria schüttelte den Kopf, allerdings glitt ein Schatten über ihr Gesicht. „Mir geht es gut", versicherte sie. „Jetzt aber los! Bring unsere Krieger zur Front! Ich kehre zu meiner Schwester und zur Allianz zurück und berichte ihnen, dass Hilfe kommt." Sie machte auf dem Absatz kehrt und verschwand zwischen den Bäumen.

Halduron sah ihr kurz hinterher, dann schüttelte er sich. Er kannte Alleria Windläufer schon sehr lange und konnte beurteilen, wenn sie etwas störte oder beunruhigte.

In diesen Tagen waren sie alle beunruhigt, wenn merkwürdige Kreaturen durch die heiligen Wälder strichen.

Doch das würde nicht mehr lange so bleiben. Halduron zog den Speer aus dem Troll und säuberte ihn an dem Leichnam, bevor er sich abwandte.

Später würde noch genug Zeit sein, sich um den Kadaver zu kümmern. Jetzt waren erst einmal die noch lebenden Feinde an der Reihe.

Für Turalyon schienen nur ein paar Minuten vergangen zu sein, seit Alleria ihn verlassen hatte … als sie auch schon wieder neben ihm auftauchte. Sie trug den Bogen jetzt auf dem Rücken und stattdessen das Schwert in der Hand, das sie soeben benutzte, um einen Ork niederzuschlagen, der versucht hatte, Turalyons Pferd ins Hinterteil zu stechen.

„Sie werden bald hier sein", versicherte sie ihm mit glänzenden Augen, und Turalyon nickte. Er spürte Erleichterung – ob angesichts der zu erwartenden Unterstützung oder aufgrund der Tatsache, dass sie noch lebte, konnte er selbst nicht genau sagen.

Er furchte die Stirn. Solche Gedanken kannte er nicht und

schob sie deshalb fürs erste beiseite. Zunächst einmal musste er sich um das Überleben seiner Soldaten kümmern.

Der Regen hatte schließlich aufgehört, obwohl die Wolken blieben, und das Schlachtfeld weiter verdunkelten. Als Turalyon sah, wie ein finsterer Umriss auftauchte, dachte er zuerst, es wäre der verzerrte Schemen eines Orkkriegers. Aber der Umriss wurde größer und gewann an Schärfe. Er betrachtete ihn fasziniert … und wurde deshalb beinahe von einem Ork aufgespießt.

„Konzentriere dich!“, warnte ihn Khadgar, der neben ihm ritt und den Ork wegtrat, bevor er noch einmal zuschlagen konnte. „Worauf starrst du denn da?“

„Darauf“, antwortete Turalyon und wies mit dem Hammer in die entsprechende Richtung, bevor er seine Aufmerksamkeit wieder dem um ihn herum tobenden Kampf widmete.

Auch Khadgar schaute ungläubig. Der alt wirkende Zauberer fluchte ein paar Mal, als er die schwere Gestalt gewahrte, die jetzt vollständig zwischen den Bäumen am anderen Ende des Schlachtfelds hervortrat. Sie war doppelt so groß wie ein Ork, mit einer Hautfarbe wie altes Leder. Die Kreatur schwang einen riesigen Hammer, eigentlich eine Zweihandwaffe, die sie aber mit nur einer Hand hielt. Und sie trug eine merkwürdige Rüstung.

Turalyons Zähne knirschten, als er einen zweiten Blick riskierte und erkannte, dass die Panzerung ähnlich wie bei den Menschen beschaffen war. Brustplatte, Bein- und Armschienen wurden von dicken Ketten zusammengehalten, um die Kreatur zu schützen.

Ihre beiden Köpfe waren kahl, sie starrten auf die Soldaten und die Orks hinunter. Gerade sauste der Knüppel nieder, zerschmetterte zwei Männer mit einem einzigen Schlag und glitt dann, noch in derselben Bewegung, zur Seite. Vier weitere Soldaten wurden von den Füßen gerissen und flogen meterweit.

„Was zum Teufel ist das für ein *Ding*?“, fragte Turalyon, schlug einem angreifenden Ork ins Gesicht und warf ihn vor einen anderen, der unter dem Aufprall schwankte.

„Ein Oger“, antwortete Khadgar. „Ein zweiköpfiger.“

Turalyon wollte seinem Freund erzählen, dass er schon bei anderer Gelegenheit Oger gesehen und dabei durchaus mitbekommen hatte, dass dieser hier zwei Köpfe hatte, da hob der merkwürdige Oger seine leere Hand in Richtung einer Gruppe von Allianzsoldaten.

Turalyon blinzelte, glaubte seinen Augen nicht zu trauen. Hatte er wirklich gerade gesehen, wie Feuer aus der Hand der Kreatur auf die Soldaten zuflog?

Er schaute noch einmal hin. Ja, Flammen umhüllten jetzt seine Krieger. Die Männer ließen ihre Waffen fallen, um die Brände zu ersticken. Das Feuer tanzte über Rüstung und Kleidung. Einige warfen ihre Umhänge ab, die sich entzündet hatten, während sich andere im Gras wälzten und versuchten, der Flammen Herr zu werden.

Wie hatte der merkwürdige, neu aufgetauchte Oger das nur gemacht?

„Verdammt!" Khadgar hatte es ebenso gesehen wie er. „Es ist ein Ogermagier!"

„Ein *was*?"

„Ein Zauberer", schnappte Khadgar. „Ein verdammter Ogerzauberer!"

„Ah." Turalyon erledigte einen weiteren Gegner und starrte erneut auf den riesigen Oger.

Er versuchte es zu verstehen: Die größte Kreatur, die er je gesehen hatte, konnte Magie wirken? Unglaublich. Was brauchte man, um so ein Biest zu töten? Er wollte Khadgar dazu befragen und suchte noch nach den entsprechenden Worten … als der Ogermagier plötzlich schwankte und vorneüber fiel. Die Haare an seinem Hinterkopf ragten steil auf.

Zuerst dachte Turalyon, dass er etwas mit den Leichen machen wollte, die vor ihm lagen – vielleicht sie mit seinen beiden Mäulern fressen? Aber die Kreatur stand nicht wieder auf.

Und dann erkannte er, dass die Haare am Hinterkopf in Wirklichkeit Schäfte waren.

Speerschäfte!

„Ja!", jubelte Alleria und hob ihren Bogen zum Gruß. „Meine Leute sind eingetroffen!"

Turalyon sah, dass sie Recht hatte. Aus dem Wald drang Reihe um Reihe an Elfen. Sie trugen schwerere Rüstungen als Alleria und ihre Waldläufer und mehr als nur Schilde und Speere. Es waren eindeutig elfische Waffen, die den Oger getötet hatten.

Turalyon war nie froher gewesen, diese Verbündeten zu sehen.

„Das ist exzellentes Timing!“, wandte er sich an Alleria. Er musste brüllen, um sich über das Chaos der Schlacht verständlich zu machen. „Kannst du Botschaften übermitteln?“

Sie nickte. „Wir benutzen Gesten zum Jagen, die man auch auf die Entfernung gut erkennen kann.“

„Ausgezeichnet.“ Turalyon nickte und rammte einen weiteren Ork in den Boden, während er seine Gedanken sammelte. „Wir müssen die Horde zwischen uns einkeilen. Sag deinen Leuten, sie sollen auf uns zumarschieren, aber auch an den Rändern ausschwärmen. Wir tun dasselbe. Ich will nicht, dass die Orks an den Flanken entkommen, weil sie sich dann wieder gegen uns wenden können.“

Alleria nickte und begann, Gesten in Richtung Wald zu vollführen. Turalyon sah, wie eine der Elfen nickte und sich an ihre Gefolgsleute wandte.

Khadgar war dicht genug bei Alleria und Turalyon gewesen, um ihrer Diskussion folgen zu können. Nun wandte sich mit Befehlen an einen in der Nähe stehenden Truppführer und ordnete an, seine Anweisungen weiterzugeben.

Beide Armeen begannen, sich auseinanderzuziehen. Die Allianz wich leicht zurück, um mehr Bewegungsspielraum zu erhalten.

Die Horde wertete dies als Zeichen der Niederlage, und die Orks jubelten. Die meisten von ihnen hatten die Elfen, die sich teilweise hinter den Bäumen versteckt hielten, noch gar nicht bemerkt.

Das war gut so. Turalyon wollte das Überraschungsmoment so lange wie möglich auf seiner Seite haben, um die Chance der Orks auf Flucht zu verringern. Er zog seine Männer zurück und stellte einige Truppenteile ab, um die Orks auf Abstand zu halten. Dann sandte er ein Drittel seiner Leute zu jeder Seite und befahl, dass sie von dort aus langsam zurückkehren sollten. Den Rest behielt er bei sich.

Er sah die Verwirrung der Horde, als er den Angriff direkt von der Mitte aus anführte.

Auf der anderen Seite hatten die Elfen dasselbe veranstaltet. Und als die Horde sich anschickte, Turalyons Angriff entgegenzutreten, schritten die Elfen vorwärts und stachen mit ihren Speeren zu, um die Orks in den hintersten Reihen aufzuschlitzen.

Viele fielen, ohne ein Geräusch von sich zu geben, aber einige keuchten, seufzten oder stöhnten, sodass andere die Geräusche mitbekamen und sich umdrehten, um zu sehen, was mit ihren Kameraden passierte.

Dann ertönte ein vielstimmiger Schrei, als die Orks begriffen, dass sie von zwei Seiten in die Zange genommen wurden.

Mehrere Orkkrieger versuchten wegzulaufen, als sie erkannten, dass sie zwischen zwei Armeen eingekeilt waren. Aber die Waffen von Menschen und Elfen verhinderten jede Flucht. Die Orks waren gezwungen, zu bleiben und zu kämpfen.

Die meisten taten das sogar mit Freude und vergaßen sich in ihrem Blutrausch. Doch mit Feinden zu beiden Seiten – Elfenbogen und Speeren ergänzt durch menschliche Schwerter, Äxte und Hämmer – erlitten die Orks schwere Verluste.

Turalyon spürte Hoffnung in sich keimen. Sie gewannen!

Die Horde war zwar immer noch zahlreicher als seine Soldaten und die Elfenkrieger, aber sie war eingepfercht und undiszipliniert. Jeder Ork kämpfte nur für sich selbst oder mit einer Handvoll anderer, wahrscheinlich Mitglieder desselben Clans.

Gegen die ausgefeilte Taktik der Elfen und Menschen hatten sie keine Chance. Das machte sich vor allem bemerkbar, als seine eigenen Männer und die Elfen gemeinsam gegen den Feind vorgingen. Die elfischen Bogenschützen feuerten in die Orks hinein, um ihre Reihen auszudünnen und Verwirrung zu stiften, bevor die Menschen sich ins Schlachtengetümmel begaben. Dabei dienten die Elfenspeerkämpfer direkt hinter ihnen als Deckung, um die Orks davon abzuhalten, sich in Gruppen auf die Soldaten zu stürzen.

Turalyon konnte bereits größere Lücken in der Verteidigung der Horde erkennen. Und als die Allianz und die Elfen in diese vorstießen, blieben nur vereinzelte Orks zurück.

Dann hörte Turalyon ein lautes Brüllen und schaute nach Osten. Dort sah er etwas, das ihm den Atem raubte.

Noch einer jener riesigen zweiköpfigen Oger warf sich in die Schlacht. Er war mit einem riesigen Knüppel bewaffnet, der nichts anderes als ein ausgerissener Baum war, vom dem die Äste entfernt worden waren. Ein zweites Monstrum erschien hinter dem ersten, den gleichen Knüppel in seinen enormen Pranken. Und dann tauchten ein drittes und ein viertes auf.

Wo kamen all diese Kreaturen her?

Die zweiköpfigen Oger stapften in die Truppen der Allianz und droschen ganze Einheiten auf einmal weg. Turalyon beorderte seine Männer rasch zurück, damit sich die Elfen um diese Plage kümmern konnten. Denn der erste Oger war nur dank seiner Überrumpelung gefallen. Diese hier aber waren deutlich besser vorbereitet. Sie nutzten ihre Knüppel, um die Pfeile und Speere wegzuschlagen. Und dann hieben sie damit in die Elfen und schmetterten die schlanken Krieger durch die Luft.

Die Horde begann, sich um die Giganten herum neu zu formieren. Und immer mehr Orks schlossen sich ihnen an, füllten die Reihen und bildeten bald wieder eine homogene zahlenmäßige Übermacht.

„Wir müssen etwas tun, schnell!“, rief Turalyon Khadgar zu, der wieder neben ihm war. „Sonst drängen sie uns zurück in die Berge oder nach Westen zum Wasser, und wir sind eingeschlossen!“

Khadgar setzte zu einer Antwort an, aber Alleria unterbrach ihn. „Hör mal genau hin“, rief sie, und ihre eigenen Ohren zitterten.

Turalyon schüttelte den Kopf „Ich kann nichts hören außer dem Kämpfen“, sagte er. „Was soll da denn sein?“

Sie lächelte ihn vielsagend an. „Hilfe“, antwortete sie. „Hilfe von oben.“

„Da! Ich kann sie sehen!“

„Ja, ich auch, Kamerad“, sagte Kurdran Wildhammer, wütend

darüber, dass der junge Greifenreiter neben ihm das Gefecht eher erspäht hatte als er. „Kreist herum, und dann greift diese monströsen Missgeburten in der Mitte an. Passt auf ihre Knüppel auf.“

Er trat Sky’ree leicht mit den Hacken und stürzte sich mit seinem Greif schreiend dem Schlachtfeld entgegen.

Eines der merkwürdigen zweiköpfigen Monster schaute hoch und brüllte auf, als es sie erblickte. Aber Kurdran war zu schnell, als dass es hätte ausweichen können.

Überall standen Orkkrieger und behinderten das Vorwärtskommen der Riesen. Während Kurdran nach unten stürzte, hob er seinen Sturmhammer und spannte seine Muskeln an.

Die Bestie brüllte erneut und schlug mit dem schweren Knüppel nach ihm. Doch Sky’ree wich aus und flog so nah heran, dass die Flügelspitze über das Gesicht einer der Kreaturen wischte. Dann schleuderte Kurdran den Hammer und legte all seine Stärke in den Wurf. Donner dröhnte, und ein Blitz traf das Monstrum. Es taumelte, ein Kopf war eingesunken, der andere geschwärzt und zur Seite geneigt. Der Oger begrub drei Orks unter sich, als er stürzte, und sein Hammer erwischte noch ein paar mehr.

„Ja!“, jubelte Kurdran. Er fing seinen Hammer wieder auf und stieß Sky’ree noch einmal leicht an für einen weiteren Durchgang. „Denen haben wir es gegeben, meine Schöne! Ganz egal, wie groß sie sind, wir Wildhammerzwerge können sie trotzdem besiegen!“ Er hob seinen Hammer und brüllte einen lauten Schlachtruf.

„Worauf wartet ihr denn noch?“, rief er seinen Kriegern zu, die von ihren eigenen kreisenden Reittieren herabgrinsten. „Ich habe euch gezeigt, wie es geht! Los jetzt, geht runter und sorgt dafür, dass der Rest dieser Riesen ebenfalls umkippt.“

Die Zwerge salutierten spöttisch, weil sie wussten, dass seine Sticheleien gut gemeint waren. Dann rissen sie ihre Greifen herum und begannen ihre eigenen Attacken.

Kurdran lachte. Er sah nach unten und bemerkte den Magier, den Elf und den Kommandeur, die er am Nestgipfel kennengelernt hatte. „Hallo, da unten!“, rief er, hob seinen Hammer und wirbelte damit herum. Der Elf hob den Bogen zum Gruß, der Kommandeur und der Magier nickten ihm zu.

„Euer Fürst Lothar hat uns geschickt!“, rief Kurdran, der sich nicht sicher war, ob man ihn aus der Höhe verstehen konnte. „Wir sind offensichtlich gerade rechtzeitig eingetroffen!“ Dann umfasste er den Hammer mit beiden Händen und steuerte Sky’ree zur nächsten der mammutgroßen zweiköpfigen Kreaturen. Mehrere der Monster waren bereits gefallen, und die Horde verteilte sich darum herum. Sie erkannten, dass ihre Beschützer jetzt plötzlich eine Gefahr für sie darstellten. Die Menschen und die Elfen nutzten das entstandene Chaos, um die panischen Orks linker und rechter Hand zu töten.

Plötzlich bewegte sich etwas im Wind. Kurdran schaute auf. Über ihm im Süden erspähte er einen dunklen Umriss. Zuerst dachte er, dass es einer von seinen eigenen Kriegern sei, der neue Befehle überbrachte. Doch dann erkannte er, dass die Gestalt nicht wie ein Greif flog. Außerdem schien sie eher aus Richtung Osten zu kommen, von jenseits des Zwergenkönigreichs.

Aber was war es dann?

Kurdran brach seinen Angriff ab, ließ Sky’ree über Angriffshöhe steigen und begann langsam zu kreisen. Er beobachtete den sich nähernden Schatten. War es ein Vogel? Wenn, dann flog er höher als alle anderen – und seine Umrisse muteten merkwürdig an.

Eine neue Angriffsart? Er lachte. Das Wesen war nicht größer als ein Adler! Schickte die Horde Adler gegen sie aus, vielleicht mit Gnomen auf den Rücken? *Als wenn irgendein Raubvogel es mit meiner Schönen aufnehmen könnte*, dachte er, und streichelte dabei liebevoll Sky’rees Nacken. Zum Dank bekam er ein melodisches Krächzen zu hören.

Aber der Umriss war jetzt näher heran und wurde größer. Und größer. Und immer noch größer …

„Bei allen Gipfeln!“, murmelte Kurdran, beeindruckt. Was war das? Wie konnte es sich in der Luft halten, obwohl es derart riesig war? Es war fast so groß wie Sky’ree, und er hatte den Verdacht, dass es ihn noch weit überragte.

Jetzt konnte er die Gestalt besser erkennen: lang und schlank, mit einem ausgeprägtem Schwanz, einem Hals und großen Flügeln, die nur gelegentlich schlugen.

Das Ding glitt dahin! Es musste hoch fliegen, um derart auf dem Wind reiten zu können.

Kurdran spürte einen Schauder, als er erneut die Größe abschätzte. Er kannte nur eine fliegende Kreatur, die so riesig war, und er konnte sich nicht vorstellen, was eine von ihnen mit diesem Krieg zu tun haben sollte.

Aber dann verschwand die letzte Wolke, und die Sonnenstrahlen trafen das Wesen. Es leuchtete rot. Und da erkannte Kurdran mit letzter Gewissheit, dass er richtig gelegen hatte.

Es *war* ein Drache.

„Drachen!“, rief er. Die meisten seiner Krieger kämpften noch gegen die zweiköpfigen Oger. Aber der junge Murkhad blickte hoch und sah, wohin Kurdran wies. Der Dummkopf ließ seinen Greifen in einen schnellen Steilflug gehen. Das Tier hatte seine Flügel ausgebreitet, um an Höhe zu gewinnen.

„Was machst du denn, du Tölpel?“, schrie Kurdran. Aber wenn Murkhad ihn gehört hatte, gab er keine Antwort. Stattdessen trieb der junge Wildhammerzwerg seinen Greifen gegen den Drachen, der jetzt in den Sinkflug ging, und hob seinen Sturmhammer.

Mit einem wilden Schrei griff Murkhad den herabstürzenden Leviathan an … und verschwand völlig geräuschlos, als der Drache sein Maul öffnete und seine riesigen dreieckigen Zähne zeigte, die größer als ein Zwerg waren. Auch eine lange gespaltene Zunge von blutroter Farbe wurde sichtbar.

Den unglücklichen Zwerg und seinen Greif verschlang das Biest mit einem Biss.

Murkhad sah niemals das Bedauern in den riesigen goldenen Augen des Drachens oder die stämmige grünhäutige Gestalt, die auf seinem Rücken hockte und lange Lederriemen um eine Hand gewickelt hatte.

„Beim Licht!“ Turalyon hatte ebenso wie die anderen auch gejubelt, als die Wildhammerzwerge aufgetaucht waren und Kurdran den ersten zweiköpfigen Oger tötete.

Er schaute wieder auf, als der schwache Kriegsschrei des Anführers der Wildhammerzwerge erklang. Deshalb bekam er mit, wie der wilde Drache sich auf einen der Greifenreiter stürzte und ihn wie eine kleine Zwischenmahlzeit mit einem Bissen verschlang.

Und nun stürzte dieser Drache sich auf sie, während weitere direkt hinter ihm erschienen – rote Streifen, die vom Himmel fielen.

Die roten Drachen hatten beinahe die Farbe von Feuer. Rauch stieg aus ihren Nüstern auf, und Funken stoben aus ihren Mäulern, wenn sie atmeten. Sie waren heller als das Sonnenlicht, das sich auf ihren Klauen spiegelte und auf ihren Flügeln und Schwänzen glitzerte. Der Rauch und die Funken wurden intensiver, je länger Turalyon darauf starrte.

Und plötzlich wusste er, was passieren würde.

„Zieht euch zurück!", schrie er und schlug dabei auf Khadgars Schildarm, um dessen Aufmerksamkeit auf sich zu lenken. „Lass alle sich zurückziehen!" Er wirbelte mit seinem Hammer über dem Kopf und hoffte, dass er damit sowohl die Blicke seiner Männer auf sich ziehen als auch die der Orks. „Zieht euch zurück! Weg vom Wald! Sofort!"

„Weg vom Wald?", fragte Alleria scharf und blickte ihn an. Er hatte nicht einmal bemerkt gehabt, dass sie sich immer noch neben ihm befand. „Warum? Wir gewinnen!"

Turalyon setzte zu einer Erklärung an, dann erkannte er jedoch, dass dafür keine Zeit blieb. „Tu es einfach!", brüllte er und sah Überraschung in ihren Augen aufflackern. „Sag deinen Leuten, sie sollen sich zu den Hügeln zurückziehen. *Schnell*!"

Etwas in seiner Stimme oder an seinem Gesichtsausdruck überzeugte sie. Sie nickte, hob ihren Bogen und versuchte den anderen Elfenkriegern Signale zu geben. Turalyon ließ sie gewähren. Er schnappte sich den ersten Allianzoffizier, dessen er habhaft wurde, und erteilte seine Befehle erneut. Der Mann nickte und begann die Befehle an die Truppen weiterzugeben, während er seine Kollegen aufforderte, es ihm gleichzutun.

Mehr konnte Turalyon nicht tun. Er riss sein Pferd herum und trieb es im Galopp den Hügel hinunter. Dann hörte er ein merkwürdiges Geräusch, das wie aufkommender Wind oder das laute Ausatmen eines Menschen klang, und blickte über seine Schulter.

Der erste Drache war herabgeflogen, hatte die Flügel gespreizt und öffnete nun weit das Maul, aus dem Flammen schlugen, riesige Wellen von Feuer, die sofort auf den Wald übersprangen.

Die Hitze war unglaublich und verdampfte augenblicklich alle Flüssigkeit, mit der sie in Berührung kam. Der Wald schien wie eine Fata Morgana im grellen Sonnenlicht zu wabern. Bäume wurden binnen einer Sekunde schwarz und zerfielen zu Asche, obwohl sie noch Minuten zuvor mit Wasser vollgesogen waren. Rauch stieg von ihnen auf. Dichter schwarzer Qualm, der die Sonne zu verfinstern drohte. Die Flammen erstarben nicht, im Gegenteil – an einigen Stellen hatten sie auch weiter zurückstehende Bäume erreicht, die dadurch entzündet worden waren. Und diese Feuer breiteten sich jetzt aus. Es war fast schon hypnotisch mit anzusehen, wie sie von Baum zu Baum übersprangen.

Turalyon musste sich zwingen, sich abzuwenden und dorthin zu schauen, wohin sein Pferd sich bewegte. Bald darauf hatte er den Fuß der Hügel erreicht und konnte die Katastrophe eingehend beobachten.

„Tu doch etwas!“, brüllte Alleria, die neben ihm erschien und gegen das Licht und die Hitze blinzelte. Sie trommelte mit ihren Fäusten gegen sein Bein. „Tu irgendetwas!“

„Ich kann nichts dagegen machen“, erklärte Turalyon, und es brach ihm das Herz angesichts des Kummers in ihrer Stimme. „Ich wünschte, ich könnte es!“

„Dann unternimm wenigstens du etwas“, verlangte die elfische Waldläuferin von Khadgar, der neben ihnen ritt. „Setze deine Magie ein! Lösche die Flammen!“

Aber der alt wirkende Magier schüttelte traurig den Kopf. „Es ist zu viel Feuer, als dass ich es komplett ersticken könnte“, erklärte er sanft. „Ich habe mich bereits verausgabt, als ich den Sturm herbeirief.“

Seine Stimme klang bitter, und Turalyon fühlte mit seinem Freund. Es war nicht Khadgars Fehler, dass er die erste Feuerwelle gelöscht hatte … nur um jetzt mitzuerleben, dass diese hier noch viel schlimmer wütete.

„Ich muss unbedingt nach Silbermond“, sagte Alleria mehr zu sich selbst. „Meine Eltern sind dort – und unsere Ältesten. Ich muss ihnen helfen!“

„Und was willst du tun?“, fragte Turalyon. Seine Worte klangen harscher, als es gemeint war, aber immerhin rissen sie sie lange genug aus ihrer Trübsal, sodass sie ihn ansah. „Weißt du denn, wie wir die Flammen bekämpfen könnten?“

Er wies auf den Wald, auf den die Drachen sich stürzten und über dem sie wie spielende Fledermäuse kreisten. Dabei verteilten sie bei jedem Überflug weitere Feuer. So weit das Auge reichte, brannte Quel'Thalas. Der Rauch schien eine dichte graue Wand über der Heimat der Elfen zu bilden. Und sein Schatten ereichte sie selbst am Fuß der Hügel und erzeugte Finsternis hinter ihnen, über den Bergen. Turalyon war sicher, dass man die Folgen des Brandes auch noch in der Hauptstadt zu spüren bekam.

Alleria schüttelte den Kopf, und er sah, dass Tränen ihre Wangen herabliefen. „Aber ich *muss* etwas unternehmen“, weinte sie. Ihre normalerweise so schön klingende Stimme war nun rau vor Wut und Schmerz. „Meine Heimat stirbt!“

„Ich weiß. Und ich verstehe dich.“ Er legte eine Hand auf ihre Schulter und drückte sie leicht. „Selbst wenn du es bis zum Fluss schaffst, kocht der bestimmt angesichts der Hitze. Du würdest sterben, und das würde niemandem nützen.“

Sie sah ihn an. „Meine Familie, meine Fürsten … wie mag es ihnen ergehen?“ Er konnte die Verzweiflung in ihrer Stimme hören. Sie brauchte etwas, an das sie glauben konnte, einen Hoffnungsschimmer.

„Sie sind mächtige Magier“, merkte Khadgar an. „Und obwohl ich ihn selbst noch nie gesehen habe, ist der Sonnenbrunnen eine Quelle großer Macht. Er wird die Stadt abschirmen. Selbst die Drachen werden sie nicht berühren können.“ Er klang völlig überzeugt, obwohl Turalyon sah, wie er ihm zuwinkerte als wollte er sagen: „Zumindest hoffe ich das.“

Alleria nickte zaghaft, auch wenn sie immer noch erschüttert war. „Danke“, sagte sie leise. „Du hast Recht. Mein Tod würde zu gar nichts führen.“

Turalyon vermutete, dass sie sich mit diesen Worten selbst vom Wahrheitsgehalt ihrer Aussage überzeugen wollte. Sie sah, wie die Drachen an Höhe gewannen.

„Aber“, fuhr sie fort, „*ihr* Tod würde es. Der Untergang der Horde würde es. Ja, ganz besonders das Ende der Orks könnte alles ändern.“ Ihre grünen Augen zogen sich zusammen, und Turalyon bemerkte etwas, das er lange nicht mehr gesehen hatte: Hass.

„Sie haben Not, Tod und Zerstörung über uns gebracht“, zischte sie. „Und dafür will ich *sie* leiden sehen!“

„Das wollen wir alle.“ Turalyon sah auf, als ein anderer Elf zu ihnen trat. Er trug seine volle Kriegsrüstung, die zwar schön und anmutig, aber eindeutig auch funktional … und mittlerweile mit Blut bedeckt war. Er führte ein Langschwert mit sich und hatte einen dunkelgrünen Umhang über den Schultern liegen. Den laubbedeckten Helm hatte der Elf abgesetzt. Seine dunkelbraunen Augen leuchteten unter dem glänzenden blonden Haar. Sein Gesichtsausdruck erinnerte an den von Alleria.

„Lor'themar Theron“, stellte Alleria ihn vor. „Einer unserer besten Waldläufer.“ Dann lächelte sie kurz, als ein zweiter Elf sich näherte. Es war eine große Frau, mit einem Umhang und Gesichtszügen, die Allerias ähnelten, obwohl ihr Haar etwas dunkler war. „Und das ist meine Schwester Sylvanas Windläufer, Waldläufer-Generalin und Kommandantin unserer Streitkräfte. Sylvanas, Fürst Theron … das ist Sir Turalyon von der Silbernen Hand, stellvertretender Kommandant der Streitkräfte der Allianz. Und Khadgar von Dalaran, ein Magier.“

Turalyon nickte, und Theron erwiderte die Geste – Respekt unter Gleichgestellten.

„Die meisten meiner Krieger sind diesem Inferno entkommen“, sagte Theron. „Wir können die Flammen nicht durchbrechen. Deshalb sind wir davon eingeschlossen. Aber wir wissen jetzt, wie sich die Brände so schnell aus so vielen Richtungen durch den Wald ausbreiten konnten.“ Seine Hand krallte sich um den Griff seines Schwertes. „Doch wir können uns nicht in solchen Gedanken verlieren“, verkündete er fest, seine Worte direkt an Alleria gerichtet und vielleicht auch an sich selbst. „Wir sind hier, und müssen tun, was wir können, um unserem Volk so schnell wie möglich zu helfen. Und das geht nur, indem wir die Kräfte vernichten, die uns bedrohen.“

„Euer Oberkommandierender, Anduin Lothar, hat uns schon einmal benachrichtigt und angefragt, ob wir uns an dieser Allianz beteiligen wollen“, stellte Sylvanas fest und sah Turalyon an. „Meine Kommandeure beschlossen, nicht darauf einzugehen und lediglich symbolische Unterstützung zu entsenden.“ Ihr Blick wanderte zu Alleria hinüber, und so etwas wie ein Lächeln huschte über ihr Gesicht. „Obwohl einige unserer Waldläufer freiwillig Hilfe geleistet haben. Aber meine Vorgesetzten haben ihren Fehler erkannt, als die Trolle und Orks in unser Land eingedrungen sind. Wenn Quel'Thalas davor nicht sicher ist, was dann? Sie haben mich beauftragt, all unsere Krieger zu sammeln und mich euch anzuschließen, um euch nach Kräften zu unterstützen.“ Sie verneigte sich. „Wir wären stolz, wenn wir uns der Allianz anschließen dürften, Sir Turalyon. Und ich hoffe, unsere Taten werden unsere Verspätung beim Eintritt aufwiegen.“

Turalyon nickte und wünschte sich einmal mehr, Lothar wäre hier gewesen. Er hätte gewusst, was zu tun war. Aber er war nicht da, und deshalb musste Turalyon das Beste daraus machen.

„Ich danke Euch und Eurem Volk“, sagte er Sylvanas schließlich. „Wir heißen Euch willkommen in der Allianz. Gemeinsam werden wir die Horde von diesem Kontinent vertreiben, von Eurem Land und unserem, sodass wir danach in Frieden leben können.“

Alles, was er sonst noch sagen wollte, wurde von einem Schrei über ihnen und dem plötzlichen Flattern von Flügeln unterbrochen. Turalyon duckte sich, ebenso wie Khadgar es tat, und Theron griff nach seinem Schwert.

Aber die herabschwebende Kreatur war kleiner als ein Drache, mit Federn bedeckt und einem Fell statt Schuppen.

„Tut mir leid, Kamerad“, sagte Kurdran Wildhammer, als er mit Sky'ree hinter ihnen landete. Die Pferde schnaubten und stampften mit den Füßen. „Wir haben es versucht. Aber diese

Drachen sind einfach zu groß und mächtig für uns paar Zwerge. Gebt uns etwas Zeit, und wir werden einen Weg finden, mit ihnen in den Lüften fertig zu werden. Doch im Moment haben sie die Oberhand."

Turalyon nickte. „Ich danke Euch für Eure Anstrengungen", sagte er dem Zwergenanführer. „Und für Eure Hilfe davor. Sie hat vielen das Leben gerettet." Er sah sich um, musterte der Reihe nach jeden: Khadgar, Alleria, Sylvanas, Lor'themar Theron und Kurdran Wildhammer. Alles gute Leute.

Plötzlich fühlte er sich nicht mehr so allein. Mit ihnen an seiner Seite konnte er ihr Anführer sein – zumindest bis Lothar zurückkam.

„Wir müssen unsere Leute hier rausbekommen", sagte er nach einem Moment. „Später werden wir wiederkehren und Quel'Thalas von der Horde zurückerobern. Aber zuerst müssen wir uns neu formieren und abwarten. Ich vermute, die Horde wird hier nicht lange bleiben. Sie hat ein ganz anderes Ziel im Auge."

Nur welches?, fragte er sich. Sie hatten den Wald erobert und die Elfen aus ihrer Heimat vertrieben. Sie hatten den Nistgipfel angegriffen und Khaz Modan zerstört. Wo würden sie als nächstes zuschlagen?

Er versuchte, wie ein Ork an die Frage heranzugehen. Wenn er sie wäre, wo würde er von hier aus hingehen? Was war die letzte große Bedrohung?

Da fiel es ihm wie Schuppen von den Augen: Die größte Bedrohung war das Herz der Allianz. Der Ort, wo alles angefangen hatte.

Er schaute zu Khadgar, der nickte und offensichtlich auf dieselbe Idee gekommen war.

„Die Hauptstadt!"

Von Silbermond aus, das an der nördlichsten Ecke von Quel'Thalas lag, konnten die Orks über die Berge direkt nach Lordaeron einmarschieren. Sie kämen nah am Lordameer-See vorbei. In der Stadt gab es nur noch wenige Verteidiger. König Terenas hatte die meisten seiner Männer mit der Allianz geschickt.

Glücklicherweise bedeutete der Marsch über die Berge, dass die Orks zuerst durch Alterac mussten. Und obwohl Perenolde nicht das treueste Mitglied der Allianz war, würde er seine Streitkräfte gewiss bei der drohenden Invasion seines eigenen Herrschaftsbereichs zusammenziehen.

Aber die Orks konnten Alterac allein aufgrund ihrer zahlenmäßigen Überlegenheit überrennen. Und dann würde es ein Leichtes für sie sein, im Anschluss über die Hauptstadt herzufallen.

„Von Lordaeron aus könnten sie sich über den Rest des Kontinents ausbreiten", führte Alleria aus. „Und wenn sie dort Streitkräfte positionieren, haben sie zwei Ausbreitungsrichtungen. Sie könnten das Land binnen weniger Wochen erobern."

Turalyon nickte. „Jetzt wissen wir, was sie vorhaben", sagte er und war sicher, dass sie Recht hatten. „Das bedeutet, dass wir einen Weg finden müssen, um sie aufzuhalten." Er betrachtete die wütenden Brände. „Aber nicht hier. Zieht Euch mit den Männern in die Berge zurück. Dort treffen wir uns und besprechen die Lage."

Damit riss er sein Pferd herum und ließ, ohne sich noch einmal umzusehen, den Wald hinter sich. Zum einen vertraute er darauf, dass seine Offiziere seine Befehle geflissentlich ausführten, und zum anderen wollte er die majestätischen Berge, die hinter ihm in Flammen standen, auch nicht mehr anschauen.

Fünfzehn

„Los geht's", brüllte Doomhammer. „Schnappt euch eure Sachen, und dann *Bewegung*!" Er beobachtete die Krieger einen Moment lang, sah zu, wie seine Häuptlinge sie riefen, schoben und schubsten, damit sie sich in Bewegung setzten. Dann wandte er sich wieder an Gul'dan, der geduldig neben ihm wartete. „Was ist?", wollte er wissen.

„Mein Clan und ich bleiben eine Zeit lang hier", antwortete Gul'dan. „Ich habe mit dem Altar der Stürme Pläne, die der Horde auf ihrem Feldzug nützen werden."

Doomhammer runzelte die Stirn. Er traute dem kleinen, hässlichen Hexenmeister immer noch nicht. Aber er musste sich eingestehen, dass sich die zweiköpfigen Oger als extrem nützlich bei der Einnahme von Quel'Thalas erwiesen hatten. Zwar hatten diese verfluchten Zwerge auf ihren Greifen eingegriffen, was ihn mehrere der Kreaturen gekostet hatte, doch ohne die Oger hätten sie nie die Linien der Allianz durchbrochen und sich danach nicht neu gruppieren können.

Schließlich nickte er. „Mach, was du willst. Aber halte dich nicht zu lange damit auf. Wir brauchen jeden Vorteil, wenn wir Lordaeron schnell erobern wollen."

„Ich werde mich nicht verspäten", versicherte ihm Gul'dan. „Du hast Recht … Tempo ist alles."

Sein Tonfall missfiel dem beunruhigten Doomhammer. Im gleichen Moment meldete sich jedoch Zuluhed, und der Hexenmeister rückte vorübergehend aus Doomhammers Aufmerksamkeit. Interessiert lauschte er den neuesten Berichten über die verbliebenen Verteidiger des Waldes.

„Wir können ihre Verteidigungsanlagen nicht durchbrechen",

meinte der Häuptling des Dragonmaw-Clans. Er wirkte eher wütend, als dass es ihm leid tat. „Selbst die Drachen können nichts ausrichten“, fuhr er fort und schüttelte den Kopf. „Ihr Feuer fegt über die Stadt, aber es kann sie nicht zerstören. Und die Klauen der Drachen scheitern an einer unsichtbaren Mauer.“

„Schuld daran ist dieser Sonnenbrunnen“, sagte Gul’dan. „Die elfische Quelle der Magie. Sie verleiht ihnen immense Macht.“

Darüber wusste der Hexenmeister natürlich Bescheid.

„Wie kann man den Brunnen zerstören, trockenlegen … oder wie können wir ihn für uns selbst nutzen?“, fragte Doomhammer.

Gul’dan schüttelte den Kopf. „Keine Ahnung. Ich habe es versucht. Ich kann seine Kraft zwar spüren – doch sie ist mir fremd, und ich kann sie nicht berühren.“ Er kratzte sich seinen ungepflegten Bart. „Ich vermute aber, dass die Elfen sehr wohl etwas mit seiner Macht anfangen können, weil der Sonnenbrunnen an sie und das Land gebunden ist.“

„Kannst du die Altäre dazu benutzen, die Verteidigung der Elfen zu brechen?“, fragte Doomhammers.

Gul’dan grinste erneut. „Das überprüfe ich derzeit“, antwortete er. „Ich weiß noch nicht, ob es funktioniert. Aber die Altäre wurden aus den Runensteinen der Elfen geschaffen, die ursprünglich vom Sonnenbrunnen mit Energie versorgt wurden. Vielleicht kann ich diese Verbindung in umgekehrter Richtung nutzen, um meine eigene Magie in ihre Energiequelle einfließen zu lassen und sie auf diese Weise zu zerstören … oder den Elfen zu entreißen.“ Es bedurfte keiner weiteren Worte, um zu wissen, welcher Methode der Hexenmeister den Vorzug gab.

Doomhammer missfiel der Gedanke, dass Gul’dan über derart viel Macht verfügen sollte. Doch das war immer noch besser, als diese Energie den merkwürdigen Elfen zu überlassen.

„Tu, was du kannst“, sagte er zu Gul’dan. „Aber eigentlich ist es zweitrangig, die Stadt einzunehmen. Wir kommen zwar nicht hinein, dafür können die Elfen aber auch nicht hinaus.“ Er wandte sich wieder an Zuluhed. „Das gilt auch für die Drachen. Doch die brauchen wir vorrangig, wenn die Allianz noch weitere

Krieger in ihrer Hauptstadt hat. Wenn du die Barriere nicht in ein paar Tagen eingerissen hast, dann brich deine Bemühungen ab und entsende deine Drachen zur Horde."

Er blickte zu Gul'dan, der sich bereits außer Hörweite befand. „Und stell' sicher, dass der Kerl und seine Hexenmeister dann auch tatsächlich mitkommen."

Zuluhed grinste und versprach: „Ich werde ihn mitbringen – und wenn ich einem Drachen befehlen müsste, ihn zu fressen und in seinem Bauch zu transportieren!"

Doomhammer nickte. Dann verließ er den Anführer des Dragonmaw-Clans, damit dieser seine Drachenreiter instruieren konnte. Er selbst musste sich darum kümmern, dass seine Krieger abmarschbereit waren.

Es dauerte zwei Stunden, bis die Horde schließlich loszog. Gul'dan und Cho'gall beobachteten, wie eine Welle Orks nach der anderen aus Quel'Thalas aufbrach. Sie trampelten über die verkohlten Stümpfe der Bäume, die den Flammen der Drachen zum Opfer gefallen waren. Ein Drittel des Waldes war niedergebrannt. Überall fanden sich Ruß, Asche und Blätter, die angesengt, aber nicht vollständig verbrannt waren.

Die Krieger hatten hier gelagert. Sie fühlten sich im Freien wohler als unter den übrig gebliebenen Bäumen, auch wenn der Boden mit Resten von Rinde, Blättern und Nüssen übersät war. Rußwolken stoben durch die vielen darüber stapfenden Füße auf.

Doomhammer marschierte allen voran, und während er sich bewegte, schlug seine Waffe gegen Rücken und Beine. Er sah sich nicht um und war froh, dass sie in keinerlei Gefahr schwebten.

Gul'dan wartete, bis der letzte Ork seiner Sicht entschwunden war, dann wandte er sich an Cho'gall. „Sind wir bereit?"

Beide Köpfe des Anführers des Schattenhammer-Clans grinsten. „Bereit", antwortete er.

Gul'dan nickte. „Gut. Sag unseren Kriegern, dass wir sofort aufbrechen. Es ist ein langer Weg bis Southshore." Er kratzte sich am Bart. „Zuluhed ist mit der Elfenstadt beschäftigt und wird nicht merken, dass wir weg sind – bis es zu spät ist."

„Was ist, wenn er seine Drachen hinter uns herschickt?", fragte Cho'gall. Von seiner gewohnten Furchtlosigkeit war bei dem Gedanken, dass diese Kreaturen sie jagen würden, nur noch wenig zu spüren.

„Wird er nicht", versicherte Gul'dan dem Oger. „Das wagt er nicht ohne Doomhammers Befehl. Dazu muss er zuerst einen Boten hinter dem Rest der Horde herschicken und dann auf die Antwort warten. Bis dahin sind wir außer der Reichweite der Drachen. Doomhammer kann es sich zudem nicht leisten, einen Teil seiner Truppen hinter uns herzuschicken, wenn er die Stadt der Menschen erobern will."

Er lachte. Seit Wochen hatte er nach einem Weg gesucht, um Doomhammer loszuwerden und endlich seine eigenen Pläne verfolgen zu können. Und nun hatte ihm der Kriegshäuptling selbst die perfekte Lösung geliefert!

Er hatte fast erwartet, dass Doomhammer darauf bestehen würde, dass Gul'dan die Horde begleitete. Doch der Widerstand der Elfen hatte ihm die perfekte Entschuldigung geliefert, zurückzubleiben.

„Ich werde nach den Kriegern sehen", versprach Cho'gall und entfernte sich. Bereits im Gehen bellte er die ersten Befehle.

Gul'dan nickte und kümmerte sich um seine eigene Ausrüstung. Er freute sich auf den Marsch. Jeder Schritt würde ihn weiter von Doomhammer weg und seiner Bestimmung näher bringen.

Doomhammer arbeitete sich den schmalen Pfad entlang, der in den Berggipfel geschlagen war. Er bewegte sich auf ein kleines Tal weit unter ihm zu. Es war Nacht, und der Rest der Horde schlief bereits.

Er aber musste etwas Dringendes erledigen. Er bewegte sich leise, seine Stiefel fanden guten Halt auf dem ausgetretenen Stein. Mit einer Hand hielt er seinen Hammer, damit er nicht gegen seinen Rücken schlug oder gegen die Steinwand prallte. Mit der anderen ertastete er den Weg. Der Halbmond spendete ausreichend Licht. Er konnte Insekten in der Nähe summen hören. Ansonsten war es still in den Bergen.

Er hatte beinahe das Tal erreicht, als er plötzlich noch andere Geräusche vernahm. Es klang, als würde etwas von Größe eines Orks sie verursachen, indem es sich schwerfällig an der gegenüberliegenden Seite des Tales vom dortigen Berghang her näherte.

Doomhammer legte sich hin. Dabei benutzte er den Rand des Pfades als Deckung und zog den Hammer von seiner Schulter. Er blickte vorsichtig auf und wartete, bis das Geräusch lauter wurde. Dann sah er, wie eine vermummte Gestalt das letzte Gefälle überwand und den Talboden betrat.

Eigentlich war es weniger ein Tal als eher eine Nische im Fels, vielleicht zehn Meter breit und acht tief. Die Felsen erhoben sich allseitig. Sie boten Schutz und Versteckmöglichkeiten. Wahrscheinlich hatte man die Stelle deshalb ausgesucht.

Während Doomhammer regungslos zuschaute, lehnte sich die Gestalt gegen einen der Steine, keuchte und streckte sich dann. „Hallo?", rief der vermummte Mann leise.

„Ich bin hier", antwortete Doomhammer, straffte sich und trat zwischen den Felsen hervor. Der Fremde keuchte, als er sich näherte. Doomhammer konnte erkennen, dass der Mann ein Langschwert trug, das fachmännisch gearbeitet und makellos war. Er wusste, dass der Fremde es nie benutzt hatte. Warum musste er es immer mit Feiglingen, Schwächlingen und Intriganten zu tun haben? Warum nicht mit Kriegern, die viel direkter und geradeheraus waren? Jemand wie der Mann, der die Armee der Allianz bei Quel'Thalas angeführt hatte. Oder jener andere, der sie im Hügelland befehligte.

Diese beiden konnte er respektieren. Beide waren Kämpfer, die einem Ehrenkodex folgten, Stärke und Ehre respektierten. Aber solche Männer würden auch niemals ein Treffen wie dieses vorschlagen.

„S-seid Ihr Fürst Doomhammer?", stammelte der Mann und zuckte leicht vor ihm zurück. „Sprecht Ihr meine Sprache?"

„Ich bin Orgrim Doomhammer, Oberhaupt des Blackrock-Clans und Kriegshäuptling der Horde, und ich spreche deine

Sprache", bestätigte Doomhammer. „Und du, Mensch? Hast du mir die Botschaft geschickt?"

„Ja", antwortete der Mann und zupfte an seiner Kapuze, als wollte er dafür Sorge tragen, dass sie immer noch sein Gesicht bedeckte. Es war ein feiner Stoff, wie Doomhammer sah, und elegant entlang des Saums verziert. „Ich dachte, es wäre das Beste, wenn wir uns treffen, bevor etwas … Unangenehmes passiert." Er sprach so langsam, als hätte er ein Kind vor sich.

„Sehr gut." Doomhammer sah sich um, um herauszufinden, ob der Mensch Attentäter mitgebracht hatte. Aber falls dem so war, konnte er sie weder riechen noch hören. Er musste das Risiko eingehen und annehmen, dass dieser Mensch tatsächlich allein gekommen war, wie er es in seiner merkwürdigen Botschaft behauptet hatte.

„Ich hatte nicht erwartet, dass mich ein Mensch kontaktieren würde", sagte Doomhammer leise und hockte sich hin, damit er den Mann leichter beobachten konnte. „Besonders auf diese Art und Weise. Kommuniziert ihr Menschen so? Durch abgerichtete Vögel?"

„Das ist eine unserer Methoden, ja", antwortete der Mann. „Ich wusste, dass keiner meiner Leute nah genug an Euch herankommen würde, um Euch eine Botschaft zu überbringen, und wusste nicht, wie ich Euch sonst erreichen sollte. Habt Ihr den Vogel getötet?"

Doomhammer nickte und konnte ein Grinsen nicht unterdrücken. Der Mann begann zu schwitzen. „Wir wussten nicht, dass er ein Bote war, bis wir das Pergament fanden, das an sein Bein gebunden war. Aber da war es schon zu spät. Ich hoffe, du wolltest ihn nicht zurück haben."

Sein Gegenüber winkte die Entschuldigung mit seiner schlanken, behandschuhten Hand ab. Sie zitterte dabei leicht, aber die Stimme klang ruhig und beherrscht. „Es war nur ein Vogel", sagte er. „Ich bin viel mehr daran interessiert, eine größere Zahl von bedauerlichen Todesfällen zu verhindern."

Doomhammer nickte. „Das stand in deiner Botschaft. Was willst du von mir?"

„Eine Zusicherung", antwortete der Mann

„Welcher Art?“

„Ich möchte Euer Wort darauf als Krieger und Anführer, dass Ihr Eure Krieger von uns fernhaltet“, sagte der Mann. „Kein Töten, Plündern, Schleifen oder Schlimmeres hier in den Bergen. Lasst unsere Städte und Dörfer heil und unsere Leute unbehelligt.“

Doomhammer bedachte es und rieb über den Kopf seines Hammers. „Und was bekommen wir dafür?“

Jetzt lächelte der Mann. Ein kaltes Lächeln, das zwar Freundlichkeit vortäuschen sollte, aber nur intrigant wirkte. „Freien Durchzug“, antwortete er langsam und ließ die beiden Worte in der Nachtluft schweben.

„Ach?“ Doomhammer neigte seinen Kopf und deutete dem Mann an, fortzufahren.

„Ihr und Eure Krieger wollt durch diese Berge, um in Lordaeron einzumarschieren“, führte der Mann aus. „Diese Gipfel sind tückisch, und jemand, der sich hier auskennt, kann leicht eine große Übermacht bekämpfen. Eure Horde würde wahrscheinlich trotzdem gewinnen, aber nur mit schweren Verlusten. Und dann wärt Ihr für Euren Kampf gegen Lordaeron geschwächt.“ Er lächelte wieder und lehnte sich gegen den Stein, sichtlich zufrieden, wie sich die Situation entwickelte. „Ich kann sicherstellen, dass die Verteidiger dieser Region sich von Euch fernhalten“, bot er an. „Ich würde Euch sogar zeigen, welche Pfade Ihr nehmen solltet, um die Strecke schneller zu schaffen. Eure Horde kann schnell und sicher durch unsere Heimat gelangen.“

Doomhammer überlegte. „Du willst den Weg für uns ebnen“, sagte er laut, „wenn wir dein Land unangetastet lassen?“

Der Mann nickte. „Exakt.“

Doomhammer stand auf und trat vor, bis er nur noch einen Schritt von dem Mann entfernt war. Aus der Nähe konnte er vage die Gesichtszüge unter der Kapuze erkennen. Sie waren verschlagen und berechnend, trotz der offensichtlichen Gefahr. Der Mann erinnerte ihn ein wenig an Gul’dan, clever und stets auf seinen eigenen Vorteil bedacht, aber wahrscheinlich zu feige, um eine überlegene Macht zu betrügen.

„Sehr gut“, sagte er schließlich. „Ich stimme zu. Zeig mir den schnellsten Weg durch diese Berge, und ich werde meine Krieger hindurchführen, ohne anzuhalten, um zu plündern. Wenn wir das besagte Gebiet erobern, genießt du meinen Schutz in diesen Bergen. Du und die deinen sind dann in Sicherheit.“

„Ausgezeichnet.“ Der vermummte Mann lächelte und klatschte wie ein Kind in die Hände. „Ich wusste, dass man vernünftig mit Euch reden kann.“ Er zog ein zusammengerolltes Pergament aus seinem Gürtel und reichte es Doomhammer. „Hier ist eine Karte dieser Region“, erklärte er. „Ich habe dieses Tal markiert, damit Ihr Euch leichter orientieren könnt.“

Doomhammer entrollte die Karte und studierte sie. „Ja, das ist leicht verständlich“, sagte er einen Moment später.

„Gut.“ Der Mann musterte ihn. „Ich gehe jetzt zurück zu meinen Leuten …“, sagte er nach einer kurzen Pause.

Doomhammer nickte, antwortete aber nicht. Der Mann wartete noch einen Moment, dann wandte er sich ab und entfernte sich schnell. Er ging geduckt zwischen den Felsen und arbeitete sich vorsichtig den Weg die Klippe hinunter.

Doomhammer überlegte, hinter ihm herzugehen. Ein einziger Schlag würde das Leben des Mannes auslöschen, und er hatte die Karte ja schon. Aber das wäre unehrenhaft gewesen, und er missbilligte den Mangel an Ehre bei seinem Volk. Früher, auf Draenor, waren sie edel gewesen. Doch Gul’dans Verrat hatte alles verändert. Sie waren nicht nur blutdurstig geworden, sondern es hatte sich einiges mehr zum Schlechten hin gewandelt.

Doomhammer war entschlossen, den Stolz und die Reinheit seines Volkes wiederherzustellen. Und das bedeutete, dass man einem strikten Kodex folgen musste. Der andere Mann hatte in gutem Glauben gehandelt, und Doomhammer würde dieses Vertrauen nicht verraten. Er würde dem Pfad folgen, den der Mann markiert hatte. Wenn er sich als schnell erwies und die Menschen sich ihnen tatsächlich nicht in den Weg stellten, würde er seine Seite des Abkommens einhalten.

Kopfschüttelnd rollte Doomhammer die Karte wieder zusammen und schob sie hinter seinen Gürtel. Dann ging er den Pfad, den er gekommen war, wieder zurück. Im Lager würde er seine Offiziere zusammenrufen und ihnen den schnellsten aller Wege erklären.

„Ihr habt uns gerufen, Euer Majestät?“ General Hath, der Oberkommandierende von Alteracs Streitkräften stand an der halb geöffneten Tür zum Kartenraum. Perenolde erkannte hinter dem stämmigen General die anderen Armeebefehlshaber.

„Ja, tretet ein“, sagte Perenolde und versuchte ruhig zu klingen. „Ich habe gerade neue Informationen über die Horde und ihre Bewegungen erhalten.“

Er sah, wie Hath und ein paar andere sich anblickten, aber sie sagten nichts, als sie ihm zur Teppichkarte folgten, die Alterac zeigte. Städte und Forts waren aus silbernem Garn gewirkt, und goldene Fäden symbolisierten das Schloss.

„Ich habe erfahren“, begann Perenolde, „dass die Horde tatsächlich hierher unterwegs ist.“ Mehrere Offiziere schnappten nach Luft. „Sie will offensichtlich in Lordaeron einmarschieren und hat sich für den Weg durch die Berge entschieden, um die Hauptstadt von Norden her zu erreichen.“

„Wie weit sind sie noch entfernt“ fragte Colonel Kavdan. „Aus wie vielen Kriegern besteht die Horde? Was für Waffen führen sie mit sich?“

Mehrere andere murmelten zustimmend.

Perenolde hob eine Hand, und die Offiziere verstummten. „Ich weiß nicht, wie weit entfernt die Orks noch sind“, antwortete er. „Ich vermute einen Tagesmarsch, vielleicht zwei, aber auf keinen Fall mehr. Ich kenne die Anzahl der Kämpfer nicht, doch allen bisherigen Berichten zufolge bilden sie eine riesige Streitmacht.“ Er lächelte dünn. „Das ist allerdings nicht länger von Bedeutung für uns.“

General Hath richtete sich auf. „Nicht von Bedeutung für uns, Euer Majestät?“, fragte er aufgebracht. Sein Atem ließ seinen dicken grauen Schnurrbart flattern. „Aber wir sind Teil der Allianz und haben uns verpflichtet, die Horde gemeinsam zu bekämpfen.“

„Die Situation hat sich verändert“, informierte ihn Perenolde, der spürte, dass sein Schweißausbruch den Offizieren nicht entging. „Ich habe unsere Möglichkeiten neu bewertet und entschieden, dass wir uns in diesem Konflikt neu ausrichten müssen. Alterac ist mit sofortiger Wirkung nicht länger mehr Bestandteil der Allianz." Er atmete tief durch. „Glaubt mir, so sind wir weitaus besser dran."

Alle Offiziere blickten überrascht. „Wie meint Ihr das, Euer Majestät?", fragte Kavdan.

„Ich habe einen Nichtangriffspakt mit der Horde geschlossen", erwiderte Perenolde. „Wir hindern die Orks nicht daran, durch unsere Berge zu ziehen, und dafür lassen sie Alterac in Ruhe."

Seine Offiziere wirkten betroffen, ein paar sogar wütend.

„Ihr lasst uns mit den Orks konspirieren, Euer Majestät?", fragte Hath empört.

„Ja, das tue ich!", schnappte Perenolde und verlor die Fassung. „Ich will doch nur, dass wir überleben!" Zorn und Panik erfassten ihn. „Wisst ihr überhaupt, mit wem wir es da zu tun bekommen? Mit der Horde, der *ganzen* Horde! Sie wird durch diese Berge ziehen! Durch unsere Heimat. Hat irgendjemand eine Ahnung, viele das sind? Tausende! Zehntausende!"

Hath nickte widerwillig, so wie ein paar andere auch. Sie hatten dieselben Berichte gelesen wie er.

„Und kennt jemand diese Orks? *Ich* habe einen gesehen, nicht weiter von mir entfernt, als ihr es jetzt seid. Die sind riesig! Fast so groß wie Trolle und doppelt so breit! Starke Muskeln, dazu Hauer und Reißzähne. Jener Ork trug einen Hammer, den drei Mann gemeinsam nicht heben könnten. Und er wirbelte damit herum, als wäre er ein Kinderspielzeug! Niemand kann *dagegen* bestehen. Sie töten uns alle, versteht Ihr denn nicht? Die Orks haben bereits Stormwind zerstört, und Alterac wäre als nächstes dran."

„Aber die Allianz …", begann Hath noch einmal, ehe er unterbrochen wurde.

Perenolde lachte bitter. „Was ist mit der Allianz?", wollte er wissen. „Wo ist sie denn gerade? Nicht hier jedenfalls, soviel kann ich Euch sagen! Wir haben die Allianz gebildet, um unsere Königreiche zu beschützen, gegen genau diese Art von Angriff.

Und hier sind wir nun mit der Horde im Nacken, und wo, bitte schön, ist die tolle Allianz? Sie lässt uns im Stich. Seht Ihr das denn nicht?“ Er merkte, dass seine Stimme fast hysterisch wurde, und gab sich Mühe, wieder normal zu klingen. „Jetzt muss jedes Königreich für sich selbst sorgen“, sagte er, so ruhig er konnte. „Ich muss zuerst an Alterac denken. Die anderen Könige würden dasselbe tun.“

„Ja, aber diese animalischen …“, setzte Trand, ein anderer Offizier, an.

„Diese Kreaturen sind monströs und tödlich, ja“, schnitt ihm Perenolde das Wort ab. „Aber sie sind Argumenten der Vernunft durchaus zugänglich. Ich habe mich mit ihrem Anführer getroffen. Er redete unsere Sprache. Er hörte zu und versprach, uns in Frieden zu lassen, wenn wir seinen Durchmarsch nicht behindern.“

„Können wir … können wir ihm denn vertrauen?“, wollte ein junger Offizier namens Verand wissen.

Perenolde seufzte, als er sah, dass auch ein paar andere nickten. Und wenn seine Offiziere solche Fragen stellten, dann hatten sie insgeheim bereits akzeptiert, dass ein solch ungewöhnliches Abkommen nötig sein könnte. Jetzt sorgten sie sich nur noch darum, ob dieses angestrebte Bündnis auch halten würde.

„Wir haben keine andere Chance“, erwiderte er langsam. „Sie können uns jederzeit zerquetschen. Wenn die Orks uns hintergehen, sind wir erledigt. Aber wenn sie sich an ihr Wort halten, und ich denke das werden sie, wird Alterac überleben. Ganz egal, um welchen Preis.“

„Ich mag diesen Plan immer noch nicht“, antwortete Hath stur. „Wir haben den anderen Nationen unser Wort gegeben.“

Trotz dieser Worte merkte Perenolde, dass der General die Situation überdachte und sehr wohl erkannte, dass in einem Stillhalteabkommen tatsächlich ihre einzige Hoffnung auf ein Überleben liegen mochte.

„Ihr müsst es nicht mögen“, antwortete Perenolde deshalb scharf. „Ihr müsst nur gehorchen. Ich bin der König, und ich treffe die Entscheidungen. Ihr habt mir Treue geschworen, und Ihr werdet diesen Schwur nicht brechen.“

Er wusste, dass er innere Überzeugung nicht befehlen konnte. Aber er hoffte darauf, dass sie ihm zumindest solange folgen würden, bis die unmittelbare Gefahr vorüber war.

Hath musterte ihn einen Moment lang. „Wie Ihr wünscht, Euer Majestät", sagte er schließlich. „Ich werde gehorchen."

Die anderen nickten.

Perenolde lächelte. „Gut. Und was die Allianz angeht, werde ich alle sich daraus ergebenden Konsequenzen persönlich tragen." Er wandte sich erneut der Karte zu. „Nun denn, die Horde wird hier, hier und hier entlang ziehen." Er zeigte auf die südlichen Pässe. Dabei ärgerte er sich, dass seine Hand leicht zitterte. „Wir werden diese Pässe ungesichert lassen, und die Horde wird weiterziehen. Wir werden nicht mit einem einzigen Ork zusammenstoßen."

Hath studierte die Örtlichkeiten. „Offensichtlich wollen die Orks Lordaeron von Norden her angreifen", sagte er und zog eine Linie vom Kartenrand bis zu der Stelle, wo die Stadt läge, wäre sie auf der Karte eingezeichnet gewesen. „Ich würde nicht von dort kommen, aber ich verfüge auch nicht über die Übermacht der Orks – oder ihre Arroganz." Er wandte sich Perenolde zu und stellte kühl fest: „Es könnte sein, dass die Männer da nicht mitmachen, Euer Majestät. Sie könnten glauben, sie würden damit ihren Eid brechen oder Schlimmeres." Sein Tonfall ließ keinerlei Zweifel daran, dass er, was das anging, einer Meinung mit ihnen war. „Wenn sie revoltieren, können wir sie nicht davon abhalten."

Perenolde überlegte kurz. „Sehr gut", sagte er schließlich. „Dann sagt den Männern, dass die Horde die drei nördlichen Pässe nehmen wird. Wenn sie wissen wollen, woher Ihr die Informationen habt, erklärt Ihnen, unsere Kundschafter und Spione hätten sie unter Einsatz ihres Lebens erhalten." Er nickte, stolz auf seine Schläue. „Das sollte jedermann im Zaume halten."

Hath nickte brüskiert. „Ich werde unsere Männer sofort dort stationieren, Euer Majestät", versprach er.

„Das ist schön." Perenolde schenkte dem General das wärmste Lächeln, dass er zustande brachte, um ihm zu zeigen, dass alles vergeben und vergessen war. „Nun sollten wir das Erforderliche in die Wege leiten. Wir wollen doch nicht riskieren, dass die Orks bereits eintreffen, während unsere Truppen noch unterwegs sind."

Die Offiziere salutierten und verließen den Kartenraum – alle außer Hath.

„Was ist noch, General?", fragte Perenolde. Die Müdigkeit in seiner Stimme musste er nicht vortäuschen.

„Ein Bote ist eingetroffen", antwortete der General. „Von der Allianz. Er kam, als ihr … schlieft." Haths Blick heftete sich kurz an den Umhang, der auf einem Stuhl in der Ecke lag. Sein Blick sagte deutlich, dass er von Perenoldes Ausflug wusste. „Er wartet draußen."

„Dann lasst ihn sofort ein", antwortete Perenolde, der zum Stuhl ging und den Umhang ergriff und überstreifte. „Habt Ihr schon mit ihm gesprochen?"

„Ich weiß nur, wer ihn geschickt hat", versicherte ihm Hath, „und dachte, dass Ihr seine Nachricht so schnell wie möglich hören wollt." Der General war fast schon an der Tür des Kartenraums, als er das sagte. Einen Atemzug später winkte er denjenigen herein, der draußen wartete.

Ein junger Mann in verschmutzter Lederkleidung erschien und schaute nervös zu Boden.

„Euer Majestät", sagte der junge Mann, sah kurz auf … und dann wieder weg. „Ich überbringe Euch Grüße und eine Nachricht von Fürst Anduin Lothar, dem Anführer der Allianz."

Perenolde nickte und durchquerte den Raum, bis er neben dem jungen Mann stand. „Danke, General, das wäre dann alles für den Augenblick", sagte er an Hath gewandt, der gehorsam den Raum verließ und die Tür hinter sich schloss. „Nun, junger Mann", wandte Perenolde sich wieder dem Boten zu, „was für eine Botschaft habt Ihr denn für mich?"

„Fürst Lothar möchte, dass Ihr Eure Truppen nach Lordaeron führt", antwortete der junge Mann nervös. „Die Horde wird wahrscheinlich die dortige Stadt angreifen, und Eure Streitkräfte werden für die Verteidigung benötigt."

„Ich verstehe", nickte Perenolde und rieb sich das Kinn. Er legte einen Arm um die Schulter des Boten. „Und erwartet er, dass Ihr ihm nach Eurer Rückkehr Bericht erstattet?", fragte er.

Der Bote nickte.

„Ich verstehe", sagte Perenolde wieder. „Es ist eine Schande." Er wandte sich dem jungen Mann zu, sein Arm hielt ihn fest. Ruckartig zog er ihn sodann zu sich heran … und stach mit einem Dolch zu, den er inzwischen in der anderen Hand hielt. Die Klinge glitt zwischen die Rippen und drang in das Herz des jungen Mannes ein. Er zuckte, und Blut quoll aus seinem Mund. Dann brach er zusammen. Perenolde fing ihn auf, bevor er den Boden erreichte.

„Es wäre mir lieber gewesen, wenn die Botschaft schriftlich übersandt worden wäre", sagte Perenolde sanft zu dem Toten, während er seinen Dolch an dem Leichnam abwischte und dann in die Falte seines Gewandes zurücksteckte. Er schleifte den Körper quer durch den Raum bis zum Müllschacht in der Ecke und warf ihn dort hinein. Er hörte die dumpfen Laute, mit denen der Tote auf dem Weg nach unten gegen die Wände schlug. Dann legte er den blutbespritzten Umhang ab und warf ihn hinterher.

Eine Schande, er hatte die Verzierungen daran sehr gemocht.

Nachdem er eine Minute gewartet hatte, schloss Perenolde das Tuch über dem Müllschacht und begab sich zurück in die Mitte des Raumes. Falls Hath noch draußen wartete, würde er ihm sagen, dass der Bote so eilig wieder wegmusste, dass er ihm erlaubt hatte, seinen Privatausgang zu nehmen. Ansonsten würde er den General beim nächsten Wiedersehen nur darüber informieren, dass der junge Mann zur Allianz zurückgekehrt sei. Und wenn er nach dem Inhalt der Botschaft gefragt wurde, würde er ausweichend antworten.

Perenolde lächelte, wusste er doch, dass kein Ork ihre Verteidigung durchbrechen würde. Solange aus der Verteidigung kein Angriff wurde …

Bradok zerrte an den Zügeln – aber nicht aus Furcht. Die hatte er bereits hinter sich gelassen, als sein Drache abgehoben und ihn hoch in die Lüfte getragen hatte.

Es war unglaublich gewesen, durch die Wolken zu stoßen. Bradok, der bis dahin ein zwar pflichtbewusster, aber auch immer unzufriedener Krieger gewesen war, hatte plötzlich wahres Glück entdeckt.

Er war dazu bestimmt, durch den Himmel zu segeln. Sein großer roter Drache schlug mit den Flügeln, und der Wind fuhr ihm durchs Haar. Er erinnerte sich an die Erregung, als er das erste Mal sah, wie die Flammen aus dem Maul des Drachens gezischt waren. Er hatte miterlebt, wie die Bäume zerplatzten, als sie von der plötzlichen Hitze berührt wurden.

Bradok schaute nach unten. Er sah einen silbernen Streifen in all dem Grün und Braun dieser üppigen Welt. Das war das Meer, das sie überquert hatten, nachdem sie jenes andere Königreich gebrandschatzt hatten.

Er trat dem Drachen mit seinen Absätzen in die Flanken und drängte ihn, niedriger zu fliegen. Der Drache gehorchte, faltete seine Schwingen zusammen und schoss in einem berauschenden Sturzflug hinab.

Die See wurde immer größer und erstreckte sich jetzt bis zum Horizont. Dort, wo das Meer auf das Küstenufer traf, konnte er dunkle Umrisse erkennen. Das mussten die Schiffe sein, die die Horde benutzt hatte, um von dem anderen Kontinent zu diesem zu gelangen.

Bradok hasste Schiffe. Generell hatte er nicht viel für Wasser übrig. Die Luft hingegen war etwas Wunderbares.

Er manövrierte seinen Drachen aus dem fast freien Fall und überflog die Schiffe. Er sah die armen Orks auf den Bänken sitzen und an den langen Rudern schuften, die das Boot bewegten. Ein Oger stand zentral auf jedem Schiff und gab den Takt mit einer großen Trommel vor. Die Orks handelten danach, ihre steten Ruderschläge ließen die dunklen Schiffe durchs Wasser gleiten.

Bradok machte eine Pause und ließ seinen Drachen eine Kurve für einen erneuten Überflug nehmen. Ja, er hatte beim ersten Mal richtig gesehen. Die Schiffe verließen die Küste und fuhren hinaus.

Aber sie sollten doch eigentlich hier ausharren, falls die Horde sie erneut brauchte. Warum fuhren sie dennoch davon?

Bradok sah sich um und erspähte eine vertraute Gestalt auf dem führenden Boot. Es war Gul'dan, der Hexenmeister. Früher hatte Bradok ihn gefürchtet, doch das war jetzt vorbei. Jetzt war er ein Drachenreiter. Wovor sollte er noch Angst haben?

Er lenkte seinen Drachen zum führenden Schiff. Gul'dan wandte sich ihm zu, als er ihn bemerkte.

„Warum nimmst du die Boote?", rief Bradok und winkte mit seinem freien Arm, während sein Drache sich der Geschwindigkeit des Schiffes anpasste.

Der Hexenmeister blickte irritiert und hielt in seiner Verwirrung beide Hände hoch.

Bradok steuerte seinen Drachen näher heran. „Du musst wenden! Die Horde ist in Lordaeron, nicht jenseits des Meeres!", rief er noch einmal.

Gul'dan machte ihm durch Gesten begreiflich, dass er ihn nicht verstand. Daraufhin steuerte Bradok seinen Drachen fast bis zur Spitze des Bootes und war damit keine fünf Schritte mehr von dem Hexenmeister entfernt. „Ich sagte –"

Plötzlich schossen Gul'dans Hände vor, und ein grüner Strahl traf Bradok mitten in die Brust. Er spürte einen starken Schmerz und merkte, dass sich seine Lunge zusammenzog und sein Herz raste. Dann schnappte er nach Luft, als beide Organe gleichzeitig ihre Funktion einstellten.

Die Welt wurde dunkel. Bradok kippte aus dem Sattel und stürzte knapp neben dem Schiff in die Wellen. Sein letzter Gedanke war, dass er immerhin einmal hatte fliegen dürfen.

Gul'dan lachte höhnisch, als er den Körper des Drachenreiters im Wasser verschwinden sah. Er hatte diesen Narren näher heranlocken müssen, damit er seine Magie zur Entfaltung bringen konnte. Außerdem musste er schnell genug handeln, damit der Kerl sich nicht mehr zur Wehr setzen konnte.

Er war auch besorgt, wie der Drache reagieren würde, nachdem sein Reiter ungekommen war, und beobachtete misstrauisch, wie die rote Bestie aufstieg, ihren Kopf zurückwarf und einen wilden Schrei ausstieß.

Doch dann schlug sie mit den Flügeln und schoss in den Himmel davon. Gul'dan schaute dem Drachen lange genug nach, um sicher gehen zu können, dass er nicht wendete und einen neuen Angriff startete.

Schließlich wandte er den Blick ab und betrachtete den Bug des Schiffes. So entging ihm die zweite Gestalt, die hoch über ihm kreiste.

Torgus war mit Bradok um die Wette geflogen, bevor sein Freund die Schiffe erspäht hatte. Torgus hatte alles beobachtet. Jetzt wendete er seinen Drachen und jagte zurück nach Quel'Thalas.

Zuluhed würde wissen wollen, was passiert war, und Torgus vermutete, dass er von ihm ausgeschickt werden würde, um dem Rest der Horde und vielleicht sogar Doomhammer persönlich darüber zu berichten.

Die Pässe waren völlig verlassen, und Doomhammer führte seine Krieger in schnellem Lauf hindurch. Er hatte gehofft, dass der vermummte Fremde sein Wort halten würde und war froh, dass seine Annahme sich bewahrheitete. Aber der Weg war immer noch gefährlich. Bei solch engen Pfaden zwischen Felshängen brauchte man nur eine Handvoll Krieger, um sie zu versperren. Und wenn sich erst ein paar Leichen auftürmten, wurde jeder Durchgang unmöglich.

Deshalb trieb er seine Truppen immer weiter. Er würde froh sein, wenn sie die kalte Bergregion hinter sich gebracht hatten.

Es dauerte zwei volle Tage, die schneebedeckten Berge zu überqueren und in die Täler auf der anderen Seite zu gelangen. Während dieser Zeit sahen die Orks keinen einzigen Menschen. Einige der Krieger beklagten sich sogar darüber, dass sie keine Gelegenheit bekamen, irgendjemanden während ihrer Reise zu töten. Aber ihre Häuptlinge versicherten ihnen, dass sie ihre Chance noch erhalten würden.

Am zweiten Tag stürmten die ersten Reihen der Horde die Berge hinab. Wie stets führte Doomhammer sie an. Irgendwann blieb er stehen, um die Szenerie vor sich zu genießen.

Jenseits der Hügel erstreckte sich ein riesiger See. Sein Wasser glitzerte silbern im frühen Morgenlicht. Auf der anderen Seite erhoben sich weitere Berge, die in einem leichten Winkel von Nord nach Süd verliefen.

Die Berge, die die Orks gerade überquert hatten, waren ähnlich gewesen, nur dass sie sich nach Osten hin bogen. Diese neuen Gipfel neigten sich gen Westen, und zusammen bildeten die beiden Bergketten ein riesiges V mit dem See in seinem Zentrum. Auf der nördlichen Seite lag eine majestätische befestigte Stadt.

„Die Hauptstadt." Doomhammer betrachtete sie eine Weile. Dann hob er seinen Hammer mit beiden Händen hoch über sich und brüllte einen Kriegsruf.

Die Kämpfer der Horde nahmen diesen Ruf auf, und bald schon hallte von den Hügeln ringsum ihre Wut, ihre Freude und ihr Blutdurst wider.

Doomhammer lachte. Die Stadt sollte ruhig wissen, dass er und seine Leute hier waren. Nach diesem Gebrüll würden ihre Bewohner erzittern. Und die Horde würde über sie gekommen sein, noch ehe sie sich davon wieder erholt hatten.

„Auf zur Stadt!", rief Doomhammer und hob seinen Hammer erneut. „Wir werden sie zerstören – und damit das Herz des Widerstands! Vorwärts, Krieger. Lasst uns den Kampf zu ihnen tragen, noch während ihnen unser Kriegsruf in den Ohren schallt!"

Doomhammer stürmte die Hänge hinab. Und dabei behielt er die schwer befestigte Stadt unablässig im Blick.

Sechzehn

„Sire! Sire, die Orks greifen an!“

König Terenas blickte erschreckt auf, als Morev, der Kommandant der Wache, in den Thronsaal stürzte. „Was?“ Er erhob sich, ignorierte die panischen Ausrufe der Adligen und Gemeinen, die um Audienz ersuchten, und winkte den Kommandanten zu sich. „Die Orks? Hier?“

„Ja, Sire“, antwortete der Mann. Morev war ein erfahrener Veteran. Ein Krieger, den Terenas seit seiner frühesten Jugend kannte. Es war schockierend, ihn bleich und vor Angst schlotternd zu sehen. „Die Orks müssen über die Berge gekommen sein – sie marschieren in diesem Moment auf der anderen Seite des Sees herbei.“

Terenas eilte an dem Kommandanten vorbei und lief aus dem Thronsaal. Schnell durchquerte er die Halle und stieg eine kleine Treppenflucht hinauf zum nächstliegenden Balkon, der sich im Malzimmer seiner Gattin befand. Lianne hielt sich dort mit ihrer Tochter Calaia und ihren Hofdamen auf. Sie schauten überrascht auf, als er an ihnen vorbei eilte, Morev im Gefolge.

Terenas riss die Fenster auf, trat auf den Balkon … und blieb wie gebannt stehen. Normalerweise hatte man von hier aus einen atemberaubenden Blick auf die Berge und den See. Das war auch heute so. Aber der grüne Streifen, der normalerweise zwischen Wasser und Bergen lag, war nun schwarz vor Orks.

Der König sah, wie sie sich bewegten. Die Horde war wahrhaftig eingetroffen.

„Wie konnte das passieren?“, wollte er von Morev wissen, der ebenfalls herausgetreten war und sich das Spektakel offenen Mundes ansah. „Die Horde ist offensichtlich über

Alterac gekommen – warum hat Perenolde sie nicht aufgehalten?“

„Sie müssen ihn ausgeschaltet haben, Sire“, antwortete Morev. Seine Meinung von Alteracs König und Soldaten war nicht sonderlich hoch. „Die Bergpässe sind schmal, und ein fähiger Trupp könnte die Horde aufhalten – aber nicht, wenn sie den Befehlen eines Narren gehorchen müssen.“

Terenas runzelte die Stirn und schüttelte den Kopf. Er teilte Morevs Ansichten, er hatte Perenolde nie ausstehen können. Der Herrscher von Alterac war selbstsüchtig und durchtrieben. Aber Hath, Perenoldes General, war ein fähiger Kommandeur und hervorragender Krieger. Er war in der Lage, eine solide Verteidigung aufzubauen. Wenn Perenolde ihm dies jedoch *verbot*, würde Hath gehorchen.

„Schickt einen Boten nach Alterac“, sagte er schließlich. „Und einen zur Armee der Allianz. Lasst sie wissen, wie es um uns steht. Wir werden später herausfinden, was passiert ist“, befahl Terenas, verschwieg aber wohlweislich, dass seine Entscheidung ihr Überleben voraussetzte. „Wir haben jetzt Wichtigeres zu erledigen. Zieht die Wachen zusammen, schlagt Alarm und holt jedermann hinter die Tore.“ Er spähte erneut über den See, wo sich die finstere Orkhorde bereits längs des Wassers am Strand entlangzog.

Nein, viel Zeit blieb ihnen wahrlich nicht mehr.

Brieftauben wurden zu den anderen Anführern der Allianz und zur letzten bekannten Position der Armee im Zwergenkönigreich entsandt. Eine dieser Tauben flog geradewegs nach Stromgarde, und ihre Botschaft wurde sofort zu Thoras Trollbane gebracht, dem bärbeißigen Herrscher.

„Was?“, rief er, als er die Botschaft gelesen hatte. Er trank Bier aus einem schweren hölzernen Krug und warf diesen jetzt an die gegenüberliegende Wand, wo er zerbrach. Bierreste und Holzsplitter blieben an der Wand zurück. „Dieser Dummkopf! Warum hat er die Bande denn durchgelassen?“

Trollbane mochte Perenolde nicht. Nicht nur, weil sie als Nachbarn des öfteren Grenzstreitigkeiten hatten, sondern weil er ihn ganz persönlich nicht ausstehen konnte. Er war ihm viel zu ölig und zu glatt.

Aber selbst ein arroganter, eitler Schnösel wie Perenolde hätte die einmarschierende Armee aufhalten können! Vielleicht wäre der Vormarsch nicht vollständig zum Erliegen gekommen, wenn die Horde wirklich so zahlreich war, wie Lothar behauptete und wie ein Bericht es bestätigt hatte. Die Orks konnten sich ihren Weg wahrscheinlich freikämpfen. Aber Alterac hätte sie zumindest deutlich bremsen und schweren Schaden unter ihnen anrichten müssen. Außerdem hätten sie Lordaeron rechtzeitig warnen können …

Jetzt aber war es zu spät. Die Orks befanden sich bereits am See. Terenas konnte nicht viel mehr tun als die Tore schließen und darauf hoffen, den ersten Ansturm zu überstehen.

Trollbane stand auf. Er ging auf und ab, die Botschaft hielt er immer noch in seinen Händen. Er wollte seinem Freund zu Hilfe eilen, war sich aber nicht sicher, ob das wirklich die bestmögliche Reaktion war. Terenas war ein ausgezeichneter Stratege, und seine Krieger gehörten zu den besten des Landes. Seine Tore und Mauern waren stark und dick.

Trollbane war fest davon überzeugt, dass Lordaeron der ersten Angriffswelle standhalten konnte. Allerdings drohte die Gefahr, dass die Horde die Hauptstadt einfach überrennen würde.

„Verdammter Bastard!“ Trollbane schlug mit seiner Faust gegen die Lehne seines schweren Stuhls. „Perenolde hätte sie aufhalten müssen! Er hätte uns zumindest warnen müssen! Nicht einmal er kann so inkompetent sein …“

Plötzlich kam ihm ein Verdacht. Perenolde war nie ein großer Verfechter der Allianz gewesen. Er und Graymane waren die Einzigen gewesen, die gegen den Bund gewesen waren, wie Trollbane sich erinnerte. Er dachte an das Treffen in der Hauptstadt zurück, mit Lothar, Terenas und den anderen.

Graymane war zwar auch dagegen gewesen, aber wohl hauptsächlich, weil er damit prahlte, Gilneas würde jedermann umbringen, der dumm genug war, dort einzumarschieren.

Perenolde dagegen mochte keine Kämpfe. Trollbane hatte seinen Nachbarn immer für einen Feigling und Tyrannen gehalten. Perenolde war nur zum Kampf bereit, wenn er sicher wusste, dass er den Sieg davontrug. Doch er ging nie ein Risiko ein. Außerdem hatte Perenolde Verhandlungen vorgeschlagen.

„Dieser Narr! Dieser verräterische kleine Bastard!“ Trollbane trat so fest gegen seinen Stuhl, dass dieser über den Steinboden rutschte.

Er hatte es getan – oder nicht? Er hatte mit der Horde verhandelt!

Trollbane wusste, dass er Recht hatte. Perenolde interessierten andere nicht. Ihm ging es immer nur um sich selbst. Er würde jederzeit einen Handel mit den Dämonen eingehen, wenn es ihm und seinem Land einen Nutzen brachte.

Es passte alles zusammen. So war die Horde durch die Berge gelangt, ohne Alarm auszulösen. Und das war auch der Grund, warum Perenolde nicht geantwortet und niemanden gewarnt hatte. Er hatte sie unbehelligt passieren lassen. Wahrscheinlich im Austausch gegen Privilegien nach dem Krieg.

„Waaah!“ Wütend riss Trollbane seine Axt aus der Halterung und trieb die Klinge in den Tisch vor sich. Er zerschmetterte ihn mit einem einzigen Hieb. „Ich werde ihn töten“, brüllte er.

Seine Krieger und Adeligen zuckten zusammen, und Trollbane erinnerte sich daran, dass er nicht allein war. Und dass seine persönliche Rache warten musste. Der Krieg hatte Vorrang.

„Sammelt die Truppen“ instruierte er seine aufgeschreckten Wachen. „Wir ziehen nach Alterac.“

„Aber Sire“, antwortete der Hauptmann der Wache, „wir haben bereits die Hälfte unserer Truppen mit der Armee der Allianz ausgeschickt!“

Trollbane runzelte die Stirn. „Gut, daran kann man nichts ändern. Nehmt jeden, den Ihr finden könnt.“

„Kommen wir Alterac zu Hilfe, Sire?“, fragte einer der Adeligen.

„Gewissermaßen“, antwortete Trollbane, der seine Axt wieder zurücksteckte und den Mann angrinste. „Gewissermaßen.“

Anduin Lothar hob sein Visier und blickte sich um. Mit dem Handrücken wischte er sich Dreck und Schweiß aus den Augen, während er sein Schwert über den Körper eines gefallenen Orks zog und so die Klinge vom Blut reinigte.

„War das der Letzte?“, fragte einer der Soldaten.

„Ich weiß es nicht“, antwortete Lothar ehrlich und beobachtete die Bäume. „Ich hoffe es mal, aber ich würde mich nicht darauf verlassen.“

„Wie viele davon sind denn hier?“, wollte ein anderer Soldat wissen. Er zog seine Axt aus dem Ork zu seinen Füßen.

Die kleine Lichtung war übersät mit Leichen, und nicht alle waren Orks. Es war eine hässliche kleine Schlacht gewesen, und die Äste hingen zu niedrig. Die Wildhammerzwerge konnten deshalb ihre Greifen nicht einsetzen. Deshalb hatten Lothar und seine Männer sich darum kümmern müssen. Sie hatten gewonnen, doch nur weil diese kleine Gruppe Orks sich weit vom Hauptverband entfernt hatte.

„Zu viele“, antwortete Lothar und grinste seine Männer geistesabwesend an. Dann fing er sich. „Aber zumindest sind es jetzt ein paar weniger, was?“

Sie lachten zurück. Lothar war stolz. Einige dieser Männer stammten aus Lordaeron oder Stromgarde, andere kamen aus Gilneas und selbst aus Alterac. Und einige waren mit ihm von Stormwind hierhergekommen. Aber während der letzten paar Wochen hatten sie alle lokalen Streitigkeiten beiseite gelassen. Sie waren jetzt Soldaten der Allianz und kämpften zusammen, fast wie Brüder.

Ja, er war stolz auf sie. Wenn der Rest der Armee sich auch derart durchmischte wie diese eine Gruppe, bestand Hoffnung für sie alle. Sowohl im Krieg als auch in den Friedenszeiten, die, wie er hoffte, folgen würden.

Dann sah er eine Bewegung und warnte: „Vorsicht!“ Er ließ sein Visier sinken und ging in die Hocke, sein Schwert erhoben und in Richtung der Bewegung weisend. Aber die Gestalt, die durch die Bäume brach, war kein Ork, sondern ein Mensch – einer seiner eigenen Soldaten.

„Sire!“, keuchte der Mann ganz außer Atem. Er sah unverletzt aus, und sein Schwert steckte noch in der Scheide. „Nachrichten, Sire!“

Jetzt erst erkannte Lothar, dass der Mann ein Pergament in der Hand hielt, das er ihm reichte.

„Danke“, sagte er und nahm es entgegen. Ein Soldat gab dem Boten einen prall gefüllten Wasserschlauch, den der dankbar annahm.

Indessen war Lothar bereits damit beschäftigt, die Worte zu lesen, die auf dem kleinen Papierstück standen. Die Krieger um ihn herum wurden nervös, als sie sahen, wie seine Kiefer zu mahlen begannen.

„Was ist los?“, fragte schließlich einer, weil Lothar aufsah, das Pergament zwischen den Händen zerknüllte und wie ein lästiges Insekt wegwarf. „Gibt es ein Problem?“

Lothar nickte und versuchte immer noch die Informationen zu verdauen, die er gerade erhalten hatte. „Die Horde ist in Lordaeron aufgetaucht“, sagte er leise. Mehrere Soldaten schnappten nach Luft. „Die Orks greifen die Hauptstadt vielleicht schon in diesem Moment an.“

„Was können wir dagegen tun?“, fragte einer der Männer, der aus Lordaeron stammte, wie Lothar sich erinnerte. „Wir müssen uns unverzüglich auf den Weg machen!“

Lothar schüttelte den Kopf. „Die Strecke ist viel zu weit“, antwortete er traurig. „Wir würden niemals rechtzeitig ankommen.“ Dann seufzte er. „Nein. Wir müssen unsere Arbeit *hier* erledigen, um sicherzustellen, dass die Orks im Hinterland tot oder vertrieben sind. Wir können der Horde nicht erlauben, sich hier festzusetzen, wo sie sich neu gruppieren und auf dem Kontinent nach überall hin ausbreiten könnten.“

Seine Männer nickten, obwohl sie nicht von dem Gedanken begeistert waren, durch die Wälder zu streifen, während ihre Freunde und Familien sich der Horde allein gegenüber stellen mussten. Lothar konnte es ihnen nicht verdenken. „Turalyon und der Rest der Allianz-Armee sind bereits unterwegs“, versicherte er ihnen, und einige Krieger schauten ihn hoffnungsvoll an. „Er wird der Hauptstadt helfen.“ Er umfasste fest sein Schwert. „Und wenn wir hier fertig sind, werden wir zur Hauptstadt marschieren und uns aller Orks annehmen, die dann vor dem Angriff geflohen sind.“

Die Männer jubelten, und Lothar lächelte, obwohl er immer noch fror. Er wusste, dass ihnen der Gedanke gefiel, die Allianz könnte so siegreich sein, dass für sie selbst nur noch das letzte Aufräumen blieb.

Er hoffte nur, dass es auch tatsächlich so kommen würde.

„Genug der Ablenkung!", sagte er nach ein paar Momenten. „Lasst uns sicherstellen, dass keine weiteren Orks in der Gegend sind, und dann geht es zurück zum Nistgipfel, wo wir uns neu gruppieren."

Die Soldaten nickten gehorsam, hoben ihre Waffen auf und begaben sich zurück in die Formation. Lothar übernahm die Führung. Gemeinsam traten sie wieder unter die Bäume. Der Bote blieb in ihrer Mitte.

„Sie kommen!"

König Terenas spähte nach unten und verzog das Gesicht. Die Orkhorde hatte den See überquert.

Seine scharfsichtigen Bogenschützen erklärten, dass die Grünhäute primitive Brücken gebaut hatten. Aber von hier aus wirkte es, als würden sie über das Wasser *laufen*. Gerade erreichten die Ersten die Stadtmauern.

Er war immer noch von ihrer Statur und Zahl überwältigt. So wie er es hier vom Wall aus beurteilen konnte, waren sie grobschlächtige Kämpfer. Etwas größer als der größte Mann – und breiter, mit kräftigen Muskeln und wuchtigen brutalen Köpfen. Immerhin schienen sie keinerlei Belagerungsvorrichtungen zu besitzen, mit Ausnahme eines dicken Stamms, der offenbar als Rammbock dienen sollte. Dafür führten die Orks große Hämmer, Äxte und breite Schwerter mit sich, und er war sicher, dass sie auch Seile und Kletterhaken dabei hatten.

Nun, die Mauern der Hauptstadt waren solide gebaut und dick. Kein Feind hatte sie je überwunden, und Terenas war fest entschlossen, das auch künftig so zu belassen.

Die Menschen hatten sich nicht mehr optimal auf die Konfrontation vorbereiten können. Die Leute in Sicherheit zu bringen war einfach gewesen, weil die meisten ohnehin innerhalb der Mauern lebten. Beim Vieh war es problematischer gewesen, und einige Tiere hatten sie auch draußen ihrem Schicksal überlassen müssen. Jedermann hatten nur kleinere und wertvolle Dinge mitgenommen. Die Wachen hatten ihr Bestes dazu beigetragen, dass alles und jedermann im Innern war, als die Tore geschlossen und verrammelt wurden.

Die meisten Menschen aus der Umgebung waren nur mit wenig mehr als den Kleidern am Leib und dem, was sie gerade in der Hand hielten, angekommen. Ihre Häuser würden mit hoher Wahrscheinlichkeit von der Horde zerstört werden, und Terenas wusste, dass es einige Zeit dauern würde, bis alles wieder neu errichtet sein würde. Wobei er davon ausging, dass sie die Orks besiegen würden.

Er schaute entlang der Verteidigungsanlagen, wo Wachen und Soldaten bereitstanden.

So wenige Streiter, um solch gewaltige Mauern zu verteidigen!

Aber die meisten Soldaten waren mit Lothar gezogen, und Terenas bereute die Entscheidung nicht. Die Horde hatte gestoppt werden müssen, und Lothar hatte jeden Kämpfer gebraucht, den Terenas erübrigen konnte.

Natürlich hatte Terenas nicht erwartet, dass die Horde die Hauptstadt angreifen würde. Und schon gar nicht, dass die Streitkräfte der Allianz hinter die Orks zurückfallen würden. Aber auch wenn die Hauptstadt fiel, war ihm das recht, solange am Ende die Allianz siegreich sein würde.

Was nicht bedeutete, dass er sich ergeben würde. Terenas blickte wieder nach unten und schätzte, dass die Orks jetzt nah genug heran waren. Er konnte ihre Hauer von hier oben aus erkennen. Und die Zöpfe, die Knochen und die Medaillen, die vielen um den Hals hingen – fraglos Trophäen aus vorherigen Schlachten.

Nun, sie würden diesen Kampf als schwieriger erleben als jedes vorhergegangene Gefechte. Ganz egal, wie alles ausging, die Horde würde sich dieses Kampfes erinnern.

„Siedendes Öl!“, rief Terenas.

Morev und die anderen nickten. Sie kippten die großen Kessel über die Mauern und ließen das kochende Gebräu jenseits der

Mauer hinunterlaufen. Die ersten Orks hatten zu diesem Zeitpunkt fast schon die Mauern erreicht. Das Öl durchtränkte sie vollständig. Viele schrien vor Schmerz, als es ihre Haut Blasen werfen ließ und wegbrannte. Die gesamte Frontreihe brach zusammen.

Ein paar Krieger wandten sich noch taumelnd zur Flucht, aber die meisten standen nicht wieder auf.

„Bereitet mehr Öl vor!“, befahl Terenas.

Bedienstete beeilten sich, den Befehlen Folge zu leisten. Sie benutzten dicke Stangen, um die schweren Kessel anzuheben und abzutransportieren. Es würde eine Weile dauern, bis sie nachgefüllt, neu erhitzt und zurückgebracht worden waren.

Aber die Horde würde nicht einfach wieder verschwinden. Dies würde kein schnelles Gefecht werden.

Terenas richtete sich auf eine lange Belagerung ein, und er dankte dem Heiligen Licht, dass sie ausreichend Wasser und Nahrung für Wochen hatte. Das Öl jedoch würde ihnen nach ein, zwei weiteren Einsätzen ausgehen. Aber es war auch nur der Eröffnungszug ihrer Verteidigungsstrategie. Terenas hatte noch andere Tricks auf Lager, mit denen er diesen unbändigen Orks, die es wagten, sein Heim anzugreifen, zusetzen würde.

Thoras Trollbane bewegte sich leichtfüßig durch die Berge. Dabei fanden seine genagelten Schuhe sicheren Halt auf dem rauen, grauen Granit. Seine Männer befanden sich hinter ihm, jeder ein erprobter Gebirgsjäger.

Stromgarde war ein Bergkönigreich. Und bereits die Kinder lernten, wie man Felsen erklomm und Gipfel bestieg.

Vor ihm lag der erste von Alteracs Gebirgspässen. Trollbane konnte bereits einige Gestalten durch den fallenden Schnee erkennen. Große, klobige Wesen, die sich zwar etwas linkisch, aber stetig vorwärts bewegten.

Die Orks der Horde waren eindeutig nicht an die Höhe gewöhnt. Aber die Pässe waren für solch ungeübte Kletterer aus dem Berg gehauen worden – damit Alterac und Stromgarde mit ihren tiefer gelegenen Nachbarn Handel treiben konnten.

Trollbane und seine Leute brauchten solche Erleichterungen

nicht. Sie kletterten mit unnachahmlichem Geschick selbst entlang steiler Flanken und waren nicht auf die engen Wege angewiesen, die man allzu leicht blockieren und als Hinterhalt nutzen konnte.

Trollbane ging in die Hocke, die Axt lag kampfbereit in seiner Hand. Über Gesten kommunizierte er mit seinen Männern: noch nicht, noch nicht ... *jetzt!*

Er sprang über die Begrenzung und landete sicher auf dem Boden des Passes zwischen zwei Orks, die von dem Angriff völlig überrascht wurden.

Seine Axt blitzte auf, trennte einen Kopf vom Körper und erwischte den anderen an der Kehle. Beide Gegner fielen um.

Die Orks auf der anderen Seite gerieten in der aufkommenden Hektik ins Straucheln und verfingen sich ineinander. Dann aber schafften sie es doch noch, ihre Waffen ziehen.

Vier weitere von Trollbanes Kriegern sprangen in den Pass, zwei zu jeder Seite, und attackierten die Grünhäute. Weitere Männer folgten, griffen an. Binnen Minuten waren zwei Dutzend Orks tot und der Pass mit Leichen übersät.

Trollbane und seine Männer stapelten die aufgrund der Kälte schon steif werdenden Orks auf einen Haufen. Dann ließ er zehn Mann als Wache an der improvisierten Barrikade zurück und nahm den Rest der Krieger mit sich.

„Gut", sagte Trollbane, als sie unterwegs nach Norden waren. „Einen haben wir befreit."

Der nächste Pass lag weniger als eine einstündige Kletterei entfernt. Auch hier trafen sie auf durchmarschierende Orks und griffen sie auf dieselbe Art und Weise an.

Trollbane erkannte, dass die Grünhäute furchtlose Krieger waren. Groß, stark und hartgesotten. Aber sie hatten keine Erfahrung mit der Kälte der Berge und kamen nicht mit Feinden zurecht, die aktiv gegen sie vorgingen.

Den zweiten Pass eroberten sie ebenso leicht wie den ersten, und auch am dritten erging es ihnen so. Der vierte Pass bereitete jedoch ein paar Schwierigkeiten, weil er deutlich breiter war. Vier Männer konnten bequem nebeneinander hergehen – oder drei Orks. Deshalb sprang Trollbane mit dreien seiner Männer gleichzeitig in den Pass, und schnell waren auch hier alle Feinde beseitigt. Danach errichteten sie eine Barrikade aus Felsen, um den Weg unpassierbar zu machen.

Der folgende Pass war frei, zumindest frei von Orks. Trollbane traf auf fünf Krieger, die hier stationiert waren. Es handelte sich um Menschen, die das Orange von Alterac trugen und hier stationiert waren.

„Halt", rief einer der Alterac-Soldaten und richtete seinen Speer gegen Trollbane. „Nennt Euren Namen und Euer Begehr!" Mehrere seiner Gefährten eilten hinzu.

„Thoras Trollbane, König von Stromgarde", antwortete Trollbane knapp. Er starrte die Soldaten durchdringend an, obwohl er wusste, dass sie nur Befehle ausführten. „Wo ist Perenolde?"

„Der König ist im Schloss", antwortete derselbe Soldat hochmütig. „Und Ihr befindet Euch auf unserem Grund und Boden."

„Und die Orks?", fragte Trollbane. „Sind sie Gäste – oder nur auf der Durchreise?"

„Die Orks kommen an uns nicht vorbei", erklärte ein anderer Soldat. „Wir werden diesen Pass mit unserem Leben verteidigen."

„Gut", sagte Trollbane, „nur dass die Grünhäute nicht an diesem Pass zu finden sein werden. Sie halten die vier Durchgänge im Süden besetzt."

Der Soldat blickte verwirrt. „Uns wurde gesagt, dass wir hier Wache halten sollen", sagte einer. „Die Orks sollen *hier* durchkommen."

„Nun, tun sie aber nicht", schnappte Trollbane. „Glücklicherweise kontrollieren meine Männer und ich die Pässe jetzt. Aber viele Feinde sind schon nach Lordaeron durchgekommen."

Einer der Soldaten war älter, eindeutig ein Veteran. Sein Gesicht wurde bleich, als er verstand, was passiert war. Trollbane wandte sich an ihn. „Wo ist Hath?"

„General Hath befindet sich beim nächsten Pass. Dort befindet sich auch die Hauptstreitmacht unserer Armee", antwortete der Soldat. Er dachte eine Sekunde lang nach, bevor er anbot: „Ich kann Euch hinbringen."

Trollbane kannte den Weg, aber er wusste auch, dass er leichter mit Hath sprechen konnte, wenn er mit einer Eskorte ankam. Deshalb nickte er und bedeutete seinen Männern, ihm und dem Alterac-Soldaten zu folgen.

Sie benötigten eine Stunde, um den Pass zu erreichen, der breit genug war, um zwei Wagen aneinander vorbeizulassen, ohne dass sie die Wand dabei berührten. Es war logisch, hier die meisten Soldaten zu stationieren. Allerdings nur, wenn die Orks nach Norden statt nach Süden gezogen wären.

Trollbane erblickte Hath, der sich mit mehreren jungen Offizieren unterhielt. Er wartete, bis der Soldat, der sie hierher gebracht hatte, den stämmigen General grüßte.

„General Hath!“, rief der Mann auch schon. „Besucher aus Stromgarde, die Euch sehen wollen!“

Hath sah auf und runzelte die Stirn, als er Trollbane bemerkte. „Danke, Sergeant“, sagte er, kam zu ihnen und grüßte respektvoll.

„Euer Majestät“ sagte er feierlich.

Trollbane nickte. „General.“ Trollbane hatte Hath immer gemocht. Der Mann war ein tüchtiger Soldat, ein guter Taktiker und anständig. Er hatte stets ungern gegen ihn gekämpft und hoffte, dass es dieses Mal nicht dazu kommen würde. „Die Orks dringen durch eure südlichen Pässe“, sagte er. „Wir haben sie für euch aufgehalten.“

Hath wurde bleich. „Unsere südlichen Pässe? Seid Ihr sicher? Natürlich seid Ihr das. Aber wie kann das sein? Der König hat mir persönlich versichert, dass sie von Norden kommen würden. Deshalb bewachen wir diese Pässe ja.“

Trollbane sah sich um. Keiner der Soldaten von Alterac stand nah genug, um verstehen zu können, was er sagte. Er senkte seine Stimme. „Ihr seid ein guter Soldat und ein guter Kommandeur, Hath“, begann er leise. „Aber Ihr wart immer schon ein grauenhafter Lügner. Ihr wusstet, dass die Orks südwärts ziehen, nicht wahr?“

Der General von Alterac seufzte und nickte. „Perenolde hat sich irgendwie mit der Horde arrangiert“, gab er zu. „Freie Durchreise im Tausch gegen Immunität.“

Trollbane nickte. Er hatte so etwas vermutet. „Und Ihr habt da mitgemacht?“, wollte er wissen.

Hath versteifte sich. „Uns drohte die Vernichtung!“, erwiderte er scharf. „Wir wären alle getötet worden. Die Horde hätte unsere Leute hingemetzelt! Und niemand war da, der uns half!“ Er schüttelte den Kopf. „Perenolde traf die Entscheidung, weil er Alterac schützen wollte. Vielleicht war das nicht ehrenhaft, aber dadurch wurden Leben gerettet!“

„Und was ist mit den Leben in Lordaeron?“, fragte Trollbane leise. „Dort sterben Menschen, weil ihr der Horde freies Geleit gewährt habt.“

Hath sah ihn an. „Das sind Soldaten! Sie kennen das Risiko! Die Horde hätte unsere Familien getötet, unsere Kinder! Das ist nicht dasselbe!“

Trollbane empfand Sympathie für den alten Mann. „Nein, ist es nicht“, sagte er. „Und Eure Loyalität zu Euren Leuten ist lobenswert. Doch wenn die Horde erst einmal Lordaeron erobert hat, wird sie den ganzen Kontinent einnehmen. Wie könnt Ihr da glauben, sicher zu sein?“

Hath seufzte. „Ich weiß es nicht“, gab er zu. „Ihr Anführer gab Perenolde sein Wort. Aber ich weiß nicht, inwieweit man solch einer Kreatur trauen kann.“ Er schüttelte den Kopf. „Ich habe Perenolde gedrängt, unseren Bund mit den anderen Nationen aufrechtzuerhalten. Doch er widerrief ihn. Ich habe Perenolde Treue geschworen und musste deshalb gehorchen. Außerdem dachte ich, er könnte vielleicht Recht haben. Vielleicht *war* das unsere einzige Chance aufs Überleben.“ Er furchte die Stirn. „Aber das Überleben unseres Volkes ist wichtiger als das eines Königreichs. Und wenn wir unsere Ehre verlieren, haben wir gar nichts mehr.“ Er reckte sein Kinn, sein Gesicht blickte ernst. „Nun, ich werde unsere Ehre zurückfordern“, erklärte er. Dann wandte er sich seinen Männern zu. „Korporal! Sammelt Eure Männer und begebt Euch mit ihnen schnellstmöglich zu den südlichen Pässen! Wir helfen unseren Freunden aus Stromgarde bei der Verteidigung dieser Durchgänge!“

„Aber …“ wollte der Offizier widersprechen.

Doch Hath brüllte ihn nieder. „*Sofort*, Soldat!“

Der Offizier salutierte eilig und gehorchte. Daraufhin wandte sich Hath an Trollbane. „Er ist im Schloss“, sagte der General knapp. Er musste nicht erklären, wen er meinte. „Seine Leibwache wird noch dort sein, aber das sind höchstens zwanzig Mann. Ich kann ihn absetzen.“

Trollbane schüttelte den Kopf. „Wir haben keine Zeit, uns um ihn zu kümmern. Außerdem gibt es folgendes Problem: Wenn *ich* ihn absetze, ist es eine Invasion. Und wenn *Ihr* es tut, ist es Hochverrat.“ Er runzelte die Stirn. „Die Allianz wird sich später um Perenolde kümmern. Im Moment ist nur wichtig, dass wir die Horde stoppen.“

Der General nickte. „Danke.“ Damit wandte er sich ab und kümmerte sich um die Offiziere, die damit beschäftigt waren, die Männer zusammenzutrommeln.

„Verdammt, wir sind zu spät!“ Turalyon zügelte sein Pferd und schaute über das Tal unter ihm.

Er, Khadgar und die anderen Kavalleristen hatten ein scharfes Tempo vorgelegt, während die Truppen weiter hinter ihnen marschierten. Sie waren westlich durch die Hügel von Hearthglen gezogen, um dann nördlich der Hauptstadt herauszukommen. Dadurch erreichten sie die Stadt aus der Gegenrichtung, wo sich die Haupttore befanden.

Die Idee hatte gut geklungen. Aber jetzt war er sich nicht mehr sicher, ob die bessere Positionierung die zusätzliche Reisezeit wert gewesen war.

Turalyon hatte auch auf weitere Truppen von Thoras Trollbane gehofft. Doch Stromgarde lag einfach zu weit ab vom Weg. Turalyon hatte überlegt, einen Umweg dorthin einzuschlagen. Aber die Nachricht, dass die Horde vor ihnen durch die Berge gezogen war, hatte ihn zur Eile gemahnt. Sie mussten die Hauptstadt unbedingt rechtzeitig erreichen!

Und jetzt blickte er eine abfallende Bergflanke hinunter über das Tal nach Lordaeron und den See dahinter. Er hatte versagt. Die Horde war bereits da, hatte sich über das Tal und um die stolze Stadt wie Blätter um einen Herbstbaum verteilt.

„Sie sind noch nicht durch die Mauern gebrochen“, rief ihm

Alleria, die neben ihm stand, ins Bewusstsein. Die Elfen, Krieger und Waldläufer hatten leicht mit den Pferden mitgehalten. Alleria und Lor'themar Theron hatten ihn begleitet. „Es ist noch nicht zu spät."

„Ja, du hast Recht", erkannte Turalyon. Er schob seine Enttäuschung beiseite und studierte die Lage nüchterner. „Diese Schlacht ist noch nicht verloren, und mit unserer Hilfe wird die Hauptstadt nicht fallen." Er rieb sich am Kinn. „Es könnte sogar unser Vorteil sein", sagte er leise und überdachte die Lage genauer. „Die Horde ahnt nicht, dass wir hier sind. Deshalb können wir die Grünhäute zwischen uns in die Zange nehmen." Er furchte die Stirn. „Wir sollten Terenas wissen lassen, dass wir hier sind. Dann können wir unsere Aktionen koordinieren."

Theron nickte und beäugte die Masse von Orks unter sich. „Ein guter Plan", stimmte er zu. „Aber wie sollen wir die Stadt erreichen? Niemand kommt unbeschadet an diesen Kriegern vorbei. Nicht einmal ein Elf."

Alleria nickte. „Wenn dies ein Wald wäre, könnte ich es schaffen", erklärte sie. „Doch hier auf der offenen Ebene gibt es keine Deckung. Jeder Versuch käme einem Selbstmord gleich."

Khadgar setzte sich gerade auf seinem Pferd auf und lachte den dreien zu. „*Ich* werde es wagen – und schaffen", versicherte er ihnen und quittierte ihre ungläubigen Gesichter mit einem spöttischen Lächeln. „Mit ein wenig Unterstützung natürlich", fügte er hinzu und blickte zu der kleinen tätowierten Gestalt, die sich auf dem Felsen neben ihnen niedergelassen hatte.

„Sire!"

Terenas sah auf und fand einen Soldaten, der hinter die Mauern wies. Einen Moment lang glaubte der König, dass die Orks sich für einen neuen Angriff zusammengezogen hatten. Er folgte dem ausgestreckten Arm des Mannes mit seinem Blick. Aber der Soldat zeigte hoch, statt nach unten. Terenas keuchte entsetzt, als er die dunkle Gestalt auf sich zufliegen sah.

„Bogenschützen bereit", rief er, nachdem er sich wieder gefangen hatte, und starrte auf den Umriss. „Aber schießt erst, wenn ich es befehle."

Etwas an dieser Situation war merkwürdig. Warum schickte die Horde fliegende Einheiten voraus, wenn sie über Tausende Orks verfügte? Handelte es sich um einen Kundschafter, einen Spion? Oder um etwas ganz anderes?

Die Bogenschützen stellten sich auf. Sie hatten die Langbögen gespannt, die Pfeile eingehakt und warteten nun geduldig. Der Umriss wurde größer, und nun erkannte Terenas, dass es ein Greif war, der aber beeindruckender und schöner wirkte als auf den heraldischen Symbolen, die er kannte. Seine Federn leuchteten golden, violett und rot im Sonnenlicht. Sein Kopf ruckte vogelgleich herum, und große, goldene Augen prüften die Umgebung.

Auf seinem Rücken saß eine Gestalt und hielt die Zügel. Sie hatte es sich auf einem Sattel bequem gemacht, wie auf einem Pferd. Besagter Reiter war groß, aber nicht so groß wie ein Ork. Und er trug – anders als die grünhäutigen Krieger unter ihm – Kleidung.

Terenas atmete erleichtert auf, als er die violette Robe erkannte. Das konnte nur eines bedeuten.

„Senkt eure Waffen“, rief er den Bogenschützen zu. „Es ist ein Zauberer aus Dalaran!“

Der Greif glitt auf sie zu. Seine Flügel schlugen mächtig aus. Dann kreiste er über ihnen. Die Bogenschützen zielten wieder auf die Orks. Der Reiter suchte eindeutig nach einem Landeplatz. Schließlich ging er auf dem nahe gelegenen Turm nieder, der über eine große Plattform für Kessel und Katapulte verfügte. Terenas eilte ihm entgegen, Morev befand sich dicht hinter ihm. Sie erreichten den Turm gerade, als der Greif aufsetzte und die Flügel um seinen Körper faltete.

„Nun, es ist gut zu wissen, dass ich es nicht verlernt habe“, verkündete der Reiter und schwang sich aus dem Sattel. „Danke.“

Terenas hörte, wie der Zauberer mit dem Greifen sprach, der als Antwort krächzte. Dann wandte der Ankömmling sich um. Sein kurzer weißer Bart machte ihn unverkennbar, und Terenas atmete tief durch.

„Khadgar!“, rief er dann, hielt ihm die Arme entgegen und drückte dem Magier schließlich die Hand.

„Ich komme mit guten Neuigkeiten“, antwortete der alt wirkende Magier und grinste. Er sah müde aus, aber sonst schien es ihm gut zu gehen. „Turalyon und seine Streitkräfte sind auf der anderen Seite des nördlichen Tals“, informierte er Terenas und nahm dankbar einen Weinschlauch entgegen, den Morev ihm reichte. Er trank einen Schluck. „Wir werden die Horde von hinten angreifen und sie von euch weglocken.“

„Ausgezeichnet!“ Terenas klatschte in die Hände und war das erste Mal seit Tagen erleichtert. „Mit der Armee der Allianz hier können wir von zwei Seiten angreifen und die Orks zwischen uns zerquetschen!“

„Das war Turalyons Plan“, stimmte der Magier ihm zu. „Kurdran hat mir seinen Greifen geliehen, damit ich euch erreichen konnte und alles koordiniere. Ich bin dankbar, dass ich von Medivh gelernt habe, wie man so ein Tier lenkt.“

„Kommt“, sagte Terenas. „Meine Diener werden sich um den Greifen kümmern. Er wird Wasser bekommen, und ich bin mir sicher, wir werden auch etwas zu essen für ihn auftreiben. Lasst uns über Turalyons Pläne sprechen – und wie wir die Orks dazu bringen, dass sie den Tag bereuen, an dem sie es wagten, ihre Waffen gegen unsere Stadt zu erheben.“

„Attacke!“ Turalyon hielt den Hammer wie eine Lanze vor sich. Er trieb sein Pferd aus dem Wasser an den Strand und auf die Orks zu.

Die konzentrierten sich noch auf die Stadtmauern, welche sie mit grimmiger Entschlossenheit einreißen wollten. Nur ein paar hörten das Geräusch der Pferdehufe und drehten sich um.

Ein Ork öffnete das Maul, um eine Warnung zu brüllen, aber Turalyons Hammer erwischte ihn voll über dem Kiefer, zerschmetterte ihn und brach ihm mit der Wucht des Schlages zugleich das Genick. Der Ork fiel um, und Turalyons Pferd trampelte über ihn hinweg.

Hinter ihm ritt der Rest der Kavallerie, gefolgt von den Fußsoldaten, die die Ebene nördlich der Stadt überquert hatten und jetzt gegen die Horde zogen.

Das war der Moment, in dem die Katapulte der Stadt zu feuern begannen. Steine fielen auf die Orks herab, dazu hagelte es Pfeile.

Turalyon führte seine Reiter in die vordersten Reihen der Horde und durch sie hindurch, wendete … und pflügte mit seiner Waffe in anderer Richtung durch die Feinde.

Die Verteidiger der Stadt kannten so wenig Pardon wie die Angreifer.

Die Orks zeigten sich verunsichert durch soviel Vehemenz, Entschlossenheit und strategischem Geschick. Wenn sie die Stadt attackierten, griffen die Soldaten der Allianz von hinten an. Wandten sie sich dann den Soldaten zu, attackierte sie die Stadtwache.

Noch trotzten die Stadtmauern dem beständigen Anrennen, und so konnten die Orks nicht in die Hauptstadt zurückweichen. Und auch der Weg zum See, auf die Ebene oder in die Berge war ihnen von den Soldaten der Allianz versperrt.

Egal, wohin sie sich auch wandten, die Orks starben.

Unglücklicherweise konnte die Horde sich diese Verluste leisten. Eine Reihe massiger Orkkrieger marschierte mit erhobenen Waffen vorwärts, und Turalyon war gezwungen, seine Reiter zurückzuziehen. Die elfischen Bogenschützen schossen eine Pfeilsalve ab, die auf die Orks herabregnete und viele tötete. Aber neue Krieger nahmen sofort ihren Platz ein. Die Orks begannen, sich der Allianzarmee entgegenzuwerfen, die dadurch zum Rückzug gezwungen wurde. Schritt um Schritt wurden Turalyon und seine Mannen über die Brücken zurückgetrieben.

Als die Streitkräfte der Allianz außer Reichweite waren, wandte die verbliebene Horde ihre Aufmerksamkeit wieder der Hauptstadt zu. Die Orks rannten gegen die Mauern an, und die Ölvorräte der Stadt waren schnell aufgebraucht, ebenso wie Steine, Kies und was sonst noch zur Abwehr genutzt werden konnte.

Die Katapulte konnten nicht überallhin feuern, sonst riskierten die Verteidiger, dass die Treffer den Mauern mehr Schaden zufügten, als die Horde es vermochte. Und deshalb befanden sich einige Orks nun in einer unantastbaren Position, um die Wälle zu erklimmen und die Tore anzugehen. Derzeit hielten sie noch stand. Niemand wusste jedoch, wann sie nachgeben würden.

Orkkrieger erreichten jetzt die Befestigungen, zogen sich daran hoch und warfen sich darüber. Die meisten wurden von den Verteidigern spätestens dann zurückgeschmettert, erdolcht oder erschlagen, wenn sie die Mauerkrone erreichten. Aber ein paar schafften es doch hinüber und begannen, die Wachen zu attackieren, warfen sich ins Gefecht und rissen Lücken in die Verteidigung.

Die erste Welle, die den Wall überklettern wollte, starb praktisch sofort, doch es folgten stetig neue. Die sich auftürmenden Leichen verhalfen den Orks zu etwas Deckung, während sie die Wände erklommen. Dadurch fanden ihre Füße Halt, und sie konnten ihre Waffen in Position bringen, um die Wachen zu attackieren.

„Das funktioniert nicht", rief Khadgar Turalyon zu, als sich sie mit ihren Pferden über eine Brücke zurückzogen, die die Orks errichtet hatten, um den See zu überqueren. „Wir haben nicht genug Kämpfer, um sie niederzuringen. Wir müssen etwas anderes versuchen!"

„Ich bin offen für Vorschläge", antwortete Turalyon und erschlug einen vorstürmenden Ork mit seinem Hammer. „Kannst du deine Magie nicht noch einmal einsetzen?"

„Doch, aber sie würde nicht viel nützen", antwortete Khadgar und stach einen Ork, der ihm zu nahe kam, mit dem Schwert nieder. „Ich kann immer nur ein paar Gegner auf einmal töten. Ich könnte einen Sturm heraufbeschwören, aber das würde uns nicht viel helfen. Ich wäre danach zu ausgelaugt, um weitere Zauber wirken zu können."

Turalyon nickte. „Lass uns die Männer zurück über den See führen und diese Brücke halten", schlug er seinem Freund vor und schwang seinen Hammer. Dabei stieß er einen Ork mit seinem Schild ins Wasser. „Dann müssen wir abwarten, bis sie das Interesse an uns verlieren. Sobald sie die Stadt wieder angreifen, greifen wir sie erneut an."

Khadgar, der nicht reden konnte, weil er sich gerade verteidigen musste, nickte. Er hoffte, dass sein neuer Plan funktionieren würde. Denn falls die Horde auf die Idee kam, die Brücke einfach abzubrennen, konnte sie danach die Stadttore völlig ungestört zum Einsturz bringen. Waren die Orks erst einmal in der Stadt, würden sie sie dort nicht wieder hinaus bekommen. Khadgar hatte schon bei anderer Gelegenheit gesehen, was passierte, wenn die Orks eine Stadt einnahmen – in Stormwind. Er wollte so etwas nicht noch einmal erleben.

„Die Tore geben nach!"

Terenas schüttelte den Kopf, als könnte er den Angriff auf diese Weise ungeschehen machen. Er war zu beschäftigt, um auf sich selbst zu achten. Ein Ork war auf die Mauer geklettert, nicht weit von der Stelle entfernt, wo Terenas stand und die Schlacht beobachtete. Die Grünhaut kam auf ihn zu. Sie grinste breit, fletschte ihre scharfen Hauer und ließ ihren Kriegshammer langsam kreisen.

Terenas wurde aufmerksam, nahm widerwillig ein fallen gelassenes Schwert auf und wurde sich schmerzhaft bewusst, dass er kein Kämpfer war.

Jemand tauchte an seiner Seite auf, und zu seiner Erleichterung erkannte er Morev. Der Kommandant der Wache trug eine Lanze und stach damit nach dem Ork. So trieb er ihn zurück.

„Ihr müsst zum Tor, Sire", sagte er ruhig und stach erneut auf den Ork ein. „Ich kümmere mich hierum."

Terenas bemerkte, dass auch noch weitere Wachen heranstürmten, von denen zwei ebenfalls mit Lanzen bewaffnet waren.

Terenas akzeptierte, dass er hier nicht länger gebraucht wurde. Erleichtert legte er das Schwert ab. Dann stürmte er eine Treppenflucht innerhalb der Wälle hinab, die nahe einer kleinen Waffenkammer der Wache endete. Von hier aus führte ein schmaler Weg über mehrere Etagen und die Brustwehr an der Mauer entlang und endete vor einer Treppe direkt über dem Haupttor.

Terenas spürte das schwere Pochen, bevor er das Ende der Brustwehr erreichte. Seine Zähne klapperten, und der Stein erbebte.

Er sah, wie sie mit einem schweren Stamm die Vordertore rammten. Selbst von hier aus konnte Terenas erkennen, dass die Tore bei jedem Treffer heftiger erschüttert wurden.

„Verstärkt es“, befahl er einem jungen Offizier, der in der Nähe stand. „Nehmt Euch ein paar Männer und verstärkt das Vordertor.“

„Womit?“, fragte der Mann.

„Mit allem, was Ihr finden könnt“, antwortete Terenas. Er blickte über die Mauern, wo sich eine unglaubliche Zahl von Orks sammelte, die gegen ihn und die Stadt zog. Dahinter sah er das Glitzern von Metall auf der Brücke und wusste, dass Turalyon und seine Streitkräfte sich zurückgezogen hatten, um ihren nächsten Schritt zu planen.

Terenas hoffte nur, dass er Wirkung zeigen würde.

Siebzehn

„Wir haben sie!“, rief ein Ork, und Doomhammer grinste. Der Sieg war nicht mehr fern. Die Mauern der Stadt hielten noch immer stand, wie viele Krieger sich auch dagegen warfen. Aber die Tore begannen dank des ständigen Ansturms nachzugeben. Und wenn sie erst fielen, würden seine Krieger hineinströmen, jeden Verteidiger niedermachen und die Stadt plündern.

Mit der Stadt und dem Elfenwald als Basis konnten sie sich schnell über den Rest des Kontinents ausbreiten, die Menschen an die Küsten treiben und schließlich ins Meer jagen.

Und dann würde das Land der Horde gehören. Sie konnten diesen Krieg beenden und endlich ein neues Leben beginnen.

Wenn doch nur die Oger hier wären, dachte Doomhammer erneut. Er stützte sich auf seinen Hammer und beobachtete, wie seine Leute wieder gegen die robusten Tore aus Holz und Eisen anrannten. Die Oger wären in der Lage gewesen, die Mauern zu überklettern – oder noch besser, mit ihren Knüppeln Löcher hineinzuschlagen. Er fragte sich, warum Gul'dan und Cho'gall und ihre Clans noch nicht eingetroffen waren. Er war sehr schnell über die Berge gezogen, das wusste er. Trotzdem hätten sie mittlerweile hier eingetroffen sein müssen.

„Doomhammer!“

Er sah, wie einer seiner Krieger zum Himmel wies. Waren es weitere Greifen? Er verzog das Gesicht. Die gefiederten Flugtiere hatten sich in den Wäldern des Hinterlands und Quel'Thalas als tödliche Gegner erwiesen. Er hatte bislang nur eine Handvoll der fliegenden Bestien zu Gesicht bekommen. Eine war zur Burg und wieder zurück geflogen, hatte aber sonst nicht an der Schlacht teilgenommen. Doch Doomhammer war immer noch vorsichtig. Die Wildhammerzwerge waren stark und zäh, ihre Reittiere schnell … und ihre Sturmhämmer so tödlich wie die Kriegshämmer seines eigenen Volkes. Diesen Feind durfte man nicht auf die leichte Schulter nehmen, trotz der kleinen Statur. Und wenn weitere Zwerge eintrafen, musste er darauf vorbereitet sein.

Aber die dunkle Silhouette vor den Wolken wurde größer und größer – zu lang und geschmeidig für einen Greifen. Doomhammer hörte, wie viele seiner Krieger jubelten, als der Schatten auf sie fiel.

Ein Drache!

Das waren gute Neuigkeiten! Das schwere Tier konnte seine Flammen gegen die Tore einsetzen und die Burgmauern von Verteidigern säubern. Die Stadt gehörte so gut wie ihnen!

Der Drache landete in der Nähe des Sees. Ein großer Ork stieg aus dem Sattel, kaum dass der Leviathan aufsetzte. Doomhammer lief ihm entgegen und verstaute seinen Hammer auf dem Rücken.

„Wo ist Doomhammer?", wollte der Drachenreiter wissen. „Ich muss mit ihm sprechen!"

„Ich bin hier", antwortete Doomhammer, und seine Krieger ließen den Reiter durch. „Was gibt es?"

Der Reiter sah ihn an, und Doomhammer erkannte, dass er ihm schon früher einmal begegnet war. Er war einer von Zuluheds Lieblingen, ein mächtiger Krieger, der den Berichten zufolge der Erste gewesen war, der es gewagt hatte, die rebellischen Drachen zu reiten. Sein Name war Torgus.

„Ich bringe eine Nachricht von Zuluhed", verkündete Torgus mit einem merkwürdigen Ausdruck auf dem breiten Gesicht. Doomhammer las darin Wut, Verwirrung, vielleicht Scham und sogar Angst.

„Fang an", antwortete Doomhammer und trat so nah an ihn heran, dass er in die Reichweite des Drachenschwanzes kam, der zusammengerollt auf dem Schlachtfeld lag. Die Orks in der Nähe begriffen, was von ihnen erwartet wurde, und traten zurück, damit sich beide ungestört unterhalten konnten.

„Es geht um Gul'dan", begann Torgus. Er war ein großer Ork,

so groß wie Doomhammer, mied aber den Augenkontakt. „Der Hexenmeister ist geflohen.“

„Was?“ Jetzt verstand Doomhammer die Furcht im Gesicht des Drachenreiters. Er spürte, wie sein Blut vor Wut fast kochte und seine Hände den Hammer fester umschlossen. Der hölzerne Stiel knackte protestierend. „Wann? Und wie?“

„Kurz, nachdem du weg warst“, erzählte Torgus. „Cho'gall ist auch mit dabei. Sie haben den Schattenhammer-Clan und die Sturmrächer mitgenommen und sind mit den Schiffen nach Süden hinaus auf die Große See gefahren.“ Jetzt erst blickte er auf, und die Angst dominierte über die Wut. „Einer meiner Clansbrüder hat sie gesehen und flog ihnen nach, um sie zu fragen, warum sie in die falsche Richtung unterwegs seien. Gul'dan tötete ihn. Er benutzte dazu seine böse Magie. Ich habe es selbst gesehen! Ich wollte sie weiter verfolgen, aber ich musste ja auch Zuluhed davon berichten. Und der hat mich sofort hierher geschickt.“

Doomhammer nickte. „Das war völlig richtig“, versicherte er dem Drachenreiter. „Wenn Gul'dan deinen Clansbruder getötet hat, hätte er nicht gezögert, auch dich umzubringen – und dann hätten wir nicht von seinem Verrat erfahren.“ Er fletschte die Zähne. „Verdammt sei er! Ich wusste, dass man ihm nicht trauen kann! Und jetzt hat er auch noch die Schiffe mitgenommen!“

„Wir können ihn verfolgen“, bot Torgus an. „Zuluhed meint, dass die anderen Drachenreiter bereit sind. Wir könnten die Schiffe in Asche verwandeln – und jeden Ork, der sich darauf befindet.“

Doomhammer furchte die Stirn. „Ja, aber nur, wenn ihr nahe genug herankommt. Gul'dans Magie ist stark, und Cho'gall ist ebenfalls sehr mächtig.“ Er ließ seinen Hammer auf den Boden krachen. „Ich wusste, dass diese Altäre zum Problem werden würden! Und ich habe auch noch zugelassen, dass er die Oger in neue Krieger verwandelt hat, die seine Reihen verstärken!“ Doomhammer biss sich auf die Lippe – zur Strafe für so viel eigene Dummheit. Er war so begierig auf neue Waffen im Krieg gegen die Menschen gewesen, dass er seinen eigenen Instinkten misstraut hatte.

Torgus wartete immer noch auf Befehle. Aber dann wandten sich beide einem anderen Ork zu, der plötzlich auftauchte. Es war Tharbek, Doomhammers junger Blackrock-Stellvertreter.

Er blieb exakt außerhalb der Reichweite des Drachenschwanzes stehen, der ärgerlich zuckte.

„Ja?“

„Es gibt ein Problem“, informierte ihn Tharbek ohne Umschweife. „Der Weg durch die Berge ist abgeschnitten.“

„Warum?“ Doomhammer starrte an dem Drachen vorbei in Richtung der Berge von Alterac. Er erkannte, dass der stete dunkle Strom aus Orks zum Erliegen gekommen war. „Was ist passiert?“

Tharbek schüttelte den Kopf. „Ich weiß es nicht“, antwortete er. „Aber wir kommen nicht mehr durch die Pässe. Ich habe Krieger ausgesandt, doch sie sind nicht zurückgekommen.“ Sein Gesichtsausdruck machte klar, dass sie bereits überfällig waren.

„Verdammt!“ Doomhammer biss die Zähne zusammen. „Dieser Mensch hat uns verraten! Ich wusste, dass man einem, der die eigene Rasse verkauft, nicht trauen kann!“

Trotz solcher Vorbehalte hatte er darauf gesetzt, dass der vermummte Mann zu feige wäre, um sich gegen ihn zu stellen. Entweder hatte die Allianz Stärke bewiesen, oder man hatte dem Kerl mit etwas Schlimmerem als dem Wüten der Horde gedroht.

Vielleicht hatte man auch den Verrat durchschaut und ihn seines Amtes enthoben. Ja, das war am wahrscheinlichsten. Dieser Mann war viel zu versessen auf das Stillhalteabkommen gewesen, als dass er einen Rückzieher gemacht hätte. Vor allem, weil immer noch Krieger der Horde in der Nähe waren. Offenbar war er entmachtet und ersetzt worden. Andere kontrollierten jetzt die Bergregion.

„Wie viele Orks sind dort gefangen?“, wollte er wissen.

Tharbek zuckte die Achseln. „Unmöglich zu sagen“, erwiderte er. „Aber mindestens der halbe Clan, wenn nicht mehr.“ Er sah sich um. „Wir haben hier noch viele Krieger“, sagte er. „Und wenn Gul’dan und die anderen eintreffen, sind es noch mehr.“

Doomhammer lachte bitter. Ihm schwirrte der Kopf. „Die anderen! Die anderen kommen nicht!“

Tharbek blickte überrascht auf.

„Gul’dan hat uns verraten“, teilte Doomhammer seinem Stellvertreter mit. Er konnte die Worte kaum aussprechen. „Er hat sich die Schiffe und zwei unserer Clans unter den Nagel gerissen und ist hinaus auf die Große See gefahren.“

„Aber warum?“, fragte Tharbek verwundert. „Wenn wir diesen Krieg verlieren, haben wir alle kein Zuhause mehr. Er auch nicht.“

Doomhammer schüttelte den Kopf. „Der Krieg war ihm nie wichtig.“ Seine Gedanken kehrten zu seinen Zusammentreffen mit dem Hexenmeister in Stormwind zurück. „Er hat etwas anderes gefunden, etwas überaus Mächtiges“, erinnerte er sich dunkel. „Etwas, das ihn so stark machen kann, dass er den Schutz der Horde nicht mehr braucht.“

„Was sollen wir tun?“, fragte Tharbek. Er sah zur Stadt hin und beobachtete sie. „Wir haben vielleicht nicht genug Krieger, um sie jetzt noch einzunehmen“, überlegte er.

Doomhammer weigerte sich hinzusehen, aber sein Stellvertreter hatte Recht. Die Stadt wehrte sich zäher als erwartet. Der Angriff durch die Streitkräfte der Allianz hatte die Orks überrascht und ihre Zahl merklich reduziert. Und jetzt konnten sie nicht einmal mehr auf Nachschub aus irgendeiner Richtung hoffen.

Doch das war nicht der einzige schwerwiegende Aspekt. Gul’dans Verrat war schon schlimm genug – aber er hatte auch andere Orks mitgenommen. Sie stellten ihre eigenen Ziele über die der Horde. Ihr eigenes selbstsüchtiges Verlangen über die Bedürfnisse ihres Volkes.

Eines solchen Vergehens wegen hatte Doomhammer ursprünglich Blackhand getötet. Und er hatte geschworen, die Korruption zu beenden und die Ehre seines Volkes wiederherzustellen.

Folglich durfte dieser Verrat nicht ungesühnt bleiben. Ganz egal, was es kostete. Und wenn er selbst dabei umkam.

„Rend! Maim!“, bellte Doomhammer. Die Blackhand-Brüder hörten ihn und kamen schnell. Wahrscheinlich hatten sie erkannt, dass der Tonfall ihres Kriegshäuptlings keinen Aufschub duldete.

„Führt euren Black-Tooth-Grin-Clan nach Süden", instruierte sie Doomhammer. Vor seinem geistigen Auge sah er die Karte, die die Kundschafter mit Hilfe der Trolle angefertigt hatten. „Zieht euch vom See zurück und marschiert durch die Hügellande zum Meer. Gul'dan ist geflohen, aber er hat sicherlich nicht alle Boote mitgenommen. Nicht mit nur zwei Clans. Der Rest der Schiffe sollte noch da sein." Er verzog das Gesicht und zeigte seine Hauer. „Verfolgt die Verräter und vernichtet sie bis auf den letzten Ork. Dann versenkt ihre Leichen im Meer."

„Aber … diese Stadt!", protestierte Rend. „Der Krieg!"

„Die Ehre unseres Volkes steht auf dem Spiel!", blaffte Doomhammer, hob seinen Hammer in Angriffsposition und knurrte die Häuptlinge an. Er provozierte sie förmlich, seine Befehle zu missachten. „Wir dürfen sie nicht ungestraft davonkommen lassen!" Er musterte die beiden Blackhands. „Betrachtet es als Möglichkeit, eure eigene Ehre wiederherzustellen." Er atmete tief durch und versuchte sich selbst zu beruhigen. „Ich werde meinen Clan langsamer südwärts führen und mich der Allianz in den Weg stellen, damit sie euch nicht folgt. Und gleichzeitig das Land verwüsten. – Wir werden die Route bis zur Stadt offen halten. Wir werden wiederkommen", versicherte er ihnen, „und beenden, was wir begonnen haben."

Er sagte dies, obwohl er seine Zweifel daran hatte. Denn dieses Mal hatten sie die Stadt überrascht. Das würde nicht noch einmal passieren.

Die Blackhands nickten, obwohl sie nicht sonderlich glücklich wirkten. „Es sei, wie du befiehlst."

Maim stimmte zu, und er und sein Bruder erteilten den anderen Kriegern kurz darauf Marschbefehle.

Doomhammer wandte sich wieder Torgus zu, der gewartet hatte. „Sag Zuluhed, er soll alle Drachen zur Großen See schicken", instruierte er den Reiter. „Flieg so schnell du kannst. Du wirst die Chance bekommen, den Tod deines Clanbruders zu rächen."

Torgus nickte und grinste düster beim Gedanken an Vergeltung. Dann wandte er sich seinem Drachen zu, wartete, bis

Doomhammer zurückgetreten war, und ließ die riesige Kreatur ihre Flügel ausbreiten und abheben.

Doomhammer sah zu, wie er wegflog, und knirschte wieder mit den Zähnen. Seine Hände zitterten vor Wut. Er war so nahe dran gewesen! Noch ein Tag höchstens, und die Stadt wäre sein gewesen!

Jetzt aber war die Möglichkeit vertan. Seine Chancen, diesen Krieg doch noch zu gewinnen, standen schlecht.

Aber die Ehre stand an allererster Stelle.

Teron Gorefiend stand in der Nähe. Doomhammer wandte sich an den Todesritter. „Was ist mit dir, du verfaulender Leichnam?“, wollte Doomhammer von der Kreatur wissen. „Du bist einst Gul’dan gefolgt und hast uns verraten. Gehst du jetzt wieder zu ihm?“

Der untote Krieger sah ihn einen Moment lang mit seinen glühenden Augen an, dann schüttelte er den Kopf. „Gul’dan hat unser Volk verraten“, antwortete Gorefiend. „Wir tun das nicht. Die Horde ist alles, und ihr gebührt unsere Treue – so wie dir, solange du sie anführst.“

Doomhammer nickte brüsk, überrascht von der Antwort der Kreatur. „Dann geh und beschütze unser Volk, während es sich von der Stadt zurückzieht“, befahl er.

Gorefiend gehorchte, ging zu den anderen Todesrittern und ihren untoten Pferden. Tharbek entfernte sich ebenfalls. Innerhalb weniger Momente stand nur noch Doomhammer allein da.

„Gul’dan!“, brüllte er, reckte seinen Hammer und schüttelte ihn gen Himmel. „Du wirst dafür sterben! Ich werde dafür sorgen, dass du für diesen Verrat unendliche Qualen leidest!“

Der Himmel antwortete nicht, aber Doomhammer fühlte sich nach diesem Gefühlsausbruch ein wenig besser. Er senkte seinen Hammer und lenkte seinen Blick auf das Schlachtfeld. Er musste sich zwingen, darüber nachzudenken, wie er seine Krieger am schnellsten nach Süden und den Rest der Horde zum Meer führen konnte.

Gul’dan lehnte sich über den Bug und atmete die Seeluft ein. Er schloss die Augen und brachte seine mystischen Sinne zur Entfaltung. Mit seinem Geist suchte er nach der charakteristischen Aura der Magie.

Er fand sie fast augenblicklich. Sie war so stark, dass er sie wie das metallische Aroma frischen Blutes schmecken konnte, und so machtvoll, dass Haut und Haare davon knisterten.

„Halt!“, rief er über die Schulter, und seine Clansleute hörten auf zu rudern, brachten das Boot zum Stehen. Gul’dan lächelte. „Wir sind da“, verkündete er.

„Aber … hier ist nichts“ sagte einer der Orks, ein Mitglied seines eigenen Sturmrächer-Clans namens Drak’thul. Gul’dan wandte sich ihm zu, öffnete schließlich die Augen und starrte den jungen Hexenmeister an.

„Nein?“ Er grinste. „Dann werden wir dir Ketten überhängen und dich auf den Meeresgrund schicken, damit du ihn für uns erforschst. Oder würdest du es vorziehen, hier zu sitzen und darauf zu vertrauen, dass ich weiß, was ich tue?“

Drak’thul zog sich zurück, stammelte eine Entschuldigung. Aber Gul’dan ignorierte ihn bereits wieder. Stattdessen blickte er über das Wasser zum nächsten Boot. Dort stand Cho’gall an der Reling.

„Informiert die anderen“, rief Gul’dan seinem Offizier zu. „Wir werden sofort anfangen. Doomhammer hat vielleicht schon von unserer Abfahrt gehört. Ich will nicht riskieren, dass er uns stört, bevor wir unser Ziel erreichen.“

Der zweiköpfige Oger nickte und wandte sich an das nächste Boot, um die Befehle weiterzuleiten – von wo dann die Botschaft wiederum weitergereicht wurde. Leinen wurden zwischen den Schiffen geworfen, und schon bald wechselten Ogermagier und Ork-Totenbeschwörer zu Gul’dans Schiff über. Manche benutzten die Leinen, um sich daran entlangzuhangeln. Andere schwammen, je nachdem, wie geübt sie im Umgang mit Wasser waren.

„Wir suchen einen alten Tempel, der unter uns liegt“, erklärte Gul’dan, als sich all seine Hexenmeister auf dem Deck versammelt hatten. „Wir könnten jetzt versuchen, dort hinunterzutauchen, aber ich weiß nicht, wie tief das Wasser hier ist. Außerdem ist es da unten dunkel und kalt, und das mag ich nicht.“ Er grinste. „Stattdessen werden wir den Boden anheben und den Tempel *zu uns* bringen.“

„Geht das denn?“, wollte einer der Ogermagier wissen.

„Allerdings“, antwortete Gul’dan. „Vor nicht allzu langer Zeit haben wir Orks auf unserer Heimatwelt einen Vulkan im Schattenmondtal angehoben. Ich leitete damals den Schattenrat an – und heute werde ich uns entsprechend anleiten.“ Er wartete auf weitere Fragen oder Einwände, aber es gab keine, und er nickte zufrieden. Seine neuen Untergebenen waren nicht nur stärker als die alten, sondern auch gehorsamer. Zwei Merkmale, die er aus tiefstem Herzen schätzte.

„Wann fangen wir an?“, fragte Cho’gall schließlich.

„Sofort“, antwortete Gul’dan. „Warum sollen wir auch warten?“ Er ging zur Schiffsreling, seine Assistenten stellten sich rechts und links von ihm auf. Dann schloss er die Augen und begann nach der Kraft zu tasten, die er tief unter sich fühlen konnte. Sie war leicht zu erfassen. Als er sie fest im Griff hatte, begann Gul’dan zu zerren. Magisch zog er die Energie und ihre Quelle zu sich. Zur selben Zeit streckte er seinen Geist aus und weitete seinen Zauber auch auf die Umgebung aus, die er ebenso anhob. Der Himmel verdüsterte sich, und die See wurde rau.

„Ich habe es“, teilte er seinen Helfern durch zusammengebissene Zähne mit. „Vereint euch mit meiner Magie, und ihr werdet es selbst spüren. Gebt eure Energien dazu und hebt es mit mir. Jetzt!“

Er spürte den Ruck, als zuerst Cho’gall und dann die anderen ihre Kraft mit seiner vereinten. Ein tiefrotes Leuchten erfüllte den Himmel, es donnerte und begann zu regnen. Schwere Wellen warfen das Boot hin und her. Das gewaltige Gewicht wurde leichter. Es war zwar immer noch schwer, aber diesmal erträglich, nicht länger schmerzhaft. Und mit jedem Zug wurde die Magie stärker und sein Griff fester. Die Natur widersetzte sich, doch er hielt stand, gab nicht nach.

Stundenlang standen sie so da, unbeweglich in den Augen der versammelten Krieger, aber versunken im Kampf gegen die Kräfte des Ozeans. Wasser durchnässte sie von oben bis unten. Donner ließ sie taub werden. Blitze blendeten sie.

Die Boote waren zusammengebunden, und die Krieger griffen nach ihren Rudern, um nicht zu Fall gebracht zu werden. Einige schauten zu Gul'dan und den anderen Hexern und warteten auf Anweisungen. Aber keiner bewegte sich, auch wenn das Schiff besorgniserregend schlingerte.

Dann stieg ein kleines Stück vom vordersten Schiff entfernt eine Wolke auf und erfüllte die Luft mit Feuer, Asche und Rauch. Durch die brennende Luft konnten sie erkennen, dass etwas durch das Wasser schlug wie ein Kükenschnabel, der die Schale seines Eis durchdrang. Das Etwas schien aus Fels zu bestehen, und die Krieger erlebten starr vor Staunen mit, wie die Landmasse größer wurde, sich aus den Wellen erhob, und wie Wasser und Lava abtropften. Aus dem kleinen Fels wurde ein größeres Fragment, das Fragment verwandelte sich in ein kleines Plateau, das Plateau wurde zu einem breiten Riff, und das Riff ging über in eine steinige Ebene.

Aber es stiegen noch weitere Formen auf und erhoben sich aus der aufgerührten See unweit der ersten Landmasse.

Alle Teile waren miteinander verbunden, und als sich die See zurückzog, konnten die Orks eine komplette Insel sehen, die immer noch Feuer, Dreck und Dampf ausspie. Eine zweite, kleinere Insel folgte – dann eine dritte und vierte.

Am Ende lichtete sich der Himmel. Seine Farbe wandelte sich vom wirbelnden Rot zu bleiernem Grau. Die Wellen schlugen nun bereits nicht mehr so hoch.

Gul'dan öffnete die Augen. Er schwankte leicht und lehnte sich an die Reling, wie auch ein paar seiner Hexer es taten.

Er blickte über die neue Inselkette, die immer noch dampfte, immer noch knirschte und knarzte, bis sich ihr neues Aussehen gefestigt hatte.

Er lächelte. „Bald“, sagte er leise, während er das Land betrachtete und mit seinem Geist erkundete. „Bald werde ich uns zu dem Tempel führen, in dem der große Lohn all unserer Mühen auf uns wartet …“

„Ich kann sie sehen“, rief ein Krieger. „Da sind sie, bei den Inseln dort!“

Rend Blackhand, einer der beiden Häuptlinge des Black-Tooth-Grin-Clans, schaute in die angezeigte Richtung. Sie hatten miterlebt, wie See und Luft sich wie verrückt gebärdeten. Schließlich hatten sie den schmalen Landstreifen im Westen und die dunklen Umrisse darum herum entdeckt.

„Gut“, sagte er, nickte und ließ seine Hände auf dem Sticl seiner Axt ruhen. „Erhöhe die Geschwindigkeit“, wies er den Trommler an. „Ich will sie einholen, bevor sie in ein Versteck verschwinden.“

Auf einem der anderen Boote sah er seinen Bruder Maim mit dessen Trommler sprechen. Gewiss erteilte er ihm denselben Befehl.

„Was machen wir, wenn sie Magie gegen uns einsetzen?“, fragte einer der jüngeren Krieger. Mehrere andere nickten zustimmend.

Davor hatten sie die meiste Angst, noch mehr, als von der Allianz gefangen genommen oder von einem Drachen gefressen zu werden.

Rend konnte ihnen ihre Bedenken nicht verübeln. Er war auch nicht begeistert von der Idee, Gul'dan und seine Getreuen zu bekämpfen. Doomhammer hatte ihnen einen Befehl gegeben, und der Ruf des Namens Blackhand stand auf dem Spiel.

Rend wollte seine Anordnungen befolgen – oder bei ihrer Ausführung sterben.

„Seine Magie ist mächtig“, gab er zu, „Gul'dan allein könnte leicht drei oder vier von uns binnen Minuten töten. Aber er braucht diese Minuten. Und er benötigt physischen Kontakt oder muss uns zumindest nahe sein. Oder er muss etwas haben, was aus dem Besitz des Opfers stammt.“ Er grinste. „Hat irgendjemand dem Hexer einen Wasserschlauch, ein paar Handschuhe oder einen Wetzstein geliehen?“ Das brachte ihm ein paar Lacher ein, ganz wie er es gehofft hatte. „Dann bleibt den Hexenmeistern aus dem Weg, bis wir da sind. Lasst sie nicht zu nah an euch heran und attackiert sie, bevor sie ihre Zauber wirken können.“ Zur Bekräftigung seiner Worte fuhr er mit der Hand über die Axt. „Trotz ihrer Macht sind sie doch immer noch Orks und können bluten und sterben. Es ist nichts anderes, als wollte man daheim einen Oger jagen. Jeder Einzelne mag stärker sein als einer oder zwei von uns. Aber wir können sie überwältigen, wenn wir in Gruppen angreifen." Seine Krieger nickten. Sie verstanden die Idee dahinter, und eigentlich war Magie auch nur eine Waffe, vor der man keine übertriebene Angst haben musste.

„Wir sind fast da", verkündete der Steuermann. Rend sah an ihm vorbei. Die Konturen der Insel zeichneten sich bereits ab. Rend konnte anhand der Schiffe abschätzen, dass das neue Land groß war, größer als die meisten Inseln, die er auf dieser Welt gesehen hatte.

Aus den winzigen Flecken am Horizont waren mittlerweile vollwertige Boote geworden. Er konnte klar erkennen, wie die Orks aus ihnen kletterten oder sprangen und auf die dunkle Küste zuliefen.

Rend unterdrückte ein Knurren, das tief in ihm lauerte und heraus wollte. Er befahl: „Bereitet euch auf die Landung vor! Zielt auf die Hexenmeister. Und tötet jeden, der sich euch in den Weg stellt!"

„Wir haben Gesellschaft bekommen", sagte Cho'gall zu Gul'dan. Ihr Boot war schließlich auf den Sand des Strandes aufgelaufen. Die Insel bebte immer noch, sonderte Dampf ab, spie Feuer und Lava.

Gul'dan folgte der Geste seines Assistenten und erspähte eine Flotte von Schiffen, die sich der Insel von der anderen Seite her näherte.

Seiner Insel.

An der Art, wie das Führungsboot sich bewegte, konnte Gul'dan erkennen, dass es gerudert wurde, statt von Segeln bewegt. Das bedeutete normalerweise nur eines: Es wurde von Orks gelenkt.

Doomhammers Truppen hatten sie gefunden.

„Verdammt soll er sein!", murmelte Gul'dan. „Warum trifft er seine Entscheidungen immer so schnell? Nur ein Tag mehr, und wir wären fertig gewesen, bevor sie angekommen wären ..." Und lauter fügte er hinzu: „Du wirst sie eine Weile beschäftigen müssen, während ich in den Tempel gehe und nach der Gruft suche."

Cho'gall grinste mit beiden Köpfen. „Aber gerne doch." Der riesige zweiköpfige Oger war ebenso fanatisch wie der Rest seines Clans und glaubte daran, dass er das Ende der Welt einleiten könnte. Vorzugsweise mit Gewalt und Blutvergießen.

Alle Orks des Schattenhammer-Clans teilten denselben Glauben und würden mit Freude jeden bekämpfen, wenn es die Welt ihrem Untergang näher brachte. Dabei war es nicht von Schaden, dass das Dämonenblut, das sie auf Draenor getrunken hatten, ihre natürliche Gewaltbereitschaft noch gesteigert hatte.

„Sie werden nicht an uns vorbeikommen", versprach der Oger und zog sein langes Krummschwert.

Gul'dan nickte. „Gut." Er marschierte vorsichtig über die Insel, von der vielerorts Rauch aufstieg.

Drak'thul und die anderen Totenbeschwörer und Ogermagier folgten ihm.

„Angriff!", brüllte Rend, die Axt in der Hand, während er mit seinen Kriegern vorwärts stürmte. „Tötet die Verräter!"

„Tod den Verrätern!" Maim griff die Losung neben ihm auf.

„In den Kampf!", rief Cho'gall. Er hielt seine sensenähnliche Klinge erhoben, sodass ihre scharfe Schneide im schwachen Nachmittagslicht glänzte. „Tränkt dieses Land mit ihrem Blut, auf dass ihr Tod das Ende aller Zeiten einläute!"

Die beiden Armeen trafen auf dem lavaumfluteten steinigen Strand mit Urgewalt aufeinander. Ork gegen Ork. Waffen blitzten, Äxte, Hämmer, Schwerter und Speere verkeilten sich, wurden geschwungen und droschen voller Leidenschaft und Kraft aufeinander ein. Blut floss allenthalben, erfüllte selbst die Luft mit einem roten Sprühnebel und färbte die Wellen dunkel. Der unebene Boden wurde rutschig. Viele Krieger verloren das Gleichgewicht … und wurden erschlagen, während sie sich noch bemühten, wieder auf die Beine zu kommen.

Die Schlacht wogte wild hin und her. Cho'galls Krieger kämpften ohne Rücksicht auf die eigene Sicherheit. Das einzige Ziel war, soviel Schaden wie nur möglich anzurichten.

Doomhammers Soldaten stritten für Rache und Gerechtigkeit. Sie rächten Gul'dans Verrat. Die Schlacht hatte ihnen bereits einen hohen Blutzoll abverlangt. Denn beide Seiten glaubten an ihre Ziele, und keine wollte nachgeben.

Der Hauptunterschied war die Anzahl der Kämpfer. Gul'dan gebot über zwei Clans: seine eigenen Sturmrächer und Cho'galls Schattenhammer-Clan. Seine Sturmrächer waren der kleinste Clan, und setzte sich ausnahmslos aus Hexenmeistern zusammen. Jeder Einzelne von ihnen war jetzt bei Gul'dan. Damit blieb nur der Schattenhammer-Clan, um Doomhammers Streitkräfte abzublocken.

Rend und Maim hatten den Großteil ihres Black-Tooth-Grin-Clans mitgebracht, einen der größten der Horde. Der Schattenhammer-Clan war zahlenmäßig unterlegen, und sie wussten es.

Als der Kampf weiterging und beide Seiten schwere Verluste hinnehmen mussten, begann sich aber der Unterschied auszuwirken.

Die fanatischen Orks weigerten sich aufzugeben und kämpften bis zum Schluss. Sie nahmen viele von Doomhammers Kriegern mit sich in den Tod. Cho'gall selbst schlug einem der besten Black-Tooth-Grin-Kriegern den Arm ab, bevor er selbst fiel. Beide Äxte des Orkkriegers steckten in seiner Brust.

Ein anderer Streiter verlor ein Auge durch einen gut gezielten Schlag mit einer Kriegsaxt. Aber am Ende war der Strand von Leichen übersät, und nur die Truppen des Blackhand-Clans waren noch übrig.

„Und nun …“, Rend wischte seine Axt an der Brust eines gefallenen Orks ab, und Blut troff aus einer langen Wunde, die quer über seine Brust verlief, „… jagen wir Gul'dan. Der Hexer ist mir einige Antworten schuldig!“

Gul'dan stand am Fuß des alten Tempels. Seine äußeren Mauern waren kaum noch erkennbar unter der jahrhundertealten Schicht aus Moos, Pilzen, Korallen und Entenmuscheln. Aber er konnte immer noch die Spuren einer Architektur ausmachen, die zu dem passte, was er in Quel'Thalas gesehen hatte. Sowohl was die Größe anging, als auch den Stil.

Elfen hatten diesen Bau entworfen, und einst war er prächtig verziert gewesen, dessen war Gul'dan sich sicher. Jetzt allerdings waren die Wände ramponiert, und das Gebäude erinnerte eher an eine willkürliche Ansammlung von Schmutz, Seegras und Verkrustungen als an etwas, das nach einem ausgetüftelten Plan errichtet worden war.

Aber das Aussehen interessierte Gul'dan nicht. Was ihn interessierte, ja *erregte*, war das Pulsieren, das er in seinem Geist spüren konnte. Eine Kraft, die ihn so stark anzog, dass er sie beinahe greifen konnte.

„Hinein", sagte er zu Drak'thul und den anderen. „Wir müssen hinein."

Er hatte mit ihnen vereinbart, sie in den Tempel zu bringen. Er wusste, dass die Gruft, die das Auge des Sargeras beherbergte, darin lag. Das Auge, das ihm gottgleiche Fähigkeiten verleihen würde. Aber konnte er das allein schaffen, oder musste er das Potenzial mit dem Rest des Schattenrats teilen?

Schließlich war er zu dem Schluss gelangt, dass er nicht absehen konnte, was der Tempel noch alles enthielt. Deshalb hielt Gul'dan es für das Beste, seine Diener mitzubringen. Falls nötig, konnte er sie immer noch töten, sobald sie die Gruft erreichten.

Er trat vorsichtig ein und erschuf eine Kugel aus grünem Licht, um besser sehen zu können. Die Hallen und Räume hier waren so verschmutzt und lädiert wie das Äußere, der Boden war von Sand, Kies und Seegras überzogen. An den Wänden wucherten Pflanzen und Muscheln verschiedener Größe und Art. Selbst die Durchgänge hatten sich verändert, waren deformiert worden von Kreaturen, die hier all die Jahre gelebt hatten.

„Schnell, ihr Dummköpfe", ermahnte er seine Clanbrüder ungeduldig. „Los doch, vorwärts, sucht den Hauptdurchgang! Wir müssen die Kammer des Auges erreichen, bevor der Wächter der Gruft erwacht!"

„Wächter?", fragte einer der Zauberer, Urluk Wolkentöter, zögerlich. „Du hast nie von Wächtern gesprochen!"

„Rückgratlose Feiglinge!", rief Gul'dan und schlug dem sich duckenden Urluk ins Gesicht. „Ich habe *vorwärts* gesagt."

Seine Wut mobilisierte sie und überlagerte zumindest zeitweise ihre Angst vor dem seltsamen Ort und den Schrecken, die hier lauern mochten. Die Hexenmeister begannen, das Gebäude zu durchsuchen. Schließlich fanden sie den Hauptkorridor und folgten ihm.

Als sie weiter vordrangen, wurden die Schäden geringer. Bald erkannte Gul'dan filigrane Schnitzereien an den Säulen und Pfeilern. Feine Gravuren liefen entlang der Mauern, genauso wie sich schöne Mosaike über die Böden und Decken erstreckten. Die Farben war natürlich schon lange vom Salzwasser zerstört worden, aber anhand der Dekorationen konnte man erahnen, wie prachtvoll das Gebäude einst gewesen war. Ein wahrhaft imposanter Tempel, der jedermann beeindruckt haben musste, selbst den desinteressiertesten Besucher.

Gul'dan hatte dafür jedoch keinen Blick übrig. Er wollte nur eines, und das war die Magie, die in der Kammer auf der untersten Ebene auf ihn wartete.

Als er dort schließlich ankam, blieb er einen Moment lang stehen, um den Augenblick auszukosten.

„So, Sargeras", flüsterte er, „jetzt werde ich für mich beanspruchen, was von deiner Macht noch übrig ist. Und ich werde diese erbärmliche Welt in die Knie zwingen!"

Er konnte die hier schlummernde Energie schon fast fühlen. Es war genug, um seine Sinne anzuregen und seinen Geist vor Erwartung beben zu lassen.

Die Lichtkugel war, als er sie beschworen hatte, nicht größer als sein Kopf gewesen. Inzwischen aber war sie doppelt so groß und von einem wilden grünen Feuer erfüllt. Er konnte nicht unverwandt in sie hineinsehen. Sie war so grell und heiß, dass er sie in der Mitte der Halle halten musste, um zu verhindern, dass sie sich durch die Wand schmolz.

Und er war noch weit von der Quelle entfernt.

Zu was würde er erst fähig sein, wenn er jene Macht *berührte* … und sie völlig in sich aufsog?

In solche Gedanken versunken schickte Gul'dan die anderen zur anderen Seite des Raumes.

Sie gehorchten.

Dann zog er am Steinhebel einer massiven schwarzen Eisentür. Es war die einzige Stelle im ganzen Tempel, die völlig schmucklos war. Und diese Schmucklosigkeit verlieh ihr eine

Eleganz und Würde, die all die Statuen und Schnitzereien nicht zu erzeugen vermocht hatten.

Dieser Ort war einfach zu wichtig für Firlefanz. Begierig zu sehen, was sich hinter der Tür befand, zog Gul'dan mit aller Kraft am Hebel.

Er merkte, dass er nach den vielen Jahrhunderten ein wenig fest saß, und er spürte das Prickeln von Magie.

Nichts Gefährliches, eher ein Hinweis darauf, dass Magie gewirkt wurde. Aber er konnte den mächtigen Spruch erahnen, der damit verbunden war.

Der Anfangszauber jedoch, dieser Vorbote von etwas Größerem, glitt ohne Schaden anzurichten durch ihn hindurch, und der eigentliche Zauber wurde gar nicht erst ausgelöst.

So, wie Sargeras es ihm versichert hatte.

Aegwynn hatte die Gruft gegen das Eindringen von Menschen, Elfen, Zwergen und selbst Gnomen gesichert. Kurz gesagt: gegen jedes Volk. Zumindest gegen jedes, das auf dieser Welt ansässig war.

Aber er war ein Ork. Und Aegwynn hatte niemals etwas von Draenor gehört. Folglich schloss ihr Spruch ihn nicht ein, und deshalb war er in der Lage, den Hebel ganz nach unten zu drücken.

Ein lautes Knirschen ertönte. Dann gab es einen heftigen Ruck, und die Tür schwang weit auf.

Jenseits des Durchgangs lag eine Finsternis, die selbst Gul'dans Licht nicht aufzuheben vermochte. Eine Finsternis, so kalt, dass seine Finger binnen einer Sekunde taub wurden und sein Atem sich in Eiskristalle verwandelte.

Und langsam nahm die Dunkelheit Form an, wurde zu einzelnen, kriechenden Schemen. Sich krümmende Schatten mit Augen, die dunkler glühten als der Rest, so dunkel, dass es weh tat, sie nur anzusehen.

Und dann lächelten diese dunklen Schemen, als sie die Grufttür erreichten und ihr uraltes Gefängnis verließen. Sie kamen auf den wie versteinert dastehenden Gul'dan und seine Hexenmeister zu.

Dämonen! Dämonen, wie er sie noch nie zuvor erblickt hatte!

Gul'dan hatte geglaubt, in der Vergangenheit schon wirklich schrecklichen Kreaturen begegnet zu sein. Aber diese hier machten alle anderen vergessen, ließen sie im Vergleich wie Schoßtierchen erscheinen.

Nein!, schrie Gul'dans Geist auf. Er war immer noch unfähig, seinen Mund zu bewegen, um die Worte laut auszusprechen. *So war das nicht vereinbart! Sargeras hat es versprochen*!

Er versuchte, Magie zu beschwören, die Hände zu heben, zu rennen ... *irgendetwas* zu tun. Aber der schiere Anblick der Wesen hatte ihn paralysiert. Sowohl den Körper als auch die Seele.

Und er, der sich für den Meister gehalten hatte, konnte nichts anderes tun, als hilflos zuzusehen und zu erschaudern, als sie ihm entgegen kamen. Zuzusehen, wie ihre schattenhaften Klauen vorschossen ... um sein Gesicht zu liebkosen.

Die erste Berührung reichte aus, um die Erstarrung zu lösen, und Gul'dan merkte, wie er losrannte, um diesem Albtraumort zu entkommen.

Drak'thul und die anderen hatten direkt hinter ihm gestanden. Jetzt waren sie nirgendwo mehr zu sehen, mussten schon geflohen sein.

Schreie hallten von der Gruft herüber, als Gul'dan Korridor um Korridor durchquerte. Sein Gesicht brannte, wo die Klauen ihn berührt hatten. Und als er eine Hand an seine Wange hob, erkannte er, dass er dort geschnitten worden war, und zwar sehr tief.

„Verdammt seist du, Sargeras!", fluchte er, als er zwischen den Säulen und Pfeilern entlang stolperte, durch Räume und Alkoven hetzte. „So werde ich mich nicht geschlagen geben! Ich bin Gul'dan. Ich bin die Inkarnation der Finsternis! Es kann noch nicht so ... enden!"

Er machte eine Pause, um zu Atem zu kommen und zu lauschen. Nichts. Die Schreie hatten aufgehört. *Verdammte kleingeistige Schwächlinge*, dachte er und stellte sich die Sturmrächer vor, die ihm hier hinunter gefolgt waren.

„Sie sind wahrscheinlich alle schon tot!" Seine Wange pochte, und er presste die Hand dagegen. Er versuchte, die Blutung zu stillen. Ihm wurde schwindelig, und seine Glieder fühlten sich ganz schwach an. „Ich muss trotzdem weitermachen“, knurrte er grimmig. „Meine Kraft allein sollte ausreichen, um …“

Gul’dan hörte auf zu sprechen, um besser lauschen zu können. Auf seinen Armen bildete sich eine Gänsehaut. Was war das für ein Geräusch? Es war schwach und wiederholte sich, klang grausam und … amüsiert zugleich …

„Dieses Gelächter … bist du das, Sargeras?“, fragte er laut. „Willst du mich verspotten? Nun, wir werden sehen, wer zuletzt lacht, Dämon. Wenn ich erst deine brennenden Augen für mich beanspruche!“

Er bog um eine Ecke … und stand in einem großen Raum, dessen Wände überraschenderweise weiß waren. Von etwas, das er nicht benennen konnte inspiriert, ging Gul’dan zur nächstgelegenen Wand und begann, etwas darauf zu schreiben. Er kritzelte eine Beschreibung der Gruft und ihrer Wächter mit seinem eigenen Blut an die Wand. Mehrere Male unterbrach er sich. Seine Hand war zu schwer, um sie zu erheben.

„Überfallen … von den Wächtern“, schrieb er schwach. „Ich … sterbe.“

Er wusste, dass es stimmte und kämpfte darum, seine Niederschrift zu beenden, bevor er tot war. Aber hinter ihm konnte er bereits dasselbe trockene, hungrige Geräusch ausmachen, das er auch schon in der Gruft gehört hatte.

Sie kamen, um ihn zu holen.

„Wenn meine Diener mich nicht verlassen hätten“, schrieb er, und seine Augen waren kaum noch in der Lage, sich zu konzentrieren, seine Kehle war zu eng geworden, um überhaupt noch Worte zu formen.

Doch nun erkannte er, dass es nicht ihr Fehler gewesen war. Es war seiner gewesen. Die ganze Zeit über hatte er geglaubt, alles unter Kontrolle zu haben. Doch in Wirklichkeit war er nicht mehr als ein Tölpel gewesen, ein Werkzeug, ein Sklave. Seine gesamte Existenz war nur Schein gewesen, ein Witz. Und bald würde es vorbei sein.

Ich war ein solcher Narr, dachte er und hörte zu schreiben auf. Mühsam wandte er sich um, wollte mit seinen letzten Kraftreserven davonlaufen … und wusste doch, dass es dafür längst zu spät war.

Dann erwischten ihn die Klauen – und Gul'dan gewann lange genug seine Stimme zurück, um lauthals und verzweifelt aufzubrüllen.

Rend streckte seinen Arm aus und hinderte Maim daran, weiterzugehen. „Nein", sagte er leise. Blut quoll aus der primitiven Binde, die er aus dem Gürtel eines gefallenen Kriegers gemacht hatte.

„Wir müssen hinter Gul'dan her", sagte Maim, obwohl er zahlreiche Wunden hatte und die primitiven Verbände, die er um ein Bein und die Schulter trug, bereits von Blut durchtränkt waren.

„Dafür gibt es keinen Grund mehr", versicherte ihm sein Bruder. „Diese … Kreaturen haben die Aufgabe für uns erledigt."

Etwas Erstaunliches, nein *Ungeheuerliches* war vom Gebäude vor ihnen aufgestiegen, etwas mit vielen Gliedern und zu vielen Gelenken … und viel zu vielen Zähnen. Das Ungetüm war von anderen, die ebenso waren wie es, begleitet worden, und gemeinsam hatten sie die Orks ohne Pause attackiert. Sie zerrissen sie wie vor Hunger wahnsinnig gewordene Tiere, die sich tobsüchtig auf ihre Beute stürzten.

Etliche Orks waren vom bloßen Anblick dieser schrecklichen Kreaturen zu Salzsäulen erstarrt. Aber andere hatten gekämpft und schließlich auch noch die letzte dieser Kreaturen besiegt. Obwohl sie zuvor ein Dutzend Orks erschlagen hatte.

Die Ungetüme waren aus dem Gebäude gekommen. Aber nur ein Krieger, Rend, hatte ein Gespür für Magie. Er konnte die Zauberei in dem merkwürdigen alten Gebäude vor ihnen *riechen*. Diese Mauern waren von Hass erfüllt, ein Hass, der übermächtig strahlte und gegen alles und jeden gerichtet schien.

Dann hatte etwas die Orks zu Fall gebracht, eine gewaltige Erschütterung, ein Beben begleitet von einem ohrenbetäubenden Geräusch, das aus Richtung des Eingangs kam.

Ein dunkles Rumpeln und Rumoren, wie Gelächter, war von tief unten zu ihnen heraufgedrungen. Luft kam aus dem Gebäude, stinkend und faul, und noch etwas war darin, etwas, das Rend die Nackenhärchen sträubte. Er sah nichts, aber war sicher, dass er etwas Böses gespürte hatte, das von diesem merkwürdigen Ort stammte. Das Rumpeln hielt an. Risse wurden in den Steinen unter ihren Füßen sichtbar. Die ganze Insel fiel auseinander.

„Gul'dan stellt keine Bedrohung mehr dar", sagte Rend, als er wieder auf die Beine kam.

Und irgendwie wusste er, dass das stimmte. Was auch immer Gul'dan zu finden gehofft hatte, hier hatte nur sein Tod auf ihn gewartet.

Rend hoffte nur, dass Gul'dans Sterben langsam und qualvoll vonstatten gegangen war. Er war fast sicher, dass dem so gewesen war.

„Was machen wir dann jetzt?", fragte Maim, als sie sich abwandten und den Tempel hinter sich ließen.

„Wir kehren zu Doomhammer zurück", sagte Rend. „Wir haben immer noch einen Krieg zu führen, und jetzt brauchen wir uns wenigstens keine Gedanken mehr um Verräter zu machen, die unsere Stärke von innen heraus zersetzen."

Einträchtig begaben sich die Brüder zum Strand, wo die Boote auf sie warteten.

Achtzehn

„Sind wir bereit?“

„Bereit, Sire.“

Daelin Proudmoore nickte und blickte weiter geradeaus. „Gut. Gebt das Signal, in Position zu gehen. Wir greifen an, sobald wir in Reichweite sind.“

„Ja, Sire.“ Der Quartiermeister salutierte und läutete dann die große Messingglocke neben dem Steuerrad.

Proudmoore hörte, wie die Füße seiner Leute über das Deck trommelten, Seile gerefft wurden und die Männer auf seinem Flagschiff eiligst ihre Positionen einnahmen.

Er lächelte. Er liebte Ordnung und Präzision, und seine Mannschaft wusste das. Er hatte jeden seiner Leute handverlesen. Nie war er mit besseren Männern gesegelt. Und auch wenn er das niemals offen zugegeben hätte, wusste die Mannschaft, dass er große Stücke auf sie hielt.

Proudmoore richtete seine Aufmerksamkeit wieder auf das Meer. Er beobachtete die Wellen und den Himmel. Er hob sein Fernrohr und suchte nach den dunklen Umrissen, die er bereits gesehen hatte.

Da! Die Schiffe waren jetzt viel näher, und er konnte einzelne Umrisse voneinander unterscheiden, nicht mehr länger nur die Mastspitzen.

Der Ausguck hatte von seinem Krähennest aus eine noch viel bessere Sicht. In spätestens zehn Minuten würden die Umrisse sich in Schiffe verwandeln.

Orkschiffe! Die Flotte der Horde, um genauer zu sein.

Proudmoore schlug mit der Faust auf die Hartholzreling. Es war das einzige sichtbare Zeichen seiner Erregung.

Endlich! Davon hatte er seit Beginn des Krieges geträumt. Er war begeistert gewesen, als er die Nachricht von Turalyon erhalten hatte, dass die Horde nach Southshore segele. Als der Ausguck dann die Orkschiffe auf der Großen See erspäht hatte, versuchte er seine Aufregung zu unterdrücken.

Der Ausguck hatte ihn auch darüber informiert, dass die Orks zwei verschiedene Gruppen bildeten. Die erste hatte schnellstmöglich das offene Meer angesteuert, während die zweite sich noch mühte, aufzuholen. Es war schwer abzuschätzen, ob die beiden einfach schlecht koordiniert waren, oder ob die zweite Gruppe die erste verfolgte.

Konnte es so etwas wie Orkrebellen geben? Proudmoore wusste es nicht, und es war ihm auch egal. Es zählte nicht, wohin die Grünhäute gefahren waren oder was sie vorhatten. Ihn interessierte lediglich, dass die Orkschiffe zurückkehrten – zurück nach Lordaeron.

Und jetzt waren sie endlich in Reichweite.

Proudmoore konnte die Schiffe mit bloßem Auge erkennen. Sie bewegten sich sehr schnell, obwohl sie keine Segel hatten. Er hatte bislang nur wenige Orkschiffe aus der Nähe gesehen. Um dieses Tempo erreichen zu können, mussten die Orks völlig synchron rudern. Das hohe Tempo bedeutete aber auch, dass sie an Manövrierbarkeit einbüßten. Seine eigenen Schiffe konnten die Orks leicht umkreisen …

Er wollte vermeiden, dass die Orks sie zu früh bemerkten. Seeschlachten waren ein riskantes Unterfangen. Proudmoore wollte die Orkflotte so schnell und effizient wie möglich versenken.

Nun also harrte er hinter der Insel Wappenfall aus, nordöstlich von seinem geliebten Kul'Thiras. Seine gesamte Flotte war bereit und wartete darauf, dass die Gegner in Reichweite kamen.

Und das passierte gerade.

„Feuer!“, rief Proudmoore, als das zehnte Orkschiff ihre Position passiert hatte. Die Grünhäute schienen nicht gesehen zu haben, dass er mit seiner Flotte zwischen den beiden Inseln wartete. Die Segel waren noch aufgerollt und die Laternen zugehängt.

Die erste Salve erwischte das anvisierte Schiff. Die Kugeln

trafen es genau in der Mitte, wodurch es auseinanderbrach und schließlich sank.

„Segel setzen, volle Kraft voraus!“, befahl Proudmoore. Das Schiff schoss förmlich über das Wasser, als der Wind sich in den Segeln fing. Er wusste, dass seine Kanoniere bereits nachluden, und weitere Seeleute standen mit Armbrüsten oder kleinen Fässern mit Schwarzpulver bereit.

„Zielt auf das nächste Schiff in der Reihe“, instruierte Proudmoore sie. Die Besatzung bestätigte und schleuderte die Fässer auf das nächste Orkboot. Dann zündeten sie ölgetränkte Lappen an, die um die Bolzen der Armbrustschützen gewickelt waren und feuerten sie ab. Eines der Fässer explodierte und streute Feuer über das Deck … dann ging ein zweites hoch. Das Schiff stand schnell in Flammen, seine teergedeckten Planken brannten lichterloh.

Dann war Proudmoores Schiff an der Reihe der Orkschiffe vorbei und drehte bei, um von der anderen Seite anzugreifen.

Es lief alles so gut, wie Proudmoore es erwartet hatte. Die Orks waren keine Seeleute und wussten nur wenig über Segeln oder Seekriegsführung. Aber sie waren unerschrockene Krieger, und es konnte gefährlich werden, wenn sie in Enterreichweite kamen. Aber Proudmoore hatte seine Kapitäne instruiert, sich von ihnen fernzuhalten. Mehrere seiner Schiffe waren ihm durch die gegnerische Flotte hindurch gefolgt und bedrohten die Fahrzeuge der Grünhäute nun von der gegenüberliegenden Seite. Eine zweite Gruppe war nahe bei Wappenfall geblieben und schlug von dort aus zu. Ein dritter Verband wiederum hatte sich nach Norden gewandt und die kämpfenden Schiffe passiert. Jetzt bildeten sie eine Blockade für diejenigen Orkboote, die zu fliehen versuchten. Ein vierter Pulk schließlich hatte sich südlich gehalten, wodurch er die Orkschiffe umzingeln konnte.

Drei Boote hatte die Horde bereits verloren. Proudmoores Flotte dagegen musste bislang keinerlei Verlust beklagen.

Er erlaubte sich ein seltenes Lächeln. Bald würde das Meer wieder orkfrei sein …

In diesem Moment meldete der Ausguck: „Admiral! Da … da kommt was auf uns zu – aus der Luft!“

Proudmoore sah auf und erblickte den Seemann, der bleich geworden war, sich schüttelte und nach Norden stierte. Der Admiral wandte sein Fernrohr in diese Richtung und erkannte schon bald, was den Ausguck derart verängstigte.

Kleine dunkle Flecke stießen aus den Wolken auf sie herab. Sie waren noch zu weit entfernt, um klar identifiziert werden zu können, aber er sah, dass es mehrere waren, die sich schnell näherten.

Er wusste nicht, über welche fliegenden Einheiten die Horde verfügte. Doch etwas sagte Proudmoore, dass diese Schlacht noch lange nicht gewonnen war.

Derek Proudmoore sah auf. Er stand neben dem Steuermann. „Was war das?", wandte er sich an den Mann im Ausguck, aber der war im Krähennest zusammengesunken und gab keine Antwort.

Derek überlegte nicht lange, sondern sprang auf und eilte zum Hauptmast. Über die Aufbauten gelangte er zum Hauptholm und von dort aus weiter zum Krähennest.

„Gerard?", rief er, oben angekommen. „Alles in Ordnung?"

Gerard sah ihn mit Tränen in den Augen an. Er schüttelte den Kopf und kauerte sich noch mehr zusammen als ohnehin schon.

„Was ist?" Derek kletterte in das Krähennest und setzte sich neben den Seemann. Er kannte Gerard seit Jahren und vertraute ihm völlig.

Nach einer Weile begriff er, dass der Mann nicht krank, sondern völlig verschreckt war, vor Angst unfähig zu sprechen. Der Gedanke, dass ein tapferer Seemann, ein Veteran vieler Schlachten, derart verängstigt war, ließ Derek schaudern.

„Hast du etwas gesehen?", fragte er freundlich.

Gerard nickte. Er kniff die Augen zusammen, als wollte er das Gesehene aus der Erinnerung verdrängen.

„Wo?"

Zuerst schüttelte der Ausguck den Kopf, aber schließlich zeigte er mit zitternder Hand nach Norden.

„Ruh dich aus", sagte Derek leise. Dann stand er auf und

schaute, was seinen Freund und Mannschaftskameraden derart erschüttert hatte – und kippte vor Verblüffung fast selbst nach hinten.

Aus den Wolken stürzte ein Drache herab. Seine Schuppen glänzten blutrot im frühen Morgenlicht. Hinter ihm entdeckte Derek einen zweiten, dann einen dritten. Schließlich noch weitere, bis er schließlich mindestens ein Dutzend der massigen Kreaturen zählte. Ihre ledrigen Flügel schlugen kraftvoll, um sich in der Luft zu halten. Mit jedem Schlag kamen sie ihrem Ziel näher – der Flotte.

Derek bemerkte kaum das Leid in den großen goldenen Augen der Drachen oder die grünhäutigen Gestalten auf ihrem Rücken. Er überlegte nur fieberhaft, wie das Auftauchen dieser Kreaturen sich auf den Verlauf der Schlacht auswirken würde. Jeder einzelne Drache war größer als ein ganzes Schiff, dazu deutlich schneller und beweglicher.

Und er konnte fliegen. Die scharfen Krallen würden sich wahrscheinlich mit Leichtigkeit durch die Bordwand bohren und Masten wie Zweige zerbrechen.

Er musste den Rest der Flotte warnen – er musste seinen Vater warnen!

Derek beugte sich über den Rand des Krähennests, um dem Steuermann etwas zuzurufen, als er eine Bewegung bemerkte und aufblickte.

Der führende Drache war bereits so nah, dass Derek das Grinsen auf dem Gesicht des Orks erkennen konnte, der ihn ritt. Die Echse öffnete ihr gewaltiges Maul. Derek sah die lange schlangenartige Zunge, umgeben von scharfen dreieckigen Zähnen, die so groß wie er selbst waren.

Dann bemerkte er das Glühen im Schlund des Drachen, der sich näherte und immer größer wurde.

Plötzlich explodierte die Welt um ihn herum. Er hatte nicht einmal mehr die Zeit zu schreien, als die Flammen ihn auch schon verschlangen.

In einem einzigen Durchgang zerstörten die Drachen den dritten Verband, alle sechs Schiffe. Jedermann an Bord stürzte ins Verderben.

Dann rissen die Drachenreiter ihre Tiere herum und wandten sich dem ersten Schiffspulk zu. Den Einheiten, die zwischen den Orks und der Freiheit standen.

„Verdammt seien sie! Verdammt seien sie alle!“ Admiral Proudmoore schlug so hart auf die Reling, dass entweder seine Finger brechen oder ein paar Holzstücke aus der Wand herausbrechen würden.

Er sah gerade noch, wie der Zerstörer des dritten Verbands in den Wellen versank. Zurück blieb nur auf der See schwimmende Asche. Proudmoore wusste, dass keine Chance bestand, Derek oder ein anderes Mannschaftsmitglied jemals lebend wiederzusehen. Aber jetzt war keine Zeit zum Trauern. Das musste bis später warten – wenn er so lange noch lebte. Er schob alle Gedanken an seinen ältesten Sohn beiseite und konzentrierte sich auf die taktischen Auswirkungen.

Die Nordpassage war jetzt wieder offen. Die Orkschiffe konnten einfach durchfahren, während die Drachen Dereks Verband bedrängten. Wenn das passierte, konnten die Orks wieder in den Hügelgegenden oder bei Southshore landen und sich mit der Horde vereinigen.

Dann hatte er versagt. Und das durfte er nicht zulassen.

„Dreht um!“, befahl er und machte dem eigenen Steuermann Feuer unter dem Hintern. „Ich will, dass die Hälfte unserer Schiffe nach Norden fährt und den Weg dort wieder blockiert! Der Rest bleibt, wo er ist, und greift weiter an!“

Der Seemann nickte. „Aber – die Drachen“, begann er, obwohl seine Hände das große Rad bereits bewegten.

„Die Orks sind ganz normale Gegner“, antwortete Proudmoore. „Wir peilen sie an wie andere Schiffe auch.“

Seine Männer nickten und befolgten seine Befehle. Segel wurden ausgerefft und in den Wind gedreht. Dann luden sie die Kanonen und benutzten Keile, um sie in einem steilen Winkel zu positionieren. Danach machten die Seeleute die Armbrüste sowie die Fässer mit dem Schwarzpulver bereit.

Als ihnen der erste Drache entgegenflog, zog Proudmoore sein Schwert und hielt es hoch, dann ließ er es ruckartig herabfahren.

„Angriff!“

Sie kämpften verzweifelt – aber der Angriff verpuffte wirkungslos. Der Drache wich jeder Kugel aus, die daraufhin ins Meer stürzte. Er schlug die Fässer mit seinen Flügeln beiseite und ignorierte die brennenden Armbrustbolzen einfach, die harmlos von seinen Schuppen abprallten. Immerhin wurde er durch die Heftigkeit des Angriffs zurückgeworfen, wodurch Proudmoore die Möglichkeit erhielt, sich andere Methoden zu überlegen.

Glücklicherweise musste er sich gar nichts einfallen lassen. Er überlegte noch, wie er die Leinen oder Ketten einsetzen konnte, um die Drachen wenigstens zu behindern, da stießen auch schon mehrere neue Gestalten aus den Wolken herab.

Sie waren deutlich kleiner als die Drachen, vielleicht doppelt so groß wie ein Mensch, und hatten lange gefiederte Flügel, Schwänze und scharfe Schnäbel. Auf dem Rücken eines jeden ritt etwas, das wie ein kleiner Mann aussah. Sie waren in merkwürdige, mit Federn bestückte Rüstungen gekleidet, von Tätowierungen bedeckt und kämpften mit massiven Hämmern.

„Wildhammerzwerge, zum Angriff!“

Kurdran Wildhammer stand im Sattel, schleuderte seinen Sturmhammer und erwischte einen Drachenreiter an der Brust. Der überraschte Ork fiel aus dem Sattel, und die Zügel entglitten den leblosen Händen, während sein Körper zwischen den Wellen verschwand.

Sein Drache brüllte vor Überraschung und Wut auf, was trotz des Donnerschlags zu hören war. Aber das Geräusch verwandelte sich in Schmerzenslaute, als Sky’rees scharfe Klauen tief in die Flanke des Drachen schlugen. Sie schnitten durch die Schuppen hindurch, zwischen denen schwarzes Blut hervordrang.

Tomhar befand sich neben ihm. Sein eigener Greif riss mit Schnabel und Klauen ein großes Stück aus dem linken Flügel des Drachen. Dann warf Farand seinen Hammer von der gegenüberliegenden Seite und traf den Drachen am Kopf. Dessen Augen blinzelten orientierungslos, und er begann zu fallen. Eine riesige Welle schwappte über das Wasser, als er aufprallte und versank. Der Drache kam nicht wieder hoch.

Kurdran flog über das größte Schiff. „Wir helfen Euch!", rief er dem großen älteren Mann zu, der auf der Brücke stand. Der nickte und grüßte mit dem Schwert in der Hand. „Wir nehmen uns diese Bestien vor", versicherte ihm Kurdran. „Kümmert ihr Euch um die Schiffe."

Admiral Proudmoore nickte wieder und gewährte ihm ein verschmitztes Grinsen. „Oh ja, wir werden uns um sie kümmern", versprach er dem Zwerg. Dann wandte er sich an den Steuermann. „Fahr weiter", befahl er. „Wir schneiden ihnen den Weg wie geplant ab, und dann schnappt die Falle zu. Ich will nicht, dass auch nur ein einziges Schiff der Orks entkommt!"

Die Wildhammerzwerge griffen die Drachen an, töteten mehrere und vertrieben den Rest. Proudmoores verbliebene Schiffe kreisten die Orks ein und begannen sie von allen Seiten anzugreifen.

Er büßte ein weiteres Schiff ein. Es war den Grünhäuten, die von dem eigenen sinkenden Schiff flohen, zu nahe gekommen. Sie töteten den größten Teil der Besatzung, bevor der sterbende Kapitän ein Pulverfass zünden konnte und so sein Schiff versenkte.

Außerdem hatte die Allianz die dritte Gruppe und ein paar weitere Boote an die Drachen verloren. Doch die Verluste der Orks lagen beträchtlich höher. Eine Handvoll ihrer Schiffe schaffte es außer Reichweite, aber der Rest fiel Proudmoores Zorn zum Opfer.

Ein paar Hordenkrieger versuchten zu schwimmen oder ergriffen treibende Planken. Die meisten jedoch ertranken, verbrannten oder wurden erschossen. Ihre Leichen trieben auf den Wellen.

Nachdem die letzten Orkschiffe außer Sichtweite geraten waren, entschieden die restlichen Drachenreiter, dass sie hier nichts mehr ausrichten konnten. Sie wendeten und flohen nach Osten, nach Khaz Modan. Die Wildhammerzwerge verfolgten sie mit Rufen und Gebrüll.

Proudmoore nahm müde, aber siegreich den Rest seiner Flotte in Augenschein – ein Sieg, der teuer erkauft worden war.

„Sire!", rief einer der Seeleute. Er hatte sich weit über die

Reling gebeugt und zeigte auf etwas, das im Wasser treiben musste.

„Was ist denn?“, zischte Proudmoore und trat neben den Mann. Aber sein Ärger verwandelte sich in Hoffnung, als er sah, was der Seemann ausgemacht hatte.

Jemanden, der sich an einer Planke festhielt – ein Mensch!

„Werft ihm ein Seil zu!“, befahl Proudmoore, und die Seeleute gehorchten hastig. „Und sucht das Wasser nach weiteren Überlebenden ab!“ Er hatte keine Ahnung, wie jemand aus der dritten Gruppe so weit geschwommen sein konnte. Aber offenbar hatte es jemand geschafft. Und das bedeutete, dass auch noch andere das Massaker überlebt haben konnten.

Ein Hoffnungsfunken glomm auf, dass Derek einer von ihnen sein könnte. Diese Hoffnung verwandelte sich zunächst in Verwirrung, dann in Wut, als der Mann schließlich an Bord geholt wurde. Statt der grünen Kleidung von Kul Tiras trug der Halbertrunkene das mit Wasser vollgesogene Hemd von Alterac. Und es gab nur eine Möglichkeit, wie Perenoldes Männer auf die Große See gekommen sein konnten: mit der Orkflotte.

„Was hast du auf einem Orkboot gemacht?“, wollte Proudmoore wissen und setzte dem Mann sein Knie auf die Brust.

Bereits geschwächt, schnappte der Mann nach Luft und wurde bleich.

„Sprich!“

„Fürst Perenolde … hat uns geschickt“, sagte der Mann. „Wir … führten die Orks zu ihren … Schiffen. Er befahl … uns … ihnen … jede nötige … Hilfe zu gewähren.“

„Verräter!“ Proudmoore zog seinen Dolch und presste ihn an den Hals des Mannes. „Verbrüderung mit der Horde! Ich sollte dich wie ein Tier ausweiden und deine Innereien im Meer verstreuen!“ Er verstärkte den Druck auf die Klinge und beobachtete, wie eine dünne rote Linie auf der Haut des Mannes sichtbar wurde. Die scharfe Klinge schnitt überaus leicht in sein Fleisch.

Aber dann zog Proudmoore sie zurück und stand wieder auf. „Ein solcher Tod wäre zu gut für dich“, verkündete er und steckte seinen Dolch weg. „Und lebendig kannst du Perenoldes Verrat bezeugen.“ Er wandte sich an einen der Seeleute. „Fesselt ihn und werft ihn in die Brigg! Und sucht nach weiteren Überlebenden. Je mehr Beweise wir haben, desto schneller wird Perenolde hängen.“

„Jawohl, Sire!“ Der Mann salutierte und eilte davon. Es dauerte eine weitere Stunde, bevor sie die Wasseroberfläche in der Umgebung vollständig abgesucht hatten. Sie fanden drei weitere Männer, die alle die Geschichte des Ersten bestätigten. Es befanden sich auch zahllose Orks im Wasser, aber diese ließ man ertrinken.

„Kurs setzen nach Southshore“, befahl Proudmoore seinem Steuermann, nachdem auch der letzte überlebende Verräter aus Alterac an Bord geholt worden war. „Wir werden uns mit der Armee der Allianz treffen und unseren Erfolg und Alteracs Verrat verkünden.“

Damit drehte er sich um und stapfte in seine Kabine, wo er sich seiner Trauer hingeben konnte. Später würde er einen Brief an seine Frau schreiben, um ihr mitzuteilen, was ihrem ältesten Sohn widerfahren war.

Neunzehn

„Sie kommen nicht mehr."

Der junge Tharbek wandte sich Doomhammer zu. Er war verwirrt von der unerwarteten Aussage seines Anführers. „Was meinst du damit?", wollte er wissen.

Doomhammer verzog das Gesicht. „Der Rest der Horde … Sie kommen nicht mehr."

Tharbek sah sich um. „Du hast sie den langen Weg zur Großen See hinuntergeschickt", sagte er mit Bedacht und versuchte dabei, nicht den Zorn seines Vorgesetzten zu erregen. „Es wird viele Tage dauern, bis sie zurückkehren."

„Sie haben Drachen, du Dummkopf!" Doomhammers Faust flog vor und erwischte Tharbek an der Wange. Der jüngere Ork taumelte zurück. „Die Drachenreiter hätten uns schon vor Tagen informieren müssen … Irgendetwas ist passiert! Die Flotte ist weg, und der Hauptteil unserer Truppen mit ihr!"

Tharbek nickte und rieb sich mürrisch die Wange. Er sagte nichts. Er musste es auch nicht. Doomhammer wusste, was sein Stellvertreter dachte.

Hätte er die anderen Clans nicht hinter Gul'dan hergeschickt, wäre das jetzt gar kein Thema.

Doomhammer biss die Zähne zusammen. Warum verstand niemand seine Beweggründe? Tharbek schaute genauso misstrauisch wie jeder andere Ork, den er in den letzten paar Tagen gesehen hatte – seit er ihren Rückzug anordnete.

Die Tore hatten bereits erste Risse gezeigt und immer mehr unter dem Rammbock nachgegeben. Die Stadtwachen hatten ihr Öl schon lange aufgebraucht und mussten jetzt kochendes Wasser zum Einsatz bringen. Die Streitkräfte der Allianz waren über den See zurückgetrieben und an der Brücke aufgehalten worden.

Sie hatten fast schon den Sieg in der Tasche gehabt … und dann hatte er die Armee weggeschickt. Der Rest war zu schwach gewesen, um weiter zu trotzen.

Die Allianz hatte die Zeit zu nutzen gewusst und Kapital aus dem plötzlichen Rückzug geschlagen. Die Menschen waren sofort über die Brücke gestürmt, kaum dass die Blackhands ihren Clan davon geführt hatten. Sie waren durch die wenigen zurückbleibenden Orks förmlich hindurchgerannt und so wieder zurück aufs Schlachtfeld gelangt. Und die Orks waren plötzlich eingekeilt gewesen zwischen den Reitern und Fußsoldaten auf der einen Seite und den verschanzten Wachen auf der anderen.

Hilfe war nicht in Sicht. Wie Tharbek gesagt hatte, würde es Tage, wenn nicht gar Wochen dauern, bis der Rest der Horde zurückkehrte. Und das auch nur, wenn sie Gul'dan, seine Hexenmeister, seine Oger und was auch immer er sonst noch beschworen haben mochte, vernichten konnten.

Die Krieger, die in den Bergen in die Falle gegangen waren, konnte er völlig abschreiben. Sie waren den Menschen zum Opfer gefallen, die die Pässe zurückerobert und den Weg verbarrikadiert hatten. Die Orks, die vor der Stadt standen, waren alles, was ihm für den Angriff noch zur Verfügung stand.

Und das war zu wenig. *Deshalb* hatte er den Rückzug befohlen. Er hatte gehofft, schnell wieder auf die anderen Clans zu treffen. Zumindest die Drachen hätten schon längst wieder hier sein müssen.

Irgendetwas war eindeutig schiefgegangen. Und schuld daran war Gul'dan. Selbst, wenn der Hexenmeister die Krieger der Horde nicht persönlich getötet hatte, so war es doch sein Verrat gewesen, der Doomhammer dazu gezwungen hatte, seine Streitkräfte aufzuteilen.

Das war seine Pflicht gewesen. Er hatte den Ahnen persönlich geschworen, seine Rasse zu rehabilitieren. Er würde die Korruption bekämpfen, den Blutrausch, die Brutalitäten … und dazu war ihm jedes Mittel recht. Es ging nicht darum, den Krieg zu gewinnen. Sein eigenes Überleben bedeutete gar nichts. Ohne Ehre waren die Orks nicht besser als Tiere. Vielleicht sogar weniger – weil sie das Potenzial in sich trugen, soviel mehr zu sein.

Einst waren sie ehrenvoll gewesen. Doch die Ehre hatten sie für Blut, Kampf und Hass aufgegeben. Wenn er Gul'dan hätte fliehen lassen, um die Stadt für sich zu erobern, wäre das selbstsüchtig gewesen. Dann wäre er zumindest mit verantwortlich für die fortschreitende Degenerierung seines Volkes gewesen.

Immerhin konnte er jetzt sagen, dass er sein Bestes versucht hatte. Er hatte seine Ehre gewahrt und dadurch auch die Ehre der Horde. Vielleicht verloren sie den Krieg, aber sie würden mit Stolz untergehen. Fest auf ihren eigenen Beinen stehend und mit der Waffe in der Hand, nicht jammernd oder voller Selbstmitleid.

Außerdem war der Krieg noch nicht vorbei. Er würde seine Krieger statt nach Westen nach Süden führen. Dort, zwischen Lordaeron und Azeroth lag Khaz Modan, die Heimat der Zwerge. Sie hatten dieses Gebiet passiert, um hierher zu gelangen. Die Zwerge waren zähe Gegner gewesen, aber ihre Bergfestungen hatten der Macht der Horde letztlich doch nicht widerstanden. Alle waren gefallen – mit Ausnahme der Stadt Eisenschmiede.

Doomhammer hatte Kilrogg Deadeye und seinen Bleeding-Hollow-Clan dort zurückgelassen, um die Minenarbeiten zu beaufsichtigen. Wenn es ihm gelang, seine eigenen Krieger wieder dorthin zurückführen und mit Kilroggs Kräften zu vereinen, würde ihnen wieder eine schlagkräftige Streitmacht zur Verfügung stehen, stark genug, um die Kräfte der Allianz zu stellen und zu vernichten.

Die Schlacht würde ihnen alles abverlangen und die Eroberung viel länger dauern als geplant. Aber sie konnten diesen Kontinent immer noch unter ihre Herrschaft zwingen und ihre eigenen Städte errichten.

Vorausgesetzt allerdings, von nun an ging nichts mehr schief.

„Menschen!", keuchte der Orkkundschafter und fiel vor Erschöpfung auf die Knie. „Östlich von uns!"

Doomhammer starrte ihn an. „Östlich? Bist du dir sicher?" Aber er brauchte eigentlich das müde Nicken des Kundschafters nicht, um zu wissen, dass der Ork die Wahrheit sagte. Doch wie waren die Menschen dorthin gelangt, östlich von ihnen, wo sie sie doch die ganze Zeit verfolgt hatten und Lordaeron im Nordwesten lag?

Plötzlich kam ihm ein Gedanke. Das Hinterland! Er hatte einige seiner Leute dort zurückgelassen. Einen ganzen Clan, um die Menschen abzulenken, während der Rest auf Quel'Thelas zumarschierte.

Die Finte hatte funktioniert, und die Menschen hatten die Hälfte ihrer eigenen Streitkräfte dort zurückgelassen, um die Orks aus den Wäldern zu treiben.

Offensichtlich waren diese Krieger niemals zur Hauptstadt gelangt. Und jetzt näherten sie sich von Osten her. Das bedeutete, wenn er nicht aufpasste, würden die beiden Armeen der Allianz sie zwischen sich einschließen und die letzte Chance der Horde auf Flucht – und letztlich den Sieg – zunichte machen.

„Wie viele sind es?", wollte er von dem Kundschafter wissen, der Wasser aus einem Schlauch trank.

„Hunderte, vielleicht mehr", antwortete dieser schließlich. Er schaute finster drein. „Und einige davon trugen schwere Rüstungen."

Doomhammer verzog das Gesicht und wandte sich ab. Er schwang den Hammer, um seiner Wut ein Ventil zu schaffen.

Verdammt sollten sie ein! So viele Allianz-Soldaten vermochten seine eigenen Krieger leicht vernichtend zu schlagen, insbesondere mit ihren schnellen Reitern, wenn diese sich von hinten näherten … Und er war immer noch mehrere Tagesmärsche von Khaz Modan entfernt.

Von den Drachenreitern oder den anderen Verschwundenen gab es nach wie vor kein Lebenszeichen.

Ihm blieb keine Wahl. Doomhammer starrte zu Tharbek. „Erhöhe das Tempo", befahl er. „Voller Lauf, keine Pausen mehr. Wir müssen Khaz Modan so schnell wie möglich erreichen."

Tharbek nickte und brüllte bereits Befehle. Doomhammer knurrte, als er den jungen Krieger gehen sah. Rennen erinnerte stark an Niederlage. Und diese Option auch nur ins Auge zu fassen, war etwas, das er abgrundtief verabscheute.

Aber er konnte noch kein offenes Gefecht riskieren. Er musste den Bleeding-Hollow-Clan erreichen. Erst dann konnte er sich der Armee der Allianz stellen.

„Dort!“ Tharbek wies die Richtung, und Doomhammer nickte. Er hatte den Orkkundschafter, der über die Klippe kam, bereits ausgemacht.

„Sei gegrüßt, Doomhammer!“, rief der Kundschafter, nachdem er sich aufgerichtet und seine Axt zum Gruß gehoben hatte. „Der Bleeding-Hollow-Clan heißt dich in Khaz Modan willkommen!“

„Danke“ antwortete Doomhammer. Er reckte seinen schwarzen Steinhammer ebenfalls nach oben, sodass der Kundschafter ihn selbst aus der Entfernung gut erkennen konnte. „Wo sind Kilrogg und die anderen?“

„Wir lagern in einem Tal mitten in den Bergen“, antwortete der Kundschafter. Er sprang auf einen niedrigeren Felsvorsprung, damit sie leichter miteinander reden konnten. „Ich mache mich auf und berichte von eurer Ankunft.“

Er blickte auf, und Doomhammer wusste, dass er die Menge der Krieger hinter ihm beobachtete. „Wo ist der Rest der Horde?“

„Tot, zumindest die meisten“, antwortete Doomhammer offen. Als sich die Augen des Kundschafters vor Überraschung weiteten, zeigte er seine Hauer. „Und die Armee der Allianz ist uns auf den Fersen. Sag Kilrogg, er soll seine Krieger bereit für den Kampf machen.“

Der Kundschafter schien zunächst noch eine Frage stellen zu wollen, überlegte es sich jedoch offenbar anders. Er grüßte zum Abschied und kletterte die Klippe hinauf. Kurz darauf verschwand er hinter einer Erhebung.

Doomhammer nickte. Wenigstens die Krieger des Bleeding-Hollow-Clans würden sie an ihrer Seite haben, wenn sie den Menschen erneut entgegentraten.

Kilrogg war trotz seines Alters sehr gewieft und besaß immer noch großen Einfluss. Sein Clan war hochmotiviert und längst nicht kriegsmüde. Mit den Blackhands und Bleeding Hollows als vereinte Streitmacht würde die Allianz sich sehr, sehr schwer tun …

„Wir können sie nicht bekämpfen. Nicht mit unserer vollen Stärke.“

Doomhammer starrte Kilrogg an, der den Kopf schüttelte. Sein Gesicht war mürrisch, drückte aber ebenfalls die felsenfeste Überzeugung aus, die er gerade in Worte gefasst hatte.

„Was? Und warum nicht?“, wollte Doomhammer wissen.

„Wegen der Zwerge“, antwortete Kilrogg knapp.

„Die Zwerge?“ Zuerst dachte er, der Häuptling meinte die Greifenreiter. Doch der Nistgipfel lag weit entfernt. Er konnte nur die Zwerge meinen, die hier in den Bergen lebten. „Aber wir haben ihre Armee zerschlagen und sie aus ihren Festungen vertrieben.“

„Bis auf eine“, korrigierte ihn Kilrogg. Er hatte sich Doomhammer zugewandt, sodass dieser das gesunde und das tote Auge sehen konnte. „Wir konnten Eisenschmiede nicht knacken. Ich habe viele gute Krieger bei dem Versuch verloren.“

„Dann lass es sein“, sagte Doomhammer. „Wir brauchen die Stadt jetzt nicht. Wir müssen uns gegen die Menschen wenden, bevor sie die Landbrücken überqueren und sich auf dieser Seite des Kanals sammeln. Wenn wir ihre Armee vernichtet haben, können wir uns Eisenschmiede vornehmen. Dann stationieren wir unsere Krieger dort, während wir nach Norden weitermarschieren, um dort die Eroberung zu vollenden.“

Aber Kilrogg schüttelte den Kopf. „Die Zwerge sind zu wild, als dass man ihnen den Rücken zukehren könnte“, sagte er. „Ich habe in den letzten paar Monaten oft gegen sie gekämpft. Und ich sage dir, wenn wir sie sich selbst überlassen, werden sie sich aus ihrer Festung stürzen wie wütende Hornissen. Jedes Mal, wenn wir eine ihrer Festungen eingenommen haben, sind die Überlebenden nach Eisenschmiede geflohen. Und dort hat man sie aufgenommen. Ich kann nur schätzen, wie tief die Festung in den Berg hinein reicht. Aber die gesamte Zwergennation steckt darin und wartet darauf, sich zu rächen. Wenn wir den Ort nicht bewachen und sie beschäftigt halten, werden wir es nicht nur mit einer Armee zu tun haben, sondern mit zweien.“

Doomhammer ging auf und ab und bedachte die neuen Informationen. Er vertraute Kilroggs Einschätzung. Aber das bedeutete, dass sie nicht genügend Krieger gegen die Allianz würden aufbieten können.

„Bleib hier“, erklärte er Kilrogg schließlich. „Behalte so viele Krieger, wie du brauchst, um die Zwerge in Schach zu halten und die Menschen zu beschäftigen. Ich werde den Rest zur Festung Schwarzfelsspitze führen, wo wir uns hinter den Mauern verschanzen können.“ Er schaute den älteren Häuptling an. „Wenn du kannst, bring danach deine Krieger dorthin. Oder du fällst den Menschen in den Rücken. Vielleicht tauchen doch noch ein paar versprengte Einheiten unseres Volkes auf. Entweder von der See her oder aus dem Dunklen Portal.“ Er richtete sich auf. „Aber die Festung Schwarzfelsspitze ist unsere Zuflucht. Wenn wir die Menschen dort nicht schlagen können, können wir sie nirgendwo aufhalten, und dieser Krieg ist verloren.“

Kilrogg nickte. Eine Sekunde lang sah er den Kriegshäuptling der Horde an. Und als er sprach, tat er es sanfter, als Doomhammer den mürrischen alten Häuptling jemals zuvor gehört hatte. „Du hast die richtige Entscheidung getroffen“, versicherte ihm Kilrogg. „Ich weiß auch, wie tief Gul’dans Verrat reicht. Er hätte uns in die Tage zurückkatapultiert, bevor sich das Portal geöffnet hat – als wir fast wahnsinnig waren vor Wut, Hunger und Verzweiflung.“ Er nickte. „Was immer auch geschieht, du hast unserem Volk die Ehre zurückgegeben.“

Doomhammer nickte ebenfalls. Er spürte plötzlichen Respekt und sogar Zuneigung für den einäugigen Häuptling, den er bislang immer gefürchtet und wenig geschätzt hatte. Stets hatte er Kilrogg für einen brutalen, barbarischen Krieger gehalten, der mehr an Ruhm als an Ehre interessiert war. Vielleicht hatte er sich all die Jahre getäuscht …

„Danke“, rann es ihm schließlich über die Lippen. Es gab nicht mehr zu sagen, deshalb ging er zurück zu seinem eigenen Clan. Er musste Befehle erteilen und einen weiteren Marsch organisieren.

Vielleicht den letzten.

Zwanzig

„Turalyon!“

Turalyon blickte auf … und glaubte, seinen Augen nicht trauen zu dürfen. Ein Mann in voller Rüstung ritt auf ihn zu. Das Löwenabzeichen von Stormwind glitzerte golden auf seinem verbeulten Schild, und der Griff des großen Schwertes ragte ihm über die Schulter.

„Fürst Lothar?“ Aufgeregt erhob Turalyon sich neben dem Lagerfeuer und schaute dem Helden von Stormwind und Kommandanten der Allianz entgegen.

Schließlich stieg der ältere Mann vom Pferd und schlug ihm auf die Schulter. „Schön, dich zu sehen, Junge!“ Er spürte, dass Lothar es ernst meinte. „Man hat mir gesagt, dass ich dich hier finde!“

„Man?“ Turalyon sah sich um, immer noch verwirrt von der unerwarteten Ankunft seines kahlköpfigen Mentors, der müde, aber zufrieden wirkte. „Ich habe Alleria, Theron und die anderen getroffen, als ich nach Norden ritt. Sie haben mir berichtet, was in der Hauptstadt geschehen ist, dass du den Rest der Armee hergebracht hast und verfolgst, was noch von der Horde übrig geblieben ist.“ Er schlug ihm erneut auf die Schulter. „Gute Arbeit, mein Sohn!“

„Ich hatte viel Hilfe“, protestierte Turalyon, auf der einen Seite dankbar für das Lob, aber davon auch ein wenig aus der Fassung gebracht. „Um die Wahrheit zu sagen, ich bin mir nicht sicher, was genau geschehen ist.“

Er und Lothar setzten sich. Der alte Mann nahm dankbar etwas Essen und einen Weinschlauch von Khadgar an, während Turalyon es ihm erklärte. Er war so überrascht wie jeder andere gewesen, als sich das Gros der Horde von der Hauptstadt abgewandt hatte und eiligst Richtung Süden marschiert war. Dann hatte er einen Bericht von Proudmoore über die Seeschlacht und ihren Ausgang erhalten.

„Der Rest der Horde war zu schwach, um gegen uns zu bestehen. Besonders, als König Terenas sie jedes Mal attackierte, wenn sie in die Nähe der Stadtmauern kamen“, schloss er. „Und ihr Anführer muss es gewusst haben. Deshalb haben sie sich zurückgezogen. Seitdem verfolgen wir sie.“

„Vielleicht wartete er darauf, dass diese Orks von der See zurückkehrten“, meinte Lothar und nagte an einem Stück Käse. „Als das nicht passierte, muss er geahnt haben, dass sie sich in Schwierigkeiten befinden.“ Er grinste. „Außerdem hatte er keine Fluchtroute mehr, nachdem die Pässe in den Bergen blockiert wurden und von dort kein Nachschub zu erwarten war.“

Turalyon nickte. „Dann hast du von Perenolde gehört?“

„Allerdings.“ Lothar machte ein ernstes Gesicht. „Wie ein Mann sich gegen sein eigenes Volk stellen kann, werde ich nie verstehen. Aber dank Trollbane müssen wir uns um Alterac nicht mehr sorgen.“

„Und das Hinterland?“, fragte Khadgar.

„Orkfrei“, antwortete Lothar. „Es dauerte eine Weile, bis wir alle fanden. Einige hatten sich tief eingegraben. Sie hatten sogar schon unterirdische Verstecke ausgehoben, in die sie verschwinden konnten, wenn wir sie jagten. Aber schließlich haben wir sie doch erwischt. Die Wildhammerzwerge patrouillieren dort immer noch.“

„Und die Elfen kehren heim nach Quel'Thalas, um auch dort aufzuräumen“, fügte Turalyon hinzu. „Die Orks scheinen den Wald verlassen zu haben. Doch die Trolle treiben sich dort immer noch herum.“ Er lächelte, als er an Alleria und ihre Artgenossen dachte und deren „Zuneigung“ für Waldtrolle. „Ich möchte nicht in der Haut der Biester stecken, wenn sie erneut auf die Waldläufer treffen.“ Er schaute sich um. „Aber wo sind Uther und die anderen Paladine?“

„Ich habe sie nach Lordaeron geschickt“, antwortete Lothar, leerte den Weinschlauch und legte ihn beiseite. „Die sorgen dafür, dass die Region sicher bleibt, und danach folgen sie uns." Er lächelte karg. „Uther könnte beleidigt sein, wenn wir ihm niemanden zum Bekämpfen übrig lassen."

Turalyon nickte und stellte sich vor, wie sein eifriger Paladinkollege darauf reagieren würde, wenn er das Ende des Krieges verpasste. Obwohl die Orks noch durchaus zahlreich waren, fühlte es sich doch an, als neigte sich der Krieg dem Ende entgegen.

Er hatte befürchtet, die Schlacht um die Hauptstadt bereits verloren zu haben. Aber als das Gros der Horde das Schlachtfeld verließ, hatte sich alles geändert. Die Horde war jetzt kleiner – und verzweifelter denn je.

„Sie versuchen, sich in Khaz Modan einzuigeln", sagte Khadgar, aber Turalyon schüttelte den Kopf. Er bemerkte mit Stolz, dass Lothar dasselbe tat.

„Dann bekommen sie es mit den Zwergen zu tun", erklärte Lothar. „Eisenschmiede ist immer noch nicht erobert, und die Zwerge warten nur auf ihre Chance, um die Berge zurückzugewinnen."

„Wir sollten ihnen dabei helfen", erklärte Turalyon und unterbrach Khadgar und Lothar, die ihm nun ihre volle Aufmerksamkeit widmeten. „Wir könnten einen Abstecher nach Eisenschmiede machen, wenn die Orks dort nicht von sich aus hingehen, und die Greifenreiter nutzen, um der Horde auf der Spur zu bleiben. Wenn wir die Zwerge befreien, können sie die Berge halten und somit verhindern, dass sich die Orks dorthin zurückziehen. Außerdem jagen sie alle Grünhäute, die sich dort noch rumtreiben mögen."

Lothar nickte. „Das ist ein guter Plan", meinte er lächelnd. „Sagt es den Truppen, und wir marschieren am frühen Morgen los." Er stand auf und streckte sich. „Ich brauche Schlaf", sagte er. „Es war ein langer Ritt, und ich bin auch nicht mehr der Jüngste." Er warf Turalyon einen ernsten Blick zu. „Du hast dich gut geschlagen, während ich weg war. Aber das wusste ich ja vorher." Lothar machte eine Pause und schaute ihn mit einer Mischung aus Trauer und Respekt an. „Llane", sagte er sanft. „Du erinnerst mich an ihn. Du bist genauso tapfer."

Turalyon schluckte und war zu keiner Antwort fähig.

Als der ältere Krieger sich abwandte und wegging, trat Khadgar neben ihn. „Sieht so aus, als hättest du dir seinen Respekt doch noch verdient", stichelte der Magier. Er wusste, wie viel Wert Turalyon auf Lothars Meinung legte – und wie sehr er sich davor gefürchtet hatte, als Kommandeur zu versagen.

„Sei bloß still", sagte Turalyon abwesend und schubste Khadgar leicht an. Aber er lächelte, als er seinen Schlafsack ausrollte, sich darauf sinken ließ, die Augen schloss und versuchte, ein wenig Ruhe zu finden, bevor der Morgen kam und sie weiterziehen würden.

„Zum Angriff!", rief Lothar. Er hatte sein Schwert gezogen, dessen goldene Runen im Sonnenlicht glitzerten, während sie auf dem Pfad um die schneebedeckten Berge herumritten. Nahe der Bergspitze war der Fels geschliffen und in eine riesige Wand mit Fenstern verwandelt worden. In diese Mauer integriert, über eine kurze Treppenflucht erreichbar, befand sich ein riesiges Tor, fast zwanzig Meter hoch, auf dem das Bild eines mächtigen Zwergenkriegers prangte. Über das Tor zog sich ein majestätischer Bogen, auf dem ein schwerer Amboss zu sehen war.

Der Eingang nach Eisenschmiede bot ein beeindruckendes Bild.

Das schweren Torflügel wurden rasch geschlossen, und kein anderer Zugang war zu sehen. Das hinderte die Orks aber nicht daran, davor auszuharren und die alten Verteidigungsanlagen der Zwerge vergeblich zu attackieren.

Gegen diese Orks traten Lothar und seine Soldaten an, als sie das Ende des Weges erreicht hatten und auf den Felsvorsprung vor dem gigantischen Tor stürmten.

Die Orks wirbelten überrascht herum. Sie waren so mit ihrem eigenen Angriff beschäftigt gewesen, dass sie bei dem Wind, der den Gipfel umtoste, nicht gehört hatten, wie die Allianzkrieger eingetroffen waren.

Jetzt versuchten sie verzweifelt, sich gegen die Angreifer zu wehren. Aber die erste Reihe der Orks wurde bereits niedergemäht, bevor sie sich auch nur in Position bringen konnten.

„Nicht nachlassen!“, brüllte Lothar. Er schlug einem Ork mit seinem Schwert den Arm ab und schlitzte einen zweiten auf. „Treibt sie zu den Felsen zurück!“

Seine Männer hoben ihre Schilde und schritten stetig voran. Dabei benutzten sie ihre Schwerter und Speere, um nach jedem Ork zu schlagen, der versuchte, diese Linie zu durchbrechen. Ansonsten drängten sie die Gegner vor das Gebäude, das sie hatten erobern wollen.

Doch wie von Lothar erhofft, waren die Zwerge bestens vorbereitet gewesen. Das riesige schwarze Tor schwang auf, und kleine, zähe Kämpfer in schwerer Rüstung strömten daraus hervor, allesamt mit Hämmern, Äxten und Pistolen bewaffnet. Sie kamen von hinten über die Orks, die, eingekeilt zwischen den Menschen und den Zwergen, schnell niedergemetzelt wurden.

„Seid unseres Dankes gewiss“, erklärte einer der Zwerge an Lothar gewandt. „Ich bin Muradin Bronzebart, der Bruder von König Magni. Die Zwerge von Eisenschmiede stehen tief in Eurer Schuld.“ Die Farbe seines dichten Bartes passte zu seinem Namen. Seine Axt war schartig von vielen Kämpfen.

„Anduin Lothar, Oberkommandierender der Allianz“, stellte Lothar sich seinerseits vor und bot ihm die Hand an. Muradins Griff war so fest wie erwartet. „Wir freuen uns, euch helfen zu können. Unser Ziel ist, dieses Land vom Einfluss der Horde zu befreien.“

„So soll es sein“, stimmte Muradin zu und nickte. Er runzelte die Stirn. „Die Allianz? Habt ihr vor Monaten die Boten aus Lordaeron zu uns gesandt?“

„Das stimmt.“ Lothar wurde klar, dass König Terenas auch hierher Kuriere geschickt hatte, genauso wie nach Quel’Thalas. Der König über Lordaeron hatte offensichtlich keinen möglichen Verbündeten ausgelassen. „Wir haben uns zu unser aller Vorteil zusammengeschlossen.“

„Und was habt ihr als Nächstes vor?“, fragte ein Zwerg, der nah genug stand, um der Unterhaltung zu folgen. Sein Gesicht war nicht so faltig wie das von Muradin, aber er trug dieselben Züge und einen ebensolchen Bart.

„Das ist mein Bruder Brann“, erklärte Muradin.

„Wir verfolgen die Überreste der Horde“, antwortete Lothar. „Viele haben wir bereits erwischt. Und jetzt wollen wir den Rest erledigen und diesen Krieg beenden.“

Die Brüder tauschten Blicke miteinander und nickten. „Wir werden Euch begleiten“, entschied Muradin. „Viele unseres Volkes werden die Berge nach Orks durchkämmen, unsere alten Festungen zurückerobern und sicherstellen, dass keine Grünhaut sich mehr in Khaz Modan herumtreibt.“ Er lächelte. „Aber einige Kameraden werden uns begleiten und der Allianz beitreten.“

„Wir danken euch für die Hilfe“, sagte Lothar ehrlich. Er war den Zwergen in Stormwind schon ein- oder zweimal zuvor begegnet. Dabei war er stets von ihrer Stärke und ihrem Durchhaltevermögen beeindruckt gewesen. Wenn diese Bronzebartzwerge im Kampf so gut waren wie ihre Verwandten vom Wildhammer-Clan, wären auch nur wenige von ihnen schon eine wertvolle Bereicherung.

„Gut. Wir schicken einen Boten aus, um unseren Bruder auf dem Laufenden zu halten und uns mit Vorräten zu versorgen.“ Muradin schulterte seine Axt und sah sich um. „Wohin ist die Horde gezogen?“

Lothar blickte Khadgar an, der grinste. Dann zuckte er mit den Achseln, lächelte und wies südwärts.

„Sie bewegen sich in Richtung Schwarzfelsspitze“, verkündete Kurdran und stieg nahe der Stelle, wo Lothar und seine Offiziere um ein kleines Lagerfeuer herum saßen, von seinem Greifen. Er war mit den anderen Wildhammerzwergen gerade erst von einer Patrouille zurückgekommen.

„Schwarzfelsspitze? Seid Ihr Euch sicher?“, fragte Muradin. Turalyon hatte erkannt, dass sich die Wildhämmer nicht sonderlich gut mit den Bronzebärten vertrugen …

Nein, das war nicht ganz richtig. Sie waren eher wie streitende Geschwister, überlegte er. Sie mochten einander, mussten aber ständig zanken und den anderen ärgern.

„Natürlich bin ich mir sicher!“, zischte Kurdran. Sky’ree

krächzte eine sanfte Warnung. „Ich bin ihnen schließlich gefolgt, nicht wahr?“ Dann erschien ein listiger Ausdruck auf seinem Gesicht. „Oder willst du lieber selbst nachsehen?“

Muradin und Brann erbleichten und traten einen Schritt zurück. Kurdran lachte. Die Bronzebartzwerge liebten das Fliegen in etwa sosehr, wie die Wildhammerzwerge das Kriechen durch Höhlen.

„Die Schwarzfelsspitze“, überlegte Lothar. „Dort befindet sich doch eine Festung?“

Die anderen nickten.

„Eine starke Verteidigungsposition“, sagte er. „Gute Sicht nach allen Seiten, stabile Befestigungen, leicht zu verteidigen, die Wege hinein und hinaus effektiv zu kontrollieren.“ Er schüttelte den Kopf. „Wer auch immer der Anführer der Horde ist, er weiß, was er tut. Das wird kein Kinderspiel.“

„Ja, und die Festung ist auch noch verflucht“, fügte Muradin hinzu. „Ja, das stimmt“, fuhr der Zwerg fort, als die anderen ihn anstarrten.

Turalyon sah, dass sowohl Brann als auch Kurdran nickten.

„Unsere Vettern von den Dunkeleisenzwergen …“ Er unterbrach sich, um auszuspucken, als müsste er seinen Mund von ihrem Namen reinigen. „… haben diese Festung erbaut. Aber etwas Düsteres lebt dort unter der Oberfläche.“

Er und die anderen Zwerge schauderten.

„Wenn dort noch etwas anderes ist, scheint es die Orks nicht zu stören“, merkte Lothar an. „Wenn sie sich dort verschanzen, werden wir es schwer haben.“

„Doch wir können es schaffen“ sagte Turalyon und war selbst überrascht davon. „Es wird eine Herausforderung. Aber das gilt ja für alles, was sich lohnt.“

Er wollte noch mehr sagen, als sie den unverkennbaren Klang des Knirschens einer Plattenrüstung hörten. Sie wandten sich um und erblickten einen Mann, der auf sie zukam. Seine Rüstung war verbeult, glänzte aber noch, und auf seiner Brustplatte prangte dasselbe Symbol, das Turalyon trug: das Zeichen der Silbernen Hand. Als der Mann näher kam, offenbarte das Feuer sein flammendrotes Haar und seinen Bart.

„Uther!“ Lothar erhob sich und reichte dem Paladin seine Hand, die dieser fest umschloss.

„Mein Fürst“, antwortete Uther. Er schüttelte auch Turalyon die Hand und nickte den anderen zu. „Wir sind so schnell gekommen, wie wir konnten.“

„Ist Lordaeron befreit?“, fragte Khadgar.

Uther setzte sich auf einen Stein neben ihm. Er wirkte müde. „Ja, ist es“, antwortete er. Stolz schimmerte in seinen leuchtenden blauen Augen. „Meine Leute und ich haben dafür gesorgt. Kein Ork ist zurückgeblieben – das gilt auch für die Berge.“

Eine Sekunde lang spürte Turalyon einen merkwürdigen Schmerz, als hätte er eigentlich mit seinem Orden zusammenbleiben müssen. Doch er war von Faol persönlich mit einer anderen Aufgabe betraut worden, und er erfüllte seine Pflicht ebenso gut wie Uther und die anderen.

„Ausgezeichnet.“ Lothar lächelte. „Und Ihr seid zur rechten Zeit gekommen, Sir Uther. Wir haben gerade erfahren, wohin die Orks sich zurückgezogen haben. Wir erreichen diesen Ort in …?“ Er wandte sich an die Zwergenbrüder, die neben ihm standen, sie kannten sich in dieser Region am besten aus und konnten die Entfernungen am ehesten einschätzen.

„Fünf Tagen“, antwortete Brann, nachdem er einen Moment nachgedacht hatte. „Falls sie uns unterwegs keine Überraschung hinterlassen haben.“ Er schaute seinen Bruder an und nickte. „Wenn Ihr zum Blackrock geht, kommen wir natürlich mit. Wir werden Euch nicht im Stich lassen.“

„Mir sind keinerlei Hinterhalte aufgefallen“, sagte Kurdran, als hätte jemand seine Kundschafterfertigkeiten infrage gestellt. „Die gesamte Horde bewegt sich gemeinsam zur Bergspitze.“ Er schaute Lothar an, als würde er dessen nächsten Einwand bereits erraten. „Ja, die Wildhammerzwerge werden auch mitkommen. Zusammen sind wir ihnen zahlenmäßig überlegen, wenn auch nicht großartig.“

„Wir brauchen keine riesige Übermacht“, antwortete Lothar. „Nur einen fairen Kampf.“ Sein Gesicht war ernst. „Dann also fünf Tage“, teilte er den anderen mit. „In fünf Tagen beenden wir das alles.“

Für Turalyons Geschmack klang das, was am Ende dieser Frist auf sie wartete, etwas zu stark nach Hölle und ewiger Verdammnis. Und er hoffte nur, dass seine Vorahnung sich nicht erfüllte … oder die Verdammnis wenigstens nicht ihnen galt.

Einundzwanzig

„Die Menschen kommen!“

Doomhammer blickte geistesabwesend auf und ärgerte sich über die Angst in Tharbeks Stimme. Wann war sein barbarischer Stellvertreter derart schwach geworden?

„Das weiß ich“, knurrte er als Antwort und blickte an dem Ork vorbei. Sie standen hoch über der Felsenebene auf einer schroffen Platte, die aus der Spitze herausgetrennt war. Hinter ihnen erhob sich die Festung.

Von ihrer Position aus konnte Doomhammer die Horde, die dort unten lagerte, erkennen. Beim letzten Mal, als er diesen Anblick genossen hatte, hatten seine Krieger die Ebene darunter verdeckt. Es hatte keinen freien Platz mehr gegeben. Jetzt konnte man große schwarze Bodenstellen erkennen, sowie grüne und braune. Er konnte jede Familie einzeln sehen, wie ihre Angehörigen sich umeinander gruppierten, klar von den jeweils anderen Sippen abgegrenzt.

Wann war seine Horde derart geschrumpft? Wohin hatte er sie nur geführt? Warum hatte er nicht früher auf Durotan gehört und die Worte seines alten Freundes beherzigt? Alles, wovor er ihn gewarnt hatte, war eingetroffen!

„Was sollen wir tun?“, fragte Tharbek und trat hinter ihn. „Wir sind nicht mehr zahlreich genug, um sie zurückzuschlagen.“

Doomhammer sah seinen Stellvertreter so aufgebracht an, dass der andere zurückzuckte. Es stimmte, sie waren jetzt weniger Orks. Sie konnten nicht mehr die ganze Welt besetzen. Aber sie waren immer noch Orks, bei den Ahnen!

„Was wir tun werden?“, blaffte er seinen Offizier an und zog seinen Hammer. „Wir werden natürlich kämpfen!“

Er wandte sich von dem zitternden Tharbek ab und trat weiter auf die Felsplatte hinaus. „Mein Volk, hört mich an!“, brüllte er und riss seinen Hammer hoch.

Einige schauten auf, aber andere taten es nicht, und das erzürnte ihn. Er führte einen mächtigen Schlag gegen die Klippe. Das Krachen sicherte ihm augenblicklich die volle Aufmerksamkeit der gesamten Horde.

„Hört mich an!“, brüllte er erneut. „Ich weiß, dass wir Niederlagen hinnehmen mussten und dass unsere Zahl schmerzlich gesunken ist. Ich weiß, dass uns Gul'dans Verrat teuer zu stehen kommt. Aber wir sind immer noch Orks! Wir sind immer noch die Horde! Und diese Welt soll unter unseren Schritten erzittern!“

Jubel brandete unter den Kriegern auf, aber er klang nicht halb so überzeugend, wie Doomhammer es erhofft hatte.

„Die Menschen haben uns hierher verfolgt“, fuhr er fort, wobei er jedes Wort förmlich ausspuckte. „Sie glauben, sie haben uns geschlagen! Sie glauben, wir wären vor ihrer Stärke hierher geflohen wie ein geprügelter Hund … aber sie irren sich!“ Er hob erneut seinen Hammer an. „Wir sind hier, weil das hier unsere Festung ist, unser Ort der Stärke. Wir sind gekommen, weil wir von hier aus erneut losschlagen und das Land mit unserer Stärke unterwerfen können. Wir sind hierher gekommen, um wieder auszuschwärmen, auf dass die Menschen beim Klang unseres Namens aufs Neue erzittern!“

Diesmal war der Jubel bereits beträchtlich lauter, und Doomhammer ließ ihn über sich hinwegbranden, badete darin. Die Krieger standen auf und schwangen ihre Waffen. Er hatte eine Aufgabe für sie, und das war gut.

„Wir warten nicht darauf, dass sie zu uns kommen“, sagte er. „Wir werden hier nicht ausharren und sie die Schlacht diktieren lassen. Nein. Denn wir sind Orks! Wir sind die Horde! Wir bringen den Kampf *zu ihnen*. Sie werden bereuen, dass sie uns hierher gefolgt sind! Und wenn wir sie vernichtet haben, werden wir über ihre Leichen steigen und dieses Land wieder für uns in Besitz nehmen!“

Er hielt den Hammer mit beiden Händen hoch, wirbelte ihn

über seinem Kopf. Der Jubel brachte den Stein, auf dem er stand, zum Erzittern. Doomhammer lächelte und freute sich darüber.

Dies war sein Volk! Es würde nicht heulend untergehen! Wenn sie untergehen mussten, dann im Kampf und mit Blut an ihren Händen.

„Mach die Krieger unseres Clans bereit", befahl er dem wie versteinert dastehenden Tharbek. „Meine Leibwächter und ich werden den Angriff selbst anführen. Der Rest der Horde wird uns folgen." Doomhammer schaute auf die stämmigen Gestalten, die in den Schatten standen und warteten. Jeder von ihnen straffte sich und nickte, als er seinen Blick spürte. Doomhammer nickte zurück. Das war seine Leibwache, allesamt Oger.

Doomhammer war ein richtiger Ork und hatte, während er aufwuchs, die Oger hassen gelernt. Aber diese hier waren anders. Sie waren intelligenter als die meisten ihrer Art, und zugleich doch Krieger, keine Hexenmeister. Außerdem waren sie nur ihm persönlich treu ergeben. Er wusste, dass sie seine Stärke und Tapferkeit schätzten. Sie schienen ihn selbst für einen kleinen Oger zu halten und hatten sich seinem persönlichen Befehl unterstellt. Er wiederum respektierte ihre Stärke und verließ sich auf sie. Er wusste, dass sie für ihn sterben würden – und erstaunlicherweise war er ebenfalls bereit, im Ernstfall sein Leben für sie zu geben.

Und jetzt würden sie alle ihr Leben in die Waagschale werfen – weil der Sieg der Horde auf dem Spiel stand.

Zumindest war das Portal in Sicherheit. Rend und Maim hatten den Kampf gegen Gul'dan und einen Angriff der Flotte der Allianz überlebt, mit einigen ihrer Stammesangehörigen. Sie hatten einen Kundschafter zu Doomhammer geschickt, und er hatte ihnen befohlen, sich mit dem Rest ihres Clans zum Portal zu begeben. Er traute den Brüdern immer noch nicht, aber sie hatten sich der Horde gegenüber als loyal erwiesen. Und er brauchte starke Kämpfer, die den Übergang nach Draenor sicherten. Auch wenn er niemals eine Flucht in Erwägung zog, nicht einmal für den Fall, dass sie die Schlacht verlieren sollten.

Er nickte seinen Ogern erneut zu. Dann verließ er das Felsplateau und stellte sich dem Kampf, der ihn erwartete.

Die Allianz war nicht auf den Angriff der Orks vorbereitet. Wie Doomhammer gehofft hatte, hatten die Menschen sich auf eine Belagerung eingerichtet und erwarteten nun, die Orks aushungern und einzelne Krieger angreifen zu können, die dumm genug waren, sich außerhalb der schützenden Klippen zu bewegen, welche den Blackrock umgaben.

Doomhammers Angriff erwischte sie eiskalt.

„Orks!“, schrie ein Soldat und rannte zu Lothar und dessen Offizieren. „Sie haben unsere Stellung überrannt!“

„Was?“ Lothar trieb sein Pferd an und galoppierte durch das schwarze Tal, wo die Truppen der Allianz stationiert waren. Turalyon und die anderen folgten ihm dichtauf.

Eindeutig vernahm er beim Näherkommen Schlachtenlärm. Dann sah er die Kämpfenden auch. Die eine Partei bestand aus Orks, aber solchen, wie er sie noch nie zu Gesicht bekommen hatte. Es waren massige Kreaturen, mit dicken Armen und stämmigen Füßen. Ihre Haare waren zu stacheligen Spitzen arrangiert, erinnerten an Vogelnester oder Pferdemähnen. Die Orks trugen keine Rüstung, nur Lendenschurz, Schulterpolster und Fellstiefel. Sie führten ihre Waffen hemmungslos, mit wilder Entschlossenheit, hackten und schlugen auf alles in ihrer Reichweite ein.

Ihre grüne Haut war mit Tätowierungen übersät. Die meisten hatten schartige Metallstücke oder kleine Knochenstücke durch Ohren, Nase, Augenbrauen, Lippen und selbst die Brustwarzen gezogen. Sie waren Barbaren, und die Menschen wurden von ihrem stürmischen Angriff zurückgeworfen.

„Uther!“, brüllte Lothar, und der Paladin trat vor. Lothar senkte sein Schwert, zeigte auf die Orks, und das reichte. Der Paladin nickte. Dann bedeutete er den Mitgliedern der Silbernen Hand, ihm zu folgen, senkte sein Visier und erhob den Kriegshammer.

„Beim Heiligen Licht!“, schrie Uther. Um ihn und seine Waffe herum erschien ein Leuchten. „Wir lassen diese Bestien nicht davonkommen!“ Und er stürzte sich ins Getümmel, sein Hammer krachte auf den Kopf des nächstbesten Orks herab und zerschmetterte ihn.

Der Himmel war von rußigen Wolken bedeckt, die alles verdunkelten, nur ab und zu erschien etwas blutgefärbtes Licht.

Das änderte sich abrupt. Die Wolken teilten sich. Ein Strahl klaren Sonnenlichts schien herab und tauchte Uther darin ein, während er sich durch die Horde kämpfte. Der Paladin wurde zur reinen Lichtgestalt, ehrfurchtgebietend und erschreckend. Jeder Schlag von ihm tötete Orkkrieger zur Rechten und zur Linken.

Die anderen Paladine kämpften mit ihm, sein Licht übergoss auch sie. Die silberne Hand hatte sich in den Monaten, die der Krieg nun bereits andauerte, vergrößert. Inzwischen standen zwölf Paladine unter Uthers Kommando, Turalyon nicht mitgezählt.

Diese zwölf wateten regelrecht durch die Schlacht, ihre Hämmer, Äxte und Schwerter glühten vor Glauben, und der Rest der Allianzsoldaten zog sich zurück, um ihnen Platz zu machen.

Die Orks wandten sich ihren neuen Gegnern zu. Es war ein brutaler Kampf, Wilde gegen Glaubenseiferer, strahlende Rüstungen gegen Tätowierungen und metallischen Körperschmuck. Die Orks waren stark, hart und verrückt genug, um den Schmerz zu ignorieren.

Aber die Paladine waren von gerechtem Zorn und der Macht ihres Glaubens erfüllt. Ihre heilige Aura trieb mehr als einen Ork in die Flucht. Mit diesem Vorteil umzingelten die Paladine die Orkbarbaren, metzelten sie nieder, einen nach dem anderen, bis sie reglos zu ihren Füßen lagen.

„Gute Arbeit", lobte Lothar, als ihn ein weiterer Bote erreichte. *Was ist denn jetzt?,* dachte er. *Noch ein Angriff?*

„Ein weiterer Angriff", bestätigte der Soldat seinen Gedanken. „Diesmal im Westen!"

„Verflucht sollen sie sein", murmelte Lothar, trieb sein Pferd wieder an und ritt zur angegebenen Position.

Die Orks waren gerissen, das musste er ihnen lassen. Er hatte keinen Angriff erwartet, und seine Männer waren nicht darauf vorbereitet. Die meisten hatten sich ausgeruht und auf eine lange Belagerung eingerichtet. Einige hatten sogar ihre Rüstungen abgelegt, obwohl er angeordnet hatte, dass sie trotz allem wachsam bleiben sollten.

Jetzt zahlten sie den Preis für ihre Nachlässigkeit. Wenn es den

Orks gelang, mit diesen militärischen Nadelstichen genügend Punkte in der Verteidigungslinie zu schwächen, würden sie irgendwann durchbrechen und in die Berge fliehen können. Dann mochte es Monate brauchen, vielleicht sogar Jahre, sie alle zu jagen und zu stellen. Wodurch die Horde die Chance erhielt, sich neu zu formieren und abermals anzugreifen.

Das durfte er nicht zulassen.

Er stürzte sich in die neue Schlacht, trampelte einen Ork nieder, der nicht schnell genug zur Seite sprang, riss sein Pferd herum und zügelte es, um die Lage zu analysieren.

Dieser Angriff war viel stärker als der letzte, sechzig Gegner oder mehr. Noch abschreckender waren die sechs Oger in der Mitte. Sie kämpften wild entschlossen, aber nicht so hirnlos wie die letzten Angreifer, sondern zeigten Gespür für Taktik. Besonders bedrohlich wirkte der riesige Ork in ihrer Mitte, der sein Haar in geschmückten Zöpfen trug. Wild tanzten sie herum, als er seinen massiven schwarzen Hammer auf Allianzsoldaten herabsausen ließ und mit jedem Schlag einen Gegner links oder rechts von sich tötete.

Lothar fiel die Art auf, wie der Riese sich bewegte: schnell, aber stets mit Bedacht, beinahe schon anmutig, trotz des schweren schwarzen Plattenpanzers. Das, wurde ihm instinktiv klar, musste ihr Anführer sein.

Lothar lenkte sein Pferd in das heftigste Schlachtengetümmel, als der Riese aufblickte. Seine Augen leuchteten nicht rot, wie Lothar es von den Orks gewohnt war, sondern glänzten grau, und in ihnen glitzerte Intelligenz. Sie weiteten sich leicht, als hätte er Lothar ebenfalls gerade gemustert … und erkannt.

Dort war er!

Doomhammer lächelte, als er den großen Menschen ansah, der ganz in der Nähe auf dem Pferd saß. Die imposante Gestalt mit dem Schild, dem riesigen Schwert und den schlauen blauen Augen.

Das musste ihr Anführer sein. Derjenige also, den Doomhammer zu finden gehofft hatte. Wenn er diesen Mann tötete, würde der Widerstand der restlichen Armee zusammenbrechen.

„Zur Seite!“, brüllte Doomhammer und schlug einen menschlichen Soldaten aus dem Weg. Er trat sogar einen Ork beiseite.

Die charismatische Erscheinung, der sein Augenmerk galt, stürzte sich ebenfalls in die Schlacht, schlug mit ihrem Schwert um sich und interessierte sich kaum für das Blutbad, das sie anrichtete. Die Augen des Anführers der Menschen hafteten nur auf *ihm*.

Um Doomhammer tobte die Schlacht, aber er behielt seinen Feind unablässig im Blick. Er stampfte vorwärts, und sein Hammer schuf Platz zwischen den gefallenen Kämpfern, egal ob Mensch oder Ork.

Alles, was zählte, war, diesen Mann zu erreichen. Der Mensch ging kaum vorsichtiger zu Werke, auch wenn er bemüht schien, nicht vorsätzlich einen der eigenen Leute zu treffen. Doomhammer ging davon aus, dass er sie vielfach mit seinem Pferd zur Seite stieß.

Schließlich waren keine Krieger mehr zwischen ihnen, und Doomhammer sah den Mann aus nächster Nähe.

Da er auf dem Pferd saß, hatte der Mensch einen Vorteil. Doomhammer löste das Problem ohne viel Aufhebens. Er holte mit dem Hammer aus, und der massive Steinkopf krachte gegen den Kopf des Tieres, das augenblicklich wie vom Blitz gefällt zusammenbrach. Blut lief aus seinem zerschmetterten Schädel, seine Beine zuckten.

Der Mensch jedoch stürzte nicht hilflos zu Boden. Er sprang aus den Steigbügeln und schwang sich, als das Pferd fiel, rechtzeitig auf die andere Seite. Er landete kontrolliert und war sofort wieder auf den Beinen und stellte sich zum Kampf.

Die übrige Schlacht trat in den Hintergrund, als die beiden Anführer ihre Waffen hoben und wortlos aufeinander einzudreschen begannen. Jeder wollte nur noch eines – den Tod des anderen.

Es war eine titanische Schlacht. Lothar war ein großer, kräftiger Mann, beinahe so groß und stark wie ein Orkkrieger. Aber Doomhammer war *noch* größer und stärker. Und er war jünger.

Doch was Lothar an Jugend und Flinkheit fehlte, machte er durch Erfahrung und Geschick wett.

Beide trugen schweren Körperschutz. Die verbeulte Rüstung von Stormwind gegen die schwarze Rüstung der Horde.

Beide brachten Waffen zum Einsatz, die Krieger von geringem Rang niemals hätten führen können. Das glitzernde runenverzierte Schwert aus Stormwind und der schwarze Steinhammer von Doomhammers Geschlecht.

Und beide wollten um jeden Preis den Sieg davontragen.

Lothar schlug zuerst zu. Sein Schwert kam von der Seite, doch dann änderte er leicht den Schlagwinkel, um Doomhammers Verteidigung zu unterlaufen. Er schnitt einen Scharte in die schwere Rüstung des Orks.

Der Kriegshäuptling der Horde grunzte unter dem Treffer und revanchierte sich postwendend, indem er schnell mit seinem Hammer zuschlug. Er verfehlte Lothar nur deshalb, weil dieser einen Schritt zurücktänzelte.

Aber Doomhammer drehte den Griff plötzlich und zog die Waffe wieder hoch. Er erwischte Lothar unter dem Kinn, sodass er zurücktaumelte. Ein schneller Hammerschlag folgte, doch Lothar hob rechtzeitig sein Schwert, um den Schlag abzuwehren.

Beide Krieger rangen kurz miteinander. Doomhammer wollte mit dem Hammer zuschlagen, Lothar ihn zur Seite treten. Ihre Waffen zitterten, lösten sich aber nicht voneinander.

Dann drehte Lothar seine Klinge, worauf der Hammer abrutschte. Er trat dicht heran, während Doomhammer die schwere Waffe zurückzog, und traf den Ork mit der stumpfen Seite seines Schwertes im Gesicht. Der Kriegshäuptling war eine Sekunde lang erstarrt. Aber dann peitschte Doomhammers freie Hand nach vorne, erwischte Lothar am Hals und errang sowohl den Hammer als auch seine Fassung zurück, während der Anführer der Allianz wankte.

Turalyon kämpfte selbst gegen Orks. Ein kräftiger Schlag mit seinem Hammer schickte gerade einen Gegner zu Boden, als er sah, wie Lothar und der riesige Ork einander bekämpften.

„Nein!", schrie Turalyon, als er seinen Anführer dem monströsen, schwarz gepanzerten Ork gegenüberstehen sah. Er begann neu erstarkt zu kämpfen. Sein Hammer erschlug Orks, und er versuchte verzweifelt, die beiden Kommandeure zu erreichen. Diese gingen wieder mit Schwert und Hammer aufeinander los.

Doomhammer traf Lothars Schild mit dem Löwenemblem. Lothar wäre beinahe in die Knie gegangen. Aber sein Schwert erwischte den Ork quer über die Brust und drang tief in die Panzerung ein. Doomhammer trat zurück, fletschte vor Schmerz und Enttäuschung die Zähne … und riss sich die zerstörte Rüstung vom Leib – gerade als Lothar wieder auf die Beine kam und seinen nutzlos gewordenen Schild beiseite warf.

Dann brüllten beide und droschen neuerlich aufeinander ein.

Doomhammer war ohne die Rüstung schneller, aber Lothar führte sein Schwert mit beiden Händen und ließ es durch die Verteidigung des Orks tanzen.

Beide steckten harte Schläge ein. Doomhammer erlitt eine klaffende Wunde über seinem Bauch und Lothar eine schwere Prellung an der rechten Seite. Die Kämpfer wankten, als sie sich das dritte Mal trennten. Um sie herum fochten die anderen Orks und Menschen derweil ihre eigenen Kämpfe aus.

Wieder und wieder droschen die beiden mächtigen Anführer aufeinander ein. Jeder suchte den Schwachpunkt in der Verteidigung des anderen, jeder teilte aus und steckte ein.

Die beiden näherten sich wieder einander, und Doomhammer traf Lothar mit einem gewaltigen Hieb vor der Brust. Der Aufprall ließ den Anführer der Menschen in die Knie gehen und zerbeulte seinen Brustpanzer. Bevor er sich richtig erholen konnte, trat Doomhammer einen Schritt zurück und holte mit seinem Hammer beidhändig aus. Er legte all seine Stärke in den Schlag.

Lothar riss sein Schwert hoch, um den mörderischen Angriff abzublocken und führte die Klinge so schwungvoll, dass sie beim Aufprall zerbarst.

Lothar keuchte, als Teile des legendären Schwertes zu Boden fielen. Doomhammers Hieb ging jetzt ungehindert nach unten durch und traf die Spitze von Lothars Helm mit einem hässlichen Geräusch.

Der Löwe von Azeroth wankte, senkte eher reflexartig sein

abgebrochenes Schwert … und drang damit in Doomhammers Brust ein, bevor er zusammenbrach.

Es wurde still, als beide Seiten den Kampf unterbrachen und auf den Anführer der Allianz starrten, der am Boden lag. Sein Körper zuckte, als das Leben aus ihm strömte. Dann erstarb jede Regung, und Blut quoll aus dem geborstenen Schädel.

Doomhammer machte einen unsicheren Schritt, eine Hand gegen die eigene klaffende Wunde gepresst. Blut rann ihm durch die Finger, doch er stand immer noch aufrecht und reckte, wenn auch unter Mühen, den Hammer triumphierend über sein Haupt.

„Ich habe gesiegt!“, verkündete er heiser flüsternd, taumelnd und Blut spuckend – aber siegreich. „Und so sollen all unsere Feinde sterben, bis diese Welt restlos uns gehört!“

Zweiundzwanzig

„Nein!“ Das Wort rann Turalyon über die Lippen, als er durch die Menge drängte und neben dem Leichnam seines Helden auf die Knie fiel – seines Mentors, seines Anführers. Dann wanderte sein Blick zu dem Ork, der sich über ihm auftürmte, und etwas in ihm machte *Klick*.

Seit Monaten haderte Turalyon mit seinem Schicksal und einer ganz bestimmten Frage: Wie konnte das Heilige Licht alle Kreaturen vereinen, alle Seelen, wenn etwas derart Monströses, derart Grausames und wahrlich Böses wie die Orkhorde auf dieser Welt wandelte?

Weil er dafür keine Erklärung fand, war er sich seiner selbst und der Lehren seiner Kirche unsicher gewesen. Und er hatte Leute wie Uther und die anderen Paladine beneidet, die Segen spendeten und vor Vertrauen in ihren Glauben hell erstrahlten.

Weil er wusste, dass er nicht über ihre Fähigkeiten verfügte.

Aber irgendetwas hatte dieser Ork, dieser Doomhammer, gerade gesagt, auf einer unbewussten Ebene, und Turalyon wollte herausfinden, was es bedeutete.

„Bis eure Welt uns gehört“, hatte der Kriegshäuptling der Horde gebrüllt. „*Eure* Welt“, nicht „*unsere* Welt“ oder auch nur „*diese* Welt“!

Und das war die Antwort.

Sie stammten nicht von diesem Planeten, nicht von dieser Daseinsebene. Sie stammten von anderswo her und wurden von Dämonen angetrieben, deren Heimat noch weit dahinter lag.

Das Heilige Licht einte alles Leben dieser Welt – wozu die Orks nicht gehörten.

Die Aufgabenstellung war damit klar. Turalyon wollte die strahlende Pracht des Heiligen Lichts dazu nutzen, die Welt von allen Bedrohungen von außerhalb zu befreien und die Reinheit darin zu erhalten.

Die Orks gehörten nicht hierher. Und das bedeutete, dass er sie ungestraft niederstrecken durfte.

„Beim Licht, deine Zeit hier ist zu Ende!“, brüllte er und stand auf. Und ein helles Leuchten entstand um ihn herum. Das Licht war so hell, dass Orks und Menschen gleichermaßen wegschauen und ihre Augen bedecken mussten. „Du bist nicht von dieser Welt, nicht vom Heiligen Licht. Du gehörst nicht hierher! Verschwinde!“

Der Kriegshäuptling der Horde verzog das Gesicht und trat einen Schritt zurück. Eine Hand bedeckte die Augen. Turalyon nutzte die Gelegenheit, um sich neben Lothars Leichnam zu knien.

„Geh mit dem Licht, mein Freund“, flüsterte er. Er berührte die zerschmetterte Stirn mit dem Zeigefinger, seine Tränen fielen herab und mischten sich mit dem Blut des toten Kriegers. „Du hast dir einen Platz unter den Heiligen verdient, und das Licht heißt dich in liebender Umarmung willkommen.“ Eine Aura entstand um den Körper, sie leuchtete in weißem, reinen Licht, und er meinte zu sehen, wie sich die Gesichtszüge seines toten Freundes leicht entspannten, ruhig wurden, friedlicher.

Dann erhob Turalyon sich wieder. Er hielt das zerstörte Schwert in der Hand. „Und nun zu dir, du verkommene Kreatur“, begann er und wandte sich dem geblendeten Doomhammer zu. „Nun bezahlst du für deine Verbrechen an dieser Welt und an ihren Völkern!“

Doomhammer musste die Drohung in seinem Tonfall erkannt haben, denn der Anführer der Orks packte plötzlich seinen Hammer mit beiden Händen und schwang ihn nach oben – um den Schlag abzublocken, dessen Kommen er gespürt hatte.

Aber Turalyon schloss beide Hände fest um den Griff des zerbrochenen Schwertes. Er stieß die Klinge in einem grellen Blitz nach vorne …

… und die zerstörte Waffe prallte gegen den massiven Steinkopf des Kriegshammers. Die Erschütterung wanderte den hölzernen Stiel hinab und riss ihn aus den Händen des Besitzers. Der Hammer fiel harmlos zur Seite.

Doomhammers Augen weiteten sich, als er begriff, was geschehen war. Dann schloss er sie und nickte schwach. Er wartete auf den tödlichen Streich, der allem ein Ende machen würde.

Doch Turalyon hatte die Klinge in letzter Sekunde gedreht und traf nun den Ork mit der stumpfen Seite. Doomhammer sank auf die Knie und brach neben Lothar zusammen.

Turalyon konnte sehen, dass er noch atmete.

„Du wirst dich für deine Verbrechen vor einem Gericht verantworten müssen", sagte er dem bewusstlosen Ork, der vom Licht, das aus Turalyon drang, erhellt wurde. „Du wirst in Ketten geschlagen in der Hauptstadt stehen." Es war jetzt heller als der hellste Tag, und jeder Ork wandte den Blick ab, um dem Licht zu entgehen. „Die Herrscher der Allianz werden über dein Schicksal entscheiden, und damit wird deine totale Niederlage besiegelt sein."

Nach diesen Worten blickte er auf und wandte sich an die anderen Orkkrieger, die bewegungslos zugesehen hatten, wie der vermeintliche Sieg ihres Anführers sich in eine kapitale Niederlage verwandelt hatte.

„Ihr aber werdet so viel Glück nicht haben", begann Turalyon und zeigte mit dem zerstörten Schwert auf sie. Licht strömte davon aus, von seiner Hand, seinem Kopf, seinen Augen. Der schwarze Fels war bereits weiß gebleicht von der Kraft, die seinen Körper durchfloss. „Ihr werdet hier sterben, mit dem Rest eurer Art, und die Welt wird für immer von eurer Beschmutzung befreit sein!" Er sprang vor, die sonnenhelle Klinge voran. Er erwischte den ersten Ork an der Kehle, bevor dieser auch nur ansatzweise reagieren konnte. Er stürzte. Blut floss aus der Wunde, während Turalyon schon auf den nächsten halbblinden Krieger der Horde zustürmte.

Das riss alle aus ihrer Erstarrung. Die Menschen und Orks konnten sich wieder bewegen. Uther und die Ritter der Silbernen Hand hatten während Lothars und Doomhammers Kampf ebenfalls in das allgemeine Getümmel eingegriffen. Nun stürmten sie vorwärts, und ihre Auren brachen hervor.

Der Rest der Allianzstreitkräfte folgte ihnen.

Die darauffolgende Schlacht war überraschend kurz. Etliche der Orks waren Zeuge von Doomhammers Niederlage geworden, und das hatte sie in Panik versetzt. Viele flohen. Andere ließen ihre Waffen fallen und ergaben sich – sie wurden gefangen genommen, trotz anders lautender Ankündigung. Turalyon wollte keine hilflosen Gefangenen töten, ganz gleich, was sie sich zu Schulden hatten kommen lassen.

Viele stellten sich allerdings auch dem Kampf. Doch sie waren unorganisiert, benommen und stellten für die entschlossenen Soldaten der Allianz keine große Herausforderung dar.

„Eine Gruppe, vielleicht vierhundert Krieger, flieht nach Süden in Richtung Rotkammgebirge“, berichtete Khadgar eine Stunde später, nachdem der Kampf geendet hatte.

Im Tal war es still geworden, mit Ausnahme der Geräusche der Männer, dem Stöhnen der Verwundeten und dem Knurren der Gefangenen.

„Gut“, antwortete Turalyon. Er schnitt einen langen Streifen aus seinem Umhang und band ihn um seine Hüfte. Dann steckte er Lothars zerstörtes Schwert in die Schlaufe. „Bildet Kampfreihen und verfolgt sie, aber nicht zu schnell. Wir wollen sie nicht einfangen.“

„Warum nicht?“

Turalyon sah seinen Freund an und erinnerte sich daran, dass der Magier bei allen Fähigkeiten, die er sonst hatte, kein Taktiker war. „Wo ist das Dunkle Portal, das in die Welt der Orks führt?“, fragte er.

Khadgar zuckte mit den Achseln. „Das wissen wir nicht genau“, gab er zu. „Irgendwo im Sumpfland.“

„Und jetzt hat die Horde eine vernichtende Niederlage erlitten. Wohin werden die wenigen Überlebenden wohl ziehen?“

Der alt wirkende Magier lächelte. „Zurück nach Hause.“

„Genau.“ Turalyon richtete sich auf. „Wir werden ihnen bis zu diesem Portal folgen und es ein für allemal zerstören.“

Khadgar nickte, setzte sich in Gang und hielt Ausschau nach den Truppführern. Er blieb jedoch stehen, als Uther eintraf.

„Es gibt keine Orks mehr außer denen, die wir gefangen genommen haben“, verkündete der Paladin.

Turalyon nickte. „Gute Arbeit. Ein paar sind entkommen, aber wir werden sie verfolgen und ebenfalls vernichten oder festsetzen.“

Uther beobachtete ihn. „Du hast das Kommando übernommen“, sagte er sanft.

„Ja, ich glaube, das habe ich.“ Turalyon überlegte kurz, der bislang keinen Gedanken daran verschwendet hatte. Er hatte sich schlicht daran gewöhnt, der Armee Befehle zu erteilen, auf Lothars Anweisung hin und als er Kommandeur im Hinterland gewesen war. Er zuckte mit den Achseln. „Wenn du willst, können wir einen Greifenreiter nach Lordaeron entsenden und König Terenas und die anderen Herrscher fragen, wer das Kommando führen soll.“

„Dazu besteht keine Veranlassung“, sagte Khadgar, der neben ihn trat. „Du warst Lothars Offizier und Stellvertreter. Dir wurde die halbe Armee anvertraut. Du bist die einzige logische Wahl, nun, da er tot ist.“ Der Magier sah Uther an, als fordere er ihn auf, zu widersprechen.

Aber zu Turalyons Überraschung nickte Uther. „Das stimmt“, sagte er. „Du bist unser Oberkommandierender, und wir folgen dir wie Fürst Lothar.“ Damit trat er näher und legte Turalyon freundschaftlich die Hand auf die Schulter. „Und ich bin froh, dass dein Glaube endlich zu Tage getreten ist, mein Bruder.“

Die Worte waren aufrichtig gemeint. Turalyon lächelte, zufrieden, dass er auch die Unterstützung des älteren Paladins genoss.

„Ich danke dir, Uther Lichtbringer“, antwortete Turalyon. Er sah, wie sich die Augen des anderen angesichts des benutzten Titels weiteten. „Denn so sollst du fortan genannt werden, zu Ehren des Heiligen Lichts, das du heute über uns gebracht hast.“

Uther verneigte sich, sichtlich bewegt, dann wandte er sich ohne ein weiteres Wort ab und ging zurück zu den anderen Rittern der Silbernen Hand, um ihnen die neuen Marschbefehle zukommen zu lassen.

„Ich habe gedacht, er hätte um die Macht gestritten", sagte Khadgar.

„Er wollte sie nicht", antwortete Turalyon, der immer noch Uther beobachtete. „Er will anführen – aber nur als Vorbild. Es reicht ihm, den Orden zu leiten, weil der sich auch aus Paladinen zusammensetzt."

„Und du?", fragte ihn sein Freund frei heraus. „Gefällt es dir, uns alle zu befehligen?"

Turalyon dachte darüber nach, dann zuckte er mit den Achseln. „Ich glaube nicht, dass ich es verdient habe. Aber ich weiß, dass Lothar mir vertraut hat. Und ich glaube an ihn und seine Urteilskraft." Er nickte und blickte Khadgar selbstbewusst an. „Und jetzt lass uns diese verdammten Orks jagen."

Es dauerte eine Woche, bis sie eine Gegend erreichten, die, wie Khadgar erklärte, *Sümpfe des Elends* genannt wurde. Sie hätten schneller dort sein können, aber Turalyon hatte seine Soldaten zur Vorsicht gemahnt. Sie mussten erst den genauen Ort des Portals kennen, dann konnten sie zuschlagen.

Lothars Tod hatte jedermann erschüttert. Aber er hatte sie auch zusammengeschweißt. Männer, die erschöpft gewesen waren, waren jetzt zielstrebig, hart und resolut. Sie alle nahmen den Verlust ihres Kommandeurs persönlich und wollten seinen Tod rächen. Und alle akzeptierten Turalyon als Nachfolger, besonders die, die mit ihm in Quel'Thalas gekämpft hatten.

Sich durch die Sümpfe zu kämpfen, war schwierig und forderte große Opfer, aber niemand beklagte sich darüber. Die Kundschafter behielten die Orks im Auge, wodurch der Haupttross sich nur langsam bewegen konnte, um nicht Gefahr zu laufen, die Spur zu verlieren.

Die Reste der Horde waren unorganisiert. Alle Orks zog es in dieselbe Richtung, aber sie marschierten nicht einheitlich. Jeder bewegte sich in seinem eigenen Tempo, mit einer Handvoll Kameraden innerhalb einer größeren Gruppe.

Turalyon hoffte, dass das auch so blieb. Er vermutete, dass Doomhammer Krieger und einen Offizier beim Portal zurückgelassen hatte. Und wenn dieser Anführer stark genug war, konnte er die verbliebenen Orks vielleicht wieder zu einer ernst zu nehmenden Armee zusammenschweißen.

Turalyon wies seine Offiziere an, die Männer alarmbereit zu halten, damit sie nicht selbstzufrieden wurden. Wenn sie diesen Gegner zu leicht nahmen, konnten sie immer noch unterliegen.

Sie verbrachten eine weitere Woche in den Sümpfen, bevor sie schließlich eine Gegend erreichten, die *Der schwarze Morast* genannt wurde. Und hier wurde selbst Khadgar überrascht.

„Das verstehe ich nicht", sagte der Magier und überprüfte den Boden. „Das alles sollte Sumpf sein! Es sollte genauso sein wie das Land, das wir gerade durchquert haben: morastig, feucht und stinkend." Er berührte den roten Fels zu ihren Füßen und runzelte die Stirn. „Hier stimmt definitiv etwas nicht."

„Es sieht aus, als würde der Boden glühen", sagte Brann Bronzebart, der neben ihm stand. Die Zwerge hatten darauf bestanden, sie zu begleiten.

Turalyon war für ihre Kampferfahrenheit und Gesellschaft dankbar. Er mochte die beiden Brüder mit ihrem breiten Lächeln und ihrem Sinn für einen guten Kampf, wohlschmeckendes Bier und schöne Frauen. Brann war offensichtlich der Gebildetere von beiden. Er und Khadgar hatten mehrere Abende damit verbracht, über obskure Texte zu diskutieren, während die anderen weniger akademische Dinge beredeten.

Und alle Zwerge von Eisenschmiede waren Experten für Mineralien und Edelsteine. Deshalb war es beunruhigend, dass ihm die Beschaffenheit des Bodens unter ihren Füßen nicht bekannt war.

„Aber kein Feuer könnte so etwas anrichten." Er kratzte mit dem Fingernagel darüber. „Und ganz sicher nicht auf einer so großen Fläche." Der rote Stein erstreckte sich, so weit sie blicken konnten. „Ich habe so etwas noch nie gesehen."

„Unglücklicherweise habe ich das aber", antwortete Khadgar, der sich wieder aufgerichtet hatte. „Aber nicht auf dieser Welt." Er erklärte es nicht weiter, und etwas in seinem Gesichtsausdruck warnte die anderen davor, ihn deshalb zu bedrängen.

Muradin wollte trotzdem fragen, aber sein Bruder stoppte ihn. „Weißt du, was dein Name auf zwergisch bedeutet, Kumpel?“, fragte Brann, an Khadgar gewandt. „Er bedeutet ‚Vertrauen‘.“ Der Magier nickte. „Wir vertrauen dir. Sag uns einfach, wenn du dazu bereit bist.“

„Es ist auf jeden Fall an die Orks gebunden“, erläuterte Turalyon, „und es fällt leichter, sie über Fels zu verfolgen als durch Sumpfland. Deshalb habe ich nichts gegen diese Veränderung der Landschaft.“ Die anderen nickten, obwohl Khadgar immer noch gedankenvoll schaute, als sie aufsaßen und weiterritten.

Ein paar Nächte später blickte Khadgar vom Lagerfeuer auf und sagte plötzlich: „Ich glaube, wir haben ein Problem.“ Die anderen verstummten und wandten sich dem Zauberer zu. „Ich habe mit den anderen Magiern gesprochen, und wir glauben zu wissen, was den Boden verändert hat“, erklärte er. „Es ist das Dunkle Portal selbst. Seine Anwesenheit beeinflusst unsere Welt. Es fängt an mit dem Land, das es unmittelbar umgibt. Und ich glaube, dass es sich *ausbreitet*.“

„Warum sollte das Portal eine solche Veränderung bewirken?“, fragte Uther. Der Anführer der Silbernen Hand war nie mit den Magiern warm geworden. Er vertrat die weit verbreitete Auffassung, dass ihre Magie unheilig sei, möglicherweise sogar dämonisch. Aber er hatte gelernt, sie zumindest zu akzeptieren, und vielleicht würde er Khadgar sogar im Laufe des langen Krieges respektieren lernen.

Doch der Zauberer schüttelte den Kopf. „Ich muss es erst sehen, um sicherzugehen. Ich glaube, dass dieses Portal zwei Welten miteinander verbindet. Diese Welt – und Draenor, die eigentliche Heimat der Orks. Das Tor macht mehr, als nur eine Brücke zu schlagen. Irgendwie verschmilzt es beide Welten – jedenfalls dort, wo der Übergang geschaffen wurde, wo es zur Berührung kommt.“

„Und deren Heimat besteht aus rotem Stein?“, fragte Brann nachdenklich.

„Nicht vollständig“, antwortete Khadgar. „Vor einiger Zeit

hatte ich eine Vision von Draenor. Was ich sah, war ein öder Ort mit viel Boden wie diesem hier. Dort ist nur wenig Fruchtbares übrig geblieben, weil die Natur selbst dem Land entzogen wurde. Ich glaube, es waren ihre Magier, die das Land befleckten. Diese Befleckung breitet sich nun durch das Portal aus. Und jedes Mal, wenn die Orks ihre Magie nutzen, wird es schlimmer."

„Noch ein Grund mehr, das Portal zu zerstören", verkündete Turalyon. „Und je eher, desto besser."

Sein Freund nickte. „Ja, das sehe ich auch so. Je eher, desto besser."

Es dauerte länger als drei Tage, bevor die Kundschafter zurückkehrten und berichteten, dass die Orks eine Rast eingelegt hatten. „Sie befinden sich alle in einem großen Tal direkt vor uns", sagte einer von ihnen. „Und in der Mitte steht eine Art … Tor."

Khadgar tauschte Blicke mit Turalyon, Uther und den Bronzebart-Brüdern. Das musste das Dunkle Portal sein!

„Sagt es den Männern", sagte Turalyon leise. Er zog Lothars zerbrochenes Schwert, und in der anderen Hand hielt er seinen Hammer. „Wir greifen sofort an." Khadgar wunderte sich erneut, wie sehr sein Freund sich in den letzten Monaten verändert hatte. Turalyon war ernster geworden, befehlsgewohnter, sich seiner selbst sicherer. Er war vom unerfahrenen jungen Mann zu einem erfahrenen Krieger und Anführer gereift.

Aber seit Lothars Tod umgab ihn auch eine Aura der Ruhe, Weisheit … fast etwas Majestätisches. Bei Uther und den anderen Paladinen war es ähnlich, doch sie wirkten abgeklärter, als stünden sie über den Problemen dieser Welt. Turalyon hingegen schien mehr eins mit der Welt zu sein, die ihn umgab. Es war eine Magie, die Khadgar nicht verstand, der er aber großen Respekt zollte. In vielen Bereichen war sie genau das Gegenteil seiner eigenen, die die Elemente und andere Kräfte kontrollieren wollte.

Turalyon kontrollierte gar nichts, doch indem er sich denselben Kräften öffnete, bekam er die Möglichkeit, sie anzuzapfen. Er tat das mit weniger Kontrolle, dafür mit mehr Raffinesse als jeder Magier.

Die Soldaten waren bereit und schritten neben ihren Pferden, um auf dem harten roten Stein weniger Lärm zu verursachen. Der Boden stieg zunächst leicht an … und fiel dann abrupt in ein tiefes Tal ab, dessen gegenüberliegende Wände noch viel höher reichten.

Im Zentrum des Tales befand sich, wie der Kundschafter berichtet hatte, ein massives Tor – nicht in eine Wand oder ein Gebäude eingelassen, sondern völlig frei stehend.

Khadgar keuchte, als er es sah. Das Dunkle Portal – es konnte sich um nichts anderes handeln – war mindestens dreißig, fünfunddreißig Meter hoch und fast genauso breit. Es bestand aus grünlich-grauem Stein. Schroffe, wirbelnde Muster waren auf jeder Seite eingraviert, jedes um einen finster blickenden Schädel angeordnet. Das Mittelstück wies unten geschmückte Bänder auf, oben war es leer.

Vier breite Stufen führten zum eigentlichen Portal, das grünlich und düster glühte und vor Energie strotzte, die durch ein leichtes Pulsieren sichtbar war.

Für Khadgar war es wie ein Mahlstrom, der Macht ausstrahlte und eine merkwürdige Ahnung von großer Entfernung, die dahinter lauerte. Er konnte spüren, wie es sich ausdehnte, in das Land vordrang und sich daraus Energie einverleibte.

Die Orks sammelten sich vor dem Portal, vermittelten aber den Anschein, als wüssten sie nicht genau, was sie tun sollten. Es waren mehr als diejenigen, die sie verfolgt hatten. Turalyon behielt offensichtlich recht. Doomhammer hatte Orks zurückgelassen, um diesen Ort zu bewachen.

Aber die Allianz war immer noch in der Überzahl. Und die Orks waren in kleine Gruppen zersplittert, als hätten sie nicht länger Grund, einander zu trauen, weshalb sie sich wieder ihren eigenen Familien und Jagdstämmen angeschlossen hatten. Sie bildeten keine in sich geschlossene Armee mehr, sondern waren mehr eine Ansammlung kleinerer Banden.

„Jetzt!“, brüllte Turalyon, setzte über den Rand der Klippe und rutschte den langen Abhang hinunter. Er landete fast auf ein paar Orks, die dort saßen. Lothars Schwert stieß vor, spießte mit der schartigen Bruchstelle einen Ork auf, und dann erschlug

Turalyons Hammer einen weiteren, zerschmetterte seinen Schädel und sandte ihn dem Ersten hinterher.

Der fiel, seines Haltes durch das Schwert beraubt, zu Boden. Dann waren Uther und seine Paladine heran. Sie flankierten Turalyon und verfolgten die anderen Orks. Der Rest der Allianz war hinter ihnen.

Khadgar wusste, dass er im Kampf Mann gegen Mann weniger zu bieten hatte als in seinem ureigenen Element, der Magie. Und so blieb er mit den anderen Magiern auf der Klippe zurück und verfolgte angespannt den Kampf … der schnell entschieden war.

Lothar und Turalyon hatten die Truppen der Allianz zu einer verschworenen Armee geeint – und entsprechend kämpften die Soldaten auch. Die Männer hatten einen gemeinsamen Feind, der sie zur Höchstleistung anspornte. Pikeniere wurden von Schwertkämpfern und Axtkämpfern verteidigt. Die Bogenschützen wachten über allen und griffen ein, wenn es nötig war.

Die Orks waren zu unorganisiert, um zusammenzuarbeiten. Jede Gruppe kämpfte für sich. Das machte es für Turalyon leicht, seine Männer loszuschicken, um eine Orkgruppe zu umzingeln und sie entweder zu töten oder gefangen zu nehmen. Er arbeitete sich methodisch durch das Tal vor, bekämpfte Ork um Ork. Inzwischen lagen genauso viele in Ketten wie tot auf dem Boden.

Doch eine große Zahl von Orks, Todesrittern und anderen war bereits durch das Portal geflohen, anstatt sich in den Tod oder die Gefangenschaft zu ergeben. Nur eine kleine, abgekämpfte Gruppe blieb zurück und verteidigte den Rückzug der anderen.

Schließlich hatte Turalyon den Sockel des Portals erreicht. Zwei stämmige Orks standen auf der obersten Stufe. Sie hatten schwere schroffe Äxte. Schmuck aus Knochen und Metall hing in ihren Haaren, den Nasen, den Ohren, den Augenbrauen und überall an ihrer Rüstung. Ihr Haar stand scharf gezackt von ihrem Kopf ab, als wäre es auch eine Waffe.

Einer der Orks trug blutdurchtränkte Verbände um seine linke Schulter und das linke Bein. Trotzdem wirkten beide Orks überheblich und siegesgewiss, ungerührt von der Niederlage ihres Anführers.

„Ihr tretet Rend und Maim Blackhand vom Black-Tooth-Grin-Clan gegenüber", rief einer der beiden und stieg die Stufen hinab auf Turalyon zu. „Unser Vater, Blackhand, führte die Horde, bis der Emporkömmling Doomhammer ihn ungerechtfertigter Weise erschlug. Jetzt, da er fort ist, werden wir die Horde wieder aufbauen, bis sie größer als zuvor ist, und wir werden eure Existenz auslöschen."

„Das glaube ich nicht", antwortete Turalyon, und seine Worte hallten über das Tal. Gegen den Hintergrund der wirbelnden Energie des Portals leuchtete er wie ein kleines, aber helles Licht. „Euer Anführer ist in Gefangenschaft, eure Armee vernichtet, eure Clans sind in Auflösung begriffen – und was noch von der Horde übrig ist, befindet sich hier, in diesem Tal, das wir umstellt haben." Er hob Hammer und Schwert. „Stellt euch mir, wenn ihr es wagt. Oder flieht in eure eigene Welt und kehrt niemals wieder zurück!"

Die Worte zeigten Wirkung, die beiden Brüder stürmten die letzten Stufe hinab und warfen sich Turalyon mit einem wilden Kriegsschrei entgegen.

Aber der junge Paladin und frisch gebackene Kommandeur schreckte davor nicht zurück. Er machte einen Schritt nach hinten und schlug dann mit Hammer und Schwert hart zu. Die Äxte der Orks polterten zu Boden. Sofort trat er wieder vor, zog die Waffen nach oben und traf beide Kontrahenten unter dem Kinn.

Der zur Linken taumelte ein paar Schritte, sein Bruder schwankte, Blut floss aus der tiefen Wunde unter seinem Kinn.

Khadgar hörte, wie die beiden Orks knurrten und dann erneut vorstürzten. Ihre Angriffe waren jetzt schwerfälliger, dafür wilder, doch Turalyon entging beiden, indem er sich durch sie hindurch schlängelte. Er traf sie in den Bauch, als er sie passierte, und dann trat er sie von hinten, wodurch sie von der Rampe auf den harten Steinboden hinabstürzten.

Danach war er sofort wieder bei ihnen, und seine Waffen pfiffen durch die Luft.

Unglücklicherweise waren die Brüder jedoch nicht allein.

„Clanbrüder, steht uns bei!“, brüllte einer von ihnen. „Tötet den Menschen!“

Zwei weitere Orks warfen sich ins Gefecht und ermöglichten es den Blackhands, sich zurückzuziehen.

Die Brüder kämpften gegen einige der Männer, doch Khadgar hielt ihre Schläge für halbherzig. Sie hatten offensichtlich ihre Chancen neu überdacht.

Eine Lücke tat sich zwischen den Streitkräften der Allianz auf, als sie das Portal erreichten. Die Orkbrüder nutzten ihre Chance und rannten. Eine Handvoll ihrer Artgenossen folgte ihrem Beispiel. Aber Turalyon war zu beschäftigt, um sich darum zu kümmern.

Viele der Orks kämpften weiter. Einige bespuckten und verfluchten die fliehenden Blackhands sogar. Und die beiden, die zur Rettung der Blackhands gekommen waren, bedrohten Turalyon noch immer.

„Raaargh!“, knurrte einer der Neuankömmlinge und schlug mit seiner Axt zu. Turalyon blockte den Schlag mit seinem Hammer ab und lenkte die schwere Waffe zur Seite. Dann stach er mit dem zerbrochenen Schwert zu. Die Restklinge schlitzte Rüstung und Fleisch gleichermaßen auf und drang tief in den Ork ein, der seine Waffe fallen ließ und sich versteifte. Er keuchte, als seine Hände die blutbedeckte Klinge umfassten … und dann fiel er mit stumpf gewordenen Augen zu Boden.

„Stirb!“, heulte der andere Ork und warf sich auf Turalyon, der sein ramponiertes Schwert aus dem ersten Ork zog und es sofort gegen den zweiten schwang. Er erwischte ihn mit der schartigen Bruchstelle an der Kehle.

Das allein reichte nicht, um den vorwärts stürmenden Krieger zu stoppen, aber Turalyon parierte den Axthieb mit dem Hammer und drosch dann damit auf den Gegner ein. Der schwere Hammer traf den Kopf des Orks. Der Treffer musste vernichtend gewesen sein, weil der Ork auf der Stelle zusammenbrach. Blut lief aus seinem zerschmetterten Schädel. Er bewegte sich nicht mehr.

Turalyon schaute auf die beiden Toten hinab, dann sah er, wie die Blackhands verschwanden. Er suchte Khadgar. Als er ihn erspähte, wies der Paladin mit Lothars Klinge auf das Portal und rief: „*Jetzt*! Zerstöre es!"

„Tretet zurück", antwortete Khadgar. „Ich weiß nicht genau, was passieren wird." Er bekam kaum mit, dass sein Freund nickte und sich von der massiven Steinstruktur entfernte. Er und die elf Magier konzentrierten sich bereits auf das Objekt.

Er konnte seine Macht spüren, ebenso wie seine Verbindung zu seiner Welt und Draenor – und dem Spalt, den er geschaffen hatte, damit man zwischen den beiden wechseln konnte. Der Spalt würde einfach die Magie verschlingen, vermutete er. Und die Welten selbst waren zu groß und zu mächtig, um sie beeinflussen zu können. Selbst wenn sie alle zusammenarbeiteten, war das unmöglich.

Und so kam eigentlich nur das Tor selbst in Betracht. Stein konnte man vernichten.

Khadgar konzentrierte sich und erweckte die Kraft in sich. Er spürte, wie sie anstieg.

In diesen Gefilden war nur wenig Energie übrig geblieben. Doch das Portal selbst verfügte über genug davon – aber über keine Schutzmechanismen, die jemanden wie ihn daran hindern konnten, diese Kräfte für sich selbst zu nutzen.

Das taten Khadgar und die anderen Magier jetzt: Sie lenkten die Energiereserven des Portals direkt in Khadgar hinein. Die Haare standen ihm zu Berge, und die Energie zuckte sichtbar über sein Gesicht und die Finger. Der Wind heulte, und er dachte, dass er Blitze gesehen hätte, obwohl es auch nur die Energie sein konnte, die über – ja selbst *durch* – seine Augen floss. Er hoffte, dass sie ausreichen würde.

Er fixierte das Dunkle Portal und schloss die Augen. Dann breitete er seine Arme aus, die Handflächen nach oben gerichtet. Er nahm alle Magie in sich auf, die er finden konnte, jedes noch so kleine Quäntchen, und verwob es zu etwas wie einem mystischen Ball, der strahlend und pulsierend vor seinen Augen schwebte. Er konnte die Kugel spüren, fühlen, wie sie pochte, und erkennen, wie leicht sie zusammengesetzt war.

Perfekt. Er richtete seine Sinne auf das Portal, auf die

dort lagernden Energien, und orientierte sich anhand ihrer Position.

Dann öffnete er die Augen, führte die Hände zusammen … und drehte sie im letzten Moment, sodass die Innenflächen aufeinandergepresst wurden. Der Energieball bewegte sich vorwärts, wurde flacher und größer und verwandelte sich von einer einfachen Kugel in eine schmale Form, die einem Speer ähnlich sah.

Dieser Speer traf das Portal direkt in seinem Zentrum, und die in der Lanze enthaltene Energie strömte in das Dunkle Portal und über die Steinplatten, die die Seiten und Decke bildeten.

Die Explosion warf die meisten Soldaten der Allianz und viele der verbliebenen Orks um. Selbst Khadgar wankte. Aber der schwere Torsturz und die Säulen … waren verschwunden.

Zum Glück für die in der Nähe befindlichen Allianzstreitkräfte wurden die meisten Steinbrocken in die Tiefen des Portals geschleudert.

Dann löste sich das Portal selbst auf. Die wirbelnden Farben verblassten und wurden ersetzt durch unspektakulären leeren Raum. Khadgar spürte, dass die Welt wieder atmete, als das, was sie an Draenor gekettet hatte, zerbarst und das Zerren der sterbenden Welt beendete. Die Natur würde sich von selbst wieder erholen.

Als er nach unten schaute, sah Khadgar, wie Turalyon seinen Hammer vom Boden aufhob. Der Paladin war staubbedeckt, blickte aber ansonsten unverletzt zu ihm auf. Er lächelte Khadgar zu, während er sich den Staub von Gesicht, Armen und Brust wischte.

„Ich glaube nicht, dass sie diesen Durchgang noch einmal benutzen werden“, rief er zu ihm hoch, und beide lachten erleichtert.

Der Krieg war vorbei, die Allianz hatte gesiegt, und ihre Welt war in Sicherheit.

Epilog

„Es wird ein beeindruckendes Denkmal", sagte Turalyon. Er und Khadgar saßen auf ihren Pferden in der Nähe der Klippenkante. Sie schauten auf dieselbe Ebene hinab, auf der Lothar vor Monaten seine letzte Schlacht geschlagen hatte.

Die Landschaft war öde, grausam und harsch. Alles bestand aus schwarzem Stein und erkalteter Lava, mit Ausnahme jener Stellen, wo die Lava rot glühte. Die Luft war voller Asche und Ruß, und der Himmel schien ständig bewölkt zu sein. Die Berge ragten wie missbilligende Wächter auf. Ihnen gegenüber erhob sich die Schwarzfelsspitze.

„Das wird es", stimmte Khadgar zu. „Sein Opfer wird auf ewig als Symbol für Treue und Tapferkeit gelten, selbst dann noch, wenn dieser Krieg längst vergessen ist."

Turalyon nickte, sein Blick hing immer noch an der Statue, die sich vor der Festung zeigte. Fürst Anduin Lothar, Held von Stormwind und Oberkommandierender der Allianz, stand dort mit erhobenem Schwert und Schild und starrte zum Himmel empor, als wollte er ihn zum Kampf herausfordern. Er trug seine volle Rüstung, aber keinen Helm. Seine markanten Gesichtszüge zeigten Richtung Tal, sein Blick war ernst, aber freundlich.

„Wenigstens ist es jetzt vorbei", sagte Khadgar.

Das stimmte. Die Schlacht am Dunklen Portal war tatsächlich die letzte dieses Krieges gewesen. Die wenigen überlebenden Orks hatten sich ergeben und waren in die Gefangenschaft gewandert. Niemand wusste so recht, was man mit ihnen anfangen sollte. Bislang hatte man sie dafür verwandt, die Baustoffe für Lothars Denkmal zu transportieren – eine Ironie, die Turalyon gefiel. Nachdem das aber nun erledigt war, wurden die Orks vermutlich anderswo für ähnlich harte Arbeit eingesetzt. Er bezweifelte, dass sie getötet wurden, aber man konnte sie auch nicht freilassen, da nicht auszuschließen war, dass sie die Horde wieder aufbauen wollten. Einige, inklusive der ehemaligen Angehörigen des Blackhand-Clans, waren entkommen, doch es waren nicht genug, um eine ernstliche Gefahr darzustellen. Aber das war auch nicht sein Problem. Terenas und die anderen Könige würden diese Entscheidung fällen, wenn die Zeit dafür reif war.

Nach Lordaerons Befreiung war Terenas mit seinen Streitkräften nach Alterac marschiert und hatte den verräterischen Perenolde unter Berufung auf das Kriegsrecht gefangen genommen. Alteracs Schicksal war immer noch unsicher. Doch die Allianz würde fortbestehen, und die Monarchen hatten Turalyon gebeten, weiterhin Kommandeur zu bleiben. Er hatte sich damit einverstanden erklärt, weil er der festen Überzeugung war, dass Lothar es so gewollt hätte. Sein Freund und Mentor hatte immer nur sein Land und seine Leute beschützen wollen, und Turalyon schwor sich, dieser Tradition zu folgen und sie fortzusetzen.

„Du wälzt schwere Gedanken“, meinte Khadgar und verpasste ihm einen Rippenstoß.

„Nur über die Zukunft – und was sie bringen mag“, erwiderte Turalyon.

„Niemand kennt die Zukunft“, sagte sein Freund, wobei ein merkwürdiger Ausdruck über sein Gesicht huschte. „Obwohl ich befürchte, dass wir der Horde und ihrer Welt wiederbegegnen werden.“

„Ich hoffe, du hast unrecht“, sagte Turalyon. „Aber wenn es stimmt, werden wir hier auf sie warten und sie wieder zurückschlagen – wie beim letzten Mal. Diese Welt gehört *uns*, und beim Heiligen Licht, wir werden sie jetzt und für immer für uns bewahren!“

Der Magier lachte. „Ein ehrenhafter Schwur, werter Turalyon“, stichelte er. „Dafür werden sie auch dir ein Denkmal setzen, eines Tages.“

„Ein Denkmal?“ Turalyon lachte schallend. „Was könnte einer wie wir schon Großartiges verrichten, um sich das zu verdienen?“

Danksagung

Wie immer gebührt mein großer Dank Chris, der den Strom erschaffen hat, und Marco, der ihn unter Kontrolle hält. Weiterhin möchte ich Evelyn für ihre scharfen Augen und ihre freundlichen Worte danken. Aber am meisten bedanke ich mich bei den *World of Warcraft*-Fans, ohne die es niemanden gäbe, dem man von Lothar, Orgrim und all den anderen erzählen könnte.

Über den Autor

Aaron Rosenberg stammt ursprünglich aus New Jersey und New York. Nach Abstechern nach New Orleans und Kansas kehrte er 1996 nach New York City zurück. Er hat Englisch auf Hochschulniveau unterrichtet und in Grafik- und Buchverlagen gearbeitet. Aaron hat Romane für *Star Trek, StarCraft, Warcraft, Warhammer* und *Exalted* verfasst. Er entwirft auch Rollenspiele und war an den Spielen zu *Star Trek, Warcraft* und *Warhammer* beteiligt. Daneben schreibt er Lehrbücher. Aaron lebt mit seiner Familie im Big Apple. Weitere Informationen über ihn und sein Schaffen finden sich unter www.rosenbergbooks.com.

THE WORLD OF BLIZZARD

Diablo Band 1: Das Vermächtnis des Blutes
ISBN 978-3-8332-1267-3

Diablo Band 2: Der Dunkle Pfad
ISBN 978-3-8332-1268-0

Diablo Band 3: Das Königreich der Schatten
ISBN 978-3-8332-1042-6

Diablo Band 4: Der Mond der Spinne
ISBN 978-3-8332-1091-4

Diablo: Sündenkrieg 1 – Geburtsrecht
ISBN 978-3-8332-1574-2

Diablo: Sündenkrieg 2 – Die Schuppen der Schlange
ISBN 978-3-8332-1564-3

Diablo: Sündenkrieg 3 – Der verhüllte Prophet
ISBN 978-3-8332-1713-5

Diablo Premium-Ausgabe
mit Band 1-3
ISBN 978-3-8332-1395-3

StarCraft Band 1: Libertys Kreuzzug
ISBN 978-3-8332-1043-3

StarCraft Band 2: Schatten der Xel'Naga
ISBN 978-3-8332-1090-7

StarCraft Band 3: Im Sog der Dunkelheit
ISBN 978-3-8332-1148-5

StarCraft Band 4: Die Königin der Klingen
ISBN 978-3-8332-1460-8

StarCraft Ghost: Nova
ISBN 978-3-8332-1461-5

StarCraft: Dunkle Templer Band 1: Erstgeboren
ISBN 978-3-8332-1650-3

StarCraft: Dunkle Templer Band 2: Schattenjäger
ISBN 978-3-8332-1744-9

PANINI BOOKS

www.paninicomics.de/videogame